Grimmelshausen selbst hat seine erzählerischen Hauptwerke als einen Zyklus von zehn Büchern verstanden. Simplicissimus ist die verbindende Gestalt dieser Werke, im *Springinsfeld* und im *Vogelnest I* nicht mehr Eremit, sondern sozial engagierter, satirischer Schriftsteller. Am stärksten hat die Figur der »Erzbetrügerin« *Courasche* seine Einbildungskraft beschäftigt: eine Existenz jenseits der traditionellen religiösen und moralischen Normen, eine Frau, die ihre Identität nicht aufzugeben bereit ist. Im Wechsel der Perspektiven führt der Zyklus jedoch auch die Wahnbefangenheit seiner Ich-Figuren vor. Die Erzähler der *Vogelnest*-Romane erweitern diese Perspektivenvielfalt um die Sichtweisen von Normallesern der Zeit auf die zeitgenössische »verkehrte Welt«. Als Zugabe angefügt ist das *Rathstübel Plutonis*, in dem Grimmelshausen seine Gestalten, ergänzt um Angehörige aller Stände, zu einem herrschaftsfreien, freimütigen Diskurs über das Thema Geld zusammenführt.

Wie die Ausgabe des *Simplicissimus Teutsch* (DKV im Taschenbuch 2) bietet auch dieser Band kritisch revidierte Texte mit den fürs heutige Verständnis nötigen sprachlichen Erläuterungen und Kommentaren.

DEUTSCHER KLASSIKER VERLAG
IM TASCHENBUCH
BAND 21

HANS JACOB CHRISTOFFEL VON GRIMMELSHAUSEN
COURASCHE/ SPRINGINSFELD/ WUNDERBARLICHES VOGELNEST I UND II/ RATHSTÜBEL PLUTONIS

Herausgegeben von
Dieter Breuer

DEUTSCHER
KLASSIKER
VERLAG

Dieser Titel entspricht Band I/2, herausgegeben von Dieter Breuer, der Ausgabe *Hans Jacob Christoffel von Grimmelshausen, Werke in drei Bänden*, Frankfurt am Main 1992

Umschlag-Abb.: Titel-Kupfer Springinsfeld

Deutscher Klassiker Verlag
im Taschenbuch · Band 21

Vertrieb durch den Suhrkamp Taschenbuch Verlag
Satz: pagina GmbH, Tübingen
Druck: Ebner & Spiegel, Ulm
Printed in Germany
ISBN 978-3-618-68021-5

1 2 3 4 5 6 – 12 11 10 09 08 07

GRIMMELSHAUSEN
WERKE I·2

INHALT

COURASCHE

Die ErtzBetrügerin und Landstörtzerin Courage.

TRUTZ SIMPLEX:

Oder
Ausfuͤhrliche und wunderseltzame
Lebensbeschreibung
Der Ertzbetruͤgerin und Landstoͤrtzerin
COURASCHE /
Wie sie anfangs eine Rittmeisterin / hernach eine Hauptmaͤnnin / ferner eine Leutenantin / bald eine Marcketenterin / Mußquetirerin / und letzlich eine Ziegeunerin abgegeben / Meisterlich *agi*ret / und ausbuͤndig vorgestellet:
Eben so lustig / annemlich un̄ nutzlich zu betrachten als *Simplicissimus* selbst.
Alles mit einander
Von der Courasche eigner Person dem weit und breitbekanten *Simplicissimo* zum Verdruß und Widerwillen / dem *Autori* in die Feder *dictirt*, der sich vor dißmal nennet
PHILARCHUS GROSSUS von Trommenheim / auf Griffsberg / etc.

Gedruckt in Utopia / bei Felix Stratiot.

---

6 COURASCHE] Mut 10 *agi*ret] vorgeführt 10 ausbuͤndig] musterhaft

Erklaͤrung des Kupffers:
Oder die
Den geneigten Leser
anredende *Courage.*
OB ich der Thorheit Kram hier gleich
herunter streue /
So wirff ichs drum nicht weg / umb daß
es mich gereue /
daß Jch Jhn hiebevor geliebet und
gebraucht /
sondern dieweil Er jetzt zu meinem
Standt nichts taugt.
Haar-Puder brauch ich nicht / noch
Schminck / noch Haar zukraͤusen
mein gantzer Anstrich ist nur Salbe zu
den Laͤusen /
tracht sonsten nur nach Gelt und mach
mir das zu nutz
und was Jch moͤge thun dem *Symplici*
zu Trutz.

Kurtzer
doch ausfuͤhrlicher Jnnhalt
und Auszug
Der Merckwuͤrdigsten Sachen
eines jeden Capitels
Dieser Lust und Lehrreichen
Lebensbeschreibung der
Ertzlandstoͤrtzerin und
Zigeunerin
Courage.

Das I. Capitel.

Gruͤndlicher und Nothwendiger Vorbericht / weme zu Liebe und Gefallen / und aus was dringenden Ursachen die alte Ertzbetruͤgerin / Landstoͤrtzerin und Zigeunerin *Courage* ihren wundernswuͤrdigen und rechtseltzamen Lebenslauf erzehlet / und der gantzen Welt vor die Augen stellet.

Das II. Cap.

Jungfrau Lebuschka (hernachmals genanndte *Courage*) kommt in den Krieg / und nennet sich *Janco*, muß in demselben eine Zeitlang einen Cammerdiener abgeben; dabey vermeldet wird / wie sie sich verhalten / und was sich verwunderliches ferner mit ihr zugetragen.

Das III. Cap.

Janco vertauschet sein Edles Jungferkraͤntzlein bey einem resoluten Rittmeister um den Nahmen Courasche.

Das IV. Cap.

Courage wird darum eine Ehefrau und Rittmeisterin / weil sie gleich darauf wieder zu einer Wittwe werden muste / nach dem sie vorhero den Ehestand eine weile lediger Weise getrieben hatte.

Das V. Cap.

Was die Rittmeisterin *Courage* in ihrem Wittwenstand vor ein erbares und zuͤchtiges: wie auch verruchtes Gottloses Leben gefuͤhret; wie sie einem Grafen zu willen wird / einen Ambassador um seine Pistolen bringet / und sich andern mehr um reiche Beute zu erschnappen willig unterwirft.

Das VI. Cap.

Courage kommt durch wunderliche Schickung in die zweyte Ehe / und freyete einen Hauptmann / mit dem sie treflich gluͤckselig und vergnuͤgt lebte.

Das VII. Cap.

Courage schreitet zur dritten Ehe / und wird aus einer Haupmaͤnnin eine Leutenantin / trifts aber nicht so wol als vorhero / schlaͤgt sich mit ihren Leutenant um die Hosen mit Pruͤgeln / und gewinnet solche durch ihre tapfere *resolution* und *Courage*; darauff sich ihr Mann unsichtbar macht / und sie sitzen laͤsst.

Das VIII. Cap.

Courage haͤlt sich in einer *Occasion* trefflich frisch / haut einem Soldaten den Kopff ab / bekommt einen Major gefangen / und erfaͤhrt daß ihr Leutenant als ein Meineydiger-Uberlauffer gefangen und gehencket worden.

Das IX. Cap.

Courage quittirt den Krieg / nachdem ihr kein Stern mehr leuchten will / und sie fast von jederman vor einen Spott gehalten wird.

Das X. Cap.

Courage erfaͤhret nach langem Verlangen / Wuͤnschen und Begehren wer ihre Eltern gewesen / und freyet darauff wiederumb einen Hauptmann.

Das XI. Cap.

Die Neue Hauptmaͤnnin *Courage* ziehet wieder in den Krieg / und bekam einen Rittmeister / Quartiermeister und gemeinen Reuter durch ihre Heldenmaͤssige Tapfferkeit in einen blutigen Gefecht gefangen. Verleurt darauff ihren Mann und wird eine ungluͤckselige Wittbe.

Das XII. Cap.

Der *Courage* wird ihre treffliche *Courage* auch wieder trefflich von dem ehedessen von ihr gefangnen Major eingetraͤnckt / wird jedermans Hur / darauff nackend ausgezogen / und muß eine gar schaͤndliche Arbeit verrichten. Wird aber endlich von einem Rittmeister / den sie auch vorhero gefangen bekommen / erbetten / daß ihr nicht etwas aͤrgers wiederfuhr; und darauff auff ein Schloß gefuͤhrt.

Das XIII. Cap.

Courage wird als ein graͤfliches Fraͤulein auff einem Schloß gehalten / von dem Rittmeister gar offt besucht / und treflich bedienet / aber endlich auff Erfahrung der Eltern des liebhabenden Rittmeisters durch zween Diener gar listig aus dem Schloß nacher Hamburg gebracht / und daselbst elendiglich verlassen.

Das XIV. Cap.

Courage wirfft ihre Liebe auff einen jungen Reuter / der einen Corporal / so ihme Hoͤrner auffsetzen wolte / also zeichnete / daß er des Auffstehens vergas. Darauf wird ihr Liebster harquebusirt / die *Courage* aber mit Steckenknechten vom Regiment geschicket / die zweyen Reutern / so Gewalt an sie legen wolten ziemlich uͤbel mitfuhre / da ihr ein Musquetirer zu Huͤlffe kame.

Das XV. Cap.

Courage haͤlt sich bey einem Marcketenter auf; ein Musquetirer verliebt sich trefflich in sie / dem sie etliche gewisse *Conditiones* vorschreibet / wie sie den Ehestand lediger weise mit ihme treiben moͤchte. Wird auch darauf eine Marquetenterin.

Das XVI. Cap.

Courage nennet ihren Courtisan den Musquetirer mit dem Nahmen Springinsfeld; dem ein Fenderich / auf der *Courage* Anstalt / gar listig ein paar grosser Hoͤrner aufsetzet / darzu der *Courage* vermeinte Mutter treulich hilfft / kurtz / sie ziehet ihn trefflich bey der Nasen herumb / und schicket sich stattlich in den Handel.

Das XVII. Cap.

Der *Courage* wiederfaͤhrt ein laͤcherlicher Posse / den ihr eine Kuͤrschnerin auf Anstifften einer Italianischen Putanin erwiesen / als sie eben bey einem vornemen Herren beym Nachtimbiß war; sie bezahlet aber so wol die Putanen als die Kuͤrschnerin wieder redlich und ausbuͤndig / macht auch einem Apotecker ein wunderliches Stuͤckchen.

Das XVIII. Cap.

Die gewissenlose Courasche erkaufft von einem Musquetirer einen *Spiritum Familiarem*, empfindet darbey grosses Gluͤck / und gehet ihr alles nach Wunsch und Willen von statten.

Das XIX. Cap.

Courage richtet ihren Springinsfeld zu allerley Schelmenstuͤcklein trefflich ab / der sich bey einer vornemen Dame vor einen Schatzgraͤber ausgiebt / in den Keller gelassen wird / darauf etliche kostbare Kleinodien listig erpracticirt / und bey Nacht von *Courage* aus dem Keller gezogen wird.

Das XX. Cap.

Courage nebenst ihrem Springinsfeld bestiehlt zween Meylaͤnder auf unerhoͤrte Weise / indeme sie dem einem / der sehen wolte / was in ihrer Huͤtten vor ein Gepolter war / und den Kopff zum Guckloch ausssteckte / mit scharffem Essig in die Augen sprützte / dem andern aber den Weeg mit scharffen Dornen verlegte.

Das XXI. Cap.

Courage wird von ihrem Springinsfeld im Schlaff mit Ohrfeigen angepacket / und übel zugerichtet / der aber / nachdem er erwachet / sie demütig umb Gnade und Verzeihung bittet / welches doch nichts helffen will.

Das XXII. Cap.

Courage wird von ihrem Springinsfeld im Schlaff aus dem Bett nur im Hembd gegen des Obristen Wachtfeuer zugetragen / darüber sie erwacht / und jämmerlich zu schreyen beginnet / daß alle Officirer zulauffen / und des Possens lachen; sie schaffet ihn darauf von sich / und giebt ihm das beste Pferd / nebenst 100. Ducaten und dem *Spiritu Familiari.*

Das XXIII. Cap.

Courage heuratet wiederumb einen Hauptmann / wird aber dessen / ehe er kaum bey ihr erwarmet / wieder beraubet. Lässet sich darauf auf ihres ersten Hauptmanns Güter in Schwabenland nieder / und treibt ihr Huren-Handwerck wie zuvor / doch gar vorsichtig mit den eingequartirten Soldaten.

Das XXIV. Cap.

Courage bekommt eine unflätige Kranckheit / reiset darauf in den Sauerbronnen / und macht mit *Simplicio* Kundschafft: als er sie betreugt / betreugt sie ihn redlich wieder / und lässt ihm ihrer Magd neugebornes Kind vor seine Thür legen / nebenst Schrifftlichem Bericht / als ob es *Courage* mit ihm erzeugt hätte.

Das XXV. Cap.

Courage treibet mit einem alten Susannen-Mann in ihrem Garten ungebührliche Händel / als eben zween Musquetierer auf einem Baum Birnen mauseten / und der eine aus Unvorsichtigkeit die geraubten Birnen alle fallen ließ. Darüber die *Courage* mit ihrem alten Liebhaber vertrieben / endlich offenbaret / und der Stadt verwiesen wird.

Das XXVI. Cap.

Courage wird eine Musquetiererin / schachert darbey mit Taback und Brandtewein. Ihr Mann wird verschicket / welcher unterweegs einen toden Soldaten antrifft / den er ausziehet / und weil die Hosen nicht herunter wolten / ihm die Schenckel abhaut / alles zusammen packet / und bey einem Bauren einkehret / die Schenckel zu Nachts hinterlässet / und Reißaus nimmt. Darauf sich ein recht lächerlicher Poß zuträgt.

Das XXVII. Cap.

Nachdem der *Courage* Mann in einem Treffen geblieben / und *Courage* selbst auf ihrem Maulesel entrunnen / trifft sie eine Ziegeuner-Schaar an / unter welchen der Leutenant sie zum Weib nimmt / sie sagt einem verliebten Fräulein Waar / entwendet ihr darüber alle Kleinodien / behält sie aber nicht lang / sondern muß solche wol abgeprügelt wieder zustellen.

Das XXVIII. Cap.

Courasche kommt mit ihrer Compagnie in ein Dorff / darinnen Kirchweyh gehalten wird / reitzet einen jungen Ziegeuner an / eine Henne tod zu schiessen; ihr Mann stellet sich solchen aufhencken zu lassen / wie nun jederman im Dorff hinaus lief diesem Schauspiel zuzusehen / stahlen die Ziegeunerinnen alles Gebratens und Gebackens / und machen sich samt ihrer gantzen Zunfft eiligst und listig darvon.

DAS I. CAPITEL.

Gründlicher und nothwendiger Vorbericht / weme zu Liebe und Gefallen / und aus was dringenden Ursachen die alte Ertzbetrügerin / Landstürtzerin und Zigeunerin *Courage* ihren wundernswürdigen und recht seltzamen Lebens-Lauff erzehlet / und der gantzen Welt vor die Augen stellet.

JA! (werdet ihr sagen / ihr Herren!) wer solte wol gemeint haben / daß sich die alte Schell einmal unterstehen würde dem künfftigen Zorn Gottes zu entrinnen? Aber was wolt darvor seyn / sie muß wol! dann das Gumpen ihrer Jugend hat sich geendigt! ihr Muthwill und Vorwitz hat sich gelegt / ihr beschwertes und geängstigtes Gewissen ist aufgewacht / und das verdrossene Alter hat sich bey ihr eingestellt / welches ihre vorige überhäuffte Thorheiten länger zu treiben sich schämet / und die begangene Stück länger im Hertzen verschlossen zu tragen ein Eckel und Abscheu hat; Das alte Rabenaaß fähet einmal an zu sehen und zu fühlen / daß der gewisse Tod nächstens bey ihr anklopffen werde / ihr den letzten Abdruck abzunöhtigen / vermittelst dessen sie unumbgänglich in ein andere Welt verreisen / und von allem ihrem hiesigen Thun und Lassen genaue Rechenschafft geben muß; darumb beginnet sie im Angesicht der gantzen Welt ihren alten Esel vom überhäuffter Last seiner Beschwerden zu entladen / ob sie vielleicht sich umb so viel erleichtern möchte / daß sie Hoffnung schöpffen könnte noch endlich die himmlische Barmhertzigkeit zu erlangen! Ja! (ihr liebe Herren!) das werdet ihr sagen; Andere aber werden gedencken / solte sich die *Courage* wol einbilden dörffen / ihre alte zusammen gerumpelte Haut / die sie in der Jugend mit Frantzösischer Grindsalb / folgends mit aller-

8 alte Schell] altes Weib 10 Gumpen] ausgelassenes Springen 17 fähet] fängt 19 Abdruck] Atemzug 30 Grindsalb] Schorfsalbe

hand Italian- und Spanischer Schmincke / und endlich mit Egyptischer Läussalben und vielem Gänsschmaltz geschmieret / beym Feuer schwartz geräuchert / und so offt eine andere Farbe anzunehmen gezwungen / widerumb weiß zu machen? Solte sie wol vermeinen / sie werde die eingewurtzelte Runtzeln ihrer Lasterhafften Stirn austilgen / und sie widerumb in den glatten Stand ihrer ersten Unschuld bringen / wann sie dergestalt ihre Bubenstück und begangne Laster Berichts weiß daher erzehlet von ihrem Hertzen zu raumen? solte wol diese alte Vettel jetzt / da sie alle beyde Füsse bereits im Grab hat / wann sie anders würdig ist eines Grabs theilhafftig zu werden / diese Alte / (werdet ihr sagen /) die sich ihr Lebtag in allerhand Schand und Lastern umbgeweltzt / und mit mehrern Missethaten als Jahren / mit mehren Hurenstücken als Monaten / mit mehrern Diebsgriffen als Wochen / mit mehrern Tod-Sünden als Tagen / und mit mehrern gemeinen Sünden als Stunden beladen; die / deren / so alt sie auch ist / noch niemal keine Bekehrung in Sinn kommen / sich unterstehen mit Gott zu versöhnen? Vermeinet sie wol anjetzo noch zurecht zu kommen / da sie allbreit in ihrem Gewissen anfähet mehr höllische Pein und Marter auszustehen / als sie ihre Tage Wollüste genossen und empfunden? Ja! wann diese unnütze abgelebte Last der Erden neben solchen Wollüsten sich nicht auch in andern allerhand Ertzlastern herumb gewältzt / Ja gar in der Bosheit allertieffsten Abgrund begeben und versenckt hätte / So möchte sie noch wol ein wenig Hoffnung zu fassen die Gnad haben können; Ja ihr Herren! das werdet ihr sagen / das werdet ihr gedencken / und also werdet ihr euch über mich verwundern / wann euch die Zeitung von dieser meiner Haupt- oder General Beicht zu Ohren kommt; und wann ich solches erfahre / so werde ich meines Alters vergessen / und mich entweder wider jung / oder gar zu Stücken lachen! Warumb das *Courage*? warumb wirst du also

---

7 glatten] schönen 11 anders] überhaupt 30 Zeitung] Nachricht

lachen? darumb / daß ihr vermeinet / ein altes Weib / die des Lebens so lange Zeit wol gewohnet / und die ihr einbildet / die Seele seye ihr gleichsam angewachsen / gedencke an das Sterben / Eine solche / wie ihr wisset daß ich bin und mein Lebtag gewesen / gedencke an die Bekehrung! und die jenige so ihren gantzen Lebens-Lauff / wie mir die Pfaffen zu sprechen / der Höllen zugerichtet / gedencke nun erst an den Himmel. Ich bekenne unverholen / daß ich mich auf solche Hinreis / wie mich die Pfaffen überreden wollen / nicht rüsten / nachdeme / was mich ihrem Vorgeben nach verhindert / völlig zu *resignirn* entschliessen können; als worzu ich ein Stück zu wenig / hingegen aber etlicher / vornemblich aber zweyer zu viel habe; das / so mir manglet / ist die Reu / und was mir manglen solte / ist der Geitz und der Neid; wann ich aber meinen Glumpen Gold / den ich mit Gefahr Leib und Lebens / ja / wie mir gesagt wird / mit Verlust der Seeligkeit zusammen geraspelt / so sehr hasse als ich meinen Neben-Menschen neide / und meinen Neben-Menschen so hoch liebte als mein Geld / so möchte vielleicht die himmlische Gabe der Reue auch folgen; ich weiß die Art der unterschiedlichen Alter eines jeden Weibsbilds / und bestättige mit meinem Exempel / daß alte Hund schwerlich bändig zu machen; die *Cholera* hat sich mit den Jahren bey mir vermehrt / und ich kan die Gall nicht heraus nehmen / solche wie der Metzger einen Säu-Magen umbzukehren und auszubutzen; wie wolte ich dann dem Zorn widerstehen mögen? wer will mir die überhäuffte *Phlegmam evacuirn* und mich also von der Trägheit *curiren*? Wer benimmt mir die Melancholische Feuchtigkeit / und mit derselbigen die Neigung zum Neid? Wer wird mich überreden können / die Ducaten zu hassen / da ich doch aus langer Erfahrung weiß / daß sie aus Nöhten erretten / und der einige Trost meines Alters seyn

---

2 ihr] sich 11 *resignirn*] der Welt absagen 23 *Cholera*] cholerisches Temperament, Zorn 27 *Phlegmam*] Schleim 27 *evacuirn*] entfernen 30 Ducaten] Goldmünzen 32 einige] einzige

können / damal / damal / ihr Herrn Geistliche! wars Zeit / mich auf den jenigen Weeg zu weisen / den ich euern Raht nach jetzt erst antretten soll / als ich noch in der Blüt meiner Jugend / und in dem Stand meiner Unschuld lebte; dann ob ich gleich damals die gefährliche Zeit der kützelhafften Anfechtung angieng / so wäre mir doch leichter gewesen dem *Sanguini*schen Antrieb / als jetzunder der übrigen dreyen ärgsten Feuchtigkeiten gewaltsamen Anlauff zugleich zuwiderstehen; darumb gehet hin zu solcher Jugend / deren Hertzen noch nicht / wie der *Courage*, mit andern Bildnissen befleckt / und lehret / ermahnet / bittet / Ja beschweret sie / daß sie es aus Unbesonnenheit nimmermehr so weit soll kommen lassen / als die arme *Courage* gethan; Aber höre *Courage*, wann du noch nicht im Sinn hast dich zu bekehren / warumb wilst du dann deinen Lebens-Lauff Beichtsweiß erzehlen / und aller Welt deine Laster offenbahrn? Das thue ich dem *Simplicissimo* zu Trutz! weil ich mich anderer Gestalt nicht an ihm rächen kan; dann nach dem dieser schlimme *Vocativus* mich im Saurbrunnen geschwängert *scilicet*, und hernach durch einen spöttlichen Possen von sich geschafft / gehet er erst hin / und rufft meine und seine eigne Schand / vermittelst seiner schönen Lebens-Beschreibung vor aller Welt aus; aber ich will ihm jetzunder hingegen erzehlen / mit was vor einem erbarn Zobelgen er zu schaffen gehabt / damit er wisse / wessen er sich gerühmt; und vielleicht wünschet / daß er von unserer Histori allerdings still geschwiegen hätte; Woraus aber die gantze erbare Welt abzunehmen / daß gemeiniglich Gaul als Gurr: Hurn und Buben eins Gelichters: und keins umb ein Haar besser als das ander sey; gleich und gleich gesellt sich gern / sprach der Teuffel zum Kohler / und die Sünden und Sünder werden widerumb gemeiniglich durch Sünden und Sünder abgestrafft.

---

11 beschweret] beschwöret 18 f. schlimme *Vocativus*] Spötter, Verleumder 19 *scilicet*] wie bekannt 24 Zobelgen] Dirne, Hure 28 Gurr] abschätzig: Stute

DAS II. CAPITEL.

Jungfrau Lebuschka (hernachmals genannte *Courage*) kommt in den Krieg / nennet sich Janco / und muß in demselben eine Zeitlang einen Cammerdiener abgeben; dabey vermeldet wird / wie sie sich verhalten / und was sich verwunderliches ferner mit ihr zugetragen.

DJe jenige / so da wissen / wie die Sclavonische Völcker ihre Leibeigne Unterthanen tractirn / dörfften wol vermeinen / ich wäre von einem Böhmischen Edelmann und eines Bauren Tochter erzeugt und geboren worden; Wissen und Meinen ist aber zweyerley; ich vermeine auch viel Dings und weiß es doch nicht; wann ich sagte / ich hätte gewust / wer meine Eltern gewesen / so würde ich lügen / und solches wäre nicht das erste mal; dieses aber weiß ich wol / daß ich zu Bragoditz zärtlich genug auferzogen / zur Schulen gehalten / und mehr als ein geringe Tochter zum Nähen / Stricken / Sticken und anderer dergleichen Frauenzimmer Arbeit angeführt worden bin; das Kostgeld kam fleissig von meinem Vatter / ich wuste aber drumb nicht woher / und meine Mutter schickte manchen Gruß / mit deren ich gleichwol mein Tage kein Wort geredet; als der Bäyerfürst mit dem Bucquoy in Böhmen zog / den neuen König widerumb zu verjagen / da war ich eben ein fürwitzigs Ding von dreyzehen Jahren / welches anfieng nachzutichten / wo ich doch herkommen seyn möchte; und solches war mein gröstes Anligen; weil ich nicht fragen dorffte / und von mir selbst nichts ergründen konnte; ich wurde vor der Gemeinschafft der Leut verwahrt wie ein schönes Gemähl vorm Staub; meine Costfrau behielte mich immer in den Augen / und weil ich mit andern Töchtern meines Alters keine Gespielschafft machen dorffte / sihe so vermehrten sich meine Grillen und Dau-

---

7 Sclavonische] slawische, slowenische 15 Bragoditz] Prachatitz
15 zärtlich] verwöhnt 18 Kostgeld] Erziehungsgeld
28 Gemähl] Gemälde

ben / die der Fürwitz in meinem Hirn ausheckte / ausser welchen ich mich auch mit sonst nichts bekümmerte.

Als sich nun der Hertzog aus Bäyern vom Bucquoy *separirte*, gieng der Bäyer vor Budweiß / dieser aber vor Bragoditz; Budweiß ergab sich bey Zeiten / und thät sehr weißlich / Bragoditz aber erwartet und erfuhr den Gewalt der Käiserlichen Waffen / welche auch mit den Halsstarrigen grausam umbgiengen; da nun meine Kostfrau schmeckte / wo die Sach hinaus wolte / sagte sie zeitlich zu mir / Jungfrau Libuschka / wann ihr eine Jungfrau bleiben wolt / so müst ihr euch scheeren lassen / und Manns-Kleider anlegen / wo nicht / so wolte ich euch keine Schnalle umb euer Ehre geben / die mir doch so hoch befohlen worden zu beobachten; ich dachte / was vor frembde Reden seyn mir das? Sie aber kriegte eine Scheer / und schnitte mir mein goldfarbes Haar auf der rechten Seiten hinweg / das auf der Lincken aber liesse sie stehen / in aller Maß und Form / wie es die vornembste Manns-Personen damals trugen; so / mein Tochter! sagte sie / wann ihr diesem Strudel mit Ehren entrinnet / so habt ihr noch Haar genug zur Zierd / und in einem Jahr kan euch das ander auch wider wachsen; ich liesse mich gern trösten / dann ich bin von Jugend auf genaturt gewesen / am allerliebsten zu sehen / wann es am allernärrischten hergieng; und als sie mir auch Hosen und Wambst angezogen / lernte sie mich weitere Schritte thun / und wie ich mich in den übrigen Geberden verhalten solte; also erwarteten wir der Käiserlichen Völcker Einbruch in die Stadt; meine Kostfrau zwar mit Angst und Zittern / ich aber mit grosser Begierde / zu sehen / was es doch vor eine neue ungewöhnliche Kürbe setzen würde; solches wurde ich bald gewahr; ich will mich aber drumb nicht aufhalten mit Erzehlung / wie die Männer in der eingenommenen Stadt von den Uberwindern gemetzelt: die Weibsbilder genohtzüchtiget / und die Stadt selbst geplündert worden; sintemal solches in

22 genaturt] (von Natur aus) geneigt 30 Kürbe] Kirmes, Kirchweih

dem verwichenen langwierigen Krieg so gemein und bekandt worden / daß alle Welt genug darvon zu singen und zu sagen weiß; diß bin ich schuldig zu melden / wann ich anders mein gantze Histori erzehlen will / daß mich ein Teutscher Reuter vor einen Jungen mit nahm / bey dem ich der Pferdte warten und *forragirn*: das ist / stehlen helffen solte; ich nennete mich *Janco* und konnte zimlich Teutsch lallen / aber ich liesse michs / aller Boͤhmen Brauch nach / drumb nicht mercken; darneben war ich zart / schoͤn und Adelicher Geberden / und wer mir solches jetzt nicht glauben will / dem wolte ich wuͤnschen / daß er mich vor 50. Jahren gesehen haͤtte / so wuͤrde er mir dessentwegen schon ein ander gut Zeugniß geben.

Als mich nun dieser mein erster Herr zur *Compagnia* brachte / fragte ihn sein Rittmeister / welches in Warheit ein schoͤner junger tapfferer Cavallier war / was er mit mir machen wolte? Er antwortet / was andere Reuter mit ihren Jungen machen; Mausen und der Pferdte warten / worzu die Boͤhmische Art / wie ich hoͤre / die beste seyn soll; man sagt vor gewiß / wo eine Boͤhm Kuder aus einem Haus trage / da werde gewißlich kein Teutscher Flachs in finden; wie aber? antwortet der Rittmeister / wann er diß Boͤmisch Handwerck an dir anfieng / und ritte dir zum Probstuͤck deine Pferdt hinweg; ich will / sagt der Reuter / schon Achtung auf ihn geben / bis ich ihn aus der Kuͤheweid bringe; die Bauren-Buben / antwortet der Rittmeister / die bey den Pferdten erzogen worden / geben viel bessere Reuter-Jungen als die Burgers Soͤhne / die in den Staͤdten nicht lernen koͤnnen wie einem Pferdte zu warten; zu dem dunckt mich / dieser Jung sey ehrlicher Leut Kind und viel zu haͤckel auferzogen worden / einem Reuter seine Pferd zu versehen; ich spitzte die Ohren gewaltig / ohne daß ich dergleichen gethan haͤtte / daß ich etwas von ihrem *Discurs* verstuͤnde / weil sie

6 *forragirn*] für Verpflegung sorgen 16 Cavallier] Adeliger
20 Kuder] Werg 25 Kuͤheweid] aus dem Land, Heimat
30 haͤckel] heikel, zart 32 f. gethan haͤtte] hätte anmerken lassen

Teutsch redeten; meine groͤste Sorg war / ich moͤchte wider abgeschafft / und nach dem gepluͤnderten Bragodiz zuruck gejagt werden / weil ich die Trommeln und Pfeiffen / das Geschuͤtz / und die Trompeten / von welchem Schall mir das Hertz im Leib aufhupffte / noch nicht satt genug gehoͤrt hatte; zu letzt schickte sichs / ich weiß nicht zu meinem Gluͤck oder Ungluͤck / daß mich der Rittmeister selbst behielte / daß ich seiner Person wie ein Page und Cammerdiener aufwarten solte; dem Reuter aber gab er einen andern Boͤhmischen Knollfincken zum Jungen / weil er ja einen Dieb aus unserer Nation haben wolte;

Also schickte ich mich nun gar artlich in den Possen; ich wuste meinem Rittmeister so trefflich zu Fuchsschwaͤntzen / seine Kleidungen so sauber zu halten / sein weiß leinen Zeug so nett zu *accommodirn*, und ihm in allem so wol zu pflegen / daß er mich vor den Kern eines guten Cammerdieners halten muste; und weil ich auch einen grossen Lust zum Gewehr hatte / versahe ich dasselbe dergestalten / daß sich Herr und Knechte darauf verlassen durfften / und dannenhero erhielte ich bald von ihm / daß er mir einen Degen schenckte / und mich mit einer Maultasche Wehrhafft machte; uͤber das / daß ich mich hierinn so frisch hielte / muste sich auch jederman uͤber mich verwundern / und vor die Anzeigung eines unvergleichlichen Verstands halten / daß ich so bald Teutsch reden lernete / weil niemand wuste / daß ichs bereits von Jugend auf lernen muͤssen; darneben beflisse ich mich aufs hoͤchste / alle meine Weibliche Sitten auszumustern / und hingegen Mannliche anzunehmen; ich lernte mit Fleiß fluchen wie ein anderer Soldat / und darneben Sauffen wie ein Buͤrstenbinder / soff Bruͤderschafft mit denen / die ich vermeinte das sie meines Gleichens waͤren / und wann ich etwas zu beteuern hatte / so geschahe es bey Dieb und Schelmen schelten / damit ja niemand mercken solte / warumb ich in

---

13 Fuchsschwaͤntzen] schmeicheln 15 so nett zu *accommodirn*] so sauber einzurichten 27 auszumustern] abzulegen 33 schelten] Fluchen

meiner Geburt zu kurtz kommen / oder was ich sonst nicht mitgebracht.

DAS III. CAPITEL.

Janco vertauschet sein Edles Jungfer-Kräntzlein bey einem resoluten Rittmeister umb den Nahmen Courasche.

MEin Rittmeister war / wie hieroben gemeldet / ein schöner junger Cavallier / ein guter Reuter / ein guter Fechter / ein guter Däntzer / ein Reuterischer Soldat / und überaus sehr auf das Jagen verbicht; sonderlich mit Windhunden die Haasen zu hetzen war sein gröster Spaß; er hatte so viel Barts umbs Maul als ich / und wann er Frauenzimmer-Kleider angehabt hätte / so hätte ihn der Tausendste vor eine schöne Jungfrau gehalten; aber wo komm ich hin? ich muß meine Histori erzehlen; als Budweis und Bragodiz über / giengen beyde Armeen vor Pilsen / welches sich zwar tapffer wehrete / aber hernach auch mit jämmerlichem Würgen und Aufhencken seine Straff empfieng; von dannen ruckten sie auf Raconitz / allwo es die erste Stöß im Feld setzte / die ich sahe; und damals wünschte ich ein Mann zu seyn / umb dem Krieg meine Tage nachzuhängen; dann es gieng so lustig her / daß mir das Hertz im Leib lachte; und solche Begierde vermehrte mir die Schlacht auf dem weissen Berg bey Prag / weil die unsere einen grossen Sieg erhielten und wenig Volck einbüsten; damals machte mein Rittmeister treffliche Beuten / ich aber liesse mich nicht wie ein Page oder Cämmerling / vielweniger als ein Mägdgen / sondern wie ein Soldat gebrauchen / der an den Feind zu gehen geschworen / und darvon seine Besoldung hat.

Nach diesem Treffen marchirt der Hertzog aus Bäyern in Oesterreich / der Sächsische Churfürst in die Laußnitz / und unser General Bucquoy in Mähren / des Käisers Rebellen

8 Reuterischer] auf Raubzüge ausgehender 9 verbicht] erpicht
25 Cämmerling] Kammerdiener

widerumb in Gehorsam zu bringen; und indem sich dieser letztere an seiner bey Raconitz empfangenen Beschädigung curiren liesse; sihe / da bekam ich mitten in derselbigen Ruhe / so wir seinethalber genossen / eine Wunden in mein Hertz / welche mir meines Rittmeisters Liebwürdigkeit hinein truckte; dann ich betrachtete nur die jenige Qualitäten / die ich oben von ihm erzehlet / und achtete gar nicht / daß er weder Lesen noch Schreiben konnte / und im übrigen so ein roher Mensch war / daß ich bey meiner Treu schweren kan / ich hätte ihn niemahlen hören oder sehen beten; und wann ihn gleich der weise König Alphonsus selbst eine schöne Bestia genannt hätte / so wäre mein Liebes-Feur / das ich hegte / doch nicht darvon verloschen / welches ich aber heimlich zu halten gedachte / weil mirs meine wenig übrighabende Jungfräuliche Schamhafftigkeit also riehte; es geschahe aber mit solcher Ungedult / daß ich / unangesehen meiner Jugend / die noch keines Manns wehrt war / mir offt wünschte / der jenigen Stelle zu vertretten / die ich und andere Leute ihm zu Zeiten zu kuppelten; so hemmte Anfänglich auch nicht wenig den ungestümmen und gefährlichen Ausbruch meiner Liebe / daß mein Liebster von einem edlen und Namhafften Geschlecht geboren war / von dem ich mir einbilden muste / daß er keine / die ihre Eltern nicht kennete / ehelichen würde; und seine Matresse zu seyn / konnte ich mich nicht entschliessen / weil ich täglich bey der Armee so viel Huren sahe Preiß machen.

Ob nun gleich dieser Krieg und Streit / den ich mit mir selber führte / mich greulich quälte / so war ich doch geil und ausgelassen darbey / ja von einer solchen Natur / daß mir weder mein innerlichs Anliegen noch die äuserliche Arbeit und Kriegs Unruhe etwas zu schaffen gab; ich hatte zwar nichts zu thun / als einzig meinem Rittmeister aufzuwarten; aber solches lernete mich die Liebe mit solchem Fleiß und Eifer verrichten / daß mein Herr tausend Eid vor einen geschworen hätte / es lebte kein treuerer Diener auf dem Erdboden; in allen *occasionen*, sie wären auch so scharff gewesen /

36 *occasionen*] Gefechten, Scharmützeln

als sie immer wolten / kame ich ihme niemahlen vom Rucken oder der Seiten / wiewol ichs gar nicht zu thun schuldig war / und über das war ich allzeit willig / wo ich nur etwas zu thun wuste / das ihm gefiele; so hätte er auch gar wol aus meinem Angesicht lesen können / wann ihn nur meine Kleider nicht betrogen / daß ich ihn weit mit einer anderen als eines gemeinen Dieners Andacht geehrt und angebetet; Indessen wuchse mir mein Busen je länger je grösser / und druckte mich der Schu je länger je hefftiger / dergestalt / daß ich weder von aussen meine Brüste: noch den innerlichen Brand im Hertzen länger zu verbergen getraute.

Als wir Jylau bestürmet / Trebitz bezwungen / Znaim zum Accord gebracht / Brün und Olmütz unter das Joch geworffen / und meisten theils alle andere Städte zum Gehorsam getrieben / seynd mir gute Beuten zugestanden / welche mir mein Rittmeister / meiner getreuen Dienste wegen / alle schenckte; wormit ich mich trefflich mundirte / und selbst zum allerbesten beritten machte / meinen eignen Beutel spickte / und zu Zeiten bey dem Marquedentern mit den Kerln ein Maas Wein tranck; einsmals machte ich mich mit etlichen lustig / die mir aus Neid empfindliche Wort gaben / und sonderlich war ein feindseliger darunter / der die Böhmische Nation gar zu sehr schmähete und verachtete; der Narr hielte mir vor / daß die Böhmen ein faulen Hund voller Maden vor ein stinckenden Käß gefressen hätten / und foppte mich allerdings / als wann ich Persönlich darbey gewesen wäre / derowegen kamen wir beyderseits zu Scheltworten / von den Worten zu Nasenstübern / und von den Stössen zum Rupffen und Ringen / unter welcher Arbeit mir mein Gegentheil mit der Hand in Schlitz wischte / mich bey dem jenigen Geschirr zu erdappen / das ich doch nicht hatte / welcher zwar vergebliche / doch Mörderische Griff mich viel mehr verdrosse / als wann er nicht leer abgangen wäre / und eben darumb wurde ich desto verbitterter / ja

---

13 Accord] Übergabe nach Vertrag 17 mundirte] ausstattete, ausrüstete 30 Gegentheil] Widersacher

gleichsam halber unsinnig / also / daß ich aller meiner Stärck und Geschwindigkeit zusammen gebotte / und mich mit Kratzen / Beissen / Schlagen und Tretten dergestalt wehrete / daß ich meinen Feind hinunter brachte / und ihn im Angesicht also zurichtete / daß er mehr einer Teuffels-Larven als einem Menschen gleich sahe / ich hätte ihn auch gar erwürgt / wann mich die andere Gesellschaft nicht von ihm gerissen / und Fried gemacht hätte; ich kam mit einem blauen Aug darvon / und konnte mir wol einbilden / daß der schlimme Kund gewahr worden / was Geschlechts ich gewesen / und ich glaub auch / daß ers offenbahrt hätte / wann er nicht gefürchtet / daß er entweder mehr Stösse bekommen / oder zu denen die er allbereit empfangen / ausgelacht worden wäre / umb daß er sich von einem Mägdgen schlagen lassen; und weil ich sorgte / er möchte noch endlich schnellen / sihe so drehete ich mich aus.

Mein Rittmeister war nicht zu Haus / als ich in unser Quartier kam / sondern bey einer Gesellschafft anderer Officier / mit denen er sich lustig machte / allwo er auch erfuhr was ich vor eine Schlacht gehalten / ehe ich zu ihm kam; er liebte mich als ein resolutes junges Bürschel / und eben darumb war mein Filtz desto geringer / doch unterliesse er nicht mir dessentwegen einen Verweiß zu geben; als aber die Predigt am allerbesten war / und er mich fragte / warumb ich meinen Gegentheil so gar abscheulich zugerichtet hätte / antwortet ich / darumb / daß er mir nach der *Courage* gegriffen hat / wohin sonst noch keines Manns-Menschen Hände kommen seyn / (dann ich wolte es verzwicken / und nicht so grob nennen / wie die Schwaben ihre zusammen gelegte Messer / welche man / wann ich Meister wäre / auch nicht mehr so unhöfflich / sondern unzüchtige Messer heissen müste /) und weil meine Jungfrauschafft ohne das sich in letzten Zügen befand / zumalen ich wagen muste / mein

16 schnellen] sprechen, plaudern 16 drehete ich mich aus] machte mich davon 22 Filtz] Rüge, Schelte, Tadel 28 verzwicken] mit verhüllten Worten sagen, mildern

Gegentheil würde mich doch verrathen / sihe / so entblöste ich meinen schneeweissen Busen / und zeigte dem Rittmeister meine anziehende harte Brüste; sehet / Herr! sagte ich / hie sehet ihr eine Jungfrau / welche sich zu Bragodiz verkleidet hat / ihre Ehr vor den Soldaten zu erretten / und demnach sie Gott und das Glück in euere Hände verfügt / so bittet sie / und hofft / ihr werdet sie auch als ein ehrlicher Cavallier bey solcher ihrer hergebrachten Ehr beschützen; und als ich solches vorgebracht hatte / fieng ich so erbärmlich an zu weinen / daß einer drauff gestorben wäre / es sey mein gründlicher Ernst gewesen.

Der Rittmeister erstaunete zwar vor Verwunderung / und muste doch lachen / daß ich mit einen neuen Nahmen viel Farben beschrieben hatte / die mein Schild und Helm führte; er tröstete mich gar freundlich / und versprach mit gelehrten Worten meine Ehre wie sein eigen Leben zu beschützen / mit den Wercken aber bezeugte er alsobalden / daß er der Erste wäre / der meinem Kräntzlein nachstellte / und sein unzüchtig Gegrabel gefiele mir auch viel besser als sein ehrlichs Versprechen; doch wehrete ich mich Ritterlich; nicht zwar / ihme zu entgehen / oder seinen Begierden zu entrinnen / sondern ihn recht zu hetzen und noch begieriger zu machen; allermassen mir der Poß so artlich angieng / daß ich nichts geschehen liesse / bis er mir zuvor bey Teuffelholen versprach mich zu ehelichen / unangesehen / ich mir wol einbilden konnte / er würde solches so wenig im Sinn haben zu halten / als den Hals abzufallen. Und nun schaue / du guter Simplex! du dörfftest dir hiebevor im Saurbrunnen vielleicht eingebildet haben / du seyest der Erste gewesen / der den süssen Milchraum abgehoben; Ach nein du Tropff! du bist betrogen / er war hin / ehe du vielleicht bist geboren worden / darumb dir dann billich / weil du zu spat aufgestanden / nur der Zeiger gebührt und vorbehalten worden; aber diß ist nur Puppenwerck gegen dem zurechnen / wie ich dich sonst angeseilt und betrogen habe / wel-

30 Milchraum] Rahm 33 Zeiger] Quark

ches du an seinem Ort auch gar ordenlich von mir vernehmen solt.

DAS IV. CAPITEL.

Courage wird darumb eine Ehefrau und Rittmeisterin / weil sie gleich darauf wieder zu einer Wittbe werden muste / nachdem sie vorhero den Ehestand eine weile lediger Weise getrieben hatte.

ALso lebte ich nun mit meinem Rittmeister in heimlicher Liebe / und versahe ihm beydes die Stelle eines Cammerdieners und seines Eheweibs; ich quaͤlte ihn offt / daß er dermahlen eins sein Versprechen halten / und mich zur Kirchen fuͤhren solte / aber er hatte allzeit eine Ausrede / vermittelst deren er die Sach auf die lange Banck schieben konnte / niemahlen konnte ich ihn besser zu Chor treiben / als wann ich eine gleichsam unsinnige Liebe gegen ihn bezeugte / und darneben meine Jungfrauschafft wie des Jephthae Tochter beweinte; welchen Verlust ich doch nicht dreyer Heller wehrt schaͤtzte; ja ich war froh / daß mir solche als ein schwerer untraͤglicher Last entnommen war / weil mich nunmehr der Fuͤrwitz verlassen; doch brachte ich mit meiner liebreitzenden *Importuni*taͤt so viel zuwegen / daß er mir zu Wien ein doll Kleid machen liesse / auf die neue Mode / wie es damahlen das Adeliche Frauenzimmer in Italia trug / (so daß mir nichts anders manglete / als die *Copulati*on / und daß man mich einmal Frau Rittmeisterin nennete /) wormit er mir eine grosse Hoffnung machte / und mich willig behielte; ich dorffte aber drumb dasselbig Kleid nicht tragen / noch mich vor ein Weibsbild / vielweniger aber vor seine Gespons ausgeben; und was mich zum allermeisten verdrosse / war

5 Wittbe] Witwe 14 zu Chor treiben] zum Gehorsam bringen (in die Enge treiben) 17 Heller] Kupfermünze 21 *Importuni*taͤt] Aufdringlichkeit 24 *Copulati*on] Eintragung in die Heirats-Matrikel der Kirche 28 Gespons] Gattin, Ehefrau

diß / daß er mich nicht mehr Janco / auch nicht Libuschka sondern *Courage* nannte; denselben Nahmen ähmten andere nach / ohne daß sie dessen Ursprung wusten / sondern vermeinten mein Herr hiesse mich dessentwegen also / weil ich mit einer sonderbaren *Resolution* und unvergleichlichen *Courage* in die allerärgste Feinds-Gefahrn zu gehen pflegte / und also muste ich schlucken was schwer zu verdauen war. Darumb O ihr lieben Mägdgen! die ihr noch euer Ehr und Jungfrauschafft unversehrt erhalten habt / seyd gewarnet / und lasset euch solche so liderlich nicht hinrauben / dann mit derselbigen gehet zugleich euere Freyheit in Duckas / und ihr gerahtet in ein solche Marter und Sclaverey / die schwerer zu erdulden ist / als der Todt selbsten / ich habs erfahren und kan wol ein Liedlein darvon singen; Der Verlust meines Kräntzleins thät mir zwar nicht wehe / dann ich hab niemal kein Schloß darumb zu kauffen begehrt / aber dieses gieng mir zu Hertzen / daß ich mich noch deswegen foppen lassen / und noch gute Wort darzu geben muste / wolte ich nicht in Sorgen leben / daß mein Rittmeister aus der Schul schwatzen / und mich aller Welt zu Spott und Schand darstellen möchte. Auch ihr Kerl / die ihr mit solcher betrüglichen Schnapphanerey umbgehet / sehet euch vor / daß ihr nicht den Lohn euerer Leichtfertigkeit von deren empfahet / die ihr zu billicher Rach beweeget; wie man ein Exempel zu Paris hat / allwo ein Cavallier / nachdem er eine Dame betrogen / und sich folgents an ein andere verheuraten wolte / widerumb zum Beyschlaff gelockt: des Nachts aber ermordet / elend zerstümmelt / und zum Fenster hinaus auf die offene Straß geworffen wurde; ich muß von mir selbst bekennen / wann mich mein Rittmeister nicht mit allerhand hertzlichen Liebsbezeugungen unterhalten / und mir nicht stetig Hoffnung gemacht hätte / mich noch entlich ohne allen Zweiffel zu ehelichen / daß ich ihm einmal unversehens in

5 *Resolution*] Entschlossenheit, für eine Frau untypische Kampfeslust 5 f. *Courage*] Mut 11 in Duckas] verloren 24 billicher] geziemender

einer *Occasion* ein Kugel geschenckt hätte; Indessen marchirten wir unter des Bucquoy Commando in Ungarn / und nahmen zum ersten Preßburg ein / allwo wir auch unsere meiste Bagage und beste Sachen hinderlegeten / weil sich mein Rittmeister versahe / wir würden mit dem Bethlen Gabor eine Feldschlacht wagen müssen / von dannen giengen wir nach S. Georgi / Possing / Moder und andere Ort / welche erstlich geplündert und hernach verbrendt wurden / Tirnau / Altenburg und fast die gantze Jnsul nahmen wir ein / und vor Neusoll: kriegten wir einige Stösse / allwo nicht allein mein Rittmeister tödlich verwundet / sondern auch unser General der Graf Bucquoy selbsten nidergemacht wurde / welcher Tod dann verursachte / daß wir anfiengen zu fliehen / und nicht aufhöreten / bis wir nach Preßburg kamen / daselbst pflegte ich meinem Rittmeister mit gantzen Fleiß / aber die Wundärtzte propheceyten ihm den gewissen Tod / weil ihm die Lung verwundet war / derowegen wurde er auch durch gute Leute erinnert und dahin bewögt daß er sich mit Gott versöhnet / dann unser Regiments-Caplan war ein solcher eiferiger Seelensorger / daß er ihm keine Ruhe ließ / bis er beichtet und communicirte; Nach solchem wurde er beydes durch seinen Beichtvatter und sein eigen Gewissen angesport und getrieben / daß er mich mit ihme im Bette copuliren liesse / welches nicht seinem Leib / sondern seiner Seelen zum besten angesehen war / und solches gieng desto ehender / weil ich ihn überredet / daß ich mich von ihm schwanger befände; So verkehrt nun gehets in der Welt her / andere nehmen Weiber mit ihnen ehelich zu leben / dieser aber ehelichte mich / weil er wuste daß er solte sterben! Aus diesem Verlauff musten die Leute nun glauben / daß ich ihn nicht als ein getreuer Diener / sondern als seine Matreß bedient / und sein Unglück beweinet hatte / das Kleid kam mir wol zu der Hochzeit-Ceremonien zu Paß / welches er mir hiebevor machen lassen / ich dorffte es aber nicht lang tragen / sondern muste ein schwartzes haben / weil er nach we-

2 in] nach

nig Tagen mich zur Wittib machte / und damals gieng mirs allerdings wie jenem Weib / die bey ihres Manns Begräbnis einem ihrer Befreundten / der ihr das Leid klagte / zur Antwort gab; was einer zum liebsten hat / führt einem der Teuffel zum ersten hin. Jch liesse ihn seinem Stand gemäß prächtig genug begraben / dann er mir nicht allein schöne Pferdt / Gewehr und Kleider: sondern auch ein schön Stück Gelt hinterlassen / und umb alle diese Begebenheit liesse ich mir von den Geistlichen Schrifftlichen Urkund geben / der Hoffnung dardurch von seiner Eltern Verlassenschafft noch etwas zu erhaschen / ich konnte aber auf fleissiges Nachforschen nichts anders erfahren / als daß er zwar gut Edel von Geburt: aber hingegen so blut-arm gewesen / daß er sich elend behelffen müssen / wann ihm die Böhmen keinen Krieg geschickt oder zugericht hätten. Jch verlohre aber zu Preßburg nicht allein diesen meinen Liebsten / sondern wurde auch in selbiger Stadt vom Bethlen Gabor belägert / dieweil aber zehen Compagnien Reuter und zwey Regiment zu Fuß aus Mähren durch ein Strategema die Stadt entsetzet / Bethlen an der Eroberung verzweiffelt und die Belägerung aufgehoben / habe ich mich mit einer guten Gelegenheit sammt meinen Pferdten / Dienern und gantzer Pagage nach Wien begeben / umb von dannen widerumb in Böhmen zu kommen; zu sehen / ob ich vielleicht meine Kostfrau zu Bragodiz noch lebendig finden und von ihr erkundigen möchte / wer doch meine Eltern gewesen; ich kützelte mich damals mit keinen geringen Gedancken / was ich nemlich vor Ehr und Ansehens haben würde / wann ich wider nach Haus käme / und so viel Pferdt und Diener mitbrächte / das ich alles laut meiner Urkund im Krieg redlich und ehrlich gewonnen.

19 Strategema] Kriegslist 23 in] nach

DAS V. CAPITEL.

Was die Rittmeisterin Courage in ihrem Wittibstand vor ein erbares züchtiges / wie auch verruchtes Gottloses Leben geführet / wie sie einem Grafen zu Willen wird / einen Ambassador umb seine Pistolen bringet / und sich andern mehr umb reiche Beute zu erschnappen willig unterwirfft.

WEil ich meine vorhabende Reise Unsicherheit halber von Wien aus nach Bragodiz so bald nicht ins Werck zu setzen getraute / zumalen es in den Wirthshäusern grausam theur zu zehren war / als verkauffte ich meine Pferdte und schaffte alle meine Diener ab / dingte mir aber hingegen eine Magd und bey einer Wittib eine Stube / Cammer und Kuchel / umb genau zu hausen und Gelegenheit zu erwarten / mit deren ich sicher nach Haus kommen könnte; Dieselbe Wittib war ein rechtes Dauß-Es die nicht viel ihres Gleichen hatte; Jhre zwo Töchter aber waren unsers Volcks / und beydes bey der Hofbursch und den Kriegs-Officiern wol bekandt / welche mich auch bey denselben bald bekand machten; so / daß dergleichen Schnapphanen in Kürtze die grosse Schönheit der Rittmeisterin / die sich bey ihnen enthielte / untereinander zu rühmen wusten / gleich wie mir aber mein schwartzer Traur-Habit ein sonderbares Ansehen und erbare Gravität verliehe / zumalen meine Schönheit desto höher herfür leuchten machte / also hielte ich mich auch anfänglich gar still und eingezogen; meine Magd muste spinnen / ich aber begab mich aufs Nähen / Wircken und andere Frauenzimmer-Arbeit / daß es die Leute sahen / heimlich aber pflantzte ich meine Schönheit auf / und konte offt ein gantze Stund vorm Spiegel stehen / zu lernen und zu begreiffen / wie mir das Lachen / das Weinen / das Seufftzen und andere dergleichen veränderliche Sachen anstunden; und diese Thorheit solte

---

2 Wittibstand] Witwenstand 4 f. Ambassador] Gesandter 5 Pistolen] (span.) Goldmünzen 12 Kuchel] Küchen 15 Dauß-Es] Trumpf-As (an Durchtriebenheit) 22 Gravität] Würde

mir ein genugsame Anzeigung meiner Leichtfertigkeit / und eine gewisse Propheceyung gewesen seyn / daß ich meiner Würthin Töchtern bald nachähmen würde; welche auch / damit solches bald geschehe / sammt der Alten anfiengen gute Kundschafft mit mir zu machen / und mir die Zeit zu kürtzen mich offt in meinem Zimmer besuchten / da es dann solche *Discurs* setzte / die so jungen Dingern wie ich war / die Frommkeit zuerhalten / gar ungesund zu seyn pflegen; sonderlich bey solchen Naturen wie die Meinige *inclinirt* gewesen; Sie wuste mit weitläuffigen Umbschweiffen artlich herumb zu kommen / und lernete meine Magd Anfänglich / wie sie mich recht auf die neue Mode aufsetzen und ankleiden solte; Mich selbst aber unterrichtet sie wie ich meine weisse Haut noch weisser / und meine Goldfarbe Haar noch gläntzender machen solte / und wann sie mich dann so gebutzt hatte / sagte sie / es wäre immer Schad / daß so ein edele Creatur immerhin in einem schwartzen Sack stecken / und wie ein Turteltäublein leben solte; das thät mir dann trefflich kirr / und war Oehl zu dem ohne das brennenden Feur meiner anreitzenden Begierden; Sie lehnete mir auch den Amadis die Zeit darinn zu vertreiben und Complimenten daraus zu ergreiffen / und was sie sonst erdencken konnte / das zu Liebes-Lüsten reitzen machte / das liesse sie nicht unterwegen.

Jndessen hatte meine abgeschaffte Diener ausgesprengt und unter die Leute gebracht / was ich vor eine Rittmeisterinn gewesen / und wie ich zu solchem Titul kommen / und weil sie mich nicht anders zu nennen wusten / verbliebe mir der Nahm *Courage*, auch fieng ich nach und nach an meines Rittmeisters zu vergessen / weil er mir nicht mehr warm gab / und indem ich sahe / daß meiner Würthin Töchter so guten Zuschlag hatten / wurde mir das Maul allgemach nach neuer Speise wässerig / welche mir auch meine Würthin lieber als ihr selbst gern gegönnt hätte; doch dorffte sie mir / so

9 *inclinirt*] geneigt 10 artlich] kunstvoll 19 kirr] wohl
20 lehnete] lieh

lang ich die Traur nicht ablegte / noch nichts dergleichen so offentlich zumuhten / weil sie sahe / daß ich die Anwuͤrff / so hierauf ziehleten / gar kaltsinnig annahm; gleichwol unterliessen etliche vornehme Leute nicht / ihr taͤglich meinetwegen anzuliegen / und umb ihr Haus herumb zu schwermen wie die Raub-Bienen umb ein Jmmenfaß / unter diesen war ein junger Graf / der mich neulich in der Kirchen gesehen / und sich aufs aͤuserste verliebt hatte / dieser spendirte trefflich / einen Zutritt zu mir zu bekommen / und damit es ihm anderwaͤrts gelingen moͤchte / weil ihn meine Wuͤrthin noch zur Zeit nicht kecklich bey mir anzubringen getraute / (die er dessentwegen offt vergeblich ersucht /) erkundigte er von einem meiner gewesenen Diener alle Beschaffenheit des Regiments / darunter mein Rittmeister gelebt / und als er der Officier Nahmen wuste / demuͤtigt er sich mir aufzuwarten oder mich Persoͤnlich zu besuchen umb seinen Bekandten nachzufragen / die er sein Lebtag nicht gesehen hatte / von dannen kam er auch auf meinen Rittmeister / von welchem er auffschnitte / daß er in der Jugend neben ihm studirt und allzeit gute Kundschafft und Vertreulichkeit mit ihm gehabt haͤtte / beklagte auch seinen fruͤhezeitigen Abgang / und lamentirte damit zugleich uͤber mein Ungluͤck / daß es mich in einer solchen zarten Jugend so bald zu einer Wittib gemacht / mit Anerbieten / da ich in irgend was seiner Huͤlffe beduͤrfftig waͤre / etc. mit solchen und dergleichen Aufzuͤgen suchte der junge Herr sein erste Kundschafft mit mir zu machen / die er auch bekam / und ob ich zwar greiffen konnte / das er im Reden irrete (dann mein Rittmeister hatte ja das geringste nicht studirt.) So liesse ich mir doch seine Weise wolgefallen / weil seine Meinung dahin gieng / des abgangnen Rittmeisters Stell bey mir zu ersetzen / doch stellte ich mich gar frembt und kaltsinnig / gab kurtzen Bescheid und zwang ein zierlichs Weinen daher / bedanckte mich seines Mittleidens und der anerbottenen Gnad / mit so beschaffnen Complimenten / die genugsamb waren / ihme anzudeu-

2 Anwuͤrff] Anträge 19 auffschnitte] daherlog

ten / daß sich seine Liebe vor dißmal mit einem guten Anfang genuͤgen lassen / er selbst aber widerumb einen ehrlichen Abscheid von mir nehmen solte.

Den andern Tag schickte er seinen Lacqueyen / zu vernehmen / ob er mir kein Ungelegenheit machte / wann er kaͤme mich zu besuchen; Jch liesse ihm wider sagen / er machte mir zwar keine Ungelegenheit / und ich moͤchte seine Gegenwart auch wol leiden / allein weil es wunderliche Leute in der Welt gebe / denen alles verdaͤchtig vorkaͤme / so baͤte ich / er wolle meiner verschonen / und mich in kein boͤs Geschrey bringen. Diese unhoͤffliche Antwort machte den Grafen nicht allein nicht zornig / sondern viel verliebter / er passirte Maulhenckolisch bey dem Hause voruͤber / der Hoffnung / auffs wenigst nur seine Augen zu weiden / wann er mich am Fenster sehe / aber vergeblich / ich wolte meine Wahr recht theur an Mann bringen / und liesse mich nicht sehen / in dessen nun dieser vor Liebe halber vergieng / legte ich meine Trauer ab / und prangte in meinem andern Kleid / darinn ich mich dorffte sehen lassen; da unterliesse ich nichts das mich ziern moͤchte / und zohe damit die Augen und Hertzen vieler grossen Leut an mich / welches aber nur geschahe / wann ich zur Kirchen gieng / weil ich sonst nirgends hin kam / ich hatte taͤglich viel Gruͤsse und Pottschafften von diesen und von jenen anzuhoͤren / die alle in des Grafen Spital kranck lagen / aber ich bestunde so unbewoͤglich wie ein Felsen / bis gantz Wien nicht allein von dem Lob meiner unvergleichlichen Schoͤnheit / sondern auch von dem Ruhm meiner Keuschheit und anderer seltenen Tugenden erfuͤllt ward; Da ich nun meine Sach so weit gebracht / daß man mich schier vor eine halbe Heiliginne hielte / dunckte mich Zeit seyn / meinen bisher bezwungenen Begierden den Zaum einmal schiessen zu lassen / und die Leute in ihrer guten von mir gefasten Meinung zu betruͤgen. Der Graf war der Erste / dem ich Gunst bezeugte / und wi-

2 f. ehrlichen] ehrbaren 20 zohe] zog 30 Heiliginne] Heilige

derfahren liesse / weil er solche zu erlangen weder Mühe noch Uncosten sparete / er war zwar Liebens wehrt und liebte mich auch von Hertzen / und ich hielte ihn vor den Besten unterm gantzen Hauffen / mir meine Begierden zu sättigen; Aber dannoch so wäre er nicht darzu kommen / wann er mir nicht gleich nach abgelegter Traur ein Stück Columbinen Adlaß mit aller Ausstaffierung zu einem neuen Kleid geschickt / und vor allen Dingen 100. Ducaten in meine Haushaltung / umb daß ich mich über meines Manns Verlust desto besser trösten solte / verehrt hätte; Der Ander nach ihm war eines grossen Potentaten Ambassador / welcher mir die erste Nacht 60. Pistolen zu verdienen gabe / nach diesen kamen auch andere / und zwar keine die nicht tapffer spendieren konnten / dann was arm war / oder wenigst nicht gar reich und hoch / das mochte entweder draussen bleiben / oder sich mit meiner Würthin Töchtern behelffen / und solcher Gestalt richtete ichs dahin / daß meine Mühle gleichsamb nie leer stunde / ich maltzerte auch so Meisterlich / daß ich inner Monats-Frist über 1000. Ducaten *in specie* zusammen brachte / ohne das jenige / was mir an Kleinodien / Ringen / Ketten / Armbändern / Sammet / Seiden und Leinen Gezeug (mit Strümpfen und Handschuhen dorffte wol keiner aufziehen /) auch an *Victualien*, Wein und anderen Sachen verehrt wurde / und also gedachte ich mir meine Jugend fürderhin zu Nutz zu machen / weil ich wuste daß es heist

Ein jeder Tag bricht dir was ab /
Von deiner Schönheit bis ins Grab.

Und es müste mich auch noch auf diese Stund reuen / wann ich weniger gethan hätte; Endlich machte ichs so grob / daß die Leute anfiengen mit Fingern auf mich zu zeichen / und ich mir wol einbilden konnte / die Sach würde so in die

7 Columbinen] taubenfarben 18 maltzerte] bereitete Malz, hier: erzielte großen Gewinn, machte reiche Beute
20 *in specie*] in klingender Münze 23 *Victualien*] (lat.) Lebensmitteln

Laͤnge kein Gut thun / dann ich schlug zu letzt dem Geringen auch keine Reis ab / meine Wuͤrthin war mir treulich beholffen / und hatte auch ihren ehrlichen Gewinn davon; Sie lernete mich allerhand feine Kuͤnste / die nicht nur leichtfertige Weiber koͤnnen / sondern auch solche / damit sich theils lose Maͤnner schleppen / so gar / daß ich mich auch fest machen / und einem jeden / wann ich nur wolte / seine Buͤchsen zubannen konnte / und ich glaube / wann ich laͤnger bei ihr blieben waͤre / daß ich auch gar Hexen gelernt haͤtte; Demnach ich aber getreulich gewarnet wurde / daß die Obrigkeit unser Nest ausnehmen und zerstoͤhren wuͤrde / kauffte ich mir eine Calesch und zwey Pferdt / dingte einen Knecht / und machte mich damit unversehens aus dem Staub / weil ich eben gute Gelegenheit hatte sicher nach Prag zu kommen.

DAS VI. CAPITEL.

Courage kommt durch wunderliche Schickung in die zweyte Ehe / und freyete einen Hauptmann / mit dem sie trefflich gluͤckselig und vergnuͤgt lebte.

JCh haͤtte zu Prag feine Gelegenheit gehabt / mein Handwerck ferners zu treiben / aber die Begierde meine Kostfrau zu sehen / und meine Eltern zuerkundigen / triebe mich auf Bragodiz zu reisen / welches ich / als in einem befriedeten Land sicher zu thun getraute; aber potz Hertz / da ich an einem Abend allbereit den Ort vor mir liegen sahe / da kamen eilff Mansfeldische Reuter / die ich / wie sonst jederman gethan hatte / vor Kaͤiserisch und Gutfreund ansahe / weil sie mit roten Scharpen oder Feldzeichen mundirt waren / diese packten mich an / und wanderten mit mir und meinem Calesch dem Boͤhmer-Wald zu / als wann sie der Teufel selbst gejagt haͤtte / ich schrey zwar / als wann ich an einer Folter

12 Calesch] Kalesche, leichte, vierrädrige Kutsche 31 schrey] schrie

gehangen waͤre / aber sie machten mich bald schweigen; umb Mitternacht kamen sie in eine Meyerey die eintzig vorm Wald lag / allwo sie anfiengen zu fuͤttern / und mit mir umbzugehen / wie zu geschehen pflegt / welches mir zwar der schlechteste Kummer war / aber es wurde ihnen geseegnet / wie dem Hund das Gras / dann in dem sie ihre Viehische Begierden saͤttigten / wurden sie von einem Hauptmann / der mit dreysig Tragonern eine Convoy nach Pilsen verrichtet hatte / uͤberfallen / und weil sie durch falsche Feldzeichen ihren Herren verlaͤugnet / alle miteinander niedergemacht / das Meinige hatten die Mansfeldische noch nicht gepartet / und demnach ich Kaͤiserl. Paß hatte / und noch nicht 24. Stund in Feinds Gewalt gewesen / hielte ich dem Hauptman vor / daß er mich und das Meinige vor keine rechtmaͤssige Beuten halten und behalten koͤnnte; Er muste es selbst bekennen / aber gleichwol / sagte er / waͤre ich ihm umb meiner Erloͤsung willen *obligirt*, er aber nicht zu verdencken / wann er einen solchen Schatz den er vom Feind erobert / nicht mehr aus Haͤnden zu lassen gedaͤchte / seye ich eine verwittibte Rittmeisterinn / wie mein Paß auswiese / so seye er ein verwittibter Hauptmann / wann mein Will darbey waͤre / so wuͤrde die Beut bald getheilt seyn / wo nicht / so werde er mich gleichwol mitnehmen / und hernach er erst mit einem jedwedern *disputirn*, ob die Beute rechtmaͤssig sey oder nicht / hiermit liesse er genugsamb scheinen / daß er allbereit den Narrn an mir gefressen / und damit er das Wasser auf seine Muͤhl richtete / sagte er / diesen Fortheil wolte er mir lassen / daß ich erwehlen moͤchte / ob er die Beute unter seine gantze Bursch theilen solte / oder ob ich vermittelst der Ehe sambt dem Meinigen allein sein verbleiben wolte? Auf welchen Fall er seine bey sich habende Leute schon bereden wolte / daß ich mit dem Meinigen keine rechtmaͤssige Beute / sondern ihme allein durch die Vereheligung

---

2 Meyerey] Bauernhof, Landgut 8 Convoy] Geleitzug
11 gepartet] geteilt 17 *obligirt*] verpflichtet 27 Fortheil] hier: Vergünstigung 29 Bursch] Schar, Trupp

zustaͤndig worden waͤre / ich antwortete / wann die Wahl bey mir stuͤnde / so begehrte ich deren keins / sondern meine Bitte waͤre / sie wolten mich in meine Gewahrsam passiren lassen / und damit fienge ich an zu weinen / als wann mirs ein gruͤndlicher Ernst gewesen waͤre / nach den alten Reimen:

Die Weiber weinen offt mit Schmertzen /
Aber es geht ihn nicht von Hertzen /
  Sie pflegen sich nur so zu stellen /
  Sie koͤnnen weinen wann sie woͤllen

Aber es war meine Meinung / ihm hierdurch Ursach zu geben mich zu troͤsten / sich selbst aber staͤrcker zu verlieben / sintemal mir wol bewust / daß sich die Hertzen der Mannsbilder am allermeisten gegen dem weinenden und betruͤbten Frauenzimmer zu oͤffnen pflegen; der Poß gienge mir auch an / und indem er mir zusprach / und mich seiner Liebe mit hohem Beteuern versicherte / gab ich ihm das Jawort / doch mit diesem austruͤcklichen Beding und Vorbehalt / daß er mich vor der Copulation im geringsten nicht beruͤhren solte / welches er beydes verheissen und gehalten; bis wir in die Mansfeldische Befestigungen zu Weidhausen ankahmen / welches eben damals dem Hertzogen aus Baͤyern vom Mannsfelder selbst *per Accord* uͤbergeben worden / und demnach meines Serviteurs hefftige Liebe wegen unsers Hochzeit-Fests keinen laͤngern Verzug gedulten mochte / liesse er sich mit mir ehelich zusammen geben / ehe er moͤchte erfahren / wormit die Courage ihr Geld verdienet / welches kein geringe Summa war; Jch war aber kaum einen Monat bey der Armee gewesen / als sich etliche hohe Officierer fanden / die mich nicht allein zu Wien gekandt / sondern auch gute Kundschafft mit mir gehabt hatten; doch waren sie so bescheiden / daß sie weder meine noch ihre Ehr offentlich ausschriehen / es gieng zwar so ein kleines Gemurmel umb /

3 Gewahrsam] Wohnsitz, Aufenthalt 23 *per Accord*] durch Übereinkunft 24 Serviteurs] Dieners 31 f. bescheiden] diskret, einsichtsvoll

daruͤber ich aber gleichwol keine sonderliche Beschwerung empfand / ausser daß ich den Nahmen *Courage* wiederumb gedulden muste.

Sonst hatte ich einen guten gedultigen Mann / welcher sich eben so hoch uͤber meine gelbe Batzen / als wegen meiner Schoͤnheit erfreute / diese hielte er gesparsamer zusammen als ich gerne sahe; gleich wie ich aber solches geduldete / also gab er auch zu / daß ich mit Reden und Geberden gegen jederman desto freygebiger seyn dorffte / wann ihn dann jemands vexirte / daß er mit der Zeit wol Hoͤrner kriegen doͤrffte / antwortet er auch im Schertz / es seye sein geringstes Anliegen; dann ob ihm gleich einer uͤber sein Weib komme / so lasse ers jedoch bey dem / was ein solcher ausgerichtet / nicht verbleiben / sondern nehme Zeit dieselbe frembde Arbeit wider anders zu machen; Er hielte mir jederzeit ein trefflich Pferd mit schoͤnen Sattel und Zeug mondirt / ich ritte nicht wie andere Officiers-Frauen in einem Weiber-Sattel / sondern auf einen Manns-Sattel; und ob ich gleich uͤberzwergs sasse / so fuͤhrte ich doch Pistolen und einen Tuͤrckischen Sebel unter dem Schenckel / hatte auch jederzeit einen Stegreiff auf der andern Seiten hangen / und war im uͤbrigen mit Hosen und einem duͤnnen daffeten Roͤcklein daruͤber also versehen / daß ich all Augenblick schrittling sitzen und einen jungen Reutters Kerl praesentirn konnte; gab es dann eine Rencontra gegen dem Feinde / so war mir unmuͤglich *a part* nicht mit zu machen / ich sagte vielmalen: eine Dame / die sich gegen einem Mann zu Pferd zu wehren nicht wagen doͤrffte / solte auch kein Pluͤmage wie ein Mann tragen; und demnach mir es bey etlichen Betteltaͤntzen gluͤckte / daß ich Gefangne kriegte / die sich keine Bernheuter zu seyn duncken / wurde ich so kuͤhn / wann dergleichen Gefecht angieng / auch einen Carbiner / oder wie mans

10 vexirte] plagte, neckte, ärgerte 19 uͤberzwergs] quer, nach Frauenart 21 Stegreiff] Steigbügel 25 Rencontra] Begegnung, Gefecht 26 *a part*] abgesondert, allein 28 Pluͤmage] (frz.) Federbusch 29 f. Betteltaͤntzen] Kämpfen

nennen will / ein Bandelier-Rohr an die Seite zu hängen / und neben dem Troupen auch zweyen zu begegnen / und solches desto hartnäckiger / weil ich und mein Pferdt vermittelst der Kunst / die ich von vielgedachter meiner Würthin erlernet / so hart war / daß mich keine Kugel öffnen konnte.

So giengs und so stund es damal mit mir / ich machte mehr Beuten als mancher geschworner Soldat / welches auch Manchen und Manche verdroß; aber da fragte ich wenig nach / dann es gab mir Schmaltz auf meine Suppen / die Verträulichkeit meines sonst (gegen meiner Natur zu rechnen) gantz unvermöglichen Manns / verursachte / daß ich ihm gleichwol Farb hielte / ob sich gleich Höhere als Haubtleute bey mir anmeldeten / die Stelle seines Leutenants zu vertretten / dann er liesse mir durchaus meinen Willen / hingegen war ich nichts destoweniger bey den Gesellschafften lustig / in den *Conversatio*nen frech / aber auch gegen dem Feind so heroisch / als ein Mann / im Feld so häußlich und zusammen-hebig als immer ein Weib; in Beobachtung der Pferde besser als ein guter Stallmeister / und in den Quartiren von solcher *Prosperi*tät: daß mich mein Hauptmann nicht besser hätte wünschen mögen / und wann er mir zu Zeiten einzureden Ursach hatte / litte er gerne / daß ich ihm Widerpart hielte / und auf meinen Kopff hinaus fuhr / weil sich unser Geld so sehr dardurch vermehrte / daß wir einen guten Particul darvon in eine vornehme Stadt zu verwahren geben musten. Und also lebte ich trefflich glückselig und vergnügt / hätte mir auch meine Tage keinen anderen Handel gewünscht / wann nur mein Mann etwas besser beritten gewest wäre; Aber das Glück oder mein *Fatum* liesse mich nicht lang in solchem Stand / dann nachdem mir mein Haubtmann bey Wißlach tod geschossen wurde / sihe / so ward ich widerumb in einer kurtzen Zeit zu einer Wittib.

---

1 Bandelier] Wehrgehänge 2 Troupen] Schar, Heerhaufen 5 öffnen] verwunden 12 unvermöglichen] impotenten 13 Farb hielte] zu ihm hielt, bei ihm blieb 21 *Prosperi*tät] Wohlstand

DAS VII. CAPITEL.

Courage schreitet zur dritten Ehe / und wird aus einer Hauptmännin eine Leutenantin / triffts aber nicht so wol als vorhero / schlägt sich mit ihrem Leutenant umb die Hosen mit Prügeln / und gewinnet solche durch ihre tapfere *Resolution* und *Courage*; darauf sich ihr Mann unsichtbar macht / und sie sitzen lässt.

MEin Mann war kaum kalt und begraben / da hatte ich schon widerum ein gantz dutzent Freyer und die Wahl darunter / welchen ich aus ihnen nehmen wolte / dann ich war nicht allein schön und jung / sondern hatte auch schöne Pferd und zimlich viel alt Geld / und ob ich mich gleich vernehmen liesse / daß ich meinem Haubtmann seel. zu Ehren noch ein halb Jahr trauren wolte / so konnte ich jedoch die Importune-Hummeln / die umb mich / wie umb einen fetten Honighafen / der keinen Deckel hat / herumb schwermbten / nicht abtreiben / der Obriste versprach mir bey dem Regiment Unterhalt und Quartier / bis ich mein Gelegenheit anders anstellte / hingegen liesse ich zween von meinen Knechten Herren-Dienste versehen / und wann es Gelegenheit gab / bey deren ich vor mein Person vom Feind etwas zu erschnappen getraute / so sparte ich meine Haut so wenig als ein Soldat / allermassen ich in dem anmutigen und fast lustigen Treffen bey Wimpffen einen Leutenant / und im Nachhauen unweit Heilbrunn einen Cornet sammt seiner Standart gefangen bekommen / meine beyde Knechte aber haben bey Plünderung der Wägen zimliche Peuten an paarem Gelt gemacht / welche sie unserem Accord gemäß mit mir theilen musten; Nach dieser Schlacht bekam ich mehr Liebhaber als zuvor / und demnach ich bey meinem vorigen

---

15 Importune-Hummeln] lästige Freier 16 Honighafen] Honigtopf 19 Gelegenheit] Angelegenheit, Verhältnis, Sache
25 Cornet] Fähnrich der Kavallerie 27 f. Peuten an paarem Gelt] Beute an barem Geld 28 Accord] Übereinkunft, Vertrag

Mann mehr gute Täge als gute Nächte gehabt / zumalen wider meinen Willen seit seinem Tod gefastet / sihe / so gedachte ich durch meine Wahl alle solche Versaumnus wider einzubringen / und versprach mich einem Leutenant / der meinem Beduncken nach alle seine Mittbuhler beydes an Schönheit / Jugend / Verstand und Tapferkeit übertraff; dieser war von Geburt ein Italianer und zwar schwartz von Haaren / aber weiß von Haut / und in meinen Augen so schön / daß ihn kein Mahler hätte schöner mahlen können; Er bewiese gegen mir fast eine Hunds-Demut bis er mich erlöffelt / und da er das Jawort hinweg hatte / stellte er sich so Freuden voll / als wann Gott die gantze Welt beraubt / und ihn allein beseeligt hätte; wir wurden in der Pfaltz copulirt / und hatten die Ehre / daß der Obriste selbst neben den meinsten hohen Officiern des Regiments bey der Hochzeit erschienen / die uns alle vergeblich viel Glück in eine langwürige Ehe wünschten.

Dann nach dem wir nach der ersten Nacht bey Aufgang der Sonnen beysammen lagen zu faullentzen / und uns mit allerhand liebreichem und freundlichem Gespräch unterhielten / ich auch eben aufzustehen vermeinte / da ruffte mein Leutenant seinem Jungen zu sich vors Bette / und befahl ihm / daß er zween starcke Prügel herbey bringen solte; Er war gehorsamb / und ich bildete mir ein der arme Schelm würde dieselbe am allerersten versuchen müssen; unterliesse derowegen nicht / vor den Jungen zu bitten / bis er beyde Prügel brachte und auf empfangenen Befelch auf den Tisch zum Nachtzeug legte; Als nun der Jung wider hinweg war / sagte mein Hochzeiter zu mir; Ja! liebste; ihr wist / daß jederman darvor gehalten und geglaubt / ihr hättet bey euers vorigen Manns Lebzeiten die Hosen getragen / welches ihme dann bey ehrlichen Gesellschafften zu nicht geringerer Beschimpffung nachgeredet worden; weil ich dann nicht unbillich zu besorgen habe / ihr möchtet in solcher Gewonheit

11 erlöffelt] durch Buhlen gewonnen, erworben 15 meinsten] meisten

verharren / und auch die Meinige tragen wollen / welches mir aber zu leiden unmuͤglich / oder doch sonst schwer fallen wuͤrde; Sehet / so liegen sie dorten auf dem Tische / und jene zween Pruͤgel zu dem Ende darbey / damit wir beyde uns / wann ihr sie etwan wie vor diesem euch zuschreiben und behaubten woltet / zuvor darumb schlagen koͤnnten; sintemal mein Schatz selbst erachten kan / daß es besser gethan ist / sie fallen gleich jetzt im Anfang dem einen / oder andern Theil zu / als wann wir hernach in stehender Ehe taͤglich darumb kriegen; Jch antwortete: mein Liebster! (und damit gab ich ihm gar einen hertzlichen Kuß /) ich haͤtte vermeint gehabt / die jenige Schlacht so wir einander vor dißmal zu lieffern / seye allbereit gehalten; so hab ich auch niemalen in Sinn genommen / euere Hosen zu *praetendirn*; sondern / gleich wie ich wol weiß / daß das Weib nicht aus des Manns Haubt / aber wol aus seiner Seiten genommen worden / also habe ich gehofft meinen Hertzliebsten werde solches auch bekand seyn / und er werde derowegen sich meines Herkommens erinnern / und mich nicht / als wann ich von seinen Fußsohlen genommen worden waͤre / vor sein Fuß-Thuch / sondern vor sein Ehe-Gemahl halten / vornemblich; wann ich mich auch nicht unterstuͤnde ihme auf den Kopff zu sitzen / sondern mich an seiner Seiten behuͤlffe / mit demuͤtiger Bitte / er wolte diese Abendteurliche Fechtschul einstellen; Ha ha! sagte er / das seyn die rechte Weiber-Griffe / die Herrschafft zu sich zu reissen ehe mans gewahr wird; aber es muß zuvor darumb gefochten seyn / damit ich wisse / wer dem anderen kuͤnfftig zu gehorsammen schuldig / und damit warffe er sich aus meinen Armen wie ein anderer Narr / ich aber sprang aus dem Bette / und legte mein Hembt und Schlaffhosen an / erwischte den kuͤrtzten aber doch den staͤrcksten Pruͤgel / und sagte / weil ihr mir je zu fechten befehlet / und dem obsiegenden Theil die Oberherrlichkeit (an die ich doch keine Ansprach zu haben be-

10 kriegen] streiten 14 *praetendirn*] beanspruchen 31 kuͤrtzten] kuͤrzesten

gehrt /) uͤber den Uberwundenen zusprecht / so waͤre ich wol naͤrrisch / wann ich eine Gelegenheit aus Haͤnden liesse / etwas zu erhalten / daran ich sonst nicht gedencken doͤrffte; Er hingegen auch nicht faul / dann nachdem ich also seiner wartete / und er seine Hosen auch angelegt / erdappete er den andern Pruͤgel / und gedachte mich beym Kopff zu fassen / umb mir alsdann den Buckel fein mit guter Musse abzuraumen / aber ich war ihm viel zu geschwind / dann ehe er sichs versahe / hatte er eins am Kopff / davon er hinaus duͤrmelte / wie ein Ochs dem ein Streich worden; ich raffte die zween Stecken zusammen / sie zur Thuͤr hinaus zu werffen / und da ich solche oͤffnete / stunden etliche Officier darvor / die unserem Handel zugehoͤret / und zum Theil durch einen Spalt zugesehen hatten; diese liesse ich lachen so lang sie mochten / schlug die Thuͤr vor ihnen wider zu / warff meinen Rock umb mich / und brachte meinen Tropffen / meinen Hochzeiter wolte ich sagen / mit Wasser aus einem Lavor wider zu sich selbst / und da ich ihn zum Tische gesetzt / und mich ein wenig angekleidet hatte; liesse ich die Officier vor der Thuͤr auch zu uns ins Zimmer kommen.

Wie wir einander allerseits angesehen / mag jeder bey sich selbst erachten / ich merckte wol / daß mein Hochzeiter diese Officier veranlast / daß sie sich umb diese Zeit vorn Zimmer einstellen / und seiner Thorheit Zeugen seyn solten; dann als sie den Hegel gefoppet / er wuͤrde mir die Hosen lassen muͤssen / hatte er sich gegen ihnen geruͤhmt / daß er einen sonderbahren Vortheil wisse / welchen er den ersten Morgen ins Werck setzen / und mich dardurch so geschmeidig machen wolte / daß ich zittern wuͤrde / wann er mich nur scheel ansehe; aber der gute Mensch haͤtte es gegen einer anderen als der *Courage* probirn moͤgen; Gegen mir hat er so viel ausgerichtet / daß er jedermans Gespoͤtt worden / und

8 abzuraumen] durchzuprügeln 10 duͤrmelte] taumelte
10 Streich] ergänze: versetzt 18 Lavor] Waschbecken
26 Hegel] Narren (urspr.: Stier, Zuchtstier)

ich hätte nicht mit ihm gehauset / wann mirs nicht von Höheren befohlen und auferlegt worden wäre; wie wir aber mit einander gelebet / kan sich jeder leicht einbilden / nemblich wie Hund und Katzen. Als er sich nun anderer Gestalt an mir nicht *revangirn*, und auch das Gespött der Leute nicht mehr gedulten konnte / rappelte er einsmals alle meine Paarschafft zusammen / und gieng mit den dreyen besten Pferdten und einem Knecht zum Gegentheil.

DAS VIII. CAPITEL.

Courage hält sich in einer *Occasion* trefflich frisch / haut einem Soldaten den Kopff ab / bekommt einen Major gefangen / und erfährt daß ihr Leutenant als ein Meineydiger Uberlauffer gefangen und gehencket worden.

ALso wurde ich nun zu einer Halb-Wittib / welcher Stand viel elender ist / als wann eine gar keinen Mann hat / etliche argwohneten / ich würde ihm folgen / und wir hätten unsere Flucht also miteinander angelegt / da ich aber den Obristen umb Raht und Befelch fragte / wie ich mich verhalten solte / sagte er / ich möchte bey dem Regiment verbleiben / so wolte er mich so lang ich mich ehrlich hielte / wie andere Wittweiber verpflegen lassen / und damit benahme ich jederman den gedachten Argwohn; Jch muste mich zimlich schmal behelffen / weil mein Paarschafft ausgeflogen / und meine stattliche Soldaten-Pferd fort waren / auf denen ich auch manche stattliche Beut gemacht; doch liesse ich meine Armut nicht mercken / damit mir keine Verachtung zuwüchse / meine beyde Knechte / die Herrn Dienste versahen / hatte ich noch sambt einen Jungen und noch etlichen Schindmerren oder Pagage Pferden / davon und von meiner Männer Bagage versilberte ich was Geld galte / und machte mich wider trefflich beritten; Jch dorffte zwar als ein Weib auf keine Parthey reiten / aber unter den Fouragiren fande sich

31 f. auf keine Parthey reiten] nicht an Beutezügen teilnehmen

nicht meines gleichen; Jch wünschte mir offt wider eine Battalia wie vor Wimpfen / aber was halffs / ich muste der Zeit erwarten / weil man mir zu Gefallen doch keine Schlacht gehalten / wann ichs gleich begehrt hätte; damit ich aber gleichwol auch widerumb zu Geld kommen möchte / dessen es auf dem Fouragiren selten setzte / liesse ich / (beydes umb solches zu verdienen und meinen Ausreisser umb seine Untreu zu bezahlen) mich von denen Treffen / die spendierten / und also brachte ich mich durch / und dingte mir noch einen starcken Jungen zum Knecht / der mir muste helffen stehlen wann die andere beyde musten wachen; das trieb ich so fort / bis wir den Braunschweiger über den Mäyn jagten und viel der Seinigen darinn ersäufften / in welchem Treffen ich mich unter die Unserige mischte / und in meines Obristen Gegenwart dergestalt erzeigte / daß er solche Tapfferkeit von keinem Mannsbild geglaubt hätte; dann ich nahme in der Caracolle einen Major vom Gegentheil vor seinem Trouppen hinweg / als er die Charge redoupliren wolte / und als ihn einer von den Seinigen zu erretten gedachte / und mir zu solchem Ende eine Pistol an den Kopff loßbrennete / daß mir Hut und Federn darvon stobe / bezahlte ich ihn dergestalt mit meinem Sebel / daß er noch etliche Schritte ohne Kopff mit mir ritte / welches beydes verwunderlich und abscheulich anzusehen war; Nachdem nun dieselbe Esquadron getrennet und in die Flucht gewendet worden / mir auch der Major einen zimlichen Stumpen Goldsorten sambt einer güldenen Ketten und kostbarlichen Ring vor sein Leben gegeben hatte / liesse ich meinen Jungen das Pferd mit ihm verdauschen / und liefferte ihn den Unserigen in Sicherheit; begab mich darauf an die zerbrochne Brucken / allwo es in dem Wasser an ein erbärmlichs Ersauffen / und auf dem Land an ein grausambs Nidermachen gieng; und alldieweil noch

---

1 f. Battalia] Schlacht 6-8 liesse ich 〈. . .〉 Treffen] betrieb ich Prostitution 17 Caracolle] Schwenkung bei der Attacke 18 Charge redoupliren] den Angriff erneuern 24 Esquadron] Reitereinheit, Schwadron 26 Stumpen] Haufen, Menge

ein jeder bey seinem Trouppen bleiben muste / so viel immer moͤglich / packte ich eine Gutsche mit sechs schoͤnen Praͤunen an / auf welcher weder Geld noch lebendige Personen / aber wol zwo Kisten mit kostbaren Kleidern und weissen Zeug sich befanden; Jch brachte sie mit meines Knechts oder Jungen Huͤlff dahin / wo ich den Major gelassen hatte / welcher sich schier zu Tod kraͤnckte / daß er von einem solchen jungen Weib gefangen worden; da er aber sahe / daß so wol in meinen Hosensaͤcken als in den Halfftern Pistolen stacken die ich sambt meinem Carbiner dort wider lude und fertig machte / auch hoͤrete / was ich hiebevor bey Wimpffen ausgerichtet / gab er sich wider umb etwas zu frieden / und sagte: der Teufel moͤchte mit so einer Hexen etwas zu schaffen haben. Jch gieng mit meinem Jungen / (den ich eben so fest als mich und mein Pferd gemacht hatte) hin / noch mehr Beuten zu erschnappen / fande aber den Obrist-Leutenant von unserem Regiment dort unter seinem Pferde liegen / der mich kannte / und umb Huͤlff anschriehe; Jch packte ihn auf meines Jungen Pferd / und fuͤhrte ihn zu den Unserigen in meine erst eroberte Gutsche / allda er meinem gefangnen Major Gesellschafft leisten muste. Es ist nicht zu glauben / wie ich nach dieser Schlacht so wol von meinen Neidern / als meinen Goͤnnern gelobt wurde / beyde Theil sagten / ich waͤre der Teufel selber; und eben damals war mein hoͤchster Wunsch / daß ich nur kein Weibsbild waͤre; aber was wars drumb / es war Null und verhimpelt. Jch gedachte offt mich vor einen Hermaphroditen auszugeben / ob ich vielleicht dardurch erlangen moͤchte / offentlich Hosen zu tragen / und vor einen jungen Kerl zu passirn; hergegen hatte ich aber durch meine unmaͤssige Begierden so viel Kerl empfinden lassen wer ich waͤre / daß ich das Hertz nicht hatte / ins Werck zu setzen / was ich gerne gewolt / dann so viel Zeugen wuͤrden sonst ein anders von mir gesagt und verursacht haben / daß es dahin kommen waͤre / daß mich beydes *Medici* und Hebammen beschauen muͤsten; behalffe mich derowegen wie ich konnte /

2 Praͤunen] Braunen 26 verhimpelt] verpfuscht, vertan

und wann man mir viel verweisen wolte / antwortet ich / es waͤren wol ehe Amazones gewesen / die so Ritterlich als die Maͤnner gegen ihren Feinden gefochten haͤtten. Damit ich nun des Obristen Gnad erhalten / und von ihme wider meine Mißgoͤnstige beschuͤtzt werden moͤchte / *praesentirte* ich ihm neben dem Gefangnen auch meine Kutsche mit sambt den Pferden / darvor er mir 200. Reichsthaler verehrete / welches Geld ich sambt dem / was ich sonst auf ein Neues erschnappt / und sonst verdienet hatte / ich abermal in einer Namhafften Stadt verwahrte.

Jn dem wir nun Mannheim eingenommen und Franckenthal noch belagert hielten / und also den Meister in der Pfaltz spielten; sihe / da schlugen Corduba und der von Anhalt abermal den Braunschweiger und Mannsfelder bey Floreack / in welchem Treffen mein ausgerissener Mann der Leutenant gefangen / von den Unserigen erkannt / und als ein Meineydiger Uberlaͤuffer mit seinem allerbesten Hals an einen Baum geknuͤpfft worden; Wordurch ich zwar wider von meinem Mann erloͤst / und zu einer Wittib ward; Jch bekam aber so ein hauffen Feinde / die da sagten: die Strahl-Hex hat den armen Teufel umbs Leben gebracht / daß ich ihm das Leben gern laͤnger goͤnnen / und mich noch ein Weil mit ihm gedulden moͤgen / bis er gleichwol anderwaͤrts ins Gras gebissen / und einen ehrlichern Tod genommen / wann es nur haͤtte seyn koͤnnen.

DAS IX. CAPITEL.

Courage quittirt den Krieg / nach dem ihr kein Stern mehr leuchten will / und sie fast von jedermann vor einen Spott gehalten wird.

ALso kam es nach und nach dahin / daß ich mich je laͤnger je mehr leiden muste / meine Knechte wurden mir verfuͤhrt / weil zu ihnen gesagt wurde / pfui Teufel wie moͤcht ihr Kerl

31 leiden muste] Verdruß hatte

einer solchen Vettel dienen? Jch hoffte wider einen Mann zu bekommen / aber ein jeder sagte / nimb du sie / ich begehr ihrer nicht; was ehrlich gesinnet war / schüttelt den Kopff über mich / und also thäten auch bey nahe alle Officier; was aber geringe Leut und schlechte Potentaten waren / die dorfften sich nicht bey mir anmelden / so hätte ich ohne das auch keinen aus denselbigen angesehen; Jch empfande zwar nicht am Hals wie mein Mann / was unser Närrisch Fechten ausgerichtet; aber doch hatte ich länger daran als er am Hencken zu verdauen; Jch wäre gerne in eine andere Haut geschloffen / aber beydes die Gewonheit und meine tägliche Gesellschafften wolten mir keine Besserung zulassen / wie dann die allermeinste Leute in Krieg viel eher ärger als frömmer zu werden pflegen; Jch butzte mich wieder / und richtete dem einen und andern allerhand Netz und Strick / ob ich etwan diesen oder jenen anseilen und ins Garn bringen möchte / aber es halff nichts / ich war schon allbereit viel zu tief im Geschrey; man kandte die Courage schon allerdings bey der gantzen Armee / und wo ich bey den Regimentern vorüber ritte / wurde mir meine Ehre durch viel tausend Stimmen offentlich ausgeruffen / also / daß ich mich schier wie ein Nacht-Eule bey Tage nicht mehr dorffte sehen lassen; Jm Marchiren äuserten mich ehrliche Weiber; das Lumpengesindel beym Troß schurrigelte mich sonst; und was etwan vor ledige Officier wegen ihrer Nachtweid mich gern geschützt hätten / musten bey den Regimentern bleiben / bey welchen mir aber durch ihr schändlichs Geschrey mit der allerschärffsten Laugen aufgegossen ward; Also daß ich wol sahe / daß meine Sach so in die Länge kein Gut mehr thun werde; etliche Officier hatte ich noch zu Freunden / die aber nicht Meinen / sondern Jhren Nutzen suchten; Theils suchten ihre Wollüste / Theils mein Geld / andere meine schöne Pferd; Sie alle aber machten mir Ungelegenheit mit Schma-

---

1 Vettel] Hure   5 schlechte Potentaten] die wenig besaßen
11 geschloffen] geschlüpft   13 allermeinste] allermeiste
23 äuserten] mieden

rotzen / und war doch keiner der mich zu heurathen begehrte; entweder daß sie sich meiner schaͤmten / oder daß sie mir eine ungluͤckliche Eigenschafft zuschrieben / die alle meinen Maͤnner schaͤdlich waͤre / oder aber daß sie sich sonst / ich weiß nicht warumb / vor mir foͤrchteten.

Derowegen beschlosse ich mit mir selbsten / nicht nur diß Regiment / sondern auch die Armada / ja den gantzen Krieg zu quittirn / und konnte es auch umb so viel desto leichter ins Werck setzen / weil die hohe Officier meiner vorlaͤngst gern los gewesen waͤren; Ja ich kan mich auch nicht uͤberreden lassen zu glauben / daß sich unter andern ehrlichen Leuten viel gefunden haben / die umb meine Hinfahrt viel geweinet. Es seyen dann etliche wenige junge Schnapper ledigs Stands unter den mittelmaͤssigen Officiern gewest / denen ich zu Zeiten etwan ein paar Schlaffhosen gewaschen; der Obriste hatte den Ruhm nicht gern / daß seine schoͤne Gutsche durch die Courage vom Feind erobert / und ihm verehrt worden seyn solte! Daß ich den verwundeten Obrist-Leutenant aus der Battalia und Tods-Gefahr errettet und zu den unserigen gefuͤhrt / darvon schriebe er ihm so wenig Ehr zu / daß er mir meiner Muͤhe nicht allein mit Potz-Velten danckte / sondern auch / wann er mich sahe / mit Grißgrammenden Minen erroͤhtet / und mir / wie leicht zu gedencken / lauter Gluͤck und Heil an den Hals wuͤnschte / das Frauenzimmer oder die Officiers-Weiber hasseten mich / weil ich weit schoͤner war / als eine unter dem gantzen Regiment / zumalen theils ihren Maͤnnern auch besser gefiele / und beydes hohe und nidere Soldaten waren mir feind / umb daß ich / Trutz einem unter ihnen allen / das Hertz hatte / etwas zu unterstehen / und ins Werck zu setzen / das die groͤste Tapferkeit und verwegneste Hazarde erfordert / und daruͤber sonst manchen das Kalte-Wehe angestossen haͤtte.

Gleich wie ich nun leicht merckte / daß ich viel mehr

---

13 Schnapper] Schnapphähne, Räuber 20 ihm] sich 21 Potz-Velten] Fluch: Zum Teufel! 31 Hazarde] Wagnis, Wagemut 32 Kalte-Wehe] kalte Fieber, Gruseln

Feinde als Freunde hatte / also konnte ich mir auch wol einbilden / es wuͤrde ein jedwedere von meiner widerwertigen Gattung gar nicht unterlassen / mir auf ihre sonderbare Manier eins anzumachen / wann sich nur die Gelegenheit darzu ereignet; O Courage / sagte ich zu mir selbst / wie wilst du so vielen unterschiedlichen Feinden entgehen koͤnnen? Von denen vielleicht ein jeder seinen besonderen Anschlag auf dich hat; wann du sonst nichts haͤttest / als deine schoͤne Pferde / deine schoͤne Kleider / dein schoͤnes Gewehr und den Glauben / daß du viel Geld bey dir habest / so waͤren es Feinde genug / einige Kerl anzuhetzen / dich heimlich hinzurichten / wie? wann dich dergleichen Kerl ermordeten / oder in einer *Occasion* nidermachten? was wuͤrde wol fuͤr ein Haan darnach kraͤhen? wer wuͤrde deinen Tod raͤchen? was? soltest du auch wol deinen eignen Knechten trauen doͤrffen? mit dergleichen Sorgen quaͤlte ich mich selbst / und fragte mich auch selbst / was Rahts? weil ich sonst niemand hatte / ders treulich mit mir meinete; und eben deswegen muste ich mir auch selbst folgen.

Demnach sprach ich den Obristen umb einen Paß an in die nechste Reichs-Stadt / die mir eben an der Hand stunde und wolgelegen war / mich von dem Kriegs-Volck zu *rettirirn*, den erlangte ich nicht allein ohne grosse Muͤhe / sondern noch / an Statt eines Abschieds / einen Urkund / daß ich einem Haubtmann von Regiment / (dann von meinem letzten Mann begehrte ich keinen Ruhm zu haben /) ehrlich verheurahtet gewesen / und als ich solchen vorm Feind verlohren / mich eine Zeitlang bey dem Regiment aufgehalten / und in solcher wehrenden Zeit also wol / fromm und ehrlich gehalten / wie einer rechtschaffnen Ehr- und Tugendliebenden Damen gebuͤhre und wol anstaͤndig seye / mich derowegen jedermaͤnniglichen umb solchen meines untadelhafften Tugendlichen Wandels willen bestens recommendirent; und solche fette Luͤgen wurden mit eigenhaͤndiger *Subscription*

---

4 eins anzumachen] eins auszuwischen 22 zu *rettirirn*] zurückzuziehen 33 recommendirent] anempfehlend 34 *Subscription*] Unterschrift

und beygedrucktem Sigill in bester Form bekräfftigt; Solches lasse sich aber niemand wundern / dann je schlimmer sich einer hält / und je lieber man eines gerne los wäre / je trefflicher wird der Abschied seyn / den man einem solchen mit auf den Weg gibt; sonderlich wann derselbe zugleich sein Lohn seyn muß; Einen Knecht und ein Pferd liesse ich dem Obristen unter seiner Compagnie / welcher Trutz einem Officier mundirt war / umb meine Danckbarkeit darmit zu bezeugen / hingegen brachte ich einen Knecht / einen Jungen / eine Magd / sechs schöne Pferd /(darunter das eine 100. Ducaten wehrt gewesen /) sambt einem wolgespickten Wagen darvon; und kan ich bey meinem grossen Gewissen / (etliche nennen es ein weites Gewissen /) nicht sagen / mit welcher Faust ich alle diese Sachen erobert und zuwegen gebracht habe.

Da ich nun mich und das Meinige in bemelde Stadt in Sicherheit gebracht hatte / versilberte ich meine Pferd / und gab sonst alles hinweg / was Geld golte / und ich nicht gar nöthig brauchte; mein Gesind schaffte ich auch miteinander ab / einen geringen Costen zu haben / gleich wie mirs aber zu Wien war gangen / also gieng mirs auch hier / ich konnte abermal des Nahmens Courage nicht los werden / wiewol ich ihn unter allen meinen Sachen am allerwolfeilsten hinweggeben hätte; dann meine alte / oder vielmehr die junge Kunden von der Armee ritten mir zu Gefallen in die Stadt / und fragten mir mit solchem Nahmen nach / welchen auch die Kinder auf der Gassen ehender als das Vatter unser lerneten / und eben darumb wiese ich meinen Galanen die Feigen; Als aber hingegen diese den Stadt-Leuten erzehlten / was ich vor ein Tauß-Es wäre / so erwiese ich hinwiederumb denselben ein anders mit Brief und Siegel / und beredet sie / die Officier geben keiner anderen Ursachen halber solche lose Stück von mir aus / als weil ich nicht beschaffen seyn wolte /

1 Sigill] Siegel 7 f. Trutz einem Officier mundirt] obwohl er kein Offizier war, trefflich ausgerüstet 28 Galanen] Liebhaber
30 Tauß-Es] ironisch: Trumpf-As, durchtriebener Mensch

wie sie mich gerne haͤtten; und dergestalt bisse ich mich zimlich heraus / und brachte vermittelst meiner guten Schrifftlichen Zeugnis zuwegen / daß mich die Stadt / bis ich meine Gelegenheit anders machen konnte / umb ein geringes Schirm-Gelt in ihren Schutz nahm; allwo ich mich dann wider meinen Willen gar erbarlich / fromm / still und eingezogen hielte / und meiner Schoͤnheit / die je laͤnger je mehr zunahm / aufs beste pflegte / der Hoffnung / mit der Zeit wiederumb einen wackern Mann zu bekommen.

DAS X. CAPITEL.

Courage erfaͤhrt / wer ihre Eltern gewesen / und bekommt wieder einen andern Mann.

ABer ich haͤtte lang harren muͤssen / biß mir etwas rechts angebissen / dann die gute Geschlechter verblieben bey ihres gleichen / und was sonst reich war / konte auch sonst reiche und schoͤne / und vornemlich (welches man damahls noch in etwas beobachtete) auch ehrliche Jungfrauen zu Weibern haben / also / daß sie nicht bedorfften / sich an eine verlassene Soldaten-Hur zu hencken; hingegen waren etliche / die entweder Banquerot gemacht / oder bald zu machen gedachten / die wolten zwar mein Gelt / ich wolte aber darum sie nicht; die Handwercksleut waren mir ohne das zu schlecht / und damit blieb ich ein gantz Jahr sitzen / welches mir laͤnger zugedulten gar schwer / und gantz wider die Natur war / sintemahl ich von der guten Sache die ich genosse / gantz kuͤzelig wurde / dann ich brauchte mein Gelt / so ich hie und dort in den grossen Staͤdten hatte / den Kauff- und Wechselherren zuzeiten beyzuschiessen / darauß ich so ein ehrlich Gewinngen erhielte / daß ich ziemliche gute Tag davon haben konte / und nichts von der Haubtsumma verzehren dorffte; Weilen es mir dann an einem andern Ort mangelte /

14 gute Geschlechter] Patriziat 22 schlecht] schlicht, einfach
26 kuͤzelig] unruhig, nervös

und meine schwache Beine diese gute Sache nicht mehr ertragen koͤnten oder wolten: Machte ich mein Gelt per Wexel auf Prag / mich selbst aber mit etlichen Kauffherren hernach / und suchte Zuflucht bey meiner Kostfrauen zu Bragodiz / ob mir vielleicht alldorten ein besser Gluͤck anstehen moͤchte. Dieselbe fande ich gar arm / weder ich sie verlassen / dann der Krieg hatte sie nit allein sehr verderbt / sondern sie hatte auch allbereit vor dem Krieg mit mir / und ich nit mit ihr gezehret; Sie freuete sich meiner Ankunfft gar sehr / vornemlich als sie sahe / daß ich nicht mit leerer Hand angestochen kam; ihr erstes willkommheissen aber / war doch lauter weinen; und indem sie mich kuͤsste / nennete sie mich zugleich ein ungluͤckseeliges Fraͤulin / welches seinem Herkommen Gemaͤß / schwerlich wuͤrde sein Leben und Stand fuͤhren moͤgen; Mit fernerem Anhang / daß sie mir fuͤrderhin nit mehr wie vor diesem zu helffen / zu rathen und vorzustehen wisse / weil meine beste Freund und Verwandten entweder verjagt oder gar tod waͤren; und uͤber das / sagte sie / wuͤrde ich mich schwerlich vor dem Kaͤyserl. doͤrffen sehen lassen / wann sie meinen Ursprung wissen wolten / und damit heulete sie immer forth / also / daß ich mich in ihre Rede nicht richten noch begreiffen konte / ob es gehauen oder gestochen: gebrand oder gebort waͤre; da ich sie aber mit essen und trincken (dann die gute Troͤpffin muste den jaͤmmerlichen Schmalhansen in ihrem Quartier herbergen) widerum gelabt und also zu recht gebracht / daß sie schier ein Tummel hatte; erzehlte sie mir mein Herkommen gar offenhertzig / und sagte / daß mein natuͤrlicher Vatter ein Graff: und vor wenig Jahren der gewaltigste Herr im gantzen Koͤnigreich gewesen: Nunmehr aber wegen seiner Rebellion wider den Kaͤyser des Lands vertrieben worden: Und wie die Zeitungen mitgebracht / jetzunder an der

2 Wexel] Wechsel, Geldanweisung   6 gar arm / weder] ärmer als   11 willkommheissen] Bewillkommung, Begrüßung   13 Fraͤulin] Anrede einer Adeligen   25 Schmalhansen] Hunger   27 Tummel] Rausch   32 wie die Zeitungen mitgebracht] wie die eingelaufenen Nachrichten besagen

türckischen Porten sey; alda er auch so gar sein Christliche Religion in die Türckische verändert haben solle; Meine Mutter sagte sie / sey zwar von ehrlichen Geschlecht gebohren: aber eben so arm als schön gewesen; Sie hätte sich bey des gedachten Graffen Gemahlin vor eine Staads Jungfer aufgehalten / und indem sie der Gräffin aufgewartet / wäre der Graff selbst ihr leibeigener worden / und hätte solche Dienste getrieben / biß er sie auf einen Adelichen Sitz verschafft / da sie mit mir niderkommen; und weilen eben damahls sie / meine Kostfrau / auch einen jungen Sohn entwöhnet / dem sie mit desselbigen Schlosses Edelmann erzeugt / hätte sie meine Seugamme werden: und mich folgends zu Bragodiz Adelich auferziehen müssen / worzu dann beydes Vatter und Mutter genugsame Mittel und Unterhaltung hergeben; Jhr seyt zwar liebes Fräulin / sagte sie ferner / einem tapfferen Edelmann von euerem Vatter versprochen worden / derselbe ist aber bey Eroberung Pilsen gefangen / und als ein Maineydiger neben andern mehr durch die Käyserlichen aufgehänckt worden;

Also erfuhr ich / was ich vor längst zu wissen gewünscht / und wünschte doch nunmehr / daß ichs niemahl erfahren hätte; sintemahl ich so schlechten Nutzen von meiner hohen Geburt zu hoffen; und weil ich keinen andern und bessern Rath wuste / so machte ich einen Accord mit meiner Säugamm / daß sie hinfort meine Mutter / und ich ihre Tochter seyn solte; sie war viel schlauer als ich / derowegen zog ich auch auf ihrem Rath mit ihr von Bragodiz auf Prag; nicht allein zwar / daß wir den Bekandten aus den Augen kämen / sondern zusehen / ob uns vielleicht alldorten ein anders Glück anscheinen möchte; Jm übrigen so waren wir recht vor einander; Nicht / daß sie hätte Cupplen und ich Huren sollen / sondern weil sie eine Ernährerin / ich aber eine getreue Person bedorffte / (gleich wie diese eine gewesen) deren ich beydes Ehr und Gut vertrauen konnte; Jch hatte ohne Kleyder und Geschmuck bey 3000. Reichsthaler

5 Staads Jungfer] Hofdame

bahr Gelt beyeinander / und dannenhero damahls keine Ursach / durch schaͤndlichen Gewinn meine Nahrung zu suchen: Meine neue Mutter kleidete ich wie eine erbare alte Matron / hielte sie selbst in grossen Ehren / und erzeigte ihr vor dem Leuten allen Gehorsam; wir geben uns vor Leuthe aus / die auf der Teutschen Graͤntz durch den Krieg vertrieben worden waͤren; suchten unseren Gewinn mit naͤhen / auch Gold / Silber und Seydensticken / und hielten uns im uͤbrigen gar still und eingezogen / meine Batzen genau zusammen haltend / weil man solche zu verthun pflegt / ehe mans vermeynt / und deren keine andere kan gewinnen / wann man gern wolte.

Nun diß waͤre ein feines Leben gewest / das wir fuͤhrten; Ja gleichsam ein Cloͤsterliches / wann uns nur die Bestaͤndigkeit nicht abgangen waͤre; Jch bekam bald Buhler: etliche suchten mich wie das Frauenzimmer im Bordelt / und andere Tropffen / die mir meine Ehre nit zu bezahlen getrauten / sagten mir viel vom heurathen; beyde Theil aber wolten mich bereden / sie wuͤrden durch die grausame Liebe / die sie zu mir truͤgen / zu ihren Begierden angesparet; Jch haͤtte aber keinem geglaubt / wann ich selbst ein keusche Ader in mir gehabt / es gieng halt nach dem alten Sprichwort / gleich und gleich geselt sich gern / dann gleich wie man sagt / das Stroh in dem Schuhen / ein Spindel im Sack / und eine Hur im Haus laͤst sich nicht verbergen / also wuͤrde ich auch gleich bekand / und wegen meiner Schoͤnheit uͤberal beruͤhmt / dannenhero bekamen wir viel zu stricken / und unter anderem einem Haubtmann ein Wehrgehenck / welche vorgebe / daß er vor Liebe in den letzten Zuͤgen lege; Hingegen wuste ich ihm von der Keuschheit so ein Hauffen aufzuschneiden / daß er sich stellte / als wolte er gar verzweiffeln / dann ich ermasse die Beschaffenheit und das Vermoͤgen meiner Kunden nach der Regul meines Wirth / zum guldenen Loͤwen zu N. dieser sagte / wann mir ein Gast

4 Matron] ehrwürdige ältere Dame 9 Batzen] Geld 16 Bordelt] Bordell 20 angesparet] angespornt

kommt / und gar zu unmaͤssig viel hoͤflicher Complimenten macht / so ist ein gewisse Anzeigung / daß er entweder nicht viel zum besten: oder sonst nicht im Sinn hat viel zu vergehen / kommt aber einer mit Trutzen / und nimmt die Einkehr bey mir gleichsam mit bochen und einer herrischen Bottmaͤssigkeit / so gedencke ich / holla / diesem Kerl ist der Beutel geschwollen / dem must du schrepffen / also tractire ich die Hoͤffliche mit Gegenhoͤfflichkeit / damit sie mich und meine Herberg anderwerts loben / die Schnarcher aber mit allem das sie begehren / damit ich Ursach habe ihren Beutel rechtschaffen zu actioniren; Jndem ich nun diesem meinem Haubtmann hielte / wie dieser Wirth seine hoͤfliche Gaͤst / als hielte er mich hingegen / wo nicht gar vor ein halben Engel / jedoch wenigst vor ein Muster und Ebenbild der Keuschheit: Ja schier vor die Frommkeit selbsten; Jn Summa / er kam so weit daß er von der Verehligung mit mir anfieng zu schwetzen / und liese auch nicht nach / biß er das Jawort erhielte: die Heuraths-Puncten / waren diese / daß ich ihm 1000. Reichsthaler Pargelt zubringen / er aber hingegen mich in Teutschland zu seinem Heimath um dieselbige versichern solte / damit / wann er vor mir ohne Erben sterben solte / ich deren wider habhafft werden koͤnte; die uͤbrige 2000. Reichsthaler die ich noch haͤtte / solten an ein gewiß Ort auf Zinß gelegt; und in stehender Ehe die Zinß von meinem Haubtmann genossen werden / das Capital aber ohnveraͤndert bleiben / biß wir Erben haͤtten / auch solte ich macht haben / wann ich ohne Erben sterben solte / mein gantz Vermoͤgen / darunter auch die 1000. Reichsthaler verstanden / die ich ihm zugebracht / hin zuvertestiren / wohin ich wolte / etc. Demnach wurde die Hochzeit gehalten / und als wir vermeynten zu Prag beyeinander / so lang der Krieg

---

3 f. vergehen] auszugeben 4 mit Trutzen] Trotzen, Prahlen 5 bochen] Pochen, Auftrumpfen 6 Bottmaͤssigkeit] gebieterisch 9 Schnarcher] Großmäuler, Angeber 11 actioniren] plündern 18 Heuraths-Puncten] Ehevertragspunkte 29 zuvertestiren] testamentarisch zu vermachen, zu vererben

währete / in der *Guarnison* gleich wie im Frieden / in Ruhe zu leben / sihe / da kam Ordre / daß wir nach Hollstein in den Dennemärck. Krieg marchirn müsten.

DAS XI. CAPITEL.

Nach dem Courage anfähet sich from zu halten / wird sie wieder unversehens zu einer Wittib.

JCh rüstete mich trefflich ins Feld / weil ich schon besser / als mein Haubtmann / wuste / was darzu gehörete; und in dem ich mich ängstigte / daß ich wider dahin muste / wo man die *Courage* kennete / erzehlte ich meinem Mann mein gantzes geführtes Leben / biß auf die Hurenstücke / die ich hie und da begangen / und was sich mit mir und dem Rittmeister zugetragen; vom Namen *Courage* überredet ich ihn / daß er mir wegen meiner Tapfferkeit zugewachsen wäre / wie dann sonst auch jederman von mir glaubte; mit dieser Erzehlung kam ich dem jenigen vor / die mir sonst etwan bey ihm einen bösen Rauch gemacht / wann sie ihm vielleicht solches und noch mehr darzu / ja mehr als mir lieb gewesen / erzehlet hätten; und gleich wie er mir damahl schwerlich glaubte / wie ich mich in offenen Schlachten gegen dem Feind gehalten / biß es folgends andere Leut bey der Armee bezeugten; also glaubte er nachgehends auch andern Leuten nicht / wann sie ihn vor meinen schlimmen Stücken auffschnitten / weil ich solche läugnete; sonst war er in allen seinen Handlungen sehr bedächtig und vernünfftig / ansehenlich von Person und einer von den behertzten; Also daß ich mich selbst offt verwunderte / warum er mich genommen / da ihm doch billicher etwas ehrliches gebührt hätte.

Meine Mutter nahm ich mit mir vor eine Haushalterin und Köchin / weil sie nit zu ruck bleiben wolt; Jch versahe unseren Bagage Wagen / mit allem dem / was man ersinnen

1 *Guarnison*] Truppenstandort, Garnison 23 vor] lies: von

hätte mögen / das uns im Feld solt nötig gewesen seyn / und machte eine solche Anstalt unter dem Gesind / daß weder mein Mann selbst drum sorgen: noch einen Hofmeister darzu bedorffte / mich selbst aber mundirte ich wieder wie vor diesem / mit Pferd / Gewehr / Sattel und Zeug / und also staffirt kamen wir bey den Häussern gleichen zu der Tillischen Armee / alwo ich bald erkant und von den mehristen Spottvögeln zusammen geschriehen wurde; lustig ihr Brüder / wir haben ein gut *Omen* künfftige Schlacht zu gewinnen! Warum? darum / die *Courage* ist wieder bey uns ankommen; und zwar diese Lappen redeten nicht übel von der Sach / dann das Volck mit dem ich kahm / war ein *Succurs* von drey Regimentern zu Pferd / und zweyen zu Fuß / welches nicht zu verachten / sondern der *Armada Courage* genug mitgebracht / wann ich gleich nicht dabey gewesen wäre.

Meines Behalts dem zweyten Tag nach / dieser glücklichen *conjunction* gerieten die unserige dem König von Dennemarck bey Lutter in die Haar / allwo ich fürwahr nicht bey der Bagage bleiben mochte / sondern als des Feinds erste Hitze verloschen / und die Unserige das Treffen wieder tapffer erneuert: mich mitten ins Geträng mischte / wo es am allerdicksten war; Jch mochte keine geringe Kerl gefangen nehmen / sondern wolte meinem Mann gleich in der erste weissen / daß mein Zunahmen an mir nicht übel angelegt wäre / noch er sich dessen zu schämen hätte; Machte derowegen meinen edlen Hengst / der seines gleichen in Prag nicht gehabt / mit dem Sebel Platz / biß ich einen Rittmeister von vornehmen Dänischen Geschlecht beym Kopff kriegte / und aus dem Gedräng zu meinem Bagage-Wagen brachte / ich und mein Pferd bekamen zwar starcke Püff: wir liesen aber keinen Tropffen Blut auf der Wahlstatt / sondern

6 Häussern gleichen] Ort namens Gleichen 9 *Omen*] Vorzeichen 11 Lappen] Laffen, Gecken 12 *Succurs*] Hilfskontingent 18 *conjunction*] Truppenvereinigung 24 in der erste] im Anfang

trugen nur etliche Maͤhler und Beuden darvon / weilen ich dann sahe / daß es so gluͤcklich abgieng / machte ich mein Gewehr wider fertig / jagte hin / und holete noch einen Quartiermeister sammt einem gemeinen Reuter welche nicht ehe gewahr wurden / daß ich ein Weibsbild war / als biß ich sie zu obengedachten Rittmeister und meinen Leuten brachte / ich besuchte keinen von ihnen / weil jeder selbst sein Gelt und Geltswerth heraus gab / was er hatte / vornemlich aber liese ich den Rittmeister fast hoͤfflich tractirn und nit anruͤhren / viel weniger gar ausziehen; aber als ich mich mit Fleiß ein wenig beyseits machte / verdauschten meine Knecht mit den andern beyden ihre Kleider / weil sie trefflich wohl mit Koͤllern mondirt waren; Jch haͤtte es zum dritten mahl gewagt / und fort geschmidet / dieweil das Eisen weich gewesen / und die Schlacht gewaͤhret / so mochte ich aber meinem guten Pferd nicht zu viel zumuthen; Jndessen bekam mein Mann auch etwas wenigs an Beuthen von denen / die sich aufs Schloß Lutter retirirt: und ewiglich auf Gnad und Ungnad ergeben hatten: Also / daß wir beyde in und nach dieser Schlacht in allem und allem auf tauserd Gulden werth / vom Feind erobert / welches wir gleich nach dem Treffen zugemacht / und ohnverweilt per Wechsel nacher Prag zu meinen alldortigen 2000. Reichsthalern uͤberschafft / weil wir dessen im Feld nicht bedoͤrfftig / und taͤglich hofften noch mehr Beuten zu machen.

Jch und mein Mann bekamen einander je laͤnger je lieber / und schetzte sich als das eine gluͤckseelig / weil es das andere zum Ehe gemacht hatte / und wann wir uns nit beyde geschaͤmt haͤtten / so glaub ich / ich waͤre Tag Nacht in den Lauffgraͤben auf der Wacht und in allen *occasio*nen niemahl von seiner Seiten kommen; wir vermachten einander alles unser Vermoͤgen / also / daß das letzt-lebende (wir bekaͤmen gleich Erben oder nicht) das Verstorbene erben: Meine Saͤugame

1 Beuden] wohl: Beute, vgl. Variantenverz. 13 Koͤllern] ärmellose Jacken 30 *occasio*nen] Gefechten 33 Saͤugame] Amme

oder Mutter aber / gleichwohl auch ernehren solte / so lang sie lebte / als welche uns grossen Fleiß und Treu bezeugte; Solche Vermaͤchtnuß hinderlaͤgten wir / weil wirs in Duplo ausgefertigt / eine zu Prag hinter dem *Senat* und die ander in meines Momms Heimath hin / Hochteutschland / so damahls noch in seinem besten Flor stunde / und von dem Kriegswesen das geringste nicht erlitten

Nach diesem lutterischem Treffen / nahmen wir Steinbruck / Nerden / Langenwedel / Rotenburg / Ottersberg und Hoya ein / in welchem letzt-genannten Schloß Hoya / mein Mann mit etlichen Commandirten Voͤlckern ohne Bagage muste liegen verbleiben; Gleichwie mich aber sonst nirgends keine Gefahr von meinem Mann behalten konte / also wolte ich ihn auch auf diesem Schloß nit allein lassen / aus Furcht / die Laͤuse moͤchten mir ihn fressen / weil keine Weibsbilder da waren / so die *Soldatesca* gesaͤubert haͤtte; unsere Bagage aber / verblieb bey dem Regiment / welches hingieng die Winter-Quartier zugeniessen / bey welcher ich auch verbleiben / und solchen Genuß haͤtte einziehen sollen.

So bald nun solches bey angehendem Winter geschehen / und Tilly dergestalt seine Voͤlcker zertheilet / sihe da kam der Koͤnig in Dennemarck mit einer Armee / und wolte im Winter wider gewinnen / was er im Sommer verlohren; er stellte sich Nerden einzunehmen / weil ihm aber die Nuß zu hart zu beissen war / liesse er selbige Stadt liegen / und seinem Zorn am Schloß Hoya aus; welches er in 7. Tagen mit mehr als tausend Canon-Schuͤssen durchloͤchert / darunter auch einer meinen lieben Mann traff / und mich zu einer ungluͤckseeligen Wittib machte.

3 in Duplo] in doppelter Ausfertigung 5 Momms] dialektal: Mannes 5 Hochteutschland] Ober- bzw. Süddeutschland
9 Nerden] gemeint: Verden

DAS XII. CAPITEL.
Der Courage wird ihr treffliche *Courage* auch trefflich eingetraͤnckt.

ALs nun die Unserige das Schloß / aus Forcht es moͤchte einfallen / und uns alle bedecken / dem Koͤnig uͤbergaben / und herauszogen / ich auch also gantz betruͤbt und weynend mit marchirte / sahe mich zu allem Ungluͤck der jenige Major / den ich hiebevor von den Braunschweigischen bey dem Mainstrom gefangen bekommen / er erkundiget alsobalden die Gewißheit meiner Person von den Unserigen / und als er auch meinen damahligen Stand erfuhre / daß ich nemlich allererst zu einer Wittib worden waͤre / da nahme er die Gelegenheit in acht / und zwackte mich ohnversehens von den Trouppen hinweg; Du Blut-Hex! sagte er / jetzt will ich dir den Spott wider vergelten / den du mir vor Jahren bey Hoͤgst bewiesen hast / und dich lehren / daß du hinfort weder Wehr noch Waffen mehr fuͤhren: noch dich weiters unterstehen sollest / einen Cavallier gefangen zu nehmen; Er sahe so graͤßlich aus / daß ich mich auch nur vor seinem Anblick entsetzte; waͤre ich aber auf meinem Rappen gesessen / und haͤtte ihn allein fuͤr mir im Feld gehabt / so haͤtte ich getraut ihn eine andere Sprache reden zu lernen; indessen fuͤhrte er mich mitten unter einen Trouppen Reuter und gab mich den Fahnen-Juncker in Verwahrung / welcher alles was ich mit dem Obrist Leutenant (dann er hatte seither diese Stell bekommen) zu thun hatte / von mir erkundigt; der erzehlte mir hingegen / daß er bey nahe damahls als ich ihn gefangen bekommen / schier den Kopff / oder wenigst sein Major Stell verlohren haͤtte / um daß er sich von einem Weibsbild vor der Brigaden hinweg fangen lassen / und dardurch dem Trouppen eine Unordnung und gaͤntzliche Zertrennung verursacht / wofern er nicht sich damit ausgeredet / daß ihn die Jenige so ihn hinweg genommen / durch

---

16 Hoͤgst] Höchst

Zauberey verblendet; zu letzt hätte er doch aus Scham *resignir*t / und Dänische Dienst angenommen.

Die folgende Nacht *logi*rten wir in einem Quartier / darinn wenig zum besten war / allwo mich der Obrist Leut. zwang / zu *revange* seiner Schmach / wie ers nennete / seine viehische Begierden zu vollbringen / worbey doch (pfuy der schändlichen Thorheit) weder Lust noch Freud seyn konte / in dem er mir an statt der Küß / ob ich mich gleich nit sonderlich sperret / nur dichte Ohrfeigen gab; den andern Tag rissen sie unversehens aus wie die flüchtige Haasen / hinter denen die Windhund herstreichen / also daß ich mir nichts anders einbilden konnte / als daß sie der Tilly jagte / wiewohl sie nur flohen / aus Forcht gejagt zu werden; die zweyte Nacht fanden sie Quartier / da der Bauer den Tisch deckte / da lude mein tapfferer Held von Officiern seiner Gelichters zu Gast / die sich durch mich mit ihm verschwägern musten / also daß meine sonst ohnersättliche fleischliche Begierden dermahlen genugsam *contenti*rt wurden; die dritte Nacht / als sie den gantzen Tag abermahl geloffen waren / als wann sie der Teuffel selbst gejagt / gieng es mir gar nit besser / sondern viel ärger; dann nachdem ich dieselbe kümmerlich überstanden / und alle diese Hengste sich müd gerammelt hatten / (pfuy ich schämte michs bey nahe zu sagen / wann ichs dir *Simplicissime* nit zu Ehren und Gefallen thäte) muste ich auch vor der Herren Angesicht mich von den Knechten treffen lassen; Jch hatte bißher alles mit Gedult gelitten / und gedacht / ich hätte es hiebevor verschuldet / aber da es hierzu kam / war mirs ein abscheulicher Greuel / also daß ich anfieng zu lamentiren / zu schmälen / und Gott um Hülff und Rach anzuruffen; aber ich fande keine Barmhertzigkeit bey diesen Viehischen Unmenschen / welche aller Scham / und Christlichen Erbarkeit vergessen mich zu erst nackend auszohen / wie ich auf diese Welt kommen / und ein

---

1 f. *resignir*t] abgedankt 15 Gelichters] Art 18 *contenti*rt] befriedigt 26 treffen] vergewaltigen 29 lamentiren] klagen 29 schmälen] schelten

paar Handvoll Erbsen auf die Erden schütten / die ich auflesen muste / worzu sie mich dann mit Spißruthen nöthiggten; ja sie würtzten mich mit Salz und Pfeffer / daß ich gumpen und plitzen muste wie ein Esel / dem man ein Handvoll Dorn oder Nesseln unter den Schweiff gebunden; und ich glaube / wann es nicht Winterszeit gewesen wäre / daß sie mich auch mit Brennnesseln gegeisselt hätten.

Hierauf hielten sie Rath / ob sie mich den Jungen preiß geben; oder mir als einer Zauberin den Proceß durch den Hencker machen lassen wollten / das letzte bedunckte sie / gereiche ihnen allen zu schlechter Ehr / weil sie sich meines Leibs theilhafftig gemacht; zudem sagten die Verständigste (wann anders diese Bestien auch noch ein Füncklein des menschlichen Verstand gehabt haben) wann man ein solche *procedur* mit mir hätte vornehmen wollen / so solte mich der Oberst Leutenant gleich anfangs unberührt gelassen und in die Hände der Justitz geliefert haben; Also kam das Urthel heraus / daß man mich den Nachmittag / (dann sie lagen denselben Tag in ihrer Sicherheit still) den Reuter-Jungens Preiß geben sollte; Als sie sich nun des elenden Spectaculs / des Erbsen auflesens satt gesehen / dorffte ich meine Kleider wieder anziehen / und da ich allerdings damit fertig / begehrte ein Cavallier mit den Obrist Leutenant zu sprechen / und das war eben der jenige Rittmeister / den ich vor Lutter gefangen bekommen der hart von meiner Gefangenschafft gehört; Als dieser den Obrist Leutenant nach mir fragte / und zugleich sagte / er verlange mich zu sehen / weil ich ihn vor Lutter gefangen; führete ihn der Obrist Leut. gleich bey der Hand in das Zimmer / und sagte / da sitzt die Karania / ich will sie jetzt strack den Jungen Preiß geben; dann er nicht anders vermeinte / als der Rittmeister würde so wohl als er ein grausame Rach an mir üben wollen; aber der ehrliche Cavallier war gantz anders gesinnet / er sahe mich kaum so kläglich dort sitzen / als er anfieng mit einem Seuffzen den

15 *procedur*] Prozeß 25 hart] kaum 29 Karania] Aas, Luder

Kopff zu schuͤtteln: Jch merckte gleich sein Mitleiden / fiele derowegen auf die Knie nider / und bat ihn um aller seiner adelichen Tugenden willen / daß er sich uͤber mich elende Dame erbarmen: und mich vor mehrerer Schand beschirmen wolte; Er hub mich bey der Hand auf und sagte zu dem Obersten Leutenant und seinen Cammerrathen / ach / ihr rechtschaffene Bruͤder! was habt ihr mit dieser Damen angefangen? der Oberste Leutenant so sich bereits halber bierschellig gesoffen / fiele ihm in die Red und sagte / was? sie ist eine Zauberin; ach mein Herr / verzeihe mir / antwortet der Rittmeister / so viel ich von ihr weiß / so beduncket mich / sie sey des tapffern alten Grauen von T. seine leiblichen Frauen Tochter: welcher rechtschaffene Held bey dem gemeinen Wesen Leib und Leben / ja / Land und Leut aufgesetzt / also daß mein gnaͤdigster Koͤnig nicht gut heissen wird / wann man dessen Kinder so tractirt / ob sie gleich ein paar Officier von uns auf die Kaͤyserl. Seiten gefangen bekommen! Ja ich doͤrffte glauben / ihr Herr Vatter richtet auf diese Stunde in Ungarn noch mehr wider den Kaͤyser aus / als mancher thun mag / der eine fliegende Armada gegen ihn zu Felde fuͤhret; Ha! antwortet der Flegelhafftige Oberst Leutenant: was hab ich gewust? warum hat sie das Maul nicht aufgethan? die andere Officier / welche den Rittmeister wohl kanten / und wusten / daß er nicht allein von einen hohen Daͤnischen Geschlecht: sondern auch bey dem Koͤnig in hoͤchsten Gnaden war / baten gar demuͤthig / der Rittmeister wolte diß uͤbersehen / als eine geschehene Sach / zum besten richten / und vermittlen / daß sie hierdurch in keine Ungelegenheit kaͤmen; dahingegen obligirten sie sich / ihme auf alle begebende Gelegenheit mit Darsetzung Guts und Bluts bedient zu seyn; Sie bathen mich auch alle auf den Knien um Verzeihung / ich konte ihnen aber nur mit weinen vergeben; und also kam ich / zwar uͤbel geschaͤnd / aus dieser Bestien Gewalt in des Rittmeisters Haͤnde / welcher mich

12 Grauen] Grafen 13 f. gemeinen Wesen] für den Staat
29 obligirten] verpflichteten

weit höflicher zu tractiren wuste; dann er schickte mich alsobalden / ohne / daß er mich einmahl berührt hatte / durch einen Diener und einen Reuter von seiner Compagnia in Dennemarck auf ein Adelich Haus / das ihm kürtzlich von seiner Mutter Schwester erblich zugefallen war / allwo ich wie ein Princessin unterhalten wurde; welche unversehene Erlösung ich beydes meiner Schönheit und meiner Seugamme zu dancken / als die ohne mein Wissen und Willen dem Rittmeister mein Herkommen verträulich erzehlt hatte.

DAS XIII. CAPITEL.

Was vor gute Täge und Nächte die Gräffl. Fräulin im Schloß genosse / und wie sie selbige wieder verlohren.

JCh pflegte meiner Gesundheit und bähete mich aus / wie einer der halb erfroren / aus einem kalten Wasser hinter einem Stubenofen oder zum Feuer kommt; dann ich hatte damahls auf der Welt sonst nichts zu thun / als auf der Streu zu liegen / und mich wie ein Streit-Pferd im Winter-Quartier auszumästen / und auf den künfftigen Sommer im Feld desto geruheter zu erscheinen / und mich in den vorfallenden *occasionen* desto frischer gebrauchen zu lassen; davon wurde ich in Bälde wider gantz heil / glathärig / und meines Cavalliers begierig! der stellte sich auch bey mir ein / ehe die längste Nächt gar vergiengen / weil er der lieblichen Frühlingszeit so wenig als ich mit Gedult erwarten konte;

Er kame mit vier Dienern / da er mich besuchte / davon mich doch nur der eine sehen dorffte / nemlich der jenige / der mich auch hingebracht hatte; es ist nicht zu glauben / mit was vor hertzbrechenden Worten er sein Mitleiden / das er mit mir trug / bezeugete / um daß ich in den leidigen Wittibstand gesetzt worden; mit was vor grosser Verheissungen

---

1 tractiren] behandeln 13 bähete mich aus] erwärmte mich, erholte mich 19 f. *occasionen*] Gelegenheiten zum Kampf 21 glathärig] wohlgenährt, gepflegt, schön

er mich seiner getreuen Dienste versicherte; und mit was vor Hoͤfflichkeit er mir klagte / daß er beydes mit Leib und Seel vor Lutter mein Gefangner worden waͤre; Hochgeborne schoͤnste Dam / sagte er / dem Leib nach hat mich mein *fatum* zwar gleich wieder ledig gemacht / und mich doch in uͤbrigen gantz und gar eueren Sclaven bleiben lassen / welcher jetzt nichts anders begehrt und darum hieher kommen / als aus ihrem Munde dem Sententz zum Tod oder Leben anzuhoͤren; zum Leben zwar / wann ihr euch uͤber eueren elenden Gefangenen erbarmet: Jhn in seinem schweren Gefaͤngnus der Liebe mit troͤstlichem Mitleiden troͤstet / und vom Tod errettet; oder zum Tod / wann ich ihrer Gnad und Gegenliebe nicht theilhafftig werden / oder solcher euerer Liebe unwuͤrdig geschaͤtzt werden solte: Jch schaͤtzte mich gluͤckseelig / da sie mich wie ein andere ritterliche Penthasilea mitten aus der Schlacht gefangen hinweg gefuͤhrt hatte / und da mir durch aͤusserliche Lediglassung meiner Person meine vermeintliche Freyheit wieder zugestellt wurde / hube sich allererst mein Jammer an / weil ich die jenige nicht mehr sehen konte / die mein Hertz noch gefangen hielte / zumahlen auch kein Hoffnung machen konte / dieselbe wegen beyderseits widereinander strebenden Kriegswaffen jemahls widerum ins Gesicht zu bekommen; solchen meinen bißherigen elenden Jammer / bezeugen viel tausent Seuffzer / die ich seithero zu meiner liebwuͤrdigen Feindin gesendet / und weil solche alle vergeblich in die leere Lufft giengen / geriehte ich allgemach zur Verzweiffelung / und waͤre auch / etc. Solche und dergleichen Sachen brachte der Schloßherr vor / mich zu dem jenigen zu *persuadirn*, wornach ich ohne das so sehr als er selbst verlangte; Weil ich aber mehr in dergleichen Schulen gewesen / und wohl wuste / daß man das jenige / was einem leicht ankommt / auch gering achtet / als stellte ich mich gar weit von seiner Meynung entfernet zu seyn / und klagte hingegen / daß ich im Werck befande / daß ich sein Gefangner

---

4 *fatum*] Schicksal 8 Sententz] Urteilsspruch 29 *persuadirn*] überreden

waͤre / sintemahl ich meines Leibs nit maͤchtig / sondern in seinen Gewalt aufgehalten wuͤrde; Jch muͤste zwar bekennen / daß ich ihm vor allen andern Cavalliren in der gantzen Welt zum allergenauesten verbunden / weilen er mich von meinen Ehrenschaͤndern errettet; erkennete auch / daß meine Schuldigkeit seye / solche ehrliche und lobwuͤrdige Rath wider gegen ihm mit hoͤchster Danckbarkeit zu beschulden; wann aber solche meine Schuldigkeit unter dem Deckmantel der Liebe mit Verlust meiner Ehr abgelegt werden muͤste / und daß ich eben zu solchem Ende in dieses Ort gebracht worden waͤre / so koͤnte ich nicht sehen / was er bey der erbarn Welt vor die beschehene ruhmwuͤrdige Erloͤsung vor Ehr / und bey mir vor einen Danck zu gewarten / mit demuͤthiger Bitte / er wolle sich durch eine That die ihn vielleicht bald wieder reuen wuͤrde / keinen Schandflecken anhencken / noch dem hohen Ruhm eines ehrliebenden Cavalliers den Nachklang zu freyen / daß er ein armes verlassenes Weibsbild in seinem Hause wider ihren Willen / etc. und damit fieng ich an zu weinen / als wann mirs ein lauterer gruͤndlicher Ernst gewesen waͤre / nach dem alten Reumen:

Die Weiber weinen offt mit Schmertzen / gleich als gieng es ihn von Hertzen /
Sie pflegen sich nur so zu stellen / und koͤnnen weinen wann sie woͤllen.

Ja damit er mich noch hoͤher *aestimi*ren solte / botte ich ihm 1000. Reichsthaler vor meine Rantzion an / wann er mich unberuͤhrt lassen / und widerum zu den Meinigen sicher passiren lassen wolte; aber er antwortet: Seine Liebe gegen mir sey so beschaffen / daß er mich nicht vor das gantze Koͤnigreich Boͤhmen verwechseln koͤnte; zu dem seye er seines Herkommens und Standes halber / mir gar nit ungleich / daß es eben etwan wegen eine Heurath zwischen uns beeden viel *difficulteten* brauchen solte; Es hatte mit uns beyden na-

---

7 Rath] (wohl Plural:) Fürsorge 7 f. beschulden] vergelten 17 Nachklang zu freyen] Nachruhm zu erwerben 20 Reumen] Reim 25 *aestimi*ren] achten 26 Rantzion] Loͤsegeld, Auslösung 33 *difficulteten*] Schwierigkeiten, Hindernisse

tuͤrlich ein Ansehen / als wann ein Taͤubler irgend einen Tauber und eine Taͤubin zusammen sperret / daß sie sich paaren sollen / welche sich anfaͤnglich lang genug abmatten / biß sie des Handels endlich eins werden; eben also machten wirs auch / dann nachdem mich Zeit seyn bedunckte / ich haͤtte mich lang genug widersetzt / wuͤrde ich gegen diesem jungen Buhler welcher noch nicht uͤber zwey und zwantzig Jahr auf sich hatte / so zahm und geschmeidig / das ich auf seine guͤldene Promessen in alles einwilligte / was er begehrte / ich schlug ihm auch so wohl zu / daß er einen gantzen Monat bey mir bliebe / doch wuste niemand / warum / als obgemeldter einiger Diener / und eine alte Haushofmeisterin / die mich in ihrer Pfleg hatte / und E. Graͤfl. tituliren muste; da hielte ich mich wie das alte Sprichwort lautet:

Ein Schneider auf eim Roß / ein Hur aufm Schloß /
Ein Lauß auf dem Grind / seynd drey stoltzer Hofgesind.

Mein Liebhaber besuchte mich demselben Winter gar offt / und wann er sich nicht geschaͤmt haͤtte / so glaub ich / er haͤtte den Degen gar an einen Nagel gehenckt / aber er muste beydes seinen Herrn Vattern und dem Koͤnig selbst scheuen / als der sich dem Krieg / wiewohl mit schlechtem Gluͤck / ernstlich angelegen seyn liese; doch macht ers mit seinem Besuchen so grob / und kam so offt / daß es endlich sein alter Herr Vatter und Frau Mutter mercken / und auf fleissiges Nachforschen erfuhren / was er vor einen Magnet in seinem Schloß heimlich aufhielte / der seine Waffen so offt aus dem Krieg an sich zoge; derowegen erkundigten sie die Beschaffenheit meiner Person gar eigentlich / und trugen grosse Sorge fuͤr ihren Sohn / daß er sich villeicht mit mir verplempern und hangen bleiben moͤchte / an einer / davon ihr hohes Hause wenig Ehr haben konte; derowegen wolten sie ein solche Ehe beyzeiten zerstoͤren / und doch so be-

---

1 Taͤubler] Taubenzüchter 9 Promessen] Versprechungen
13 E. Graͤfl.] Euer Gräfliche Gnaden 27 aufhielte] aufbewahrte, beherbergte

hutsam damit umgehen / daß sie sich auch nicht an mir vergriffen / noch meine Verwandte vor dem Kopff stiessen / wann ich etwan / wie sie von der Haushofmeisterin vernommen / von einem Gräflichen Geschlecht geboren seyn / und ihr Sohn auch mir allbereit die Ehe versprochen haben solte.

Der allererste Angriff zu diesem Handel war dieser / daß mich die alte Haushofmeisterin gar verträulich warnete / es hätten meines Liebsten Eltern erfahren / daß ihr Herr Sohn eine Liebhaberin heimlich enthielte / mit derer er sich wider ihrer der Eltern Willen zu verehlichen gedächte / so sie aber durchaus nicht zugeben könten / dieweil sie ihn allbereit an ein fast hohes Haus zu verheurathen versprochen; wären derowegen gesinnet / mich beym Kopff nehmen zu lassen / was sie aber weiters mit mir zu thun entschlossen / seye ihr noch verborgen; hiermit erschreckte mich zwar die Alte / ich liese aber meine Angst nicht allein nicht mercken / sondern stellte mich darzu so freudig / als wann mich der grosse Moger aus India wo nit beschützen / doch wenigst *revangi*rn würde / sintemahl ich mich auf meines Liebhabers grosse Liebe und stattliche Verheissung / verlassen / von welchem ich auch gleichsam alle acht Tage nit nur blosse liebreiche Schreiben: sondern auch jedesmahl ansehenliche Verehrungen empfieng / dargegen beklagte ich mich / in Widerantwort gegen ihm / weß ich von der Haußhofmeisterin verstanden / mit Bitt / er wolte mich aus dieser Gefahr erledigen und verhindern / daß mir und meinem Geschlecht kein Spott widerführe; das End solcher *Correspondenz* war / daß zu letzt zween Diener in meines Liebhabers Lieberey gekleidet / angestochen kamen / welche mir Schreiben brachten / daß ich mich alsobalden mit ihnen verfügen solte / um mich nacher Hamburg zu bringen / allda er mich / es wäre seinen Eltern gleich lieb oder leid / öffentlich zur Kirchen

9 enthielte] beherberge 12 fast] gar 13 beym Kopff nehmen] gefangennehmen 17 f. grosse Moger] Großmogul, Herrscher des Ostindischen Reiches 18 *revangi*rn] rächen 22 f. Verehrungen] Geschenke 28 Lieberey] Dienerkleidung, Livrée

führen wolte; wann alsdann solches geschehen wäre / so würden beydes Vatter und Mutter wohl Ja sagen: und als zu einer geschehenen Sach das Beste reden müssen; Jch war gleich fix und fertig wie ein alt Feuerschloß / und liese mich so Tags so Nachts / erstlich auf Wißmar: und von dannen auf gedachtes Hamburg führen / allda sich meine zween Diener abstohlen / und mich so lang nach einem Cavallier aus Dennemarck umsehen liesse / der mich heurathen würde / als ich immer wolte; da wurde ich allererst gewahr / daß der Hagel geschlagen / und die Betrügerin betrogen worden wäre; Ja mir wurde gesagt / ich möchte mit stillschweigender Patientz verlieb nehmen / und GOtt dancken / daß die vornehme Braut unterwegs nicht in der See ertränckt worden wäre / oder man sey auf des Hochzeiters Seiten noch starck genug / mir auch mitten in einer Stadt / da ich mir vielleicht ein vergebliche Sicherheit einbilde / einen Sprung zu weisen / der einer solchen gebühre / worvon man wüste / daß ich zu halten sey; was solt ich machen? mein Hochzeitherey / meine Hoffnung; meine Einbildungen und alles worauf ich gespannet / war dahin / und miteinander zu Grund gefallen; die vertreuliche liebreiche Schreiben / die ich an meinen Liebsten von einer Zeit zur andern abgehen lassen / waren seinen Eltern eingeloffen / und die jeweilige Widerantwortbrieffe / die ich empfangen / hatten sie abgeben / mich an dem Ort zu bringen / da ich jetzt sasse / und allgemach anfienge mit dem Schmalhansen zu *conferirn* der mich leichtlich überredete / mein täglich Maulfutter mit meiner nächtlichen Handarbeit zu gewinnen.

---

4 Feuerschloß] iron.: am Gewehr 7 abstohlen] wegstahlen 11 f. Patientz] Duldung 16 f. einen Sprung zu weisen] mit Spott und Schande vertreiben

DAS XIV. CAPITEL.

Was *Courage* ferners anfieng / und wie sie nach zweyer Reuter Tod / sich einem Mußquetierer theilhafftig machte.

JCh weiß nit / wie es meinem Liebhaber gefallen / als er mich nicht wieder in seinem Schloß angetroffen / ob er gelacht oder geweynt habe / mir wars leid / daß ich seiner nicht mehr zu geniessen hatte / und ich glaub / daß er auch gern noch länger mit mir vorlieb genommen hätte / wann ihm nur seine Eltern das Fleisch nicht so schnell aus dem Zähnen gezogen; um diese Zeit überschwämmte der Wallensteiner / der Tilly und der Graf Schlick / gantz Holstein und andere Dänische Länder mit einem Hauffen Käyserlicher Völcker wie mit einer Sündfluth / deren die Hamburger so wol als andere Ort / mit Proviant und Munitzion aushelffen musten; dannenhero gab es viel Aus- und Einreutens und bey mir zimliche Kunden Arbeit; endlich erfuhre ich / daß meine angenommene Mutter sich zwar noch bey der Armee aufenthielte / hingegen aber alle meine Bagage biß auf ein paar Pferde verlohren / welches mir den Compaß gewaltig verruckte; Es schlug mir in Hamburg zwar wohl zu / und ich hätte mir mein Lebtage kein bessere Händel gewünscht / weil aber solche *fortuna* nicht länger bestehen konte / als so lang das Kriegsvolck im Land lag / so muste ich bedacht seyn / meine Sach auch anders zu karten; Es besuchte mich ein junger Reuter / der bedeuchte mich fast liebwürdig / resolut und bey Geltmitteln zu seyn / gegen diesem richtet ich alle meine Netz / und unterliese kein Jäger-Stücklein / biß ich ihn in meine Strick brachte / und so verliebt machte / daß er mir Salat aus der Faust essen mögen ohne einigen Eckel; dieser versprach mir bey Teuffel holen / die Ehe / und hätte mich auch gleich in Hamburg zur Kirchen geführt / wann er nicht zuvor seines Rittmeisters *consens* hierzu hätte

19 f. den Compaß gewaltig verruckte] Pläne durchkreuzte
22 *fortuna*] hier: glückliche Umstände 32 *consens*] Zustimmung

erbitten müssen; welchen er auch ohnschwer erhielte / da er mich zum Regiment brachte / also daß er nur auf Zeit und Gelegenheit wartete / die *copulation* wuͤrcklich zu vollziehen lassen; Jndessen verwunderten sich seine Cammerrathen / woher ihm das Gluͤck / so eine schoͤne junge Maistresse zugeschickt unter welchen die allermeiste gern seine Schwaͤger haͤtten werden moͤgen; dann damahls waren die Voͤlcker bey dieser sieghafften Armee wegen langwuͤrigen gluͤcklichen Wolergehens und vieler gemachten Beuten / durch Uberfluß aller Dinge dergestalt fett und ausgefuͤllt / daß der groͤste Theil durch Kuͤtzel des Fleisches angetrieben / mehr ihrer Wollust nachzuhaͤngen / und solchen abzuwarten / als um Beuten zu schauen / oder nach Brod und *Fourage* zu trachten / gewohnt war; und sonderlich so war meines Hochzeiters Corporal ein solcher Schnaphan / der auf dergleichen Nascherey am allermeisten verpicht war / als welcher gleichsam eine *Profession* daraus machte / anderen die Hoͤrner aufzusetzen / und sichs vor eine grosse Schand gerechnet haͤtte / wann er solches irgends unterstanden / und nicht werckstellig machen moͤgen; wir lagen damahls in Stormaren welches noch niemahls gewust / was Krieg gewesen / dannenhero war es noch voll von Uberfluß / und reich an Nahrung / woruͤber wir uns Herren nannten / und dem Landmann vor unsere Knechte / Koͤch und Tafeldecker hielten / da waͤhrete Tag und Nacht das Panquediren und lude je ein Reuter den andern auf seines Haußwirths Speiß und Tranck zu Gast / diesen *modum* hielte mein Hochzeiter auch / worauf angeregter Corporal sein Anschlag machte / mir hinter die Haut zu kommen; dann als mein besagter Hochzeiter sich mit zweyen von seinen Cammerrathen (so aber gleichwol auch des Corporals Creaturen gewesen) in seinem Quartier lustig machte / kam der Corporal und commandirte ihn zu

3 *copulation*] Hochzeit 5 Maistresse] Mätresse, Hure
6 Schwaͤger] iron.: Hörner aufsetzen 13 *Fourage*] Verpflegung
17 *Profession*] Beruf 25 Panquediren] Zechen 27 *modum*] Art und Weise

der Standarten auf die Wacht / damit / wann mein Hochzeiter fort waͤre / er sich selbst mit mir ergoͤtzen koͤnte; weil aber mein Hochzeiter den Possen bald merckte / und ungern leiden wolte / daß ein anderer seine Stell vertretten / (oder daß ichs fein teutsch gebe) daß ihn der Corporal zum Gauch machen solte; sihe / da sagte er ihm / daß noch etliche waͤren / denen vor ihm gebuͤhrte solche Wacht zu versehen; der Corporal hingegen sagte ihn / er solte nicht viel disputirn / sondern seinen *Commando* parirn / oder er wolte ihm Fuͤsse machen; dann er wolte diese feine Gelegenheit meiner theilhafftig zu werden / einmahl nicht aus Handen lassen; demnach ihm aber solche mein Liebster nicht zu goͤnnen gedachte / widersetzte er sich dem Corporal so lang / biß er von Leder zog / und ihn auf die Wacht noͤtigen / oder in Krafft habenden Gewalts so exemplarisch zeichnen wolte / daß ein andermahl ein anderer wisse / wie weit ein Untergebener seinem Vorgesetzten zu gehorsamen schuldig waͤre; aber ach / mein lieber Stern verstund den Handel leyder uͤbel / dann er eben so bald mit seinem Degen fertig / und verdingte dem Corporal eine solche Wunden in Kopff / die ihn des unkeuschen und erhitzten Gebluͤts alsobald entledigte / und allen Kitzel dergestalt vertriebe / daß ich wohl sicher vor ihm seyn konte; die beyde Gaͤst giengen ihrem Corporal auf sein Zuschreyen zu Huͤlff / und mit ihren Fochteln auch auf meinen Hochzeiter loß / davon er den einen alsobalden durchstach / und den andern zum Haus hinaus jagte / welcher aber gleich wieder kam / und nit allein den Feldscherer vor die Verwundte / sondern auch etliche Kerl brachte / die meinen Liebsten und mich zum Profosen fuͤhrten / allwo er an Haͤnd und Fuͤssen in Band und Ketten geschlossen wurde; Man machts gar kurtz mit ihm / dann den andern Tag ward

---

1 Standarten] Fahne der Reiterei 5 Gauch] betrogener Ehemann, Gehörnter 9 *Commando* parirn] Befehl gehorchen 18 mein lieber Stern] mein Liebhaber 24 Fochteln] Säbeln, Klingen 27 Feldscherer] Wundarzt 29 Profosen] Stockmeister, Disziplinaroffizier des Regiments

Standrecht uͤber ihn gehalten / und ob zwar Sonnenklar an Tag kam / daß der Corporal ihn keiner andern Ursachen halber auf die Wacht commandirt / als selbige Nacht an Statt seiner zu schlaffen; so wuͤrde doch erkant / um den Gehorsam gegen den Officiern zu erhalten / daß mein Hochzeiter aufgehenckt: Jch aber mit Ruthen ausgehauen werden solte; weil ich an solcher That ein Ursaͤcherin gewesen; Jedoch wurden wir beyde so weit erbetten / daß mein Hochzeiter *Harquebusirt*: Jch aber mit dem Steckenknecht vom Regiment geschickt wurde / welches mir gar ein abgeschmackte Reiß war.

So sauer kam mich aber diese Reiß nicht an / so fanden sich doch zween Reuter in unsern Quartier / die mir und ihnen solche versuͤssen wolten / dann ich war kaum ein Stund gehend hinweg / da sassen diese beyde in einem Busch / dardurch ich muste passiren / mich willkommen zu heissen! Jch bin zwar / wann ich die Warheit bekennen muß / meine Tage niemahl so hechel gewesen / einem guten Kerl eine Fahrt abzuschlagen / wann ihn die Noth begriffen; aber da diese zween Haluncken mitten in meinem Elend eben das jenige von mir mit Gewalt begehrten / wessentwegen ich verjagt: und mein Auserwehlter tod geschossen worden / widersetzte ich mich mit Gewalt; dann ich konte mir wohl einbilden / wann sie ihren Willen erlangt und vollbracht / daß sie mich auch erst gepluͤndert haͤtten / als welches Vorhaben ich ihnen gleichsam aus den Augen und von der Stirnen ablesen konte; sintemahl sie sich nicht schaͤmten mit entbloͤsten Degen / auf mich / wie auf ihrem Feinde loß zu gehen / beydes mich zu erschrecken / und zu dem / was sie suchten / zu noͤthigen; weil ich aber wuste / daß ihre scharffe Klingen meiner Haut weniger als zwo Spißgerten abhaben wuͤrden / sihe / da waffnete ich mich mit meinen

1 Standrecht] Kriegsrecht 4 erkant] der Urteilsspruch verkündet 8 erbetten] begnadigt, freigebeten 9 *Harquebusirt*] erschossen 9 Steckenknecht] Gerichtsdiener 14 ihnen] sich 18 hechel] heikel, wählerisch

beyden Messern / von denen ich in jede Hand eins nahm / und ihnen dergestalt begegnete / daß der eine eins davon im Hertzen stecken hatte / ehe er sichs versahe; der ander war stärcker und vorsichtiger als der erste / wessentwegen ich ihme dann so wenig als er mir an den Leib kommen konte; wir hatten unter währendem Gefecht ein wildes Geschrey; er hiese mich eine Hur / eine Vettel / eine Hex / und gar einen Teuffel; hingegen nannte ich ihn einen Schelmen einen Ehrendieb / und was mir mehr von solchen erbarn Tituln ins Maul kam / welches Balgen einen Mußquetierer überzwergs durch den Busch zu uns lockte / der lang stunde / und uns zusahe / was wir vor seltzame Sprüng gegeneinander verübten / nicht wissend / welchen Theil er unter uns beystehen oder Hülffe leisten solte; und als wir ihn erblickten / begehrte ein jedes / er wolte es von dem andern erretten / da kan nun ein jeder wohl gedencken / daß *Mars* der *Vener* viel lieber als dem *Vulcano* beygestanden / vornemlich als ich ihn gleich güldene Berg versprach / und ihn meine ausbündige Schönheit blendet und bezwang; Er passte auf / und schlug auf den Reuter an / und brachte ihn mit Bedrohung dahin / daß er mir nicht allein den Rucken wendet / sondern auch anfieng darvon zu lauffen / daß ihm die Schuchsohlen hätten herunter fallen mögen / seinen entseelten Cammerrathen sich in seinem Blut waltzend / hinterlassend;

Als nun der Reuter seines Wegs war / und wir uns allein beysammen befanden / erstummte dieser junge Mußquetierer gleichsam über meiner Schönheit / und hatte nit das Hertz / etwas anders mit mir zu reden / als daß er mich fragte / durch was vor ein Geschick ich so gar allein zu diesem Reuter kommen wäre? darauf erzehlte ich ihm alles Haarklein / was sich mit meinem gehabten Hochzeiter / item / mit dem Corporal und dann auch mit mir zugetragen; so dann / daß mich diese beyde Reuter / nemlich der gegenwärtige Tode und der Entloffene als ein armes verlassenes

10 überzwergs] quer 18 ausbündige] musterhafte 19 passte auf] legte an 24 waltzend] wälzend

Weibsbild mit Gewalt schaͤnden wollen / deren ich mich aber bißher / wie er selbst zum Theil wohl gesehen / ritterlich erwehrt; mit Bitt / er wolte als mein Nohthelffer und Ehrenretter mich ferner beschuͤtzen helffen / biß ich irgendshin zu ehrlichen Leuten wieder in Sicherheit kaͤme / versicherte ihn auch ferner / daß ich ihme vor solche seine erwiesene Huͤlffe und Beystand mit einen ehrlichen *recompens* zu begegnen nicht ermanglen wuͤrde; er besuchte darauf den Toden / und nahme zu sich was er schaͤtzbarliches bey sich hatte / welches ihm seine Muͤhe zimlich belohnte; darauf machten wir uns beyde bald aus dem Staub / und indem wir unseren Fuͤssen gleichsam uͤber Vermoͤgen zusprachen / kamen wir desto ehender durch den Bosch / und erreichten denselben Abend noch des Mußquetierers Regiment / welches fertig stunde / mit dem *Colalto*, Altrinniger und *Gallas* in Italia zu gehen.

DAS XV. CAPITEL.

Mit was vor *Condition*en sie den Ehestand lediger Weiß zu treiben einander versprochen.

WAnn eine ehrliche Ader in meinem Leibe gewesen waͤre / so haͤtte ich damahls meine Sach anders anstellen: und auf einen ehrlichern Weg richten koͤnnen; dann meine angenommene Mutter mit noch zweyen von meinen Pferden und etwas an paarem Gelt erkundigt mich / und gab mir den Raht / ich solte mich aus den Krieg zu meinem Gelt auf Prag: oder auf meines Hauptmanns Guͤtter thun / und mich im Frieden Haußhaͤblich und geruhlich ernaͤhren; aber ich liese meiner unbesonnenen Jugend weder Weißheit noch Vernunfft einreden / sondern je toller das Bier gebrauet wurde / je besser es mir schmeckte / ich und gedachte meine Mutter / hielten sich bey einem Marquedenter unter dem

7 *recompens*] Entschädigung, Belohnung 8 besuchte] durchsuchte 17 *Condition*en] Bedingungen 23 erkundigt] fand 30 Marquedenter] Händler bei der Feldtruppe

jenigen Regiment / darunter mein Mann der zu Hoya umkommen / Hauptmann gewesen / alwo man mich seinetwegen zimlich respectirte; und ich glaub auch / daß ich wieder einen wackern Officier zum Mann bekommen hätte / wann wir geruhig gewest / und irgends in einem Quartier gelegen wären. Aber dieweil unsere Kriegsmacht von 20 000. Mannen in drey Herren bestehend / schnell auf Italia marchirte / und durch Graubünden / das viel Verhinderungen gemacht / brechen muste / sihe / da gedachten wenig witzige an das Freyen / und dannenhero verbliebe ich auch desto länger eine Wittib; über das hatten auch etliche nicht das Hertz / andere aber sonst ihr Bedencken / mich um die Verehligung anzureden; und sonst mir *extra* oder neben her etwas zuzumuthen / darzu hielten sie mich vor viel zu ehrlich / weil ich mich bey meinem vorigen Mann gehalten / daß mich männiglich vor ehrlich hielte als ich gewesen. Gleichwie mir aber mit einer langwierigen Fasten wenig gedienet / also hatte sich hingegen der jenige Mußquetier / so mir in der *Occasion*, die ich mit obengedachter beyden Ruthen gehabt / zu Hülffe kommen / dergestalt an mir vergafft und vernarret / daß er Tag und Nacht keine Ruhe hatte / sondern mir manchen Trab schenckte / wann er nur Zeit haben und abkommen konte. Jch sahe wol was mit ihn umgieng / und wo ihn der Schuch druckte / weil er aber die *courage* nicht hatte / sein Anliegen der *Courage* zu entdecken / war bey mir die Verachtung so groß / als das Mitleiden; doch änderte ich nach und nach meinen stoltzen Sinn / der Anfangs nur gedachte eine Officirerin zu seyn; dann als ich des Marquedenters Gewerb und Handthierung betrachtete / und täglich vor Augen sahe / was ihm immerzu vor Gewinn zugieng / und daß hingegen mancher praver

3 zimlich] geziemend 7 Herren] Heeren 9 witzige] Verständige, Vernünftige 16 männiglich] jedermann 16 vor] für 20 Ruthen] metaph. f. männl. Glied: Vergewaltiger 22 mir manchen Trab schenckte] meinetwegen manchen Weg machte 31 praver] tapferer

Officier mit dem Schmalhansen Taffel halten muste / fieng ich an darauf zu gedencken / wie ich auch eine solche Marquedenterey aufrichten / und ins Werck stellen möchte; ich machte den Uberschlag mit meinen bey mir habenden Vermögen / und fande solches weil ich noch ein zimliche Quantität Goldstücker in meiner Brust vernehet wuste / gar wohl pastand zu seyn; Nur die Ehr oder Schand lag mir noch im Weg / daß ich nemlich aus einer Hauptmännin ein Marquedenterin werden solte; als ich mich aber erinnerte / daß ich damahls keine mehr war / auch wohl vielleicht keine mehr würde / sihe / da war der Würffel schon geworffen! und ich fieng bereits an in meinem Sinn / Wein und Bier um doppelt Geld auszuzapffen / und ärger zu Schinden und zu Schachern / als ein Jud von 50. oder 60. Jahren thun mag.

Eben um diese Zeit / als wir nemlich mit unseren dreyfachen Käyserlichen Heer über die *Alpes* oder das hohe Gebürg in *Italiam* gelangt / war es mit meines Galanen Liebe aufs höchste kommen / ohne daß er noch das geringste Wort darvon mit mir gesprochen; Er kam einsmahls unter dem Vorwant ein Maß Wein zu trincken / zu meines Marquendenters Zelt / und sahe so bleich und trostloß aus / als wann er kürtzlich ein Kind bekommen / und keinem Vatter / Meel noch Milch darzu gehabt oder gewüst hätte; seine traurige Blick und seine sehnliche Seuffzer waren seine beste Sprach / die er mit mir redet / und da ich ihn um sein Anliegen fragte / erkühnete er gleichwol also zu antworten: ach / meine allerliebste Frau Hauptmännin! (dann *Courage* dorffte er mich nicht nennen) wann ich ihr mein Anliegen erzehlen solte / so würde ich sie entweder erzörnen / daß sie eine ihre holdseelige Gegenwart gleich wider entzuckt / und mich in Ewigkeit ihres Anschauens nicht mehr würdigt; oder ich würde einen Verweiß meines Frevels von ihr empfangen / deren eins von diesem beyden genugsam wären / mich dem Tod vollends aufzuopffern; und darauf schwiege er wider

---

7 pastand] ausreichend, genügend 17 in] nach 17 Galanen] Liebhaber 29 eine] wohl: einem

stockstill; ich antwortet / wann euch deren eins kan umbringen / so kan euch auch ein jedes davon erquicken; und weil ich euch dessentwegen verbunden bin / daß ihr mich / als wir in den vier Landen zwischen Hamburg und Lübeck lagen / von meinen Ehrenschänderen errettet / so gönne ich euch hertzlich gern / daß ihr euch gesund und satt an mir sehen möget; Ach mein hochgeehrte Frau! antwortet er / es befindet sich hierinn gantz das Widerspiel / dann da ich sie damahls das erste mahl ansahe / fieng auch meine Kranckheit an / welche mir aber dem Tod bringen wird / wann ich sie nicht mehr sehen solte! Ein wunderbarlicher und seltzamer Zustand! der mir zum *recompens* widerfahren / dieweil ich mein Hochehrende Frau aus ihrer Gefährlichkeit errettete! Jch sagte / so müste ich einer grossen Untreu zu beschuldigen seyn / wann ich dergestalt Gutes mit Bösem vergolten hätte? das sag ich nicht / antwortet mein Mußquetierer / ich *replicir*te / was habt ihr dann zu klagen? über mich / über meine Unglückseeligkeit (antwortet er) und über meine Verhängnus; oder vielleicht über meinen Vorwitz / über meine Einbildung / oder ich weiß selbst nicht über was! Jch kan nicht sagen / daß die Frau Hauptmännin undanckbar sey / dann um der geringen Mühe willen / die ich anlegte / als ich den noch lebenden Reuter verjagte / der ihrer Ehr zusetzte / bezahlte mich dessen Verlassenschafft genugsam / welche mein Hochehrende Frau zuvor des Lebens hochrühmlich beraubte / damit er sie ihrer Ehr nicht schändlich berauben solte: Meine Frau Gebieterin: (sagte er ferner) Jch bin in einem solchen verwirrten Stand / der mich so verwirret / daß ich auch weder meine Verwirrung / noch mein Anliegen / noch mein oder ihre Beschuldigung / weniger meine Unschuld / oder so etwas erleutern möchte / dardurch mir geholffen werden könte; Sehet / allerschönste Dam! ich sterbe / weil mir das Glück und mein geringer Stand nicht gönnet / ihrer Hoheit zu erweisen / wie glückseelig ich mich er-

12 *recompens*] Belohnung 17 *replicir*te] entgegnete
30 Beschuldigung] Anschuldigung

kennete / ihr geringster Diener zu seyn; Jch stunde da wie eine Närrin / weil ich von einen geringen und noch sehr jungen Mußquetierer / solche / wiewohl untereinander / und wie er selbst sagte / aus einem verwirrten Gemüthlauffende Reden hörete; doch kamen sie mir vor / als wann sie mir nichts destoweniger einen muntern Geist und Sinnreichen Verstand anzeigten / der einer Gegenlieb würdig / und mir nicht übel anständig sey / mich dessen zu meiner Marquedenterey / mit welcher ich damahls groß schwanger gieng / rechtschaffen zu bedienen; derowegen machte ichs mit dem Tropffen gar kurtz / und sagte zu ihm / mein Freund / ihr nennet mich fürs 1. euer Gebietherin / fürs 2. euch selbst meinen Diener / wann ihrs nur seyn köntet; furs 3. klagt ihr / daß ihr ohne meine Gegenwart sterben müst; daraus nun erkenne ich eine grosse Liebe / die ihr vielleicht zu mir traget; Jetzt sagt mir nur / wormit ich solche Liebe erwidern möge? dann ich will gegen einen solchen / der mich von meinen Ehrenschändern errettet / nicht undanckbar erfunden werden; Mit Gegenlieb / sagte mein Galan; und wann ich dann würdig wäre; so wolte ich mich vor den allerglückseeligsten Menschen in der gantzen Welt schätzen. Jch antwortet / ihr habt allererst selbst bekennet / daß euer Stand zu gering sey / bey mir zu seyn / den ihr zu seyn wünschet / und was ihr gegen mir mit weitläufftigen Worten weiters zu verstehen gegeben habt; was Raths aber? damit euch geholffen / und ich von aller Bezüchtigung der Undanckbarkeit und Untreu: Jhr aber euers Leidens entübrigt werden möchtet? Er antwortet / seines Theils sey mir alles heimgestellt / sintemahl er mich mehr vor eine Göttin als vor eine irrdische Creatur halte / von deren er auch jederzeit entweder den Sententz des Todes oder des Lebens: die *Servitut* oder Freyheit / ja alles gern annehmen wolte / was mir nur zu befehlen beliebte; und solches bezeugte er mit solchen Ge-

3 untereinander] durcheinander 8 anständig] angemessen 18 f. erfunden] befunden 26 Bezüchtigung] Bezichtigung 31 Sententz] Urteilsspruch 31 *Servitut*] Knechtschaft

berden / daß ich wol erachten konte / ich hätte einen Narren am Strick / der eher in seiner Dienstbarkeit mir zu Gefallen erworgen: als in seiner *libertet* ohne mich leben würde.

Jch verfolgte das / was ich angefangen / und unterstunde zu fischen / dieweil das Wasser trüb war; und warum wolte ichs nicht gethan haben / da doch der Teuffel selbst die jenige die er in solchem Stand findet / wie sich mein Leffler befande / vollends in seine Netze zu bringen unterstehet? Jch sage dieß nicht / daß ein ehrlicher Christen-Mensch / den Wercken dieses seines abgefäimten bösen Feindes zu folgen / an mir ein Exempel nehmen soll / weil ich ihm damahls nachamte / sondern daß *Simplicius*, dem ich diesen meinen Lebenslauff allein zueigne / sehe / was er vor eine Dame an mir geliebt; und höre nur zu *Simplex*, so wirst du erfahren / daß ich dir das jenige Stücklein / so du mir im Sauerbrunnen erwiesen / dergestalt wider eingetränckt / daß du vor ein Pfund so du ausgeben / wider ein Centner eingenommen; Aber diesen meinen *Galanen* brachte ich so weit / daß er mir folgende Puncten eingieng und zu halten versprach.

Erstlich / solte er sich von seinem Regiment loß würcken / weil er anderer Gestalt mein Diener nicht seyn könte / ich aber keine Mußquetiererin seyn möchte.

Alsdann solte er zweytens bey mir wohnen / und mir wie ein anderer Ehemann alle Lieb und Treu seiner Ehefrauen zu erweisen pflege / eben desgleichen zu thun schuldig seyn / und ich ihme hinwiderum.

Jedoch solte solche Verehligung drittens vor der Christlichen Kirchen nicht ehe bestättigt werden / ich befände mich dann zuvor von ihm befruchtet.

Biß dahin solte ich viertens die Meisterschafft nicht allein über die Nahrung / sondern auch über meinen Leib / ja auch über meinen *Serviteur* selbsten haben und behalten / in aller Maß und Form / wie sonst ein Mann das Gebieth über sein Weib habe.

---

3 erworgen] ersticken 3 *libertet*] Freiheit 7 Leffler] Buhler, Freier 33 *Serviteur*] Diener, Sklave, Liebhaber

Krafft dessen / solte er fünfftens nicht Macht haben / mich zu verhindern / noch abzuwehren / viel weniger sauer zu sehen / wann ich mit andern Mannsbildern *conversire*, oder etwas dergleichen unterstünde / das sonst Ehemänner zum eyffern verursachte.

Und weil ich sechstens gesinnet sey / eine Marquetenterin abzugeben / solte er zwar in solchem Geschäffte das Haubt seyn / und der Handelschafft wie ein getreuer und fleissiger Hauswirth / so Tags / so Nachts / emsig vorstehen / mir aber das Ober-Commando / sonderlich über das Gelt / und ihn selbsten lassen / und gehorsamlich gedulten / ja ändern und verbessern / wann ich ihne wegen einiger seiner Saumsal *corrigirn* würde; In Summa / er solte von männiglich vor den Herrn zwar gehalten und angesehen werden / auch solchen Namen und Ehre haben / aber gegen mir obenangeregte Schuldigkeit in allweg in Acht nehmen. Und solches alles verschrieben wir einander.

Damit er auch solcher Schuldigkeit sich allezeit erinnern möge / solte er zum sibenden gedulten / daß ich ihn mit einem sonderbahren Namen nennete / welcher Nahm aus den ersten Wörtern des Befehls genommen werden solte / wormit ich ihn das erste mahl etwas zu thun heissen würde;

Als er mir nun alle diese Puncten eingangen und zu halten geschworen / bestättigte ich solches mit einem Kuß / liese ihn aber vor dißmahl nicht weiter kommen; darauf brachte er bald sein Abscheid / ich hingegen griffe mich an / und brachte unter einem andern Regiment zu Fuß zu wegen / alles was ein Marquedenter haben solte / und fieng an mit dem Judenspieß zu lauffen / als wann ich das Handwerck mein Lebtag getrieben hätte.

29 Judenspieß] Geldhandel

DAS XVI. CAPITEL.
Wie Spring-ins-felt und *Courage* miteinander hauseten.

MEin junger Mann liese sich trefflich wohl an / in allem dem jenigen worzu ich ihn angenommen und zu brauchen hatte; so hielte er auch oben vermelte Articul so nett / und erzeigte sich so gehorsam / daß ich die geringste Ursach nicht hatte / mich uͤber ihn zu beschweren; Ja / wann er mir ansehen konte / was mein Will war / so war er schon bereit solchen zu vollbringen; dann er war in meiner Liebe so gar ersoffen / daß er mit hoͤrenden Ohren nit hoͤrete / noch mit sehenden Augen nit sahe / was er an mir / und ich an ihm hatte / sondern er vermeinete vielmehr / er haͤtte die allerfroͤmste / getreueste / verstaͤndigste und keuscheste Liebste auf Erden / worzu mir und ihm dann meine angenommene Mutter / die er meinetwegen auch in grossen Ehren hielte / trefflich zu helffen wuste; diese war viel listiger als eine Fuͤchssin / viel geitziger als eine Woͤlffin / und ich kan nicht sagen / ob sie in der Kunst Gelt zu gewinnen oder zu cupplen am vortrefflichsten gewesen sey; Wann ich ein loß Stuͤcklein in dergleichen Sachen im Sinn hatte / und ich mich um etwas scheuete (dann ich wolte vor gar fromm und schamhafftig angesehen seyn) so dorffte ichs ihr nur anvertrauen / und war damit so viel als versichert / daß mein Verlangen ins Werck gestellt wuͤrde; dann ihr Gewissen war weiter als des *Rhodi*ser *Colossi* Schenckel auseinander gespannet / zwischen welchen die groͤste Schiff ohne Segelstreichung durch passiren koͤnnen; einmahl hatte ich grosse Begierden / eines jungen von Adel theilhafftig zu seyn / der selbiger Zeit noch Fendrich war / und mir seine Liebe vorlaͤngsten zu verstehen gegeben / wir haͤtten eben damahls / als mich diese Lust ankam / das Laͤger bey einem Flecken geschlagen / wessentwegen so wohl mein Gesind als ander Volck / um Holtz und Wasser aus war; mein Marquedenter aber gieng beym Wagen

5 nett] untadelig 21 vor] für

herum Nissteln / als er mir eben mein Zelt aufgeschlagen / und die Pferd zu naͤchst bey uns zu andern auf die Waͤid lauffen lassen; Weil ich nun mein Anliegen meiner Mutter eroͤffnet / schaffte sie mir denselben Fendrich / wiewohl zur Unzeit an die Hand / und als er kam / war das erste Wort / das ich ihn in Gegenwart / meines Manns fragte / ob er Gelt haͤtte / und da er mit ja antwortet: dann er vermeynte ich fragte albereit um *S. V.* den Huren-Lohn: sagte ich zu meinem Marquedenter / Spring-ins-felt / und fange unsern Schrecken / der Herr Fendrich wolte ihn gern bereuten / und uns demselben abhandlen / und gleich paar bezahlen; Jndessen nun mein guter Marquedenter gehorsamlich hingieng / meinen ersten Befelch zu vollbringen / hielte die alte Schildwacht / die weil wir den Kauff miteinander machten / und auch einander ritterlich bezahlten; demnach sich aber das Pferd nicht von meinem Marquedenter so leichtlich / wie seine Marquedenterin vom Fendrich fangen lassen wolte / kam er gantz ermuͤthet widerum zum Zelt / eben so ungedultig / als sich der Fendrich wegen seines langen Wartens stellet; Dieser Geschichten halber hat besagter Fendrich / nachgehends ein Lied gemacht / der Scheck genant / anfahend / ach was fuͤr unaussprechliche Pein / etc. mit welchem sich in folgender Zeit gantz Teutschland etliche Jahr geschleppt / da doch niemand wuste / woher es seinen Ursprung hatte / mein Marquedenter aber bekam hierdurch / Krafft unserer Heuraths Notal den Namen Spring-ins-felt / und diß ist eben der Spring-ins-felt / den du *Simplicissime* in deiner Lebens-Beschreibung offtermahl vor einen guten Kerl ruͤhmest; du must auch wissen / daß er alle die jenige Stuͤcklein / die er und du / beydes in Westphalen und zu Philippsburg veruͤbet / und sonst noch vielmehr darzu / von sonst niemand / als von mir und meiner alten Mutter gelernet; dann als ich mich mit ihm paaret / war er einfaͤltiger als

---

1 Nissteln] schnüren, binden 8 *S. V.*] salva venia, mit Verlaub, mit Gunst 10 Schrecken] wohl Wortspiel mit Schecken
26 Notal] Notul, Vertrag

ein Schaaf / und kam wider abgefäimbter von uns / als ein Luchs und Kern-Essig seyn mag.

Aber die Warheit zu bekennen / so sind ihm solche seine Wissenschafften nicht umsonst ankommen / sondern er hat mir das Lehr-Gelt zuvor genug bezahlen müssen; Einsmahls da er noch in seiner ersten Einfalt war / discurirten / er / ich und meine Mutter von Betrug und Boßheit der Weiber / und er entblödete sich zu rühmen / daß ihn kein Weibsbild betrügen solte / sie wäre auch so schlau als sie immer wolte; Gleichwie er nun seine Einfalt hiermit genugsam an den Tag legte / also bedauchte mich hingegen / solches wäre meiner und aller verständigen Weiber *dexteri*tät viel zu nahe / und nachtheilig geredet; sagte ihm derowegen unverholen / ich wolte ihn neunmal vor der Morgensuppe betrügen können / wann ichs nur thun wolte; er hingegen vermaß sich zu sagen / wann ich solches könte / so wolte er sein Lebtag mein Leibeigner Sclave seyn / und trutzte mich noch darzu / wann ich solches zu thun mich nicht unterstünde; doch mit dem Geding / wann ich in solcher Zeit gar keinen Betrug von den neunen bey ihm anbrächte / daß ich mich alsdann zur Kirchen führen: und mit ihm ehrlich copuliren lassen sollte; Nachdem wir nun solcher Gestalt der Wettung eins worden / kam ich des Morgens frühe mit der Suppenschüssel / darinn das Brod lag / und hatte in der andern Hand das Messer samt einem Wetzstein / mit Begehren er sollte mir das Messer ein wenig schärpffen / damit ich die Suppe einschneiden könte; er nahm Messer und Stein von mir / weil er aber kein Wasser hatte / leckte er den Wetzstein mit der Zunge / um selbigen zu befeuchtigen / da sagte ich / nun das walt GOtt / das ist schon zwey mahl! Er befremdet sich und fragte / was ich mit dieser Rede vermeyne? hingegen fragte ich ihn / ob er sich dann unserer gestrigen Wettung nicht mehr zuerinnern wisse? Er antwortet ja; und

2 Kern-Essig] ausgemachter Spitzbube 12 *dexteri*tät] Geschicklichkeit 17 trutzte mich] forderte mich heraus, hänselte mich 19 Geding] Bedingung 22 Wettung] Wette

fragte / ob und womit ich ihn dann schon betrogen? Jch antwortet / erstlich machte ich das Messer stumpff / damit du es wieder schärffer wetzen müssest; zweitens / zog ich den Wetzstein durch ein Ort / das du dir leicht einbilden kanst / und gab dir solchen mit der Zung zu schläcken / oho! sagte er / ists um diese Zeit / so schweig nur still / und höre auf / ich gib dir gern gewonnen / und begehre die restirende Mahl nit zu erfahren.

Also hatte ich nun an meinem Spring-ins-feld einen Leibäignen; bey Nacht / wann ich sonst nichts bessers hatte / war er mein Mann; bey Tag mein Knecht / und wann es die Leute sahen / mein Herr und Meister überall: Er konte sich auch so artlich in den Handel und in meinen *humor* zu schicken / daß ich mir die Tage meines Lebens keinen besseren Mann hätte wünschen mögen / und ich hätte ihn auch mehr als gern geehlicht / wann ich nicht besorget / er würde dardurch den Zaum des Gehorsams verlieren / und in Behaubtung der billichen Oberherrlichkeit / die ihm alsdann gebühren würde / mir hundertfältig widerum einträncken / was ich ihm etwan ohnverehlicht zu wider gethan / und er ohnzweiffel mit grossen Verdruß zu zeiten verschmertzen müssen; Jndessen lebten wir bey und miteinander / so einig / aber nicht so heilig als wie die liebe Engel; Mein Mutter versahe die Stelle einer Marquedenterin an meiner Stadt / ich den Stand einer schönen Köchin oder Kellerin / die ein Wirth darum auf der Streu hält / damit er viel Gäst bekommen möge; Mein Spring-ins-felt aber / war Herr und Knecht / und was ich sonst haben wolte / das er seyn solte; Er muste mir glatt parirn und meiner Mutter Gutachten folgen / sonst war ihm alles mein Gesind gehorsam als ihrem Herrn / dessen ich mehr hielte / als mancher Haubtmann; dann wir hatten liderliche Commiß-Metzger bey dem Regiment / welche lieber Gelt zu versauffen / als zu gewinnen gewohnt waren / darum trang ich mich durch Schmiralia in ihre *profession*, und hielte zween

---

7 restirende] übrigen 13 artlich] kunstgerecht 13 *humor*] Wesen 25 auf der Streu] in Obhut und Pflege 33 trang] drängte 34 Schmiralia] Schmiergelder

Metzger-Knecht vor einen / also daß ich das *Prae* allein behielte / und jene nach und nach Caput spielte / weil ich einem jeden Gast / er waͤre auch herkommen woher er immer wolte / mit einem Stuͤck von allerhand Gattung Fleisch zu Huͤlff kommen koͤnnte; ob er es gleich rohe / gesotten / gebraten oder lebendig haben wollen; gieng es dann an ein Stelen / Rauben und Pluͤndern (wie es dann in den vollen und reichen *Italia* treffliche Beuten setzt) so musten nit nur Springinsfelt samt meinem Gesind / ihre Haͤlse daran wagen / etwas einzuholen / sondern die *Courage* selbst fieng ihre vorige Gattung zu leben / die sie in Teutschland getrieben / widerum an / und indem ich dergestalt gegen dem Feind mit Soldaten-Gewehr / gegen den Freunden aber im Lager und in den Quartiern mit dem Judenspieß fochte / auch wo man mir in aller Freundlichkeit *offensivè* begegnen wolte / den Schild vorzusetzen wuste / wuchse mein Beutel so groß darvon / daß ich bey nahe alle Monat einen Wexel von 1000. Cronen nach Prag zu uͤbermachen hatte / und litte samt den Meinigen doch niemahls keinen Mangel; dann ich beflisse mich dahin / daß mein Mutter mein Spring-ins-felt / mein uͤbrig Gesind und vornemlich meine Pferde / zu jederzeit ihr Essen / Trincken / Kleid und Fuͤtterung hatten / und haͤtte ich gleich selbst Hunger leiden / nackend gehen / und Tag und Nacht unter dem freyen Himmel mich behelffen sollen; hingegen aber musten sie sich auch befleissen einzutragen / und in solcher Arbeit weder Tag noch Nacht zu feyern / und solten sie Halß und Kopff daruͤber verlohren haben.

---

1 *Prae*] Vorrang, Vorzug 2 Caput spielte] übertrumpfte
5 gesotten] gekocht 15 *offensivè*] feindlich, streng

DAS XVII. CAPITEL.

Was der *Courage* vor ein lächerlicher Poß widerfuhre / und wie sie sich deßwegen wieder rächete.

SChaue mein *Simplice*! also war ich bereits deines Cammerrathen Spring-ins-felds Matresse und Lehrmeisterin / da du villeicht deinem Knan noch der Schwein hütetest / und ehe du geschickt genug warest / anderer Leute Narr zu seyn; und hast dir doch einbilden dörffen / du habest mich im Saurbrunnen betrogen! Nach der ersten Mantuanischen Belägerung / bekamen wir unser Winter-Quartier in einem lustigen Städtlein; allwo es bey mir anfieng zimlich Kunden Arbeit zu geben / da vergieng kein Gasterey oder Schmauß / dabey sich nicht die *Courage* fand / und wo sie sich einstellete / da galten die Italiänische *Putani* wohl nichts! dann bey den Italiänern war ich Wildbret und etwas fremds / bey den Teutschen konte ich die Sprach / und gegen beyden *Nationen* war ich viel zu freundlich / darneben noch trefflich schön; so war ich auch nicht so gar hoffärtig und theuer / und hatte sich niemands keines Betrugs von mir zu besorgen / dem aber die Italiänerinnen dichte voll stacken: Solche meine Beschaffenheiten verursachten / daß ich den welschen Huren viel gute Kerl abspannete die jene verliesen und mich hingegen besuchten / welches bey ihnen kein gut Geblüt gegen mir setzte; einsmahls lude mich ein vornehmer Herr zum Nachtessen / der zuvor die berühmteste *Putana* bedient: Sie aber auch meinetwegen verlassen hatte; solches Fleisch gedachte mir jene widerum zu entziehen / und brachte mir derowegen widerum durch eine Kirschnerin / bey demselben Nacht-Im-biß etwas bey / davon sich mein Bauch blähete / als ob er hätte zerspringen wollen / ja die Leibsdünste trängten mich dergestalt / daß sie endlich den Ausgang mit Gewalt öffne-

---

10 lustigen] wohl gelegen 14 *Putani*] Huren 19 dem] von dem, dessen 28 Kirschnerin] Kürschnerin, Frau eines Pelzmachers

ten / und eine solche liebliche Stimm uͤber Tafel hoͤren liesen / daß ich mich deren schaͤmen muste / und so bald sie die Thuͤr einmahl gefunden / passirten sie mit einer solchen Ungestuͤmm nacheinander heraus / daß es daher donnerte / als ob etliche Regimenter eine Salve geben haͤtten; als ich nun dessentwegen vom Tisch auffstunde / um hinweg zu lauffen / gieng es bey solcher Leibsbewegung allererst rechtschaffen an; alle Tritt entwischte mir aufs wenigst einer oder zehen! wiewohl sie so geschwind aufeinander folgten / daß sie niemand zehlen konte; und ich glaube / wann ich sie alle wol anlegen: oder der Gebuͤhr nach fein ordentlich austheilen koͤnten / daß ich zwo gantzer geschlagener Glockenstund / trutz dem besten *tambour*, den Zapffenstreich darmit haͤtte verrichten moͤgen; Es wehrete aber ungefehr nur eine halbe Stund / in welcher Zeit beides Gaͤst und Auffwarter mehr Qual von dem Lachen als ich von dem *continuir*lichen Trompeten erlitten.

Diesen Possen rechnete ich mir vor einen grossen Schimpff / und wolte vor Scham und Unmuth außreissen / eben also thaͤt auch mein Gast-Herr als der mich zu etwas anders als diese schoͤne Music zuhalten / zu sich kommen lassen / hoch und theuer schwerrent / daß er diesen *affront* raͤchen wolte; Wann er nur erfahren koͤnte / durch was vor Pfeffer-Koͤrner: und Ameyssen-Eyer-Koͤch diese *Harmonia* angestimmt worden waͤre; weil ich aber daran zweiffelt / ob nicht er vielleicht selbst den gantzen Handel angestellt / sihe / so sasse ich dort zu protzen / als wann ich mit den plitzenden Strahlen meiner zornigen Augen alles haͤtte toͤden wollen / biß ich endlich von einem beysitzenden erfuhr / daß obengedachte Kuͤrschnerin damit umgehen koͤnte / und weil er sie unten im Hause gesehen / muͤste er gedencken / daß sie irgends von einer eiffersichtigen Damen gedinget worden / mich einem oder andern Cavallier durch diesen Possen zu verlaͤiten; massen man von ihr wuͤste / daß sie eben

13 *tambour*] Trommelschläger 22 schwerrent] schwörend
22 *affront*] Beleidigung, Schmach 34 zu verlaͤiten] zu verleiden, vergraulen

dergleichen einem reichen Kauffherrn gethan / der durch eine solche Music seiner Liebsten Gunst verlohren / weil er sie in ihrer und ander ehrlichen Leute Gegenwart hoͤren lassen; darauf gab ich mich zu Frieden / und bedachte mich auf eine schleunige Rach / die ich aber weder offentlich noch grausam ins Werck setzen dorffte / weil wir in den Quartirn (ohnangesehen / wie das Land dem Feind abgenommen) gute Ordre halten musten.

Demnach ich nun die Warheit erfahren / daß es nemlich nit anderst hergangen / als wie obengedachter Tischgenoß geargwohnet; als erkundigt ich der jenigen Damen / die mir den Possen hatt zugerichtet / Handel und Wandel / Thun und Lassen / auf das genaueste / als ich immer konte; und als mir ein Fenster gewiesen wurde / daraus sie bey Nacht / denen / so zu ihr wolten / Audientz zu geben pflegte / offenbahrt ich meinen auf sie habenden Grollen zweyen Officiern die musten mir / wolten sie anders meiner noch fuͤrderhin geniessen / die Rach zu vollziehen versprechen; und zwar auf solche und kein andere Weiß als wie ich ihnen vorschriebe; dann mich deuchte / es waͤre billich / weil sie mich nur mit dem Dunst vexirt / daß ich sie mit nichts anders als mit dem Dreck selbst belohnen solte; und solches geschahe folgender Gestalt; ich liese eine rinderne Blasen mit dem aͤrgsten Unrath fuͤllen / der in den untersichgehenden Caminen durch M. Aßmussen deren Seuberern zu finden; solche ward an eine Stange oder Schwinggerten / damit man die Nuͤß herunder schlaͤgt / oder die Rauch-Camin zu saͤubern pflegt / angebunden und von dem einen bey finsterer Nacht: Als der ander mit der Putanen leffelte / welche oben an ihrem gewoͤhnlichen Audientz-Fenster lag / ihr mit solcher Gewalt in das Angesicht geschlagen / daß die Blase zersprang / und ihn der Speck beydes / Nasen / Augen / Maul / und ihren Busen samt allen Zierden und Cleinodien besudelte; Nach welchem Streich so wohl der Leffler als

8 Ordre] Ordnung, Disziplin 21 vexirt] geärgert, gefoppt
25 Seuberern] Kloakenreiniger

executor daran lieffen / und die Hur am Fenster lamentiren liessen / so lang sie wolte. Die Kuͤrschnerin bezahlte ich also; Jhr Mann war gewohnet alle Haar und solten sie auch von dem Katzen gewesen seyn / so genau zusammen zu halten / als wann er sie von dem guͤldenen Widerfell auß der Insul *Colchis* abgeschoren haͤtte / so gar / daß er auch kein Abschroͤdlin von dem Beltzflecklin hinwarff oder in die Dung kommen liesse: Es waͤre gleich vom Biber / Hasen oder dem Lamm gewesen: Er haͤtte solches dann zuvor seiner Haar oder Woll Plutt hinweg beraubt gehabt! und wann er dann so ein paar Pfund beysammen hatte / gab ihm der Hutmacher Gelt darum / welches ihm auch etwas zu Broͤßlen ins Hauß verschaffte / und wann es gleich langsam und gering kam; so kam es doch wohl zu seiner Zeit; solches wurde ich von einem andern Kuͤrschner innen / der mir denselben Winter einen Beltz fuͤtterte; derowegen bekam ich von dergleichen Woll und Haaren so viel / als genug war / und macht eitel Schermesser darauß; als solche fertig / oder besser zu erlaͤutern / als mit ihrer Materi wie der Quacksalber ihre Buͤxlin versehen oder besalbet waren / liesse ich sie einem von meinen jungen dem Kuͤrschner unden um sein *Secret* herum streuen / als welches zimlich weit hinauff offen stunde; da nun der Erbßenzehlerischer Haußhalter diese Klumpen Haar und voll sonder liegen sahe / und sie vor die Seinige hielte / konte er sich nicht anderst einbilden / als sein Weib muste sie der Gestalt verunehrt und zu Schanden gemacht haben / fiengen derowegen an mit ihr zu kollern gleichsam als wann sie allbereit Mantua und Casal verwahrloset und verlohren haͤtte / und weil sie ja so bestaͤndig als eine Hex leugnete und noch darzu trutzige Wort gab / schlug er sie so

---

1 *executor*] der Ausführende 6 f. Abschroͤdlin] Bröckchen, Stückchen, Rest 7 Beltzflecklin] Pelzstückchen 10 Plutt] nackt, rein, kahl 10 beraubt] geraubt 18 Schermesser] etwa: Arschwische 21 *Secret*] das heimliche Gemach, Klo 24 voll] in Fülle 24 sonder] abgesondert 27 kollern] schimpfen, streiten

lederweich / als gelind er sonst anderer wilder und bissiger Thieren Felle bereiten konte / der Heimischen Katzenbalg zu geschweigen; Welches mich so wohl contentirte / daß ich keinen dutzent Cronen darvor genommen haben wolte.

Nun war der Apotecker noch übrig / der meines Vermuthens das *recept* verfertigt hatte / dardurch ich aus der Nidere ein so *variable* Stimme erheben müsten; dann er hielte Sing-Vögel / die solche Sachen zur Speise genossen / so die Würckungen haben sollen / einen Lermen zu erregen / wie ich allererst einen erzehlet; Weil er aber bey hohen und niedern Officiern wohl dran war / zumahln wir ihn täglich bey unseren Krancken / die den Jtaliänischen Lufft nicht wohl vertragen konten / brauchen musten; ich auch selbst zu sorgen / ich möchte ihm etwan heut oder morgen in die Cur kommen; als dorffte ich mich nicht kecklich an ihn reiben; gleichwohl wolte und konte ich so viel Lufft Kerls die zwar verlängst wider in der Lufft zerstoben waren / ohngerochen nicht vertauen / obwohl sie auch andere riechen müssten / da gleichwohl sie selbst schon vertauet waren; er hatte einen kleinen gewelbten Neben-Keller unter seinem Hause / darinn er allerhand Wahr enthielte / die zu ihrer Aufenthaltung einen solchen Ort erforderten / dahinein richtete ich das Wasser aus dem Rohrbrunnen / der auf dem Platz zu nächst dabey stunde / durch einen langen Ochsen-Darm / den ich am Brunnen-Röhrn anbande / mit dem andern Ende aber / zum Kellerloch hinein hencken / und also / das Brunnenwasser die gantze lange Winternacht so ordentlich hineinlauffen liese / daß der Keller am Morgen geschwappelt voll Wasser war / da schwammen etliche Fäßlein Malvasier / Spannischer Wein / und was sonst leicht war / was aber nit schwimmen konte / lag Manns tieff unter dem Wasser zu verderben; und demnach ich den Darm vor Tags wider hinweg nehmen liese / vermeinte jederman des Morgens / es wäre entweder im Keller eine Quell entsprungen / oder die-

3 contentirte] befriedigte 17 ohngerochen] ungerächt (Wortspiel) 20 gewelbten] gewölbten

ser Posse seye dem Apotecker durch Zauberey zugerichtet worden. Jch aber wuste es zum besten / und weil ich alles so wohl ausgerichtet / lachte ich in die Faͤuste / als der Apotecker um seine verderbte Materialia lamentirte: Und damahls war mirs gesund / daß der Nahme *Courage* bey mir so tieff eingewurtzelt gewesen / dann sonst haͤtten mich die unnuͤtze Bursch ohne Zweiffel die General-Fartzern genannt / weil ichs besser als andere gekoͤnnt.

DAS XIIX. CAPITEL.

Gar zu uͤbermachte Gottlossigkeit der gewissenlosen *Courage*.

DEr Gewinn / der mir in so mancherley Handthierungen zugieng / thaͤt mir so sanfft / daß ich dessen je laͤnger je mehr begehrte; und gleich / wie es mir allbereit eines Dings war / ob es mit Ehren oder Unehren geschehe; Also fieng ichs auch an nicht zu achten / ob es mit GOttes oder des Mammons Huͤlff besser *prosequirt* werden moͤgte; Einmal es galte mir endlich gleich / mit was fuͤr Voͤrtheilen / mit was fuͤr Griffen: mit was fuͤr einem Gewissen und mit was fuͤr Handthierungen ich *prosperir*te / wann ich nur reich werden moͤchte; Mein Spring-ins-felt muste einen Roßtaͤuscher abgeben / und was er nit wuste / das must er von mir lernen / in welcher Profession ich mich tausenterley Schelmstuͤcke / Diebsgriff und Betruͤge gebrauchte; Keine Wahr / weder von Gold / Silber / Edelgesteinen / geschweige des Zins / Kupffers / Getuͤchs der Kleidung / und was es sonst seyn moͤgen / es waͤre gleich rechtmässig erbeuthet / geraubet / oder gar gestohlen gewesen / war mir zu koͤstlich oder zu gering / daß ich nicht daran stunde / solches zuerhandeln / und wann einer nicht

10 uͤbermachte] übermächtige, übertriebene 14 eines Dings] einerlei, gleichgültig 16 Mammons] Geldes 17 *prosequirt*] fortgeführt 20 *prosperir*te] gedieh 25 f. Getuͤchs] Tuch-, Weißzeug

wuste wohin mit dem jenigen / das er zuversilbern / er hätte es gewonnen wie er wolte / so hatte er einen sichern Zutritt zu mir / wie zu einem Juden / die den Dieben getreuer seyn / sie zu *conservirn*, als ihrer Obrigkeit selbige zu straffen; Dannenhero waren meine beyde Wägen mehr einem materialisten Kram gleich / als daß man nur kostbare *Victualia* bey mir hätte finden sollen / und eben deßwegen konnte ich hinwiederum auch einen jedwedern Soldaten / er wäre gleich hoch oder nieder gewest / mit dem jenigen ums Gelt helffen / dessen er benöthigt war; hingegen muste ich auch spendiren und schmieren um mich und meine Handthierungen zu beschützen; der Profoß war mein Vatter / seine alte Merr / (seine alte Frau wolt ich sagen) meine Mutter; die Obristin / meine gnädige Frau; und der Obrist selbst / mein gnädiger Herr / welche mich alle vor allem dem jenigen sicherten / dardurch ich und mein Anhang oder auch meine Handelschafft einbüssen mögen.

Einsmahls brachte mir ein alter Hünerfänger / ich wolte sagen / so ein alter Soldat / der lang vor dem Böhmischen Unwesen eine Mußquet getragen hatte / so etwas in einem verschlossenen Gläßlein / welches nicht recht einer Spinnen und auch nicht recht einem Scorpion gleich sahe; ich hielte es vor keine *Insect* oder lebendige Creatur / weil das Glaß keinen Lufft hat / dardurch das beschlossene Ding sein Leben hätte erhalten mögen / sondern vermeinte / es wäre irgends ein Kunst-Stuck eines vortrefflichen Meisters / der solches zugerichtet / um dardurch ein Gleichnus / ich weiß nit von was vor einer ewigwährenden Bewegung vorzustellen / weil sich dasselbe ohn Unterlaß im Glaß regte und herum grabelte; ich schätzte es hoch / und weil mirs der alte zuverkauffen anbotte / fragte ich / wie theuer? Er botte mir den Bettel um zwo Cronen / die ich ihm auch alsobalden dar-

---

4 *conservirn*] schützen 5 f. materialisten Kram] Marketendergeschäft 6 *Victualia*] Lebensmittel 12 Profoß] Stockmeister, Disziplinaroffizier des Regiments 13 Merr] Mähre
17 einbüssen] Einbuße erleiden

zahlte / und wolte ihm noch ein Feltmaß Wein darzu schencken / er aber sagte / die Bezahlung seye allbereit zu Genuͤgen geschehen; welches mich an einen solchen alten Weinbeisser verwunderte / und verursachte / ihn zu fragen / warum er einen Trunck ausschluͤge / dann ich doch einem jeden im Kauff zu geben pflegte / der mir nur das geringste verhandelte? Ach Frau *Courage* antwortet er / es ist hiermit nicht wie mit anderer Wahr beschaffen / sie hat ihren gewissen Kauff und Verkauff / vermoͤg dessen / die Frau zusehen mag / wann sie diß Kleinod wider hingibt / daß sie es nemlich wolfeiler verkauffe / als sie es selbsten erkaufft hat; Jch sagte / so wuͤrde ich auf solche Weiß wenig daran gewinnen! Er antwortet / darum lasse ich sie sorgen; was mich anbelangt / so hab ichs allbereit bey 30. oder mehr Jahren in Haͤnden / und noch keinen Verlust dabey gehabt / wiewohl ichs um 3. Cronen kaufft / und um 2. wider hingeben / diß Ding war mir ein Gesaͤg / darein ich mich nicht richten konte / oder vielleicht auch nicht richten wolte: dann weil ich ein satten Rausch zu gewarten hatte / ich wuͤrde etliche Abgesante der *Venere* abzufertigen kriegen / war mirs eine desto geringere Bekuͤmmernuß; oder (lieber Leser / sag mir selbst / wie ich sagen soll) ich wuͤste nit / was ich mit dem alten Kracher machen solte; Er deuchte mich nicht Manns genug zu seyn / die *Courage* zu betruͤgen / und die Gewonheit / daß mir andere / die ein besser Ansehen als dieser hatte / offt etwas um ein Ducaten hingeben / das deren hundert werth war / machte mich so sicher / daß ich mein erkaufften Schatz einsteckte;

Des Morgens / da ich meinen Rausch verschlaffen / fande ich meinen Kauffmann-Schatz in meinem Hosensack (dann man muß wissen / daß ich allzeit Hosen und meinen Rock trug) ich erinnerte mich gleich welcher Gestalt ich das Ding kaufft hatte / legte es derowegen zu andern meinen raren und lieben Sachen / als Ringen / Cleinodien / und dergleichen / um solches aufzuheben / biß mir etwan ein Kunst-Ver-

17 Gesaͤg] Gerede, Geschwätz

ständiger an die Hand käme / der mich um seine Beschaffenheit berichtete; als ich aber ungefehr unter Tags wieder in meinen Sack griffe / fande ich dasselbe nicht / wohin ichs aufgehoben / sondern wieder in meinem Hosensack / welches mich mehr verwunderte / als erschreckte / und mein Fürwitz zu wissen / was es doch eigentlich wäre / machte / daß ich mich fleissig nach dessen Verkäuffer umsahe / und als derselbe mir aufstiese / fragte ich ihn / was er mir zu kauffen gegeben hätte? Erzehlte ihm darneben / was vor ein Wunderwerck sich damit zugetragen / und bat ihn / er wolte mir doch desselben Wesen / Krafft / Würckung / Künste / und wie es umständlich damit beschaffen / nicht verhalten; Er antwortet: Frau *Courage*! es ist ein dienender Geist / welcher dem jenigen Menschen / der ihn erkaufft / und bey sich hat / groß Glück zu wegen bringt; Er gibt zu erkennen / wo verborgene Sachen liegen; Er verschafft zu jedwederer Handelschafft genugsame Kauffleute und vermehret die *prosperi*tät: Er macht daß seine Besitzer von seinen Freunden geliebt: und von seinen Feinden geförchtet werden; ein jeder der ihn hat / und sich auf ihn verläst / den macht er so fest als Stahl / und behütet ihn vor Gefängniß; Er gibt Glück / Sieg und Uberwindung wider die Feinde / und bringt zu wegen / daß seinen Besitzer fast alle Welt lieben muß; Jn Summa / der alte Lauer schnitte mir so einen Hauffen daher / daß ich mich glückseeliger zu seyn dauchte / als *Fortunatus* mit seinem Seckel und Wünschhütel! Weil ich mir aber wohl einbilden können / daß der so genannte dienende Geist diese Gaben nit umsonst geben würde; So fragte ich den Alten / was ich hingegen dem Ding zu Gefallen thun müste? dann ich hätte gehöret / daß die jenige Zauberer / welche andere Leute in Gestalt eines Galgenmännels bestehlen / das so genannte Galgenmännel mit wochentlicher gewisser Bad-Ordnung und anderer Pfleg verehren müsten;

---

6 eigentlich] seinem Wesen nach 17 f. *prosperi*tät] Wohlstand 24 Lauer] Schelm, Gauner 24 f. schnitte ⟨. . .⟩ daher] schnitt auf, log daher 31 Galgenmännels] Hauskobold

Der Alte antwortet / es dörffte des Dings hier gar nicht; Es sey viel ein anders mit einem solchen Männel / als mit einem solchen Ding / das ich von ihm gekaufft hätte; Jch sagte / es wird ohne Zweiffel mein Diener und Narr nicht umsonst seyn wollen; Er solte mir nur kecklich und verträulich offenbahren / ob ichs so gar ohne Gefahr / und auch so gar ohne Belohnung haben: und solcher seiner ansehenlichen Dienste ohne andere Verbindung und Gegendienste geniessen könte? Frau *Courage* antwortet der Alte: Jhr wüst bereits genug / daß ihrs nemlich um geringern Preiß hingeben sollt (wann ihr dessen Diensten müd seyd) als ihrs selbsten erkaufft habt / welches ich euch gleich damahls als ihr mirs abgehandelt nicht verhalten habe; die Ursach zwar / warum? mag die Frau von andern erfahren; und damit gieng der Alte seines Wegs.

Meine Böhmische Mutter was damals mein innerster Rath / mein Beicht-Vatter / mein *favorit* mein bester Freund / und mein *Sabud Salomonis*, ihr vertrauet ich alles / und also auch / was mir mit dem erkaufften Marckschatz begegnet wäre; he / antwortet sie / es ist ein *Stirpitus flammiliarum*, der alles das jenige leistet / was euch der Verkauffer von ihm erzehlet / allein wer ihn hat / biß er stirbt / der muß / wie mir gesagt worden / mit ihm in die ander Welt reissen / welches ohne Zweiffel seinen Nahmen nach / die Höll seyn wird / allwo es voller Feuer und Flammen seyn soll; und eben deswegen läst er sich nicht anderst als je länger je wolfeiler verkauffen / damit ihm endlich der letzte Kauffer zu Theil werden müsse; und ihr liebe Tochter! stehet in grosser Gefahr / weil ihr ihn zum allerletzten zu verkauffen habt; dann welcher Narr wird ihn von euch kauffen / wann er ihn nit mehr verkauffen darff / sondern eigentlich weiß / daß er seine Verdammnuß von euch erhandelt? Jch konte leichtlich erachten / daß mein Handel schlimm genug bestellt war / doch machte mein leichter Sinn / meine blühende Jugend / die Hoffnung eines langen Lebens: und die gemeine

17 *favorit*] Günstling   35 gemeine] allgemeine

Gottlosigkeit der Welt / daß ich alles auf die leichte Achsel nahm; ich gedachte / du wilst dieser Huͤlffe: Dieses Beystands und dieser gluͤckseeligen *accantage* geniessen / so lang du kanst; Jndessen findest du wol einen leichtfertigen Gesellen in der Welt / der entweder beym schweren Trunck / oder aus Armuth / *desperation*, blinder Hoffnung / grossen Gluͤckes / oder aus Geitz / Unkeuschheit / Zorn / Neid / Rachgier / oder etwas dergleichen diesen Gast wieder von dir um die Gebuͤhr annimmt!

Diesen nach / gebrauchte ich mich dessen Huͤlff / in aller Maß und Form / wie er mir beydes von dem alten Verkaͤuffer / als auch meiner Kostfrauen oder angenommenen Boͤhmischen Mutter beschrieben worden; Jch verspuͤhrte auch seine Wuͤrckung taͤglich; dann wo ein Marquedenter ein Faß Weins auszapffte / vertrieb ich deren drey oder vier; wo ein Gast einmahl meinen Tranck oder meine Speisse kostete / so bliebe er das andermal nit aus! welchen ich ansahe / und wuͤnschte seiner zu geniessen; derselbe war gleich fix und fertig / mir in der allerunterthaͤnigsten Andacht aufzuwarten / ja mich fast wie eine Goͤttin zu ehren; kam ich in ein Quartier / da der Haußwirth entflohen: oder daß es sonsten ein Herberg oder verlassene Wohnung war / darinn sonst niemand wohnen konte (massen man die Marquedenter und Commiß-Metzger in keinem Pallast zu logiren pfleget) so fande ich gleich / wo das Messer steckte / und weiß nit durch was vor ein innerliches Einsprechen / solche Schaͤtze zu finden / die in vielen / villeicht 100. Jahren keine Sonne beschienen etc. Hingegen kan ich nicht leugnen / daß auch etliche waͤren / die der *Courage* nichts nachfragten / sondern sie vielmehr verachten: Ja verfolgten / als ehreten; ohne Zweiffel darum / weil sie von einen groͤsseren *lumen* erleuchtet: als ich von meinem *flamine* bethoͤrt gewesen; solches machte mich zwar witzig / und lernete mich durch

3 *accantage*] vermutlich: avantage, Vorteil 6 *desperation*] Verzweiflung 31 *lumen*] Licht (der Gnade) 32 *flamine*] höllischer Geist 33 witzig] verständig

allerhand Nachdencken Philosophien / und betrachten / wie / was / und dergleichen! Jch war aber allbereit in der Gewinnsichtigkeit / und allen ihren nachgehenden Lastern dermassen erträncket / daß ichs bleiben liese / wie es war / und nichts zum Fundament zu raumen gedachte / darauf meine Seeligkeit bestunde / wie auch noch; diß *Simplice*, sage ich dir zum Uberfluß / dein Lob zu bekrönen / weil du dich in deiner Lebens-Beschreibung gerühmt hast / einer Damen im Saurbrunnen genossen zu haben / die du doch noch nicht einmahl kantest.

Jndessen wurde mein Gelthauffen je länger / je grösser / ja so groß! daß ich mich auch bey meinem Vermögen fürchtete.

Höre *Simplice*, ich muß dich wieder etwas erinnern; wärest du etwas nutz gewest / als wir miteinander im Sauerbrunnen das Verkehren spielten / so wärest du mir weniger ins Netze gerathen / als die jenige / die im Schutz GOttes waren / da ich den *Spirit. famil.* hatte.

DAS XIX. CAPITEL.

Was Spring-ins-felt vor einen Lehrmeister gehabt / biß er zu seiner *perfection* kommen.

UNd noch ein anders must du auch wissen *Simplice*! nicht nur / ich gieng den obenerzehlten Weg; sondern auch mein Spring-ins-felt / (den du allerdings vor deinen besten Camerathen und vor einen praven Kerl in deiner Lebens-Beschreibung gerühmt hast) muste mir auch folgen! und was wolts gehindert haben / oder vor ein grosses Meerwunder gewesen seyn? Sintemahl andere meines gleichen lose Weiber / ihre liderliche Männer (wann ich anders Männer sagen darff / ich hätte aber schier fromme Männer gesagt) eben zu dergleichen losen Stücken Vermögen (ich will nicht sagen /

5 raumen] hier etwa: zusammentragen 18 *Spirit. famil.*] Spiritum familiarem 21 *perfection*] Vervollkommnung 31 Vermögen] veranlassen

zwingen;) ob sie gleich bey ihrer Vermählung keinen solchen Accord eingangen / wie Spring-ins-felt gethan; Höre die Histori:

Als wir vor dem berühmten Casal lagen / fuhren ich und Spring-ins-felt / in eine benachbarte Grätzstatt die *neutral* war / *Victualia* einzukauffen / und in unser Läger zu bringen; gleichwie nun aber ich in dergleichen Fällen nicht allein ausgieng / als ein Nachkömmling der Hierosolymitanischen Bürger zu schachern / sondern auch / als ein Cyprianische Jungfrau meinen Gewinn zu suchen; Also hatte ich mich auch wie eine Jesebell heraus gebutzt / und galte mir gleich / ob ich einen Ahab oder Jehu verführen möchte; Zu solchem Ende gieng ich in eine Kirche / weil ich mir sagen lassen / die meinste Bulschafften würden in Jtalia an solchen heiligen Oertern gestifftet und zu Faden geschlagen; aus Ursach / daß man die schöne Weiber daselbsten so liebeswürdig zu seyn scheinen / sonst nirgends hinkommen lasse; ich kam neben eine junge Dame zu stehen / mit deren Schönheit und Schmuck ich zugleich eifferte; weil mich der jenige nicht ansahe / der ihr so manchen liebreichenden Blick schenkte; Jch gestehe es / daß mich im Hertzen verdroß / daß sie mir vorgezogen / und ich vor einem Leimstängler gegen ihr / wie ich mir einbildete / verachtet werden solte! Solcher Verdruß / und daß ich mich zugleich auf eine Rache bedacht / war meine gröste Andacht unter dem gantzen Gottesdienst; ehe nun solcher gar geendigt war / stellte sich mein Spring-ins-felt auch ein; Jch weiß aber darum nit / warum? kan auch schwerlich glauben / daß ihn die Gottesfurcht dahin getrieben / dann ich hatte ihn nicht darzu gewöhnet; so wars ihm auch weder angebohrn / noch aus Lesung der heiligen Schrifften / oder Hörung der Predigten eingepflantzt; nichts destoweniger stellte er sich neben mich / und kriegte den Befehl von mir in ein Ohr / daß er Achtung geben solte / wo

8 f. Hierosolymitanischen Bürger] Bürger von Jerusalem, Juden
15 zu Faden geschlagen] vorläufig geheftet (beim Nähen)
20 liebreichenden] liebreizenden 22 Leimstängler] Vogelfänger, Buhler

gemelte Dame ihre Wohnung haͤtte / damit ich des uͤberaußschoͤnen Smaragds den sie am Hals hatte / habhafft werden moͤchte.

Er thaͤt seinem schuldigen Gehorsam Gemaͤß / wie ein treuer Diener / und hinderbrachte mir / daß sie eine vornehme Frau / eines reichen Herrn waͤre / der sein Palatium an den Marckt stehen haͤtte; ich hingegen sagte ihm austruͤcklich / daß er fuͤrderhin weder meiner Huld laͤnger geniessen / noch meinen Leib einigmahl mehr beruͤhren solte / es waͤre dann Sach / daß er mir zuvor ihren Smaragd einhaͤndigte / worzu ich ihn aber sichere Anschlaͤg / Mittel und Gelegenheit an die Hand geben wolte. Er kratzte sich zwar hinder den Ohren / und entsetzte sich vor meinem Zumuthen / als wie vor einer unmuͤglichen Sach; aber da es lang herum gieng / erklaͤrt er sich meinetwegen in Tod zu gehen.

Solcher Gestalt / *Simplice*! hab ich deinen Spring-ins-felt / gleichsam wie einen jungen Wachtelhund abgerichtet; Er hatte auch die Art darzu / und vielleicht besser als du / waͤre aber nimmermehr von ihm selbsten zu einem solchen Ausbund worden / wann ich ihn nicht in meiner Schul gehabt haͤtte.

Eben damahls muste ich mir wieder einen neuen Stihl in meinen Fausthammer machen lassen / welchen ich beydes vor ein Gewehr und einen Schluͤssel brauchte / der Bauren Troͤg oder Kaͤsten zu oͤffnen / wo ich zukommen konte; ich liese denselben Stihl inwendig hol drehen / in gemessener Weite / daß ich entweder Ducaten / oder eine Schiedmuͤntz in selbiger Groͤse hinein packen moͤchte / dann weil ich selbigen Hammer jederzeit bey mir zu haben pflegte (indem ich weder ein Degen dorffte / oder ein paar Pistolen mehr fuͤhren wolte) so gedachte ich ihn inwendig mit Ducaten zu spicken / die ich auf alle Gluͤcks / oder Ungluͤcks-Faͤll (deren es unterschiedliche im Krieg obgibt) bey der Hand hatte; da er fertig / probierte ich seine Weite mit etlichen Lucern / die

6 Palatium] Palast 27 Schiedmuͤntz] Scheidemünze 34 Lucern] Schweizer Scheidemünze

ich zu mir genommen / solche um ander Gelt zu veralienieren; die Hole meines Stabs hatte eben die Weite ihres Beziercks / doch also eng und beschnitten / daß ich sie die Lucer um etwas hinein noͤthigen muste / doch bey Weitem nicht so starck / als wann man eine halbe Carthaunen laden thut; Jch konnte aber den Stihl nicht damit ausfuͤllen / weil ihrer zu wenig waren / dahero kams gar artlich / daß / wann die Lucer gegen dem Hammer lagen / und ich das Eissen in der Hand hatte / mich des Stihls an statt eines Steckens zu gebrauchen / daß zuweilen / wann ich mich darauf steuerte / etlich Lucer herunter gegen der Handhaben klunckerten / und ein duͤnsteres Geklingel machten / welches seltzam und verwunderlich genug lautet / weil niemand wuste / woher das Gethoͤn ruͤhrete; Was darffs vieler weitlaͤufftigen Beschreibung? Jch gab meinen Spring-ins-felt den Faust-Hammer / mit einer richtigen *Instruction*, welcher Gestalt er mir den Smaragd damit erhandeln solte.

Darauf verkleidet sich mein Spring-ins-felt / setzt eine Paruͤcke auf / wickelt sich in einem entlehnten schwartzen Mantel / und thaͤt zween gantzer Tag nicht anders / als daß er gegen der Damen Palatio hinuͤber stunde / und das Haus vom Fundament an / biß uͤbers Dach hinaus beschauete / gleichsam als ob ers haͤtte kauffen wollen; So hatte ich auch einen Tambour im Taglohn bestellt / welcher ein solcher Ertzessig war / mit dem man andere Essig haͤtte sauer machen koͤnnen / der dorffte auch sonst im geringsten nichts thun / als auf den Platz herum vagieren / und auf meinen Spring-ins-felt Achtung zu geben / wann er etwann seiner nothwendig bedoͤrffte / dann der Vogel redete so gut Jtaliaͤnisch / als Teutsch / welches aber jener nicht konte; Jch selbsten aber hatte ein Wasser / (hier ohnnoͤthig zu nehmen) /

---

1 f. veralienieren] veräußern, hier: umtauschen 10 steuerte] stützte 11 Handhaben] Handgriff 11 klunckerten] klopften, klimperten 12 duͤnsteres] düsteres 16 *Instruction*] Anweisung 24 Tambour] Trommler 25 Ertzessig] ausgemachter Schelm 27 vagieren] müßig herumschlendern

durch einen Alchimisten zu wegen gebracht / daß in wenig Stunden alle Metalla durchfrist / und mürb macht / oder wohl gar auch zu Wasser resolvirt; mit demselben bestrich ich ein starck Gegitter vor einem Kellerloch; Als nun dem dritten Tag Spring-ins-felt noch nit abliese / das Haus anzugaffen wie die Katz ein neu Scheuer-Thor / sihe / da schickte angeregte Dame hin / und liese fragen / um die Ursach seines continuirlichen Dastehens / und was er an ihrem Haus auszukundschafften hätte? Spring-ins-felt hingegen liese bemelten Tambour kommen / und Dolmetschen / daß ein solcher Schatz im Hause verborgen lege / den er nicht allein zu erheben: sondern auch eine gantze Stadt damit reich zu machen getrauete; Hierauf liese die Dame beydes den Spring-ins-felt und den Tambour zu sich ins Hause kommen / und nach dem sie wieder von dem verborgenen Schatz Spring-ins-felts Lügen angehört / und grosse Begierten geschöpfft / solchen zu holen / fragte sie den Tambour / was dieser vor einer wäre / ob er ein Soldat sey / und dergleichen / etc. Nein / antwortet der Tausend-Schelm / er ist ein halber Schwartzkünstler / wie man sagt / und hält sich nur zu dem Ende bey der Armee auf / damit er verborgene Sachen finde / hat auch / wie ich gehöret / in Teutschland auf alten Schlössern gantze eisserne Trög und Kästen voll Gelt gefunden / und zu wegen gebracht; Jm übrigen aber / seye er Spring-ins-felt ihme Tambour gar nicht bekant.

Jn Summa / nach langem Discurs / wurde die Glock gegossen und beschlossen / daß Spring-ins-felt den Schatz suchen solte; Er begehrte zwey geweyhte Wachsliechter / er selbst aber zündete das dritte an / welches er bey sich hatte / und vermittelst eines messenen Drahts / der durch die Kertze gieng / ausleschen konte / wann er wolte; mit diesen dreyen Liechtern / giengen die Dame / zween ihrer Diener Spring-ins-felt / und der Tambour / im Haus herum zu leuchten / weil eben der Herr nicht zu Hauß war / dann

3 resolvirt] auflöst 6 Scheuer-Thor] Scheunentor 26 f. die Glock gegossen] die Sache beschlossen

Spring-ins-felt hatte sie überredet / wo der Schatz lege / da würde seine Kertzen von sich selbst ausgehen; da sie nun viel Winckel also Processions-Weiß durchstrichen / und Spring-ins-felt an allen Orten da sie hingeleuchtet / wunderbarliche Wörter gebrummelt / kamen sie endlich in den Keller / allwo ich das eisserne Gegitter mit meinem *A. R.* befeuchtet hatte / da stunde Spring-ins-felt vor einer Mauer / und indem er seine gewöhnliche Ceremonien machte / zuckte er sein Liecht aus: Da! da! liese er durch den Tambour sagen / ligt der Schatz eingemauret! brummelte darauf noch etliche närrische Wörter / und schlug etlichmahl mit meinem Fausthammer an die Mauer / davon die Lutzer nach und nach so manchen Streich er an die Mauer thät / herunter rollten / und ihr gewöhnliches Gethön machten; höret ihr / sagte er darauf / der Schatz hat abermahl verblühet / welches alle sieben Jahr einmahl geschiehet; Er ist zeitig und muß ausgenommen werden / dieweil die Sonne noch im Jgel gehet / sonst wirds künfftig vor Verfliessung anderer sieben Jahr / umsonst seyn; Weil nun die Dame und ihre beyde Diener / 1000 Ayd geschworen hätten / das Geklingel wäre in der Mauer gewesen / als stelten sie meinem Spring-ins-felt völligen Glauben zu / und die Dame begehrte an ihn / er wolte um die Gebühr den Schatz erheben / wolte auch gleich um ein gewisses mit ihm accordirn / als er sich aber hören liese / er pflege in dergleichen Fällen nichts zu heischen noch zu nehmen / als was man ihm mit gutem Willen gebe / liese es die Dame auch dabey bewenden / mit Versicherung / daß sie ihn dergestalt contentirn wolte / daß er damit zu frieden seyn würde.

Demnach begehrte er 17. erlesene Körner Weyrauch / vier gewäichte Wax-Kertzen / acht Ellen vom besten Scharlach / einen Diamant / einen Smaragd / einen Rubin / und einen Saphir / welche Cleinodien einen Weibsbild beydes in

---

6 *A. R.*] Aqua Regis, Königswasser aus Salz- und Salpetersäure 16 zeitig] reif 24 accordirn] vereinbaren 28 contentirn] zufriedenstellen 31 gewäichte] geweihte

Suhrkamp Wissen

Suhrkamp BasisBibliothek

Suhrkamp BasisBiographien

Suhrkamp Studienbibliothek

DKV im Taschenbuch

Max Frisch
Homo faber
Frisch
Text und Kommentar
Suhrkamp BasisBibliothek

ihrem Jungfräulichen und freulichen Stand am Halse getragen hätte / zweytens / solte er alleinig in den Keller geschlossen oder versperrt / und von der Damen selbst der Schlüssel zur Hand genommen werden / damit sie so wol um ihre Edelgestein und den Scharlach versichert seyn / als auch er / biß er den Schatz glücklich zur Hand gebracht / unverhindert und ohnbeschrien verbleiben möchte; hierauf gab man ihm und dem *Tambour* eine Collation / und ihme *Tambour* wegen seines Dolmetschens ein Trinckgelt; Jndessen wurden die begehrte Zugehörungen herbeygeschafft / nach solchen Spring-ins-feld in Keller verschlossen / woraus unmüglich schiene / einen Kerl zu entrinnen / dann das Fenster oder Tagelicht / so auf die Gasse oder den Platz gieng / war hoch und noch darzu mit gedachtem eisernen Gegitter wohl verwahret / der Dolmetsch aber ward fortgelassen / welcher gleich zu mir kam / und mich allen Verlauff berichtete.

Weder ich noch Spring-ins-feld verschlieffen die rechte Zeit / darinn die Leute am härtesten zu schlaffen pflegen / sondern nachdem ich das Gegitter so leicht als einen Rübschnitz hinweg gebrochen / liese ich ein Seil hinunder zu meinem Spring-ins-felt in Keller / und zoge ihn daran samt aller Zugehör zu mir herauf / da ich dann auch den verlangten schönen Smaragd fande.

Die Beuth erfreuete mich bey weitem nicht so sehr / als das Schelmstück / welches mir so wohl abgangen war; der Tambour hatte sich bereits den Abend zuvor schon aus der Stadt gemacht / mein Spring-ins-felt aber spatzierte den Tag nach vollbrachter Schatzerhebung mit andern in der Stadt herum die sich über den listigen Dieb verwunderten / eben als man unter den Thoren Anstalt machte / solchen zu erhaschen; und nun sihe *Simplice* solcher Gestalt ist deines Spring-ins-felts *dexteri*tät durch mich zu wegen gebracht und ausgeübet worden; Jch erzähle dir auch dieses nur zum Exempel / dann

1 freulichen] fraulichen, ehelichen 7 ohnbeschrien] ungestört 8 Collation] Imbiß 10 Zugehörungen] Zubehör 32 *dexteri*tät] Gewandtheit

wann ich dir alle Buben- und Schelmenstück sagen sollte / die er mir zugefallen werckstellig machen müsten; so dorffte ich wetten / es würde mir und dir / wiewol es lustige Schossen seynd / die Zeit zu lang werden; Ja / wann man alles beschreiben solte / wie du deine Narrenpossen beschrieben hast / so würde es ein grösser und lustiger Buch abgeben / als deine gantze Lebens-Beschreibung; doch will ich dich noch ein kleines lassen hören.

DAS XX. CAPITEL.

Welcher Gestalt Spring-ins-felt und *Courage* zween Jtaliäner bestohlen.

ALs wir uns versahen / wir würden noch lang vor Casal liegen bleiben müssen / lachen wir nit nur in Zelten / sondern ihrer viel baueten ihnen auch sonst Hütten aus andern Materialien / sich desto besser in die Länge zu behelffen; unter anderen Schacherern befanden sich zween Meyländer im Lager / die hatten ihnen eine Hütte von Brettern zugerichtet / ihre Kauffmanns-Wahren desto sicherer darinn zu verwahren / welche da bestunde in Schuhen / Stiffeln / Kollern / Hemdern und sonst allerhand Kleidungen / beydes vor Officirer und gemeine Soldaten zu Roß und Fuß; diese thäten mir meines Bedunckens viel Abtrag und Schaden / indem sie nemlich von den Kriegs-Leuten allerhand Beuthen von Silbergeschmeid und Jubeln um den halben: ja den vierten Theil ihres Werths an sich erhandelten / welcher Gewinn mir zum Theil zukommen ware / wann sie nit vorhanden gewesen; Solches nun gedachte ich an ihnen aufs wenigst zu wuchern / weil in meiner Macht nit stunde / ihnen das Handwerck gar niederzulegen.

Unten in der Hütten war die Behaltnus ihrer Wahr / und dasselbige war auch zugleich ihr Gaden / oben auf dem Bo-

3 f. Schossen] Sachen 13 lachen] lagen, lagerten 17 ihnen] sich 19 f. Kollern] ärmellose Jacke 24 Jubeln] Juwelen 31 Gaden] Verkaufsraum, Laden

den aber unter dem Dach war ihr Liegerstatt / allwo sie schlieffen; wohinauf ungefehr sieben oder acht Staffeln giengen; und durch den Boden hatten sie ein offenes Loch gelassen / und dadurch nicht allein desto besser zu hoͤren / wann etwan Mauser einbraͤchen / sie zu bestehlen / sondern auch solche Diebe mit Pistolen zubewillkommen / mit welchen sie trefflich versehen waren; Als ich nun selbst wahrgenommen / wie die Thuͤr ohne sonderlichen Rumor aufzumachen waͤre / machte ich meinen Anschlag gar gering; Mein Spring-ins-felt muste mir eine Welle scharpffer Doͤrner in Manns-Laͤnge zuwegen bringen / woran auch beynahe ein Mann zu tragen hatte / und ich fuͤllete eine messene Spritze / die eine Feldmaß hielte / mit scharpffem Essig; also versehen / giengen wir beyde an die gedachte Huͤtte / als jedermann im besten Schlaff war; die Thuͤr in der Stille zu oͤffnen / war mir gar keine Kunst / weil ich zuvor alles fleissig abgesehen; und da solches vollbracht und geschehen / stackte Spring-ins-felt die Dorn-Well vor die Stiegen / als welche vor sich selbst keine Thuͤr hatte / von welchem Geraͤusch beyde Jtaliaͤner erwachten / und zu rumpeln anfiengen; wir konnten uns wohl einbilden / daß sie zum ersten zu obigen Loch herunter schauen wuͤrden; alsdann auch geschahe / ich aber spritzte dem einen die Augen alsobald so voller Essig / daß ihm seine Vorsichtigkeit in einem Augenblick vergieng / der ander aber lieffe im Hembd und Schlaffhosen die Stiegen hinunter / und wurde von der Dornwell so unfreundlich empfangen / daß er / gleichwie auch sein Cammerrath / in solcher unversehenen Begebenheit und grossem Schrecken sich nichts anders einbilden konnten / also / es waͤre eitel Zauberey und Teuffels-Gespenst vorhanden; Jndessen hatte Spring-ins-felt ein dutzet zusammen gebundene Reuter Koller erwischt / und sich damit fort ge-

---

2 Staffeln] Stufen 5 Mauser] Diebe 8 Rumor] Lärm
9 gar gering] ganz leicht 10 Welle] Büschel, Bund
12 messene] messingene 18 stackte] stellte auf
24 Vorsichtigkeit] Vorwitz

macht / ich aber liesse mich mit einem Stück Leinwath genügen / drehete mich damit aus / und schlug die Thür hinter mir wieder zu; die beyde Welsche also in ihrer Anfechtung hinterlassen / wovon der eine ohne Zweiffel die Augen noch gewischt: der ander aber noch mit seiner Dornwell zu handeln gehabt haben wird.

Schaue *Simplice*, so konnte ichs! und also habe ich den Spring-ins-felt nach und nach abgerichtet; Jch stahle / wie gehöret / nicht aus Noth oder Mangel / sondern mehrentheils darum / damit ich mich an meinen Widerwärtigen revangiren möchte / Spring-ins-felt aber lernete in dessen die Kunst und kam so meisterlich in die Griff / daß er sich unterstanden hätte / alles zu maussen / es wäre dann gar mit Ketten an das Firmament gehäfftet gewesen / und ich liesse ihn solches auch treulich geniessen / dann ich gönnete ihm / daß er einen eigenen Säckel haben: und mit dem halben gestohlenen Gut (massen wir solche Eroberungen miteinander theilen) thun und handeln dörffte / was er wolte; Weil er aber trefflich auf das Spielen verpicht war / so kam er selten zu grossem Gelt / und wann er gleich zu Zeiten den Anfang zu einer ziemlichen Summa zu wegen brachte / so verblieb er jedoch die Länge nicht in *Possession*, sintemal ihm sein unbeständig Glück das Fundament zum Reichthum durch den unbeständigen Würffel jederzeit wieder hinweg zwackte; Jm übrigen verblieb er mir gantz getreu und gehorsam / also / daß ich mir auch keinen besseren Sclaven in der gantzen Welt zu finden getrauet hätte; Jetzt höre auch was er damit verdienet / wie ich ihm gelohnet / und wie ich mich endlich wieder von ihm geschieden.

---

1 Leinwath] Leinwand   2 drehete mich damit aus] entschwand
3 Welsche] Italiener   22 *Possession*] Besitzstand

DAS XXI. CAPITEL.
Erzählung eines Treffens / welches im Schlaff vorgangen.

KUrtz zuvor / ehe Mantua von den Unsrigen eingenommen wurde / muste unser Regiment von Casal hinweg (und auch in die Mantuanische Belägerung) daselbsten lieffe mir mehr Wasser auf meine Mühl / als in dem vorigen Läger / dann gleich wie alldorten mehr Volck war / sonderlich Teutsche / also bekame ich auch mehr Kunden und Kunden-Arbeit / davon sich mein Gelt-Hauffen wieder ein merckliches geschwinder vergrösserte; So / daß ich etlichmal Wexel nach Prag und anderswohin in die Teutsche Reichs-Städte übermachte; bey welcher glücklichen *Prosperi*tät: grossen täglichen Gewinn und genugsamen Uberfluß / dessen ich und mein Gesindel genossen / da sonst mancher Hunger und Mangel leiden muste / mein Spring-ins-felt anfienge / allerdings das Junckern Handwerck zutreiben; Er wolte eine tägliche Gewonheit daraus machen / nur zu fressen und zu sauffen / zu spielen und zu spatzieren zu gehen und zu faullentzen / und liesse allerdings die Handelschafft der Marquedenterey: und die Gelegenheiten sonsten irgends etwas zuerschnappen / ein gut Jahr haben / über das hatte er auch etliche ungerathene und verschwenderische Cammerrathen an sich gehenckt / die ihn verführten / und zu allem dem jenigen untüchtig machten / worzu ich ihn zu mir genommen / und auf allerley Art und Weise abgeführet hatte; Ha! sagten sie / bist du ein Mann / und lässt deine Hur beydes über dich und das Deinige Meister seyn? Es wäre noch genug / wann du ein böses Eheweib hättest / von deren du dergleichen leiden müstest; Wann ich in deinem Hembd verborgen stäcke / so schlüg ich sie / biß sie mir parirte / oder jagte sie vor aller Teuffel hinweg / etc. Solches alles vernahm ich bey Zeiten / mit grossem Unwillen und Verdruß / und

10 Wexel] Geldanweisungen 12 *Prosperi*tät] Wohlstand, Ertrag
14 Gesindel] Gesinde 25 abgeführet] angeleitet, abgerichtet

gedacht auf Mittel und Weg / wie ich meinen Spring-ins-felt möchte ins Feld springen machen / ohne daß ich mich im geringsten etwas dergleichen gegen ihm oder seinem Anhang hätte vermercken lassen; Mein Gesind (darunter ich auch vier starcke Tremel zu Knechten hatte) war mir getreu und auf meiner Seiten; alle Officierer des Regiments waren mir nit übel gewogen; der Obrist selbst wolte mir wohl und die Obristin noch viel besser / und ich verbande mir alles noch mehrers mit Verehrungen wo ich vermeinte / daß ich Hülff zu meinem künfftigen Haußkrieg zu hoffen hätte / dessen Ankündigung ich stündlich von meinem Spring-ins-felt gewärtig war.

Jch wuste wol / daß der Mann / welchen mir Spring-ins-felt aber nur *pro forma repraesen*tiren muste / das Haubt meiner Marquedenterey darstellte / und daß ich unter dem Schatten seiner Person in meiner Handelschafft agirte; auch daß ich bald ausgemarquedentert haben würde / wann ein solches Haubt mir mangelte / derohalben gieng ich gar behutsam; Jch gab ihm täglich Gelt / beydes zu spielen und zu panquetiren / nicht / daß ich die Beständigkeit seiner vorigen Verhaltung bestättigen wollen / sondern ihn desto kirrer / verwegener und ausgelassener gegen mir zu machen / damit er sich dardurch verplumpen: und durch ein rechtschaffenes grobianisches Stückel dem Besitz meiner und des Meinigen sich unwürdig machen / mit einem Wort / daß er mir Ursach geben solte / mich von ihme zu scheiden; dann ich hatte allbereit schon so viel zusammen geschunden und verdienet / zumahlen auch anderwertshin in Sicherheit gebracht / daß ich mich weder um ihn noch die Marquedenterey; ja um den gantzen Krieg und was ich noch darinn kriegen und hinweg nehmen konte / wenig mehr bekümmerte.

Aber ich weiß nicht / ob Spring-ins-felt das Hertz nicht

5 Tremel] Prengel, baumstarke Kerle 14 *pro forma repraesen*tiren] zum Schein darstellen 20 panquetiren] schlemmen 21 f. kirrer] unachtsamer 23 verplumpen] verplempern, sich auf eine Dummheit einlassen

hatte / seinen Cammerathen zu folgen / um die Oberherrschafft offentlich von mir zu begehren / oder ob er sonst in erzehltem seinem liederlichen Leben unachtsamer Weiß fortfuhre? Dann er stellte sich gar freundlich und demuͤtig / und gab mir niemalen kein sauern Blick / geschweige ein boͤses Wort! Jch wuste sein Anliegen wohl / worzu ihn seine Cammerrathen verhetzt hatten. Jch konte aber aus seinen Wercken nicht spuͤren / daß er etwas dergleichen wider mich zu unterstehen bedacht gewesen waͤre; doch schickte sichs endlich wunderbarlich / daß er mich offendirte / wessentwegen wir dann / es sey ihm nun gleich lieb oder leid gewesen / von einander kamen.

Jch lag einsmals neben ihm und schlieff ohne alle Sorg / als er eben mit einem Rausch heimkommen war; Sihe / da schlug er mich mit der Faust von allem Kraͤfften ins Angesicht / daß ich nicht allein darvon erwachte / sondern das Blut lieffe mir auch haͤuffig zum Maul und der Nasen heraus / und wurde mir von selbigem Straͤich so toͤrmisch im Kopff / daß mich noch wunder gibt / daß er mir nit alle Zaͤn in Hals geschlagen; da kan man nun wohl erachten und abnehmen / was ich ihm vor eine andaͤchtige Leteney vorbetete / ich hiesse ihn einen Moͤrder und was mir sonst noch mehr von dergleichen erbaren Titul ins Maul kommen; Er hingegen sagte / du Hundsf. warum laͤssest du mir mein Gelt nicht? Jch hab es ja redlich gewonnen! und wolte noch immer mehr Stoͤsse hergeben / also / daß ich zu schaffen hatte / mich deren zuerwehren / massen wir beede im Bett aufrecht zusitzen kamen / und gleichsam anfiengen miteinander zu ringen; und weil er noch fort und fort Gelt von mir haben wolte / gabe ich ihm eine kraͤftige Ohrfeigen: die ihn wieder niderlegte; ich aber wischt zum Zelt hinaus / und hatte ein solches Lamentiren / daß nit nur meine Mutter und uͤbriges Gesind: sondern auch unsere Nachbaren davon erwachten / und aus ihren Huͤtten und Gezelten hervor krochen / und

10 offendirte] tätlich angriff 18 toͤrmisch] schwindelig
21 Leteney] Litanei 24 Hundsf.] Abk.: Hundsfott

zusehen / was da zuthun oder sonst vorgangen wäre / dasselbe waren lauter Personen vom Stab / als welche gemeiniglich hinter die Regimenter zu den Marquedenter logirt werden / nemlich der Caplan Regiments-Schultheiß / Regiments-Quartiermeister / Proviantmeister / Provoß / Hencker / Hurenwäibel und dergleichen / denen erzehlet ich ein langs und ein breits / und der Augenschein gab auch / wie mich mein schöner Mann / ohne einige Schuld und Ursach tractirt; mein angehender Milchweisser Busem / war überall mit Blut besprengt / und des Spring-ins-felts unbarmhertzige Faust / hatte mein Angesicht / welches man sonst niemahlen ohne lustreitzende Lieblichkeiten gesehen / mit einem eintzigen Streich so abscheulich zugerichtet / daß man die *Courage* sonst nirgends bey / als an ihrer erbärmlichen Stimme kennete / ahnangesehen niemands vorhanden war / der die anderwerts jemahlen hätte klagen hören; man fragte mich um die Ursach unserer Uneinigkeit und daraus erfolgten Schlacht / weil ich nun allen Verlauff erzehlte / vermeynte der gantze Umstand / Spring-ins-felt müste unsinnig worden seyn: Jch aber glaubte / er habe dieses Spiel aus Anstifftung seiner Cammerrathen und Sauffbrüder angefangen / um mir erstlich hinter die Hosen: zweytens hinter die Oberherrlichkeit / und letzlich hinter meines vielen Gelts zu kommen; Jndem wir nun so miteinander bappelten / und etliche Weiber umgiengen / mir das Blut zu stellen / grabelte Spring-ins-felt auch aus unserm Zelt; Er kam zu uns zum Wacht-Feuer / das bey des Obristen Bagage brande / und wuste bey nahe nicht Wort genug zu ersinnen und vorzubringen / mich und jederman wegen seines begangenen Fehlers um Verzeihung zu bitten; es mangelte wenig / daß er nicht vor mir auf die Knie niederfiel / um Vergebung und die vorige Huld und Gnad wieder von mir zu erlangen / aber ich verstopffte die Ohren / und wolte ihn weder wissen noch hören / biß endlich unser Obrist Leutenant von der Rund darzu kam / gegen welchen er sich er-

19 Umstand] die Umstehenden 26 grabelte] kroch 35 Rund] Wachrunde

botten / einen leiblichen Ayd zu schweren / daß ihm getraͤumt haͤtte / er waͤre auf dem Spielplatz gesessen / allwo ihm einer um eine zimliche Schantz auf dem Spiel gestandenen Gelts unrecht thun wollen / gegen welchem er deßwegen geschlagen / und wider seinen Willen und Meynung / seine liebe unschuldige Frau im Schlaaf getroffen: Der Obrist-Leutenant war ein Cavallier / der mich und alle Huren wie die Pest hasste / hingegen aber / meinem Spring-ins-felt nit ohngewogen war / derowegen sagte er zu mir / ich solte mich wider mit ihm alsobald in die Zelt packen / und das Maul halten / oder er wolte mich zum Provosen setzen / und wohl gar / wie ich vorlaͤngsten verdient / mit Ruthen aushauen lassen.

Potz Blech / das ist ein herber Sententz / dieser Richter nicht viel / (gedachte ich bey mir selber) aber es schadet nichts; bist du gleich Obrist Leutenant / und beydes vor meiner Schoͤnheit und meinen Verehrungen Schußfrey / so seynd doch andere / und zwar deren mehr / als deiner / die sich gar gern dadurch beruͤcken lassen / mir Recht zu geben; Jch schwieg so still / wie ein Meusel / mein Spring-ins-felt aber auch; Als dem er sagte / wann er noch mehrmahl so kommen wuͤrde / so wolte er ihn bey Tag auf einmahl dergestalt straffen / um das was er bey Nacht zu zweyen mahlen gegen mir gesuͤndigt / daß er gewißlich das dritte mahl nicht wieder kommen wuͤrde; uns beyden zugleich aber / sagte er / wir solten den Frieden machen / ehe die Sonne aufgieng / damit er den kuͤnfftigen Morgen kein Ursach haͤtte / uns einen Taͤtigsmann zu geben / aber uͤber dessen *procedere* wir uns hinter den Ohren zu kratzen / wuͤrden Ursachen haben. Also giengen wir wieder miteinander zu Bette und hatten beyderseits unsere Stoͤsse / massen ich dem Spring-ins-felt so wenig gefeyret / als er mir; Er bekraͤfftigt noch als

3 Schantz] Gewinnchance, Einsatz 7 Cavallier] Adeliger
14 Sententz] Urteilsspruch 17 Schußfrey] gefeit, sicher
20 Meusel] Mäuschen 28 Taͤtigsmann] Schiedsmann
28 *procedere*] Vorgehen 32 gefeyret] geschont 32 als] immer

seinen gehabten Traum mit grossen Schwüren / ich aber behauptete / daß alle Träume falsch wären / derentwegen ich aber nichts destoweniger keine falsche Maulschelle bekommen; Er wolte mit den Wercken seine Liebe bezeugen / aber der empfangene Streich / oder vielmehr / daß ich seiner gern loß gewest wäre / entzogen ihm bey mir alle Willfährigkeit; Ja ich gab ihm auch den andern Tag nicht allein kein Gelt mehr zum Spielen / sondern auch zum Sauffen / und sonst wenig guter Wort / und damit er mir nicht hinder die Batzen käme / die ich noch bey mir behalten / unser Handelschafft damit zu treiben / verbarg ich solche hinter meine Mutter / welche solche so Tags so Nachts wohl eingenähet / auf ihrem blosen Leib tragen muste.

DAS XXII. CAPITEL.

Aus was Ursachen Spring-ins-felt und *Courage* sich gescheiden / und wormit sie ihn zur Letze begabt.

GLeich nach dieser unserer nächtlichen Schlacht / stunde es wenig Zeit an / daß Mantua mit einem Kriegs-Possen eingenommen wurde / ja der Fried selbst zwischen den Röm. Käyserl. und Frantzosen: zwischen den Hertzogen von Sophoia und Nivers folgte ohnlängst hernach; gleichsam als wann der welsche Krieg mit unsern Treffen hätte geendigt werden müssen; und eben deswegen giengen die Frantzosen / aus Savoya und stürmeten wieder in Franckreich / die Käyserl. Völcker aber in Teutschland / zusehen was der Schwed machte; mit denen ich dann so wohl fortschlendern muste / als wann ich auch ein Soldat gewesen wäre; Mir wurden / uns entweder zu erfrischen / oder weil die rothe Ruhr und die Pest selbst unter uns regierte / an einem Ort in den Käyserlichen Erblanden / etliche Wochen an die Thonau ins freye Feld mit unserem Regiment logirt / da es mir bey wei-

---

9 Batzen] Geld 16 Letze] Abschied 18 Kriegs-Possen] Kriegslist 27 Mir] Wir

tem nicht solche Bequemlichkeiten setzte / wie in dem edlen Jtalia! doch behalffe ich mich so gut als ich konte / und hatte mit meinem Spring-ins-felt / (weil er mehr als eine Hunds-Demuth gegen mir verspuͤhren liese) den Frieden wiederum / doch nur *pro forma*, geschlossen; dann ich laurete taͤglich auf Gelegenheit / vermittelst deren ich seiner loß werden moͤchte.

Solcher mein inniglicher Wunsch wiederfuhre mir folgender Gestalt / welche Begebenheit genugsam bezeuget / daß ein vorsichtiger / verstaͤndiger / ja unschuldiger Mann / dem wachend und nuͤchtern / weder Weib / Welt / noch der Teuffel selbst nicht zukommen kan / gar leichtlich durch seine eigene bloͤde Gebrechlichkeit / schlaff- und weintrunckener Weiß / in alles Unheil und Ungluͤck gestuͤrtzt: und also um alles sein Gluͤck und Wohlfarth gebracht werden mag.

Gleichwie nun aber ich in meinem Gemuͤth / auch um die allergeringste Schmach und vermeinte zugefuͤgte Unbillichkeit / gantz rachgierig und unversoͤhnlich war / als erzeigte sich auch mein Leib / wann er im geringsten verletzt wuͤrde / gleichsam gantz unheilsam; nicht weiß ich / ob derselbe dem Gemuͤth nachaͤhmte / oder ob die Zaͤrte meiner Haut und sonderbahren *complexion*, so grobe Stoͤse / wie ein Saltzburger Holtzbauer nicht ertragen konnte; einmahl / ich hatte meine blaue Fenster / und von Spring-ins-felts Faust / die Waarzeichen noch in meinem sonst zarten Angesicht / die er mir im Lager vor Mantua eingetraͤnckt / da er mich in obbemelten Lager an der Thonau / als ich abermahl mitten im besten Schlaff lag / bey der Mitten kriegte / auf die Achsel nahm / mit mir also im Hembd / wie er mich erdappt gehabt / gegen des Obristen Wachtfeuer zulieffe / und mich allen Ansehen nach / hinweg werffen wolte; Jch wuste / nachdem ich erwachte / zwar nicht wie mir geschahe / aber gleichwohl merckte ich meine Gefahr / da ich mich gantz

23 *complexion*] Leibes- und Gemütsbeschaffenheit 25 blaue Fenster] blaue Augen, Flecken

nackend befande / und den Spring-ins-felt mit mir so schnell gegen dem Feuer zueilen sahe; derowegen fienge ich an zu schreyen / als wann ich mitten unter die Moͤrder gefallen waͤre / davon erwachte alles im Laͤger / ja der Obrist selbst / sprang mit seiner Partison aus seiner Zelten / und andere Officier mehr / welche kamen / der Meynung / einen entstandenen grossen Lermen zu stillen (dann wir hatten damahls gantz keine Feinds-Gefahr) sondern aber nichts anders als ein schoͤnes laͤcherliches Einsehen / und naͤrrisches Spectacul / ich glaube auch / daß es recht artlich und kurtzweilig anzusehen gewesen seyn muß; die Wacht empfinge dem Spring-ins-felt mit seiner unwilligen und schreyenten Last / ehe er dieselbige ins Feuer werffen konte / und als sie solche nackend sahen / und vor seine *Courage* erkanten; war der Corporal so eheliebend / mir einen Mantel um den Leib zu werffen; Jndessen kriegten wir einen Umstand von allerhand hohen und niedern Officiern / der sich schier zu tod lachen wolte / und welchem nicht allein der Obrist selbst / sondern auch der Obriste Leutenant gegenwaͤrtig war / der allererst neulich den Frieden zwischen mir und dem Spring-ins-felt durch Drohung gestifftet hatte.

Als indessen Spring-ins-felt sich wieder witzig stellte / oder (ich weis selbst schier nit / wie es ihm ums Hertz war) als er wieder zu seinen sieben Sinnen kommen; fragte ihn der Obriste / was er mit dieser Gugelfuhr gemeint haͤtte? da antwortet er / ihm haͤtte getraͤumt / seine *Courage* waͤre uͤberall mit gifftigen Schlangen umgeben gewesen / derowegen er sie seinem Einfall nach / zu erretten und davon sich befreyen / entweder in ein Feuer oder Wasser zu tragen / vors beste gehalten / haͤtte sie auch zu solchem Ende aufgepackt / und waͤre / wie sie alle vor andern sehen / also mit ihr daher kommen / welches ihm mehr als von Grund seines Hertzens leid seye; Aber beydes der Obrist selbst / und der

5 Partison] Lanze, Stichwaffe 7 Lermen] Aufruhr 9 f. Spectacul] Schauspiel 15 eheliebend] wohl: ehrliebend 22 witzig] verstaͤndig, vernuͤnftig 25 Gugelfuhr] Narrentreiben

Obrist Leutenant / der ihn vor Mantua beygestanden / schütteln die Köpff darüber / und liesen ihn / weil sich schon jederman satt genug gelacht hatte / vor die lange Weil zum Profosen führen / mich aber in mein Gezelt gehen / vollents auszuschlaffen.

Dem folgenden Morgen gieng unser Proceß an / und solte auch gleich ausgehen / weil sie im Krieg nicht so lang zu wehren pflegen / als an einigen Orten im Frieden; Jederman wuste zuvor wohl / daß ich Spring-ins-felts Ehefrau nicht war / sondern nur seine Matreß / und dessentwegen bedorfften wir auch vor kein *consistorium* zu kommen / um uns scheiden zu lassen / welches ich begehrte / weil ich im Bette meines Lebens bey ihm nicht sicher war / und eben dessentwegen hatte ich einen Beyfall schier von allen *assessoribus*, die davor hielten / daß ein solche Ursach / auch eine rechte Ehe scheiden könte; der Obrist Leutenant so vor Mantua gantz auf Spring-ins-felts Seiten gewesen / war jetzt gantz wider ihn / und die übrige vom Regiment schier alle auf meiner Seiten: Demnach ich aber mit meinem Contract schrifftlich hervor kam / was Gestalt wir beysammen zu wohnen / einander versprachen / biß zur ehrlichen Copulation / zumahlen meine Lebens-Gefahr die ich künfftig bey einem solchen Ehegatten zu sorgen hätte / trefflich aufzumutzen und vorzuschützen wuste / fiel endlich der Bescheid / daß wir bey gewisser Straffe voneinander gescheiden: und doch verbunden seyn solten / uns um das jenig so wir miteinander errungen und gewonnen / zuvergleichen; Jch *replici*rte hingegen / daß solches letzte wider den *Accord* unserer ersten Zusammen-Fügung lauffe / und daß Spring-ins-felt seyt er mich bey ihm hätte / oder teutscher zu reden / seyt ich ihn zu

3 vor die lange Weil] zum Zeitvertreib 11 *consistorium*] Kirchengericht, hier: Ehegericht 14 *assessoribus*] Beisitzern 19 Contract] Ehevertrag 21 Copulation] kirchl.-rechtmäßigen Trauung 23 aufzumutzen] herauszustreichen 27 *replici*rte] entgegnete 28 *Accord*] Abmachung, Übereinkunft 30 teutscher] offener, ehrlicher

mir genommen und die Marquedenterey angefangen / mehr verthan als gewonnen hätte / welches ich dann mit dem gantzen Regiment beweisen und darthun könte; Endlich hiese es / wann der Vergleich nach Billigkeit solcher Umstände zwischen uns beeden selbst nicht gütlich getroffen werden könte / daß alsdann nach befindenden Dingen von dem Regiment ein Urthel gesprochen werden solte.

Jch liese mich mit diesem Bescheid mehr als gern genügen / und Spring-ins-felt liese sich auch gern mit einem geringen beschlagen / dann weil ich ihn und mein Gesind nach dem eingehenden Gewinn: und also nit mehr wie in Jtalia tractirte / also daß es schiene / als ob der Schmalhans bey uns anklopffen wolte; vermeinte der Geck / es wäre mit meinen Gelt auf der Neige / und bey weitem nicht mehr so viel verhanden / als ich noch hatte / und er nicht wuste! und es war billich / daß ers nicht wuste / dann er wuste ja auch nicht / warum ich damit so halsstarrig zu ruck hielte.

Eben damals / *Simplice*, wurde das Regiment Tragoner / darunter du etwan zu Soest dein a. b. c. gelernet hast / durch allerhand junge Bursch / die sich hin und wieder bey den Officiern der Regimenter zu Fuß befanden / und nun erwachsen waren / aber keine Mußquetierer werden wolten / verstärckt; welches eine Gelegenheit vor den Spring-ins-felt war / wessentwegen er sich auch mit mir in einen desto leidenlichern Accord einliese; den wir auch allein miteinander getroffen; solcher Gestalt; Jch gab ihm das beste Pferd das ich hatte / samt Sattel und Zeug; Jtem / einhundert Ducaten paar Gelt / und das dutzet Reuter-Koller / so er in Jtalia durch meine Anstalt gestohlen; dann wir hatten uns bißher nicht dörffen sehen lassen; damit wurde auch eingedingt / daß er mir zugleich meinen *Spiritus famil.* um eine Cron abkauffen solte / welches auch geschahe; und in solcher Maaß habe ich den Spring-ins-felt abgeschafft und ausgesteuret / jetzt wirst du auch bald hören / mit was vor einer feinen Gab ich dich selbst beseeligt: und deiner Thorheit im Sauerbrun-

12 Schmalhans] Hunger 29 Anstalt] Anstiftung

nen belohnet hab; habe nur eine kleine Gedult / und vernimm zuvor / wie es dem Spring-ins-felt mit seinen Ding im Glaß gangen.

So bald er solches hatte / bekam er Wuͤrm uͤber Wuͤrm / im Kopff; wann er nur einen Kerl ansahe / der ihme sein Tage niemahl nichts Leids gethan / so haͤtte er ihn gleich an Hals schlagen moͤgen; und er spielte auch in allen seinen Duellen dem Meister! Er wuste alle verborgene Schaͤtze zu finden; und andere Heimlichkeiten mehr / hier ohnnoͤthig zu melden; Demnach er aber erfuhre / was vor einen gefaͤhrlichen Gast er herbergte / trachtet er seiner loß zu werden / er konte ihn aber drum nicht wieder verkauffen / weil der Satz oder der Schlag seines Kauffschillings aufs Ende kommen war / ehe er nun selbst Haar lassen wolte / gedachte er mir denselbigen wieder anzuhencken / und zu ruck zu geben / wie er mir ihn dann auf dem General *Rendevous*, als wir vor Regenspurg ziehen wolten / vor die Fuͤsse warff / ich aber lachte ihn nur aus / und solches zwar nicht darum vergebens / dann ich hube ihn nicht allein nicht auf / sondern da Spring-ins-felt wieder in sein Quartier kam / da fande er ihn wieder in seinem Schubsack; ich hab mir sagen lassen / er habe den Bettel etlichmahl in die Thonau geworffen / ihn aber alleweg wieder in seinem Sack gefunden; biß er endlich denselbigen in einen Bachofen geworffen / und also seiner loß worden; Jndessen er sich nun so hiermit schleppte / wurde mir gantz ungeheuer bey der Sach / derowegen versilberte ich was ich hatte / schaffte mein Gesind ab / und setzte mich mit meiner Boͤhmischen Mutter nach Passau / vermittelst meines vielen Gelts des Kriegs Ausgang zu erwarten; sintemahl ich zu sorgen hatte / wann Spring-ins-felt solches Kauffs und Verkauffs halber / uͤber mich klagen wuͤrde / daß mir alsdann als einer Zauberin / der Proceß gemacht werden doͤrffte.

---

4 Wuͤrm] Wahnvorstellungen, Schrullen 12 Satz] Wert, Preis
13 Schlag] Münzprägung 21 Schubsack] Gepäcksack
24 Bachofen] Backofen

DAS XXIII. CAPITEL.

Wie *Courage* abermahl einen Mann verlohren / und sich darnach gehalten habe.

ZU Passau schlug es mir bey weitem nicht so wohl zu / als ich mich versehen hatte / es war mir gar zu Pfaͤffisch / und zu andaͤchtig / ich haͤtte lieber an Statt der Nonnen / Soldaten: oder an Statt der Moͤnche / einige Hoffbursch dort sehen moͤgen / und gleichwohl verharrete ich daselbsten / weil damahls nicht nur Boͤhmen / sondern auch fast alle Provintzen des Teutschlandes mit Krieg uͤberschwaͤmt waren; Jndem ich nun sahe / daß alles der Gottesforcht daselbst zugethan zu seyn schiene; accommodirte ich mich gleichfalls aufs wenigst aͤusserlich nach ihrer Weiß und Gewonheit; und was mehr ist / so hatte meine Boͤhmische Mutter oder Costfrau / das Gluͤck / daß sie an diesem andaͤchtigen Ort und der Glantz der angenommenen Gottseligkeit / den Weg aller Welt gieng / welche ich dann auch ansehenlicher begraben liese / als wann sie zu Prag / bey S. Jacobs Thor gestorben waͤre. Jch hielte es vor ein *Omen* meiner kuͤnfftigen Ungluͤckseeligkeit / weil ich nunmehr niemanden auf der Welt mehr hatte / dann ich mich und das Meinige rechtschaffen haͤtte vertrauen moͤgen; und derentwegen hasste ich den unschuldigen Ort / darinn ich meiner besten Freundin / Seugammen und Auferzieherin war beraubt worden; doch patientirt ich mich daselbst / biß ich Zeitung bekam / daß der Wallensteiner Prag / die Haubt-Stadt meines Vatterlands eingenommen / und wiederum in des Röm. Kaͤysers Gewalt gebracht; dann auf solche erlangte Zeitung / und weil der Schwed zu Moͤnchen und in gantz Baͤyern dominirt / zumahlen in Passau seinetwegen grosse Forcht war / machte ich mich wieder in besagtes Prag / wo ich mein meistes Gelt liegen hatte.

---

12 accommodirte] paßte mich an, fügte 19 *Omen*] Vorzeichen
24 f. patientirt] geduldete 25 Zeitung] Nachricht
29 Moͤnchen] München

Jch war aber kaum dort eingenistelt / ja ich hatte mich noch nicht recht daselbst gesetzt / mein zusammengeschundenes Gelt und Gut im Frieden: und meinem Beduncken nach in einer so grossen und dannenhero auch meinem Vermuthen nach / sehr sichern Statt / wollustbarlich zu geniessen; sihe / da schlug der Arnheim die Kaͤyserl. bey Lignitz / und nachdem er daselbst 53. Faͤhnlin erobert / kam er Prag zu aͤngstigen; Aber der Allerdurchleuchtigst dritte Ferdinand / schickte seiner Stadt (als er selbsten Regenspurg zusetzte) den *Gallas* zu Huͤlffe / durch welchen Succurs die Feinde nicht allein Prag / sondern auch gantz Boͤhmen widerum zu verlassen / genoͤthigt wurden.

Damahl sahe ich daß weder die grosse und gewaltige Staͤdte noch ihre Waͤhl Thuͤrn / Mauren und Graͤben / mich und das Meinige vor der Kriegs-Macht der jenigen die nur im freyen Feld / in Huͤtten und solten logiren / und von einem Ort zum andern schweiffen / beschuͤtzen koͤnte; derowegen trachtet ich dahin / wie ich mich wiederum einem solchen Kriegsheer beyfuͤgen moͤchte.

Jch war damahl noch zimlich glatt und annemlich / aber gleichwohl doch bey weitem nicht mehr so schoͤn als vor etlich Jahren; Dannoch brachte mein Fleiß und Erfahrenheit mir abermahl aus dem Gallaschischen Succurs einen Haubtmann zu wegen / der mich ehelichte / gleichsam / als wann es der Stadt Prag Schuldigkeit oder sonst ihr aͤigne Art gewest waͤre / mich auf allen Fall / mit Maͤnnern / und zwar mit Haubtleuten zu versehen; unsere Hochzeit wurde gleichsam Graͤfflich gehalten / und solche war kaum voruͤber / als wir Ordre kriegten / uns zu der Kaͤyserlichen Armada vor Noͤrdlingen zu begeben / die sich kurtz zuvor mit dem Hispanischen Ferdinand / *Cardinal Infant conjungirt*: Donawerth eingenommen / und Noͤrdlingen belagert hatte; diese nun kamen / der Fuͤrst von Weimar / und Gustavus Horn zu ent-

10 Succurs] militärische Verstärkung 14 Waͤhl Thuͤrn] Wälle, Türme 16 solten] wohl: Sölden, Bauernhütten 20 glatt] schön, ansehnlich 29 Ordre] Befehl 29 Armada] Heeresmacht

setzen / worüber es zu einer blutigen Schlacht geriethe / deren Verlauff und darauf erfolgte Veränderung nicht vergessen werden wird / so lang die Welt stehet! Gleichwie sie aber auf unserer Seiten überal glücklich ablieffe / also war sie mir gleichsam allein schädlich und unglückhafft / indem sie mich meines Manns / der noch kaum bey mir erwarmet / im ersten Angriff beraubte; über das so hatte ich nicht das Glück / wie mir etwan hiebevor in anderen Schlachten widerfahren / vor mich selbsten / und mit meiner Hand Beuthen zu machen / weil ich wegen anderer / die mir vorgiengen / so dann auch wegen meines Manns allzufrühen Tod / nirgends zukommen konte; solches beduncktеn mich eitel vor Bedeutungen meines künfftigen Verderbens zu seyn / welches dann die erste Melancholia / die ich mein Tage rechtschaffen empfunden / in meinem Gemüth verursachte.

Nach dem Treffen zertheilte sich das sieghaffte Heer / in unterschiedliche Troppen / die verlohrne teutsche Provintze wieder zu gewinnen / welche aber mehr ruinirt als eingenommen und behauptet worden; Jch folgte mit dem Regiment / darunder mein Mann gedienet / dem jenigen *Corpo* das sich des Bodensees und Wittenberger Landes bemächtigt / und ergriffe dardurch Gelegenheit in meines ersten Hauptmanns (der mir hiebevor Prag auch gegeben / Hoya aber wieder genommen) Vatterland zu kommen / und nach seiner Verlassenschafft zu sehen; Allwo mir dasselbe *Patrimonium* und des Orts Gelegenheit so wohl gefiehle / daß ich mir dieselbige Reichs-Stadt gleich zu einer Wohnung erwählete / vornemlich darum / weil die Feinde des Ertzhauses Oesterreich / zum Theil biß über den Rhein: und anderwerts / ich weiß als nit wohin / verjagt und zerstreuet waren; also daß ich mir nichts gewissers einbildete / dann ich würde ihrentwegen mein Lebtage dort sicher wohnen; so mochte ich ohne das nicht wieder in Krieg / weil nach dieser nahmhafften Nördlinger Schlacht / überall alles dergestalt aufge-

12 eitel] lauter 20 *Corpo*] Korps, Heeresabteilung 21 Wittenberger] Württemberger 25 f. *Patrimonium*] Vatererbe

mauset wurde / daß die Kaͤyserlichen wenige rechtschaffene Beuten / meiner Muthmassung nach / zu hoffen.

Derowegen fienge ich an auf gut Baͤurisch zu hausen; ich kauffte Viehe und liegende Guͤter / ich dingte Knecht und Maͤgd / und schickte mich nit anderst / als wann der Krieg durch diese Schlacht allerdings geendigt: oder als ob sonst der Friede vollkommen beschlossen worden waͤre; und zu solchem Ende liese ich alles mein Gelt / das ich zu Prag und sonst in grossen Staͤdten liegen hatte / herzu kommen; und verwendete das meiste hierzu an; und nun sihe *Simplice*, dergestalt seind wir meiner Rechnung und deiner Lebens-Beschreibung nach / zu einer Zeit zu Narren worden / ich zwar bey den Schwaben / du aber zu Hanau; ich verthaͤt mein Gelt unnuͤtzlich / du aber deine Jugend / du aber kamest zu einem schlechten Krieg / ich aber bildet mir vergeblich eine Friedens-Zeit ein / die noch in weitem Feld stunde; dann ehe ich recht eingewurtzelt war / da kamen Durchzuͤg und Winter-Quartier / die doch die beschwerliche *Contributiones* mit nichten aufhuben; und wann die Menge meines Gelts nicht zimlich groß: oder ich nicht so witzig gewesen waͤre / dessen Besitzung weißlich zu verbergen / so waͤre ich zeitlich caput worden; dann niemand in der Stadt ware mir hold / auch meines gewesenen Manns Freunde nicht / weil ich dessen hinterlassene Guͤter genosse / die sonst ihnen erblich zugefallen waͤren / wann mich / wie sie sagten / der Hagel nicht hingeschlagen haͤtte; dannenhero wurde ich mit starcken Geltern belegt / und nichts destoweniger auch mit Einquartierungen nicht verschonet; Es gieng mir halt wie den Wittiben / die von jederman verlassen seyn; aber solches erzehle ich dir darum nicht klagender Weiß; begehre auch dessentwegen weder Trost / Huͤlff / noch Mitleiden von dir / sondern ich sage dirs darum / daß du wissen soltest / daß ich mich gleichwohl nicht viel deswegen bekuͤmmerte / noch betruͤbte / sondern daß ich mich noch darzu freuete! wann

3 hausen] wirtschaften 18 *Contributiones*] Tribute, Kriegssteuern
21 zeitlich] vorzeitig

wir einem Regiment musten Winter-Quartier geben; dann so bald solches geschahe / machte ich mich bey den Officiern zutaͤppisch / da war Tag und Nacht nichts als Fressen und Sauffen / Huren und Buben in meinem Hause / ich liese mich gegen ihnen an / wie sie wolten / und sie musten sich auch hinwiderum / wann sie nur einmahl angebissen hatten / gegen mir anlassen / wie ichs haben wolte / also daß sie wenig Gelt mit sich aus dem Quartier ins Feld trugen; Worzu ich dann mehr als tausenderley Foͤrtel zu gebrauchen wuste / und trutz jederman / der damahls etwas darwieder gesagt haͤtte; Jch hielte allezeit ein paar Maͤgd / die kein Haar besser waren als ich / gienge aber so sicher / kluͤglich und behutsam damit um / daß auch der Magistrat meine damahlige liebe Obrigkeit / selbsten mehr Ursach hatte / durch die Finger zu sehen / als mich deßwegen zu straffen / sintemahl ihre Weiber und Toͤchter / so lang ich vorhanden war / und mein Netz ausspannen doͤrffte / nur desto laͤnger from verblieben; dieß Leben fuͤhrete ich etliche Jahr / ehe ich mich uͤbel dabey befande / zu welcher Zeit ich Jaͤhrlich gegen dem Sommer / wann Mars wieder zu Felde gieng / meinen Uberschlag und Rechnung machte / was mich denselbigen Winter der Krieg gekostet / da ich dann gemeiniglich fande / daß meine *Prosperi*taͤt und einnahm die Ausgab meiner schuldigen Kriegs-Kosten uͤbertroffen; aber *Simplice*, jetzt ists an dem / daß ich dir auch sage / mit was vor einer Laugen ich dir gezwaget; Will derowegen jetzt nicht mehr mit dir / sondern mit dem Laster reden; du magst aber wohl auch zuhoͤren / und wann du vermeinest / daß ich luͤge / mir ohngehindert in die Rede fallen.

---

9 Foͤrtel] Kniffe, Listen 22 f. *Prosperi*taͤt] Gewinn
25 gezwaget] gewaschen

DAS XXIV. CAPITEL.
Wie *Simplicissimus* und *Courage* Kundschafft zusammen bekommen und einander betrogen.

WJr musten in unserer Stadt eine starcke Besatzung gedulten / als die Chur-Bäyrische und Frantzösische / Weymarische in der Schwäbischen Gräntze einander in den Haaren lagen / und sich zwackten; unter denselbigen waren die meiste Officierer trefflich geneigt auf das jenige / was ich ihnen gern um die Gebühr mitzutheilen pflegte / demnach ichs aber beydes aus grosser Begierde des Gelts wider damit gewonnen / als meiner eigenen unersättlichen Natur halber gar zu grob machte / und bey nahe ohne Unterschied zulieffe / wer nur wolte; Sihe / da bekam ich das jenige / was mir bereits vor zwölff oder funffzehen Jahren rechtmässiger Weise gebühret hätte / nemlich die liebe Frantzosen mit wohlgeneigter Gunst? Diese schlugen aus / und begunten mich mit Rubinen zu zieren / als der lustige und fröliche Frühling den gantzen Erdboden mit allerhand schönen wohlgezierten Blumen besetzte; gesund war mirs / daß ich Mittel genug hatte / mich wiederum darvon curirn zu lassen / welches dann in einer Stadt am Bodensee geschahe; Weil mir aber meines *Medici* Vorgeben nach / das Geblüt noch nicht vollkommen gereinigt gewesen / da riethe er mir / ich sollte die Saurbrunnen-Cur brauchen / und also meine vorige Gesundheit desto völliger wiederum erholen; solchem zufolge / rüstet ich mich aufs beste aus / mit einem schönen Calesch / zweyen Pferden / einem Knecht / und einer Magd / die mit mir vier Hosen eines Tuchs war / ausser / daß sie die obengemelte lustige Kranckheit noch nicht am Hals gehabt.

Jch war kaum acht Tag in Saurbrunnen gewesen / als Herr *Simplicius* Kundschafft zu mir machte; dann gleich und gleich gesellt sich gern / sprach der Teuffel zum Kohler; Jch trug

15 Frantzosen] Syphilis 26 f. Calesch] Kutsche 28 vier Hosen eines Tuchs] von gleicher Art

mich gantz adelich / und weil *Simplicius* so toll aufzoge und viel Diener hatte / hielte ich ihnen auch vor einen dapffern Edelmann / und gedachte / ob ich ihm vielleicht das Seil über die Hörner werffen und ihn (wie ich schon zum öfftern mehr *practicirt*) zu meinem Ehe-Mann kriegen konte; Er kam meinem Wunsch nach mit völligem Wind in den gefährlichen Port meiner sattsamen Begierden angeseegelt / und ich tractirte ihn / wie etwann die *Circe* den irrenden *Ulissem*: und alsobald fasste ich eine gewisse Zuversicht / ich hätte ihn schon gewiß an der Schnur / aber der lose Vogel risse solche entzwey / vermittelst eines Funds / dardurch er mir seine grosse Undanckbarkeit zu meinen Spott und einen eigenen Schaden bezeugte; Sintemal er durch einen blinden Pistolen-Schuß und einer Wasser-Spritze voll Blut / das er mir durch ein *Secret* beybrachte / mich glauben machte / ich wäre verwundet / wessentwegen mich nicht nur der Balbierer / der mich verbinden solte / sondern auch fast alles Volck in Saurbrunnen hinten und fornen beschauete / die nachgehends alle mit Fingern auf mich zeigten / ein Lied darvon sangen / und mich dergestalt aushöneten / daß ich den Spott nicht mehr vertragen und erleiden konnte / sondern ehe ich die Chur gar vollendet / den Saur-Brunnen mit samt dem Bad quittirte.

Der Troff *Simplex* nennet mich in seiner Lebens-Erzählung im 5.3. Buch an 6.4. Capitel leichtfertig / Jtem / sagt er / ich sey mehr *mobilis* als *nobilis* gewesen / ich gebe beydes zu / wann er selbst aber *nobel* oder sonst ein gut Haar an ihm gewesen wäre / so hätte er sich an so keine leichtfertige und unverschämte Dirne / wie er mich vor eine gehalten / nicht gehänckt / vielweniger seine eigene Unehr / und meine Schand also vor der gantzen Welt ausgebreitet und ausgeschrien; Lieber Leser! was hat er jetzt vor Ehr und Ruhm darvon / daß er (damit seine eigene Wort gebrauche) in kurtzer Zeit einen freyen Zutritt und alle Vergnügung / die er begehren und wünschen mögen / von einer Weibs-Person

11 Funds] Streichs 24 Troff] Tropf, Narr

erhalten / vor deren Leichtfertigkeit er ein Abscheuen bekommen? Ja von deren / die noch kaum der Holtz-Cur entronnen? Der arme Teuffel hat eine gewaltige Ehre darvon / sich dessen zu rühmen / welches er mit besseren Ehren billich hätte verschweigen sollen; Aber es gehet dergleichen Hengsten nicht anderst / die / wie das unvernünfftige Viehe / einen jedwedern geschleyerten Thier wie der Jäger jeden einem Stück Wild nachsetzen; Er sagt / ich seye glatthärig gewesen! da muß er aber wissen / daß ich damals den siebenzehenden Theil meiner vorigen Schönheit bey weitem nicht mehr hatte / sonderlich behalffe mich allbereit mit allerhand Anstrich und Schmincke / deren er mir nicht wenig / sondern einer grossen Menge abgeleckt; Aber genug hiervon / Narren soll man mit Kolben lausen / das war noch ein gerings / jetzt vernehme der Leser / wormit ich ihn endlich bezahlet / ich verliesse den Sauerbrunnen mit grossem Verdruß und Unwillen / also bedachte mich auf eine Rach / weil ich vom *Simplicio* beydes beschimpfft und verachtet worden; und meine Magd hatte sich daselbsten eben so frisch gehalten als ich / und (weil die arme Tröpffin keinen Schertz verstehen konnte / ein junges Söhnlein vor ein Trinckgelt aufgebündelt / welches sie auch auf meinem Meyer-Hof / ausser der Stadt / glücklich zur Welt gebracht / dasselbe muste sie den Nahmen *Simplicium* nennen lassen / wiewohl sie *Simplicius* sein Tage niemahls berührte; So bald ich nun erfahren / daß sich *Simplicius* mit einer Bauren Tochter vermählet / muste meine Magd ihr Kind entwöhnen und dasselbige / nach dem ichs mit zarten Windeln / ja / seidenen Decken und Wickelbinden ausstaffiret / um meinem Betrug eine bessere Gestalt und Zierde zu geben / in Bekleidung meines Meyers-Knecht zu *Simplici* Haus tragen / daß sie es dann bey Nächtlicherweile vor seine Thür gelegt / mit einem beygelegten Schrifftlichen Bericht / daß er solches mit mir erzeugt hätte. Es ist nicht zu glauben /

7 geschleyerten Thier] jeder Frau 8 f. glatthärig] schön
31 Bekleidung] Begleitung

wie hertzlich mich dieser betrug / erfreuete / sonderlich da ich hoͤrete / daß er dessentwegen von seiner Obrigkeit so trefflich zur Straff gezogen worden / und daß ihm diesen Fund sein Weib alle Tag mit Merrettig und Senff auf dem Brod zu essen gab; Jtem / daß ich den Simpeln guten Glauben gemacht / die Unfruchtbare haͤtte gebohren! da ich doch / wann ich der Art gewest waͤre / nicht auf ihn gewartet: sondern in meiner Jugend verrichtet haben wuͤrde / was er in meinem herzunahenden Alter von mir glaubte; dann ich hatte damals allbereit schier viertzig Jahr erlebt; und war eines schlimmen Kerls nicht wuͤrdig / als *Simplicius* einer gewesen.

DAS XXV. CAPITEL.

Courage wird uͤber ihren Ubelthaten erwischt / und der Stadt verwiesen.

JEtzt sollte ich zwar abbrechen und aufhoͤren von meinem fernern Lebenslauf zuerzehlen / weilen genugsam verstanden worden / was vor eine Dame *Simplicius* uͤberdoͤlpelt zu haben sich geruͤhmet; gleichwie er aber von deme / was allbereit gesagt worden / ohne Zweiffel fast nichts als Spott und Schand haben wird; also wirds ihm auch wenig Ehr bringen / was ich nach fuͤrters anzeigen werde.

Jch hatte hinter meinem Hause einen Garten in der Stadt / beydes von Obsgewaͤchß / Kraͤuter und Blumen / der sich dorffte sehen lassen / und alle andere trutzte; und neben mir wohnete ein alter *Mechaberis* oder Susannen Mann / welcher ein Weib hatte / die viel aͤlter war als er selbsten / diese wurde zeitlich innen / von was vor einer Gattung ich war / und ich schlug auch nicht ab in Nothfall mich seiner Huͤlff zu bedienen / wessentwegen wir dann offt in besagtem Garten zusammen kamen und gleichsam im Raub und

26 *Mechaberis* oder Susannen Mann] Lüstling, Ehebrecher
28 diese] gemeint wohl: dieser

höchster Eil Blumen brachen / darmit es sein eifersüchtige Alte nit gewahr würde / wie wir dann auch nirgends so sicher als in diesem Garten zusammen kommen konten / als da das grüne Laub und die verdeckte Gäng / unserer Meinung nach vor dem Menschen / aber nicht vor den Augen GOttes unsere Schand und Laster bedeckten; gewissenhaffte Leut werden darvor halten / unser Sündenmaß seye damal entweder voll und überhäufft gewesen / oder die Güte GOttes hätte uns zur Besserung und Busse beruffen wollen; Wir hatten einander im Anfang des *Septembris* Losung gegeben / denselbigen lieblichen Abend im Garten unter einem Birnbaum zusammen zukommen / eben als zween Musquetierer aus unserer Quarnison ein Anschlag gemacht hatten / selbigen Abend ihren Part von meinen Birrn zu stehlen; Wie sie auch den Baum bestiegen und zu brechen anfiengen / ehe ich und oder der Alte in Garten kommen; Es war ziemlich finster / und mein Buhler stellte sich ehender ein / als ich / bey dem ich mich aber auch gar bald befande / und das jenige Werck mit ihm angienge / daß wir ehmahlen miteinander zu treiben gewohnt waren; Potzhertz! ich weiß nicht wie es gienge / der eine Soldat regte sich auf dem Baum / um unserer Gauckelfuhr besser wahrzunehmen / und war so unvorsichtig / daß er alle seine Birren / die er gebrochen hatte / verschüttelt / und als selbige auf den Boden fielen / bildeten ich und der Alte sich nichts anders ein / als es wäre etwann ein starckes Erdbiden von GOtt gesendet und verhängt / uns von unsern schandlichen Sünden abzuschrecken; wie wir dann einander auch solches mit Worten zuverstehen gaben / und beyde in Angst und Schrecken voneinander lieffen; die auf dem Baum aber konten sich des Lachens nicht enthalten / welches uns noch grössere Furcht einjagte / sonderlich dem Alten / der da vermeinte / es wäre ein Gespenst / das uns plagte; derowegen begab sich ein jedes von uns / in seine Gewahrsam.

10 Losung] Abrede 14 Part] Teil, Anteil 22 Gauckelfuhr] Kurzweil, Schaukelei 23 Birren] Birnen 26 Erdbiden] Erdbeben 34 Gewahrsam] Wohnung, Haus

Den andern Tag kam ich kaum auf dem Marckt / da schrie ein Mußquetierer / ich weiß was! Ein anderer fragte ihn mit vollem Halß / was weist du dann? Jener antwortet / es hat heut Birnen geerdbidmet; diß Geschrey kam je länger je stärcker / also daß ich gleich merckte / was die Glocke geschlagen / und mich in Angesicht anröthete / wiewohl ich mich sonst zu schämen nit gewohnet war; Jch machte mir gleich die Rechnung / daß ich eine Hatz ausstehen müste / gedachte aber nicht / daß es so grob hergehen würde / wie ich hernach erfuhr; dann nachdem die Kinder auf der Gassen / von unserer Geschicht zu sagen wusten / konte der *Magistrat* nichts anders thun / als daß er mich und den Alten beym Kopff nehmen / und jedweders besonders gefangen setzen liese; wir läugneten aber beyde wie die Hexen / ob man uns gleich mit dem Hencker und der Tortur dreuete.

Man inventirt und verpetschirt das Meinige / und examinirt mein Hausgesind / bey dem Eid / deren Aussag aber widereinander lieffe / weil sie nit alle von meinen losen Stücken wusten / und mir die Mägd getreu waren; endlich verschnapte ich den Handel selbst / als nemlich der Schultheiß / welcher mich Frau Baß nennete / offt zu mir in das Gefängniß kam / und grosses Mitleiden vorwante / in Warheit aber mehr ein Freund der Gerechtigkeit / als mein Vetter war; Dann nachdem er mich in aller falschen Veträulichkeit überredet / mein Alter hätte den begangenen und offtmahls widerholten Ehebruch gestanden / fuhre ich unversehens heraus / und sagte / so schlag ihm der Hagel ins Maul / weils der alte Scheusser nicht hat halten können; bate demnach meinen vermeinten Freund / er wolte mir doch getreulich dadurch helffen / Er aber hingegen machte mir eine scharffe Predigt daher / thät die Thür auf / und wiese mir einen *Notarium* und beysichhabende Zeugen / die alle meine

---

15 dreuete] drohte 16 inventirt] erfaßte 16 verpetschirt] versiegelte 16 f. examinirt] befragte (unter Eid)

20 verschnapte] verriet 21 Frau Baß] Frau Tante bzw. Cousine, aber auch: Klatschtante 28 Scheusser] Scheißer

und seine Reden und Gegen-Reden angehoͤrt und aufgemerckt hatten.

Darauf gieng es wunderlich her / die meiste Ratsherrn hielten darvor / man solte mich an die Folter werffen / so wuͤrde ich vielmehr dergleichen Stuͤcke bekennen / und alsdann nach befindenden Dingen als eine unnuͤtze Last der Erden / um eines Kopfs kuͤrtzer zu machen seyn / welcher *Sentenz* mir auch weitlaͤufftig *notific*irt wurde; Jch hingegen liesse mich vernehmen / man suche nicht so sehr / der lieben Gerechtigkeit und den Gesetzen ein Genügen zu thun / als mein Gelt und Gut zu *confisc*iren; Wuͤrde man so streng mit mir *proced*irn / so wuͤrden noch viel / die vor ehrliche Burger gehalten werden / mit mir zur Leiche gehen / oder mir das Geleit geben muͤssen; Jch konte schwaͤtzen wie ein Rechtsgelehrter / und meine Wort und *protestationes* fielen so scharpff und schlau / daß sich Verstaͤndige darvor entsetzten / zuletzt kam es dahin / daß ich auf eine Urphet die Stadt quittiren: und / zu mehr als wohlverdienter Straffe / alle meine Mobilia und ligende Guͤter dahinden lassen muste / darunter sich gleichwohl mehr als uͤber 1000. Reichsthaler paar Geld befande; Meine Kleidungen / und was zu meinem Leib gehoͤrte / wurde mir gefolgt / ausser etliche Kleinodien / die einer hier / der ander dort zu sich zwackte; Jn Summa / was wolte ich thun? Jch hatte wohl groͤssers verdienet / wann man strenger mit mir haͤtte *proced*iren wollen; aber es war halt im Krieg / und danckte jedermaͤnniglich dem guͤtigen Himmel (ich solte gesagt haben jeder weiberlich) daß die Stadt meiner so *taliter qualiter* loß worden.

1 f. aufgemerckt] aufgeschrieben, notiert 8 *Sentenz*] Urteilsspruch 8 *notific*irt] mitgeteilt 11 *confisc*iren] gerichtlich einzuziehen 12 *proced*irn] vorgehen, verfahren 15 *protestationes*] Einsprüche, Verteidungsrede 17 Urphet] Urfehde, Verzicht auf alle Ansprüche 19 Mobilia] bewegliche Habe 22 gefolgt] verabfolgt 28 *taliter qualiter*] auf diese Weise

DAS XXVI. CAPITEL.

Courage wird eine Mußquetiererin / schachert dabey mit Taback und Brandtewein. Jhr Mann wird verschicket / welcher unter Wegs einen todten Soldaten antrifft / den er ausziehet / und weil die Hosen nicht herunter wolten / ihm die Schenckel abhaut / alles zusammen packet / und bey einem Bauren einkehret / die Schenckel zu Nachts hinterlässet / und Reißaus nimmt. Darauf sich ein recht lächerlicher Poß zuträgt.

DAmahls lagen weit herumb keine Käyserl. Völcker oder Armeen / zu welchen ich mich wieder zu begeben im Sinn hatte; Weil mirs dann nun an solchen mangelte / so gedachte ich mich zu den Weymarischen oder Hessen zu machen / welche damahl im Kintzger Thal und der Orten herumb sich befanden; umb zu sehen / ob ich etwann wieder einen Soldaten zum Mann bekommen könnte; Aber ach! die erste Blüte meiner ohnvergleichlichen Schönheit war fort / und wie eine Frühlings-Blum verwelcket / wie mich dann auch mein neulicher Unfall und daraus entstandene Bekümmernus nicht wenig verstellet; So war auch mein Reichthumb hin / der offt die alte Weiber wieder an Männer bringet. Jch verkauffte von meinen Kleidern und Geschmuck / so mir noch gelassen worden / was Geld golte / und brachte etwan zweyhundert Gulden zuwegen / mit denen machte ich mich / sambt einen Boten / auf den Weg / umb mein Glück zu suchen / wo ichs finden möchte / Jch traffe aber nichts als Unglück an / dann ehe ich Schiltach erlangte / kriegte uns eine Weymarische Parthey Mußquetirer / welche den Boten abprügelten / plünderten / und wieder von sich jagten / mich aber mit sich in ihr Quartier schleppeten; Jch gab mich vor ein Käyserl. Soldaten-Weib aus / deren Mann vor Freyburg in Preißgau todt blieben wäre / und überredet die Kerl / daß ich in meines Mannes Heimath gewesen / nunmehr aber Willens sey /

2 schachert] handelt, feilscht 20 verstellet] entstellt

mich ins Elsaß nach Hauß zu begeben; Jch war / wie obgedacht / bey weitem nicht mehr so schoͤn / als vor diesem / gleichwohl aber doch noch von solcher Beschaffenheit / die einen Mußquetirer aus der Parthey so verliebt machte / daß er meiner zum Weib begehrte. Was wolte oder solte ich thun? Jch wolte lieber diesem eintzigen mit gutem Willen goͤnnen / als von der gantzen Parthey mit Gewalt zu dem jenigen gezwungen werden / was dieser aus Lieb suchte; Jn Summa / ich wurde eine Frau Mußquetirerin / ehe mich der Caplan copulirte; Jch hatte im Sinn wieder / wie zu Springinsfelds Zeiten / eine Marquetennerin abzugeben / aber mein Beutel befand sich viel zu leicht solches ins Werck zu setzen; So mangelte mir auch meine Boͤhmische Mutter / und uͤber das bedunckte mich / mein Mann waͤre viel zu schlecht und liederlich zu solchen Handel / doch finge ich an mit Taback und Brandtewein zu schachern / gleichsam als ob ich wieder halb Batzen weiß haͤtte gewinnen wollen / was ich kuͤrtzlich bey tausenden verlohren; Es kam mich Blutsauer an / so zu Fuß daher zu marchiren / und noch darzu einen schweren Pack zu tragen / neben dem / daß es auch zu Zeiten schmal essen und trincken setzte / welches unangenehmlichen Dings ich mein Lebtag nicht versucht / viel weniger gewohnet hatte; Zuletzt brachte ich einen trefflichen Maul-Esel zuwegen / der nicht allein schwehr tragen / sondern auch schneller lauffen konte / als manch gutes Pferd; Gleich wie ich nun dergestalt zween Esel zusammen brachte / also verpflegte ich sie auch besten Fleisses / damit ein jeder seine Dienste desto besser versehen koͤnnte; Solcher Gestalt nun / weil ich und meine Bagage getragen wurde / konte ich mich auch um etwas besser patientirn und verzoͤgerte also mein Leben / biß uns der von Mercy / in Anfang des Mayen / bey Herbst-Zeiten / treffliche Stoͤße gab; Ehe ich aber fortfahre / solchen meinen Lebens-Lauff weiters hinaus zu erzehlen / so will ich dem Leser zuvor ein artliches Stuͤckel eroͤff-

10 copulirte] traute 30 patientirn] gedulden 30 verzoͤgerte] fristete

nen / das mein damahliger Mann wider seinem Willen ins Werck setzte / als wir noch im Kintzger Thal lagen.

Er gieng ein / auf seiner Officier Zumuthen / und mein Gutbefindung / sich in alte Lumpen zu verkleiden / und mit einer Axt auf der Achsel / in Gestalt eines armen exulirenden Zimmermanns / einige Brieff an Ort und Ende zu tragen / dahin sonst jemand zu schicken / wegen der Käyserl. Partheyen / welcher wegen es unsicher war; Solche Brieffe betraffen die *Conjunction* etlicher Völcker und anderer Kriegs-Anschläg. Es ware damals von grimmiger Kälte gleichsam Stein und Bein zusammen gefroren / so / daß mich das arme Schaf auf seiner Reise schier getauret hätte / doch muste es seyn / weil ein zimlich Stück Gelt zu verdienen war / und er verrichtet auch alles sehr glücklich; Unterwegs aber fande er einen todten Cörper in seinen Abwegen / die er der Enden wol wuste / welcher ohne Zweiffel eines Officiers gewesen seyn muß / weil er ein paar rother Scharlachener Hosen mit silbern Galaunen verbrämt anhatte / welcherley Gattung damal die Officier zu tragen pflegten / so war sein Köller samt Stiffeln und Sporen / auch den Hosen gemäß; Er besahe den Fund / und konte nicht ersinnen / ob der Kerl erfroren / oder von den Schwartzwäldern todtgeschlagen worden wäre / doch galte es ihm gleich / welches Tods er gestorben / das Koller gefiele ihm so wohl / daß ers ihm auszog / und da er dasselbige hatte / gelüstet ihn auch nach den Hosen / welche zu bekommen / er zuvor die Stiffel abziehen muste / solches glückte ihm auch; Als er aber die Hosen herab streiffte / wolten solche nicht hotten / weil die Feuchtigkeit des allbereit verwesenden Cörpers sich unter den Knie herum / allwo man dazumal die Hosenbändel zu binden pflegte / sich beydes in das Futter und den Uberzug gesetzt hatte / und dannenhero Schenckel und Hosen wie ein Stein zusammen

5 exulirenden] flüchtigen bzw. auf Wanderschaft befindlichen
9 *Conjunction*] Vereinigung 15 Abwegen] Schleichwegen
15 der Enden] dort, in der Gegend 18 Galaunen] Tressen
28 hotten] folgen, rutschen

gefroren waren; Er hingegen wolte diese Hosen nicht dahinden lassen / und weil der Tropff sonst kein ander Mittel in der Eil sahe / eins vom andern zu ledigen / hiebe er dem Corpo mit seiner Axt die Fuͤsse ab / packte solche / samt Hosen und Koller zusammen / und fande mit seinem Buͤndel bey einem Bauren ein solche Gnad / daß er bey ihme hintern warmen Stuben-Ofen uͤbernachten dorffte.

Dieselbe Nacht kaͤlbert dem Bauern zu allem Ungluͤck eine Kuhe / welches Kalb seine Magd / wegen der grossen Kaͤlte in die Stuben trug / und zu naͤchst bey meinem Mann auf eine halbe Well Stro zum Stuben-Ofen setzte; Jndessen war es gegen Tag / und meines Manns eroberte Hosen allbereit von den Schenckeln aufgetauet / derowegen zog er seine Lumpen zum Theil aus / und hingegen das Koͤller und die Hosen (die er umkehrte oder letz machte /) an / ließe sein altes Geluͤmp samt den Schenckeln beym Kalb liegen / stiege zum Fenster hinaus / und kam wieder gluͤcklich in unser Quartier.

Des Morgens fruͤhe kam die Magd widerum / dem Kalb Rath zu schaffen / als sie aber die beyde Schenckel / samt meines Mannes alten Lumpen und Schurtzfell darbey ligen sahe / und meinen Mann nicht fande / fienge sie an zu schreien / als wann sie mitten unter die Moͤrder gefallen waͤre; Sie lieffe zur Stuben hinaus / und schlug die Thuͤr hinter ihr zu / als wann sie der Teuffel gejagt haͤtte / von welchem Lermen dann nicht allein der Bauer / sondern auch die gantze Nachbarschafft erwachte / und sich einbildete / es waͤren Krieger vorhanden / wessenwegen ein Theil ausrisse / das ander aber sich in die Wehr schickte; Der Bauer selbst vernahm von der Magd / welche vor Forcht und Schrecken zitterte / die Ursach ihres Geschreys / daß nemlich das Kalb dem armen Zimmermann den sie uͤber Nacht geherbergt / bis auf die Fuͤsse gefressen / und ein solches greßliches Gesicht gegen ihr gemacht haͤtte / daß sie glaube / wann sie sich nicht

---

11 Well] Bund 15 letz machte] auf links (verkehrt) drehte
19 Rath zu schaffen] zu versorgen 24 ihr] sich 28 sich in die Wehr schickte] sich zur Wehr stellte

aus dem Staub gemacht / daß es auch an sie gesprungen waͤre; der Bauer wolte das Kalb mit seinem Knebelspieß nidermachen / aber sein Weib wolte ihn in solche Gefahr nicht wagen / noch in die Stub lassen / sondern vermittelte / daß er den Schultheissen um Huͤlff ansuchte / der liesse alsobald der Gemein zusammen leuten / um das Hauß gesamter Hand zu stuͤrmen / und diesen gemeinen Feind des menschlichen Geschlechts / ehe er gar zu einer Kuhe aufwuͤchse / bey Zeiten auszureuten; Da sahe man nun ein artliches Spectackel / wie die Baͤurin ihre Kinder / und den Haußrath / zum Kammer-Laden nacheinander heraus langte / hingegen die Bauren zu den Stuben-Fenstern hinein guckten / und den schroͤcklichen Wurm / samt bey sich liegenden Schenckeln anschaueten / welches ihnen genugsame Zeugnuͤß einer grossen Grausamkeit einbildete; Der Schultheiß gebote das Hauß zu stuͤrmen / und dieses greuliche Wunder-Thier niderzumachen / aber es schonete ein jeder seiner Haut; Jeder sagte: Was hat mein Weib und Kind darvon / wann ich umkaͤme: Endlich wurde aus eines alten Bauren Rath beschlossen / daß man das Hauß mit samt dem Kalb / dessen Mutter vielleicht von einem Lindwurm oder Drachen besprungen worden / hinweg brennen / und dem Bauern selbst aus gemeinem Seckel eine Ergoͤtzung und Huͤlffe thun solte / ein anders zu bauen; Solches wurde froͤlich ins Werck gesetzet / dann sie sich damit troͤsteten / sie muͤsten gedencken / es haͤtten solches die Diebs Krieger hinweg gebrandt.

Diese Geschichte machte mich glauben / mein Mann wuͤrde trefflich Gluͤck zu dergleichen Stuͤcken haben / weil ihm dieses ungefehr begegnet / ich gedachte / was wuͤrde er erst ins Werck setzen / wann ich ihn wie hievor den Springinsfeld abrichte? aber der Tropff war viel zu Eselhafftig und hundsklinckerisch darzu / uͤber das ist er mir auch bald hernach in dem Treffen vor Herbsthausen todt geblieben / weil er keinen solchen Schertz verstehen konte.

---

6 Gemein] Gemeinde 9 auszureuten] auszurotten 22 f. gemeinem Seckel] Gemeindekasse 23 Ergoͤtzung] Entschädigung 32 hundsklinckerisch] erbärmlich (hundsföttisch)

DAS XXVII. CAPITEL.

Nachdem der *Courage* Mann in einem Treffen geblieben / und *Courage* selbst auf ihrem MaulEsel entrunnen / trifft sie eine Ziegeuner-Schaar an / unter welchen der Leutenant sie zum Weib nimmt / sie sagt einem verliebten Fraͤulein Waar / entwendet ihr daruͤber alle Kleinodien / behaͤlt sie aber nicht lang / sondern muß solche wol abgepruͤgelt wieder zustellen.

JN erstgemeltem Treffen kam ich vermittelst meines guten Maulesels darvon / nach dem ich zuvor meine Zelt und schlechteste Bagage hinweg geworffen / retterirte mich auch mit dem Rest der uͤbrig gebliebenen Armee / so wohl als der Touraine selbsten biß nach Cassel; und demnach mein Mann todt geblieben / und ich niemand mehr hatte / zu dem ich mich haͤtte gesellen moͤgen / oder der sich meiner angenommen / nahme ich endlich meine Zuflucht zu den Ziegeunern / die sich von der Schwedischen Haubt-Armada bey den Koͤnigsmarckischen Voͤlckern befanden / welche sich mit uns bey Wartburg conjungirt / und in dem ich bey ihnen einen Leutenant antraffe / der gleich meiner guten Qualitaͤten und trefflichen Hand zum stehlen / wie auch etwas Geldes hinter mir wahr nam / samt andern mehr Tugenden / deren sich diese Art Leuth gebrauchen; Siehe! so wurde ich gleich sein Weib / und hatte diesen Vortheil / daß ich weder *Oleum Talci* noch ander Schmirsel mehr bedorffte / mich weiß und schoͤn zu machen / weil so wohl mein Stand selbsten als mein Mann die jenige Coleur von mir erforderte / die man des Teuffels Leibfarb nennet; Derowegen finge ich an / mich mit Gaͤnß-Schmaltz / Laͤußsalbe und andern Haarferbenden Ungventen also fleissig zu beschmiren / daß ich in kurtzer Zeit so Hoͤll-riglerisch aussahe / als wann ich mitten in Ae-

---

11 retterirte] flüchtete 19 conjungirt] vereinigt 25 *Oleum Talci*] Schmincke (aus Talg) 25 Schmirsel] Salbe 27 Coleur] Farbe 28 des Teuffels Leibfarb] schwarz 30 Ungventen] Salben 31 Hoͤll-riglerisch] höllenmäßig, teuflisch

gypten geboren worden wäre; Jch muste offt selbst meiner lachen / und mich über meine vielfältige Veränderung verwundern; Nichts desto weniger schickte sich das Ziegeuner-Leben so wol zu meinem Humor / daß ich es auch mit keiner Obristin vertauscht haben wolte; Jch lernete in kurtzer Zeit von einer alten Aegyptischen Großmutter wahrsagen; lügen und stehlen aber kunte ich zuvor / ausser daß ich der Ziegeuner gewöhnliche Handgriff noch nicht wuste / aber was darffs viel Wesens? ich wurde in Kürtze so perfect / daß ich auch vor eine Generalin aller Ziegeunerinnen hätte passiren mögen.

Gleichwol aber war ich so schlau nicht / daß es mir überal ohne Gefahr / ja ohne Stösse abgangen wäre / wiewohl ich mehr einheimbschte / und meinem Mann zu verschlemmen / zubrachte / als sonst meiner zehne: Höret! wie mirs einsmals so übel gelungen; Wir lagen über Nacht und ein Tag ohnweit von einer Freunds-Stadt im vorbey marchiren / da jederman hinein dorfte / um seinen Pfenning einzukauffen / was er wolte. Jch machte mich auch hinein / mehr einzunehmen und zu stehlen / als Geld auszugeben / oder etwas zu kauffen / weil ich sonst nichts zu erkauffen gedachte / als was ich mit fünff Fingern / oder sonst einem künstlichen Griff zu erhandeln verhoffte; Jch war nicht weit die Stadt hinein passirt / als mir eine Madamoiselle eine Magd zuschickte / und mir sagen liesse / ich solte kommen / ihrer Fräulein warzusagen / und von diesem Boten selbsten vernahm ich gar von weiten / und gleichsam über hundert Meilen her / daß ihrer Fräulin Liebhaber rebellisch worden / und sich an ein andere gehenckt; Solches machte ich mir nun trefflich zu Nutz / dann da ich zu der Damen kame / trafe ich mit meiner Wahrsagung so nett zu / daß sie auch alle Calendermacherey / ja der elenden Madamoiselle Meynung nach / alle Propheten / samt ihren Prophezeyhungen übertraffe; Sie klagte mir endlich ihre Noht / und begehrte zu

18 um] für 18 Pfenning] Geld 31 nett] treffend, passend
32 elenden] leidenden

vernehmen / ob ich kein Mittel wisse / den variablen Liebhaber zu bannen / und wider in das gerechte Glaiß zu bringen? Freylich / dapfere Dame! sagte ich / er muß wieder umkehren / und sich zu eurem Gehorsam einstellen / und sollte er gleich einen Harnisch anhaben / wie der grosse Goliath; Nichts angenehmers hätte diese verliebte Tröpffin hören mögen / als eben diß / und begehrte auch nichts anders / als daß meine Kunst alsobald ins Werck gesetzt würden; Jch sagte: wir müssen allein seyn / und es müste alles unbeschriehen zugehen / darauf wurden ihre Mägd abgeschafft / und ihnen das Stillschweigen auferlegt / ich aber gieng mit der Madamoisellen in ihr Schlaffkammer / ich begehrte von ihr einen Trauer-Schleyer / den sie gebraucht / als sie um ihren Vatter Leyd getragen / item / zwey Ohrgehäng / ein köstlich Halsgehäng / das sie eben anhatte / ihren Gürtel und liebsten Ring. Als ich diese Kleinodien hatte / wickelt ich sie zusammen in den Schleyer / machte etliche Knöpff daran / murmelte unterschiedliche närrische Wörter darzu / und legte alles zusammen in der Verliebten Bette / hernach sagte ich / wir müssen miteinander in Keller; da wir hinkamen / überredet ich sie / daß sie sich auszöge / biß aufs Hembd / und unterdessen / als solches geschahe / machte ich etliche wunderbare Characteres an den Boden eines grossen Fasses voll Wein / zoge endlich den Zapffen heraus / und befahl der Damen ihren Finger vorzuhalten / biß ich die Kunst mit dem Zapffen droben im Hause auch der Gebühr nach verrichtet hätte; Da ich nun das einfältige Ding dergestalten gleichsam angebunden / gieng ich hin / und holete die Kleinodien aus ihrem Bette / mit welchen ich mich ohnverweilt aus der Stadt machte.

Aber entweder wurde dieser fromme leichtglaubige verliebte samt den Seinigen vom gütigen Himmel beschützt / oder ihre Kleinodia waren mir sonst nicht bescheret / dann ehe ich unser Lager mit meiner Beute gar erreichte / er-

1 variablen] unbeständigen 9 unbeschriehen] geheim
23 Characteres] Zeichen 31 dieser] gemeint: diese

dappte mich ein vornehmer Officier aus der Guarnison der solche wieder von mir fordert; Jch laugnete zwar / er wiese mir aber was anders / doch kan ich nicht sagen / daß er mich geprügelt: hingegen aber schweren / daß er mich rechtschaffen gedegelt habe; Dann nach dem er seinen Diener absteigen lassen / um mich zu besuchen / ich aber demselbigen mit meinem schröcklichen Ziegeuner-Messer begegnet / mich dessen zu erwehren / sihe! da zog er von Leder / und machte mir nicht allein den Kopff voller Beulen / sondern färbte mir auch Arm / Lenden und Achseln so blau / daß ich wol 4. Wochen daran zu salben / und zu verblauen hatte; Jch glaube auch / der Teuffel hätte biß auf diese Stund noch nicht aufgehöret zuzuschlagen / wann ich ihm meine Beuth nicht wieder hingeworffen. Und dieses war vor dißmal der Lohn beydes meiner artlichen Erfindung / und des künstlichen Betrugs selbsten.

DAS XXVIII. CAPITEL.

Courasche kommt mit ihrer Compagnie in ein Dorff / darinnen Kirchweyh gehalten wird / reitzet einen jungen Ziegeuner an / eine Henne tod zu schiessen; ihr Mann stellet sich solchen aufhencken zu lassen / wie nun jederman im Dorff hinaus lieff / diesem Schauspiel zuzusehen / stahlen die Ziegeunerinnen alles Gebratens und Gebackens / und machten sich samt ihrer gantzen Zunfft eiligst und listig darvon.

UNlängst nach diesem überstandenen Strauß kam unsere Ziegeunerische Rott von den Königsmarckischen Völckern wieder zu der Schwedischen Haubt-Armee / die damals Torstensohn commandirt / und in Böhmen geführt / allwo dann beyde Heer zusammen kamen; Jch verbliebe samt meinem Maulesel nicht allein biß nach dem Friedenschluß bey dieser

4 schweren] schwören 5 gedegelt] mit dem flachen Degen geschlagen 6 besuchen] durchzusuchen 25 Strauß] Tumult, Aufregung, Streit

Armada / sondern verliese auch die Ziegeuner nicht / da es bereits Frieden worden war / weil ich mir das stehlen nicht mehr abzugewöhnen getrauete; Und demnach ich sehe / daß mein Schreiber noch ein weiß Blat Papier übrig hat / Also will ich noch zu guter lezt oder zum Valete ein Stücklein erzehlen / und darauf setzen lassen / welches mir erst neulich eingefallen / und alsobalden probirt und practicirt hat werden müssen / bey welchen der Leser abnehmen kan / was ich sonst möchte ausgerichtet haben / und wie artlich ich mich zu den Ziegeunern schicke.

Wir kamen in Lothringischen Gebiet einsmals gegen Abend vor einen grossen Flecken / darinnen eben Kürbe war / welcher Ursachen wegen und weil wir einen zimlichen starcken Troppen von Männern / Weibern / Kindern und Pferden hatten / uns das Nachtläger rund abgeschlagen wurde; Aber mein Mann / der sich vor den Obrist Leutenant ausgab / versprach bey seinen Adelichen Worten / daß er gut vor allen Schaden seyn / und weme etwas verderbt oder entwendet würde / solches aus dem seinigen bezahlen / und noch darzu den Thäter an Leib und Leben straffen wolte. Wormit er dann endlich nach langer Mühe erhielte / daß wir aufgenommen wurden. Es roche überall im Flecken so wol nach dem Kürbe-Gebratens und Gebackens / daß ich gleich auch einen Lust darzu bekam / und einen Verdruß empfande / daß die Bauern allein solches fressen solten; erfand auch gleich folgenden Vortheil / wie wir dessen theilhafftig werden könten; Jch liesse einen wackern jungen Kerl aus den Unserigen eine Henne vor dem Wirthshause todschiessen / worüber sich alsobald bey meinem Mann eine grosse Klage über den Thäter erhube; Mein Mann stellte sich schröcklich erzörnet / und liesse gleich einen / den wir vor einen Trompeter bey uns hatten / die Unserigen zusammen blasen / in deme nun solches geschahe / und sich beydes Bauren und Ziegeuner auf dem Platz versammelten / sagte ich etlichen

5 Valete] Abschied 12 Kürbe] Kirchweih, Kirmes 15 rund] rundum 26 Vortheil] List

auf unsere Diebs-Sprach / was mein Anschlag waͤre / und daß sich ein jedes Weib zum zugreiffen gefast machen solte; Also hielte mein Mann uͤber den Thaͤter ein kurtzes Standrecht / und verdammte ihn zum Strang / weil er seines Obrist Leutenanten Befelch uͤbergangen / darauf erscholle alsobald im gantzen Flecken das Geschrey / daß der Obrist Leutenant einen Ziegeuner nur wegen einer Hennen wolte hencken lassen; etlichen bedunckte solche Procedur zu rigorose / andere lobten uns / daß wir so gute Ordre hielten / einer aus uns muste den Hencker agiren / welcher auch alsobalden dem Maleficanten die Haͤnde auf den Rucken bande / hingegen thaͤt sich eine junge Ziegeunerin vor dessen Weib aus / entlehnte von andern drey Kinder / und kam damit auf den Platz geloffen / sie bath um ihres Manns Leben / und daß man ihre kleine Kinder bedencken wolte / stelte sich darneben so klaͤglich / als wann sie haͤtte verzweiffeln wollen / mein Mann aber wollte sie weder sehen noch hoͤren / sondern ließe den Ubelthaͤter hinaus gegen einen Wald fuͤhren / an ihm das Urtheil exequiren zu lassen / eben als er vermeinte / der gantze Flecken haͤtte sich nunmehr versammlet / den armen Suͤnder hencken zu sehen; wie sich dann auch zu solchem Ende fast alle Jnnwohner / jung und alt / Weib und Mann / Knecht und Maͤgd / Kind und Kegel mit uns hinaus begab / hingegen ließe gedachte junge Ziegeunerin mit ihren dreyen entlehnten Kindern nicht ab / zu heulen zu schreyen / und zu bitten / und da man an den Wald und zu einem Baum kam / daran der Hennen-Moͤrder dem Ansehen nach geknuͤpfft werden solte / stellte sie sich so erbaͤrmlich / daß erstlich die Bauren-Weiber / und endlich die Bauren selbst anfiengen vor den Mißthaͤter zu bitten / auch nicht aufhoͤreten / biß sich mein Mann erweichen liesse / dem armen Suͤnder ihrentwegen das Leben zu schencken. Jn dessen wir nun ausserhalb dem Dorff diese Comoͤdi agirten / mausten unsere Weiber im Flecken nach Wunsch /

---

9 Ordre] Ordnung, Disziplin 10 agiren] spielen 11 Maleficanten] Übeltäter 19 exequiren] vollstrecken

und weil sie nicht nur die Bratspieß und Fleisch- Häfen leereten / sondern auch hie und da namhaffte Beuthen aus den Wägen gefischt hatten / verliessen sie den Flecken und kamen uns entgegen / sich nicht anders stellend / als wann sie ihre Männer zur Rebellion wider mich und meinen Mann verhetzten / um daß er einer kahlen Hennen halber einen so wackern Menschen hätte aufhencken lassen wollen / dardurch sein armes Weib zu einer verlassenen Wittib / und drey unschuldige junge Kinder zu armen Wäisen gemacht wären worden; auf unsere Sprache aber sagten sie / daß sie gute Beuthen erschnappt hätten / mit welchen sich bey Zeiten aus dem Staub zu machen seye / ehe die Bauren ihren Verlust innen würden / darauf schriehe ich den Unserigen zu / welche sich rebellisch stellen und sich dem Flecken zu entfernen / in den Wald hinein ausreissen solten / denen setzte mein Mann und was noch bey ihm war / mit blosem Degen nach / ja sie gaben auch Feuer drauf / und jene hinwiederum / doch gar nicht der Meynung jemand zu treffen; das Bauers-Volck entsetzte sich vor der bevorstehenden Blutvergießung / wolte derowegen wieder nach Hauß / wir aber verfolgten einander mit stetigem Schiessen / biß tieff in Wald hinein / worinn die Unsern alle Weg und Steg wusten; Jn Summa / wir marchirten die gantze Nacht / theilten am Morgen frühe nicht allein unsere Beuthen / sondern sonderten uns auch selbsten voneinander in geringere Gesellschafften / wordurch wir dann aller Gefahr / und den Bauern mit unserer Beuth entgangen.

Mit diesen Leuten habe ich gleichsam alle Winckel Europae seithero unterschiedlichmal durchstrichen und sehr viel Schelmenstück und Diebsgriffe ersonnen / angestellt / und ins Werck gerichtet / daß man ein gantz rieß Papier haben müste / wann man solche alle miteinander beschreiben wolte / Ja ich glaube nicht / daß man genug damit hätte; und eben dessentwegen habe ich mich mein Lebtag über nichts

1 Häfen] Töpfe 6 kahlen] mageren 18 Meynung] Absicht
31 rieß] Papiermaß (ca. 500 Blatt)

mehrers verwundert / als daß man uns in den Laͤndern gedultet / Sintemahl wir weder Gott noch den Menschen nichts nuͤtzen noch zudienen begehren / sondern uns nur mit Luͤgen / Betriegen und Stehlen genaͤhret; beydes zu schaden des Land-Mans als der grossen Herren selbst / denen wir manches stuͤck Wild verzehren; Jch mus aber hiervon schweigen / damit ich uns nicht selbst einen boͤsen Rauch mache / und vermeine nunmehr ohnedas dem Simplicissimo zu ewigen Spott genugsam geoffenbahrt zuhaben / von waserley haaren seine Beyschlaͤfferin im Sauerbrunnen gewessen / deren Er sich vor aller Welt so herrlich geruͤhmet / glaube auch wol daß Er an andern orthen mehr / wann Er vermeint / Er habe eines schoͤnen Frauen-Zimmers genossen / mit dergleichen Frantzaͤsischen Huren: oder wohl gar mit Gabel-Reuͤterinnen betrogen: und also gar des Teuͤffels Schwager worden sey.

ZUGAB DES AUTORS.

Darum dann nun Jhr zuͤchtige Juͤngling / ihr ehrliche Wittwer und auch ihr verehlichte Maͤnner / die ihr euch noch bißhero vor diesen gefaͤhrlichen Chimeris vorgesehen / denen schroͤcklichen Medusen entgangen / die Ohren vor diesen verfluchten Sirenen verstopfft / und diesen unergruͤndlichen und Bodenlosen Belidibus abgesagt / oder wenigst mit der Flucht widerstanden seyt / lasset euch auch fuͤrterhin diese Lupas nicht bethoͤren / dann einmal mehr als gewiß ist / daß bey Huren-Lieb nichts anders zu gewarten / als allerhand Unreinigkeit / Schand / Spott / Armuth und Elend / und was das meiste ist / auch ein boͤß Gewissen; Da wird man erst gewahr / aber zu spat / was man an ihnen gehabt / wie unflaͤtig / wie schaͤndlich / laussig / gruͤndig /

7 boͤsen Rauch] üblen Ruf 9 waserley] welcher Art
14 Frantzaͤsischen] syphilitischen 14 f. Gabel-Reuͤterinnen] Hexen 25 Lupas] Wölfinnen 30 gruͤndig] voll Ausschlag

unrein / stinckend / beydes am Athem / und am gantzen Leib / wie sie inwendig so voll Frantzosen / und auswendig voller Blattern gewesen / daß man sich endlich dessen bey sich selbsten schaͤmen muß / und offtermals viel zu spat beklagt.

ENDE

WARHAFFTIGE URSACH UND KURTZGEFASTER JNHALT DIESES TRACTAͤTLEINS.

DEmnach die Ziegeunerin *Courage* aus *Simplicissimi* Lebens-Beschreibung *lib. 5 cap. 6* vernimmt / daß er ihrer mit schlechtem Lob gedenckt; wird sie dermassen uͤber ihn erbittert / daß sie ihm zu Spott / ihr selbsten aber zu eigner Schand / (worum sie sich aber wenig bekuͤmmert / weil sie allererst unter den Ziegeunern aller Ehr und Tugend selbst abgesagt /) ihren ganzen liederlich-gefuͤhrten Lebens-Lauff an Tag gibt / um vor der gantzen Welt gedachten *Simplicissimum* zu Schanden zu machen; weiln er sich mit einer so leichten Vettel / wie sie sich eine zu seyn bekennet / auch in Warheit eine gewesen / zu besudeln kein Abscheuen getragen / und noch darzu sich seiner Leichtfertigkeit und Boßheit beruͤhmet; massen daraus zu schliessen / daß Gaul als Gur / Bub als Hur / und kein Theil um ein Haar besser sey / als das ander; Reibet ihm darneben trefflich ein / wie meisterlich sie ihn hingegen bezahlt / und betrogen habe.

SPRINGINSFELD

Der Seltzame Springinßfeldt.

DER SELTZAME SPRINGINSFELD /

Das ist
Kurtzweilige / lusterweckende und
recht lächerliche Lebens-Beschreibung.
Eines weiland frischen / wolversuchten und tapffern
Soldaten /
Nunmehro aber ausgemergelten /
abgelebten doch dabey recht verschlagnen
Landstörtzers und Bettlers /
Samt seiner wunderlichen Gauckeltasche.
Aus Anordnung des weit und breit bekanten
Simplicissimi
Verfasset und zu Papier gebracht
Von
Philarcho Grosso
von Tromerheim.

Gedruckt in *Paphlagonia* bey
Felix Stratiot.
Anno 1670.

6 weiland] einstmals 6 wolversuchten] wohlerprobten

VOr Zeiten nennt man mich den dollen Springinsfeld /
Da ich noch jung und frisch mich dummelt in der Welt.
Zuwerden reich und gros / durch Krieg und Krieges-Waffen /
Oder wann das nit gluͤckt / soldatisch einzuschlaffen;
Mein *fatum*, was thaͤt das? die Zeit und auch das Gluͤck?
Sie stimten in ein Horn; zeigten mir ihre Tuͤck!
Ich wurd des Gluͤckes Ball / must wie das Gluͤck umweltzen /
Mich lassen richten zu / daß ich nun brauch ein Steltzen /
Steltz ietzt vors Bauren Thuͤr / im Land von Haus zu Haus /
Bitt den ums liebe Brodt / den ich so offt jagt aus!
Und zaig der gantzen Welt durch mein armselig Leben /
Daß theils Soldaten jung alte Bettler abgeben.

4 einzuschlaffen] zu fallen 5 *fatum*] Schicksal 13 theils] teilweise

INNHALT.

Das 10. Capitel.

Springinsfeld Herkunfft / und wie er anfangs in Krieg kommen?

Das 11. Capitel.

Von dreyen merckwuͤrdigen Verschwendern / warhaffte Historien.

Das 12. Capitel.

Springinsfeld wird ein Trommelschlager / hernach ein Musquedierer / Jtem wie ihn ein Baur zaubern lernet.

Das 13. Capitel.

Durch was vor Gluͤcksfahl Springinsfeld wider ein Musquedirer unter den Schweden: hernach ein Biquenirer unter den Kayserlichen: und endlich ein Freyreutter worden.

Das 14. Capitel.

Erzehlet Springinsfeld ferner Gluͤck und Ungluͤck.

Das 15. Capitel.

Wie heroisch sich Springinsfeld im Noͤrdlinger Treffen gehalten.

Das 16. Capitel.

Wo Springinsfeld nach der Noͤrdlinger Schlacht herum *vagirt*, und wie er von etlichen Woͤlffen belaͤgert wird.

Das 17. Capitel.

Springinsfeld bekomt *Succurs*, und wird widerum ein reicher Tragoner.

Das 18. Capitel.

Wie es dem Springinsfeld von dem Tuttlinger Mestag an / bis nach dem Treffen vor Herbsthausen ergangen.

DAS I. CAPITEL.

Was vor eine schwaͤr vertaͤuliche Veranlassung den *Author* zu Verfassung dises Wercklein befoͤrdert.

ALs ich verwichne Weynacht-Mes in eines vornehmen Herrn Hof mit hoͤchstvertrieslicher *Patienz* vmb eine *Resolution* zuerlangen auffwartete / auff eine *Supplication* darinnen ich gar beweglich umb einen Schreiber-Dienst gebetten / und in derselben meinen hohen Fleis mit den allerandaͤchtigisten Worten geruͤhmt: Auch die Bestaͤndigkeit meiner unvergleichlichen Treu genugsam versichert hatte; gleichwol aber der gewuͤnschte Bescheid dermal eins nicht kommen wolte; sihe / da wurde ich noch vil ungedultiger! vornehmlich als ich sahe / daß die schmutzige Kuchen- und stinckende Stall-Ratzen in ihrer *æstimation passirt*: Jch aber wie ein ungesaltzener Stockfisch / den man auch keiner fernerer Versuchung wuͤrdigt / verachtet wurde; Jch hatte damahls allerley Gedancken und Grillenhafftige Einfaͤll / und wie ich in erstgedachter Bursche hoͤhnischen Angesichtern lesen kondte / bedunckte mich / sie wurden sich endlich vnderfangen / mir den Hut zutraͤhen und den Kuntzen mit mir zuspielen / wann ich entweder nicht bald ein angenehme *Resolution* kriegte / oder ohne dieselbige von mir selbst darvon gienge; bald sprach ich mir widerumben anders zu / vnd versichert mich selbst eines weit bessern Ausgangs: Gedult / Gedult / sagte ich zu mir / gut Weil will Ding haben (dann ich brachte alles das hinderst zum voͤrdersten vor / weil ich gantz ver-

---

2 vertaͤuliche] verdauliche 5 *Patienz*] Geduld 5 *Resolution*] Bescheid 6 *Supplication*] Bittschrift, Bewerbung 11 dermal eins] damals 13 f. Kuchen- und ⟨. . .⟩ Stall-Ratzen] verächtlich für: Küchen- und Stallpersonal 14 *æstimation*] Wertschätzung 14 *passirt*] abgefertigt 15 Versuchung] Untersuchung, Kostprobe 20 den Hut zutraͤhen] zum Narren halten

wirret ware) erlangstu diesen Dienst / so kanstu diesen Schindhunden diese Fachtung schon eintraͤncken: Jch wurde aber nicht allein von diesen und taͤglich innerlichen Anfechtungen: sonder auch von der damahligen grimmigen Kaͤlte von aussen hero dergestalt geplagt / daß ein jeder der mich gesehen und die Kaͤlt nit selbst empfunden / tausend Ayd geschworen hette / ich waͤre mit einem 3. oder 4taͤgigen Fieber behafft / daß Gesind lieffe hin und wider / ohne daß sie meiner vil geachtet oder mich besprochen; Als ich mich aber am allerbesten mit guter Hoffnung speysete und auffenthielte / da wurde ich eines holdseeligen Cammer Kaͤtzgens gewahr / deren schenckte ich gleich mein Hertz; dann als sie *recta* gegen mich gieng / konte ich mir nichts anders einbilden / als dieses waͤre ein ohnzweiffelbares *Omen*, daß ich ihr *Serviteur* werden wuͤrde; das Hertz hupffte mir gleichsam vor Freuden / weil mich der Wahn einer solchen kuͤnfftigen Gluͤckseeligkeit versicherte! da sie aber zu mir kam / und ihr Kirschenrothes Maͤulgen auffthaͤt / sagte sie / guter Freund was habt ihr hier zuthun? seyd ihr villeicht ein armer Schuͤler / der etwann ein Allmusen begehrt? da gedachte ich gleich / diese Wort schlagen alle deine Hoffnung zu boden; dann weil wir Schreiber eben so hoffaͤrtige Geister: was sage ich hoffaͤrtige? ich will sagen / gleich so grosmuͤtige Sinne haben und besitzen / als etwann die Schneider selbsten / die sich bey grossen Herren zutaͤppisch machen / wann sie erstlich ihre Cammerdiener: und endlich zu ihren Herrn (man dencke doch nur wie verwirrt ich damahls in mir selbst gewesen / weil ich noch ietzt alles so irrig und verwirrt vorbringe) ich hatte sagen wollen / zu Herrn werden (dann grosse Herren werden ja weder Schreiber noch Schneider uͤber sich zu Herrn setzen) als bedunckte mich die Jungfer solte sich nach meiner Einbildung *accommodirt*: und gesagt

---

2 Fachtung] wohl: Verachtung 9 besprochen] angesprochen 13 *recta*] geradewegs 14 *Omen*] Vorzeichen 15 *Serviteur*] höfischer Liebhaber 25 zutaͤppisch machen] anbiedern 31 als] also 32 *accommodirt*] gerichtet

haben / was beliebt meinem hochgeehrten Herrn? oder was verlangt derselbe hier vor Geschäffte zuverrichten? Nun was bedarffs vieler Wort? Jch wurde gantz bestürtzt und konde die Jungfer doch keiner Unbescheidenheit beschuldigen / weil sie ihre Frag mit einer wohlständigen Red vorgebracht / auch kondte ich kaum sovil Wort in meinem *Capitolio* (so der alten Römer Rüst: und Waffen-Cammer gewesen) aus allem Vorrath den ich darinn hatte / zusammen bringen / disem ersten Straich / der mir empfindlicher als eine dichte Maulschell vorkam / der gebühr nach zubegegnen; doch lallete ich endlich mit einer aus Forcht / Hoffnung und Kälte verursachter zitterender oder babender Stimme sovil daher / daß ich der jenig *Monsieur* wäre / der auff *Recommendation* ehrlicher Leuthe ihres Herrn Schreiber zuwerden verhoffte; Ach mein gar lieber GOtt! antwortet das Rabenaas / ist er derselbig? Ach er schlage solche Gedancken aus dem Sinn / dann ein solcher / der den Dienst haben will / welchen er verlangt / mus meinen gr: Herren entweder umb 1000. Thaler gesessen seyn / oder umb solche Summa einen Bürgen stellen; Mir ist albereit vor dreyen Tagen ein halber Reichsthaler gegeben worden / ihme solchen zuzustellen / wann er sich anmeldet / und unser los Gesind hat mir nit einmal gesagt / daß ihr da seyet / ich wolte euch sonst so lang in diser Kälte nit haben stehen lassen; Man kan leicht gedencken / was ich damahl vor eine Naase hatte! Jch gedachte halt / da schlag *Venus* zu / so darff *Vulcanus* eines Knechts weniger; Jch hatte gar nit den Willen / angeregten halben Thaler zunemmen / massen ich mich auch drum wehrete / weil ich mir einbildete / solche Abfertigung wäre meiner schreiberischen *Reputation* schimpflich und zuwider; doch gedachte ich / wer weis wo dir diser Herr noch eine Gnad erweisen kan; schob ihn derowegen in Sack / und faste eine

5 wohlständigen] dem Stand entsprechenden, wohlgesetzten
6 f. *Capitolio*] Kopf 13 f. *Recommendation*] Empfehlung 18 gr:] großgünstigen 19 gesessen seyn] besitzen 26 darff] bedarf
27 angeregten] erwähnten 30 *Reputation*] Ehre

Hoffnung / mit der Zeit durch die liebe Gedult den gebettenen Dienst noch zuerlangen / welchen ich mit sambt des Herrn Gnad verschertzen wuͤrde / wann ich so trutzig und halsstaͤrrig dis geringe Gelt ausschlug.

Solcher gestalt nahm ich meine Abfertigung / und die Jungfer selbst gab mir das Gelaid / bis vnder das Thor / weil sie dasselbe / als gegen dem Mittag Jmbs / gleich zubeschliessen willens; da machten wir nun nach als mithin wegen des halben Thalers unsere *Complimenten*, under welchen der Jungfer dise Wort entfuhren! er nehme ihn nur kecklich hin und versichere sich / daß mein gr: Herr und Frau auch das geringste so ihnen zu Dienst geschihet nit unbelont lassen / und solte ihnen einer nur auff die Heimlichkeit mit einem Liecht vorgehen; das verdrosse mich so grausam uͤbel / und jagte mich so in Harnisch / daß ich der Jungfer mehr unbescheiden als vernuͤnftig antwortet; So saget euren gn: Herrn sprach ich / wann er mir einen ieden *S.H.* Arschwisch / darzu er meine *Dupplication* unweislich brauchen moͤchte / ehe er sie gelesen / so theur bezahlen wolle; so werde es ihm ehender an Geld: als mir an Papier / Federn und Dinten manglen. Darauff trolte ich mich eine lange Gasse hinauff / vor Zorn mehr unsinnig als ohnwillig; ich wuste es denen so mich *in literis* abgefuͤhrt hatten / so wenig danck / daß mich auch reuete / daß ich meinen *Præceptoribus* mit dem hindern nit ins Angesicht geloffen / wann sie mir etwan zu Zeit einen *Product* geben; Ach sagte ich / warumb haben dich doch deine Eltern nicht ein Handwerck: oder Troͤschen / strohschneiden oder dergleichen so etwas lernen lassen / so hettest du ja jetzunder auch bey iedem Bauren Arbeit / und doͤrfftest nicht vor grossen Herren thun

---

7 Jmbs] Essen, Imbiß 13 f. Heimlichkeit] Klo 17 gn:] gnädigen 18 *S.H.*] Salvo Honore, mit Verlaub 18 *Dupplication*] verdreht: Bittschrift, evtl. in doppelter Ausfertigung 23 *in literis* abgeführt] in die Wissenschaft eingeführt 24 f. *Præceptoribus*] Lehrern 26 *Product*] Schlag, Prügelstrafe 28 Troͤschen] Dreschen 30 thun] wohl: tum, Stand, Würde

stehen / ihnen zuschmaichlen? koͤntest doch nur jetzt das allerveraͤchtlichste Handwerck das seyn mag / so faͤndestu gleichwol Meister die dich des Handwercks halber auffnehmen / und dir das Geschenck hielten / wann sie dir gleich keine Arbeit geben etc. Jn disem deinem Standt nimbt sich aber kein Mensch deiner an / und bist der allerverachteste Bernhaͤuter der seyn mag! Jn diesem meinem Unwillen *passirte* ich ein weiten Weeg! gleich wie mir aber der Zorn nach und nach vergieng / also empfande ich die damahlige grausame Kaͤlte je laͤnger je mehr / deren ich bishero so hoch noch nit geachtet hatte; Ja sie quelte mich dergestalt / daß ich nach einer warmen Stub seufftzete / und demnach eben ein Wirthshaus gegen mir stunde / gienge ich mehr der Waͤrme halber hinein als den Durst zu loͤschen.

DAS II. CAPITEL.
Conjunctio Saturni, Martis & Mercurii.

DAselbst wurde ich viel hoͤflicher empfangen / als von obengedachter hoͤflichen Jungfrauen; dann der Hausknecht kam gleich und fragte was beliebt dem Herrn? Jch gedachte zwar heut disen gantzen Tag der Schreiberdienst / jetzt aber der Stuben Ofen; sagte aber doch zu ihm / ein gute halb Mas Wein / die er mir auch gleich langte / dann es war kein Baadstub / darinn man die Hitz bezahlte / sonder ein Ort der Zehrung / darinn man die benoͤthigte Waͤrme umsonst hatte / oder wenigist in die Zech rechnete.

Jch setzte mich mit meiner halben Mas Wein sehr nahe zum Ofen / umb mich rechtschaffen auszubaͤchen / alwo sich an eben demselbigen Tische ein Mann befande / der im Pfen-

---

4 hielten] Geschenkbrauch einhalten 7 Bernhaͤuter] Müßiggänger 7 f. *passirte*] legte zurück 13 gegen mir] mir gegenüber 16 *Conjunctio Saturni, Martis & Mercurii*] Zusammentreffen der Planeten Saturn, Mars und Merkur
27 auszubaͤchen] auszubacken

ning wet zehrete / und Treschermaͤssiger weis mit beyden Backen so gewaltig zuhiebe / daß ich mich daruͤber verwunderte; er hatte allbereit eine Supp im Magen / und vor zwey Kraut und Fleisch allerdings auffgeriben da ich hin kam; und fragte noch darzu nach einen guten Stuͤck Gebrattens / welches verursachte / daß ich ihn besser betrachtete; da sahe ich daß er nicht nur zum fressen: sonder auch an der Gestalt viel ein anderer Mensch war / als ich mein Lebtag jemahls einen gesehen; dann von *Proportion* des Leibs war er so gros / als waͤre er in *Chili* oder *Chica* geboren worden / sein Bart war eben so lang und brait als des Wirths Schiffer-Taffel dahin er der Gaͤste auffgetragene Zehrung an *notirte*, die Haupthaar aber kamen mir vor / wie die jenige die ich mir etwan hiebevor eingebildet / daß Nabuchodonosor dergleichen in seiner Verstossung getragen habe; er hatte einen schwartzen Kittel an von Wuͤllenem Tuch / der gieng ihm bis an die Kniekehlen / auf ein gantz fremde: und bey nahe auff die alte *Antiqui*taͤtische Manier: mit gruͤnen wuͤllen Tuch an den Naͤthen underlegt / gefuͤttert und ausgemacht; neben ihm lag sein langer Pilgerstab / oben mit zweyen Knoͤpffen und unden mit einem langen eisernen Stachel versehen / so dick und kraͤfftig / daß man einen gar leicht in einem Straiche die letzte Oelung damit hett reichen moͤgen.

Jch vergaffte mich schier zum Narren uͤber disem seltzamen Auffzug / und in deme ich ihn je laͤnger je mehr betrachtete / wurde ich gewahr / daß sein ungeheurer Bart gantz widersinns: das ist / wider die *Europæi*schen Baͤrt geart und gefaͤrbt war; dann die Haar so ererst bey einem halben Jahr gewachsen / sahen gantz falb / was aber aͤlter war / brandschwartz; da doch hingegen bey andern Baͤrten von solcher Farb die Haar zunegst an der Haut gantz schwartz: und die uͤbrige je aͤlter je falber oder wetterfaͤrbiger zuerscheinen pfle-

---

1 wet] im Gegenwert von 4 auffgeriben] vertilgt
11 f. Schiffer-Taffel] Schiefertafel 18 *Antiqui*taͤtische] antike, altväterische 20 Knoͤpffen] Knoten 23 letzte Oelung] Sterbesakrament 29 falb] fahl, blond

gen; ich gedachte der Vrsach nach / und konte keine andere ersinnen / als daß die schwartze Haar in einem hitzigen Lande / die falbe aber in einem vil kältern müsten gewachsen seyn / und solches war auch die Warheit; dann nach dem diser auff sein Gebratens warten: und also mit dem Essen ein wenig *paussiren* muste / liesse ers über das trincken gehen / da er dann nit weniger thun konte / als mir eins zuzubringen / wann er anders haben wolte / daß ihm iemand den Trunck gesegnen solte / weil ohne mich noch kein anderer Gast vorhanden; und demnach mir das Maul / welches die grausame Kälte gantz starrhart zugefrört hatte / auch nunmehr wider ein wenig begunte auffzutauen / sihe / da kamen wir gar miteinander in ein Gespräch / warinn ich ihn zum allerersten fragte / ob er nicht ererst vor ungefähr einem halben Jahr aus Jndia kommen wäre? doch / damit er keine Vrsach haben möchte zu antworten / was gehets dich an? Brachte ichs meines bedunckens gar höflich vor / dann ich sagte / mein hochgeehrter Herr beliebe meiner vorwitzigen Jugend zuvergeben / wann sie sich erkühnet zufragen / ob derselbe nicht allererst vor einem halben Jahr aus Jndia kommen? Er verwundert sich / sahe mich an und antwortet / wann ihr sonst keine Nachricht und Kundschafft von meiner Persohn habt / als daß ihr mich ietzt das erste mahl sehet / so messe ich euerer Jugend keinen Vorwitz: sonder einen rechtschaffnen Verstand und ein solches *Judicium* zu / welche beyde eine Begierde in euch erwecken / das jenig aigentlich zuwissen / was euer Verstand von mir gefast und das *Judicium* beschlossen habe; derowegen sagt mir zuvor / woraus ihr abgenommen / daß ich vor einem halben Jahr noch in Jndia gewesen / so will ich euch hernach zuvernehmen geben / daß ihr von mir und meiner Reise recht geurtheilt; Als ich ihn nun sagte / daß mir die Haar seines Barts solches zuverstehen geben / antwortet er ich hette recht / und damit an Tag gelegt / daß noch mehr als nur dises hinder mir stecke.

---

6 über das trincken gehen] machte er sich über das Getränk her
7 eins zuzubringen] zuzutrinken 25 *Judicium*] Urteil 26 aigentlich] genau

Hierauff mahnet er mich beschaid zuthun / dieweil er aber seinen Wein *mixtirt*, scheuete ich mich zutrincken; dann er hatte aus seinem Sack ein zinnern Büchse gezogen / in deren ein *Electuarium* war / das allerdings dem Teriack gleich sahe; aus derselben nahm er eine Messerspitze voll derselbigen Materi und mischets under ein gemeines Trinckgläslein neuen Wein (dann er tranck kein alten sonder nur neuen Zweenbatzen Wein) davon er so dick und gelb wurde / daß er schier einer widerwertigen Purgation oder doch wenigist einem alten Baumöl sich vergliche; Wann er nun trincken wolte / so gosse er iederzeit ein eintzigen Tropffen hiervon in das Glas / davon der milchfarbe neue Wein sich alsobalden veränderte / alle noch in sich habende unverjorne *feces* zu Boden fallen liesse / und wie ein alter abgelegner Wein von Farb dem Gold gleich erschiene; er sahe wol / daß ich keinen sonderlichen Lust zu seinem Getränck trug / sagte derowegen ich solte kecklich trincken es würde mir nichts schaden / und als ich mich überreden liesse / den Wein zu versuchen / befande ich ihn so lieblich kräftig und gut / daß ich ihn vor Malvasier oder Spannischen Wein getruncken hätte / wann ich nicht gesehen / daß es ein neuer Elsasser gewesen; darauff erzehlte er mir / daß er diese Kunst bey den Armeniern gelernet / und erwiese im Werck / daß ein alter abgelegener sonst an sich selbst sehr köstlicher Wein / wie ich damal vor mir stehen hatte / von diesem *Elixier*, wie ers nennet / bey weitem nicht so gut wurde / als ein gemeiner neuer; dessen gab er Ursach / daß der neue seine Kräfte noch völliger beyeinander: und wie in etlichen Jahren dem alten geschehen / noch nichts darvon verlohren hätte.

Wie wir nun so von dem Wein und dieser Kunst miteinander *discurir*ten / da trat ein alter Krontzer mit einem Steltz-

---

4 *Electuarium*] Latwerge, Arzneimittel 4 Teriack] Allheilmittel 9 Purgation] Abführmittel 13 unverjorne *feces*] unvergorene Hefe 23 im Werck] tatsächlich 27 gab er Ursach] erklärte er 31 *discurir*ten] sprachen 31 Krontzer] Grunzer, Bettler

fus zur Stuben hinein / den die eingenommene Kaͤlte auch gleich wie mich zum Stuben-Ofen triebe; Er hatte sich kaum ein wenig gewaͤrmet / als er ein kleine *Discant*-Geyge hervor zog / dieselbe stimmte / vor unsern Tisch trate und eins daher striche / worzu er mit dem Maul so artlich humset und quickelirt / daß einer der ihn nur gehoͤrt und nicht gesehen / haͤtt glauben muͤssen / es waͤren dreyerley Seiten-Spil untereinander gewesen; Er war zimlich schlecht auf den Winter gekleidet / und haͤtte auch allem Ansehen nach keinen guten Sommer gehabt / dann sein magere Gestalt bezeugte / daß er sich mit den Schmalhansen betragen: und seine ausgefallene Haar / daß er noch darzu eine schwere Kranckheit uͤberstehen muͤssen; der Schwartzrock so bey mir sasse / sagte zu ihm / Landsmann wo hastu dein anderes Bein gelassen? Herr / antwortet dieser / in *Candia*; darauf sagte iener / das ist schlimm! O Nein / nit so gar schlimm / antwortet der Steltzer / dann ietzt freurt mich nur an ein Fuß / und ich bedarf auch nur einen Schuch und einen Strumpf! hoͤre: sagte der im schwartzen Rock ferner / bistu nit der Springinsfeld? vorzeiten / antwortet dieser / war ichs / aber ietz bin ich der Steltzvorshaus / nach dem gemeinen Sprichwort / junge Soldaten alte Bettler! aber wie kennet mich der Herr? an deiner artlichen *Music*, antwortet jener / als welche ich bereits vor mehr als dreissig Jahren zu Soest gehoͤret habe; hastu nicht damals einen Cammerathen gehabt / under denen daselbst gelegenen Tragonern / der sich *Simplicius* genennet? Da nun Springinsfeld solches bejahete / sagte der Schwartzrock / und eben derselbe *Simplicius* bin ich; hieruͤber sagte Springinsfeld vor Verwunderung / daß dich der Hagel erschlag! Wie? sprach *Simplicius* zu ihm / schaͤmestu dich nicht / daß du allbereit so ein alter Kruͤppel: und dannoch noch so rohe Gottlos und ungeheissen bist / deinen alten Cammerathen mit einem solchen Wunsch zu bewillkommen?

1 eingenommene] erlittene 5 humset] summte 6 quickelirt] quiekte 17 freurt] friert 23 artlichen] iron.: kunstvollen 32 ungeheissen] vorlaut

Potz hundert tausend Sack voll Endten du hasts gwis besser gemacht (sagte Springinsfeld) oder bistu seither vielleicht zu einem Heiligen worden? *Simplicius* antwortet / wann ich gleich kein Heiliger bin / so hab ich mich doch gleichwol beflissen / mit Auffsamlung der Jahr die boͤse Sitten der unbesonnenen Jugend abzulegen / und bin der Meinung / solches wurde deinem Alter auch anstaͤndiger seyn als fluchen und Gottslaͤstern; Mein Bruder / antwortet Springinsfeld gar Ehrerbietig / vergeb mir vor dismal und sey mit mir zu frieden / ich begehr mit dir um nichts (es seyen dann etwan ein par Kandel Wein) zu *disputi*ren; und in dem er sich unter diesen Worten gantz ungeheissen zu uns an den Tisch gesetzt hatte / zog er einen alten Lumpen hervor / knuͤpfte denselbigen auf / ferners sagende / und damit du nicht etwan vermeinen moͤchtest / der bettelhafte Springinsfeld wolte bei dir schmarotzen / so sehe / hier hab ich auch noch ein par Batzen / die zu deinen Diensten stehen / und damit schuͤtte er eine Hand voll Ducaten auf den Tisch / welche ich etwas mehr als 200. zu seyn schaͤtzte / und befahl dem Hausknecht ihme auch eine Mas Wein herzubringen / welches aber *Simplicius* nicht zugeben wolte / sonder brachte ihm eins / und sagte / was es des Gebraͤngs mit dem Gelde viel bedoͤrfte / er solte es nur wieder einstecken / weil er dergleichen wohl mehr haͤtte gesehen.

DAS III. CAPITEL.

Ein laͤcherlicher Poß der einem Zechbruder widerfahren.

JCh muste mich verwundern und freute mich / daß ich derjenigen unversehenen Zusammenkunfft beywohnen solte / von welchen ich in *Simplicissimi* Lebens-Beschreibung so viel seltzams dings gelesen / und von denen ich aus Anstalt der

---

1 Sack voll Endten] Verballhornung: Sakramenten 11 Kandel] Kanne, Maß 11 *disputi*ren] streiten 17 schuͤtte] schüttete 22 Gebraͤngs] Gepränge, Angeberei 30 Anstalt] Veranlassung

Courage selbst dergleichen geschriben; als sich ihre Wortwechslung geendigt / und *Simplicius* ein Glas voll Wein heraus gehoben / daß er dem Springinsfeld zum Willkom zugetruncken hatte / da kam noch ein Gast herein / welchen ich der Klaidung und Jugend nach vor meines gleichen: das ist / vor einem Schreiber-Knecht hielte; Er stellete sich an eben den Orth zum Stuben-Ofen wo ich zuvor: und nach mir auch Springinsfeld gestanden / gleichsam als wann alle ankommende Gaͤste zuvor dorthin hetten stehen muͤssen / ehe sie sich hetten nidersetzen doͤrffen; und gleich hernach folgte ein uͤber-rheinischer Baur / der ohn zweiffel ein Rebmann war / dieser ruckte vor jenem die Kappe / und sagte / Herr Schaffner ich bitte ihr wollet mir einen Reichsthaler geben / damit ich mein Kaͤrst aus der Schmitten loͤsen moͤge / alwo ich sie hab gerben lassen; Ach! was zum Schinder ist das? antwortet jener / was machstu mit der Gerst in der Schmitten? ich hab vermeinet / man gerbe sie in der Muͤhlen; meine Kaͤrst! meine Kaͤrst! sagte der Baur / ich hoͤrs wohl / antwortet der Schaffner / vermeinestu dann ich sey taub? mich wundert nur was du damit in der Schmitten machst / sintemal man die Gersten in der Muͤhl zu gerben oder zu roͤllen pflegt! Ey Herr Schaffner / sagte der Baur / ich sage euch von keiner Gersten / sonder von meinem Kaͤrsten / damit ich hacke; ja so! antwortet der Schaffner / das waͤre ein anders / und zehlet damit dem Baͤuerlein einen Thaler hin / den er auch gleich in seine Schreibtaffel auff*notirte*; ich aber gedachte / sollestu ein Schaffner uͤber Rebleuth seyn / und waist noch nichts von den Kaͤrsten? dann er befahl dem Bauren / daß er solche zu ihm bringen solte / um zusehen was es vor Creaturen waͤren / und was der Schmid daran gemacht hette; *Simplicius* aber / der disem Gespraͤch auch zugehoͤret / fieng an zula-

---

11 uͤber-rheinischer] jenseits des Rheins 11 Rebmann] Winzer 12 f. Schaffner] Verwalter 14 Kaͤrst] Hacke 14 Schmitten] Schmiede 14 loͤsen] zurückerhalten 15 gerben] härten, schärfen 17 gerbe] Körner von der Spreu trennen 21 roͤllen] wie gerben 29 Creaturen] Werkstücke

chen daß er hotzelte / welches auch das erste und letzte Gelaͤchter war / daß ich von ihm gehoͤret und gesehen / dann er verhielte sich sonst gar ernsthafftig / und redete / ob zwar mit einer groben und mannlichen Stimme / viel lieblicher und freundlicher als er aussahe; wiewol er auch mit den Worten gar gesparsam umgieng; Springinsfeld hingegen verlangte die ursach solches lachens zuhoͤren / liesse auch nicht ab am *Simplicio* zubitten / bis er endlich sagte / die vom Schaffner letzt verstandene Wort des Bauren / hetten ihn an einen Possen erinnert / den er auch wegen eines misverstandenen Worts in seiner unschuldigen Jugend zwar wider seinen Willen angestellet / wessentwegen er gleichwohl zimliche Stoͤsse eingenommen; ach was war das / fragte Springinsfeld; es ist unnoͤthig / antwortet *Simplicius*, daß ich euch zu einer eitelen Thorheit reitze / darvor ich das uͤbermaͤssige Gelaͤchter halte / ohne welches ihr aber die Histori nit anhoͤren koͤnnet / dann ich wuͤrde mich auff solchen fall mit fremder Suͤnde beladen; ich warff meine Karten mit unter und sagte / hat doch mein hochgeehrter Herr selbsten in seiner Lebens-Beschreibung so manchen laͤcherlichen schwang eingebracht / warumb wolte er dann ietzt seinen alten Cammeraden zugefallen ein eintzige laͤcherliche Geschicht nicht erzehlen? Jenes thaͤt ich / antwortet *Simplicius*, weil vast niemand mehr die Warheit gern blos beschauet oder hoͤren will / ihr ein Kleid anzuziehen / dardurch sie bey den Menschen angenem verbliebe / und das jenig gutwillig gehoͤret und angenommen wurde / was ich hin und wider an der Menschen Sitten zu *corrigiren* bedacht war; und gewislich mein Freund er sey versichert / daß ich mir offt ein Gewissen drum mache / wann ich besorge / ich seye in eben derselben Beschreibung an etlichen Orthen all zufrey gangen; ich *replicirt* hinwider und sagte / das lachen ist den Menschen angeborn / und hat solches nit allein vor allen andern Thieren zum Eigenthum / sonder es ist uns auch nutzlich! wie wir

1 hotzelte] sich schüttelte 9 letzt] letz, d.h. verkehrt 15 darvor] wofür 21 schwang] Schwank 31 f. *replicirt*] antwortete

dann lesen daß der lachende *Democritus* in guter Gesundheit 109. Jahr alt worden; dahingegen der weinende *Heraclitus* in frühem Alter eines ellenden Todts: und zwar in einer Küh-Haut / darinn er sich wicklen lassen seine Glieder zuheylen / gestorben; dahero dann auch *Seneca in libro de tranquillitate vitæ*, alwo er dieser beyden Philosophen gedenckt / vermahnet / daß man mehr dem *Democrito* als dem *Heraclite* nachfolgen soll; *Simplicius* antwortet / das Wainen gehöret dem Menschen so wohl als das Lachen eigentlich zu / aber gleichwohl alzeit zulachen oder alzeit zu wainen wie diese beyde Männer gethan / wäre ein Thorheit / dann alles hat seine Zeit; gleichwohl aber ist das Wainen dem Menschen mehr als das Lachen angeboren / dann nicht allein alle Menschen wann sie auff die Welt kommen / wainen (man hat nur das einige Exempel des Königs *Zoroastris*, der / wie er geborn / alsbald gelacht / so zwar von *Nerone* auch gesagt wird) sonder es hat der HErr Christus unser Seeligmacher selbst etlichmahl gewainet; aber daß er iemahls gelacht / wird in H. Schrifft nirgends gefunden / sonder hat vielmehr gesagt / seelig seynd / die weinen und Layd tragen / dann sie werden getröst werden; *Seneca* als ein Hayd / mag das Lachen dem Wainen wohl vorziehen; wir Christen aber haben mehr Vrsach über die Bosheit der Menschen zuwainen / als über ihre Thorheit zulachen / weil wir wissen daß auff die Sünde der Lachenden ein ewiges Heulen und Wehklagen folgen wird; bey mein Ayd / sagte hierauff Springinsfeld / wann ich nit glaube du seyest ein Pfaff worden! du grober gEsell / antwortet ihm *Simplicius*, wie darffst du das Hertz haben / so leichtfertig vor ein Ding zuschwören / wann du mit deinen aignen Augen das Widerspiel sihest? weist du auch wohl was ein Ayd ist? Springinsfeld muste sich ein wenig schämen / und bat um Verzeyhung; dann *Simplici* Minen waren so ernsthafft und betrohenlich / daß er einen ieden damit er-

---

5 f. *in libro de tranquillitate vitæ*] im Buch von der Ruhe des Lebens
15 einige] einzige 26 mein] meinem 30 Widerspiel] Gegenteil

schröcken kondte; ich aber sagte zu demselbigen / weil meines hochgeehrten Herrn Reden und Schrifften voller Sittenlehren stecken / so mus ohne zweiffel die jenige Geschichte / deren er sich mit einem so hertzlichem Gelächter erinnert / beydes lustig zuhören: und etwas nutzlichs daraus zulernen seyn? Mit Bitte / er wolte sie doch ohnbeschwert erzehlen; Nichts anders / antwortet *Simplicius*, lernet sie / als daß einer so jemand etwas nöthiges fragt / solche Sprach und Wort gebrauchen soll / daß sie der so gefragt wird / geschwind verstehe / und in der eyl seinen richtigen Bescheid darüber geben könne; so dann / daß einer der gefragt worden / die Frag aber nicht eigentlich und gewis verstanden / nit alsobald antworten: sonder von dem fragenden / vornemlich wann er von höherer Qualität ist / noch einmahl seine Frag zuvernehmen / gebührend begehren soll / die lächerliche Histori ist dise; Als ich noch *Page* beym *Gouerneur* in Hanau war / da hatte er einmahls ansehenliche *Officier* zu gaste / darunter sich auch etliche Weymarische befanden / denen er mit dem Trunck trefflich zusprechen liesse; die fremde und heimische waren gleichsam in zwo Partheyen vnderschieden / einander wie in einer *Battalia* mit Sauffen zu überwinden; das Frauenzimmer stund auff und verfügte sich in sein Gemach / gleich nach dem man das *Confect* auffgestelt / weil ihnen mitzugehen die Gewohnheit verbotte / die *Cavallier* aber sprachen einander so scharff zu / sich stehend vollends auffzufüllen / daß sich auch etliche mit dem Rucken an die Stubthür lehneten / damit ja keiner aus diser Schlacht entrunne (welches mich an die jenige Marter ermahnet / darmit *Tyberius* der Römische Kayser vil Leut getödtet; dann wann er solche umbbringen lassen wolte / liesse er sie zuvor zu vilen Trincken nöthigen / ihnen hernach die *S. H.* Harngäng dermassen vernusbicklen / daß sie den *Urin* nicht lassen köndten / sonder endlich mit unaussprechlichen Schmertzen

---

14 Qualität] Stand 21 *Battalia*] Schlacht 23 *Confect*] Nachtisch
25 *Cavallier*] Adlige 31 *S. H.*] Salvo Honore, mit Verlaub
32 vernusbicklen] zuschnüren

sterben musten) endlich entwischte einer / der damahl kein grösser Anligen und Begierde hatte / als das Wasser zulassen / und weil es ihn ohnzweiffel gewaltig trängte / lieffe er wie ein Hund aus der Kuchen / der mit haissem Wasser gebrühet worden / in welcher eyl er mir zu seinem und meinem Unglück begegnete / fragende / kleiner / wo ist das *Secret*? Jch wuste damahl weniger als der Teutsche Michel was ein *Secret* war / sonder vermeinte er fragte nach unserer Beschliesserin welche wir Gred nanten / die sonst aber Margretha hiesse / und sich eben damahls beym Frauenzimmer befand / dahin sie die Jungfer rueffen lassen; ich zeigte ihm hinten am Gang das Gemach / und sagte dort drinnen; darauff rennete er darauff los / wie einer der mit eingelegter Lantzen in einem Turnier seinem Mann begegnet / er war so fertig / daß das Thür auffmachen: das hinein tretten: und der Anbruch des strengen Wasserflusses in einem Augenblick miteinander geschahe / in Ansehung und Gegenwart des gantzen Frauenzimmers; was nun beyde Theil gedacht / und wie sie allerseits erschrocken / mag jeder bey sich selbst erachten; Jch kriegte stösse / weil ich die Ohren nit besser auffgethan; der *Officier* aber hatte Spott darvon / daß er nicht anders mit mir geredet.

DAS IV. CAPITEL.

Der Author geräth unter einen Hauffen Zigeiner / und erzehlet den Auffzug der *Courage*.

JCh sagte zum *Simplicio*, es wäre schad / daß er dise Histori nicht auch in seine Lebens-Beschreibung eingebracht hette; er aber antwortet mir / wann er alle seine so beschaffne Begegnussen hinein bringen hetten sollen / so wäre sein Buch grösser worden / als des stumpffen Schweitzer Cronick; über das reue ihn daß er so viel lächerlich Ding hinein gesetzt; weil

6 *Secret*] Klo 8 f. Beschliesserin] Haushälterin 11 Jungfer] Tochter der Dame des Hauses

er sehe / daß es mehr gebraucht werde / an statt des Eylnspiegels die Zeit dardurch zuverderben / als etwas guts daraus zulernen; darauff fragte er mich / was ich selbst von seinem Buche hielte / und ob ich dardurch geaͤrgert oder gebessert worden waͤre? Jch antwortet / mein *Judicium* waͤre viel zu gering / entweder dasselbige zuschelten oder zuloben / und ob ich gleich nit wider das Buch sonder ihn *Simplicissimum* selbsten schreiben muͤssen / dabey auch des Springinsfelds nicht zum ruͤhmlichsten gedacht worden / so hette ich doch das Buch weder gelobt noch getadelt / sonder damahls gelernet / daß der jenig so uͤbermannet sey / sich nach der jenigen Willen und Anmuthung schicken muͤste / in deren Gewalt er sich befaͤnde; Als ich dieses gesagt und meiner Mutter Sprach nach zimlich Schweitzerisch geredet / welche Mund-Art andere Teutsche vor grob: ja zum theil gar vor hoffaͤrtig und unhoͤflich zuhalten pflegen / Springinsfeld aber solches nit angehoͤret / als welcher die Ohren wie ein alter Wolff spitzte / da ich ihn nennete; sagte er / potz gruͤtz du Goͤlschnabel / haͤtt ich di dussa / ich wottar da garint ruͤra! aber *Simplicius* antwortet ihm; ich hette schier gesagt du alter Geck / es ist nit mehr um die Zeit die wir zu Soest belebten / und unserm Muthwillen nach gleichsam uͤber das gantze Land herrschten; du must ietzt mit deiner Steltzen nach einer andern Pfeiffen tantzen / oder gewertig seyn / wann du es zu grob machst / daß man dir einen steinernen: oder wohl gar einen Spannischen Mantel anlegt! Jn dieser freyen Statt stehet iedem zwar auch frey / zureden was er will / wer aber uͤber die Schnur hauet / der muß es auch verantworten oder buͤssen; Mich hingegen fragte *Simplicius*, wer oder was mich dann gemuͤssiget hette wider seine Persohn zuschreiben; und sonderlich verwundere ihn / daß auch neben ihm des Springinsfelds gedacht werden muͤssen / neben welchem er doch die Tage seines Lebens uͤber drey Viertl Jahr nicht zugebracht! Jch antwortet / wann ihm mein hochgeehrter Herr

---

5 *Judicium*] Urteil 12 Anmuthung] Laune 25 f. steinernen ⟨. . .⟩ Mantel] Gefängnis 26 Spannischen Mantel] Folterinstrument

(wie ich mich dann keines andern versehe) die Warheit gefallen lassen: und mir was ich gethan / verzeyhen: Zumahlen auch vor disem *importunen* Springinsfeld / dessen *humor* und ohngewichtiger Sinn mir vor långst an*dictirt* worden / versichern will; So will ich ihnen beeden so wunderliche Geschichten von ihnen selbsten erzehlen / daß sie sich auch beyde selbst darůber verwundern sollen; mit Versicherung / wann ich meinen hochgeehrten Herren von solchen Lŏbl. Qualitåten beschaffen zuseyn gewust håtte / als ich ietzunder vor Augen sehe / daß ich seinetwegen keine Feder angesetzt haben wolte; und solten mir gleich die Zigeiner den Hals zerbrochen haben.

Ob nun gleich *Simplicius* ein gros Verlangen hatte zuhŏren was ich vorbringen wůrde; so sagte er doch zuvor; mein Freund! es wåre ein dume Unbesonnenheit / ja wider alle Gerechtigkeit und die Darstellung eines Tyrannischen Sinns / wann wir an andern straffen wolten / um Sachen die wir selbst begangen; hat er in seinem Schreiben meine Laster gerůttelt / so ůbertrage ichs billich mit Gedult / dann ich habe andern die ihrige (doch daß es ihnen an ihren Ehren nicht nachtheilig seyn kan) unter fremden Namen auch rechtschaffen durchgehechelt; vertreust es die jenige so ich getroffen / warum haben sie dann nicht tugendlicher gelebt; oder warum haben sie mir ursach gegeben / solche Laster und Thorheiten zutadlen / die mir / ehe ich sie gesehen / in meiner Unschuld gantz unbekandt gewesen? Er erzehle nur her / ich versprich und versichere alles was er von mir begehrt und gebetten; ich antwortet / ich mŏchte gleich reden oder schweigen / so wůrde doch bald weltkůndig werden / was ich zuschreiben mich zwingen lassen můssen.

Darauff wand ich mich gegen dem Springinsfeld / und fragte ihn / ob er in Jtalia nit eine Matresse gehabt / die *Courage* genannt worden? Er antwortet ach die Blut Hex! schlag

---

3 *importunen*] unverschämten 3 *humor*] Temperament
19 ůbertrage] ertrage 22 vertreust] verdrießt 32 Matresse] Mätresse, Hure

sie der Donner; lebt das Teuffelsvihe noch? es ist kein leichtfertigere Bestia seit Erschaffung der Welt von der lieben Sonnen niemahl beschienen worden! Ey / ey / sagte *Simplicius* zu ihm / was seynd das abermahl vor leichtfertige unbesonnene wort? zu mir aber sprach er / ich bitte er fahre doch nur fort / oder er fahe doch vilmehr an zuerzehlen / was ich so hertzlich zuhoͤren verlange; ich antwortet / mein hochgeehrter Herr wird sich bald muͤd gehoͤrt haben / dann dises ist eben die jenige deren er im sechsten Capitul des fuͤnfften Buchs seiner Lebens-Beschreibung selbst gedacht hat; es gilt gleich antwortet *Simplicius*: er sage nur was er von ihr weiß / und schone meiner auch nit; auff solches erzehlete ich folgender gestalt was *Simplicius* wissen wolte.

Gleich auff negstverstrichnem Herbst / da es wie bekandt / einen ausbuͤndigen Nach-Sommer setzte / war ich auff dem Weeg begriffen / mich aus meinem Vatterland gegen dem Rheinstrom: und zwar auff hieher zubegeben / entweder als ein armer Schuͤler Præceptorsweis / wie es hier gebraͤuchlich / meine *Studien* fortzusetzen / oder auff *Recommendation* meiner Verwandten / von denen ich zu solchem Ende Schreiben bey mir hatte / einen Schreiber-Dienst zubekommen; da ich nun auff der Hoͤhe des Schwartzwaldes von Krumenschiltach hieherwarts wanderte / sahe ich von weitem einen grossen Hauffen Lumpen-Gesindel gegen mir *avanzirn*, welches ich im ersten Anblick vor Zigeiner erkennete / mich auch nicht betrogen fande; und weil ich ihnen nit trauete / verbarg ich mich in eine Hecke / da sie zum allerdicksten war; aber weil dise Bursch vil Hunde so wohl Stauͤber als Winde bey sich hatten / spuͤrten mich dieselbige gleich / umbstelten mich / und schlugen an als wann ein Stuck Wildbret verhanden gewest waͤre; das hoͤreten ihre Herren alsobalden und eyleten mit ihren Pichsen oder langen

18 Præceptorsweis] mit Nachhilfestunden 19 f. *Recommendation*] Empfehlung 25 *avanzirn*] vorrücken 28 f. Stauͤber] kleine Jagdhunde, Stöberhunde 29 Winde] Windhunde 32 Pichsen] Büchsen

Schnaphanen Röhrern auff mich zu / einer stellte sich hieher der ander dorthin / wie auff einem Gejäyd / da man dem bestäten und aufgetribenen Wild aufpasset; Als ich nun solche meine Gefahr vor Augen sahe / zumalen die Hunde auch allbereit an mir zu zwacken anfiengen / da fieng ich auch an zu schreyen / als wann man mir allbereit das Weidmesser an die Gurgel gesetzt hätte; hierauf lieffen beydes Männer / Weiber / Knaben und Mägdlein herzu / und stellten sich so wercklich / daß ich nicht schliessen konte / ob mich das garstige Volck umbringen oder von den Hunden erretten wolte; Ja ich bildete mir vor Forcht ein / sie ermordeten die Leuthe die sie der gestalt wie mich an einsamen Orthen betretten / vnd zehrten sie hernach selbst auf damit ihre Todschläge verborgen blieben; es gab mich auch wie noch Wunder / und ich verfluchte das zusehen der Jenigen / denen das Wild und die jagtbare Gerechtigkeiten zuständig / daß sie ihre Länder mit bey sich habenden Hunden und Gewehr von diesem beschreyten Diebs-Gesindel also durchstreichen lassen!

Da ich mich nun solcher massen zwischen ihnen befande / wie ein armer Sünder den man ietzt aufknüpfen will / so / daß er selbst nicht weiß / ob er noch lebendig oder bereits halb tod seye; Sihe da kam ein prächtige Zigeinerin auf einem Maulesel daher geritten / dergleichen ich mein Tage nicht gesehen noch von einer solchen gehöret hatte; Wessentwegen ich sie dann / wo nicht gar vor die Königin: doch wenigst vor eine vornehme Fürstin aller anderer Zigeunerinnen halten muste! Sie schiene eine Person von ungefehr sechzig Jahren zu seyn / aber wie ich seithero nachgerechnet / so ist sie ein Jahr oder sechs älter; Sie hatte nicht so gar / wie die andere / ein bechschwartzes Haar / sonder etwas falb / und dasselbe mit einer Schnur von Gold und Edelgesteinen wie mit einer Cron zusammen gefasst / an dessen Statt andere

1 Schnaphanen Röhrern] langläufige Flinten von Strauchdieben 2 Gejäyd] Jagd 3 bestäten] gestellten 9 wercklich] geschäftig, merkwürdig 12 betretten] antreffen 16 jagtbare Gerechtigkeiten] Jagdprivilegien

Zigeunerin nur einen schlechten Bendel: oder wanns wol abgehet / einen Flor oder Schleyer: oder auch wol gar nur eine Weide zu brauchen pflegen / in ihrem annoch frischem Angesicht sahe man / daß sie in ihrer Jugend nicht heßlich gewesen; in den Ohren trug sie ein par Gehenck von Gold und geschmeltzter Arbeit mit Diamanten besetzt: und um den Hals eine Schnur voll Zahl-Perlen / deren sich keine Fürstin hätte schämen dörffen; ihre Serge war von keinem groben Teppich sonder von Scharlach und durchaus mit grünem Plisch-Samet gefüttert / Nebenher aber wie ihr Rock / der von kostbarem grünem Englischen Tuch war / mit Silbernen Pasamenten verpremt; sie hatte weder Brust noch Wams an / aber wol ein par lustiger Polnischer Stifel; ihr Hemd war Schneeweis / von reinem Auracher Leinwath / überall um die Näthe mit schwartzer Seiden auf die Böhmische Manier ausgenehet / woraus sie hervor schiene / wie eine Heidelbeer in einer Milch; so trug sie auch ihr langes Zigeuner-Messer nicht verborgen underm Rock / sondern offentlich / weil sichs seiner Schöne wegen wol damit prangen liesse; und wann ich die Warheit bekennen soll / so bedunckt mich noch / der alten Schachtel seye dieser Habit sonderlich zu Esel (hätte schier zu Pferd gesagt:) überaus wol angestanden; wie ich sie dann auch noch bis auf diese Stund in meiner Einbildung sehen kan / wann ich will.

---

1 schlechten] schlichten, einfachen 1 Bendel] Haarband
6 geschmeltzter] emaillierter 8 Serge] Umschlagtuch
10 Plisch-Samet] Plüschsamt 12 Pasamenten] Borte
12 verpremt] verbrämt 12 Brust] Mieder 13 Wams] Jacke
16 ausgenehet] abgesetzt 21 Habit] gesamte Kleidung

DAS V. CAPITEL.
Wo *Courage* dem *Autor* ihre Lebens-Beschreibung *dictirt.*

NUn diese tolle Zigeunerin / welche von den andern eine gnädige Frau genannt: von mir aber vor ein Ebenbild der *Dame* von Babylon gehalten wurde / wann sie nur auf einem siebenköpfigen Trachen gesessen: und ein wenig schöner gewesen wäre / sagte zu mir; Ach mein schöner weisser junger Gesell / was machstu hier so gar allein / und so weit von den Leuthen? Jch antwortet / mein großmächtige hochgeehrte Frau ich komm von Haus aus dem Schweitzerlande / und bin Willens an den Rheinstrom in eine Stadt zu reisen / entweder daselbst ein mehrers zu studiren / oder einen Dienst zu bekommen / dann ich bin ein armer Schuler; daß dich Gott behüet / mein Kind fragte sie / woltestu mir nicht ein Tag oder vierzehen mit deiner Feder dienen / und etwas schraiba / ich wolte dir alle Tag ein Reichsthaler geben? Jch gedachte / alle Tag ein Thaler wäre nicht zu verachten / wer weiß aber was du schreiben solst? so grosses anerbieten ist vor *suspect* zu halten; und wann sie nicht selbst gesagt hätte / daß mich Gott behüten solte / so hätte ich vermeinet es wäre ein Teufels-Gespenst gewesen / das mich durch solches Geld verblenden: und in die leidige *Congregation* der Hexen-Zunft hät einverleiben wollen; Mein Antwort war / wann es mir nichts schadet / so will ich der Frauen schreiben was sie begehrt; Ay wol Nay main Kind / sagte sie hierauf / es wird dir gar nichts schaden / behüt Gott / komm nur mit vns; ich will dir darneben auch Essen vnd Trincken geben so gut ichs hab / bis du fertig seyn wirst.

Weil dann mein Magen eben so leer von Speisen: als der Beutel öd von Gelt: zumalen ich bey diesem Diebs-Geschmeiß wie ein Gefangner war / sihe / so schlendert ich mit dahin; und zwar in einem dicken Wald / da wir die erste

19 *suspect*] verdächtig 22 *Congregation*] Versammlung 25 Nay] nein 31 schlendert] zog

Nacht *logir*ten; allwo sich allbereit etliche Kerl befanden / die einen schönen Hirsch zerlegten; da gieng es nun an ein Feuer machens / siedens und bratens; und soviel ich sahe / auch hernach vollkommen versichert wurde / so hat die Frau Libuschka / dann also nennete sich meine Zigeunerin / alles zu *commandirn*; dieser wurde ein Zelt von weissem Barchet aufgeschlagen / welches sie auf ihrem Maulesel underm Sattel führet; Sie aber führte mich etwas beyseits / setzte sich under einen Baum / hiesse mich zu ihr sitzen / und zog des *Simplicissimi* Lebens-Beschreibung hervor; Seht da mein Freund sagte sie / dieser Kerl / von dem diß Buch handelt / hat mir ehemalen den grösten Schabernack angethan / der mir die Tage meines Lebens iemal widerfahren / welches mich dergestalt schmirtzt / daß mir unmüglich fällt / ihme seine Buberey ungerochen hingehen zu lassen; dann nachdem er meiner gutwilligen Freundlichkeit genug genossen / hat sich der undanckbare Vogel (mein hochgeehrter Herr verzeihe mir / daß ich ihr eigne Wort brauche) nicht gescheut / nicht allein mich zu verlassen und durch einen zuvor nie erhörten schlimmen Possen abzuschaffen; sonder er hat sich auch nicht geschämet / alle solche Handlungen die zwischen mir und ihm vorgangen / beydes mir und ihm zu ewiger Schand / der gantzen Welt durch den offentlichen Truck zu offenbaren; zwar hab ich ihm seine erste an mir begangene Leichtfertigkeit bereits stattlich eingetränckt; dann als ich vernommen / daß sich der schlimme Gast verheurathet / hab ich ein Jungfer Kindgen / welches meine Cammer-Magd eben damals aufgelesen / als er im Saurbrunnen mit mir zuhielte / auf ihn tauffen und ihm vor die Thür legen lassen; mit Bericht / daß ich solche Frucht von ihm empfangen und geboren hätte / so er auch glauben: das Kind zu seinem grossen Spott annehmen und erziehen: und sich noch darzu von der Obrigkeit tapfer straffen lassen müssen; vor welchen Betrug / daß er mir so rechtschaffen angangen / ich nicht 1000. Reichsthaler nehme / vornemlich / weil ich erst neulich mit

6 Barchet] Baumwollflanell

Freuden vernommen / daß dieser Banckert des betrognen Betriegers einiger Erb seyn werde.

Simplicius, so mir bisher andächtig zugehöret / fiele mir hier in die Red und sagte; Wann ich noch wie hiebevor in dergleichen Thorheiten meine Freud suchte / so würde mirs keine geringe Ergetzung seyn / daß ihr diese Närrin einbildet / sie habe mich hiemit hinders Liecht geführt / da sie mir doch dardurch den allergrösten Dienst gethan / und sich noch mit ihrem eitlen kützlen bis auf diese Stund selbst betreugt; dann damals als ich sie *caressir*te / lag ich mehr bey ihrer Cammer-Magd als bey ihr selbsten; und wird mir viel lieber seyn / wann mein *Simplicius* (dessen ich nicht verläugnen kan / weil er mir sowol im Gemüt nachartet / als im Angesicht / und an Leibs-Proportion gleichet) von derselben Cammer-Magd / als einer losen Zigeunerin geboren seyn wird; Aber hierbey hat man ein Exempel / daß oft die Jenige so andere zu betriegen vermeinen / sich selbst betriegen / vnd daß Gott die grosse Sünden (wo kein Besserung folgt) mit noch grössern Sünden zu straffen pflege / davon endlich die Verdammnus desto grösser wird; aber ich bitte er fahre in seiner Erzehlung fort / was sagte sie ferners?

Jch gehorchte und redet weiters folgender massen; Sie befahle mir ich solte mich ein wenig in meines hochgeehrten Herrn Lebens-Beschreibung *informi*rn / um mich darnach haben zu richten / dann sie wäre Willens / ihren Lebens-Lauf auf eben diese Gattung durch mich beschreiben zu lassen / um solche gleichfalls der gantzen weiten Welt zu *communici*ren / und das zwar dem *Simplicissimo* zu Trutz / damit iederman seine begangene Thorheit belache; Jch solte mir / sagte sie / alle andere Gedancken und Sorgen / die ich etwan vor dißmal haben möchte / aus dem Sinn schlagen / damit ich diesem Werck desto besser obligen möchte; Sie wolte indessen Schreibzeug und Papier zur Hand bringen / und mich

1 Banckert] uneheliches Kind 6 ihr] sich 9 kützlen] Übermut 10 sie *caressir*te] ihr Liebhaber war 27 f. *communici*ren] bekannt zu machen

nach vollendter Arbeit dergestalt belohnen / daß ich zu frieden mit ihr seyn müste.

Also hatte ich die zween erste Täge anderster nichts zu thun als zu lesen / zu fressen vnd zu schlaffen / in welcher Zeit ich auch meines hochgeehrten Herrn Lebens-Beschreibung gantz *expedir*te; da es aber den dritten Tag an ein schreibens gehen solte / wurde es unversehens Alarm; nit daß uns iemand angegriffen oder verfolgt hätte; sonder als ein einzige Zigeinerin in Gestalt eines armen Bettelweibs ankam / die eine reiche Beut von Silber-Geschirr / Ringen / Schaupfenningen / Göttelgeld und allerhand Sachen so man den Kindern zur Zierde um die Hälse zu hängen pflegt / erschnapt hatte; da war ein seltzam Gewelsch zuhören vnd ein geschwinder Aufbruch zu sehen; die *Courage* (dann also nennet sich diese allervornemste Zigeinerin selbst in ihrem Trutz *Simplex*) stellte die *Ordre* und theilet das Lumpen-Gesindel in underschiedliche Troppen aus / mit Befelch welche Weg diese oder jene brauchen: auch wie / wo / und wann sie wieder an einem gewissen Ort / den sie ihnen bestimmte / zusammen kommen solten; Als nun die gantze *Compagnie* sich in einem Augenblick wie Quecksilber zertheilt und verschwunden / gieng *Courage* selbst mit den fertigsten und zwar eitel wolbewehrten Zigeinern und Zigeinerinnen den Schwartzwald hinunder / in solcher unsäglichen schneller Eil / als wann sie die Sach selbst gestohlen und ihro deswegen ein gantzes Heer nachgejagt hätte; sie höret auch nicht auf zu fliehen / und zwar als auf der obersten Höhe des Schwartzwalds / bis wir das Schutter- Kuntzger- Peters- Noppenauer- Cappler- Saßwalder- und Bieler-Thal *passirt*: und die hohe und grosse Waldungen über der Murg erlangt hatten / daselbst wurde abermal unser Lager aufgeschlagen / mir ward auf derselben geschwinden Reise ein Pferd

6 *expedir*te] auslas 10 f. Schaupfenningen] Gedenkmünzen 11 Göttelgeld] Patengeschenken 16 stellte die *Ordre*] gab die Marschordnung an 22 fertigsten] geschicktesten 23 eitel wolbewehrten] nur wohlbewaffneten

undergegeben / darauf mirs nach dem gemeinen Sprichwort ergieng / wer selten reit / etc.

Jch merckte wol / daß diese *Suite* der *Courage*, die mit mir in 13. Pferden / und eitel Maͤnnern und Weibern: aber in keinen Kindern bestunde / alles Vermoͤgen der uͤbrigen Zigeiner / soviel sie an Gold / Silber und Kleinodien zusammen gestohlen / mit sich fuͤhrte und verwahrte; uͤber nichts verwundert ich mich mehr / als daß diese Leuthe alle Rick / Weg und Steg an diesen wilden unbewohnten Orten so wol wusten / und daß bey diesem sonst unordenlichen Gesindel alles so wol bestellt war / ja ordenlicher zugieng als in mancher Haushaltung! Noch dieselbe Nacht / als wir kaum ein wenig gessen und geruhet hatten / wurden zwey Weiber in die Lands-Tracht verkleidet und gegen Horb geschickt / Brod zu holen / underm Vorwand / als wann sie solches vor einen Dorf-Wuͤrth einkaufften! wie dann ebenfalls ein Kerl gegen Gernsbach ritte / der uns gleich den andern Tag ein par Laͤgel Wein brachte / die er seinem vorgeben nach von einem Rebmann gekaufft hatte.

An diesem Ort / mein hochgeehrter Herr *Simplice*, hat die Gottlose *Courage* angefangen / mir ihren Trutz *Simplex* wie sie es *intituli*rt oder vielmehr ihres leichtfertigen Lebens-Beschreibung in die Feder zu *dicti*ren; sie redete gar nicht Zigeinerisch / sonder brauchte eine solche Manier / die ihren klugen Verstand: und dann auch dieses genugsam zu verstehen gab / daß sie auch bey Leuthen gewesen und sich mit wunderbarer Verwandelung der Gluͤcksfaͤll weit und breit in der Welt umgesehen: und viel darinn erfahren und gelernet haͤtte; Jch fande sie uͤberaus rachgierig / so daß ich glaube / sie sey zu dem Anacharse selbst in die Schul gangen; Aus welcher Gottlosen Neigung sie dann auch besagtes Tractaͤtel / um den Herrn zu verehren / zu ihrer eignen Hand hat schreiben lassen; von welchen ich weiters nichts melden: sonder mich auf dasselbige / weil sie es ohn Zweifel bald trucken lassen wird / bezogen haben will.

3 *Suite*] Gefolge 4 eitel] nur 8 Rick] Höhenwege 18 Lågel] Fäßchen

DAS VI. CAPITEL.

Der *Author continuir*t vorige *Materia,* und erzehlet den Danck den er von der *Courage* vor seinen Schreiber-Lohn empfangen.

SImplicius fragte / wie dann Springinsfeld mit ins Gelag kommen waͤre / und was sie mit ihm zu schaffen gehabt haͤtte; Jch antwortet / so viel ich mich noch zu erinnern weiß / ist sie / wie ich bereits gemeldet / in Jtalia seine Matreß; oder allem ansehen nach / er vielmehr ihr Knecht gewesen; massen sie ihm auch (wann es anders wahr ist / was mir diese Schand-Vettel angeben) den Namen Springinsfeld zugeeignet; Schweig daß dich der Hagel erschlag du Schurck / sagte Springinsfeld / oder ich schmeiß dir Plackscheisser der Teufel soll sterben / die Kandel uͤbern Kopf / daß dir der rothe Safft hernach gehet; und seine Wort wahr zu machen erdapte er die Kandel / aber *Simplicius* war eben so geschwind und weit staͤrcker als er / auch eines andern Sinns / enthielte ihne derowegen vorm Streich / und betrohete ihn zum Fenster hinaus zu werffen / wann er nicht zu frieden seyn wolte; indessen kam der Wirth darzu und gebote uns den Frieden / mit austrucklicher Anzeigung / wann wir nicht still waͤren / daß bald Thurnhuͤter und Fausthaͤmmer vorhanden seyn wuͤrden / die den Ursaͤcher solcher Haͤndel / oder wol gar uns alle drey an ein ander Ort fuͤhren solten; Ob ich nun gleich hierauf vor Angst zitterte und so still wurde wie ein Maͤusel / so wolte ich doch gleichwol die Scheltwort nicht auf mir haben / sonder zum Ammeister gehen / und mich der empfangnen *Injuri* halben beklagen; aber der Wirth / so Springinsfelds Ducaten gesehen / und einige davon zu krie-

---

2 *continuir*t] setzt fort 5 f. ins Gelag kommen] hineingezogen 13 Plackscheisser] verächtlich für Schreiber 17 enthielte] hinderte 22 Thurnhuͤter] Gefängniswärter 22 Fausthaͤmmer] Büttel, Gerichtsdiener 27 Ammeister] Bürgermeister 28 *Injuri*] Beleidigung

gen verhoffte / sprach mir neben *Simplicio* so freundlich zu / daß ichs underwegen liesse / wiewol Springinsfeld noch immerhin wie ein alter boͤser Hund gegen mir grißgrammete; zuletzt wurde der Verglich gemacht / daß ich dem Springinsfeld auf beschehene Abbitt die empfangne Schmach vergeben / und hingegen sein und *Simplici* Gast seyn solte so lang ich mir selber wolte.

Nach diesem Vertrag fragte mich *Simplicius*, wie ich dann wieder von den so genanten Zigeinern hinweg kommen waͤre / und mit was vor Geschaͤfften dieselbige ihre Zeit in den Waͤldern *passi*rt haͤtten? Jch antwortet / mit Essen / Trincken / Schlaffen / Tantzen / herum Ramlen / Taback sauffen / Singen / Ringen / Fechten und Springen / der Weiber groͤste Arbeit war / Kochen und Feuern / ohne das etliche alte Hexen hie und da sassen / die junge im wahrsagen: oder vielmehr im liegen zu underrichten / theils Maͤnner aber giengen dem Gewild nach / welches sie ohne Zweifel durch zauberische Segen zum stillstehen zu bannen: und mit abgetoͤdten Pulver das nicht laut klaͤpfte / zu faͤllen wusten; massen ich weder an Wild noch Zahm keinen Mangel bey ihnen verspuͤren konte; wir waren kaum zween Tag dort still gelegen / als sich wieder eine Parthey nach der andern bey uns einfande / darunter auch solche waren / die ich bishero noch nicht gesehen; etliche (die zwar nit beym bestem empfangen wurden) *anticipi*rten bey der *Courage* (ich schaͤtze aus ihrem allgemeinen Seckel) Geld / andere aber brachten Beuten / und kein Theil gelangte an / das nicht entweder Brod / Butter / Speck / Huͤner / Gaͤns / Endten / Spanferkel / Geissen / Haͤmmel / oder auch wol gemaͤste Schwein mit sich gebracht haͤtte; ohne eine arme alte Hex / welche an statt der Beuten einen Himmel-blauen Buckel mitbracht / als die uͤber der verbottenen Arbeit erdapt / und mit treflichen

11 *passi*rt] verbracht 12 Ramlen] Mädchen nachstellen 12 f. Taback sauffen] Rauchen 16 liegen] lügen 19 klaͤpfte] knallte, krachte 20 Wild noch Zahm] Fleisch von Wild- und Haustier 25 *anticipi*rten] nahmen Vorschuß

Stössen und Schlägen abgefertigt worden war; und ich schätze wie dann leicht zu gedencken / daß sie obengedachte zahme Schnabelweid und das kleine Viehe entweder in oder um die Dörffer und Bauren-Höfe hinweg gefüchslet: oder hin und wieder von den Heerden hinweg gewölfelt haben; gleichwie nun täglich solche *Compagni*en bey uns ankamen / also giengen auch alle Tag wieder einige von uns hinweg; zwar nicht alle als Zigeiner sonder auch auf andere Manieren bekleidet / ie nachdem sie meines davorhaltens ein Diebsstuck zu verrichten im Sinn hatten; und dieses mein hochgeehrter Herr waren die Geschäffte der Zigeiner / die ich so lang ich bey ihnen gewesen / *observi*rt habe.

Wie ich aber wieder von ihnen kommen / das will ich meinem hochgeehrten Herrn weil ers zu wissen verlangt / ietzunder auch erzehlen / ob mir gleich die gehabte Kundschaft mit der *Courage* zu eben so geringen Ehren gereicht als dem Springinsfeld oder dem *Simplicissmo* selbsten.

Jch dorffte täglich über 3. oder 4. Stund nicht schreiben / weil *Courage* nicht mehr Zeit nam mir zu *Dictirn*; und alsdann möchte ich mit andern spatzieren gehen / spilen oder andere Kurtzweil haben; worzu sich dann alle gar geneigt und gesellig gegen mir erzeigten; ja die *Courage* selbst leiste mir die mehriste Gesellschaft / dann bey diesen Leuthen findet durchaus einige Traurigkeit / Sorg oder Bekümmernus keinen Platz; sie ermahnten mich an die Marder und Füchse / welche in ihrer Freyheit leben und auf den alten Kayser / doch vorsichtig und listig genug / hinein stehlen / wann sie aber Gefahr vermercken / eben so geschwind als vortheilhafftig sich aus dem Staub machen; einsmals fragte mich *Courage* wie mir diß freye Leben gefiele / ich antwortet überaus wol! und ob gleich alles erlogen war was ich gesagt / so henckte ich iedoch noch ferner dran / daß ich mir schon nicht nur einmal gewünscht / auch ein Zigeiner zu seyn; mein Sohn / sagte sie / wann du Lust hast bey uns zu bleiben / so

3 Schnabelweid] Schlachtvieh 12 *observi*rt] beobachtet
22 leiste] leistete

ist der Sach bald geholffen; ja mein Frau / antwortet ich / wann ich auch die Sprache könte? diß ist bald gelernet / sagte sie / ich hab sie ehe als in einem halben Jahr begriffen! bleibt ihr nur bey uns / ich will euch eine schöne Beyschläfferin zum Heurath verschaffen; ich antwortet / ich wolte noch ein par Tag mit mir selbst zu Rath gehen / und bedencken ob ich sonst irgends ein besser Leben als hier zu kriegen getraute; des studierens: und Tag und Nacht über den Büchern zu hocken / wäre ich schon vor längsten müd worden / so möchte ich auch nicht arbeiten / viel weniger erst ein Handwerck lernen; ohne (welches das schlimste wär) daß ich auch ein schlecht *Patrimonium* von meinen Eltern zu hoffen hätte; du hast einen weisen Menschen-Sinn / mein Sohn / sagte das Rabenaas weiters / und kanst leicht hierbey abnehmen und probieren / was unser Mannier zu leben vor anderer Menschen Leben vor einen Vorzug habe / wann du nemlich sihest / daß kein einzig Kind aus unserer Jugend zu dem allergrösten Fürsten gieng / der es aufnehmen und zu einem Herrn machen wolte; es wurde alle solche hohe Fürstliche Gnaden vor nichts schätzen / die doch andere knechtisch gesinnte Menschen so hoch verlangen! Jch gab ihr gewonnen und gedachte doch bey mir selber was ihr Springinsfeld gewünscht / und indem ich ihr dieser Gestalt das Maul machte / als wann ich bey ihr verbleiben wolte / hoffte ich desto ehender die Freyheit mit andern auszugehen: und also Gelegenheit zu bekommen mich wieder von ihr abzuscheiblen.

Eben umb dieselbe Zeit kam eine Schar Zigeiner die brachten eine junge Zigeinerin mit sich / die schöner war als die Allerschönste aus disen Leüthen zuseyn pflegen / diese machte so wohl als andere bald Kundschafft zu mir / (dann man mus wissen daß unter dieses Volcks ledigen Leüthen wegen ihres Müssiggangs die Löffeley eine Gewonheit ist / deren sie sich weder zuschämen noch zuscheuen pflegen) vnd

12 schlecht] schlicht, gering 12 *Patrimonium*] väterliches Erbe
26 f. abzuscheiblen] zu trennen 33 Löffeley] Liebesabenteuer

erzeigte sich so freundlich / holdseelig vnd liebräizent / daß ich glaube / ich wäre angangen / wann mich nicht die Sorg ich wurde auch hexen lernen müssen / darvon abgeschröckt: und ich nicht zuvor der *Courage* Leichtfertigkeit und lasterhafftes Leben aus ihrem eignen Maul gehört hätte; eben darumb traute ich desto weniger / und sahe mich desto besser vor / doch erzeigte ich mich geståltiger gegen ihr als gegen einer andern; Sie fragte mich gleich nach gemachter Kundschafft / was ich der Frau Gräfin / dann also nante sie die *Courage* / zuschreiben hätte; Als ich ihr aber die Antwort gabe / es wäre ohnnötig / daß es die Jungfer wüste; war sie nit allein wohl damit zufriden / sonder ich merckte auch an der *Courage* selbsten meiner Einbildung nach daß sie solche Frag an mich zuthun befohlen / und also meine Verschwigenheit *prob*irt hatte / dann sie ward mir immer je freundlicher / wie ich Narr vermeinte.

Damahls war ich allbereit in 14. Tagen nicht mehr aus den Klaidern kommen / wessentwegen sich dann die Müllerflöhe heuffig bey mir einfanden / welches heimliche Leyden ich meiner Jungfer Zigeinerin klagte / dieselbe lachte mich anfänglich gewaltig auß / und nante mich einen einfaltigen Tropffen; aber den andern Morgen brachte sie eine Salbe / welche alle Leüse vertreiben wurde / wann ich nur darmit nackent bey einem Feur / der Zigeiner Gewonheit nach / mich wolte schmiren lassen / welche Arbeit sie die Jungfer auch gehrn verichten wolte; Jch schämbte mich aber viel zusehr / und sorgte darneben es möchte mir gehen wir Apuleio / welcher durch dergleichen Schmirsel in ein Esel verwandelt worden; Jn dessen quälte mich aber das Ungeziffer so greulich / daß ichs nicht mehr erleyden kunde / dannenhero ward ich gezwungen diese Salbung zugebrauchen / doch mit dieser *condition* daß sich die Jungfer zuvor von mir schmiren lassen solte / und alsdann wolte ich ihr nachfolgen vnd ihr auch stillhalten / zu solcher Verrichtung nun / mach-

---

3 wurde] würde 7 geståltiger] höflicher 18 f. Müllerflöhe] Läuse 32 *condition*] Bedingung

ten wir etwas fern von unserm Laͤger ein absonderlichs Feur / und thaͤten dabey was wir abgeredet hatten.

Die Leuͤse giengen zwar fort / aber den Morgen Fruͤhe sahe ich mit Hauth und Haar so schwartz aus wie der Teuffel selber; ich wuste es noch nicht an mir / bis mich die *Courage* vexirte / vnd sagte / so mein Sohn / ich sehe wol du bist deinem Wunsch nach schon ein Zigeiner worden; ich weis noch nichts darvon / mein hochgeehrte Frau Mutter / antwortet ich; sie aber sagte / beschaue deine Haͤnde / und mit dem liesse sie einen Spiegel holen / in welchem sie mir eine Gestalt wise / die ich wegen ubermaͤssiger schwaͤrtze selbst nicht mehr vor die meinige erkante; sonder darvor erschrack; dise Salbung mein Kind / sagte sie / gilt bey vns so viel als bey den Tuͤrcken die Beschneidung: und welche dich gesalbet hatt / die mustu auch zum Weib haben / sie gefalle dir gleich oder nicht; und mit dem fieng das Teuffels Gesindel mit einander an zulachen / daß sie haͤtten zerbersten moͤgen;

Als ich nun sahe wie mein Handel stunde / hette ich Stein vnd Bein zusammen fluchen moͤgen; aber was wolte oder solte ich anders thun / als nach deren Willen mich zu *accommodirn* / in welcher Gewalt ich damals war; hey; sagte ich / was geschneids dann auch mich? Vermeinet ihr dann wohl / diese Veraͤnderung sey mir so gar ein grosser Kummer? hoͤret nur auf zulachen / und sagt mir darvor wann ich Hochzeit haben soll? wann du wilt / wann du wilt / antwortet *Courage* doch der Gestalt / wann wir auch einen Pfaffen darbey werden haben koͤnden;

Jch war damals mit der *Courage* Lebens-Lauff allbereit fertig / ohne daß ich noch ein parr ich weis aber nit was vor Diebsstuͤck darzu haͤtte setzen sollen / die sie veruͤbet / seyt sie eine Zigeinerin worden; derowegen begehrte ich gar hoͤfflich die versprochene Bezahlung; sie aber sagte / ho mein Sohn / du bedarffst jetzt kein Geld / es wird dir noch wol kommen / wann du Hochzeit gehalten haben wirst; ich ge-

---

1 absonderlichs] abgesondertes 6 vexirte] foppte 20 f. *accommodirn*] fügen 22 geschneids] kümmert es

dachte hat dirs der Schinder in Sinn geben / daß du mich hiermit halten solst; und als sie merckte / daß ich etwas sauers darzu sehen wolte / setzte vnd ordnete sie mich vor der *Ægipti*schen *Nation* Obersten *Secretarium* durch gantz Teutschland / und that *promess*en / das mein Heurath mit ihrer Jungfer Basen / so bald es mir Gelegenheit geben würde / vollzogen: und mir zwey schöne Pferdt zum Heurath-Guet mitgegeben werden solten; und damit ich dieses desto steiffer glauben solte / dorffte meine Jungfrau Hochzeiterin nit vnderlassen / mich mit ihrer gewonlichen Freundlichkeit zu underhalten; diese Geschichte war kaum verloffen / als wir aufbrachen / und mit guter *ordre* fein gemach sambt Weib und Kind etwan selb dreisigst das Bielerthal herunder *marchir*ten auf welchem Weeg *Courage* ihren statlichen *Habit* nicht anhatte / sonder auch wie sonst ein andere alte Hex auffzog; ich war vnder den *Fourier*en / vnd halffe das *Quartier* auff etlichen Bauern-Höffen machen; in welcher Verrichtung ich mich keine Sau: Sonder ein vornehmes Mitglied der ansehenlichsten Zigeiner zu seyn beduncken liesse; den andern Tag *marchir*ten wir vollents bis an den Rhein / und blieben zu nägst an einem Dorff alwo ein Uberfahrt war in einen Busch bey der Landstrassen ubernacht; und den folgenden Tag vollents über Rhein zugehen; Aber des Morgens da der schwartze *Secretarius* erwachte / sihe / da befande sich der gute Herr gantz allein? massen ihn die Zigeiner und seine Braut so gar verlassen / daß er von ihnen auch sonst nichts als nur die holdseelige Farbe zur freundlichen Gedächtnus noch übrig hatte.

1 Schinder] Teufel 4 *Secretarium*] Sekretär 5 *promess*en] Versprechungen 11 verloffen] beendet 13 selb] mich eingeschlossen 16 *Fourier*en] Quartiermacher 21 zu nägst] nahe

DAS VII. CAPITEL.
Simplicissimi Gauckeltasch und erhaltene treffliche Losung.

DA sasse ich nun als wann mir GOtt nit mehr haͤtte gnaͤdig sein wollen / dem ich gleichwol zudancken Ursach hatte / daß mich dis lose Gesindel nit gar ermordet: und mich im Schlaf *visitirt*: und mir mein wenig Geld / so ich noch zuer Zehrung bey mir trug / genommen; und ihr Springinsfeld / was habt ihr jetzt mehr vor Ursachen uͤber mich zu kollern / der ich doch so freywillig erzehle / daß mich dise arge Vettel so wohl als euch betrogen? als deren List und Boßheit gleichsamb kein Mensch an den sie sich machen will / entgehen kan; wie dann gegenwertigem ehrlichen Herrn *Simplicissimo* bey nahe selbst widerfahren waͤre. Springinsfeld antwortet mir / nichts / nichts / gar nichts guter Freund / sey nur zufriden vnd holl der Teuffel die Hex! mein / Antwortet ihm *Simplicius*, wuͤnsche doch der armen Troͤpffin nicht boͤses mehr / hoͤrestu nicht daß sie albereits ohne das der Verdamnus nahe / bis uͤber die Ohren im Suͤndenschlam: Ja allerdings schon gar der Hoͤllen im Rachen Steckt; bette darvor ein paar andaͤchtiger Vatter unser vor sie / daß die Guͤte GOttes ihr Hertz erleuchten und sie zu wahrer Busse bringen wollen; was? sagte Springinsfeld / ich wolte lieber das sie der Donner erschlug! Ach das GOtt walt / antwortet *Simplicius*, ich versichere dich / wann du nicht anders thust als so / daß ich umb die Wahl / die sich zwischen deiner und ihrer Seeligkeit findet / keine Stige hinunder fallen wolte; Springinsfeld sagte darauf / was geheits mich? aber der guete *Sim*: schittelt den Kopff mit einen tieffen seufftzen.

Es war damals schier umb 2. Uhr Nachmittag / und wir hatten alle drey uͤberfluͤssig genug gefuͤttert / als Springinsfeld

2 Gauckeltasch] Zauberbuch 2 Losung] Erlös 6 *visitirt*] durchsucht 8 kollern] schimpfen 12 ehrlichen] ehrbaren 15 mein] bitte 27 geheits] kümmert es 30 uͤberfluͤssig] mehr als

Simplicium fragte / womit er sich doch ernaͤhre / und was sein Stand / Hand vnd Wandel waͤre? er antwortet ihm / daß will ich dich sehen lassen ehe ein halbe Stund vergeht; und als er kaum das Maul zugethan hatte / kam sein Knan / und Meuͤder sambt einem starcken Bauern Knecht daher / welche zwey par außgemaͤste Ochsen vor sich trieben / und in Stall stelleten; Er verschaffte / daß besagte seine beyde Alte alsobalden aus der Kaͤlte in die warme Stub gehen musten / welche in der Warheit aussahen / wie ihre Bilder auff *Simpl*: ewigem Calender darstellen; und als der Knecht auch hinein kam / befahl er dem Wirth / daß er ihnen Essen und Trincken geben solte; er selbst aber nahm den Sack den sein Knecht getragen / und sagte dem Springinsfeld / ietzt komm mit mir / damit du sehest womit ich mich ernaͤhre; mir aber sagte er / wann ich wolte / so konte ich wohl auch mitgehen; also zottelten wir alle drey auff einen volckreichen Platz / wohin *Simpl*: einen Tisch / eine Mas neuen Wein und ein halb dutzet laͤre Glaͤsser bringen liesse; das hatte ein Ansehen / als wann wir dorten auff offenem Marckt in der groͤsten Kaͤlte hetten mit einander zechen wollen / wir kriegten bald vil Zuseher / behielten aber keinen bestaͤndigen Vmbstand / dieweil die grimmige Kaͤlte einen ieden wider fortzugehen trang; das sahe Springinsfeld / sagte derohalben zum *Simplicio*, Bruder / wiltu daß ich dir dise Leuthe hier still stehend mache? *Simpl*: antwortet / die Kunst kan ich wohl selber / aber wann du wilt / so lasse sehen was du kanst; hierauff wischte Springinsfeld mit seiner Geige herfuͤr / und fieng an zu *agirn* und zugleich darunder zu geigen; er machte ein Maul von 3. 4. 5. 6. ja 7. Ecken / und in dem er gige / *musicirte* er auch mit dem Maul darunter / wie er zuvor im Wirthshause gethan hatte; da aber die Geige / als welche in der Waͤrme gestimt worden / kein gut in der Kaͤlte mehr

---

6 außgemaͤste Ochsen] Mastochsen 7 verschaffte] veranlaßte 16 zottelten] schlenderten 22 Vmbstand] Publikum 28 *agirn*] Faxen machen 29 gige] geigte 32 kein gut] keinen guten Klang

thun wolte / übte er allerhand Thierer Geschrey / von dem lieblichen Waldgesang der Nachtigallen an / bis auff das forchterlich Geheul der Wölffe / beydes *inclusivè*, warvon wir dann ehender als in einer halben viertel stund einen Umstand bekamen / von mehr als 600. Menschen / die vor Verwunderung Maul und Augen auffsperrten / und der Kälte vergassen.

Simpl: befahl dem Springinsfeld zu schweigen / damit auch er dem Volck sein Meinung vorbringen köndte; als dis geschahe / sagte *Simpl*: zum Umstand / ihr Herren ich bin kein Schreyer / kein Storger / kein Quacksalber / kein Artzt / sonder ein Künstler! ich kan zwar nit hexen / aber meine Künste seynd so wunderbarlich / daß sie von vilen vor Zauberey gehalten werden; daß aber solches nit wahr sey / sonder alles natürlicher weis zugehe / ist aus gegenwertigem Buche zuersehen / als warinnen sich genugsame glaubwürdige Urkunden und Zeugnussen dessentwegen befinden werden; mit dem zog er ein Buch aus dem Sack / und blättert darinn herum dem Umstand seine glaubwürdige Schein zuweisen / aber sihe / da erschienen eitel weisse Blätter; so! sagt er darüber / so sehe ich wohl ich stehe da wie Butter an der Sonnen! Ach / sagte er zum Umstand / ist kein Gelehrter unter euch der mir einige Buchstaben hinein blasen köndte? und demnach zween Stutzer zu negst bey ihm stunden / batt er den einen / er solte ihm nur ein wenig ins Buch blasen / mit Versicherung daß es ihm weder an seinen Ehren noch an seiner Seeligkeit nichts schaden würde! da derselbe solches gethan / blättert *Simpl*: im Buch herum / da erschiene nichts anders als lauter Wehr und Waffen; ha; sagte er / disen *Cavallier* gefallen Degen und Pistolen besser als Bücher und Buchstaben / er wird ehender einen praven

11 Storger] Landstreicher 19 Umstand] Publikum
19 f. glaubwürdige Schein] Beglaubigungsschreiben, Zeugnisse
20 eitel] nur 24 Stutzer] auffällig gekleidete junge Standespersonen 24 zu negst] nahe 30 *Cavallier*] Adligen
31 praven] tapferen

Soldaten als ein Doctor abgeben; aber was soll mir das Gewaͤhr in meinem Buch? es muß wider hinaus / und mit dem bliese *Simpl*: selbst an das Buch / gleichsam als wann er dardurch geblasen / und wise darauff dem Umstand widerum im umblaͤttern nur weisse Blaͤtter / waruͤber sich jederman verwunderte. Der ander Stutzer der neben erstgedachtem stunde / begehrte von sich selbst auch in das Buch zublasen / als selbiges geschehen / blaͤttert *Simpl*: im Buche herum / und wise dem Stutzer und Umstand eytel *Cavalliers* und *Dames*, sehet / sagte er / diser *Cavallier* loͤffelt gern / dann er hat mir lauter junge Gesellen und Jungfern in mein Buch geblasen / was soll mir aber so vil muͤssige Bursch? Es seynd fressende Pfoͤnder die mir nichts taugen; sie muͤssen wider fort! und alßdann bliesse er wider durch das Buch und zeigte allem Umstand im umblaͤttern eytel weisses; disem nach liesse *Simplicius* einen ansehenlichen Burger hinein blasen / aus dessen ansehen ein grosses Vermoͤgen zuvermuthen war / hernach umblaͤttert er das Buch / und wise ihm und dem Umstand lauter Thaler und Ducaten; sagende / diser Herr hat entweder vil Gelt / oder wird bald viel bekommen / oder wuͤnscht doch auffs wenigst ein zimliche Summa zuhaben; das was er herein geblasen / wird mein seyn / und damit hiesse er mich seinen Sack auff halten / in welchem er wohl 300. Zuͤnnene Buͤchsen hatte / dahinein bliesse er durchs Buch / und sagte / so muß man dise Kerl auffheben; wise hernach dem Umstand abermahl in seinem Buch nur weis Papier; liesse darauff einen andern mittelmaͤssigen Stands hinein blasen / blaͤttert im Buch herumer und als eitel Wuͤrffel und Karten erschienen / sagte er dieser spilt gern / hingegen ich nit / darum muͤssen mir die Karten wider weg / und als er selbst wider durch das Buch geblasen / zeigte er abermahl dem Umstand nur weisse Blaͤtter; ein Fatzvogel unterm Umstand

---

2 mit dem] damit 10 loͤffelt] ist auf Liebesabenteuer aus
12 f. fressende Pfoͤnder] Pfand (Geisel), das ernährt werden muß
17 ansehen] äußere Erscheinung 23 Zuͤnnene] zinnerne
32 Fatzvogel] Spaßvogel

sagte / er koͤndte lesen und schreiben / er solte ihn hinein blasen lassen / er wuͤste daß alßdann schoͤne *Testimonia* erscheinen wuͤrden; O ja / antwortet *Simplicius*, diese Ehr kan euch gleich widerfahren / hielte ihm demnach das Buch vor / liesse ihn blasen so lang er wolte / und als es geschehen / zeigte er ihm und dem Umstand lauter Haasen- Esels- und Narren-Koͤpff im umblaͤttern; und sagte / wann ihr sonst nichts als meine und euere Bruͤder habt herein blasen wollen / so hettet ihrs auch wohl unterweg koͤnnen lassen / das gab ein solches Gelaͤchter daß mans uͤber das neundte Haus hoͤrete / *Simplicius* aber sagte / er muͤsse dis Unziffer wider abschaffen / koͤnnt deren Stell wohl selbst vertretten / und mit dem bliese er wider durch das Buch / und zeigte den Umstand widerum wie zuvor nur weisse Blaͤtter; Ach / sagt er / wie bin ich doch so hertzlich froh / daß ich diser Narren wider los bin worden; es stund einer dort der albereit mit Kupffer anfieng zuhandlen / zu selbigem sagte *Simplicius*, mein blaset doch auch herein / zusehen was ihr koͤnnet; er folgte; und als es geschehen war / wiese er ihm und andern sonst nichts als Trinckgeschirr; ha! sagte *Simpl*: dis ist meines gleichen / der trinckt gern und ich mache gern gesegne GOtt; und damit klopffte er auff die Kandel und sagte / ferner zu ihm / secht mein Freund in diser Kandel steckt ein Ehren-Trunck vor euch / der euch auch bald zutheil werden soll; zu mir aber sprach er / ich solte die Glaͤsser nacheinander einschencken / welches ich auch verrichtete / indessen bliese er wider durch das Buch / zeigte dem Umstand abermal weisse Blaͤtter und sagte / so vil Trinck-Geschirr koͤndte er vor dißmal nit fuͤllen / er haͤtte selber Glaͤsser genug zu gegenwertiger seiner eintzigen Maß Wein; endlich liesse er einen jungen Studenten in das Buch blasen / blaͤttert darauff um / und zeigte dem Umstand lauter Schrifften; haha / sagte er bistu einmal da? recht ihr Herren dis seyn meine glaub-

2 *Testimonia*] Zeugnisse, Abbildungen 11 Unziffer] Ungeziefer, unnütze Leute 18 mein] bitte 22 Kandel] Kanne 23 secht] seht

würdige Zeugnusse / davon ich euch zuvor gesagt; dise will ich in dem Buch lassen / gegenwertigen jungen Herrn aber vor einen Gelehrten halten; und ihm auch eins bringen / um daß er mir wider zu meinen treflichen Urkunden geholffen hat / und damit steckte er das Buch in Sack und machte seiner Gauckeley ein Ende.

Hingegen liesse er aus dem Umstand eine Büchse aus dem Sack langen / und sagte; ihr Herren habt verstanden / daß ich mich vor keinem Artzt sonder vor einem Künstler ausgebe / das sag ich noch / aber gleichwol kan man mich gar wohl vor einen Wein-Artzt halten; dann die Wein haben auch ihre Kranckheiten und Mängel die ich alle *curirn* kan; ist ein Wein waich und so zehe daß man ihn aufhasteln könde / so hilff ich ihm ehe man zwaintzig zehlen kan / daß er im Einschencken rauschet / und seine Geisterlein über das Glas hinaus springen; ist er rahn und so roth wie ein Fuchs / so bring ich ihm seine natürliche Farb in dreyen Tagen wider! Schmeckt er nach einem schimlichten Faß / so bring ich ihm in wenig Tagen einen solchen Geschmack zuwegen / daß man ihn vor Muscateller trincken wird; ist er so saur als wann er in Bayrn oder in Hessen gewachsen wäre / und darneben wegen seiner Jugend oder anderer Ursachen halber so trüb / daß er die Würmlöcher stopffen: und beydes vor Speis und Tranck / wie an theils Orthen das nahrhafftig Bier / gebrauchet werden köndte; sehet ihr Herren / so mache ich ihn alsobalden / daß ihr ihn entweder vor Malvasier / oder vor Spanischen: oder sonst vor dem allerbesten: oder doch auffs wenigst vor einen guten alten Wein trincken sollet; und diese Kunst / als die allerunglaublichste will ich hie gegenwertig *probirn*, und euch deren Gewisheit vor Augen stellen;

Demnach thät er einer Erbsen groß aus der Büchsen in ein Glas voll Wein / und rührete alles unter einander; davon gosse er in das eine Glas einen Tropffen; in das ander 2. Jns

---

13 waich] dickflüssig 13 zehe] zäh 13 aufhasteln] aufhaspeln, quirlen 16 rahn] dünn 20 Muscateller] Gewürzwein 26 Malvasier] Süßwein

dritt 3. und ins 4te vier / davon sich der Wein in den Glaͤssern alsobalden in unterschiedliche Farben veraͤnderte / je nach dem er wenig oder viel Tropffen in ein iedes gegossen hatte / das fuͤnffte Glas Wein aber / darinn er nichts gegossen / verblieb wie es war / nemlich ein neuer truͤber roher Wein wie er allererst dasselbe Jahr gewachsen; alsdann liesse er die vornemste aus dem Umstand diese Wein versuchen / welche sich alle uͤber diese geschwinde Veraͤnderung und underschiedliche Geschmack und Arten der Wein verwunderten; ja / ihr Herren / fuhr er weiters fort / nachdem ihr nun die Gewisheit dieser Kunst gesehen / so muͤst ihr auch wissen / daß einer Erbsen gros dieses *Elixiers* in eine Mas: vnd ein solche Buͤsche voll in einen Ohmen zu vil sey / den Wein auffs allerhoͤchste zuverbessern / und ihn dem Spanischen Wein oder Malvasier gleich zumachen / der jenige neue Wein / den man veraͤndern will / seye dann gar zusaur; wer nun lust hat / lieber einen *delica*ten als sauren Wein zutrincken / der mag mir heut von disem *Elixier* abkauffen / dann Morgen findet er ein Buͤchsel wohl nit mehr feil um 6. Batzen / wie heut / sintemahl was mir ubrig bleibt / Morgen einen halben Gulden gelten muß; zwar nit eben darum / daß ich so gar noͤthig Gelt brauchen / sonder weil ichs mit disem *Elixier* mache wie die *Sibylla* mit ihren Buͤchern; Wir hatten damahls bey 1000. Personen zum Umstand mehrentheils erwachsene Mannsbilder / und da es an ein kauffens gieng / hatte *Simplicius* beynahe nicht Haͤnde genug Gelt einzunemmen und Buͤchsen hinzugeben / ich aber verspendirte den vorhandenen Wein vollends / den er mir je weils mit seiner *Mixtur* nach *temperirte*; und ehe ein halb Stund herum war / hatte er allbereit seine Buͤchsen versilbert / und sein gut baar Gelt darvor eingenommen / also daß er die halbe Theil Leuth / so deren noch begehrten / muste laͤer hingehen lassen.

Nach diesem Verlauff schaffte er Tischglaͤsser und kommen

---

12 *Elixiers*] Wundermittels 13 Ohmen] Hohlmaß, besonders für Wein 28 *Mixtur*] Präparat 29 *temperirte*] verbesserte, aufbereitete 33 kommen] Kumme, Gefäß

wider an sein Orth / und als er dem Verleyher seinen Willen darvor gemacht / giengen wir wider miteinander in unser Herberg / alwo *Simplici* Knan die 4. Ochsen albereit um hundert und dreyssig Reichsthaler verkaufft hatte / und fertig war / *Simplicio* das Gelt darzuzehlen; sihestu nun / sagte *Simplicius* zum Springinsfeld / womit ich mich ernähre? freylich sihe ichs / antwortet Springinsfeld / ich hab vermeinet / ich sey ein Rabbi Gelt zumachen / aber ietzt sehe ich wohl / daß du mich weit übertriffst; ja ich glaube der Teuffel selbst sey nur vor ein Spitzigslederlein gegen dir zurechnen.

DAS VIII. CAPITEL.

Mit was vor einem Beding *Simplicissimus* den Springinsfeld die Kunst lernete.

MEin GOtt! Springinsfeld / sagte *Simpl.* wie hastu doch so gar ein ungeschliffen Maul? das ist noch nichts / antwortet Springinsfeld / ich sage das halbe nicht heraus wie mirs ums Hertz ist; wie ist dir dann? fragte jener; mir ist schier / antwortet Springinsfeld (wann ichs nur sagen dörffte) du seyest ein halber Hexenmaister; oder habest doch wenigst sonst einen treflichen Lehrmaister gehabt; und mir / sagte *Simplicius*, ist gantz zu sinn / und glaube es auch festigklich / du seyest ein gantzer Narr / und habest dein Handwerck auch ohne einen Lehrmeister gelernet! Mein was geb ich dir vor ursachen / so böse Gedancken von mir zumachen? Jch / antwortet Springinsfeld / habe ja heut deine Verblendungen genugsamb gesehen / *Simpl.* antwortet hingegen / es ist dir allerdings ein schand / daß du albereit so alt: so lang in der Welt herum geloffen: und gleichwol noch so alber bist / daß du natürliche Kunststück und Wissenschafften / wie du heut an Veränderung des Weins: und schlechte Kinderbossen /

1 f. seinen Willen darvor gemacht] geforderte Gebühr bezahlt
8 Rabbi] Meister 10 Spitzigslederlein] wertloses Lederläppchen
12 Beding] Bedingung

davon du heut ein Exempel an meinem Buche gesehen hast / vor Zauberey und Verblendungen hälst! Ja! sagte Springinsfeld / es ist nit nur das / ich sihe daß dir das Gelt gleichsam zuschneyet / das ich doch mit so grosser Müh und Arbeit Pfenning erobern: und wann ich dessen einen Vorrath haben und behalten will / beydes an meinem Leib und an meinem Maul ersparren muß; du Phantast sprach *Simpl.* vermeinest du dann dis Gelt komme mich ohne schnaubens und Bartwischens an? Meine beyde Alte haben die 4. Ochsen mit Mühe und Costen erziehen und ausmästen: ich aber auch *laboriren* müssen / bis ich die *materiam* verfertigt / daraus ich heut Gelt gelöst; was ists aber mit dem Buch? fragte Springinsfeld / ists keine Verblendung? laufft nit das kleine Hexenwerck mit unter? *Simpl.* antwortet / was ists mit den Taschenspielern und Gaucklern? Narren- und Kinderwerck ists / darüber ihr einfältige Tropffen euch nur deshalber verwundert / weil es euer grober Verstand nicht begreiffen kan! nach langer solcher Wortwechslung schätzte endlich Springinsfeld den *Simplicium* glückseelig / wann er dise Künste natürlicher weis kondte / und botte ihn 20. Reichsthaler an / wann er ihn die Kunst lernete / daß er auch wie er / aus einen Buche warsagen oder gaucklen köndte; dann / sagt er / lieber Bruder / ich muß mich mit Bettlen und meiner Geige ernähren / wie vermeinest du wohl daß es mir so trefflich zustatten kommen würde / wann ich mich irgends bey einer Bauern Kürbe oder einer Hochzeit einfinde / und meine Zuhörer mit disem artlichen Stückel belustigen und zur Verwunderung bringen köndte! würde es nicht zehenmal mehr Heller bey mir setzen / als wann ich nur geige und meine alte Possen und Grillen übe?

Mein Freund / antwortet *Simplicius*, es wäre gut / wann du deine alte Bossen und Grillen / wie du es nennest / gar underwegen liessest; dann sihe du bist allerdings ein sibenzig

11 *laboriren*] alchemistisch arbeiten 26 Kürbe] Kirmes, Kirchweih 27 artlichen] kunstvollen 33 underwegen liessest] unterliessest

jaͤhriger Mann der auff der Gruben gehet / und allerdings kein Stund sicher vorm Todt ist; hingegen hastu wie ich gesehen / ein fein Stuck Geld / darmit du dich / so lang dir GOtt das Leben noch goͤnnen moͤchte / gar wohl außbringen kanst; wann ich in deiner Haut steckte / so begebe ich mich in einen geruhigen Stand / darin ich mein gefuͤhrtes Leben bedencken: Meine begangene Stuͤcklein bereuen: Mich zu GOtt bekehren und ihme nunmehr allein dienen koͤnte; welches gar fuͤeglich irgents in einem Spital darinnen du dir eine Pfruͤend kauffen koͤndest: Oder etwann in einem Closter da du noch einen Thorhuͤter abgeben moͤchtest / beschehen koͤnte; es ist mehr als genug getopt und GOtt versucht / wann wir bis in das Alter der Welt Thorheiten angeklebet: Und in allerhand Suͤnden und Lastern gleichsamb wie ein Sau im Morast geschwembt und umbgewaͤltzt haben; aber viel aͤrger und noch eine groͤssere Thorheit ists / wann wir gar bis ans End darin verharren / und nicht einmal an unsere Seeligkeit oder an unsere Verdambnus: Und also auch nicht an unsere Bekehrung gedencken!

Naͤrrisch thaͤt ich / antwortet Springinsfeld / wann ich mein Geld daß ich mit grosser Muͤh und Arbeit zusammen gebracht / in ein Closter oder Spital steckte / solches zu belohnen / damit es mich meiner Freyheit beraubte; *Simplicius* hingegen sagte / alsdann thustu naͤrrisch / wann du eine vermeinte Freyheit zugeniessen gedenckest / in dessen aber ein Knecht der Suͤnd: Ein *Sclav* des Teuffels: Und also / ach layder; auch ein Feind GOttes verbleibest; ich beharre noch mein vorige Mainung / daß dir nemblich beydes rathsamb und nutzlich waͤre / zur Bekehrung zuschreiten; ehe dich der Schlaff der ewigen Nacht und Finsternus uͤberfaͤlt! dann sihe! der Tag hat sich bey dir umb mehr als 20 Jahr als bey mir genaiget / und dein spatter Abend erinnert dich ehist schlaffen zugehen.

---

1 Gruben] Grab 4 außbringen] ernähren 10 Pfruͤend] Platz
12 getopt] getobt, unsinnig gehandelt 32 spatter] später
32 ehist] sehr bald

Springinsfeld antwortet / Bruder empfang du zwantzig Thaler von mir vor die begehrte Kunst und lasse die Pfaffen Predigen / denen die ihnen gern zuhoͤren; hingegen will ich dir versprechen / daß ich mich gleichwol auch auff deine Erinnerung bedencken wolle;

Gleich wie nun in der gantzen Welt sich nichts so eytel und unnuͤtz befindet / daß nicht zu etwas guts koͤnte *employ*rt und verwendet werden; also gedachte auch *Simplicius* durch sein Buch / welches er seine Gauckel-Tasche nennet / den Springinsfeld zubekehren; derowegen sagte er zu ihm; hoͤre mein Freund / hieltestu in Ernst darvor / es waͤre Zauberey oder wenigst eine geringe Verblendung als du mich die Kunst auff dem Marck mit dem Buche uͤben sahest? Springinsfeld antwort ja! und ich glaubte es auch noch / wann ich dich jetzt nicht so gottseelig reden hoͤrete; nun dann / sagte *Simplicius* diser Rede und dieses wann der dich betrogen / bleib eingedenck bis in dein End / und versprech mir / dich auch des jenigen allweg so offt du das Buch brauchest / zuerinnern / was ich dir ferner sagen werde / so will ich dich nit allein die vermeinte Kunst umsonst und ohne deine *offerirte* 20. Reichsthaler lernen / sonder ich will dir noch das Buch darzu schencken / ohne welches du auch die Kunst nit wirst uͤben koͤnnen; Springinsfeld fragte / was dann das jenige vor Sachen waͤren / deren er sich iederzeit bey dem Buch erinnern solte? *Simpl.* antwortet / wann du erstlich den Zusehern lauter weisse Blaͤtter zeigest / so erinnere dich / daß dir GOtt in der heiligen Tauff das weisse Kleid der Unschuld widerum geschenkt habe / welches du aber seither mit allerhand Suͤnden so vilmal besudelt habest; weisest du dann die Kriegswaffen / so erinnere dich wie aͤrgerlich und gottlos du dein Leben im Krieg zugebracht habest; komstu an das Gelt / so gedencke mit was vor Leibs und Seelen Gefahr du demselben nachgestellt; also erinnere dich auch bey den Trinckgeschirren deiner veruͤbten unflaͤtigen Saufferey; bey den Wuͤrf-

---

7 *employ*rt] gebraucht 16 wann] vermutlich: Wahn
20 vermeinte] vermeintliche 20 *offerirte*] angebotenen

feln und Karten / wie manche edle Zeit und Stund du unnuͤtzlich damit zugebracht / was vor Betrug darbey vorgeloffen / und mit was vor grausamen Gottslaͤsterung der Allerhoͤchste dabey geunehret worden; bey den Knaben und Jungfrauen erinnere dich deiner Hurenjaͤgerey / und wann du an die Narrenkoͤpffe komst / so glaube sicherlich daß dise ohn allen zweiffel Narren seyn / die sich durch obenerzehlte der Welt Lockungen betruͤgen: und um ihre ewige Seeligkeit bringen lassen; weisestu aber die Schrifft auff / so gedencke daß die heilige Schrifft nicht luͤge / die da sagt / daß die Geitzige / die Neidige / Zornsüchtige Haderkatzen / Balger und Moͤrder / die Spieler / die Sauffer und die Hurer und Ehebrecher schwerlich das Reich GOttes werden besitzen; und daß dannenhero der jenig einem Narren gleich thue / der sich von solchen Lastern verfuͤhren: und so schandlich umb sein Seeligkeit bringen lasse. Gleich wie nun die meiste und zwar die einfaͤltigste von deinen Zusehern vermeinen / sie wuͤrden durch dich verblendet / so doch in Warheit nit ist; also bedencke du hingegen / und fuͤhre wohl zu Gemuͤth / daß die allermeiste von den unverstaͤndigen Menschen von dem Teuffel und der Welt durch obige Laster unvermerckt verblendet und in die ewige Verdamnus gebracht werden.

Mein Bruder / sagte hierauf Springinsfeld / des Dings ist gar zuviel / wer zum S. Peter wolte alles im Kopff behalten koͤnnen? *Simplicius* antwortet / mein Freund / wann du das nicht kanst / so wirst du auch nit behalten koͤnnen / wie du recht geschicklich mit dem Buch umgehen sollest! Ey? sagte Springinsfeld / das will ich schon lernen; und das Buch / antwortet *Simpl.* wird dich alsdann auch schon selber an das jenig erinnern / waran du meinet: oder vielmehr deinetwegen gedencken sollest; ich gebe dir aber sagt Springinsfeld / lieber die 20. Reichsthaler und waͤre diser *Obligation* ledig; *Simplicius* antwortet / dis will aber *Simplicius* nicht thun; nicht allein darumb / weil das Buch und die Wissenschafft

---

33 *Obligation*] Verpflichtung 35 Wissenschafft] Faͤhigkeit

solches zugebrauchen ohne die begehrte Erinnerung nicht so viel Gelts werth ist / sonder weil sich *Simpl.* auch ein Gewissen macht / den geringsten Heller von dir zunemmen / sintemahl er nicht weis / wie du dein Gelt gewonnen und erobert hast; ja ich gebe dir das Buch nicht / du versprechest mir dann dich allweg dessen zuerinnern was ich dir gesagt / wann du mir gleich 100. Reichsthaler baar daher zahltest.

Springinsfeld kratzte sich im Kopff und sagte / du erweckest bey mir vast ängstige Gedancken; ich sihe daß du deinen Nutzen und auch meinen Schaden nicht begehrest / *ma foy* Bruder / es steckt etwas darhinder das ich nicht verstehe! so viel kan ich schliessen / weil du mir mit Annemmung des Gelts nit schädlich zuseyn begehrest / daß du es treulich mit mir meinen: und das Gebott der Erinnerung / welches ich vor eine schwere Bürde gehalten / zu meinen frommen auffladen werdest; derowegen verspriche ich hiemit alles dessen eingedenck zuseyn / was du von mir vor solche Kunst haben wilst; hierauff zog *Simpl.* das Buch hervor / und zeigte dem Springinsfeld alle Vörthel und Griff; und demnach sie mich auch zusehen liessen / faste ich die Beschaffenheit desselben so genau ins Gedächtnus / daß ich auch stracks eins dergleichen machen könte / wie ich dann etliche Tag hernach thät / um solche *Simplicia*nische Gauckeltasch der gantzen Welt gemain zumachen.

DAS IX. CAPITEL.

Tisch- und Nacht-Gespräch / und warum Springinsfeld kein Weib haben wolte.

JNdessen dieser *Discurs* und Handlung zwischen *Simplicio* und Springinsfelden vergieng / näherte sich die Zeit des

4 sintemahl] zumal, da 8 im] am 9 vast] sehr 11 *ma foy*] meiner Treu! 16 frommen] Nutzen 16 auffladen] ergänze: mir 19 Vörthel] Kunstgriffe 28 *Discurs*] Gespräch 29 vergieng] vorging, zu Ende ging

Nachtessens; ich wolte mir besonder anrichten lassen / aber *Simplicius* sagte / ich muͤste so wol als Springinsfeld sein Gast seyn / jener zwar als ein alter Cammerath und ietziger neuangestandener Lehrjung / ich aber um dessentwillen / daß ich ihm heut so ein annehmliche Botschaft gebracht / daß nemlich sein Sohn *Simplicius* von der leichtfertigen *Courage* nicht geboren worden seye; zu dem seye auch billich / daß er mich beydes vm den Schreiber-Lohn / und was ich sonst seinetwegen bey den Zigeinern ausgestanden / befridige; da wir nun so miteinander redeten / kam auch der junge *Simplicius* mit noch einem von seinen *Colleg*en / als welcher damals in dieser Stadt studirte und seines Vattern Ankunfft vernommen hatte; er war auch ein Risemaͤssiger langer Kerl allerdings wie sein Vatter / und sahe ihm von Angesicht so aͤhnlich / daß ein ieder / der es auch nicht gewust haͤtte / unschwer abnemen koͤnden / daß er sein natuͤrlicher Sohn gewesen / ohnangesehen die elende *Courage* sich einbildet sie haͤtte ihn mit einem fremden Kind so meisterlich betrogen.

Also setzten sich zu Tisch der Knan und die Meuder / der alt und junge *Simplicius* samt seinem Cammerathen dem Studenten den er mitgebracht / ich / Springinsfeld und *Simplicii* Baurenknecht; der Jmbs war kurtz und gut / weil beyde alte zu Beth eileten / dann sie sagten ob sie gleich nicht schlaffen koͤnten / so thaͤt ihnen doch die Ruhe wol / und dannenhero setzte es auch desto weniger *Discurs*en; eins gieng vor / woraus ich abnahm / daß Springinsfeld Gedaͤchtnus und Verstand / etwas geschwind zu fassen / nit so gar hoͤltzern war; dann als ermeldter Student verlangte / *Simplicii* Buch zu sehen / das er ihme von etlichen / die auf dem Marck damit *agi*ren sehen / gar verwunderlich hatte beschreiben lassen / liesse er durch den jungen den alten *Simplicium* bitten / ob er nicht die Ehr haben koͤnte solches zu sehen; aber er antwor-

1 besonder] abgesondert 3 f. neuangestandener] neueingestellter 9 befridige] entschädige 16 abnemen] bemerken 22 weil] worauf 25 eins gieng vor] etwas geschah 28 ermeldter] erwähnter

tet / er hätte solches nicht mehr in seiner *Possession*, doch sagte er zum Springinsfeld / er solte beyden Studenten weisen / was er heut gelernt hätte / der zog alsobald das Buch herfür / und blättert den Studenten die weisse Blätter vor den Augen herum / sagende: Also glatt und unbeschrieben wie diß weisse Papier seynd euere Seelen erschaffen und in diese Welt kommen; und derowegen haben euch euere Eltern hieher gethan (mit solchen Worten wiese er ihnen die Schriften vor) die Schrift zu lernen und zu studieren; aber ihr Kerl pflegt an statt löbliche Wissenschaften zu ergreiffen / das Geld vergeblich (hie wiese er ihnen die Geld-Sorten) durchzujagen und zu verschwenden! dasselbe zu versauffen (hie zeigte er die Trinck-Geschirr) zu verspilen (und hie die Würffel und Karthen) zu verhuren (hie die *Dames* und *Cavalliers*) und zu verschlagen (hie das Gewehr) ich sage euch aber daß alle die jenige die solches thun / seyen lauter solche Kerl wie ihr hier vor Augen sehet / und damit zeigte er ihnen die Narren- Hasen- und Esels-Köpfe; und damit wischte er wieder mit dem Buch in Schubsack / dem alten *Simpl.* gefiel dieses Stuck so wol / daß er zum Springinsfeld sagte / wann er gewust hätte / daß er die Kunst so bald und so wol begreiffen würde / so wolte er ihm nicht halber so viel Lehrgeld abgefordert haben.

Wir machtens mit dem Nachtessen / wie oben gemeldet / nicht lang; bey welchem ich in acht nam / wie freundlich *Simpl.* seiner beyde alte: und diese hinwiederum ihn und seinen Sohn ehreten und *tractir*ten; da sahe und verspürte man nichts als Lieb und Treu / und ob zwar ein Theil das ander aufs höchste *respecti*rte / so merckte man doch bey keinem einige Forcht / sonder bey iedem blickte ein aufrichtige Vertreulichkeit herfür; der junge *Simplicius* wuste sich gegen allen am artlichsten zu schicken / und der Bauren-Knecht /

---

1 *Possession*] Besitz 15 verschlagen] durch Raufen (Duell) verschwenden 19 Schubsack] Tasche 26 seiner] Genitiv Plural! 27 *tractir*ten] behandelten 30 einige] irgendeine 32 artlichsten] artigsten

welches sonst plumpe *Grobiani* zu seyn pflegen / erzeigte mehr Zucht und Erbarkeit / als mancher eines andern herkommens / der einen eignen *Præceptorem* gehabt *mores* zu lernen; so / daß ich mich verwunderte / wie der ehemal gantz rohe und gottlos gewesene *Simplicissimus* seine Haushaltung auf einen solchen *reputir*lichen Fuß setzen: und seine so einfältige als grobe Hausgenossen zu solchen löblichen Sitten gewöhnen können; der Springinsfeld war gantz still / nicht weiß ich verwundert er sich auch wie ich / oder spintisiert er über die Geheimnussen so in der *Simplici*anischen Gauckel-Taschen stacken / welche ihm meines davorhaltens allerhand Nachsinnungen verursachten; im übrigen ists gewis / daß selten ein Tisch mit so unterschiedlich bekleidten Leuthen besetzt wird / miteinander zu speisen / als wie damals der unserige war / der Knan sahe aus / wie ein alter erbarer Bauren-Schultheis; die Meuder wie seine Frau Schultheissin; der Bauren-Knecht wie ihr Sohn / der alt *Simplicius* wie ich ihn bereits oben im zweyten Capitel beschrieben; der jung und dessen Cammerrath wie zwey Stutzer; Springinsfeld wie ein Bettler / und ich wie ein armer Plackscheisser oder *Præceptor* in seinem abgeschabenen schwartzen Kleidel zu sehen pflegt.

Wir wurden zusammen in eine Kammer *logi*rt / weil es *Simplicius* also haben wolte / und Springinsfeld den Wirth versicherte / daß er keine Läuse hätte; diese beyde lagen ieder allein / gleichwie hingegen der Knan und die Meuder: die beyde *Studiosi*, und ich und der Bauren-Knecht beysammen schlieffen; dieser hielte mich so hart / daß ich ohnangesehen der grossen Kälte / dieselbige Nacht meine Nase wenig under der Decken behalten konte / der alte *Simplicius* aber erwiese mit schnarchen / daß er so wol starck schlaffen: als viel essen und trincken vertauen könte; gleichwie wir nun

---

3 *Præceptorem*] Lehrer 3 *mores*] gute Sitten 6 *reputir*lichen] ansehnlichen 20 Plackscheisser] verächtlich für: Schreiber 21 zu sehen] auszusehen 28 hielte mich so hart] behandelte mich so arg (durch Gestank) 32 vertauen] verdauen

gar zeitlich zu Beth gangen / also verbliebe uns an der Winter-langen Nacht viel uͤbrig / daß wir nicht durchzuschlaffen vermoͤchten; der Knan und die Meuder erwachten zum ersten / und indem jener kroͤchzet / diese aber mit ihm bappelt / wurden wir uͤbrige allsammen munder; da nun *Simplicius* merckte / daß Springinsfeld wachte / fieng er an mit ihm zu reden / weil er sich der Zeit ihrer alten Cammerrathschaft: und was sich da und dort zwischen ihnen beyden zugetragen / erinnerte; dannenhero gab es Ursach zu fragen / wie es ihm seithero ergangen? wo er bisher in der Welt herum gestuͤrtzt? wo sein Vatterland waͤre? ob er daselbsten keine Verwandte: oder nicht auch Weib und Kind: und etwan irgends eine haͤusliche Wohnung haͤtte? warum er so armseelig und zerrissen daher ziehe / da er doch ein Stuͤckel Geld beysammen haͤtte? etc. Ach Bruder / antwortet Springinsfeld / wann ich dir alles erzehlen muͤste / so wuͤrde uns der sibenstuͤndige Rest dieser langen Nacht viel zu kurtz werden; in meinem Vatterland bin ich zwar kuͤrtzlich gewesen; gleich wie ich aber niemahl nichts aigens darin besessen / also goͤnnete es mir auch vor dismahl kein bleibende Statt / sonder liesse mir die Beschaffenheit meines Zustands rathen / ich solte noch ferner wie der fluͤchtige *Mercurius* herum wanderen; wie ich dann auch daselbst keinen Verwandten von sibenzehen Graden: geschweige einige Bruͤder oder sonst nahe Freund angetroffen; ja es wolte beynahe niemand meinen Stiffvatter kennen / in dessen Heimat ich gleichwol ihm und seinen Freunden gar genau nachgefragt / wie wolte ich dann etwas von meines rechten Vatters unnd meiner Mutter Freundschafft haben erfahren koͤnnen / von welchen ich nicht aigentlich weiß / wo sie gebuͤrtig gewesen; weilen dann nun hieraus leicht abzunemmen / daß ich kein eygen Haus vermag / also ist auch leicht zugedencken / daß ich keine Hausfrau noch Kinder hab; und lieber / warumb solte ich

4 kroͤchzet] krächzte, stöhnte 11 gestuͤrtzt] gestrolcht
21 rathen] erraten, vermuten 29 Freundschafft] Verwandtschaft
30 aigentlich] genau 32 vermag] besitze

mich mit einer solchen Beschwaͤrung beladen? Daß ich aber meine Batzen zusammenhalte / daran thu ich nit unrecht / seytemal ich beydes weis wie schwerlich sie zubekommen: und wie troͤstlich sie einem im verlassenen und muͤhseeligen Alter seyen; und daß ich schließlich so schlecht beklaydet auffziehe / solches geschicht auch nicht ohne sonderbare Ursach / seytemal mein Stamm und *interesse* dergleichen Klaidungen: und noch wohl schlimmere erfordert.

Jch haͤtte gleichwol vermeint / antwortet *Simp*: Wann ich in deiner Haut steckte / es waͤre mir Rathsamer / wann ich ein Weib haͤtte / die mir in meinem gebrechlichen Alter vermittelst ehrlicher Lieb und Treu mit Hilff und Rath zu Trost und Statten kaͤme / als dergestalt im Elend herum zu kriechen und mich von aller Welt verlassen zu sehen; wievermeinestu wol / daß dirs gehen wird / wann du irgends betlaͤgerig wuͤrdest? O Bruder / sagte Springinsfeld / diser Schuch ist an meinen Fuß nicht gerecht; dann haͤtte ich eine Alte / so muͤste ich vielleicht mehr an ihr als sie an mir Apoteckern; waͤre sie jung / so waͤre ich nur / der Deckmantel; waͤre sie mittelmaͤssig / so waͤre sie villeicht boͤß vnd zancksichtig waͤr sie reich / so waͤr ich veracht; waͤre sie arm / so koͤnt ich ja wol dencken daß sie nur meine par Batzen genommen; geschweige; daß ein jeder sich einbilden kan / etwas rechts werde keinen Steltzfuß nemmen; ach! antwortet *Simplicius*, wann du jede Hecken fuͤrchten wilst / so wirstu dein Lebtag in keinen Wald kommen; ja Bruder / sagte Springinsfeld / wann du wuͤsstest / wie uͤbel mirs mit einem Weib gangen / so wuͤrdest du dich gar nit verwundern / wann verbrente Kinder das Feur foͤrchten; *Simplicius* fragte / vielleicht mit der leichtfertigen *Courage*? wohl nein / antwortet Springinsfeld / bey derselbigen hatte ich ein guͤldene Herrnsach / ohnangesehen sie mir gleichsamb / offentlich aus dem Geschirr schlug; aber was geheyte es

---

3 seytemal] zumal 7 Stamm] Stand 29 verbrente] gebrannte 32 guͤldene Herrnsach] einträgliche Pfründe 32 ohnangesehen] obwohl

mich / sie war doch nicht meine Ehefrau; ey Pfuy / sagte *Simplicius*; Rede doch nicht so grob und unbescheyden / dencke daß du bey ehrlichen Leuten seyest; aber hoͤre / wann dich eine etwann betrogen / vermeinestu drumb es sey kein ehrlich Weib mehr die treulich mit dir hausen werde? Springinsfeld antwortete / daß will ich nicht laͤugnen; gleichwol aber ists gewis / das alle Wolthaten die ein Weib dem Mann zuerzeigen plegt theur genug bezahlt werden muͤssen; ihre allerbeste Arbeiten die sie verrichten / verkindigen dem Mann eytel Koͤsten und beschwerliche Außgaben; dardurch das jenig was der Mann mit Muͤhe und Arbeit erworben / zum oͤfftern unnuͤtzlich verschwendet wird; hab ich ein Weib / so ist nichts gewissers / als daß mir ein jede von meinen Ducaten hinfort nit mehr als einen Thaler gilt; spinnet sie mir und ihr ein Stuͤck Tuech an Leib / so mus ich Flachs / Woll und Weberlohn bezahlen; soll sie mir was kochen / so muß ich Speiß / Holtz / Saltz und Schmaltz sambt dem Kuchen-Geschirr herbey schaffen; wolte sie mir bachen / wer mus anders das Meel hergeben als eben ich? also auch / wer zahlt Holtz / Saiff und Waͤscherlohn / wann sie mir und ihr das leinen Geraͤd saͤubern last? und wie gehts allererst / wann man mit einem Hauffen Kindern beladen wird? welches ich zwar nit erfahren habe / aber auch nicht zuerfahrn begehre; wann nemblich eins kranck: Das ander gesund: Das dritte faul: Das vierte muthwillig: Das fuͤnffte eselhafftig und das sechste sonst widerspenstig / ungehorsamb und nichts nutz ist? *Simplicius* antwortet / du bist halt ein alter Kracher / der keines rechtschaffenen Weibs werth ist / du wuͤrdest sonst von dem heyligen von GOtt selbst eingesetzten und mit vielen Verheissungen gesegnetem Ehestand weit anderst reden; und gleich wie eine fromme tugenthaffte Frau eine gabe GOttes und eine Cron und Zierd des Manns ist / also verdruͤst dich / daß dich der guͤtige Himmel mit keiner solchen

8 plegt] pflegt 10 eytel] nur 17 f. Kuchen] Küchen
18 bachen] backen 21 leinen Geraͤd] Linnenwäsche
27 Kracher] verkrachte Existenz 32 f. verdruͤst] verdrießt

gewürdigt hatt; warhafftig *Simplice*, antwortet Springinsfeld / du kanst bey deinen Biren wol mercken wann andere zeitigen.

DAS X. CAPITEL.

Springinsfelds Herkunfft und wie er anfangs in Krieg kommen.

NUn daß sey dann genug von den Weibern geredet / sagte *Simplicius*, seytemal ich sehe / daß ich dich doch nicht anders oder eine zuheuraten *persuadi*rn können; hingegen aber möchte ich wohl von dir vernemmen / wo du gebürtig / wie du in Krieg kommen / und wie es dir bißhero darinnen ergangen / biß du auß einem so dapffern Soldaten zu einem solchen elenden Steltzer worden seyest? Springinsfeld antwortet / so du dich nit gescheuet hast / deinen aignen Lebenslauff aller Welt durch den offenen Truck vor Augen zulegen / so werde ich mich auch nit schämen / den meinigen hier im finstern zuerzehlen; vornemblich weil bereits offenbar seyn soll / was zwischen mir und der *Courage* vorgangen / die gleichwol uns beyde / wie ich vernemme / mit einander verschwägert; jetzt höre dann deines Schwagers Ankunfft.

Meine Mutter ist eine Griechin auß *Peloponeso* von hohem altem Geschlecht und grossen Reichthumben: Mein rechter Vatter aber ein Albanesischer Gauckler und Sailtantzer: Und darneben von schlechter Ankunfft und geringen Mitlen gewesen; als dieser mit einem zahmen Löwen und einem Tromedary in der gegend darinn meiner Mutter Eltern gewohnet / herumb zohe / und beydes dise Thier und seine Kunst um Gelt sehen liesse / gefiele besagter meiner Mutter / die damahl ein junges Ding von 17. Jahren war / dessen Leibs

---

2 Biren] Birnen 3 zeitigen] reif werden 9 *persuadi*rn] überreden 15 offenen Truck] öffentlichen Druck 20 f. Ankunfft] Herkunft 26 f. Tromedary] Dromedar

Proportion und Geradigkeit so wohl / daß sie sich gleich in ihn vernarrete / also daß sie mit Hülff ihrer Ammen einen Anschlag machte / ihren Eltern ein Stück Gelt auszufischen / und mit besagtem meinem Vatter wider ihrer Eltern wissen und willen darvon zuziehen; und solches hat ihr auch zu ihrem Unglück geglückt / unangesehen sie einander auffrecht geehlicht; also wurde meine Mutter aus einer seßhafften vornehmen Damen eine umschweiffende Comædiantin, mein Vatter ein halber Juncker und ich selbst die erste und letzte Frucht diser ersten Ehe; sintemahl mein Vatter da ich kaum geboren worden / von einem Sail herunder sturtzet und den Hals zerbrach / durch welchen laydigen Fall meine Mutter also zeitlich zu einer Wittib wurde.

Zu ihren erzörnten Eltern hatte sie das Hertz nit wider heimzukehren / ohne daß sie sich damaln auch über die hundert Meilen von den selbigen im *dalmatia* bey einer *Compagniæ Comœdiant*en befande; hingegen war sie schön / jung und reich / und hatte dannenhero under meines Vattern hinderlassenen Cammerathen vil Werber; von dem sie sich freyen liesse / der war eingeborner *Sclavonier* und der allerfärtigste in der jenigen *profession* die mein Vatter geübt hatte; diser zohe mich auff bis ich das elffte Jahr erraichte / und lehrete mich alle *principia* seiner Kunst; als Trompetn / Trommelschlagen / Geigen / Pfeiffen / beydes auff der Schalmey und Sackpfeiffen / auß der Taschen spilen / durch den Raiff springen und andere seltzame Auffzüg und andere närrische Affen Posturen machen; also daß ein jeder leichtlich sehen konte / daß mir das eine und das ander mehr angeborn als angeflogen oder durch fleissige *instruction* angewöhnet worden; dabey lernete ich lesen und schreiben; Griechisch reden von meiner Mutter / und *Sclavoni*sch von meinem Vatter; So begriffe ich auch mithin in Steyr / Kernten und an-

9 Juncker] Edelmann 15 ohne daß] zumal 16 f. *Compagniæ*] Gesellschaft 20 *Sclavonier*] Slowene 20 f. allerfärtigste] Allergeschickteste 23 *principia*] Anfangsgründe 27 Affen Posturen] Clownerien 32 Steyr] Steiermark

dern angräntzenden Teutschen *Provin*tzen um etwas die Teutsche Sprach / und wurde in *Summa Summarum* in bälde ein solcher feiner kurtzweiliger Gauckler Knab / daß mich gedachter mein Vatter bey seinem Handwerck zumissen umb keine 1000 Ducaten verkaufft hätte / wann gleich alle Tag Jarmarck gewesen wäre.

Jn solcher meiner blühenden Jugend *vagirten* wir mehrentheils *in Dalmatia*, *in Sclavonia, Macedonia*, *Servia*, Wossen / Walasay / Sibenbürgen / Reüssen / Polen / Littau / Mährn / Böhmen / Vngarn / Steyr und Kernten herumber; und da wir in diesen Ländern vil Gelds aufgehoben hatten / und mein Stieff-Vatter willens war / seines Weibs Eltern auch zubesuchen (als vor denen zu erscheinen er sich nicht scheuete / weil er sich gar einen reichen Kerle zu seyn beduncke und wie ein Graff auffziehen konte) sihe / so namb er seinen Weeg auß *Histria* in *Croatiam* und *Sclavoniam* von dannen führt ers durch *Dalmatia* und *Albania* per *Græciam in Moream* zugehen / alwo dann meiner Mutter Eltern sich befanden.

Als wir nun durch *Dalamtiam passir*ten / wolte mein Vatter seine Kunst auch in der berühmten Stadt *Ragusa* sehen lassen / oder vielmehr dieselbige auch um einen guten Zehrpfenning schätzen / als welche damal in völligem Flor und Reichthum stunde; wir kehrten daselbst zu solchem Ende ein / und zwar nicht in der Kirchen / sonder unserer Gewonheit nach in dem allerbesten Wirthshause; und als wir blöslich eine Nacht ausgeruhet / gieng mein Stiefvatter hin um *Consens* anzuhalten / daß er beydes seine bey sich habende fremde Thier und seine Kunst um die Gebühr dem Volck möchte weisen; es wurde erlaubt; und ehe solche Erlaubnus kaum erbetten ward / wurde ich samt meinem Stiefbruder /

---

7 *vagirten*] zogen 8 *Servia*] Serbien 8 Wossen] Bosnien
9 Walasay] Walachei 9 Reüssen] Rußland 16 *Histria*] Istrien
17 *Græciam*] Griechenland 18 *in Moream*] zum Peloponnes
22 f. Zehrpfenning] Unterhalt 23 schätzen] einnehmen
27 blöslich] nur 28 *Consens*] Erlaubnis

der mir weder in *dexteri*tet unserer Kunst noch in andern Stücken bey weitem nicht zu vergleichen / mit einem Reif / einer Gauckel-Taschen und andern Jnstrumenten / geschickt / zu sehen / ob ich nicht auf den Schiffen die damals im Hafen lagen / ein Stuck Geld verdienen könte / ich gehorsamte gern / der Meinung dem Schif- und Wasser-Volck durch meine krumme und seltzame Luftsprüng Freud und Lust zu machen; aber ach! ich gelangte an ein Ort / das alles meines Jammers / Elends und eignen Unlusts ein Anfang war; dann nachdem etliche Schiffe ausser dem Hafen segelfertig auf der Reide lagen / die nur auf guten Wind warteten / etliche neugeworbene Völcker / darunter zwo *Compagni*en Albanesische Sperreuter waren / nach Hispanien zu führen; sihe / da geriethen wir unversehens auf dieselbe Schiffe / weil wir durch einen der ihrigen Nachen überredet worden waren / es wurde daselbst ein treflich Trinckgeld setzen; massen uns auch derselbe Nache mit überführte; wir hatten unsere *Exercitia* kaum angefangen / als sich aus Mitternacht ein Wind erhub / der bequem war / aus dem Adriatischen Meer in das Sicilianische zu lauffen / demselben vertrauten sie die Segel / nachdem die Ancker gelupft waren / und lehreten mich und meinen Bruder das schiffen wider unsern Willen erdulden / jener thät als wolte er verzweifeln / ich aber liesse mich noch trösten / nicht allein darum / weil ich von Natur alles gern auf die leichte Achsel nehme / sonder auch / weil mir der eine Rittmeister / der sich gantz in meine *Gestuosi*tet verliebt / gleichsam güldene Berge versprach / wann ich bey ihm bleiben und sein *Page* abgeben wurde was solte ich thun? ich konte wol gedencken / daß kein Schif unserthalben wieder zuruck fahren: noch die Raguser zweyer entführten Gauckler-Buben wegen wann sie nicht gelifert wurden / diesen Schiffen nachjagen; und mit

1 *dexteri*tet] Geschicklichkeit 11 Reide] Reede 13 Sperreuter] Lanzenreiter 13 Hispanien] Spanien 15 einen der ihrigen Nachen] einen aus ihrem Beiboot 18 *Exercitia*] Kunststücke 18 f. Mitternacht] Norden 27 *Gestuosi*tet] Gebärdenspiel

ihnen eine Seeschlacht angehen oder einen Krieg anfahen wuͤrden; derowegen gab ich mich nur desto gedultiger drein / genosse es auch besser als mein Bruder / welcher sich dergestalt kraͤnckte / daß er starb / ehe wir wieder von *Sicilia* abfuhren / allwo wir noch einige Fußvoͤlcker einnahmen.

Von dannen gelangten wir in das Maylaͤndische und so fort zu Land durch Saphoiam / Burgund / Lotharingen / ins Land von Luͤtzenburg und also in die Spanische Niderlande / allwo wir neben andern Voͤlckern mehr under dem beruͤhmten Ambrosio *Spinola* wider des Koͤnigs Feinde *agir*ten; um dieselbige Zeit befande ich mich noch zimlich wol *content*; ich war noch jung / mein Herr liebte mich / und liesse mir allen Muthwillen zu; ich wurde weder durch strenges *marchirn*, noch andere Kriegs-Arbeiten abgemattet / so wuste ich auch noch nichts vom verdruͤßlichen Schmalhansen / als welcher damals bey weiten noch nicht so bekant bey unser *Soldatesca* war / als er sich nachgehends im Teutschen Krieg gemacht hat / in welchem ihn auch Obriste und *Generals* Persohnen haben kennen lernen.

DAS XI. CAPITEL.

Von dreyen merckwuͤrdigen Verschwendern / warhaffte Historien.

ES gehet gemeiniglich denen so in den Krieg kommen / wie den jenigen so hexen lernen. Dann gleich wie die selbige so einmal zu solcher unseeligen *Congregation* gelangen / schwerlich oder wohl gar nit mehr darvon kommen koͤnnen; also gehets auch dem mehrentheils von den Soldaten; welche wann sie gut Sach haben / nicht auß dem Krieg begehren / und wann sie Noth leyden / gemeiniglich nicht drauß kom-

---

9 Luͤtzenburg] Luxemburg 11 *agir*ten] kämpften 12 *content*] zufrieden 17 f. *Soldatesca*] Armee 26 *Congregation*] Hexenversammlung

men koͤnnen. Von denen welche sich im Krieg wider ihren Willen ferners gedulten muͤssen / biß sie eintweders durch eine *occasion* bleiben oder sonst *crepirn* verderben und gar Hungers sterben muͤssen / koͤnte man darvor halten daß es ihr *Fatum* oder Verhaͤngnus so mit sich braͤchte; von denen aber so reiche Beut machen und gleichwol solche wieder unnuͤtzlich verschleudern / kan man gedencken / daß ihnen der guͤtige Himmel nicht goͤnne / sich ihr grosses Gluͤck zunutz; sonder vielmehr das Sprichwort wahr zu machen; So gewonnen / so zerronnen; und was mit Trommeln erobert wird / gehet mit Pfeiffen wieder fort; ich weiß von dreyen gemeinen Soldaten auch drey underschiedliche denckwuͤrdige Exempel / welche solches bestaͤtigen / und derselbigen muß ich hier weitlaͤuffiger gedencken; des ersten: Der beruͤhmte *Tylli*, nachdem er die Stadt Magdenburg ihres jungfraͤulichen Kraͤntzels: seine unterhabende aber dieselbe ihrer Zierd und Reichthum beraubt gehabt / erfuhr daß ein gemeiner Soldat von den seinigen eine grosse Beut von Parschaft / so in lauter Geld-Sorten bestanden / erobert: und also gleich wieder mit Wuͤrffeln verloren haͤtte: die Warheit zu erfahren / liesse er solchen vor sich kommen / und nachdem er von diesem ungluͤckseligen Spiler selbsten verstanden / daß die gewonnene und wieder verschwendete Summa groͤsser gewesen / als er von andern vernommen (etliche sagten wol von 30 000. andere von weit mehrern Ducaten) sagte der Graf zu ihme / du haͤttest an diesem Geld die Tag deines Lebens genug haben: und wie ein Herr darbey leben koͤnnen / wann du dirs nur selber haͤttest goͤnnen wollen; dieweil du aber dir selbsten nichts nutzen noch zu gut thun wollen / so kan ich nicht sehen / was du meinem Keyser nutz zu seyn begehrest; und damit erkante dieser General / der sonst den Ruhm eines Soldaten-Vatters gehabt / daß dieser Kerl als eine unnuͤtze Last der Erden in freyen Lufft gehenckt werden solte / welches Urtheil auch alsobalden vollzogen worden;

3 *occasion*] Schlacht 3 bleiben] umkommen 5 *Fatum*] Schicksal 16 unterhabende] Untergebene

Des andern; Als der Schwedische Koͤnigsmarck die kleine Seit der Stadt Prag uͤberrumpelt: und gleichmaͤssig ein gemeiner Soldat uͤber 20 000. Ducaten in *Specie* darinn erwischt: solche aber bald hernach auf einen Sitz wiederum verspielt hatte; wurde solches dem Koͤnigsmarck gleichfalls zu Ohren getragen / welcher auch diesen Soldaten vor sich kommen liesse / um ihn erstlich zu sehen / und ihm alsdann nach Erkundigung der Warheit ebenmaͤssig obenangeregten Tyllischen *Process* machen zulassen / wie er ihm dann auch auff eben dieselbe Manier zusprach; als aber diser Soldat seines Generals Ernst vermerckte / sagte er mit einer unerschrockenen *Resolution*; Euer Excell. koͤnnen mich mit Billichkeit um dises Verlusts willen nicht auffhengen lassen / weil ich Hoffnung hab / in der Altstatt noch wohl eine groͤssere Beuthe zuerhalten! dise Antwort / welche vor ein *Omen* gehalten wurde / erhielte dem guten Gesellen zwar das Leben / aber gleichwol nicht die eingebilte Beuth / vilweniger den Schweden die Statt / welche damahls von deren *Exercitu* hart betraͤngt wurde. Des dritten; wer bey der Chur-Bayr: Armada unter dem Holtzischen Regiment zu Fus bekandt gewesen ist / der wird ohnzweiffel den so genanten Obristen Lumpus entweder gesehen: oder doch wenigst vil von ihm gehoͤret haben; er war bey besagtem Regiment ein Musquetirer / und kurtz vorm Friedenschlus trug er eine Bique / wie ich ihn dann in solchem Stand und zwar sehr uͤbel beklaidet / also daß ihm das Hembd hinden und vornen zu den Hosen heraus hieng / under wehrendem Stillstand der Waffen bey selbigem Regiment selbst gesehen; diesem geriethe in dem Treffen vor Herbsthausen in einem Faͤßlein voller Frantzoͤsischen Duplonen ein solche Beut in die Haͤnde / daß er selbige schwerlich ertragen: weniger zehlen: und noch

3 in *Specie*] in klingender Münze 12 *Resolution*] Entschlossenheit 12 Euer Excell.] Euer Excellenz 15 *Omen*] Vorzeichen 18 *Exercitu*] Heer 19 f. Chur-Bayr: Armada] Kurbayrische Armee 24 Bique] Pike 30 Duplonen] spanische Goldmünzen 31 ertragen] wegtragen

weniger aus ihrer Zahl die *Substanz* seines damaligen Reichthums wissen und rechnen konte! Was thaͤt dieser liederliche Lumpes aber / da er den uͤbermaͤssigen Anfall seines grossen Gluͤcks nicht erkante? Er verfuͤgte sich in eine Stadt und Vestung der Bayern / uͤber welche ehemalen der grosse *Gustavus Adolphus* die Zaͤhne zusammen gebissen / daß er sie nach soviel erhaltenen herrlichen Siegen ungewonnen muste ligen lassen; da selbst staffirte er sich heraus wie ein Freyherr und lebte taͤglich wie ein Printz der jaͤhrlich etliche Millionen zu verzehren hat / er hielte zween Gutscher / zween Laqueyen / zween Page / ein Cammerdiener in schoͤner Liberey / und nachdem er sich auch mit einer Gutschen und sechs schoͤnen Pferden versehen / reiste er auch in die Hauptstatt desselbigen Landes uͤber die Thonau hinuͤber / allwo er in der besten Herberg einkehrte / die Zeit mit essen trincken und taͤglichem spatzieren fahren zubrachte / und sich selbsten mit einem neuen Namen / nemlich den Obristen Lumpes nennete; solches herrliche Leben wehrete ungefehr sechs Wochen / in welcher Zeit sein eigner und rechter Obrister der General von Holtz auch dorthin kam und eben in derselbigen Herberg einkehrte / weilen er ein sonderbares lustigs Zimmer darinn hatte / in welchem er zu seiner Hinkunfft zu *logi*rn pflegte; der Wirth sagte ihm gleich / daß ein fremder Cavallier sein gewoͤhnlich Logement einhaͤtte / welchem er zu weichen nicht zumuten doͤrffte / weil er ein ansehenlich Stuck Geld bey ihm verzehrte; dieser tapfere General war auch viel zu *discret* solches zu gestatten; demnach ihm aber besser als dem grossen Atlante sowol alle Weg und Steg / Waͤlder und Felder / Berge und Thaͤler / Paͤß und Wasserfluͤsse: als auch alle adeliche *Familien* des Roͤmischen Reichs bekant waren; als fragte er nur nach dieses Cavalliers

1 *Substanz*] Umfang 10 Gutscher] Kutscher 10 f. Laqueyen] Lakaien, Bedienstete 11 f. Liberey] Livree, Dienstkleidung 19 rechter] rechtmäßiger 23 *logi*rn] wohnen 24 Logement] Wohnung 24 einhätte] innehabe 27 *discret*] taktvoll 27 solches] ergänze: nicht

Namen / als er aber verstunde / daß er sich den Obristen Lumpus nennete / und sich weder eines alten adelichen Geschlechts noch eines Soldaten von *Fortun* von solchem Namen zu erinnern wuste / bekam er ein Begierde mit diesem Herrn zu *conversi*rn und sich mit ihm bekant zu machen; er fragte den Wirth um seine *Qualite*ten / und da er verstunde / daß er zwar sehr gesellig: eines lustig *Humeurs*: gleichsam die Freygebigkeit selber: doch aber von wenig Worten waͤre / wurde seine Begierde desto groͤsser; derowegen verfuͤgte er mit dem Wirth des Lumpi *Consens* zu er halten / daß er denselben Abend mit ihm uͤber einer Tafel speisen moͤchte.

Der Herr Obriste Lumpus liesse ihm solches wol gefallen / und bey dem *Confect* in einer Schuͤssel 500 neue Frantzoͤsische Pistol. und eine goͤldene Ketten von 100. Ducaten auftragen; mit diesem Tractament / sagte er zu seinem Obristen / wollen euer *Excellenz* verlieb nehmen / und meiner dabey im besten gedencken; der von Holtz verwundert sich uͤber diß anerbieten und antwortet / daß er nicht wisse womit er ein solch *Præsent* um den Herrn Obristen verdienet oder ins kuͤnfftig wuͤrde verdienen koͤnnen / derowegen wolte ihm nicht gebuͤhren / solches anzunehmen; aber Lumpus bat hingegen er wolte ihn nicht verschmaͤhen / er hoffte wuͤrde sich die Zeit bald ereignen / in deren ihr *Excell.* selbst erkennen wuͤrden / daß er diese Verehrung zu thun *obligi*rt sey / und alsdann verhoffe er hinwiderumb von seiner *Excell*: Eine Gnad zuerhalten / die zwar keinen Pfennig kosten wurde / daraus er aber erkennen koͤnte / daß er dise Schanckung nit uͤbel angelegt / gleich wie nun dergleichen goͤldene Straich vil Seltener außgeschlagen: Als jemanden

---

3 Soldaten von *Fortun*] »Glücksritter«, Aufsteiger 5 *conversi*rn] sprechen, verkehren 7 *Humeurs*] Temperaments 10 *Consens*] Zustimmung 11 uͤber] an 13 ihm] sich 14 *Confect*] letzter Gang des Essens, Nachtisch 15 Pistol.] Goldmünze 16 Tractament] aufgetragene Speise 25 *obligi*rt] verpflichtet 29 Schanckung] Geschenk

versetzt werden; also wehrete sich auch der von Holtz nicht laͤnger / sonder *accepti*rte beydes Ketten und Geld (weil es Lumpes uͤberein so haben wolte) mit *courtoisen promessen*, solches auff begebende Faͤll zu *remeriti*rn.

Nach seiner Abrais verschwendete Lumpes immerfort / er *passir*te nie bey keiner Wacht veruͤber / da er nicht der *Soldatesca* die ihm zu Ehrn ins Gewehr stunde / ein Dutzet oder wenigst ein halb Dutzet Thaler zuwarff / und also machte ers uͤberall wo er Gelegenheit hatte / sich als ein reicher Herr zuerzeigen; alle Tag hatte er Gaͤst und zahlte auch alle Tag den Wirth auß / ohne daß er ihm jemals den geringsten Haͤller abgebrochen oder uͤber eine allzuteure Rechnung sich beschwaͤrt haͤtte; gleich wie aber ein Brunnen bald zuerschoͤpffen / also wurde er auch mit seiner Barschafft bald fertig / und zwar wie ich schon erwoͤhnet / in sechs Wochen; darauff versilbert er Gutschen und Pferd; daß gieng auch bald hindurch; endlich muͤsten seine stattliche Klaider sambt dem weissen Zeug daran / daß jagte er alles durch die Gurgel / und da seine Diener sahen / daß es auff der Naige war / namen sie nacheinander ihren Abschid / welche er auch gern *passirn* liesse / zu letzt da er nichts mehr hatte als wie er gieng und stunde / nemblich in einem schlechten Klayd / ohne einigen Haͤller oder Pfenning / schenckte ihm der Wirth 50. Reichsthaler (weil er so vil Geld bey ihm verzehret hatte) auff den Weeg; er aber wiche nicht bis solche auch allerdings widerumb verzehret waren; der Wirth / entweder daß er sich bey ihm wohl begraset / oder ihn uͤbernommen und sich deswegen ein Gewissen macht / oder anderer Ursachen halber / gab ihm wider 25. Reichsthaler / mit Bitt sich damit seines Weegs zumachen / aber er gieng nicht bis er selbe auch

---

2 *accepti*rte] nahm an 3 uͤberein] unbedingt 3 *courtoisen promessen*] Versprechungen 4 *remeriti*rn] auszugleichen 7 *Soldatesca*] hier: den Soldaten 12 abgebrochen] von der Rechnung abgezogen 15 erwoͤhnet] erwähnte 18 weissen Zeug] Wäsche 21 *passirn*] gehen 22 schlechten] schlichten 27 begraset] bereichert 27 uͤbernommen] ausgenommen

verzehrt hatte; und als er nun fertig war / schenckte ihm der Wirth widerumb 10. Reichsthaler zum Zehrpfennig auff den Weeg; er aber antwortet weil es Zehrgeld seyn solte / so wolte ers lieber bey ihm als einen andern verzehrn / hörete auch nit auff bis solche widerumb bis auff den letzten Häller hindurch waren / warüber sich der Wirth mit wunderlichen Gedancken ängstigte und ihm gleichwol noch 5. Reichsthaler gab sich damit fort zumachen / und den er zuvor ihr Gnaden genennet und anfänglich unterthänlich willkommen seyn häissen / den muste er damal dutzen / wolte er anders seiner loß werden; dann als er sahe / daß er auch diese letztere 5. Reichsthaler verzehren wolte / verbotte er seinem Gesinde / daß sie ihm weder eins nochs ander darvor geben solten; da er nun solcher Gestalt gezwungen / dasselbe Wirtshaus zu *quitt*irn / sihe da gieng er in ein anders / und verlöschte in dem selbigen daß noch übrige kleine Füncklein seines grossen Schatzes folgents mit Bier / folgents kam er widerumb bey Haylbrunn zu seinem Regiment / allwo er alsobalden in die Eisen geschlossen und ihm vom hencken gesagt worden / weil er bey acht Wochen lang ohne Erlaubnus vom Regiment verblieben war; wolte nun der gute Obriste Lumpes seiner Band und Eisen wie auch der Gefahr des Stricks entübrigt seyn / so muste er sich wol seinem Obristen / den er deswegen stattlich verehret / offenbahren / welcher ihn auch alsobalden von beyden befreyen liesse / doch mit einem grossen Verweis / daß er so viel Gelds so unnützlich verschwendet / worauf er anders nichts antwortet / als daß er zu seiner Entschuldigung sagte; er hät alle sein Tag nichts mehrers gewünscht / als zu wissen / wie einem grossen Herrn zu Mut wäre der alles genug hätte und solches hätte er auf solche Weis durch seine Beut erfahren müssen.

2 Zehrpfennig] Reisegeld 15 *quitt*irn] verlassen

DAS XII. CAPITEL.

Springinsfeld wird ein Trommelschlager / darnach ein Musquedirer / *item* wie ihn ein Baur zaubern lernet.

ALs Springinsfeld obiges von disen dreyen namhafften Verschwendern erzehlt hatte / und nun ein wenig *pausi*rte / sagte *Simplicissimus*, diser letzte thåͤt zwar thoͤrlich genug aber gleichwol weißlicher als die zwen erstere; und ich kan mir keine groͤssere Thorheit under den Menschen einbilden als der jenige eine begehet der vil Gelds hat und mit einem anfahet zuspilen der wenig vermag; aber mit diser Erzehlung bistu auß dem Glaiß deines aignen Lebenslauffs gefahren / welchen ich so hertzlich zuvernemmen verlange; wir verblieben bey den spannischen in Niderland / wie gieng dirs da selbst weitters?

Springinsfeld antwortet / ich kan nit anders sagen. Als wohl; dann wann ich denselben Krieg gegen dem lesteren vergleichen soll / so war jener guͤlden und diser eysern in jenem wurden die Soldaten außbezalt und gebraucht / doch aber ihr Leben nicht leichtlich *hazzardirt*, in disem aber wurden sie ohnbezalt gelassen / die Låͤnder *ruinirt* und beydes Bauern und Soldaten durch Schwerd und Hunger auffgeopffert; also daß man auff die letzte schier nicht mehr krigen konte; *Simp*: fiele ihm in die Rede und sagte / entweder redestu im Schlaf oder wilst wieder aus dem Weg tretten / du wilst den Krieg underscheiden und vergist abermal deiner eignen Person / sage darvor wie es dir selbst gangen? Jch muß ja wol antwort Springinsfeld / ein wenig Umståͤnde machen / wann ich der vorigen guten Tåͤge gedencke und mich zugleich des nachfolgenden Ellends erinnere; aber die Folge meiner Histori ist diese; ich kam mit den Spanischen in die undere Pfaltz / als Ambrosius *Spinola* dasselbige gluͤck-

3 *item*] ferner 10 anfahet] anfängt 10 vermag] besitzt
16 lesteren] letzteren 19 *hazzardirt*] aufs Spiel gesetzt
24 aus dem Weg tretten] abschweifen

selige Land gleichwie mit einer Suͤndflut uͤberfiele / und in kurtzer Zeit wunder viel Staͤdte under seinen Gewalt brachte; da machte ichs mit unordenlichem Leben so grob / daß ich daruͤber erkranckte / und zu Worms (allwohin sich *don Gonsales de Cordua retirir*t / nach dem er die Franckenthalische Belaͤgerung wegen Ankunft des Mannsfelders / welchen *Tylli* zu Mannheim uͤber den Rhein gejagt / aufheben muͤssen) kranck zuruck gebliben; allwo ich den ersten Tuck empfand / den mir das Gluͤck im Krig erwisen; dann ich muste mich mit bettlen behelffen und vil schmaͤhliche Reden hoͤren weil ich nichts zu verzehren hatte; so bald ich aber wieder ein wenig erstarckte / liesse ich mich durch zween andere Kerl uͤberreden / daß ich mit ihnen gegen der Tyllischen Armee gieng / welche wir durch Abweg erreichten / eben als sie auf Wiseloch zugleich dem Mansfelder und ihrem Ungluͤck entgegen *marchir*te.

Jch war damals ein aufgeschossen Buͤrschlin von 17. Jahren / und gleichwol wurde ich noch nicht vor *capabl* gehalten mich under die *Tyrones* aufzunehmen / aber zu einem *Tambour* haͤtte man keinen aͤrgern Ausbund kriegen koͤnden; massen ich auch vor einen solchen aufgenommen / und so lang ich mich darzu gebrauchen liesse / auch darvor gehalten wurde; wir bekamen damal zwar ein wenig Stoͤsse / es war aber nichts gegen denen zurechnen / die wir hernach vor Wimpfen wieder austheileten; hier kam unser Regiment nicht einmal zum Treffen / weil es sich in dem Nachzug befande / dort aber erwise es seinen *Valor* desto tapferer / ich selbst thaͤt damals etwas ohngewoͤhnlichs; ich henckte meine Trommel auf den Buckel und nahm hingegen eines todbliebenen Musquet und Bandelier / und gebrauchte mich damit im allerfoͤrdersten Glied dermassen / daß es mein Hauptmann

5 *retirir*t] zurückgezogen 8 Tuck] Tücke, Täuschung
13 gegen] zu 14 Abweg] Umwege 18 *capabl*] fähig
19 *Tyrones*] Rekruten 19 f. *Tambour*] Trommelschläger
26 Treffen] Schlacht 26 Nachzug] Nachhut 27 *Valor*] Kraft, Macht, Stärke 30 Bandelier] Wehrgehänge

nicht allein geschehen: sonder ihm auch mein Obrister selbst gefallen lassen muste; und damit erlangte ich dasselbig mal nicht allein Beuten / sonder auch ein zimlich ansehen und daß ich meine Trommel gar ablegen und fuͤrderhin eine Musquete tragen doͤrfte.

Under diesem Regiment half ich den Braunschweiger bey dem Main schlagen / Jtem bey Stattlo / und kam auch endlich mit demselbigen in Dennemaͤrckischen Krieg in Holstein / ohne daß ich noch ein eintzig Haͤrlein Bart oder eine empfangne Wunden aufzuweisen gehabt haͤtte; und nachdem ich bey Lutter den Koͤnig selbst besigen helffen / wurde ich kurtz hernach in eben solcher Jugend gebraucht Steinbruck / Verden / Langwedel / Rothenburg / Ottersberg und andere Ort mehr einnehmen zu helffen; und endlich um meines wolverhaltens: auch meiner Officier Gunst willen ein lange Zeit an ein fettes Ort auf *Salva Quardi* gelegt / allwo ich beydes meinen Leib erquickte und meinen Beutel spickte; so kriegte ich auch under disem Regiment drey seltzame Nachnamen; in der erste nante man mich den General Farzer / weil ich / da ich noch ein Trommelschlager war / auf einer Banck ligend / den Zapfenstreich eine gantze Stund lang auch wol laͤnger / mit dem Hindern verrichten oder hoͤren lassen konte; zum andern wurde ich der huͤrnen Seyfrid genant / weil ich mich einsmals allein mit einem breiten Band-Degen / den ich in beyden Haͤnden fuͤhrte / dreyer Kerl erwehrete und sie uͤbel zu schanden hauete; den dritten brachte mir ein Diebs-Baur auf / als welcher verursachte / daß man der ersten beyden Namen vergaß / und mich wegen eines laͤcherlichen Possens den ich mit ihm anstellete / forthin den Teufelsbanner nennete; das fuͤgte sich also / demnach ich einsmals etliche Roßhaͤndler mit Frißlaͤndischen Pferden aus unserm Quartier in ein anders *convoir*te / und selbigen Tag

---

1 ihm] sich 7 Stattlo] Stadtlohn 16 *Salva Quardi*] Schutzwache 18 f. Nachnamen] Spitznamen 19 Farzer] Furzer 24 f. Band-Degen] ein breiter, an einem Gürtel getragener Degen
32 *convoir*te] Geleitschutz gab

nicht wieder heim kommen konte; uͤbernachtet ich bey gedachtem Bauren / der auch ein par Kerl von unserm Regiment bey sich im Quartier ligen: und eben denselbigen Tag ein par feister Schwein gemetzget hatte; er war nit wol mit uͤbrigem Bethwerck versehen / und hatte auch keine warme Stub / wie dann selbiger Orten der gemeine Brauch auf dem Land ist / und derowegen logirte ich im Heu / nachdem er mich zuvor mit allerhand Sorten guter neugebachener Wuͤrste abgespeiset hatte; dieselbe schmeckten mir so wol / daß ich nicht darvor schlaffen konte / sonder lag und *spintisi*rte / wie ich auch der Schweine selbst theilhaftig werden moͤchte; und weil ich wol wuste wo sie hiengen / nahm ich die Muͤhe / stunde auf und trug ein halb Schwein nach dem andern in einen Nebenbau / und verbarg sie daselbst under das Stroh / der Meinung solche die kuͤnftige Nacht mit Huͤlf meiner Cammerrathen zu holen; des Morgens aber als es tagen wolte / nahm ich beydes von dem Bauren und seinen Soͤhnen / das ist / den Soldaten die bey ihm lagen / einen freundlichen Abschied / und gieng meines Wegs / aber der Baur war so bald in meinem Quartier als ich selbsten / und klagte mir / daß ihm die verwichne Nacht zwey Schwein gestohlen worden waͤren; Was? sagte ich / du schlimmer Vogel / wilstu mich mit Diebs-Augen ansehen? ich machte auch so graͤßliche Minen / daß dem Tropfen angst und bang bey mir wurde / sonderlich als ich ihn fragte / ob er Stoͤsse von mir haben wolte? weil er ihm nun leicht die Rechnung machen konte / wo es hinaus lauffen wurde / wann er mich des jenigen so ich verrichtet / bezuͤchtigte / das zwar auch sonst niemand als eben ich gethan haben: Er aber gleichwol nicht auf mich erweisen koͤnte; da kam der schlaue *Vocativus* auf ein andern Schlag / und sagte / *min Heer, ik vertruvve ju nichtes boͤese, maer iken hebbe mi segen laten, dat welche Kriegers watt Kuͤnste konden macken derlichen Sachen weder bytobrengen; wan gij dat Kuͤsten, ik sall ju twen Rixtaler geuent*; ich uͤberschlug die Sach / weil wir

4 f. mit uͤbrigem Bethwerck] mit überzähligen Betten 26 ihm] sich 30 *Vocativus*] Schalck, Schlauberger

gleichwol als in unsern Quartirn *ordre* halten muste / und ersanne bald wie ihm zuthun waͤre / damit ich die zween Thaler mit Manier bekommen moͤchte / sagte derohalben zum Bauern / mein Vatter daß waͤre ein anders? Er bitte meinen *Officier*, daß er mich erlaube mit dir heim zugehen / so will ich sehen was ich kan ausrichten; dessen war er zufriden / und gieng alsobalden mit mir zu meinem *Corporal*, der mir umb sovil desto ehender erlaubte mitzugehen / weil er mir an dem Wincken meiner Augen ansahe / daß ich den Bauren betriegen wolte; dann wir hatten in den Quartirn sonst nichts zuthun als zu kurtzweilen / seitemahl wir den Koͤnig von Dennemarck aus dem Feld gejagt und alle Belaͤgerung geendigt hatten; massen wir damahls der Cimbrier gantzen *Chersonesum*: alles was zwischen dem Baltischen Meer und grossen *Oceano* zwischen Norwegen / der Erb und Wesser lag / geruhiglich beherrschten.

Zu unserer Hinkunfft ins Bauren Haus fanden wir den Tisch schon gedeckt und mit einem Botthast / einem stuͤck kalten Rindfleisch aus dem Saltz / mit troͤgen Schuncken / Knackwuͤrsten und dergleichen Dings: wie auch mit einem guten Trunck Hamburger Bier geziert; mir aber beliebte zuvor die Kunst zubrauchen / und alsdann erst zu schlampampen; zu solchem Ende machte ich mit meinem blossen Degen *en mits oper deelen* zween Ring ineinander / und zwischen dieselbige etliche *Pentalpes* und ander naͤrrisch gribes grabes wie mirs einfiele / und als ich fertig damit war / sagte ich zum Umstand / wer sich foͤrchte oder zum erschroͤcken

1 *ordre*] Disziplin 7 *Corporal*] Unteroffizier 13 Cimbrier] hier: Dänen 14 *Chersonesum*] dänische Halbinsel einschließlich Schleswig-Holstein 14 f. Baltischen Meer] Ostsee
15 grossen *Oceano*] Nordsee 15 Erb] Elbe 18 Botthast] sauer eingemachtes Schweinefleisch 19 troͤgen] getrockneten, geräucherten 22 f. schlampampen] schlemmen
24 *en mits oper deelen*] mitten auf der Diele (Tenne)
25 *Pentalpes*] Drudenfuß, fünfeckiger Stern 25 f. gribes grabes] Geschreibsel 27 Umstand] Publikum

genaigt sey / und derohalben den leibhafftigen Teuffel und sein Mutter selbst in grausamer Gestalt nicht anzusehen getraue / der moͤge wohl abtretten; darauff gieng alles von mir weg / bis auff einen Boͤhmen / der auch bey dem Bauren in Quartier lag; welcher bey mir verblieb mehr weil er auch gern zaubern gelernet / wann er nur einen Lehrmaister gehabt / alß daß er vor anderen behertzter gewesen waͤre; Wir wurden beyde verschlossen und verrigelt / damit ja niemand das Werck verhinderte / und nach dem ich dem Boͤhmen bey Leib und Lebens-Gefahr still zuschweigen aufferlegt / tratte ich mit ihm in den Ring / wie er eben anfing wie ein Espen-Laub zuzittern / weil ich dann nun einen Zuseher hatte / so muste ich der Sach auch ein ansehen machen / und eine Beschwerung brauchen; so in einer fremden Sprach geschehen muste / derowegen thaͤt ich solche auff Sclavonisch / und sagte mit verkehrten Augen und seltzamen Geberden / hier stehe ich zwischen den Zeichen welche die Einfaͤltige bethoͤren und Narren den Kolben laussen; derohalben / so sag du mir / du General Fartzer / wohin der Huͤrnen Seufrid die vier halbe Schwein versteckt / welche er verwichne Nacht disen naͤrrischen Bauren gestohlen / und solche kuͤnfftige Nacht mit seinen guten Bruͤdern vollends abzuhollen; und nach dem ich solche Beschwerung ein baar mahl widerhollet / machte ich so seltzame Gauckler-Spring in meinem Ring und liesse so vilerley Thierer Stimme mithin hoͤren / daß der Boͤhm / wie er mir hernach selbst bekant / vor angst in die Hosen gethan hette / wann er meine Schnackische Beschwerung nicht verstanden; wie ich nun des Dings bald muͤd wurde / antwortet ich mir selber mit einer hollen duͤmpern Stimme / gleichsam alß wann sie von fernen gehoͤret wuͤrde / die 4. halbe Schwein ligen im Nebenbau auff dem Stahl unterm Stroh verborgen; und damit hatte das gantze

13 f. Beschwerung] Beschwörung 15 Sclavonisch] Slowenisch 18 Kolben laussen] abprügeln, zur Vernunft bringen 24 Gauckler-Spring] Gaucklersprünge 27 gethan] gemacht 29 hollen] hohlen 29 duͤmpern] dumpfen 32 Stahl] Stall

Werck meiner Zauberey ein Ende / der Böhm aber kondte das Lachen kaum verhalten bis wir aus dem Ring kamen; O Bruder sagte er auff Böhmisch zu mir / du bist wohl ein Schalck die Leuthe zuäffen; ich aber antwortet ihm in gleicher Sprach / und du bist wohl ein Schelm wann du die Geheimnus dises Stücks nicht verschweigest / bis wir aus disen Quartiren kommen / dann solcher gestalt muß man den Bauren kratzen / wo sie es bedörffen; er versprach reinen Mund zuhalten / und hielte es nicht nur schlecht hinweg / sonder log noch einen solchen Hauffen Dings darzu / was er nemblich in wehrender *action* vor *Spectra* gesehen / daß die so mich vorm Hause nur gehöret hatten / alles glaubten und mit ihrer *authorit*ät so vil bezeugten / daß man mich vor ein Schwartz-Künstler hielte und mich beydes Baurn und Soldaten den Teuffelsbanner nenneten; ich bekam auch bald mehr Kunden Arbeit / und glaube / wann ich noch länger bey demselbigen Regiment verblieben wäre / es hätten mir etliche auch zugemuthet ich solte Reuter in Feld: und hingegen gantze Parteyen und *Esquatron*en unsichbar machen; der Baur / nach dem er sein Schweinen Fleisch wider / gab mir die zween Reichsthaler mit grossem Danck / und samt seinen Soldaten den gantzen Tag fressen vnd sauffen vollauf.

DAS XIII. CAPITEL.

Durch was vor Glücks-Fähl Springinsfeld wider ein Musquetierer unter den Schweden: hernach ein Piquenirer unter den Kayserlichen: und endlich ein Freyreutter worden.

DJe alte Meuder / welche so wohl als der Knan diser Erzehlung zuhörete / liesse sich hier hören und sagte; O du alter Scheisser / wie bistu gewislich so ein arger Baurenschinder: so ein schlauer Hünerfänger gewesen! was Mutter / antwortet Springinsfeld / Hünerfänger? Wollet ihr euch dann

11 vor] für 11 *Spectra*] Geistererscheinungen 19 *Esquatron*en] Schwadronen 24 Glücks-Fähl] Glücksfälle

einbilden ich seye mit solchen Kinderbossen: mit solchem Pubenspil umgangen? Es musten vierfüssige Thierer seyn / und darzu keine krancke / wann ich sie würdigen solte selbige mir zuzuschreiben; und zwar so waren alte Kühe die allerschlechtiste Wahr / deren ich mich annahm zubeuthen / und gleichwol hab ich ihrer hin und wider so vil rauben und stehlen helffen / daß / wann eine nach der andern und also sie allesamen mit den Schwäntzen an die Hörner zusammen gebunden wären / sie gewislich von hier bis auff euren Baurenhof raichen würden / ohnangesehen er / wie ich höre / bey vier Schweitzer Meilen von hier entlegen seyn soll; was vermeint ihr dann wohl / was ich vor Pferd / Ochsen / Mastschwein und fette Hämmel gestohlen; bedeucht euch auch wohl / daß ich vor dem grossen Vihe hab Zeit gehabt / an das kleiner als Hüner / Gäns und Enten zugedencken? Ja / ja: sagte die Meuder / drum hat dir der liebe GOtt auch das Handwerck nidergelegt / und dich eines Fusses beraubt / damit du hinfort des Kriegs müssig stehen / die ehrliche Bauren ungeplagt lassen / und dich / deine alte Diebsgriff zubüssen / mit Bettlen ernähren müssest / Springinsfeld lachte hierüber einen grossen schollen und sagte / schweigt nur still liebe Mutter / euer *Simplicius* hats kein Haar besser gemacht und gleichwohl noch seine beyde Füsse übrig / waraus ihr genugsam abnemmen könnet / daß ich mich nit an den Bauren versündigt und ihrentwegen meinen Fus verlohren; die Soldaten seynd darum erschaffen / daß sie die Bauren trillen sollen / und welchers nicht thut / der thut auch seinen Berueff nicht genug; die Meuder antwortet / der Teuffel in der Höllen würde ihnen den Lohn schon darum geben / dann wann der gütige Vatter das Kind genugsam gezüchtigt hette / so pflege er alsdann die Ruthe ins Feuer zuwerffen; Nein Mutter ihr werdet euch irren (sagte Springinsfeld) nach dem alten Sprichwort oder Reimen der ehrlichen Soldaten / welcher also lautet; so bald ein Soldat wird

---

21 einen schollen] laut, heftig 27 trillen] quälen, drillen
30 wann] wenn 33 f. ehrlichen] ehrbaren

geboren / seyn ihm drey Bauren auserkoren / der erste der ihn ernaͤhrt / der ander der ihm ein schoͤnes Weib beschert / vnd der dritt / der vor ihn zur Hoͤllen faͤhrt; und das zwar nicht unbillich / dann es habens in verwichenen Kriegs Troublen etliche Bauren vil aͤrger gemacht als die fromme Soldaten selbsten / in dem sie nit nur die Krieger beydes schuldige und unschuldige / wo sie ihrer maͤchtig worden / ermordet / sonder auch ihre aigne Nachbarn ja so gar ihre Vettern und Gevattern bestohlen / wo sie nur zukommen koͤnnen; *Simpl.* sagte / was darffs vil des *disputi*rens / es war halt Gaul als Gurr / vier Hosen eins Tuchs / die Bauren wurden von den Soldaten Schelmen: und hingegen dise von jenen Diebe genant; so / daß disen Reden nach kein ehrlicher oder redlicher Mann im Land sich mehr befandt; und dannenhero war noͤthig / daß der Edel Fridenschlus alles beschehene auffhuebe / verbesserte und einen ieden wider redlich machte; erzehle du vor dismal darvor / wie dirs hernach weiter ergieng / und vornemblich wo du den heroischen Namen Springinsfeld auffgetrieben habest.

Den hat mir / antwortet Springinsfeld / die *Courage* das Rabenaas auffgesattelt / von welcher Hex ich wenig reden wolte / wann es nicht die Folge meiner Histori erfordert; zu diser Vettel komm ich / nach dem ich mich ihrentwegen bey obengedachten Regiment mit einem stuͤck Gelt ledig gemacht hatte; Jch kan aber nicht sagen ob ich ihr Mann oder ihr Knecht gewesen sey; ich schaͤtze ich war beydes und noch ihr Narr darzu / und eben deswegen wolte ich lieber die Geschichten / so sich zwischen mir und ihr verloffen / verschwigen als offenbahr wissen; hat sie aber ihr Schreiber-Knecht auch in ihrem ehrbaren Lebenslauff entdeckt / so mag sie dort lesen wer will / ich mag einmahl mein aigne Guckgaugerey nit selbst ausblasen; sonder es ist mir genug

3 vor] für 4 f. Kriegs Troublen] Kriegswirren 11 Gurr] schlechte Stute 11 Gaul als Gurr] einerlei 11 vier Hosen eins Tuchs] einerlei 18 heroischen] iron. 28 verloffen] zugetragen haben 30 ehrbaren] iron. 32 Guckgaugerey] Los des betrogenen Ehemannes 32 ausblasen] verkünden

wann ich glauben muß / sie werde meiner so wenig als deiner verschonet haben; Dis ist gewis mein *Simplice*, daß ihre damalige liebreitzende Schoͤnheit von solchen Kraͤften war / daß sie noch wol andere Kerl als ich gewesen / an sich zu ziehen vermochte / ja sie hatte auch *meriti*rt von den allervornemsten und ehrlichsten Cavaliern bedient zu werden / wann sie nicht so Gottlos und verrucht gewesen waͤre; aber sie war in den Begierden nach Gelt so ersoffen: in allerley Schelmstuͤcken und Diebsgriffen / solches zu erobern / so abgefuͤhrt und fertig: und in Vergnuͤgungen ihrer bruͤnstigen Geilheit so gar *insationabilis*, daß ich gaͤntzlich darvor halte / es haͤtte niemand keine Suͤnde daran gethan / wann er ihr zu Ersparung Holtzes einen halben Muͤhlstein an Hals gehenckt: und sie ohne Urtheil und Recht in ein Wasser geworffen haͤtte; diese Unholde als sie meiner muͤd worden / brachte beydes durch Schmiralia und ohn Zweifel auch durch ihre tapfere Faust / darauf sie saß / zuwegen / daß ich sie wider meines Hertzen Willen quittirn muste; sie gab mir zwar ein Stuck Geld / Pferd / Kleider und Gewehr mit / hingegen aber auch den Teufel im Glas / wessentwegen ich grosse Angst ausstunde / bis ich seiner wieder ohne Schaden los wurde.

Nachdem ich nun diese Bestia solcher Gestalt verlassen / und under dem General-Wachtmeister von Altringen erstlich ins Wuͤrtenbergische / folgends in Thuͤringen und endlich in Hessen kommen / haben wir sich daselbst mit andern Voͤlckern mehr *conjugirt*, und doch sonst nichts ausgericht / als daß wir widerum wie der Schnee vergingen; Jch selbst wurde auff einer Parthey vnder die Schwedische gefangen / under denen ich auch ein Mußquetirer werden muste / biß mich die Kays. ohnweit Bacherach wider erwischten / nach-

---

5 *meriti*rt] verdient 6 ehrlichsten] angesehensten
10 abgefuͤhrt] erfahren, abgefeimt 11 *insationabilis*] unersättlich
16 Schmiralia] Schmiergelder 17 darauf sie saß] auf die sie sich verließ 26 sich] uns 27 *conjugirt*] vereinigt 31 Kays.] Kaiserlichen

dem ich zuvor dem Schweden Wuͤrtzburg / Werthheim / Aschaffenburg / Maintz / Worms / Manheim und andere Ort mehr einnemmen helffen; da wurde ich in Westphalen geschickt / des Churfuͤrsten von Coͤlln selbige Bistumber unter dem beruͤhmten Pappenheimer vor den Hessen beschuͤtzen zuhelffen; Jch muste eine Pique tragen / welches mir so widerwertig war / daß ich mich ehe hett auffhencken lassen / als mit solchen Waffen lang zu kriegen; Es war mir gar nicht wie jenem Schwaben / der ein halb Dutzet solcher Staͤnglein auff sich nehmen wolte / dann ich hatte 18. Schuh lang zuviel an einer / derowegen trachtete ich auch alle Stund darnach / wie ich ihrer wider mit Ehren los werden moͤchte; Ein Musquetirer ist zwar ein wohlgeplagte arme Creatur / aber wann ich ihn gegen einen ellenden Piquenirer schaͤtze / so bsitzt er noch gegen ihm eine herrliche Gluͤckseeligkeit / es ist verdrieslich zugedencken geschweige zuerzehlen / was die gute Tropffen vor Ungemach ausstehen muͤssen / und es kans auch keiner glauben / ders nicht selber erfahrt / und dannenhero glaube ich daß der jenige der einen Piquenirer nidermacht (den er sonst verschonen koͤndte) einen unschuldigen ermordet / und solchen Todtschlag nimmermehr verantworten kan; dann ob dise arme Schiebochsen (mit disem Spoͤttischen Namen werden sie genennet) gleich *creirt* seyn / ihre Brigaden vor dem Einhauen der Reutter im freyen Feld zubeschuͤtzen / so thun sie doch vor sich selbst niemand kein Leid / und geschicht dem allererst recht / der einem oder dem andern in seinen langen Spies rennet. Jn Summa ich habe mein Tage viel scharpffe *Occasionen* gesehen / aber selten wahrgenommen / daß ein Piquenirer jemand umgebracht hette.

Wir lagen an der Weser dort um Hameln als ich meinen Cammerrathen uͤberredet / daß er mir sein Musquette / auf die Mauserey verliehe / und so lang mein Pique trug / bis ich

22 Schiebochsen] Spottname für Pikenträger 23 *creirt*] dazu bestimmt 24 Brigaden] Heeresabteilungen 24 Einhauen der Reutter] Reiterattacke 28 *Occasionen*] Treffen, Schlachten 33 Mauserey] Diebszug

wieder kaͤme und eine Beut mitbraͤchte; es gluͤckte mir / dann unserer Drey / darunder ein Landskind war / der alle Weg und Winckel wol wuste / erkundigten einen Guͤter-Wagen / so von Premen nach Cassel zu gehen willens / und nur einen eintzigen hessischen Musquetirer zur Convoy bey sich hatte; demselben giengen wir zu gefallen allerdings bis an Hartzwald / und da er an den Ort kam wohin wir ihn gewuͤnscht / schossen wir gleich im Angriff den Musquetirer / den Fuhrmann und den Knecht nider / weil ieder seinen Mann gewis vor sich genommen; spanten hernach 6. schoͤner Pferde aus / und oͤffneten in der Eil von Ballen und Fassen was wir konten / worinnen es viel Seyden-Wahr und Englisch Tuch setzte / das allerbeste aber vor uns stack in einem Faͤßlein voller Karten / nemlich ungefehr bey 1200. Reichsthalern / welches ich zwar fande aber mit meinen Cammerrathen treulich theilte; wir sprachen den Pferden gleichsam uͤber ihr Vermoͤgen zu / und indem wir in kurtzer Zeit einen langen Weg hindersich legten / enttronnen wir aller Gefahr / und langten eben bey den unserigen wieder an / als Pappenheim sich fertig gemacht / den Bannier vor Magdenburg hinweg zu schlagen.

Gleichwie nun dieser in Unordnung aufbrach davon zu fliehen / ehe wir recht an ihn kamen; also konte solches so eilends nicht geschehen / daß er uns von seinem Nachzug nicht etlich hundert Mann auf dem Platz lassen muste; und nachdem wir alles wol ausgerichtet / die Guarnison zu uns genommen / und der Stadt oder vielmehr des Steinhauffens Bevestigung an Waͤhlen und Bollwercken zimlich *ruini*rt und zersprengt hatten; brachte ich von meinem Hauptmann / weil ich ohne das nicht ihm: sonder under ein Regiment Tragoner gehoͤrig / welches sich damals bey den Tyllischen befande / mit einer leidenlichen Verehrung zuwegen / daß er mich entliesse.

---

4 Premen] Bremen 5 Convoy] Geleitschutz 11 Fassen] Fässern 13 setzte] einbrachte 14 Karten] Musterkarten für Textilien

Also wurde ich meiner verdrießlichen Pique wieder los / *mondir*te mich und einen Knecht zum besten / und nahm bey einem Regiment zu Pferd vor einen Freyreuter Aufenthalt / so lang / bis ich wider zu meinem Regiment / darunder ich gehoͤrte / gelangen moͤchte.

DAS XIV. CAPITEL.

Erzehlet Springinsfelds ferner Gluͤck und Ungluͤck.

BEy diesem *Corpo* genosse ich des Pappenheimers Gluͤckseligkeit / der nach diesem gluͤcklichen Streich in Westphalen herum fuhr / wie eine Windsbraut / und das war ein Leben vor mich / dergleichen ich mir vorlaͤngst eins gewuͤnscht hatte; Als er die Staͤdte Lengau / Herforth / Bilefeld und andere um Geld schaͤtzte / bestahl ich hingegen da und dort die Doͤrffer und Bauren auf dem Land; als wir aber Baderborn einnahmen / setzte es bey mir zwar keine Beut / aber da wir den Bannier mit seinen vier Regimentern uͤberfielen / und Hertzog Georg von Luͤneburg buzten / folgte das Gluͤk meiner gewohnlichen Verwogenheit und schaffte mir desto mehr Raubs; vor Stade / alwo wir den Schwedischen General Todt hinweg schlugen / und es allerdings machten / wie hiebevor zu Magdeburg / bekam ich einen Rittmeister gefangen / und mit demselbigen ein goͤldene Kette von 300. Ducaten; darneben brachten ich vnd mein Knecht sovil Pferde zusamen / daß ich mich gar wohl vor einen Roß-Haͤndler hette ausgeben doͤrffen; und dieweil sich mein Gelt und Gluͤck zugleich mit vermehrte / fieng ich an zugedencken / ob ich nicht auch ein *Officier* abgeben wuͤrde.

Nirgenthin gelangten wir / da wir mit Siegten und Ehr einlegten / ausser daß wir die Hollaͤnder aus ihren Schantzen

---

2 *mondir*te] rüstete aus 8 *Corpo*] eigentlich: Corpore; hier: Heeresteil 12 Lengau] Lemgo 13 um Geld schaͤtzte] Kontributionen einzog 14 Baderborn] Paderborn 17 buzten] wegputzten, schlugen 18 Verwogenheit] Verwegenheit

vor Mastricht nit schlagen kondten / den Hessen und den Bavadis berupfften wir gleichsam wie wir wolten / und den Lüneburger der Wolffenbütel einzunemmen sich bemühete / lehreten wir einen Sprung / daß er sich selbst under das Braunschweigische Geschütz in Schutz geben müste; nach dem wir aber Hildesheim bezwungen / eylete unser Pappenheimer zu dem Wallensteiner und künfftiger Schlacht vor Lützen wie zu einer Hochzeit / in welcher aber beyderseits allertapferste Helden und berühmteste Generalen ihrer Zeit gleichsam mitten in ihrem Glückslauff an statt der Lorbeer-Kräntze mit Mirren und Rauten bekrönet worden.

Nachdem nun daselbsten der grosse *Gustavus Adolphus* und unser berühmte Pappenheimer beyde ritterlich streitend / ihr Leben zu einer Zeit / in einem Flügel gelassen / wie dann der Graf kaum eine viertel oder halbe Stund länger als der König gelebt haben soll; sihe / da erhub sich ererst die wütende Grausamkeit beyderseits fechtender Soldaten; iedwedere Seite stund vor sich selbst so vest als eine unbewegliche Maur / und was von der Battalia tod nider fiele / machte mit den entseeleten Cörpern seiner standhafften Parthey eine Brustwehr bis an den Nabel; gleichsam als wann selbige Wahlstatt um willen sie mit zweyer so tapferer Helden Martialischen Blut angefeuchtet worden / eine sonderbahre Kraft und Würckung empfangen / beydes die auf sich habende Todte und Lebendige zu dem jenigen anzufrischen und zu entzünden / was ein rechtschaffner Soldat in dergleichen *Occasionen* zu leisten schuldig; massen beyde Theil in solcher Beständigkeit verharreten / bis die stockfinstere Nacht den übrigverbliebenen abgematten Rest selbiger streitbaren Kriegs-Heer von einander sonderte.

Wir giengen noch dieselbige Nacht gegen Leipzig und folgends in Böhmen wie die Flüchtige / unangesehen unser Gegentheil die Kräfte nit hatte uns zu jagen; und da ichs

14 Flügel] im selben Augenblick 16 ererst] erst 22 Wahlstatt] Schlachtfeld 22 um willen] weil 23 Martialischen Blut] Blut der Marssöhne 27 massen] da

beym Liecht besahe / wurde ich gewahr / daß ich in der Schlacht meinen Knecht: und bey der Pagage meinen Jungen samt allem was ich vermoͤcht verloren; den letztern Schaden zwar hatten mir unsere eigne Voͤlcker zugefuͤgt / und demnach solches auch andern mehr widerfahren / als seynd von den Thaͤtern auch viel aufgeknuͤpft worden; wordurch ich gleichwol das meinig nit wieder bekam.

Diese Schlacht und darinn erlittener Verlust war nur der Anfang und gleichsam nur ein *Omen* oder *prælludium* des jenigen Ungluͤcks / das noch laͤnger bey mir *continui*ren solte; dann nachdem mich die Altringische erkanten muste ich wieder under dem jenigen Regiment ein Tragoner seyn / worunder ich mich anfaͤnglich vor einen underhalten lassen; und solcher Gestalt hatte nicht allein meine Freyreuterschaft ein End / sonder weil ich auch alles verloren / ausser dem was ich am Leib darvon gebracht / so war auch die Hoffnung pritsch ein Officier zu werden.

Jn diesem Stand hab ich wie ein redlicher Soldat Memmingen und Kempten einnehmen: und den Schwedischen Forbus strigeln helffen / in allen diesen dreyen *Occasio*nen aber kein andere Beut als die Pest an Hals bekommen / und zwar allererst / als wir mit dem Wallenstein in Sachsen und Schlesien gangen; unserer zween von meiner Compagnie verblieben an dieser abscheulichen Kranckheit zuruck / leisteten einander auch in unserm Elend getreue Gesellschafft; wann ich die erbaͤrmliche Zufaͤll betrachte / denen ein Soldat underworffen / so gibt mich wunder daß dem einen und andern der Lust in Krieg zu ziehen nit vergehet! Aber viel ein mehrers verwundert mich / wann ich sehe / daß alte Soldaten die allerhand Ungluͤck leyden und Noth ausgestanden: vil erfahren / und zum oͤfftern ihrem Verderber kuͤmmerlich entronnen / dannoch den Krieg nicht quittiren / es seye dann / daß er selbst ein Loch gewinne / oder ihre Persohnen nichts

2 Pagage] Troß 3 vermoͤcht] hatte, besaß 9 *prælludium*] Vorspiel 17 pritsch] dahin, futsch 33 ein Loch gewinne] ins Stocken gerate

mehr taugen / ferners in demselbigen fortzukommen und auszuharren; nicht weis ich was vor eine Art einer sonderbaren unbesonnenen Unsinnigkeit uns behafftet; schaͤtze wohl es seye ein Art der jenigen Thorheit damit sich die Hofleuthe schleppen / welche dem Hof-Leben; darwider sie doch taͤglich murren / nicht ehender *resigniren*, als bis sie solches mit ihres Printzen Ungnad auffgeben muͤssen; sie wollen oder wollen nicht.

Wir verharreten in einem Staͤttlein / welches auch mit unserer *Contagion* behafftet war / und zwar bey einem Barbirer der unsers Gelts gleich wie wir seiner Artzney Mittel bedoͤrfftig / wiewohl beyde theil des jenigen so das ander mangelte / wenig uͤbrig hatte; dann der Barbierer war arm / und wir waren nicht reich / derowegen muste meine goͤldene Kette / die ich hiebevor vor Stade erwischt / taͤglich ein Glaich nach dem andern hergeben / bis wir wider gesund wurden / und als wir wider zu reuten getrauten / machten wir sich auff den weeg / uns durch Maͤhren in Oesterreich zubegeben / alwo unser Regiment gute Winter-Quartier genosse.

Aber sihe kein Ungluͤck allein wann es anfangt zuwuͤten; wir beyde schwache und noch halb Krancke wurden von einer Rott Raͤuber / die wir mehr vor Bauren als Soldaten angegriffen / abgesetzt / bis auff die nackende Haut ausgezogen und noch darzu mit Stoͤssen uͤbel *tractirt*, und kondten schwerlich unser aigen Leben und vor unsere Klaider etwas von ihren alten Lumpen von ihnen erhalten; uns vor der damahligen grausamen Winters-Kaͤlte zubeschuͤtzen / welches aber nicht vil mehrers thaͤt / als wann wir uns in zerrissene Fischergarn bekleidet gehabt haͤtten; weil gleichsam Stein und Bein zusamen gefroren war; Jch hatte noch etliche Glaich von meiner goͤldenen Ketten verschluckt / darauff bestund all mein uͤbriger Trost und Hoffnung / aber ich glaub daß ihnen der Teuffel gesagt haben muß / dann sie

---

6 *resigniren*] entsagen 10 *Contagion*] Seuche 16 Glaich] Glied 18 sich] uns

behielten uns 2. Tag bey ihnen / biß sie solche alle aus dem *Excrement* bekommen / und muste ichs noch vor einen grossen Gewinn halten / daß sie mir den Bauch nicht auffgeschnitten / an statt daß sie uns endlich wider lebendig von sich liessen; Jn solchem ellenden Zustand / da uns zugleich Gelt / Klayder / Gewöhr / Gesundheit und bequem Wetter zu unserer Rais mangelte / bewegten wir kaum etliche Leuthe / daß sie uns mit Nachtherberg und einem stück Brodt zuhülff kamen / und war uns treflich gesund / daß ich / wie mein Camerad / kein *Niemezy* oder *Niemey* gewesen / der die Sclavonische Sprach nicht geköndt; sintemahlen ich durch solches Parlaren vom Mährischen Landmann beydes Essenspeis und alte Kleyder erbettelte / damit wir sich ob zwar nit ansehenlicher ziert / jedoch dicker wider die grimmige Winters-Kälte bewaffneten; Also armseelig haben wir Mähren allgemach durchkrochen / vil Ellend erlitten / und von dem Bauersmann / der dem Soldaten niemals hold wird / mehr spitzige Schmachreden als willige Steur und Allmosen eingenommen.

DAS XV. CAPITEL.

Wie heroisch sich Springinsfeld in der Schlacht vor Nördlingen gehalten.

ZU unserer Hinkunfft zu unserem Regiment wurden wir wider beritten gemacht und *mondirt*, der Wallensteiner aber zu Eger umgebracht / weil er wie man sagte / mit der gantzen *Armada* zum Gegentheil übergehen: das Ertzhaus Oesterreich vertilgen und sich selbst zum König in Böhmen machen wollen; hierdurch wurde zwar dis Hochlöbl. Ertzfürstl. Haus errettet / aber zugleich auch das Kays. Kriegsheer (dessen Obriste zum theil um der verfluchten Wallen-

10 *Niemezy* oder *Niemey*] Deutscher 11 Sclavonische] Slowenische 12 Parlaren] Reden 13 sich] uns 18 Steur] Gabe 24 *mondirt*] ausgerüstet

steinischen Zusammen-Verschwerung halber vor verdaͤchtig gehalten werden wolten) zum Gebrauch vor untuͤchtig geschaͤtzt / weil man ihre Treu zuvor probiren muste / und eben deswegen musten wir auff ein neues dem Kayser widerum schwoͤren; aber diser Verzug verursachte / daß es liederlich umb den Kays. Krieg anfieng zustehen / massen die Schwedische Generalen da und dort mit Einnemmung underschiedlicher Staͤtte gewaltig um sich griffen; bis endlich der unuͤberwuͤndlichste dritte Ferdinand damahliger Ungar: und Boͤhaimischer Koͤnig die Waffen selbst ergriffen / diser mustert uns und fuͤhrte uns bey 60 000. starck / samt einer unvergleichlichen *Artigleria* in Bayrn vor Regenspurg / welche Statt ich hiebevor nach dem ich mich von der *Courage* schaiden lassen muͤssen / mit List einnehmen helffen; von dannen ich mit meinem General dem Altringer und *Joan de Werdt* denen Schwedischen under Gustav Horn entgegen *commandirt* worden; da es dann sonderlich zu Landshut auff der Bruͤcke zimblich heis hergienge / alwo mir nicht allein mein Pferd unterm Leib: sonder auch (an welchen ein mehrers gelegen) besagter unser rechtschaffene General von Altringen todt geschossen wurde.

Nachdem nun Regenspurg und Donawert an uns uͤbergangen / und sich der Hispan. Ferdinandus Cardinal *Infant* mit uns voͤllig *conjungirt*, zogen wir auff das Rhies und belaͤgerten Noͤrdlingen; damahls war ich ein unberittener und auch sonst / (weil ich die Winter-Quartier schlecht genossen / ein Kranckheit ausgestanden / und lang nichts beuthafftigs erschnappt hatte) vermoͤgens halber ein vast armer Schelm / so gar daß man meiner auch nicht achtete noch mich irgendhin *commandirte* / als die Schweden kamen die belaͤgerte Statt zuentsetzen; in dem es aber hieruͤber zu einem vast blutigen Treffen geriethe / gedachte ich auch eine Beuth

---

1 Zusammen-Verschwerung] Zusammenrottung, Verschwörung
3 probiren] prüfen 10 Boͤhaimischer] Böhmischer
12 *Artigleria*] Artillerie 22 Donawert] Donauwörth
23 Hispan.] Hispanische, Spanische 23 *Infant*] Prinz 28 vast] ganz

zuhollen oder das Leben darüber zuverlieren / dann ich wolte vil lieber todt als ein solcher Bernheiter seyn / der nur da stehet und zusiehet / wie tapffer andere ehrlich und wohl *mondirte* Soldaten sich umb den Barchet jagen; und demnach mirs gleich golte / ob Kayser oder Schwed siegen wurde / wann ich nur mein Theil auch darvon kriegte; sihe so mischte ich mich gantz ohne Waffen ins Geträng als die *Victori* noch in der Waag stunde / und der meiste Theil der Kriegsheer mit Rauch und Staub bedeckt war; gleich hierauff kehrte die Schwedische Reutterey der *Battalia* den Rucken / weil sie sahen daß ihr Sach allerdings verlohren / nach dem sie aber vom Lothringer / *Joan de Werth* den Ungern und Croaten wider zuruck gejagt würden / über eben den jenigen Orth / da ich mich befande / des willens in eyl die da und dort ligende Todte zubesuchen und zu plündern / wird ich gezwungen niderzufallen / und mich den jenigen gleich zustellen / die ich zuberauben im Sinn hatte; das thät ich etlichmahl / bis beyderseits einander jagende Troppen den Orth *passirt*: *quittirt* und den Todten und noch halb Lebenden / deren sie abermahl daselbst zimblich sitzen liessen / allein überlassen.

Jch hatte mich kaum wider auffgerichtet / als mir ein ansehenlicher wohlmondirter *Officier* (der dort lag / sein Pferd beym Zaum hielte / und den einen Schenckel entzwey geschossen: den andern aber noch im Stegraiff stecken hatte) mir umb Hülff zuschrye / weil er ihm selbst nicht helffen köndte! Ach Bruder sagte er / hilff mir! ja; gedachte ich / ietzt bin ich dein Bruder / aber vor einer Viertel Stund hettest du mich nicht gewürdigt / nur ein eintziges Wort mir zuzusprechen / du hettest mich dann etwan einen Hund genant; ich fragte was Volcks? Er antwort / gut Schwedisch / darauff erwischte ich das Pferd beim Zaum / und mit der andern

2 Bernheiter] Müßiggänger 4 umb den Barchet jagen] nach Beute jagen 7 *Victori*] Sieg 15 zubesuchen] zu durchsuchen 19 *quittirt*] verlassen 20 zimblich] ziemlich viele 25 Stegraiff] Steigbügel

Hand eine Pistole von seinem eignen Gewöhr / und endet damit den wenigen Rest des bittenden Lebens; und dis ist die Würckung des verfluchten Geschützes / daß nemblich ein geringer Bernheuter dem allerdapffersten Helden / nach dem er zuvor villeicht auch durch einen liderlichen Stallratzen ungefähr beschädigt worden / das Leben nemmen kan; ich fande Goldstücker bey ihm die ich nicht kånte / weil ich von dergleichen grösse meine Tag noch niemalen gesehen; sein Wehrgehenck war mit Gold und Silber gestickt das Degen Gefäs von Silber gemacht und sein Hengst ein solches unvergleichlichs Soldaten Pferd / dergleichen ich meine Tage niemahlen überschritten; solches alles namb ich zu mir / und nach dem ich Gefahr merckte / also daß ich nit länger müst bey ihm zumachen oder ihn gar außzuziehen getraute / setzte ich mich auffs Pferd / und da ich die eroberte Pistolen wider lude / dann die Pistolen-Halfftern oder Büchsen-Scheiden wie sie die Bauren nennen / waren nach damahligem Gebrauch genugsam mit Patronen versehen / muste ich gleichwol bey mir selbst erseufftzen und gedencken / wann der unüberwündliche starcke Hercules ietziger Zeit selbst noch lebte / so konte er solcher Gestalt so wohl als diser prave *Officier* auch von dem aller geringsten Roß-Buben erlegt werden.

Jch rennete im vollem *Calop* hinder die unserige / und fand daß sie sonst nichts mehr zuthun hatten / als todt zuschlagen / gefangen zunemmen und Beuthen zumachen / welches lauter Zaichen der erhaltenen *Victori* waren; ich machte mir anderer gehabte Mühe zunutz / und stunt zu den Siegern in ihr Arbeit / da es mir zwar sonderlich nicht glückte / ohne daß ich blößlich noch so vil erschnapte daß ich mich

---

3 Geschützes] Feuerwaffe 5 Stallratzen] Stallburschen 9 Wehrgehenck] Schulterriemen 9 f. Degen Gefäs] Handschutz am Griff des Degens 12 überschritten] bestiegen 13 müst] Mist
13 f. müst zumachen] zu verweilen 22 prave] tapfere 24 *Calop*] Galopp 28 anderer gehabte Mühe] Mühe der anderen 28 stunt zu] gesellte mich zu 30 blößlich] nur

daraus kleyden konte / dergleichen geringes Gluͤck hatten auch die uͤbrige Kerl von meinem gantzen Regiment / doch einer mehr als der ander / ohnangesehen sie tapffer gefochten hatten.

DAS XVI. CAPITEL.

Wo Springinsfeld nach der Nordlicher Schlacht herumb *vagirt*, und wie er von etlichen Woͤlffen belaͤgert wird.

GLeich wie nun nach Erhaltung diser gewaltigen und namhafften Schlacht das grosse sieghaffte Kays: Kriegs-Heer in underschidliche Laͤnder geschickt wurde; also empfanden auch alle *Provinzen* dahin dise gelangten / die Wuͤrckung des gedachten blutigen Treffens? und zwar nicht allein was das Schwerd: sonder auch was der Hunger und was die Pest iedes absonderlich zuthun vermoͤchte? Ja wie grausamb die zusammen gestimbte erschroͤckliche *Harmonia* dieser gesambten dreyen Hauptstraffen / die Menschen zum Grab dantzen machen koͤnne; den Antheil meines Unglicks damit die damahlige armseelige Zeit gleichsam gantz *Europam* heimsuchte / uͤberstunde ich an den aller ungluͤckseeligsten Oerthern / nemblich an Rheinstrom / der vor allen andern Teutschen Fluͤssen mit Triebsall uͤberschwembt wurde; seytemal er erstlich das Schwerd / darauff den Hunger drittens die Pest und endlich alle drey Plagen zu einer Zeit und auff einmal tragen muste / in welcher unruhigen Zeit die zwar vil zur ewigen Ruhe oder Unruhe befuͤrderte / ich dem Kayser widerumb Speyr / Wormbs / Maintz und andere Ort mehr einnemmen halffe; und demnach der Weimarische Hertzog Bernhardus damals durch die Kraͤffte der Frantzoͤsischen Fluͤgel am Rhein herum schwebte / und durch sein stettigs *agirn* (in dem er an besagtem Flus wie auff einer Fickmuͤhl zuspielen wuste) nit

---

7 *vagirt*] zieht 21 Triebsall] Trübsal 28 Fluͤgel] hier: Finanzhilfen 29 *agirn*] handeln, manövrieren 30 Fickmuͤhl] Zwickmühle

nur zu der anstossenden Länder *Ruin* ursach gabe / sonder auch zum theil die seinige selbsten / vornemblich aber unsere *Armee* die damals Graf Philips von Mannsfeld *commandirte*, eusserist und zwar ohne sonderliche Schwerdstreich *ruinirte* / sihe da büste ich mit ein! Nit nur mein Pferd das mir vor Nördlingen zugestanden / (deren es / wo wir nur hin *marchirten* aller Orthen voll lag / den Undergang unserer Armee bezeugen zuhelffen) sonder auch mein gutes Geld / das ich daselbsten bekommen; dann wann mir ein Pferd vereckte / so erhandelte ich ein anders / und gab darvor meine Spannische *Real* und Jacobiner / Umgicker etc. vor guldene Spannische und Englische Kopffstücker aus / deren ein zwey oder drey silberne in meinem Sinn Golde und werth war / welche auch jederman in solchem Preis gern von mir annahm / so lang ich deren auszugeben hatte.

Als ich nun solcher Gestalt mit meiner Reichthum / gleichwie das gantze Land mit der seinigen / in Bälde fertig worden / gieng der kleine Rest unsers vor diesem unvergleichlichen Regiments in Westphalen; allwo wir under dem Grafen von Götz die Städte Dortmund / Paderborn / Ham Une / Cammen / Werl / Soest und andere Ort mehr einnehmen helffen; und damals kam ich in Soest in *Guarnison* zu ligen / allwo ich / mein *Simplice*, Kund- und Cammeradschafft mit dir bekommen; und weil du selber zuvor weist / wie ich daselbst gelebt / ist unnöthig etwas darvon zu erzehlen.

Du bist aber nicht über drey viertel Jahr zuvor vom Feind gefangen: und der Graf von Götz ist kaum ein viertel Jahr aus Westphalen hinweg *marchi*rt gewesen / als der Obriste S. Andreas *Commendant* in der Lippstatt durch einen Anschlag Soest einnam / damals verlohre ich alles was ich in langer

---

4 eusserist] aufs äußerste 11 Spannische *Real*] span. Silbermünze 11 Jacobiner] engl. Goldmünze 11 Umgicker] italienische Silbermünzen 12 Kopffstücker] Goldmünze mit aufgeprägtem Portraitkopf 13 Golde] galt, vgl. 264,14 21 Une] Unna 21 Cammen] Kamen

Zeit zusammen geraspelt und vorm Maul erspart hatte; solches und mich selbst bekamen zween Kerl von der *Guarnison* in Loesfeld / allwo ich mich auch vor einen Musquetirer gebrauchen lassen: und mich so lange hinder der Maur *patientirn* muste / bis beydes die Hessen und Frantzösische Weymarische über Rhein in das Ertzstift Cölln giengen; allwo es ein Leben setzte / dergleichen ich lang nach geseuftzet.

Dann wir fanden gleichsam ein volles Land und under dem *Lamboy* ein solche *Armatur* die wir leicht übermeisterten und von der Kemper Landwehr: ja gar aus dem Feld hinweg schlugen; disem Sig folgten Neus / Kempen und andere Oerter mehr / ohne die gute Quartir die wir genossen / und ohne die gute Beuten die hin und wieder gemacht wurden; doch wurde ich armer Tropf gleichwol anfangs nicht reich darbey / weil ich under meiner Musquette gemeiniglich bey der Compagni verbleiben muste; demnach wir aber Gülch plünderten und mit den Leuthen auf dem Land sowol im Ertz-Stifft Cölln als Hertzogthum Gülch unsers Gefallens *procedi*rn dörfften / erschunde ich soviel Gelds zusammen / daß ich mich wieder von der Musquette los zu kauffen: und mich zu Pferd zu *mondi*rn getraute.

Solches setzte ich ins Werck da es beynahe selbiger Orten schon ausgemauset war / da wir nemlich Lechnich vergeblich zur Ubergab ängstigten / und uns nicht nur die Chur-Bayerische / die bey Zons lagen / sonder auch die Spannische ans Leder wolten; dannenhero schlupfte *Guebrian* den Kopf aus der Schlinge / quittirte den Rheinstrom und führte uns durch den Thüringer Wald in Francken / allwo wir widerum zu rauben / zu plündern / zu stehlen / und gleichwol nichts zu fechten gefunden / bis wir in das Würtenbergische kommen / da vns zwar *Jean de* Werd nächtlicher Zeit ohnweit

---

1 geraspelt] gerafft 3 Loesfeld] gemeint: Coesfeld
4 f. *patientirn*] gedulden 9 *Armatur*] Besatzung
10 Landwehr] Festungsanlagen 16 Gülch] Jülich
19 *procedi*rn] verfahren 21 *mondi*rn] ausrüsten
23 ausgemauset] ausgeplündert 23 Lechnich] Lechenich

Schorndorf in die Haar gerathen / und einen Biß versetzt / aber gleichwol das Fell nicht grob zerrissen; aber wer kein Glück hat / der fällt die Nas ab / wann er gleich auf den Rucken zu ligen kommt / dann ich wurde kurtz hernach von dem Obrist-Leutenamt von Kürnried / welchen die gemeine Pursch den Kirbereuter zu nennen pflegten / auf einer Parthey gefangen und zu Hechingen / wo damals das Bayerische Hauptquartier war / wiederum dem jenigen Regiment Tragoner zugestellt / darunder ich anfänglich gedienet.

Also wurde ich wieder ein Tragoner / aber nur zu Fuß weil ich noch kein Pferd vermochte; wir lagen damals zu Balingen / und widerfuhre mir ein Poß um selbige Zeit / welcher zwar von keiner *Importanz*, gleichwol aber so seltzam / verwunderlich und mir so eine schlechte Kurtzweil gewesen / daß ich ihn erzehlen muß; ohnangesehen ihrer viel / denen der damalige elende Stand des *ruinir*ten Teutschlandes unbekant / mir solches nicht glauben werden.

Demnach unser *Commendant* in balingen Kundschafft bekommen / daß die Weimarische under Reinholden von Rose 1200. Pferd starck außgangen uns auffzuheben / gedachte er solches an Ort und End zu *notificir*n / von dannen *succurir*t werde könte; weil ich dann wie obgemeldet / noch ohnberitten: Zumahlen mir Weeg und Steg wohl bekant / auch meine Persohn so beschaffen war / daß man mir kecklich zutrauen kondte / ich würde die Sach wohl ausrichten; als wurde ich in Bauren Kleydern mit einem Schreiben nach Villingen geschickt / von diser obhandenen Rosischen *Cavalcada* Nachricht dorthin zubringen; und golte gleich / ob ich vom Gegentheil underwegs gefangen würde oder nicht / dann wann solches geschehen wäre / so hette der

6 Kirbereuter] Kirmesreiter 11 vermochte] besaß
13 *Importanz*] Wichtigkeit 14 schlechte] schlichte, kleine
20 auffzuheben] ausheben, vertreiben 21 *notificir*n] melden
21 von dannen] von wo 21 *succurir*t] (er) unterstützt
27 obhandenen] bevorstehenden 27 f. *Cavalcada*] Reiterzug
30 wann] wenn

Feind erfahren daß sein Anschlag entdeckt gewesen / und derowegen solchen wider eingestellt; aber ich kam glücklich durch / und liesse mich auch gegen Abend wider abfertigen / umb die Nacht über wider auff Ballingen zukommen / als ich nun durch ein Dorff passirte / darinnen keine Mäus geschweige Katzen / Hund / und ander Vieh / vil weniger Menschen sich befunden / sahe ich gegen mir einen grossen Wolff *avanziren*, welcher *recta* mit auffgesperrtem Rachen auff mich zugieng / ich erschrack / wie leicht zugedencken / weil ich kein ander Gewöhr als einen Stecken bey mir hatte; *retirirte* mich derowegen in das negste Haus / und hette die Thür hinder mir gern zugeschlagen / wann es nur eine gehabt / aber es mangelte deren so wohl als der Fenster und des Stuben Ofens; Jch gedachte wohl nit / daß mir der Wolff in das Haus nachfolgen würde / aber er war so unverschamt / daß er den Orth nicht *respectirte*, der zur Menschlichen Wohnung gewidmet worden / sonder zottelte in einem *reputir*lichen Wolffgang fein allgemach hernach; dannenhero ich nothwendig mein *Refugium* die erste und andere Stiege hinauff nehmen muste; und weil mich der Wolff sehen liesse / daß er auch Stiegen steigen konte so wol als ich / wurde ich gezwungen mich in aller Eil / welches zwar kümmerlich und mit grosser Noth geschahe / durch ein Tageloch hinauf auf das Tach zu begeben; da muste ich eilends die Zigel rucken und zerbrechen / um mich auf den Latten zu behelffen / auf welchen ich ie länger ie höher hinauf kletterte / und als ich mich hoch genug daroben: und also vor dem Wolf in Sicherheit zu sein befande / öffnete ich im Tach ein grössere Lucken / um dardurch zu sehen / wann der Wolf die Stige wieder hinab spatziren: oder was er sonsten thun wolte.

Da ich nun hinunter schauete / sihe / da hatte er noch mehr Cammerrathen bey sich / welche mich ansahen / und sich mit Geberden stelleten / als ob sie einen Anschlag zu

8 *avanziren*] vorrücken 8 *recta*] geradewegs 10 f. *retirirte* mich] zog mich zurück 17 f. *reputir*lichen] ansehnlichen 19 *Refugium*] Zuflucht 23 Tageloch] Luke

erstimmen begriffen / wie sie mir beykommen moͤchten; ich hingegen schargirte mit halben und gantzen Ziglen auf sie hinunder / konte aber durch die Latten weder gewisse noch satte oder starcke Wuͤrf thun; und wann ich gleich den einen oder andern auf den Peltz traf / so bekuͤmmerten sie sich doch nichts darum / sondern behielten mich also belaͤgert oder ploquirt; indessen ruckte die stockfinstere Nacht herbey / welche mich / so lang sie unsern Horizont bedeckte / mit scharpfen durchschneidenden Winden und undermischten Schneeflocken gar unfreundlich *tractirt*e / dann es war im Anfang des *Novembri* und dannenhero zimlich kalt Wetter / so / daß ich mich kuͤmmerlich dieselbe Winter-lange Nacht auf dem Tach behelffen konte; uͤberdas fiengen die Woͤlfe nach Mitternacht eine solche erschreckliche Music an / daß ich vermeinte / ich muͤste von ihrem grausamen Geheul uͤbers Tach herunder fallen; in Summa es ist unmuͤglich zu glauben / was vor eine elende Nacht ich damals uͤberstanden; und eben um solcher eussersten Noth willen darinn ich stack / fienge ich an zu bedencken in was vor einem jaͤmmerlichen Zustand die trostlose Verdammte in der Hoͤllen sich befinden muͤsten / bey denen ihr Leiden ewig wehret / welche nicht nur bey etlichen Woͤlffen: sondern bey den schroͤcklichen Teuffeln selbsten: nicht nur auff einem Tach: sonder gar in der Höllen: nicht nur in gemeiner Kaͤlte / sonder in ewig brennendem Feur: nicht nur eine Nacht in Hoffnung erloͤst zuwerden / sonder ewig ewig gequellt wuͤrden; Dise Nacht war mir laͤnger als sonst vier / so gar daß ich auch sorgte / es wuͤrde nimmermehr wider Tag werden / dann ich hoͤrete weder Haanen kraͤen noch die Uhr schlagen / und sasse so unsanfft und erfroren dorten im rauhen Lufft / daß ich gegen Tag all augenblick vermeinte / ich muͤste herunder fallen.

2 schargirte] griff an 3 gewisse] sichere 7 ploquirt] blockiert

DAS XVII. CAPITEL.
Springinsfeld bekombt *Succurs*, und wird widerum ein reicher Tragoner.

JCh erlebte zwar auff meinem Tach den lieben Tag widerumb / ich sahe aber drum nichts / daraus ich einige Hoffnung zu meiner Erlösung hette schöpffen mögen; sonder hatte vilmehr Ursach gleichsam gar zuverzagen / dann ich war müd / matt / schläfferig und noch darzu auch hungerig; ich beflisse mich sonderlich / mich des Schlaffens zuenthalten / weil die geringste Einnickung der Anfang meines ewigen Schlaffs gewesen wäre / sintemal ich alsdann entweder erfrieren oder über das Tach herunter burtzlen müssen; indessen bewachten mich die Wölffe noch immer fort / ob zwar bisweilen deren etliche die Stiege auff und ab spatzirten; nach den jenigen die oben im Hause underm Tach verblieben / warff ich zwar ohne underlas mit Zieglen / ob ich sie villeicht vertreiben möchte; es nutzte mir aber zu nichts anders / als daß ich mich durch dasselbige *Exercitium* des Schlaffs erwehrte / und mir den Schatten oder eine Copey einer geringen Wärme in die Glider schaffte; Vnd dergestalten brachte ich bey nahe den gantzen Tag zu.

Gegen Abend aber / da ich mich schier allbereit in mein gäntzliches Verderben ergeben hatte kamen fünff Kerl in sachtem Kalopp daher geritten / welchen ich gleich an fertighaltung ihres Gewehrs ansahe / daß sie zu *recognosci*rung deß Dorffs vorhanden; den letzten kante ich am Pferd / daß es ein Wachtmeister vom Sporckischen Regiment war / der mich gar wol kennet / die erste wurden meiner von fernen gewar / und sahen mich anfänglich vor eine Schiltwacht: und da sie sich besser näherten / vor einen Bauren an / befahlen mir derowegen auch als einen Bauren / ich solte herunder

2 *Succurs*] Unterstützung 18 *Exercitium*] Übung
19 Copey] Abbild, Spur 25 *recognosci*rung] Erkundung, Auskundschaftung

steigen oder sie wolten mich herunder schiessen; als ich aber gedachten Wachtmeister mit Namen nennete / mich damit zu erkennen gab / und darneben versicherte / daß in 24. Stunden kein vernünfftige Seele im Dorff gewesen / sintemal ich so lange auff dem Dach Schiltwacht gehalten; erzehlet ich ihnen auch zu gleich mein Geschäffte und was vor Creaturen mich in meinem beschwerlichen Arrest hielten; hierauff folgte gleich der Obriste Sporck selbsten mit einem starcken Trouppen / und als er meine Beschaffenheit vernam / liesse er alsobalden zehen Reitter mit ihren Carbinern absteigen: in das Haus gehen und sonst das Haus umstellen / auch Schiltwachten ausserhalb dem Dorff aufführen; als nun jene ins Haus gestürmbt / wurden 8. Wölff so erschossen als sonst nidergemacht / und im Keller fünff Menschliche Cörper gefunden / von welchen sie auch so gar etliche Gebein auffgefressen hatten; vermög eines Gesteck Messers / eines Stahels / zweyer Paßzedel / vnd eines Wexelbrieffs der nach Vlm lautet / wie auch eines Gürtels darinnen Ducaten vernehet waren / ist ein Mezger under disen gewesen / der die Thonau hinunder gewolt / etliche Vngar Ochsen zu kauffen / und ohne dise fünff Menschen-Köpffe / fanden wir auch Aas von andern Thieren / also daß es in disem Keller einer alten Schindgruben ähnlich sahe.

Gedachter Obriste war mit 500. Pferden aus / vmb Rothweil zu erkundigen / was die Weymarische im Sinn hetten / und da er solcher gestalten von mir erfuhr was deß Rose *Intention* wäre / befahl er alsobalden in demselbigen Dorff zu füttern / das ist / den Pferden zu fressen zu geben / was ieder von kurtzem Futter hindersich führte: dann in demselbigen Dorff war nichts vorhanden / daß die Pferde geniessen konden / als das Stro auff etlichen Dächern / und alsdann füetterte auch ein ieder sich selbsten / mich aber deß Obristen

10 Carbinern] Karabiner, Gewehre mit verkürztem Lauf
16 Gesteck Messers] Messer in einer Scheide 16 Stahels] Degens
17 Paßzedel] Passierscheine 17 Wexelbrieffs] Geldanweisung
23 Schindgruben] Kadavergrube

kalte Kuch / von deren mir mildiglich mitgetheilt wurde / als dessen ich damals auch trefflich vonnöthen.

Der Obriste hielte die Begegnus mit den Wölfen vor ein gut *Omen*, noch ferners ein unverhoffte Beut zu erhalten. Er gedachte auf Bahlingen zu gehen und mit Zuziehung unserer daselbst ligenden Tragoner dem Rosa einen Streich zu versetzen; ich wurde auf ein Hand-Pferd gesetzt den richtigsten Weg zu reisen; aber ehe wir gar zwo Stund in die Nacht *marchi*rt hatten / krigten wir Kundschaft / daß Rosa sich zwar bey Balingen sehen lassen / aber nicht der Meinung die Tragoner auszuheben / sonder den Ort / den er vor leer gehalten / zu besetzen; weil er aber zu spat kommen / hätte er sich in das Dorf Geislingen *logi*rt / um über Nacht daselbst ligen zu bleiben; hierauf ändert der Obriste alsobald seinen Anschlag / und nam seinen Weg gerad auf Geislingen zu / allwo wir auch unversehens um eilf Uhr ankamen / und den Rose mit bey sich habenden vier Regimentern gar unseuberlich aus dem ersten Schlaf weckten; bey 300. Reutern setzten ins Dorf / die übrige aber hielten davor haussen / und zündeten es an vier Orten an / darauf wurden gleichsam in einem Augenblick diese 4. Regimenter zerstöbert und *ruini*rt; 200. wurden gefangen ohne die Officir / und sonst viel schöne Beüten gemacht; und demnach ich von dem Obristen erhalten / daß ich auch in das Dorf lauffen und mich um eine Beut umschauen möchte / als durchschliche ich die Häuser zu eusserst am Dorf und zunegst an einem Ort da es brante / und bekam drey schöne gesattelte Pferd mit aller Zugehör und einem Jungen / dessen Herr sich mit samt dem Knecht entweder zu Fuß darvon gemacht: oder sich sonst versteckt hatte / weil er das niderbixen unserer im Feld haltenden Reuter geförchtet / als die gemeiniglich nur den Flüchtigen zu Pferd zusetzten.

Des Morgens frühe liesse mich der Obriste mit meiner

---

1 Kuch] Küche 7 Hand-Pferd] Ersatzpferd 8 reisen] in späteren Drucken: weisen 19 haussen] außerhalb 30 niderbixen] niederschießen

Beut wiederum nach Balingen reiten / unserm *Commendant*en und seinen Tragonern die Bottschaft seines glücklich verrichten Einfalls zu bringen; ich war willkommen / nicht allein wegen der Bottschafft die ich brachte / sonder auch wegen der guten *Recommendation*-Schreiben / die mir der Obriste beydes meines wolverhaltens und meiner ausgestandenen Gefahr halber mitgetheilet hatte; der *Commendant* hatte mir ein Dutzet Thaler versprochen / wann ich zu meiner Wiederkunfft die Bottschafft recht ausgerichtet haben würde; weil ich aber ietz so wol heim kam / verehrte er mir deren zwey und machte mich noch drüberhin zu einem Corporal / derowegen versilberte ich das eine Pferd / und *mondir*te mich und einen Knecht aus dem erlösten Geld desto stattlicher / machte auch abermal hohe Gedancken / ob ich nicht noch mit der Zeit ein Kerl von *æstimation* abgeben wurde; eben auf denselbigen Tag daran ich so gros worden / gieng Rothweil an den *Guebrian* über / aber die Weimarische haben dise Stadt nicht viel länger behauptet / als bis die Tuttlinger Kirchmes gehalten worden (auf deren ich zwar wenig Beuten einkramen könden weil ich als ein Under-Officir anders zu thun hatte) dann nachdem solche vorüber / nahm sie unser General von *Mercy* mit Accord wieder hinweg; und weil ich damals auch etwas von der ausziehenden Pagage angepackt / wäre ich beynahe / wie andern Mausern mehr widerfuhr / harquebusirt oder wol gar / als ein Corporal der andern abwehren sollen / aufgehenckt worden / dafern mich mein gutes Pferd nicht beyzeiten aus der Gefahr getragen: und zehen Thaler die ich den Nachjagenden *spendir*te / aus den Händen des Profosen und Steckenknechts errettet hätte.

Gleich hierauff bekamen wir gute Winter-Quartier; vnd ob gleich Herr Corporal Springinsfeld anfänglich in denselbi-

---

5 *Recommendation*-Schreiben] Empfehlungsschreiben
15 *æstimation*] Wertschätzung 18 Kirchmes] Kirchweih, Kirmes, iron.: Schlacht 22 Accord] kampflose Übergabe nach Vereinbarung 24 Mausern] Dieben 25 harquebusirt] erschossen
29 Profosen] Militärrichter 29 Steckenknechts] Büttel

gen eine herbe Haupt-Kranckheit uͤberstunde / also / daß ihm auch kein Haͤrlein Heu auf der obern Buͤhne uͤbrig verblibe / so schlug es ihme dannoch hernach so wol zu / daß er mitten im Krig einen solchen fetten Kopf uͤberkam / wie ein Dorf-Schultheis mitten in Friedens-Zeiten.

DAS XVIII. CAPITEL.
Wie es dem Springinsfeld von der Tuttlinger Kirchmes an bis nach dem Treffen vor Herbsthausen ergangen.

DEn folgenden Sommer fuͤhrete vns der kluge General Freyherr von Merci wider mit einer schoͤnen / und zwar fast auff ein alt-Fraͤnckische oder Hollaͤndische Manier / da alles mit guter Ordre zugehet / zu Felde / das vornembste daß wir gleich Anfangs verrichteten / war die Einnemmung der Stadt Uberlingen / deren Guarnison nun eine Zeit lang grosse Ungelegenheit auff vnd vmb den Bodensee herumber gemacht hatte / diser folgte Freyburg im Preißgau / die nun etliche Jahr nacheinander mit Einziehung der *Contribution*en gleichsam wie eine *milita*rische Koͤnigin uͤber den gantzen Schwartzwald geherrschet und sich aus ihm bereichert; Wir hatten aber dieselbige Statt kaum in unsern Gewalt / als der *Duc de Anguin* vnd Tourrainne ankommen / vns in vnserm wolbefestigten Laͤger auff die Finger zuklopffen; Massen sie auf die Schantzen gestuͤrmbt vnd weder ihrer Soldaten Blut noch deren Lebens verschonet / gleichsam als wann sie nur wie die Pfifferling uͤber Nacht gewachsen waͤren; Sie stuͤrmten mit vnglaublicher Furi gegen vns hinauff / wie *resolut*e Helden / wurden aber iedesmal beydes zu Roß vnd Fuß dermassen bewillkombt und wider abgefertigt / daß sie mit ih-

---

1 herbe] schlimme 1 Haupt-Kranckheit] möglicherweise Typhus 2 obern Buͤhne] Kopf 11 alt-Fraͤnckische] altdeutsche, unverdorbene 12 Ordre] Disziplin 17 *Contribution*en] Kriegssteuern 22 Massen] da 26 Furi] Wut 26 *resolut*e] entschlossene

rem haͤuffigem herunder buͤrtzlen der uͤberstreuten Wahlstatt ein Ansehen machten / als wann es Soldaten geschneyet haͤtte; es war auch billich / daß die jenige / deren Leben gering geachtet wurde / dasselbe auch gering verlieren solten; den andern Tag gieng es noch hitziger her / und kan ich wol schweren / daß ich mein Tage niemals darbey gewesen / da man schaͤrpffer einander zugesprochen als eben vor diesem Freyburg! Es hatte das ansehen / als wann die Frantzosen nicht uͤbers Hertz wolten oder koͤnten bringen / uns ohn uͤberwunden von sich zu lassen / und eben dahero fochten sie desto tapferer ja unsinniger! hingegen stritten wir vernuͤnftig und mit grossem Vortheil; dahero kams / daß unserer nicht vil uͤber 1000. jene aber uͤber 6000. erschlagen und verwundet worden.

Wir Tragoner haben neben dem Cuͤrassirern under Johann von Werds Anfuͤhrung das beste gethan / und wann unserer mehr zu Pferd gewesen waͤren / so wurde den Frantzosen ihre Frechheit uͤbel eingetrenckt seyn worden; Wir kamen zwar mit einem blauen Aug darvon / aber mit grosser Ehr / dieweil wir sich eines solchen starcken Feinds ritterlich erwehret und ihm allerdings den dritten Theil so vil Volcks zu nichts gemacht als wir selbst starck gewesen; hingegen hatten die Frantzosen auch keine Schand darvon / als die ihre verwegene Tapfferkeit genugsam sehen lassen / es seye dann einem aufzuheben oder vorzurucken wann er so viler Soldaten Blut unnuͤtzlich verschwendet / oder sonst ohne Noth mit dem Kopf wider eine Maur lauft.

Da wir sich nun in unserm Wuͤrtenbergischen Lande ein wenig erschnaubet und zugleich *marchi*rend sich um einen Raub umschauten / vermuteten wir solchen in der undern Pfaltz zu erhaschen; derowegen rumpelten wir hinein / und gleich darauf in Mannheim mit stuͤrmender Hand / worin-

1 buͤrtzlen] Purzeln 9 f. ohn uͤberwunden] unüberwunden
15 Cuͤrassirern] Kürassiere, Reiter mit Brustharnisch 20 sich] uns
25 aufzuheben oder vorzurucken] vorzuwerfen 28 sich] uns
29 sich] uns

nen ich abermal / weil ich einer under den ersten war / der hinein kam / eine ansehnliche Beut von Geld / Kleidern und Pferden machte; disem nach seuberten wir höchst von der hessischen Besatzung *per* Accord / und nahmen Bensheim mit Sturm ein / allwo mein Obrister das Leben durch einen Schuß einbüste / darinnen hauseten wir etwas *rigoro*ser als Chur-Bayrisch / und machten daß sich Weinheim auch auf Gnad und Ungnad an uns ergab.

Umb dise Zeit stunde es umb unsere *Armee* überaus wohl / dann wir hatten an dem *Mercij* einen verständigen und dapffern *General* / an dem von Holtz gleichsamb einen Atlanten / der die Beschaffenheit aller Weeg / Steg / Päss / Berg / Flüss / Wälder / Felder und Thäler durch gantz Teutschland wohl wuste / dahero er das Heer beydes im *marchirn* und *logirn* zum aller vortelhafftigen führen und ein *quarti*ren: Auch wann es an ein schmeissens gehen solte / seinen Vortel bald absehen konte; am *Ioann de Werd* hatten wir einen praven Reutters-Mann ins Feld mit welchem die Soldaten lieber in eine *Occasion* als in ein schlechtes Wintter *Quartier* giengen / weil er den Ruhm hatte / daß er beydes in offentlichen fechten und Verichtung seiner heimlichen Anschläge sehr glückseelig sey; an dem Württenberger-Land und dessen Nachbarschafft hatten wir einen guten Brod-Korb / welches schiene / als wann es nur zu unserem Underhalt und unsere jährliche Winter *Quartier* darinnen zunemmen / erschaffen worden; der Churfürst aus Bayern selbst / warlich ein erfarner Feld-Herr und weiser Kriegs-Fürst / war gleichsamb unser Vatter und Versorger / welcher uns gleichsamb von weitem zusahe / *dirigir*te und von Haus aus mit seiner klugen und vorsichtigen Feder führte; und was das allermeiste war / so hatten wir lauter versuchte und tapffere Obriste beydes zu Roß und zu Fueß / und von denselbigen an bis auff den geringsten Soldaten / eytel geübte / Hertz- und

4 *per* Accord] kampflose Übergabe nach Vereinbarung 16 an ein schmeissens gehen] zum Kampf kommen 17 Vortel] Vorteil 31 versuchte] erfahrene 33 eytel] nur

standhaffte Krieger; und ich dörffte beynahe kecklich sagen / wann ein Potentat im Anfang seines Kriegs gleich eine solche *Armee* beysammen hätte / daß er sein Gegentheil der noch zweymal so viel *Tyrones* bey einander dannoch leichtlich besigen möchte.

Aber ich mus wider auff meine Histori kommen / die verhält sich kürtzlich also / daß nemblich nach geendigtem Winter *Quartier* die maiste von uns in Böhmen zu den Kays: giengen / und von den Schwedischen vor Janckau ihr Theil Stösse holleten / und haben wir solcher Gestalt ihrer Unglückseeligkeit offt entgelten: und die Scharte ihrer Waffen die sie ich weis nit aus was Ursachen oder übersehen hier und da empfangen / mit Darstreckung unserer Hälse öffters auswetzen: Ja zu Zeiten ihrentwegen gar einbüssen müssen / wie dann vor dis mal auch beschehen; ich befande mich damals nicht in obbesagten Treffen / sonder im Württenbergischen / in welcher Gegent mein Obrister zu Nagolt die Schantze heßlich übersehen und zum Lohn seiner Unvorsichtigkeit das Leben erbärmlicher Weise eingebüst; und damals kam es darzu / daß ich aus einem *Corporal* zu einem *Forier* gemacht wurde; eben als der von *Mercij* unsere Völcker hin und wider zusammen zohe um dem *Tourenne* zuwehren / daß er sich in unserm Gäu: Jn Schwaben und Francken / daraus wir uns selbst zuerhalten gewohnet waren / nicht zu heimisch und gemein machen solte.

Und dises ist dem von *Mercii* vor dismal auch noch gelungen / massen er ohnversehens auff die Frantzösische loß gangen und sie bey Herbsthausen dermassen geklopffet / daß ihm *Tourraine* das Feld raumen und viel vornehme *Officier* und *Generals*-Persohnen hinderlassen müssen; ich wurde in disem Treffen zeitlich durch einen Schenckel doch nicht gefährlich geschossen / gleichwol aber dardurch etwas zuerbeüthen / undichtig gemacht / weil ich die noch stehende Weder be-

4 *Tyrones*] Rekruten 8 Kays] Kaiserlichen 18 heßlich] fahrlässig
21 *Forier*] für die Verpflegung zuständiger Soldat 22 zohe] zog
31 zeitlich] sogleich 33 undichtig] untüchtig, unfähig

streitten helffen: Noch den fluͤchtigen nachjagen konte; welches mich so Blut uͤbel verdrosse / daß ich zwen gantzer Tag mit allem meinem Fluchen kein Vatter Unser zusammen bringen konte; dann weil mein harte Haut bishero nur mit den ankommenden Kuglen geschertzt / vermeinte ich es solte nicht seyn / daß ein anderer mehr als ich koͤnnen: und mich eben jetzt da etwas zuerrappen / beschaͤdigen solte.

DAS XVIIII. CAPITEL.
Springinsfeld fernere Historia bis auff das Bayrische *Armistitium.*

DJe Fruͤchte diser erhaltenen ansehenlichen *Victori*, war ohne die Beuten und die gefangene nichts anders als das unsere *Armee* bis an die niderhesische Graͤntze hinunder gieng und *Amœne*burg entsetzte / vor Kirchhain sich vergeblich bemuͤhete / und dardurch in ein Wespen-Nest stache; das ist / daß sie den *Tourrine* sich mit dem Hessen zu *conjungirn* verursachten; wessentwegen sie dann den Ruckweg wider dahin nemmen muste / woher sie kommen war; ich lag damals im Tauber Grund mit andern beschaͤdigten mehr / und liesse mich an meiner empfangenen Wunden *curirn*; aber als sich unsere *Armee* mit einem *Succurs* von ungefaͤhr fuͤnffthalb tausend Mannen / den ihr der Graff von *Geleen* zugebracht / nach Hailbrun zohe / und selbige Statt mit Voͤlckern under dem Obristen Fugger / Obristen Caspar und meinem Obristen versterckte / muste ich auch dort ligen bleiben.

Jn dessen giengen die *Conjungirt*e Hesische / *Tourrenni*sche / und Koͤnigsmarckische Voͤlcker in die under Pfaltz / namen den *duc d'Anguin* zu sich und *marchir*ten den Necker hinauff / uns und die unserige zuerfolgen; zwar liessen sie uns zu Hailbrun wohl ligen; Aber Winpfen wurde ihr erster

10 *Armistitium*] Waffenstillstand 19 beschaͤdigten] Verwundeten 21 *Succurs*] Hilfstruppe 23 Hailbrun] Heilbronn 28 Necker] Neckar 29 zuerfolgen] einzuholen

Raub / als welches sie beschossen / mit stuͤrmender Hand eingenommen / und auff 600. Mann von uns darinnen so gefangen bekommen als nidergemacht haben; daselbst seynd sie uͤber den Necker an die Tauber gangen und haben sich vieler ohn besetzten Oerter auch der Statt Rothenburg bemaͤchtigt; endlich brachten sie unser *Armee* zum Stand / erhielten von ihnen einen blutigen Sieg bey Allerheim / warbey unser tapfferer *General* Feldmarschall von *Mercij* das Leben auch eingebuͤst; folgents namen sie Noͤrdlingen mit *accord* ein / und zwangen den Obristwachtmaister von meinem Regiment / der mit 400. von unsern Tragonern und 200. Musquedierern in Dinckelspiel lag / daß er sich ihnen nicht mit *accord* sonder auff Gnad und Ungnad ergeben muste; und weilen sich dise Voͤlcker musten understellen / wurde unser Regiment mehr dardurch geschwaͤcht / als wann es auch in dem Treffen gewesen waͤre; von dar giengen sie uͤber schwaͤbischen Haall gegen uns loß / weil es uns auch gelden solte / und fiengen an gegen uns zu *agirn* und sich zuverschantzen; so bald sie aber der unseren Ankunfft vermercken / als welche Ertz-Hertzog Leopold Wilhelm mit 16. Kays: Regimentern versterckt hatte / sihe da verschwanden sie wie Quecksilber / oder zerstoben doch auffs wenigst von einander / als wann sie die Schlacht vor Allerheim nicht erhalten haͤtten; und ich kan auch nicht sehen / was sie dise teure *Victori* anders genutzt / als daß sie die unserige ein wenig geschwaͤcht und den beruͤhmten *Mercij* aus dem Weeg geraumet / dann sie wurden bis nach Philipsburg verfolget / und verlohren alle Oerter widerum die sie zuvor erobert hatten; wir bekamen auch zu Wimpffen 8. schoͤne halbe Carthaunen 1. Feldstuͤck / 1. Feur-Moͤrsel / und hin und wider vil Mannschafft von ihnen / darvon sich die Teuͤtsche alle understellen und also unsere *Armee* wider verstaͤrcken musten; folgents

---

12 Dinckelspiel] Dinkelsbühl 16 f. schwaͤbischen Haall] Schwäbisch Hall 23 erhalten] gewonnen 29 Carthaunen] schwere Geschütze 30 Feldstuͤck] kleineres Feldgeschütz 30 Feur-Moͤrsel] Steilfeuergeschütz 31 understellen] dienen, Dienst annehmen

giengen wir wider in unserem gewöhnlichen Gäu / das ist in Francken / im Anspachischen und Würtenbergischen Lande in die Winter-Quartier / die Kaiserl: aber in Böhmen.

Ehe das Jahr gar zu End lieffe / marchirte der Kern unserer Armee in Böhmen zu den Kaiserl: der Hoffnung denen daselbst befindlichen Schweden einen guten Streich zu versetzen; weil es aber ausser der Zeit und hierzu gar unbequem Wetter war / zumalen die Schweden auch von sich selbsten dasselbe Königreich quittirten / wurde nichts anders drauß / als das widerumben etliche Oerter von den Schweden in der Kaiserlichen Hände kommen.

Den folgenden Sommer aber / als das Gegentheil zwischen den Fürstenthumen des Nidern und Obern Hessen anfieng um sich zu greiffen / seynd wir auch gegen demselben mit Ernst zu Feld gangen / und durch die Wetterau bis zwischen Kirchheim und Amöneburg ihme entgegen gezogen / da es zwar zu keiner Haupt-*Action* kommen / aber gleichwol durch *commandir*te Völcker an der Om ein lustiges Soldaten-*Exercitium* gesetzt / worinn ich einen Leutenamt von den Hessen gefangen: und ein schönes Pferd / samt 60. Reichsthalern an Geld von ihm kriegte; weil dann der Feind nicht schlagen wolte sonder ohnweit Kirchheim in seinem verschantzten und wol proviantirten Läger verblibe / wir aber an Fourage Mangel litten / zogen wir uns zuruck in die Wetterau / uns folgten die Schwedische und Hessen / als die sich mit dem *Tourenne conjungi*rt hatten; da stunde ein Seit diß: das ander Theil jenseit der Nidda in Battalia / spilte mit Stücken zusammen und sahen einander an wie zween zähnbleckende Hund / die einander ohne Vortheil nicht anfallen wollen; endlich liessen sie uns gegen dem Camberger Grund marchirn / sie aber giengen in vollen Sprüngen über den Main und der Thonau zu / und liessen uns das Nachsehen.

---

5 in] nach 16 Kirchheim] Kirchhain 17 Haupt-*Action*] Entscheidungsschlacht 18 Om] Ohm 19 Soldaten-*Exercitium*] Schlacht, Treffen 24 Fourage] Verpflegung 27 f. spilte mit Stücken zusammen] beschossen sich mit Feldgeschützen

Unser Obrister wurde geschickt samt denen jungen Kolbischen den vereinigten Feinds Armeen vorzukommen / um ein und anders der unserigen Oerther zubesetzen; und ob uns gleich Koͤnigsmarck bey Schwabenhausen zwackte / so seynd wir jedoch noch in 800. Pferd starck in Augspurg angelangt / eben als sich die Schweden vergebliche Hoffnung gemacht / selbe Statt in guͤte einzubekommen; gleich darauff kam der Obriste Rouyer noch mit vierthalbhundert Tragonern zu uns; warauff die Schweden uns in aller eyl belaͤgerten / und in kurtzer Zeit mit *approchiren* unter die Stuͤcke auff den Graben kamen; und ich glaube auch / sie wuͤrden uns gewaltig hais gemacht: und endlich auch die Statt gar uͤberkommen haben / wann sich die unserige nicht bald darvor *præsentirt* hetten; als welche sich nunmehr wider mit neuem *Succurs* verstaͤrckt hatten / und die Feinds-Voͤlcker desto kuͤhner von der Belaͤgerung hinweg schroͤckten.

Jn dieser Statt muste ich neben andern *commandirten* Tragonern ligen / bis Bayrn und Coͤlln mit den Frantzosen / Schweden und Hessen einen halben Friden oder wenigst (ich weis selbst nit was es war) ein Stillstand der Waffen machte; als solcher geschlossen / wurde ich und andere mehr durch Fusvoͤlcker abgeloͤst / und kam wider zu meinem Regiment / als es um Deckendorff herum auff der faulen Beerenhaut muͤssig lag.

Es kondten aber etliche unserer Generals-Persohnen und Obriste eine solche Ruhe schwerlich ertragen / also daß sie sich understunden mit ihren underhabenden Voͤlckern zu den Kayserlichen uͤberzugehen / zuvor aber ihres eignen Feldherrn Laͤnder / vor welche sie bishero so ritterlich gefochten / zu pluͤndern / under welchen vornemlich mein Obrister auch gewesen / der doch ein Soldat von *Fortun*: und

---

4 Schwabenhausen] Schrobenhausen 10 *approchiren*] Benutzung von Laufgräben 10 f. unter die Stuͤcke] d.h.: in den toten Winkel der Geschütze 14 *præsentirt*] mit einem Ersatzheer gezeigt
24 Deckendorff] Deggendorf 32 Soldat von *Fortun*] Aufsteiger, Neuadeliger

zu seinem Stand durch seines groͤsten Churfuͤrsten Mildigkeit und Gnad befoͤrdert worden war; er erlangte aber anderster nichts darmit / als daß ihm ein schandlicher Ehren-Titul *concipi*rt: und hin und wieder in Bayern an einem aufgerichten Holtz mit einem Arm / angeschlagen wurde; massen ich ein Exemplar solcher Ehren-Saͤulen zu *S. Nicolao* bey Passau gesehen; andern wurde solches underfangen wegen ihrer hohen Verdienste und grosser *æstimation* nachgesehen / als welche um ihrer Treu und Dapferkeit willen auch ein bessers *meritir*ten; Nachdem solcher Lerme wieder gestillt / weiß ich nichts denckwuͤrdigs von mir zu erzehlen / ich wolte dann sagen wie ich leffeln gangen / und den Bayrischen Dientlen aufgewartet / bis wir die Degen wieder in die Haͤnd genommen.

DAS XX. CAPITEL.

Continuation solcher Histori bis zum Fridenschlus und endtlicher Abdanckung.

DEr alte Stern wolte uns aber zur Erneuerung unsers alten Kriegs / wie etwann hiebevor / zum alten Gluͤck nicht mehr leuͤchten: *Mercii* war todt: *Joann de* Werth nicht mehr unser: Und der Holtz-Apffel / sonst Melander / den Schweden und Frantzosen nicht so herb und handig / wie etwan zuvor den Kayserischen da er noch den Hessen dienete / wiewol der rechtschaffne Soldat das seinig thaͤt / ja sein Leben dargab / als uns der Feind uͤber den Lech und uͤber die Yser jagte; damals schrien uns etliche vom Gegentheil uͤber das Wasser zu (als wir nemlich wie eine Maur stunden / und uns durch des Feinds Geschuͤtz sovil als nichts bewegen liessen) wir solten nur eilen mit der Flucht / so wolten sie uns an Oerter

---

4 *concipi*rt] angehängt 5 aufgerichten Holtz mit einem Arm] Galgen 8 *æstimation*] Wertschätzung 10 *meritir*ten] verdienten 12 leffeln] auf Liebesabenteuer 13 Dientlen] Mädchen 22 handig] schädlich 25 Yser] Isar

jagen / allwo eine Kuh einen halben Batzen gelten solte; dise haben errathen was sie wahrsagten / und als wir ihrem Rath zu folgen durch ihre Meng gezwungen wurden / hab ich endlich erlebt / daß under den Unserigen eine Kuh nicht nur um einen halben Batzen / sonder auch so gar um eine verаͤchtliche Pfeiff Taback hingegeben worden; Damals stund unser Sach liederlich / der von Gronsfeld konde so wenig als Melander zu wegen bringen / daß jemand auß den unserigen fuͤglich mit Lorbeer-Kraͤntzen bekroͤnt werden moͤchte / sonder wir muͤßten / was nicht in den wehrlichen Oertern ligen blibe / auch so gar uͤber den Jnstrom hinuͤber passieren / welchen zu uͤberschreiten auch das Gegentheil erkuͤhnete.

Aber an disem strengen Fluß hat sich der strenge Siegs-Lauff und das Gluͤck der Schweden und Frantzosen gestossen; ich lag vnder siben doch schwachen Regimenten in Wasserburg / als beide Feinds-Armeen suchten denselbigen Ort zu bezwingen und uͤber besagten Fluß in das gegenuͤberligende volle Land zu gehen / in welchem etliche steinalte Leute die Tag ihres Lebens noch niemalen keine Soldaten gesehen hatten; weil aber wegen unserer tapferer Gegenwehr unmuͤglich war etwas daselbst auszurichten / unangesehen sie uns mit gluͤenden Kugeln zusprachen / giengen sie auf Muͤlldorf / und wolten dort ins Werck setzen / was sie zu Wasserburg nicht zu thun vermocht; aber ihnen widerstund daseilbst einer von Hunoltstein ein Kays: Generals-Person / bis sie der vergeblichen Arbeit muͤd wurden / und ihr Hauptquartir zu Pfarrkirchen namen / allwo sie erstlich der Hunger und endlich die Pest zu besuchen anfieng / die sie auch endlich zwischen dem Tyrolischen Gebuͤrg und der Thonau / zwischen dem Yn und der Yser hinaus getriben / wann sie das *General-Armistitium* so dem volligen Friden vorgieng / nicht veranlast haͤtte / bessere Quartir zu beziehen.

---

2 errathen] getroffen 9 fuͤglich] mit Fug 11 Jnstrom] Inn
12 Gegentheil] Feind 14 strengen] reißenden 31 Yn] Inn
32 *General-Armistitium*] allgemeiner Waffenstillstand

Under wehrendem Stillstand wurde unser Regiment nach Hilperstain / Heydeck vnd selbiger Orten herumb gelegt / da sich ein artliches Spiel under uns zugetragen; dann es fande sich ein *Corporal* der wolte Obrister seyn / nicht weiß ich was ihn vor eine Narrheit darzu angetriben / ein Musterschreiber / so allererst aus der Schuel entloffen / war sein *Secretarius*, und also hatte auch andere von seinen *Creaturen* andere *Officia* und Aempter; vil naigten sich zu ihm / sonderlich junge ohnerfarne Leuth / und jagten die hoͤchste Officir zum theil von sich / oder nahmen ihnen sonst ihr Commando und billichen Gewalt / meines gleichen aber von under Officiren liessen sie gleichwol gleichsam wie *Neutrale* Leut in ihren Quartiren noch passiren; und sie haͤtten auch ein grosses ausgerichtet / wann ihr Vorhaben zu einer andern Zeit / nemlich in Kriegs-Noͤthen / wann der Feind in der Naͤhe / und man unserer beyseits noͤthig gewesen / ins Werck gesetzt worden waͤre; dann unser Regiment war damals eins von den staͤrcksten und vermochte eitel geuͤbte wol *mondir*te Soldaten / die entweder alt und erfahren / oder junge Wagehaͤls waren / welche alle gleichsam im Krieg auferzogen worden; als dieser von seiner Thorheit auf guͤtlichs ermahnen nicht abstehen wolte / kam Lapier und der Obriste Elter mit *commandir*ten Voͤlckern / welche zu Hilperstein ohne alle Muͤhe und Blutvergiessung Meister wurden; und den neurn Obristen viertheilen: oder besser zusagen / fuͤnftheilen (dann der Kopf kam auch sonder) und an vier Strassen auf Raͤder legen: 18. ansehenliche Kerl aber von seinen Principal Anhaͤngern zum Theil koͤpffen: Und zum Theil an ihre allerbeste Haͤlse auffhencken: Dem Regiment aber die Musquetten abnemmen: und uns alle auff ein neues dem Feldherrn wider schwoͤren liessen; also wurde ich noch vor

---

2 Hilperstain] Hilpoltstein 3 artliches] seltsames 5 f. Musterschreiber] Militärschreiber 8 *Officia*] Offizierstellen 11 billichen] rechtmäßige 16 beyseits] an der Seite, zur Unterstützung 18 eitel] nur 26 sonder] ab 28 Principal Anhaͤngern] Rädelsführern

meinem Ende oder vor dem voͤlligen Friden aus einem Forier zu einem Quartirmeister; und das Regiment aus Tragonern zu Reutern gemacht; und dises ist das letzte / was ich dir / mein *Simplice*, von meiner Teutschen Krigs-Histori zu erzehlen weiß / ohne daß wir bald hernach abgedanckt worden / zu welcher Zeit ich drey schoͤne Pferd / einen Knecht und einen Jungen: auch ohngefehr bey 300. Ducaten in parem Geld / ohne die drey Monat-Sold vermoͤchte / die ich bey der Abdanckung empfieng; dann ich hatte nun ein geraume Zeit hero kein Ungluͤck gehabt / sonder Geld gesamlet; und also muste ich aufhoͤren zu kriegen / da ich vermeinte ich koͤnte es zum besten; den Knecht und Jungen fertigte ich ab so gut als ich konte / versilberte zwey Pferd und sonst alles was Geld golte / und begab mich mit dem Uberrest nach Regenspurg; um zu sehen wie ich meinen Handel ferner anstellen: oder was mir sonst vor ein Gluͤck zustehen moͤchte.

DAS XXI. CAPITEL.

Springinsfeld verheurat sich / gibt einen Wirth ab / welches Handwerck er mißbraucht; wird wieder ein Wittwer / und nimmt sein ehrlichen Abschid hinder der Thuͤr.

JCh war damals ein Mann von ungefehr 50. Jahren / und traff zu bemeltem Regenspurg eine verwittibte Leutenantin an / die war nit vil juͤnger / hatte auch nicht viel weniger Geld als ich; und weil wir einander oͤffters bey der Armee gesehen / machten wir desto ehender Kundschafft miteinander; sie merckte Geld hinder mir und ich hinder ihr auch / und dannenhero fieng gleich eins das ander an zu vexiren / ob es nicht mit uns beyder ein par geben koͤnte / sagte er auch beydenseits / wers nicht glauben wolte / der moͤchte es

---

2 Quartirmeister] Verpflegungsoffizier 10 hero] seither
21 ehrlichen] hier: ironisch gemeint 21 hinder der Thuͤr] heimlich
28 vexiren] necken

zehlen; sie war in dem Land zu Haus / darinn man allerhand Religionen passiren laͤst / und solches war vor mich / weil ich noch keiner zugethan / sintemal ich alsdann die Wahl haben konte / under sovilen eine anzunehmen die mir am besten gefiele; sie konte von ihren Reichtumen zu Haus nicht genug aufschneiden / viel weniger genug beklagen / daß sie in ihrer Jugend gleich im Anfang des Kriegs von ihrem Mann seeligen von denselbigen hinweg geraubt: und bey Einnehmung ihres Heimats zu seinem Weib wider ihren Willen gemacht worden waͤre / worbey man unschwer abnehmen kan / daß sie nicht mehr jung gewesen / weil ihr so wol als mir die erste Einnehmung der Vestung Franckenthal gedachte; was darfs aber viler Umstaͤnde? wir machtens gar kurtz miteinander / und tratten nicht allein mit der Heurats Abred: sonder auch mit der *Copulation* geschwind zusammen; beyderseits zubringens halber ward under andern auch diß abgehandelt und verschriben / daß ich / wann sie vor mir absterben solte ohne Leibs-Erben / darzu bey ihr dann ohne das kein Hoffnung mehr war / alsdann die Tags meines Lebens den Sitz und Genuß auf ihrem Gut haben / ihren Sohn aber / den sie von ihrem ersten Mann hatte / ehrlich aussteuren solte; 100. Gulden behielte ich mir vor / dieselbe hin zu vermachen und zu verschencken wohin ich wolte; als nun dise Glock dergestalt gegossen / eileten wir in ihr Vatterland / allwo ich zwar ein wolgelegen steinern Wirthshaus fande wie ein Schloß / aber darum weder Oefen / Thuͤren / Laͤden noch Fenster / also daß ich beynahe soviel zu bauen hatte / als wann ichs von neuem haͤtte angefangen; das uͤberstunde ich mit feiner Gedult / und wendet mein Geldgen und was mein Weibgen hat / getreulich an / so daß ich vor einen praven Wirth in einem praven Wirthshause gehalten werden konte; und mein Weib konte auch den Juden-Spies

1 zehlen] nachzählen, prüfen 2 passiren laͤst] duldet 14 f. Heurats Abred] Eheversprechung, Verlobung 15 *Copulation*] Trauung 16 zubringens] Mitgift 17 verschriben] vertraglich geregelt 29 feiner] vorbildlicher 32 f. Juden-Spies ⟨. . .⟩ führen] Geld verleihen, Wucher treiben

so wol fuͤhren als ein sechtzigjaͤhriger Burger von Jerusalem haͤtte thun moͤgen / also daß unser Seckel / ohnangesehen der schweren Ausgaben (dann ich muste auch Friden-Geld geben / da ich doch vil lieber noch laͤnger Krieg haben moͤgen) nicht leichter sonder vil schwerer wurde; vornemlich darum / weil es damals vil reisende Leuth gab / beydes von Handels-Leuthen / Exulanten und abgedanckten Soldaten / die ihr Vatterland wieder suchten / welchen allen mein Weib gar ordenlich zu schrepfen wuste / weil ihr Haus hierzu sehr gelegen war.

Hierbeneben schachert ich auch mit Pferden / welcher Handel mir treflich wol zuschlug / und gleich wie mein Weib ein lebendigs Ertzmuster eines Geitzwansts war / also gewoͤhnte sie mich auch nach und nach daß ich ihr nachoͤhmte / und alle meine Sinne und Gedancken anlegte / wie ich Geld und Gut zusammen scharren moͤchte / ich waͤre auch zeitlich zu einem reichen Mann worden / wann mich das Ungluͤck nicht anderwaͤrtlicher Weise geritten.

Es werden gemeiniglich die jenige so *prosperi*rn / von andern Leuthen beneidet und angefeindet / und das um sovil desto mehr / ie mehr bey denen so reich werden / der Geitz verspuͤrt wird; dahingegen die Freygebigkeit bey menniglich Gunst erwirbt / vornemlich wann sie mit der Demut begleitet wird; solchen Neid verspuͤret ich nicht ehender als bis seine Wuͤrckung ausbrach dann gleich wie meine Nachbarn sahen / daß meine Reichthum zusehens gruͤneten und aufwuchsen / also fienge ein ieder an nachzusinnen / durch welchen Weg mir doch solche so haͤuffig zufallen moͤchten / so gar daß auch etliche entbloͤdeten zu gedencken / ich und mein Weib koͤnde hexen; und also gab ein ieder ohn wissen auf mein Thun und Laßen heimlich genaue Achtung; under andern war ein Ertzfunck an demselbigen Ort / dem ich ehe-

3 Friden-Geld] Kriegskostenentschädigungsabgabe 7 Exulanten] Vertriebene 13 Ertzmuster] Musterbeispiel 19 *prosperi*rn] Erfolg haben 22 menniglich] jedermann 29 entbloͤdeten] sich erkühnten 32 Ertzfunck] Erzfink, gehässiger Mensch

malen ein schön groß Stück wolgelegener und fast lustiger Wisen abpracticirt / das er mir nit gönnet / wiewol ichs ihm ehrlich bezahlt hatte; derselbe beriethe sich mit einem Holländer und einem Schweitzer / dann es wohneten allerley Nationen an selbigem Ort / wie sie mir doch hinder die Quelle meiner Reichthum kommen und mir eins anmachen möchten / und hierauf waren sie desto geflissener / weil bereits etliche deren Lands-Leute auffgewannet hatten und verdorben waren / als welche sich nicht in dieselbe Lands-Art schicken können; einmahls kamen mir zween Wägen voll Wein der durch die Umgelter gleich angeschnitten und in Keller gelegt wurde / eben als ich den folgenden Tag eine ansehenliche Hochzeit *tractiren* solte / weil nun gedachte meine drey Neider mir zugetrauten / ich könte aus Wasser Wein machen / schitteten sie mir noch denselben Abend etwas von geschnittenen Stro / daß man den Pferden under dem Haber zufütern pflegt / in meinen Brunnen und als sich dasselbige den andern Tag auch in dem Wein fande / sihe da war mir die Hand im Sack erwischt; man *visitirt* alle Fas / und fande mehr Wein als ich eingelegt hatte und in jedwederen Fas etwas von dem Heckerling / und ob ich gleich schwören konte / daß ich von diser *Mixtur* nichts gewust / dann mein Weib und ihr Sohn waren ohne mich vor dismal so endlich gewest / so halff es doch nichts sonder der Wein ward mir genommen / und ich noch darzu um 1000. fl. gestrafft / welches meinen Weibgen dermassen zu Hertzen gieng / daß sie vor Scham und Bekümmernus darüber erkranckte und den Weeg aller Welt gieng; es wäre mir auch die Wirtschafft ferners zutreiben gar nidergelegt worden / wann desselbigen Orts ein andere solche ansehenliche Gelegenheit vor-

1 fast lustiger] sehr schön gelegener 6 anmachen] auswischen 8 auffgewannet] das Ihre durchgebracht 11 Umgelter] Steuereinnehmer 11 angeschnitten] geprüft 19 Hand im Sack erwischt] auf frischer Tat ertappt 19 *visitirt*] untersucht 22 *Mixtur*] Mischung 24 endlich] eifrig 25 fl.] Florin, Gulden 29 wann] wenn

handen gewesen waͤre / die sich zu einer Wirthschafft geschickt haͤtte.

Nach diser Geschichte wurde ich allererst gewar / was vor Freunde und was Feinde ich bisher gehabt; ich wurde so veracht / das kein ehrlicher Mann etwas mehr mit mir zuschaffen wolte haben; niemand gruͤste mich mehr / und wann ich jemand einen guten Tag wuͤnschte / so wurde mir nicht gedanckt; ich kriegte schier keine Gaͤste mehr / ausgenommen / wann etwann irgents ein Frembdling verirret / oder ein solcher noch nichts von meiner Kunst gehoͤret hatte; solches alles war mir schwer zuertragen / und weil ich ohne das auch eine Kurtzweil mit zweyen Maͤgden angestellt hatte / welches in baͤlde seinen Ausbruch mit Haͤnden und Fuͤssen nemmen wuͤrde; so packte ich von Geld und Gelds werth zusammen was sich packen liesse / setzte mich auff mein bestes Pferd / und als ich vorgeben / ich haͤtte meiner Gewonheit nach Geschaͤffte zu Franckfort zuverrichten / namb ich meinen Weeg auff die rechte Hand der Thonau zu / dem Graffen von *Serin*, der damal fast die gantze Welt mit dem Rueff seiner Tapfferkeit erfuͤllet / wider den Tuͤrcken zu dienen.

DAS XXII. CAPITEL.

Tuͤrckenkrieg des Springinsfeld in Ungarn / und dessen Verehligung mit einer Leyrerin.

WAs ich mir gewuͤnscht / das hab ich auch gefunden und erhalten / ohne / das ich nicht dem *Serin* sonder dem Roͤm: Kays: selbst gedienet; ich kam eben als etliche Freywillige Frantzosen sich eingefunden / ihrem Koͤnig zugefallen wider die tuͤrckische Sebel Ehr einzulegen; derselbe Krieg gefiele mir nicht halber und ich hatte auch weder gantzes noch

10 Kunst] iron.: Betrug 23 f. Verehligung] Verehelichung
24 Leyrerin] Leierspielerin 26 f. Roͤm: Kays:] Römischen Kaiser
30 halber] halb so gut

halbes Glück darinnen / weil ich mich anfänglich nicht darein richten: Oder den Brieff recht finden konte / zu lernen / wie mans machen müste / daß man sich auch reich und gros kriegte; doch schlendert ich so mit / und suchte jederzeit in den allerschärpffsten *Occasionen* entweder meinen Tod: oder Ehr und Beüten zuerlangen / verblieb aber allzeit in dem Pfad der mittelmas / und wann ich gleich zu Zeiten irgents eine Beüt machte / so hatte ich doch niemals weder das Glück / noch die Witz noch die Gelegenheit solchen zu meinem Nutz auff zuheben und zuverwahren; und solcher Gestalt brachte ich mich durch solche Biss in die aller letzte haupt*Action* / in deren die unserige zwar oben lagen / ich aber mein vortrefflich Pferd durch einen Schus verlohren / und under demselben ligen verbleiben muste mit gesundem Leibe / bis beydes Freund und Feind / das Feld getheilt und sich etlich mal über mich hinüber geschwenckt hatten; da ich dann von den Pferden so elend zertretten worden / daß ich alle Kräffte meiner Sinne verlohren / von den Siegern selbst vor Tod gehalten und auch als ein Toder gleich andern Todten meiner Kleyder beraubt worden / in denen ich etliche schöne Ducaten verstept hatte.

Da ich nun wider zu mir selber kam / war mir nicht anders / als wann ich geradbrecht: oder mir sonst Arm und Bein entzwey geschlagen worden wäre; ich hatte nichts mehr an als das Hembd / und konte weder gehen / sitzen noch stehen / und weil jeder verbicht war / die Tode zuplindern und Beüthen zu machen / als liesse mich auch ein jeder ligen wie ich lag / bis mich endlich einer von meinem Regiment fande / durch dessen Anstalt ich zu unserer *Bagage* gebracht: und da von disem: dort von jenem mit Kleidern und einem Feldscherer versehen wurde / der mich hin und wider mit seinem *Oleum Bapolium* schmirbte.

---

2 den Brieff recht finden] herausfinden 9 Witz] Verstand 11 Biss] Happen, mich durchbeißend 12 haupt*Action*] Entscheidungsschlacht 23 geradbrecht] gerädert 26 verbicht] erpicht 26 Tode] Toten 29 *Bagage*] Troß 31 Feldscherer] Wundarzt 32 *Oleum Bapolium*] Pappelöl 32 schmirbte] schmierte

Da war ich nun zum aller elendesten Tropffen von der Welt worden / der Marquedender so mich fuͤhren / und der Feldscherer so mich *curiren* solte / waren beyde unwillig / und uͤber das muͤste ich Hunger leyden umb einen geringen Pfenning / dann mit dem *Commiss*-Brod wurde meiner mehrmals vergessen / und bettlen zugehen hatte ich die Kraͤfften nicht; in dem ich mich nun allerdings darein ergeben hatte / ich muͤste auff dem Marquedender Wagen endlich *crepi*rn / blickte mich wider ein geringes Gluͤck an / daß ich nemblich mit andern krancken und beschaͤdigten mehr / in die Steyrmarck muste / allwo wir verlegt wurden unsere Gesundheit wider zu erholen; das wehrete / bis wir nach dem unversehenen Fridenschlus zum theil unseren Abschid kriegten / under welchen abgedanckten ich mich auch befande / und nach dem ich meine Schulden bezalt / weder Heller noch Pfenning / und noch darzu kein gut Kleid auff dem Leib behielte.

Uber das war es mit meiner Gesundheit auch noch nicht gar richtig / in *Summa* da war guter Rath teuer und bey mir bettlen das boͤste Handwerck daß ich zutreiben getraute / dasselbe schlug mir auch besser zu als der ungrische Krieg / dann ich fande ein faules Leben und suͤsses Brod / bey welchem ich bald wider meine vorige Kraͤffte eroberte / weil die jenige gehrn gaben / die bedachten / daß ich umb Erhaltung der Christenheit vormaur willen in Armut und Kranckheit geraten war.

Als ich nun meine Gesundheit wider voͤllig erhalten / kam mir drum nit in Sinn / mein angenommenes Leben wider zuverlassen und mich ehrlich zuernaͤhren sonder ich machte vil mehr mit allerhand Bettlern und Landstoͤrtzern gute Bekant: und Cammeradschafft; vornemblich mit einem Blinden: der vil bresthaffte Kinder: und gleichwol under denselbigen eine eintzige gerade Tochter hatte / die auff der Leyer spilte / und nicht allein sich selbst damit ernaͤhrete sonder

10 beschaͤdigten] Verwundeten 12 erholen] erhalten 20 boͤste] beste, böseste (Wortspiel) 25 vormaur] Bollwerk, hier: Ungarn 32 bresthaffte] gebrechliche 33 gerade] schöngewachsene

noch Geld zuruck legte / und ihrem Vatter davon mittheilte; in diese verliebte ich mich Alter Geck / dann ich gedachte / dise wird in deiner angenommenen *Profession* ein Stab deines vorhandenen und nunmehr verwisenen Alters sein / und damit ich auch ihre Gegenlieb und also sie selbsten zu einem Weib bekommen moͤchte / uͤberkam ich eine *discant*-Geige ihr zugefallen / und halff ihr beydes vor den Thuͤren und auff den Jarmaͤrcken / Bauren Tantzen und Kirchweyhen in ihre Leyr spilen / welches uns treflich eintrug / und was wir so miteinander eroberten / theilte ich mit ihr ohne allen Vorthel; die allerweisseste Stuͤcklein Brodt liesse ich ihr zukommen / und was mir an Speck / Eyer / Fleisch / Butter und dergleichen bekamen / liesse ich allein ihren Eltern / dahingegen ich bisweilen bey ihnen etwas warms schmarotzte / insonderheit / wann ich etwan da oder dort einem Bauren eine Henn abgefangen / die uns ihre Altmutter auff gut bettlerisch (das ist beym allerbesten) zusaͤubern / zufuͤllen / zuspicken und entweder gesotten oder gebraten zuzurichten wuste / und damit bekam ich so wohl der Alten als der Jungen ihre Gunst; Ja sie wurden so vertreulich mit mir / daß ich mein vorhaben nicht laͤnger verbergen oder auffschieben kondte / sonder um die Tochter anhielte; darauff ich dann auch das Jawort stracks bekam / doch mit dem austruͤcklichen Geding und Vorbehalt / daß ich mich so lang ich sein Tochter hette / nirgendshin haͤuslich niderlassen: noch den freyen Bettlerstand verlassen: und mich under dem Namen eines ehrlichen Burgersmann irgends einem Herrn underthaͤnig zumachen nit verfuͤhren lassen solte. Zweytens solte ich auch fuͤrderhin des Kriegs muͤssig stehen / und drittens mich ieweils auff des Blinden *Ordre* mit seiner *familia* aus einem fridsamen guten Land in das ander begeben: dahingegen versprach er mir / mich auff solchen Gehorsam also zulaiten und zufuͤhren / daß ich und seine Tochter keinen

3 *Profession*] Beruf 4 verwisenen] erwiesenen 16 Altmutter] Großmutter 24 Geding] Bedingung 27 ehrlichen] ehrbaren 30 *Ordre*] Anweisung, Befehl

mangel leyden solten / ob wir gleich bisweilen in einer kalten Scheuer vorlieb nehmen müsten.

Unsere Hochzeit wurde auff einem Jahrmarckt begangen / da sich allerhand Landstörtzer von guten Bekandten bey fanden; als Puppaper / Seiltäntzer / Taschenspiler / Zeitungssinger / Hafftenmacher / Scheerenschleiffer / Spengler / Leyrerinnen / Meisterbettler / Spitzbuben / und was des ehrbaren Gesindels mehr ist; ein eintzige alte Scheuer war genug / beydes Taffel und das Beylager darinn zuhalten / in deren wir auff türckisch auff der Erden herum sassen / und gleichwohl auff alt teutsch herum soffen; der Hochzeiter und seine Braut muste selbst in Stroh verlieb nehmen / weil ehrlichere Gäste die Würthshäuser eingenommen hatten / und als er murren wolte / um daß sie ihre Jungfrauschafft nit zu ihm bracht / sagte sie / bistu dann so ein ellender Narr / daß du bey einer Leyrerin zufinden vermeint hast / daß noch wohl andere Kerl als du einer bist / bey ihren ehrlich geachten Bräuten nicht finden? Wann du in solchen Gedancken gewesen bist / so müste ich mich deiner Einfalt und Thorheit zu kranck lachen; sonderlich weil dessentwegen keine Morgengab mit dir bedingt worden; was solte ich thun / es war halt geschehen; ich wolte zwar das Maul um etwas hencken / aber sie sagte mir austrücklich / wann ich sie dis Narrenwercks halber / das doch nur in einen eitelen Wahn bestünde / verachten wolte / so wüste sie noch Kerl die sie nicht verschmähen würden.

2 Scheuer] Scheune 5 Puppaper] Puppenspieler 6 Hafftenmacher] Spangenmacher 20 f. Morgengab] Brautgeschenk 22 hencken] hängen lassen

DAS XXIII. CAPITEL.

Seines blinden Schwehers / die Schwiger-Mutter und seines Weibs / wird Springinsfeld nacheinander wider los.

WJiewohl ich dieses Possens halber noch lang hernach grandige Grillen im *Capitolio* hatte / so war meine Leyrerin dannoch so verschmitzt / listig und freundlich / daß sie mir endlich dieselbe nach und nach vertriebe / dann sie sagte / wann mir ja sovil daran gelegen waͤre / so wolte sie mir gern vergoͤnnen / ja selbst die Anstalt darzu machen / daß mir anderwerts eine Jungfrauschafft gleichsamb wie im Raub zutheil werden muͤste; aber das junge Rabenaas uͤbertrib und hielte mich so streng / daß ich anderer wohl vergas; und eben dise ists die mich gelernet hat / kein Tuch mehr zu einem Weib vor mich zukauffen / wann gleich alle Tag Jahrmarckt waͤre: Sie brachte es endlich auch dahin / daß ich beynahe der Knecht: sie und ihre Eltern aber die Herren uͤber mich waren / unangesehen ich sovil mit meiner Geigen: dem Taschenspil: und andere Kurtzweil zuwegen brachte / daß ich ein fettes Maulfutter und faule Taͤge ohne sie hette haben moͤgen; uͤber das plagte mich die Eyfersucht auch nicht wenig / weil ich vilmahl mit meinen Augen sehen muste / daß sie sich viel ausgelassener und gailer gegen den Kerlen herauß liesse / als die Ehrbarkeit einer frommen Leyrerin zuliesse; daß ich aber solches alles erduldete / und mich endlich gantz und gar drein ergeben konde / war die Vrsach / daß ich meinem Alter nicht trauete / besorgende / dessen herannahende Gebrechlichkeit moͤchte mich entwan in eine Kranckheit werffen / in deren ich alsdann von aller Welt verlassen seyn wurde / wann ich diß mein Ehrlich Weib und ihre Ehrbare Freundschafft vorm Kopff stiesse; welche gleichwol bey 300. Reichsthalern / daß ich nur wuste / in Gelt beysam-

2 Schwehers] Schwiegervaters 5 grandige] verdrießliche
5 *Capitolio*] Kopf 11 uͤbertrib] beanspruchte mich übermäßig
23 frommen] tüchtigen 29 Ehrlich] rechtmäßiges

men hatten / solches auff dergleichen Nothfall anzuwenden; Ja was mehr ist / ich liesse endlich mein Weib als ein junges geiles ding grasen gehen / wo es wolte / weil ich selbst nicht vil mehr moͤchte / vnd machte mir hingegen die faule Taͤg mit Essen vnd Trincken zu nutz; Endlich verhartet ich in disem Spengler-Leben / darinn wir gar vertraͤulich miteinander zu hausen anfiengen / daß ich zu letzt keiner Ehrbarkeit mehr achtete.

Jn dessen haben wir vnder- vnd Ober-Oesterreich / das Laͤndlin der Ens / das Ertz-Bistum Saltzburg und ein gut theil von Bayern durchstrichen / allwo mir mein Schweher-Vatter an einem Schlagfluß erstickt / die Mutter folgt ihm hernach und liesse vns fuͤnff elende Kruͤppel zu versorgen / der aͤlteste Sohn wolte Herr vor sich selbst seyn / und das Allmosen allein suchen / das liessen ich und mein Weib gern geschehen / zu den uͤbrigen vieren aber hatten wir zwaintzig Meister vor einen / es waren aber nur starcke Bettlerinnen / die solche zu sich namen / das Allmosen mit ihrer Armseligkeit einzutreiben; wir liessen sie ihnen auch gern folgen / weil wir bedacht waren / vnser Nahrung nicht mehr under dem Schein elender Bettler: sonder durch unser Saitenspil zu gewinnen / welches reputierlicher zu seyn schiene / und meinem Weib wie ich darvor halte / auch besser zuschlug.

Derowegen liesse ich mich und sie ein wenig besser kleiden / nemlich auff die Mode wie Leyrer-Gesindel auffzuziehen pflegt / auch bekam ich zu meiner Gauckeltaschen etliche Puppen / damit ich hin und wider den Bauren umbs Gelt ein angenemme Kurtzweil machte / dann wir fiengen an und zohen nur den Jahrmaͤrckten und Kirchweyhen nach / welches unser Gelt nach und nach zimlich vermehrte. Wir sassen einsmals beyeinander im Schatten an einem lustigen Gestatt eines stillen voruͤberfliessenden Wassers / nicht nur zu ru-

3 grasen] buhlen 5 verhartet] verstockte 6 Spengler-Leben] Vagabundenleben 12 Schlagfluß] Blutsturz 22 reputierlicher] ansehnlicher 29 zohen] zogen 31 lustigen] lieblichen 31 Gestatt] Gestade, Ufer

hen / sonder auch zu essen und zu trincken / was wir mit uns trugen / da machten wir Anschlaͤg / wie wir auch einem Puppapper Kram mit einem Gluͤckshafen / Trillstern / Wuͤrffel und Riemen-Spiel auffrichten wolten / um unsern Gewinn damit zu vermehren / dann wir hielten darvor wann eins nit abgieng / so gieng doch das ander / vnder solchem Gespraͤch sahe ich an dem Schatten oder Gegenschein eines Baums im Wasser etwas auff der Zwickgabel ligen / daß ich gleichwol auff dem Baum selbst nicht sehen konde / solches wise ich meinem Weib wunderswegen / als sie solches betrachtet / und die Zwickgabel gemerckt warauff solches lag / klettert sie auff den Baum und holet herunder was wir im Wasser gesehen hatten; ich sahe ihr gar eben zu / und wurde gewar / daß sie in demselben Augenblick verschwand / als sie das Ding / dessen Schatten wir im Wasser gesehen / in die Hand genommen hatte; doch sahe ich noch wol ihre Gestalt im Wasser / wie sie nemlich den Baum wider herunder kletterte / und ein kleines Vogel-Nest in der Hand hielte / daß sie vom Baum herunder genommen hatte; ich fragte sie / was sie vor ein Vogel-Nest haͤtte / sie hingegen fragte mich ob ich sie dann sehe; ich antwortet / auff dem Baum sehe ich dich selbst nicht / aber wol deine Gestalt im Wasser; es ist gut sagte sie / wann ich hinunder komm / so wirst du sehen was ich habe; es kam mir gar verwunderlich vor / daß ich mein Weib solte reden hoͤren / die ich doch nicht sahe / und noch seltzamer wars / daß ich ihren Schatten an der Sonnen wandlen sahe / und sie selbst nicht! und da sie sich besser zu mir in den Schatten naͤherte / so / daß sie selbst keinen Schatten mehr warff / weil sie sich nunmehr ausserhalb dem Sonnenschein im Schatten befand / konde ich gar nichts mehr von ihr mercken / ausser daß ich ein kleines Geraͤusch vernam / daß sie beides mit ihren Fußtritten und ihrer Kleidung

2 Anschlaͤg] Überlegungen 2 f. Puppapper Kram] Puppentheater 3 Gluͤckshafen] Lotterie 3 Trillstern] Glücksrad, Roulette 6 abgieng] Zuspruch fand 7 Gegenschein] Spiegelbild 8 Zwickgabel] Astgabel 11 gemerckt] bemerkt

machte welches mir vorkam / als wann ein Gespenst um mich herumer gewesen waͤre; sie setzte sich zu mir / und gab mir das Nest in die Hand / so bald ich dasselbige empfangen / sahe ich sie widerumb / hingegen aber sie mich nicht / solches probirten wir oft mit einander / und befanden iedesmal daß das jenige so das Nest in Haͤnden hatte / gantz unsichtbar war; darauf wickelt sie das Nestlein in ein Nas-Tuͤchel damit der Stein oder das Kraut oder Wurtzel / welches sich im Nest befande / und solche Wuͤrckung an sich hat / nicht heraus fallen solte / und etwan verlohren wuͤrde / und nach dem sie solches neben sich gelegt / sahen wir einander widerum wie zuvor / ehe sie auff den Baum gestigen; das Nest-Nastuͤchel sahen wir nit / kondten es aber an dem jenigen Orth wohl fuͤhlen / wohin sie es gelegt hatte.

Jch muste mich uͤber dise Sach / wie leicht zugedencken / nicht wenig verwundern / als warvon ich mein Lebtage niemahlen nichts gesehen noch gehoͤret; hingegen erzehlte mir mein Weib / ihre Eltern hetten vilmahl von einem Kerl gesagt; der ein solches Nest gehabt: und sich durch dessen Krafft und Wuͤrckung gantz reich gemacht hette; er waͤre nemblich an Ort und Ende hingangen / da vil Gelt und Guts gelegen / das hette er unsichtbarer weis hinweg gehollet / und ihm dardurch einen grossen Schatz gesamblet; wann ich derowegen wolte / so konte ich durch dis Kleinod unserer Armut auch zuhuͤlff kommen; ich antwortet / dis Ding ist mislich und gefaͤhrlich / und moͤchte sich leicht schicken / daß sich irgends einer faͤnde / der mehr als andere Leuth sehen koͤndte / durch welchen alsdann einer erdapt und endlich an seinen allerbesten Hals auffgehenckt werden moͤchte; ehe ich mich in eine solche Gefahr begeben: und allererst in meinen alten Tagen widerum auffs stehlen legen wolte / so wolte ich ehender das Nest verbrennen; so bald ich dis gesagt und mein Weib solches gehoͤret hatte / erwischte sie das Nest / gieng etwas von mir / und sagte / du albere alte Hundsfut / du bist weder meiner noch dises Kleinods

---

7 f. Nas-Tuͤchel] Taschentuch 28 erdapt] ertappt

werth / und es wäre auch immer schad / wann du anderster als in Armut und Betteley dein Leben zubringen soltest; gedencke nur nicht / daß du mich die Tage deines Lebens mehr sehen: noch dessen was mir dis Nest eintragen wird / geniessen sollest; ich hingegen batt sie / wie wohl ich sie nit sahe / sie wolte sich doch in keine Gefahr geben / sonder sich mit deme genügen lassen / was wir täglich vermittelst unsers Seitenspils von ehrlichen Leuthen erhielten; dabey wir gleichwohl keinen Hunger leyden dörfften; Sie antwortet / ja! ja! du alter Hosenscheisser / gehey dich nur hin und brühe deine Mutter etc.

DAS XXIV. CAPITEL.

Was die Leyrerin vor lustige Diebsgriff und an anderen Possen angestellt; wie sie ein unsichtbarer Poldergeist: ihr Mann aber wider ein Soldat gegen dem Türcken wird.

ALs ich nun mein leichtfertig Weib weder mehr hören noch sehen konte / schrye ich ihr gleichwohl nach / sie solt ihren Büntl oder Pack auch mitnehmen / welchen sie bey mir ligen lassen / dann ich wuste wohl daß sie kein Gelt darinnen / sonder unser Barschaft in ihre Brust vernähet hatte; demnach gieng ich den negsten Weeg gegen der Hauptstatt desselbigen Landes / und wiewol ihr Nam fast Geistlich thönet / so gieng ich doch hinein / meine Nahrung mit dem Thon meiner weltlichen Schallmey und Geigen darinn zu suchen.

Damals fanden sich Venetianische Werber daselbsten / welche mich dingten / daß ich ihnen mit meinem Saitenspil und anderen kurtzweilig und verwunderlichen Gauckelbossen einen Zulauff machen solten; Sie gaben mir neben Essen und Trincken / alle Tag einen halben Reichsthaler / und da sie sahen / daß ich ihnen besser zuschlug als sonst drey Spil-

10 gehey dich] hau ab! 10 brühe] freie, schlafe mit 22 f. fast Geistlich thönet] München

leut oder einige andere Lockvögel / die sie auff ihren Herd hätten wünschen mögen / andere zu fangen; überredeten sie mich / daß ich Gelt nam und mich stellete als wann ich mich auch hätte underhalten lassen; und dises machte / daß ich ihrer noch vil / die sonst nicht angangen wären / durch mein Zusprechen in ihre Kriegs-Dienste verstrickte; unser Thun und Lassen war nichts anders als Fressen / Sauffen / Dantzen / Singen / Springen und sich sonst lustig zu machen / wie es dann pflegt herzugehen / wo mann Volck annimbt. Aber dises Henckermahl bekam uns hernach in Candia wie dem Hund das Graß / der wol büsset was er gefressen.

Als ich einsmals gantz allein auff dem Platz daselbsten stund / das schöne Bild auff der Säulen allda betrachtete / und sonsthin nirgends gedachte / wurde ich gewahr / daß mir etwas schweres in Hosensack hinunder rollete / welches ein gerappel machte / daß ich daraus wol hören konde / daß es Reichsthaler waren / da ich nun die Hand in Sack steckte und ein Handvoll Thaler griffe / höret ich zu gleich meines Weibs Stimm / die sagte zu mir / du alter Hosenscheisser was verwunderst du dich über diß par dutzet Thaler? ich gib sie dir / damit du wissest / daß ich deren noch mehr habe / auff daß du dich zu grämen Vrsach habest / um willen du dich meines Glücks nicht theilhafftig gemacht / vor dißmahl gehe hin und verkauff dise / auff daß du deines Elends ein wenig vergessen mögest. Jch sagte / sie solte doch mehr mit mir reden / mir meinen Fehler vergeben / und Reguln vorschreiben / wie ich mich gegen ihr verhalten und die Versöhnung wider erlangen solte; aber sie liesse sich gegen mir ferners weder hören noch sehen / derowegen gieng ich in meine Herberg und zechte beides mit den Werbern und ihren Neugeworbenen im Brandwein biß in den Mittag hinein / bey welchem Jmbis wir von unserem Würth Zeitung bekamen / daß einem reichen Herren in der Stadt vil Gold und

---

1 Herd] Vogelherd, Fanggerät 4 underhalten] anwerben
9 Volck annimbt] Soldaten wirbt 10 Candia] Kreta
15 Hosensack] Hosentasche 22 um willen] weil 32 Zeitung] Nachricht

Silber von Gelt und Kleinodien außgefischt worden wären / darunder sich tausend Reichsthaler und tausend doppelte Ducaten eines Schlags befanden; ich spitzte die Ohren gewaltig / nam ein Abtrittel auffs Secret / als hätte ich sonst was thun wollen / beschaute aber nur meine Thaler deren 30. waren / und sahe ihnen an / daß mein Ehelichs Weib obbemeldten reichen Zug gethan; sahe mich derowegen wol vor / damit ich keinen darvon ausgabe / und mich nicht etwan selbst dardurch in Argwohn / Gefahr und Noth brächte; Aber was that mein Weib das junge Raben-Aas? sie hat nicht nur mir: sonder bey hundert Personen underschidlichen Stands von ihren gestohlenen Thalern hin und wieder dem einen drey / dem andern vier / fünf / sechs / auch mehr in die Säcke gesteckt; was nun reich / ehrlich und fromm war / das brachte das Geld seinem rechten Herrn wieder / was aber arm / gewissenlos und meines gleichen gewesen / hat ohne Zweifel / sowol als ich / behalten was es in seinem Sack gefunden; und ich kan nit ersinnen warum sie diß gethan haben muß / es habe sich dann diese Vettel mit so schwerem Geld nicht schleppen mögen; doch kan auch wol seyn / daß sie solches *per* Spaß gethan / um etwas anzustellen / darüber sich die Leuthe zu verwundern hätten; dann als es gegen Abend kam / da das Volck aus der Salve gieng und hin und wieder auf dem Platz stunde / seynd bey zweyhundert derselbigen Thaler von oben herunder geworffen: von den Leuthen aufgelesen: und mehrentheils ihrem Herrn zugestellt worden; dieses verursachte / daß des Herrn unschuldig Gesind / welches des Diebstahls halber im Verdacht: und deswegen befäncknust war / wiederum auf freyen Fuß gestellt wurde; und hoffte der bestohlne Herr / seine doppelte Ducaten wurden auch wie die Thaler wieder hervor kommen / aber es geschahe nicht / dann das holde Gold ist

2 f. doppelte Ducaten] Dukaten mit doppeltem Gewicht
3 eines Schlags] einer Prägung 4 Secret] Klo 21 *per*] zum
23 Salve] Salve Regina, Marienandacht 29 befäncknust] im Gefängnis

viel schwerer als das Silber / und Sol ist nicht so beweglich oder leichtveraͤnderlich wie Luna.

Den andern Tag wurde bey einem grossen Herrn ein stattlich Panquet gehalten / darbey sich viel andere grosse Herren und ansehnlich Frauenzimmer befande / dise sassen alle in einem schoͤnen grossen Saal / und hatten die vier beste Spilleut in der gantzen Stadt bey sich; da es nun bey dem *Confect* auch an einen Tantz gehen solte / liesse sich unversehens bey den Spilleuten auch eine Leyr hoͤren / mit grossem Schrecken aller deren die im Saal waren; die erste die ausrissen / waren die Spilleut selbst / als welche das Geschnarr zunegst bey ihnen gehoͤret und doch niemand gesehen hatten; ihnen folgten die uͤbrige mit grosser Forcht und ihr Getraͤng wurde desto hefftiger / weil sie in dem Winckel / darinn die Spilleute gesessen / ein gaͤhlings Gelaͤchter noch mehrers erschreckte; also daß wenig gefehlet / daß nicht etliche under der Thuͤren ertruckt waͤren worden. Nachdem nun iedermaͤniglich den Saal erzehlter massen geraumt hatte / sahen etliche so vor der Thuͤr stehen zu bleiben und von fernen in Saal zu schauen das Hertz behalten / wie bisweilen ein par Sessel / bisweilen ein par silberner Tisch-Becher / Blatten und ander Geschirr mit einander herum tantzten; und obgleich diß Spiegelgefecht zeitlich ein End nam / so hatte iedoch noch lang niemand das Hertz in den Saal zu gehen / unangesehen man Geistliche und Soldaten geholet / das Gespenst entweder mit Gebett oder mit Waffen abzutreiben; den Morgen fruͤhe aber / als man wieder in den Saal kam / und nicht ein eintziger Leffel / geschweige etwas anders von Silber-Geschirr nicht mangelte / ohnangesehen die gantze Tafel damit uͤberstellet war / staͤrckte diese Begebenheit den Wahn des gemeinen unbesonnenen Poͤfels dergestalten / daß die jenige lucke Kluͤgling (die gestern wegen der seltzamen

1 Sol] Sonne 2 Luna] Mond 7 *Confect*] Nachtisch
15 gaͤhlings] jähes, plötzliches 17 ertruckt] erdrückt
26 abzutreiben] zu vertreiben 28 Leffel] Löffel 31 Poͤfels] Pöbels 32 lucke] leichtsinnige

Geschicht mit dem gestohlnen Geld gesagt hatten / so recht / so muß der Hagel in die groͤste Haͤuffen schlagen / damit das Geld auch wieder under den gemeinen Mann komme) anietzo sich nicht scheueten zu laͤstern und zu sagen / also muß der Teufel einen Spilmann abgeben / wo man der Armen Schweiß verschwendet.

Noch eins muß ich erzehlen / das meine andere und vil aͤrgere *Courage* als die erste Unholde / meines darvorhaltens aus lauter Rach angestellt; sie hatte kurtz zuvor einer Abtissin auf einem grossen und reichen Stifft zu gefallen ihre Leyr gestimmt / um derselben ein Liedlein: und zwar ein geistlichs / aufzuspilen / der Hoffnung / etwan einen halben oder gantzen Creutzer zur Verehrung zu erhalten; aber an Statt daß diese hoͤren: und ihre milde Hand aufthun solte / thaͤt sie etwas zu streng und scharf den Mund auf / und liesse hingegen mein guts Weibgen eine Predigt hoͤren die ihr eben so verdruͤßlich als unverdaulich fiele; dann sie war eines solchen Jnhalts / damit man die allerleichtfertigste Weibs-Personen zu erschrecken und zur Besserung ihres Lebens zu zwingen und anzufrischen pflegte; ach die gute Abtissin mags wol gut gemeinet / und ihr etwan eingebildet haben / sie haͤtte irgends eine Leyen-Schwester zu capiteln vor sich! ach nein / sie hatte ein ander Tauses! eine Schlang oder wol gar einen halben Teufel / deren Zung ich oͤffters schaͤrpfer als ein zweyschneidig Schwerd befunden habe; Potz herget Gnad Frau / sehet ihr mich dann vor eine Hur an? antwortet sie ihr; ihr muͤst wissen daß ich meinen ehrlichen Mann habe; und daß wir nicht all Nonnen oder reich seyn: oder unser Brod bey guten faulen Taͤgen essen koͤnnen; hat euch Gott mehr als mich beseeligt / so danckt ihm darum / und wolt ihr mir seinet willen kein Allmosen geben / so last mich im uͤbrigen auch ungestigelfritzt; wer weiß / wann villeicht nicht sovil

8 Unholde] Hexe 13 Creutzer] Silbermünze (60 Kr. = 1 Fl.) 13 Verehrung] Belohnung 20 anzufrischen] zu ermutigen 22 capiteln] Strafpredigt halten 23 Tauses] Trumpf-As, Ausbund an Verschlagenheit 25 herget] Herrgott 25 Gnad] Gnädige 32 ungestigelfritzt] ungeschoren

Allmosen gegeben worden wären / ob nicht mehr Leyrerin als Nonnen gefunden wurden / etc. mit solchen und mehr Worten schnurret sie damals darvon; ietzunder aber hatte man auf dem Land und in der Stadt von sonst nichts zu sagen als von der Abtissin und einem Poldergeist / der sie so Tags so Nachts unaufhörlich plage; welches sonst niemand als mein Weib war; das erste das sie ihr that / war / daß sie ihr die Ring des Nachts von den Fingern: und die Kleider vom Beth hinweg nahm / und solches in die Pfisterey trug / dem Becken steckte sie die Ring an seine Finger / und legte der gnädigen Frauen Habit zu dessen Füssen / ohne daß sie dieselbe Nacht iemand gehöret oder gemerckt hätte; und solches hat sie ohn Zweifel durch den Haupt-Schlüssel zuwege gebracht den sie beym Kopf kriegt / weil er ungefehr um dieselbe Zeit verloren worden; was nun hierdurch gleich in der erste der guten Abtissin vor ein Verdacht zugewachsen / kan man leicht erachten; man redete noch von vilen Sachen / damit sich das Gespenst mit der Abtissin *vexi*rt / worwider weder Weywasser / *Agnus Dei* noch andere Sachen nichts helffen wolten / darvon man aber die Warheit ausserhalb dem Closter nicht wol erfahren konte.

Jndessen hatten meine Werber die Anzahl ihrer Mannschaft zusammen gebracht / und indem ich vermeinte ich dörfte zuruck bleiben / sihe / da befand sich der Betrieger selbst betrogen / und muste der gute Springinsfeld eben sowol als die andere um die Candische Gruben springen / die er andern durch sein zusprechen gegraben hatte; doch daß ich die Stell eines Corporals zu Fuß bedienen solte.

---

9 Pfisterey] Bäckerei 10 Becken] Bäcker 11 Habit] Kleider 18 *vexi*rt] Kurzweil getrieben 19 *Agnus Dei*] Lamm-Gottes-Amulette 26 Gruben] Grab 28 Corporals] Unteroffiziers

DAS XXV. CAPITEL.
Was und wie Springinsfeld in Candia kriegt / auch wie er wieder in Teutschland kam.

ALso nahmen wir (die wir unser Leben verkaufft hatten / und dannoch zu Erhaltung desselbigen ritterlich zu fechten gedachten) unsern Weg über den Cyrlberg auf Ynspruck / folgends über den Brenner auf Trient / und dann ferners nach Treviso / allwo wir alle gantz neu gekleidet / und von dannen vollends nach Venedig geschickt: daselbst *Armirt*: und nach dem wir ein par Tag ausgeruhet / zu Schiff gebracht nach *Candia* geführt wurden; in welchem elenden Anblick wir auch glücklich anlangten; man liesse uns nicht lang feyren / oder viel Schimmel under den Füssen wachsen / dann gleich den andern Tag fielen wir aus und wisen was wir konten oder vermochten unseren armseeligen Steinhauffen beschützen zuhelffen; und dasselbe erste mal glückte es mir selbsten so wol / daß ich drey Türcken mit meiner halben Picque spiste / welches mich so leicht und gering ankame / daß ich mir noch bis auff dise Stund einbilden mus / die arme Schelmen seyen alle drey kranck gewesen; aber Beute zumachen war ferne von mir / weil wir sich gleich wider heim *retiri*ren musten. Den andern Tag gieng es noch doller her / und ich brachte auch zween Männer mehr als den vorigen um / doch solche Tropffen / von welchen ich nicht glaubte / daß sie alle fünffe ein eintzige Ducat vermöcht haben; dann mich dunckte sie seyen solche Gesellen gewesen / dergleichen es offt bey uns auch geben hat; die nemblich mit Darsetzung ihres Lebens die so Thaler hatten / beschützen: bewachen: und noch darzu mit ihren arbeitsamen Händen und ritterlichen Fäusten die Ehr der erhaltenen Uberwindung erobern:

---

6 Cyrlberg] Zirlberg 6 Ynspruck] Innsbruck 9 *Armirt*] bewaffnet 12 feyren] feiern, ausruhen 14 wisen] zeigten 21 sich] uns 21 *retiri*ren] zurückziehen 25 vermöcht] besessen 28 so] welche 30 Uberwindung] Sieg

Und ihnen noch drüberhin beydes die Ehr: Die Beut und die belohnung darvon überlassen musten; dann wir wurden niemal kein Beg oder Beglerbeg vil weniger gar ein Bassa under den jenigen zusehen / die vorhanden waren / ihr Blut an das Christliche zusetzen; doch mag wol seyn / daß der Antreiber hinder den Trouppen: Von solchem Staff mehr gewesen seyen / als der Anführer fornen an der Spitzen.

Solche Art zukriegen machte mich unwillig / und verursachte / daß ich mitten in Candia der Schweden erkantliche Manier loben muste / die ihre ohnedle Soldaten (sie wären gleich fremder oder heimischer *Nation* gewesen) höcher als ihre edle und doch ohn kriegbare Landsleut *æstimirt*; wannenhero sie dann auch so grosses Glück gehabt haben; doch liesse ich mich ein als den andern Weeg zu allem dem jenigen gebrauchen was einem redlichen Soldaten zustehet; ich folgte auff der Erden wie ein ehrlicher Landsknecht und under derselbigen beflisse ich mich auch die Künste der Maulwürffe zu übertreffen / und erwarbe doch nichts anders darmit / als bißweilen eine geringe Verehrung / und als kaum der zehende Mann von denen mehr lebte / die mit mir aus Teutschland kommen waren / wurde der elende Springinsfeld uber den noch elenderen Rest seiner krancken Cammeraten zu einen *Sergiant* gemacht; gleichsamb als wann sein abgematter Leib und achzender Geist hierdurch wider in die vorige Kräffte und *Courage* hätte gesetzt werden könten.

Hierdurch nun bekahme ich Ursach mich noch besser abzumerglen / ich halff die noch wenig übrige Roß fressen / und verrichtet hingegen selbst grössere als Roß Arbeit; in dem mich nun in solchem Zustand kein feindlicher Musqueten Schus fällen / oder ein Tirckischer Sebel verwunden konte; sihe so schlug mir ein Stein aus einer springenden Minnen

3 Beg] Statthalter 3 Beglerbeg] Provinzstatthalter 3 Bassa] Pascha, hoher Beamter 5 der Antreiber] Gen. Plur.! 6 Staff] Stoff, Art 12 *æstimirt*] schätzt 12 f. wannenhero] weshalb 19 Verehrung] Ehrung, Anerkennung 23 *Sergiant*] Wachtmeister 25 *Courage*] Mut 31 Minnen] Mine

so unbarmhertzig an meinen einen Fus / daß mir das Gebein in den Waden wie Segmehl darvon zermalmet wurde und man mir den Schenckel alsobalden bis über das Knie hinweg nehmen muste; aber dis Unglück kam nicht allein / dann als ich dort lag als ein Soldatischer Patient / mich an meinem Schaden *curirn* zulassen / bekam ich noch darzu die rothe Ruhr / mit einem grossen Hauptwehe / warvon mir der Kopff eben so sehr mit Fabeln als mein Ligerstatt mit Unlust erfüllt wurde.

Nichts gesünder war mir damahls / als daß mir Hoch und Nider Zeugnus gab / ich wäre ein Ausbund von einem guten Soldaten gewesen; dann auff solches Lob wurden auch andere *Medicamenten* nicht gesparret / wiewohl die Venitianer ihre Soldaten so wohl als ihre Besem pflegen hinzuwerffen / wann sie solche ausgebraucht haben; aber ich genosse auch anderer ehrlicher Kerl die noch lebten und das ihrig thäten / damit sie kein Exempel hätten / das sie träg und verdrossen machen möchte: Als nun solche auch so dünn wurden / daß wir auff die letzte kaum einen oder zween / die ihr völlige Gesundheit entweder bishero erhalten oder doch wider erhollet hatten / auff die Posten thun köndten / sihe da wurde es unversehens Fride / als wir beynahe in letzten Zügen lagen; nach unserer Abführung / und nach dem ich vil Ungelegenheit auff dem Meer ausgestanden / langten wir endlich zu Venedig wider an; vil von uns und under denselben ich auch / die da verhofft hatten / dorten mit Lorber-Kräntzen bekrönet: und mit Gold überschüttet zu werden / wurden in das Lazaret daselbst *logirt*, alwo ich mich behelffen muste / bis ich gleichwohl wider heyl wurde / und auff meinem höltzernen Bein herumer steltzen köndte.

Folgends bekam ich meinen ehrlichen Abschied und etwas wenigs an Gelt / dann ich wurde nit so wohl bezahlt / als wann ich den redlichen Holländern in Ost Jndia gedient gehabt hette; hingegen wurde mir zugelassen / daß ich von ehrlichen Leuthen eine Steuer zur Wegzehrung bettlen dorff-

8 Unlust] Exkremente 35 Steuer] Gabe

te / und dergestalt *completiret* ich die Zahl meiner Ducaten die ich noch habe / weil mir mancher *Signor* und manche andächtige *Matron* vor den Kirchen zimlich reichlich mitheilten; ich bedorffte vor keinen Soldaten aus Candia zu bettlen / dann man kante uns ohne das / sintemal wir fast alle was übrig verbliben von uns unsere Haar verlohren hatten / sehr mager und ausgehungert / und so schwartz aussahen wie die allerschwärtzte Zigeiner; weilen mir dann nun das bettlen so wol zuschlug / trib ichs fort bis ich von Venedig wider in Teutschland ankam / der Hoffnung mein Weib widerum anzutreffen / und sie damit zu freyen / daß ich das Handwerck so wol gelernet / und auch einen guten Werckzeug darzu / nemlich meinen Steltzfus mitbrächte; dann ich gedachte dis Ding kan ihr nicht übel gefallen / weil sie selbst aus dem vornemblichsten Stammen der Ertzbettler entsprossen.

DAS XXVI. CAPITEL.

Was die Leyerin weiters vor Possen angestellt / und wie sie endlich ihren Lohn bekommen habe.

DAmit ich dann solches mein liebs Weibgen desto ehender wider antreffen möchte / so gesellete ich mich zu allerhand Störern / Landläuffern und solchen Leüten / bey welcher Gattung sie die meiste Zeit ihres Lebens zugebracht; bey denselben fragte ich fleissig nach / konte aber weder Stumpff noch Stil von ihr erfahren; endlich kam ich auch in die jenige Statt / darinnen ich etwan hiebevor in die Venetianische Kriegsdienste kommen; daselbst gab ich mich meinem Wirth zuerkennen / und erzelte ihm / wie mirs seithero in *Candia* gangen / der mir dann als ein guter alter Teutscher und Zeitungsbegieriger Mann gar andächtig zuhörete; und als ich

2 *Signor*] vornehmer Herr 11 freyen] gewogen machen
22 Störern] Störzern, unbefugten Bettlern 29 f. Zeitungsbegieriger] neugieriger

hingegen auch fragte / was sich seithero meiner Abwesenheit guts bey ihnen zugetragen / kam er under andern auch auff das Gespenst / daß hiebevor die Abtisse so visierlich geplagt und vexirt / welches aber nunmehr wider allerdings auffgehört hätte / also daß man darvor halte / dasselbe Gespenst sey eben das jenige wunderbarliche Weibsbilde gewesen / deren Cörper neulich ohnweit von hinnen verbrand worden wäre / weilen dann nun dis eben das jenig war was ich zuwissen verlangte / so spitzte ich nit allein die Ohren / sonder bat auch / er wolte mir doch die Histori ohnschwer erzehlen.

Darauff fuhre der Würth in seiner Rede fort und sagte; eben damals als die Abbtissin von dem Gespenst so gequällt: und allerdings in einen Argwohn gebracht wurde / als buele sie mit ihrem Pistor / trugen sich andere dergleichen Possen mehr beydes hier in der Statt und auff dem Lande zu; also daß theils Leute vermeinten / es wäre dem Teuffel selbst verhängt worden / dise Gegend zuplagen; theils kamen die Speissen vom Feur: anderen ihre Geschirr voll Wein oder Bier: dem dritten sein Gelt: dem vierdten seine Kleyder: ja so gar etlichen die Ringe von den Fingern hinweg; welche Sachen man hernach doch anderwerts in andern Häusern und auch bey andern Persohnen ohne ihr wissen / daß sie es hatten / wider mehrentheils gefunden / woraus ieder verständiger leicht schlosse / daß der ehrlichen Abbtisse auch unrecht geschehen wäre; dann das war folgender Zeit gar nichts neues mehr / daß einer und der andern Persohn nächtlicher Zeit die Kleyder hinweg genommen / und andere darvor hingelegt worden / ohne daß man wissen kondte / wie solches zugangen und beschehen wäre; Es hielte ohnlängst hernach ein Freyherr nicht weit von hinnen Beylager / warbey es wo nit Fürstlich iedoch Gräflich hergieng; bey welchem Hochzeitlichen Ehren-Fest der Braut ihr herrlicher Schmuck und Kleidung damit sie denselben Tag geprangt hatte /

3 visierlich] seltsam, wunderlich 10 ohnschwer] freiweg, unbekümmert 15 Pistor] Bäcker 31 Beylager] Hochzeit

sambt dem Nachtzeug / hinweg genommen / und hingegen ein schlecht Weiber-Kleid voller Laͤuse / wie es die Soldaten Weiber zu tragen pflegen / darvor hingelegt wurde / welches vil vor ein Zeichen hielten einer kuͤnfftigen vngluͤckseligen Ehe / aber dise Warsager gaben damit nur ihre Vnwissenheit zu erkennen.

Den negst hierauff folgenden May-Monat spatzierte ein Becken-Knecht auff einen Sonntag in einen etwan drey Meil von hier entlegenen Wald / deß willens Vogel-Nester zu suchen und junge Voͤgel außzunemmen / diser war beides von Angesicht und Leibs-proportion ein schoͤner ansehnlicher Juͤngling / und darneben fromm und Gottsfoͤrchtig; wie er nun an einem Waͤsserlein hinauff schliche / und sich hin und wider umschauete / wurde er eines Weibsbilds gewahr / die sich in demselbigen Wasser badet; Er vermeinte / es waͤre irgends eine Dirn auß dem Flecken / darinn er damals dienete / derowegen liesse er sich durch den Fuͤrwitz bereden / daß er sich nidersetzte zu verharren biß sie sich anlegte / damit er sie an den Kleidern kennen: und alsdann etwas an ihr / um daß er sie nackend gesehen zu fexieren haben moͤchte; es gieng wie er gedachte / aber doch etwas anders / dann nachdem dise Dame auß dem Wasser gestigen / legte sie keine Baurn-Juppe an / sondern ein gantz silbern Stuͤck mit guldenen Blumen / hernach setzte sie sich nider / kaͤmpelt und zoͤpffte ihre Haar / legte koͤstliche Perlein und andere Kleinodien um den Hals / und zierte ihren Kopff dergestalt mit dergleichen Geschmuck / daß sie einer Fuͤrstin gleich sahe / der gute Becken-Knecht hatte ihr bißhero mit Forcht vnd Verwunderung zugesehen / und weil er sich vor ihrer ansehenlichen Gestalt entsetzte / wolte er darvon gehen / und sich stellen / als wann er sie gar nicht gesehen haͤtte; weil er aber gar zu nahe bey ihr war / also daß sie ihn sehen muste / schrie sie ihm zu und sagte / hoͤret junger Gesell seyd

8 Becken-Knecht] Bäckergeselle 13 Waͤsserlein] Bächlein
20 fexieren] vexieren, foppen 23 Baurn-Juppe] Bauerngewand
23 Stuͤck] Gewand 24 kaͤmpelt] kämmte

ihr dann so grob und unhoͤflich / daß ihr nicht zu einer Jungfrauen gehen dorfft? der Beck wandte sich um / zog seinen Hut ab / und sagte / gnaͤdigs Fraͤulein / ich gedachte es gezieme sich nit / daß ein unadelicher Mensch wie ich bin / sich zu einem solchen ansehnlichen Frauenzimmer naͤchere; daß muͤst ihr nicht sagen / antwortet die Dama / dann es ist ja ein Mensch des andern Werth / und uͤber das / hab ich schon etlich hundert Jahr allhier auff euch gewartet / seintemal es dann nun GOtt einmal geschickt hatt / daß wir dise lang gewuͤnschte Stund erlebt haben; so bitt ich euch umb Gotteswillen / ihr wollet euch zu mir nidersetzen und vernemmen was ich mit euch zureden habe.

Dem Beckerknecht war anfangs bang / weil er sorgte / es waͤre ein teufelischer Betrug / dardurch er zum Hexen-Handwerck verfuͤhrt werden solt; als er sie aber Gott nennen hoͤrete / setzte er sich ohne Scheu zu ihr nider / sie aber fieng folgender Gestalt an zu reden.

Mein allerliebster und werthister Hertzfreund / ja nach dem lieben Gott mein einiger Trost / mein eintzige Hoffnung und mein eintziger Zuversicht; euer lieber Nam ist Jacob / und euer Vatterland heist Allendorf; ich aber bin *Minolanda* der *Melusinen* Schwester Tochter / die mich mit dem Ritter von Stauffenberg erzeugt / und dergestalt verflucht hat / daß ich von meiner Geburt an bis an Juͤngsten Tag in diesem Wald verbleiben muß / es seye dann Sach / daß ihr mich zu euerer Herkunfft zu euerm Ehegemal erwehlen; und dardurch von solcher Verfluchung erloͤsen werdet; doch mit diesem austrucklichen Vorbehalt und Geding / daß ihr euch wie bisher vor allen Dingen der Tugend und Gottesforcht befleissigen: aller anderer Weibsbilder muͤssig gehen: und diesen unsern Heurath ein gantz Jahrlang verschwigen halten sollet; darum so sehet nun was euch zu thun ist; werdet ihr mich ehelichen und diese Ding halten / so werde ich nicht allein erloͤst / sonder wie ein ander Mensch

5 naͤchere] nähere 19 einiger] einziger 26 Herkunfft] d.i.: jetzt 28 Geding] Bedingung

auch Kinder zeugen und zu seiner Zeit seeliglich aus dieser Welt abscheiden / ihr aber werdet der reichst und glückseligst Mann auf Erden werden; wann ihr mich aber verschmähet / so muß ich / wie ihr bereits gehöret habt / bis an Jüngsten Tag hier verbleiben / und werde alsdann über euere Unbarmhertzigkeit ewiglich Rach schreien / das Glück aber / so ihr alsdann euer Lebtag haben werdet / werden auch die Allerunglückseeligste nicht mit euch theilen wollen.

Der Beckenknecht / der sowol die Geschichte oder Fabul der *Melusinæ* als des Ritters von Stauffenberg gelesen: und noch vilmehr dergleichen Mährlin von verfluchten Jungfrauen gehöret hatte / glaubt alles was ihm gesagt worden / derohalben besonne er sich nicht lang / sonder gab das Jawort von sich und bestätiget solche Ehe mit offt wiederholtem Beyschlaf / sie aber gab ihm nach verrichter Arbeit etliche Ducaten / und nahm ein güldenes Creutzlein mit Diamanten besetzt und mit Heiligthum gefüllt von ihrem Hals / das sie ihm gleichfalls zustellte / damit er nicht sorgen solte / er hätte villeicht mit einem Teufels-Gespenst zu thun; und zum Beschluß / wurde abgeredet / daß sie ihn fürderhin die meiste Nächte in seiner Schlafkammer besuchen wolte / worauf sie vor seinen Augen verschwunden.

Es waren kaum vier Wochen vergangen / als dem Beckenknecht bey der Sach anfieng zu grausen; und indem ihm sein Gewissen sagte / es könde mit diser heimlichen und wunderbarlichen Ehe nicht recht hergehen / da ereignete sich eine Gelegenheit / mit deren er hieher kam / und seinem Beichtvatter alle Geschichte ausserhalb der Beicht vertraute; als diser verstunde was dise Meerfein oder *Minolandæ* wie sie sich genennet / vor einen Habit anhatte / und sich darbey erinnerte daß eben ein solcher einer vornehmen Fräulin bey ihrem Beylager entwendet worden / gedachte er der Sach ferner nach / und begehret auch das Creutzlin zu sehen / so ihm seine Beyschläfferin verehrt hatte; als er solches sahe /

---

11 Mährlin] Märchen 17 Heiligthum] Reliquien 28 alle] die ganze 29 Meerfein] Meerfee, Nixe

überredet er den Beckenknecht / daß ers ihm nur ein eintzige halbe Stund liesse / selbiges einem Jubilirer zu weisen / um zu vernehmen ob das Gold auch just und die Steine auch gut wären; er aber verfügte sich so gleich damit zu obengemelter Frauen / die zu allem Glück hier war / und als sie solches vor das ihrig erkante / wurde der Anschlag gemacht / wie dise *Melusina* beym Kopf bekommen werden möchte; worzu der geängstigte Beckenknecht seinen Willen gab / und alle mögliche Hülf zu thun versprach.

Disem nach wurden den dritten Abend zwölf behertzte Männer mit Partisanen geschickt / die in des Becken Kammer um Mitternacht stürmten / und Thüren und Läden wol in acht nahmen / damit als solche eröffnet / niemand hinausenttrinnen könte; so bald solches geschahe / und auch zugleich zwen mit Fackeln in das Zimmer getreten waren / sagte der Becker zu ihnen / sie ist schon nit mehr da; er hatte aber das Maul kaum zugethan / da hatte er ein Messer mit einem silbern Hefft in der Brust stecken; und ehe man solches recht wargenommen / da stack einem andern der eine Fackel trug / eins im Hertzen / davon derselbige alsobald Tod darnider fiele; einer von den bewehrten ermasse aus welcher Gegent dise Stich herkommen waren / sprang derowegen zuruck und führte einen solchen starcken Straich gegen demselben Winckel zu / das er damit der so unseelig als unsichbarn *Melusinen* die Brust bis auff den Nabel herunder auffspielte; Ja diser Straich war von solchen Kräfften daß man nit allein die viel gedachte *Melusina* selbst dort todt ligen; Sonder ihr auch Lung und Leber sambt dem Jngeweid in ihrem Leib: Und das Hertz noch zapplen sehen konte; ihr Hals hieng voller Kleinodien / die Finger stacken voll köstlicher Ring / und der Kopff war gleichsamb in Gold und Perlen eingehüllet / sonst hatte sie nur ein Hemd / ein doppeldafften

2 Jubilirer] Juwelier 3 just] echt 4 obengemelter] oben erwähnter 11 Partisanen] Spieß mit breiter Spitze 18 Hefft] Griff 21 bewehrten] Bewaffneten 25 f. auffspielte] aufspaltete 28 Jngeweid] Eingeweide 32 doppeldafften] aus doppeltem Taft

Underrock und ein par seidener Struͤmpffe an / aber ihr silbern Stuͤck daß sie auch verrathen / lag under dem haupt Kissen.

Der Becker lebte noch bis er gebeicht und *communicirt* hatte / er starb aber hernach mit grosser Reu und Layd / und verwundert sich / daß so gar kein Geld bey seiner Schlaͤfferin gefunden worden / dessen sie doch ein Uberflus gehabt haͤtte: Sie ist ohngefehr aus ihrem Angesicht vor 20. Jahr alt geschaͤtzt: Und ihr Coͤrper als einer Zauberin verbrand: Der Beck aber mit obgemelten Fackeltrager in ein Grab gelegt worden; wie man noch vor seinem Abschied erfuhr; so hatte das Mensch bey nahe eine Oesterreichische Sprach gehabt.

DAS XXVII. CAPITEL.

Endlicher Beschlus von dem Springinsfelds seltzsamen Lebens-Lauff.

DUrch dise Erzehlung erfuhr ich was das wunderbarliche Vogel-Nestlein bey meinen Weib gewuͤrckt / wie sie der Kuͤtzel ihres geylen Fleisches zur Ehebrecherin / zur Moͤrderin (mich selbst aber zu guter lestte zum Hanrey) gemacht; und sie endlich selbst in einen elenden Tod: Ja gar ins Feur gebracht habe; ich fragte den Wirth / ob sich sonst nichts weiters mit ihr zugetragen; potz? antwortet er / das beste und *notabel*ste haͤtte ich schier vergessen / es ist bey ihrem Todt einer von den Hellebardirern / ein junger frischer Kerl / mit Leib und Seel Haut und Haar Kleidern und allem hinweg kommen / das bißher kein Mensch erfahren wohin er geflogen oder gestoben sey; und solches sagt man sey ihm widerfahren / als er sich gebuckt ein Naßtuͤchlein (welches auch zugleich verschwunden) auffzuheben / so disem

---

2 Stuͤck] Gewand 2 f. haupt Kissen] Kopfkissen 10 Beck] Bäcker 19 Hanrey] betrogener Ehemann 23 *notabel*ste] Bemerkenswerteste 24 Hellebardirern] Fußsoldaten mit Hellebarden

wunderbarlichen Weibsbilde zustaͤndig gewesen; ho ho / gedacht ich / jetzt weistu auch das dein Nestlein wider einen andern Meister hat / GOtt geb / daß es ihm besser als meinem Weib bekomme; ich haͤtte den Leuten allen wol aus dem Traum helffen koͤnnen / wann ich ihnen nur haͤtte die Warheit sagen wollen / aber ich schwig still und lisse dieselbige sich under einander verwundern und *disputi*rn so lang sie wolten; betrachtet darneben wie grob der unwissenden wahn betruͤge / und was wol auff etliche wunderbarliche Historien zuhalten / die weit anderst erzehlt worden waͤren / wann die *Scriben*ten den Grund recht gewust haͤtten.

Nach dem ich nur solcher Gestalt ohnversehens erfahren / wo mein Weib hinkommen / schaffte ich mir wider eine Geige / und durchsteltzte damit das Ertz-Stifft Saltzburg / das gantze Bayern und Schwabenland / Francken und die Wetterau / endlich kam ich durch die under Pfaltz hieher / und suchte uͤberall / wo mir mitleydige Leut etwas gaben; ich bin auch so gluͤckseelig hierinn / daß ich glaube / es spendire mir mancher etwas / der selbst nit den zehenden Theil so vil Geld hat als ich? und weil ich sehe / daß von meinem Capital nichs abgehet / ich aber gleichwol einen als den andern Weg in aller Freyheit mein guts Maulfutter: und auch zu Zeiten wann ichs bedoͤrfftig ein glatte Leyerin (dann gleich und gleich gesellt sich gern) zur Nothelfferin haben kan; so wisste ich nicht / was mich bewoͤgen solte / ein anders und seeligers Leben zu verlangen; ja ich wisste auch kein bessers fuͤr mich zufinden? weistu aber mein *Simplice* mir ein anders und bessers zuweisen / so moͤchte ich deinen Rath gern hoͤren / und nach gestaltsame der Sach / demselben auch gern folgen.

Jch wolte dir wuͤnschen / antwortet *Simplicius* / du fuͤhrtest hier zeitlich dein Leben daß du das ewige nicht verlierest! O Muͤnchs-Possen! sagte Springinsfeld; es ist nicht muͤglich du bist seither in einem Closter gestocken / oder hast im

11 *Scriben*ten] Schreiber 13 schaffte] verschaffte 23 glatte] schöne 29 gestaltsame] Beschaffenheit 34 gestocken] gesteckt

Sinn / in Baͤlde in Eins zu schlieffen / daß du immer wider dein alte Gewonheit so albere Fratzen herfuͤr bringst; wann du nicht in Himmel wilst / antwortet *Simplicius*, so wird dich Niemand hinein tragen; allein waͤre mir lieber du thaͤtest auch wie ein Christenmensch und fiengest an zu gedencken an deine letzte Ding / welche zu erfahren du noch einen kurtzen Sprung zu thun hast.

Under diesem Gespraͤch fieng es an unvermerckt zu tagen / und solches verursachte bey uns allen wiederum einen Lust zu schlaffen / wie dann zum oͤfftern zu geschehen pflegt; solcher Anmutung folgten wir / und thaͤten die Augen zu / uns noch ein par Stund innerlich zu beschauen / stunden auch nicht ehender auf / als bis uns der Appetit der Maͤgen zu etlichen Dutzet kleinen Pastetlin und einem Trunck Wermut noͤthigte; als wir nun in derselben Arbeit begriffen waren / kriegten wir Zeitung daß der Rhein die Bruͤck hinweg genommen / und noch starck mit Eyß gehe / so das niemand weder heruͤber noch hinuͤber kommen koͤnte; derowegen *resolvirte* sich *Simpl*: demselben Tag mit seinen Leuten noch in der Statt zuverbleiben / in welcher Zeit er den Springinsfeld noch mich von sich lassen wolte; mit mir *accordir*te er / daß ich dessen Lebens-Beschreibung wie es Springinsfeld selbst erzehlet / schrifftlich auffsetzen solte / damit den Leuten zugleich kund wuͤrde / daß sein Sohn der leichtfertigen *Courage* Huren-Kind nich seye; und dessentwegen schenckte er mir 6. Reichsthaler / die ich damals wol bedoͤrffte; dem Springinsfeld selbsten aber lude er auff seinen Hoff / bey ihm außzuwinttern / beteuerte aber gegen mir gar hoch / daß er solches nicht seiner par hundert Ducaten halber thu / sondern zusehen ob er ihm nicht auff den Christlichen Weeg eines Gottseeligen Lebens bringen moͤchte / wie ich mir aber seithero sagen lassen / so hat ihn der verwichne Mertz auffgeriben / nach dem er zuvor durch *Simplicissimum* in seinen

---

1 schlieffen] schlüpfen 11 Anmutung] Verlangen 16 Zeitung] Nachricht 18 f. *resolvirte*] entschloß 21 *accordir*te] kam überein 27 f. außzuwinttern] zu überwintern 32 f. auffgeriben] den Tod gebracht

alten Tagen gantz anders umbgegossen und ein Christlichs und bessers Leben zufuͤhren bewoͤgt worden; nahm also diser abenteurliche Springinsfeld auff des eben so seltzamen *Simplicissimi* Bauerhoff (als er ihn zuvor zu seinem Erben eingesetzt) sein letztes

ENDE.

DAS WUNDERBARLICHE VOGEL-NEST

ERSTER TEIL

1 . . . Vogel-Nest die krume wege an 4 Schämbärt] Schönbärte, Masken

DAS WUNDERBARLICHE VOGEL-NEST / DER SPRINGINSFELDISCHEN LEYRERIN /

Voller
Abentheurlichen / doch Lehrreichen
Geschichten / auff *Simpliciani*sche Art
sehr nutzlich und kurtzweilig zu lesen
außgefertigt
Durch
Michael Rechulin von
Sehmsdorff.

Monpelgart /
Gedruckt bey Johann Fillion /
Jm zu Endlauffenden 1672.
Jahr.

4 Leyrerin] Leierspielerin

DEr seltzame Springinsfeld erzehlet in seiner Lebens-Beschreibung / welcher Gestalt seine Leyrerin diß Vogel-Nest / davon ich jetzt zu reden vorgenommen / von einem Baum erhoben / dardurch unsichtbar worden / allerley possirliche Haͤndel angestellt / und endlich umb Leib und Leben kommen; Jtem / daß bey ihrer Auffopfferung der jenig / so sich nach einem Nastuͤchlein gebuckt / das sie in ihrem sterben auß der Hand fallen lassen / mit Leib und Seel / Haut und Haaren / Kleidern und allem hinweg kommen / daß seither niemand erfahren / wohin er geflogen oder gestoben sey.

Dieser verschwundene Kerl nun werther Leser / bin ich / und in dem Nastuͤchlein stack das gemeldte Vogel-Nest / welches ich im Fallen aufffing / in Hoffnung etwas von Geld oder dergleichen darinn zu erschnappen; haͤtte ichs aber nicht im Lufft erwischt / sondern gar auff die Erden kommen lassen / so waͤre es mir nimmermehr zu theil worden: sintemalen ich alsdann weder das Schnupfftuͤchlein noch das Nest selbst nicht sehen koͤnnen; da ichs aber hatte und nunmehr auß meiner Cammeraden der anderen Hellebardierer (welche mit mir außgeschickt worden / das Gespenst oder die Zauberische Jungfrau oder verfluchte Moͤrfein / zu fangen) Thun und Reden merckte / daß mich niemand sahe / haͤtte ich diß geringe und kleine Zwissel-Nestlein nicht mehr mit dem Koͤnig in Engeland umb alle seine Koͤnigreich und Provintzien vertauscht / dann ich machte allbereit viel hoͤhere Gedancken als Gyges uͤber seinem Ring / da er sich an deß Koͤnigs in Lydiæ Hof begab.

Jch sorgte weder umb Essen noch Trincken mehr / noch wie ich mich ins kuͤnfftig kleiden / oder wo ich sicher ruhen und schlaffen wolte; sondern bildet mir hingegen ein / so

13 stack] steckte 22 Moͤrfein] Meerfee, Meerfrau 24 Zwissel-Nestlein] Nest in einer Astgabel

einem grossen Hauffen großmächtiger Glückseeligkeiten / die ich durch Krafft und Würckung dieses Nestleins zu erobern gedacht / daß ich mich selbst über mein Fortun verwundert und vor meiner Macht entsetzte; Ohnangesehen ich den jämmerlichen Außgang und das elende Lebens Ende der Weibs-Person vor meinen Augen sahe / die solches Nest vor mir gehabt und gebraucht hatte / wie ich dasselbe zugebrauchen im Sinn nahm.

Jch führte wenig zu Gemüt / daß der jenige / welcher das alte Fabelbuch vom Fortunato seinem Seckel und Wünschhütlein geschrieben / nichts anders sagen thun / und damit vormahlen wollen / als der gantzen Welt zu weisen / daß dergleichen verwunderliche Stück / dardurch unsere vorwitzige Begierden an Statt völliger Befriedigung umb etwas auffgehalten: und die Gemüter mit eiteln Träumen angefüllt / mit nichten aber genugsam contentirt worden / endlich sonst nichts als alles Unglück auf dem Rucken mit sich bringen; und ist nichts daran gelegen / solche seltene ungewöhnliche extraordinari Glücks Stücke (wie man sie nennen möchte) hätten gleich ihrem Ursprung und ihre Würckungen auß dem überreichen: aber gleichwol annoch vielen verborgenen Schätzen und Geheimnussen der Natur / oder seyen vom Schaden froh / dem Verderber und Ertzfeind deß menschlichen Geschlechts selbst an die Hand gegeben worden; Wie man dann auß der Erfahrung weiß / daß viele an Statt Fortunatischen Glückseckels sich der Galgen-Männlein / Diebs-Daumen / und dergleichen / und an Statt deß Wünschhütleins der Böck / oder vielmehr deß Teufels selbst gebrauchen / der einen und anderen ihrem Wunsch nach von einem Ort zum andern trägt; solches alles aber setze ich anjetzo beyseits / damit ich allein von meinem Vogel-Nest desto unverwirrter reden / und erzehlen möge / wie mir dessen Besitz bekommen / gleichwie ich auch bey desselbigen Empfang nicht nachgedacht / ob mirs zum Nutzen oder Schaden gereichen möchte.

---

16 contentirt] zufriedengestellt 19 extraordinari] außergewöhnliche 23 Schaden froh] Teufel

Als ich mich nun versichert befande / daß mich niemand sahe / verblieb ich bey denen mit welchen ich hinkommen war / das jenige zu verrichten / was wir damals ins Werck gesetzt; gieng auch mit ins Wirthshause / worinn ihnen der Abgeordnete von dem Herrn / dessen Liebsten die Kleidungen und Kleinodien zustaͤndig gewesen / welche das erdoͤdte Weib angehabt / ein Fruͤhstuͤck zurichten und geben lassen; da hoͤrete ich ihre Verwunderungen wegen meiner Verschwindung / und ihr unterschiedlich Red und Meynungen / wohin ich doch kommen seyn moͤchte? Woraus ich lernete / daß die Verwunderungen auß der Unwissenheit entstehe / und daß man auß der Muck einen Elephanten macht / ehe man weiß / daß der Berg nur eine Maus gebaͤren werde.

Jch hatte sowol als meine Cameraden einen Appetit zum Essen und Trincken / derowegen erwischte ich unvermerckt einen Loͤffel / und halff die Suppe verschlingen / und als wir damit fertig waren / erdappt ich auch ein Stuͤck Fleisch / welches ihnen auß den Augen und auß der Schuͤssel verschwand / und nachdem ich meinen Partickul herunter geschnitten / wieder in der Schuͤssel erschiene / woruͤber sich alle entsetzten / und in der Wahl stunden / ob sie mehr essen wolten oder nicht? Jch aber ermaß daraus / daß ich behutsamer seyn muͤste / wann ich irgendswo meine Gegenwart gantz unvermerckt haben wolte; Jndessen durstet mich / und auf daß meinen / ohne das allbereit bestuͤrtzten Cameraden nit auch die Kande oder das Glas / daraus ich trincken wuͤrde / verschwunde / dahero sie noch schelliger worden / oder sich vielleicht resolvieren moͤgten mit ihren Helleparten im Zimmer herumb zu fechten / umb mich auch wie Eingangs gedachtes Weibsbild hinzurichten; So thaͤt ich ich auß deß Wirths grosser Schenck-Gelte einen trefflichen

6 f. erdoͤdte] getötete 12 Muck] Fliege 20 Partickul] Teil
26 f. auf daß ⟨. . .⟩ nit] damit nicht 27 Kande] Kanne
28 schelliger] verwirrter 29 resolvieren] entscheiden
32 Schenck-Gelte] Gefäß zum Einschenken

Zug / welches sich gar artlich vor mich schickte / packte aus dem darbey stehenden Korb etliche Weisbrod an / damit ich meine Hosen-Säck auf eine Vorsorge spickte / und mich also den Abschied zu nehmen fertig machte; die Stubthür aber selbst aufzumachen trug ich Bedenckens / liesse derowegen einen starcken Leibs-Dunst / den ich zu allem Glück in Vorrath hatte / fein sachte fortschleichen / davon ich die Lufft dermassen verfälschte / daß meine Cameraden selbst die Thür Angel-weit aufsperrten / und alle Hund / denen sie die Schuld gaben / hinaus jagten / mit welchen ich fort passirete / mein bessere Fortun in der Welt zu suchen.

Es war schon Nachmittag / als ich durch einen Wald gieng / darinnen ich unweit der Strassen einen Edelmann sammt seinem Knecht sahe unter einem Baum stehen / die ihre Pferde angebunden / und ein ernstlich Gespräch miteinander hatten; ich schliche hin / umb zu vernehmen / was sie miteinander zu tractiren haben mögten / der Knecht stäupte dem Junckern die Stiefel ab / der Juncker aber kampelte seine Parüque / und instruirte mithin den Knecht / wessen er sich zu verhalten hätte / wann sie miteinander in das Schloß kämen; Ja Hanns / sagte er zu ihm / es ist *per dieu* jetzt viel an dir gelegen / und du kanst das meinste darbey thun / damit ich das Jawort und die Jungfer hinweg kriege; schaue nur fleissig zu / daß du mein Vermögen in allweg zehenmal grösser machest / als es an ihm selber ist; dann die verhoffende künfftige Schwiegermutter ist eine hauptreiche Wittib / welche viel gelbe Batzen hat / und dannenhero mir ihre Jungfer Tochter nicht geben würde / wann ihr meine Bedürfftigkeit im geringsten bekannt seyn solte.

Und botz noch eins / wann es vielleicht auf die Nacht einen Rausch setzet / so / daß ich meiner Gewohnheit nach im Schlaff jälen und schreyen mögte / daß man mich hörete /

1 artlich] vortrefflich 10 passirete] ging 17 tractiren] verhandeln 17 stäupte] putzte 18 kampelte] kämmte 21 *per dieu*] bei Gott 22 meinste] meiste 27 gelbe Batzen] hier: Geld 32 jälen] johlen, schreien

und dich deßwegen fragte / so gib nur zur Antwort / mir träume ohn allen Zweifel / daß ich in meinen Waldungen / deren ich gar viel hätte / auf der Jagt wäre / welches mir zu Zeiten zu widerfahren pflegte / wann ich etliche Tage nacheinander auf der Jagt gewesen / im übrigen laß mich sorgen / ich wills mit einem Kopffstück oder zwey bey der Bett-Magd schon richtig machen; Sey nur vorsichtig in allen deinen Reden / damit du dich nicht verschnappest; Wanns wohl abgehet / so will ich dir meinen gestriffelten Rock den ich erst vor 2. Jahren hab machen lassen / zum Brautstuck schencken / darmit du bey der Hochzeit wie einer vom Adel auffziehen und prangen kanst.

Er gab ihm sonst noch viel Unterrichtungen / und der Knecht versprach seinen allerbesten Fleiß anzulegen / welcher noch immerhin an seinem Junckern butzte / dem ich hingegen einen Bossen zu reissen gedachte; welches mir auch trefflich angieng / dann als er seine Barüque puderte / lösete ich gantz unvermerckt sein Pferd ab / setzte mich darauf / und ritte dem Schloß zu / allwo der Juncker zu freyen willens war / umb zugleich zu probiren / ob das Pferd sowol als ich / wann ich darauf sässe / unsichtbar seyn würde; aber der Juncker schrie gleich potz Raschparment Hanns mein Pferd ist ledig / gehe fangs; Der Knecht wolte sich dem Pferd nähern / ich aber voppete ihn mit hin und herreiten / daß ers nicht fangen konte / das trieb ich so lang / biß der Juncker auf des Knechts Pferd sasse / das seinige zu fangen; darauf gieng ich im völligen Calopp gegen dem Schloß zu / und liesse den nachfolgenden Junckern sein unschuldig Pferd mit Halß und Bein brechen segnen / so lang er wolte; Jch stieg auch nicht ehender ab / als biß ich mitten im Schloß-Hof war / dann das Thor stund eben offen.

Was solte nun der gute Juncker thun? Er muste halt hernach / wiewol er weder Huth / Mantel noch Degen auf- umb-

8 verschnappest] verplapperst, verrätst 9 gestriffelten] gestreiften 10 Brautstuck] Hochzeitsgeschenk 15 butzte] putzte 22 Raschparment] Sakrament

und an sich hatte; der Siegel an diesem Brieff aber / so den Schimpff bekräfftigt oder vielmehr vergrösserte / war / daß der gute Herr auch in der Eil seine Barûque nicht aufgesetzt / da er aufs Knechts Pferd gesessen / und derenthalben mit einem erst neulich beschornen Kopff erscheinen muste. Jch konte das Lachen schwerlich verbeissen / daß man mich nicht hörete; Als das Schloß-Gesind auß allen Winckeln herzu lieffe / das schöne Specktàcul zu sehen; Was wird immermehr der Juncker / gedachte ich / vor eine Außred vorbringen / daß er von seinem auff deß Knechts Pferd: und noch darzu im übrigen so visirlich aufgezogen kommen? Er konte es aber viel meisterlicher als ich mir eingebildet / dann er satzte sich geschwind wieder auff sein Pferd und nahm deß Knechts an die Hand / damit ihn weder Mutter noch Tochter sahe / weil er keinen Hut auf hatte / solchen vor ihnen abzuziehen / und gewöhnliche / zierliche Baßlesmanes zu machen.

Darauf packte er sich wieder in aller Eil zum Schloß hinaus seinem Knecht entgegen; Er war kaum fort / als die Schloßfrau samt ihrer Tochter daher kamen / und fragten / was da geschehen wäre / denen das Gesind alles erzehlete / was sie gesehen hatten; Die Alte schüttelte den Kopf drüber / weil sie sich nicht darein richten konte / und befahl die Fallbrück aufzuziehen / und das Thor zu beschliessen / dann / sagte sie / es mögten vielleicht rauberische Maußköpffe in der gegend seyn / die / wer weiß was vor einen Anschlag hätten / es sey bey so bestellter Sach nicht zu trauen.

Jch zoge meine Schuh aus / henckte sie an Gürtel / und fieng an überall im Hause herumb zu schleichen / ob ich vielleicht die viele vorhandene: von dem Junckern gerühmte gelbe Batzen der Alten finden mögte; aber ich trasch leer Stroh / dann ich dorffte / damit man mich nicht hörete / we-

---

1 der Siegel an diesem Brieff] ironisch: das, was noch fehlte
2 Schimpff] Scherz 11 visirlich] iron.: ansehnlich 16 zierliche Baßlesmanes] angenommene, höfische Begrüßungskomplimente
25 Maußköpffe] Diebe 31 trasch] drosch

der Kisten noch Kasten aufbrechen / viel weniger einige Thür aufmachen; so konte ich auch die Schlüssel nicht beym Kopf kriegen / als welche die Alte selbst sehr fleissig an der Seiten trug / welches mich übel verdrosse; ich bildete mir ein / sie müste viel Geld zusammen gekratzt haben / weil es sonst an allen Orten im Hauß sehr kahl und haushalterisch bestellt war / wie es bey den Geitzhälsen zu seyn pflegt / da man nur alles Dichten und Trachten auffs Geld legt.

Die Alte selbst sasse in einem Zimmer und spanne samt ihrer Tochter so eiferig und fleissig daher / als wann sie es miteinander verdingt gehabt hätten / diese erschiene von Angesicht und Geberden viel schöner und adelicher als von Kleidungen / als mit welchen Gaben sich die Natur viel freygebiger gegen ihr erzeigt hatte / dann daß mißgünstige Glück mit den seinigen; Sie hatte noch nasse Augen / wie ich zu ihnen ins Zimmer schliche / nicht weiß ich / warumb sie geweinet; Aber die Mutter sagte zu ihr: Es ist einmal nicht anders / liebs Kind! wann wir unserm Herkommen und Stand gemäß hinaus langen wollen / so ist vonnöthen / daß wir das wenig / so wir haben / genau zusammen halten / und sich zu Kleidung und Nahrung mit dem jenigen behelffen / so unsere Güter ertragen / und über das aus demselbigen und unserer eignen Hand Arbeit so viel erübrigen und erkargen / daß wir davon zurück legen könten / geschweige daß ich jetzt ein silbernen Tischbecher verkauffen: und das gantze dutzet dardurch trennen und schänden solte; Es ist noch umb drey Wochen zu thun / so ist unser Flachs auffgesponnen / so löse ich aufs wenigst aus dem Garn 12 Reichsthaler / das gibt dir dann wiederumb ein fein Kleid auf die neue Mode / darinn du dich bey Vettern Fritzen Hochzeit gar nicht wirst schämen dörffen.

Die gute Jungfrau liesse noch mithin unter dieser ihrer Mutter Rede etliche Thränen fallen / welches mich derma-

10 spanne] sponn 12 verdingt gehabt] Lohnarbeit vereinbart
22 sich] uns

ssen zum Mittleyden bewegte / daß ich in selbigem Schloß nichts gestohlen hätte / wann ich gleich 1000. nagelneue Ducaten *in specie* darinnen gefunden; Jch hätte hingegen lieber noch mehr von der Alten gehöret / und sie war auch fertig gern ein mehres zu sagen / weil sie sich in einem so richtigen Glaiß befand / aber ein schmutziger Stall-Ratz zerstörte ihren *Discurs*, welcher daher lieff / und sagte: Euer Gnaden / den Pferden nach ist der Kerl wieder draussen vorm Thor / der vor einer halben Stund im Schloß war / er redet mit dem Meyer / thut sich vor Euer Gn. Vettern aus / und begehret mit E. G. zu sprechen; Darauf gickelt die Alte in einem Ercker durchs Glaß-Fenster / wante sich geschwind umb hiesse ihren Stall-Jungen fortgehen / zu ihm sagende: Der Meyer würde ihn schon bey ihr anmelden; aber zu der Jungfer sagte sie: Potz Krisement Tochter! Es ist der Herr von Drffgkt / geschwind die Spinnräder mit dem Haspel aus der Stub: und dein Plümerant Kleid angethan / auffgeraumbt / ein Rauch in die Stuben gemacht / etc.

Sie selbst aber warff einen andern Rock über sich / und thät einen Nacht-Mantel umb den Hals / und ehe sie gar fertig war / kam der Meyer und sagte: E. Gn. der Herr von Drffgkt ist vor dem Thor / begehrt herein / E. Gn. aufzuwarten; Gehet / antwortet sie / und lasset ihn herein / iedoch nicht gar geschwind / damit sich mein Fräulein Tochter auch ein wenig ankleiden könne; aber ehe sie sichs versahe / war die Jungfer gebutzt und gemutzt / derowegen lieffe sie selbsten in Hof / und gab dem Meyer mit harten Worten / daß es der Juncker vorm Thor wol hören konte / einen groben Filtz / umb willen er den rechtschaffenen Cavallier so lange warten liesse; mit den Augen aber gab sie ihm zu verstehen / daß er sich an ihr Wort nicht kehren solte.

---

5 f. in einem ⟨. . .⟩ Glaiß] in Fahrt 6 Stall-Ratz] Stallknecht 7 *Discurs*] Gespräch 10 Gn.] Gnaden 11 E. G.] Euer Gnaden 11 gickelt] spähte 15 Krisement] Sakrament der Krankensalbung (mit Chrisam) 16 Haspel] Garnwinde 17 Plümerant] sterbeblau, blaßblau 26 gemutzt] geschmückt 29 Filtz] Tadel

Darauf wurd er eingelassen / und von der Schloß-Frauen freundlich bewillkommt / gegen deren er ziemliche Complimenten zu machen wuste. Sie führete ihn in ein Zimmer / und ich schliche mit / als wenn ich zu ihnen gehöret oder dabey hätte seyn müssen / nur zu hören wie doch der Juncker seinen ersten Auffzug ins Schloß bemänteln würde / dann die Schloß-Frau sagte zu ihm / es wäre auch kurtz zuvor ein Cavallier: aber ohne Hut und Degen in ihrem Schloß-Hof gewesen / der er gewest seyn müste den Pferden nach / und wie ihr ihn ihr Gesind im übrigen beschrieben; sie trüge derowegen groß Verlangen zu vernehmen / durch was vor eine Abentheur er darzu kommen wäre? Freylich war ichs / antwortet er / aber die Tag meines Lebens / Frau Baß / ist mir kein solcher Poß widerfahren wie heut; und diß soll mir wol eine Witzung seyn / daß ich nimmermehr mit einem eintzigen Diener allein über Feld reite; der schlimme Hund fiele mir im nechsten Wald unversehens übers Pferd herunder / nicht weiß ich in eine Ohnmacht / oder er hat auf dem Pferd geschlaffen / oder gestern zu viel gesoffen; einmal er lag dort als wann er todt wäre / derowegen ich wol selbst auch absteigen und nach ihm sehen muste; in solchem gählingen Absprung verblieb mir Hut und Barüque an einem Ast deß Baums hangen / darunter mein Knecht in diesen Zustand geriethe; Jch fande ihn mit verkehrten Augen / und schüttelt ihn / biß ich ihn wieder zu ihm selbst brachte / aber ehe er sich wieder recht besinnen konte / wo er war / gieng mein Pferd durch / wolte ichs nun wieder haben / so muste ich wol auff meines Knechts sitzen / selbiges selbst zu fangen / weil mein Knecht nichts nutz darzu war; Also nun Hochgeehrte Frau Baß bin ich herkommen / und gleich wieder zurück geritten / nicht nur nach dem Knecht / sondern vielmehr nach meinem Hut zu sehen;

Wann ich eigentlich wüste / daß der Bernhäuter auf dem

---

2 ziemliche] geziemende, gehörige 13 Baß] Cousine, Tante 15 Witzung] Warnung 21 f. gählingen] plötzlichen 25 ihm] sich 33 Bernhäuter] Faulpelz

Pferd geschlaffen / ich wolte ihn prügeln wie einen Tantz-Beeren. Ach Herr Sohn / sagte die Alte / es ist vielleicht ein Anfang zu der hinfallenden Kranckheit; wann ihm nun der Diener getreu und deßwegen auch lieb ist / so will ich ihm schon ein Mittel geben / daß er inskünfftig davor gefreyt seyn soll; vornemlich wann ers braucht ehe 24. Stund nach dem Fall vorüber lauffen; Was wolte sich die Frau Baß / antwortet der Juncker / seinetwegen so viel bemühen? Jsts dieser nicht / so ists ein andrer; ich kan Diener genug bekommen / wann ich sie gleich alle Tag prügelte und von mir jagte / weil sie wissen / daß Speiß / Tranck und Kleidung bey mir gut / und der Lohn gewiß ist. Nicht so / nicht so / Herr Vetter / sagt die Alte / sie sind gleichwol auch Menschen / und uns wil gebühren / wann sie in unsern Diensten in dergleichen Zustände gerathen / daß wir ihnen mit Rath und Hülff beyspringen / solches thät sie aber nicht darumb allein / gegen dem Knecht ihre Treuhertzigkeit zu bezeugen / sondern auch dem Monsieur ihrer Tochter Geschickligkeit zu weisen.

Dann als sie mit einem Glöcklein ein Zeichen gegeben / tratt der Stall-Jung / aber nicht mehr wie das erste mal so schmutzig / sondern in einem saubern Liberey-Kleid herein / und fragte mit tieffer Reverentz / was ihrer Gnaden beliebte zu befehlen? Die Alte antwortet / gehe / sag zur Fräulein / sie solle den Schlüssel zur Hauß-Apothecken herbringen; zum Junckern aber sprach sie / wir müssen diesen Kerl bey Leibe nicht verabsaumen; Jndem sie nun noch davon redete / kam die Tochter gar fein auffgezoffet in ihrem Plümerant Rock daher / welche Verkleidung beydes deß Stall-Jungen und der Fräulein mich natürlich ermahnete / als wann man eine Comödi agirt.

Die Mutter befahl gleich (nach dem der Monsieur Freyer

3 hinfallenden Kranckheit] Epilepsie 5 gefreyt] befreit, gefeit 22 Liberey-Kleid] Livrè, Dienerkleidung 27 verabsaumen] vernachlässigen 28 auffgezoffet] geschmückt
31 agirt] spielt

seine Complimenten gegen seiner Liebsten doll genug abgelegt) ihre Tochter solte vor ihres Herrn Vettern deß Herrn von der Drfftgkt Diener das Recept *Num. 17.* verfertigen / und daran seyn / daß ers je ehender je besser einneme; indeßen wolte sie mit der Köchin reden / was man zum Nachtessen fertig machen solte / nam darauff mit einem Höflichen Bückling von Monsieur Erlaubtnus / mit Bitt sich ein kleine Zeit biß zu ihrer Wiederkunfft zu gedulden; deren er mit gleicher Höfligkeit begegnete / und zur Antwort gab / mein hochgeehrte Frau Baß hat mir / ihren gehorsamen Diener in allweg zu befehlen.

So bald sie nun den Rucken verwendet / tratte er der Tochter nach vor die Hauß-Apotheck / welches ein grosser Kasten war / mit allerhand Materialien von Würtzeln / Säfften / Latwergen / Kräutern / Pulvern / Oliten / gebrandten Wassern / Pflastern / Salben und dergleichen Bixen / Schachteln / Gläsern / Säcklein / etc. bestehend / angefüllt; also daß ich sie gar wol vor ein Muster einer vortrefflichen Hauß-Apotheck passiren lassen kan / wann anders dasjenig in den Geschiren befindlich / was die angekleibte Zettul vorgeben / daselbst erneuerte oder wiederholte der verliebte Herr von der Drfftgkt seine vorige Complimenten / und druckte deutlich genug aus / zu was vor einem Ende er vorhanden wäre.

Tapffere ansehenliche Dame / sagte er zu ihr / der Ruhm ihrer unvergleichlichen Schönheit und Tugenden / der sich im gantzen Land ausbreitet / ist auch vor meinen unwürdigen Ohren erschollen / mich zu ihrem unterthänigsten Sclaven zu machen! solcher hohe Ruhm hat auch eine solch brennende Begierde in mir erweckt / ihre Person selbst zu sehen / daß ich zu keiner Zeit Ruhe haben mögen / sondern erkennen müssen / ihrer Frau Mutter / meiner Hochgeehrten Frau Basen gehorsamlich auffzuwarten / ob mir vielleicht

15 Latwergen] breiige Arznei (Electuarium) 15 Oliten] Öle
17 Bixen] Büchsen 20 Geschiren] Gefäße 20 f. angekleibte] angeklebte

das Glück widerfahren mögte / sie zu sehen und ihr Englische Gestalt anzubeten; weil mir dann nun solches erwünschte Glück in diesem Augenblick zu stehet / so kan ich nicht unterlassen ihro unverholen zubekennen / daß ich ihren als meines Hertzens Bezwingerin alle meine Freyheit geschenckt / und nun mehr nichts höhers wünsche als die grosse Ehr / daß ich in ihrer holtseeligen Gegenwart von nun an biß in all Ewigkeit unaußsetzlich verharren: und mich durch allerley getreue Dienstleistungen / als ihren unterthänigsten Sclaven erzeigen möchte.

Noch viel mehr dergleichen Unsinnigkeiten brachte er vor / welche die Jungfrau wolständig genug beantwortete; Jch aber gedachte / der Kerl wendet vor der Jungfer Diener zu seyn / da er doch vornemlich sucht / ein Herr über ihrer Mutter Ducaten zu werden / wann sie deren nur viel hätte.

Mochte derowegen seiner Pralerey nicht länger zuhören / sondern schlich hin nach der Alten / zuvernemmen / was sie guts auff die Nacht würde zurichten lassen / als von welchem Jmbs ich auch meinen Part zuerschnappen gedachte; Jch kam eben darzu / als sie ihrer Viertels-Köchin (dann sie brachte kaum die vierte Stund ihres Diensts in der Küche zu / weil sie die zwey übrige wol anders zu schaffen) an *dictir*te und Ordre gab / was sie vor Dauben abwürgen: und an Hünern und Koppen neben einem Spanferckel abstechen solte; ein Kalb und junges Böckel hieng allbereit dorten / die Haar gelassen hatten / damit man kein Geld in die Metzig zu schicken bedörffte; so lag auch schon ein alter rostiger Schuncken mit einem paar dörren Bradwürsten im Wasser / selbige dem Salat beyzusetzen; das eingebeitzte Wiltpret / wolte die Frau selbst auß dem Keller holen / warüber mir das Hertz im Leib lachte / aber der Alten ihr sichs krämete; dann als ich mit ihr in Keller schliche / einen hertzhafften Trunck zu thun / und sie sich allein zu seyn vermeinte / klagte sie ihr Anliegen ihr selbsten mit einem grossen Scheufftzen; Ach

1 f. Englische] engelgleiche 24 Koppen] Kapaun, verschnittener Hahn 26 Metzig] Metzgerei 27 rostiger] geräucherter 34 Scheufftzen] Seufzer

GOTT! sagte sie / ich wolte / daß der Schinder holte (da sie doch eben ein Stück stinckent Wildpret auß einem Fäßlein langete / welches sie mehr daurete / als die verschwenderische Cleopatra ihr unschätzbarliche Perl) daß ich nun abermal auff einen Jmbs so viel verthun muß / als ich sonst in acht Tagen nicht gebraucht hätte / ich werde / wann ichs wieder durch Gesparsamkeit erkargen und einbringen wil / ein Woche drey oder vier zu darben haben; Sie brumelte noch mehr darzu / welches ich aber nicht alles verstehen konte / noch zu hören begehrte / sondern sie ungeirret die Stegen hinauf gehen: und mich in den Keller sperren liesse / meinen heißbrennenden Durst zu löschen.

Das thäte ich wegen Mangel eines bequemen Trinckgeschiers auß meinem Hut desto vollkommener / und fande zwar den Wein in geringer *quanti*tät / aber seinen Kräfften: und dem Geschmack noch weit vortrefflicher umbsonst zu trincken / als er in den Wirtshäusern umbs Geld zu seyn pflegt.

Ein gantze Stund muste ich gefangen sitzen / ehe die Köchin kam / und den vorhandenen Traufwein zum Kochen abholete; Sie thät zwar einen starcken Zug vom besten Jochem / war aber dannoch so bescheiden / daß sie ihr Portz-Kändigen nur mit Bier füllete / und mit sich nahm: mit dieser wanderte ich auß meiner Gefangenschafft / weil mich der Durst nicht mehr plagte / und kam eben darzu / als Mutter und Tochter deß Monsieurs Knecht mit guten Worten: sein Herr aber mit Bedrohungen nöthigte / die zugerichte Artzney / die er so wenig als der Wagen deß fünfften Rads bedörfftig / einzunemmen; Jch muste mich in die Zunge beissen / das Lachen zu verhalten! Als ich diese überzwerge Thorheit sahe / und wie kotzerliche Minen der arme Tropff machte / biß er dieses unnöhtige Artzney Träncklein in sich schüttet.

---

5 Jmbs] Imbiß 10 Stegen] Stiege, Treppe 16 noch] nach
20 Traufwein] unter dem Zapfhahn aufgefangener Wein
22 f. Portz-Kändigen] Portionskännchen 30 überzwerge] doppelte

Mithin nähert sich die Zeit deß Nacht-Essens / darumb wurd der Tisch gedeckt / und darauff gethan was darauf gehöret; Jch stellte mich zu dem Tisch / zuvernemmen / was es vor lustige Discurse setzen würde / es waren aber nur Complimenten / Auffschneidereyen und solche Sprüch / darauß man ihre beyderseits habende treffliche Mittel abzunemmen; weil nun nicht auch vor mich auffgedeckt worden / und ich etwas vom Tisch hinweg zu nemmen Bedenckens trug / kriegte ich eine geräucherte Bratwurst beym Zieffel / und schlug selbige auff Abschlag zu faden / biß ich auch ein Stück vom Schuncken darzu in Magen logirn möchte; aber derselbe wurde nicht allein nicht angeschnitten / sondern nach dem Essen (als dem Juncker durch seinen Diener schlaffen zu ligen die Stiffel außgezogen wurden) in einen Kasten gesperret / und wegen der verlornen Bratwurst / welche der Hund gefressen haben muste / ein solcher Lermen angefangen / als wann durch das liederlich Gesind nicht nur Candia / sonder auch Venedig selbst verwarlost worden und in deß Türcken Gewalt kommen wäre.

Nach dem nun der Juncker mit gutem Verstand schlaffen gelegen / dann niemand vorhanden gewesen (der ihm einen dichten Rausch auff alt Teutsche Manier angehenckt) sprach man erst dem Diener zu; der aber / wie die Alte vorgab / auff die eingenommene Artzney sich nicht rechtschaffen bierschellig sauffen: und ohne das keinen Wein trincken dorffte / damit nicht übel ärger gemacht würde; nichts desto weniger unterliesse er nicht habender *Instruction* gemäß von seines Herrn grossen Reichthumben ein langes und ein breites auffzuschneiden / welchem beydes die Alte und Junge mit Lust und Andacht zuhöreten / er konte auch der Sach ein bessere Gestalt geben / als ich dem Dölpel anfänglich zugetraut; Aber als sein Juncker im Schlaff zu schreyen und jölen an-

6 treffliche Mittel] hier: Vermögen 9 Zieffel] Zipfel 10 schlug selbige auff Abschlag zu faden] aß sie Stück für Stück auf
11 logirn] einquartieren 24 f. rechtschaffen bierschellig] einen Bierrausch 27 habender] erhaltener

fieng / setzte er den Fleck heßlich neben das Loch; nicht weiß ich hatte er seines Junckern guten Unterricht vergessen / oder war er sonst müth und überdrüssig zu liegen? Einmal als in die Schloß-Frau fragte / was solch Geschrey bedeute / gab er unverholen zur Antwort; Wann sein Herr so zu schreyen beginne / so pflege er gemeiniglich bald hernach ins Bett zu scheissen (mit gunst) warüber die Jungfer dermassen erschrack / daß sie sich im Angesicht entfärbte wie ein glüende Kohl.

Die Alte nahm solches gleich in acht / und besorgte / ihre Tochter möchte vielleicht deßwegen unlustig werden / und der bevorstehende ansehenliche Heyrath zuruck gehen / lächelte derwegen ein wenig gegen besagter ihrer Fräulin Tochter / und sagte: Jhr müst so eckel nicht seyn / es ist noch gut das er warnet / ehe er Feuer gibt / dann so kan man ihm ja noch wol auß dem Schuß entweichen / oder sich gar auß dem Bette *retterir*en / biß die Salve verüber; ihr müst deßwegen nicht so hart erschrecken! Ja! Frau Mutter / antwortet die Jungfer / es ist mir nicht darumb zuthun / wie ihr vermeinet / sonder umb die Leylachen / die seynd leyder entlehnet / solche morgen wieder zu geben.

Hierüber erschrack die Mutter mehr als die Tochter über des Knechts Advisen erschrocken war / weil derselbe gehöret daß sie die Leylachen entlehnen müsten; wolte es derowegen wieder verzwicken und einbringen / was die Tochter verschnappt hatte / und sagte zu ihr: Ey du fauler Schleppsack / warumb hast du mirs nicht gesagt / so hätte ich dir ja ein paar aus dem Kasten thun können? Die gute Jungfer wolte sich entschuldigen / und sagte: ja wann ich auch gedacht hätte / daß drinnen gewest wären: worüber deß Junckern Knecht die Ohren spitzte / ich aber lachte / daß

---

1 Fleck] Flicken 3 liegen] lügen 8 entfärbte] hier: errötete
12 zuruck gehen] hier: nicht zustande kommen
16 f. sich ⟨...⟩*retterir*en] fliehen 20 Leylachen] Bettlaken
20 f. entlehnet] entliehen 23 Advisen] Neuigkeiten
25 verzwicken] zurechtrücken

man mich im gantzen Zimmer hörete / und damit einen solchen grausamen Schrecken erregte / daß alt und jung / Weib und Jungfer / und in summa alles was gehen konte / zur Thür hinaus lieffe; Jch aber erzürnete mich über mich selbsten dermassen / weil ich meiner Person so liederlich vergessen hatte / daß ich in allem Zorn hingieng und der dortstehenden Wein-Kandten einen solchen Druck gab / daß kein Tropffen mehr darin verblieb / folgents schlich ich auch davon / und schraubte mich auff den Stall ins Heu / allwo ich demjenigen nachgedacht / was ich denselben Tag gehöret und gesehen; sonderlich verwundert ich mich höchlich / daß diese Leute / die einander doch heyrathen und zusammen in eine so nahe Blutfreundschafft tretten wollen / einander mit dergleichen gleißnerischen Falschheit / lügerhaffter Betrügerey und pralerischen Auffzügen hinters Liecht zu führen sich nicht scheueten; Hoho! gedachte ich / thun sie das sich selbst untereinander / wann sie eine unzertrennliche Freundschafft zwischen ihnen stifften wollen? wie werden sie dann erst diejenige tractiren / so mit ihnen zu thun haben / die sie gleichwol ihrer Verwandschafft nicht würdig achten? Jn solchen Gedancken brachte ich ein paar Stund zu / biß ich endlich darüber entschlieff.

Den folgenden Morgen trieb mich mein Durst wiederumb ins Wonhaus / zu sehen / ob ich ihn etwan mit einem Trunck Wermuth-Wein löschen könte; dann ich hatte den Tag zuvor im Keller gesehen daß die Schloß-Frau / als ein verständige Haußhalterin / dergleichen gesunde Kräuter-Wein in kleinen unterschiedlichen Fäßlein im Vorrath hatte; Es gelunge mir auch glücklich / dann als die Köchin kam (welche zugleich auch die Stell einer Kellerin und Beschliesserin vertretten muste) etwas / ich weiß nicht mehr was / aus dem Keller zum Frühstück zu holen / wischte ich mit hinunter / liesse mich von ihr hinein sperren / und als sie mich beschlossen / werckte ich einen halben Nieren-Braten auf / der

---

9 schraubte] hangelte 19 tractiren] behandeln 30 Kellerin] Kellermagd 30 Beschliesserin] Haushälterin 34 werckte ⟨...⟩ auf] aß auf

vorigen Abend auff dem Tisch gewesen: und entweder aus Kargheit von der Mutter / oder aus Bescheidenheit vom verhoffenden künfftigen Tochtermann nicht angewendet worden war; das schmackte mir trefflich und machte mir nicht allein kein Gewissen / daß ich kühner war als Edelleute / ein so angenehmes Bißlein anzugreiffen / sondern muntert mich noch darzu auff / mehr als zweimal soviel zu trincken / als ich im Sinn gehabt / oder mein Durst erfordert; Noch glücklicher aber war ich / indeme / daß die Köchin bald wieder kame / nicht zwar / mich wiederumb heraus zu lassen / (dann sie wuste ja nichts von mir) sondern mehr Victualien herauff zu holen / damit schlich ich durch / und hörte noch zu guter Letze / daß die Köchin zu dem allerdings geschändeten Braten sagte / daß dich der Ritt schitt / wer ist über dir gewest? die Katzen haben ja kein Messer! ach wie wird unser Frau thun? Aber darumb bekümmerte ich mich kein Haar / auch darumb nicht / ob der Heirath zwischen dem Junckern und der Damoisecken möchte fortgehen oder nicht / sondern zog meine Schuh wieder an / und wanderte zum Tempel hinaus / deß willens mich in eine grosse Stadt zu machen / wo es reiche Kauff- und Wechselherren gibt / ob mir vielleicht eine Gelegenheit anstünde / mit einem solchen sein überflüssig Geld zu theilen.

Ungefehr zwo Stund war ich gegangen / als ich eine Gesellschafft Bettler unweit neben der Landstrassen antraff / die ein Feuer angemacht hatten / und darumb sassen zu sieden und braten / warhafftig eine lustige Bursch: Aeusserlich ware sie wol elend und erbärmlich anzusehen / aber ihr frölich Gelächter / angebundene Geberden und freye Reden gaben mir die grosse innerliche Freyheit ihrer Gemüther zu erkennen / welchs mich dann auch zu ihnen lockte; Jch war kaum ein Viertelstündigen bey ihnen gesessen / als sie eine Gutsche voll räisender Leute höreten kommen; auff Karges /

3 angewendet] angegriffen, angeschnitten 11 Victualien] Lebensmittel 13 Letze] Abschied 18 Damoisecken] Fräulein 27 Bursch] Gesellschaft 29 angebundene] dialektal: ungebundene

sagten sie zu einem Alten / jetzt ists an dir die Schatzung einzufordern; derselbe Karges war auch nicht faul / sondern thaͤt sobalden die Augen zu / und liesse sich durch einen jungen Knaben an einem Stecken an die Strasse fuͤhren / da er durch ein jaͤmmerlich und erbaͤrmlich Geschrey von den Voruͤberraͤisenden ein paar Batzen heraus pressete; und als er wieder zu der Compagni kam / war ihrer aller Wunsch / daß sie ein rechtschaffene gute Maß Wein umb das eroberte haͤtten / weil ihre dritthalbmaͤssige Flasch zu vernehmen gab / daß sie nicht mehr herumb reichen koͤnte / einem jeden auff der Reige einen vollkommenen Trunck mitzutheilen / wiewol noch eine grosse Pfann gebachener Eyer dort stunde / die eine solche Convoy erfordert.

Jch sahe sonderlich einer veralten Großmutter zu / die meines Darfuͤrhaltens schon in ihrer Jugend diese Profession zu treiben gelernet / wie sie aus Meel / Eyerklar / Hirn / Blut und Gruͤnspan eine Mixtur zurichtet / und einem Knaben einen Erbgrind daraus machte / nachdem sie ihm zuvor den alten biß auff die gesunde Haut abgewaschen: und den Haarboden auf ein neues der Gehoͤrde nach abgeschoren hatte; So mein Kind sagte sie / du hast warhafftig jetzund so einen schoͤnen Grind / daß man ihn nicht natuͤrlicher mahlen koͤnte! Gib nur Achtung daß du im beten nicht fehlest / wo du merckest daß es nicht Catholisch ist / da laß bey leib das Ave Mariæ aus / und heisch auch nicht umb unserer lieben Frauen willen / aber hingegen bete das Reich und die Krafft und die Herrligkeit an das Vatter Unser; wann du aber nicht weist / ob es an einem Ort Lutherisch oder Catholisch oder Calvinisch sey / und darffst auch nicht fragen / so gib Achtung auff die Bildstoͤck / Helgenhaͤußlein / und Creutz an den Wegen / seyn solche geziert oder in Ehren gehalten / da bete kecklich auff Catholisch / wo nicht / auff Luterisch und

1 Schatzung] Tribut, Abgaben 9 dritthalbmaͤssige] zweieinhalb Maß fassende 11 Reige] Reihe 13 Convoy] Geleit
14 veralten] uralten 16 Eyerklar] Eiweiß 20 der Gehoͤrde nach] wie es sich gehört 30 Helgenhaͤußlein] Kapellchen

wann du eigendlich weist / daß du an einem Calvinischen Ort bist / so fang das Vatter Unser auch auff Calvinisch an / und sag Unser Vatter / etc. und nicht Vatter Unser wie es vor Alters der Brauch gewesen ist / dann die Leute geben ihren Glaubensgenossen noch so gern / auch noch so grosse Stücker / dahingegen mancher einen von widerwärtiger Religion nicht ansiehet / wann er schon des Allmosens zehenmal mehrers benöthiget wär als der Glaubensgenoß. Schaue nur zu / daß du vorsichtig und fleissig seyst / es wird dir besser bekommen als wann du einem Bauren d' Rosse hütest / oder selbst einen grossen Hauffen eigener Güter eroberste / und mit der Zeit besässest; dann solche machen ihnen selbst die sonst freye Gemüther ihrer Jnhaber zu Martyrern und gepeinigten Sclaven / und ihre Leiber zu leibeigenen Knechten derjenigen Herren unter deren Jurisdiction selbige gelegen; dahingegen du in unserem Orden die edle Freyheit / und mit derselbigen unter dem Deckmantel der Armuth in anderer barmhertzigen Leute Vermögen alles dasjenige reichlich besitzest und zu geniessen hast / was zu deines müssigen Lebens Auffenthaltung vonnöthen.

Will dir irgend ein karger Hund nichts geben / so gehe vor eine andere Thür; Jst ein Land durch Krieg / Theurung / oder Sterbensläuffte verderbt / und also zu deiner Professium nicht bequem / so lauffe in ein anders / und lasse die so ihr Hertz dem Haus und Hof / den ansehnlichen / wohlgelegenen eigenthumlichen Gütern geschenckt / daheim darbey crepeliren / verderben / und sterben.

Noch sonst trefflich viel solcher guten Lehren und Unterrichtungen gab die Alte diesem Knaben / also daß ich nicht glauben kan / daß ein Jäger mehr Fleiß anwendet einen jungen Wachtel-Hund / oder ein *Signor Capitano* seine *Tyrones* abzurichten; das Bübgen war auch der Art / daß es sich gern informiren liesse; und zwar wer wolte nicht / wann man einem nur von Faulheit / Freyheit und Müssiggang predigt?

---

10 d'] der 15-16 Jurisdiction] Rechtsprechung 23 f. Professium] Profession, Beruf 27 crepeliren] krepieren 31 *Signor Capitano*] Herr Hauptmann 31 *Tyrones*] Rekruten

Andern Theils erzehlete einer dem alten Kerges / was massen er hiebevor wol 4. Jahr ein Stumm gewesen wäre / welche Art zu betteln ihme so wol zugeschlagen / daß er ein zimlich Stück Geld zusammen gebracht / welches ihm aber sein damalige junge Frau / deren er ohne Zweifel zu leicht gewesen / außgefischt hätte; Warauff er nothwendig die Sprach wieder annehmen müssen / seinem Weib nachzufragen / die er zwar bey einem jungen Spängler angetroffen / aber gleichwol nichts sagen dörffen / erstlich weil sie seine Ehefrau nicht gewesen / und dann damit sie ihn nicht verrathen / daß er sich vor einen Stummen ausgegeben; Es ist nicht zu glauben oder auszusprechen / sagte er ferners / wie michs verdrosse / daß ichs also stillschweigend verschlucken und in mich drucken muste; und diß ist auch mein gröstes Creutz und Anliegen gewesen / daß mir zugestanden / seit ich die Eselhaffte Roßarbeit der Taglohner verlassen / und mich durch Ergreiffung deß Sacks und Steckens in die unschätzbarliche Freyheit unsers Herren-Lebens gesetzt! Jch kriegte aber gleich darauf wiederumb ein wackers junges Mensch eines Körbmachers und Wannenflickers Tochter / die sich nicht allein besser als die erste in den Handel zu schicken wuste / sondern mir auch alle Jahr auffs wenigst eins: oder umbs ander Jahr zwey Kinder brachte / vermittelst deren ich viel Allmosen auffhube; über das ersonne sie einen behenden Fund Geld zu machen / wann es sonst schwerlich zu bekommen war / nemlich Winters zeiten / wann wir vor ein Ort kamen / zog sie sich in höchster Kälte allerdings nackend auß und liesse Kinder und Kleider bey mir / in solcher Gestalt erhielte sie offt auf einen Tag vor einen / zween oder drey Gulden Kleider / je nachdem sie barmhertzig Weiber-Volck antraff / daß sich vor sie schämete / welches mir trefflich zu baß kam / und manche fette Supp zuschantzte.

Wie diese ihre Stückgen untereinander so erzehlten / ka-

---

8 Spängler] hier: fahrenden Kesselflicker 25 Fund] List
32 zu baß] zu paß

men zween Capucciner dorther / welchen die Bettler die Ehr nicht anthaͤten / ihrentwegen auffzustehen und ihnen etwas abzuheischen; Jch schetzt wol / weil sie wusten / daß sie sonst nichts als *Agnus Dei* hinweg zu geben haben / deren sie aber keine begehrten / der eine war ein alter *Pater*, und der ander ein junger *Cleric*; Jch verliesse die Bettler / und marchirte mit diesen / weil sie meine Straß giengen / zu vernehmen / was doch sie vor einen *Discurs* miteinander unter Wegs haben moͤgten; aber ich hoͤrete so viel / als wann ich mit zweyen Stummen gegangen waͤre; ausser daß sie vor einem Flecken zusammen niedersassen / und ihre *Horas* miteinander beteten.

Jndessen gedachte ich an meine liederliche Bettler / Vaganten und unnuͤtze Landstuͤrtzer / mit denen unser Teutschland gleichsam uͤberschwaͤmt ist; Jch machte allbereit Rathschlaͤg / wie ich mit ihnen verfahren: ihren Orden zu Nutz deß Vatterlands *emploirn*: und was ich ihrentwegen auff dem Reichstag *proponirn* wolte / wann ich einmal ein Reichs-Fuͤrst wuͤrde; Jch lase die gesunde aus ihnen zu Soldaten / das Vatterland zu beschuͤtzen / und den Tuͤrcken zu bekriegen / und bauete schon Zuchthaͤuser und Werckstaͤtte in meinem Lande / das ich im Sinn besasse / worinn ich solche Anstalten vor die uͤbrige zu machen gedachte / daß beydes Taube und Stumme / Blinde und Lame darinnen arbeiten und nicht allein ihr Brod vor sich selbst verdienen: sondern auch die uͤbrige Armselige Kruͤppel ernehren: ja noch daruͤber hin alle Jahr ein zimlichen Uberschuß zu deß gemeinen Wesens Nutz vorschlagen und eruͤbrigen koͤnten; damit das Lumpen-Gesindel abgeschafft: GOtt selbst durch ihr rohes Leben nicht mehr erzoͤrnet: der Landmann durch ihren grossen Uberlauff nicht mehr *molestirt*; und ein so beschaffene

4 *Agnus Dei*] Lamm Gottes, hier: Amulett
6 *Cleric*] Geistlicher 8 *Discurs*] Gespräch 11 Flecken] Dorf
11 *Horas*] Stundengebete 17 *emploirn*] gebrauchen
18 *proponirn*] vorschlagen, beantragen
31 *molestirt*] belästigt

Ordnung gemacht würde / die GOtt wohlgefällig und den Menschen nutzlich seyn solte.

Aber mitten in solchen Gedancken gedachte ich gar nicht daran / daß ich selbst ein ärgerer Maußkopff war / als die Bettler; sintemal ich damals vorhatte / vermittels meines Vogel-Nestes andere ehrliche Leute unsichtbarer weise zu bestehlen / und mich selbst zu bereichern; hätte ich aber daran gedacht / so hätte ich ohne Zweiffel mit jener Weibsperson / deren die Hand im Sack erwischt wurde / als sie ein andere ihr Untergebene umb ihr Verbrechen capituliren solte / unverholen gesagt und geklagt; Ach! wir seyn leider alle (GOtt erbarms) brechhaffte Menschen.

Aber genug hiervon / als die Cappucciner ihr Gebet gesprochen / da hatten auch meine Anschläg ihr Endschafft / derowegen gieng ich mit ihnen in den Flecken / zu sehen / was es bey ihnen auff ihr andächtigs Gebet vor ein *Convivium* setzen würde; aber sie kehreten nicht im Wirthshause ein / sondern setzten sich unter die Linde / die auff dem Platz zwischen der Kirchen / dem Pfarrhof und dem Wirthshauß stunde / ihre von grosser Sommers-Hitze abgemattete Glieder ein wenig im Schatten zu erquicken; Solche Ruhe nahm ich ebenmässig an / und als ich mich kaum recht nieder gesetzt / kam die Pfarrerin aus dem Pfarrhof / warhafftig ein schönes junges Weibgen; welche aber / wie ich hernach vermerckte / eben so einfältig als hüpsch gewesen; diese hiesse beyde Cappucciner gar freundlich willkommen seyn / mit angelegener Bitt / sie wolten mit ihr ins Haus gehen / und mit einem Trunck / und was die Küch vermögte / verlieb nehmen: aber die Capucciner schlugen ihr holtseelig Anerbieten glat ab / nicht weiß ich / ob sie vielleicht besorgten / der Teufel mögte ihrer Keuschheit durch diß Weib nachstellen; sie hingegen war nicht beym besten damit zufrieden / sondern sagte: HErr GOtt! wie seyd ihr so wunderlich? kommt immer mit herein / ich bin die Frau Pfarrerin / und

10 capituliren] strafen, abkanzeln 12 brechhaffte] gebrechliche
16 *Convivium*] Gelage, Gastmahl

hab erst mit meinem Herrn vor vier Wochen Hochzeit gehabt / kommt nur / dann wann wir Geistliche nicht selbst einander ehren / wer wuͤrde es dann sonsten thun; Aber die Capucciner wolten nicht / sondern giengen ihres Wegs / wiewol ich ihnen ansahe und an mir selbst abnehmen konte / daß ein guter Trunck an ihnen nicht uͤbel angelegt gewesen waͤre; hingegen aber gedachte ich auch / danck du GOtt mein liebe Predicantin / daß dir die Capucciner nicht gefolgt / dann solte dein Mann darzu kommen seyn / so wuͤrde er dir nicht anderst gedanckt haben / als haͤttest du diese ihm ohne das verhaste Nollbruͤder zu etwas anders in seiner Abwesenheit eingeladen / ob gleich sie noch du an nichts boͤses gedacht; darneben war ich auch unwillig uͤber die Capucciner / daß sie nicht in Pfarrhof giengen / dann ich hatte willens / auch meinen Durst mit ihnen darin zu loͤschen / derowegen als mirs so fehlete / gieng ich in das Wirthshauß / zu sehen / ob mir daselbst ein Trunck anstehen moͤgte.

Es sasse ein gantzer Tisch voll Bauren dort von der Calvinischen Religion / welchem Glauben dann auch derselbe gantze Flecken anhieng / die waren gar andaͤchtig / etliche Gesaͤng und Psalmen bey dem lieben Weinigen auß ihrem Lobwasser zu singen / welche Vermischung mir gleichwol besser gefiele / als wann man auff Jtalianische oder Spannische Manier gemein Wasser unter den Wein schuͤttet; Gleich hernach kamen auch zween Catholische *Passagires* hinein / die dort etwas assen / und von ihnen am Creutz machen erkannt wurden / umb welcher willen sie gleich ihr Gesang aͤnderten und diesen zu spott das *Ave Maria gratia plena* daher sungen / als es aber die Catholische nicht achteten / fingen sie an allerhand schimpffliche Possen zu erzehlen / die in der Catholischen Kirch / umb willen die Pfarrer ihre Pfarrkinder nicht eiferiger unterrichtet / geschehen seyn solten.

8 Predicantin] Pfarrersfrau 11 Nollbruͤder] Bettelmönche 21 Weinigen] Weinchen 25 *Passagires*] Gäste 28 *Ave Maria gratia plena*] Gegrüßet seist du, Maria, voll der Gnaden 30 schimpffliche] scherzhafte

Einer erzehlte aus Schimpff und Ernst / als einsmals ein kleines Maͤdgen beichtet / fragte es der Pfaff / ob es auch ins Bett bruͤntzle? und wie das Kind mit nein antwortet / sagte er / bey leib thue es nicht / dann ich friß die Kinder die ins Bett bruͤntzlen; darauff daß Maͤdgen gesagt / nein Herr ich bruͤntzle nicht darein / aber ich hab ein Bruͤderlein daheim das scheist ins Bett / dasselbe iß; und darauff fiengen sie alle an zu lachen / als haͤtten sie toll und thoͤrigt werden wollen; mithin sich umbschauend / ob die Catholische nichts darwider reden oder sich daruͤber erzoͤrnen wolten: aber diese thaͤten als haͤtten sie nichts davon gehoͤrt oder verstanden / sondern als das Gelaͤchter ein End hatte / erzehlete der eine dem andern / es wolte neulich in unserer Nachbarschafft ein Predicant ein Kind tauffen / und als er daran kam / daß er zum Pfetter sprach / widersagst du dem Teufel (sprich mir nach) ich widersag; da antwortet der Pfetter auch / widersagst du dem Teufel / sprich mir nach / ich widersag / der Predicant schuͤttelt den Kopf und sagte / ich vermeine du bist ein Narr / der Pfetter antwortet alsobalden auch / ich vermeine du bist ein Narr; hingegen erzoͤrnte der Predicant und sagte / thut mir den unsinnigen Narren auß der Kirchen / der Pfetter vermeinte er muͤste immerhin nachsprechen / und sagte gleichfalls / thut mir den unsinnigen Narren auß der Kirchen; Solte nun das Kind getaufft werden / so muste man einen verstaͤndigern an deß Pfettern Stell nemmen.

Gleich hierauff erzehlet einer von den Calvinisten / es haͤtte ein Pfarrer ein Maͤdgen in der Beicht gefragt / obs die jungen Knaben auch gerne sehe / darauf es geantwort / mein Herr / wir haben einander noch niemal viel nach gefragt / aber auff die Feyertaͤg bekomme ich einen neuen Rock / aldann wirds Rammlen rechtschaffen angehen.

Jm Schweitzerland sagt ein anderer allwo die froͤmmste im Gebuͤrg wohnende Leut / wanns wol geraͤth Jaͤhrlich einmal umb die Oesterliche Zeit in die Kirch kommen / schickte ein

---

3 bruͤntzle] pisse 14 Predicant] kalvinistischer Geistlicher
15 Pfetter] Taufpate

achtzig Jähriger Vatter seinen fünf und zwantzig Jährigen Sohn das erstemal in die Kirch / und als er wieder nach Haus kam / examinirte er ihn / was er gehört und gesehen? Da erzehlte der Sohn / es hätte ein Kerl von einem andern ein langs und breits daher gesagt / wie man ihn verrahten und verkaufft / gefangen / gebunden / geschleifft / geschlagen / und endlich gar gecreutziget hätte; Ja Vatter! sagte er / man ist so übel mit ihm umbgangen / daß er mich gleich daurete; HErr Gott / HErr Gott! sagte darauff der Alte / ist dann dieser Handel noch nicht außgemacht? Es ist schon wol zwantzig Jahr als ich das letzte mal in der Kirchen gewesen / da hatte man diese Sach auch schon unterhanden; Es wundert mich / was nur unsere Herren thun / daß sie es nicht einmal vollends erörtern.

Das ist kein Wunder / sagte hierauff ein Catholischer / dann wir wissen auß Doctor Schuppen Freund in der Noth / daß einsmals ein Teutscher Edelmann seinem Pfarrer / der ihm auß dem Catechismo / was er von seinem Christenthum verstunde / examiniret / unverholen geantwortet / er wäre ein Narr / und glaube daß der Predicant auch selbst einer sey; und an statt daß er gesagt haben solte er wäre ein Christ und glaube in Christum.

Damit aber hiervon nichts weiters geredet wurde / sagte ein anderer Calviner / als ein Schweitzer einem Capucciner gebeichtet / und nach der Absolution einen Kreutzer zum Beichtpfenning geben wolte / der Pater aber Geld anzunemmen sich wegerte / sagte er / behabs nur mein lieber alter Vatter / du darffst mein Narr nicht umbsonst seyn; und darauff huben sie wiederumb ihr vorig einhellig Gelächter an; die Catholische lachten mit und sagten / daß muß wol ein plumper Flegelius gewesen seyn? versetztens aber mit dieser Histori.

Als ein Predicant einem verstorbenen Schuster seine Leichpredigt gethan / und nun an dem war / daß er den Tod-

3 examinirte] befragte 27 behabs] behalts 31 versetztens] entgegneten darauf

ten auch loben solte / sagte er / liebe Zuhörer ich solte unseren seeligen Mitbruder auch wegen seiner Gottseeligkeit und anderer Tugenden halber heraußstreichen / so wist ihr aber alle miteinander / daß er nichts dergleichen Lobwürdiges an sich gehabt; damit ich aber gleichwol auch meinen Thaler verdiene / der mir wegen der Leichpredigt gebühret / so sage ich ihm nach zu unsterblichem Lob / daß er dannoch wie schlimm er sonst gewest / einen schönen rothen Bart gehabt / allerdings wie unser heiliger Apostel Judas / etc.

Auff diesem Streich thaten die Calvinisten wider einen andern hinum und sagten durch einen ihrer Beysitzer / und was ists dann auch mit eurer Beicht? Man weis das Dorff Schttrwlt / von dessen Jnnwohnern noch biß auff den heutigen Tag gesagt wird / der frömmste auß ihnen hätte ein Axt gestohlen; Dieser Nachnahm ist ihnen aus Gelegenheit der Zeit zugewachsen / die ihr vor die allerheiligste haltet / und darinn durch die Beicht und Bußwerck eure Sünden abzulegen gedencket; Dann demnach einer in der Charwochen daselbsten / nach verrichter Gleißnerischen Andacht und empfangner Absolution / auß der Kirchen gieng / und seinen Stecken vor der Kirchthür / mit sich nemen wolte / erdappte er darvor eine neue Axt / die bey den Stecken stunde / name sie mit und sagte / das walt GOtt / das ist auff ein neues?

Jch glaub / sagte ein anderer Calviner / daß die Sünden *specialiter* in der Beicht zu erzehlen / nur von den Pfaffen erfunden und auffgesetzt worden / die Gewissenhaffte in der Contribution und Forcht zu behalten; dann wer wolte einen solchen / dem er seine innerste Heimlichkeiten vertrauen muß / nicht in hohen Ehren halten / und ihm mit allem seinen Vermögen nicht an die Hand gehen? Jhm den Beutel zu spicken und seinen Schmerbauch zu erhalten? damit er ihn in guten Laun haben / und ihn zum gnädigen Herrn behalten

---

15 Nachnahm] Nachrede 20 Absolution] Lossprechung (von Sünden) 26 *specialiter*] im einzelnen 28 Contribution] Abgabepflicht

moͤge; bey andern aber wird es wie bey uns in der reinen Reformirten Religion nur vor ein Schertz gehalten / wie jenes Weib thaͤt / welche nicht absolvirt werden konte / sie sagte dann ihrem Mann / daß ihr letztgebohrnes Kind nicht sein / sondern von einem andern ihr zugerichtet worden waͤre; das Weib that zwar was ihr befohlen war / aber wie? Sie wartet biß das Kind schrie / und damit sie es desto besser geschweigte / sagte sie zu ihrem Mann / ach Peter henck doch ein Tuch uͤber dich und erschrecke das Kind ein wenig / damit der Banckert wieder schweige; der Mann folgte / und als er so verstellt daher zu brumlen kame / wu / wu / wu / sagte das Weib zu ihm / gehe hinweg du haͤßlicher Butz / das Kind ist nicht dein / sondern mein / etc.

Einer von den Catholischen antwortet darauf / diß ist die alte Leyer deren die auß Hoffart ihrer Suͤnden nicht bekennen / oder auß Teufflischer Schamhafftigkeit solche nit erzehlen wollen / damit sie die Demut der Buͤssenden verspotten; Jst auch gar nicht glaublich / daß die Beicht auß Geitz unserer Geistlichen seye erdacht worden / sintemal sie auß ihren Pfruͤnden uͤbrig gnung erheben / dessen sie zu ihres Lebens Auffenthalt bedoͤrfftig; so haben sie auch vor keine Leibs-Erben zu sorgen / umb deren willen sie viel zu ergeitzen Ursach haͤtten wie die eurige.

Unlaͤngst hatte ein Fuͤrst alle Predicanten seines Lands beysammen / der Kirchen Ordnung wegen was zuberathschlagen / diese warteten im Vorzimmer auff / biß einer kam und sagte die Herren Predicanten sollen herein tretten / sie folgten alle biß auff einen der haussen blieb; als derselbe nun gemisset wurde / ward ein anderer geschickt der ihm ruffte / aber er wolte nicht hinein / sondern sagte / man haͤtte nur den Herren Predicanten befohlen hinein zu kommen / er aber waͤre kein Predicant / sondern nur ein Predikrug; wann

---

8 geschweigte] beruhigte 10 Banckert] uneheliches Kind 12 Butz] Gespenst 20 Pfruͤnden] Pfarrstellen 28 haussen] draußen 32 Predicant ⟨...⟩ Predikrug] Wortspiel mit Weinkanne und Wasserkrug

der Fürst den Predikrügen hinein wird ruffen lassen / so würde die Erscheinung auch an ihm seyn / diese referirte / was der draussen gesagt / daher der Fürst und andere gedachten er wäre vielleicht im Kopff verruckt / schickten derohalben zween von seinen Collegen zu ihm / zusehen wo es dem Kerl mangelte? Die fragten ihn wie seine Wort zu verstehen wären / und was er vermeinte / daß er so aberwitzig thät; er antwortet / es ist nur der Predicanten begehrt worden; nun ist keiner unter euch der nicht aufs wenigst jährlich ein halb Fuder Wein zur Competens hat / darumb könnet ihr euch wohl vor Predicanten ausgeben; Jch aber hab nichts dergleichen / sondern muß das Maul an Wasserkrug reiben / und mich unter die Predikrüg schreiben / was solte ich dann bey euch thun / wann man meiner nicht begehrt / etc. mit diesem lächerlichen Schwang brachte der Predikrug zu wegen / daß ihm der Fürst auch jährlich ein halb Fuder Wein geben liesse / und ihn also zum Predicanten machte.

Wegen Erzehlung dieser ihnen ohne das genugsam bekandten Histori / wurden die Calvinisten so verbittert / daß sie die Zähn aufeinander bissen / und den Catholischen zu Spott das Ave Maria wieder einhellig zu singen anfingen / jene erzörneten sich aber gar nicht darüber / oder thäten doch wenigst dergleichen / daß es sie im geringsten verdrosse / da diese aber ein wenig pausirten / oder sich sonst müd geschrien hatten / sagte ein Catholischer / so recht ihr Herren / so muß man die Mutter GOttes ehren; wann ihr so fortfahret / so ist gute Hoffnung zu machen / ihr werdet / wills GOtt / bald gar Catholisch werden; Was? ehren? sagte hierauf der Stärckste unter den Calvinisten; Was? wir bald Catholisch werden? und damit sprang der Phantast hinterm Tisch hervor / stellete sich mitten in die Stub; stützte die Händ in beyde Seiten / und sagte / ihr Leute müst wissen / daß wir euch nur foppen / wann wir diß Lied singen / umb daß ihr eine Windelwäscherin so hoch zu verehren euch be-

2 Erscheinung] Erscheinen 10 Fuder] Weinmaß (ca. 1000 Liter)
10 Competens] Verfügung 15 Schwang] Schwank

reden lasset; diß verdrosse mich nicht wenig / als ich erwog / daß gleichwol die Demuth der aller Glorwuͤrdigsten Jungfrauen / die uns allen zu gut den Heiland der Welt geboren / ein mehrers verdient haͤtte / als von einem solchen Kornhammer geschmaͤhet zu werden; massen auch dergleichen Laͤsterungen die Tuͤrcken nicht ungestrafft hingehen lassen; Was? gedachte ich / soltest du dessen Mutter uͤbel reden von dem du glaubest / daß er dich von Suͤnd / Tod / Teufel und Hoͤlle erloͤst? beede Catholische aber steckten die Pfeiff mit Seufftzen und Gedult in den Sack / und sie thaͤten auch nicht unweißlich / dann man sahe gnugsam an den Minen der Calvinisten / daß sie ein Lust hatten ihnen das Fell zu gerben / wann sie nur ein wenig mehr Wort gemacht haͤtten.

Solche bewoͤgte mich zum Mitleiden / und als obenangedachter Kerl nicht auffhoͤrete / der in alle Ewigkeit von allen Geschlechten selig gepriesenen Jungfraͤulichen Mutter Hohn zu sprechen: gab ich ihm eine solche dichte Maulschell auff seine unbescheidene Gosche / daß ihm vier Zaͤhn darvon außwurtzelten / er selbst aber den langen Weg ruͤcklings zu Boden fiele; Es darff sich aber niemand darumb verwundern / daß dieser Streich von so kraͤfftiger Wuͤrckung gewesen / dann man nennet mich deßwegen in meiner Heimath den starchen Michel / weil ich die Ohrfeigen so gewichtig und meisterlich außtheilen kan; Alle Anwesende erschracken von diesem wunderbarlichen Fall / und hielten es nur deßwegen vor eine Goͤttliche Rach und Warnung / weil sie mich weder sehen noch wissen konten / wer ihm diesen Streich versetzt; Jch selbst aber hielte es deßwegen ihme vor ein Goͤttliche Straffe / weil GOtt auch durch Suͤnder die Warheit zu reden / und gemeiniglich seine allergewaltigste und trotzigste Feinde durch die allerliederlichste und geringste *Insecta* abzustraffen pflegt.

Jndessen nun beydes Calvinisten und Catholische gantz bestuͤrtzt dort sassen / raffte sich der Kerl / welcher wie eine

4 f. Kornhammer] Dreschflegel 19 den langen Weg] der Länge nach

gestochene Sau blutet / wiederumb auff / und erzeigte sich so still und dusam / wie ein Schaͤflein; Jch masse mir damals selbsten zu / ich haͤtte einen gluͤckseeligen Præceptorem abgeben / seintemal ich mit einem Streich so wolgezogene Discipul machen konte: haͤtte man mich aber sehen koͤnnen / wie solten mir wol die halb volle Bauren den Buckel abgeraumet: und mir das Præceptoriren eingetraͤnckt haben?

Jn dieser Stille / als jeder den Geschlagenen angaffte / erwischte ich der Bauren ihre Kandel / und soff sie auß biß auff den doͤrren Boden / dann ich hatte bißher noch durst gelitten / weil ich so unvermerckt wie ich gehen wolt / nit zukommen koͤnnen; Beyde Frembdling giengen ihres Wegs / mit denen ich mich mit zur Stubthuͤr hinauß packte / nicht weiß ich / was die Bauren gesagt: oder vor ein Wunder darauß gemacht haben / als sie befunden / daß ihnen ihr Wein auß der Kanden verschwunden.

Jch kam denselben Abend nicht weiter als in ein klein Doͤrffgen / daß keinen Wirth: sonder ungefehr dreyzehen Bauren vermochte / da kehrte ich ein / bey dem / der den groͤsten Hauffen Mist im Hof liegen hatte / weil ich ihn deßwegen vor den Reichesten hielte / und dannenhero glaubte / ich wuͤrde bey ihm dieselbe Nacht auch mein Maulfutter am besten haben koͤnnen; aber ich befande mich betrogen / dann er war ein karger Filtz / er hausete mit keinen Dienstbotten oder gedingtem Gesind / sonder mit seinen nunmehr erwachsenen Kindern / die er mit einer Wassersuppen und einer grossen Pfannen voll starckem Haberbrey tractirte; damit sie wol verlieb nemmen musten / welches aber Knecht und Maͤgd jetziger Zeit Gewohnheit nach nicht gethan haͤtten; also daß ich bey nahe haͤtte Hunger leyden muͤssen / wie ich dann / so lang sie zu Nacht assen / hintern Ofen zu protzen sasse / und mich mit Ungedult speissete / in dem ich keine Hoffnung fassen koͤnte / daß denselben Abend etwas annemlichs in meinen Magen logirt werden moͤchte.

---

2 dusam] sanft 3 Præceptorem] Lehrer 5 Discipul] Schüler 10 doͤrren] trockenen 27 Haberbrey] Haferbrei 27 tractirte] abspeiste 31 f. protzen] schmollen

Gleich nach dem Essen musten beyde Söhne die Pferd: die Tochter aber das Rindviehe abfüttern / indessen gieng die Mutter hin ihren Marckschatz zusammen zu machen / was sie nemlich den folgenden Tag in dem nächste Marckflecken zuverkauffen willens war; solcher bestunde in einem dutzet zwey oder dreypfündiger Küh-Käsen / in einen Schock Eyer / in etlichen jungen Hanen / und in ungefehr 10. Pfund Butter / den sie zu Pfunden partirt hätte; solches alles packte sie ordentlich in einen grossen Korb biß auf die Hüner / die absonderlich in einen Dauben-Korb gethan worden; Jch hätte ihr hiezu wol leuchten können / weil ich ihr überall nachschliche / und sahe was sie machete / aber ich thäts drumb nicht / sonder packte ein Stück faulen Käse an sampt einem geringen partickul Butter / so ich vor die lange Weil zu einem Stück Brod / das ich noch im Sack hatte / auffwerckte; hernach tratt ich wieder mit ihr auß dem Keller in die Stub / wo ihr Alter sasse / den Kopff mit einer Hand auff den Elenbogen untersteuerte / und mit der andern die Zähn sticherte / gleichsam als wann er denselben Abend viel zahmes und wildes darmit zermahlen müssen; aber der gute Mann machte wol andere Calender / als ich mir eingebildet: dann gleich darauff sagte er; Ja Frau! es schickt sich einmal noch nicht / daß wir unser Gret deß Clausen Hansen Geörgen geben / denck selber! wir müsten ja gleich eine Magd dingen / die kostet uns gleichwol alle Jahr ohne das Essen auff zwantzig Gulden / was kostet uns erst die Hochzeit? Was die Spieleute? Was die Morgen-Supp? Was die Brautkleider? Was die Kleider für uns und unsere zween Buben? Und was müsten wir ihr erst zur Haußsteur geben? geschweige jetzt ihren Vorauß / den wir ihr vor allen Dingen hinauß geben / und dardurch unsere gantze Nahrung umbs halb schwächen

3 Marckschatz] Marktware 6 Schock] Mengenmaß (60 Stück) 8 partirt] geteilt 14 partickul] Stück 15 auffwerckte] verspeiste 18 untersteuerte] stützte 18 sticherte] stocherte 21 machte ⟨...⟩ Calender] machte sich Gedanken 29 Haußsteur] Aussteuer 30 Vorauß] Vorauserbteil 31 schwächen] vermindern

müsten! es ist ohne das jetzt so eine herbe Zeit / in deren die liebe Frucht und das Viehe bald nichts gilt / so daß wir kümmerlich so viel erübrigen können / der Obrigkeit / die Herren-Gelder / sampt Zinß und Gült den Schaffnern abzustatten / und solten wir noch darzu so ein Gefest anstellen / und uns vollents dardurch verderben?

Es ist wahr / lieber Hans! wie du sagst / antwortet die Bäurin / aber du must auch gedencken / das es Tag und Nacht wird / wann es Zeit ist / du magst gleich sauer oder süß darzu sehen; daß Mensch ist gleichwol schon vorlängst Mannbar gewest / und hat dir zugehorsamen etliche Heyrath außgeschlagen / sich auch bey uns viel mehr als eine Magd gelitten / und ihr bestes gethan / und diß ist ein sehr anständiger Heyrath vor sie; soltest du dich nun auch unterstehen / diesen wie die vorrige zuverhindern / so wirst du das Kalb ins Aug schlagen / und der Greten Vormünder würden den Bossen mercken und sagen / du begehrtest deiner Tochter vor ihrem Glück zustehen / nur daß du ihren Mütterlichen Vorauß nicht herauß geben dörfftest; darum schaue was du thust / und unterstehe dich nichts zu hindern / wann du siehest / daß du es ohne das nicht mehr verhindern kanst.

Was? sagte hierauff der Bauer / solt ich ein Kind haben / daß mir nicht folgte? Es muß mir den Kerl wider meinen willen nicht kriegen / und solt es Haar scheissen wie ein Wolff! Jch will gern sehen / wer mich zwingen wird. Wie nun die Bäurin sahe / daß ihr Alter so schellig wurde / sagte sie nichts anders mehr / als meinet halber / du bist Meister / und witziger als ich / magst derowegen mit deiner Tochter verfahren wie du wilst.

Gleich darauf kamen die Söhne / denen befahl der Vatter schlaffen zu gehen / damit sie den künfftigen Morgen desto früher auffstehen könten; hernach kam auch die Tochter / der wurde ein gleicher Befelch gegeben / doch daß sie zuvor

---

5 Gefest] Fest 10 daß Mensch] das Mädchen 27 schellig] zornig 29 witziger] klüger

daß Geschier in der Kuchel abwaͤschen solte; weil mich dann sehr auff den Kaͤß duͤrstet / den ich zu Nacht gessen / und keine Hoffnung da war / vor dißmal mit Wein zu loͤschen / gieng ich mit ihr hinauß / und thaͤte gantz verstohlen aus einem Kuͤbel / in den ich das Maul steckte wie eine Kuh / einen rechtschaffenen Trunck Wasser / welches mir lang nicht widerfahren war; da sahe und hoͤrete ich / wie das Gretel / als es das Geschier butzte / seufftzet und weinet / ohne daß ich die Ursach haͤtte eigentlich wissen koͤnnen / so ich aber bald erfuhre.

Dann als sie schlaffen gieng / schlich ich ihr nach und legte mich in ihrer Kammer in einen Winckel auff etliches schwartz leinen Gezeug und alte Saͤck / konte aber wegen deß Kaͤses / dessen ich gegen die Nacht zuviel zu mir genommen / so wenig als das Gretel schlaffen / welche noch immerhin in ihrem Bett lag / und hertzlich seufftzete; Als aber ungefehr anderthalb Stund vergangen waren / klopffte einer am Cammerladen; Gretl / Gretl / rieffe er gar leiß / ach mein Schatz wach auf / und laß mich hinein; Gretel stund auf / und versichert sich zuvor / ob es eigentlich ihr Clausen Hansen Geoͤrg waͤre: und da sie ihn erkannte / machte sie den Laden auf / und sagte; wann du fromm seyn wilst / so will ich dich herein lassen / und dir etwas erzehlen / daran mir und dir gelegen; Geoͤrg schwur darauf deß Henckers Großmutter ein Bein ab / daß er thun wolt / was sie begehrte / ward auch darauff eingelassen / und vom Gretel alles dessen berichtet / was ihr Vatter und Stieffmutter ihrentwegen denselben Abend miteinander geredet / welches sie selbst gehoͤret / als sie vor im Fenster gestanden und auffgelaustert hatte.

Ja! sagte sie / man spricht / wer eine Stiffmutter habe / der kriege auch einen Stiffvatter / aber mein Stiffmutter meinets wol besser mit mir als mein leiblicher Vatter! wann es ihr nachgieng / so doͤrfften wir bald Hochzeit halten; wanns aber meines Vatters Sinn nach gehen solte / so doͤrffte ich keinen Mann nehmen / so lang er lebt / und solte ich so lang warten

1 Kuchel] Küche 8 butzte] spülte 29 auffgelaustert] gelauscht

muͤssen / biß ich unter das alt Geschier gerechnet wuͤrde; Geoͤrg hingegen sprach ihr zu / und sagte / sie muͤste sich nur selbst versorgen / und auff ihr bestes gedencken / wanns diese Mucken haͤtte; er wuͤste so viel / daß ihre zween Vormuͤnder und seine Eltern ihren Heyrath gern sehen / wolte sie ihn darauf nehmen / so wolte er sie in Ewigkeit nicht verlassen / sondern daran seyn / daß sie ehistens zusammen gegeben wuͤrden; in Summa / er gab ihr so gute Wort / daß endlich Gretel ja sagte / und so viel ich mercken konte / einen harten Thaler von ihm auff die Ehe empfing.

Hierauff hoͤrete ich am Schmatzen / daß ihm das kuͤssen erlaubt war / und unlaͤngst hernach noch mehrers / dann er schertzte ihr das Kraͤntzlein ab / und hatte durch oͤffters wiederholen solcher Kurtzweil ein solch wild wesen / daß die Bettlade daruͤber lamentirte / und mir selbst gantz uͤbel darvon ward; Gegen Tag aber verliesse er die Gretel weinend / wie wol er sie seiner Treu mit grausamen schwoͤren versichert / wiederumb zu dem jenigen Cammerladen hinaus steigend / dardurch er hinein kommen war; mit Versprechen die folgende Nacht sich wiederumb einzustellen / und zu berichten / was seine Eltern und ihre Vormuͤnder darzu gesagt / daß sie einander genommen haͤtten.

Als nun Gretel auch ihre Kleider anlegte / die Kuͤhe beyzeiten zu melcken / schliche ich mit ihr auß der Cammer / in deren sie zwar eine angenehme: ich aber gar eine harte Nacht gehabt / als darinn mich ohne andere Anfechtungen die Floͤhe mehr als der Schlaff oder die Ruhe ihrer Heimsuchung gewuͤrdigt; Gieng derowegen auß demselben ungluͤckseeligen Doͤrfflein / und kam ungefehr auff eine Stund gehens in ein lustiges Waͤltlein / dardurch ein liebliches Baͤchlein flosse / daran ich mich unter einen Baum legte / deß willens ein weil zu schlaffen; Jch war aber kaum ein wenig eingenuckt / als ich etwas zu naͤchst bey mir nieder plumpen ho-

---

3 f. wanns 〈. . .〉 haͤtte] wenn es gebe 4 Mucken] Hindernisse 30 lustiges] wohlgelegenes 32-33 eingenuckt] eingenickt 33 plumpen] plumpsen

rete / das mich wieder erweckte; da ich nun die Augen auffthåt / siehe / da war es meine Båurin / welche den Korb bey mir nieder gesetzt / darinn sie ihren Marck-Schatz hatte; Jch sahe ihr zu / wie sie ihren Butter und ihre Kåse nacheinander heraus packte / und den Butter nacheinander in demselben Båchlein netzte / damit er fein hard und frisch bleiben solte; die Kåse lagen auch dort besonder auff einem Hauffen / über welche sie hockte gleichsam wie eine Brudhånne über ihre Eyer / und netzte sie so artlich mit warmem Wasser / gleichwie sie zuvor den Butter mit kaltem befeuchtet / daß ich darůber gedencken muste / daß dir der Hagel ins Loch schlag! Aber ich liesse es bey diesem Wunsch nicht bleiben / sondern zog meinen Handschuch an / und erwischte eine Hand voll von kleinen Brenn Nesseln / die man den Krebsen zu geben pflegt / die zu allem Glůck dort stunden / faste darauff die Båurin / als sie noch wegen ihres Geschåffts gebuckt hockte / geschwind und mit allen Kråfften in der Mitten / und zerrieb ihr mit den Nesseln den Hindern dermassen / daß sie blitzet und gumpet wie ein Esel / sie schrie zwar / als håtte man sie ermorden wollen / aber ich gehye mich nichts drumb / sondern richtet ihr Ars und Schenckel dermassen zu / daß sie wol eine weil an das Kåse-Beseigen gedencken wird / ich glaub auch ich håtte noch nicht auffgehőrt / wann mir nicht eben eingefallen wåre daß ich auch den Abend zuvor von diesen Kåse gefressen; davor mich ein solcher Unwill anstiesse / daß ich alles heraus kotzen muste / was ich im Leib hatte / wormit ich der Båurin Kleider hin und wieder trefflich zierte; doch bliebe mir noch Lung und Leber / samt allem Eingeweid ůbrig / darmit ich mich beyseits begab / und die Båurin machen und ihr rathen liesse / was sie selbst wolte.

Der großgůnstige Ehr- und Zuchtliebende Leser verzeihe mir / daß ich diese Histori so grob und unhőflich erzehle; Jch håtte es gern ein wenig verzwickt / so hab ich aber zu garstigen Dingen keine saubere Wort finden kőnnen.

---

19 blitzet] ausschlug 19 gumpet] sprang 20 gehye] kümmerte 22 Kåse-Beseigen] Käsebeseichen 34 verzwickt] umschrieben

Dieser Kaͤshandel mit der Baͤurin hat mir den Schlaff gantz vertrieben / und weil ich wuste daß in dem nechsten Marckflecken denselbigen Tag Wochenmarck gehalten ward / begab ich mich auff den Weg / zu sehen / ob ich meinen Magen / den ich erst so abscheulich ausgeleeret / wieder mit guter Manier fuͤllen moͤgte; Jch kam eben hin / als der Marck am groͤsten wolte werden / und die erste Wahr die ich einkramte / war ein Rantze / den ich einem Seckler toll machte / der sie drumb feil hatte ihrer loß zu werden / dann ich dachte / GOtt geb was mir sonst auch fuͤr eine Beut anstuͤnde / so konte ich sie ja nicht auffheben / wann ich keinen Sack darzu haͤtte; hernach schaͤtzte ich einem ieden Becken umb einen Kreutzer Wecken / damit keinem vor dem andern unrecht und zu viel geschehe / dann ich getraute selbige trucken hinunter zu bringen / so / daß ich nicht vonnoͤthen haben wuͤrde / sie mit beseigtem Kaͤse an ihren Ort zu begleiten / folgends schliche ich auff dem Marckt herumber wie ein Fuchs hinter den Haͤgen / wann er auff Huͤner oder Gaͤnse lauret / haͤtte auch wol unsichtbarer Weise dem einem hie und dem andern dort seinen Seckel mit samt dem Gelt hinweg zwacken koͤnnen / wann ich mich nicht besser zu seyn beduncket / als mit der veraͤchtlichen Beutelschneiderey-Profession umbzugehen.

Als ich mich nun muͤd spatziret / gieng ich in das ansehnlichste Haus das ich sahe / allwo der Hof voller Huͤner / Dauben / Capaunen / Gaͤns / Enten und welscher Huͤner und Hanen lieffe / da / da / gedachte ich / wirds einmal etwas guts vor dein Maul setzen; und ich fande mich auch nicht bedrogen / dann der Rentmeister selbst / die Obrigkeit im Flecken / wohnet darinnen; der aber ein alter Mann ware / damals toͤdlich kranck lag / und deßwegen seinem noch ledigen Sohn mit Verwilligung seines gnaͤdigsten Herrn die

---

8 Seckler] Beutelmacher 8 toll machte] entwendete
12 schaͤtzte] besteuerte, hier: stahl 12 Becken] Bäcker
18 Haͤgen] Einhegung, Hecke 26 welscher Huͤner] Zwerghühner
29 Rentmeister] Steuerbeamter

Rentmeisterey-Stell cedirt hatte; Jch schlich dem lieblichen Geruch nach / der mich in die Kuͤche fuͤhret / allwo der Bratspieß im Trilles gieng und das Feuer rund herumb mit kleinen und grossen Haͤfen besetzt war; Jch haͤtte gern eine gute warme Bruͤhe gehabt / aber gleich wie man mir keine gab / weil man mich nicht sehen konte / also wolte ich auch keine fordern / damit ich nicht gesehen oder meine Gegenwart gemerckt wuͤrde; derowegen nam ich einen Wecken aus meinem Rantzen / und dunckelte so lang aus einem Hafen / darinn das Rind-Fleisch sotte / biß ich meinen Magen so genugsam erquickt hatte / daß er auch so kuͤhn wurde einen Trunck zu begehren; Jch haͤtte ihm auch gleich aus dem Wasser-Zuber in der Kuchen willfahrt / wofern ich nicht gesehen / daß die Koͤchin kurtz zuvor in die Kell oder Wasserschapff gebruͤntzelt / und selbige ungeschwangt (nach dem sie ihr Wasser uͤber den Wasserstein abgeschuͤttet) wieder in das Wasser-Gefaͤß gestossen haͤtte; Jch wolte mir schier einbilden / ich waͤre darzu *prædestini*rt / umb selbige Zeit beydes in Speiß und Tranck solche distilirte Feuchtigkeiten einzunehmen; Jch dorffte mich aber nicht so gar lang patientiren / biß ich sahe / daß die Koͤchin einen Hertzerquickenden Daubenzug auß einem grossen irdenen Hafen thaͤt / den sie eben unter demselben Wasserstein stehen hatte / welches ich ihr besser als ein Aff nachaͤhmte / als sie etliche paar junge Dauben an einen Spieß steckte / und weder an ihren Hafen gedachte / oder an selben sehen konte; also war ich nun ein wenig abgespeiset / und wartet mit Verlangen biß die Kuchenthuͤr wieder auffgieng / mich anderwerts auch ein wenig umbzuschauen / welches geschahe / als die Kranckenwarterin kam / und vor dem Herrn ein Suͤplein begehrte.

Jch schliche hinaus und kam vor ein Zimmer darvor ein Bauer stunde / und den Schreiber bat / daß er ihn beym

1 cedirt] abgetreten 3 im Trilles gieng] gedreht wurde
4 Haͤfen] Töpfen 9 dunckelte] tunkte 15 ungeschwangt] ungespült 20 patientiren] gedulden 21 f. Daubenzug] kräftiger Zug (eigentlich: vom Faß)

Herrn Rentmeister anmelden wolte / worauff der Baur gleich vorgelassen wurde / mit dem ich ebenmaͤssig in das Zimmer trang / der neue Rentmeister so des alten Sohn war / hat so viel Haar umbs Maul als ein Laubfroͤschlein / was ihm aber dort mangelte ersetzte seine erschreckliche Paruͤque unter deren er herfuͤr guckt wie ein Eul die klaͤpffen will; Wol sagte er / als der Bauer sein Gramantzies ausgemacht hatte / was wolt ihr guter Freund? Nicht viel besonders / antwortet der Bauer / ich wolte den gnaͤdigen Herrn Rentmeister gern umb einen Rath ansprechen / dessen ich hochgeduͤrfftig / wie es dann auch wahr ist; und damit schwieg er still / und trillete immer seinen Hut herumb / ihm die Faͤslein abzulesen / sahe denselben auch so steiff an / als wenn ers mit ihm / und nicht mit dem Rentmeister zu thun gehabt; darauff sprach der Rentmeister weiters / was wolt ihr dann? sagt her; da fuhre erst der Baur fort und sagte / mein Nachbar Velde / der unnachbarliche Narr / wie es dann auch wahr ist / hat mich geziehen ich hab ihm seinen Holtzschlegel gestolen / wie es dann auch wahr ist / und hat mich und meine Frau einen Schelmen und einen Dieb / eine Hur und eine Hex gescholten / wie es denn auch wahr ist / so hab ich wollen gar gnaͤdiglich fragen / wie ich mich gegen ihm verhalten soll? Bitte derohalben der gestrenge Herr Rentmeister als meine liebe Obrigkeit / wie es dann auch wahr ist / wolle mir einen Rath mittheilen; der Rentmeister antwortet / wann es wahr ist / so gib ich dir den Rath / daß du ihn nicht verklagest! Mein gestrenger und gnaͤdiger Herr Rentmeister / ihr verstehet den Handel noch nicht recht / wie es dann auch wahr ist; wann euch einer einen Schelmen und einen Dieb hiesse / wie es dann auch wahr ist / und hiesse euer Weib ein Hur und ein Hex / wie es dann auch wahr ist / und ziehe euch / ihr haͤttet gestohlen / wie es dann auch wahr ist: woltet ihrs von ihm leyden? Mein Bauer / das waͤr ein anders sagte der Rent-

2 ebenmaͤssig] gleichzeitig 6 klaͤpffen] schreien 7 Gramantzies] Kratzfüße, Komplimente (frz. Grandmercis) 12 Faͤslein] Flusen 18 geziehen] beschuldigt 31 ziehe] zeihe, beschuldige

meister / und hiesse ihn damit fortziehen / und samt seinen Gegentheil vor künfftigen Amt-Tag erscheinen.

Jch gieng mit ihm zur Thür hinaus / weil ich in derselben Schreibstub ungern lang eingesperrt seyn wolte; und passirte in ein grosses lustiges Zimmer / worinn eine Tafel vor acht Personen gedeckt / und allerdings zugerüstet stunde / biß auff das Aufftragen; aus demselben Zimmer konte man durch ein ander Thür kommen / in das jenige / worinn der Krancke lag / massen ich seine Warterin mit ihrer Suppen dort hinein gehen sahe; Neben aber in diesem grossen Zimmer stunden zwo Weibspersonen / eine junge und eine alte / davon die junge gar betrübt und weinerlich / die alte aber etwas getröster aussahe / mich deuchte sie hätten gar einen engen und geheimen Rath miteinander / und eben selbiges sporete meinen Vorwitz an / zu hören worvon sie tractirten; Ja Mutter sagte die junge / als ich zu ihnen geschlichen war / 1000. fl. ist wol ein fein Geld / aber mich verdreust schier zu todt / daß mein alter seinem Sohn bey lebendigem Leib den Dienst übergeben; Jhr könnt nicht glauben wie schwer michs ankommt / diese so wohl bestellte Haußhaltung zu verlassen; seinethalben gilt mirs gleich / er mag sterben oder wieder gesund werden / er kan doch sonst nichts mehr als bey Tag granen und brumlen / und bey Nacht ächtzen und fartzen; Jch hab zwar offt gewünscht / es solte der Brauch seyn / wann ein alter Mann ein junges Weibsbild zur Wittib macht / und dannoch so viel an ihm ist / ihr die Jungfrauschafft noch gelassen / daß sie nach seinem Tod dessen Sohn heyrathen solte; aber was hilffts / mein Wunsch ist vergebens / wie alle Wünsche zu seyn pflegen; Unser grosser Herr solte dem Sohn den Dienst nicht so gleich gegeben / sondern ein arme Wittib besser bedacht haben / so hätte ich mich noch unterstanden / irgends einem braven Kerl / der mich wieder geheyrathet / mit Geld unter die Arme zu greiffen / und ihm durch Schmiralia an den Dienst zu helffen; welches ich leicht

13 getröster] gefaßter 15 tractirten] verhandelten 17 fl.] Gulden 23 granen] knurren, zanken 24 fartzen] furzen 34 Schmiralia] Schmiergelder

zu wegen zu bringen getraut / wann der Dienst nur ein halb Jahr vaciret: und ich indessen das Renthaus bewohnet haͤtte! Tochter antwortet die alte / du hasts zwar wol ausgesonnen gehabt / aber wer kan ihm thun daß es nicht gerathen? Du must nunmehr diß deinen Trost seyn lassen / daß du gleichwol umb 1000. Reichsthaler reicher hinein kommst / als du vor einem Jahr ausgezogen bist / diese werden dir / wann du gleich sonst nichts von mir zu hoffen / in baͤlde wiederumb einen wackern jungen Mann verschaffen; Ja / antwortet die Tochter / der alte ist darumb noch nicht todt / wer weiß wie lang er noch kraͤchtzen da ligt.

Mit dem kam beydes der Doctor und Apothecker aus deß Krancken Zimmer / und brachten so einen schlechten Trost von des Rentmeisters Genesung / daß dessen ohne das betruͤbte Frau uͤberlaut zu kreischen anfieng / und wann ich nicht zuvor gehoͤret / was sie zu ihrer Mutter gesagt / so haͤtte sie mich von Grund meines Hertzens dauren muͤssen: Weil nun gleich der Pfarrer auch kam den Krancken zu besuchen / befahl die Rentmeisterin anzurichten; darauff wurde gleichsam Graͤflich auffgetragen / dann man hatte *Theologi* und *Medici* zu tractiren / und assen und trancken sonst gern auff deß Krancken Gesundheit; am Tisch sassen der Pfarrer / der Doctor und der Apothecker / die Rentmeisterin und ihr Mutter / der neuangehende Rentmeister als Sohn und sein Schreiber und endlich noch einer den sie Herr Notari nenneten.

Es gieng so toll und bund uͤber Eck her / daß mir gleichsam das Hertz im Leib lachte; und zwar was haͤtte ich mich viel graͤmen sollen / da sich doch die andern umb des Krancken Hinfahrt nicht viel bekuͤmmerten; der Sohn war so leidig umb seinen Vatter / daß er auch *per* Spaß den Gaͤsten erzehlet / wie artlich der Baur mit seinem angewoͤhnten Sprichwort (wie es dann auch wahr ist) waͤre auffgezogen

2 vaciret] vakant, unbesetzt bliebe 4 wer kan ihm thun] wer kann dafür 11 kraͤchtzen] krächzend 21 tractiren] bewirten
32 artlich] kunstvoll (hier ironisch)

kommen / darüber er mehr lachte / als ihm wol anstunde; keine Schüssel wurde abgehoben / wann man andere Speissen brachte / aus deren ich nicht meinen Part nam / und sowol die Hosen-Säck und meinen Rantzen damit füllete als mein Magen; So kam mirs auch trefflich zu statten / daß man auß zotten Kanden einschenckte / dann ich konte sie stentzen wann ich wolte / und dorffte sie deßwegen nicht einmal auffheben oder in die Hände nehmen; Jch hätte mich zwar wol mit Silbernem Bechern besacken können / aber ich sorgte / es möchte hernach Uneinigkeit zwischen den Erben setzen / und groß Unglück darauß entstehen; So hatte ich mir ohne das vorgenommen / sonst niemanden als einen Wucherer zu bestehlen / der überflüssig Geld in der Kisten hatte / und solches bey jetzigem grosser Geldmangel übereinander verschimlen / und zu keiner Zeit etwas darumb unter die Leute kommen liesse / er wisse dann eigentlich seinen Hauffen dardurch zu vermehren.

Damit ich nun so einen finden möchte / quittirt ich das Hauß / darinn man in bälde eine Leiche zu haben verhoffte; ich zoch meine Schuch wieder an / den Weg unter die Füsse zu nemmen / umb allwo wolbesackt und proviantirt mit samt einem auffgeladenen halben Rausch weiters zu wanderen; doch wolte ich zu guter Letze S. Johannis Segen noch trincken / ergriffe derowegen einen silbernen halbmässigen Tischbecher der auf dem Schenck-Tisch stunde / und sprach ihm dermassen zu / daß wenig mehr darinn verbliebe; Jch machte es aber so plump und grob / daß man mich nicht allein den Becher wieder niedersetzen / sondern auch zur Stubthür hinauß schlurpffen hörete / davon alle die fröliche Gäste die am Tisch sassen / hefftig erschracken.

Nun glaube ich / sagte der Sohn / daß mein Vatter nicht mehr auffkommt / dann diß halte ich eigentlich vor seinen Geist / und bin so weit jener Seligkeit versichert / wann die

6 zotten Kanden] Kanne mit Ausgußrohr 6 stentzen] betrügen (um ihren Inhalt) 7 dorffte] brauchte 18 quittirt] verließ 32 auffkommt] gesund wird

Sag der Alten wahr ist / daß die jenige ins ewige Leben kommen / deren Geister sich bey ihrem Lebzeiten verspüren lassen.

Jch hätte bey nahe überlaut hierüber gelacht / doch enthielte ich mich noch / und dürmelte erstlich zum Hauß / und endlich zum Flecken hinauß; hörete auch nicht auff zu gehen / biß ich in einen lustigen grünen Bosch gelangte / allwo mich der starcke Wein / der erst im Lufft operirte / überwande / daß ich gezwungen wurde abweg zu gehen / nider zuligen und zu schlaffen / biß der liebe helle Tag wieder anbrach.

Denselben Morgen frühstückte ich gleich auff meinem Lager von dem so ich mitgebracht / hatte aber keinen besondern Appetit nach Wein / weil ich mich den vorigen Tag mit mehrern überladen / als ich sonst zu tragen gewohnt gewesen / auch dardurch meinen Magen dergestalt erhitzet / daß mir ein frischer Trunck Wasser besser schmeckte; Jn diesem eingenommenen Futter lieffe ich wol 4 Meilen / daß mir nichts Erzehlungs-würdigs auffstiesse / wäre auch noch weiter kommen / wann mich nit wieder zugleich gehungert / gedürstet und geruhet hätte; Ein anderer Marckflecken / in dem ich darmals anlangte / deuchte mich zu Ersättigung meiner Begierden / das ist / zu essen / zu trincken und zuschlaffen sehr bequem seyn / derowegen kehrte ich im Wirthshauß ein / nachdem ich meine Schuh wieder an den Gürtel gebunden hatte / meinem Verlangen und mir selbst genug zu thun; Der Wirth hatte aber (GOttes Gaben unveracht) so ein sauren Darmreisser und Sauerkraut-Brühe / zehen Tranck / daß er mir auff den gestrigen gar nicht schmecken wolte / wiewol ich schöne Gelegenheit sahe / dessen ohne alle Gefahr genugsam umbsonst zu trincken; Wahr ists / daß er trefflich wol speisete / dann als ich dort war / kame ein Gesellschafft von acht räisenden Manns-Personen / die hatten übrig gnug an einer Maß / die aber wie ich ihnen leicht ansahe / mit zwölffen nicht zu füllen gewest

7 Bosch] Wald 8 operirte] wirkte 32 speisete] den Durst stillte

wären / wann der Wirth einen andern gehabt; als diese fort waren / nach dem sie das Maul genugsam gekrümmt / sagte die Wirthin zu ihrem Mann; Jch hab wol gedacht es werde dir so gehen / du weist kein Maß zu halten / du soltest wol dir selbst einbilden können / daß der geringe Wein so viel Wasser nicht leiden kan als der starcke! Wirst schön gehandelt haben / wann er dir nun im Keller ligen bleibt und vollends verdirbt; schweig nur / schweig nur du Närrin / antwortet der Wirth / ich wil ihm schon wieder mit einem bessern ein wenig auffhelffen / daß er gehen soll; ich liesse diese beyde kippeln / und sonne nach wo ich doch einen bessern Trunck bekommen möchte / und als ich so hin und her gedachte / fiele mir ein / daß gemeiniglich bey den Geistlichen der edelste Wein zu finden wäre / derowegen nam ich meinen Weg nach dem Pfarrhof / an dem ich die Thür nur zugelehnt fand / weil erst eine Frau herauß gangen war / ich weiß nicht was zu verrichten / ich schlich hinein biß vor die Stubthür / die ich aber nicht auffmachen dorffte / damit ich die in der Stub / so gar ein schertzhafft Gelächter hatten / nicht erschreckte / oder ihnen ein Argwohn gegeben würde / daß etwas ungewöhnlichs vorhanden; weil ich aber gleichwol auch gern bey zeiten in der Stuben gewesen wäre / so kriegte ich eine von den Hünern die eben bey mir vorüber spatzierten schlaffen zu gehen / und erschüttelt die dermassen / daß sie ein Geschrey anfieng / als wann der Marder hinter ihr gewesen wäre; Weßwegen der Herr selbsten alsobalden die Thür auffmachte / nicht der Meinung mich hinein zu lassen / sondern zu sehen / was Teufels unter seinen Hünern seyn möchte; Aber ich kam doch hinein und fand ein volles Glas Wein auff der Simsen und eine Kande darbey auff dem Banck stehen / dieselbe zobelte ich umb ihr halb Vermögen / ehe der Pfarrer und das Weibsbild so bey ihm in der Stub gewesen / von den Hünern wieder kamen; welches so bald geschahe / daß ich mich nicht außdrehen / noch so geschwind wieder auß der Stuben machen konnte.

---

11 kippeln] zanken 31 zobelte] zauste, raubte 34 außdrehen] herauswinden

Sie beyde aber fiengen ihren Discurs wieder an / woran sie das Huͤnergeschrey zerstoͤret / er hatte einen halben Rausch / und war darum mit den Reden desto freyer; Ja liebe Susanna / sagte er / es ist keine so grosse Suͤnde wie mans macht; die alte Patriarchen giengen offt neben den Weg / wiewol sie offentlich ihre Beyschlaͤfferinnen oder Kebsweiber hielten / und wurde doch deßwegen ihrer keiner verdambt; damit druckt er dem Weiblein die Hand / und fieng ihr an umb den Busam herumb zu nisteln / daß es schiene / ob wolten die *præludia Veneris* vollkommen angehen / aber das Weibgen hielte sich noch zimlich wol und sagte / warumb predigt ihr Herren so schrecklich darwider wann es keine Suͤnde ist? Ha / antwortet das Herrgen / das muͤssen wir euerer eifersichtiger Maͤnner halber thun; dann solten sie wissen wie wir / daß es keine so grosse Suͤnde waͤr / was es vor ein verstochen Leben abgeben / und wie mancher daruͤber umbs Leben gebracht wuͤrde? Darumb muͤssen wir diß Geheimnuß vor ihnen verbergen. Jch gedachte / O du Maußkopff! auff eine Luͤg gehoͤret eine Maultasche / hats auch gut im Sinn / ihme eine solche mitzutheilen / wie ich neulich eine bey den Calvinisten verspendirt / seine Gottsvergessene Luͤgen nicht allein damit abzustraffen / sondern auch ihm seinen Kitzel zu vertreiben; doch besann ich mich eines bessern / umb mich an den Gesalbten des HERRN nicht zu vergreiffen.

Als ich aber das Weib in Gefahr sahe / ihre Ehr zuverlieren / wie es sich dann allbereit beyderseits gar artlich darzu schickte / taurete mich ihre Unschuld; und daß sie durch solche Falschheit von dem jenigen in die Verdamnus gestuͤrtzt werden solte / dessen Beruff war / ihr durch die Warheit den Weg zum ewigen Leben zu weisen; derowegen als er jetzt in England zu fahren vermeynte / ergriffe ich ihn in der mitten / und nam ihn untern Arm wie eine Feder /(dann er war

9 nisteln] nesteln 10 *præludia Veneris*] Liebesvorspiele
15 f. verstochen] verfehltes 19 Maultasche] Ohrfeige
26 artlich] schön 27 taurete] dauerte 30 f. in England zu fahren] zum Ziel zu gelangen

gar leicht / wie auß seinem Discurs zu vermercken) und fuhr mit ihm zur Stubthür hinauß in Hof / allwo ich ihn in seiner eignen Mistlachen herumb sudelte / daß er so schmirig davon außsahe wie ein Kalbsfuß den man bachen wil / hernach schleiffte ich ihn auff den Mist / daß er sich wieder ein wenig erholen / und die Kleidung vertrieffen möchte; das Weibgen so getroffen werden sollen / gieng auß dem Pfarrhof / und sahe wieder die natürliche Gewonheit nach der überstandenen Gefahr viel bleicher umb den Schnabel / als da sie in der grösten war gewesen; Jch aber erinnerte mich wiederumb der Kanden in der Stuben / gieng derowegen wieder zu ihr / und hertzet sie so lieblich / daß kein Tropffe mehr darinn verblieb.

Diesem nach setzte ich mich in einen Winckel / und gedachte der Sach nach / was ich von andern beydes gehört und gesehen / und auch selbst verrichtet hatte; was ich gethan reuet mich nicht / und wegen dessen was ich gehöret und gesehen / verwundert mich nicht mehr / daß es geile Schleppsäck gibt / die sich zu den gottlosen Geistlichen legen (ich sage gottlose Geistliche / dann die fromme werden nicht nur die leichtfertige Huren / sondern auch die ehrliche Matronen fliehen) ob man gleich tausendmal sagt / und zehen tausend Exempel hätte / daß die Pfaffenhuren ewig verdammt und deß Teufels Leib-Rossen werden; dann Lieber warumb wolten solche an sich selbst schwache einfältige und von Natur geile Creaturen denen nicht besser glauben / die in einem so grossen Ansehen seyn / und alle Geheimnussen der Schrifft wissen wollen / wann sie ihnen mit so grosser Verträulichkeit etwas daher schwätzen / das sie gern hören / damit sie gern folgen / und daß sie selbst wünschen / daß es so seyn solte.

Unter dieser meiner *Speculation* hatte sich das Herrgen wiederumb ein wenig erkobert und besonnen wo er war / wuste

---

4 bachen] backen 6 vertrieffen] trocknen 11 Kanden] Kanne 19 Schleppsäck] Frauen 21 ehrliche] ehrbare 22 Matronen] Ehefrauen 32 *Speculation*] Überlegung 33 erkobert] erholt

aber drumb nicht / wie es so geschwind auß einem so annehmlichen Wollust in einen so abscheulichen Unlust gerahten war; der gehlinge Schrecke hatte ihn so verwirret / daß er seiner Haußhalterin die eben wieder heim kam / und ihn viel fragen oder trösten wolte / nichts anders antworten konte / als lasse mich mit frieden; und als sie nicht auffhöret ihme zu zusprechen / sprach er endlich laß mich ungeheyet; doch brachte sie ihn ins Hauß / in die Stub / und mit Hülff ihres Brudern / den sie deßwegen holen lassen / zu letzt gar ins Beth; Wie dem Weibgen aber ihr Schrecken bekommen sey / kan ich nicht sagen; doch halte ich darvor / es werde ihr so viel von dieser Begegnuß im Gedächtnuß verblieben seyn / daß sie nimmermehr keinen Geistlichen so weit wird kommen lassen / als dieser gewesen.

Jch hätte nichts darnach gefragt / wann ich schon wieder auß dem Pfarrhof gewesen wäre / ob ich gleich nicht wuste / wo ich über Nacht hinschlieffen sollen / weil es schon zimlich spät wurde; allein der gute Wein enthielte mich daselbsten / von welchem ich noch wol so viel ohne Schaden zuverschlucken getraute / als ich bereits im Magen hatte; Es geriethe mir auch / bekam mir aber nicht zum besten; Dann als die Magd mit ihrem Bruder hinunter in Keller gieng / (der ihr leuchten muste / damit sie sich allein nicht förchtete) eine zwomässige Kande voll vor sie beyde zum Nachtessen herauff zu holen / schliche ich mit; aber sie liessen die Kande so gar nicht auß der Hand / daß ich mit nichten drüber kommen konte; da mochte ich nun auch ungetruncken nicht wieder auß dem Keller / dann ich hat schon erfahren / wie schwerlich unvermerckt zuzukommen / wo nur eine Kande beym Tisch stehet / auß deren man immer einschenckt und sie stetig im Gesicht behält; derowegen liesse ich mich in den Keller sperren / ob ich gleich kein Geschirr darinn sahe / darauß ich hätte zechen mögen / dann mein Hut war gut

3 gehlinge] jähe, plötzliche 7 ungeheyet] in Ruhe 10 Beth] Bett 17 hinschlieffen] hinschlüpfen 18 enthielte mich] hielt mich auf 24 zwomässige] zwei Maß fassende

genug darzu; an Essen hatte ich ohne das noch wol vor drey Tag genug bey mir / von dem das in deß Rentmeisters Kuche vor mich war zugerichtet worden.

Als nun obenbemeldte beyde mit ihrem Wein fortgangen / zapffte ich auch vor mich / und thäte fein leiß / damit mich niemand hören solte / welchen Fleiß ich aber anzulegen gar nicht bedörffte / dann ich hatte so bald nicht gessen und meinen Hut durch den Hals hinunter wieder außgeleeret / welches auff der Stiegen sitzend geschahe / da hörete ich daß noch mehr unsichtbare Gäste vorhanden waren / die viel ungescheuter an die Faß klopfften als ich; davon wurde mir natürlich / als wann ich so viel Omeisen als Haar auff dem Kopff gehabt / die durcheinander wimmelten wie die Soldaten / wann sie auff gehörten Trommelschlag in Eil zu ihrem Gewehr lauffen oder einen Contramarch verrichten; das Gebolder vermehrete sich je länger je mehr / und also auch meine grosse Angst / also daß mir der Schrecken den ich dem Haußherrn und Susannel eingejagt hatte / wieder mit doppelter Danckbarkeit eingerommelt wurde; Zuletzt hörte ich Wein ablassen / Faßbinden / dieselbe füllen / und die Stiege auff und ablassen / zu welchen Ende die Thür gar artlich auffgethan wurde / wiewol ich niemand sehen konte / der solche Geschäffte alle verrichtete / ich wolte zur Thür hinauß und mich auß meiner Angst entledigen / kriegte aber mitten auff der Stiegen einen solchen Stoß / daß ich wieder zuruck hinunter burtzelte / und ligen bliebe biß es anfieng zu tagen / wiewol mir im Fallen ohne den unvergleichlichen Schrecken nicht sonders Leid geschehen.

Wie nun mit dem anbrechenden lieben Tag alles vorüber und ich wieder bey meinen fünff Sinnen war / ersonne ich erst / warumb die Haußhalterin so ein grosse Kande voll Wein auff einmal hinauff geholet; nemblich damit sie nicht das zweytemal an ein so ungeheur Ort müste; Jch dachte diß

9 Stiegen] Treppe 12 Omeisen] Ameisen 15 Contramarch] Schwenkung 15 f. Gebolder] Gepolter 19 eingerommelt] eingetrieben

soll dir wol dein Lebtag eine Witzung seyn / daß du keinen Geistlichen mehr beleidigest / wann sie die Geister so entsetzlich rächen; *Interim* vergieng mir der Schrecken wieder allgemach / und zwar so gäntzlich vergaß ich dessen / daß ich weder an Essen und Trincken gedacht / welches ich dann abermal bey der Schwerigkeit zu mir nam / und mit Verlangen wartete / biß die Keller-Thür auffgieng / so aber nicht ehender geschahe / als da der Haußhalterin Bruder einen frischen Trunck holete vor den Balbierer / der dem Herrgen zur Ader gelassen; da lieffe ich hinauß als wann mich der Diebs-Burger gejagt hätte / wäre auch vom allergrösten Durst nicht mehr hinunter gezwungen worden / wann schon lauter Hippocras und Malvasier darinn gelegen.

Als ich durch den Hof gieng / lag das Herrgen am Fenster / frische Lufft auff die Aderlässe zu schöpffen / dem ich wol ansahe / daß ihn damals weder nach Frauen oder Jungfrauen / nach Kebs- oder Eheweibern / viel weniger nach der Susannen gelüstet / und ich glaub / wann einer mich hätte sehen können / daß er mir auch gleiche Tugend wird zugetraut haben / so lahm war ich noch in allen Gliedern / es sey dann daß mir das eingenommene Frühstück eine bessere Farb mitgetheilt als der Aderlässer eine vorzeigte. Es kamen zu Befürderung meiner fernern Wanderschafft eben zween arme *Studiosi*, die Handwercks halber ein *Viaticum* auff Lateinisch vom Herrgen begehrt / die er auch alsobald mit zweyen Kreutzern gar ehrlich abfertigte; mit denselben nun kam ich gar fein wieder zum Thor und Pfarrhof hinauß / welches ich von mir selbst nicht geöffnet / und solte ich gleich noch zwo Stund in lauter Ungedult haben warten müssen / weil ich wolte / daß mein gewestes Daseyn allerdings verborgen bleiben solte.

Mit diesen zweyen Studenten räiste ich fort den Weg auff dem ich ohne das hinauß wolte / und vermerckte bald auß

---

1 Witzung] Warnung 3 *Interim*] (lat.) inzwischen
9 Balbierer] Barbier
10 f. Diebs-Burger] Büttel 24 *Viaticum*] Reisegeld

ihrem Discurs / daß der eine ein *Theologus* war / oder doch wenigst einer zu werden gedachte / der ander aber stund noch in der Wahl / ob er einen Juristen oder *Medicum* abgeben wolte; Jener sagte zu diesem / er wolte bey nechster *Disputation* den *Tractat Isaaci Peyrerii de Præ Adamatis* (darinnen er / daß allbereit vor Adam Menschen auff Erden gewesen / zubeweisen unterstanden) zubehaupten vornemmen; Dieser aber antwortete ihm / ob er dann nicht wisse / daß derselbe *Autor* selbst solche seine irrige Meinung verdammt und widerruffen? über das würde ihm als einem Christlichen *Theologo* nicht wol anstehen / wann er mehr den Lügen der Egyptier und anderer Heyden / als dem klaren Wort GOttes und der Vätter Außlegung beypflichten wolte; man finde ja klar genug in H. Schrifft / daß Adam der erste und vor ihm sonst kein Mensch erschaffen worden: so wäre auch nichts ungewissers in der Welt / als wann einer etwas von Geschichten / so sich vor der Sündflut zugetragen haben solten (ausser was die H. Schrifft meldet) daher lallen wolte; ermahnet mich eben / sagte er ferner / als wann wir mit den alten Heydnischen *Philosophis Epicuro, Democrito, Anaximandro, Thaletis discipuln, Metrodoro, Anaximene, Aristoclo, Archelao, Xenophane, Loucippo, Diogene Apolloniate, Anaxarcho* und andern mehr noch von vielen Welten ohne die unserige wolten traumen; würde ein solcher / der damit auffgezogen käme / nicht mit dem Cujano zu vergleichen seyn / der durch die Lufft zu Sonn / Mond und Sternen gesegelt / und dieselbe mit Menschen und Thieren bewohnt gefunden / gleichwol aber möchte ich gern hören / womit der Herr seine *Præadamiten* erweisen wolte? Womit? antwortet jener / sonst nirgend mit als auß H. Schrifft! Dann als GOtt selbst den Job in seinem 38. Capitel fragte / wo warest du / da ich der Erden Grund legte? Sag mir hast du Verstand; Weist du auch wer ihr das Maß gesetzt hat? oder worauff seynd ihre Füß befestigt? oder wer hat ihr einen Eckstein gelegt? da henget er daran

3 *Medicum*] Arzt 5 *Disputation*] akademische Prüfung 14 H.] Heiliger 34 henget er daran] fügte er hinzu

und sprach; da mich die Morgenstern miteinander lobten / und sich erfreueten alle Kinder GOttes; und eben diß seynd die so genannte *Præadamit*en gewesen; welche hier Kinder GOttes genannt werden / deren Geschlecht auch biß in die Suͤndflut gewaͤhret hat; sintemal wir im ersten Buch Mosis am 6. Capitel lesen / daß die Kinder GOttes nach den Toͤchtern der Menschen (das ist nach denen Toͤchtern die auß Adams Geschlecht geboren worden) gesehen / und weil sie schoͤn waren / auß ihnen zu Weibern genommen / welche sie nur gewollt; darauß Risen / und in der Welt gewaltige beruͤhmte Leute geboren worden; umb welcher ungleichen Vermischung wegen / vornemblich die Suͤndflut auff Erden kommen / in deren die *Præadamit*en auch außgerottet und vertilget worden; welche ungleiche Vermischung GOtt dermassen mißfaͤllt / daß er deren wegen nach der Suͤndflut die Sodamiten durch Feuer und Schwefel vom Erdboden außtilgte / und denen Jsraeliten seinem außerwaͤhlten Volck dergleichen / auch in geringsten Sachen / auffs ernstliche verbotten; Wie dann die Juden noch auff den heutigen Tag nicht halb leinen und halb wuͤllen Gewand tragen: nicht zweyerley Viehe zu einander in einen Zug spannen: zweyerley Fruͤcht in einen Acker nicht saͤen: auch nicht zweyerley Fleisch in einem Hafen kochen doͤrffen; und was dergleichen mehr ist!

Possen! Possen! antwortet der *Medicus* oder Jurist / (ich weiß selbst nicht was er seither worden ist) worvon im Job geschrieben stehet / dasselbe waren die liebe Engel; und die Kinder GOttes im sechsten Capitel deß ersten Buchs Mosen waren die Soͤhne die auß dem Stammen deß H. Ertz-Vatters Seth entsprossen / welche zwar in Gottesforcht und seiner Liebe auferzogen worden / sich aber wider das auß GOttes Befehl beschehenen Verbott ihrer frommen Eltern in den Stammen deß verzweiffelten Brudermoͤrders Cain verheyratheten / wird also der Herr / wann er nichts anders auff die Bahn zu bringen hat / schlecht bestehen.

Der *Theologus* hingegen sagte / die heiligerschaffene Engel

---

20 wuͤllen] wollenes 23 Hafen] Topf

waren freylich Kinder GOttes; aber bey Erschaffung der Welt war Lucifer mit seinen Gesellen schon gefallen / sonst haͤtte er auß Neid die Evam nicht betrogen; Seynd sie nun vermittelst ihrer Erschaffung (dann alles was GOtt erschaffen war gut) so wol als die heilig-bestaͤndig-verbliebene Engel gut / und Kinder GOttes gewesen / aber nach ihrem Fall verdammt worden; Wie sagt dann GOTT zum Job / daß sich erfreueten alle Kinder GOttes? da doch bey den Verdammten kein Lob GOttes ist / und wie theils vermeinen der zehende Theil auß denen guten erschaffenen Engeln abtruͤnnig worden / oder wie andere wollen / der Drach den dritten Theil nach sich gezogen? vors erste: Vors ander betreffend die Mosaische Kinder GOttes in seinem ersten Buch am 6. C. Wann die GOtt mißfaͤllige Vermischung zwischen deß sel. Seths und deß gottlosen Cains Geschlecht die zusammen heyratheten / und Risen / das ist gleichsam ein drittes Geschlecht erzeugt und herfuͤrgebracht / so haͤtte dannoch der Guͤte GOTTES so hoch nicht mißfallen moͤgen / wann Menschen zu Menschen / beyderley auß Adam geboren / zusammen geheyrathet / daß deßwegen die allgemeine Suͤndflut geschickt werden sollen; uͤber das konte ich nicht sehen / wann dem gleichwol also gewesen waͤre / wie die Sethiter und Caininiter beyde auß Adam herstammend / ein drittes Geschlecht / das ist Risen / so auß ihrer beyder Art geschlagen / gebaͤren und herfuͤr bringen koͤnnen; Muͤssen diese Hochzeiter nothwendig die *Præadamiten* gewest seyn / deren im Job gedacht wird.

Lapperey! Lapperey! Lapperey! sagte der ander / wie wissen mir / von einem und zwar von unserem Geschlecht von Menschen / das erschaffen worden / die gefallenen Engel-Stell darauß zu ersetzen / auß welchem auch der Welt Seligmacher geboren: durch den wir arme Adams-Kinder wieder zurecht gebracht worden; ihrer Seeligkeit zu geniessen / da-

---

12 Vors ander] zum zweiten 14 C.] Kapitel 15 sel.] seligen 29 mir] wir 30 f. gefallenen Engel-Stell] Plätze der gefallenen Engel

fern wir anders den breiten Weg darzu gehen wollen; Es gibt mich nicht mehr Wunder / daß es je und allweg so viel Spaltungen und Ketzereyen abgeben hat / wann ich sehe / daß noch ein jeder Phantast seine närrische Einfäll und thorechte Grillen mit H. Schrifft behaupten wil! da doch ein jeder mit Forcht und Zittern sein Heil wircken solte.

Gesetzt aber nicht gestanden / der Herr erhalte daß *Præadamit*en gewesen seyn / was wirds ihm zu seiner Seeligkeit nutzen? was gehen sie uns Adamiten an? GOtt der HERR wird seine heiligste Ursachen gehabt haben / wann er nicht alles in H. Schrifft auffzeichnen lassen / ohne das / so nicht eigentlich zu unserer Seeligkeit nöthig! was darffs dann vielen Nachgrüblens? ob solche *Præadamiten* gewesen seyn oder nicht? sintemalen sie oder die Wissenschafft von ihnen uns auff dem Weg unsers Heilands Christi / auff dem wir ihm nachfolgen sollen / weder fürdern noch hindern können.

Gleichwol wird uns solche Wissenschaft / antwortet der *Theologus*, an unserer Seeligkeit auch nichts schaden; Wir sollen die wunderbare Geschöpff GOttes mit Fleiß betrachten / und den Schöpffer in seinen Wercken loben; Der weise Syrach sagt hiervon gar schön / wann er uns in seinem 43. Cap. zum Lob GOttes ermahnet / und spricht / viel sagen wir / aber nicht gnugsam mögen wirs erfolgen / denn uns gebrechen Wort; aber die Vollkommung aller Reden ist Er; wann wirs gleich hoch rühmen / was ists? dann der Allmächtige ist doch noch viel höher dann alle seine Werck; erschrecklich ist der HERR und sehr groß / und sein Gewalt ist wunderbarlich; Ehret den HERRN und erhöhet Jhn als viel ihr möget / noch wird Er weit übertreffen; Erhöhet und lobet Jhn nach allem Vermögen / noch möget ihr Jhn keines wegs genug loben / dann Er verwirfft alles Lob. Preiset Jhn auß allen Kräfften und last nicht ab / noch werdet ihrs nicht erreichen. Wer hat Jhn gesehen / daß Er uns verbinden möge? Wer mag Jhn so groß machen als Er ist von Anbegin? Dann noch gar

1 anders] nicht 4 thorechte] törichte 7 erhalte] habe Recht
16 fürdern] fördern 29 noch] immer noch, dennoch

viel groͤssere Ding dann die / sind verborgen; wenig seiner Werck haben wir gesehen / etc.

Uber das weiß der Herr wol / daß uns nicht geringe Ehr zustehet / wann wir so etwas von neuen Erfindungen auff die Bahn bringen und in offentlichen *Disputationibus* behaupten koͤnnen; Hoho! antwortet der Jurist / ist der Herr da zerbrochen? Er solte sich aber erinnern daß bey nahe alle Ketzereyen auff diesem Weg daher gewandert; Der seelige und geistreiche *Thomas de Kempis* sagt / es seye besser die Demuth haben / als viel von derselbigen discuriren koͤnnen; so ist das alte Sprichwort mehr als genugsam wahr / daß der Glaub / das Aug und die Jungfrauschafft den geringsten Schertz ohne Schaden nicht vertragen koͤnne; Was ists dann vonnoͤthen / daß wir sich viel mit dergleichen gegruͤndeten Sachen schleppen / wir sehen taͤglich genugsame Wunderwercke GOttes vor Augen / die uns zu seinem Lob reitzen / wann wir deren nur wahrnemmen; und doͤrffen nicht erst deßwegen die *Theophrastus Paracelsus in lib. de Nymphis, Sylphis, Pygmæis & Salimandris, &c.* und Heinrich Kornmann *in Monte Veneris*, seltzame und unerhoͤrte Geschoͤpffe tichten / sonderlich wo wir sorgen muͤssen / daß der leidige Teufel unter der Gestalt solcher *Nymphæ* oder Wasserleute / *Pygmæi* oder Bergleute / *Sylphis* oder Lufftleut und dann der *Salamandri, Vulcani* oder Feuerleut sein Gauckelfuhr hat / uns Menschen zu betruͤgen.

Unter diesem Gespraͤch kamen wir wo sich ein Fußpfad bey einem Wald von dem Fahrweg abscheidete / weßwegen meine zween *Studiosi* in die Wahl geriethen welchen sie unter diesen beyden gehen wolten / und als sie ein wenig dort still stunden / naͤhert sich ihnen ein Mann / den sie umb den rechten und naͤchsten Weg nach dem vor uns ligenden Flecken fragten / der wiese sie auff den Fußpfad und sagte / daß selbiger umb eine gantze Stund naͤher und auch besser als der

5 *Disputationibus*] Streitgesprächen 6 f. zerbrochen] krank 14 sich] uns 14 gegruͤndeten] schlecht begründete 18 *lib.*] (Lat.) liber, Buch

Fahrweg zu gehen waͤre / wie er dann auch gleich jetzt auff demselbigen in den besagten Flecken sich zu begeben willens waͤre; derselbe Kerl gieng fuͤran / beyde Studenten folgten ihm / und ich tratt aber hinden hernach! Wir waren kaum eine halbe Stund gangen als ich wahrnam / daß der Weg je laͤnger je ungaͤnger: und der Wald je laͤnger je dicker und wilder wurde / dahero mir dann nichts guts anden wolte; jedoch verliesse ich mich auff meine Unsichtbarkeit und daß wir mitten in einem Lande wanderten / darinn der Friede gruͤnet; dachte auch beyde Studenten wuͤrden keine Kinder oder Memen seyn / sich entweder verfuͤhren oder so leichtlich berauben zu lassen / weil jeder einen Degen an Statt deß Steckens in Haͤnden trug! Aber als ich hiermit in meinen Gedancken handthierte / sprang ein Kerl mit einer Phisi hinter mir her / und schrihe meine beyde Gefehrten an / sie solten sich gefangen geben / und in demselben Augenblick als sich diese nach ihnen umbsahen / hatte der foͤrderste / so den Weg gewiesen / dem *Theologo* den Degen auß der Hand gerungen; der ander als er sich verlassen / und zween Bewehrte gegen sich und seinen unbewehrten Cameraden sahe / erschrack dermassen / daß er außsahe wie Schreibpapier / und das Hertz weis nicht wohin / seinen Degen auß der Hand fallen liesse / neben jenem beyde Mauskoͤpff umb Gnad und Barmhertzigkeit anflehende.

Welche aber wie zween Taube sich stellten / und die arme Tropffen gar abweg und noch besser fuͤr sich in den Wald hinein zu gehen muͤssigten; Jch schliche mit ihnen fort / zu sehen was sie doch endlich mit den beyden guten Lateinern machen wolten / biß wir an einen Ort kamen / da sie sich niedersetzen / und selbsten biß auff die Hemder / deren jeder drey anhatte / außziehen musten; da hoͤrte ich nun die allererbaͤrmlichste Wort / die jeder vorbrachte sein Leben zu erhalten / wiewol es ihnen die beyde Waldfischer noch nicht

---

6 ungaͤnger] unwegsamer 7 anden] ahnen 11 Memen] Memmen, Feiglinge 14 Phisi] (Franz.) fusil, Flinte 25 zween] zwei 26 abweg] vom Weg ab 33 Waldfischer] Räuber, Strauchdiebe

außdrucklich angekuͤndet hatten / sondern sie stellten sich wie erstgemeldt / natuͤrlich wie zween Taube und Stumme; Es war nicht genug / daß sich ein jeder biß auff seine drey Hemder außziehen muste / sondern sie wurden auch gezwungen zwey von denselbigen außzuziehen und nun eins anzubehalten / welches ihnen dann genugsam zu verstehen gab / daß dieses so ihnen gelassen wurde / ihr Grabtuch oder Sterbkittel seyn solte; Derowegen fiengen sie viel eine jaͤmmerliche Klag an als zuvor / also daß es einen Felsen zu Mitleiden und erbaͤrmte haͤtte bewegen sollen / aber die zween Unmenschen verblieben allerdings gantz unbeweglich; so / daß ich mich daruͤber verwundern muste! Ach! sagte damals einer zum andern / haͤtten wir an statt der eitelen Thorheiten / vergeblichen Nachgruͤblungen und albern *Disputation*en gelernet / wie wir wol und seelig sterben sollten!

Wie es nun an dem war / daß einer von den Bosch-Kleppern den Hanen zuruck zog / umb dem einen *Studioso* den Rest zu geben / stunde ich ihm an der Seiten / und risse ihm das Rohr so schnell und ungestuͤmiglich auß den Haͤnden / daß es loß schnappte / und der Schuß vergeblich in den Lufft gieng; ich aber kehrte das Rohr flux umb / und schlug es demselben Strauch-Moͤrder dermassen fuͤr den Kopff / daß er dorthin duͤrmelte / wie ein Ochs der vom Metzger einen Streich auff die Plasse bekommen; der Schlag! das Hinfallen deß Getroffenen: die Verschwind- und Loßbrennung deß Rohrs: und die Erledigung dessen der da hat sterben sollen / war eins / und geschahe gleichsam alles in einem so unversehenen Augenblick / daß dessen dort in Ohnmaͤcht liegenden Cammerrath daruͤber erstaunete / und vor dem andern Studenten gantz erplast so stock still stunde / wie ein steinerne Seul; Das bekuͤmmerte mich aber gar nichts / sonder ich gieng hin / und gab ihm mit dem Rohr so toͤlpische

17 f. Bosch-Kleppern] Strauchdieben 24 duͤrmelte] taumelte 25 Plasse] Stirn 27 Erledigung] Befreiung 31 erplast] erblaßt 33 toͤlpische] grobe

Rippstösse / daß er sich darvon krümmete wie eine Schlang / und endlich seinen Füssen dergestalt zusprach / daß sie ihn so geschwind hinweg trugen / als ob ihn der Teufel entweder gejagt oder selbst fortgetragen hätte.

Jch setzte mich ein wenig nieder / zu sehen / was nun die Studenten machen wolten / dieselbe zogen sich gleichsam auff der Post wiederumb an / und rafften ihre *Bagage* in solcher Eil zusammen / als wann sie solche stehlen müssen; da sich aber der eine Kerl deß entloffenen Cammeraths / den ich niedergeschlagen hatte / wieder ein wenig erholte / also daß er sich regte und wieder auffstehen wolte / erdappten sie ihre Degen / giengen auff ihn loß / und wolten ihn erst niederspissen / also daß ich sie alle beyde zugleich schwerlich enthalten konte / ihren rachgierigen Willen ins Werck zu setzen; muste derowegen reden / wolte ich anders jenen das Leben erhalten / sagende; Könnt ihr nicht fassen / wann vor dißmal ein Mord zubegehen hier zugelassen worden wäre / daß ihr beyde die erste gewesen seyn sollen / so sterben müssen? wolt ihr aber diesen Menschen umb seinen Frevel gestrafft wissen / so nemmt ihn hin und überlieffert ihn der Justitz! Hiervon erschracken sie / daß sie gleich abliessen / vornemlich / als sie auch einen unsichtbaren Gewalt an ihren Armen / darbey ich sie gefast hatte / empfanden / der sie an ihrem Beginnen verhinderte; Sie begehrten aber gleichwol den Strauch-Rauber nicht anzupacken / umb ihne der Obrigkeit zu übergeben / sonder liesse ihn in Wald wischen; es war ihnen genug / daß sie vor dißmal dem Tod entronnen / und was gieng es sie an (haben sie vielleicht gedacht) was der Kerl noch fürterhin anstellen würde / also triebe sie auch keine Noth / sich ferner mit ihme zubeladen.

Da sie sich nun wieder angezogen: ihre geringe Päck auffgebündelt: und von dem grossen eingenommenen Schrecken erholet hatten / gedachten sie erst wie wunderbarlicher Weise sie vom Tod errettet worden wären; Sie konten nicht glauben / daß sie ihrer Verdienste wegen würdig

7 auff der Post] schnell, eilig 26 wischen] entwischen, fliehen

waͤren / von GOTT so augenscheinliche Huͤlff durch ihren Schutz-Engel zuempfahen; und konten ihnen doch auch nit einbilden / daß der Teufel Mord und Todschlaͤge verhindert haben wuͤrde? brachten derowegen abermal allerhand irrige Einfaͤll und naͤrrische Grillen auff die Bahn / keiner andern Ursachen halben / als weil sie die Wuͤrckung meines Vogel-Nestes nicht wusten / dann sonst waͤre verhoffentlich ihr Discurs vielleicht anders gefallen; Sie wusten nicht ob ihnen die *manes* oder *lemures*: die *cœlites* oder *inferi* auß ihrer Noth geholffen haͤtten / und ich glaube / wann ich noch mehr mit ihnen zu reden kein Bedenckens getragen / ich haͤtte sie so unsichtbarer Gestalt leicht beschwaͤtzen koͤnnen / ob waͤre ich einer von deß oben gedachten *Paracelsi* oder Kornmans lufft: oder Erdleuten: oder gar auß deß Luciani Mon-menschen: oder der Geist eines vor hundert tausend Jahren abgestorbenen *Præadamit*en gewesen.

Demnach liesse ich sie ihres Wegs allein fort passiren / und kuͤtzelt mich damit / daß ich als ein ungelehrter *Idiot* den Grund der beschehenen Begebenheit wuste / sie aber als hochgelehrte Kerl darnach rathen musten / und darvon wie der Blinde von der Farb urtheilten; Das eroberte Rohr schlug ich an einem Baum zu Stuͤcken / weil ich keines Gewehrs bedorffte / und damit wandert ich dem nechsten Marckflecken zu / allwo ich im Wirthshause anlangte / darinn eben ein hochzeitlich Fest mit Essen und Trincken *celebrirt*: und der Tantz angefangen wurde; zu solchem Ende laͤerten sich die Tische zimlicher massen mit einem Getraͤng / weil Mann und Weib / Gesellen und Toͤchter dem Tantz-Platz zu eileten / biß auff etliche alte Weinbeisser und betagte Muͤtterlin / die sitzen blieben / davon jene von ihrem Bauerswesen und alten Geschichten / wie es etwan zu ihrer Zeit bey den Hochzeiten hergangen / *discurirt*en / diese aber das truncken Elend zum Theil beweineten / zum Theil aber allerley Leut ledige und verheyrathe ihres Geschlechts Art /

25 f. *celebrirt*] gefeiert 27 Getraͤng] Gedränge 32 *discurirt*en] erzählten 34 f. Leut ⟨. . .⟩ durch die Hechel zogen] über die Leute herzogen

durch die Hechel zogen / und andeten / daß sich das eine Theil zu köstlich: das ander aber zu schlecht gegen seinen Vermögen in Kleidung herfür gethan und erzeigt hätte; Ein Lust wäre mirs gewesen zuzuhören / wann ich nur die Leute auch gekannt / denen sie ihre Haab so meisterlich anzuschlagen / und ihre Sitten so artlich zu *corrigirn* und *anatomirn* gewust; aber weil mirs auß Mangel dessen ein schlechter Spaß war / zwackte ich hier und dar beydes Gebratens und Gebackens von dem Tisch hinweg / und stopffte meinen Magen als den Rantzen so voll darvon / daß ich mich wol vor 8. Tag genugsam darmit proviantirt zu seyn befande / löschte darneben auß deß Wirths Schenckgelte meinen Durst so redlich / als wann ich so wol als ein andrer in der Jrrten oder Zech gesessen wäre; Hernach wischte ich das Maul wie ein anderer Schmorotzer / und fügte mich zu sehen / wie es beym Tantz abgieng / allwo ich mancher künstlicher und vorteilhafftiger Griff warnahm / welche das junge plumpe Baurenvolck so wol konte und anzubringen wuste / als ein funffzig jähriger abgeschliffener Metzger immermehr thun mögen.

Als ich nun deß Dings bald satt gesehen / gieng ich aus der Scheuer / darinn man tantzte / in den Futtergang an einem Stall / und legte mich in das hinterste Eck auff ein wenig Streu den halben Rausch und die Mühdigkeit zugleich zu verschlaffen; Jch war aber kaum eine halbe Stund gelegen / als ein Bauren-Knecht mit einer Magd hinein kam / die der Sprach nach entweder selbst eine Schwäbin: oder doch wenigst lang bey den Schwaben gewest war / ich vermeinte / sie wolten etwan das Vieh futtern / aber sie hatten ein ander Kurtzweil miteinander; so viel ich am Reden abnehmen

1 andeten] bemängelten 2 köstlich] kostbar 2 schlecht] schlicht, einfach 5 f. anzuschlagen] in Anschlag zu bringen 6 artlich] treffend 6 *corrigirn*] verbessern 6 f. *anatomirn*] hier: untersuchen
12 Schenckgelte] Zapfanlage 13 Jrrten] Urte, Zeche
16 künstlicher] kundiger 19 abgeschliffener] erfahrener
22 Scheuer] Scheune

konte / so kützelt der arge Mauskopff das gute Mensch / daß es immer sagte / höre auff / höre doch auff; aber er liesse gleichwol nicht ab / sondern muthet ihr mit Geberden / meines darvorhaltens (dann weil es finster war / konte ich nicht sehen: und weil er nichts redet / konte ich nicht hören was er machen wolte) etwas fürwitzigs zu / so sie aber nicht gestatten wolte / sondern sagte / wann es so weit komme / so komme er weiters; biß endlich der Kerl hoch und teuer schwur / ja sich verpfändete / er wolte deß Teufels seyn / wann er etwas ferners thun: als so ein bißgen / ich weiß nicht was / ansetzen wolte; Aber der schlimme Vogel hielte der guten Tröpffin dannoch sein Wort nicht; massen sie gleich darnach sagte: Aun jetz bischtus Tuiffals / deß Tuiffals / deß Tuiffals / etc. und solches *continuiret* sie mit öfftern wiederholen ein ziemliche Länge; Er aber antwortet ihr eben so vielmal / so sey ichs Teufels / so sey ichs / etc. je länger diß nun wärete / je höher sie ihre Stimmen erhubten / und je geschwinder sie es nacheinander heraus redeten / gleichsam als wann sie es auf der Post zu thun verdingt hätten / welche seltsame Litaney mir so lächerlich vorkam / daß ich mich dessen nicht enthalten konte; So bald ich aber lachte / so bald zerstörte ich auch den Spaß / dann so nahe waren sie zuvor nit zu mir geschlichen / so geschwind lieffen sie jetzund wieder von mir hinweg / und liessen mir gute Ruh / meiner Begierde nach recht auszuschlaffen.

Hingegen muste ich am Morgen den Ars desto früher auffheben / dann als die Magd die Kühe malcke / sang sie darzu daß ich davon erwachte / und als sie selbige vor den Hirten triebe / machte ich mich auff den Weg und kam nach 2. Stunden vor ein lustig Städlein / bey dem es schöne Gärten hatte / so wol zum Lust als zum Nutz gar zierlich auffgepflantzet / derowegen konte ich mir nicht abbrechen / in einen derselben von den schönesten zu gehen / weil die Thür

---

14 *continuiret*] fuhr fort 17 erhubten] sich erhoben 19 auf der Post] schnell, eilig 26 Ars] Arsch 27 malcke] melkte 30 lustig] wohlgelegenes

daran eben nur zugelehnet war / der Meinung nicht allein meine Augen darinn zu weiden / sondern auch ein Weil im uͤberschatten Gruͤnen zu faullentzen.

Gleich nach dem Eingang passirte ich einen selbst gewachsenen zierlich ineinander geflochtenen Gang / auff dessen Nebenseiten unterschiedlich Gesinde in aller Eil die Wege in einem schoͤnen blauen Stuͤck / mit Besemen ausstuͤberten / von denen ich verstunde / daß denselben Mittag ein herrlich Lust-Mahlzeit im Garten gehalten werden solte; Jch gieng weiters / und kam zu einem scheinbarlichen Hause / darinn man ebenmaͤssig auffraumte / eine Tafel deckte / kalt Wasser zurichtete / Glaͤser schwaͤnckte / und in der Kuchen herrlich zurichtete; Der Saal darinn man speisen solte / war uͤber alle massen lustig *accommodi*rt / die Sessel mit Sammet beschlagen / mit Polstern und Stulkuͤssen von schoͤner außgenaͤhter / so neuer als alter heydnischer Arbeit belegt / der Boden mit Rosenwasser begossen / und neben der gedeckten Tafel mit allerhand schoͤnen und wohlriechenden Blumen uͤberstreuet und gezieret / die Waͤnde aber an statt der Tapezerey mit den allerkunstreichsten Gemaͤhlten behaͤngt; und das Trysur neben den kostbaren und Christallinen Glaͤsern von allerhand Formen beydes mit guͤldenen / silbernen und uͤberguldten Trinck-Geschirren uͤbergestellt; Gleichwie mir nun der Garten Paradeises genug gewesen waͤre / wann er nur ewig gewaͤhret haͤtte / und ich immer darin wohnen sollen / also muste ich mich noch ein mehrers uͤber diesen Saal verwundern / in Summa er kam mir vor wie ein Puppenschanck oder Kasten / oder doch wie kuͤnstlich Gemaͤhl /

---

3 uͤberschatten] schattigen 7 Besemen] Besen 7 ausstuͤberten] fegten 10 scheinbarlichen] ansehnlichen 11 ebenmaͤssig] gleichzeitig 14 lustig *accommodi*rt] schön ausgestattet 15 f. außgenaͤhter] gestickter (in Gold und Seide ausgemachter) 16 heydnischer Arbeit] antik-mythologischer Stickarbeit 19 f. Tapezerey] Wandvorhängen 21 Trysur] Anrichte 27 f. Puppenschanck] Puppenhaus, Puppenstube 28 Kasten] Schrank 28 Gemaͤhl] Gemälde

also daß ich bey nahe meinen eignen Augen selbst nicht glaubte / sondern vermeinte dieser Augenlust wuͤrde mir vielleicht nur durch einen Traum vorgestellet.

Jch hatte meine Schuh außgezogen / und an Guͤrtel gehengt / wie ich dann allweg zu thun pflegte / wann ich irgends in ein Hauß schliche / damit man mich desto weniger trappen hoͤrete / und deßwegen machten mich meine Begierden alles in dem Hause zu sehen / desto kuͤhner weiters zu gehen; darauff kam ich in die Kuch / da die Bratspiesse von selbsten herumb giengen / und das Feuer rund herumb mit Haͤfen besetzt war / alle Waͤnde waren von unten an biß oben auff mit metallen / kupffernen / messenen / und zinnernen so hell geriebenen Geschirren besetzt / daß es schiene / als wann ich in keiner Kuchen / sondern irgends in einem staͤhlinen Berg mich befunden haͤtte; Uber das gaben mir die nunmehr halb gar gekochte Speisen / ein solchen lieblichen Geruch in die Nase / daß ich einen Appetit zum Essen bekam / ob mich gleich noch nicht hungerte.

Von dannen stiege ich eine Windelstege hinauff / und kam in einen Gang aus dem man in etliche Kammern sehen konte / deren jede mit einer Bettstatt mit koͤstlichen Umbhaͤngen: einen Tisch mit paar Sesseln versehen: die Waͤnde aber mit Tapezereyen von verguldtem Leder gezieret waren; Jndem ich nun dieses alles so begaffte / oͤffnet sich ein Thuͤr / aus deren eine Magd mit einer silbernen Glutpfann tratte / sie liesse die Thuͤr offen stehen / darumb schlich ich hinein / und kam in eine solche schoͤne Stub / daß sie gut genug gewest waͤre / wann gleich der Taffilet selbst darin haͤtte wohnen sollen; Ja sie uͤbertraffe den obgemeldten Saal weit / ohne daß hierinn keine Bereitschafft gemacht wurde / wie dorten zu speisen; das / so ich am allerersten darinn wahrnahme / war eine Dame die vor einem grossen Spiegel stund sich zu zieren / doch war sie allerdings fertig / und hatte schier ein halbe Apotheck von allerhand Schmirsel / Po-

12 messenen] aus Messing 19 Windelstege] Wendeltreppe
34 Schmirsel] Salben

maden / *Tormæ solis*, *oleum Talci*, Zahnund Haar-Pulver / gebranten Wassern und dergleichen / sie wartete nur biß die Magd wieder mit den Kohlen kam / die schwartze Pflästerlein hin und wieder in das Angesicht zu kleiben; Jndessen hatte sie allerhand Affenspiel vor dem Spiegel / sie neigte sich darvor / und sahe wie ihr das Lachen anstunde; Sie bisse die Lefftzen zusammen / formirte bald das Maul auff andere Manieren wie Hanns Supp seinen Hut / und funckelte mit den Augen / als wann sie ihr eigen Bildnus *caressi*rt / und hatte in Summa so närrische Gauckeley-Possen vor / daß ich mich des Lachens schwerlich enthalden konte; als sie nun mitten in dieser Andacht verzuckt war / erblickte sie unversehens mein heimlich lachende Bildnus im Spiegel / (dann mein Vogel-Nest war nicht der Art daß es einen im Wasser oder in einem Spiegel hätte unsichtbar gemacht / mir aber damals noch unbewust war / ich wolte mich sonst besser in acht genommen haben) weßwegen sie sich alsobald umbschaute / und da sie niemand hinter ihr sahe / wieder in den Spiegel guckte / darinn sie meiner abermal gewahr wurde / darvor sie dermassen erschrack / daß sie einen lauten Schrey liesse / und sich wie ein todte Leich entfärbte.

Sie setzte sich gantz zitternd in einen Sessel / schlug die Hände ineinander / und die Augen über sich / daraus ich unschwer abnehmen konte / daß sie mich im Spiegel gesehen / und vor eine teufflische Erscheinung / so ihrer Hoffart und Thorheit spotte / gehalten habe; Derowegen trollte ich mich aus der Stube weil die Thür noch offen stund / und kam eben zu der Windelstege / als die Magd herauf lieffe / zu sehen was ihrer Jungfer mangelte; dieselbe wolte aber nicht sagen was ihr widerfahren wäre / sondern führte ein jämmerliche Klag / also daß sie ihre Torheit wohl büste; ich aber schumelt mich die Stiege hinunter / und weil alles zulieffe zu sehen / wie es umb die Jungfer stünde / fande ich den Saal

---

1 *Tormæ solis*] Schminkläppchen 1 *oleum Talci*] Talksteinöl 4 kleiben] kleben 7 Lefftzen] Lippen 9 *caressi*rt] betört, Liebesblicke zuwirft 12 verzuckt] verzückt 32 schumelt] schlich

von jederman gantz läer / und etliche Kanden mit Wein im kalten Wasser stehen / darvon erwischte ich eine und thät einen schmalen Zug darauß / von ungefehr drey Quärtlein / verfügte mich darauff in den wunderschönen Garten / beschauete die schöne Blumen und rare Gewächs / und werckte in solchem spatziren gern vor die lange Weil ein Stuck Weisbrod und Gebratens auff / dessen ich noch zimlich in meinem Rantzen hatte.

Uber wenig Viertelstunden hernach kamen einige Herren und Frauen an / und sonderlich auch der Jungfrauen Eltern / deren dieser Garte sampt aller Zugehörte / Hauß und alles zuständig war / welche mit grosser Betrübnus vom Gesind vernahmen / daß ihrer Tochter wehe worden wäre; Es lieff alles hinzu ihr hülfflich beyzuspringen / aber weil sie ihr Anliegen und Begegnus niemand offenbarte / so konte auch kein Trost an ihr hafften / sondern sie stellete sich / daß man auß ihrem vielen Seufftzen hätte urtheilen mögen / sie wäre etlicher massen im Kopff verruckt / ihre Reden aber fielen noch zimlich vernünfftig; Man sendet nach dem *Medico*, welchem die Mutter erzehlte / daß sie ihr liebes Kind frisch und gesund geschickt hätte / die Anordnung zu thun / daß der bevorstehend Jmbs recht zugerichtet würde / so finde sie es aber leider nun so in einem elenden Zustande; Der Doctor hingegen konte sich in ihren Zustand nicht richten / doch sagte er / daß entweder auß übermässiger Sorg / Furcht / oder unvermuthlich eingenommenen Schrecken herrühre; Jch war über mich selbst unwillig / daß meine Gegenwart so einen traurigen Alarm erregt / und eine so herrliche Zech an einem so anmutigen Ort zerstört haben solte; da mich doch alles wie ich anfänglich hinkame / an den Saal dahin die schöne Psyche verzuckt worden / ja die Patientin an die Psyche selbst ermahnt hatte; Ja ich war so schellig über mich / daß ich mich vor einen rechten Unglücks-Vogel hielte; Mein gröster Trost wars / daß alles wider meinen Willen gesche-

3 Quärtlein] Vierteln 5 werckte] aß 11 Zugehörte] Zubehör 19 *Medico*] Arzt 32 schellig] zornig

hen wäre / wann etwan die Jungfer sterben solte / wie ihr Mutter besorgte.

Jn dieser verwirten Betrübnus langte der jenige Herr an / welchem zu Gefallen die gantze Gesellschaft versamlet war; Als der die dasige Zusammenkunfft veranlast hatte / umb zu sehen und den Augenschein einzunehmen / ob zwischen ihme und offtgedachter Jungfer ein Heyrath getroffen werden könte; er war ein schöner junger Kerl / außgebutzt und staffirt / wie reiche Alamode Galanen jetziger Zeit zu seyn pflegen; Wie er nun bewillkommt worden / und ob man ihn auch gleich zu seiner verblichenen Liebsten gelassen / weiß ich nicht / dann ich gieng noch als im Garten herumb / und liesse mich von meinem Gewissen ängstigen / daß ich so eine schöne und vornehme Dame in Leib- und Lebens-Gefahr gebracht; Es stunde aber gar nicht lang an biß man zur Tafel gieng / da sahe ich / daß die Jungfrau schon wieder so wol auff war / daß sie auch darbey sitzen konte; aber wie mich bedunckte / so war sie noch gar still und traurig / und hatte alle liebliche und liebreitzende Geberden vergessen / die sie kürtzlich vorm Spiegel gelernet.

Alle Anwesende gaben ihr lauter Zuckersüsse Wort / und ehreten sie wie eine Göttin; der Auffwärter servirte ihr wie ein Sclav / und auß Rath deß Doctors musten die Spielleute vor der Tafel auffmachen / damit sich ihre zerrütte Geister wieder colligiren und erholen mögten / davon die gute Jungfer wieder allgemach erquickt / und mit einem feinen Färblein angeblühmt wurde; Jn Summa es schickte sich wieder alles mit ihr viel feiner als ich hätte hoffen dörffen / und fienge es gleich darauff an so toll und lustig herzugehen / daß ich mir diß Leben ein Vorbild seyn liesse deß jenigen / wie etwa der reiche Mann beym Luca am 16. eins geführt; Derowegen wurde ich in meinem Gewissen wieder befriedigt / in mir selbst rechtschaffen lustig und so kühn / daß ich hinauff

5 dasige] dortige 9 Galanen] Liebhaber 11 verblichenen] erbleichten 12 noch als] immer noch 24 auffmachen] aufspielen 25 colligiren] sammeln

in die Stube gieng / weil sie von Leuten leer war / mich vor den Spiegel stellte / und also recht erfuhr / daß ich vor selbigem nicht unsichtbar war / sintemal ich selbst meine Gestalt darinn sahe.

Folgends kam ich in eine Neben-Kammer / worinn das Confect stund / welches so kostbarlich zugerichtet war / daß ich mich verwundern muste / weil ich dergleichen noch niemal gesehen / da stunden gantze Thürn und Schlösser von Marcipan / gantze Platten von allerhand Obswerck: Ja Schuncken / Knackwurst und dergleichen Genäsch aus lauter Zucker gemacht / gemahlt / übergüldt und mit Blumen geziert / geschweige der kandirten und eingelegten Sachen; Jch stunde wol eine Stund darbey / biß ich alles nach Genügen beschaute; hernach kam ich wieder in den Eß-Saal / da waren die erste Speisen / was nicht gessen worden / bereits abgetragen und andere darvor hingestellt; da sahe ich vielerhand Pasteten / auff einer stunde ein schöner Fassan in seinem natürlichen Gefider / als wann er lebte / und jetzt fort fliegen wolte; auff der andern ein Cappaune / auff der dritten ein Auerhan / auff der vierdten ein paar Hasel / auff der fünfften etliche Feldhüner / und so fortan; auff etlichen guckten nur die Hasen-Füsse / oder Vogelköpffe herauß / und an andern nur die Klauen von den Lauffen deß hohen Gewilds; Jch wurde schier zum Narren darüber / weil es mir so fremd vorkam; Ein gebraten Spanferckel sprach ich glückselich / weil es eine Citron im Maul hatte / welches sonst Dreck hinein genommen / wann es ein rechtes Sau-Alter erlebt; besser und mehrer gute Bissel wurden auff den Tellern abgehoben als man über Tafel asse; Jch aber hätte viel lieber eine gute warme Brühe in meinem Magen gehabt.

Derowegen schliche ich in die Kuche / ob mir eine werden mögte / aber es wurde mir nirgends so gut: doch kame ich über eine Frantzösische Batage die Geschwister Kinder mit

8 Thürn] Türme 11 übergüldt] vergoldet 19 Cappaune] verschnittener Hahn 20 Hasel] Hasen 23 Lauffen] Läufen 33 Batage] Suppe

den Spannischen Olla Batriden sind / derselben sprach ich gewaltig zu / weil sie eben auff einer Glut stunde / dann es befanden sich in derselben gute Brühe unter den Brocken lauter der besten Schleckbissel / vornemblich schlugen mir die Mägen von allerhand Geflügel / die Morcheln und die kleine Partickel vom Spanischen Brod trefflich wol zu / welches ich an statt deß gemeinen Brods / und die Finger an statt eines Löffels brauchte / wie dann diß gute Gefräß insonderheit hierzu accommodirt und zugerichtet worden.

Als ich nun nach Genügen gefüttert hatte / gieng ich auch in Saal zu trincken / und erwischte auff dem Schenck-Tisch einen halbmässigen Becher voll Hippocras / den ich anfänglich vor einen guten rothen Jochem hielte / den leerte ich auß biß auff den dörren Boden; hernach stunde ich und sahe mit Verwunderung zu / wie so wenig und langsam theils Gäste assen / gleichsam als wann sie nichts guts vor sich stehen gehabt / behüt mich Gott / daß ich die Menschen den Mastschweinen nicht vergleiche / aber gleichwol waren hier theils Schmerwänst eben so Maßleidig als jene; sie sassen hier überm Essen / und wurde doch bey so köstlichen Speisen nichts weniger contentirt als der Geschmack; dahingegen die übrige vier Sinn weit bessere Wollustbarkeiten empfanden; dann die Spielleute belustigten das Gehör: der wolgezierte Saal und das Schauessen / das Gesicht: der woltemperirte Lufft und das sanfft sitzen auff Polstern / das Fühlen / und der Geruch von den Speisen / Blumen / Rosenwasser und dem gemachten Rauch / das Riechen.

Jndessen fiengen die Leute an allgemach feine Räuschlein zu kriegen / dann wer wolte nicht / wann man einem den Wein so hüpsch hinunter geiget? Und ob es zwar gut in diesem Saal wohnen war / so hätte ich doch / als ich genugsam abgespeiset gewesen / meine Ruhe irgends unter einem schattigten Baum im Garten gesucht / wann nicht einer

---

1 Olla Batriden] Gemüseeintopf 6 Partickel] Stücke, Brocken
12 halbmässigen] eine halbe Maß fassend 14 dörren] trockenen
19 Maßleidig] übersatt 21 contentirt] befriedigt

mit der Viol de Gampa oder Kniegeige so trefflich gut Geschirr gemacht / so mich auffgehalten / welches auch dem Galanen so wol gefiele / daß er demselben / eine gantze Hand voll funckel neuer Gulden-Thaler / von einem Schlag zuwarff / davon zween so nahe zu mir rollten / gleichsam als wann sie mich baten / ich solte mich ihrer Schöne wegen über sie erbarmen / sie auffheben und zu mir stecken; welches ich auch unverweilt thät; zwar war ich gar nicht gesinnet etwas daselbst zu stehlen / (Geld aufflesen das ein anderer wegschlaudert und hinwirfft / ist ein anders) dann ich hätte ja sonst wol eine Traget Silber-Geschirr auffpacken können; Jch liesse mich aber daran genügen / daß ich deren nur noch etliche außleerte / und als ich den Tummel darvon im Kopff empfand / bedunckte mich Zeit zu seyn / daß ich mich außdrehen solte; Nam derowegen einen Reheziemer und einen Haasen mit mir / weil sie vielleicht im Wald einander auch Gesellschaft geleistet / vielleicht miteinander gefangen / mit einerley Speck gespickt: an einem Spiesse gebraten: und jetzunder auch miteinander zugleich also gantz von der Tafel abgehebt worden waren.

Diese nam ich von deren Arm / dann mein Rantzen und Hosensäck waren ohne das schon genugsam Victualisirt / wischte damit zum Hauß und Garten hinauß / und als ich vor dem Stadtthor merckte / daß mich die Hund daselbsten schmeckten / ob sie mich gleich nicht sahen / gieng ich neben umb / und kam ungefehr über eine Stund oder anderthalbe zu einem Dorff / allwo ich in einer elenden Hütten / die eines armen Manns Wohnung war / auff den Schopff stiege / und mich in das daselbst ligende dörre Geiß-Futter schlaffen legte / welches mir überauß wol zu statten kam.

4 von einem Schlag] aus einer Prägung 9 f. wegschlaudert] schleudert 11 Traget] Traglast 13 Tummel] Taumel 14 f. außdrehen] entschlüpfen 15 Reheziemer] Rehrücken 20 abgehebt] abgeräumt 21 von deren Arm] D. h.: der Bediensteten
22 Victualisirt] mit Speisen versehen 25 schmeckten] witterten
28 Schopff] Schuppen

Bey Untergang der Sonnen erweckte mich ein Geschrey / derowegen stunde ich auff / zu sehen was da zuthun seyn möchte / da war es ein Bott mit zweyen Soldaten / welche meinem Haußwirth / der eben mit Weib und Kindern (deren er grad acht kleine unerzogene beyeinander hatte) von seiner Arbeit heimkommen war / seine Geiß genommen / und solche hinweg führten / umb willen er 14. Batzen Herren-Gelder / wie sie es nannten schuldig war; das Weib schlug die Hände überm Kopff zusammen und schrie immer und ohne Unterlaß / Ach daß GOtt im Himmel erbarm / womit soll ich nun meine arme kleine Kinder ernähren? Die Kinder aber schriehen alle zusammen / ach unser Hetel! ach unser Hetel! unser Hetel! der Mann aber bat die *Exequi*rer vor GOtt und nach GOtt; umb seines Leydens: umb aller seiner Heiligen und umb deß Jüngsten Gerichts willen / nur noch umb acht Tag Gedult / aber vergebens; Er beschwur sie noch höher aber umbsonst! Sie passirten einmal mit der Geiß fort und liessen den armen Mann sampt Weib und Kindern lamentirn so lang sie wolten; derselbe wande die Hände zusammen / verfügte sich in die Stub seiner elenden Herberg / ihm folgt Weib und Kind mit einem jämmerlichen Heulen und Geschrey / und ich gieng hernach mit hertzlichen Mitleyden; Ach sagte er / es wäre kein Wunder es thäte einer was ihn GOtt niemal geheissen! Jch hab kein Heller Geld nur das liebe Saltz zukauffen! ich hab kein Schmaltz nur an eine Wassersuppe! Von aller meiner sauren Mühe und Arbeit bleibt mir kaum so viel wegen der unerträglichen Presserey meine arme Kinder nur mit dem lieben trucknen Brod zuernährn! und über diß alles kommen noch diese Schinder und nehmen mir das beste auß dem Hauß; was soll ich nun anfangen / wann ihr nunmehr beedes deß Schmaltzes und der Milch beraubt seyn sollet?

Dergleichen mehr klägliche Wort heulete er gleichsam in einem Paß daher / sein Weib schrie einen erbärmlichen *Tenor*

3 Bott] Gerichtsbote 5 unerzogene] minderjährige 7 f. Herren-Gelder] Steuern 13 *Exequi*rer] Eintreiber 34 Paß] Baßstimme

darunter / und die unterschiedliche Kinder (so ohne das ihrer unterschiedlichen Grösse nach die Orgelpfeiffen *repræsentirt*en) hielten den *Altum* und *Discant*, also daß es die *Harmoniam* der jämmerlichsten Music abgab; Welches mich nicht unbillich zur Erbärmde und einem Christlichen Mitleyden bewögete / und erinnerte / zubedencken / was für ein Unterscheid zwischen diesem elenden Leben und dem jenigen seye / das ich den verwichnen Tag gesehen; Jch gedachte heut warest du bey dem reichen Mann / jetzt bist du beym armen Lazaro; dannoch erfreuete mich noch ein Ding / nemlich daß Mann / Weib und Kinder alle frisch und gesund waren / so bey dem Lazaro nicht gewesen.

Wie ich nun also in die nechst verstrichene Mittags-Mahlzeit gedacht / erinnerte ich mich auch der zweyen gulden Thaler die ich dabey erbeutet hatte / zog derowegen einen darvor herfür / und schlug ihn auff den Tisch daß er kläpperte: beyde arme Eheleute erschracken zwar / aber sie erholten sich bald wiederumb und sagten zusammen / diß hat uns GOtt bescheret / unser Hetel damit außzulösen.

Der arme Mann lieffe auch alsobalden mit dem gulden Thaler hin seine Geiß zu *ranzionirn*, wiewol es schon zimlich düster war; das Weib und ihre Kinder aber befanden sich wol getröst / und dancken GOtt umb das empfangne Geld / Mithin schnitte sie die Supp ein / und wartete mit Verlangen biß die Geiß käme / damit sie deren Milch sieden und die verhoffende Supp anrichten könnte / machte auch zu solchem Ende ein Feuer auff den Herd / in welchem die Kinder unterdessen gelbe Rüben briethen ihren Hunger zustillen / etliche aber auß ihnen zwackten der Mutter heimlich etliche Suppenschnitten hinweg; und assen sie so verstohlens / daß sie auch die Lefftzen nicht drüber bewegten / sondern das Brod nur im Maul zerschmeltzen liessen / und folgends hinunter schluckten.

Jndessen kam der Mann mit der Geiß wiederumb / und berichtet / daß sie die Presser oder Hexengierer nicht allein

21 zu *ranzionirn*] auszulösen   31 Lefftzen] Lippen   35 Hexengierer] Wortspiel mit Exequirer

außgemolcken / sondern auch ihme am gulden Thaler den übrigen Batzen / vor welchen er Saltz mitbringen sollen / vor ihren Lohn einbehalten / welches abermal eine neue Klag unter Weib und Kindern verursachte / dann nunmehr wuste sie vor dißmal keine Suppe zukochen / weil Saltz / Schmaltz und Milch mangelte.

Damit aber die Kinder gleichwol etwas warmes in Leib kriegen möchten / nahm die Mutter ein Ey (dann diese Haußhaltung vermochte auch eine Henne) rührte selbiges unter Wasser / liesse es sieden / und schüttelte die äusserste Stäublein auß dem Saltzsäcklin über die Brocken / und als diese magere Suppen auffgetragen war / setzte sich klein und groß nach gesprochnem Gebett darumb her / und *attaquirt*en sie mit ihren höltzernen Löffeln / daß kein Tropffe mehr darin bliebe; Ach hatten diese Leut nicht ein Appetit gegen den heutigen im Garten? der Tisch (den ich der Kunst nach ansahe / daß ihn der Haußvatter selbst gemacht hatte) war zwar so wol mit außgehungerten: und an Kleidungen überall zerlumpten Kinder besetzt / daß niemand mehr daran sitzen konte / doch vermochte ich gar wol über sie hinein zureichen; und weil ich das miserabl Ellend betaurete / zumalen ohne meinen Hasen und Reheziemer dem Rantzen und die Hosensäck mit allerhand Stückern Fleisch / gebratens / weiß Brod und dergleichen Waar angefüllt: auch wahr genommen hatte / daß beyde Eheleute das Geld als ein sonderbare Wunderbarlich bescherte Gabe Gottes angenommen; Als thät ich meine milde Hand ferner auff / und fieng an den Kindern auß meinen Hosensäcken nacheinander vorzulegen / dann nach der Supp wolt ihnen der Vatter kein Stücklein Brod schneiden / wie ers und sein Weib auch selbst zimlich sparten;

Jch konte eben auß denselben (so wol den alten als den jungen) einem jeden einen zimlichen Particul mittheilen ehe ich sie gar außlehrte / welches die alte mit Erstaunen und

---

9 vermochte] besaß 13 *attaquirt*en] griffen an 21 betaurete] bedauerte 33 Particul] Stück, Teil

hoͤchster Verwunderung: die arme Kinder aber mit zusammen schlagenden Haͤnden und hoͤchsten Freuden annahmen / GOTT danckten und das Christkindlein lobten / daß es ihnen einmal genug zu essen bescherte; Sie hieben auch so gewaltig darauff zu / daß es mir selbst wol schmeckte und als ich sahe / daß es so wol angelegt war / lehrete ich auch meinen Rantzen mitten auff den Tisch auß / darvon ihrer aller Freud verdoppelt wurde; hingegen steckte ich den Hasen und Reheziemer hinein / solches vor mich zubehalten; und demnach es von den Spaͤnen so diese Leut an statt deß Lichts brannten / zimlich warm und raucherig in dem ohne das engen Stuͤblein wurde / konte ich das Ende der Mahlzeit nicht erwarten; sondern verfuͤgte mich wieder hinauß auff das Geiß-Futter / auff welchem ich schlieffe biß an den lieben hellen Morgen;

Als ich nun lang nach Auffgang der Sonnen erwachte / sahe ich daß mein Haußwirth Koͤrbe flochte / das Weib und die zwey groͤsten Kinder aber dortsassen und ein grob kuͤdernes Garn zu Sack-Daffent spannen / welche Handthirung mich je zu gering seyn denckte / auß ihrem Ertrag zehen Maͤuler erfuͤttern / geschweige noch darzu Geld vor die Obrigkeit vorzuschlagen: Das Weib hatte ihres Manns Wuͤllen-Hembt an / welches er im Winter zu tragen pflegt / er selbst ein paar Zwilchener / uͤberall mit Spaͤttern besetzte Hosen / und die Kinder giengen alle so zerrissen daher / daß ich an denen umb sich habenden Lumpen nicht erkennen konten / welches Maͤgdlein oder Buͤblein gewesen; Mit welchen Kleidungen sie sich auch deß Nachts bedeckten / dann ich sahe in der Stube die juͤngste noch in ihrem Laub und Moß zugerichtem Nest also mit ihren Kleidern zugedeckt schlaffen / der alten Bett war scheinbarlicher von Stroh gemacht / so doch auch schon zimlich zermahlen war; die Bettlade sampt Tisch / Stuͤhl und Baͤncken waren alle deß Manns

---

18 f. kuͤdernes] aus Werg 19 Sack-Daffent] Sackleinwand
24 Zwilchener] aus derbem Leinen 24 Spaͤttern] Flicken
31 scheinbarlicher] anschnlicher

eigne Arbeit / und wie mich bedunckten so war er auch selbst der Zimmermann / Maurer und Decker zum gantzen Hauß gewesen; die Fenster waren von Papier / und der Stuben Ofen von gebachenen Steinen und Holziglen zusammen gesticket; Jn Summa Summarum / es war überall sonst nichts als die Armut zu sehen / derowegen suchte ich meinen übrigen Gulden Thaler vollends hervor / legte ihn vor das Schlaffgeld auff den Tisch / und gieng hin ein angenehmer Ort vor mich zu suchen.

Unterwegs und dieweil ich so gar allein gieng / betrachtete ich wie unterschiedlich wir Menschen auff dieser Welt untereinander lebten! und konte doch die Herkunfft und Ursach eines so grossen Unterscheids nicht ersinnen; Als ich aber bedachte / daß die Reiche eben so hefftig wider die Hoffart und allerhand leibliche Wollüste: als die Arme wieder die Ungedult und Begierd / auch etwas zu haben / zu streiten Ursach hätten; hielte ich darvor / GOTT schicke es also / damit Er den Reichen umb seiner Demut und Gutthätigkeit: den Armen aber umb seiner Gedult und Zufriedenheit willen krönen möchte; dafern sich aber beyde Theil dessen in diesem zeitlichen Leben würdig gemacht hätten: So muste ich mich auch darüber verwundern / daß ich den vorigen Tag die reiche Dame erschröckt und geänstigt: die arme Leut aber erfreuet und getröstet: da mich jene ohn Zweiffel für einen bösen Geist: diese aber vor einen H. Engel gehalten / ich grübelte der Ursach nach warumb doch die Menschliche Urtheil gemeiniglich so betrüglich wären? und hielte darvor / daß weil die blinde Urtheil oder der Menschen Wahn / nach der Beschaffenheit deß innerlichen Gemüths *passionirt*en *Affect*en geschöpfft würden / daß sie deßwegen selten eintreffen könnten; dann jener Damen hat ohn Zweiffel ihr Wissen und Gewissen gesagt / daß sie eine sündhaffte Thorheit vorm Spiegel begangen / als sie ungefehr meine Gestalt darinn gesehen / was hat sie ihr dann viel guts von solcher Er-

---

15 wieder] wider, gegen 29 f. *passionirt*en *Affect*en] heftigen Gemütsbewegungen 33 ungefehr] zufällig 34 ihr] sich

scheinung einbilden koͤnnen? O das arme Haußgefaͤß hingegen seufftzete zu GOtt und klagt ihm seine Noth / als sie Trost und Huͤlff durch den unversehens herkommenen Thaler empfingen; Weme solten sie denn solche Darsendung sonst zugeschrieben haben / als dem jenigen dem sie ihre Noth geklagt? Ob nun gleich beyde Theil von mir so unterschiedlich geurtheilt / daß sie auch nicht unterschiedlicher haͤtten urthlen koͤnnen / so hat doch der Wahn alle beyde betrogen / und mich gelernet / wie wenig unserm eignen Beduncken zutrauen und zu glauben sey.

Gibt mich dannoch nicht Wunder / daß der alte *Simplicissimus* in alle Kupfferstuͤck so sich in seiner Lebens-Beschreibung befinden / gesetzt hat: Der Wahn betreugt! vornemlich wann ich mich erinnere / daß ich auff dieser Raͤise einmals seinen Sohn beym Leben erhalten (weßwegen er dann diesen Spruch vielleicht so offt andet und vor sein Symbolum erwehlet hat) als nemlich ein Eyfersuͤchtiger Hanrey ihn und sein eigen Weib Ehebruchs halben anklagte; welche Histori dann / wie unten folgen wird / meine obige Meinung von Ursach der Menschlichen Urtheil Betrug bezeugen wird.

Jn solchen Gedancken gieng ich wol zwo Stund / ehe ich sie gar eroͤrdert / und als ich durch ein Waͤldlein passirt war / darvor ein schoͤnes ebnes Feld lag / sahe ich einen Kerl mit einer Kuh am Strick neben dem Wald herkommen / welcher sich zu mir in die Landstrasse verfuͤgte / die uns nach E. einer so genannten Stadt trug / dahin wir auch noch ungefehr eine Stund zu gehen hatten; Ehe wir nun gar eine halbe Stund lang an solchem Weg hintersich gelegt hatten / erlangte uns gar leicht ein Reitender / weil wir sachte giengen / derselbe bote dem mit der Kuh einen guten Tag / und fragte ihn woher er mit dieser Kuh kaͤme und wohinauß er damit

1 Haußgefaͤß] vermutlich Hausgesäß, Familie 16 andet] erwähnt 16 Symbolum] hier: Motto, Markenzeichen 17 Hanrey] Gehörnter, betrogener Ehemann 22 eroͤrdert] erörtert

wolte? Jhme antwortet er waͤre von C. und seye Willens diese Kuh / die er selbst erzogen hinein nach E. zu Marck zutreiben / und daselbst wegen seiner hoͤchst angelegnen Nothdurfft zuverkauffen; bey mein Ayd / sagte der Reitende / wann ich heut nicht selbst gesehen haͤtte / daß meine Magd das Vieh in meinem Stall gemolcken und vor den Hirten getrieben / so doͤrffte ich schweren diese Kuh waͤre mein / so natuͤrlich gleichet sie einer von den Meinigen; das glaub ich gern / antwortet der ander / dann es gibt mehr denn nur ein weisse Gans; das ist wahr / sagt der Reitend; aber guter Freund wie wolt ihr sie auffs nechste lassen? unter zwoͤlff Gulden nicht antwortet jener / dann sie ist an der Milch so trefflich gut / daß heut Weib und Kind umb sie geweinet / als ich sie weggetrieben / und wann mich die Noth jetzmals so hart nicht traͤngte / wuͤrde sie mir wol umb vierzehen Gulden nit feil seyn; Das ist zuviel antwortet der ander / ich getraue jetziger Zeit viel ein schoͤner Stuck umb 10. Gulden zukauffen / wann ich Vieh bedoͤrffte; so fern ich sie euch aber abhandelte / so geschehe es nur darumb / damit ich zwo durchauß einander so aͤhnliche Kuͤhe zusammen braͤchte; Nach vielem Wortwechslen wurde der Kauff endlich umb sechs Reichsthaler und vier Maß Wein geschlossen / ehe wir gar zum Stadt-thor kamen.

Der Reitende kehrte nicht im Wirtshauß ein / sondern bey einem seiner Bekannten / da sie auch beydes Roß und Kuh einstellten; und die erste Maß von dem Weinkauff holen liessen; Jch machte mich auch darzu / dann ich war ja auch beym Kauff gewest / und muthmasste an dem daß der Reitende so willkommen war / es doͤrffte einen zimlichen Schmauß da setzen / vornemlich weil sie schon vier Maß Weinkauff zum besten hatten / darvon ich ohne das meinen gebuͤhrenden Theil / weil ich auch beym Kauff gewesen / nicht dahinden zu lassen gedachte; Nun es gieng an wie ich mir eingebildet / aber es endet sich nicht wie ich vermeint gehabt; dann der Tisch wurde zwar gedeckt und auffgetra-

15 traͤngte] drängte

gen / auch Wein herbey geschafft / und der Verkauffer nach dem er seine sechs Thaler vor die Kuh empfangen / zum Nieder sitzen genoͤthigt / aber er erzeigte sich so discret und erkanntlich / daß ers nicht thun wolte / er wiste dann auch was vor sein Theil an dem Essen beytragen solte; zuletzt wurde ihm auff sein freywilliges Anerbieten und hoͤfliges Bitten verwilligt / daß er zu diesem Jmbs eine gute Pastet holen moͤgte / worzu ihm dann der Haußvatter eine zinnerne Platte hergab; da gedachte ich nun bey mir selber / ach wann du dich nur auch doͤrfftest sehen lassen / wie gern woltest du dein gebraten Wildpret hergeben / und dich mit diesen Leuthen rechtschaffen lustig machen; der Verkaͤuffer war aber kaum mit seiner Platten oder Schuͤssel unter die Thuͤr kommen / als er sich anders besonne; dann er kam wieder und sagte / botz Stern es ist schier eine Schand / daß ich so mit der Platten und auch hernach mit der Pastet uͤber die Gasse gehen solle; der Kaͤuffer und Haußwirth billichten seine Rede und der letztgemeldte liehe ihm seinen Mantel / desto reputirlicher hinzuwandern; das thaͤt er / kam aber drumb nicht wieder / und demnach sie sehr nahe bey einer halben Stund auff ihn gewartet / fieng ihnen erst an zu schwanen es moͤgte nicht recht hergehen; Wie sie gedachten so wars auch; sie fanden sich in ihrem Wahn nicht betrogen / wie oben gemeldte Dame und arme Leut / sondern wurden (aber zu spat und mit ihrem Schaden) gewahr / daß dieser Maußkopff den Kaͤuffer die Kuhe von der Weid hinweg gestohlen: und auch den Mantel samt der Schuͤssel so meisterlicher Weise dahin hatte.

Jch sahe wol daß weder dem Kaͤuffer noch Haußwirth hierauff Essen oder Trincken mehr schmecken wolte; derowegen machte ich mich auch darvon; gieng auff den Marckt; fischte auch daselbst einem Becken zwey Kreutzer Brod ab / und asse fein offentlich unterm freyen Himmel zu Mittag / darzu mir ein zimlicher Schmarren vom Reheziemer nicht

3 discret] bescheiden 7 Jmbs] Imbiß, Mahlzeit 18 f. reputirlicher] ansehnlicher 32 Becken] Bäcker 34 Schmarren] Schnitte, Streifen, Stück

uͤbel schmeckte; Niemand rechtfertigt mich deßwegen als der Durst / den ich aber in eines Weinschencken oder Gassen-Wirths Keller befriedigte / als das Mensch so vorm Zapffen sitzen solte / sich anderwerts vergaffte / neue Maͤhren von ihres gleichen Pappeltaͤschen zu vernehmen.

Nunmehr mangelte mir vor dißmal nichts anders als Gelegenheit / die edle Zeit / welche man die lange Weil nennet / zu vertreiben / sintemal ich zu faul war / selbigen Tag auß der Stadt weiters zu gehen; derowegen verfuͤgte ich mich eine Gasse hinauß in ein Wirthshaus / worinn ich ein Gedoͤß hoͤrete / welches mich hinein lockte; darinnen fande ich unterschiedliche Tische / mit auch unterschiedlichen Standsleuten besetzt / doch alle vom gemeinem Volck; Etliche hatten halbe Raͤusch / andere waren gantz voll / und die dritte fiengen erst an zu zechen; einer redte diß / der ander jenes; wol dahinden sasse eben der jenige / mit noch einem Gespanen / der denselben Tag das Kuͤhlein verkaufft hatte; allein war er barbirt / anders verkleitet und dermassen verstellt / daß ich ihn bey nahe nicht gekannt haͤtte / wann ich nicht eben denselben Tag mit ihm ein Stuͤck Wegs geraͤiset waͤre; nach dem ich sie aber genauer betrachtet / erkannte ich sie eben vor die zween / so neulich beyde *Studiosi* ermorden wollen.

Der enge Rath den sie miteinander hielten / ihre Fuchs-Augen die sie herumb schiessen liessen wie andere Dockmaͤuser / und dann daß ich schon erfahren / ja selbst gesehen hatte / daß der Kuͤhehaͤndler ein Ertzfunck war; machten daß ich mich zu den ehrlichen Gesellen setzte / zu hoͤren / was sie miteinander tractirten; Zudem war ich allbereit ohne diß unglaͤublich curios worden / anderer Leute heimliche *Conversationes* und Anhaͤnge / so unsichtbarer Weise zu vernehmen / umb mich damit zu delectiren / weil ich ausser dessen

---

3 Zapffen] Zapfhahn 5 Pappeltaͤschen] Schwatzmäuler 10 Gedoͤß] Getöse 16 Gespanen] Kameraden 18 barbirt] rasiert 24 f. Dockmaͤuser] Duckmäuser 26 Ertzfunck] Spitzbube 28 tractirten] hier: abmachten 29 curios] neugierig 29 f. *Conversationes*] Gespräche 30 Anhaͤnge] Bemerkungen 31 delectiren] erfreuen

sonst kein Kurtzweil und Zeitvertreibung haben / oder eines andern Spasses fähig seyn könte.

Jhr Vorhaben war diß / daß sie die morntrige Nacht einem reichen Kautzen einfahren und den Stein schneiden / das ist auff teutsch so viel / daß sie einem wolhabigen Mann diebischer Weis einbrechen / und ihm sein Hauß bestehlen wolten; Jch gedachte / holla! du must auch darbey seyn; nicht daß ich hätte Part an ihrem Diebstal haben mögen / sondern ihnen den Compaß zu verrucken; sintemal mich ihr Anschlag / wie sie ihn vor sich hatten / gar zu weit aus der Diebs-Zunfft / (derer Mitglied / so viel das Maul-Futter anbelangt / ich damals auch eins war) zu der Mörder-Gesellschaft geschritten zu seyn beduncckte / dann sie sagten / der Herr selbst ligt am Podagram; seine Frau muß morgen zu ihrer Schwester Hochzeit; sie bleibt auß auffs wenigst biß umb Mitternacht; der Gaden-Diener oder die Magd / eins von diesen beyden / muß ihr die Latern bringen; also bleibt nur noch eine Person neben dem krancken Cyprianer im Hauß; solten nun eins oder gesetzt alle beyde über unsere Arbeit wach werden / wie gering seyn sie erwürgt? derowegen verbliebe ich bey diesen zweyen Gesellen / der Meinung nicht von ihren Fußtritten zu weichen / ich hätte dann zuvor ihren Anschlag zu Wasser gemacht; ob ich gleich bey ihnen wider meines Hertzens Willen Durst leiden muste / oder (damit ich mehr überflüssige Wort brauche) keinen Tropffen Wein zu trincken bekommen konte; Zuletzt nannte einer das Hauß das sie bestehlen wolten / nach dem Schild der daran hieng / darumb gieng ich von ihnen dasselbe zu suchen und vor ihrem Beginnen zu Salvaquartirn.

Wie ichs fande / gieng ich hinein / und sahe es von allem

---

3 morntrige] übernächste 8 Part] Anteil 9 den Compaß zu verrucken] den Plan zu vereiteln 9 sintemal] zumal 14 Podagram] Zipperlein, Gicht 16 Gaden-Diener] Ladendiener, Kaufmannsgehilfe 18 Cyprianer] Wortspiel: am Zipperlein Erkrankter 20 gering] leicht 29 zu Salvaquartirn] Schutzwache halten

dem jenigen was in ein wolhabigs Hauß gehöret / genugsam gespickt und versehen; der Gaden bestund in allerhand Waaren mit solchem Uberfluß / daß man deß Jnnhabers Reichthum genugsam daraus abmessen konte / in einem Neben-Gewölb fande ich den edlen Tranck Peter Simon / darauß ich zapffte / dieweil der Gaden-Diener anderwerts zu thun / und einigen Käuffern etliche Waaren hinzugeben hatte / wormit ich mich hertzlich erquickte / und ihn gar nicht zu sparen: hingegen aber auch denselbigen auff die bestimmte Nacht wiederumb redlich zu verdienen gedachte; er schmackte mir auch so wol / daß ich ein Flaschen-Glas nam / solches / weil ich Zeit genug darzu hatte / voll füllete / und mit mir hinauff ins Hauß auff den Kasten trug / allwo ich von meinem Wildpret stattlich zu Nacht asse / und mich auff etliche daselbst liegende Plauen mit einem ziemlichen Rausch zur Ruhe bequemte.

Den folgenden Morgen erwachte ich nicht ehender / als ungefähr umb acht Uhr / und weil ich noch etwas von Peter Simon übrig hatte / zumalen einen Appetit empfand / frühestückte ich vor allen Dingen; schliche darauff im Hauß herumb und kam in die obere Stub / worinn der Haußherr am Podagram lag / dessen Frau aber / ein schönes junges Weib / vorm Spiegel stunde / und sich zur Hochzeit mutzte; Sie hatte stattliche Kleider und war mit Gürteln / Ringen / Perlen und dergleichen Geschmeiß auch nicht übel versehen und gezieret; Weßwegen dann ihr Herr unangesehen seines Podagræ / mit solchen häfftigen Begierden entzündet wurde / daß er begehrte / sie wolte in solchem ihren Schmuck einen Gang mit ihm wagen / so wolte er hingegen ihr wiederumb willfahren / sie mögte auch an ihm begehren was sie immer wolte; das Weib sperrte sich nicht lang / sondern damit sie ihrem Mann mit Ablegungen dieser so angenehmen Schuldigkeit desto sicherer willfahren und gehorsamen mög-

2 Gaden] Laden 13 Kasten] Boden, Speicher 15 Plauen] grobe Packleinwand 23 mutzte] schmückte 25 Geschmeiß] Geschmeide

te / schlosse sie die Stubthür zu / also daß ich wider meinen Willen im Zimmer bleiben / und zusehen muste / was der Potagramer konte; Ach! gedachte ich / ihr liebe Leut / wann ihr wüstet was euch vor eine Lauge gegossen und übergehengt worden / so solte euch der Kützel wol vergehen; nach verrichtem Werck legte das Weib die Falten wieder ein wenig zu recht / thät ein ander Größ umb / und machte sich gefast zur Hochzeit zu gehen; der Mann aber der nunmehr nach Genügen sein Contentament empfangen / begehrte von seinem Weib zu vernehmen / was sie vor einen Recompens vor ihre Willfährigkeit prætentirte / er wolle sein Versprechen halten und sie alsobalden zu frieden stellen; Es bleib darbey / antwortet das Weib; mein Begehren ist / daß ihr mirs noch einmal thun solt / dieweil die Thür noch zu ist; Ja / sagte der Mann / das ist mir jetzt ungelegen; Haha! antwortet das Weib / so sehe ich wol / ihr seyd auch einer von den Männern / die mehr versprechen als sie zu halten gedencken; Es war mir auch ungelegen / und dannoch willigte ich in euer Begehren; aber hinfort weiß ich; wie weit ich mich auff euer Versprechen zu verlassen habe; Endlich lieffe alles auff freundliches Schertzen hinaus / und als die Frau die Thür wieder öffnete / und zur Hochzeit gieng / machte ich mich auch fort den Kirchgang und andere hochzeitliche Ceremonien zu sehen.

Solches thät ich nicht allein / sondern ich gieng auch mit in das Hauß worinn die Hochzeit-Gäste gespeiset wurden / sintemal mein Mage etwas Warms von mir prætendirte / so ich ihm daselbst in der Kuchel verschaffte; hernach spatzierte ich ein Weil auff dem Marckt herumber / zu vernehmen / was man guts neues sagte / und hörete von den Leuten nicht allein was sich mit der Kuhe / Mantel und zinnen Schüssel zugetragen / sondern daß auch diselbe Nacht etlichen Meißnern ein Balle wüllen Tuch entfremdet worden wäre / wor-

5 Kützel] Lust 7 Größ] Halskrause 9 Contentament] Befriedigung 10 Recompens] Lohn 11 prætentirte] beanspruchte 28 Kuchel] Küche

auß ich muthmassete / daß der Kuͤhe-Dieb denselben auch haͤtte stehlen helffen.

Als nun gegen Nacht Essens-Zeit war / begab ich mich wieder in mein voriges Quartier / und fande den Gaden-Diener das Journal extrahirn / die Magd aber dem Herrn sein Nacht-Jmbs anrichten; so da war ein Salaͤtgen: ein Perlegerstsuͤppgen: ein gruͤn Kraͤutigen von Spinat; ein mit Butter / Sparglen und Citronen Eingemachtes: und ein gebratnes junges Haͤnngen; ich gieng mit in die obere Stub / und sahe daß er in eben demselben Bett sitzend speisete / worinn er sich den Vormittag liegend so munter gehalten hatte; sein Trunck war ein abgelegenes Striger Mertzen-Bier / welches gar gesund seyn soll; Jch mogte aber gleichwol mit ihme nicht schmarotzen / sondern gedachte an den Signor Peter Simon / der mich vortrefflicher zu seyn bedunckte / als Madam Ptisina; derowegen gieng ich wieder hinunter in das Hauß / zu sehen ob ich bey gedachtem Herrn zur Audientz gelassen wuͤrde / das widerfuhr mir gar leicht / als indessen die Magd oder Koͤchin samt dem Gaden-Diener ebenmaͤssig einen Salat / ein doͤrre Rinds-Zung / ein Stuck Sulper-Fleisch und ein Maͤßgen alten Wein / neben einer Portion Hollaͤndischen Kaͤs und Butter expedirten.

Diese zwey waren denselben Abend freundlicher miteinander / als meines Bedunckens Herr und Frau denselben Morgen gewesen; wie sie mich dann ein Stuͤckgen ihrer Kunst sehen liessen / gleich als wann ich daruͤber haͤtte urtheilen sollen / ob sie oder ihre Obern die Sach am besten koͤnten / und ich glaub wann ich deßwegen gefragt worden waͤre / daß ich den Preis nicht dem Herrn sondern dem Diener gegeben haͤtte.

Als nun der Herr sein Liecht ausgeloͤscht hatte / der Die-

---

5 Journal extrahirn] die Rechnungsnotizen vom Tage ins Hauptbuch eintragen 6 f. Perlegerstsuͤppgen] Gerstengraupensuppe 12 abgelegenes] abgelagertes 13 mogte] mochte 16 Ptisina] Gerstensaft, Bier 20 doͤrre] geräuchert 20 f. Sulper-Fleisch] Pökelfleisch 22 expedirten] aufaßen

ner auch ins Bette: und die Magd mit einer Laternen nach ihrer Frauen gegangen war / hielte ich meines Bedunckens mitten im Hause und zwar gerad vor deß Herrn Stub die Wacht / desto besser zu hören / und geschwind nahe darbey zu seyn / die Dieb mögten gleich einbrechen wo sie wolten; Jch bedorfft auch nicht lang zu warten; dann als es umb die Zeit deß ersten Schlaffs: zumaln auch bald an dem war / daß Frau und Magd wieder heim kommen solten / hörete ich hinden am Hause wo es an den Garten und Hof stiesse / ein Genüstel / allwo die Mauser eine kurtze Leiter auf einen Stoß Brennholtz gesetzt und an ein sonst vom Erdboden hohes Fenster angelehnet hatten: dardurch sie so ordentlich hinein passirten / als wann es ihr alltäglicher gewohnter Weg gewest wäre: sie hatten auch alles so fleissig ausgesonnen / und wie sie es machen wolten / zuvor berathschlagt / daß ich mich über ihre Spitzfindigkeit verwunderte; dann indessen der eine einen Hauffen dorthin hoffirte / gieng der ander hinunter ins Hauß und öffnete die Thür / damit wann etwan jemand im Hauß wider ihr Verhoffen alert würde / sie sich bey Zeiten dahinaus retirirn könnten; derselbe brachte / ich weiß nicht woher / ein Liecht mit sich / und als er damit wieder die Stege hinauff zu seinem Kammerrathen kam (welchem ich mich fleissig an die Seite gestellt) und sein Zauberwerck herfür suchte / die Leute im Hauß zu bezaubern / daß keins vom Schlaff erwachen könnte / liesse ich solches zwar geschehen / und dasselbe Ding anzünden / aber ich gab ihm gleich hernach einen solchen Stoß / daß er die Stege hinunter rumpelte und ein solches Gebolder machte / daß ich gedachte / er würde Halß und Bein zerbrochen haben; Sein Kammerrath gieng darauff näher zur Stegen / ohne Zweifel zu fragen wie ihm geschehen wäre; er hätte aber solcher Frag nicht bedörfft / dann ich wiese ihm gleich auch denselben Sprung den jener gethan / also daß dißfalls ohngefragt er so

10 Genüstel] Rascheln 10 Mauser] Diebe 13 passirten] gelangten 17 hoffirte] schiß 19 alert] wach 20 retirirn] flüchten 28 Gebolder] Gepolter

viel wuste als sein Gesell / ohne daß jener ein Bein samt dem Ruckgrad zerbrochen / dieser aber nichts entzwey gefallen hatte: Es war artlich zu hören / als je einer zum andern sagte / Ach Bruder was ist das?

Der Gesunde oder ganghailige stund gleich wieder auff / und vermahnet den Krancken zu folgen / damit sie das vorgenommen Werck enden mögten; der Will bey selbigem war gut / aber die Folge unmöglich / dann so bald er sich nur ein wenig bewögte / schriehe er wieder aller Diebe Gewonheit überlaut / daß ihm sein Kammerrath deßwegen ich weiß als nicht was vor ein Hauffen gut Dings in den Hals wünschte; Er hätte ihn gern hinweg getragen oder geschleppt / aber der Krancke konnte deren keines vor hefftigen Schmertzen erleyden; derowegen sagte der ander zu ihm / Bruder ich sehe wol was es abgeben wird / du wilst hier liegen bleiben und mich und dich auffs Rath bringen; Nein antwortet jener / ich weiß wol zu schweigen / laß mich nur liegen; du Hundsfutt sagt dieser / kanst du doch das Maul nicht halten / wann ich dich in deine Freyheit tragen und das Leben erhalten wil / was würdest du erst thun / wann du dich gefangen sehest und mit der Folter umb unsere Händel gefragt würdest; darauff fasset er ihn geschwind bey der Gurgel / daß er nicht weiters schreien konte / und gab ihm mit einem Dolchen wol zwantzig Stich nacheinander in die Brust / so ich gern verhindert hätte / wann ich zukommen mögen; und da Er mit ihm fertig war / stiege er wieder gegen mir die Stege hinauff / nicht weis ich wolte er das angezünte Zauberwerck holen / oder der ersten Jntention nach das Hauß bestehlen; aber so bald er sich mir näherte / stiesse ich ihn wieder rücklings hinunter / daß ich nicht anders glauben konte / als daß er bey seinem Kammerraten liegen bleiben: und ihme wie im Leben: also auch im Todt Gesellschaft leisten müssen / aber er hatte Katzenart / welche / wann man sie gleich hoch herab wirfft / dannoch ohne Schaden wieder auffstehen; dann er

---

1 ohne daß] nur daß 3 artlich] genüßlich 5 ganghailige] gehfähige 16 Rath] Rad

stunde wieder auff von seines Gesellen todten Cörper / und sagte zu sich selbst / ich will hinauff und solte der Teufel und seine Großmutter darwider seyn; darauff antwortete ich ihm / und kommst du mir wieder unter die Hände / so wil ich dir den Hals brechen; darvon der Kerl dermassen erschrack / sonderlich weil er niemand sahe / und doch meine bedrohenliche Stimme so nahe bey sich hörete / daß ihm das Stegen steigen vor dißmal gantz verleidete / dann er verliesse seine zauberische Flamme / die noch oben im Hauß bey mir brannte / und lieffe zur Haußthür hinauß als wann ihn der Teufel gejagt hätte.

Dieselbe schlug ich nach ihm wider zu / stiege wiederumb zu öberst ins Hauß hinauff / und legte mich auff meine Plauen / worauff ich die vorige Nacht so trefflich wol geruhet hatte; Jch konte aber drumb nicht schlaffen / dann mein Gewissen quelete mich / daß ich ein Ursach gewesen / daß ein Mensch ohne Bereuung seiner Sünden sterben: und also besorglich in die ewige Verdamnuß gehen müssen; doch tröstet mich dargegen umb etwas / daß hierdurch der Hauß-Herr und Gadenknecht erhalten worden / welche vielleicht diese zween Unmenschen im Schlaff und vielleicht die Frau und Magd darzu / wann sie zeitlich genug heimkommen wären / ermordet haben möchten:

Es war bereits nach Mitternacht als gemelte Frau von etlichen ihren Verwandten von der Hochzeit nach Hauß begleitet wurde; die Magd schlosse indessen die Thür auff / als der Frauen Freunde ihre Abschieds-Complimenten machten / sie versperte sie auch wieder / nachdem jene hinweg und ihre Frau im Hauß war / nachdem sie aber zu deß ermordten Mörders Cörper kam / und selbigen im Blut todt liegen sahe / liesse sie einen lauten Schrey! wie sehr aber die Frau selbst erschrocken / kan ich nicht sagen / dann ich lag damals auff der obern Bühne / und hörte daß die Thür wieder geöffnet / und die Geleits-Leute zuruck geruffen wurden; die sahen nun gleichfalls das Specktacul mit Erstaunen / und

8 Stegen] Stiegen, Treppen 33 obern Bühne] Speicher, Boden

als sie die Stege hinauff kamen / die blaue zauberische Schlaffflamme mit Verwunderung an; Frau und Freunde giengen in alle Winckel deß Hauses / und fanden alles ordentlich und unverruckt; sie visitirten auch so gar oben wo ich lag und noch höher droben / so wol als unten im Keller und allen Gewölbern; der Mann und Gadendiener konnten von ihrem Schlaff nicht erweckt werden / ohnangesehen sie die Augen öffneten / und etliche Fabelhaffte Ding redeten wie theils Träumende zuthun pflegen; Endlich wurde vor gut befunden / nach der Obrigkeit zu schicken / da wurde diß und das und jenes gerathen / und doch nirgends nichts getroffen; zween Schürgen oder Büttel musten den Cörper auß dem Weg raumen / da hörete man die Diebs-Schlüssel (die neben verborgenen Gewehr von grossen scharffen Messern bey ihm gefunden worden) klingeln.

Derowegen ward nach dem Scharf-Richter geschickt / der seine Kleider durchsuchte und unterschiedliche Stuck bey ihm fande / die deß entleibten Boßheit bezeugten / derselbe erkannte auch die zauberische Schlaff-Flamme / welche bißher noch niemand anzurühren erkühnen dörffen; so bald er dieselbe löschte / erwachten beydes der Herr und sein Diener / welche sich verwunderten / daß so ein hauffen Leute / sonderlich die Obrigkeit mit Henckern und Stadtknechten im Hause versamlet waren; Weilen dann auch die angesetzte Leiter gefunden wurde / und alle Anzeigungen bezeugten / daß der Entleibte (GOtt geb wer ihn auch umbbracht haben möcht) ein Ertz-Dieb gewest seyn müste / so wurde dem Hencker der Cörper zuerkandt / solchen hinweg zuthun und den folgenden Tag unter dem Galgen zubegraben / unter allen diesen seltzamen Händeln gienge ich mitten unter den anwesenden Leuten herumb / und hätte ihnen am besten auß dem Traum helffen können / daß sie dieser Geschichte halber die Köpffe mit Nachsinnungen nicht so sehr zerbrechen dörffen; aber ich schwieg wie ein Weiser / weil mich die Haut

---

4 visitirten] durchsuchten 12 Schürgen] Schergen, Gerichtsdiener 12 Büttel] Gerichtsdiener

nicht juckte; ich gedachte halt / du hast das deinig gethan / und nicht allein den getruncknen Peter-Simon: sondern auch noch wol ein mehrers verdienet / aber was schierst du dich umb eine Verehrung / die dir zwar billich gebührte / du aber mit Gefahr fordern müßtest? würdest du dich offenbaren / so würde man glauben du seyest deß Ertödten Gesell im stehlen / und auch deines Kammerrathen Mörder gewesen; mithin finge es schon an zutagen / derowegen ersahe ich meinen Vortel und kam noch einmal über das Faß meines so hoch geliebten Geträncks / nahm dessen an statt eines Branteweins so viel zu mir / als ich mit guter Vernunfft zuertragen getraute / ohne daß ich auch Hamburger Zwibachens hinein hätte weichen sollen / und gieng damit auß dem Hauß und noch denselbigen Morgen gar auß der Stadt.

Jch schlug mich auff die rechte Hand gegen der Polnischen Gräntze der Meinung einem reichen Juden desselbigen Königreichs so viel Ducaten außzuwischen / als ich würde tragen können / dann ich fieng an so Gewissenhafftig zu werden / daß ich durchauß keinen Christen bestehlen wolte / er hätte dann ärger als ein Jud seyn müssen / dergleichen ich mir aber nirgends zu finden getraute / und solte ich gleich alle Winckel der Welt außlauffen. Denselben Tag fieng es an Regenwetter abzugeben / derowegen wars vor mich nicht beym besten zuräisen / jedoch stampffte ich bey vier Meilen fort / und verlore darüber einen Absatz vom Schuh / welches mir gar einen beschwerlichen Gang verursachte / und mich nichtsdestoweniger zwang noch förders zu gehen / biß ich irgends in einer Stadt anlangte / meine Schuh umb neue ezuvertauschen / weil ich mich nicht sehen lassen wolte / einen andern Absatz ansetzen zulassen / so die Dorff Schuhflicker ohne das nicht so leicht können.

Jn dem aber der Regen gar zu starck anhielte / übernachtet ich in einer Schäferey / warauff der Schäfer eben ein fettes Lamm abgestochen hatte / und durch sein Weib beydes gesotten und gebraten zurichten liesse; Recht lächerlich kam

9 Vortel] Vorteil 27 förders] weiter

mirs vor / als er seinem Weib ein gebraten Hinter-Viertel darvon vor die Nase hielte und sagte; Ach schmeck! wie wol reucht diß Ding? und doch weiß ich / wanns unser Herr schmeckte / daß ihm der so liebliche Geruch dannoch im Hertzen wehe thaͤte; und eben darumb ists billich / daß mans ihm nicht auff die Nase binde / damit er mit Zorn nicht suͤndige; Sie machten sich gar lustig bey ihrer Mahlzeit / ob sie gleich leyder nur Wasser darbey zu trincken hatten; Jch behalff mich wol zween Tag bey ihnen / weil ich erstlich deß Regens und zweytens deß angeloffenen grossen Gewaͤssers halber nicht ferners kommen konte / und sahe in solcher Zeit so viel / daß ich den treuhertzigen *Colerum* wol beschuldigen kan / er seye den Schaͤfern noch lang nicht hinter alle ihre Schelmstuͤck und Diebsgriffe kommen / wiewol er deren zimlich in seiner *Oeconomia* erzehlet.

Demnach sich aber der Himmel wieder außheiterte / und seine schwartze Decke vor dem Angesicht deß grossen Weltliechts wieder hinweg zog / also daß mich dessen Anblick bescheinen konte / machte ich mich auff den Weg / und setzte meinen Lauff immerfort gegen den Polnischen Graͤntzen zu; Mein Wilt-Braͤd fieng allgemach an klein zu werden / und derowegen muste ich bedacht seyn / meinen Rantzen wider auf ein Neues zu proviantiren; bey dem Landmann auff den Doͤrffern war aber nichts so schleckerhafftigs vor mich zubekommen; doch stunde mir in einem Wirthshause / wohin ich mich Dursts halber begab / ein *delicat*er Schuncken an / den ich auß einem uͤberm Feuer-hangenden Kessel fischte / und meinen Schuh ohne Absatz darvor hinein steckte / damit ich meine Speise gleichwol nicht gar umbsonst haͤtte; Es waͤre aber vor die Leute im Hauß erleydentlicher / doch nicht zu ihrer Besserung ersprießlicher gewesen / wann ich den Schuncken glat hingenommen / und nicht eingedaucht / dann ob sie zwar anfangs den Schuh drumb ansahen / ob

---

2 schmeck] rieche 3 reucht] duftet 10 angeloffenen] angeschwollenen 15 zimlich] viel 16 außheiterte] aufheiterte 26 Schuncken] Schinken 30 erleydentlicher] erträglicher

waͤre der Schuncken biß auff die Schwarte verkocht worden / so erschreckte sie jedoch hernach das Wunder umb so viel desto mehr / als sie sahen / daß es ein Schuh von Menschen Haͤnden gemacht: und keines Schuͤnckens Uberzug war; O liebe Kinder! schrie der Wirth / schuͤttet kein Kofent mehr unter dem Vorlauff des gerechten Biers! last mir auch hinfort den guten Brandewein unverfaͤlscht / und schreibt nicht mehrers an die Tafel / als ihr den Gaͤsten auffgetragen; dann umb solcher Veraͤnderung willen ist auch der Schuncken veraͤndert worden / zur Anzeigung / wann wir unsere gewoͤhnliche Veraͤnderungen nicht einstellen und unterwegen lassen / daß uns hinfort unsere Nahrung dermassen veraͤndert werden koͤnne / wie ihr vor Augen sehet / und diß unerhoͤrte Wunder bezeuget.

Darauff trug er den Schuh auff den Tisch / schlug an die Brust und bat mit weinenden Augen und hertzbrechenden Seufftzen umb Gnad und Verzeihung aller seiner Missethaten / mit vielen Geluͤbten und Versprechungen sich hinfort zu bessern / und alles den Armen mitzutheilen / was er hiebevor seinen Naͤchsten durch ein und andere Veraͤnder- oder Verfaͤlschung abbetrogen und vorgeschlagen haͤtte: ja er und die seinige bezeugten eine solche Reu / und ihr leidwesen war so groß / daß es mich gleichsam zum Mitleyden zwang; Jch gedachte / ach! wie wird sich die grundlose Barmhertzigkeit GOttes erst hieruͤber bewegen? Jch erfreuete mich / daß er durch meinen Diebsgriff zu solcher Reu und seiner selbst Erkantnus kommen war; beydes aber / das Mitleyden und die Freud so ich hatte / bewegten mich / den Schuncken wieder hinzulegen / und den Schuh zu mir zu nemmen; weßwegen sich im gantzen Hause die Leid-Thraͤnen zu Freuden-Zaͤhren: und ihre aͤchtzende Seufftzen in lauter Lob Gottes verwandelten; und darauff gedachte ich / daß ich damal ein gutes Werck verrichtet haͤtte.

5 Kofent] Dünnbier 6 Vorlauff des gerechten Biers] das zuerst aus dem Faß Laufende eines besseren (stärkeren) Bieres
30 f. Freuden-Zähren] Freudentränen

Aber gleich wie ich den Schuncken zu keinem solchem guten Ende gestohlen / und also deßwegen mir keine verdiente Belohnung zuschreiben kan / also weiß ich auch nicht / ob der Wirth und die seine in ihrem guten Vorsatz bestaͤndig verblieben oder nicht?

Gleichwol wurde ich von dieser Begebenheit so Gottsdaͤchtig / das ich dem Wirth denselben Abend weder zu essen oder zu trincken stahl; Jch behalff mich mit Duͤnbier / welches ohne das nicht mehr in selbigem Hause unter das dicke fette gemischet oder den Gaͤsten gegeben werden solte; und da ich von meinem Wildbraͤd zehrte / erinnert ich mich mit schweren Gedancken / daß ich solches auch gestohlen / und wann ichs eben nicht auß einem Ort deß Uberflusses: gleichsam wie auß dem *Cornu Copiæ* genommen / so haͤtte ich dieselbe Nacht gar nicht gessen; damals lernete ich zu Gemuͤt fuͤhren / was die Gesellschafft frommer oder boͤser Leute vermoͤchte. Weil wir aber (dann bey meinen Bieren weiß ich wann andere zeitigen) gemeiniglich zum Boͤsen geneigt zu seyn pflegen / so liesse ich mir auch noch zur Zeit solche Betrachtung so schlecht dahin zu Hertzen gehen / daß ich dieselbe Nacht gar geruhiglich darvor schlaffen konte.

Am folgenden Morgen fruͤhe lag mir nichts mehrers an / als wo ich neue Schuh: und wiederumb etwas zu fressen in Vorrath bekommen moͤchte; und als ich dabey (wegen Erinnerung deß schoͤnen Exempels / das ich an deß Wirths Bekehrung den vorigen Abend gesehen) zu Gemuͤt fuͤhrete / daß beydes was ich bedorffte / mit Suͤnde wider das siebende Gebot zuwegen gebracht werden muͤste; Fieng ich an zuerkennen / daß mein damalige Lebensgattung die ich fuͤhrete / verdamlich waͤre; Uber das kam sie mir wegen sonst allerhand Ungelegenheiten die ich außstunde / gar beschwerlich vor; Jch sahe / daß sich weder ein geruhigs Gewissen noch ein gute *accommodi*taͤt darzu schicken und vergesellschafften wolte; dann ob ich gleich in den Augen der Menschen und

---

14 *Cornu Copiæ*] Füllhorn 17 Bieren] Birnen 33 *accommodi*taͤt] bequemes Leben

Thier unsichtbar war / so fanden mich doch die Läuse / deren ich selbst eine zimliche Quantität zeugte / weil ich niemal auß den Kleidern kam; so sahe ich auch / wann ich so fort führe und darüber erkranckte / daß ich ohne einiger Menschen Hülff und Trostleistung beydes an Leib und Seel verderben müste; Nichtweniger kam mir in Sinn / daß GOTT und die Natur von seltzamen Kräfften und wunderbarlicher Würckungs-Stücken ein solchen reichen Vorrath hervor gebracht und erschaffen / unter denen vielleicht eins (oder auch wol sonst ein Künstler) gefunden werden möchte / so der Würckung meines Vogel-Nests widerstehen: dessen Krafft zernichten: mich sichtbar genug machen: und also in der Obrigkeit Hände bringen könten / die mich wegen so scheinbarlicher Anzeigung und selten gesehener Verkleidung mit gutem Fug an die Tortur werffen: und so lang peinigen lassen dörffte / biß ich unangesehen meiner Unschuld so viel bekennen würde / daß man mich wie die vorige Possessorin meines Vogel-Nestes auff einen Scheiterhauffen / als einen Zauberer / im Rauch gen Himmel schickte.

Diese und noch vielmehr dergleichen sorgsame Gedancken verursachten / daß ich wider mein Gewonheit wol zwo Stund länger / daß ich sonst pflegt / ligen bliebe zu faullentzen / ob ich gleich nur auff einem Stall im Stroh lag; doch entschlosse ich mich nichts eigentliches / sonder gedacht der Sach weiter nachzusinnen / wie ich thät / als ich mich auff den Weg begeben.

Jch verlangte sehr nach einer Stadt umb andere Schuh zubekommen / kame aber zuvor zu einem ansehnlichen Closter und beyliegendem Flecken / welches ich seiner Grösse halber von weitem vor eine zimliche Stadt ansahe; Wie ich nun durch den Flecken vor das Closter kam / fande ich das kleine Thürlein offen / welches ein alter Kerl mit einem Steltzfuß beobachtete / damit ungemeltet nichts Frembdes ins Closter

14 scheinbarlicher] offensichtlicher 14 Anzeigung] Anzeichen, Indiz 15 Tortur] Verhör mit Folter 18 Possessorin] Besitzerin

kaͤme / dieser strickte entweder Fisch: oder Voͤgelgarn / und hatte noch zu einem Ober-Auffseher in einem gerad unterm Thor befindlichem Zimmer sitzen: eine Ordens Person / welche Schuh flickte / weil er seines Handwercks ein Schuster: und deßwegen in Orden auffgenommen worden war / nicht allein vor klein und groß zu schustern / sonder auch dem Steltzer wie ein Ober-Commendant das Thor zubewahren; Dannenhero hielte ich ihn vor eben denjenigen / den ich suchte / nemlich einen solchen / der mich erheischender Nothdurfft nach von neuen beschuhen wuͤrde; Jch waͤre zum Thor hinein kommen / wann gleich auch der Schneider selbst bey ihnen auff der Wacht gehalten; Uber deß gedachten Zimmer Thuͤr stunde mit Romanischen Buchstaben geschrieben *S. Crispinus*, worbey ich auch merckte / was man darinn handierte; dann ich waͤre sonst vorbey gangen / und haͤtte nicht einmal in acht genommen / daß mir auß demselbigen Ort geholffen werden koͤnte.

Nun ich kame mit guter Gelegenheit hinein / und fande zwar viel Leiste und zimlich Leder von allerhand Sorten / Alemode und Baͤurisch: gemein und mittelmaͤssig / Carduanisch: gericht: geschmiert: Preussisch: Polnisch: Ungarisch: Niederlaͤndisch: weiß: roth: gelb und in Summa allerhand Leder / aber gleichwol kein eintziges paar neuer: weder kleine noch grosse Schuh / dargegen ich die meinige haͤtte vertauschen moͤgen / und was das schlimste war / so flickte der Bruder *Laicus* noch immerhin nur alte: deren er einen gantzen Mahlsack voll dort hatte / die schon fertig waren / und eben so viel die er noch pletzen muste; Ob ich nun gleich kein Vortel sahe / wie meine Schuh an diesen Ort gegen bessere zuvertauschen waͤren / so gedachte ich dannoch / der Kerl wird so viel herrlich Leder umb der Gaͤnse willen und nur flickens halber nicht im Vorrath haben? dachte derowegen der Sach besser nach / und bekam dardurch den Einfall /

9 erheischender] dringender 20 f. Carduanisch] aus Cordoba
26 Bruder *Laicus*] Laienbruder 27 Mahlsack] Mehlsack
28 pletzen] flicken

daß das Closter irgentwo eine Quantitaͤt Schuh beyeinander haben muͤste / darunter etwann ein eintziges paar mir anstehen und passen moͤchten; dieselbe nahm ich vor außzuspuͤren / und haͤtte ich gleich 17. Wochen im Closter verharren sollen; vor Essen und Trincken war mir allbereit nicht mehr angst / wie ich selbiges in wehrender Zeit bekommen moͤchte / dann ich sahe so viel / daß ich keine Ursach hatte / mich an deß Koͤnigs *Arturi* Hofhaltung zu wuͤnschen / allwo die tafelrunde Gesellschafft der Abenteurlichen Jrr-Ritter immerzu so vortrefflich tractirt worden.

Jch gieng weiters durch den vor- und innern Hof / und fande noch mehr Werckstaͤtte anderer Handwercks Leute / als Schmied / Becken / Metzger / Hafner / Koͤch und dergleichen / welche ebenmaͤssig mit Leyen-Bruͤdern desselben Ordens besetzt waren; Jch kam zum Roßstall / worinn die schoͤnsten Pferd beydes zum Reiten und Ziehen stunden; Rindviehe / die Schaf und Schwein waren zwar auff der Waid / aber an den Staͤllen sahe ich wol / daß beyderley ein grosse Anzahl vorhanden; Jch kam auch zur Muͤhl / deren wie auch deß Viehs Verpfleg- und Abwartung / aber keinen Ordens-Leuten sonder weltlichen Personen oblag; Von dar gelangte ich in den Baum- Kuͤchen- und Blumen-Garten / worinn warhafftig ein rechter Lust zu sehen / weil alles so ordentlich und gleichsam Fuͤrstlich zugerichtet und versehen; und eben deßwegen machte der Vorwitz meiner Augen / die sich mit grosser Ergetzung darin waideten / daß ich laͤnger darin herumb spatzierte als ich wohl im Sinn gehabt.

Also hin und her schleigend kam ich in eine selbstgewachsene Schatten-Huͤtte / in deren ein steinener Tisch und zugehoͤrige Baͤnck stunden / daran zwey *Patres* ihre *Horas* beteten; als sie mit der Andacht fertig / sagte der *Prior* zu dem Groß-Keller / dem gnaͤdigen Herrn ware vorkommen / was

---

10 tractirt] bewirtet   13 Hafner] Töpfer   20 Abwartung] Pflege
28 schleigend] schleichend   29 Schatten-Huͤtte] Laube
30 *Horas*] Stundengebete   32 Groß-Keller] Kellermeister
32 gnaͤdigen Herrn] d. h.: dem Abt   32 ware] wäre
32 vorkommen] berichtet worden

massen der Groß-Keller die vorgesterige Nacht biß umb ein oder zwey Uhr gegen Tag in der Gesind-Stube gesessen / sich mit deß Schaͤfers Schalmey erlustiret / und darbey etlichen aus dem Gesinde Biers genug spendirt haͤtte / welches ihm hoͤchlich mißfalle / derowegen er dann ihme *Prior* befohlen / deßhalber zu *inquirir*n / und nach befindenden Dingen ihn der Verlauff wiederumb zu berichten / damit er zu Verhuͤtung kuͤnfftiger solcher Ungebuͤhr mit Vollziehung einiger Straffe verfahren: und also allen fernern unanstaͤndigen Aergernuͤssen / so man den Leyen geb / als auch den unnuͤtzen Verschwendungen vorkommen koͤnte; Der Gros-Keller antwortet / es ist nicht ohn / daß ich mich diß Orts ergetzt / was wolte es aber seyn gegen der grossen Muͤhe / mit deren ich *continuir*lich in deß Gotteshauses Geschaͤfften beladen bin? Der Widder stoͤst nur staͤrcker / nach dem er ein wenig zuruck gelauffen und einen Zulauff genommen; zu dem hab ich auch nicht so gar schroͤcklich weit uͤber die Schnur gehauen; der Hirt haͤtte einen geringen Vortel / vor seiner Heerde / wann er auch wie das Viehe Graß fressen muͤste: und kan ichs vor gar kein Unrecht erkennen / wann man denen die es mit ihrem getreuen Fleiß umbs Gotteshauß verdienen / bißweilen ein reiches Truͤncklein zukommen laͤst / als denen die man dardurch zu ebenmaͤssigen Fleiß locket und anreitzet: Allein moͤgte ich wohl wissen / wer der Fuchsschwaͤntzer seyn mag / der mich beym gnaͤdigen Herrn angetragen? Das moͤgen Eu. Ehrwuͤrden / sagte der *Prior*, außsinnen: Jch doͤrffte meinen Kopff verwetten / antwortet der Groß-Keller / der junge *Simplex* hats gethan / dann den uͤbrigen andern / so darbey waren / habe ich so etwas und noch wol mehrers zukommen lassen / welches aber jederzeit hingangen und verschwiegen blieben; Jch glaubs / sagte der *Prior*, dann wann er nicht je zu zeiten so etwas dergleichen zu Ohren truͤge / so waͤrs unmuͤglich / daß er den Gn. Herrn in

---

3 erlustiret] belustigt 6 zu *inquirir*n] nachzuforschen
14 *continuir*lich] fortlaufend 17 f. uͤber die Schnur gehauen] i. S.: gefehlt, geirrt 23 ebenmaͤssigen] gleichbleibenden

einer solchen Baͤlde so hart ans Hertze bachen koͤnnen; Er liebt ihn da mehr als jemaln ein Koͤnig seinen Favoriten! und wann wir ihn so fortfahren lassen / so wird endlich keiner aus uns keinen Fortz mehr lassen doͤrffen / den er nicht dem Gnaͤdigen Herrn vorbringt / also daß wir ihn zuletzt mehr als den Gnaͤdigen Herrn (wie das Wild den Spuͤrhund mehr als den Jaͤger) fuͤrchten muͤssen; Darumb / antwortet der Groß-Keller / ists vonnoͤthen / daß wir diesen *Battum* beyzeiten auß dem Weg raumen; welcher gestalt solches aber fuͤglich geschehen kan / daruͤber ist sich zu bedencken / sintemal es schwerlich wird beschehen moͤgen / weil ihn der Gnaͤdige Herr so hoch liebt / ohn ists nicht / der Juͤngling hat schoͤne *qualit*eten / aber der grosse vielleicht von seinem Vatter ererbte Mangel / daß der Phantast so gar offenhertzig: und weder *simulirn* noch *dissimulirn*: noch mit seinem teutschen Maul so gar nichts verschweigen kan / sondern jederman ohne scheu die Wahrheit trucken herauß zu sagen / gewohnet ist / verderbet ihn / welches uns kuͤnfftig viel Ungelegenheit bringen doͤrffte; doch ich habe einen Anschlag / vermittels dessen er auß dem Sattel zu heben; den will ich probiren / gehet er an wol und gut / wo nicht / so muͤssen wir wol auff einen andern bedacht seyn.

Weil diese so untereinander redeten / wurde ich gewahr / daß neben dem einen *Pater* ein Nastuͤchel / ein Taͤschen-Messer / ein Schnupff-Taback-Bixel und ein Schluͤssel lag / so er auß seinem Sack gethan / als er ein *Misiv* darinn suchte; Jch sahe den Schluͤssel stracks vor den Haupt-Schluͤssel an / weil er mit vielerhand kruͤmmen und gestirten Zuͤgen durchbrochen / und sonst zimlich außgearbeitet war / nahm ihn derowegen zu mir / als das bequemste Jnstrument / vermittelst dessen ich zu den verlangten Schuhen kommen moͤgte; fande mich auch nicht betrogen.

---

1 ans Hertze bachen] (backen), für sich einnehmen 4 Fortz] Furz 15 *simulirn* noch *dissimulirn*] sich verstellen 17 trucken] trocken, unvermittelt 23 Weil] während 25 Bixel] Büchse 26 *Misiv*] Brief, Sendschreiben 28 gestirten] sternförmigen

Darauff hin gieng ich auß dem Garten in das Gebäu / und durchschliche alle Zimmer und Winckel deß gantzen Closters; wo eine Thür beschlossen war / da öffnet ich sie mit dem Hauptschlüssel / ich fande die Bibliothec / sondere Zimmer darinn man studirte / sondere darinn man sich *re-creirte* / sondere darinn man täglich und *ordinari*: und auch sondere darinn man *extraordinari* mit frembden Gästen speisete / sondere Zimmer / Cellen oder Cämmerlein darinn die Ordens-Leut wohneten / und sonderbare so vor die Frembde Ankömmling und Gäste *accommodirt* waren; auch fande ich die Badstub / die Pfisterey / die Speck-Cammer / und was mich zum höchsten erfreut / nicht allein auch die vorräthige neue Schuh und Stiefel / alte und neue Sättel und andere Pferdsgezeuge / sondern auch einen grossen Vorrath von allerhand leinen Geräth / Hembdern / Leilachen / Tischtüchern / Handzwehlen / Servieten / Fatzinetlein / Strümpf / Uberschläg und dergleichen; davon das neugewaschen schön in Ordnung lag / das schwartze aber über etliche Stangen auffgehenckt war; daselbst vertauschte ich mein schwartz Hembd umb zwey weisse / und dorffte sonst nichts aufgeben als die Läuse / die sich in dem meinigen in unzahlbarer Menge befanden; wie ich dann auch eben zuvor solcher gestalt meine Schuh umb ein paar neuer hingeben / die mir so glat anstunden / als wann sie mir angemessen worden wären / sie gefielen mir auch so wol / daß ich kein andere als selbige genommen hätte / wann ich sie gleich mit baar Geld bezahlen müssen.

Auff diese Ausstaffirung hatte ich denselben Tag sonst keine Verrichtung als meinen Magen zu füllen / und mein Nachtläger zubeziehen; jenes thäte ich in der Pfisterey bey einer guten Stütze voll abgelegenen Mertzenbier / die ich

4 sondere] besondere 5 f. *recrei*rte] erholte 6 *ordinari*] normalerweise 7 *extraordinari*] außer der Reihe 10 *accommodirt*] hergerichtet 11 Pfisterey] Bäckerei 15 Geräth] Wäsche 16 Handzwehlen] Handtüchern 16 Fatzinetlein] Taschentücher
17 Uberschläg] Halskragen 31 Stütze] Kübel 31 abgelegenen] abgelagertes

daselbst ungefehr antraff und auff Gesundheit Pfisters in seiner Abwesenheit außlaͤerte / und den Rest meines Wildbraͤds vollends auffzehrte / und dieses gleich darauff in einer Cellen / darinn allem Ansehen und meinen eigenen Beduncken nach ein Bett vor Frembde auffgeruͤstet war; welches mir so trefflich zuschlug / daß ich ohn alle Sorg darinn schlieff / biß jederman im Closter den folgenden Morgen seine bestimmte Zeit allerdings in der Kirchen zugebracht hatte; ich machte das Bett wieder wie sichs gebuͤhrt / und kam noch in die letzte Meß / die denselben Tag vor eine Herrenstands-Person verzogen und auffgehalten worden / welche kommen war / den Prælaten zu besuchen / und ihre Andacht daselbst zu verrichten.

Man hatte auff denselben Herrn ansehnlich zugerichtet / und thaͤt ihm als einem Gutthaͤtern und lieben Nachbarn deß Gottshauses alle Ehr an; Er speisete mit dem gnaͤdigen Herrn an seiner Tafel / worbey ich mich unter die Auffwaͤrter mischete / und mich mit schmorotzen von den Bißlein auff den abgehobenen Dellern und Schuͤsseln behalffe; Da sahe ich nun den jungen *Simplicium* mit auffwarten / und die zwey *Patres* die ihm so uͤbel wolten / an der Tafel sitzen; er war eine schoͤne junge Person / ja so wol gebildet und zart / auch von wohlstaͤndigen Geberden so anmuͤthig / als ich jemals ein Manns-Mensch gesehen; massen er dem frembden Herrn solche Verwunderung brachte / daß er in seiner Abwesenheit den Prælaten fragte / woher ihm dieser mundere Kerl zukommen waͤre? Er antwortet ihm / daß er deß Weltberuffenen *Simplicissimi* Sohn sey / den ihm sein Vatter vor einen Caͤmmerling *recommendirt*, daß er beneben mehrers studire / und außgeholet werden solte / ob er sich nicht in den geistlichen Stand schickte; und damit erhub er ihn mit Lob dermassen / daß man unschwer darauß abnehmen konte / wie

11 verzogen] verzögert 12 Prælaten] Abt 17 Auffwaͤrter] Tischdiener 23 wohlstaͤndigen] angemessenen 24 massen] zumal 27 f. Weltberuffenen] weltbekannten 29 *recommendirt*] anbefohlen hat 30 außgeholet] erprobt

weit seine Wissenschafften und Gaben deß Gemüths die äusserliche Gestalt deß Leibs übertreffen thäten! kurtz gesagt / er war in deß Prælaten Augen und *judicio* von solcher Achtbarkeit und *æstimation*, daß er gleich hätte einen Cardinal abgeben müssen / wann der Pabst so viel von ihm gehalten hätte.

Jch merckte wol daß diß Lob von den gedachten *Patribus* mit unwilligen Ohren gehöret wurde / derowegen sagte der eine / es ist zu wünschen / daß er durchaus so sauber sey / wie von ihm geglaubt wird; ohn ists nicht / er hat unvergleichliche Qualitäten / aber! und damit schwieg er still und liesse vor dißmal dem Gnädigen Herrn ein Nachdencken; Demnach sich aber der Jmbs geendet / berichtet er ferners auff deß Gnädigen Herrn Begehren / was massen ihm etliche Opffer-Pfennig außgefischt worden / an einem Ort da sonst niemand hinkommen als *Simplicius*; Jch will ihn / antwortet der Prælat darauff / selbst probieren und außnehmen / so mit einem eintzigen *Louis* geschehen kan / welchen ich ihm in meinem Zimmer legen will; Jch gedachte / und alsdann wird sich deß angegebenen Unschuld wol finden / aber was geschahe? es stunde über ein paar Tag nicht an / da hörete ich / daß der eine von den beyden feindseligen sagte / die Glock ist gegossen! Jch habe den gelegten Thaler selbst beym Kopff kriegt / und heut wird der Gnädig Herr unsern Spürhund fortschaffen; Was ich gedachte kan der Leser gedencken; Jndem zog er den *Louis* herauß und sagte / was wollen wir mit ihm machen / dann es ist Blutgeld? aber als sie sich so drüber berathschlagten / und ihn kaum aus den Händen gelegt / erwischte ich ihn / so daß er ihnen aus den Augen verschwand / mit ihrer allerhöchsten Bestürtzung.

Jch gieng gleich hin / dem Gnädigen Herrn denselben wiederumb darzulegen / ob ich etwan die Unschuld noch erhalten mögte / konte aber ehender nicht zukommen / als

---

3 *judicio*] Urteil 4 *æstimation*] Wertschätzung 7 *Patribus*] Patern, Mönchen 14 was massen] auf welche Weise 17 probieren] auf die Probe stellen 17 außnehmen] prüfen

biß der junge *Simplex*, unterm Vorwant / ob wäre daß Gotteshauß mit gnugsamen Leuten versehen / bereits fortgeschickt worden; da gönnte ich den Thaler dem Closter auch nicht / weil ihm derjenig nit gehört war / der damit verjagt worden; Hierauff verbliebe ich noch wol 8. Tag im Closter / und sahe die Gebräuch / Ordnung und Gewonheiten deß Ordens / Jch sahe die allerandächtigste Personen / die in dem Gottesdienst gleichsam wie die Engel lebten / hingegen sahe ich aber auch / daß sich theils zuviel mit dem Zeitlichen schleppten; die Einfalt hatte daselbst den richtigsten Handel / und die derselben beygethan waren / bedunckten mich die frömbste zu seyn; die schlauhe aber wurden mit weltlichen Geschäfften so überladen / daß mich bedunckt / sie lebten wegen ihrer Seligkeit in gleich so grosser Gefahr als die Welt Menschen; Jm übrigen so hätte ich dasselbe Closter wol vor einen seligen Ort gehalten / und passiren lassen / wofern nur der leidige Neid und Mißgunst nicht auch dorten gewohnet hätte; Von allem was ich sonst sahe / bedunckt mich ein Gnüge und Uberfluß vorhanden zu seyn / auch solche mässige und *regulirte* Ordnung daß ich mir kein besser Leben hätte wünschen mögen; aber allein diese gedachte heimliche Seuch hielt sich so verborgen / daß sie nicht zu curiren war.

Als ich nun genugsam außgeruhet / und mich eben so wol außgefüttert hatte / versahe ich meinen Rantzen auß der Kuchen mit einem Schuncken und Hammelschlägel der mit Knoblauch gespickt war / weil ich wuste / daß solche kalt nicht übel schmecken / lieferte meinen bißher gehabten Hauptschlüssel dem Groß-Keller wiederumb ohne einige Complimenten / und nahm darauf meinen Weg ferner; hätte mich auch gern vor die empfangene vortreffliche Tractamenten bedanckt / wann ich nur ersinnen mögen / auff was weiß solches füglich beschehen können.

4 ihm] d. h. dem Kloster 4 gehört war] angehörte 16 passiren] durchgehen 20 *regulirte*] geregelte 25 f. Kuchen] Küche 26 Hammelschlägel] Hammelkeule 31 f. Tractamenten] Bewirtung

Wol zwo Stund gieng ich / daß mir nichts denckwuͤrdigs begegnet / als ich mich aber zu nechst am Weg bey einem Brunnen nidersetzt und zu mittag asse / kam eben der Kuͤh-Dieb / den ich schon etlichmal auff den Weg angetroffen / nemlich der jenig der seinen eignen Cammeraten in deß Kauffherrn Hauß hingerichtet / er setzte sich zu mir in Schatten / zog ein Stuͤck Brod und Fleisch hervor / und fieng an mit mir in die wett zu essen / und als er sich gesaͤttiget und wieder seines Wegs gieng / wandert ich mit / auff daß / wann er vielleicht wieder etwas uͤbels anstellen wolte / ich ihm darvor seyn koͤnte / aber es stiesse uns nichts auff / daran er sich zu vergreiffen unterstanden / sondern wir kamen nach dreyen Stunden in eine Stadt / darin eine Universitaͤt war / allwo er in eines Schneiders Hauß einkehrte / und fragte / ob sein Rock fertig waͤr? Der Schneider antwortet ihm zwar mit nein / sagte aber doch / es mangle nur noch die Knoͤpffe anzusetzen / wann er sich nur ein halbe Stunde gedulden wolle / so solte ihm vollends geholffen werden; der Kerl war dessen zu frieden / aber ehe die halbe Stund verfloß / kamen die Buttel und Schuͤrgen der Stadt mit etlichen bewehrten Mannen / und fuͤhrten den Herrn Urian in Diebs-Thurn; dann die Meißner / denen neulich etliche Ballen Tuch in der Nachbarschafft auff einem Jahrmarck gestohlen worden war / hatten hin und wider so wol bey ihren Bekandten Tuchhaͤndlern als Schneidern die Anstalten gemacht / durch welche auff die Spuhr ihres verlohrnen Guts zu kommen seyn moͤgte; Weil dann nun dieser Mauskopff einen Rock von zweyerley Farb / nemlich Fuͤrstenfarb und blau schneiden lassen / und dem Schneider angedingt hatte / daß er ihn also naͤhen solte / daß man ihn umbkehren und auff beyderley Manier tragen koͤnte; und dem Schneider solches verdaͤchtig vorkommen / daß ers seiner Obrigkeit (wie allen seines Handwercks bey ihren Ayden aufferlegt worden)

---

20 Buttel und Schuͤrgen] Schergen, Gerichtsdiener 22 Diebs-Thurn] Gefängnis 30 f. auff beyderley Manier] beidseitig 33 Ayden] Eiden

anzeigte / zumaln auch die Meißner diese beyde Tuͤcher von ihrem Gut zu seyn erkandten; als ist der Dieb hierdurch verrathen und erdappt: folgends auch gehenckt: das folgende Jahr aber am heiligen Charfreytag selbst mit samt der Ketten und den Kleidungen vom Galgen gestohlen worden.

Nachdem die Buͤttel diesen nun hingefuͤhrt / gieng ich in ein Wirthshauß / daran ein Schild hieng / auff welchem ein schwartzes Pferd gemahlet stunde / der Hoffnung es wuͤrde mir ein Truͤnckel Wein oder Bier darinn gedeyen; aber es waren so gar keine Gaͤste darinn vorhanden / daß ich daselbst meinen Durst zu leschen verzweifelte; Jch ward mit einem Muͤhlartzt in die Stuben kommen / der einen Sack Mehl hinein trug / und auff die Banck stellete / dem gab die Wirthin so allein verhanden / ein Stuͤck Brod und einen Schmarren stinckenden Schmir-Kaͤs darauff und gieng / und holete ihm ein Quartglaß voll Wein; Jn dessen diese herumb aus war / legte der Muͤller den Schmier-Kaͤs auff den Sack den er gebracht hatte / entweder weil er keinen Kaͤs asse / oder weil der Kaͤs in seinem natuͤrlichen Geruch gar zu starck war; hernach tranck er den Wein / bedanckte sich und empfieng von der Wirthin Befelch / er solte ihr ein andermal das Gut genau zusammen halten / so solte es jeweils an einem Trunck und vielleicht zu zeiten auch an einem Trinckgeld nicht mangeln / je nach dem er gut Bossen machen wuͤrde.

Als der Muͤhlartzt hinauß tratte / kam der junge *Simplicius* hingegen hinein / und begehrte ein halbs / welches ihm die Wirthin alsobald holete; Er setzte sich darzu nieder / die Wirthin aber holete die Bachmulte / stellte sie zum Stuben-Ofen und machte Bereitschafft den Taͤig anzumaͤngen; Als sie aber den Sack Meel nicht hin zum Bachtrog tragen konte / denselben außzulaͤren / unangesehen sie sich daran abmergelte / daß sie auch den darauff liegenden Schmier-Kaͤß uͤberall mit dem Haͤlsigen zerknettet / und sich ohne ihr Wissen

12 Muͤhlartzt] iron. Müller 15 Schmarren] Stück 16 Quartglaß] Viertelglas 24 gut Bossen machen] seine Sache gut machen 28 Bachmulte] Backtrog 31 f. abmergelte] abmühte 33 Haͤlsigen] Kragen, Halstuch 33 zerknettet] zerdrückt

damit besudelte / stunde der ehrliche *Simplicius* auff / und wolte die Wirthin sich nicht mehr so abnöthigen lassen / sondern nahm den Sack (unangesehen seiner saubern Bekleidung / die er gantz mehligt machte) trug ihn zur Bachmulden und läerte ihn auß; und als er so wol als die Wirthin an die Kleider schlugen / solche wieder abzustäuben / da kam der Wirth selbsten in die Stub / und erblaste gleich im ersten Anblick / als er so einen schönen jungen Kerl / mit seinem gleichfalls nicht häßlichen jungen Weib in solcher Arbeit sahe; in summa es war ihm so ums Hertz / daß er anfänglich kein Wort reden konnte; Sobald er aber auch an eines jeden Brust einen Particul von dem stinckenden Käß sahe / welcher daran zerrieben seyn schiene / die gantze Stub auch voll dessen Geruch war / da konte er sich nicht mehr enthalten / wegen vermindlicher so gewisser und unfehlbarer Zeugnüß sein Weib eine ehebrecherische Hur und leichtfertige Vettel: den *Simplicium* aber einen ehebrecherischen Hurenhengst / Schelm und Ehrendieb zu schelten.

Er liesse nicht Zeit / weder *Simplici* noch seines Weibes Entschuldigung zu hören / sondern erwischte in seinem vermeintlichen gerechten Zorn und wütenden Eyffer Stühl und Bänck / beydes den unschuldigen Ehebrecher und die Ehebrecherin hinzurichten; der junge *Simplex* gieng zwar *defensivè* so gut er konte / aber gegen solchem ergrimmten Wirth der nur Rach begehrte / hätte er wenig außgericht / wofern ich den zornigen Wirth nicht unsichtbahrer Weiß an Vollführung seiner grausamen Streiche verhindert hätte; dieser Alarm wurde gleich von der Nachbarschafft gehöret / und darum lieffe dieselbige zu; und als zu allem unseren Glück eben die Schürgen und Bittel darzu kamen / die obengedachten Maußköpff in Thurn geführt / fielen dieselbe zugleich mit ins Hauß / und nahmen von wegen der Obrigkeit den Wirth / die Wirthin und *Simplicium* in gefängliche Hafft;

12 Particul] Stück 15 vermindlicher] vermeintlicher
18 Schelm] Verbrecher 23 f. gieng ⟨. . .⟩ *defensivè*] verteidigte sich
32 von wegen der Obrigkeit] im Namen des Gesetzes

ohne daß jemand an den mit Käß geschmierten Sack gedacht hätte / der dieses unversehenen und seltzamen Spiels Ursach gewesen.

Da ich nun sahe daß in diesem Wirthshause nichts zu schmaussen setzen würde / suchte ich ein anders / und kam eine lange Gasse hinauß in eins / welches in seinem Schild eine Rabe führte / und dannenhero zum Rappen genannt wurde.

Eben damal als ich hinkam / stige ein alter Moßbart ab / der mich dem Bart und seiner Kleidung nach an die Antiquität selbsten ermahnete; der Hauß-Knecht führet sein Pferd in Stall / er aber marchirte der Stuben zu / und ich kame mit ihme hinein / darinn sasse der Wirth und lase in zweyen Büchern zugleich / weil er eben so wenig Gästen auffzuwarten hatte / als der zum schwartzen Roß; Grüß ihn GOtt / (sagte der alte zum Wirth /) Grüß ihn GOtt Herr Schrepfeysen / wie so gar in doppelter Andacht begriffen? Er wird gewißlich dencken mit doppelter Kreyden geschrieben / also auch doppelt gebetet? Aha! antwortet der Wirth / wilkommen mein rechtschaffener ehrlicher Herr *Simplex*! woher so unversehens? Jch habe gesorgt gehabt er sey gestorben / daß ich ihn so lange nicht mehr gesehen; Ach! antwortet der Alte / ich wäre noch nicht hier / wann mich meines Sohnes Angelegenheiten nicht hieher getrieben hätten; Jch habe ihn neulich dem Herrn Prælaten zu N. *recommendi*rt gehabt / der Hofnung / er würde bey Geistlichen auch geistlich gesinnet werden / und in ewigwehrenden Gottesdinst tretten / so hat er mir aber vor etlichen Tagen geschrieben / daß er wiederumb unwissend warum / dort abgeschafft worden; darüber habe ich mich verwundert / und deßwegen in seinem *nativi*täten-Buch nachgeschlagen / und befunden / daß er umb diese Zeit / vornemblich aber heut wegen seiner Redlichkeit und Neigung jederman bedient zu seyn / auß Neid / Jrrung und Mißtrauen in äuserste Gefahr Leibs und

7 Rabe] Rappe, rabenschwarzes Pferd 9 Moßbart] alter Mann mit langem Bart 10 f. Antiquität] Antike 25 *recommendi*rt] anbefohlen 31 *nativi*täten-Buch] Horoskop

Lebens kommen werde; derohalben habe ich ihm wieder geantwortet / und befohlen / daß er sich auff diesen Tag hier in diesem Hauß einstellen / und meiner erwarten sollen / zu sehen / wie ihm etwann zu helffen seyn moͤchte; aber indessen was hat der Herr vor zwey Buͤcher da / in denen er zugleich lieset? Jst vielleicht jenes kleineste der *Thomas de Kempis*? Wol nein / antwortet Schrepffeysen / ich kenne denselben *Thomam* noch nicht / diß ist die *Assenat* und jenes der keusche Joseph; diese beyde lese ich gegen einander / weil beyde Eheleut gewesen seyn sollen / und sehe wie der juͤngere Scribent dem ålteren so dichte Kappen gibt / mehr die Zeit zu *passir*en / weil ich jetzt eben keine Gaͤste hab / als zwischen ihnen beyden ein Urthel zu sprechen.

Der Joseph? sagte der Alte; Ja! antwortet Schrepffeysen; und die *Assenat*, die eben nicht viel mehrers in sich haͤlt als Joseph selbsten / ohne daß sie ihr *Autor* zu einer halben Nonn und eines andern Vattern Tochter macht / als Greifnsohn / der deß Josephs Leben beschrieben hat; mein lasts mich sehen / sagte der alte *Simplex*, holet aber indessen eine gute Maß Wein / damit ich nicht umbsonst da sitze; der Wirth folgte / und indessen er nach dem Wein war / durchschnarchte *Simplicissimus* beyde Buͤcher; im Joseph hielte er sich gar nicht auff / aber in der so genannten *Assenat* desto laͤnger / und zwar so lang als der Wirth außblieb / da der aber wieder mit dem Wein kam / die Kanne auff den Tisch stellete / und hingieng ein Glaß zu schwencken / soffe er den Wein in einem sachten Zug so glat herauß / daß ich nicht glaube / daß ein eintziger Tropffe mehr darinnen verblieben / ohne daß es der Wirth gemerckt.

Gleich darauff wuͤhlet er fort in der *Assenat*, und sonderlich in deren *Annotationibus*, noch immerhin so durstig außsehende / als wann er mit Verdruß auff das Glaß haͤtt warten muͤssen / wie aber der Wirth mit dem Glaß kam ein-

11 dichte Kappen] Ohrfeigen 12 *passir*en] vertreiben
21 f. durchschnarchte] las kritisch durch 31 *Annotationibus*] Anmerkungen

zuschencken / und nichts in der Kanden fand / lachte der alte *Simplex* und sagte / wann man auß leeren Kanden einschencken könte / so wäre ich wol ein Stock-Narr so ich im Wirthshauß einkehrte; eine Kande die ich kauffte wäre mir alsdann genug / mein Lebtag den Durst darauß zu löschen / gehet zuvorhin und füllet die Kande selbst / ehe ihr die Gläser darauß füllen wolt; der Wirth wuste nicht ob er vergauckelt war / oder ob er keinen Wein mit sich auß dem Keller gebracht hätte / schüttelte derowegen den Kopff vor Verwunderung / und holete ein andere Maß Wein / auß welcher er einschenckte / und seinem alten bekanten *Simplicissimo* zum freundlichsten Willkumm eins zubrachte / der sich aber bedanckte / und ihm zuverstehen gab / er hätte den Durst schon auß der vorigen leeren Kanden gelöscht / das möchte Herr Schrepfeysen jetzt auß gegenwärtiger gefüllten thun.

Jndessen durchblättert er immerfort die Anmerckungen in gedachter *Assenat*, und zwar in solcher hinlässigen Eyl / als wann ers im Verding zu thun gehabt; und als er zum Ende kam / sagte er zum Wirth / ich sehe wol daß der Nachtbar *Simplicissimus* eben so wol seinen *Zoilum* hat / als der berühmte *Homerus*! Wann die Geschicht der *Assenat*, darauff sich hierinn so offt bezogen wird / vor diesem schon verfast gewest / was ists dann vonnöthen daß sie mit dem auß meines Joseph Lebens-Beschreibung gezogen Federn (er erst nach so vielen hundert ja tausend Jahren) wie deß *Horatii* Krähe außgezieret oder vielmehr vermummet werde? Der Asaneth Geschichte / so ich zwar nicht gesehen / halte ich vor ein Gedicht irgend eines alten Rabi / dardurch er die jüdische Jüngling zur Tugend und Keuschheit ansporren wollen / damit ihnen GOtt / wann sie darin beständig verharreten / solche so wol als dem keuschen Joseph mit einem eben so keuschen Gemahl belohne; So ist auch nicht zuver-

3 Stock-Narr] großer Narr 7 f. vergauckelt] verschaukelt, getäuscht 19 im Verding] im bezahlten Arbeitsverhältnis 30 ansporren] anspornen

werffen / wann umb dieser Ursach / und deß unvergleich-lich-keuschen Josephs eigenen Tugenden und Meriten willen ihme eine so vortrefflich aufferzogene Gemahlin angedichtet worden. Aber daß dieser *Autor* mir am 395. Blat meinen Jmaus / und anderen ihren Komhares; und aber einem andern seinen Alrian nicht passiren lassen wil / und anders mehr / um willen es wider die Geschichtschreiber / so er hiervon gelesen / wie auch der Asaneth Geschicht und die Verfassung deß Josephs letzten willens streite; ist mir gar nicht gefällig / dann er ja selbst *tacitè* gestehet / daß er nicht alle Geschichten hiervon gelesen / mit den meisten aber so er gelesen / den zu Josephs Zeiten regierenden *Pharaonem Nephrem* und auch *Tomestor Nemme*.

Was ich von der Asaneth Geschichtbeschreibung halte / hab ich schon gesagt / und sage daß ich von den Verfassungen deß letzten Willens der zwölff Ertzvätter auch kein Haar anders / sondern dieses glaube / daß / gleich wie fromme Christen die warhaffte Geschichte deß schmertzlichen Leydens und Sterbens ihres Erlösers heilsamlich betrachten / damit sie die unaußsprechliche Liebe GOttes darauß erkennen / ihre Hertzen zu heiliger Gegenliebe und schuldiger Danckbarkeit bewegen / und Demuth / Gedult / Sanfftmüthigkeit und ander Tugenden und unglaubliche Schätze so darinn liegen / begreiffen lernen / und darauß schöpffen: und also das jenige erlangen mögen / worzu sie von GOtt vornemlich erschaffen werden; daß also auch von den klugen Hebräischen Rabinern die gedachte letztere Willens-Verfassungen vor die Jugend auffgesetzt / und gleichsam als ein Spiegel dargestellet worden / in welchem sie zu sehen / wie sie leben / die Tugenden üben und die Laster fliehen solten; Jn welcher Meinung ihnen nichts daran gelegen gewesen / ob sie in ein und anderer Erzehlung / so viel die Histori selbst anbelangt / der Grund der Warheit so genau erforscht und beobachtet oder nicht.

2 Meriten] Verdienste 6 passiren] durchgehen 10 *tacitè*] stillschweigend

Daß auch diese beyde Schrifften auß Neid der Juden / wie der Autor in seiner Vorred sagt / so lange verborgen gehalten worden / fält mir schwer zu glauben / wann ich betrachte / daß die Hebreer die *Cabalam* so geheim gehalten / daß sie vor *Esdræ* Zeiten niemand schreiben: nachgehends aber / als sie *Esdras* auß Göttlichem Befelch schrifftlich verfast / nicht ein jeder lesen dörffen; und daß dannoch dieselbe *Cabala* in 70. Büchern bestehend / nach *Garzoni* Zeugnüß so gemein worden / daß sie auß Pabst *Sixti IV*. Anordnung in der Lateinischen Sprach in offenen Druck kommen.

Viel / ja die meiste Hebreer halten darvor / Potiphar habe den Joseph seiner Schönheit wegen zum Mißbrauch erkaufft / und seye deßwegen untüchtig worden / ehe er sein sündlichs Vorhaben vollbringen können / solches bezeugt auch die vom *Autor* am vierhundert und achten Blat angezogene Geschicht der Assenat; Wann nun diesem also wäre / so ist die Verfassung deß Josephs letztern Willens falsch / als welche außdrückenlich meldet / daß Joseph auß Anstalt deß Potiphars Gemahlin erkaufft worden / wie hier bey diesem *Autor* am 441. 442. 443. Blat und anderswo mehr zu lesen.

Verbleibe dennoch bey meinem gefasten Wahn / daß die Geschichte der Assaneth mit sampt dem verfasten letzten Willen der Ertzvätter er erst lang nach Josephs Zeiten / von einigen jüdischen Rabinern auffgesetzt worden / mehr der Meinung / die Jugend anzureitzen / deß Josephs Tugenden nachzufolgen / als ihnen die Warheit der Geschicht sollen darzu legen.

Welches Potiphars Tochter-Mann Joseph aber worden seye / bezeugt die Heilige Schrifft und der Jüdische Geschichtschreiber Josephus so Sonnenklar / daß mich niemand überreden kan / deß erleuchten *Augustini* Meinung abzustehen / wie mir dann ohne das gebühret / einem so heiligen Mann mehr zu glauben / als denen so die Assaneth-Geschichte / und Josephs letzteren Willen gedichtet; und über diß ist mir allerdings wie dem gelehrten *Vossio*, mit

23 er erst] erstmals

welchem ich rund nicht fassen und glauben kan / daß der jenig / dem dieser *Autor* selbst nicht unweißlich das Hermlin zum Sinnbild gibt / seine reine Haut so leicht beflecken / und die jenige heyrathen wuͤrde / deren Vatter an ihm zu einem Sodomiten: ihre Stieffmutter aber zu einer Ehebrecherin werden wollen: vornemlich zu der Zeit / als er Herr in Egypten war / grosse Ehr und Reichthumb besasse / und unter allem Frauenzimmer deß Koͤnigreichs die Wahl hatte; dahingegen seines gewesenen Herrn Ansehen ohne zweiffel so hoch nicht mehr geleuchtet haben wird (nach dem kundt worden / was gestalten er dann nunmehr so hoch geachten Joseph so lange Zeit unschuldig gefangen gehalten) daß er Ursach gehabt haͤtte / einiger erheyratheten Hochzeit oder zubringenden Brautschatzes wegen seine bißher verwahrte Keuschheit einer unkeuschen Art zuzubringen.

Daß sich endlich der *Autor* verwundert an seinem 442. und 443. Blat / daß Potiphar in Josephs Lebens-Beschreibung vor einen Wittwer / dessen Weib Selicha genannt / und vor der Assaneth Verwandte außgegeben werde; da muß ich mich hingegen uͤber seine Verwunderung verwundern / weil er als ein wolbelesener weißt wie unterschiedlich von dieser Geschichte geschrieben wird; wann er aber auch hoͤrete wie seltzam und unterschiedlich die Persianer / Araber und andere hiervon muͤndlich discurriren / so wuͤrde er sich uͤber das was ich diß Orts geschrieben / gar nicht verwundern; zu dem gebrauchen sich dieselbe Voͤlcker noch zur Zeit keines Drucks / darumben dann die geschriebene Exemplaria bey ihnen selten einstimmig gefunden werden; indessen ist es aber viel zu weit und die Sach nicht so gewichtig / daß man jemand persoͤnlich hinweise / selbst zuerfahren / was vor unterschiedliche Sachen selbige Leute von deß Josephs Histori haben; Wann aber ihr Herr Schrepfeysen auch gern wissen moͤchtet / woher ich den Nahmen Selicha vor deß Potiphars Gemahlin auffgetrieben so schlaget deß beruͤhm-

---

13 einiger] einer einzigen 15 Art] Geschlecht, Familie
21 weißt] weiß 24 discurriren] erzählen

ten *Olearii* Persische Raͤißbeschreibung auff / darinn werdet ihr finden / daß die Persianer selbiges Weibe nicht anders als Selicha nennen / darauß ihr leicht erachten koͤnnet / daß ich diesen Nahmen von desselben Nation erlernet / und auß keinem Finger gesogen.

Der Wirth hatte biß hieher dem alten *Simplicissimo* mit offenem Maul / Augen und Ohren stillschweigend zugehoͤret; nunmehr aber verliesse ihn seine Andacht so gar / daß er uͤberlaut anfing zu lachen / weil *Simplex* so schellig drein sahe / und mehr Wort gemacht / als sonst sein Gewohnheit zu seyn pflegte; ich haͤtte nicht geglaubt / sagte er / daß sich der Herr hieruͤber / als uͤber eine fremde Sach / die ihn nichts angehet / erzoͤrnen solte und wider seinen Gebrauch so viel *Dicentes* daher macht: Was antwortet der Alte; ich bin deß Josephs *Autor*, und wie wuͤrde euch gefallen / wann jemand euch euer Geld hinweg nehme / und euch hernach außschrie / ihr haͤttet falsche Sorten? der Kerl zauset mir die Haar auß / und darff hernach allerdings sagen / ich haͤtte eine falsche Paruͤcke.

Als diese beyde so miteinander redeten / kam die Zeitung / daß man den Wirth zum schwartzen Roß / mit sampt seinem Weib und einem Studenten gefangen genommen / auß welches Beschreibung der alte *Simplicissimus* abnahm / daß es sein Sohn seyn muͤste / derowegen war daselbst seines bleibens nicht mehr / sondern er wischte gleich auff und gieng hin die Warheit zuvernehmen / und wessen ermelter sein Sohn bezuͤchtigt werde; der Wirth gieng mit ihm als seinem alten Bekanten und guten Freund; zu welchem *Simplex* sagte / was solls gelten / wo nicht mein Sohn auß Mißverstand zum schwartzen Roß gerathen / weil ich ihm geschrieben / er soll meiner zum Rappen erwarten.

So bald sie hinweg waren / suchte ich deß Wirths Schreibzeug / welches ich in einem Nebenstuͤblein fande / schriebe

---

9 schellig] zornig 14 *Dicentes*] Wörter 17 falsche Sorten] Falschgeld 20 Zeitung] Nachricht 25 wischte] brach 26 ermelter sein] sein erwähnter 27 bezuͤchtigt] bezichtigt

hernach folgenden Bericht auff den vierdten Theil eines Bogens Papier / so einfältig und klar als ich konte / nemlich also:

Ein Müller brachte einen Sack Meel zum schwartzen Roß / dem gab die Wirthin ein Stück Käß und Brodt / das legte er auff den Sack / biß ihm die Wirthin auch einen Trunck brachte / den Käß ließ er aufm Sack liegen als er getruncken / und gieng seines Wegs / hernach kam der junge *Simplicissimus*, liesse ihm ein Halbes langen / und als die Wirthin sich vergeblich bemühet / den Sack Meel zum Backtrog zu tragen / trug ihn der *Simplicissimus* ungebeten hin / über welcher Arbeit beyde sich mit Meel bestäubten / und mit dem Käß beschmirten; als der Wirth darüber in die Stub kam / argwohnete er / beyde hätten etwas unrechts begangen; welche Warheit so wol der Müller als der stumme Meelsack bezeugen werden; worüber jener verhöret / und dieser besehen werden kan.

Mit diesem schrifftlichen Bericht folgte ich *Simplicissimo* nach / weil es aber schon spat war / daß er weder gehöret werden / noch etwas anders außrichten konnte / als daß man die Sach künfftigen Morgen vornehmen solte / so gieng ich wieder mit ihme zuruck ins Wirthshauß / und den folgenden Morgen auff die Rath-Stub / allwo die Sach verhöret und examinirt wurde.

Der Schwartz Roß-Wirth war Kläger und hatte nichts anders zum Beweiß / daß er ein Hanrey sey / als den faulen stinckenden Käß und den Meelstaub / welches auch bey theil Verständigen vor genugsame Anzeigungen gehalten wurde / daß beyde Beklagte nahe genug mit den Leibern zusammen kommen seyn mochten / vornemlich weil der junge *Simplicius* ein schöner gerader Mensch war / der aber so wol als die Wirthin ihre Unschuld mit GOtt bezeugten; Jch mochte aber die Sach nicht lang vergeblich hin und her wägen lassen / sondern legte meinen geschriebenen Bericht

---

9 Halbes] Halbliter 19 gehöret] angehört 27 f. bey theil] bei einem Teil der 34 wägen] abwägen, bedenken

vor den Richter auff den Tisch / woruͤber sich jederman verwunderte / er wurde durch den *Actuarium* abgelesen / und darauff beydes der Muͤller und Mahlsack geholet / die da bezeugten was ich geschrieben; hierauff wurden beyde Beklagte ledig gesprochen / dem Klaͤger aber schimpfflich verwiesen / daß er sein unschuldig Weib zur Huren / sich selbst aber zum Hanrey machen wollen. Welches doch niemalen ein Mann zu seyn begehrt / und sonst niemal gehoͤrt worden.

Jch gieng wieder mit den beyden *Simpliciis* in ihre Herberg / allwo der Alte von einer Graͤflichen Hoffhaltung / wohin er seinen Sohn in Dienste *recommendirt*, eine Widerantwort erwartet / dieselbe lautet aber nicht nach Wunsch / sondern also: Jnsonders hochgeehrter Herr / wie gern ich dessen Sohn in meines Gnaͤdigen Herrn Diensten sehen moͤgen / wird mir der Herr Bruder schwerlich glauben koͤnnen; Seine Gn. waren auch mit meiner hertzlichen Erfreuung gaͤntzlich entschlossen / ihn anzunehmen / hat aber auch zuvor erkundigen wollen / welcher Gestalt er sich in bewustem Closter verhalten / und warumb er so bald wieder aus demselben hinweg kommen / und eine solche Antwort erhalten / die ihme allen Lust und Willen ihn anzunehmen vertrieben; Jch *communici*re deß Herrn Brudern Verschwiegenheit im hoͤchsten Vertrauen / daß auff ihne außgeben worden / er haͤtte die Gewonheit beydes mit der Zung und krummen Fingern spatziren zu gehen; So zwar mein Gn. Herr nicht glaubet / gleichwol aber auch nicht trauet; uns damit allerseits Gottes Schutz empfehlend.

Diß thaͤt mir wehe / geschweige den beeden *Simpliciis*; dann diß war je grob und unfreundlich gehandelt / daß man mit seiner deß Jungen Außbeissung nicht zu frieden gewest / sondern ihn noch darzu anderwaͤrts verleumdet und vor seinem Gluͤck stunde; doch taugte mirs auch zu einer

---

2 *Actuarium*] Gerichtsschreiber 11 *recommendirt*] empfohlen 16 Gn.] Gnaden 22 *communici*re] wende mich an 23 auff ihne außgeben] ihm nachgesagt 29 je] so, derart 30 Außbeissung] Verdrängung

sonderbahren Freud und Ergötzung / als ich sahe / das sie beyde sich so wol in diese widrige Begebnuß schicken konten; Was? sagte der Alte / wer mein Herr nicht seyn will / dem darff ich auch nicht dienen / die gantze Welt steht uns offen / wir dörffen darinn betteln wo wir wollen; lang zu Hof lang zu Höll; und ist mein Sohn nicht zum Mönchen *prædestinirt*, so werde er ein Soldat; der ist ein Narr der sich drumb henckt / wann man ihn nicht in ein Gefängnus setzt / denen sich beydes das Hof und Closterleben vergleicht.

Den andern Tag nahm ich meinen Weg weiters / und gieng mit einem wackern jungen Baurskerl in ein Städlein da es schon Polnischen Gebiets und doch noch Teutscher Sprach war; Er tratt dapffer auff die Lappen / so / daß er in Bälde eine junge Baurendirn auß seinem Dorffe einholete / die ein Schweinlin zu Marck triebe; es setzte zwischen beiden in Bälde ein leffelhafftig Gespräch / und der Kerl war auch so keck / daß er sie unter dem Hals herumb ein wenig kützelte / und noch von einer viel niedlichern Sach mit ihr redete; doch liesse ers bey einem passirlichen verbleiben; aber als wir jetzt allerdings aus dem Wäldlein gehen wolten / erinnert ihn das Mensch an das / worvon er ihr gesagt und doch nichts geleistet hatte; mit beygefügtem Anhang daß der Busch daselbst hierzu bequem und niemand vorhanden wäre / der es sehe; der Kerl hingegen röthet sich vor Schamhafftigkeit an / und sagte du leichtfertiger Schleppsack siehet es denn GOtt nicht? GOtt siehets und wird dadurch erzürnet; die Engel sehens und werden dadurch betrübet; der Teufel siehets und wirds am letzten Gericht anklagen; Wann es aber nur Menschen sehen / so wäre es nur umb die zeitliche Schand zu thun / welche du mehr scheuest als die ewige Verdammnis!

Jch verwundert mich umb so viel desto mehr über diese Antwort / weil ich sie hinter keinen solchem Baurnkerl ge-

---

6 f. *prædestinirt*] ausersehen 13 tratt ⟨...⟩ auff die Lappen] ging schnell 16 leffelhafftig] buhlerisches 19 passirlichen] unanstößigen

sucht hätte; Ja sie bewegte mir das Hertz dermassen / daß ich einen Seufftzen nach dem andern darauß holen muste / und diese Wort wol hundertmal bey mir selbst *repetir*te und je länger je mehr betrachtete; diese Wort / lernten mich in mich selbst gehen / viel besser als wann sie ein Prediger außgesprochen / sie öffneten mit die Augen zu sehen / auß was Ursachen ich so offt und vielmals sündigte / nemlich dieweil ich so gar wenig an die Göttliche Gegenwart gedächte / und ob mir gleich unzehlbar vielmal zuvor gesagt worden / ich solte Gott allweg vor Augen haben / so hatte ich jedoch diese güldene Warnung und Lehr weder recht verstanden / noch ihren Nutz beobachtet vielweniger derselben gefolgt / wie ich ietzo dieselbe verstunde / ihren Nutz vor Augen sahe und derselben hinfort zu folgen beschlosse; da sahe ich daß derjenig Gottloß zu nennen / und Gottlos in Wercken wäre / der nicht immer GOtt vor Augen hat und in seinem gantzen Wandel dessen Gegenwart förchtet;

Solches desto ehender zu fassen und zu behertzigen / machte mich damal sehr bequem / dieweil alle die Thorheiten Fehler / Sünd und Laster / die ich / so lang ich das Vogel-Nest in Handen gehabt / von andern gesehen und gehöret / nicht vorgenommen noch unterstanden / viel weniger vollbracht worden wären / dafern diejenige die solche begangen / nur meine unsichtbare Gegenwart gewust hätten! unangesehen ich nur gleich andern ein sündiger Mensch und noch lang kein Heiliger viel weniger ein Engel gewesen / den solches geschmirtzet: noch ein Teufel / der solches angeklagt haben würde; Jch gedachte an jenen frommen Mönchen / der auff einer leichtfertigen Vettel emsiges Anhalten mit ihr das Werck der Unkeuschheit zu begehen versprach / dafern sie es auff offenem Marck vor aller Menschen Augen mit ihm vollbrächte / die es aber auß Scham solcher Gestalt nicht angehen wolte / sondern ihr verliebtes Rasen in eine heilsame Bekehrung verwandelte.

Ach GOTT! gedachte ich / soll ein schwaches Weibsbilde /

3 *repetir*te] wiederholte 27 geschmirtzet] geschmerzt

ein Weibsbild das wegen ihrer verliebten Passion angefochten / und von den hitzigen Begierden ihres Verlangens angesporet wird! Ein Weibsbild / das mit dieser fast unsichtbaren Kranckheit der Liebe behafftet / und dardurch (wie bey nahe alle Verliebte zu seyn pflegen) gleichsam aller Sinn und rechten Gebrauch der Vernunfft beraubt ist / sich der Gegenwart der Leute vom Sündigen abschrecken lassen? und wir übrige Menschen / die sich besser als leichtfertige Huren zu seyn duncken / scheuen sich nicht in der Göttlichen Gegenwart die allerabscheulichste Laster zu begehen! Vor deinem Neben-Menschen / der vielleicht ein Sünder seyn mag / wie du / scheuest du dich / und vor dem den du mit Sündigen erzörnest / der dir zusihet / zuhöret / und dich umb dein Verdienen abstraffen oder belohnen wird / scheuest du dich nicht.

O grosse erbärmliche Blindheit! O unverantwortliche verstockte Thorheit der Menschen / die da nicht unterlassen zu sündigen / wann es ihr Schöpffer allein sihet / ihnen aber abzubrechen wissen / wann es nur Menschen sehen! Ehrest du den Menschen hier nicht höher als GOtt? zeugst du hier die Creatur nicht ihrem Schöpffer vor? Bist du hier nicht in Warheit ein rechter Abgötterer? Ach wann wir Menschen / wir Christen! doch nur thäten was der weise *Seneca* in seinem *Hercule Furioso* spricht / wann er sagt

Sequitur nocentes victor à tergo DEVS:
Das ist so viel /
Hüt dich / hüt dich / dann GOtt der HErr
Der siht dir zu und ist nicht ferr.

Wann wir ja dem heiligen Apostel nicht folgen wollen; der uns so treulich vermahnet / wir sollen als am Tage wandeln / das ist / wir sollen alle unsere Werck dergestalt verrichten / als wie diejenige die am hellen Tag in aller Menschen Gegenwart ungescheut zu geschehen pflegen / so stünde unsere

1 verliebten Passion] Verliebtheit 2 f. angesporet] angespornt
18 ihnen] sich 19 abzubrechen] in Schranken zu halten
20 zeugst] ziehst 28 ferr] fern

Sach noch wol / dann wer boͤses thut / der liebet die Finsternus und hasset das Liecht.

Wie vermeinest du wol / daß uns Christen jener edle Roͤmer / der doch nur ein Heid war / und den wahren GOtt nicht erkannte / an jenem grossen Tag / daran alle Werck offenbahr werden sollen / beschaͤmen wird / umb willen er nicht gewollt / daß ihm der Bau / oder Werckmeister sein Hauß bauen solte / daß niemand sehen koͤnte was darinn geschahe / sondern im Gegentheil begehrte / solches also zuzurichten / daß jederman schauen und wahrnehmen koͤnte / was darinnen vorgieng.

Solches und dergleichen waren meine Gedanken / biß wir allerdings zu obgedachten Staͤdtlein kamen; und der Schluß den ich darauff machte / war dieser / daß der jenige Mensch alsdann nicht unbillich gottlos und GOttes vergessen zu nennen seye / wann er die continuirliche Gegenwart GOttes auß dem Gedaͤchtnus verliere / oder hindangesetzt seyn lasse; der aber gottsfoͤrchtig sey / der solche unlaͤugbare gewisse Gegenwart deß Hoͤchsten unaußsetzlich in allem seinem Handel und Wandel / Thun und Lassen vor Augen habe / observiere und respectire / dieser Weg dunckte mich gar leicht darauff zu einem frommen GOtt wolgefaͤlligen Leben zu gelangen; Mit solcher geringen Muͤhe / sagte ich zu mir selbst / ist gleichwol ein unschaͤtzbarlicher Schatz / nemlich die ewige Seligkeit zu erobern; und in dem ich so in meiner Betrachtung fortfuhre / kam ich auch darauff / daß GOtt nicht allein aͤusserlich gegenwaͤrtig sey wie Menschen bey Menschen zu seyn / und einander zugehoͤren und zu zusehen pflegen / sondern daß er auch die gegenwaͤrtige und kuͤnfftige innerste Bewegungen / Gedancken und Rahtschlaͤg unserer Hertzen sehe und wisse.

Derowegen setzte ich mir vor ein gantz anderer Mensch zu werden / ich liesse den vorhabenden Anschlag allbereit fallen / einen reichen Juden in Polen zu bestehlen / umb mich selbst mit dem Diebstal zu bereichern; sintemal das siebende

16 continuirliche] beständige 20 f. observiere] beachte

Gebot ohne einige Bedingung das Stelen verbeut / und einer zum Dieb wird / er stele gleich einem Juden oder Christen.

Wie ich unter das Thor deß mehrbesagten Staͤdleins kam / fiele unversehens ein grosser Platzregen / weßhalber ich mich in das nechste Hauß darbey in die Truͤckne salvirte / es wohnte ein zimlich bedagter Schuster darinn / der dort sasse und auff seinem Handwerck arbeitet / sein junges Weib aber spanne Haͤnffen Tratgarn; von Kindern oder Gesind sahe ich niemand / verstund aber wol auß beyder Eheleute Discurs / daß deß Meisters rechter und der Frauen Stieffsohn auff dem Marck war / und Schuh feil hatte.

Jch war uͤber ein halbe Stund nicht bey diesen zweyen Eheleuten gewesen / als noch ein Kerl hinein kam / der dem Schuster klagte / daß ihn der Schuh so gewaltig am rechten grossen Zehen druckte / mit ersuchen / er wolte doch uͤmb die Gebuͤhr helffen und rathen / daß er deß Anliegens entuͤbrigt seyn moͤgte; O ja / antwortet der Meister / nur herauß mit dem Schuh / so will ich ihn ein wenig uͤber den Leist spannen / und dem Ubel bald abgeholffen haben; der Patient folgte mehr als gern / und der Schuh wurde abgezogen / genetzt und ein Leist hinein gezwaͤngt / darinn er etwan eine halbe Stund verbleiben solte / biß der Schuh nur ein wenig wieder truͤcknete / damit er seine Form behielte; Der Monsieur fragte den Schuster / was es kosten wuͤrde; ihm ward geantwortet / ein Maß Wein mache viel Wesens; Wol geben / sagte jener / ihr sehet mir gewißlich an / daß mich eben jetzt durstet; sehet Meister da habt ihr Geld holet ein Maß; gehet Frau / sagte darauff der Schuhmacher / holet ihr / so kan ich indessen fort arbeiten. Solches war aber dem Galanen ungelegen / derowegen sagte er / die Frau muß mir

---

1 verbeut] verbietet 5 Truͤckne] Trockenheit 5 salvirte] rettete 6 bedagter] betagter 8 Haͤnffen Tratgarn] Drahtgarn 9 Discurs] Gespräch 20 abgezogen] ausgezogen 21 genetzt] naß gemacht 24 Monsieur] Herr 25 mache viel Wesens] wäre reichlicher Lohn 25 f. Wol geben] gut gesprochen 30 Galanen] Buhler

aber auch ein paar Dutzet Pastetlin mit bringen; gar gern / antwortet die Schusterin; aber wie dem sie werden mir vom Regen naß / und zum Mann sagte sie / es siehet auch jeder was ich trage; dem Ding ist bald geholffen antwortet der Schuster / ich will meinen Mantel nehmen / und beydes selbst herholen / gesagt und fortgangen war eins.

Er hatte aber kaum den Rucken verwendet / da brachten beyde hinderlassene die Mäuler so nahe und dichte zusammen / umarmten sich und konten sich auch so gar nicht wiederumb voneinander bringen / daß ich vermeinte / sie wären mit einem Bechknollen zusammen geleimet gewesen; und das war noch nicht genug / sondern der Leimstängler warff noch darzu die gute Schusterin auff das daselbst stehende Lotterbett / und formirte mit ihr so eine wereckliche Postur / daraus ein jeder / er hätte den gar ein Schaf seyn wollen / leicht abnehmen können / daß er das Eheliche Weibgen wie der Schuster seinen Schuh zu tractirn vorhatte; Sie wurde zwar gar nicht zornig drüber / aber mich verdrosse es im Hertzen / daß er mir so eine visirliche Kurtzweil da anrichten wolte; derohalben schliche ich unten an die Bettlade / erwischte ihn bey den Füssen und fuhr mit ihm gleichsam wie ein Bauer mit seinem Pflug den langen Weg deß Ackers hinauß über das Fußbrett / woran er sich beydes mit den Händen / und seiner Kirschenhackenmässigen Nase noch erhielte / dann ich hätte ihn sonst weiters und vielleicht gar auff die Gasse hinauß geschleifft; Es mag ein jeder selbst gedencken und errathen / was diese beyde hierüber gedachten; Jch zwar weiß es nicht / wolte es sonst auch erzehlen; das aber weiß ich wol / daß sie einander mit Erstaunen ansahen / und vor Furcht / Angst und Schrecken zitterten; das erste / so sie wieder mit einander redeten / war diß / daß je eins das ander fragte und sagte / HErr GOtt was ist das? Jch aber

---

2 wie dem] wie? 7 verwendet] gekehrt 11 Bechknollen] Pechklumpen 12 Leimstängler] Buhler 15 Postur] Stellung 17 tractirn] behandeln 19 visirliche] iron. ansehnliche 25 erhielte] festhielt

gedachte / hättet ihr beyde so zusammen gesagt / ehe ihr euer verdammliche Gauckel-Fuhr begangen / so wäre es mit einem guten / und nicht wie jetzt mit einem geängstigten Gewissen geschehen;

Jch war mit deß Kerls Nase so unsäuberlich an das Fußbrett gefahren / daß sie ihm blutet schier wie ein gestochene Sau / aber da bekümmert ich mich wenig umb / sondern ich wünschte vielmehr / daß ich allen solchen Hengsten dergestalt zur Ader lassen / und das erhitzte geile ehebrecherische Geblüt vom Hertzen raumen könnte; die Schusterin war hingegen viel barmhertziger / und ließ an ihrem Trost / wischen und waschen nichts ermangeln / so mich abermal in Harnisch brachte / und verursachte / daß ich ihr einen Zuber voll Wasser / der neben ihres Manns Werckstatt stunde / mit samt dem darin weichenden Leder / Schuhen / Bechknollen und Wetzsteinen über den Kopff abgosse; Nach dieser Verrichtung gieng ich meines Wegs / weil es ohne das zu regnen auffgehöret / nicht weiß ich wie diese beyde einander ferners außgeholffen / oder wie sie zu deß Manns Ankunfft die Pastetel miteinander getheilt haben.

Von dar gieng ich besser in die Stadt hinein / und zwar in ein Hauß / welches dem Ansehen nach keins von den schlechtesten war; darin stund unten im Haußährn ein Mann in einem Mantel der etwas darunter hatte und fleissig auffwartete; indessen tratte der Haußherr die Stege herab dem ein baar Stadtdiener folgten / darauß ich abnahm / daß dieser ein vornehme Regiments-Person seyn muste / und an seiner fetten Wampen und dickem Kopff konte ich sehen / daß er gleichsam auff der Mastung lag; Jener buckte sich vor diesem gar tieff / und als er gefragt wurde / was er wolte / antwortet er / ich wolte euer Ehrnveste nochmaln meine gerechte Sach *contra* N. N. gehorsamlich *recommendirt* und gebetten haben /

10 raumen] wegschaffen 23 schlechtesten] schlichtesten
23 Haußährn] Hausflur 26 baar] Paar 27 Regiments-Person] Amtsperson 29 auff der Mastung] wie ein Mastschwein
32 *contra*] gegen 32 *recommendirt*] anempfohlen

großgůnstig zu belieben / und dahin zu *cooperir*en / damit dieselbige ihres hochvermỏgenden Orts zu ihrem erwůnschten Außgang beschleuniget werden mỏgte; Was habt ihr da unterm Mantel? fragte der Dickbauch / seynd vielleicht Schrifften oder Acten die zum Handel gehỏrig? Nein euer Ehrenvest / antwortet der erste / es ist so eine geringe Bezeugung meiner danckbarlichen Erkanntnus wegen der vielfåltig verursachten Bemůhungen; mit gehorsamer Versicherung / daß ich mich nach dem End-Urtheil besser einstellen werde;

Was sagte hierauff jener mit betrohenlichen Minen / wofůr sehet ihr mich an? vermeint ihr wol es geschehe euch unrecht / wann ich euch ein weil ins Narrenhåussel steckte? Es wird geehrter Herr was recht ist ohne euere Verehrungen geschehen; dißmals will ich eurem Unverstand etwas zu gut halten / aber kommt mir nicht mehr so auffgezogen / ich will euch sonst was anderst weisen; und damit gieng er auß dem Hauß / dieser Verweiß gefiele mir im Hertzen / beyde Stadtdiener aber lobten gewaltig die ehrliche Auffrichtigkeit ihres gerechten Burgermeisters / welchem der erschreckte Client wie einer der das Oel verschůttet / von weiten gantz traurig nachfolgte / so / daß er mich beynahe selbst gedauret;

Aber er empfieng gleich wieder einen trefflichen Trost; dann die Frau im Hauß liesse ihn wieder durch eine Magd zuruck ruffen / und fragt ihn gar freundlich was er mit ihrem Herrn zu thun håtte? darauff klagte er ihr alle seine Noth und Anliegen / worunter ihn zum mehresten bekůmmerte / daß er ihren Herrn erzůrnet håtte; der Herr geb sich nur zu frieden / sagte die Frau / er hat eben jetzt sonst tieffe Gedancken wegen sorgsamer und wichtiger Angelegenheit gemeiner Statt die ihm im Kopff umbgehen; weßwegen er dann schier die verwichene gantze Nacht kein Aug zum andern bringen kỏnnen / was wars das ihm der Herr geben wolte? Gegenwårtiges Stuck fein Kammer-Tuch / antwortet der Kerl /

---

1 *cooperir*en] gemeinsame Sache zu machen 20 Client] Bittsteller 30 f. gemeiner Statt] der Stadtgemeinde 31 schier] fast

und zoge es damit hervor; die Frau beschauete und lobete es über allen Leinwat / und sagte / der Herr lasse es nur hier ich will es meinem Herrn schon zustellen / wann ihm die Mucken ein wenig verflogen / und ihm den Herrn nicht allein wider begütigen / sondern auch daran seyn / daß er deß Herrn Sach nach Mögligkeit befördern helffen soll; Wer war fröher als der gute Client? daß er sich bedancken dorffte umb die Ehr und Glückseligkeit die er genosse / daß man ihm das seinig so gar wider alle Billigkeit abnahm; Jch aber gedachte / das heist wol redlich / wasche mir den Peltz aber bey Leib und Leben mach mir ihn nicht naß.

Jch hatte mir vorgenommen gehabt / dergleichen Gottesvergessene Begebenheiten / so sich in meiner unsichtbaren Gegenwart hinfort zutragen würden / gleich gebührend abzustraffen / massen ich ins Schusters Hauß gethan / aber hier mangelt mir der Einfall / wie ich füglich handeln solte / daß beydes der so geschmieret und die so das Schmiral angenommen / ihren Theil bekämen / und sich besserten / nichts destoweniger durch meine Verfahrung keinen unter beyden unrecht geschehe; Jch gedachte / hat der Client einen gerechten Handel / warumb ertheilt ihm dann der Burgermeister nicht *ex Officio* sein Recht ohne Verehrung? hat er aber Unrecht / warumb nimmt man dann Schmer an? Jtem hat der Kerl recht / warumb soll er dann jetzt durch Geschenck erst sein Recht kauffen? hat er aber eine faule Sach / warum verständigt man dann ihn nicht dessen bey Zeiten / und läst ihn mit seinen armen Leuten hinziehen?

Jn Verfertigung dieser meiner Calender sahe ich wol / daß meine unsichtbare Gegenwart nicht allemal bequem / noch mir das wunderbare Vogel-Nest verliehen worden wäre / alle der Welt Thorheit und Missethaten zu berafflen und abzustraffen / vornehmlich weil ich hier nicht wissen konte wer

2 Leinwat] Leinengewebe 4 Mucken] Grillen 16 füglich] angemessen 17 Schmiral] Schmiergeld 22 *ex Officio*] von Amts wegen 22 Verehrung] Geschenk 23 Schmer] (Fett), Schmiergeld 28 Calender] Gedanken 31 berafflen] kritisieren

Recht oder Unrecht hatte / wer zu straffen oder unschuldig seyn mögte; Jch gedachte an Abrahams Spruch / den er dem reichen Mann in der Höll gab / da er umb eine Warnung an seine Brüder bath / nehmlich sie haben Mosen und die Propheten die laß sie hören; Was? sagt ich zu mir selbst / glauben und folgen diese dem offenbahrten Wort Gottes der heiligen Schrifft nicht / die ihnen täglich vor Augen liegt / auff welche sie von Jugend auff gewiesen worden / und die ihnen noch täglich vorgehalten / außgelegt und dardurch ihnen der heilige Will GOttes erklärt wird / was wird dann deine hinflüchtige Stimme bey ihnen außzurichten vermögen / die sie zwar erschrecken / aber nicht bessern mögte; weil sie dieselbe eben so bald und vielleicht ehender für den Lauth eines teufflischen Gespenstes als vor ein treuhertzige Abwarnung halten und auffnehmen dörffen;

Derowegen liesse ich diese Leut seyn wie sie waren / und wünschte ihnen / daß sie so einen steiffen Vorsatz hätten umb Vermeidung der Sünden willen nicht allein die Gegenwart GOttes immer vor Augen zu haben / sondern auch wie ich hinfort zu thun mir vorgenommen / fleissig in der H. Schrifft nachzuforschen / und auß Betrachtung derselben zu lernen / wie wir hingegen GOtt ehren / ihn und den Nächsten lieben / und ihnen dienen solten;

Jn diesen Gedancken fieng mich an zu hungern und zu dürsten / wo nun nehmen ohne Sünd? sagte ich zu mir selbsten; ich hatte noch einen Schuncken / den ich in einem Closter außgefischt; das waren noch alle meine Victualien / und weilen ich ihn nicht rechtmässiger Weise bekommen / so machte ich mir ein ängstig Gewissen darvon zu essen; doch dachte ich es ist besser / es werden auß den übrigen Reichthumen der Clöster die Hungerichen gespeiset / als solcher Uberfluß an unnützen Pracht / Pferde / Pferdszeug / Gutschen / Comödien / etc. verwendet; GOtt hat dich nicht

---

10 f. hinflüchtige] vergängliche 26 Schuncken] Schinken
27 außgefischt] gestohlen 27 Victualien] Nahrungsmittel
28 weilen] weil 33 Gutschen] Kutschen

in die Welt erschaffen Hunger damit zu leiden / sondern seine Gabe zu geniessen; Was wolts schaden / wann du gleich einem Becken ein Brod hinweg zwackest / deinen Magen damit zu füllen? Jsts doch den Hungerigen erlaubt / in ihren Nöthen / so viel die Speise anbelangt / zuzugreiffen? besser ists / du bedienest dich dessen / was dir die Rechte vergünstigen / als daß du wider den Willen GOttes / wider die Natur und wider weltliche Gesetze durch Hunger dein Selbst-Mörder werdest.

Also gedachte ich / und nahm indessen nicht wahr / daß diese Art die Sünde zu entschuldigen / ebenfalls auch Sünd wäre; ich gedachte nicht daran / daß mir als einem jungen starcken Kerl vielmehr zustunde meine Nahrung mit arbeiten / oder sonst einer ehrlichen Handthierung zu gewinnen / als solche andern Leuten diebischer Weise abzumausen / vielweniger fiele mir bey daß es ein grosser Unterscheid wäre / zwischen demjenigen Elenden der weder arbeiten kan / noch etwas zu erarbeiten bekommen mag / und zwischen einem unsichtbar herumfahrenden Strolchen / wie ich damal war / der noch wol sein Unterhalt zu verdienen vermögte; davon jenem seines Leben Auffenthalt anzupacken erlaubet / diesem aber das Zuchthauß gebührt.

Jn solcher Unbesonnenheit nahm ich auff offenem Marck einem Becker ein Leib Brod / und vermeinte nicht / daß ich darmit sonderlich sündigte / sondern sprach damit meinem Schuncken dergestalt hertzhafft zu / daß sich mein Durst ehender als in einer halben Viertelstund darvon verdoppelt; deß lieben Rebensaffts wuste ich nicht zu bekommen / suchte derowegen Scheps oder Striger-Bier / und als ich dessen nach Gnügen antraff / füllte ich den Bauch so voll darvon an / daß ich ihn bey nahe nicht mehr zu ertragen vermögte; derowegen lude ich ihn auff einen Wagen / der dort fertig stund heimzufahren / zu mir setzten sich ein paar Bier schellig gesoffene Bauren / samt zweyen ihnen benachbarten Wei-

---

3 Becken] Bäcker 3 zwackest] stiehlst 21 Auffenthalt] Unterhalt
33 f. Bier schellig] einen Bierrausch

bern / mit welcher feinen Gelegenheit ich noch desselben Abend 3. Stund Wegs heimwerts auff ein Dorff gelangte; Allwo ich in diese Kratzschmars Heuschober übernachtet.

Den folgenden Morgen lieffe ich wol drey Meil Wegs ungessen und ungetruncken als heimwerts zu / dann ich hatte wie oben gehöret / keinen Willen mehr zu sündigen / viel weniger den Juden oder sonst jemand sein Geld zu stehlen / sondern ich machte unterwegs allerhand Gedancken / wie ich hinfort GOtt vor Augen haben / mich bessern / fromlich leben / und zu Hauß meinen Handel und Wandel dergestalt anstellen wolte / daß ich das ewig Leben darbey erwerben mögte.

Unterwegs kamen zween Kerl zu mir / darvon war der eine Hännslein grosser Knecht / oder wolte es wenigst seyn / dann er schnitte auff von seinen weiten Räisen die er kürtzlich vollbracht / und mit höchster Gefahr überstanden hatte; er wolte seine Mutter-Sprach verzwicken / und Flamansch oder Westphälisch reden / wie jener Schwab unter dem Würtenbergischen Außschuß im Schwedischen Krieg! welcher als er im Prißgau ins Qaurtier zu liegen kam / zu seinem Wirth sagte / Vaer / geff mih watt tefretten hear; Als er aber seiner vergasse / ferners sagte / aun Vattar giehe mier aw a Braudt! Er kante keine halbe Batzen und Kreutzer mehr / viel weniger Groschen / Luzer / Schilling und dergleichen Müntz / sondern handelt nur mit Stüffern / Sterlings / Sols / Pölchen / Dütchen / Fettmenchen oder auffs wenigst mit Weispfennigen / gleichsam als wann er das meiste Theil Europæ mit Geldbettlen durchstrichen wäre / und erzehlte seinem Cameraden oder Wegeferten / was wunderseltzams Dings ihm auff seiner gefährlichen Räise zu handen gangen; wie er da und dort so manche Leib und Lebens-Gefahr überstanden / warffe auch bißweilen das Beyl so weit / daß ich

---

3 in diese Kratzschmars Heuschober] im Heuschober des dortigen Gasthofs 4 f. ungessen] ohne Essen, nüchtern 5 als] immer
15 schnitte auff] gab an 17 verzwicken] verbergen
17 Flamansch] Flämisch 20 Prißgau] Breisgau

selbst vor ihn sorgte / wo ers wieder finden würde; Vornemlich wars artlich zu hören / als er daher sagte / daß er eben wieder in seinem Vatterland sich genähert / da der Lottringer und Pfaltzgraf Churfürst zu seinem unseren am Rheinstrom Krieg miteinander geführt / weßwegen es vor die Räisende auff der Straß bey hellem Tag zu wandeln / gewaltig unsicher gewesen; dahero er dann auff ehrlicher Leute Warnung / mit noch einem andern Wanders-Gesellen / der ein einfältig und forchtsames Schaf gewesen / mehrentheils bey Nacht den Weg unter die Füsse nehmen müssen / und einsmals in einem Wald verirret / darinnen sie wegen eines grossen Regenwetters schier ersoffen wären; doch hätten sie zu gehen nicht auffgehöret / biß sie von weitem ein Liecht gesehen / worauff er hinzu geschlichen / und seinen Cameraden fern darvon unter einem Baum stehen lassen.

Als er nun zu einem kleinen Häußlein kommen / darinn dieses Liecht gebrannt / hätte er durchs Fenster in die Stube gegucket / und darinnen ein junges Weibsbild gesehen / die eben zu Nacht gessen / und sich zum schlaffengehen accommodirt gehabt; Er hätte angeklopfft und bey dem Menschen vor sich und seinen Gesellen umb Nachtherberg angehalten / solche auch erlangt / und seye diesem nach / wieder hingangen seinen Cammeraten zu holen / den er aber nicht mehr gefunden / weßwegen er allein wieder zum Menschen ins Häußlein umbgekehret / und von ihr in ein Bette zu sich hinter an die Wand zu liegen geheissen worden; darauff hätte er sich außgezogen / und über das Weibsbild / so fornen im Bett gelegen / hinüber an seinen bestimmten Ort gestiegen / allda er zwar ein weil gelauret / aber gar nicht schlaffen können / sondern allerhand sorgliche und gewissenhaffte Gedancken gemacht / biß ihn endlich die Beobachtung seiner Keuschheit / wieder auß dem Bette genöthiget / unangesehen er eben neben offtbesagten jungen Weibsmenschen recht erwarmt gewesen; da hätte er nun seine Kleider geschwind

2 artlich] hier: unterhaltsam 12 schier] fast 19 f. accommodirt] zurechtgemacht

zusammen gerafft / und darmit zum Hauß hinauß / was gibst du / was hast du? Hätte auch nicht auffgehört zu lauffen / biß er gegen Tag von einer Lottaringischen Parthey angetroffen / angepackt und auff einen Berg geführt worden / allwo eine gantze Compagnie Reuter von den Jhrigen die Wacht gehalten / und weil keiner unter ihnen gewesen / der mit ihme reden können / hätten sie ihm zwar zu trincken (denn sie einen Vierling voll Wein bey sich gehabt) darneben aber auch Nasenstüber gegeben / ihm den Hut gedrehet und ihn vor ihren Narren gehalten; Als der Wein aber außgesoffen gewest / hätten sie ihn in das Faß gesteckt / und den Berg hinunter rollen lassen / worinn er dann auff solcher Fahrt wie leicht zu gedencken / an Kopff / Arm und Beinen gewaltig zerstossen worden: das Faß seye endlich mit ihme in der Ebene auff einem Wasen / (muß ein Schind-Anger gewesen seyn /) liegen blieben / auff welchen unlångst hernach zu seinem grossen Glück ein starcker Wolff kommen seye / der so lang umb das Faß herum zu schmecken gangen sey / biß er ihn zum Buntenloch herauß beym Schwantz erwischt / und zu schreien angefangen / weßwegen der Wolff mit ihm und dem Faß fortgeloffen / biß er zwischen zween nahe beysammen stehende Båum kommen / da er ihn mit den Faß so überzwerg zu liegen kommen / abzustreiffen sich bemühet; hätte aber nichts ausrichten mögen / weil er den gefasten Schwantz so hertzhafftig gehalten; unlångst hernach hatte er einen Fuhrmann sich nähern gehört / weßwegen er grausam erbärmlich umb Hülff zu schreien angefangen / darauff der Fuhrmann seinen Knecht hingeschickt zu sehen / was da zu thun seyn mögte / als aber der Knecht das Abentheuer gesehen / und sich auß Furcht dem Faß nicht genähert / seye der Fuhrmann endlich selbst kommen / hätte sich aber eben so furchtsam und erschrocken angelassen als der Knecht selb-

3 Parthey] Trupp 4 angepackt] auffgegriffen 8 Vierling] Viertelseimer 9 den Hut gedrehet] gefoppt 15 Wasen] Rasenfläche 18 schmecken] wittern, schnüffeln 19 Buntenloch] Spundloch 21 zween] zwei 23 überzwerg] verquer

sten / indem er von fernen gestanden / und beydes Wolff und Faß vor ein Hexen-Gespenst gehalten / biß er zu letzt seinen Rosenkrantz zum Zapffenloch herauß gereckt / und geschrien er wäre ein Christenmensch / man wolle ihn doch auß dem Faß und von dem Wolff erlösen; Worauff Meister und Knecht mit einer Axt zugelauffen und den Wolff todt / das Faß aber auffgeschlagen / und also den guten Monsieur Raphanum (dann also heist der Herr dem dieser Poß widerfahren) wiederumben auff freyen Fuß gestellet und aus fernerer Gefahr erledigt haben.

Wie nun deß Raphani Räisegefehrt auß den Geberden erscheinen liesse / daß er in der Wahl stunde / ob dieser Erzehlung zu glauben wäre oder nicht / erzörnete sich Monsieur Raphanus / und fragte jenen / ob er dann seiner Red nicht glaubte? oder ob er vermeinte / daß diese Geschicht nicht wahr wäre? Jener antwortet: ich glaub dem Herrn freylig gern / und wann diese Geschicht gleich nicht wahr wäre / so ist sie doch lustig zu hören / taugt auch ziemlich den Weg zu kürtzen; von diesem an setzte es noch mehrere empfindliche Reden / weßwegen diese beyde schier einander in die Haar gerathen wären.

Dabey sahe ich / was es vor eine grosse Thorheit sey / wann einer sich durch Auffschneiderey und Erzehlung wunderbarlicher und doch unmöglicher Begegnussen / so ihm widerfahren seyn sollen / groß und ansehenlich machen will; Ein solcher Phantast siehet nicht / daß andere Leut witzig genug seyn / seine Lugen außzunehmen / und seiner Narrheit heimlich zu lachen; daß man dißfalls den Herrn nicht einrede / lehret *Ariostus* in einer *Satyra*, wann er spricht:

Pazzo, chi al suo Signor contradir vuole
Se ben dicesse da mezzo giorno,
Visto ha le stelle, & a mezzo notte il Sole.

---

7 f. Raphanum] (Lat.) Rettich 10 erledigt] befreit 24 Begegnussen] Begebenheiten 26 f. witzig] klug 27 außzunehmen] zu erkennen

Das ist

Thoricht ist der so seinem Herrn widersprach /
Ob er schon sagt / er haͤtt an dem Mittag
Die Stern gesehn / die Sonn umb Mitternacht.

Jn dem Flecken / worinn ich kam / wars eben Kirchweih / und eine Hochzeit darzu / weßwegen sich viel außwaͤrtige Leut von der Nachbarschafft daselbst befanden / da sparte man weder Wein noch Bier / kein Mangel war an Essen und Trincken / weder an Gesottens / Gebratens noch Gebackens / man tantzte / joͤhlte / sang / sprang und spielte; Jn summa / man unterliesse nichts was nur zur Lust und Froͤlichkeit diente / sondern suchte vielmehr / was solche vermehren moͤchte; weil ich nun hungrig und durstig war / so machte ich mir desto weniger ein Gewissen von den jenigen Speisen und Getraͤncken zu geniessen / welche im Uberfluß vorhanden und durch die Einheimische den Fremden durch allerhand Manier und sonderbahre Vortheil in die Leiber genoͤthigt wurden; vornemlich nahm ich der gewuͤrtzten Kuͤrbebißger so viel zu mir / daß mir das liebseelige Getraͤncke nur desto besser darauff schmeckte / und mir eben so bald als den Einheimischen und Eingeladenen den Verstand verarrestirte; allermassen ich unvermerckt gantz von mir selber kam / herum dorckelte / und kaum so viel Witz behielte / oben in das Hauß zu gehen um eine Ruhestatt zu suchen / da ich meinen starcken Rausch wiederum sicherlich verschlaffen moͤchte; ich sage sicherlich / dann ich war nicht mehr so schlau / daß ich mich wie ehemalen meiner Gewohnheit nach irgendshin fein kluͤglich in einem geheimen Winckel verkrochen haͤtte / sondern als ich ungefehr in eine Cammer kam / darinn zwey Bett stunden / legte ich mich auf deren eins ohne allen Vorbedacht nach einigs Nachsinnen / was mir etwan daselbst begegnen moͤchte; Jn summa / ich

17 Manier] Art, Weise 17 Vortheil] Übervorteilung
19 Kuͤrbebißger] Kirmeshäppchen 22 verarrestirte] hier: benebelte 23 dorckelte] torkelte 23 Witz] Klugheit, Verstand
29 ungefehr] zufällig 31 nach] noch

liesse allerdings den lieben GOtt und meine Unbesonnenheit walten; diese erzeigte ich wuͤrcklich / an jenem aber / dessen Gegenwart ich mir zwar nuͤchterer Weise steiff vor Augen zubehalten vorgesetzt / gedachte ich jetzt voller Weis so wenig / daß ich ihm auch nicht einmal durch das Gebet mein Leib und Seel in dessen allmaͤchtigen Schutz befahle. Schaue umb Gottes willen! so hatte mich der Trunck bethoͤret!

Nichts destoweniger war ich thummer Narr so kuͤhn / daß ich ohne alle Sorg fortschlieffe / biß um Mitternacht / da jeder Mann / jeder Weib / jeder Knab und jede Schlitzgabel sich satt genug abgerammelt zu haben vermeinte; Die erste so von dem Wirth in diese Cammer gefuͤhrt / und in das ander Bette neben mir gelegt wurden / (welche mich auch auß meinem ersten Schlaf erweckten) waren zwo Geschwister / die gleich mir mehr Trancks in dem Wirthshause / als von der Kirchweyhung deß Heiligen Geistes in der Kirch zu sich genommen und empfangen hatten; diese baten den Wirth gleich wol / daß er ihrer Baß auch bald bringen / und sie / sonst aber niemand zu ihnen in die Cammer legen solte; das versprach er / und brachte darauff ein feines jungs Maͤgden zu uns / welches sich nur halb außgezogen (dann es war eine warme Nacht) zu mir auff das Bett legte / wo es noch unzerbrochen / oder verlegen schiene.

Wer gern mit dieser Schnabelweid umbgehet / kan wol gedencken wie mir ums Hertz wurde / vornemlich / wann er erachtet / daß ich damal noch vom Trunck erhitzt / und noch lang nicht durch den Schlaf wiederum zu meiner rechten Vernunfft gelangt war; derowegen thaͤt ich auch wie ein unvernuͤnfftig Viehe / und dachte wenig mehr an meinen guten Vorsatz / den ich gefast hatte / GOttes Gegenwart zu Vermeidung der Suͤnde immer in meinem Gedaͤchtnuͤß zu haben; mit einem Wort / ich grabelte halt um mich / und fande mei-

2 wuͤrcklich] im Werk 8 thummer] dummer 10 Schlitzgabel] Mädchen 18 Baß] Cousine 23 unzerbrochen] glatt, unberührt 23 verlegen] hier: unverlegen, glatt 24 Schnabelweid] Appetithappen 32 grabelte] tastete

nen Schlafgesellen / beydes Wein- und schlafftruncken / und über das / ich weis nicht mit was vor einer Einbildung bethöret / krafft deren sie mich ihren Peter nennet / und nicht allein alles gern geschehen liesse / was ich mit ihr machte / sondern mir auch getreulich darzu halffe.

Mit solchem sündlichen Wollust brachte ich die Nacht vollends zu biß es anfing zu tagen / und meine gewesene Jungfer anhub zu schlaffen / welche ich dann in ihrer Ruhe unzerstöret liegen liesse / und mich so bald mir die Heitere deß Tags nur ein wenig leuchtet / auß dem Staub machte; wie aber diese Kürbe dem guten Menschen künfftig bekommen sey / davon hab ich seither keine Nachricht erhalten.

Noch vor Auffgang der Sonnen kam ich in ein lustigs Wäldlin / worinnen ich mich niederlegte / und vollends außschlieffe; mich erweckte etlichs Viehe so dorthin auff die Weid getrieben wurde / dessen Hirt ins Werck schreiten wolte / eine erschröckliche gen Himmel schreyende Sünde zu begehen / eben als ich erwachte / und den übrigen Schlaff vollends auß den Augen riebe; vom Zusehen stunden mir alle Haar gen Berg / und damit ich ihn davon abschrecken möchte / schrie ich ihme deß oben gerühmten Bauren Karls Meinung überlaut zu; nehmlich: Halt inn armer Mensch / du bist nicht allein! der Teuffel reitzet dich / er sihet dir zu und lacht / wird dich aber doch deßwegen am Jüngsten Gericht anklagen; die Engel sehen dir zu mit Betrübnüß / sie tragen Mitleiden mit dir / weil sie diese Sünd nicht entschuldigen können; GOtt sihet dir zu / den du auffs höchste beleidigst und erzörnest / welcher dich auch hierum straffen wird; So bald der Hirt diese Stimme so nahe bey ihm hörete / gleichwol aber niemand sahe / erstarrete er gleichsam vor Schrecken / also / daß er dort stund wie ein geschnitztes Bild / und da er sich wieder ein wenig erholete / trieb ihn seines beschwerten Gewissens Angst / daß er seinen Hals mit der Geissel-Schnur an eines Baumes Ast binden / und ihm also das Leben

9 unzerstöret] ungestört 11 Kürbe] Kirmes 13 lustigs] wohlgelegenes 21 Karls] Kerls 33 f. Geissel-Schnur] Peitschenschnur

selbst kuͤrtzen wolte; Wem war aͤngster als mir / dieweil ich zu diesem erschroͤcklichen Selbst-Mord durch mein Zuschreyen Ursach und Anlaß geben!

Derowegen verhinderte ich ihn an seinem Vorhaben mit wuͤrcklicher Handanlegung; Wilst du drum (sagte ich mit lauter Stimm zu ihm / gleichsam wie ein Zanckender) deßwegen in die Hoͤll rennen / weil dich der boͤse Geist beredet / du koͤntest ihr doch nicht entrinnen? Wilst du dich der Verdamnuͤß / so du mit deinen Suͤnden verdienet zu haben weist / durch deinen Selbst-Mord gewiß zuversichern / unterstehen / und dieselbige mit der Gotteslaͤsterlichen Verzweiffelung an der unaußsprechlichen Barmhertzigkeit deß himmlischen Vatters verdoplen; Nicht so mein Kind / kehre um / thue Buß und bessere dich / damit dir der liebreiche GOtt seiner milden Guͤte nach / zuvergelten Ursach habe / dich der ewigen Hoͤllen-Pein entziehe / und mit seinen Außerwoͤhlten deß himmlischen Reichs zugeniessen / wuͤrdige.

Der Kerl war so gar verstockt und auß ihm selber / daß ich nicht weis / ob er damals unter die Todte oder Lebende zu rechnen gewesen; doch erreichte er endlich die Gnad / daß er in sich selbst gieng / und meine Wort behertzigte; er fiele nieder auff die Knie / hub die Augen gen Himmel / schlug an die Brust / und seufftzete mit jaͤmmerlichen Geberden / sagende; Ach GOtt sey mir armen Suͤnder gnaͤdig / um deiner grundlosen Barmhertzigkeit willen! Und als er diese Wort mit thraͤnenden Augen und einem erbaͤrmlichen Geheul zum oͤfftern wiederholet / sagte er: Ach mein GOtt und mein HERR; was soll ich thun / daß ich deine Goͤttliche Huld und Gnade wieder erlange? Was soll ich anfahen / daß ich deinem Zorn entrinne? Wie soll ichs doch immermehr angreiffen / daß ich verlohrnes Kind wiederumb in deß Vatters Hause zu Gnaden auff- und angenommen werde? Sintemal ich aber sonst von nirgendshero keinen Trost noch Gnad zu hoffen / als von dem / welchen ich erzoͤrnet / und dessen Gnad ich so

18 auß ihm selber] außer sich 25 grundlosen] unergründlichen 29 anfahen] anfangen 32 Sintemal] zumal

gar grob verschertzet habe / also / daß ich mich zu seinem Gnaden-Thron schier nicht machen darf! Ach! auff was Weiß soll ich dann wieder darzu kommen? Ey was vor einen Procorater soll ich mich doch anmelden / etc. Dergleichen wehemuͤtige Wort brachte er noch viel vor / so / daß es mich wegen seiner Reu erfreute / und zugleich zu einem hertzlichen Mitleyden bewegte / darum sagte ich zu ihme: Mein Kind / zeige dich dem Priester / und pflege deines Pfarrherrn Rath / und was er dir sagt / dem komme nach / so wirst du Ruhe fuͤr deine Seele finden; O seeliger Engel / antwortet er mir / wer bist du? der du mich vor Suͤnden abgeschrecket / und mich in dieser einsamen von meinem endlichen Verderben errettet hast! sag mir / wer bist du / damit ich dir umb deine Wolthaten dancken moͤge; ich sagte / ich bin kein Engel / sondern eine Stimm / die dir GOtt auß seiner grossen Barmhertzigkeit zugesendet / damit du dich zu ihm bekehren und leben moͤgest / dem dancke / und folge dem Geheiß / der dich zu der Priester Wort und Rath weiset / mit festem Vertrauen / daß dich GOtt wieder zu Gnaden auffnehmen werde / dann wann solches nicht waͤre / so wuͤrde er mich dir nicht zugeschicket haben / so du bey dir selbst wol bedencken / dein Buß und Besserung gar nicht auffschieben / sondern nach Erkantnuͤß der empfangenen Wolthaten GOtt eyferigst hierum dancken sollest.

Jch setzte mir uͤber das noch vor / bey dem Hirten zuverbleiben / umb zuverhuͤten / damit er / dafern er vielleicht wiederumb angefochten wuͤrde / weder die eine noch andere Suͤnde begieng / biß er wieder auß der Einsamkeit zu Leuten kaͤme und Priester haben koͤnte.

Jndessen aber schlug ich auch in mich selber / weil ich mich selbst keines guten Gewissens getroͤsten konte; Wer bist du? sagte ich zu mir / der du in diesem Suͤnden-Schlamm steckest biß uͤber die Ohren / und wilst andern den Weg zum Himmel weisen; hast du doch noch nicht einmal an deine

2 machen] heranmachen, nahen 3 f. Procorater] eig. Procurator, Fürsprecher, Mittler 12 einsamen] Einöde 30 schlug] ging

eigene Bekehrung gedacht? und bist so kuͤhn andere zu lehren / was du selbst zu deiner Seelen Heyl niemal von Hertzen zu thun unterstanden? wird es dir nicht zu einer viel schwerern Verdamnuͤß gereichen / wann dieser elende unverstaͤndige Hirt / der vielleicht auß lauter viehischer Unwissenheit und Bestialitaͤt gesuͤndigt / sich auß deinem Zusprechen zu GOtt bekehret hat / du aber / der du auß GOttes Gnaden Gutes und Boͤses zu unterscheiden / und was du zu thun und zu lassen gehabt / genugsam vorhero gewust / nicht allein nicht auffgehoͤrt zu suͤndigen / sondern auch nicht einmal angefangen dich zu bessern? wird es dir / du vernuͤnfftiger und genugsam wissender Unmensch / nicht deine Verdamnuͤß vergroͤssern / wann diese deß Hirten Einfalt an jenem erschroͤcklichen grossen Tag solcher massen wider dich zeuget / indem sie das Kraͤntzlein der Buͤssenden / einer paar Wort willen / die sie auß deinem gleichwol suͤndigen Maul gehoͤret / und ihr solche zu Nutz gemacht / darvon traͤgt? du aber / der du noch mehrers und viel eigentlicher das ein und andere gewust / zur Hoͤllen hinunter wanderst?

Weist du auch / sagte ich ferners zu mir / wie du volle Sau gleichsam als ein unvernuͤnfftiges Thier die verwichene Nacht zugebracht / und wie ein geiler Bock und wider Natur strebender *Satyrus* (deren Gestalt Annehmung den hoͤllischen Geistern zum hoͤchsten beliebet) eine unbefleckte Jungfrau / die du zwar nicht kennest / ihres allerbesten Kleinods beraubt hast? und zwar / welches entsetzlicher ist / stracks nach dem Augenblick / als dich dein getreuer GOtt durch Vorstellung anderer Leute / ihnen selbst verderblichen Exempeln (daran du dich billich haͤttest spiegeln sollen) gelernet / daß du seine Gegenwart allweg vor Augen haben und zu deinem Nutz ehren soltest? Du vermummtes Ungeheur / der du dich dem Fuͤrsten der Finsternuͤß gleich gemacht / und vermittelst deines suͤndigen Leibs einen solchen

28 f. durch Vorstellung 〈. . .〉 Exempeln] durch Vorstellung von Exempeln anderer Leute, die sich selbst ins Verderben brachten
28 ihnen] sich

unerhoͤrten Betrug gespielt hast / den der boͤse Geist selbsten nicht ins Werck setzen moͤgen; du moͤchtest dir wol einbilden / das gute Maͤdgen haͤtte es gern gehabt / und seye mit deinem Beginnen wol zu frieden gewesen; aber betruͤge dich selbst nicht / du weist deinen Auffzug / die Gelegen- und alle Beschaffenheit / welche so bestellt gewest / daß auch die Keuschheit selbst (wanns anders muͤglich waͤre sie zu beruͤcken) vor dir nicht sicher gewesen waͤre / noch bestehen moͤgen.

Mithin trieb der Hirt seine Heerd heim / und ich folgte neben ihm den andern vierbeinigten Bestien nach; jener seufftzet und ich weinet; ich folgte ihm biß in seine Huͤtten / allwo er Geisseln und Stecken sampt der Hirten-Taͤsche von sich thaͤt / und der Kirchen und dem Pfarrhof zueylete; da er zwar den Sigriß aber nicht den Pfarrer zu Hause fand / als welcher in der Nachbarschafft einen Schmauß hatte / und er erst auff die Nacht sternvoll gesoffen heim kam; also daß der arme Viehirt denselben Tag wenig Huͤlff und Trost von seinem Seelen-Hirten zu hoffen hatte / sondern die erste Hitz seiner Gnaden-Zeit und brennenden Bekehrungs-Begierden / die ihm GOtt so guͤtiglich verliehen / seines Seelensorgers Wachen / vergeblich und umbsonst verstreichen lassen muste; woruͤber ich in meinem Hertzen heimlich schmelete / und ich weiß aber nicht wen / fragte / was ist mir das vor ein Pfaͤrchinger? der nicht bey seinem Pferd? vor ein Pfarrer / der nicht auff seiner Pfarr? vor ein Bischoff? der nit bey seinen Schaafen bleibt? Warumb hilfft er die Begaͤngnuͤsse der Abgestorbenen die ausserhalb seiner Pfarr allbereit an ihren Ort gangen / mit mehrerm Wein als Weywasser begehen / und laͤst hingegen die krancke Schaͤflein seines Pfaͤrchs / die ihm zu huͤten sonderlich anvertrauet seyn / in diesem elenden Leben / das ein immerwehrender Streit ist / auß Mangel der Artzney / die er ihnen mittheilen solte / bey nahe gantz jaͤmmerlich verschmachten?

5 Auffzug] hier: Verfassung 7 f. beruͤcken] betören
13 Geisseln] Peitschen 15 Sigriß] Küster 23 schmelete] schmollte 25 Pfaͤrchinger] Viehhirt

O Mon dieu! sagte ich mit den Frantzosen / was wird endlich werden? Jn diesen unwuͤrschen Gedancken gieng ich mit dem betruͤbten und geaͤngstigten Hirten nach Hauß / weil ich ihme anders nicht als unter eines Priesters Haͤnden zuverlassen gedachte / auß Vorsorg / er moͤchte wieder in neue Anfechtungen fallen / worinn ich ihm vielleicht troͤstlich beyspringen koͤnte / darauff hatte er und ich eine betruͤbte und traurige Nacht; Er zwar / weil er sich dessen was er denselben Tag beginnen wollen / erinnerte; ich aber / weil ich wuste / was ich die verwichene Nacht schon wuͤrcklich vollbracht hatte; Essen und Trincken / geschweige Singen und Springen war fern von uns beyden / ja wir waren alle beyde in unsern Gemuͤthern so beschaffen / daß uns auch der sonst angenehme Schlaff nicht schmeckte.

Dannenhero waren wir desto fruͤher auff; der Hirt dingte einen andern Mann / der mit seiner Heerde fruͤhe außfahren / und solche denselben Tag huͤten muste / er selbst aber muste sein aͤchzende Seele mit Gedult speisen / biß ihr Hirt den Rausch außgeschlaffen / so sich ungefehr biß um neun Uhr verzog; alsdann stelte er sich bey demselben in gebuͤhrender Demut ein / bey welchem ich ihn in der Kirchen verliesse / und meinen Weg immerfort heimwerts nahm / umb ihme in rechtschaffener Busse zu folgen.

Denselben gantzen Vormittag traff ich nichts Erzehlungswuͤrdigs an / und eben darumb war ich desto muͤssiger / dieselbe Zeit hindurch meiner Beschaffenheit; item was ich mir vorgenommen und doch nicht gehalten / nachzusinnen; da befande ich auß eigner Erfahrung / daß zwar dem Menschen noͤthig und ein trefflich Mittel sey / zu Vermeidung der Suͤnden GOttes Gegenwart (welches ohne das seine Schuldigkeit ist) mit demuͤthiger Reverentz immer vor Augen und in dem Gedaͤchtnuͤß zu haben / daß solches aber gleichwol vor einen angehenden noch nicht genug / wann er nicht auch zugleich ohne unterlaß den getreuen GOtt um

1 *O Mon dieu!*] O mein Gott 2 unwuͤrschen] unwirschen
31 Reverentz] Ehrerbietung

Hülff / Gnad und Beystand anrufft / daß er seine elende Gebrechlichkeit nicht fallen lassen wolle; Jnsonderheit aber auch diß Orts das jenig fleissig darbey thue und observire; nemlich daß er alle verdächtige Oerter meyde / da er besorglich sündigen könte / ob er gleich einen steiffen Vorsatz hat nimmermehr zu sündigen / dann die Gelegenheit macht den Dieb / und wir wissen / daß das Quecksilber auch das aller beste Gold dermassen befleckt / daß es zu seinem vorigen Glantz und schöner Farb nicht mehr gelangt als durchs Feur; und eben deßwegen sollen Leute die GOtt nicht erzörnen wollen alle Oerter und Gelegenheiten vor verdächtig halten / vornemlich aber dem Trunck und dabey befindlicher Gesellschaft sich nimmermehr vertrauen / noch sich auff sich selbst verlassen / er habe ihm gleich eine so grosse Beständigkeit vorgenommen als er immer wolle.

Dergestalt sonne ich meiner Beschaffenheit nach / und fande meine Nichtigkeit je länger je mehr; mein thumme Unwissenheit und geringes Vermögen sahe ich je länger je besser / und konte leichtlich darauß schliessen / wann ich nicht mit unaußgesetztem Fleiß meiner Seelen Wohlfahrt anders und zwar besser beobachten / und meinen sündlichen Begierden ernstlicher wiederstehen und dieselbige vorsichtiger im Zaum halten würde / daß meine Seligkeit auff Steltzen gienge.

Jn Betrachtung nun dieser meiner Undichtigkeit / bißherigen Jrrsahl und grossem Unwissenheit legte ich mich unter einem Baum nieder und sahe einem kleinen Waldvögelein zu / mit was vor grosser Sorgfalt und Behutsamkeit es beydes seine Nahrung und das Genüstwerck zu seinem Nest von der Erden auffhub und hintrug; Es setzte sich niemal auff den Boden / es sahe zuvor ob ihm nit Strick und Garn gerichtet wären / es zu fangen! Es hube kein Körnlein auff es sahe sich zuvor etlichmal umb / ob kein Schütz auff es im verborgenen lauret der es etwann schiessen könte! Es flohe

3 observire] beobachte 23 f. Steltzen] Krücken 25 Undichtigkeit] Untüchtigkeit, Unfähigkeit 29 Genüstwerck] Nestmaterial 34 flohe] flog

niemal wiederumb in den freyen Lufft sein eigen Element / es betrachtete zuvor die Sicherheit deß Wegs / den es nehmen wolte / ob kein Raubvogel vorhanden der es mit Federn und allem darvon führen möchte!

Du leichtfertiger / thumer Mensch / sagte ich zu mir / warumb bist so kühn / von dir zu glauben / daß du mit andern Menschen vernünfftig seyest / und erzeigest doch zu deiner selbst Erhaltung nicht so viel Verstands und Vorsichtigkeit als dieser geringen Creatur die doch sonst nichts als ihr sorgfältigs Leben: und kein ewige Cron / wie du / zuverliehren: die nach ihrem Todt kein ewige Verdamnuß / wie du / zubesorgen hat?

Jn diesen Gedancken setzte ich mir vor hinfüro von allen Creaturen dergleichen so etwas zu lernen / das mir zur Beförderung meiner Seeligkeit ersprießlich seyn möchte / dann ich konte ja auß diesem eintzigen Exempel wol abnehmen / daß die Göttliche Güte dieselbe nicht allein zu unserer Speise und zu unserm Wollust erschaffen; zumalen auch theils deren zu unserer Nahrung gantz unbequem und gifftig seynd / anderer Beywohnung aber gantz unlustig / schädlich / abschäulich und gefährlich ist;

Gleich darauff sahe ich eine grosse häßliche Krott dorther waltzen / welche ich weis nicht / vor übriger Feustigkeit oder vor übrigen Gifft oder umb willen sie den Wanst voller Laich hatte / kümerlich kriechen vielweniger einer ihro nacheilenden Schlange eintrinnen konte / die sie grad vor mir erdappte und verschluckte! diese beyde abscheuliche Würme erinnerten mich billich / daß ich meinem Allergütigsten GOtt unauffhörlich zudancken schuldig wäre / umb willen er mich zu keinem solchem Scheusall / sondern zu einer vernünfftigen Creatur / die der ewigen Seeligkeit mit den heiligen Engel fähig wäre erschaffen hatte.

Gleichwie nun ich zuvor langsam an diese billiche Danck-

---

10 sorgfältigs] sorgenvolles 20 Beywohnung] Umgang 22 Krott] Kröte 23 übriger] übermäßiger 23 Feustigkeit] Feistigkeit, Dicke 24 umb willen] weil 27 erdappte] schnappte

sagung gedacht / also lernete ich auch von dieser Krott / daß ein Mensch der mit Hoffart beladen (an welche mich ihr gravitetischer Gang ermahnte) oder einer der wie ein Schwein sich Tag und Nacht mit übrigem Fressen und Sauffen mästet: oder einer der dem gifftigen Neid / Haß und Zorn ergeben: oder einer der immer den fleischlichen Wollüsten abwartet: oder einer der sich auß Geitz mit zuvielen zeitlichen und vielleicht unrechtmässigen Reichthumen beladen hat / oder einer der auß fauler Trägheit die Himmelstrasse nicht lauffen mag / beynahe dieser Krotten gleiche / und der Schlang / dem höllischen Drachen schwerlich entrinnen möge.

Weil mir nun diese meine Gedancken eine scheinbarliche Frucht zeigten / die sie mitbrachten; Sihe so verfolgte ich sie weiters / ja ich kam so weit / daß ich nicht allein von den sichtbarlichen Creaturen: sondern auch von dem abgesagten Ertz-Feind deß Menschlichen Geschlechts / dem Teufel selbst zu lernen unterstunde!

Dann als ich betrachtet / was massen dieser leidige Widersacher allein auß lauter Neid und Mißgunst mit unverdrossener Mühe / unaußsetzlichem Fleiß / tausentfältigen Listen / Betrügereyen und unersinnlichen Vörtheiln / uns Menschen so ernstlich nachstellet / uns in Sünde: und also umb die Göttliche Huld / Gnad und ewige Seeligkeit zubringen / davon er doch kein *intresse*, keinen Nutzen / keinen Gewinn / keine Belohnung noch etwas anders oder ichtwas dergleichen zuhoffen hat / daß ihn *contentir*en möchte / ohn allein daß er hiemit dem Allerheiligsten Willen GOttes zuwider (gleichsam so zu reden / GOtt zum Verdruß und Trutz) seinen boßhafftigen Willen zu vollbringen suchte;

Da gedachte ich du blinder Mensch! der du nach diesem Leben nur eins auß zweyen: nemlich den Himmel oder die

---

13 scheinbarliche] augenscheinliche 16 sichtbarlichen] sichtbaren 16 abgesagten] erklärten 19 was massen] auf welche Weise 25 *intresse*] Zins 26 f. ichtwas] etwas 27 *contentir*en] zufriedenstellen

Hoͤll; das ewig Leben oder den ewigen Todt: ein immerwehrende hoͤllische Qual oder ein immerwehrende himmlische Freud und Wonne: die allerseeligste Anschauung GOttes und seiner lieben Engel und Außerwoͤhlten oder die Beywohnung der erschroͤcklichen hoͤllischen Geister und aller Verdammten vor dir stehen und zugewarten: und uͤber diß alles die Wahl unter beyden hast? Warumb laͤst du so viel Stund / so viel Tag! so viel Wochen / Monat ja (ach leider) so viel Jahr hinstreichen / in denen du nicht einmal hieran gedenckest? da doch der leidige Satan keine Minut feyert dich umb deine Seeligkeit zu bringen / sondern unauffhoͤrlich herumb gehet / und suchet welchen er verschlingen moͤge. Ach du unbesonnener Mensch! sagte ich ferner zu mir: Warum bedenckest du doch nicht wer du bist / wer du gewesen bist / und was du werden kanst / oder endlich werden must! warumb machst du dir doch diese Gnaden Zeit / die dir die Goͤttliche Mildigkeit verleyhet deiner Seelen Heil zu wuͤrcken / nicht besser zu Nutz? in welcher der Teufel so gar nicht feyert dich zu ihm in die ewige Verdamnuß zu ziehen.

Als ich so verstaunet dort sasse / fieng eine Nachtigal auff den Baum / darunter ich mich befande / so lieblich anzuschlagen / daß es einen jeden / der nicht mit solchen Gedancken wie ich beladen gewesen / daß Hertz im Leibe haͤtte erfreuen moͤgen / zwar so zerstoͤrte mir die angenehme Lieblichkeit ihres Gesangs auch mein unter Handen habendes Concept / und verursachte / daß ich nachsanne was ich bey ihr und ihrem froͤlichen Gesang zu lernen haͤtte?

Was fragst du? antwortet ich mir selbsten / sie reitzet dich zum Lob deines Schoͤpffers! O wer? sagte meine Sinnlichkeit zu mir / sie hat gut singen / sie hat gut singen / sie hat keine Schulden zu bezahlen / wann sie aber in solchen Gewissens-Aengsten steckte wie ich / so wuͤrde sie die Pfeiffe bald fallen lassen. Unverstaͤndiger Esel / antwortet hingegen meine Vernunfft / weist du nicht daß ein betruͤbter Geist und ge-

---

10 leidige] leidbringende 10 feyert] ruht 20 verstaunet] staunt 26 Concept] Einfall

aͤngstigtes Hertz ein Opffer GOttes ist? vermeinest du nicht / daß deine Traurigkeit / deine betruͤbte Buß-Thraͤnen und dein Leidwesen / umb daß du GOtt erzoͤrnet hast / dem Schoͤpffer eben so angenehm seyen als dieser Nachtigal Gesang? vornemlich wann dich dieser Schmertz auß Liebe zu GOtt ruͤhret / wann dich reuet / daß du deinen allerguͤtigsten Schoͤpffer beleidigt hast / und wann du einen steiffen Vorsatz hast dich zu bessern / und GOtt nimmermehr zuerzoͤrnen.

Geschwind stehe auff / lauff / und eile unverzuͤglich / dich durch eine wahre Buß dieser freymuͤtigen und froͤlichen Nachtigal wieder gleich zu machen / reinige dein Hertz durch die Beicht / und lasse die Suͤnd durch die Absolution vertilgen / alsdann wird dein getreuer GOtt / der dich so holdselig hierzu einladet / dich Freude und Trost hoͤren lassen / daß deine zerschlagene Gebein froͤlich wieder werden / er wird in dir ein reines Hertz schaffen / einen rechten Geist in dir erneuern / und dich mit seinem kraͤfftigen Geist bestaͤttigen; alsdann wird er deine Lippen auffthun / und belieben daß dein Mund sein Lob verkuͤndige / alsdenn wird er annehmen das Opffer der Gerechtigkeit / der heilige HErr / der sonst alles Lob derjenigen Suͤnder verwirfft / die ihre Mangel und schaͤndliche Befleckungen nicht solcher Gestalt / durch Krafft deß allerheiligsten Bluts / welches das unschuldige Lamm deßwegen vergossen / wiederumb abwaschen.

Solche und dergleichen Sachen handierte ich damal in meinem zerstoͤrten Gemuͤth / und damit ich dasselbige ehistens wieder zurecht bringen / und mein gantzes mich vermittelst Goͤttlicher Gnaden Beystands in eine Beschaffenheit setzen moͤgte / die GOtt angenehm und gefaͤllig waͤre; so nahm ich meinen Weg in aller Eil heimwarts / mich den Priestern zu zeigen / ihres Raths zu pflegen und deren Geboten als den Geboten GOttes an dessen Statt sie sitzen / mich in aller Demuth zu unterwerffen.

---

27 handierte] behandelte 28 ehistens] möglichst schnell
29 mein gantzes] ergänze: Gemuͤth

Passirte demnach in der groͤsten Mittags-Hitze durch ein Dorff darinnen eben ein Metzger abstieg und sein Pferd vor einem Hauß an einen Armsdicken Stuͤtzen bande / auff welchem ein Jmmenstock ruhete; Jch kam eben darzu als ein Jmmlein diesen fremden Gast umb die Ohren schnurret / welches das Pferd nicht leyden wolte / sondern mit dem Kopff zuruck schnellet / und den Stuͤtzen woran es gebunden unten am Boden / da er zimlich faul und versporrt war / entzwey brach; Pordutz lag der Bienstock auff dem Boden! welches die Honigmacher dermassen erzoͤrnte / daß sie umb solcher ihrer Reichs-Zerstoͤrung willen an dem armen Pferd grausame Rache zu uͤben Armee-weis mit ihren Stacheln gleichsam wie mit eingelegten Lantzen darauff loß flogen; Jch fande mich zu allem Unstern / wie oben gemeldtet / eben bey dieser Recontre / und vermeinte vor den zornigen Jmmen eben so sicher als unsichtbar zu seyn; aber weit gefehlet / dann in dem mich selbige nicht sahen / sondern durch meinen Leib wie durch den andern freyen Lufft zu fahren vermeinten / fienge ich in einem huy ein par hundert Angel auff / die mehrentheils mir beydes durch Hemd und Haut gieng / weil ich der grossen Hitz wegen mein Wams außgezogen und uͤber den Buckel gehengt hatte; Was ich damals vor Schmertzen und Pein außstuͤnde / ist weder zu sagen / noch zu beschreiben noch zu glauben; allein kan mans bey dem Pferd beylaͤuffig abnehmen / welches vor unleidenlicher Qual gantz wuͤdig wurde / im Dorff hin und wieder herumb rennete und sich so erschrecklich anliesse / daß mans endlich todt schiessen muste; Jch aber legte mich in eine stinckente Cloac der Jmmen ferneren Verfolgung zu entrinnen / nicht anderst vermeinende / als daß ich allbereit die hoͤllische Marter selbst lidte.

Da lerne nun du sicherer Narr (sagte ich zu mir) du elender Mensch! der du vor allem Gewalt der gantzen Welt ge-

3 Stuͤtzen] Pfosten 4 Jmmenstock] Bienenstock 8 versporrt] morsch 15 Recontre] (frz.: rencontre), Treffen, Schlacht 20 Angel] Stacheln 26 wuͤdig] wild 27 anliesse] gebärdete

nugsam gesichert zu seyn vermeinest / der du alle deine Thaten / deinen gantzen Handel und Wandel genugsam verborgen zu seyn glaubest: der du thust was dir beliebet / und denckest trutz wer will mirs wehren / wie leichtlich dich die allenthalben Göttliche Gegenwart seiner Allmacht finden / und entweder seiner Güte nach demütigen / oder seiner Gerechtigkeit und unergründlichen Urtheil nach augenblicklich gar biß in den Abgrund der Höllen hinunter stürtzen könne.

Aus obenbesagtem unflätigem Bad begab ich mich in ein anders / nemlich in ein fliessend Wasser / weil ich auß dem ersten so belampert stiege / daß mich wol kein Mensch (wann man mich gleich hätte sehen können) vor einen Menschen / aber wol vor eine lebendige Dreckseul (mit Gunst) hätte halten und ansehen mögen: Jn diesem letzteren oder zweyten Bad flößte ich zwar die äusserliche Besudelung ab / aber die hin und wider steckende Angel / die mir das Bienen-Volck gesteckt / und zu einem guten Gedächtnus in meiner Haut hinterlassen / konte ich samt dem darauß entstandenen Schmertzen so wenig vertreiben / als die Gewissens-Angst darinn ich schwebte: Jn welche ich mich gleichwol auß unvorsichtiger Leichtferdigkeit selbst gestürtzet hatte.

Hernach zoge ich mich Mutternackend auß / und trücknete hinter den Hecken meine Kleider durch die Stralen der Sonnen / welche allgemach gegen den Westen zustriche: so sich so lang verzögerte / daß ich dieselbe ob zwar kurtze Sommer-Nacht in eben demjenigen Wald verlieb nehmen muste / darinn etwa die Springinsfeldische Leyrerin gewohnet / und als ein wunderseltsame Melichina oder Meerfein / ihren guten Becken-Knecht erstmals angetroffen und bethöret hatte; Meine bey mir gehabte Speisen waren in dem Morast / darinn ich gesteckt / verderbt und zum Genuß untüchtig worden / derowegen muste ich Hunger leyden / ob ich gleich den verwichenen gantzen Tag weder Essen noch

11 belampert] besudelt 15 flößte] spülte 30 Becken-Knecht] Bäckerbursche

Trincken zu mir genommen; Was ich aber im übrigen vor eine lustige Nacht gegen der vorigen gehabt / beliebe mein großgünstiger Leser unbeschwert selbst zu erachten.

Doch ists besser hie als dort gelitten; und in Behertzigung eines solchen / tröstete ich mich so gut ich immer konte; vornemlich dieweil sich die Schmertzen von den Jmmenstichen allgemach legten / oder weil ich ihrer nunmehr gewohnete.

Gleichwol befande ich mich am Morgen frühe wiederumb wol auff / ohne daß ich innerlich eine Mattigkeit und Begierde zum Essen / äusserlich aber hie und da an meinem Leibe eine Sammet-weiche Geschwulst empfande; Meine Gedancken handelten dieselbe Nacht nichts anders als daß sie mit Verwunderung betrachteten / was massen GOtt der Allmächtige seine Widerspenstige auch durch die allergeringste *Insecta* heimsuchen und züchtigen könne / und deßwegen keine gewaltige Haupt- oder Landstraffen zu senden bedörffte; deß Morgens frühe aber bedachte ich / daß der grundgütige GOtt seine heilsame Artzney und Hülff-Mittel / auch in geringe verächtliche Dinge verborgen; Massen ich die Ursach meiner so geschwinden Cur der Mistlachen zuschreibe darinn ich gelegen / sintemal man auß der Erfahrung weiß / daß der Urin / die Jmmenstich damit gewaschen / beydes Schmertzen und Geschwulst augenblicklich hinweg nimmt.

Als ich nun meiner Sachen Beschaffenheit damals ferner hin und her erwoge / und so wol in das künfftige als vergangene sahe / was mir nemlich begegnet war und noch begegnen mögte / zumalen greiffen konte / daß mir alle meine widrige Begegnussen / durch Vermittlung deß Vogel-Nests zugestanden wären; So fieng ich derohalben an desselbigen überdrüssig zu werden / insonderheit als ich bedachte / daß dessen vorige Possesserin dardurch so elend umbs Leben kommen und als eine Zauberin verbrannt worden; Jch hielte darvor / daß es eine Art an sich haben müste / wie das Seia-

29 greiffen] begreifen 33 Possesserin] Besitzerin

nische Pferd / seine Besitzer in alles Unglück zu stürtzen; sahe auch nicht was es mir sonderlich hätte nutzen können / wann ich nicht durch Krafft so unsichtbarer Gestalt stelen wolte / welches mir aber ein widerwertiger Eckel worden war / wiewol ichs zuvor so festiglich in Sinn genommen hatte; ich verliesse es zwar gar ungern / nicht allein darumb weil es rar und ein solches Stück war / das mir mancher grosser Herr mit vielem Geld zu seiner Kurtzweil gar theuer bezahlt haben würde: sondern auch daß es einen in Nöthen erretten und auß aller Menschen Gewalt erlösen könte; da ich aber bedachte / was vor grosses Unglück es zur Welt gebären mögte / wann es in eines gewaltigen Herrn Händen wäre und vielleicht mißbraucht würde; zumalen daß ich mich in meinen Nöthen nicht auff diß Vogel-Nest / sondern auff die Hülffe meines getreuen GOttes verlassen solte / ich wolte dann diß Nest höher als GOtt achten / welches aber die gröste Abgötterey von der Welt wäre; Sihe so fällete ich das Urtheil darüber / daß es unverweilet cassiret und vertilgt werden solte / nahme es derowegen auß meinem Busen hervor / und zerrisse es wol zu sibenzehenhundert Fetzen.

Gehe hin / sagte ich / deinet halben soll hinfort keines Menschen Heimligkeit durch einen andern gesehen und offenbaret werden; durch dich soll hinfort niemand mehr weder umb Essen noch Trincken / vielweniger umb Geld bestohlen werden; du solst hinfort weder Manns- noch Weibsbildern den Weg zeigen noch Ursach und Gelegenheit geben / sich im Werck der Unkeuschheit unordentlicher Weiß zu besudeln; du solst weder mir noch einem andern Menschen seine eigene Schelmstück / Hurenstück und Diebsgriff mit Unsichtbarkeit bedecken / vielweniger anderen die ihrige / die im finstern oder heimlich geschehen / durch finster unsichtbare Gegenwart ans Taglicht bringen / dann GOtt / der alles siehet / der alles höret / der alles verhängt und zuläst / dem alles bewust ist / hat ihm allein durch seinen allerweissesten Rath solche Wissenschafft vorbehal-

18 cassiret] aus dem Verkehr gezogen

ten / der auch alles zu seiner Zeit nach seinem Göttlichen Willen eröffnen / oder verbergen und vergeben / richten / straffen oder belohnen wird.

Als ich nun solcher gestalt meinem Vogel-Nest seinen ehelichen Abschied gegeben / erinnerte ich mich auch deß Guten so ich durch selbiges zu lernen und zu begreiffen Anlaß bekommen / seit ichs in Händen gehabt; nehmlich daß der jenig sicher wandele / der GOttes Gegenwart allezeit vor Augen hielte / böse Gesellschafften fliehe / die possirlich scheinende Ader vor *Suspect* halte / ihme selbst nimmermehr traute / den überflüssigen Trunck zu besserer Verwahrung seiner Sinnen vermeide / und im übrigen von allen Creaturen / ja von allem dem was ihm vorkommt / was er höret und siehet / etwas guts unterstehen zu lernen / welches ihm zur Ehr und dem Dienst GOttes reichet und beförderlich zu seiner Seelen Seligkeit aber ersprießlich seyn mögte.

Weilen sich dann eben ein grosser Ameyssen-Hauffe neben mir fande / dessen Jnwohner überauß geschäfftig waren allerhand *Materialia*, und sonderlich das Genist von dem zerrissenen Vogel-Nest einzutragen; so sahe ich deren emsigen Fleisse und unverdrossene Arbeit mit Verwunderung zu / und erinnerte mich deß Spruchs Salomonis / da er sagt / gehe hin du Fauler zu den Omeysen / etc. da beobachtet ich / wie eine der andern so vernünfftig auß dem Weg wiche / wie eine der andern ihren Last tragen halffe / wie sie alle so einmüthig waren ihre Arbeit zu befördern / und so fortan; darauß nun faste ich allerhand schöne Lehren / und nahm mir einen gantzen Hauffen guts Dings hinfort zu vollbringen vor; Jch wolte hinfort arbeiten daß mir die Schwarte krachen mögte / umb mich ehrlich zu ernähren und niemand beschwehrlich zu seyn; Jch wolte meinem Neben-Menschen künfftig nachgeben und nicht allein gern außweichen / sondern auch darzu den Last seiner Mängel auß Christlicher

4 f. ehelichen] endgültigen 10 *Suspect*] verdächtig 10 ihme] sich 14 etwas guts unterstehen zu lernen] sich bestreben 19 Genist] Nestwerk 23 Omeysen] Ameisen

Liebe gern gedulten / und an seiner Beschwerung tragen helffen; und in solcher Ubung mit einem dermassen unaussetzlichem Fleiß so beständig verharren / daß mir das gantze Reich der Omeysen an dem grossen Tag / daran aller Menschen Thun und Lassen examinirt / durchforschet / gerichtet / belohnet und gestraffet werden sollen / das Geringste nicht vorzuwerffen hätte; dann ich sahe nunmehr wol / wann man ein Ding anfahet und nicht endet / daß es nichts mehrers ist / als wann mans gleich anfänglich gar unterwegen gelassen; und also war vor dißmal das Vornehmste / daß ich die Beständigkeit *æstimir*en lernete.

Aber! O seltene Tugend / ich vertieffte zwar mich damals in deiner Betrachtung so weit / daß ich wol drey Stund auff einem Sitz mit dir zubrachte / und mir vornahm mich in meinem festen Vorsatz gleichsam mit dir / wie in einem unzertrenlichen Ehestand / zuverewigen / ja ich hätte auch noch länger in meiner dasigen *Speculation* verharret / dafern mir nicht daß Schicksel unversehens gewiesen hätte / daß die Welt nicht dir sondern deiner Ertzfeindin der Unbeständigkeit / sich gewidmet; ob aber der leichte Sinn so vieler Unterschiedlicher Menschen / oder das Gestirn selbst / wie etliche wollen / die Ursach sey stehet dahin.

Dann es kamen eine Schar Wölffe die mich zugleich in meinen Gedancken zerstörten und umb so viel desto mehr erschreckten / dieweil es weder im Jenner noch Hornung war / darinn diese Art wilder Thier sich zusammen zu begeben und zu ramlen pflegten; derowegen verliesse ich urplötzlich diese gute Gedancken meines Vorsatzes / und trachtete nunmehr allein dahin / wie ich mein Leben vor denen erschröcklichen Ankömlingen *salvir*en möchte; Zu solchem Ende stiege ich in höchster Angst auff eine Stüm-

---

1 Beschwerung] Last 5 examinirt] geprüft 8 anfahet] anfängt 9 f. unterwegen gelassen] unterlassen 11 *æstimir*en] schätzen 17 dasigen] damaligen 17 *Speculation*] Betrachtung 25 Jenner] Januar 25 Hornung] Februar 30 *salvir*en] retten

melbuche / die mich hierzu am bequemsten zu seyn dunckte / und als ich mit geringer Muͤhe hinauff kam / und nunmehr vor den Woͤlffen / die sich je laͤnger je mehr vermehrten / sicher zu seyn vermeinte / sihe! da erschreckte mich ein anderer unversehener Anblick dermassen / daß ich mein Leben allerdings hinsetzte / dann als ich auff die Buche gestiegen / wurde ich zweyer Wuͤrm gewahr / die ich vor zwo erschreckliche Schlangen ansahe; ich gedachte / steigst du wieder hinunter zuruͤck / so kommst du den Woͤlffen in den Rachen / verbleibst du aber hieroben / so erwuͤrgen dich diese Basilißcken; langen Bedacht und die Wahl zu nehmen liesse mir weder der Schrecken / so mich uͤbereilet / noch meine Furcht zu; sondern ich kletterte / das gewisseste zu spielen / an einem Ast oder Zelgen hinauff / der Seiten der Stuͤmling / deß Mutter Stammens gewachsen und sich wiederumb in die Lufft geschwungen / so wol den vermeinten Schlangen als den Woͤlffen zu entgehen; da hockte ich nun in der Hoͤhe / und sahe zu / was vor eine Menge Woͤlffe sich ferner daher sammelte / die nicht nur mich / sondern den gantzen Bezuͤrck Steinwurffs weit umb mich herumb Battalien weis umbgaben; so / daß ich wol erachten konte / daß diese ordentliche Umbzirckung natuͤrlicher Weiß nicht geschehen koͤnte.

Gleich darauff naͤherten sich zween Maͤnner / auß denen der eine einem reichen Herrn: der ander aber / so zimlich betagt war / den zerlumpten Kleidungen nach einem vagirenden Landstoͤrtzer gleich sahe; Sie giengen biß zu dem Ort allwo ich gesessen / und daselbst sagte dieser zu ihnen; Nun

1 Stuͤmmelbuche] abgebrochene Buche 6 hinsetzte] verloren gab 13 f. das gewisseste zu spielen] um sicher zu gehen 14 Zelgen] Zweig 14 f. der Seiten der Stuͤmling / deß Mutter Stammens] der seitlich des verstümmelten Baumes, d. i. des Mutterstammes 16 vermeinten] vermeintlichen 20 f. Battalien weis] wie in Schlachtordnung 22 Umbzirckung] Umzingelung 24 zween] zwei 26 f. vagirenden] herumstreichenden 27 Landstoͤrtzer] Landstreicher 28 ihnen] vermutlich: ihme, s. Variantenverz.

wol mein Herr! jetzt seynd wir an dem Ort / allwo der Herr entweder / seines Schatzes und verlohren Geldes: oder deß Mittels sich unsichbar zu machen / theilhafftig werden kan; der Herr woͤlle nur bald eins auß diesen beyden / ehe die Stund deren eins zuerhalten vollends verschwindet; der vornehme Herr antwortet / Geld und Gut hab ich noch mehr / derowegen will ich mich meines verlornen Geldes hiemit verziehen und begeben: und solches unter die Schaͤtze gerechnet haben / die im verborgen ligen; wer ihn find / mag ihn behalten / hingegen aber das Klenot darfuͤr annehmen / dardurch ich mich unsichbar machen koͤnne.

Hierauff setzten sich beede zu dem Ameißhauffen / davon der alte eine Handvoll nahm und den andern fragte ob er ihn sehe? Als jener ja antwortet / legte er selbige Handvoll neben sich und nahm eine andere / fragte wieder wie vor und trieb es so lang / biß er letzlich eine Handvoll erdappte / davon er augenblicklich verschwande / und als er abermal fragte / sihet mich der Herr? Jener aber nein antwortet da sagte er / so halte der Herr sein Fazinetlin auff / und empfahe das was er verlangt / jener folgte / und so bald hatte ihm der Alte die Handvoll Materien von allerhand Geniste so er vom Ameißhauffen genommen / nicht ins Naßtuͤchlein geben / so bald verschwand er auch / und hingegen sahe ich den Alten wiederumb / welches seltzam und verwunderlich zu sehen war.

Hierauff sagte der Alte zum andern / er solte die Sachen fleissig ins Naßtuͤchel zusammen binden / damit das koͤstliche Stuͤck so die Wuͤrckung haͤtte / nicht verlohren wuͤrde / das thaͤte der ander / ob mans gleich nicht sahe was er machte; folgends legte jener das zusammen gebundne Naßtuͤchel auff die Erde / und probirte die Gewißheit der Wuͤrckung zum offtermalen / sintemal man dasselbige alsdann nicht sehen kondte / aber wol wiederumb denjenigen

4 woͤlle] wähle 8 verziehen] zurückziehen i. S. v.: verzichten 8 begeben] aufgeben 10 Klenot] Kleinod 19 Fazinetlin] Taschentuch 19 empfahe] empfange

der es hin gelegt; Als sie nun eine gute Weil ihre Kurtzweil solcher gestalt getrieben / und mir genugsam gewiesen hatten / daß die Wuͤrckung meines gewesenen Vogel-Nests nunmehr wiederumb in einer andern Gestalt einem Herrn dienete / hiesse der Alte den andern sich weg begeben / und als ich meine Augen auffhube / wurde ich gewar / daß alle Woͤlffe auch verschwunden.

Der Alte hingegen zoge seine Wuͤnschel-Ruthe herfuͤr den verborgenen Schatz zu suchen / er brummelte etliche Woͤrter darzu / und schliche damit uͤberall herumber / ich aber stiege allgemach den Ast herunter / und wurde gewahr / daß das jenige so ich im Schrecken Anfangs erblickt / keine Schlangen / sondern zwo seidene Wuͤrst voller Gold / nemlich der Springinsfeldischen Leyrerin gestohlene 1000. doppelte Ducaten waren / welche guͤldene Schlangen-Rippen gar erfreulich durch das abgenutzte und zum Theil versparte Zeug herfuͤr schimmerten / ich steckte alles in meinen Rantzen / und sahe dem Kerl mit seiner Gluͤcks-Ruthen zu / der endlich in einem holen Baum einen zimlichen Partickel Reichsthaler und etwas an Silber-Geschirr fande / so er auffpackte / und sich damit seines Wegs verfuͤgte; ich aber machte auch nicht laͤnger Mist daselbsten / sondern Anschlaͤg wie ich meine Reichthumb anlegen / und das freundliche Maͤgdgen / so ich unschuldiger Weis gleichsam im Schlaff beraubet und geschaͤndet / wieder erfreuen / und bey Ehren erhalten moͤchte.

Als nun hochgeehrter großguͤnstiger lieber Leser / ist diejenige Histori die ich ihm von meinem Vogel-Nest habe erzehlen wollen / hat er nun darauß gefast / was ich ihm damit habe beybringen wollen / so ist mirs lieb; noch viel lieber und erfreulicher aber wird mirs seyn / ihme aber sehr nutzlich / und GOtt wolgefaͤllig / wann er demselben was ich ihn hierinn zu lehren bedacht / nachzukommen sich befleist;

16 versparte] vermoderte 19 Partickel] Menge 22 Anschlaͤg] Pläne

waͤre aber wider alle Hoffnung eines solchen Numeurs / daß er hierinnen weder offentliche noch verborgene Lehren gefunden / oder doch wenigst derselben nicht geacht haͤtte / so wird ihn jedoch diß Wercklein anderwerts contentirt / und ihme verhoffentlich die Zeit eben so wol und vielleicht nuͤtzlicher und besser vertrieben haben / als wann er in dem Amadis gelesen haͤtte; Werde ich nun sehen daß dieses beliebt wird / so soll diß der Erste Theil deß Vogel-Nests seyn / und der Ander auß dem Omeis-Hauffen in Kuͤrtze hernach folgen; Jst etwann jemand darinn getroffen / der schweige und bessere sich / dann deßwegen hab ich diß geschrieben; Jst aber dein Camerad beruͤhrt worden / so freue dich deiner Unschuld und dencke was konte der fromme Aber darvor / daß sein Bruder ein Schalck war! Bitte aber auch darneben GOtt daß Er dich nicht fallen lasse / sondern auch deinem
Bruder wieder auffhelffe; diß war meine Meinung /
als ich diß Wercklein anfienge /
und ist sie noch da ichs jetzt
hiemit

ENDE.

1 Numeurs] Wortspiel mit franz. numéro (Zahl) und humeur (Temperament) 4 contentirt] zufriedengestellt 9 Omeis-Hauffen] Ameisenhaufen

DAS WUNDERBARLICHE VOGEL-NEST

ZWEITER TEIL

erbarlichen
s zweiter
von

ERLAͤUTERUNG DESS KUPFFERS / UND KURTZER INHALT DIESES GANTZEN TRACTAͤTLEINS.

Die Huͤlffe so du glaubst vom Teufel her zu zwingen /
    Scheint zwar / sie komm dir wol / ist aber so bewand /
    Daß sie je mehr und mehr dich faß mit Suͤnden-Band
Fein schnell / gewiß und fett dich in die Hoͤll zu bringen.

---

1 Kupffers] Titelkupfers   5 komm] bekomme

PRIVILEGIA UND FREYHEITEN / SO DIESEM TRACTÄTLEIN VERLIEHEN.

DJß Wercklein hats uffzuweisen / vom Grossen und zwar Unsichtbaren / und also auch Aller-Unüberwindlichsten Groß-König der Welt grossen und allervolckreichesten Landschafft *Selenitite*, (worinnen die Weiber / wie *Lucianus* bezeuget / gantze Körb voll Eyer legen / und Schockweise ihres gleichen Menschen darauß brüten /) daß es nemlich kauffen darff / wer Lust / Lieb und Geld darzu hat; Es sey gleich Gelehrt oder Ungelehrt / Reich oder Arm / Groß- oder Klein-Hans / Geistlich oder Weltlich / Weib oder Mann / Närrisch oder Gescheid / Ledig oder Verheurath / Bübgen oder Mägdgen; Es mags auch ein jede auß erstgemeldten Personen lesen / die es in Handen /(doch mit diesem Vorbehalt / so fern er anders auch lesen kan) es würde ihm dann von einem sonderbaren hohen Gewalt ernstlich verbotten / der solches auß rechtmässigen Ursachen zu thun befugt / und solch sein angelegt Verbott zu handhaben / starck genug sey; Es ist auch gegönnet und zugelassen / daß es ein jeder / nach seiner allerbesten Gelegenheit / zu Zeiten hinweg legen / und solches nach eigenem freyem Willen wieder in die Hände nemmen mag / so offt ihms selbsten beliebt / und die Zeit zugibt; Also / daß gar keiner gezwungen seyn solle / solches über einmal / oder auff einen Sitz / außzulesen / Es geschehe gleich allein die Zeit zu *passi*ren / oder die Lehren darauß zu erfischen / die der *Autor* heimlich hinein verborgen; dahingegen ist auch einem jeden *Possessore* dieses *Tract*ätleins ohngewehret / daß ers / wann er an ein-

6 *Selenitite*] Mondland 7 Schockweise] je 60 12 Verheurath] Verheiratete 25 *passi*ren] überbrücken, vertreiben 27 *Possessore*] Besitzer

mal nicht genug / oder sonst ein kurtz Gedaͤchtnus hat / zwey / drey / vier / ja wol gar siebenzehen mal durchlesen / und gar deß Nachtes untern Kopff legen darff / wie *Alexander Magnus* seinen *Homerum*; doch mit dieser Bescheidenheit / daß die Reformirte ihren Lobwasser / die Evangelische ihren Habermann / und die Catholische ihren *Thomam de Kempis* daruͤber nicht vergessen. So darff auch ein jeder / ob er schon bey seinem Eyd zu behaupten vermeynt / daß er weder dem *Momo* noch *Zoilo* verwandt / diß Tractaͤtlein tadeln / beurtheilen / verachten / verkleinern / *glossi*ren / *corrigi*ren / und durch die allerschaͤrffste Hechel ziehen / wann ers gleich weder verstehet / noch besser machen kan: Hierzu kompt auch noch dieses *Bene*, daß ein jeder Kerl / er sey auch so ernsthafft und *gravit*aͤtisch als er immer wolle / dieses Wercklein / wann es gleich in gruͤnem Atlas / oder Purpurfarbem Sammet eingebunden: mit einem guͤldenen Schnitt außgeziert / und wie ein liebes Gebetbuͤchlein / mit silbernen Schlossen verwahrt waͤre / ohnverhindert und ohne Einrede allermaͤnniglichs / auch ohne Verletzung beydes seiner eygenen *reputation*, und seines zarten Gewissens / so bald er nur muͤd druͤber worden / kuͤhnlich in das Wasser / in das Feuer / oder wol gar in deß Pilati heimliche Cantzley werffen / oder wann er je Haußhaͤltisch damit verfahren will / einen Welschen Wuͤrtz-Kraͤmer umb ein Bixel voll Schnupfftaback vertauschen mag / wann nur der Buchverkauffer seine ehrliche Bezahlung darvor empfangen hat / ohne daß ihn jemand solcher scharffen *procedur* wegen vor einen Wunderseltzamen Wuͤrmischen *Phantast*en halten / oder darvor außschreyen solte / doch bleibt ihnen auch frey

---

4 Bescheidenheit] Bedingung 10 *glossi*ren] auslegen 11 durch die ⟨...⟩ Hechel ziehen] daruͤber herziehen 13 *Bene*] Vorteil 14 *gravit*aͤtisch] würdevoll 18 Schlossen] Schließen, Buchschlösser 19 allermaͤnniglichs] irgend jemandes 20 *reputation*] Ehre 22 deß Pilati heimliche Cantzley] Klo 24 einen] gemeint ist: einem 24 Bixel] Büchslein 28 Wuͤrmischen] von Würmern befallen

gestellt / vor sothaner ernstlichen Verfahrung solches einem andern zur Danck-verdienung entweder zu schencken / oder auff nimmer wieder geben zu lehnen; Uber diß alles gibt mächtig-gedachter grosse König *Selenitide* allen und jeden / die mit Papier / und was darauff gehört / umbgehen / durchgehends diese vollkommene Macht / freyen Willen / willkürlichen Gewalt und erlangtes Recht / diß *Tract*ätlein in Teutscher Sprach aller Orten und Enden nachzutrucken / feil zu haben / zu verkauffen / zu verstechen / und zu ver*alieni*ren / und zu ihrem allerbesten Nutzen zu verwenden / wann und so offt es ihnen beliebt / doch mit diesem außtrucklichen *reservat* und vorbehalt / daß ein solcher Nachtrucker geständig sey / auch deßwegen gnugsame Bürgschafft leisten wolle / was massen er sich gantz kein Gewissen machte / wieder das Gesetz der Natur zu handeln / sondern durch den Nachtruck sich befleisse / seinem Neben Menschen / vornemlich aber dem ersten Verleger das Brot Diebischer Weis vorm Maul hinweg zu stehlen / darunder aber mit nichten dieselbige verstanden werden / welche wissen / und sich zu thun befleissen / was ehrlichen Leuten geziemt / auch nicht die jenige / so diß *Tract*ätel auß dem Hochteutschen in ein andere Sprach übersetzen / und also Außländischen *Nation*en zum besten / in einer unteutschen Sprach trucken lassen möchten / alles laut der *Privilegien* in *Original*, mit angetroheter Straff / daß der mehr mächtig-gedachte grosse König *Selenititorum* den Verbrechern seines gantzen Reichs unartige und verwerffliche Geburten / welche wir Wechselbälg oder Käulköpf zu nennen pflegen / wie vor diesem *Jupiter* seine *Harpyæ* übern Hals zu schicken entschlossen / alles laut mehr-angeregter *Originalia*, so geben unter eygenhändiger Unter-Schrifft deß offtmahlig ermeldten

---

1 sothaner] solcher 9 verstechen] eintauschen 9 f. ver*alieni*ren] veräußern, umtauschen 12 *reservat*] Einschränkung 14 was massen] auf welche Weise 27 unartige] aus der Art geschlagene 28 Wechselbälg] Mißgeburten 28 Käulköpf] Kielkröpfe, Mißgeburten

grossen Kͤnigs / *de dato* in der Haupt- und *Residen*tz-Statt *Invisibilis*, den 33. Monatst. *Inauditæ*, *Anno post nihil 00000.*

Nullander Rex Selenitide.

(*L. S.*)

Nemonius Secretar.

---

2 *Invisibilis*] unsichtbar 2 *Inauditæ*] an nie erhörtem Ort 2 *Anno post nihil 00000*] Im Jahr nach nichtshunderttausend 3 *Nullander Rex Selenitide*] Nullmann König in Mondland 4 (*L. S.*)] (Lat.) Loco Sigilli, Ort des Siegels 5 *Nemonius Secretar.*] Sekretär Niemand

VORREDE AN DEN GENEIGTEN LESER.

GLeich wie der *Simplician*ische *Autor* in dem Ersten Theil seines wunderbarlichen Vogel-Nests nichts anderst gesucht / als die Menschen zu erinnern / daß sie jederzeit in allem ihrem Thun und Lassen / Handel und Wandel die Göttliche Gegenwart vor Augen haben / und solche kein Augenblick ohnbetrachtet oder ausser Acht lassen sollen; Also will er sie in diesem Zweyten vor der Kund- und Gemeinschafft mit dem bösen Geist getreulich warnen / in welche / ja gar in eine armselige Verbündnus mit ihme / und also in die Ewige Verdammnus mancher gar leichtlich und ohnvermerckt / ehe ers selbsten vermeynt / oder ihm einbilden mag / gerathen könne / nicht nur / wann er selbsten vorwitzige und verbottene Künste braucht / oder dergleichen zu lernen sucht / sondern auch / wann er bey seinen Dienern und Dienerinnen den so genannten weisen Männern und Weibern / oder (sie mit ihrem rechten Namen zu nennen) Teufelsbannern / Segensprechern / alten Hexen und Gabel-Reuterinnen Hülff und Rath suchet / mit denenselben nur umbgehet / oder die geringste Vertraulichkeit mit ihnen pflegt. Was nun bemeldter *Autor* in gedachtem Ersten Theil seines angeregten Vogel-Nests zu thun vermeynt / das hat vor ihm / und zwar mehr als vor 2000. Jahren der weise Mann gethan / nemlich die Menschen zu lehren / wie sie sich gar leichtlich vor Sünden hüten könten / wann er mit kurtzen Worten sagt: Jn allen deinen Wercken gedencke deiner letzten Ding / so wirstu Ewiglich nicht sündigen; Aber mehr-besagter unser *Autor* unterstehet solches viel kürtzer und kräfftiger zu thun / dann umb wie viel mehr wird der Mensch das freventlich sündigen unterlassen / wann er weiß und bedenckt / daß ihm allenthalben die unfehlbare Gegenwart deß jenigen beywohnet und zusiehet / der ihn künfftig umb sein Thun und Lassen eygentlich straffen oder belohnen wird? Wann sich der Mensch scheuet in eines andern Menschen beysein (der gleichwol nur seines gleichen / auch ein Suͤnder / und vielleicht viel Gottloser als er ist) ein schandliche Laster-That zu begehen / wie viel mehr wird er dergleichen / oder auch wol die geringste Suͤnde zu thun unterlassen / so er thut / was ihn das Vogel-Nest lehret / nemlich diß / daß er gedencke / was massen ihm der Allerheiligste / so die Suͤnde hasset / der Aller-Gerechteste / so weder das Gute unbelohnt / noch das Boͤse ungestrafft laͤst / der Allermaͤchtigste / dessen Hand und Goͤttlichem Gewalt niemand entrinnen kan / uͤberall zuschauet? Dieser *Autor* hat zwar in dieser ernstlichen Sach seinen gewoͤhnlichen lustigen *Stylum* gebraucht / und viel laͤcherliche Schwaͤnck mit eingebracht / wie er in deß Abentheuerlichen *Simplicissimi* Lebens-Beschreibung auch gethan / so / daß unter 17. Lesern kaum einer ist / der da findet / was er ihn unterrichten will / sondern die mehriste glauben / er hab ihnen seine Schrifften nur zur Zeit-Verkuͤrtzung verfertigt / aber das laͤst er sich nicht irren / immerhin im angefangenen Glaiß fortzufahren; Verstaͤndige Leut / denen es gedeyet / werden den Kern schon zu finden / und ihnen zu Nutz zu machen wissen; Man weiß wol / wie ungern die *Patient*en die bittere / ob gleich heylsame Pillulen verschlucken / dahingegen aber die uͤberguͤldte oder verzuckerte leicht zu sich nehmen / deßwegen hat er auch den vorsichtigen Aertzten nachgeoͤhmt / und seiner straffenden Schrifften scharpffe Bitterkeit dergestalt versuͤsset / daß sie etliche unbolirte bey nahe vor keine heylsame Artzney / sondern vielmehr vor ungesund Schleckwerck geniessen; unangesehen nun eines solchen auch der neidigen *Saturn*isten und Maulhenckolischen Koͤpffe Schmaͤlerey und Mißgunst / die alles ausser ihrem eygenen gemaͤcht / vor

---

13 *Stylum*] Stil 24 Pillulen] Pillen 24 f. uͤberguͤldte] vergoldete, goldfarbene 26 nachgeoͤhmt] nachgeahmt 27 straffenden] satirischen 28 unbolirte] Ungebildete 31 Maulhenckolischen] Melancholischen 31 Schmaͤlerey] Machwerk

Salbaderey halten und außschreyen wollen / ist er bey seiner vorigen Art geblieben / die unbehutsame Menschen (auch mit Exempeln) unter dem Schein kurtzweiliger Geschichte / vor dem jenigen treulich zu warnen / was sie / wie gemeldt / gar leicht vom höchsten Gut absondern / hingegen in deß leidigen Teufels Gewalt / und wann der liebe Gott auß sonderbarer Barmhertzigkeit nicht hilfft / ohn Zweifel in die Ewige Verdammnus bringen mag / worzu er vornehmlich bewogen worden / als er gesehen / wie unzehlbar viele sich in jetzigen elenden / vielleicht letzten Zeiten mit allerhand liederlichen Künsten schleppen / ohne daß sich der ein oder ander Mensch ein Gewissen darumb mache / noch mercke / daß er allbereit dem Höllischen Schlund begune im Rachen zu stecken. Sonsten wäre dieses billich das zehende Theil oder Buch deß Abentheuerlichen *Simplicissimi* Lebens-Beschreibung / wann nemlich die *Courage* vor das siebende / der Spring ins Feld vor das achte / und das erste *part* deß wunderbarlichen Vogel-Nests vor das neundte Buch genommen würde / sintemahl alles von diesen *Simplician*ischen Schrifften aneinander hängt / und weder der gantze *Simplicissimus*, noch eines auß den obengemeldten letzten *Tract*ätlein allein ohne solche Zusammenfügung genugsam verstanden werden mag. So zur freundl. Nachricht der *Autor* hiemit vermelden wollen / und dem Leser alles Wolergehen hertzlich wünschet.

1 Salbaderey] Geschwätz 13 begune] beginne 17 *part*] Teil 19 sintemahl] zumal

REGISTER DER CAPITEL.

---

3 verlustigt wird] verliert 7 Leffeley] Buhlerei 7 schier] beinahe 19 Råͤis] Reise

9 ihm] sich 12 Quinten] Listen 24 *Continuation*] Fortsetzung

CAP. I.
Wuͤrckung deß Gelts / beydes wann man dessen viel besitzt und verlustigt wird.

DEm Grindigen ists bey nahe ohnmuͤglich das kratzen zu lassen / wann er ihm gleich den kuͤnfftigen Schmertzen einbilden kan / den er damit verursacht / und den er etwann auch hiebevor bereits empfunden; Wann er gleich Leut siehet / welche seine naͤrrische Geberden: seine bleckende Zaͤhn: sein krummes Maul und runtzelichte Nase / so er in solchem geschaͤfftigen Jucken darstellet / sampt der Ungedult uͤber seine eygene Haut / so er mit seinem Gescherr verdoppelt / belachen! Aber was machts / daß diese jenen außlachen? Es macht / daß diese Außhoͤner auch nicht selbst grindig seyn / dann so wuͤrden sie ihr Gespoͤtt wol unterwegen lassen; Der / so ein Ding nicht versucht / wie wolte er wissen koͤnnen wie es schmaͤckt? Er mag wol etwas rathen / ist aber noch fern vom Wissen; wie jener Baurenbub / der die Guͤte deß Schnepffen-Drecks uͤber alle andere *delicate* Gerichter erhoͤhete; nicht zwar / daß er selbst darvon gessen / sondern weil sein Großvatter einsmals erzehlet / seine Uraͤhne haͤtte vor alters dergleichen auff weisse Semeln gestrichen / und in Butter gebachen / von seinem Junckern mit Lust essen sehen und loben hoͤren;

Aber hier ists ein anders; Jch will nach dem Altfraͤnckischen Spruͤchwort sagen / wer hangt der langt! keiner kan glauben / wie Stachelhafftig und Hechelzaͤhnmaͤssig-weh einem das schrepffen auff den Schienbeinen kitzelt / so fern ers nicht selbst erfahren.

---

4 Grindigen] Von Hautausschlag Befallenen 11 Gescherr] Gekratze 20 Uraͤhne] Vorfahre 22 Junckern] adligen Herrn 26 Hechelzaͤhnmaͤssig-weh] schmerzhaft wie durch die Zähne des Flachskamms gezogen 27 schrepffen] zur Ader lassen

Jch habe Geistliche Seelen-Hirten von allerhand *Religionen* / beydes in offentlichen Predigten und absonderlichen Gesprächen so wol auß dem Grund der Heil. Schrifft / als andern erheblichen Ursachen gewaltig darwider (hätte bey einem Haar donnern gesagt) kollern gehöret / wann sie vernommen / daß gemeine Leut / so entweder krancke Kinder: krancke Dienstbotten oder kranck Vieh gehabt / oder denen etwas gestolen worden / oder sie selbst sonst ohnvorsichtiglich verlegt oder gar verlohren / zu denen alten Weibern / Weissen so genannten Männern: oder besser zu sagen / schwartzkünstlerischen Lumpen / Siebträhern / Segen sprechern / und so beschaffenem Gesindel geloffen / das nur im Verdacht gewesen / ob gienge es mit / wo nicht gar Teuffelischen / doch wenigst verbottenen Künsten umb; O seliger Eyfer so Gottseliger und liebreicher Hirten! O sichere Hülff und Wegweisung / deren sich wie irrende Schäflein alsdann tröstlich bedienen / wann sie in widerwertigen Begegnussen vom Satana gelockt: von seinen Aposteln mit Versprechung gewisser Hülffe angereitzt: von eygnen schmertzlichen Anfechtungen gleichsam genötigt: und also von allen Orten her so wol angekünt und geludert: als mit Schärpffe angesporet werden / von der rechten Bahn abzutretten! O heilige Vorsorg so getreuer Vätter! welche uns elende Jdioten: uns arme unwissende blinde Layen auff diesem gefährlichen Weg solcher Gestalt vor Zauber-Künsten / vor Abgötterey; und also vor der Seelen Untergang und ewigem Verderben zu behüten: und unserer ewigen Verdammnus vorzukommen; hingegen aber uns / ihrem Ehrwürdigen Beruff gemäß / in den Schoß Abrahæ zu liefern / sich so treueyferigst bemühet! massen einmal / gerechter Vernunfft nach zu schliessen / daß der jenig / so Hülff und Zuflucht beym Feind Gottes und

2 absonderlichen] besonderen 5 kollern] laut schimpfen
10 Weissen] Wortspiel mit Weisen 11 Siebträhern] Siebdrehern
12 geloffen] gelaufen 21 angekünt] gierig gemacht
21 geludert] gelockt 21 angesporet] angespornt 29 Abrahæ] Abrahams

seinen Abgesandten sucht / ob er sie gleich nicht findet / hernach weder der Hülff Gottes und seiner Heiligen mehr werth seye; daß aber der liebreiche GOtt bißweilen dem einen und andern Gefallenen durch seine Vätterliche Güte dannoch wieder auffhilfft / und ihn in seine Gnad nimpt / darvon ist allein seiner Grundlosen Barmhertzigkeit zu dancken!

Aber lieber bedenck doch / was der tausendlistige Ertzfeind beydes deß Himmlischen Heers und Menschlichen Geschlechts vornimbt / wann er siehet / daß wir diesen unsern getreuen Vättern so gehorsam folgen; ihn sampt seinen Propheten verachten / und sich allein auff Gott verlassen? Schau doch seine Schalckheit an! Er låst durch seine verdammliche Künstler außgeben / daß einige von eben den jenigen Geistlichen / so ihrer Kunst am allerhefftigsten widerstanden / gleichsam als hätten sie solche mit Eysen und Feuer außrotten wollen / zu ihnen geloffen / und sich ohne Scheu ihrer Hülffe bedienet: umb uns arme *Ignorant*en dahin zu *persuadir*en / daß wir dencken / und in unserer blinden Einfalt sagen sollen: Hoho! haben das unsere andächtige- allein Gott-ergebene Vätter gethan? Wer wolte uns dann in argem auffnehmen / wann wir ihnen folgen? Jsts ihnen recht? so ists uns billich; dann wo der Abbt die Würffel aufflegt / da ist dem *Convent* erlaubt zu spielen.

Und zwar was ist gemeiners / bekandters / und auß der Erfahrung gewissers / als daß alle die jenige Menschen / so in Wassersnoth und Gefahr deß Ersauffens gerathen / das nächste / so sie erlangen mögen / zu Hülff ergreiffen (und solte es gleich ein scharpffe Dornhecke / oder nur ein schwaches zerbrechliches Glas seyn) solches auch so fest fassen / und im Leben und sterben so starck halten / daß mans ihnen auch nach dem Tod (so fern sie anders demselben Würger im Wasser bestehen / und überwinden müssen) mit Mühe wiederumb auß den Händen zu bringen hat!

13 Schalckheit] Bosheit 18 f. *persuadir*en] überreden 32 anders] etwa 32 demselben Würger] d. h. den Tod

Aber deßwegen bilde dir darumb nicht ein / viel weniger glaube es / (wie ich ehemal Naͤrrischer Weise gethan) daß die Geistliche in ihren Noͤthen der Schwartzkuͤnstler Huͤlffe suchen / dann sie sind viel zu heilig und zu verstaͤndig darzu; Es wuͤrde einer sein hundert-Thaler Pferd / wann es ihm gleich von tausend Hexen geritten worden waͤr / ehe hundert-tausendmal verrecken lassen / und lieber die gantze Zeit seines Lebens zu Fuß gehen / als daß er nur einen Segensprecher auch nur mit dem geringsten Wunck umb Huͤlff anspreche! Also auch in allen andern Faͤllen; Ja wann es gleich an ihr eygen Leben gieng / dann sie wissen / daß sie / gleich wie sie im HErrn gelebt / also auch im HErrn sterben.

Also sind sie viel Gewissenhafftiger und vorsichtiger als ich war / thun auch weit anders als ich thaͤt / da mir die Springinsfeldische Leyrerin all mein Gold und Silber / so viel ich dessen in gemuͤntzten groben Sorten in meinem zuruͤck-gelegten Schatz vermochte / außgefischt;

O ihr verfluchte Reichthumb / was habt ihr nur mit mir begonnen? So lang ich euch besessen / habt ihr mich mit einem solchen Last der Hoffart beladen / die allein genug gewest waͤre / mich in den tieffsten Abgrund der Hoͤllen hinunder zu trucken! geschweige was massen euer Uberfluß meinen eytelen und schnoͤden Begierden den Weg der verdammlichen Wolluͤste also richtig gebahnet / daß ich gantz unanstoͤssig auff dem selben zu meinem Verderben fortwandern: und also der Stricke nicht wahrnehmen / viel weniger ihnen entrinnen konte / die mich zur ewigen Verdamnus zu ziehen anfiengen / dann ich lebte wie der reich Mann / Luc. 16. und haͤtte ich so fort gefahren / so waͤr ich auch billich wie er gestorben.

Ach! was waren aber dieselbe eytele Wollustbarkeiten? die vermeyntlich / und doch so schnell zergaͤngliche Freuden! die Thorheiten so falscher Ergoͤtzungen: die Erfuͤllungen meiner naͤrrischen Begierden / und dergleichen gegen den

---

5 hundert-Thaler Pferd] sehr wertvolles Pferd 9 Wunck] Wink 16 groben] von größerem Gewicht 22 trucken] drücken

schweren Sorgen zu schätzen / damit ihr mich mehr als Henckermässiger weise so Tags / so Nachts grausamlich gequälet? nicht allein euch zu erhalten / sondern auch zu vermehren / damit ich nicht durch eure Schmälerung oder gäntzlichen Verlust und *ruin* zugleich umb mein groß Ansehen / Ehr und *reputation*: umb mein herrlich sanfft Leben / und andere den Menschlichen Sinnen angenehme und erwünschte Ding käme; die ich allein auß euch so überflüssig zu geniessen mir einbildete / und mit euch zu verlieren besorgte.

Aber / ich muß noch einmal sagen / ihr verfluchte Reichthumb! mit diesem allem wars euch noch lang nicht genug? Es war bißher nur Kinderspiel / und mir ein angenehmes süsses Gifft gewesen / vermittelst dessen ihr mich mit meinem damahligen guten *Contentament* auf einem lustig-scheinenden Weg unvermerckt richtig gegen der Verdamnus zuführet (den ich zwar jetzt / da mir die Augen geöffnet seyn / umb der untermischten Bitterkeit willen mit gesunder Vernunfft nicht lustig nennen kan) zuletzt aber woltet ihr mir / O verrätherische Reichthümber / den Hertzstoß mit gewaltsamer Tyranney und höchster Marter beybringen; dann siehe / nachdem die Leyrerin ihren Diebsfang glücklich gethan / und mein Schatz außgeflogen war / hätten billich mit meinem Reichseyn auch die jenige Ubel auffhören sollen / mit denen ihr die Menschen peinigt die euch besitzen; Aber ach! da liesset ihr mich erst allerdings die Höllische Qual selbst empfinden; Ja / ich gestehe mehr als gern / daß es damahl umb mich und meiner Seelen Heyl knapp gestanden / und sehr nahe geschehen gewest wäre / so fern mich die Barmhertzigkeit deß Höchsten durch seinen guten Engel nicht erhalten / so gar ein kurtzer Schritt war zwischen mir und der gäntzlichen Verzweifflung; dann gleich wie mich zuvor die Sorg gefrettet / das Meinige zu verwahren und zu vermehren / also schmirzte michs jetzt umb so viel desto mehr / weil

6 *reputation*] Ansehen 15 *Contentament*] Wohlstand
33 gefrettet] gequält 34 schmirzte] schmerzte

es Pritsch: und keine Hoffnung da war / solches wieder zu bekommen.

Jch hatte nirgends keine Ruhe mehr / keine kam mir in mein Gemuͤth / und kein Schlaff in meine Augen; Jn Summa / ich war von aussen und innen durchgehends beschaffen / gleich als einer / der in eine Jungfer verliebt ist / und an Erhaltung der Gegen-Lieb verzweifelt; Jch kan auch meine damahlige Unsinnigkeit sonst keiner andern Thorheit besser vergleichen / als eben deren / darinn die Naͤrrisch-verliebte versuncken / dann ich lieffe / rennet / und thaͤt manchen unnuͤtzen Trab; Jch gieng mit dem Saul nach Endor / und schickt mit dem *Ochosias* nach Ekron; keinen Teuffelsbanner liesse ich unbesucht; keinen Hexenmeister ungefragt; aber alles vergeblich: da wolte kein zusprechen der Verwandten bey mir hafften / kein Trost der Geistlichen mehr helffen / noch ihr ernstliche Vermahn / und Abwarnungen etwas verfangen; Nichts bessers konte ich als seufftzen; und was mich noch am allermeisten schmirzte / war diß / daß sich Leute fanden / welche ich doch mein Tage nicht beleidigt / sondern ihnen vielmehr alles guts erwiesen / die sich meines Ungluͤcks freuten / und daß sie mich so nidergeschlagen und gedemuͤtigt herein gehen sahen; dann ich wurde am Leib mager / am Verstand untuͤchtig und stumpff / von Kraͤfften schwach / von Farb bleich / von *Humeur melanchol*isch / und mit einem Wort / allerdings so elend / wie die erst obengedachte Ungluͤckselig-Verliebte zu seyn pflegen.

Ach! ich grosser Narr! was hab ich doch nur gedacht? Jch hatte ja noch wol so viel im Vermoͤgen / wanns gleich kein baar Gelt / noch so viel Gold und Silber war / als ich verlohren / benebens noch darzu bey jederman einen guten *Credit*; geschweige meiner ansehenlichen Freundschafft / die mich nicht verlassen; so / daß ich mich besser als noch viel nicht koͤnnen / nicht allein mit Ehren außbringen / sonder auch widerumb ein stattliches erringen und gewinnen moͤgen;

---

1 Pritsch] verloren 24 f. *Humeur*] Temperament

Aber was halffs? Meine Thorheit muste auffs höchste kommen / damit ich ja mit Schmertzen erführe / was mir die Leut ohne das ansahen / nemlich / daß ich wider alle Vernunfft und Billichkeit das Gelt mehr als Gott geliebt.

CAP. II.
Abbildung deß Zauberers.

MJtten in diesem meinem Jammer und elenden Zustand spatzirte ich vor Unmuth / und in der allerhöchsten Traurigkeit / als die Zeit eben gegen dem Ende deß Augusti zulieff / in meinen grossen Garten / den ich zu nächst vorm Thor an der Statt ligen hatte; und wann einer / der mich also hinwandern sehen / auch damahls meine grosse Hertzens-Betrübnus so wol schauen und betrachten können / als die äusserliche Gestalt / die mit der innerlichen Beschaffenheit gemeiniglich überein zu stimmen pflegt / so hätte er ohne Zweiffel geschlossen / ich wäre auff dem Weg begriffen gewesen / auff Chinesische Gattung mich irgends an einen Baum zu knüpffen: aber es gieng GOtt Lob viel besser ab; dann diß war derselbige Ort / da ich meinen ersten Trost empfieng / den ich auß meiner eygenen Vernunfft / vermittelst Göttlicher Gnaden schöpffte / als ich nemlich betrachtet / was massen die Königs-Cronen / Tulipanen / Narcissen / Hyacinten / und andere Blumen-Zwiblen ihrer schönen Zierde gäntzlich beraubt waren / die deßwegen aber drumb nicht gar verdorben / sondern in versicherter Hoffnung gantz frisch im Erdreich lagen / auff den künfftigen Frühling mit ihrer gewöhnlichen Tracht wiederumb auff das neue prächtig zu prangen: du Narr / sagte ich damahls zu mir selbst / wann du keine Vernunfft hast / wie ein verständiger Mensch haben soll / und wann dirs an Weisheit und Wissenschafft mangelt / so lerne doch hier an diesen stummen Gewächsen / wer weiß / wie dich Gott wiederumb zu segnen beschlossen? als der dir noch kein Glück versagt hat / hastu doch noch den Samen / das ist / die Mittel und Gelegenheit / gleich wie diese Blumen-Zwiebeln die Art ihres Wachsthumbs in Händen / grössere Reichthumb und Schätze zu pflantzen und einzuerndten / als du verloren: kurtz gesagt / mein Trost / Hoffnung und guter Vorsatz wurde gehling so mächtig / gewaltig und groß / daß ich mir einbildete / ich wäre jetzt erst auß einem Blinden zu einem Gesehenden / auß einem *Cyclops* zu einem *Argo* worden / derowegen schalte ich mich selbst / umb daß ich wegen meines Verlusts so närrisch gethan / mir selbst das Leben bey nahe mehr als halber abgefrettet / und was das aller-abscheulichste ist / wider das außtrückliche Gebot Gottes / und frommer Christen Gebühr / mich bey den Siebträhern / Schatzgräbern und Teuffelsbannern umb Hülff und Rath beworben hätte; Ja / ich setzte mir schon vor / wie ich solch Ubersehen büssen / und wann ich einmal wieder reich würde / mich bessern wolte: Jn Summa Summarum / ich geriethe plötzlich in einen solchen vermögten Stand / als ich in einem halben Jahr nicht gewesen / und in einen solchen die Tag meines Lebens wieder einsmals zu kommen / mir vor ein paar Stunden nicht einbilden dörffen: und damahl prießte ich die Zeit glückselig / in deren ich etwan vor ein einzige Blumen-Zwiebel ein dutzet Thaler verspendirt / als welche mich jetzunder in meiner höchsten Trübsal auff einen Weg zu tretten veranlaßt / auff welchen mich weder der Geist / noch Weltlichen Freunde Zusprechen nicht bringen mögen.

Nach diesem bedachte ich was ich thun: und wie ich meine Händel anstellen wolte / damit ich wieder recht grün würde / und in solchen Gedancken wurde ich gewahr / wie untüchtig mein bißhero gehabtes Anligen mich zu allen Geschäfften / so die *prosperi*tät erfordert / gemacht / und was ich seyter demselben verabsaumt hatte / derohalben setzt ich mir vor /

---

4 gehling] plötzlich 6 Gesehenden] Sehenden
9 f. abgefrettet] abgequält 14 Ubersehen] Fehltritt
16 f. vermögten] vermögenden, reichen 20 prießte] pries
21 dutzet] Dutzend 27 grün] hier: vermögend
30 *prosperi*tät] Wohlstand

hinfuͤrder anders zu hausen / und alles wieder doppelt einzubringen / was ich bißher verliederlicht / gieng auch in solchen Gedancken eben so froͤlich wieder auß dem Garten / als bekuͤmmert und zerschlagen ich zuvor hinein gangen war / umb so balden nach Hauß zu gehen / zu dem Meinigen zu sehen / und an dem / was ich mir vorgesetzt / einen guten Anfang zu machen.

Aber! aber! wie eytel und nichtig / wie laͤr / mangelhafftig und hinfluͤchtig macht unsere Unbestaͤndigkeit die einmal richtig verabfaßte *Concepta* und Anschlaͤg / sie ists / die gemeiniglich verursacht / daß wir die in unserm gantzen Leben verlangte Guͤter / nach denen wir in allem unsern Handel und Wandel gestrebet / nicht allein hie zeitlich vielmals nicht erlangen / sondern auch das Ewige / ob wir gleich zum oͤfftern in die Haͤnd gespyen / und die Axt dapffer angesetzt / den Suͤndenbaum in uns außzureuten / ach! das Ewige verlieren.

Lieber / was wolte aber mein Vorsatz vor einen Bestand gehabt haben / und mir vor gute Fruͤchten zubringen koͤnnen? der nie auff Widergewinnung Gelts und Guts / mit nichten aber auß Liebe zu Gott auff Besserung meines Lebens gegruͤndet war? Doch kan ich eines theils der Unbestaͤndigkeit Lob auch nicht verhalten / als welche offt auß betruͤbten froͤliche Leut macht / welches ich damahl an mir selbst erfahren / als ich gleichsam wie verzweifelt in den Garten gieng / hingegen aber / vermittelst ihrer gegenwaͤrtigen wuͤrckung wieder wolgemuth herauß kam / geschweige / daß sie gleichsam als eine Goͤttliche Krafft und Tugend offtmals auch auß armen Verachten: Reiche und ansehenliche Leut macht / die Niderige erhoͤhet / und die Hoffaͤrtige stuͤrtzet.

Jch kan aber nicht eygentlich sagen / ob sie mir vor dißmal mit ihrer Veraͤnderung schaͤdlich oder nutzlich gewesen / dann siehe / so bald ich zu der Garten-Thuͤr herauß getretten / fande ich einen Stein deß Anstosses: dann mir / weiß

10 *Concepta*] Pläne

nicht was vor ein Geist in Weg gesetzt / daran sich mein damahliger obenerzehlter Vorsatz wieder zertruͤmmerte / nemlich ein altes / magers / buckelts Maͤnnel / mit kleinen Augen / einem kleinen spitzigen eingebogenen Naͤßlein / grossen schwartzgrauen Bart / bleich von Farb / und zimlich abgeschaben bekleidet / das sahe mich so trauff / barmhertzig und mitleidenlich an / daß ich ihm ohnschwer in seinem Angesicht ablesen konte / daß seine Person etwas besonders / und noch darzu deß Willens seyn muͤste / mit mir auch von etwas *importir*lichem zu reden / derohalben konte ich nicht vorbey gehen / ohne ihm mit einem freundlichen Gruß zuzusprechen.

Was ich mir eingebildet / das wars auch / und zwar noch wol ein mehrers / als ich von ihm gedencken moͤgen; dann nach gar weniger Wortwexlung (wie dann bald ein Wort das ander gibt) sagte er mir nicht allein den Verlust den ich erlitten / sondern er wuste auch / wie viel die Leyrerin darvon verworffen / und dem Beckenknecht *spend*irt hatte: und das *specificir*te er so nett / als wann er mich selbst bestolen / und so wol die verlorne Muͤntzsorten / als auch meine deßwegen in die Lufft geschickte Seufftzen gezehlt haͤtte.

Diß! diß gedachte ich / ist ein Mann vor dich: als ich vor Verwunderung uͤber seiner Erzehlung gleichsam erstaunete! Jch gedachte / weistu diß? so weistu mehr: fragte ihn derowegen / obs nicht muͤglich waͤre / daß ich wiederumb zu dem meinigen gelangen koͤnte? Freylich / antwortet er / kans wol seyn / so fern mir der Herr anders vertrauen und folgen will / doch mit dieser Bescheidenheit / wann seyther die Diebin ihne bestohlen / noch kein Mensch den noch vorhandenen Rest deß verlornen Gelts gesehen / welches auff anderthalbe Stund Spanier-Wegs weit von hinnen im Wald ver-

---

3 buckelts Maͤnnel] buckliges Maͤnnlein 6 abgeschaben] abgenutzt 6 trauff] vertrauensvoll 10 *importir*lichem] wichtigem 18 Beckenknecht] Bäckerjunge 19 *specificir*te] erzählte genau 19 nett] hier: genau 28 Bescheidenheit] Auskunft 28 wann seyther] wenn, seitdem

borgen lege / und wann ich wolte / sey er bereit mit mir dorthin zu gehen / umb denselben einzuholen / weilen ohne das anjetzo die bestimbte Zeit vorhanden waͤre / desselben habhafft zu werden / welche in baͤlde verstreichen / und kuͤnfftig nimmermehr so bequem fallen wuͤrde / daß man auch nur den geringsten Heller darvon erheben koͤnte.

Wer war froͤher als ich? dann weil mir diß Maͤnnlein / ehe ich ihn umb etwas gefragt / die pure Warheit gesagt / hielte ich darvor / daß er mir auch jetzt nicht luͤgen wuͤrde: Jch war in meinem Sinn bereits wiederumb eben so reich / als ich zuvor gewesen / und wuste vor Freuden nicht / ob ich auff dem Kopff / oder auff den Fuͤssen stuͤnde / welches mich viel fertiger machte mit ihm gegen den Wald zu gehen / als eine geile Dirn zum tantzen seyn mag / doch erbate ich ihn zuvor / daß er mich ein wenig in die Statt nach Hauß gehen liesse / meinem lieben Weib meine Abwesenheit zu verkuͤndigen / damit sie sich meinetwegen nicht bekuͤmmern solte; dann weil ihr mein unertraͤglicher Kummer bekand war / besorgte ich / wann sie mich manglete / wuͤrde sie schliessen / ich haͤtte mir selbst Leyds angethan / und sie wuͤrde derohalben auch in einen Brunnen springen: welchen Hingang er mir anfaͤnglich gar nicht erlauben wolte / endlich aber mit dieser außtruͤcklichen *protestation* ungern goͤnnete / daß er kein Schuld daran haben wolte / wann ich die beste Zeit / darinn mein Schatz wieder zu bekommen waͤre / verstreichen lassen wuͤrde / mit Versicherung / je laͤnger ich verzoͤgerte / je weniger wuͤrde mir darvon wiederumb zu theil werden; Also gieng ich hin / beschirmte mein Weib / und vertroͤstete sie meiner balden Widerkunfft / ohne daß ich ihr in der Eyl gesagt / wohin / oder was ich verrichten / oder wie bald ich wieder kommen wolte: hernach kehrte ich wieder zu gedachtem Maͤnnel / der indessen bey meinem Garten auff mich gewartet.

---

23 *protestation*] Protest, Vorbehalt 28 beschirmte] segnete beim Abschied 29 balden] baldigen

CAP. III.
Was vor den verlohrnen Schatz eingetauscht worden.

UNser *accord* und Abred war / daß ich mit diesem fahrenden Schuͤler / wie er sich nannte / und genennet seyn wolte / in den Wald an den jenigen Ort gehen solte / wo der Rest meines verlohrnen Guts verborgen lege / da solte ich selbigen / wann anders mir also beliebte / wieder empfahen / und ihm vor seine Muͤhewalt geben was ich selber wolte:

Demnach wir nun in den Anfang desselbigen Walds kamen / machte er mit seinem Stab einen doppelten Ring auff die Erde / und zeichnete seltzame *Caracteres* umb denselben herumber / stellte mich zu ihm hinein / und murmelte etliche Wort daher / welche so kauderwelsch waren / daß ich keins auß ihnen verstehen konte: bald darauff erschiene ein Schlang von erschroͤcklicher Gestalt / aber von lieblichen Farben vor dem Creys / sie war entsetzlicher Groͤsse / und hatte gleichsam das Angesicht einer von den allerschoͤnsten Jungfrauen / fornen zween Fuͤß wie man den Greiffen anmahlet / und auff dem Ruͤcken zween Fluͤgel wie die Fledermaͤuse haben / ohne daß sie nicht so abscheulich schwartz / sondern Rosenroth außsahe / und hin und wider mit vielen Augen / eben als wie die Pfauenschwaͤntz besetzt waren / ihr Leib war uͤberall mit guͤldenen und silbernen Schuppen bekleidet / so / daß es schien / als ob sie mit eytel Nagelneuen Muͤntzen von obgemeldten zweyerley Metallen bedeckt gewest waͤre: auff dem Kopff war sie mit einem Diadema von allerhand kostbaren Edelgesteinen bekroͤnet / der Schwantz aber / so zimlich lang / wol gefaͤrbt / und zierlich geringelt war / endet sich endlich in eine erschroͤckliche Feuerflamm / die mich von einer grausamen Hitz zu seyn bedunckte / weil ohne unterlaß die Feuerfuncken so haͤuffig und schnell dar-

3 *accord*] Vertrag, Vereinbarung 7 empfahen] empfangen 8 Muͤhewalt] Bemühungen 11 *Caracteres*] Zeichen 18 zween] zwei

auß stoben / als wann *Vulcanus, Sterops* und *Brontes* ein hoͤchstgluͤendes Eysen gewaltiger Weise auff ihrem Amboß mit vielen schwaͤren Haͤmmern getrieben haͤtten: dieser erschroͤckliche Anblick verursachte mir viel Millionen / ja unzahlbar mehr Millionen grausamer Forcht und Pein / als mich anfaͤnglich das holdselige Jungfraͤuliche Angesicht dieses abentheuerlichen *Monstrums* erfreuet hatte: dann gleich wie dieser Schlangen gantzer Leib sehr angenehm / lieblich und erfreulich anzusehen war / also war hingegen der Schwantz umb so viel tausend tausend mal tausendmalen mehr abscheulich und heßlicher!

Sie fragte den fahrenden Schuͤler / was sein Begehren waͤre / daß er sie zu sich in diesen Wald gefordert / nachdem sie zuvor ihre blau-lassurte Fuͤsse an den aͤussersten Rand deß Rings gesetzt hatte? Er antwortet / ich begehr zu vernehmen / ob und wo gegenwaͤrtiger Verlustigte in diesem Wald widerumb zu seinem verlohrnen Gut gelangen moͤge? Sie sagte darauff / der groͤste Rest deß verlohrnen waͤre zwar noch an seinem Ort / wohin es die Diebin verborgen / anzutreffen / auch wol zu bekommen / so fern ihn nicht irgend ein anderer vor unserer Hinkunfft erblickt / welcher darmit unserer Erhebung zuvor kaͤme: gleichwol aber moͤchte das Gluͤck diß Spiel karten wie es wolte / so wuͤrde jedoch an deß verlohrnen Schatzes statt ein solch edel Kleinod zuerhalten seyn / welches mit deß Verlustigten entfrembdem Gold und Silber / noch mit seinem Haab und Gut / so er noch besesse / bezahlt werden moͤge / wormit ich mich / wann mir dasselbe beschehrt sey / wol *content*irt befinden wuͤrde.

Der fahrend Schuͤler wolte sie hierauff durch Beschwerung zwingen / uns beydes / den verborgenen Schatz / und auch den Weg dahin zu zeigen / aber sie antwortet / sie wuͤrde durch einen hoͤhern Gewalt genoͤthigt / dem Gluͤck zu folgen / welches allbereit jetzt beschlossen / und sich eylichst

---

14 blau-lassurte] blaulasierte, blaufarbige 16 Verlustigte] Bestohlene 22 Erhebung] Hebung des Schatzes 28 *content*irt] zufrieden gestellt 29 Beschwerung] Beschwörung

auff den Weg gemacht hätte / einen andern zu bereichern / und als der fahrend Schüler mit seinem Beschwerungszwang fortzufahren sich unterstehen wolte / stellte sie sich so unbändig und grausam / daß ich froh war / daß er sie beurlaubte; sie wurde auch gleich darauff von einer nackenden Jungfrauen / deren Gestalt wir offt durch die Mahler auff einer geflügelten Kugel stehend / und mit einem Segel in Händen / abgebildet sehen / angefesselt / und anderwärts hingeführt.

Derohalben machte der Kerl einen andern Ring / trat mit mir hinein / und beschwur darauff auch einen andern Geist / welchen er fragte / von was Tugend und Würckung das jenige Kleinod sey / so an statt meines verlohrnen Guts zu erhalten wäre? Er bekam zur Antwort / es hätte die Krafft / den / der es bey sich trüge / unsichtbar zu machen / und dasselbe wäre allbereit in einem Ameyshauffen anzutreffen / und zwar allernächst darbey / allwo mein verlohrnes hin verborgen worden / welchen Ameyshauffen der beschworne Geist / damit er der Beschwerer ihn zu seiner Ankunfft eygentlich fünde / mit einer darauff stehenden Feuerflamm / die sonst niemand als wir beede würden sehen können / *signir*en / uns aber durch seines *Commando* Untergehörige / auff daß wir solchen ohnfehlbar antreffen möchten / dorthin begleiten / und den Weg weisen lassen wolte;

Zuletzt eröffnet der Geist dem fahrenden Schüler auch auß besonderer guten Vertraulichkeit / daß durch eben dieses Stück mir das Meinig durch ein Weibsbild entfrembdet worden / als die mich unsichtbarlicher Weise bestohlen;

Demnach löschte der fahrende Schüler den gemachten Ring widerumb auß / als er zuvor dem Geist wiederumb abgedanckt / oder ihn fortgeschafft hatte / so bald selbigs geschehen / umbgabe uns ein grosser hauffen Wölffe / welche uns anfänglich von hinderwärts halb Monweis umbschlossen hielten / gleich als wie die Türcken ihre Schlacht-

---

22 *signir*en] bezeichnen 22 Untergehörige] Untergebene
33 halb Monweis] in Form eines Halbmondes

Ordnungen zu machen pflegen; endlich aber uns schier gar umringten / biß auff eine Lucken / deren wir immerhin zugiengen / weilen sie die Wölff oder Geister in der WölffGestalt uns dieselbige zu solchem Ende an ihrer Umbzirckung offen gelassen / biß wir zuletzt zu dem Ameyshauffen kamen / und die zuvor angedeute Feuerflamm auff demselben lustig flackern sahen.

Daselbst setzten wir sich nider / worauff die gedachte Flamm so bald verlosche / der Alte aber sagte zu mir / wol mein Herr / hier ist der Ort / wo er entweder seines Schatzes und verlornen Gelts / oder deß Mittels sich unsichtbar zu machen / theilhafftig werden kan / er erwöhle mir bald eins auß beeden / ehe die Glücks-Stund vollends verstreicht / das ein oder das ander zu erhalten; Jch dachte bey- und sagte zu mir selber / nach der erschienenen Schlangen auff Schrauben gestelltem Bericht / ists mißlich / ob du deinen verlornen Schatz wieder bekommest oder nicht? Wer weiß / ob ihn seyther vielleicht nicht jemand gesehen und außgenommen? Zu dem weistu selbst wol / wie eine grosse Menge Thaler auff offenem Marck darvon unter das Volck verworffen worden! Wer weiß demnach / wie gering der noch vorhandene Rest / so hier verborgen ligen soll / seyn möchte / ob er auch noch so vermöglich / daß er vor die Kunst / sich unsichtbar zu machen / zu erwehlen sey? Welche rare Kunst ich vorlängst zu können / ohne das offt gewünscht; Sagte derowegen zum fahrenden Schüler / Gelt und Gut hab ich noch mehr / will derowegen mich deß verlohrnen / und hier verborgenen allerdings verzeihen und begeben: und selbiges unter die jenige Schätze gerechnet haben / die sonst auch hin und wider verborgen ligen: wers find / mag es / so viel ich

2 Lucken] Lücke 2 deren] auf die 2 immerhin] immer weiter 4 Umbzirckung] Umringung 8 sich] uns 15 f. auff Schrauben gestelltem] rätselhaften, unsicheren 18 außgenommen] gehoben 20 verworffen] weggeworfen 23 vermöglich] hier: groß 23 vor die] anstatt 28 verzeihen und begeben] verzichten und aufgeben

daran habe / und Recht darzu zu haben vermeynen möchte / meinetwegen / und mit meinem Willen als sein Eygenthumb behalten: doch mit dieser Außgescheidenheit / so fern ich das Kleinod erhalte / wormit ich mich unsichtbar machen kan; als welches ich vor meinen verlohrnen Schatz annehmen will.

Darauff setzten wir sich beyde zu dem Ameyshauffen / darvon der fahrend Schüler eine Hand voll nam / und mich fragte / ob ich ihn sehe? Jch antwortet Ja: er aber ergriffe eine andere Hand voll / nachdem er die vorige weggelegt / und fragte mich wieder wie zuvor / ob ich ihn noch sehe / verfuhre auch so lang solcher Gestalten / biß er eine Hand voll ergrieff / durch deren Krafft und Würckung er mir in einem Huy verschwandt: Gleichwol bliebe er noch an seinem vorigen Ort sitzen / und fragte mich wie zuvor / ob ich ihn sehe? Welches mir überauß verwunder- und entsetzlich vorkam / sonderlich / daß ich ihn so nahe bey mir hörete / und doch nicht sahe? Da ich ihme nun gesagt / daß ich ihn nicht sehe / sagte er / so halte der HErr sein Naßtüchel auff / und empfahe das jenige / so er an statt seines verlohrnen Guts zu haben verlangt; Jch thäts / und empfieng also das Genist auß dem Ameyshauffen / worauff ich den Alten alsobald wieder sahe! Er befahl mir / das Naßtüchel fleissig zusammen zu knüpffen / damit das stück / welches unter der Ameysen zusammen getragenen Sachen wäre / und vielleicht nur in einem einzigen kleinen Steinlein oder Würtzlein bestünde / nicht verloren würde; Jch folgte mit höchster Sorg und Auffsicht / damit ja kein einzigs Stäublein darvon käme; nam aber indessen in acht / ob mir der fahrend Schüler auch nach den Augen sehe oder nicht / wann er mit mir redet / oder nach den Händen / als ich das Naßtüchel zubande; dann wann ich dergleichen von ihm vermerckt / so hätte ich gleich geschlossen / er als ein Zauberer möchte sich durch ein ander

---

7 sich] uns 19 Naßtüchel] Nasentüchlein, Taschentuch
19 empfahe] empfange 21 Genist] Nestwerk 28 Auffsicht] Vorsicht

Mittel unsichtbar gemacht / und mich vor meinen Schatz / als auff welchen ich verziehen / mit diesem liederlichen Genist abzuspeisen / und wie einen andern Narren fortzuschicken im Sinn haben / umb ihne alsdann allein zu erheben und zu behalten / aber nachdem ich im geringsten nichts dergleichen an ihm vermercken konte / faste ich schon ein ander Hertz / und war viel vergnuͤgter / als wann man mir / ich weiß nicht was / sonst grosses gegeben haͤtte.

Nachgehends probirten wir die Wuͤrckung meines Schnupfftuͤchleins offt / dann der fahrend Schuͤler ermaß ohnschwer was ich argwohnte / darumb gab er mir selbst Ursach mich der Gewißheit zu versichern / und in mir durch die oͤfftere augenscheinliche Erfahrung einen festen Glauben zu setzen: und was solchen gewiß machte / war diß / daß ich das Naßtuͤchlein selbst nicht sehen / dasselbe aber wol greiffen konte / wann ichs irgends hin von mir legte;

Als ich nun solcher Gestalt meiner Sachen gewiß worden / liesse mich der fahrend Schuͤler von sich / nicht wissend / ob er in derselben Gluͤcks-Stund / wie er sie nannte / etwas von meinem Schatz / daruͤber ich jedem Finder voͤlligen Gewalt / und genugsames Eygenthumbs-Recht geben / erhalten habe oder nicht.

CAP. IV.

Gar eine ernstliche Leffeley / zwar schier zwo.

NJemand kan glauben / oder ihm selbst einbilden / was ich vor seltzame und wunderliche Grillen und Anschlaͤg unterwegs hatte / da ich heimwarts gieng / auff wie vielerley Weisen / und an wie vielerley Orten ich mir nemlich meine Unsichtbarkeit zu Nutz machen wolte! da war ich schon mit meinen Gedancken unsichtbarer Weis Persoͤhnlich in den *Conferen*tzen / und geheimen Unterredungen der einen und

2 verziehen] verzichtet 24 Leffeley] Buhlerei 24 schier] sogar 25 ihm] sich 26 Anschlaͤg] Pläne

andern *Compagnie* der allervornehmsten Handels-Herren / und horchte zu / was sie der Handelschafft / und der ein und andern Wahren halber vor hatten / umb mir dasselbe zu Nutz zu machen / und / weil ich mich nicht der geringste unter den Kauffleuten unsers Lands zu seyn bedunckt / meine Segel nach ihrem Wind auffzuspannen / damit ich wieder reicher würde / als ich zuvor gewesen; Eben solcher Ursachen halber kam ich nicht allein auch in den Statt-Rath unserer Regiments-Herren / sondern gesellete mich auch so gar zu den geheimen Staads-*Consiliis* und Rathschlägen großmächtiger Potentaten / umb daselbst zu meinem Vortheil zu vernehmen / was vom Frieden oder Krieg geschlossen / und wie sich diesem nach die Handelschafften: die Abschlag: und Steigerung der Wahren beyläuffig anlassen würden!

Jn solchen Gedancken schetzt ich mich so Glückselig: und sahe meine künfftige *prosperi*tät so vortrefflich / daß ich mir selbst schier nicht glauben kondte / daß ich unsichtbar sey / wordurch ich so Glückselig und reich zu werden vermeynte! Jch gedachte offt / wie? Wann dirs aber vielleicht dieser Schwartzkünstler gemacht hätte / wie zween Mahler einem einfältigen Schöps beym *Boccatio* gethan / die ihn auch mit einem schweren Sack voll Stein beladen überredet / er sey unsichtbar / biß ihn sein Weib darüber heßlich willkommen geheissen: derowegen legte ich mein Naßtüchel offt von mir / die Gewißheit meiner Unsichtbarkeit eygentlicher zu haben / biß ich endlich gewahr wurde / daß mich nicht allein die Wald-Vögelein nicht scheueten / die ich unterwegs antraff / sondern da ich in die Statt kam / auch die Leut beydes bekandte und unbekandte mich weder grüssen / noch wie ich sonst gewohnet war / den Hut vor mir abzogen; geschweige daß ein Bettler ein Allmosen von mir gefordert; Worauß ich dann genugsam versichert worden / daß mich warhafftig niemand sehe.

---

10 Staads-*Consiliis*] Regierungsberatungen 11 Potentaten] Fürsten 13 f. Abschlag: und Steigerung] Preisverlust und Preissteigerung 16 *prosperi*tät] Wohlstand 21 Schöps] Hammel, Dummkopf

Derohalben gieng ich gar getrost zum allerersten in mein eygen Hauß / zuforderist zu sehen / wie mein Gesind in meiner Abwesenheit hausete; Mein Weibgen fande ich / meinem Beduncken nach weit betruͤbter / als ich sie mein Lebtag je gesehen / massen sie ohne unterlaß einen Seufftzen nach dem andern gehen liesse / darauß ein jeder ohnschwer die Groͤsse ihres Anligens abnehmen konte; und weil ich mir nichts anders einbilden konte / als daß sie sich ohn Zweiffel beydes umb mein bißheriges Anligen bekuͤmmerte / und sich umb mein Abwesenheit so aͤngstigte / als name ich solches vor ein gewisses und unfehlbares Zeichen ihrer zu mir tragenden hertzlichen Liebe an / welches mich nicht wenig erfreute / ja dermassen erquickte / daß ich vermeynte / ich haͤtte nunmehr genugsame Ergoͤtzung durch das / was in meinem Naßtuͤchel verknuͤpfft war / vor mein verloren Gelt empfangen / und wann mir gleich einer damahl noch so viel als ich verlohren / darvor geben wollen / so haͤtte ichs doch mit niemand vertauscht; Gleich wie michs nun trefflich kuͤtzelte / daß mich mein Weib so hoch liebte / also hatte ich hingegen auch ein grosses Mitleiden mit ihrer bezeugenden Hertzens-Angst / die sie auß solcher Liebe von meinetwegen mit Ungedult gedulden muste / so / daß ich mich allerdings vor ihr haͤtte sehen lassen / beydes sie zu troͤsten / und sie mit meiner Gegenwart / die sie so hertzlich wuͤnschte / zu erfreuen / dafern ich anderst nicht auch also unsichtbar mein Haußgesind umb ihr Verhalten außnemmen wollen:

Zu diesem Ende schliech ich uͤberall im Hauß herumber / und fande / daß ein jedes sein Geschaͤffte so getreulich verrichtete / als es bißhero zu thun gewohnet; Jch paßte wol drey Stund / biß gegen dem Abend in meinem Gaden beym Gelt-Kasten / wohinein man die taͤgliche Losung zu thun pflegte / umb zu sehen / ob meine Gaden-Diener / deren ich drey unterschiedliche hatte / der Untreu nicht mit mir spielten / ob sie im verkauffen genau / im Gelt einnehmen vor-

2 zuforderist] zunächst 26 außnemmen] aushorchen
30 Gaden] Laden 31 Losung] Erlös

sichtig / und selbiges bey einem Heller an sein gehoͤriges Ort zu thun / fleissig waͤren / konte aber das geringste nicht spuͤren / so mich zum Unwillen bewegen sollen / dann ich fande sie / wie ich sie zu haben wuͤnschte.

Also laurete ich auch in der Kuͤchen / wie es dort her gieng / so wol als im Keller / fande aber an beyden Orten nichts sonderlichs vorgehen / das mir grossen Schaden haͤtte verursachen moͤgen / ausser daß die Beschliesserin so wol ihr als der Koͤchin Portzkaͤndel auß meinem koͤstlichen Neckerwein fuͤllete (nachdem sie zuvor einen zimlichen Dauben-Zug darauß gethan) und hernach das Faß wiederumb auß dem Tischwein voll machte / welches mich zwar nicht groß verdrosse / weil es mir an meinem Vermoͤgen keinen sonderlichen grossen Schaden thun kondte / ob es gleich meinen Neckerwein / wann man ihn vielmahl so heimsuchte / an seiner trefflichen Guͤte etwas verringerte; die Koͤchin aber sahe ich mit einer Hand / man kan wol erachten / an was vor ein Ort / den Floͤhen nachfahren / und also etliche gefangen nehmen (von denen sie theilen das Land auß ihrem Bann verwiese / theils aber gar hinrichtete) und hernach mit ungewaͤschenen Haͤnden die so rohe als gekochte Speisen herumb sudelen; was hab ich aber die Troͤpffin solches zu verdencken gehabt? Es war halt in der Hitz deß Augstmonats / in welcher diß Unziefer jederman (geschweige deß Weiblichen Geschlechts) plaget; zu dem sagen die Weiber / Wuͤrst macht feist; Jtem / wer ein Ding nicht weiß / dem machts auch nicht heiß; Nichts desto weniger fienge mich mehr an zu kotzern als zu hungern / als ich ihr jagen und morden sahe / und wie sie mit denen noch blutigen Naͤgeln beydes in die Wuͤrtz- und Saltzbuͤchs grieffe / die Speisen geschmacksam zu machen.

Von dar schlieche ich wieder zu meiner Liebsten / welche ich in ihrem Cabinet in einem viel jaͤmmerlichern Zustand

---

8 Beschliesserin] Haushälterin 9 Portzkaͤndel] Maßkrug
9 f. Neckerwein] Wein vom Neckar 10 f. Dauben-Zug] starken Zug 19 theilen] ein Teil, einige 19 das Land] des Landes
19 Bann] Gerichtsbezirk 27 kotzern] erbrechen, ekeln
32 Cabinet] Kammer

fande als das erste mal; dann sie weynet / daß ein Thräne die ander rührte / und von denselbigen hatte sie ihr Fazinet durch stätigs abwischen dermassen angefüllt / daß man es außringen mögen; Jch hatte ein unglaubliches Mitleiden mit ihren zarten Leibfarben Wangen / daß sie umb meiner Abwesenheit willen mit solchen Schmertzens-Zähren überschwemt werden solten; dann in Warheit / wann sie mein Gegenwart gewust haben solte / so würde sie ihres Hertzens Anligen wol nicht herauß gelassen: noch so offentlich an Tag gelegt haben.

Zuletzt sagte sie mit einem schweren Seufftzen / O *Amor!* du grimmiger Tyrann? Jst dann kein ander Mittel noch Artzney zu erfinden / deiner unerträglichen Grausamkeit entübrigt zu seyn / es seye dann / daß ich die geliebte Person selbst in Armen habe? So werde ich etwas unterstehen müssen / das mich Gott niemahl geheissen!

Jch gedachte / nun ists hohe Zeit / daß du dich dieser betrübten Seelen dermaleins geschwind erbarmest / dich ihr zu Trost offenbahrest / ihren Schmertzen wendest / sie vor gäntzlicher Verzweifelung errettest / und sie mit deiner ihr höchst-erfreulichen Gegenwart erquickest! Jch hätte auch gleich mein Naßtüchel von mir geworffen / damit sie mich sehen köndten / so fern ich nicht gedacht hätte / es wäre noch Zeit genug / wann sie das Messer oder einen Strick in die Hand nehme / ihr das Leben zu kürtzen; massen alsdann / wann sie an den Bind-Riemen kåme / die unversehene Erlösung in ihrer åussersten Noth ihre alsdannige Freud mir desto mehr vervielfaltigen würde.

Jndessen hatte sich die Zeit deß Nacht-Jmbs eingestellt / der Tisch war gedeckt / mein Gesind nåhert sich darzu / und mein Weib trücknet Augen und Wangen / schiene auch viel frölicher als ich ihr zugetraut / daß sie in bålde so werden würde; sie wolte aber gleichwol nicht essen / dann sie deß Kummers so voll / daß sie leyder Gott erbarms nicht mochte.

---

2 Fazinet] Taschentuch 6 Schmertzens-Zåhren] Schmerzenstränen 25 massen] zumal 26 an den Bind-Riemen kåme] zu Ende ginge 29 Nacht-Jmbs] Abendessens

Da ich nun an meines Weibs Veränderung mit Freuden abgenommen / und darauß geurtheilt hatte / daß sie sich vor dißmal meinetwegen nicht hencken: und also unvonnöthen seyn würde / umb ihr den Strick abzuschneiden / ihro vor meine Person immerhin auffzuwarten / und ihren selbst-Mord zu verhüten; Siehe / so setzte ich mir vor / meinem Gesind auffzupassen / und zu sehen / was es zwischen der Nacht-Mahlzeit und dem Schlaffengehen beginnen würde: dann ich muß bekennen / daß ich in solchen Sachen zimlich Argwöhnisch bin / und Lieber / wer wolte es gegen solchen Leuten nicht seyn / so den Pflug oder das Ruder unserer Nahrung führen? die einen durch Treu und Fleiß in bälde reich machen / oder im Gegentheil / wann sie Maußköpffe seyn / durch hinschluderige Fahrlässigkeit / Faulheit und Untreu geschwind fertig machen könten biß auffs schwärtzen!

Derohalben wartet ich ihnen allen auß biß auff die Beschliesserin / so gemeiniglich alle vier und zwantzig Stund biß umb eylff Uhr in die Nacht zu schaffen hatte / biß sie alle ihre Schuldigkeiten verrichtet / und eins und anders auff den künfftigen Tag verordnet; dann sie war gar fleissig / die letzte im Bett / und die erste am Morgen frühe wieder darauß; und derohalben das wachende Aug meiner Haußhaltung / oder der Angelstern / darnach sich das übrige Gesind richten muste; Jhr wurde aber umb deßwegen so viel vertraut / weil sie meines Weibs Baas / in dem sie derselben ohngefährlich im zwey oder drey und dreyssigsten Grad verwandt. Und eben dahero war mir vonnöthen / auff die jenige / an deren gleichsam alles Heyl meiner Auffnehmung gelegen / am genauesten Achtung zu geben; dann ich gedachte / wann diese wachtbare Martha / und geschäfftige Unter-Regentin meines Hauses getreu ist / so muß alles übrig Haußgesind zu deiner *prosperit*ät *cooper*iren.

---

13 Maußköpffe] hier: charakterlose Menschen 14 hinschluderige] schluderige 18 alle vier und zwantzig Stund] täglich 24 Angelstern] Fixstern 26 Baas] Cousine 33 *prosperit*ät] Wohlstand, Nutzen

Sie hielte sich wie ichs gern sahe / und dahero gönnete ich ihrs auch redlich / daß sie meinen Neckerwein so hertzlich gegrüsset: Nachdem sie aber schlaffen gehen wolte / und ich ihr nachschlieche (massen ich hiebevor geargwohnet / daß mein mittlerer Gaden-Diener den Narren an ihr gefressen; Zumahlen ich auch nicht glauben konte / daß so ein seltene Schönheit / wie sie mit einer begabt war / ohne Bulschafft / das ist / ohne Auffwarter und eygene Anfechtung leben konte) Siehe! da stund erstermeldter mein Gaden-Diener (den ich wegen seiner guten Gestalt und *Phisiognomie*, in Hoffnung / etwas rechtschaffenes auß ihm zu haben / auß dem Bettel auffgenommen) vnterwegs / und paßte ihr auff; Er gieng zwar nicht weiß / wie die Geister in den Häusern zu erscheinen pflegen / von denen man sagt / wann sie gehen / daß es bedeute / die Mägd würden dicke Bäuch kriegen / sondern er war bekleidet und auffgebutzt / als hätte er an einem lieben Feyertag in der Statt herumb stutzen wollen: über das war er mit seinem Degen an der Seiten *armirt*, und hatte seine Hirschlederne Winter-*Occasion* Händschuch an / eben als wann er mit einem Duellanten alsobald in einen Zwey-Kampff hätte tretten wollen: Jch kondte mir nicht einbilden / was dieser Auffzug / und seine vermuthliche Außfahrt so bey Nacht bedeuten möchte: doch bildet ich mir ein / er möchte irgends entweder mit einer Gesellschaft zu einem Schmauß / oder zu einem Holderstock gehen wollen / worbey mein Seckel das beste thun müste / weil er von sich selbst nichts vermochte / und auch ohne seine saubere Kleidungen sonst nichts von mir zu Lohn hatte: Aber ehe ich mich / seine *intention* zu ergründen / mit fernerer Nachsinnung bemühen dorffte / fragte ihn meine Baas Beschliesserin / wo er so spat

---

5 Gaden-Diener] Kaufmannsgehilfe 8 Auffwarter] Verehrer 10 *Phisiognomie*] Gesichtsbildung 12 Bettel] Bettlerstand 16 auffgebutzt] herausgeputzt 17 stutzen] stolzieren 18 *armirt*] bewaffnet 19 Winter-*Occasion*] Winterhandschuh 22 f. Außfahrt] Ausgang 25 Holderstock] Holunderbusch, Liebchen 27 vermochte] besaß 29 *intention*] Vorhaben

hingedaͤchte? sintemal sie wuͤste / daß sie das Hauß beschlossen / und er darauß nicht kommen koͤnte / er muͤste dann einen Diebs-Schluͤssel haben / solches zu oͤffnen / so sie aber nimmermehr hoffen wolte!

Zu dir! zu dir! du meines Lebens Auffenthalt / stehet mein Sinn / Gemuͤth / und auch der Entschluß (antwortet er) entweder das Leben oder den Tod zu empfangen! Ey behuͤt Gott! was redet ihr? sagte darauff meine Beschliesserin; wie redet ihr so wercklich? Gott hat euch das Leben geben / das werde ich euch nicht nehmen: gehet darvor in euer Bett / und lasset diese Thorheit unterwegen / oder ich schwere euch / werdet ihr euch unterstehen / mich nur im geringsten anzuruͤhren / daß ich ein solch Lermen-Geschrey anfangen werde / daß ihr die Haͤnd uͤberm Kopff daruͤber zusammen schlagen sollet; doͤrfft ihr euch einbilden / meines Herrn Vettern Hauß in seiner Baasen Person zu schaͤnden / der euch doch mit so vielen Gutthaten uͤberschuͤttet? Jch schohne eurer / als seines Dieners den er liebet / ich wolte sonst kurtz zu wegen bringen / daß er euch widerumb vor Sant Velten hinweg jagte: dahingegen euch die *Continuation* eures wolverhaltens bey ihm zu grossen Gluͤck und Ehren bringen mag! darumb fahret sinnig / und bedenckt kurtz / was ihr tut!

Der Teuffel hol mich mit Leib und Seel (behuͤt Gott mich und den lieben Leser) so fern ich werde wissen / antwortet er / daß ich eurer Liebe nicht theilhafftig werden solte / wann ich mir nicht alsobalden! sehet da! (mithin seinen Degen beym Gefaͤß fassende) diß kalte Eysen so gleich in mein vor Liebesflammen allerdings verzehrtes Hertz stosse; und damit euch zugleich eures allergetreuesten Liebhabers: wie meinen Leib seines Lebens beraube!

Darauff zoge er seinen grausamen Froschgicker / seinen Blutdurstigen Degen wolt ich sagen / von Leder / den ich

---

9 wercklich] seltsam, sonderbar 11 lasset ⟨...⟩ unterwegen] laßt bleiben 11 schwere] schwöre 20 *Continuation*] Fortführung 22 fahret sinnig] verhaltet euch verständig 27 Gefäß] Schutzkorb 31 Froschgicker] Froschspießer, schlechter Degen 32 von Leder] aus der Scheide

billich grausam nenne / weil er seines eygenen Herrn Lebens nicht verschohnen wolte / und stellete sich damit in eine *postur*, wie Saul etwan gestanden seyn mag / als er in sein eygen Schwerd fiele: Da ich nun dran stehen / die Beschliesserin aber weiters reden wolte / diesen erbärmlichen Selbst-Mord zu verhindern / da gab mein Weib mit ihrem Glöcklein ein Zeichen / welches bedeutet / daß die Beschliesserin alsobalden zu ihr kommen solte: sie gehorsamte schnell / ich aber folgte ihr allgemach schleichend hernach / beyde den verliebten Narren in seiner Anfechtung verlassende / er möchte sich gleich umbbringen oder nicht.

CAP. V.

Der Unsichtbare siehet das Fundament eines Gebäus / darauff ihm Hörner gesetzt werden solten.

DJe Beschliesserin gieng zu meinem Weib in ihr Cabinet / und ich schraubte mich nach ihr hinein: Jhr gab diese ein verschlossen Brieffgen / mit Befehl / solches Morgen frühe mit sampt dem Tag ihrem Vetter Apothecker zu bringen / und zu vernehmen / wann sie die im Schreiben bestellte Wahren abholen solte: Sie nam beydes das Schreiben / und den Befehl ihrer Schuldigkeit nach gehorsamlich auff / verzögerte aber damit / so gleich fortzufahren / weßwegen mein Weib sie solches zu thun hiesse: aber sie wegert sichs und sagte / Hertzliebe Frau Baas / sie vergebe mir / wann ich ihr jetzunder unterthänig zu folgen / wegen Beobachtung meiner Ehr / Bedenckens habe: dann unser Fritz (so hiesse mein mittler Gadendiener) hat mir allererst unterwegs / als ich schlaffen gehen wolte / vorgewartet / und mir mit seltzamer betrohung / sich selbst umbzubringen / wann ich ihm nicht folgte / solche Sachen zugemuthet / die weder mir noch ihme zu voll-

3 f. *postur*] Positur 16 schraubte] wand, schlich
18 f. mit sampt dem Tag] bei Tagesanbruch 22 fortzufahren] fortzugehen

bringen / zustehen: Jch glaub auch / daß unser Herr Gott der Frau Baas in Sinn geben habe / mir hieher zu leiten / ich wuͤste sonst nicht / was vielleicht vor ein Ungluͤck geschehen waͤre: Mein vorwitzig Weib wolte darauffhin den gantzen Verlauff ordentlich wissen / den ihr auch die Beschliesserin gantz offenhertzig erzehlte: sie hingegen antwortet darauff / es ist nicht ohn / daß kein Mensch glauben kan / wie jaͤmmerlich einen die Liebe peinigt / der es selbst noch nicht erfahren / aber gleichwol solte der lose Lecker besser an sich halten / und in einem Hauß / wohinein er auß Barmhertzigkeit auffgenommen worden / gegen einer Baasen solches so freventlich zu unterstehen / sich besser bedencken: Jch muß bekennen / liebs Baͤßgen / daß ich auch biß auff den Tod verliebt bin / und solchen Liebes-Schmertzen bey dieser Abwesenheit meines Manns bey nahe nicht zu ertragen weiß. Mit Endung dieser Wort fienge sie darauff abermahl an zu weynen / daß es / wo nicht der Beschliesserin Hertz / doch einen harten Stein erweichen moͤgen / sich der Verliebten zu erbarmen. Jndessen sahe ich das *Concept* deß Schreibens an den Apothecker auff meines Weibs Tische ligen / das lautet von Wort zu Wort also:

Vielgeehrter / in Gebuͤhr von Hertzen geliebter Herr Vetter / etc.

Derselbe weiß ohne mein ferners Erinnern / in was vor einer jaͤmmerlichen *melancholey* mein allerliebster Haußwirth / seyt wir unser Gelt verloren / dahin lebt: welches mich / als seine zum allernaͤchsten Verwandte / ja als seines Leibs allergetreueste Rippe dermassen schmirzet / daß ichs in die Laͤnge nicht zu ertragen getraue: weßwegen ich dann an statt deß Schlaffs mich mit Nachsinnungen seyther gequaͤlet / ob keine *expediens* zu finden / diesem seinem Ubel abzuhelffen: da mir dann eingefallen / es wuͤrde das beste Mittel seyn / wann mir der Herr Vetter neben einem guten Marzapan ein paar dutzet

2 leiten] Leuten 7 nicht ohn] gewiß 9 Lecker] Schuft 19 *Concept*] Entwurf 28 schmirzet] schmerzt 31 *expediens*] Lösung, Mittel

Macronen / etwas von Citrinat / und andern dergleichen Hertzstärckenden Dingen zurichtete / und selbige mit so beschaffenen kräfftigen Sachen vermischte / die nicht allein die schädliche *melanchol*ische Feuchtigkeiten zertheilen / und das verderbte Geblüt reinigen / sondern eine natürliche Begierde erwecken: wie mich dann der Herr Vetter wol verstehen wird: Jch wolte ihme alsdann solches *Confect*, so er ohne das liebet / beybringen / und durch Freundlichkeit erstlich seine zerstreuete Gedancken von seinem verlohrnen Gelt auff mich: und also fürderlichst ihne wieder zu rechter Vernunfft bringen / daß er nach und nach / wie hiebevor / sich wiederumb auff seinen Handel legte / und deß Verlohrnen allgemach vergesse; doch wird deß Herrn Vettern Rath / dem ich diß Orts nicht auß Handen gehen: sondern seiner *dexteri*tät vertrauen werde / am besten seyn; Uns damit allerseyts / etc.

Alldieweilen ich dieses gelesen / sagte die Beschliesserin zu meinem Weib / umb sie zu trösten: Ach Frau Baas / was hat sie vor Ursach zu weynen? kan sie dann ihres Eheliebsten diese heintige Nacht nicht entbehren? Was? sagte mein Weib darauff / diese eintzige Nacht? Glaub mir sicherlich / daß er mich allbereit länger als in vier Wochen kaum angerührt hat! Er ligt ein gantze Nacht / und kan nichts anders / als umb sein verloren Gelt seufftzen / worauß ich abnehmen muß / daß er solches lieber hat als mich; Er krämet sich ab / und schwächet seine Natur dermassen / daß er sich ins künfftig vor einen Mann zu bestehen / gantz untüchtig macht; Was meynestu wol / liebs Bäßgen / was vor eine Freud ich armes Weib bey einem solchen höltzernen Herget habe? die Beschliesserin antwortet / ich weiß der Frau Baasen / als eine die noch nichts von Mannen weiß / hierauff zwar nichts zu widersprechen / allein dunckt mich / der Herr Vetter sey ein solcher rechtschaffener / ansehenlicher und freundlicher

---

1 Citrinat] Zitronat 10 fürderlichst] schnellstens 15 *dexteri*tät] Treue 20 heintige] heutige 25 krämet] grämt 29 Herget] Herrgott

Herr / daß / wann mir so einer beschehrt waͤre / ich keinen andern in der gantzen Welt darvor eintauschen / geschweige wuͤnschen wolte; Ja liebs Baͤßgen / sagte darauff mein Weib / ich habe ehemahlen / wie ich noch in deinem Stand war / ebenmaͤssig vermeynet wie du! aber da war mein Mann ein anderer Kerl als jetzt! damahl liebte er mich uͤber alle Schaͤtz der gantzen Welt / jetzt aber seufftzet er nur nach seinem verlohrnen Gelt / das doch damit nicht wieder zu bringen ist / und laͤst sein Weib ein gut Jahr haben; umb den Fritzen bekuͤmmer dich nur nicht / und lasse dirs ein Fabel seyn / wann er sagt / er wolle sich selbst umbbringen / so fern du dich nicht nach seinen Begierden *accommodir*est; Es ist deß rechten Krauts / und gar nichts neues / wann sich die lose Voͤgel so stellen / uns arme bloͤde und einfaͤltige Weibsbilder erstlich zu einer mitleidenlichen Forcht: und endlich umb unser Kraͤntzlein zu bringen / wie leyder schon manche / die sich solcher massen zur Erbaͤrmd treiben lassen / mit ihrem unwiderbringlichen Schaden / und Verlust ihres allerbesten Kleinods / nemlich der Jungfrauschafft / erfahren; dencke nur nicht anderst / als daß der Vogel jetzt wieder (ohne daß er sich einigs Leyd angethan / oder solches zu thun sich nur in Sinn genommen haben solte) in seinem Bette ligt / und neue Netz zu legen ersinnet / damit er das Wildbret / so ihm vor dißmal unverhofft entgangen / ins kuͤnfftig beruͤcken moͤge; und wanns gleich einem solchen gailen Hengst Ernst waͤre / wie er sich stellet / so / daß er wuͤrcklich vollbraͤchte was er drohete / so waͤre es doch einer Jungfrauen besser und verantwortlicher / sie liesse einen solchen Narren / wann er ja nicht anders wolte / alleinig zum Teufel hinfahren / als daß sie in den Weg trette / darauff sie (geschweige der Schand / so sie vielleicht hier zeitlich deßwegen zu gewarten) ihme eine Mitgefaͤrtin abgeben koͤnte.

Man sagt von den Hollaͤndischen Weibern / sie seyen

---

12 *accommodir*est] richtest, bequemst 12 f. deß rechten Krauts] (iron.) das Wahre, Rechte 17 Erbaͤrmd] Erbarmen
24 beruͤcken] in die Falle locken 31 gewarten] erwarten

(sonderlich in den Handelschafften der Kauffleute) viel schlauer / kluͤger und abgefuͤhrter / als an vielen Orten die Maͤnner! aber ich versichere / daß ich mein Weib viel spitzfuͤndiger und arglistiger gefunden habe / als die Hollaͤndische Weiber immer seyn moͤgen; Hoͤret nur / wie das boßhafftige Thier ihr Spiel so artlich ankartet! sie hatte ein zubereit Bett eben bloͤßlich vor zwo Personen in ihrem Cabinet stehen / auff dem sie offt unter Tags zu faulentzen pflag / auch in demselben deß Nachts schlieffe / wann ich nicht zu Hauß war; Jn dasselbe hiesse sie die Beschliesserin ligen / ob sie gleich sagte / daß sie vor gewiß darvor hielte / sie haͤtte sich dieselbe Nacht vor dem Fritzen unter Wegs nichts mehr zu besorgen; und darauff fienge sie erst recht an / von der grausamen und unertraͤglichen *Passion* der Liebe mit ihr zu *discurir*en / und ihro dieselbe so artlich abzumahlen / daß es schiene / als wann sie ihr Lebtag sonst nichts gethan / als hierauff *stud*irt haͤtte: und nachdem sie vermeynet / daß sie nunmehr die Beschliesserin durch weitlaͤufftige Umbschweiffung / und vernuͤnfftige Gruͤnde zu ihrem Zweck bequem genug gemacht / berichtet sie ihr auch / was massen sie nun eine lange Zeit hero in einen *Studiosum* verliebt gewesen / welcher erst vergangene Woch den *Gradum* eines *Doctors* der *Medicin* angenommen (*ô mirum!* wie war mir damahl umbs Hertz?) welchen sie auch nimmermehr auß ihrem Gemuͤth schlagen koͤnte / und solte sie gleich sein Angedencken mit sich ins Grab hinunder nehmen: thaͤt ihr auch darauff mit bitten / weynen und seufftzen unglaubliche Verheissungen / wann sie reinen Mund von dieser ihrer Liebe halten: und ihr verhuͤlfflich seyn wolte / daß sie deß geliebten *Doctors* geniessen koͤnte;

Jch muß bekennen / daß die Beschliesserin lang anstunde / ehe sie sich hierzu gebrauchen zu lassen / *resolvir*en kon-

---

2 abgefuͤhrter] listiger 6 artlich] kunstvoll 6 ankartet] beginnt 7 bloͤßlich] nur 8 pflag] pflegte 15 *discurir*en] sprechen 18 f. Umbschweiffung] Umwege 21 *Studiosum*] Student 22 *Gradum*] Grad, Rang 23 *ô mirum!*] O Wunder! 32 *resolvir*en] entschließen

te / biß sie endlich beydes durch Flehen und Verheissungen gewonnen ward / und sich uͤberreden liesse / zu versprechen / ihr in diesem Geschaͤfft willfaͤhrig und getreu zu seyn; darauff sagte sie ihr / daß sie in dem Schreiben an den Apothecker etlich *Confect* bestellet / so sie Morgen dem *Doctor*, weil es sein Namens-Tag waͤre / uͤberbringen / und ihn damit in ihrem Namen anbinden solte; auch solte sie Morgen fruͤhe ein paar feister Genffer Cappaunen abnehmen / und auß dem einen eine Tarte mit Rosenwasser / kleinen Rossinen / und anderer Specerey durch die Koͤchin machen / den andern aber fuͤllen und braten lassen; hernach schriebe sie ein kleines Brieffgen folgenden Jnhalts an den *Doctor:*

Hochgeehrter Herr *Doctor*, von gantzem Hertzen noch hoͤher geliebter Freund.

Die stetige Anmahnung meiner Hoffnung / so ich zu dessen hohen Verstand und Vortrefflichkeit gefast / seiner beruͤhmten Erfahrenheit in der *Medicin* kuͤnfftig zu geniessen / hat mich erinnert / daß der heutige Tag seinem liebreichen Namen gewidmet; an welchen Taͤgen je ein Freund dem andern mit einer Gab seine Freundschafft zu bezeugen / und ihm noch viel solcher Taͤg gluͤcklich zu erleben / hertzlich anzuwuͤnschen pfleget; Welche Gewohnheit ich auch nach dessen *Meriten observir*en: und solches als meine Schuldigkeit hiemit von Grund meines Hertzens verrichten wollen; mit dienstlicher Bitt / beykommende *Collation* mit solchem Gemuͤth anzunehmen / wie es von einem geschickt wird / und also von meinetwegen zu geniessen: Ob nun gleich mein Ehewirth nicht zu Hauß / und mir deßhalber nicht gebuͤhren will / frembde Mannsbilder in meine Behausung einzuladen: so erfordert jedoch meine jetzige *indisposition* eine solche Cur / zu deren ich meines von Hertzen geliebten *Doctors*

---

8 abnehmen] abschlachten 9 Tarte] Fleischtorte 10 Specerey] Gewürze 23 *Meriten*] Verdiensten 23 *observir*en] beachten 25 *Collation*] Staͤrkung 30 *indisposition*] Unpäßlichkeit

Huͤlff und Mittel nicht zu entberen getraue: derowegen auffs allerfreundlichst bittend / er wolle belieben / sich nach der Abend-Demmerung ohnschwer zu mir zu verfuͤgen / in Erwartung dessen erfreulichen Ankunfft bestaͤndig verbleibend

Meines von Hertzen geliebten Herrn

Getreu Ergebene

Datum, den 25. Aug. etc.

N. N.

Ob nun gleich in diesem Schreiben mein gailes Weib nicht außfuͤhrlich gemeldet / an welchem Ort sie der Schuh eygentlich truckte / so haͤtte jedoch der *Doctor*, so fern ihm anders das Schreiben zukommen waͤre / leicht solches fassen koͤnten / er waͤre dann ein Stockfisch / oder gar ein Narr / und kein *Doctor* gewesen; nach Verfertig- und Beschliessung dessen / legte sie sich auch zu der Beschliesserin / und *instru*irte sie ferners / wie sie sich Morgen bey ihrer Ambassade zu verhalten haͤtte; und zum Beschluß name sie selbige in Arm / truckte sie und sagte: Morgen umb diese Zeit hoffe ich / wann anders mein Mann nicht heim kompt / den *Doctor* so in meinen Armen zu haben! Jch aber gedachte / harre nur biß dorthin / so will ich dir den Pfeffer schon versaltzen. Setzte mich auch darauff in meinen Sessel / in welchem ich Sommerszeit etwan ein Stund nach dem Essen sitzend / zu schlaffen gewohnet war / und spindisirte daselbst die gantze Nacht / wie ich mit meines Weibs hoͤchster Beschimpffung (doch daß kein Geschrey darvon wuͤrde) diese neue angehende Liebe in ihrer ersten Glut / und ehe die unaußloͤschliche Flammen gar außbrechen / zerstoͤren und außloͤschen moͤchte: und solches war mir auch vonnoͤthen / dann ich hatte es mit einem jungen Liebwuͤrdigen *Doctor*, und mit dem allerarglistigsten und schlauesten Weib auff dem gantzen Erdboden zu thun / bey denen es Kunst braucht / beyde zu betruͤgen.

---

11 truckte] drückte 12 koͤnten] hier: können 15 *instru*irte] unterwies 16 Ambassade] Botengang 24 spindisirte] grübelte

CAP. VI.

Wurst wieder Wurst / und der Magd ein Trinckgelt.

JCh hatte zwar dieselbe gantze Nacht kein Aug zugethan / und dannoch war ich eben so fertig in die Apotheck zu gehen / als die Beschliesserin / die ihren Theil geschlaffen: dann der Apothecker war mir verwandt / und nur von meinetwegen meines Weibs Vetter / über das war er je und allweg mein vertrauter Hertzens-Freund / und von Jugend auff mein Schulgesell gewesen: so daß ich mich keines andern gegen ihm versehen konte / als daß er mir in diesem Handel / darinn ich seiner nicht wol entberen konte / mehr Treu als meinem Weib erweisen würde / welche ich vor dißmal mit seiner Hülff betrügen wolte / damahl sah ich die Beschliesserin nackend / als sie auffstund / und befande sie so anmutig / so schön! so liebreitzend und so wol *proportionir*lich *form*irt / daß ich den Fritzen nicht verdencken konte / daß er ihr sein Hertz geschenckt / aber ich gedachte ihm diß gute Bißgen drumb nicht so fett zukommen zu lassen / dann ich entschlosse mich / gleich meines Weibs Untreu / die sie zwar nur in Sinn genommen / an ihr würcklich zu *revengir*en / wann ich ihr thät / was mein Weib ihr vom *Doctor* thun zu lassen vor hätte / ob ich gleich besagtem meinem Weib sonst allweg treu verblieben / auch ihr solche Untreu zu erweisen / die Tag meines Lebens niemal in Sinn genommen:

Wer war aber anders schuldig dran als mein schönes Weib / die mich mit Vorzeigung dieser Schönheit gleichsam geludert / und ohne Zweiffel mit ihrem Ehebrecherischen *Discurs*, und eygenen würcklichen Beginnen dem guten Mägdgen auch lange Zähn gemacht. Jch gieng mit ihr auß meines Weibs Cabinet / und sahe sie mit Lust die Cappaunen abwürgen / mich darauff freuende / wie wir sie so lustig mit-

15 f. *proportionir*lich *form*irt] von ebenmäßiger Gestalt
20 *revengir*en] rächen 27 geludert] gelockt 28 *Discurs*] Gespräch
28 würcklichen] tätigen

einander verzehren wolten / ehe sie nun der Koͤchin befahle / was sie darmit machen solte / und sich mutzte in die Apotheck zu gehen / da gieng ich ihr vor / und kam eben dahin / als die Apothecker-Gesellen die Apotheck geoͤffnet / und geschaͤfftig waren / die Zierrathen auff den Laden zu setzen: Jch kame zwar unsichtbar in das Hauß / aber nachdem ich einen Winckel gesehen / allwo ich versichert war / daß mein Naßtuͤchel sampt der Unsichtbarkeit dort wol verwahrt ligen bleiben wuͤrde / legte ichs hin / liesse mich sehen / und fragte nach dem Haußherrn: der stack aber noch in den Federn biß uͤber die Ohren.

Dieweil ich dann mehr Recht in diesem Ort wegen der Vertreulichkeit / in deren ich mit dem Apothecker stunde / mir anzumassen gewohnet war / als wann ich das Kind im Hauß gewest waͤre: so weckte ich ihn auff / nam ihn in seine obere Stub / und erzehlet ihm alle Haͤndel meines Weibs: nichts verschwiege ich ihm / als eintzig diß / daß ich mich unsichtbar machen koͤnte: Ja ich vertrauet ihm auch meinen Anschlag / den ich vor hatte / mein Weib nicht allein mit Betrug artlich zu hintergehen / sondern ihr auch die Untreu / die sie mir zu beweisen sich vorgesetzt / mit einer andern zu bezahlen: das war nun eine gemaͤhete Wiese vor ihn / dann er war ein solcher *Compan*, dems Hertz im Leibe lacht / wann er so etwas dergleichen anstellen solte helffen.

Das erste das er thaͤt / war diß / daß er seinem Haußgesind gebot / meine Gegenwart zu verhoͤlen / hernach liesse er Mandlen zum Marzapan zurichten / den mein Weib bestellen wuͤrde / Bißquid / Macronen / Nuͤrnberger Lebkuchen / und deß Dings hatte er ohne das genug im Vorrath: doch machte er meinem Weib ein dutzet Macronen zu Gefallen / ihr solche im Kauff zu verehren / die er trefflich mit Pley-Zucker vermischte / so ihren hitzigen Nieren zur Kuͤhlung taugen solte: Es muste alles in der Apotheck arbeiten / damit ja mein

---

2 mutzte] herausputzte 10 stack] steckte 20 artlich] geschickt 23 *Compan*] Kumpan 26 verhoͤlen] verhehlen, verschweigen

Weibgen nicht verhindert würde / uns mit einem guten Schlamp zu verehren: den Marzapan zierte er überall mit flammenden Hertzen / und einem Pfeil dardurch / mit Hand-Treuen und dergleichen Phantastereyen / so die Verliebte in ihren Schilden führen / der Spruch drumb her lautet also:

Mein Lieb und Treu /
Wird täglich neu!

Und unter solchem Geschäfft erwarten er und ich der Beschliesserin mit grossem Verlangen.

Dieselbe kam endlich über ein Stund oder anderthalbe nach mir mit ihrem Schreiben angestochen: Aber ach leyder! das arme Ding hat in der Eyl das unrechte / nemlich das jenige erwischt / worauff es lautet: An den Herrn *Doctorem Louis Adolphi* einzuhändigen! Der Apothecker / welcher gar ein arger *Vocativus* ist / sagte: Die Jungfer komme nur mit mir herein / und erbrach indessen das Schreiben / gleichsam als in der Eyl / doch also / daß er das Siegel nicht versehrte / ohnangesehen er zuvor wol wuste / und von mir erfahren / was darinn stünde: wie er nun die Uberbringerin Abweg gebracht von seinen Leuten / und im Brieff zu lesen anfangen wolte / sagte er: Ey potz Glück Jungfer / was habt ihr gemacht? Jch habe gemeynet / ihr hättet mir ein Schreiben an mich geben / so sehe ich aber wol / es gehöret einem *Doctor*! was Raths! es ist einmal erbrochen? Darüber wurde meine Beschliesserin gantz bestürtzt / und überall so roth / wie eine glüende Kohl: Ey Jungfer / sagte der Apothecker / sie darff so hoch nicht erschrecken / wann sie auch eins an mich hat / so geb sie es nur immer her / ich will schon sehen / daß ich diß an den *Doctor* wieder zukleibe / daß ers nicht mercken soll: darauff langte sie ihm auch das auß ihrem Sack / so an ihn stunde: Er aber sagte zu ihr / damit die Jungfer sehe /

---

2 Schlamp] Schmaus, Schlemmerei 2 verehren] beehren
4 Hand-Treuen] verschlungene Hände 12 angestochen] angelaufen 16 *Vocativus*] Schelm, Schlaukopf 20 Abweg] zur Seite
30 zukleibe] zuklebe 32 stunde] gerichtet war

daß ich ihrer Frauen Heimlichkeiten nicht zu wissen begehre / so komme sie mit mir herauff / und sehe zu / daß ich nicht einmal lesen / sondern es wieder beschliessen werde / damit sie deßwegen ausser Gefahr sey / und also brachte er sie zu mir in die obere Stub.

Man kan wol erachten / wie das gute Mensch erschrocken sey / als sie mich so unversehens vor ihr stehen: und zugleich den Apothecker die beyde Schreiben in Händen halten sahe: dieser warff selbige auff den Tisch / und sagte / sehet Mensch / da habt ihr euren Herrn / mit dem möcht ihrs außmachen / ich hab jetzt anders zu thun / gieng darmit zur Stub hinauß / schlosse die Thür hinder ihm zu / und steckt den Schlüssel in Sack.

Jch weiß nicht / wer im Anfang unter uns beyden mit dem andern am mehristen zu schaffen gehabt? Sie mit mir / mich umb Verzeyhung zu bitten / oder ich mit ihr sie zu trösten? Nachdem sie aber wieder ein wenig zu ihr selbst kommen war / stellte ich ihr beydes meines Weibs / und ihr eygen Verbrechen vor Augen / und hielte ihr vor / daß jenes den Tod / das ihrig aber auffs wenigst die Außsteupung verdienet hätte: doch könte ich beyden / wann ich die Würckung der Liebe bedencken wolte / leicht verzeyhen: lag ihr darauff einen gantzen Last-Wagen voll vor / was massen ich sie / die Beschliesserin / schon vor langer Zeit hero inbrünstig geliebt: und dannoch meine Liebes-Schmertzen verborgen / und meinem Weib zu Ehren Lieb und Treu / mit unleidenlicher Gedult getragen hätte: So ich ihr aber nunmehr die Hand im Sack erwischt / und vor Augen sehe / daß sie solche meine Treu mit Untreu belohnen / und mir auß dem Geschirr schlagen wolte / so wäre ich verhoffentlich nicht zu verdencken / wann ich auch meinen Begierden den Zaum lassen / und mein Weib mit ihrer Müntz bezahlen würde: Jch näherte mich auch darauff zu ihr mit solchen liebreitzenden Geber-

1 Heimlichkeiten] Geheimnisse 12 ihm] sich 15 mehristen] meisten 22 lag] log 26 unleidenlicher] übermäßigen 29 f. auß dem Geschirr schlagen] untreu werden 30 ich] mir

den / wie es die Beschaffenheit meiner damahligen Gelegenheit erfordert / und reitzte sie mit grossen Verheissungen dermassen / daß ich sie nemlich künfftig vor allen andern Weibsbildern in der gantzen Welt eintzig vor meine Allerliebste halten / und sie meinem grossen Vermögen nach mit der Zeit wol versorgen wolte / biß sie endlich das küssen annam / und zu mir sagte / ich sehe wol / daß mein Kräntzlein *prædestin*irt ist / in diesen 24. Stunden verlohren zu gehen / von einem / der sich umb seinetwegen selbst umbbringen wolte / hab ichs erst diese Nacht errettet / nun aber gehets auß meinem eygenen Ubersehen dahin: doch will ichs lieber einem solchen Mann / wie der Herr Vetter ist / gönnen / als einem leichtfertigen Betrüger / der dessen nicht werth ist;

Solcher Gestalt erlangte ich was ich wolte / und thät meinem Weib / was sie nie zu thun im Sinn hatte: Aber was vermeynestu wol / was der gerechte Richter an jenem grossen Tag hierzu sagen werde? Du wirst hierauff mit besserer Billichkeit / als die Hohepriester zu Jerusalem zum Juda sagen / da schaue du zu! Diß war zwar die geringste Frucht meiner Unsichtbarkeit! es setzte nachgehends wol erschröcklichere Schnitz! so / daß es wol bey mir hiesse:

Jch fiel je längr je tieffer drein /
Kein guts war an dem Leben mein.

Aber es gehet nicht anderst zu / wann man umb deß verfluchten Gelts und Guts willen Gottes und seines Worts vergist / geschweige / wann man sich der Zauberer Hülffe gebraucht / solches zu erlangen: ich vermeynte damals / als ich diß unschuldige / einfältige und fromme Schäflein zu Fall gebracht / ich hätte alles wol außgericht / und mich an meinem Weib / dem elenden Werckzeug dapfferlich gerochen; aber hätte ich in meinem Garten / da ich die von ihrer Zierde entblößte Blumen-Zwiebeln in der Erde betrachtet / den heiligen Einsprechungen meines guten Engels gefolgt / so hätte ich Christlich und weislicher gethan / und es wärs weder mit

---

8 *prædestin*irt] vorherbestimmt 11 Ubersehen] Versehen, Fehltritt
21 Schnitz] Possen

mir noch meinem Weib / viel weniger mit diesem armen Maͤgdgen nimmermehr so weit kommen! haͤtte ich den fahrenden Schuͤler so lang zaubern lassen als er gewolt ohne mich / so waͤre ich in dieser Antrettung der Suͤndenbahn nicht zugleich ein Ehebrecher und Jungfrauen-schaͤnder worden.

Vor dißmal aber betrachtet ichs nicht so weit / sondern war nur drauff bedacht / wie ich den Possen / welchen ich meinem Weib auch reissen wolte / Werckstellig machen moͤchte; Unterliesse auch darneben gar nicht / mit meiner Beschliesserin noch ein paar mahl zu widerholen / was ich mit ihr angefangen; und als sie mit weynenden Augen mir ihr Sorg entdeckte / sie moͤchte vielleicht hierdurch unter die Zahl der Muͤtter kommen / gab ich ihr diesen Rath zum Trost / sie solte alsdann unsern Fritzen / wann sie es merckte / bey Zeiten zum Vatter einkommen lassen.

Jndessen hatte der Apothecker sein Marzapan verfertigt / das gaben wir der Beschliesserin mit / und unterrichteten sie / wie sie mein Weib uͤberreden solte / sie haͤtte so lang drauff warten muͤssen / umb der Frauen solches zu zeigen / dann der Apothecker gesagt / so fern ihr diß / daran er eben gemacht / nicht beliebig / so koͤnte er ihr wegen anderer Geschaͤfften vor sinckender Nacht kein anders verfertigen; Wir gaben ihr auch das Schreiben widerumb verschlossen an den *Monsieur Docteur Louis* mit nach Hauß / damit sie / wann etwan die Frau darnach fragte / nicht wie Butter an der Sonnen bestuͤnde / und als wir vermeynten / sie waͤre kaum in meinem Hauß angelangt / siehe / da kam sie widerumb / das uͤbrig *Confect* auch abzuholen: Ob ich nun gleich ungezweifelt vermeynte / ich haͤtte die Beschliesserin durch meine Freundlichkeit und ansehenliche *promessen* gewonnen / daß sie mir treu seyn muͤste / so schenckte ich ihr doch zum Uberfluß / und auch vor ihr Kraͤntzlein ein halb dutzet Ducaten / damit sie eygentlich mit dem / was mein Weib ihr auffgeben

---

4 Antrettung] Betreten, Anfangen 16 einkommen] gelten
23 sinckender] einbrechender 31 *promessen*] Versprechungen

würde / dem *Doctor* zu bringen / zu uns kommen / und mich vor alles übrige sorgen lassen solte: Sie versprachs und hielts auch / massen sie unlängst hernach mit einem schweren Korb voll Naschwerck / und einer Fläschen voll von meinem Necker-Wein beladen / zu deß Apotheckers hindern Garten- Thür / die wir ihr zu solchem Ende offen gelassen / angehauen kam: also gieng alles nach meinem Wunsch / wie dann auch mein Weib / die vor sie zum Geschenck mit Pley-Zucker verfertigte Macronen daheim behalten hatte / als welche wir durch hin und wider Zerbröcklung zu solchem Ende schadhafft: und also zu einer ansehenlichen Verehrung unscheinbar gemacht.

CAP. VII.

Wie man den Weibern vorm Wildbret ein Abscheuen macht.

UNterdessen nun meine Beschliesserin auß gewesen / hatten ich und der Apothecker im Namen deß Herrn *Doctors* nachfolgendes Wieder-Antwort-Schreiben an mein Weibgen verfertigt / welches der Apothecker / weil meinem Weib sein Handschrifft und Pettschafft unbekandt / geschrieben / und auff rechtschaffen gut Bulerisch mit Seiden umbwickelt / und mit einem gantz vergülden Sigill beschlossen hatte / worauff wir sich lustig sampt meiner neuen Bulschafft zusammen setzten / die Capaunen-Darten sampt dem Gebratenen und dem *Confect* zu Faden schlugen / und auff einen glücklichen Krebsgang meines Weibs *Doctor*lichen Liebe / die Fläsch mit Necker-Wein hertzlich truckten: das Schreiben aber lautet also:

---

7 angehauen] angelaufen 12 unscheinbar] unansehnlich 20 Pettschafft] Siegelring 22 Sigill] Siegel 23 sich] uns 25 zu Faden schlugen] verzehrten 27 truckten] drückten, lehrten

Edelste / Viel Ehr und Tugendreiche / Hochgeehrteste Frau / etc.

Mit was für schuldigster Ehrerbietung und *respect* ich dero Holdseliges Briefflein empfangen / hat zwar Widerbringerin diß gesehen: Es wird ihr aber unmüglich seyn / meiner höchstgeehrtesten Frauen zu beschreiben / mit was für einer innerlichen Hertzens-Freude ich mich begnadet und überschüttet befunden / als ich auß demselben vernommen / daß meine Wenigkeit für ihren Diener und Leib-*Medicum* auffgenommen zu werden / gewürdigt worden / ob sie gleich gesehen / wie inbrünstig und andächtig ich beydes / allerliebstes Brieffgen / und auch in solcher süssen Hertzens-Verzuckung das Ringlein geküßt: Jch werde aber hiervon zu meiner / auff die bestimbte Zeit ohnfehlbaren Ankunfft selbsten Mündliche *relation* thun / und verhoffentlich meiner Höchstgeehrtisten Frauen zugleich im Werck erweisen / wie bereitwillig und geflissen ich sey / deroselben Gehorsamlich auffzuwarten: Allein wird dieselbe ihrem hohen Verstand nach ermessen / wie argwöhnig die jetzige Welt / und wie fertig neidiger Leute gifftige Zungen seyen / der Unschuld selbst mit Verleumbdung nicht zu schohnen: Damit wir nun beyderseits dißfalls ausser aller Gefahr verbleiben mögen / so bitte meine Hochgeehrtiste Frau auffs allerdienstlichste / sie wolle belieben zu verfügen / daß beydes bey meiner Ankunfft und Wiederheimkehrung nirgends kein Liecht vorhanden sey; massen anderer Gestalt ich Bedenckens tragen würde / mich bey Nacht einzustellen; zumahlen auch ohne das die Gewißheit meiner Kunst solches wol entberen kan / in dem ich ohne Ruhm zu melden nur auß Fühlung deß Pulses mehr zu finden / zu urtheilen / und gehörige Mittel darauff zu verschaffen weiß / als sonst mancher / der viel auß der Farb / und andern Umbständen *judici*ren muß; Schließlich wünsche ich der lieben Sonn eine schnellere Eylfertigkeit vor dißmal / als ihre gewöhnliche ist / umb gegen meiner

15 *relation*] Bericht 23 allerdienstlichste] allerdienstfertigste
32 *judici*ren] urteilen

Hoͤchstgeehrtisten Frauen desto ehender mich umb dero milde Anbindung zu bedancken / und zugleich mit angenehmen Dienst-Bezeugungen mich wieder abzulassen / als der ich bin

Meiner Hoͤchstgeehrtisten Frauen

Allergetreuester Diener
D. Ludovicus Adolphi.

Wie michs nun Zeit seyn dauchte / schickte ich meine Beschliesserin mit ihrem laͤren Korb / der Flaͤsch und diesen Schreiben wieder heim / schenckte ihr auch noch eine Ducat / solche meinem Weib zu zeigen / und sie zu uͤberreden / daß sie der *Doctor* solche zur Verehrung anzunehmen gleichsam gezwungen / und darneben gesagt haͤtte / daß er die Tag seines Lebens mit Erinnerung seines Namens-Tag niemal dergestalt erfreut worden / darumb waͤre auch billich / daß sie mit einem ehrlichen Botten-Lohn begabt wuͤrde: Jch unterrichtet sie auch noch vieles anders Dings / so sie meinem Weib von deß *Doctors* Begierde noch ihr vorligen solte: Jtem / daß sie bey Leib dahin trachte / daß zu meiner Ankunfft kein Liecht vorhanden waͤre / und sagt ihr auch / wie sie sich alsdann im uͤbrigen / auch wann ich wieder hinweg wolte / verhalten solte; Jn dem sie nun von mir scheiden wolte / fiele ihr erst ein / daß ihr mein Weib einen Ring gegeben / solchen dem *Doctor*, neben den *Victualien* zu uͤberliefern / den sie mir damit zustellte / das war nun ein Rubin von ohngefaͤhr 6. Reichsthaler werth / und ich haͤtte ihn gern meiner neuen Bulschafft gelassen / so fern mir nicht gleich in Sinn kommen / meinem Weib ein prave Naß damit zu machen / welchen Anschlag ich auch meinem neuen Schaͤtzgen der Beschliesserin vertrauete / umb mich damit gegen ihr zu entschuldigen / mit welchem sie besser zu frieden schiene / als haͤtte ich ihr den Ring selbst gelassen.

---

2 Anbindung] Angebinde, Gehenk 3 abzulassen] zu entlassen, verabschieden 18 noch] dialekt: nach 18 vorligen] vorlügen 24 *Victualien*] Lebensmitteln 28 f. prave Naß ⟨...⟩ machen] eine Nase drehen, einen Streich spielen

Denselben Nachmittag war diß mein Arbeit / daß ich mich erstlich barbieren liesse / damit ich dem *Doctor*, der gar Jungfrau-Knechtisch außsahe / wo nicht gaͤntzlich bey Tag / doch in der Nacht umb den Schnabel herumb etwas gleichen moͤchte: Zweytens bewarbe ich mich durch deß Apotheckers Leut heimlich umb ein *Doctor*-Talar / in demselbigen meinem Weib an statt deß *Doctors* auffzuwarten; Drittens muste mir der Apothecker ein unschaͤdlichs Purgier-Traͤncklein zurichten / dessen ich zwar weniger vonnoͤthen / als der Gerade einer Krucken; Vierdtens uͤberredet ich ihn / daß er auff meinen Kosten in seinem Hause eine Mahlzeit auff den folgenden Tag anstellen / und beydes den *Doctor*, als mich und mein Weib darzu zu Gast laden solte; Zu solchem Ende *concipir*te ich ihm folgendes Brieffel an den *Doctor*, welches der Apothecker hernach abschriebe / und ihm sampt dem Ring / den ihm mein Weib zuschicken wollen (sintemal ich ihm denselben hierzu verehrte) also gleich zusendete.

Wol-Edler / Hochgeehrter Herr *Doctor.*

Jn Betrachtung / daß je und allweg die Apothecker denen Herren *Doctoribus* der *Medicin*, als ihren hoͤchsten *Patronen* und Foͤrderern / mit aͤusserster Dienst-Bezeugung und Erweisung aller Annehmlichkeiten gehorsamlich an die Hand zu gehen / vor ihre Schuldigkeit gehalten / habe ich solche gegen Ew. *Exc.* auch gehorsamlich hiermit einen dienstlichen Anfang zu machen / unterstehen: Eurer *Excell.* zu der naͤchsthin angenommenen *dignit*aͤt und Wuͤrde alles Gluͤck / Heyl / und selbst *desidir*ende *prosperit*aͤt und Wolfarth hertzlich anwuͤnschen: zumahlen dieselbe ihres heutigen Namens-Tags mit beykommendem Gedenck-Ringlein erinnern / und allerdienstlichst bitten wollen / Ew. *Excell.* wol-

8 Purgier-Traͤncklein] Abführmittel 10 Krucken] Krücke
14 *concipir*te] entwarf 20 *Patronen*] Schutzherrn, Gönner
24 Ew. *Exc.*] Euer Excellenz 26 *dignit*aͤt] Würde 27 selbst *desidir*ende *prosperit*aͤt] selbstwünschender Wohlstand

ten großg. belieben / künfftig meiner Wenigkeit als ihres geringsten Dieners grosser *Patron* zu seyn und zu verbleiben / und Morgen Vormittag ohnschwer die Mühe zu nehmen / meine Apotheck zu *visitir*en / so sich *defect*, und Mängel darinn befinden / solche durch dero hocherleuchte *Scien*tz / Weisheit / hohen Rath und Unterweisung großg. zu *corrigir*en / und mich zu würdigen / den darauff folgenden Mittag bey einem Welschen Hanen / und was Kuch und Keller weiters vermag / mein angenehmer Gast zu seyn; welche verhoffende grosse *courtoisie* gegen Ew. *Excellen*tz ich hinwiderumben Gehorsamlich zu verdienen / mir die Tag meines Lebens angelegen seyn lassen werde: Als der ich einmal festiglich beschlossen / und mir vorgesetzt / so lang ich leben werde / zu seyn und zu verbleiben

Eu. *Excellen*tz

Treu-Gehorsamer Diener

N. N. Apohtecker zum Silbern Einhorn.

Ey potz Krisement / sagt anfänglich der Apothecker / der Herr Vetter ist gar zu frey / und der *Doctor* wird vermeynen / ich sey ein Narr! Nein / nein / sagte ich / je doller gebrauet / je besser Bier / das Ringel wird alles verbessern / und ihm den Herrn *Doctorem* in Gnaden wol gewogen machen: Er lasse es nur immer so geschehen / massen der Ring einmal *prædestin*irt / den *Doctor* anzubinden: Jst demnach besser / und mir viel angenehmer / der Vetter bekomme seinetwegen ein paar *Recipe* in seine Apotheck / als daß ich ein paar Hörner darvor erhalten / welches ohn Zweiffel geschehen wäre / wann er ihm von meines Weibs Handen zukommen wäre: damit aber mein Weib ihren Anschlag desto sicherer und getröster angehen möchte / stellte ich einen Kerl an / der umb ein geringes Trinck-Gelt in mein Hauß gieng / und sie

---

1 großg.] großgünstiger 4 *visitir*en] besuchen 5 *Scien*tz] Wissenschaft 6 f. *corrigir*en] verbessern 10 *courtoisie*] Höflichkeit 25 *prædestin*irt] vorherbestimmt 27 *Recipe*] Rezept

uͤberredet / er haͤtte mich zu N. / drey Meil von dar angetroffen / allwo ich ihm befohlen / ihro meinetwegen ein gute Zeit zu wuͤnschen / und zu sagen / sie solte sich meinethalber nicht bekuͤmmern / daß ich verwichene Nacht nicht nach Hauß kommen / es waͤren mir Geschaͤffte vorgefallen / umb welcher willen ich vor Morgen noch nicht heim kommen koͤnte.

Als sich nun der Abend genaͤhert / zog ich meinen entlehnten *Doctor*-Talar an / und butzte mich auffs beste; und gleich wie ich mich außwendig mit Zibeth und allerhand koͤstlichem Balsam bestriech / daß ich roche / als wann die halb Apotheck mit mir *marchir*te / also nam ich hingegen auch obgedachtes Purgier-Traͤncklein ein / umb diesen guten Geruch meinem Weib zu Ehren und Wolgefallen in den alleraͤrgsten Gestanck zu verwandeln.

Also außstaffirt kam ich vor mein Hauß / und fande zur bestimbten Zeit nicht allein die Thuͤr offen / sondern auch mein verliebtes Hertzgen ohne Liecht / wie ichs begehrte / darhinder stehen; sie hiesse mich freundlich willkommen seyn / wie leicht zu erachten / und truckte mir damit die Hand in solcher Maß / daß auch ein Schaf haͤtte mercken koͤnnen / von was vor einer Kranckheit sie *curirt* seyn wolte; Jch war behend auff diese stumme Sprach zu antworten / und wir verstunden einander so wol / daß wir gleichsam ehender zum kuͤssen als zu den Worten kamen; kurtz / wir machten sonst wenig *Compliment*en miteinander / sondern sie fuͤhret mich in eine Kammer / die sie hierzu in der nidere zugerichtet hatte / damit meine *Excellen*tz keine Stege im finstern steigen dorffte; daselbst halff sie mich außziehen / und bediente mich besser / als ich mein Lebtag von ihr hoffen / oder ihr immermehr zumuthen doͤrffen!

Man kan wol gedencken / daß wir gleich darauff miteinander ins Bett gangen seyn; Jch hatte mich zwar denselben Tag zimlich abgearbeitet / aber dannoch waren noch so viel

9 butzte] schmückte 20 truckte] drückte 27 in der nidere] im Untergeschoß 28 Stege] Stiege, Treppe

Kräfften vorhanden / daß ich meinen Garten begrasen konte / nicht weiß ich / seynd sie durch meines Weibs *extraordinari* Freundlichkeit / oder durch den herrlichen Geruch deß Zibets und Balsams gestärckt worden / oder hat mir vielleicht der Apothecker ein wenig *Satyrion* unter die *Purgation* vermischt / welches mir aber der Maußkopff niemahl gestehen wollen!

Aber meines Weibs Freud wäret leyder kurtz! dann nach dieser Bewohnung fieng das eingenommene Träncklein in meinem Bauch an zu rumplen / ich aber warff mich im Bett herumb / und stellet mich / als wann ich vor unleidenlichem Schmertzen sterben müste; Jch beklagte mein Unglück / und bejammerte insonderheit / daß mich eben solches jetzt zur Unzeit betroffen / in welcher ich Freud und Ergötzung zu haben verhofft / und in dem ich mich so hin und wieder warff / mich bald streckte / und bald wiederumb wie ein Wurm krümte / unterliesse sie nicht / mich mit Thränen und Seufftzen auffs holdseligste zu trösten; Jch kan auch nicht glauben / daß von einer barmhertzigen Seelen mitleidenlichere Wörter ersonnen / und so beweglich vorgebracht werden können / als mein Weib damals vorbrachte; Jch aber *continuir*te meine angenommene Weise mit Weheklagen und Wintzeln / biß die *Materi* recht zeitig wurde / und ihren Außgang mit Gewalt *prætendir*te / da wuste ich mich in einer geschwinde so artlich zu winden / zu krümmen / und herumb zu lencken / daß ihr gerad die Büx vors Angesicht kam / alsdann truckte ich mit erschröcklicher Ungestümme loß / und wuste in wärender *Salve* das Geschütz dermassen zu richten und zu wenden / daß ihr weder Angesicht / Hals / Brüste noch Bauch unbesudelt bliebe; aber damit höret drumb meine Klag noch nicht auff / sondern nachdem ich noch ein paar mal Feuer auff sie geben / wischte ich auß dem Bett /

---

2 f. *extraordinari*] außerordentliche 5 *Purgation*] Abführmittel 9 Bewohnung] Beiwohnung 22 *continuir*te] setzte fort 23 Wintzeln] Winseln 24 *prætendir*te] verlangte 25 artlich] geschickt 32 wischte] entwischte

und fieng an wieder auff ein neues zu *lamentir*en / und sagte ihr unverholen / sie waͤre eine Ehebrecherische Hur / und ohne Zweiffel auch eine Zauberin / die mich umbs Leben zu bringen herein geladen / nam sie auch endlich bey der Carthausen / und doͤffelt ihr das Angesicht jaͤmmerlich mit Faͤusten / biß mich selbst bedunckte / es waͤre nun einmal genug / sie aber litte solches alles mit Gedult / ohn einiges Geschrey / ohne daß sie bißweilen sagte / ach ich armes ungluͤckseligs Weib! Solte ich sie aber sonst mit einer zehenfach verdienten Ohrfeigen begruͤst haben / so wuͤrde sie gewißlich einen solchen Lermen angefangen haben / daß man sie noch auff diese Stund davon koͤnt brummen hoͤren.

Nach diesem Spaß warff ich meine Kleider wieder an / und gieng hin wo ich herkommen war / nemlich zu meinem Vetter Apothecker / dem ich vor lachen meine Verrichtung schier nicht erzehlen konte; die Beschliesserin hat mir nachgehends erzehlt / wie beschissen / und mit Schlaͤgen uͤbel zugerichtet / sie nach meinem Abschied ihre Frau gefunden / auch was gestalten sie sich von dem Unflat mit kaltem Wasser wieder gesaͤubert / und Artzney-Mittel gebraucht / damit man ihr die empfangene Streich im Angesicht an den blauen Maͤhlern nicht ansehen solte: ich redte mit dem Apothecker ab / daß er mich und mein Weib auff den Mittag mit einer Gutsche zum Jmbs abholen lassen solte / dann ich sorgte / sie moͤchte sich schaͤmen / so wol gezeichnet sich unter den Leuten auff der Gaß sehen zu lassen; nam damit meinen Abschied / und gieng / wie ich begehrt hatte / ohne Liecht und Gleid vor Tag auß dem Hauß / damit ich mein Naßtuͤchel sampt der Unsichtbarkeit / ohne jemands Beobachtung mit mir nehmen koͤnte.

4 f. Carthausen] Schopf, Kragen 5 doͤffelt] schlug 16 schier] fast 28 Gleid] Geleit, Begleitung

CAP. VIII.

Künstlich Vorgebäu / zu Verhütung / daß dir kein frembder Stier in Stall steigt / noch der Guckuck Eyer ins Nest legt.

DArauff verfügte ich mich bey Oeffnung der Pforten zur Statt hinauß in meinen Garten / mehr mein Naßtüchlein im Garten-Häußlein verwahrlich auffzuheben / und also die Unsichtbarkeit abzulegen / als daß ich sonst etwas darinn zu verrichten gehabt hätte; Aber ungefähr umb neun Uhr gieng ich wieder nach Hauß / und fand mein Weib noch auff ihre überstandene herbe Nacht im Bett der Ruhe pflegen; Jch verwundert mich mit Bekreutzigung / als ich sie so schön zugerichtet sahe / und fragte sie / was ich besser als sie selbst wuste / wordurch sie nemlich doch in so kurtzer Zeit meiner Abwesenheit so jämmerlich verstellt worden wäre? Ach allerliebstes Hertz / antwortet das verlogen Raben-Aas / ich wolte gestern etwas von weissen Geräthe auff unserer obern Bühne auffhencken / und als ich zu solchem End eine Leiter anstellte / glitscht solche unden auß / also / daß ich mit ihr übern Hauffen : und endlich gar die Stegen hinunter gefallen / welches mich bey nahe das Leben gekostet; Jch fieng gewaltig an zu kollern / und sagte / worzu halte ich so ein Hauffen Mägd im Hauß / wann ihr alles selbst thun wollet? Wie verdienen sie Kost und Lohn? Jch hätt ein guten Lust / und nehme einen Brügel / und lernete sie / ein andermal besser ihrer Frauen an die Hand gehen; sonderlich stellte ich mich gar letz über die Beschliesserin / als deren billich vor andern angestanden wäre / ihrer Frau Basen besser vorzugehen / damit solch Unglück vermitten blieben wäre; mit Bedrohung / wann sie sich nicht besser ins künfftig gegen ihr anlassen würde / sie vor all Teufel hinweg zu jagen; mein Weib aber entschuldigt sie nach aller Müglichkeit / und

---

16 weissen Geräthe] Leinenwäsche 16 f. obern Bühne] Speicher 19 Stegen] Treppe 21 kollern] schimpfen 24 lernete] lehrte 26 gar letz] falsch, ungehalten 28 vermitten] vermieden

schwur darvor / daß sie an ihrem Unglück im geringsten nicht schuldig wäre / ob ich gleich besser wuste als sie / daß ihr durch deren Vermittlung diese Abzwagung zugerichtet und angebracht worden war; Endlich liesse ich den angemasten Zorn fallen / damit ich meinem Weib desto tröstlicher zuzusprechen Zeit hätte: Jch nöthigte sie auß dem Bett / unterm Vorwand als wann ich förchtete / es möchte sich irgends gerunnen Blut gesetzt haben / daß ihr künfftig grosse Ungelegenheit verursachen / oder sie wol gar in Gefahr deß Lebens Verlust setzen möchte / welches / ehe es übereinander erstürbe / wiederumb durch hin und her gehen zertheilt und verwebert seyn müste; in Warheit aber lag mir an / sie möcht im Bett liegen verbleiben / und nicht zu deß Apotheckers Mahlzeit kommen / wordurch dann mein Anschlag / sampt dem Nutz und Spaß / den ich darvon hoffte / verhindert und zernichtet würde.

Eben darumb halffe ich sie ankleiden und auffheben / ich gieng so säuberlich mit ihr umb / wie mit einem Kindbetter-Kindgen; alle meine Reden fielen mitleidenlich / und süsser als Zucker! und die Titul so ich ihr gab / hatten nur diesen Jnhalt / ach mein Hertz! mein Leben! mein Schatz! meine Seele! mein Trost / etc. damit brachte ich sie dermassen wiederumb in ein Glaiß / daß sie nit mehr dran gedachte / oder doch wenigst nit hoch achtete / wie sie im Angesicht außsahe / und dannenhero war sie desto gewilliger in die Carede zu sitzen / als der Apothecker ankam / uns beyde zu Gast zu laden / und zugleich abzuführen; vornemlich als er sagte / es wäre so nöthig als ersprießlich / das gerunnen Blut zu zertheilen / daß sie ein wenig in einer Gutsche auf dem gepflasterten Weg in der Statt herumb geführt / und also etlicher massen geschockelt oder erschüttert würde; Sie butzte sich hinlässig nach Beschaffenheit ihres damahligen zerstörten Gemüts / ich aber zog mich Feyertäglich an / umb dem *Doctor* zu weisen / mit was vor einem vornehmen Kerl ers zu

3 Abzwagung] Abreibung 12 verwebert] hin- und herbewegt
25 Carede] Kutsche

thun kriegte / wann er sich durch mein Weib ins künfftig vielleicht wieder reitzen lassen würde / mir Hörner auffzusetzen; Und also fuhren wir nach der Apotheck / und stiegen im Hof vorm Garten ab / worinnen in dessen lustigem Sommer-Hauß der Jmbs gehalten werden solte.

Jndessen nun der junge *Doctor* (von dessen Gegenwart / und daß er mitspeisen solte / mein Weib das geringste nicht wuste) die Apotheck *visitir*te / so doch nur *pro forma* angestellt worden / spatzierte ich mit meinem Hertzgen im Garten herumb / und zeigte ihr die *rari*täten und wunderbarliche Gewächse / die sich darinnen befanden; Jch ehrete sie allerdings wie eine Göttin / und *caressir*te / als wann ich erst hätte wollen anfangen mit ihr zu lefflen / brachte sie auch damit auff so einen guten Laun / daß es schiene / als wann sie der verwichenen Nacht allerdings vergessen / oder / ob wäre ihr in derselben kein Schabernack widerfahren.

Wie nun der Tisch gedeckt / der Wein ins Kühl-Wasser gesetzt / und nicht allein das Tischtuch / sondern auch der Boden deß Garten-Hauses zu mehrerm Wollust mit allerhand so schönen als wolriechenden Blumen überstreuet / und mit Rosen-Wasser überall gespritzt und angefeuchtet worden / man auch allbereit anfienge die Speisen auffzutragen; Siehe / da kam der Herr *Doctor* mit dem Apothecker auch herein getretten / worvon sich mein Weib beydes im Angesicht und Geberden dergestalt entfärbte und veränderte / daß ich leicht darauß abnehmen konte / wie grausam ihr wütiger Zorn in ihrem Gemüth rumorte; Jch aber lieffe seiner *Excellen*tz alsobalden entgegen / und macht einen gantzen Hauffen Frantzösischer *Compliment*en / was massen ich mich nemlich deß unverhofften Glücks freuete / welches mir so unversehens die Ehr gönnete / mit ihm bekand zu werden; nöthigt auch mein Weib / so durch freundliches Zusprechen / als sonsten durch hohe Beschwerung / daß sie

---

4 f. Sommer-Hauß] Laube 5 Jmbs] Mahlzeit, Essen 8 *visitir*te] besuchte 8 *pro forma*] der Form halber 10 *rari*täten] Besonderheiten 12 *caressir*te] tat schön 13 lefflen] buhlen 33 Beschwerung] Beschwörung

hingieng (aber allerdings wie eine hierzu gebannete Schlang oder Natter) mit der Handgebung seine *Excell.* zu bewillkommen; wiewol ich glaube / daß sie ihm lieber ins Angesicht gespyen hätte; der Apothecker aber übereylete uns mit nötigung zum nidersitzen / und brachte also mein Weib zum *Doctor* an Tisch / ehe sie sich besinnen konnte / daß sie wie auff Nadeln sitzen würde.

Dann gleich darauff setzte es bey ihr erschröckliche Minen / sie sahe auß wie eine Höllische furi, und blitzte mit den Augen / als wann sie hätte Feuer darauß speyen wollen: sie ruckte mit dem Arß hin und wieder / als wann sie Wespen drinn gehabt / sie trilte den Deller herumb / und wieder hinumb / wie Hans Wurst seinen Hut / so wolte ihr auch Messer / Gabel und Löffel niemal nach ihrem Sinn recht ligen / sie liesse das Maul hangen wie ein Lait-Hund / kein Wort kam herauß / und weder Speiß noch Tranck hinein; anfänglich schiene sie wie ein stumm / und auffs letzte gar wie ein geschnitzelt Bild: beydes ich / der Apothecker und der *Doctor* sprachen ihr zu / und vermahnten sie zum Essen / Trincken / und lustig zu seyn / aber vergeblich / und dahero nahm ich Ursach / sie selbst bey dem Herrn *Doctor* zu entschuldigen / in dem ich sagte / mein hochgeehrter Herr *Doctor* halte ihr etwas zu gut / sie hat gester in meiner Abwesenheit auff einen Balcken steigen / und etwas von weissem Zeug oben im Hauß auffhencken wollen / und als ihr die Leiter entgangen / ist sie die Stege hinunder gefallen / massen mans ihr im Angesicht noch wol ansiehet / so daß es heut schlechte Freud bey ihr wird setzen / und was mich am mehristen bekümmert / ist diß / daß ich sorge / sie möchte vielleicht etwas im Leibe zerknirscht haben / daran sie ein weil zu kauen haben möchte: wann derowegen der Herr *Doctor* vielleicht ein gewiß Mittel wüste / dardurch der besorgenden künfftigen Gefahr / so noch hierauß entstehen möchte / vorzukommen wäre / so bitte dienstlich / mir umb

---

9 furi] Furie 11 Arß] Arsch, Hintern 12 trilte] drehte 15 Lait-Hund] Jagdhund 25 weissem Zeug] Wäsche 29 mehristen] meisten

die Gebühr solches zu *communicir*en / darauff nante der *Doctor* unterschiedliche *Materialia*, so dienlich wären / das gerunnen Blut zu zertheilen / sagte ihr auch gar offenhertzig / wie sie das ein und ander gebrauchen solte / sie aber würdigte ihn hingegen keines Anblicks / sondern gedachte vielleicht wie deß Goldschmids Jung / weßwegen sie ohn Zweiffel der *Doctor* bey sich selbst vor ein grob und unhöflichs Weib / oder wol gar vor ein Närrin halten müssen.

Nachdem wir nun ungefähr bey einer Stund lang also da gesessen / hiesse der Apothecker sein Gesind / item deß *Doctors Famulum*, und meine Beschliesserin / die ihrer Frauen auffwartet / auch hin zum Essen gehen / ich aber wolte nicht geschehen lassen / daß die Beschliesserin vor dißmal hingieng / sondern befahl ihro bey der Frauen zu bleiben; sie waren aber kaum dahin gangen / als deß Apotheckers Jung wieder daher geloffen kam / und schrye / der Herr soll hinauß kommen / es ist ein Raths-Herr da / der mit dem Herrn in Eyl etwas sprechen will / darauff gieng der Apothecker fort / aber der Jung kam gleich wieder zurück / und sagte / nicht mein Herr / sondern dieser Herr (damit auff mich deutend) soll herauß kommen: derowegen stunde ich auff und brumelte / daß ich nicht so viel Zeit haben solte / mit ehrlichen Leuten ein stück Brot in Ruhe zu essen / ich lieffe aber nicht zu weit / sondern stunde mit dem Apothecker hinder ein Gegitter / da ich alles sehen und hören konte / was mein Weib nun endlich mit ihrem geliebten *Doctor* beginnen wolte.

Diese war damahl vom Zorn gantz eingenommen und besessen / sie hatte nichts als scharpffe Gall im Maul / gifftige Stralen in den Augen / ein grimmige Wuth im Hertzen / Feuer und Flammen in ihren Backen / und ihr gantz Angesicht sahe auß / gleich als ob die Höllische Geister sich dort ein*logirt* hätten; der *Doctor*, so zuvor die geringste Kundschafft zu ihr nicht gehabt / wolte ihr / nachdem ich hinweg

1 zu *communicir*en] mitzuteilen 10 item] ebenso 11 *Famulum*] Diener 25 Gegitter] Gitterwerk 33 ein*logirt*] einquartiert

war / freundlich zusprechen / aber so bald hatte er das Maul nicht auffgethan / da fiele sie ihm in die Rede / und sagte: O du allerundanckbarste Bestia / du garstige unflaͤtige Sau / wie darffstu dich erkuͤhnen / nur ein Wort mit mir zu reden? Du verschissener Lotterbub und Teuffels-Cloac / kans auch wol muͤglich seyn / daß du Dreck-Wangst dich deines begangenen Schelmenstuͤcks nicht schaͤmest? wie kans immer seyn / daß du garstig Scheiß-Hauß dich nicht gescheuet hast / deinen stinckenden Dreck-Sack / und Auffenthaltung alles Unflats in meine Gegenwart zu bringen; Ich schwere dir Sau-Ruͤssel / wann ich diß Orts nicht schohnete / und nicht was anders besorgte / daß ich dir diß Messer im Leib umbkehren wolte: aber gedenck / daß du mir die Tag deines Lebens nimmermehr vor mein Angesicht kommest / und schaue / daß du dich bald von hinnen in dein stinckend Withopffen-Nest packst. Hier scheuete mein Weib die Beschliesserin gantz nicht / weil sie umb ihr vermeynte Heimlichkeit wuste: und der *Doctor* wurde hieruͤber so bestuͤrtzt / daß er ohne alle Bewegung dort sasse wie ein Klotz: aber damit er auch nicht Zeit haͤtte sich zu erholen / und uͤber die empfangene Unbillichkeit zu klagen / kam ich wieder mit dem Apotecker hinein / und sahe mein Weib an / die vor Zorn noch zittert. Ich stellte mich / als ob ich mit Verwunderung mich uͤber ihrem Anblick entsetzte / und sagte: Ach Schatz wie sehet ihr auß? Mein Hertz was ist euch widerfahren? Ach liebstes Hertz / wann euch vielleicht das lang sitzen uͤbel bekompt / so stehet immer ein wenig auff / und erspatzieret euch ein bißgen im Garten: sie antwortet / ich muß bekennen / daß mir nicht ist / wie dem Pfaffen am Ostertag / und in dem sie also darvor hielte / ich glaubte sie waͤr unpaͤßlich / siehe / da wurde sie alsobald gantz kranck / mit begehren / der Apothecker wolte sie mit ihrer Magd unverweilt wieder heim fuͤhren lassen / welches dann eben das jenige war / so ich damahl wuͤnscht / sucht und fande.

---

6 Wangst] Wanst 10 schwere] schwöre 15 f. Withopffen-Nest] Wiedehopf-Nest 17 vermeynte] vermeintliche

Sie war kaum hinweg / als mir der *Doctor* klagte / wie grob und unverantwortlich sie ihn mit den allerschändlichsten Worten von der Welt angefahren und beschimpfft hätte: da muste ich mich nun wieder artlich in den Possen schicken: Ach! sagte ich / nun weiß ich / warumb sie diese gantze Mahlzeit so still da gesessen? Der Zustand ist leyder wieder an ihr / mit welchem sie vor ein paar Jahren behafftet gewesen: Ach was hab ich elender Mann doch vor ein Freud mit ihr bey ihrem grossen Gut und Gelt zu hoffen? Mein hochgeehrter Herr *Doctor*, bitte ich / wolle ihr nicht allein solches zu gut halten / sondern auch mit mir armen Mann ein Christlichs Mitleyden tragen: Es überfällt sie bißweilen ein *melanchol*ischer Zustand / in welchem sie zu Zeiten dermassen anfahet zu wüten / daß in solcher Tobsucht offtmal kein Mensch bey ihr sicher: sie stößt die grausamste Scheltwort und Verleumbdungen gegen die aller-unschuldigste Leut auß / und macht gar keinen Unterscheid zwischen allen denen / die ihr alsdann ins Gesicht kommen / und meiner selbst verschohnet sie öffters am allerwenigsten; und was das allerärgste / ist diß / daß sie sich auch bißweilen gar nicht scheuet / den Nächsten / so umb sie ist / würcklich anzugreiffen / und denselben / ehe man sichs versiehet / oder darvor seyn kan / mit Fäusten und Nägeln zu *tractirn*, und wann ihr niemand dergleichen angehet / läst sie ihre Wuth an ihr selbst auß / wie ich dann nunmehr glauben muß / daß sie nicht die Stegen hinunder gefallen sey / wie sie / und mein Gesind mich überredet / sondern daß sie sich selbst so zugericht habe / wie der Herr *Doctor* ohnschwer in ihrem Angesicht gesehen haben wird.

Das ist eben das beste / daß sie zeitlich wieder zu Sinnen kompt / ich hätte sie sonst vorlängst anlegen lassen müssen / alsdann weiß sie nicht Wort genug zu finden / die jenige wieder umb Verzeyhung zu bitten / welche sie beleidigt zu haben erfährt / ich weiß auch / daß sie künfftig solche von dem Herrn *Doctor* zu erlangen / auff die Knye niderfallen

---

14 anfahet] anfängt 23 *tractirn*] bearbeiten

wuͤrde / aber wann man jetzt viel Wort mit ihr wechseln wolt / so wuͤrde man nur auß Ubel aͤrger / und sie in ihrer Wuth je laͤnger je rasender machen.

Der *Doctor* erzeigte sich hierauff gar mitleidenlich mit meines Weibs grossem Creutz / und sagte / er wolle ihr nicht allein zu gut halten wie sie ihn auch geschmaͤhet / sondern noch Gott darzu vor sie bitten / daß er ihr und mir solches schwere Hertzenleyd abnehmen wolle: und demnach ich mich hierauff gar betruͤbt stellete / schieden wir desto ehender wieder voneinander: Jch aber freute mich von Hertzen / daß mir dieser vorgehabte Anschlag so trefflich gelungen / weßwegen es dann zwischen mir und dem Apothecker genug zu lachen setzte / welcher besser als ich *observi*rt / mit was vor kraͤmischen Blicken mein Weib ihren Ring an deß *Doctors* Hand begnaͤdigt.

CAP. IX.

Ein Huren-Bub betreugt den andern / und der Unschuldig traͤgt das Bad auß.

ES kan kein Mensch glauben / was vor eine sonderbare Klugheit und Vortrefflichkeit ich mir selbst zuschriebe / als ich sahe / daß ich diesen *Act* so wol gespielet / und dem *Doctor* mein Weib / meinem Weib aber den *Doctor* erleidet: und beyde zu kuͤnfftigem *Venus*-Krieg je eins dem andern verdaͤchtig und unduͤchtig gemacht / und mich so weit vor der Hoͤrner-Traͤgerey versichert hatte: aber ich Narr sahe nicht was ich billicher haͤtte sehen / und fleissiger beobachten sollen! nemblich / daß ich indessen selbst zu einem Ehebrecher / zu einem Betruͤger und Verleumbder: Jn Summa / zu einem solchen Gesellen worden / der ohne die Gnad Gottes / ohne Buß und Penitentz / und ohne Geniessung der unergruͤndlichen Barmhertzigkeit Gottes nimmermehr kein Theil an des-

2 auß] s. Variantenverz. 13 *observi*rt] beobachtet
14 kraͤmischen] grämlichen 30 Penitentz] Buße

sen Reich haben wuͤrde: Jch erfreute mich vielmehr / daß mein verloren Gelt umb die Unsichtbarkeit vertauscht worden / durch die ich meinem Weib so artlich hinder die Brieff kommen / und der Hanreyschafft entrunnen war / und wann mir gleich damahl jemand ein gantze Tonne Golds vor mein Naßtuͤchel haͤtte geben wollen / worinn diese Kunst stack / so haͤtte er sie doch nicht von mir gekriegt / so hatte sie mir das Hertz eingenommen / und solte gleich beydes / meine zeitlich und ewige Wolfarth darüber zu scheitern gangen seyn.

Jn solcher Betoͤberung und Niderlag meiner rechten Vernunfft und siebenzehen Sinnen / lag mir nichts mehrers an / als daß ich / wann ich mein Naßtuͤchel bey mir trug / allezeit unsichtbar seyn muste: und daß ich mich nicht konte sehen lassen / wann ich wolt / ich haͤtte es dann von mir gelegt: Jch sonne der Sach hin und her nach / und gedachte vielleicht hats auch damit eine Eygenschafft / wie mit deß *Gyge* Ring / mit welchen er *Gyges*, je nach dem er ihn trehete / sich unsichtbar machen / oder sich sehen lassen konte wann er wolte? Was ich mir nun hiervon einbildete / das wars auch / wiewol ichs lang nicht erfinden konte / ob ich gleich allerhand Proben damit anstellte / biß ich zuletzt ungefaͤhr darhinder kam. Indessen hielte ich mein Naßtuͤchel immer in meinem Garten-Haͤußlein verwahrt / weil ich das Hertz nicht hatte / solches so unsichtbarer Weise in mein Hauß zu tragen / dann ich sorgte / wann ichs heim truͤge / und mich niemand ins Hauß wuͤrde sehen gehen / ich aber gleichwol mich hernach sehen liesse / so wuͤrde mir mein Weib und Gesind nichts guts zutrauen: derowegen wann ich unsichtbar seyn wolte / muste ich erst in meinen Garten gehen / und wann ich mich wiederumb wolte sehen lassen / abermal meine Unsichtbarkeit dort ablegen / welches mich eine grosse Ungelegenheit zu seyn bedunckte / deren ich gern entuͤbrigt gewest waͤre.

3 artlich] kunstvoll 11 Betoͤberung] Betäubung 18 trehete] drehete

Interim vertrauete mir mein Jungfer Beschliesserin / ob gleich über zehen oder zwoͤlf Tage noch nicht verflossen / seyt ich mit meinem Weib in der Apotheck zu Gast gessen / daß sie befaͤnde / es wuͤrde sich nach dreyen viertel Jahren mit Haͤnden und Fuͤssen oͤffnen / was wir damahl vor *Confect* bestellt: und bat mich mit weynenden Augen / ich wolte ihr mit getreuem Rath beystehen / damit weder ich noch sie zu schanden wuͤrden: Jch antwortet ihr / wir haͤtten auff den Fritzen hin gehandelt / wann sie ihn nun zum Vatter haben wolte / so waͤre der Sach bald geholffen / wie ich dann auch weder ihr noch mir einen andern Rath zu geben wuͤste / und also beredet ich sie gar leicht / daß sie in meinen Vorschlag verwilligt / und besagtem Fritzen seinen hitzigen Begierden nach in das Garn lauffen lassen: und solches zu solchem Ende / je ehender je besser auffspannen wolte: allein war sie mit dieser Sorg gar hoch bekuͤmmert / er moͤchte vielleicht mercken / daß ihm der Raumen allbereit abgehoben waͤre: aber sie liesse sich gleich mit des Apotheckers Geschicklichkeit troͤsten / welcher sie auff mein Begehren / da sie die *Occasion* angehen / und dem Fritzen bestehen wolte / dermassen ins Feld auß*mondir*te / daß der gute Tropff keinen Vorfechter schmaͤcken konte / und solte er gleich den Geruch eines Adlers gehabt haben.

Derselbe gieng damahl herumb / und ließ alle Merckzeichen eines Verliebten von sich scheinen / so daß ihn die Beschliesserin gar leicht nur mit einem Wunck lencken und hinbringen konte wohin sie wolte / kurtz gesagt / sie bestimbte ihm eine Nacht / in welcher sie sich mit ihm zu paren versprach / mir aber verschwieg sie es auch nicht / darmit sie auch ehrliche Leut bey der Hochzeit haͤtten.

Wie nun dieselbe Nacht vorhanden / tranck ich mir einen halben Rausch an / damit mein Fritz desto kuͤhner angehen solte / wann er gedaͤchte / ich lege jetzt im Wein biß uͤber die

1 *Interim*] Inzwischen 17 Raumen] Rahm 19 f. *Occasion*] Schlacht 21 auß*mondir*te] ausrüstete 21 f. Vorfechter] Vorgänger

Ohren begraben / aber ich verschlieff darumb die rechte Zeit nicht / sondern als Mitternacht vorhanden / gehub ich mich gar übel im Bett / bey nahe wie es mein *Doctor*, oder vielmehr ich selbst in seinem Namen gemacht / und weckte damit mein Weib auß dem Schlaff / deren ich klagte / daß mich die Natur auf das *Secret* zu gehen trünge: Dieweil dann nun ein Gemürmel unter meinem Hauß-Gesind entstanden / ob hätten sie nun bey einer kurtzen Zeit hero ein Gespeuck im Hauß vermerckt (nicht weiß ich haben sie mich gehört / wann ich so unsichtbar herumb *vagir*te / oder dem Fritzen / wann er seiner Bulschaft nachgeschlichen) als bat ich mein Weib / sie wolte doch mit mir gehen / damit ich mich nicht förchtete / sie war dessen gar willig / in dem sie vielleicht sorgte / ich möchte ihr sonst ins Bett legen; sie zündet ihren Waxstock beym Nacht-Liecht an / und wir beyde warffen unsere Schlaff-Beltz umb uns / die man anzuthun pflegt / wann man entweder kranck ist / oder doch sonst nicht lang auß dem Bett bleiben will / und also wanderten wir miteinander der Heimlichkeit zu durch einen langen Gang / auff welchem wir bey deß Fritzen Schlaff-Kammer vorüber gehen musten; Da fanden wir die Thür Angelweit offen stehen / und sein Bett noch gantz und unzerbrochen: Potz Fickrament / sagte ich / jetzt sehet Frau / was vor ein Geist in unserm Hauß gehet! das ist schön gehauset: ich schätze / wann wirs beym Liecht besehen / so werden wir befinden / daß wir entweder durch Abtragung an unserer Nahrung Schaden leiden / oder eine von unsern Mägden wird wie der Mon zunehmen: ich will einmal wissen / wo heint mein Fritz steckt: Nam darauff meinen Haupt-Schlüssel / und öffnete damit der andern beyden Gaden-Diener Schlaffkammer / die fand ich an ihrem gebührenden Ort / hernach liesse ich mein Weib zweyer Mägd Kammern *visitir*en / allwo sie ebenmässig die Sach

2 gehub] befand 6 *Secret*] Klo 6 trünge] dränge 8 Gespeuck] Spuk 10 *vagir*te] wandelte 15 Waxstock] Kerze 19 Heimlichkeit] Klo 27 Mon] Mond 28 heint] heute 30 Gaden-Diener] Ladendiener 32 *visitir*en] durchsuchen 32 ebenmässig] gleichfalls

recht bestellt fand: also war ihrer Baasen der Beschliesserin Kammer noch uͤbrig / deren Beschaffenheit ich kurtzumb auch sehen wolte / woruͤber mein Weib hertzlich erschrack / ohn Zweiffel darumb / daß sie von deß Fritzen Liebe gegen ihrer Baas Beschliesserin wuste / als dessen *importuni*taͤt sie ihr selbsten geklagt: hingegen aber in ihrer damahligen eygenen Angelegenheit und Liebs-Verwirrung nichts anders / als so beschaffene Huͤlff und Trost von ihr empfangen hatte / die sie / die Beschliesserin selbst vielmehr angefeuert / als dem Fritzen seine Nachstellungen verwehret; derowegen verzoͤgerte sie deren Auffschliessung / und suchte Außflucht mit dem / daß sie sagte / ich werde nimmermehr glauben / daß meine Baas so leichtfertig seyn / und sich in etwas uͤbersehen werde / das ihr an ihrer Ehr / und uns an unserer Nahrung nachtheilig seyn werde; Jch aber antwortet / Baas hin Baas her / niemand anderst als Trau-wol pflegt das Roß hinweg zu reiten / ist sie unser Baas / so seynd wir desto haͤrter verbunden / ihre Ehr in unserm Hauß zu beobachten; Mit diesem Gezaͤnck / welches beyderseits auß einem von seinem boͤsen Gewissen uͤberzeugtem Hertzen herflosse / und dardurch je eins das ander zu betruͤgen / und sich selbst sampt der Beschliesserin bey Ehren zu erhalten sucht / naͤherten wir sich der Kammern / und fanden nach Eroͤffnung der Thuͤr die beyde Liebger beyeinander im Bette ligen / und zwar / wie leicht zu gedencken / nicht in solcher *postur*, als haͤtten sie einen doppelten Adler *præsenti*ren wollen / sondern einander schlaffend mit den Armen umbschlossen! Hoho Frau / sagte ich / sehet ihr jetzt wem zu trauen? Sie erschrack zwar / dorffte aber wieder die Beschliesserin das geringste Wort nicht kollern / weil derselben bekand war / daß sie sich selbst einer groͤssern Verdamnus schuldig wuste; sie bat mich vielmehr umb das / was ich von mir selbst zu thun geneigter war als sie / nemlich meiner Beschliesserin zu verzeyhen / und eben darumb erhielte sie es auch desto leichter;

---

5 *importuni*tät] Belästigung 16 Trau-wol] Vertrauensperson
22 sich] uns 30 kollern] schimpfen

Aber da muste hingegen mein guter Lucken-Verbesserer / der arme Fritz umb so viel desto ärger herhalten / und es hätte leicht sich geschickt / mein Weib hätte ihn bey den Haaren zum Bett hinauß geschleiffet / ich wolte es aber nicht geschehen lassen / sondern liesse mich genügen zuzuhören / was vor eine lange Litaney schöner Ehren-Titul sie ihm daher betete; Und in dem die Beschliesserin artlich weynen konte / suchte dieser die aller-erbärmlichste Wort herfür / bey mir und meinem Weib *perdon* zu erhalten: es ist unnöthig alle *Formalia* zu erzehlen / viel weniger was wir ihm vorpredigten / genug ists / wann man das End vom Lied weiß / welches diesen Jnhalt hatte / daß er Morgen frühe zum Pfarrer gehen / die *Sponsalia* verrichten lassen / und nachgehends diß Bäßgen offentlich zur Kirchen führen solte / wormit dann so wol mein Weib / als der Fritz und die Beschliesserin gar wol / ich aber am allerbesten zu frieden war / unangesehen ich mich anderst stellte / und hoch und theuer schwur / wann ich der Beschliesserin nicht schohnte / dieweil sie meinem Weib so nahe verwandt wäre / so wolte ich sie so nicht bey Ehren bleiben lassen / sondern Morgen alle beyde mit Spott und Schad zum Hauß hinauß jagen.

Hierauff gieng ich mit meinem Weib wieder zu Bett / welche sich gegen mir auffs allerhöchste bedanckte / daß ich ihrentwegen so säuberlich mit ihrem Bäßlein verfahren wäre / und die Sach so fein vermittelt / daß sie gleichwol noch vor den Leuten bei Ehren bliebe; sie rühmet meinen trefflichen Verstand / und sagte mir zum unsterblichen Lob /

Der ist weis und wol gelehrt /
Der alle Ding zum besten kehrt.

Solte sie sich aber selbst unschuldig / und die Beschaffenheit dieses Handels mit seinen Umbständen gründlich gewust haben / was solte sie mir wol alsdann erst vor *Laudes* gelesen haben?

---

1 Lucken-Verbesserer] Lückenbüßer 7 artlich] passend, entsprechend 9 *perdon*] Verzeihung 13 *Sponsalia*] Verlobungsformalitäten 32 *Laudes*] (iron.) Lobgesang

CAP. X.
Raͤis in die Leipziger Michaeli Meß / und von dannen nach Amsterdam.

ES schickte sich gar fein / daß eben damahl ein Feyertag einfiele / welcher den beyden kuͤnfftigen Eheleuten so wol zu statten kame / daß sie umb acht Tag ehender als sonsten dorfften Hochzeit halten / weil sie in 8. Tagen dreymal nacheinander uͤber die Cantzel geworffen werden konten; dann ob man gleich den neu-angehenden Weibern 4. Wochen pflegt nachzusehen / und zum besten zu geben / so ists doch in diesen Faͤllen / da man Gefahr zu besorgen / am besten / daß man den sichersten Weg zu gehen erwehle; Nachdem ich und mein Weib ihnen nun mit dieser feinen Manier ins Creutz geholffen / giengen wir ihr weiter an die Hand / so / daß der Fritz einen kleinen Kram-Laden auffrichten konte / mit Schachern sein Gluͤck zu suchen. Jch aber hatte damahl meinen groͤsten Spaß mit meiner Unsichtbarkeit / welcher damahl mehrentheils nur darinn bestund / daß ich die Voͤgel beschliech / und sie mit den Haͤnden von den Zweigen hinweg fieng / welches allein mich dermassen *delectir*te / daß ich mein Naßtuͤchel / und was darinn war / abermal umb aller Welt Gut nicht hingeben haͤtte.

Mithin hatte sich die Zeit genaͤhert / darinn ich meiner Geschaͤfften halber in die Leipziger Michaeli Meß raͤisen muste / ich haͤtte mein Naßtuͤchel gern mitgenommen / wuste aber nicht auff was weis / dann wann ichs bey mir hatte / so war ich unsichtbar; was wolte ich aber mit jemand haben handlen koͤnnen / wann man mich nicht sehen koͤnte? Jch uͤbersteppte es in der Form eines grossen Ballen / damit ja nichts von dem darinn enthaltenen Genist / und also auch vielleicht das rechte Stuͤck / so die Krafft hatte / nicht verloren werden moͤchte; Jch dorffte nicht sorgen / daß mir dieser

---

16 Schachern] Handeln 20 *delectir*te] belustigte, erfreute
29 uͤbersteppte] vernähte

Ball leicht gestolen würde / dann wann ich ihn von mir legte / so konte man ihn nicht sehen / aber wol greiffen oder fühlen; Jch hatte eine Sattel-Tasch / worinn ich nach Gelegenheit der Zeit pflegte Gelt über Land zu führen / wann ich irgends hin meiner Handelschafft nachräisete / dasselbe nam ich mit mir in meinen Garten / umb neben andern Sachen von *Anemoni*-Wurtzlen und Blumen-Zwiebeln auch mein Naßtüchel hinein zu packen / sintemal ich mein Weib beredet / daß ich solche Garten-*rarit*äten einem von meinen guten Freunden und Beförderern in Leipzig zu verehren / versprochen / so bald ich nun das Naßtüchel hinein gethan / siehe / da konte ich dieselbe Sattel-Tasch nicht mehr sehen / aber wol fühlen oder greiffen / nam ichs dann wieder herauß / so sahe ich sie wieder / das *probir*te ich etlichmal / und nachdem ich mich also der Sachen Art und Würckung versichert gemacht / hätte ich auch gern wissen mögen / ob man auch mich nicht sehe / wann ich die unsichtbare Sattel-Täsch bey mir trüge. Jch *probir*te am ersten an den Vögeln / und befande / daß sie meiner nicht warteten / wie sie thäten / wann ich das Naßtüchlein allein bey mir hatte; Nachgehends stellte ich mich vor die Garten-Thür an Weg / und erfuhr an der vorüber gehenden Leute Begrüß- und Ehr-Bezeugung / daß ich gesehen wurde / und sich also die Krafft der Unsichtbarkeit nicht weiters / als in dem Begriff der Sattel-Täschen erstreckte.

Dieser Gestalt brachte ich meine Unsichtbarkeit sichtbarer Gestalt in meiner unsichtbaren Sattel-Taschen nach Hauß / allwo ich der Sach ferner nachsonne / und befande / daß mein Naßtüchel in einem ledernen Seckel verwahret / zwar den Seckel / aber nicht den der ihn bey sich hätte / unsichtbar machte. Und also nun konte ich meine Unsichtbarkeit bey mir tragen / und ohne solches hinweg gethan mich sehen lassen / oder damit unsichtbar machen / wenn ich wolte; allermassen ich mir selbst hierzu einen sonderbaren ledernen Beutel zurichtete / und den Ballen / welchen ich mir auß dem Naßtüchel *formi*rt hatte / darinn verwahrt bey mir trug.

---

24 Begriff] Bereich 36 *formi*rt] gebildet

Eben damahl / als ich in meinem Garten-Häußlein mit Erkundigung erst-angeregter Art meines Naßtüchleins geschäfftig war / hörete ich in dem zu nächst neben mir gelegenem Garten / welcher einem vornehmen und reichen Herrn von der Feder zustunde / ein Weibsbild mit weynen und seufftzen ihr Unglück beklagen; sie war etwas zu weit von mir / und redet ihre Klag-Wort so heimlich / daß ich sie nicht verstehen konte / und der Platz / allwo sie *lamentir*te / lag just hinder einer Johannes-Träubel-Hecke / daß ich sie auch nicht sehen mochte / weil ich aber gleichwol gern gewüst hätte / beydes wer sie gewesen / und was ihr angelegen wäre / als nam ich mein Naßtüchel zu mir / und schliech hin zu ihr in Garten; Siehe / da war es der jenigen Frauen Jungfrau Baas und Kostgängerin / deren Ehe-Herrn dieser Garten zuständig. Ich wuste nicht zu ersinnen / umb was anderst sie sonst bekümmert seyn könte / als daß sie vielleicht verliebt seyn müste: dann weder an Reichthumb / Jugend / Schönheit noch andern Stücken / so einer jungen Damen vom Glück in dieser Zeitlichkeit verliehen werden mögen / gieng ihr das geringste nicht ab / sie gebrauchte (wiewol sie sich stattlich hielte) jährlich nicht die halbe Einkünfften zu ihrem Unterhalt von ihren Gütern und Gefällen / die ihro bereits vor 7. oder 8. Jahren von ihren verstorbenen Eltern hinderlassen worden; allem äusserlichen Ansehen nach lebte sie in einem vergnügten Stand / daß schwerlich jemand hätte errathen können / was vor einen bessern sie ihr hätte wünschen sollen; und hatte über das nicht nur ein halb dutzet rechtschaffener und wol-*qualificir*ter Auffwarter / deren jeder ihre Liebe zu erwerben verhofften / massen sich bey so reich und schönem Frauen-Zimmer beydes Wittwer und Junge Gesellen eben so häuffig finden lassen / als Wespen und Mucken bey einem fetten Honig-Hafen; Zu dem hatte sie die Wahl unter so vielen / ob gleich der Geringste unter allen so

19 in dieser Zeitlichkeit] im irdischen Leben 22 Gefällen] Zinseinkünfte 27 dutzet] Dutzend 28 Auffwarter] Verehrer 32 Honig-Hafen] Honigtopf

beschaffen gewesen / daß sie ihn vor ein Ehe-Gemahl zu nehmen / ihr gar kein schwer Gewissen machen dörffen.

Jch hatte mich kaum an den Ort gestellt / wo ich dieser Damen weiters aufflaustern wolte / als ich in einem andern Eck ihre Frau Baas hocken sahe / die ihr ebenmässig heimlich zuhörete / diese hatte ihre Hände ineinander geschlagen / gleichsam als wann sie selbst die Klag führete / und sahe ihre Jungfrau Baas durch den dastigen Rosenhaag so starr an / daß man leicht darauß schliessen konte / daß sie deren Anligen allbereit mit Entsetzung verstanden / und mit seltenem Mitleiden daran *participir*te; Jndessen weynete jene noch immer fort / daß kaum eine Thräne der andern auff ihren Roßfarben Wangen entrinnen konte / ohne daß sie mehrere außtrückliche Wort hätte lauffen lassen / darauß ihr Anligen abzumercken gewest wäre / als daß sie sich über einen leichtfertigen *Pamphilum* beklagte / dessen Gottlosen Ehr-Vergeßlichkeit sie mehr Treu und Glauben zugetraut / als sie thun sollen / und er *merit*irt Hoho! gedacht ich / gewißlich hat deine Jungfrauschafft Schiffbruch gelitten / was ich gedachte / das wars auch / und nicht nur diß / sondern noch wol ein mehrers / nemlich der Lohn / den das Frauen-Zimmer auff solche Arbeit bißweilen im Bauch darvon zu tragen pflegt. Jch wurde desselbigen auch gleich versichert / dann als die Frau Baas sich einbildet / ihr Jungfrau Bäßlein würde nichts weiters und deutlichers schnellen / als was sie auß ihren bereits genugsam-Teutsch-außgetruckten Worten schon vernommen (gestalten sie sich nunmehr nur mit weynen behalff / und damit bekräfftigte / was sie zuvor geredet) ruckte sie auß ihrem Hinderhalt hervor / und erwischte der so schmertzlich weynenden *Madamoisellen* mitten im Nachtruppen ihrer Anfechtung die Hand im Sack / als sie weder

4 aufflaustern] belauschen 5 ebenmässig] gleichfalls
8 dastigen] vermutlich: buschigen 11 *participir*te] teilhatte
16 *Pamphilum*] Allerweltsliebhaber 18 *merit*irt] verdient
25 schnellen] schnell vorbringen, schnattern 27 gestalten] zumal
30 f. im Nachtruppen] bildlich: nachrückende Truppen, Tränen

den Lauff ihrer Seufftzen / noch auf den Fluß ihrer uͤbermaͤssigen Zaͤhren hemmen konte; Was ist das? Jungfer / oder vielmehr Frau Baas? sagte sie / in was vor einem Zustand finde ich euch? in welchem ich euch nimmermehr anzutreffen mich versehen? nun bin ich versichert / daß ich die Ursach eygentlich weiß / die ich bißher nur geargwohnet / umb welcher willen euch kuͤrtzlich etlich mal so uͤbel worden; gestehet mir die Sach nur bald / und sagt mir / wer der Vatter ist / damit wir bey Zeiten Rath schaffen / und euch vor kuͤnfftiger Schand bewahren / verhoͤlet mir als eurer besten Freundin in der Welt nur nicht das geringste / dann gleich wie man zu geschehenen Sachen das beste reden soll / also werde ich auch hierbey thun / was eurer naͤchsten Anverwandtin zu thun gebuͤhrt / als die beydes an eurer Ehr oder Schand Theil haben muß;

Die gute allzubarmhertzig: oder zu leichtglaubig gewesene Jungfrau heulete hierauff noch eine gute Weil hernach / ehe sie sich zu reden erholen konte / endlich aber sagte sie / mein Hochgeehrte Frau Baas hat mich zwar niemahlen geheissen was ich begangen / hingegen aber auch nicht vor dem jenigen gewarnet / was mir begegnet / sondern vielmehr verhaͤngt und zugelassen / daß durch allzugrosse Freyheit und Gemeinmachung mit ihren Kostgaͤngern Stroh und Feuer zusammen kommen / dardurch ich armes / junges und unverstaͤndigs Ding leichtlich in die Ehrverzehrende Flamme meines Verderbens gerathen; der eben so dapffere und ansehenliche / als leichtfertig und Ehrvergessene *Cavalier Monsieur* N. ists / der mich durch Vorgebung unertraͤglicher Liebe / und Versprechung Ewig-waͤrender Treu betrogen / und nachdem er mit grausamen Schwuͤren mir die Ehe zugesagt / mich meines Jungfraͤulichen Kraͤntzleins beraubt / und mir also das / so ich von ihme empfangen / gleichsam eingelogen hat! Als er neulich so schnell von hinnen verraͤiste / schwur er mir hoch und theuer / daß es dar-

2 Zaͤhren] Tränen   10 verhoͤlet] verschweigt, verhehlt
27 f. *Cavalier*] junger Adliger

umb geschehe / umb unsere Eheliche *copulir*ung zu beschleunigen; aber heut empfahe ich ein Schreiben von ihm / darinnen er mir *notific*irt / daß seine Hoch-Adeliche Freundschafft / deren auch dieser Zeit Fuͤrsten verwand / nimmermehr zugeben wolle / daß er mich eheliche / und solte ich gleich noch so reich seyn / wie er dann jetzt genoͤthigt werde / ein Fraͤulein auß einem hohen Graͤflichen Hauß zu heyrathen / deren gewaltige Anverwandte er nicht vor den Kopff stossen doͤrffte / welches aber ohn Zweiffel mit Gefahr seines Lebens / und Verlust seiner ansehenlichen Lehen geschehen wuͤrde / wann er eine Person von niderer Geburt ihrer Mumen vorzoͤge.

Wie sie dieses also herauß gebeichtet hatte / fienge sie wieder an zu weynen / als wann sie verzweifeln wolte / ihre Baas muste sie derowegen auch desto besser troͤsten; Potz Macht! Båßgen / sagte sie / man muß sich drumb deßhalber nicht haͤncken! Jhr seyd nicht die erste / und werdt ohn Zweifel auch nicht die letzte seyn / welche durch Treulose Mannsbilder betrogen worden / man muß es diesem boßhafftigen Geschlecht wieder wett spielen / und selbiges mit gleicher Muͤntz bezahlen / habt nur ein gut Hertz / liebes Båßgen / und lasts euch zum besondern Trost dienen / daß ichs meinem Mann auch so gemacht / dann ich wurde auch ledigs Stands geschwaͤngert / und zwar nicht von meines gleichen / oder einem vornehmern / der mich nicht heyrathen wollen / sondern von meines Vettern Knecht / der sich nicht hinsetzen dorffte / wohin ich meine Schuh stellete; Zwar auch nicht von einem der mich verfuͤhrt / sondern von einem / den ich selbst darzu angereitzet habe: Als meine Mutter Seel. nun den Braten schmaͤckte / und mir hinder die Brieff kam / schickte sie mich auff eins von ihren Land-Guͤtern / allwo ich heimlich niderkam / und das Kind durch unsere Hof-Frau

1 *copulir*ung] Verbindung 2 empfahe] empfange 3 *notific*irt] mitteilt 8 gewaltige] mächtige 12 ihrer] d. i.: den Verwandten aus dem gräflichen Haus 12 Mumen] Verwandten, Tante, Cousine 17 haͤncken] aufhängen 20 wett spielen] heimzahlen

oder Meyerin vor einen Fuͤndling an ein Ort verschaffen liesse / allwo es nach erzogen / und nunmehr ohngefaͤhrlich bey 9. Jahren alt seyn wird; Ihr koͤnt wol gedencken / daß mir vor meiner Hochzeit (ob ich gleich wuste / daß alles was geschehen / jederman verborgen war) auch auff die erste Nacht angst gewesen / auß Sorg / mein Hochzeiter moͤchte vielleicht was mercken / aber meine selige liebe Mutter war viel zu vorsichtig / sie machte mir die Bruͤste wieder so steiff / als wann sie niemal kein Mannsbild beruͤhrt / geschweige ein Kind gesogen haͤtte / und richtet mich im uͤbrigen auch so zu / daß mein Mann eine duͤnnere Nase haͤtte haben muͤssen / wann er etwas anders / als eine unbefleckte Jungfrau haͤtte riechen sollen; Jch weiß die *Recept* noch / und dieselbe sollen euch wol zu Paß kommen. Solte nun jetzt jemand die Warheit wissen ausserhalb obengedachter unserer Meyerin / die bey der Geburt gewesen / und meinem Mann viel darvon sagen / oder mir auffruͤcken wollen / so weiß ich / daß er selbst vor mich schweren / einen solchen Anbringer als den aͤrgsten Verleumbder verfolgen / und ihn die Lugen vor die Warheit durch einen Widerruff zu bekennen zwingen wuͤrde.

Jch muß offt selbst lachen / wann ich daran gedencke / wie artlich mir der Betrug abgangen / und wie mitleidenlich sich mein Mann gestellet / als ich mich die erste Nacht bey ihme im Bett so uͤbel gehube: und also liebs Baͤßgen / muͤst ihrs nur auch machen / dann ich sehe hierzu einmal kein ander Mittel: Jch will euch zu meiner und eurer Mutter Seel. verwittibten Schwester nach N. schicken / bey welcher ihr euch heimlich auffhalten koͤnt / biß ihr eurer Leibs-Buͤrde entladen seyn / und wiederumben eine lebhaffte Farb bekommen haben werdet / sie wird das Kind schon versorgen helffen / alsdann koͤnt ihr wieder zu mir hieher kommen / und irgends mit einem auß euren Auffwartern einen ehrli-

1 Fuͤndling] Findling 2 nach] noch 17 auffruͤcken] vorhalten 18 Anbringer] Kläger 23 artlich] geschickt 25 gehube] anstellte 28 verwittibten] verwittweten

chen Heyrath treffen / dem wir alsdann / gleich wie ich meinem Mann gethan / schon das Aug verkleiben wollen.

Die junge Dame höret diesem *Discurs* mit solcher Andacht zu / daß ihr das weynen allerdings darvon vergieng / sie bedanckte sich deß gegebenen guten Raths gegen ihrer Frau Basen / und versprach demselbigen getreulich Folg zu leisten: Jch aber betrachtete die vielfältige Betrügereyen des arglistigen Weiber-Volcks mit Verwunderung / die ich so wol von meinem eygenen Weib und ihrer Beschliesserin / als dieser so ansehenlichen Frauen / Krafft meiner Unsichtbarkeit / in so kurtzer Zeit wahrgenommen; Jch gedachte aber gar nicht daran / auch mich selbst zu straffen / und zu bedencken / wann kein leichtfertiger Bub wäre / daß alsdann auch keine Huren seyn würden; Sondern ich setzte mir vor / mich der Gemeinschafft aller Weiber hinfort zu entschlagen / und damit ich ein Zeitlang von der meinigen seye / nicht allein ehistens nach Leipzig in die Michaeli Meß / sondern auch von dorten eine Zeitlang gar nach Amsterdam zu räisen / allwo ich ohne das bekand war / in dem ich daselbsten von neundten biß in das siebenzehende Jahr meines Alters aufferzogen worden / und den Anfang / die Kauffmanns-Handelschafft zu lernen / den Grund allda gelegt.

Jn dieser kleinen Welt / worinn man bey nahe die gantze grosse Welt biß auff ein Ding sehen kan / langte ich 6. Wochen nach meiner Abräise an / nachdem ich zuvor den Apothecker unterrichtet / wessen er sich biß zu meiner Wiederkunfft gegen meinem Weib / meiner Handelschafft und gantzem Haußwesen zu verhalten / zumahlen so viel Gelts zu mir genommen hatte / als ich indessen nöthig zu haben vermeynte.

2 verkleiben] verkleben 3 *Discurs*] Vortrag 15 entschlagen] entledigen 17 ehistens] möglichst bald

CAP. XI.
Was ist sich nun zu versehen? kompt Krieg / oder bleibt der Fried?

DA ich nach Amsterdam kam / war das Wort oder die Frag / was neus? zwischen jederman so gemein / daß es schiene / als wann die hochmoͤgende Herren Staaden der Vereinigten Niderlanden solches den ihrigen zu einer Losung geben haͤtten! Jch sorgte anfaͤnglich / als ichs allein von meinen alten Bekandten so *continuir*lich zu mir reden hoͤrete / sie moͤchten vielleicht Nachricht haben / daß ich mich so auff eine seltene / und wiederumb gantz neu gewordene Weise unsichtbar machen koͤnte / dann es hatte mich kaum einer heissen Willkommen seyn / so kam er gleich mit dieser Frag auffgezogen / ohne daß er einmal gefragt haͤtte / wie ich lebte? wie mirs gieng? was ich da zu verrichten / und dergleichen / demnach ichs aber mit der Zeit (so Erfahrung bringt) beym Liecht besahe / wurde ich gewahr / daß es darumb geschahe / dieweil sie besorgten / der Aller-Christlichste Koͤnig moͤcht ihnen in die Haar gerathen / als der da / wie sie es darvor ansahen / auch ein reicher Kauffmann werden / oder sie auffs wenigst der Landen und Leut / die sie als gemeine Kraͤmer besessen / entsetzen / und solche ihme als einem Koͤnig / der zum regieren geboren / zueygnen wolte: Wie ich nun merckte / wo diese Niderlaͤnder der Schuh trucken wolte / gab ich mich zwar als ein Hoch-Teutscher / den die Sach nichts angienge / umb etwas zu frieden / gedachte aber doch der folgerey nach / und was endlich meinem Vatterland darauß zuwachsen moͤchte?

Jn dem ich mit diesen Gedancken umbgieng / fragte ich mich selbst / obs wol Krieg wuͤrde oder nicht? Aber solche meine Frag zu beantworten / bedunckte ich mich viel zu ge-

---

7 Losung] Parole 9 *continuir*lich] fortwaͤhrend 22 entsetzen] enteignen 22 ihme] sich 24 trucken] drücken 26 f. folgerey] Folgen

ring / und weniger als nichts; Dann diß gebührt den Propheten / und zwar nicht allen / sondern allein denen / welchen es Gott (die Menschen zu warnen) offenbaret. Jch weiß nicht / hat mich die Angst / oder der Fürwitz getrieben / ein solches künfftige zu wissen? Ob gleich ich Narr ohne das wol wuste / daß ihm der Allerhöchste solches zu wissen / sich allein vorbehalten! Jch hätte gern einen Jeremiam gefragt / aber / da war kein Lebendiger / oder einer seines gleichen vorhanden / der mich *content*irt; So wuste ich auch von keiner Heydnischen Sibylla / die mir hiervon mündliche Nachricht hätte geben mögen; Derowegen gienge ich zu denen / welche vor uralten Zeiten hero Chaldæer genannt worden / und kauffte mir wol siebendutzet Calender ihrer unterschiedlichen *Discipul*en oder Nachfolgeren / die selbige in Truck hatten lassen außgehen; Jch fande aber eben so viel widereinander-lauffende Vorsagungen / als *Prognosticant*en / eben so viel geschraubte Reden / als *Authores*; Jch will schier sagen / eben so viel Lügen / als Wahrsagungen darvon; Gleichwol quälete mich die *curiosit*ät noch immerhin / und ich glaube / wann damals der fahrende Schüler vorhanden gewesen wäre / der mir zur Unsichtbarkeit geholffen / daß ich ihm gern ein dutzet neue Gülden-Thaler geschenckt hätte / wann er mir nur das Hirn mit noch mehren solchen nichtigen Grillen erlogener Vorsagungen erfüllt hätte / ob mir gleichwol bekand war / daß *Apollo* selbst vielmal gesagt zu denen die ihn gefragt:

Was bemüht ihr mich und euch umbsunst /
Künfftigs zu wissen ist nicht mein Kunst.

Dieses alles brachte mich dannoch nicht auß dem Spital der vorwitzigen Phantasten / geschweige / daß es mich gar von meiner Kranckheit *cur*irt und *liber*irt haben solte / sondern ich forschte Tag und Nacht nach meiner Vergnügung / wie die *Alchimi*sten nach ihrem *Lapide*, gleichsam / als wann ich

---

6 ihm] sich 9 *content*irt] zufriedenstellt 16 *Prognosticant*en] Wahrsager 17 geschraubte] gekünstelte 19 *curiosit*ät] Neugierde 31 *liber*irt] befreit

selbst Land und Leut / Scepter und Kron darüber in Gefahr deß Verlusts setzen müssen / und wurde so blöd-hirnig drüber / daß einer / der mich nur nach Zeitungen so ernstlich lauffen sehen / und so eyferig fragen hören / mich gar wol mit gutem Gewissen / und ohne Begehung einiger Todsünd / in die Roll der Haupt-Narren schreiben mögen.

Jch hatte mein Losament genommen bey einer *Matronen*, die solche zu verlehnen pflegt / das war eine Kammer sampt einer Bettstatt / dessen ich mich nicht schämen dörffte / wann ansehenliche Leut kamen / mich zu besuchen / und alsdann manglets mir weder an Auffwartern oder Auffwarterinnen / dann diese Alte hatte schier mehr Dienerinnen als Losamenter zu verlehnen / und deßwegen auch einen grossen Uberlauff von allerhand Stands Manns-Personen / denen man nicht zugetraut / daß sie sich solcher Gestalt bedienen zu lassen benötigt / dannenhero bekam ich in bälde / ohne meine alte Bekande noch viel unterschiedliche Leut in meine Kundschafft / die mir bißweilen zusprachen / und ich ihnen hinwiderumb; Solches aber geschahe gemeiniglich mit geringem Unkosten / dann wir assen / truncken und spielten nicht so starck / wie es in meinem Heymeth zu gehen pflegte / sondern kamen die mehriste mal nur auff ein Pfeiff Taback / und Trunck Bier zusammen.

Auff eine Zeit war auch ein solche Gesellschafft beyeinander / fünff Holländer / ein Hamburger / und ich war der siebend / und ob wir gleich / wie oben gemeldet / so starck nicht soffen / so zechten wir doch so viel / daß wir Bierschellig darvon wurden / in welchem Stand man gemeiniglich offenhertziger / als wann man Blind voll / und vertraulicher als gantz nüchtern zu reden pflegt. Als wir nun ein langs und breits von der Handelschafft geredet / dann wir waren allesampt Kauffleut / sagte einer / wir machen wol unsere Anschläg von den Kauffhändeln / wissen aber nicht /

3 Zeitungen] Nachrichten 7 Losament] Quartier, Wohnung
8 verlehnen] mieten 9 dörffte] brauchte 21 Heymeth] Heimat
22 mehriste] meisten 27 f. Bierschellig] angetruncken

obs Frieden bleibt oder nicht? Als welche in Kriegs-Zeiten ehender den Krebsgang / als ihren erwünschten richtigen Lauff gewinnen? Darauff antwortet ein anderer Holländer / wer wolte uns den Krieg ankünden? Wir stehen mit Hispania und Engelland in der *So Sanctè* geschlossenen *Triple Allian*tz; Wir haben an Dennemarck einen getreuen / und gleichsam verbundenen Nachbarn / uns auff alle widerige Fäll beyzustehen; der König in Schweden ist noch zu jung / uns in Person würcklich anzutasten / und die *Ministri* selbiger Kron werden sich bedencken / mit uns ein so schweres Werck / wie der Krieg ist / anzugehen / als welches sie hernach / wann es nicht nach Wunsch außschlüge / zu verantworten / so ihr König das Alter erlangt; Frankreich ist nicht Manns genug / uns zu übermeistern / dann auch genugsam bewust / wie langen Widerstand / und mit was vor trefflichen *progressen* unsere Vorfahren der mächtigen Kron Hispanien gethan; und zwar / welches am mehristen zu *observir*en / als selbige in ihrem allerbesten Flor gestanden / die unserige aber vor Bettler gehalten worden; Uber das haben wir eine unvergleichliche See-Macht / die nimmermehr kein kluger Potentat verachten wird / und seynd mit Gelt so versehen / daß wir den Krieg beydes zu Wasser und Land eine lange Zeit *continuir*en mögen; also / daß gar nicht vermuthlich / daß wir sich eines Kriegs zu versehen.

Diß war deß einen Holländers richtiger Schluß / aber der Ander sagte darauff / diß alles / was der Herr vorgebracht / kan uns gleichwol keines beständigen Friedens versichern / die *Triple Allian*tz scheinet zwar hierzu genugsam zu seyn / aber erinnert ihr euch auch / daß wir eines Theils mit einem mächtigen Monarchen / der mit uns ungleicher Religion / zumahlen ehebevor unserer Vor-Eltern natürlicher Herr gewesen / andern Theils aber mit den Engelländern der aller-*variab*lest / und wanckelmüthigsten Nation von der Welt zu

---

4 Hispania] Spanien 5 *So Sanctè*] feierlich 16 *progressen*] militärische Erfolge 17 f. *observir*en] beobachten 18 f. Flor] Blüte 23 *continuir*en] fortsetzen 24 sich] uns 32 f. aller-*variab*lest] unbeständigsten, veränderlichsten

thun haben? welche beyde mit unserm Wolstand / und Glückseligen *prosperit*ät eyfern; Solte jene gewaltige Kron wol keinen Schmertzen und Widerwillen empfinden / sondern uns noch mit getreuer Wolgewogenheit zugethan verbleiben / wann sie daran gedenckt / daß wir auß ihrem Gehorsam geschritten / ihnen zu Wasser und Land / und zwar nicht allein in *Europa*, sondern auch in *Africa*, in Ost- und West-Jndien / ja gar biß in den äussersten Enden der Welt so grossen / und gleichsam unüberwindlichen Schaden gethan / den sie nimmermehr einbringen wird? Diese aber / ob sie gleich unsere Nachbarn und Religions-Verwandte / solte sie wol in die Länge / ohne innerliches Grißgrammen gedulden können / daß wir gleich ihnen das Meer beschiffen und geniessen / und auff demselbigen durch unsere See-Macht mehr als sie selbsten *prosperir*en / dessen sie doch ehebevor allein der höchste Herr zu seyn / sich eingebildet; Gebrüder von einerley Eltern auß einerley Geblüt geborn / pflegen sich wegen der Jrrdischen Reiche und Fürstenthumber zu entzweyen / und endlich dergestalt tödtlich zu verfolgen / daß offt keiner auß ihnen anderster / als mit deß andern gäntzlichem Untergang und Tod befriedigt werden kan; Solte sich nun solches nicht auch viel leichter zwischen Nachbarn / wegen Beherrschung deß Meers zutragen können? die Behauptung deß vermeyntlich Meinen und Deinen verursacht alle Krieg / und demnach ist unsere *Triple Allian*tz so fest und sicher nicht / als man wol gedenckt.

Also auch / sagte der Dritte / ist sich auff Dennemarck so fest nicht zu verlassen / Könige seynd Geringern ungern verbunden / ob wir gleich derselben Kron einen noch grössern Reuter-Dienst gethan / und eine doppelte hochmögende Staadische Macht hätten. Schweden betreffend / seynd die Könige keine Kinder / wann sie gleich noch in der Wiegen ligen / sondern im Gegentheil ist selbige Nation ein Kriegerisch / und im Krieg / auch da sie nur von Weibs-

2 *prosperit*ät] Wohlstand 15 *prosperir*en] Erfolg haben

Bildern regiert worden / ein Glückseligs Volck bißhero gewesen / dem die Dähnische Hülff / so wir geleistet / ohne Zweiffel als ein heimlicher Groll noch unverdaut im Kropff ligt;

Der vierdte Holländer sagte / Franckreich sey nicht zu verachten / welches / wann es die Waffen einmal ergreiffe / so langsam und kaltsinnig nicht wider die Vereinigte Niderland kriegen würde / wie ehemahlen Hispanien gethan: Es hätte seine Macht beysammen / deme man nicht die Senn-Adern deß Kriegs / wie vor Zeiten den Hispaniern in den Jndien widerfahren / so leicht würde abhauen können; Jhr König wäre einer von den Großmüthigsten / dessen hoher Sinn auch die Herrschafft über die gantze Welt zu erhalten / weder Vernunfft / noch Gelt / noch Volck sparen würde; an welchen dreyen Dingen ihm mit nichten etwas gebreche / daß man aber vermeynen wolte / weil die Vereinigte Niderlande sich auß dem Gehorsam der Hispanischen Könige eben damahl enthalfftert / als selbige Kron am mächtigsten gewesen / unsere Vorfahren hingegen aber nur vor Bettler gehalten worden / eben also würden sie anjetzo auch der Kron Franckreich leicht widerstehen mögen; hierinn würde man sich betrogen finden / dann daß damahls die Vereinigte Niderland ihre Freyheit erhalten / und bißher behauptet / seye mit nichten ihrer damahligen schwachen Stärck / oder eygenen Dapfferkeit / sondern beyder Kronen Franckreich und Engelland *assisten*tz zuzuschreiben / ohne welche die Staaden von Holland nimmermehr so weit hinauß hätten langen mögen! Ohn sey es nicht / es hätte zu selbiger Zeit geschienen / ob wolte sich die Kron Hispanien zur Beherrscherin der gantzen Welt machen / also / daß sich billich zu verwundern / wie die Holländer einem so großmächtigen Gewalt nicht allein entgehen / sondern noch darzu denselbigen schwächen: Ja gar / so viel ihnen vonnöthen / überwinden mögen / wann man aber bedencke / daß alle Po-

---

9 f. Senn-Adern] Lebensadern, Schlagadern   18 enthalfftert] losgemacht   26 *assisten*tz] Beistand

tentaten / denen die grosse Spanische Macht verdächtig war / sich auch eben deßwegen dem Hauß Oesterreich widersetzet / und demselben sonst überall genug zu thun geben / so wird die Verwunderung bald fallen / die man umb deßwegen haben möchte / daß Holland und die übrige Vereinigte Provintzen frey und groß worden!

Der fünffte Holländer antwortet hierauff / es sey ihm wie ihm wolle / diß seyen als alte Sachen / die hieher weiter nicht gehöreten / als daß man beyläuffig darauß abnehmen könte / wie es mit Franckreich ergehen möchte / wann es sich unterstünde / die Vereinigte Provintzen unter seine Kron zu bringen; so viel ansehenliche / und zum Theil gleichsam unüberwindliche Vestungen liessen sich nicht so bald / wie ein kalt Apffelmuß verschlucken / viel weniger vertauen / oder so leicht behaupten als erobern; Uber das seyen die Vereinigte Niderland ein solches fettes Bißlein / welches die übrige Christliche Potentaten der Kron Franckreich schwerlich gönnen und gedeyen / viel weniger gar zukommen lassen würden / in Erachtung / wann deren König ihre See-Macht und Gelt-Mittel mit seinem gewaltigen Vermögen *conjungir*en solte / und wie sich ohne allen Zweiffel zu versehen / darbenebens sich der gewöhnlichen Frantzösischen *Practiquen* bediente / daß alsdann kein König / ja das Teutsche Käiserthumb selbst ihm schwerlich mehr bastand seyn könte / wann er einen nach dem andern gleichfalls undertrucken wolte.

Als dieser Holländer seine Meynung vorgebracht / gab es die Reyhe / daß nun der Hamburger reden solte / der sagte / unser Frag war / ob es Frieden bleiben möchte oder nicht? Darauff will ich meinem geringen Verstand nach antworten / daß sich Holland eygentlich eines Kriegs von Franckreich zu versehen / dann worzu wolte sonst selbiger König so gewaltig *armir*en? Hispanien hat er allbereit genugsam be-

8 als] alles 14 vertauen] verdauen 20 *conjungir*en] verbinden 24 bastand] stark genug 25 f. undertrucken] unterdrücken 33 *armir*en] bewaffnen, rüsten

rupfft / und kan derselben Kron Gedult und Ubersehen ferner zu mißbrauchen / keine *prætension*, unter einigem *prætext* oder geringsten Schein der Billichkeit mehr finden; an die Schweitzer wird er sich dieser Zeit schwerlich reiben: das Teutsche Reich anzutasten / wird ihm nicht rathsam seyn / Schweden ist sein Freund / mit Dennemarck hat er nichts zu schaffen; Wer ist dann nun noch sonst ohne den Staad der vereinigten Niderland vorhanden / wider welchen er seine Waffen wetzet? Als mit deren Gesandten er auch allbereits *Disputen* anfangt; Jch sorg / ich sorg / und Gott gebe / daß meine Sorg vergeblich sey / ihr Holländer werdet ein blaues Aug darvon tragen müssen / so fern es anders noch so gnädig abgehet / dann ich sehe / daß ihr sicher lebt / gleichsam als wann sich der König in Franckreich nur blößlich vor dem Geschrey und scheinbaren Namen Eurer Hochmögenheit entsetzte / und euch / weil ihr bißher unüberwunden blieben / nicht einmal anwenden dörffte? Jhr selbst zweifelt an der *Triple Allian*tz / und wie bald ist auch solche durch ihn zu zerstören / wann er der Kron Hispanien wieder gebe / was er ihr bißher entwendet / und sie dardurch *persuadir*te / mit ihm die vereinigte Niderland Schwägerlich zu theilen? Uber das sehe ich (aber ich bitte vergebt mir ihr Herren / wann ich hier die Warheit sag) euren grossen Hochmut / welcher von weitem scheinet / als trügt ihr gar kein Scheu / einem jeden gewaltigen Potentaten Gesetz vorzuschreiben / welche Hoffart die Fürsten kitzelt / und gemeiniglich den Fall prophezeyet. Allein zweifelt mir nicht / nachdem das Kriegs-Feuer bey euch auffgangen seyn wird / daß ihr beydes durch euer Gelt und Klugheit den Lauff von dessen Flammen anderwärts hin richten werdet.

Das glaube ich auch (antwortet ich hierauff) dann man kan sich noch erinnern / wie manchen Feind die Holländische Vorsichtigkeit durch ihr Gelt dem Hauß Oesterreich ins

---

1 Ubersehen] Nachsicht 2 *prætension*] Anspruch 2 *prætext*] Vorwand 10 *Disputen*] Streit 14 blößlich] bloß, allein 15 Geschrey] Ruhm 17 anwenden] angreifen 20 *persuadir*te] überredete

Teutsche Reich übern Hals geschickt / als Spanien noch hiebevor mit Holland Krieg führte / damit dasselbe anderwärts genug zu schaffen haben / und also die Vereinigte Provintzen mit zusammen gesetzter Macht nicht widerumb zum Gehorsam zwingen möchte / zu dem sehe ich unsere *Nation* zur Göttlichen Straffe allerdings zeitig seyn / als welche durch allerhand Sünd und Laster / beydes von Alten und Jungen / von Klein und Groß / arm und reich nicht nur schlechthin eingeladen / sondern gleichsam mit Gewalt herzu gezwungen wird; Jch will nicht allein nichts sagen von Hoffart / Neid / Geitz / etc. der alten und der grossen Stätte / sondern will auch schweigen von der Uppigkeit und Gottlosen Leben unserer ungezogenen / unbändigen / leichtfertigen und gailen Jugend auff den geringen Dörffern! Man gehe nur in deren eins / wo solche Bursch beym halben oder gantzen Rausch beysammen seyn / so wird man offentlich solche Sachen sehen und hören / daß der Himmel darüber erschwartzen möchte / worauß ohnschwer zu errathen / zu was vor einer Göttlichen Heimsuchung unsere Landskinder ihr Vaterland bequem und reiff machen / deren ihr vielleicht den Anfang geben werdet.

CAP. XII.

Das beste Mittel vor die Kriegs-Läuffe wird gesucht und gefunden / das schlimste aber wird erwöhlet.

NAchdem ein jeder darvor hielte / es würde einen Krieg zwischen Franckreich und Holland setzen / der sich endlich über gantz *Europam* außbreiten dörffte / schiede meine Gesellschaft von mir / und ich gedachte auff Mittel und Weg / durch welche ich sicher dessen gefährlichen Läuffen entrinnen möchte; Jch hatte von einem alten *Practican*ten gehört / daß sich umb diese zeit unsers *Seculi* ein Krieg in Teutschland

6 zeitig] reif 14 geringen] einfachen, kleinen 23 vor] für
23 Kriegs-Läuffe] Kriegszeiten 24 erwöhlet] gewählt
31 *Seculi*] Jahrhunderts

anheben / und zuletzt in Franckreich enden / auch daß der Roͤmische Kaͤiser dem Aller-Christlichsten Koͤnig 6. harter Streich versetzen wuͤrde / derowegen gedachte ich wol / solcher Krieg wuͤrde auch das Roͤmisch Reich / und also auch mein Vatterland betreffen / deßwegen ich umb so viel desto Sorgsamer war / und spintisirte / wie ich eine namhaffte Summa Gelts in Goldsorten / das sich genau zusammen packen laͤst / zur Zehrung zuwegen / und sampt mir und den meinigen in die allerbeste Sicherheit bringen koͤnte / so ich vermittelst meiner Unsichtbarkeit auch wol ins Werck zu richten getraute / zu welchem Ende ich ohnverweilt meinen Anschlag auff einen reichen Portugesischen Juden macht / der / wie man ins gemein darvor hielte / die Summa seines grossen Vermoͤgens selbst nicht wuste.

Jch machte mich unsichtbar / und kam in sein Hauß / darinnen außzuspuͤren / wo die beste Schaͤtze laͤgen / dorffte gleichwol aber nicht so laut seyn / als wann ich darinn daheim gewest waͤre / damit meine unsichtbare Gegenwart nicht vermerckt / und also mein Anschlag zu Wasser werden moͤchte / ehe ich noch zum Hauß kam / hoͤret ich folgenden Anfang von einem Liedlein singen / welches ich vor ein ohnfehlbares *Omen* hielte / daß der Krieg eygentlich vor der Thuͤr seyn muͤste / und darumb ward ich auch desto geflissener / mich bey Zeiten zu besacken / das Lied hub also an:

1.

Der *Simplex* und der Spring ins Feld /
Die Kerles haben beyd kein Gelt /
Und will ihn auch kein Wirth mehr borgen /
Drumb leben sie all beyd in Sorgen.

2.

Jhr Bruͤder habt ein guten Muth /
Eur Sache wird bald werden gut /
Man spuͤhrt es an der Leute Leben /
Daß es bald muß ein Krieg abgeben.

---

6 spintisirte] nachgrübelte 22 *Omen*] Vorzeichen 24 besacken] hier: durch Stehlen bereichern

Der nachfolgende Jnhalt erzehlet allerhand Stands-Personen Gottloses Leben / und machte endlich den Schluß / daß ohne Krieg / Pest und Hunger die Welt nicht wiederumb gebessert werden moͤchte / und ob gleich die Reimen von schlechter Kunst / auff gut Hans Saͤchsisch geschmidet / so war doch der Jnhalt so Vernunfftmaͤssig / daß ich sie / wie eine unfehlbare Prophezeyung zu Hertzen ziehen muste / wiewol ich sonst nicht so gar Aberglaubisch zu seyn pflege.

Da ich nun hin und wieder im Hauß / so ich gar wol einen Pallast nennen kan / herumb schliech / fande ich dasselbe gespickt mit allem dem / was reiche Leut zu haben pflegen / nur das baare Gelt konte ich nicht zu sehen bekommen / weil selbiges sampt vielen Klenodien in einem Gewoͤlb auffgehoben / und von etlichen deß Schlossers starcken Hunden verwahrt war / und derowegen muste ich bedacht seyn / die Schluͤssel darzu beym Kopff zu kriegen / zu welchem Ende ich alle Zimmer durchschneuckte / und in deren einem ein Weibs-Bild ein Wehr-Gehenck mit Gold / Silber und Perlen sticken fande / uͤber deren unvergleichlichen Schoͤnheit ich allerdings erstaunete / dann sie war so außbuͤndig und unbeschreiblich schoͤn / daß ich mich nimmermehr uͤberreden lassen / oder glauben kan / daß ein Mahler in der gantzen weiten Welt zu finden sey / der ein schoͤner Bild mahlen koͤnne / ihre schwartzbraune Augen strahleten dermassen mit Liebreitzenden Blicken / daß sie genugsam gewesen waͤren / die gantze Welt mit Liebes-Flammen zu entzuͤnden / so fern dieselbe nur so wol auff die Augen der Manns-Bilder / gleich wie auff die schoͤne Perlen Arbeit ihrer Alabasternen Haͤnde loß gangen waͤren; Dann gleich wie sie selbsten uͤber solcher ihrer außbuͤndigen Arbeit oder vielmehr Kuͤnstlerey eine Freud und hertzlichs Wolgefallen hatte / also gab sie derselbigen / als einem Ding / das sie hertzlich liebte / gleichsam mit laͤchlendem Angesicht manchen inniglichen Blick / wel-

7 ziehen] nehmen 14 Hunden] hier: Schlösser 17 durchschneuckte] durchschnüffelte 18 Wehr-Gehenck] Schultertrageband für Degen

che so beschaffen waren / daß ihre Kraͤffte in einem nun durch die Augen deren / so sie auffgefangen / in das innerste der Hertzen tringen muͤssen / selbige mit Liebe zu fesseln / und solten sie gleich von hartem Stal / ja gar von kaltem Crystall und Diamant gewesen seyn; Als ich gleich im ersten Anblick / da sie eben in solcher Andacht gegen ihre Arbeit begriffen / und deßwegen Stockstill sasse / warnam / wie kuͤnstlich und schoͤn die Hochweise unter die liebliche Rosenfarb in ihrem / ohne das uͤberauß auffs schoͤnste gebildete Angesicht gemengt und außgetheilet war / zumalen sahe / daß ihre Lippen wie mit hoch Spanisch Leibfarb gemahlet hervor schienen / gedachte ich / das gantze Bild moͤchte irgends eines Kunstreichen Meisters bestes Kunst-stuͤck seyn / wie man dann dergleichen Bilder in Lebens Groͤsse von Wax bossirt / und herrlich gekleidet / ehemahlen in Teutschland herumb gefuͤhrt / und umb Gelt sehen lassen / aber als sie sich wider bewegte und zu sticken begunte / war mir vor Verwunderung nicht anderst / als etwan dem *Pygmalione* gewesen seyn mag / da seinem schoͤnen Jungfraͤulichen Bild / so er selbst auß Helffenbein zum fleissigsten verfertigt / von der *Venere* eine lebendige Seele eingegossen worden; Jch stund gantz entzuckt / oder in Warheit besser zu sagen / gantz vernarrt da / und konte mich an dieser uͤbermaͤssigen Schoͤnheit weder satt sehen / noch mich genugsam daruͤber verwundern! nichts Juͤdisches konte ich an ihr abnehmen / als etwas gar wenigs an ihrer wolformirten Nase / welches ihr aber in meinen Augen mehr vor eine treffliche Zierd taugte / als daß es vor die *Signatur* einer Juͤdischen *Physiognomie* gehalten haͤtte werden sollen; Jhr Geschmuck in den Haaren / umb den Hals / ihre Ohrgehenck / Ring und Armbaͤnder waren von hohem Werth / ihre Pantoffel wie das

---

3 tringen] dringen 6 gegen] in 8 Hochweise] außerordentliche weiße 11 Spanisch Leibfarb] dunkles Braunrot, Saflorkarmin 15 bossirt] nachgebildet 17 begunte] begann 20 Helffenbein] Elfenbein 28 *Signatur*] Bezeichnung 28 *Physiognomie*] Gesichtszüge

Wehr-Gehenck das sie stickte / und ihre Leibs-Bekleidung von solchem Zeug / dergleichen Privat-Personen nicht alle Tag zu tragen pflegen / ihre Zucker-Ballen hatte sie hinlässig eingepriesen / und dahero belustigt mich deren auff und nidersteigen am allermeisten / wann sie athmet / und in dem ich solcher massen den Vorwitz meiner Augen *content*irt / soffe ich mit den stärcksten Zügen gantz unvermerckt das süsse Gifft der Liebe / und wurde solches nicht ehender gewahr / als biß ich weg gehen wolte / und doch das außbündige Bild bey nahe nicht auß den Augen lassen konte;

Jch war bereits verehelicht / und hatte mein Tage schon manche Bulschafft bedienet / welche Geschäffte dann gemeiniglich auß Anregung der Liebe getrieben werden / massen ich auch / dieweil ich also mit der Leim-Stange geloffen / genug mit derselben und ihren *Passionibus* zu schaffen gehabt / aber lauter Schertz und Kinderspiel deuchte michs gewesen zu seyn / gegen dem / was ich jetzunder überstunde! dann nachdeme ich diese Jüdische Jungfer einmal gesehen / hatte ich weder Tag noch Nacht keine Ruhe mehr / kein Schlaff kam mehr in meine Augen / alle lustige Gesellschafften / die ich doch mit Fleiß suchte / meinen Kummer zu vergessen / waren mir zu wider / mein gantzes Thun war / mich mit Schmertzen zu speisen / mit schwermütigen Gedancken zu schleppen / mit allerhand Klagen eyteler Mühe / Verdruß / mancherley tieffen Nachsinnungen / und sonst mit tausenderley Phantastischen Thorheiten und närrischen Anschlägen / meiner Geliebten zu geniessen / mich abzuarbeiten; Sonst aber liesse ich alle eheliche Geschäfften / und mein gantze Handthierung ein gut Jahr haben / und gleich wie mir hierdurch Witz und Verstand stumpff und untauglich ward / also namen auch das

3 Zucker-Ballen] Hier: Brüste 4 eingepriesen] eingeschnürt 6 *content*irt] befriedigt 14 f. mit der Leim-Stange geloffen] gebuhlt 15 *Passionibus*] Leidenschaften 18 überstunde] ausstand 27 Anschlägen] Plänen 28-30 liesse ⟨. . .⟩ ein gut Jahr haben] vernachlässigte

Fleisch / sampt den Kräfften meines Leibs ab / gleichsam als wann ich die Schwindsucht am Hals gehabt hätte; Also erfuhr ich erst spat / was vor eine Beschaffenheit es umb eine rechthefftige Lieb habe / da ich doch als ein Verehelichter *Virgilij* nutzliche Lehr betrachtet haben solte / wann er sagt:

Vina sitim sedent, natis Venus alma creandis
Serviat: hos fines transiluisse nocet:

Das ist:

Der Wein zum Durst / *Venus* zur Zucht /
Wer drüber schreit / hat wenig Frucht.

Dieser mein Zustand / welcher täglich ärger wurde / wäre zwar mehr als genugsam gewesen / mich nach und nach außzumerglen / und endlich gar dem Tod auffzuopffern / aber so gnädig wolts (wie es schiene) nicht abgehen / die Beschaffenheit meines Verhängnuß liesse sich viel grausamer an / und die unüberwindliche Verhindernussen und Jrrungen mein Verlangen zu erfüllen / waren so gewaltig / daß sie mir die endliche Verzweifelung antroheten / allermassen ich anfienge mir allgemach selbst den Tod zu wünschen / also daß ich wol mit jenem Jtaliäner klagen konte:

O notte, ô cielo, ô mare, ô piaggie, e monti,
Che si spesso m'vdite chiamar morte,

Jst Teutsch:

O Nacht / O Himmel / O Meer / O Berg und Thal /
Wie offt hört ihr mein Wunsch / zu leiden Todtes-Qual.

Ja ich liesse es hierbey noch nicht bleiben / sondern ergrieff den äussersten Wunsch der erbosten und verzweifelten Buler / nemlich daß Himmel und Erden gar ineinander falle / damit ich meines Jammers ein End sehen möchte / welchen Wunsch *Alphenus Perusinus* in Jtaliänischer Sprach also geben:

Piouan dal ciel con tempestosa furia,
Folgori ardenti, che ciascun sommergano,

---

5 *Virgilij*] des Vergil 10 schreit] Hier: schreitet 16 Verhindernussen] Hindernisse

Cantalicius hat ihn also in die Lateinische Sprach übersetzt:

Totum terribili quatiatur turbine cœlum,
Cunctaque dispereant corpora fulminibus,

Mag Teutsch lauten:

Himmel und Erd zugleich fallen in einen Hauffen /
Daß solcher Ungestümm kein Mensch nicht könn entlauffen.

Zwar / daß meine Geliebte eine Jüdin war / gab mir die geringste Anfechtung und Bekümmernus; dann einem solchen Gewissen / das sich einmal entblödet / durch deß Teufels Hülff wieder zu seinem verlornen Gelt zu gelangen / gilts auch gleich / ob die Viehische Begierden an einem getaufften oder ungetaufften stück Fleisch vollbracht werden; diß hingegen machte mir das gröste Hertzenleyd / daß ich wuste / wie genau und vorsichtig die Juden ihre Weibs-Bilder vorm Fall zu bewahren gewohnt seyn / und zwar sonderlich die Jungferschafften; Zweytens war mirs auch nicht der geringste Kummer / als an diesem Ort durch Gelt und Gaben / welches sonst überall durchtringt / alle Berg und Thal eben macht / und jeder Orten *victori*sirt / nichts außzurichten; sintemal ihr Vatter dem gemeinen Ruff nach / dessen so viel hinweg zu werffen hatte / ohne sonderbare Schmälerung seiner unaußsprechlichen Reichthumb / als ich mein Lebtag zusammen zu bringen mir einbilden dörffen; Zum Dritten war mirs ein scharffer Dorn in Augen / daß die Juden / so wol Weibs- als Manns-Bilder uns Christen gleichsam von Natur hassen / und sie gegen ihnen / dem Samen Abrahams / der sich noch Gottes außerwehltes Volck zu seyn einbildet / und dermaleins unter ihrem künfftigen Messia die gantze Welt zu beherrschen hofft / nicht viel besser in ihrem Sinn als Hund *æstimir*en; Vierdtens machte mirs nicht wenig graue Haar / und eingefallene Backen / daß ich an diesem Ort weder durch Cuppler noch Cupplerinnen zuzukommen getraute / welcher Art Leute berühmter Verschlagenheit / arglistigen Be-

10 entblödet] erkühnt 20 jeder] aller 20 *victori*sirt] siegt
31 *æstimir*en] schätzen

truͤgerey / und taͤglich neu-ersinnenden Fuͤnden sonst keine Jungfrau zu keusch und zuͤchtig / keine Wittib zu vorsichtig / keine Frau zu klug / kein Vorsatz zu steiff / keine *intention* zu fest / und keine *continent*z zu standhafftig seyn kan / auch kein Felsen so hart und fest zu finden / der nicht durch ihr staͤtigs Ansetzen bewegt werde / worwider weder Gewalt noch List / weder Fuͤrsichtigkeit noch Weisheit / weder Geschwindigkeit / Kunst noch Geschicklichkeit etwas außzurichten vermag / je besser mir nun dieser Leute *dexterit*aͤt bekand war / je mehrers schmerzte michs / daß ich mir dieselbe nicht zu Nutz zu machen wuste; Fuͤnfftens sahe ich mich in einer Statt / darinnen mit Gewalt nichts außzurichten / dieweil die Juden daselbsten unter dem allersichersten Schutz wohnen / und durch List etwas zu unterstehen deuchte mich unmuͤglich seyn / dieweil wie oben gehoͤrt / die Juden ihr Weiber-Volck so genau bewahren / mich mit ihr bekand zu machen / und ihr als ein *Serviteur* auffzuwarten / ob ich etwan heimlich und unvermerckt den Bahner anbringen koͤnte / bedeuchte mich eben so spoͤttisch als gefaͤhrlich zu seyn.

Jch glaube / daß der leidige Sathan die jenige Leute / so sich schon auß einer Suͤnd in die ander zu weltzen gewohnet / mit den allergroͤssesten Anfechtungen zu versuchen / viel mehrern Gewalt habe / auch unverschaͤmter dieselbige anfalle / als bey den jenigen / die sich nach aͤusserstem Fleisses vor den Lastern gehuͤtet / dann siehe / ohne Zweiffel / auß dieses Ertz-Feinds Eingeben / kriegte ich die Gedancken / daß ich zu mir selber sagte: Wie waͤr ihm / wann du dich beschneiden liessest? Massen solches zu Amsterdam nichts neues ist; So bald empfand ich aber diesen Gedancken nicht / daß ich nicht auch eben so bald seine greuliche Abscheulichkeit gesehen haͤtte; Nein / sagte ich / dieser Einfall und Vor-

---

1 Fuͤnden] Listen 2 Wittib] Witwe 3 f. *intention*] Vorhaben 4 *continent*z] Selbstbeherrschung 9 *dexterit*aͤt] Gewandtheit 17 *Serviteur*] Verehrer 18 Bahner] Banner, Siegesfahne 21 leidige] widerwärtige, leidbringende 28 ihm] es

schlag ist vom Teufel / du solst tausendmal lieber sterben / als Christum deinen Heyland verlaͤugnen; haͤtte ich damahl meine Vernunfft noch frisch und gesund gehabt / so haͤtte ich auch leicht gedencken koͤnnen / und schliessen sollen / daß die Liebe / die ich gegen der Juͤdin hegte / auch sonst von niemand / als vom Teufel her ihren Ursprung haben koͤnte / umb mich dardurch umb mein Christenthumb / und also umb die ewige Seeligkeit zu bringen; Aber ach! Jch liesse es bleiben / und vermeynet genug / und eine ritterliche Christenthat begangen zu haben / daß ich Christum nicht offentlich verlaͤugnen wolte / da ich mir doch hingegen gar kein Gewissen machte / der Juͤdin Bildnus in meinem Hertzen all Augenblick anzubeten / und ihr viel tausend Liebes-Seufftzen zu schencken.

Die eintzige Erquickung meines Trostlosen und truͤbseligen Lebens war diese / daß ich fast taͤglich unsichtbarer Weise hingieng / meine Liebste zu sehen / und meine Augen in ihrem wunder-schoͤnen Angesicht zu weyden / aber was nenne ich diese Thorheit eine Erquickung / die doch nichts anders als Oel in mein Feuer war / worvon meine Liebes-Flammen je laͤnger je groͤsser wurden. Also liebte ich ohne Hoffnung deß Genusses / und quaͤlte mich mit Nachsinnungen / obs nicht muͤglich seyn koͤnte / meinem Elend auff den einen oder den andern Weg abzuhelffen; aber da war keine *expedien*tz zu finden / ich haͤtte mich dann selbst hencken oder ertraͤncken wollen / welches mir aber noch zur Zeit gar nicht annehmlich seyn wolte; Jndessen erlernete ich deß Juden / und aller seiner Haußgenossen Namen / und machte mir alle Winckel im gantzen Hauß so bekand / als wann ich darinn geboren und erzogen worden waͤre; Jch fande auch den Ort / wo deß Juden Baarschafft / Silber-Geschirr und Klenodien lagen / welches in Warheit ein solcher Schatz war / dergleichen bey manchem Grafen in Teutsch- und Welschen Landen nicht zu finden; Aber ich liesse alles unverruckt / weil nicht deß Hauptreichen Eliezers Gold / Silber und Edelgestein /

25 *expedien*tz] Ausweg, Lösung 34 unverruckt] unangetastet
35 Hauptreichen] Großkapitalist

sondern seine schoͤne Tochter Esther vor dißmal der Schatz war / nach dem ich verlangte.

Einsmals an einem Freytag Abends befand ich mich auch in Eliezers Behausung / und sahe zu / wie er Eliezer als Haußvatter nach den gesprochenen Lobsagungen / die sie Haudila nennen (welches eine Absonderung bedeutet / nemblich deß Sabbats von den andern unheiligen Taͤgen) in seinem Damastenen / mit Martern durchfuͤttertem Schlaff-Beltz / einen grossen uͤberguldten Becher voll Wein durchs gantze Hauß vertroͤpffelte / und jeweils darzu sagte / der Prophet Elias / der Prophet Elias / der Prophet Elias komme bald zu uns mit dem Moschiach / Gottes und Davids Sohn / der Prophet Elias / etc. Welche Ceremonien mir Ursach und Gelegenheit gab / das jenig zu ersinnen / so mir hernach in meiner Liebe Vergnuͤgung geben.

CAP. XIII.

Was die Juden vom Elias halten / und von ihrem kuͤnfftig verhoffenden Messias glauben.

DAmals enthielte sich ein Kerl auß der Hebreer Geschlecht in der Statt / der sich erst vor einem Jahr tauffen / und in solcher Heiligen Abwaschung Eraßmus nennen lassen / dieser war wol gelehrt / von feinem Ansehen / und eines ehrbarn Wandels / ungefaͤhrlich vier und zwantzig Jaͤhrig / darneben zimlich arm und beduͤrfftig / so / daß er sich offt mit Schmarotzen behelffen muste / er lernete etlicher Kauff-leute Kinder Hebraisch / so schreiben als reden / damit er sich so *taliter qualiter* durchbrachte / und hatte von einigen Bewindhabern der Ost-Jndianischen Compagnie *promessen*, bey naͤchster Abfahrung einiger Ost-Jndianischen Schiffe /

---

8 Martern] Marderfellen 9 uͤberguldten] vergoldeten
23 ungefaͤhrlich] ungefähr 27 *taliter qualiter*] mehr schlecht als recht 28 Bewindhabern] Befehlshabern 28 *promessen*] Versprechungen

einen so beschaffenen Dienst auff der Flott zu haben / damit er sich nicht allein wol betragen / sondern noch darzu ein namhafftes *prosperir*en und vorschlagen koͤnte; Weil nun dieser beydes in der Christ: als Judischen Religion wol erfahren / zumahlen die Juden haßte / und von ihnen hinwiderumb toͤdlich gehaßt wurde / als eroͤffnete er ihre aberglaubische Heimlichkeiten allen denen / mit welchen er bekand war / und es *per* Spaß von ihm zu vernehmen begehrten / massen ich ihn einsmals bey einer lustigen Gesellschafft junger Kauffleute antraff / denen er einen gantzen Hauffen laͤcherliches Dings hiervon erzehlete.

Weil ich dann nun in meiner Bulschafft weder mit Gelt noch Gewalt / noch sonst auff einigerley Weise etwas außzurichten getraute / und derowegen mich entschlossen hatte / bey diesem Aberglaubischen / und deßwegen so albern Volck / durch List und Betrug mein Heyl / oder vielmehr mein Unheyl zu suchen / worzu mir meine Unsichtbarkeit wol zu statten kommen wuͤrde / als hielte ich vor nothwendig / mit diesem Kerl Kundschafft zu machen / umb der Juden Glauben / Sitten und Haͤndel von ihm gruͤndlich zu erfahren / damit ich mein betruͤgliche Netz und Stricke / darmit ich den Eliezer umb seiner Tochter Keuschheit zu beruͤcken gedachte / darnach richten und stellen koͤnte; Jch lude ihn dannoch freundlich zu mir in mein Losament / und gab vor / daß ich einen trefflichen Lust haͤtte / von ihm Hebraͤisch schreiben und lesen zu lernen / und gleich wie er besser als lang Heu zu laden war / als war er auch gantz willig und unverdrossen / einem jeden nach Vermoͤgen zu dienen.

Jch konte in zweyen Tagen das Hebraisch Alef baiß *perfect*, und fuhr im uͤbrigen so schnell in der Lernung fort / daß sich mein Lehrmeister selbst druͤber verwundert / wann wir aber

---

2 sich ⟨. . .⟩ betragen] auskommen 3 *prosperir*en] verdienen 3 vorschlagen] ersparen 7 Heimlichkeiten] Geheimnisse 15 albern] einfältiges 23 beruͤcken] betrügen 24 dannoch] damals, noch 24 Losament] Wohnung

collazten / oder sonst muͤssig spatzierten / so gab ich ihm Ursach von der Juden Glauben / Andacht / Hoffnung und Gebraͤuchen etwas zu sagen / welchen Sachen ich so fleissig nachkundigt / daß mich Eraßmus im Schertz fragte / ob ich dann auch ein Jud werden wolte? Jch will aber dem großg. Leser / auff das ich seine Gedult nicht mißbrauche / hiervon weiters nichts erzehlen / als was ich vermeyne / daß ihme zur Erlaͤuterung meiner Histori diene.

Von deß Eliæ Person sagte mir Eraßmus / glaubten der mehrentheil Juden / doch ohne *fundament*, sondern nur auß her-ererbter Sag ihrer Vor-Eltern / daß er allbereits zu Abrahams Zeiten im Leben / und desselben treuer Diener und aͤltister Knecht seines Hauses gewesen / welcher Gen. 24. dem Jsaac die Rebeccam / Bethuels Tochter auß Mesopotamia zum Weib geholet; Jtem daß er umb die Zeit / als Sodoma und Gomorra noch gestanden denselbigen Staͤtten umb ihrer Gottlosigkeit willen viel Dampffs und Schabernacks angethan / und weilen auch die Sodomiten neben andern Lastern der Gast-Freygebigkeit dermassen zu wider gewesen / daß sie ein offentlich Gesetz gemacht / daß alle die jenige / so einen Fremdling zu einem Gast-Mahl einladen / und ihne freundlich *tractirn* wuͤrden / Leib und Leben verlohren haben solten / zumahlen / wie etwan der Rauber *Cacus* eine / also haͤtten sie unterschiedliche / so lange als kurtze Gast-Bettladen gehabt / darinnen sich die Frembde / so ungefaͤhr dorthin kommen / zu uͤbernachten / legen muͤssen / welche sie / wann sie nicht just so lang als die Bettladen gewesen / entweder außeinander gethoͤnet / biß sie solche Laͤnge erreicht / oder wann sie zu lang gewesen / entweder an Kopff oder Fuͤssen gestuͤmblet / biß sie sich gerad hinein geschickt / und solches Gesetz und uͤble Gewohnheit haͤtten sie deßwegen eingefuͤhrt / damit sie allein den reichen Uberfluß

---

1 collazten] speisten 5 großg.] großgünstigen 10 *fundament*] Beweis, Grund 15 Jtem] ebenso, weiterhin 22 *tractirn*] behandeln 25 ungefaͤhr] zufällig 28 gethoͤnet] gedehnt
30 gestuͤmblet] verstümmelt, abgehauen

ihrer Landmarck / als welche der fetteste Theil deß gelobten Lands gewesen / darinn Milch und Honig geflossen / im Wollust verschwenden / und keinem Außländischen oder Nachbarn nichts darvon zum besten gedeyen lassen / zumahlen ihre unflätige übrige Sodomiterey ohne Beysein eines Frembdlings / vor welchen sie sich gleichwol noch umb etwas geschämet / desto unverhindert und leichtfertiger treiben möchten / wann sie hier zu durch den Wein erhitzet; So hätte dieser Elias / Abrahams Knecht sie zu äffen / und ihnen zu weisen / wie unweislich sie ihr Gesetz geben / auch sie an ihren Sünden nach Möglichkeit zu verhindern / sich bey einem allgemeinen Wolleben der Sodomiten eingefunden / und sich mit essen und trincken / gleich einem Einheimischen erzeigt / welches die Neidige und Mißgünstige Sodomiten dermassen verdrossen / daß sie dem jenigen / der ihn eingeladen / oder wenigst seine Zulassung und Gegenwart verursacht / mit dem Tod / ihn Eliam selbst aber / ihrer Gewohnheit nach / mit der Bettladen zu straffen gedacht / weßwegen ihn unterschiedliche gefragt / wer ihn zu diesem ihrem Gast-Mahl gebracht? Welchen allen / und einem jeden insonderheit er geantwort / daß er / der Fragende selbst ihne ja neben andern geladen / und herein geführt / worauff ein jeder wie ein Stummer ängstig von ihm abgezogen / auff die Nacht hätten sie ihn gleichwol tödten wollen / ob er sich gleich in alle ihre Gast-Bettladen so wol lange als kurtze so just geschickt / als wann sie ihm angemässen gewest wären / sie seyen aber von Gott / wie hernach zu Loths Zeiten / mit Blindheit geschlagen worden / also / daß er ohne einige Beschädigung wiederumb in Abrahams Hütten kommen; Noch viel dergleichen Geschichten haben sie von diesem Elias / und sagen / daß er dem Abraham und seinem Geschlecht von GOtt insonderheit als ein getreuer Beyständer / Prophet und Diener zugeordnet / und deßwegen mit einem so langen Leben / das sich biß an Jüngsten Tag erstrecken

1 ihrer Landmarck] ihres abgegrenzten Landes 5 Sodomiterey] Unzucht 10 unweislich] närrisch

würde / begabt worden seye; Er hätte die gantze Zeit über / als Jsrael in Egypten gewesen / ihnen mit Trost und Beystand / so wol sichtbarer als unsichtbarer Weise / und in mancherley Gestalten gedienet / und ob er gleich zu Achabs Zeiten in einem feurigen Wagen ins Paradeiß verzuckt worden / so befände er sich doch noch täglich unsichtbarlich bey allen Jüdischen Beschneidungen in der gantzen Welt / massen ihme bey denselbigen jedesmal ein sonderbahrer herrlicher Sitz bereitet würde / den sonst keiner auß den Juden / er sey auch so heilig als er immer wolle / einnehmen dörffe / über das beschütze und schirme er das Jüdische Volck / und wende alles Unglück ab / so sie etwan treffen könte / insonderheit aber lasse er ihm die jenige wol befohlen seyn / welche ihn / wann sie die Absonderung deß Sabbaths begehen / Haudila genannt / mit Wein und gewissen Ceremonien ehren / als welches ihm so angenehm sey / daß er ein solches Hauß in seinen sonderbahren Schutz nehme / und mit reichem Segen überschütte / so würde er ihnen auch den Moschiach oder Messias künfftig bringen / und demselben in seinen Geschäfften an die Hand gehen.

Jn Summa / sie ehren ihn höher / als die Catholische die Mutter Gottes / und werden ihme zu Ehren offt ein gantzen Tisch voll armer Leute speisen / und beym besten *tract*irn / doch daß sie ihm allezeit ein läre Stell lassen / weil sie glauben / er sitze alsdann mit zur Tafel / und esse und trincke sein Theil unsichtbarer Weis mit diesen armen Gästen.

Von dem Moschiach und seinem Ampt sagte mir Eraßmus / glaubten die Juden / daß er allerdings ein Weltlicher König seyn / und sie durch grosse Krafft und Göttliche Hülffe auß allen Orten der Welt / in die sie zerstreuet / wunderbarlicher Weise zusammen / und wieder in das gelobte Land bringen würde / und damit mischten sie das jenige / so den Außerwehlten im Ewigen Leben verheissen / und deß Moschiachs oder Messiæ Regierung / daß es ihnen

---

5 verzuckt] entrückt 23 beym besten] aufs beste 23 *tract*irn] bewirten

den Juden hier zeitlich / wie in einem Jrrdischen Paradeiß widerfahren werde; Gott werde / glauben sie festiglich / ihre Tode wieder aufferwecken / alle Feinde deß Volcks Jsraels außrotten und vertilgen / alle Plagen / Mühseligkeiten und Kranckheiten von ihnen seinem Volck hinweg nehmen / ihnen auß Edelgesteinen den heiligen Tempel zu Jerusalem wieder bauen / auff Form und Weis / wie ihn der Prophet Ezechiel gesehen / alsdann werde das Volck Jsrael regieren und herrschen über die gantze Welt / ihr Vermögen / Schatz und Reichthumb von einem Ende der Welt biß zum andern / GOtt werde ihnen die angebohrne Lüst / Neigung und Anreitzungen zur Sünd und allem Bösen benehmen / ja selbst bey ihnen wohnen / daß sie ihn von Angesicht zu Angesicht sehen mögen / GOtt würde ihnen ihre Lebens-Länge erstrecken / also / daß einer auß ihnen das Alter Adams oder Mathusalems erreichen werde / und welcher auß ihnen im hundertsten Jahr seines Alters abtruckte / von dem würde man sagen / er sey frühzeitig in seiner Kindheit gestorben / das gelobte Land / nachdem es zuvor von denen Unreinigkeiten / damit es die Heyden / Christen und Mahumethaner befleckt / wiederumb durchs Feuer gereinigt sey / würde weit grösser außeinander sich strecken / und tausendmal edler und fruchtbarer werden / als es jetzunder sey / in massen es hiebevor gewesen / als sich noch die 12. Stämme / die in so vielen hundert tausend Seelen bestanden / völlig darinn befunden / und sich so reichlich allda ernähret / ihr Moschiach würde Ewig regieren / und bey Antrettung seines Reichs alle Juden zu Jerusalem zu Gast halten / bey welcher Mahlzeit man den köstlichsten Wein / so im Paradeiß gewachsen / und noch in Adams Keller zu solchem Ende verwahrlich auffgehalten worden sey / trincken / und die gröste Thier / Vögel und Fische / die GOtt jemals erschaffen / schlachten werde / als den Ochsen Behemoth (Hiob am 4.) der alle Tag 1000. Berg abgewey-

---

17 abtruckte] starb 21 Mahumethaner] Mohammedaner
31 auffgehalten] aufbewahrt

det / und was er deß Tags abweyde / wachse deß Nachts wiederumb / dessen Weiblein / damit es sich nicht vermehre / und also diß Geschlecht ungeheuer groß Vieh die gantze Welt nicht verderbte / Gott erkältet und unfruchtbar gemacht / den Ochsen selbst aber *castr*irt / und also auff der Mastung vor die fromme Juden in die künfftige Zeit auffbehalte; Jtem den grausamen grossen Vogel *Bar Juchne*, welcher lauter Gebratens abgeben müssen / und so groß sey / daß ein eintzig Ey / so auß seinem Nest gefallen / 300. Ceder-Bäum zerschlagen und nider gefället / und weil es zerbrochen / 60. Dörffer überschwemmet / ersäufft und verflösset; Nicht weniger den grossen Wallfisch Leviathan (dessen Job auch gedacht) welchen Gott / damit er sich nicht vermehre / gleichfalls *castr*irt / sein Weiblein aber abgethan und eingesaltzen habe vor die Gottsförchtige Juden / die mit ihrem Moschiach wieder ins gelobte Land kommen würden.

Da ich mich nun sehr verwunderte / daß die Juden / so sonst ein gelehrtes / schlaues / spitzfündiges und verschlagenes Volck ist / so alber seyen / daß sie solche Thorheiten / und närrischen Träumen glaubten; Sagte mir Eraßmus / daß sie so wenig daran zweiffelten / daß es also mit ihrem künfftigen Messia hergehen werde / als wenig ein rechtschaffener Christ nicht glaubte / daß der wahre Messias schon kommen sey: Der so genannte güldene Aff / welches ein Spruch Levit. am Ende deß 26. Cap. also lautend: Auch so hab ich sie nicht gantz verworffen / wann sie in der Feind Land wohnen / noch sie so gar verachtet / daß sie gantz verdürben / und mein Bund solt mit ihnen nicht mehr gelten / dann ich bin der HErr ihr Gott / und will an meinen Bund gedencken / etc. Gibt ihnen hierzu einen sonderbaren / aber doch falschen Trost / dieweil derselbe Spruch oder Verheissung allbereits in der Babylonischen Gefängnus von Gott *observ*irt und erfüllt worden / und sehen die arme blinde Leut nicht / daß sie jetzunder unter dem zweyten Fluch / so Deuter. am 28. Cap.

---

4 erkältet] hier: die Zeugungskraft genommen 11 f. verflösset] weggeschwemmt 14 abgethan] getötet 32 *observ*irt] beachtet

beschrieben / leben / allwo von keinem Trost einiger Wieder-Erlösung das geringste Wort nicht gemeldet wird; Jtem lassen sie ihnen zu einem sonderbahren Trost dienen / was Esaias am End deß 60. Cap. meldet / allwo sie das jenig / was der Prophet daselbst vom Ewigen Leben vermeynet / in die Zeit ihres künfftigen Messiæ Regierung legen / wann er nemlich spricht: Jn deim Land wird man fort nicht mehr von Sünden hören / noch von Verwüstung und Verherung in deinen Marckten / sondern das Heyl wird deine Mauren einhaben / und deine Porten wird das Lob erfüllen / die Sonn wird nimmer deß Tags scheinen / noch der Mon leuchten / dann der HErr wird dein Ewiges Liecht / und dein GOtt deine Herrlichkeit seyn / deine Sonne wird nicht mehr untergehen / und dein Mon wird nicht abnehmen / dann der HERR wird dein Ewiges Liecht seyn / und deine Klagtag werden auß seyn / dein Volck werden eytel Gerechte seyn / und werden das Land ewiglich einhaben / als die Zweig meiner Pflantzung / und ein Werck meiner Hände zu meinem Preiß; Der kleinest soll zu tausenden werden / und der Jüngst zu einem sehr mächtigen Volck! Jch der HERR werd diß eylichst thun zu seiner Zeit; Da verstehen sie / der kleinest auß den Juden werde zu ihres Messiæ Zeiten zu vielem Volck werden / und wollen indessen die verblende Leut nicht sehen / daß diese Weissagung an den Jüngern und Aposteln deß HErrn Christi in kurtzer Zeit / und gleichsam in höchster Eyl erfüllet worden / da nemlich deren jeder in sehr weniger Zeit durch seine Lehr und Predigt zu einer grossen Christlichen Gemein / zu einer unzahlbaren Menge vieler 100000. Christglaubiger Menschen worden / massen der Apostel Petrus allein in der Pfingsten bey 3000. Seelen bekehrt: sie verstehen aber diese letztere Wort (welche auff Hebräisch also lauten / *Oeni Adonai Bocitto Ochysche*, das ist / das will ich / spricht der HErr / machen in einer eylenden Zeit) dahin / es werde Gott unversehens / und in höchster

9 Marckten] Marken, Grenzen 10 Porten] Pforten, Stadttore
16 eytel] lauter 23 verblende] verblendeten

Eyl / gleichsam auff der Post ihren Messiam senden / und sie in das gelobte Land / wie in ein Jrrdisch Paradeiß setzen / und diese wenige Wort halten sie weit hoͤher / als ihren guͤldenen Affen / weil sie sich einbilden / diese Verheissung und Weissagung seye noch nicht erfuͤllet / muͤsse derowegen noch nothwendig / und zwar bey ihres Moschiachs Ankunfft erfuͤllt werden.

Alle diese Lugenden und Fabelpossen faste ich so wol in mein Koͤpffgen / als wann meiner Seelen Heyl daran gelegen gewest waͤre / und ich glaube / wann ich den Catechismum noch zu lernen gehabt haͤtte / daß ich solchen nicht so bald und so fleissig begriffen / als diese Narrenpossen; Zwar sagte mir Eraßmus wol zehen mal mehr als ich hier erzehle / welches ich darumb zuruͤck lasse / nicht allein dem Leser nicht beschwerlich zu seyn / sondern auch / dieweil es zu meiner Histori eben nichts besonders taugt / das wenige aber so ich erzehlet / halte ich / muͤsse der Leser wissen / damit er meine Geschichte / und wie ich mir das ein und ander zu Nutz gemacht / auch warumb ich eins gethan / und das ander gelassen / recht außdruͤcklich verstehen moͤge.

Zum Beschluß dieses Capitels noch diß / das mich unter allen naͤrrischen Sachen am aller-Naͤrrichsten zu seyn duͤnckt / daß die Juden glauben / der grosse Ertz-Engel Michael werde / wann ihr Messias kompt / dreymal in ein groß Horn blasen / auff das erste Blasen werde der Messias / Davids Sohn / sampt dem Propheten Elia erscheinen / und sich den Kindern Jsrael offenbahren / alle Juden in der gantzen Welt wuͤrden die Stimm deß Horns hoͤren / und erkennen / daß GOtt sein Volck heimgesucht / und die vollkommene Erloͤsung vorhanden sey / auff die Christen und andere Voͤlcker werde alsdann Schrecken / Elend / Jammer und Kranckheit fallen / indessen wuͤrden die Juden ihre Lenden froͤlich guͤrten / sich auff die Bein machen / und mit Elia und dem Moschiach mit grossen Freuden nach Jerusalem *marchir*en.

---

1 auff der Post] umgehend, sehr schnell 8 Lugenden] Legenden, Lügenmärchen 14 zuruͤck lasse] übergehe 17 halte] meine

Auff das ander Blasen / welches ein sehr langer Thon seyn würde / werden sich alle Gräber zu Jerusalem öffnen / da werde GOtt alle Todte wieder lebendig machen / auch werde Messias der Sohn David / und Elias der Prophet den frommen und armen Messias *Ben Joseph* (welcher zu Rom unter dem Thor bey den Krancken und Außsätzigen sich auffgehalten / und in einem Treffen der Jsraeliten umbkommen) wieder vom Tod erwecken / da würden alle König der Völcker die Juden / so noch unter ihnen wohnen / auff ihre eygene Achseln / und hangende Wägen nehmen / und sie vollends nach Jerusalem bringen.

Und wann der Engel Michael zum drittenmal geblasen / so würde GOtt die Jsraeliten / so über dem Bach Gasan / Lachlach und Chobar / auch in den Stätten Juda wohnen / herauß führen / die ohne Zahl mit den übrigen Kindern Mose in das Paradeiß gehen würden / und wann die 10. Stämme der Jsraeliter außziehen / werde die Wolcken-Säul der Ehren und Majestät Gottes sie umbgeben / ja GOtt selbst werde vor ihnen hergehen / vor / hinder und neben ihnen würde lauter Feuer und Flamm seyn / und würde den Christen und andern Völckern auff Erden nichts übrig gelassen werden / davon sie sich erhalten möchten / daß sie leben könten.

Jch gedachte / glauben so viel 1000. Juden diese *albert*äten von ihrem künfftigen Messia / und haben sich ehemahlen ihrer so viel in Creta oder Candia seinetwegen mit den Köpffen in die Mäntel gewickelt / und von einem Felsen ins Meer gestürtzt; So wirst du noch wol einen eintzigen auß ihnen überreden können / daß er mich auff Gesundheit ihres künfftigen Messiæ bey seiner Tochter schlaffen läst.

24 *albert*äten] Narrheiten

CAP. XIV.

Elias isset zu Gast / und der Engel Uriel verkündet den Jüdischen Messiam / geschehen auch sonst grosse Wunderzeichen.

JCh lernete obengedachte Wort Esaiæ am Ende seines 60. Cap. *Oeni Adonai Bocitto Ochysche*, auff welche die Juden endlich ihren gantzen Trost setzen / mit Hebraischen Buchstaben so schön und zierlich nachmahlen / daß es die beyde Schreiber Salomonis / die Söhn *Sisæ, Elihoreph* und *Ahija* selbst nicht verbessern hätten können / hernach bekam ich etliche Blätter zart Jungfern-Pergament / das färbte ich roth / gelb / blau und grün / und richtet es zu / daß es gantz durchsichtig wie ein Glaß wurde / also / daß man nicht erkennen konte / was es vor ein Materi / ob es Horn oder Haußblasen / Pergament oder eine Talchart gewesen / worvon die Moscowitter ihre Fenster machen; Diß Himmlisch Papier schnitte ich zu kleinen Stücklein bey etlich hunderten / und schriebe obige Hebraische Wort auff deren jedes mit güldenen Buchstaben / und als ich mir auch eine Alb (ist ein lang weiß Kleid / so die Catholische Priester bey ihrem Gottesdienst brauchen) auß Schneeweissem Holländischen Leinwad / und einen Leib-Rock darüber / gleichsam wie ein Leviten-Rock / auß einem vielfärbigen güldenen Stück machen lassen / zumahlen mich nicht allein vom Eraßmo genugsam *inform*irt zu seyn befande / deß jenigen / so mir zu wissen vonnöthen / sondern auch meinen Anschlag / wie ich die Sach angehen wolte / gemacht und beschlossen hatte / da liesse ich mir zwey Blaß-Rohr aneinander schefften / und bliesse vermittelst desselbigen alle meine beschriebene Zet-

11 Jungfern-Pergament] dünnes Pergament 15 Haußblasen] Blase des Hausen, Fischblase 15 Talchart] Talgart 16 Moscowitter] Moskauer 22 Leinwad] Leinwand 23 güldenen Stück] golddurchwirkten Stoff 26 Anschlag] Plan 28 aneinander schefften] zusammenstecken

telein durch ein zerbrochenes Fenster-Glaß in die Juden-Schul / und zwar eben an einem Tag / auff welchen sie den guͤldenen Affen Levit. 26. Cap. mit froͤlicher Stimme hoͤren liessen; Mit was vor Andacht / mit was vor *respect*, mit was vor Verwunderung und inniglichen Hertzens-Freud aber diese Zettel von den Juden auffgehaben und gelesen worden / ist nicht außzusprechen / etlicher massen konte mans abnehmen / wann man sahe / wie sie vor Freuden zitterten / wann sie es lasen / wann einer dem andern ein solch Zettelein *communicir*te / oder gar verehrte; Es schiene / als wann ein jeder eine eygene Laute im Busem gehabt haͤtte / die ihn froͤlich machte / dann ein jeder hielte ohne allen Zweiffel darvor / diß waͤre ein gewisse ohnfehlbare Anzeigung vom Himmel / daß nunmehr ihr bißheriges Elend und Verstreuung ein Ende haben / und hingegen ihr Paradeisisch Leben im gelobten Land unter ihrem Moschiach (der Zweiffelsfrey allbereit vor der Thuͤr waͤre) anfahen solte; Jch schlieche etliche Taͤge nacheinander unsichtbarer Weise in unterschiedlicher Juden Haͤuser herumb / und sahe mit Verwunderung / wer diese Zettel dem aberglaubischen / albern und verblendeten Volck vor eine Freud und gewisse Hoffnung eingesteckt / wie sie deßwegen Gastereyen und Feyertaͤglich Wol-Leben anstellten / und etliche solcher Zettel auff der Post in Poln / in Jtaliam / in Teutschland / ja gar in *Asiam* zur froͤlichen Bottschafft ihrer gewissen Erloͤsung schickten.

Es haben die andaͤchtige Juden im Brauch / daß sie bißweilen vor den Propheten Eliam einen Tisch in ihren Haͤusern decken / denselben mit eingeladenen armen Leuten besetzen / die vornehmste Stell aber vor gedachten Propheten Eliam frey und ledig lassen / festiglich glaubend / daß er bey solcher Gasterey / wiewol unsichtbar / gegenwaͤrtig sey / daß er alsdann auch selbst mit esse und trincke / etc. Solches

6 auffgehaben] aufgehoben 10 *communicir*te] vorlas, mitteilte 14 Elend] Exil 14 f. Verstreuung] Zerstreuung 17 anfahen] anfangen 22 eingesteckt] eingeflößt 24 in] nach

übeten nun die Juden nach diesen außgestreuten Zetteln vielmehr als zuvor / weil sie glauben / Elias würde vor: oder doch mit dem Messia erscheinen; Sintemal mir nun der erste Paß so wol gerathen / und ich eben in Eliezers Hauß war / meine Augen in der Esther holdseligem Angesich zu weyden / als er eine solche Mahlzeitt angestellt / da wagte ichs / und setzte mich an deß Eliæ Stell zu Tisch / hiebe auch / gleich andern Gästen / so dapffer drauff / daß jeder Anwesende / auch Eliezer selbst / der damals Persöhnlich vorm Tisch auffwartete / sehen konte / was massen die Speisen auß den Schüsseln auff meinen Teller wanderten / und sich von demselben nach und nach verluhren / wie mein *portion* Brod abnam / und sich die Becher leerten / welches alles mit höchster Verwunderung beobachtet / und mit noch grösserer Freud und Zufriedenheit deß Eliezers an- und auffgenommen wurde / also / daß er mir nicht nur gemeinen Frantz- und Teutschen / sondern gar von Spanischen und Canari-Wein einschencken thät.

Da mir nun dieses auch solcher Gestalt gelungen / wurde ich so treist und kühn / daß ich mich auch in anderer reichen Juden Häusern nicht allein bey solchen Eliæ-Gastereyen / sondern auch gar bey den Beschneidungen an deß Eliæ statt einstellete / welches grosse / und zuvor gleichsam unerhörte Wunder bald bey allen Juden daselbsten und anderwärts in der Nähe erschollen / also daß ich wol gedencken konte / es wäre nunmehr Zeit / zum vorhabenden Werck selbst zu schreiten / und meinen Anschlag unverlängt vollends ins Werck zu setzen.

Jch liesse mir ein Jnstrument durch den Dreyer verfertigen / allerdings wie eine Haber-Gaiß / damit die junge Knaben kurtzweilen / nur daß der Stil oder Fuß hol war wie eine Pfeiffe / und an statt deß viereckigten Brumel-Lochs in der Seiten hatte ich oben ein rundes Loch / das ich auff- und

4 Paß] Possen, Streich 12 verluhren] verschwanden 20 treist] dreist 27 unverlängt] unverzüglich 29 Dreyer] Drechsler 30 Haber-Gaiß] Brummkreisel 32 Brumel-Lochs] Stimmlochs

zuschrauben konte / dieses füllete ich inwendig mit Baumwoll / angefeuchtet mit dem allerköstlichsten Jndianischen Balsam und *Liquidambar*, und dick untermischt mit Bisam / Ambra / Zibeth / und den aller-kostbarlichsten Aromatis von Blumen / Kräutern / Wurtzeln / Gummi und Früchten / also / wann ich das Loch auff dem Haupt auffschraubte / und unden zum Fuß hinein / und dergestalt dardurch bliesse / daß ich in einem Augenblick ein jedes Zimmer mit dem allerlieblichsten Geruch / den ein Mensch je geschmäckt / erfüllen konte / diesen Bisam-Knopff nahm ich / sampt meiner Unsichtbarkeit zu mir / nachdem ich zuvor mich in meine Alb und gülden Stück gekleidet / mit einer Goldgelben krausen Barücke von 100. Thalern werth / und einem grünen Krantz mit Klenodien oben darauff oder darumb außgeziert / auch im Angesicht mit bequemen Farben bemahlet hatte / und gieng also gebutzt gegen Abend in Eliezers Behausung; Ja ich versteckte mich so gar in seine Schlaff-Kammer (die er vielleicht / wegen verhoffender Ankunfft Eliæ und deß Messiæ mit Tapezereyen und köstlichen Umbhängen umb seine Bettstatt auffs scheinbarlichste gezieret / und mit einem die gantze Nacht durchgehend brennendem Wachs-Liecht versehen hatte) mit höchstem Verlangen erwartend / biß er schlaffen gangen / und im ersten Schlaff begriffen seyn würde.

Als ich nun solche erwünschte Zeit erlebt / tratte ich sichtbarlicher Weise in meinem ungewöhnlichen Habit / in meiner frembden seltzamen Gestalt und entlehnten Schönheit hervor / stellte mich vor Eliezers Bett / und weckte ihn gar säuberlich auß dem Schlaff / dein Hertz / sagte ich / Eliezer erschrecke nicht / und dein Gemüth lasse von aller unnöthigen Forcht entfernet seyn / dann siehe / ich bin der Engel Uriel / der vor dem Angesicht deß HErrn stehet / vom

3 *Liquidambar*] Flüssigamber 10 Bisam-Knopff] Duftspender
13 Barücke] Perücke 19 Tapezereyen] Wandteppichen
20 scheinbarlichste] prächtigste, glänzendste 26 Habit] Kleidung
29 säuberlich] hübsch

König der Könige und seinem Propheten Elias / dem du all dein Lebenlang in der Forcht deß HErrn gedienet hast / abgeordnet / dir die aller-frölichste Bottschafft von Erlösung deß Außerwehlten Volcks Jsraels zu bringen / wornach das Hauß Jacobs schon so lange Zeit geseufftzet / dann du bist der Zweig auß der Wurtzel Jesse entsprossen / herstammend auß Juda / von dessen Geblüt gebohren werden soll der Moschiach / der heilige Erlöser und Widerbringer seines Volcks auß der Zerstreuung in das gelobte Land / worinn Milch und Honig fleust; Als ich hierauff ein wenig pausirte / Eliezer aber sich ein wenig erkobert / und den Schlaff auß den Augen gewischt hatte / sagte er / dem Herrn ist zwar alles möglich / aber wie wird diß geschehen können / dann meine Sara alt / und zum Kinder zeugen undüchtig worden ist? Jch antwortet / es ist deß HErrn Will / und von ihm also geordnet / daß nicht von dir und von deiner Sara / sondern von deiner Tochter Esther Messias geboren / und von ihr vom Propheten Elias empfangen werden soll / siehe / Gott hat sie deßwegen so mit Tugenden / Frommkeit / und seltener Schönheit begabt / daß sie würdig seye / eine Gemahlin eines so grossen heiligen und wunderbarlichen Propheten / und zugleich auch eine Mutter eures so lang erwarteten Moschiachs zu seyn / Elias hat den Samen Davids zum Moschiach / seyt desselben Königs Lebzeiten im Paradeiß bisher verwahret / solchen deiner Tochter Esther den dritten Tag dieses auff heint eingestandenen Monats Elul (ist der Septembr.) beyzubringen / auff welchen Tag er sich seiner Gewohnheit nach unsichtbarlich in ihrer Schlaffkammer einfinden / und das Werck verrichten wird / wornach das Hauß Jacobs schon so viel hundert Jahr verlangt / und diß ists / das geschrieben stehet / Elias werde vor dem Moschiach erscheinen / derowegen sehe dahin / und sey bedacht / daß sich deine Tochter gegen ihm willig einstelle / du selbst aber wirst ihn die Zeit über / so lang er sich bey ihr

---

10 fleust] fließt 11 erkobert] erholt 26 heint] heute, heute nacht?

auffhalten wird / zu *tract*irn wissen / wie einem so heiligen Propheten gebührt / in aller Maß du ihn auch bereits unter den Armen vielmal *tract*irt hast; Hiervon wirstu diese Belohn- und Ergötzung haben / daß du gleich nach deß Messiæ deines Enckleins Geburt / gleich dem *Phœnix* oder Adler verjüngert / nachmahlen ohne Mangel und Kranckheit im gelobten Land das Neunhundert und Dreyssigste Jahr weit überleben / vom Moschiach zu einem grossen Fürsten des Volcks gemacht werden / und aller deiner und deß Volcks Jsraels Feinden Untergang und Verderben / deine und der deinen Hochheit aber mit Lust sehen wirst.

Eliezer war zimlich *curiôs* und vorwitzig / wolte derowegen auch einige *Particularit*äten wissen / wie es mit Einnehmung deß gelobten Lands hergehen möchte? Muste ihm derowegen in der geschwinde mehr daher lügen / wolte ich anderst meinen *Credit* bey ihm nicht verlieren / und zwar solche Sachen / die er gern höret / und die von allen Juden gewünscht werden; Sagte demnach zu ihm / es werde sich hier in dem Land / worinn Moschiach geboren würde / ein Krieg anfahen / und die gantze Welt anstecken und durchgehen; Franckreich werde wider Holland / der Römisch Käiser / Hispanien und Holland wider Franckreich / Schweden und Dennemarck widereinander / die Polen wider die Türcken / der Türck wider die Persianer / der Moscowitter wider die Tartern / und in Summa / je ein Volck wider das ander in der gantzen Welt kriegen / und sich solcher Gestalt gegeneinander abmatten / außmergeln und auffreiben / worzu auch Kranckheiten und Hungersnoth / deß Kriegs Nachfolger getreulich helffen würden / daß das Volck Jsrael / die indessen sich gewaltig vermehren / und von GOtt bewahret und gesegnet würden / sie gar leichtlich / und zwar gleichsam ohne alle Schwerdschläge überwinden /

2 in aller Maß] in derselben Weise 11 Hochheit] Erhöhung 12 *curiôs*] neugierig 13 *Particularit*äten] Einzelheiten 13 f. Einnehmung] Einnahme, Eroberung 16 *Credit*] Glaubwürdigkeit 22 Hispanien] Spanien

und zu Sclaven machen könten / allermassen sie den Völckern in der gantzen Welt all ihr Gold und Silber / ihre Klenodien und Edelgestein / ihre beste Haab und Güter von beweglichem Vermögen / als da seyen Haußrath / Kauffmanns-Wahren und dergleichen hinweg nehmen / und mit sich in das gelobte Land führen lassen würden; darauff beschlosse ich meine Auffschneiderey / und sagte dem Eliezer / es gezieme ihm vor dißmal hiervon mehrers nit zu wissen / er aber antwortet / deß HErrn Will geschehe in Erhöhung Jsraels / und dein Wort werde über sein Volck bestätigt.

Hierauff machte ich mich in einem Augenblick wieder unsichtbar / bliese gegen dem Eliezer durch meinen *Poma d'amber*, und machte dardurch einen solchen starcken und lieblichen Geruch im gantzen Zimmer / daß der arme Schelm vor Freuden vermeynte / er wäre schon halber im Paradeiß / und diß war das rechte Sigill / so meine vorgebrachte Lügen vor eine Warheit bestättigte / dann gleich wie Eliezer etwan gehöret und gelesen haben mag / daß die böse Geister nach ihrer Erscheinung einen garstigen Höllischen Gestanck hinder sich lassen / also glaubte er gewiß und festiglich / daß hingegen die gute Engel mit Hinderlassung eines Paradisischen Geruchs abscheiden / und derowegen könte ich kein böser Engel oder falsche Erscheinung / sondern ich müste ein guter Geist seyn / als dessen Verkündigung auch so wol mit denen neulich gefundenen Zetteln in ihrer *Synagog* überein stimmete; Es ist nicht außzusprechen / was er diesem nach vor eine innigliche Hertzens-Freud bezeugte / und zwar warumb das nicht? Er sahe sich einen Großvatter deß Messiæ / und nach demselben war er in seiner Einbildung schon der gröste Fürst in der Welt / er war eines tausend-Jährigen Alters versichert worden / welches er / wie in einem Schlauraffen-Land / ohne alle Mühseligkeit zu beleben vermeynte / und nach demselbigen komme er ohne das /

---

7 Auffschneiderey] Lügengeschichten 12 f. *Poma d'amber*] Ambergefäß in Apfelform 15 halber] halbwegs 16 Sigill] Siegel 32 Schlauraffen-Land] Schlaraffenland

und zwar ohn allen Anstoß / und nicht wie eine Kuhe ins Maußloch / sicherlich gar ins Paradeiß / er konte nicht warten / biß es Tag wurde / seiner Tochter diese fröliche Zeitung zu erkundigen / sie muste es noch dieselbe Nacht wissen / was der Engel Uriel (hätte schier gesagt / ihr Liebhabender Herr Urian) mit ihm geredet; sie nam auch die angenehme Bottschafft mit höchsten Freuden an / und liesse ihr deren Warheit durch den lieblichen Geruch bestättigen / den sie in ihres Vattern Schlaffkammer schmäckte / ich ihr aber umb noch viel mehrers verdoppelte.

Hier bedencke nun ein jedweders rechtschaffenes Christlich Gemüth / in was vor eine Seelen-Gefahr mich meine Viehische Begierden geleitet! oder besser zu sagen / auff was vor einen richtigen Weg zur ewigen unfehlbaren Verdammnus mich der leidige Sathanas geführt / als welcher ohne Zweifel von dem Tag an / da ich das erste mal durch den Schwartz-Künstler mich seiner Hülffe bedienet / einen grössern Gewalt über mich erhalten / als er zuvor gehabt / massen er damahls auß gemachter Kundschafft / und umb geleister Dienste willen einen An- und Zuspruch an mich bekommen / dessen ich zuvor allerdings frey und überhoben gewesen / umb wessentwillen er mich dann desto mächtiger zu den Sünden und allergreulichsten Lastern anwehen und treiben mögen; Es scheinet zwar nur ein Kurtzweil und artlicher Spaß zu seyn / daß ich beydes / den stoltzen Juden und Ertzfeind / so wol unsers HErrn Christi / als seiner Kirchen / oder deß gantzen Christlichen Volcks / und dessen Tochter umb ihre Keuschheit so Meisterlich betrogen / aber ach Nein / mein auffrichtige fromme Christliche Seele / es steckt weit mehr unverantwortlichers darhinder / als man im ersten Anblick siehet: dann Erstlich habe ich dem Teufel selbst nachgeöhmet / der sich in einen Engel deß Liechts verstellet / die Menschen zu betrügen! Jch habe in eines solchen

3 f. Zeitung] Neuigkeit, Botschaft 4 zu erkundigen] kundzutun
19 f. geleister] geleisteter 24 artlicher] ausgeklügelter
32 nachgeöhmet] nachgeahmt

Engels Gestalt nicht allein auff den heiligen Propheten Eliam / dem ich auff Ketzerische Art und Weise die allergreulichste Laster / so er begehen wuͤrde / zugedichtet / sondern auch auff den gerechten und getreuen GOtt selbst gelogen; Mit solchen grausamen und Gottslaͤsterlichen Luͤgen habe ich die armselige und verblendte Juden in ihrer erbaͤrmlichen Jrrsal / so viel an mir gewesen / gestaͤrckt / verstockter und Halsstarriger gemacht / die doch GOtt selbst zur Bekehrung anlockt / ihnen seine Erbarmung Vaͤtterlich anerbeut / und sie / wann sie sich bekehren / mehr als willig und gern in den Schoß seiner Kirchen auffnehmen wolte / damit sie sampt allen Außerwehlten die ewige Seligkeit besitzen moͤchten; Jch hab sie hingegen mit meinen Luͤgen / und eingesteckter falschen Hoffnung dermassen verpantzert und gewaffnet / daß / wann gleich damahlen ein *Extraordinari* Goͤttlicher Gnadenstral zu ihrer Erleuchtung auff sie loß gangen waͤre / solcher dannoch nicht oder doch gar schwerlich an ihnen haͤtte hafften moͤgen; Jch habe die jenige aͤrger und schlimmer gemacht / auff deren Bekehrung ich billicher bedacht haͤtte seyn sollen; Wehe aber dem Menschen / durch welchen Aergernuß kompt / spricht der Erloͤser / und solches alles habe ich gethan zu einem boͤsen Ende / nemlich umb eines schnoͤden kurtzen Wollusts willen / der die Seele von Gott abscheidet / und in den ewigen Tod / in die ewige Verdammnus setzet; Was aber das aller-aͤrgste / ist diß / daß ich hierdurch das allerhoͤchste Gut / meinen getreuen Gott beleidigt / mich darmit vor seinen Feind erklaͤrt / und deß Ewigen Lebens verlustigt gemacht / meine arme Seele auff ein neues grausamlich getoͤdet / und mich viel naͤher auff die lincke Hand / auff die Seite deß Teufels und seines Anhangs begeben / als ich zuvor gewesen; O wie offt irrren wir elende Menschen / wann wir uns selbst Fuchsschwaͤntzen / unsere schwere Faͤll leicht machen / solche vor geringe Gebrechen / ja wol gar vor keine Suͤnd halten / indessen aber nicht ge-

9 f. anerbeut] anbietet 15 f. *Extraordinari*] außergewöhnlicher
24 abscheidet] trennt 32 Fuchsschwaͤntzen] schmeicheln

wahr werden / daß wir uns selbst betrügen / und in solcher unserer eygenen Liebkosung und Verblendung gantz unvermerckt im abscheulichsten Schlamm der aller-grausamsten Laster in der Höllen Abgrund versincken.

CAP. XV.

Moschiach wird von Elias gezettelt / von der Esther außgewebt / und endlich von den grossen Bergen nur eine kleine lächerliche Mauß geboren.

ALs ich nun oberzehlter massen den Eliezer und seine Tochter veranlaßt / mich auch selbst darauff spitzt und freute / daß den 3. Monats-Tag Elul der Elias erscheinen / oder vielmehr mein Verlangen und Begierde gesättigt werden solte / wolte ich gleichwol nicht recht trauen / sondern besorgte mich vor Jüdischer List / und daß sie vielleicht nicht recht glauben und trauen / sondern wann ich meine vorhabende Arbeit beginnen wolte / mich etwan auffopffern möchten / derowegen schliche ich den Tag zuvor in Eliezers Behausung herumber / zu sehen / wie sie sich anliessen / ob sie dem künfftigen Eliæ ein Braut-Bett / oder ein Toden-Grub bereiteten? und fande / daß diß elende Volck betrogen seyn wolte / auff daß erfüllet würde die Weissagung deß Munds der Warheit / wann er spricht beym Evangelisten Johanne Cap. 5. Jch bin kommen in meines Vatters Namen / und ihr habt mich nicht angenommen / so ein anderer kommen wird in seinem eygenen Namen / den werdet ihr annehmen / und weh dem / der in seiner Verstockung also / wie die verblendte Juden / ohne Mittheilung erleuchtender Gnadenblick / von GOtt verlassen wird / daß er ohne Bekehrung in seiner Unbußfertigkeit verharre; Wer solte immermehr vermeynen / daß gelehrte Rabiner sich überreden liessen / dem H. Propheten Eliæ zuzutrauen / daß er Unkeuschheit pfle-

6 gezettelt] Hier: in die Wege geleitet 6 f. außgewebt] Hier: zustandegebracht

gen / und durch Suͤnd / und Gott mißfaͤllige Laster den verheissenen Heyland / dem sie naͤchst GOtt die hoͤchste Heiligkeit zutrauen / erzeugen werde / aber solche Leut / die nur auff die zeitliche Wolfarth / und was dem Fleisch wol thut / gedencken / die koͤnnen ihnen auch keinen andern als fleischlichen Heiligen einbilden / sie haben allbereit bey 19. falscher Messias und Verfuͤhrer gehabt / und werden ins kuͤnfftig nit auffhoͤren in ihrer Blindheit und Verstossung noch mehrern ihres gleichen zu glauben / biß sie nach und nach entweder abgehen / oder sich hie / da und dort / der ein und ander einzelig bekehret / also / daß am kuͤnfftigen grossen Tag deß HErrn wenig mehr von ihrer grossen Menge / die ehemal unzehlbar gewest / uͤbrig seyn werden / massen allein unterm Kaͤiser *Ælio Hadriano* vom Jahr 131. biß *Anno* 137. nach Christi Geburt umb ihres Verfuͤhrers *Barchochetæ* willen (welches einen Stern-Sohn heisset) viel hundert tausend Juden / Weiber und Kinder umbkommen / *Rabba Bereschits Rabba fol. 74.* schreibet / es seyen damals allein in der Statt *Bethera*, so sie bitter nennen / achtmal hundert tausend Menschen drauff gangen / darumb sprach *Rabba Juda Echa Rabthi fol. 71.* Man soll diesen Menschen hinfort nicht mehr Barkochba / ein Stern-Kind / sondern Barkostba / das ist / ein Luͤgen-Kind nennen / wie solches Christian Gerson von Recklinghusen / ein gebohrner Jud / und getauffter Widergeborner Christ in der Widerlegung deß Juͤdischen Talmuds *lib. 2. Cap. 9.* erzehlet / da er noch vieler solcher falschen Juden Messias gedencket.

Aber hiervon ferners zu reden / will ich vor dißmal andern uͤberlassen / und allein meine Histori erzehlen / welche deß Jnhalts ist / daß Eliezer seiner Tochter Esther Schlaffkammer nicht allein mit Bettwerck / Sesseln / Kuͤssen und andern Zierden dermassen außgeruͤstet / als wann ein Koͤniglicher Printz dort haͤtte *logir*en sollen / sondern er versahe auch seine Kuche mit den aller*delicat*esten Speisen / und an

11 einzelig] vereinzelt 31 Kuͤssen] Kissen 33 *logir*en] wohnen 34 Kuche] Küche

allerhand *Confect* befande sich ein Uberfluß / damit ja Elias wol *tract*irt und verpflegt werden / und also sein Geschaͤfft mit seinem desto groͤsserm *Contentement* verrichtet werden moͤchte.

Jch hatte mir ein rauhes Haarigs Kleid / sampt einem ledernen Guͤrtel zugerichtet / damit meine Esther / wann sie mich in solcher Beschaffenheit fuͤhlete / desto weniger an deß Eliæ Person zu zweifeln haͤtte / und als ich deß Eliezers / seines Weibs und seiner Tochter bereitfertige Gutwilligkeit / nicht weniger auch gesehen / wie fleissig sie die gantze Zeit uͤber / seit sie die Bottschafft vom Engel Uriel empfangen / an der Tochter geschmuͤckt / geschminckt und auffgebutzt / zog ich solchen Elianischen Habit an / nam meinen Bisam-Knopff mit mir / macht mich unsichtbar / und fande mich auff die veranlaßte Zeit in der Esther Zimmer / worinn ich meine Gegenwart / gleich durch den gewoͤhnlichen Geruch (den beydes Tochter / Vatter und Mutter schon zuvor in Eliezers Schlaffkammer geschmaͤckt) und durch ein sanfftes Geraͤusch zu erkennen gab / darauff Vatter und Mutter / sampt der Esther Dienerin abwichen / und uns allein liessen / sie war nur in ein zartes Hembd / und in einen Damastenen Schlaff-Beltz / durchauß mit Mardern gefuͤdert / angekleidet / ihre Arm und der Hals waren mit Zahl Perlen geziert / und der Kopff allerdings gezoͤpfft und auffgebendelt / wie bey den Juden-Braͤuten der Brauch ist / der Tisch war mit allerhand *Confect* uͤberstellt / darbey auch grosse uͤberguldte Pocal mit Canari und Spanischem Wein gefuͤllt / nicht mangleten / das Bett aber war mit Seidenen Umbhaͤngen / mit einer mit Gold und Perlen gestickten Seidenen Decke / mit dem aller-gelindesten Gefuͤder / und was Leinen seyn solte / mit dem allerzartesten Hollaͤndischem Leinwad

3 *Contentement*] Zufriedenheit 12 auffgebutzt] herausgeputzt 13 Habit] Gewand 20 abwichen] sich entfernten 22 gefuͤdert] gefüttert 24 f. gezoͤpfft und auffgebendelt] das Haar zu Zöpfen geflochten und aufgebunden 27 uͤberguldte] vergoldete 30 Gefuͤder] Futter

an Küssen und Leylachen dermassen kostbarlich außgerüstet und geziert / daß es gut / und Majestätisch genug gewest wäre / wann gleich der Türckisch Käiser / oder der Persisch Schach selbst seinen Sitz und Tummelplatz darauff hätte haben sollen.

Weil ich dann nun mit der Sprach so artlich Jüdeln und parlaren konte / daß du selbst / wann du mich reden hören / einem Läuffer-Botten seinen Spieß entzwey geschworen hättest / ich wäre ein Portugiesischer / aber zu Amsterdam geborner Jud gewesen; Siehe / so thät ich das Maul gegen der Esther auff (aber doch machte ichs nicht so laut / daß mans vor der Thür hätte hören und verstehen können) und log ihr so einen Hauffen guts daher (wann man anders die Lügen gut heissen dörffte) daß ihr das Hertz im Leib vor Freuden auffhupffte! nemlich brachte ich ihr erstlich einen Gruß auß dem Paradeiß von allen Patriarchen und Propheten deß Alten Testaments mit vieler Glückwünschung / neben der Bottschafft vom König der Welt (dann also pflegen die Juden Gott zu nennen / wann sie am aller andächtigsten seyn / ob gleich wir Christen nach dem Exempel unsers Erlösers / den bösen Geist einen Fürsten dieser Welt titulieren) daß sie den Moschiach von mir empfahen und gebären solte / dessen sich das gantze Himmlische Heer erfreute; worbey ein jedes Gottselig Gemüth betrachten kan / wie gar außgelassen / Gottlos- und leichtfertiger Weise die jenige / so einmal angefangen in dem wüsten Unrath und Schlamm der Sünden fortzuwatten / mit dem Himmel selbst / und seinen heiligen Einwohnern zu schertzen pflegen / worbey solche Gottsvergessene gleichwol die Grösse und Abscheulichkeit ihrer begehenden Sünd / ohn Zweifel auß Verblendung deß bösen Feinds / dannoch weder mercken / achten noch betrachten; Meine Esther nam alles viel bekandter und vor warhafftiger an / als ehemalen ihre Vor-Eltern die Warheit / so ihnen die

1 Leylachen] Leinenlaken 4 Schach] Schah, Kaiser
6 artlich] geschickt 7 parlaren] sprechen 22 empfahen] empfangen

Propheten / oder das H. Evangelium / so ihnen Christus selbst / und seine Apostel verkündiget; Sie sagte / vollbringe an mir / was dir der HErr befohlen hat / und dauchte sich schon in ihrem Sinn / neben ihrem künfftigen Sohn zu Jerusalem eine großmächtige Käiserin über die gantze Welt zu seyn.

Es beichtet einsmals ein Welscher unter andern auch diese *Formalia*: Bin ich auch auff das Kürbe mit die Leyrere lustig gesin! Was mehr? fragte der Beichtvatter: Hab ich auch mit ihm auff das Hew der gantze Nacht geschlaff! Was weiters? fragte der Beichtvatter ferners; Ehe / antwortet der Welsche / der übrig könt ihr ja wol selbst merck; also will ichs hier auch mit meiner Erzehlung machen; die Esther war willig / ich war von Begierden hitzig / das Bett war gedeckt / die Gelegenheit war vorhanden / die Abend-Demmerung war da / also / daß auch ein Schaf mercken kan / was wir weiters miteinander begiengen; Was soll ich dann ein langs und breits darvon erzehlen? Jch hatte halt ein süsse annehmliche Nacht / und gedachte am wenigsten daran / daß so eine kurtze schnöde Wollust die ewige Verdammnus nach sich schleppte / welches / wann ich mir solches / meiner Schuldigkeit nach / zu bedencken belieben lassen / mir solche wol verbittern / oder wol gar verleyden können.

Als ich mich nun die Nacht durch genugsam abgeramlet / gab ich der Esther zu vernehmen / da es Tag worden / daß ich nothwendig denselben Tag bey etlichen Beschneidungen gegenwärtig seyn müste / ich würde mich aber auff den Abend wieder bey ihr einstellen / erlabte mich darauff mit etwas von *Confect*, und einem Trunck Spanischen Wein / schiede bey ereygnender Gelegenheit / mit Hinderlassung deß gewöhnlichen guten Geruchs von dannen / daheim außzuschlaffen / solches triebe ich etlich Täg und Nächte nacheinander / biß ich deß Handels müd / satt und überdrüssig /

3 dauchte] deuchte, dünkte 8 *Formalia*] Hier: Formeln gemäß Beichtspiegel 8 Kürbe] Kirmes 8 Leyrere] Leierspielerin 9 gesin] gewesen 12 merck] merken

die gute Esther aber / wie durch solche Geschaͤfft zu geschehen pflegt / geschickt war / und demnach wir den letzten Morgen voneinander schieden / hinderliesse eines dem andern einen koͤstlichen Ring zur Gedaͤchtnus.

Nach diesem dunckte sich Esther warhafftig keine Sau seyn / und nicht allein sie / sondern auch ihre Eltern prangten mit dem Heyl / das ihnen wiederfahren / als aber das Geruͤchte von ihrer seltzamen Schwaͤngerung unter den Juden erschollen / hielten sie es zwar vor den Christen heimlich / damit ihrer Frucht (und gesamter Juͤdischer Zucht) welche ins kuͤnfftig / wie sie glaubten / das Christenthumb zerstoͤren wuͤrde / keine Ungelegenheit zuwachsen / oder vielleicht ein Herodianisch Stuͤcklein gespielt werden koͤnte / sie selbst aber freuten sich untereinander hoͤchlich / *gloriert*en mit ihrem Glauben / wuͤnschten einander Gluͤck auff die Raͤis ins gelobte Land / luden einander zu Gast / sandten einander Geschenck / und ehrten die Esther so hoch als eine Goͤttin; der getauffte Eraßmus bekam von seinem alten vertrauten Bekandten auch Wind hiervon / welches ihn in seinem angenommenen Christenthumb fast wanckelmuͤthig machte / worvon ich aber in naͤchstfolgendem Capitel reden werde.

Je mehr sich nun der Juden Jubel mehrete / je naͤher ruckte die Zeit herbey / daß Esther ihnen ihren Heyland gebaͤren / und also ihre Freud gantz vollkommen machen solte / bißher war ihrer wie einer Fuͤrstin gepflegt worden / jetzt hatte man wie auff eine Koͤnigliche Kindbett zugerichtet / massen nicht nur allein die erfahrne Juden-Weiber / so mehr darbey gewesen / sondern auch die aller-vornehmste und reichste Juden der Statt / und die allergelehrteste Rabbiner der *Synagog* sich zu ihrer Niderkunfft einfanden / ihren neugebornen Erloͤser / den sie in Mutterleib schon angebetet / auch jetzo bey der ersten Athemschnappung zu kuͤssen / und ihn mit herrlichen *Præsenten* zu verehren; Jch hatte die

2 geschickt] schwanger 14 *gloriert*en] prahlten 34 *Præsenten*] Geschenken

Tröpffin überredet / sie würde allerdings ohne Schmertzen gebären / aber siehe / da es jetzo an dem war / fienge sie an zu wintzeln wie andere Weiber / und als sie ihrer Bürde entbunden worden / fande sich (ach *Adonay*! welches leyder das allerschlimmste vor die Juden war) an statt deß Messiæ nur ein Töchterlein.

Da kriegten die Anwesende erst lange Nasen / und henckten die Schnäbel allerdings biß auff den Boden / noch dennoch waren die Allergelehrteste unter ihnen so närrisch / so blind / und so verpicht auff deß Messiæ Ankunfft / daß sie mit nichten glauben konten / was sie mit ihren eygenen Augen sahen / sondern sie sagten und über*disputirt*en auch die andere / solches zu glauben / es wäre in der Welt gar nichts neus / daß Weibliche Bilder geboren worden / die sich hernach / wann sie Mannbar gewesen / erst in Mannsbilder verändert / wurde demnach beschlossen / daß man diese Creatur / ob gleich nicht wegen seltzamer Geburt / doch wegen der wunderbarlichen Empfängnus herrlich aufferziehen solte; wer wissen könte / sagten sie / was Gott damit vermeynte / daß er das Mannlich Glied bey dieser Geburt verborgen / vielleicht müste es allererst im dreyzehenden Jahr seines Alters beschnitten werden / oder / wer wolts wissen können? vielleicht möchten die Goim solche Geburt erfahren / und ihren Moschiach in zarter Jugend zu tödten suchen / ehe er Wunderwerck zu thun / und das Hauß Jsrael zusammen zu bringen / und ins gelobte Land zu führen vermöchte / welcher alsdann aber unter der Gestalt eines Weibs-Bildes vor solchem ihrem Beginnen wol versichert / und genugsam verborgen seyn würde / man müste derowegen nur Gott walten lassen / der vielleicht sie hiermit versucht / und ihren festen Glauben und beharrliche Beständigkeit dardurch *probir*te / gleich wie er ihrem Vatter Abraham auch gethan hätte.

---

3 wintzeln] winseln, stöhnen 4 *Adonay*] (Hebr.) Herr, Gott
10 verpicht] erpicht, versessen 12 über*disputirt*en] überschrien
14 Weibliche Bilder] Weibsbilder 23 Goim] (Hebr.) Nichtjuden
32 *probir*te] auf die Probe stellte

CAP. XVI.

Wie sich Eraßmus verhielte / und wie er auß seinen Anfechtungen erloͤst wurde.

JCh bildete mir ein / nunmehr das Hertz Eraßmi so wol durch freundliche Beywohnung und taͤgliche *Conversation*, als meine Freygebigkeit / die ich gegen ihme immerhin verspuͤren liesse / dergestalt gewonnen / und gegen mir zur Vertraulichkeit angereitzt / oder wol gar verbunden zu haben / daß ich viel verwetten doͤrffen / er haͤtte mir all sein Anligen vertraut und offenbahrt / massen er auch in vielen Stuͤcken thaͤt / aber nachdem der gute Mensch von einigen seiner alten Bekandten auß der *Synagog* benachrichtiget worden / was das außerwehlte Volck Jsrael vor gewisse Nachricht und sichern Trost wegen ehister Ankunfft ihres Messiæ (durch die Zettel nemlich / so ich ohne sein Wissen außgestreuet) vom Himmel empfangen / wurde er zwar mit grosser Traurigkeit hefftig angefochten / umb willen er eben kurtz vor der Zeit / in deren sich der Juden Elend enden / und ihre hoͤchste Gluͤckseligkeit anfahen solte / von ihnen abtruͤnnig worden / er sagte mir aber drumb sein schweres Anligen nicht / sondern beflisse sich / solches vielmehr vor mir zu verbergen / so gut er konte / ohnangesehen ich nun auß seiner so gaͤhen Veraͤnderung / und den vielen Seufftzen / die er wider seine vorige Gewohnheit und lustigen Humor so haͤuffig fliehen liesse / leicht merckte / wo ihn der Schuch trucken moͤchte / so liesse ich ihn doch in seiner Qual stecken / biß er auch Zeitung kriegte / was Elias vor Wunder gethan / und daß Eliezers Tochter Esther allbereits gewißlich mit dem Messias schwanger gienge / auch deßwegen gantz bestuͤrtzt / und in seinem angenommenen Christenthumb gar wanckelmuͤtig wurde / da bedauchte michs Zeit /

---

17 umb willen] weil 19 anfahen] anfangen 23 gaͤhen] jähen 25 fliehen] fahren 26 trucken] drücken 27 Zeitung] Nachricht

und eine höchste Nothwendigkeit zu seyn / dieses neuen Christen Seele / welche durch meine angestellte Schelmerey zum Fall und Untergang untergraben worden / zu unterstützen / massen ich seine gewisse Wieder-Umbsattlung / die er im Sinn habe / hierauß argwohnte / daß er eine schöne Gelegenheit seinem Verlangen nach in Ost-Jndien zu schiffen / sampt einer *profitabl*en *Condition*, so ihm angebotten wurde / nicht annahm.

Neben dem war er auch gar kaltsinnig worden / mir / wie ehebevor / so viel von der Juden Jrrsal und Fehlern in ihrer Religion zu erzehlen / welches mich auch keine geringe Anzeigung zu seyn bedunckte / daß er nicht mehr wie hiebevor beschaffen seyn müste; Damit ich nun mit guter Manier an ihn kommen möchte / ihn auff einen andern Laun zu bringen / fienge ich einsmals an / mit ihm von ihrem falschen Messia *Sabatai Sevi*, und seinem Propheten Nathan / welche sich Anno 1666. hervor gethan / zusprachen / und endlich zu sagen / wann ich seiner Verschwigenheit versichert wäre / so wolte ich ihm ein artlichs Stücklein erzehlen / auff was Weis ich erst neulich die Juden geäfft; Als er nun schwur reinen Mund zu halten / sagte ich ihme die gantze Histori von den Zetteln die ich gemacht / und in die Juden-Schul geblasen / da ers aber schwerlich glauben wolte / wiese ich ihm auch die Abschrödtlein vom Pergament / und etliche Exemplaria der Zettel selbsten / die mir im schreiben nicht zierlich genug gerathen / sampt dem langen Blaß-Rohr / so ich hierzu gebraucht; Er verwundert sich drüber / und antwortet / diß wäre wol etwas / aber gegen dem jenigen / so er von dergleichen Sach neues wüste / (welches ihm nun eine Zeithero seltzame Gedancken gemacht) und mir *communiciren* könte / wann ich gleichfalls schweigen wolte / wäre es ein gar geringes; Jch versichert ihn nicht weniger / als er mich auffrichtiger Verschwigenheit / und er sagte mir dar-

6 in] nach 7 *profitabl*en *Condition*] einträglichen Stelle
19 artlichs] iron.: feines 24 Abschrödtlein] Verschnitt, Abfall, Reste 30 Zeithero] zeitlang 30 f. *communiciren*] mitteilen

auff / was ich allbereit zuvor besser wuste als er selbsten / nemblich / daß Esther / Eliezers eines reichen Juden Tochter mit dem Messia schwanger gienge / welchen sie auß Goͤttlichem Befelch von einem Himmlischen Geist empfangen / uͤber das erzehlte er mir noch einen gantzen Hauffen Luͤgen von grossen Wundern / die Elias in kurtzer Zeit gewuͤrckt haben solte / welche ich zwar nicht alle gestifftet / sondern die Juden zu den meinigen erdichtet / und zuletzt henckte er daran / daß ihn allein diese geschwaͤngerte Esther neulich von der Ost-Jndianischen Raͤise abgehalten / umb zu sehen / ob deß Messiæ Geburt auch so wunderbarlich zugehen wuͤrde / wie dessen Empfaͤngnus?

Da konte ich nun leicht gedencken / mit was vor Versuchungen der gute Eraßmus angefochten wurde / dannoch getraute ich ihm nicht alles zu offenbahren / durch was Mittel ich selbst uͤber der Esther gewesen / umb ihne dardurch von seinem Anligen zu entledigen / unterliesse aber nichts desto weniger gantz nicht / die Sach mit einem hoͤhnischen Gelaͤchter anzuhoͤren und auffzunehmen / mit Versicherung / daß abermal hinder dieser Messiasschafft / wie schon oͤffters geschehen / ein Betrug und vergebliche Hoffnung steckte / so er / als ein wol*fundirt*er Christ / und belesener verstaͤndiger Mann von selbsten leichtlich erachten koͤnte; Ja ich liesse mich gegen ihme in Ernst und Schertz so weit herauß / daß er / als ein schlauer verschlagener Kopff der Sach weiters nachgedachte / und endlich sagte / wann es muͤglich seyn koͤnte / daß der kluge Eliezer / und seine so wol verwahrte Tochter / deren Keuschheit von ihrer Mutter mit Lux-Augen verwacht wurde / betrogen werden koͤnnen / so koͤnte er solchen Betrug keinem andern Menschen zutrauen / als eben dem jenigen / der den Juden ins gesampt den ersten Possen mit den außgeblasenen Zetteln gespielt.

Jch gedachte / wett Fritz / du hasts errathen / und weil ich solches abermal mit einem grossen Gelaͤchter anhoͤrete / setzte ich ihn noch in einen groͤssern Zweifel / in welchem ich

22 wol*fundirt*er] wohlunterwiesener 29 verwacht] bewacht

ihn auch stecken liesse / biß die Esther an statt deß Messiæ nur eine Schlitzgabel zur Welt brachte / damit erreichte zwar Eraßmi Anfechtung ihre Endschafft / mit denen er bißhero der Religion halber gequaͤlet worden / hingegen aber vermehrt sich bey ihm der Argwohn je laͤnger je mehr / daß ich in dieser Sach ohnfehlbar *interessirt* seyn muͤste / auff was Weis solches aber geschehen koͤnnen / vermochte er / wie gescheid er auch war / von ihm selbsten nicht zu ersinnen / weil er gar nichts von meiner Unsichtbarkeit wuste / und auch an so nichts gedachte.

Unterdessen hatte ich ihn gar in meine Dienste genommen / und ihn mit uͤberhaͤuffter Verehr: oder Schenckungen dermassen eingenommen / daß ich seine grosse Treu in der Handelschafft / worinn ich ihn dann brauchte / taͤglich spuͤrte / und so weit kam / daß ich ein Schloß auff ihn bauen doͤrffen / massen er mir auch die innerste Heimlichkeiten seines Hertzens / und die heimlichste Angelegenheiten seines Gewissens besser zu vertrauen anfieng / als mancher seinem Beichtvatter / unter andern aber vornemlich auch diß / daß er schier der Juden Meynung Beyfall gebe / welche sie von der Esther Tochter haͤtten / daß nehmlich vielleicht Gott / daß sie Maͤnnlichs Geschlechts und der Messias sey / unter der Gestalt / als wann das Kind ein Maͤgdlein waͤre / vor den Christen verberge / biß es zu seinen Jahren komme / und verrichten konte / worzu es geboren worden; ich muste / wie leicht zu gedencken / der armen Einfalt deß sonst schlauen Eraßmi hertzlich lachen / und weilen er / was ich ihme der Zettel halber vertrauet gehabt / heimlich gehalten / zumalen auch sonst viel Proben gethan / die einen versicherten / daß ihm viel groͤssere Heimlichkeiten kuͤhnlich zu vertrauen waͤre / siehe / so *resolvir*te ich mich / ihme den gantzen Handel zu offenbaren / wie ich dann auch thaͤt / und ihm sagte / er solte sicherlich glauben / daß ich selbst deß geschlitzten Messiæ Vatter waͤre / wie ich aber darzu kom-

---

2 Schlitzgabel] Mädchen 6 *interessirt*] betroffen, verwickelt
31 *resolvir*te] entschloß

men / oder durch was vor Vortheil und Betrug ich so wol die Esther als ihre Eltern überlistet / darumb bate ich / wolte er Eraßmus sich nicht bekümmern / welches ich ihm auch zu sagen / noch zur Zeit bedenckens trüge / es solte ihm aber mit der Zeit unverborgen bleiben.

O *mirum*! sagte hierauff Eraßmus / ich hätte nimmermehr geglaubt / daß ein Christ / ein Christ sage ich / der durch den heiligen Tauff zum Ewigen Leben wiedergeboren / und zu der Himmlischen Freud durch das allerköstlichste Blut Christi so theuer erkaufft worden / sich mit einer Judin vermischen solte / als welche von den Christen in gemein nicht vor viel besser als Hunde geschetzt / und von ihnen auch (sie werden dann durch den Heil. Tauff gewaschen / und der Christenheit einverleibt) Hunde genannt werden; Jch habe mir sagen lassen / daß an einigen unteutschen Orten Gewinsichtige Juden etlichen gailen Huren-Hengsten auß den Christen (ich mach mich schier der Schand theilhafftig / daß ichs als ein nunmehr getauffter Christ sage / aber wer kan vor leichtfertige Leut / wann sie unsere Mitbrüder seyn) Judendirnen zugeführt / als wären solches gemeine Weiber auß Christlichem Geschlecht gewest / und hernach damit *glor*irt / daß sie solche Sünder so Meisterlich übervortheilt / und mit ihres Geblicks / die sie Hündin schelten / betrogen / sagende / wann sie Hunde / und nicht so wol Menschen als die Christen wären / so würde ja ein Christ / wann er eine Jüdin beschlieffe / leicht mercken können / daß er mit keinem Menschen / sondern mit einer Hündin zu thun / er könne demnach nicht glauben (henckt er weiter daran) daß ich so Gewissenloß und leichtfertig gewesen sey / ein so grobe Sünd / die vor Geschwister-Kind mit der Sodomiterey zu halten / zu begehen.

Hier traff mir zwar Eraßmus das lebendig / und rühret mir das Gewissen dermassen / daß ich gewaltig in mich selber

---

6 *mirum*] Wunder 15 f. Gewinsichtige] gewinnsüchtige
23 Geblicks] mit Leuten ihres Schlags, Gelichters 30 vor] für
32 lebendig] Herz, Innerste

gieng / und im Sinn an die Brust schlug / vornemlich / daß ich diesen neuen Christen geärgert / und vor begangener Sünde die Grösse derselben nicht besser erwogen und betrachtet hatte / sondern erst von einem gewesten Juden lernen muste / aber ich entschuldigte mich gegen ihme darmit / daß mich die unerträgliche Liebe gleichsam verblendet / und darzu gezwungen / hingegen sagte mir Eraßmus / daß ich eine Creatur / die in ihrem gegenwärtigen Stand der ewigen Seligkeit so wenig / als ein unvernünfftig Vieh fähig / höher als Gott geliebt / eine kurtze schnöde Wollust der ewigen Himmlischen Freude vorgezogen / und mich damit der ewigen Verdammnus werth gemacht hätte / die mir auch wiederfahren würde / wann keine rechtschaffene Buß folgte / ein rechtschaffener Christ solte wider sothane Laster auß allen Kräfften streiten / umb seinen Schöpfer nicht zu erzürnen / der ihme auch seinen Beystand hierzu versprochen / damit er den Sieg erhalten / und ihne hernach der gerechte Kampff-Meister nach der Uberwindung desto herrlicher krönen möge.

Diese kurtze / doch scharpffe Predigt gieng mir / wie oben gemeldt / trefflich zu Hertzen / aber gleich wie einer nicht auff einmal gähling zum Schelmen wird / sondern gleichsam nach und nach Staffelweis darzu gelangt / also bekehret sich auch selten einsmals der Sünder (sonderlich ein solcher / der allbereits vorlängst / wie ich war / in allen Lastern ersoffen) von gantzem Hertzen / es seye dann / daß ihne ein absonderlicher Gnaden-Glantz von Gott erleuchte; Jch verbliebe halt der ich war / und legte alle Schuld auff die Liebe / wie andere unsinnige Phantasten mehr zu thun pflegen / die ihre Begierden / oder vielmehr sich selbst zu überwinden / keinen rechten Ernst und Fleiß anlegen.

14 sothane] solche 22 gähling] plötzlich 23 Staffelweis] stufenweise

CAP. XVII.

Wer dieses Capitels Jnhalt wissen will / muß es entweder selbst lesen / oder ihm lesen lassen / es sey dann / daß ihms einer sonst erzehle.

VMb diese Zeit fieng ich an nachzusinnen / beydes wie ich meine Esther / und unser Toͤchterlein auß Eliezers Hauß und Gewalt bringen / als auch / wie ich sie zwey versorgen moͤchte / ich gedachte / sie dem guten Eraßmo auffzubuͤrden / damit beyde nicht auß dem Geschlecht heurathen solten / und gedacht auff Mittel / durch welche ich ein namhafft stuͤck Gelt in die Hand kriegen moͤchte / welches ich ihm mitgeben wolte / daß es ihm ein solche Buͤrde / welche zu tragen vielen gantz abgeschmackt / und zu wider pflegt zu seyn / erleichtern / und gern auff sich zu nehmen / ihne bewegen solte / dann Lieber / wie schwer muͤste wol jetziger Zeit ein Ding in der Welt seyn / welches das holde Gold nicht uͤberwaͤget? Jch wuste zwar wol / daß die Esther mit einer solchen seltenen und unvergleichlichen Schoͤnheit begabt war / daß noch wol reichere und *qualificirt*ere Kerl als Eraßmus gewesen / sich vor ein groß Gluͤck / ja vor die hoͤchste Gluͤckseligkeit selbst geschaͤtzt haͤtten / wann sie ihrer zum Ehegatten theilhafftig werden sollen; aber wann ich hingegen auch meinen jungen halb-Juͤdischen Moschiachs-Balg neben ihr betrachtet / von welchem sonst kein Mensch als ich wuste / auß was vor einem Geist oder Fleisch er gezimmert worden / (ohne was ich dem Eraßmo darvon gesagt) und daß gleichwol Kalb und Kuh miteinander an Mann gebracht werden muͤsten / so war mir ohnschwer zu ermessen / mit was vor einer *affection*, und bestaͤndigen kuͤnfftigen Treu beyde in einem solchen Stand angenommen werden moͤchten / darinn sie unzertrennlich leben solten / so fern nicht auch alles mit Gelt / wie mit einer guͤldenen Ketten versorgt

---

17 uͤberwaͤget] an Gewicht übertrifft 19 *qualificirt*ere] vornehmere
29 *affection*] Gefühl, Einstellung

und verbunden wuͤrde; Uber das war ich so leichtfertig und Gottlos noch nicht / daß ich mein eygen Geschoͤpff / mein eygen Fleisch und Blut / dessen ich besser versichert war als mancher frommer Ehemann / ohnwol versorgt in Wind schlagen / und unter den Juden lassen sollen / derowegen hiesse es bey mir / schaue nur wo du Gelt bekommest.

Jch wolte das / was ich in Haͤnden hatte / und zu meiner Handelschafft brauchte / nicht schmaͤlern / der gemeinen Art nach aller unersaͤttlichen Geitzhaͤlse / welche / je mehr sie haben / je mehr sie begehren / und nicht ehender genug haben / als biß ihnen die Hoͤllische Flammen 17. Stadien hoch uͤber den Koͤpffen zusammen schlagen / so war ich auch viel zu faul / oder bedunckte mich viel zu herrisch / vermittelst meiner Unsichtbarkeit / hier und dort / nach und nach Pfundweis so viel zusammen zu stelen / biß ich zu Centnern gelangt / meinen wilden Zweig / sampt dem frembden Juͤdischen Stamm eine Million mitzugeben / darumb verabfaßte ich andere neue Anschlaͤge / die mir aber bekommen / wie die Folge meiner Histori erzehlen wird.

Jch hatte mich nach und nach mit allerhand Leuten bekandt gemacht / und galte mir allerdings gleich / ob ich mit Armen oder Reichen / mit Ehrlichen / Dapffern / oder mit Heyllosen nichtswuͤrdigen Menschen meine Zeit hinbracht / was etwas rechtschaffnes war / die *tractir*te ich mit allerhand dienlicher begegnung / wie es ihr Stand und *humor* erfordert / ihr *affection* zu gewinnen / und der Duͤrfftigen Freundschafft verband ich mir durch meine Freygebigkeit mit geringer Muͤhe / jene zwar / sie endlich zu beruͤcken / und so viel moͤglich umb das ihrig zu bringen / diese aber / damit ich auff alle Faͤlle getreue Diener an ihnen haben moͤchte / so hatte ich auch Bursch / mit denen ich Lusts halber Gesell-

---

4 ohnwol] schlecht 13 herrisch] vornehm 18 Anschlaͤge] Pläne 22 Ehrlichen] Ehrbaren 24 *tractir*te] behandelte
25 dienlicher begegnung] dienstfertigem Entgegenkommen
25 *humor*] Temperament 26 *affection*] Zuneigung
28 beruͤcken] betrügen

schafft hielte / und meine Zeit vertriebe / unter solchen war einer / der sich unter allen gegen mir am vertraulichsten anliesse / und gleichsam alle innerste Geheimnussen seines Hertzens außschüttete / welchen ich darumb mit nichten weder unter meine beste noch getreueste Freunde zu rechnen weiß / wann ers gleich gut mit mir gemeynet hätte / weil mich seine Freundschafft auff einen Weg geführt / darauff das Ende meines Lebens / das schröcklichste Exempel einer aller-erbärmlichsten *Tragœdi* vorstellen können / daß es aber besser gerathen / als ich nimmermehr umb Gott verdienet / so / daß ich endlich zur Erkandtnus meiner selbst gedyen / welches kein geringer Anfang zu einem guten End ist / das hab ich nicht dessen Freundschafft / und mir beygebrachten Künsten / sondern allein der Güte Gottes zu dancken.

Daß erste Stückel das er mich lehrte / war Büchsen-Pulver zuzurichten / welches im schiessen gar keinen Knall / sondern nur einen geringen Laut von sich gibt / das zu haben / heimlichen Strauch-Mördern und Wildbrät-Dieben anständiger als ehrlichen Leuten / die aber hingegen auch / wann sie erdappt werden / desto härter zu straffen; Das ander war gleichfalls ein Büchsen-Pulver / mit dem man Vögel schiessen konte / die zwar nicht darvon beschädigt / gleichwol aber so dürmlich wurden / daß man sie als tod auffheben / und hernach / wann sie wieder zu sich selbst kamen / lebendig hatte; Drittens lehret er mich etwas unter Schieß-Pulver mischen / das würckt an den Menschen eben das / was jenes an den Vögeln verrichtet / also wann man jemand mit einer Büchsen oder Pistolen / so da mit solchem Pulver / jedoch ohne Kugeln geladen / vor den Kopff scheust / daß ein solcher / der dieser Gestalt geschossen worden / andert-halbe / oder gar zwo Stund vor tod ligen bleibt / unangesehen er vom Schuß im geringsten nicht weiter verletzt wird / diß letztere war mir zwar so wol als das erste nichts nutz / ich hätte dann mein Kurtzweil mit den Menschen wie

---

11 gedyen] gediehen bin 23 dürmlich] benommen, taumelig
29 scheust] schießt

mit den Voͤgeln haben / oder einen barmhertzigen Strassen-Rauber abgeben / und die Leute nur so lang tod wissen wollen / biß ich sie gepluͤndert / und mich mit dem Raub darvon gemacht; nichts desto weniger stach mich doch mein Vorwitz / daß ichs koͤnnen moͤchte / dann eben dieser wars der mich ansporete / diß *præludium* anzutretten / und mein Unverstand hielte es vor nichts boͤses / weil mich aller drey Pulver Zurichtung natuͤrlich zu seyn beduncken / ob es gleich das A. B. C. war / in der jenigen Kunst mit der Zeit zu *excell*irn / so man die Schwartze nennet / die endlich den allerrichtigsten Weg zum Teufel zufuͤhret.

Dann nachdem mein Lehrmeister meinen Vorwitz merckte / und sahe / daß ich begierig war noch mehrers zu lernen / legte er mir andere *Lection*en vor / und kam von den natuͤrlichen zu den unnatuͤrlichen Kuͤnsten / er und einer von seinen Cameraden namen mich einsmals mit ihnen an ein einsames Ort / einen auff Jungfer-Pergament mit Fledermaͤuß-Blut in fremder unverstaͤndlicher Sprach beschriebenen Zettel / der unter den lincken Arm gebunden fest machte / an einer Katz / die wir mit uns trugen / zu *probi*ren / und als ich selbsten meine Flindt / die sonst so fix war / daß ich mich kuͤhnlich darauff zu verlassen / scharpff geladen / und auff die angebundene Katz mit dem Zettel unter ihrem lincken fordern Fuß schiessen wolte / siehe / da versagt mir dieselbe / ob gleich das Pulfer auff der Zindpfan hinweg brandte / nachgehends schlug ich wieder bey zehenmalen an / aber mein gute Buͤx thaͤt mir den Dienst nicht / auch nur einen einzigen Funcken Feuer zu geben / ob ich gleich den Stein etlichmal verwechselte / und jedesmal frisch Zind-Kraut auffroͤhrte / woruͤber ich endlich so naͤrrisch wurde / daß ich sie umb einen Baum zu stuͤcken schmeissen wolte / dessen meines Lehrmeisters Camerad lachte / mich einhalten / und noch einmal anschlagen hiesse / mit vermel-

6 ansporete] anspornte 6 *præludium*] Vorspiel 9 f. *excell*irn] glänzen 21 fix] bereit, zuverlässig 25 Zindpfan] Zündpfanne

den / daß er mir *per* Spaß das Rohr zugethan / oder den Schuß verbannet gehabt / darauff schoß ich die Katz / daß ihr die Rippen im Leib krachten / obwol ihr kein Haar vom Beltz / geschweige das Fell / versehrt wurde.

Wer war begieriger als ich / auch diese zwey schoͤne Kuͤnste zu koͤnnen? Jch verhiesse den zweyen *Compagnion*en darumb zu geben / beydes was ich hatte / und noch nicht vermochte / die aber wegen meiner Guthertzigkeit / wie sie sagten / durchauß nichts von mir nehmen / sondern mich lauter umbsonst / so wol diese als noch wol andere vortreffliche Stuͤck lehren wolten / hierauff fuͤhrte ich sie zum Fruͤhstuͤck / und sie mich hernach in ihr Losament / da sie mir ein geschrieben Buch zeigten / worinnen zugleich so viel natuͤrliche und uͤbernatuͤrliche Kuͤnste auffgezeichnet waren / daß einer / der sie alle gelernt und geuͤbt haͤtte / in baͤlde beym Volck sich beruͤmt machen / und den Namen eines Ertz-Zauberers erlangen moͤgen / da fande sich / wie man sich auff unterschiedliche Manier fest machen / und andern ihre Festigkeit hingegen auffthun solte; Wie man die Weibsbilder zur Lieb vergaucklen moͤge / wie man das Wildbret stellen / grosse Feuersbruͤnste / daß sie erloͤschen / bannen / sich unsichtbar / und Reuter ins Feld machen / und sonst viel hunderterley Sachen mehr zu wegen bringen koͤnte; sie liessen mich gleich die Prob von etlichen Stuͤcken sehen / in dem sie einem Hanen nur einen Strohalmen / sampt einem Zettel von Jungfer-Pergament mit einem Faden / den eine Jungfer an einem Sambstag Abends gesponnen / an Hals henckten / welches hernach schiene / als truͤg er einen grossen Balcken; sie hatten eine Wurtzel / welche nur an allerhand Schloß gehalten / dieselbe gleich auffsprengte / solche gefiele mir so wol / weil sie sich meines Bedunckens trefflich zu meiner Unsichtbarkeit schickte / daß ich nicht abliesse / biß ich sie von ihnen uͤberkam; hernach zeigten sie mir noch viel unter-

---

1 *per*] zum 2 verbannet] gebannt 6 *Compagnion*en] Kameraden, Gesellen 12 Losament] Wohnung 19 auffthun] unwirksam machen, lösen 33 uͤberkam] erhielt

schiedliche Künste mehr / wie man nemlich alle Tag drey gewisse Schüß haben könte / wie man Kuglen giessen solte / die Blut haben müsten / und alle Festigkeiten aufftháten / wie man verborgene Schätz finden und graben / item / wie man Glück im Spielen haben müste; Endlich fanden sich auch Künste / Fisch und Vögel mit Händen zu fangen / mehr einen Thaler zu haben / welcher / so offt man denselben außgebe / so offt komme er einem wieder in Beutel / nicht weniger eine Ducat / welche über Nacht untern Hut gelegt / deren noch neun zu sich bekomme / so mich an deß Fortunati Glück-Säckel gemahnete / wann es nur mit gutem Gewissen hätte zugehen können; Jch fande Seegen die schwere Donner- und Hagel-Wetter ab / und anderwärts hin zu treiben / welches mich nicht geringer seyn bedeuchte / als wann man selbst Wetter machen könte; Jn Summa / mir wurden allerhand Künste kund / deren mir theils beliebten und theils die Haar gen Berg stehen machten / ohnzweifel darumb / weil ich noch ein Neuling / und so grausamer Sachen nicht gewohnet war.

CAP. XVIII.

Ein güldener Fischzug mit einem höltzernen Angel / auch anderer Quinten.

DJe so genannte Spreng- oder Spring-Wurtzel / welche ich von beyden obengedachten Companen verehrt kriegte / sahe sehr holzecht auß / darumb nenne ich sie hier auch einen höltzernen Angel / zwar einen Angel / weil ich vermittelst ihrer bey 10000. Ducaten erfischte / das gieng also zu.

Nachdem ich dieselbe hatte / *probir*te ich ihre Würckung bey nahe an allen Thüren und Schlossen / die mir vorkamen / und wo ich sie an dergleichen Ding hielte / sprang alles auff / so / daß sie mir niemal / wie neulich meine gute

4 item] ebenso 22 Quinten] Hier: Listen, betrügerische Tricks
25 holzecht] hölzern 29 Schlossen] Schlössern

Flint gethan / versagte; Weil ich mich dann neben meiner Unsichtbarkeit mit dieser Wurtzel zur Dieberey so wol versehen befanden / gedachte ich mirs auch zu Nutz zu machen / vornehmlich umb willen ich Gelt zusammen zu rappen ohne das im Sinn hatte / umb meine Esther und ihr Kind damit zu versorgen; Weme hat aber billicher die Esther außzusteuren gebuͤhrt als ihrem leiblichen Vatter? Er haͤtte doch sonst nach Juͤdischem Brauch die milde Hand aufftthun muͤssen / wann gleich ich nicht gewesen / und er sie sonst seiner grossen Reichthumb gemaͤß / haͤtte verheurathen wollen / welches ohn Zweiffel geschehen waͤre / wann ich dem Judenbuben / den sie zum Braͤutigam kriegen sollen / nicht vorkommen / und ihm das *delicate* Fleisch auß den Zaͤhnen gezogen / auff solche gerechte Sach / die ich hatte / verfügte ich mich mit einem Zwergsack unsichtbarer Weise in Eliezers Behausung / und spuͤrte alle Winckel auß / zu sehen / wo das guͤlden Fluͤß / ich vermeyne / der Kern seiner Reichthumb an Baarschafft verborgen ligen moͤchte / und die Warheit zu bekennen / so muste ich mich verwundern uͤber den stattlichen Uberfluß / den er nicht allein an kostbarlichem Haußrath und *Mobilien*, sondern auch an allerhand Kauffmanns-Waaren im Vorrath hatte / dann ich oͤffnete unterschiedliche Gewoͤlber / bißweilen bey Tag / bißweilen bey Nacht / je nachdem es sich schickte / und im stillen verborgenlich hergehen mochte / und liesse kein einzige Kammer ohn*visit*irt / zuletzt kam ich in das allerinnerste Gewoͤlb / worinn die rechte Kautzen sassen / die ich suchte / da war nicht allein eine Menge von schoͤnem Silber-Geschirr / und gemuͤntzten grossen silbernen Sorten vorhanden / so / daß ich mich daruͤber entsetzte / und gleichsam erstaunet / sondern es lagen auch Stuͤcke Massen dort von zusammen gegossenem Silber wie Ziegelstein / daß ich mir endlich einbildet / es muͤsten alle Portugesische Juden in der gantzen Statt ihren Reich-

---

4 f. rappen] raffen 15 Zwergsack] Zwerchsack, Doppelsack 17 Fluͤß] Vlies, Fell 25 ohn*visit*irt] undurchsucht 31 Stuͤcke Massen] Massen von Stücken

thumb dorthin in Verwahrung gethan haben / es stunden eyserne Kisten von so schwerem Gewicht daselbsten auffeinander / daß ich keine von der andern heben konte / und als ich die oberste Krafft meiner Wurtzel auffgesprengt / fande ich sie so gesteckt voller Ducaten / als ein abgestrichener Sester voller Frucht seyn mag / den jetzt der Verkäuffer dem Kauffer in Sack schütten läst; Jch bildete mir zwar ein / es möchten vielleicht die underste Kisten mit Edelgesteinen / Perlen / Klenodien / und andern allerkostbarlichsten Sachen angefüllt seyn / in dem mir der Deckel so reich war / aber weil ich ihnen vor dißmal beyzukommen / vor unmüglich hielte / behalffe ich mich mit dem / was ich vor Augen sahe / und füllete meinen Zwergsack so voll Ducaten / als hinein giengen / und ich zu tragen getraute / hernach beschlosse ich alles wieder so nett und genau / wie ichs gefunden / also daß man nicht sehen konte / wer da gewesen / es sey dann Sach / daß jemand die Ducaten-Kisten geöffnet hätte.

Darauff begab ich mich mit meiner Beut eben so unsichtbar wider in mein Cabinet / als ich den vorigen Tag drauß gangen war / und gestehe unverholen / daß ich mein Tag so schwer nicht getragen als damals / warumb mir zwar Eliezer wenig Danck gesagt haben solte / wann er gleich gewust hätte / daß ich mich nur einig und allein darumb so bemühet / seine Tochter zu versorgen.

Nachdem ich nun diese ansehenliche Summa Ducaten / die sehr nahe anderthalbe Centner am Gewicht hielten in Sicherheit gebracht / *studir*te ich auch drauff / wie ich die beede Personen / umb deren willen ich so viel Gelt verzwackt / auß Eliezers Hauß und Gewalt kriegen möchte / doch zwar / daß es mit der Esther Willen und guter Zufriedenheit geschehe / welches zu wegen zu bringen / wie ichs damals darvor hielte / eben so viel Kunst und Geschicklichkeit / als Mühe und Arbeit erforderte. Was aber Eraßmum anbelangt / mit dem ich die Jüdin verkupplen wolte / nach-

29 f. verzwackt] entwendet, hinweggenommen

dem sie sich zuvor zur Christlichen Religion verstanden habe / gedachte ich nicht / daß es viel Kappenruckens brauchen wuͤrde / weil Esther ihre vortreffliche Schoͤnheit / und ich so ein ansehenlich schoͤn Gelt hatte / das ihn anlocken koͤnte / deren eins allein starck genug gewesen waͤre / ihn zu *persuadir*en / beyde Augen / geschweige nur eins / zuzuthun. Aber hoͤret wie es gieng / so werdet ihr sehen / daß ich naͤher bey dem war was ich suchte / als ich mir immermehr einbilden koͤnnen.

Jch war offt nicht daheim / wann Eraßmus vermeynte / ich saͤsse in meinem Cabinet / hingegen sasse ich offt bey ihm im Zimmer / wann er mich selbst hatte sehen hinweg gehen / dann auff solche Weis konte ich sein Handel und Wandel / sein Thun und Lassen sehen / und darauß vernehmen / was mit ihm umbgieng / was er im Schild fuͤhrte / ob er treu oder untreu waͤre / etc. einsmals vermeynte er auch / ich waͤre nach meiner Schnabelweyd irgendhin spatzirt / als eine alte Schachtel / eine Juͤdin wolte ich sagen / zu ihm kam / und demnach sie ihn auff ein ungemeine / mehr Christliche als Juͤdische Gewonheit gruͤste / zumalen auch sonst ein grosse Lieb und Vertraulichkeit zwischen ihnen beyden zu seyn schiene / geriethe ich in die Gedancken / sie moͤchte vielleicht eine Creatur seyn / deren Eraßmus zusteckte / und mir abtruͤg / ohnangesehen ich niemal dergleichen etwas an ihm vermerckt; Man sagt / wer nicht trauet / dem ist nicht zu trauen; Jch lasse gelten / daß es wahr sey / und ich hatte auch die geringste Ursach nicht / einig Mißtrauen in Eraßmum zu setzen / aber gleichwol sagt man hingegen / wol trauen reite das Pferd hinweg / derowegen spitzte ich die Ohren / umb so viel desto schaͤrffer zu vernehmen / was diese beyde vor Geschaͤffte miteinander abzuhandlen haben moͤchten. Woher mein traute Josanna / sagte Eraßmus zu ihr / was bedeuts /

---

2 Kappenruckens] Hier: Mühe, Anstrengungen 6 *persuadir*en] überreden, bewegen 11 Cabinet] Zimmer 15 was mit ihm umbgieng] welchen Umgang er hatte 17 Schnabelweyd] Hier: Liebchen 23 deren] der 24 abtruͤg] wegnehme

daß ich euch wieder einmal sehe? Jch vermeyne / ihr seyet in hundert Jahren nicht mehr bey mir gewesen; Mein Freund / antwortet Josanna / ich kam ehemahlen zu euch / der Hoffnung dahin zu vermitteln / daß die Liebwerthe Esther das Judenthumb verlassende / als euer Ehe-Gemahlin mit mir und euch in Ost-Jndien schiffen solte / so komme ich aber jetzunder / euch allerdings das Wiederspiel zu verkuͤndigen / dann sehet Wunder! sie ist nicht allein vom Elia mit dem Messias schwanger worden / sondern hat ihn auch schon wuͤrcklich geboren / und zwar in Gestalt einer Tochter / damit / wann die Christen seine Ankunfft vielleicht erfahren / und ihme als einem Zerstoͤrer ihrer Kaͤiserthumb und Koͤnigreiche in seiner zarten und unschuldigen Jugend nach dem Leben stellen solten / ehe er Wunderwercke verrichten / und das grosse Werck / darzu er in diese Welt kommen / vollfuͤhren koͤnte / sie in ihrem Wahn betrogen werden / und ihn als ein Weiblich Bild bey Leben lassen moͤchten; So bald sie vermerckte / daß sie vom Koͤnig der Welt zu deß Messiæ Mutter erwehlet / und vom Elias besucht und geschwaͤngert worden / dorffte ich nicht mehr vor ihr Angesicht kommen / ihr von euch wie zuvor geschehen / einige Wort oder Bottschafft zu vermelden / ich konte damals die Ursach nicht ersinnen / warumb sie sich einsmals so groß wuste / und beydes euch und die Christliche Religion so gaͤhling verachtete / da sie doch euch uͤber alle Ding / und den Christlichen Glauben weit mehr als das Juͤdische Gesetz gelehrt und geliebt / so / daß sie auch ihre Eltern und deren grosse Reichthumb verlassen / und mit euch / biß ans Ende der Welt / in die verdrießliche Fremde ziehen wollen / wie sie mir dann kurtz zuvor / ehe sie schwanger worden / die Versicherung gethan / daß sie schon einen zimlichen grossen Werth von kostbarlichen Jubelen zusammen gepackt / und damit zu euch zu gehen beschlossen / wann sie nur eygentlich eine gute Gelegenheit haben koͤnte / auff einer Flotte

7 Wiederspiel] Gegenteil 24 f. gaͤhling] jäh, plötzlich
32 Jubelen] Juwelen

sampt euch / ihres Vattern nachforschen in ferne Länder zu entrinnen; was Raths nun lieber Eraßme? die Hoffnung / sie zu erhalten / ist allbereit verloren / und wann ihre Leibes-Frucht der wahre Messias seyn solte / daran dann die allergelehrteste Juden gar nicht zweiffeln / sondern sampt denen vornehmsten *Cochams* in Poln / zu Stampul und Jerusalem darvor halten / daß er sich im dreyzehenden Jahr seines Alters in ein Manns-Bild verändern / und alsdann das grosse Werck der Erlösung Jsraels angehen werde / wann solchem / mein liebster Eraßme / in Warheit nun also wäre / so thäten wir thöricht / wann wir das erwöhlte Volck Gottes verliessen / und sich seines Heyls / das nun so nahe bey der Thür ist / nicht theilhafftig machten.

Hierauff antwortet Eraßmus / was die Liebwürdige Esther anbelangt / habe ich mir niemahlen einbilden / noch festiglich glauben können / daß der wiewol gütige Himmel mich mit einer solchen über-Jrrdischen Schönheit würdigen / noch das wiewol blinde Glück meinen schlechten Stand und geringes Herkommen mit einer solchen reichen Tochter begaben werde; ich habe allzeit gesorgt / es werde meine Verhängnus ein widerwärtiges *Que* einmischen / daß mir die versicherte Hoffnung / die mir so wol von der Esther selbst / als von euch eingesteckt worden / widerumb zu schanden machen würde; und derowegen wird mir zu rathen seyn / was geschehen / mir nicht gar zu tieff zu Hertzen zu ziehen; der Verlust deß jenigen / was niemalen mein gewesen / ist leicht zu verschmertzen / hab ich grössers gehofft / als mir gebührt / und mir der Himmel zu geben niemal beschlossen / so hab ich eine Thorheit begangen / deren ich jetzund selbst mehr zu lachen / als mich umb der Esther Verlust zu bekümmern Ursach habe / angesehen ich gestehen muß / daß es schwer fällt / sich dessen beraubt zu sehen / das einer würcklich in Besitz zu kriegen vermeynt gehabt: Betreffend aber ihre Leibsfrucht / umb deren willen ihr in eurem Vor-

---

6 *Cochams*] Weisen, Gelehrten 6 Stampul] Istanbul, Konstantinopel 21 *Que*] Einwand, Hindernis

satz eine Christin zu werden / wancken wollet / weil ihr beredet werdet / es sey der Moschiach / da muß ich mich warhafftig über eure Blindheit zum allerhöchsten verwundern / und nun ists allbereit kein Wunder mehr / daß sich das Jüdische Volck so vielmahl von unterschiedlichen Betrügern / die sich vor den Moschiach außgeben / verführen lassen / wann sie auch glauben könten / daß ein Mägdlein in der Wiegen der Messias seyn soll / wisset ihr dann selbst nicht / daß die Weibsbilder bey euch nicht in das Heiligthumb / ja noch heutigs Tags nicht in die *Synagog*en kommen dörffen / so / daß es scheinet / ob wären sie als ein undüchtigs Geschlecht vom Gottesdienst gar außgeschlossen; wie solte dann ein Weibsbild gar der Moschiach werden können? Aber einem solchen Volck geschiehet recht / und ist auch kein Wunder / wann es ein Weibsbild vor seinen Heyland erkennet / weil es ehemal an Gottes statt güldene Kälber geehret / glaubt mir liebe Josanna / daß ich eures Moschiachs Vattern kenne / welcher auß Liebe / die er zur Esther getragen / sich vor den Propheten Eliam außgeben / und ihr / zu Lohn ihrer Leichtglaubigkeit / die junge Tochter angehenckt / und solte gleich geschehen / daß diese Frucht / wann sie Mannbar / in ein Mannsbild verändert würde / so wäre solches gar nichts neus / also auch kein Wunder / viel weniger ein Messias deßwegen zu hoffen / darumb liebe Josanna rathe ich euch / ihr wollet euren vorlängst gehabten Vorsatz ins Werck richten / und nicht länger auff die Esther warten / wann sie so festiglich glaubt / daß ihre Tochter der Messias sey / habt ihr sie und ihre Reichthumb nicht zu Hülff / darauff ihr ehemal euren Trost gesetzt / so werdet ihr doch Gott den Allmächtigen / wann ihr euch durch den Heil. Tauff zu ihm bekehret / zum Zuflucht haben / der euch auch nimmermehr verlassen wird.

Josanna höret diß gar kaltsinnig an / so / daß man wol sehen konte / wie verwirret und Zweifelhafftig sie in ihrem Gemüth war / sie vermochte auch nicht zu glauben / daß ein

25 gehabten] gefaßten 30 den Heil. Tauff] die heilige Taufe

anderer als Elias die Esther geschwaͤngert haben solte / weil sie wuste / wie genau sie unter ihrer Eltern Auffsicht vor der Gemeinschafft aller Manns-Bilder bewahret wuͤrde; Endlich sagte sie zu Eraßmo / sie wolte sich noch weiters / was sie thun oder lassen solte / bedencken / gieng darauff ihres Wegs / und verhiesse dem Eraßmo / ihm in baͤlde wider zuzusprechen.

CAP. XIX.

Kuh und Kalb wird miteinander verstellt.

ALs ich auß dieser beyden *Discours* genugsam verstanden / daß Esther in Eraßmum / und dieser hinwiederumb in jene verliebt / zumalen beyde deß Willens gewesen / wann ich nicht mit meinem Banier darzwischen kommen waͤre / miteinander sich trauen zu lassen / und folgends durchzugehen / zuvor aber dem Eliezer etwas zur Zehrung mitzunehmen / da begunte mich zu reuen / daß ich dem guten Eraßmo den Raum abgehoben: Durch meine Unzucht so wol der Esther als der Josannæ Bekehrung verhindert / und Eraßmum selbst nicht wenig geaͤrgert / die Juden hingegen aber in ihrem unsinnigen hoffen und harren gestaͤrckt hatte / gedachte derowegen gleich / solches alles wieder einzubringen / wiewol ich dem ehrlichen Eraßmo der Esther Jungfrauschafft nicht wieder *restituir*en konte / als vor welche er meine junge Tochter zu eygen haben solte; Jch tratte unsichtbarer Weis mit auß dem Zimmer / als Josanna hinweg gieng / kehret aber gleich sichtbarlicher Gestalt wieder umb / kam zum Eraßmo / und stellete mich allerdings / als wann ich sonst nirgends herkommen waͤre / und ob waͤre mir

9 miteinander verstellt] zusammen in einen anderen Stall überführt 10 *Discours*] Gespräch 13 Banier] Panier, Feldzeichen, hier: Penis 16 begunte] begann 17 den Raum abgehoben] den Rahm abgeschöpft 21 f. einzubringen] in Ordnung zu bringen 22 ehrlichen] ehrbaren 23 *restituir*en] wiederherstellen

Josanna unden im Hauß begegnet / fragende / was das vor ein Weib sey / so bey ihm gewesen / und was sie da zu verrichten gehabt / Eraßmus war so ehrlich und offenhertzig / daß er mir nicht allein ihren gantzen *Discurs* erzehlte / sondern noch darzu sagte / daß er und Esther lange Zeit heimliche Lieb zusammen getragen / einander aber deßwegen niemal Muͤndlich besprochen / viel weniger beruͤhrt haͤtten / sondern Josanna waͤre ihr *Mercurius*, zuvor aber von Jugend auff der Esther Hofmeisterin gewesen / welche sie nicht allein alle Frauen-Zimmer-Arbeit / als naͤhen / stricken / wuͤrcken / sticken und dergleichen / sondern auch Teutsch lesen und schreiben gelernet / in welcher Zeit ihnen Christliche Buͤcher unter die Haͤnde kommen / worauß beyde einen solchen Lust zur Christlichen Religion geschoͤpfft / daß sie sich *resolv*irt / dieselbe anzunehmen / und sich tauffen zu lassen / es haͤtte ihnen aber an Leuten gemanglet / die ihnen mit Rath und That an die Hand gangen / solches ihr heylsam Vorhaben ins Werck zu setzen / biß er Eraßmus selbst von den Juden zu den Christen getretten / da sie dann nicht allein das Hertz gefaßt / ihm / was sie im Sinn haͤtten / zu vertrauen / sondern es haͤtte auch die Esther auß sonderbarem guten Vertrauen / welches sie zu ihme Eraßmo gefaßt / weil er selbst auch ein Christ worden / ihme durch die Josanna die Versicherung thun lassen / ihne zu heurathen / so fern er auff Mittel und Weg bedacht waͤre / daß sie heimlich miteinander ihrem Vatter (der anderer Gestalt durch sein vieles Gelt / der sonst alles damit zu wegen bringen koͤnte / ihr Vorhaben verhindern wuͤrde) sicherlich / und zwar heimlich entrinnen moͤchten / worauff sie miteinander beschlossen / daß sie alle drey mit der naͤchsten Flott / so nacher Batavia in Ost-Jndien abseglen wuͤrde / durchgehen wolten / worzu sich dann die Esther jederzeit mit einem guten stuͤck Gelt / und vielen Klenodien / zu Behuff solcher ihrer vorhabenden Raͤis gefast gehalten; *Interim* aber habe ihm Elias das Brot / oder viel-

8 *Mercurius*] Hier: Bote 15 *resolv*irt] entschlossen hat
30 nacher] nach 33 zu Behuff] zwecks 34 *Interim*] Inzwischen

mehr das koͤstlich stuͤck Fleisch vorm Maul abgeschnitten / und damit zugleich der Esther den Lust zur Christlichen Religion verderbt / als die sich nunmehr eine Mutter deß Juͤdischen Messiæ / und dannenhero gar groß zu seyn beduncke / so seye ihm auch von einigen seinen alten Cameraden gesagt worden / daß sie gleichsam wie eine Goͤttin in Ehren gehalten / und ihr Kind bey nahe Koͤniglich verpflegt und aufferzogen werde / so / daß er sie zu bekommen / oder daß sie sich noch bekehren werde / keine Hoffnung mehr zu machen.

Hierauff fragte ich ihn / ob er noch willens waͤre / wann sich Esther bekehrte / und ein gut stuͤck Gelt zu ihrer Außsteurung vorhanden / sie und ihr Kind zu nehmen? Er antwortet / ich habe sie mein Tage nicht gesehen / sintemal sie jederzeit vor den Manns-Bildern / wie die Kunstreiche Gemaͤhld vorm Staub und Rauch bewahrt worden / wie kan ich dann eine Katz im Sack kauffen? Zweytens muͤste ich sorgen / wann ich sie haͤtte / das Gedaͤchtnus an ihren Eliam moͤchte mehr Platz und Liebe in ihrem Gemuͤth haben / als meine Person; Drittens moͤchte es vielleicht ein schlecht Gebluͤt in stehender Ehe setzen / wann man sich beyder / oder nur einer Seits erinnert / daß ein anderer die erste und beste Blumen gepfluͤckt; viertens wirds schwer fallen / eines andern Pflantzen gleich den seinigen zu warten; fuͤnfftens wirds mißlich stehen / daß sich deß Juͤdischen Messiæ leibliche Mutter zum Christenthumb verstehen werde / und schließlichen / wie wolte ich mit meiner Braut und ihrer Leibesfrucht / darauff sich nunmehr die Hoffnung der Erloͤsung deß gantzen Juͤdischen Volcks steuret / den Nachstellungen Eliezers / dessen Gelt aller Orten mit Gewalt durchtringt / entfliehen koͤnnen? beduncket mich demnach gefaͤhrlich zu seyn / hierauff sich so geschwind zu *resolvir*en / es sey dann Sach / daß ein geschickter Kopff durch seine kluge Erfin-

11 wann] wenn 14 sintemal] da 20 f. schlecht Gebluͤt] böses Blut 21 stehender] bestehender 26 verstehen] ihr Einverständnis geben 29 steuret] gründet 32 *resolvir*en] entschließen

dungen mir solche gefährliche Verhinderungen / die ich förchte / vorsichtig auß dem Weg zu raumen wisse / über das möchte ich wol wissen / was das vor einer seyn müste / so der Esther / als einer abtrünnigen Jüdin Gelt (und wie viel dessen) zu ihrer Heimsteuer geben würde?

Mein Eraßme / sagte ich hingegen / ich will dir auf alle vorgebrachte *Puncten* antworten / du magst mir sie gleich im Ernst / oder wie es scheinet / im Schertz vorgetragen haben / erstlich zwar / daß du sie nicht gesehen / glaub ich mehr dann gern / dann wann du sie gesehen / und ihre Schönheit nur ein wenig betrachtet haben soltest / so würdestu wol wissen / daß du an ihr keine Katz im Sack angetroffen / ja du würdest alles / was du gefährliche Verhinderungen nennest / umb ihrentwillen / und sie zu erhalten / nur vor Kurtzweil und Kinderspiel schätzen / glaub mir sicherlich mein Eraßme / sie ist so beschaffen / daß sie / wann meine Gelegenheit zu heurathen wäre / dir nimmermehr an die Seite kommen solte / daß du Zweytens mit dem Elia eyfern wilst / darvor weiß ich schon ein vortreffliche Artzney / sintemal ich die Sach schon dahin zu vermittlen weiß / daß die Esther nichts anders wissen noch glauben soll / als du seyest selbst der Elias gewesen / der ihr die junge Tochter auffgesattelt / so fern du anderst das Kind lieben wirst können / so dir umb meinetwillen zu thun nicht schwer seyn wird; Was den dritten *Punct*en anbelangt / weil die Esther dich selbst vor den Rauber ihrer Jungfrauschafft halten wird / so wird das / was du in selbigem *Punct*en sorgest / leicht oder schwer zu machen / bey dir stehen; also auch ist es mit dem vierdten *Punct* beschaffen / wann sie nemlich glaubet / das Kind sey ihr und dein / du es aber umb meinet willen liebest; Fünfftens wird auch bey solcher Bewandnus der Esther hoffärtige Einbildung von selbst fallen / wann sie nemlich ohne allen Zweifel darvor hält / daß sie an statt deß Eliæ den Eraßmum in Armen gehabt / der sie auch an statt eines Mannlichen Messiæ nur mit einer Tochter begabt /

5 Heimsteuer] Aussteuer

welches genugsam bezeugt / daß sie betrogen worden / und solcher vorgeloffene Betrug wird sie wieder von neuem anfechten / das Judenthumb zu verlassen / und den Christlichen Glauben sampt ihrem Eraßmo anzunehmen; Sechstens lasse mich sorgen / wie mit dem Eliezer zu handlen sey / daß so wol du und die Esther / das Kind und Josanna in Sicherheit gebracht werden; betreffend aber deine Frag / wer ein stuͤck Gelt / und wie viel dessen / zu der Esther Ehesteuer hergeben werde? Da wisse / daß ich derselbig Mann seyn will / dann gleich wie die Geburt / das Heyl ihrer Seligkeit zu beobachten / und sie zum Christlichen Glauben zu bringen / dieweil sie sich auff dich dißfalls verlassen / und dir allein solches vertraut / damit es Werckstellig gemacht werde / also ligt mir hingegen ob / weil ich sie betrogen / und ihr das Kind zugerichtet / ihren Leib sampt der jungen Frucht nach Muͤglichkeit mit Nahrung zu versorgen / haͤttest du aber gethan mein lieber Eraßme / was du zu thun waͤrest schuldig gewesen / worzu dich das gute Gluͤck gelockt / und die Christliche Religion verbunden / nemlich / wann du mit der Esther Bekehrung geeylet / und auff die Goͤttliche Huͤlff und Vorsehung mehr gebauet / als auff die Flucht und zeitliche Wolfarth gesorget haͤttest / so waͤre weder die gute fromme unschuldige Esther betrogen / noch ich an ihr zum Betruͤger und falschen Eliæ worden / aber zu geschehenen Dingen muß man das beste reden / nach dem alten Spruͤchwort:

Der ist weis und wol gelehrt /
Der alle Ding zum besten kehrt.

Weil es sich aber vor dißmal allein mit Worten nicht thun und außrichten laͤst / so komme mit mir zu sehen / was ich euch beyden zur Ehesteuer / un daß mein Kind auch ehrlich und wol erzogen werde / an Gelt zusammen gezehlt habe.

Darauff nam ich Eraßmum mit mir in mein Losament / und zeigte ihm die 10000 Ducaten / die ich auß Eliezers Gewoͤlb gemauset hatte / und sagte / sehet mein Freund / diese

31 ehrlich] in Ehren, standesgemäß 33 Losament] Wohnung

geb ich der Esther und ihrer Tochter mit / wann euch nun ein solches Fleisch / welches an sich selbsten ein Außbund / und noch darzu so trefflich mit Gelt gewürtzt ist / nicht schmäckt / so will ich an statt eurer 10. andere vor einen finden / welche die Finger darnach lecken.

Eraßmus erstaunete entweder wegen meiner Freygebigkeit / oder weil er so viel baar Gelt auff einmal sein Tage nicht beysammen gesehen / und als er sich wieder erholet / schwur er mir / daß er die Esther / wann ich sie anders zu wegen bringen könte / ehelichen / und ihr Kind / wie sein eygen Fleisch und Blut halten und aufferziehen wolte / da ich nun diesen Eyd hinweg hatte / *informir*te ich ihn / wie er sich in den Handel schicken / und daß er die Josanna / der Esther ehemals gewesene vertraute Dienerin auff Morgen zu sich bescheiden solte / ich aber liesse mich noch denselben Abend in Eliezers / ja gar in der Esther Schlaffkammer sperren / wo sie sampt ihrem Kind / item einer alten Kindswarterin und dem Kindsmägdlein zu liegen pflag / welchem ich außwartete / biß sie alle entschlieffen / alsdann nam ich das Töchterlein (so wie eines Fürsten Kind in Decklachen und Wickelbinden von Gold / Perlen und Edelgesteinen überstickt / eingewunden war) mit mir darvon / und ob gleich Eliezers Behausung mit Schlossen so wol versorgt war / daß einem andern / als mir / ohnmöglich gewest wäre / hinauß zu kommen / so gab mir solches doch nichts zu schaffen / dann meine Springwurtzel öffnet mir den Weg allenthalben / und ich war so kühn überall / hinder mir wiederumb fein still und säuberlich zuzuschliessen.

Jch kam mit dem Kind glücklich in mein Losament / so / daß mich niemand weder gesehen / noch gehöret / und Eraßmus hatte indessen eine Seugamm bestellet / das Kind zu stillen / der dann mit Verlangen erwartete / biß Josanna an-

12 hinweg] erhalten 15 bescheiden] bestellen 17 item] ebenso 18 pflag] pflegte 18 f. welchem ich außwartete] wobei ich abwartete 20 Decklachen] Deckbett 23 Schlossen] Schlössern 32 erwartete] wartete

kam / derselben wiese er meine Tochter in der Fuͤrstlichen Einbuͤschlung / und sagte zu ihr / liebe Freundin / hier sehet ihr zugleich euren Messias und meine Tochter / welche / wann sie gleich ein Maͤgdgen ist / sich beydes in der Christen und ihres leiblichen Vattern Gewalt befindet / nicht zwar / solche als einen Messiam umbzubringen / sondern sie tauffen / und in der Christlichen Religion auffziehen zu lassen / Esther mag gleich ihrem Eliæ / der aber vor dißmal Eraßmus heisset / darzu verhuͤlfflich seyn oder nicht. Was sagt ihr darzu liebe Josanna? doͤrfft ihr noch wol hoffen / daß es sich schicken / und das Maͤgdgen mit der Zeit in ein Buͤbgen verwandelt werden solte; Jch moͤchte auch wol wissen / was Esther darzu sagt / wann sie ins kuͤnfftig unser Kind nicht als einen Messiam zu Jerusalem im Juͤdischen Tempel sitzen / sondern als eine Christin in der Christlichen Kirchen ihr Andacht verrichten / und dem wahren Messiæ dienen sehen wird? Jch rathe euch / weil ihr sehet / daß es mit diesem euren Messiæ gefehlet / ihr wollet nunmehr euren hiebevor gefasten Vorsatz wieder ergreiffen / und mir je ehender je besser / in Annehmung der Christlichen Religion folgen / und wann meine Esther / die nicht vom Elia / sondern von mir diese Tochter geboren / gesehen haben wird / daß sie in ihrer Naͤrrischen Meynung den Messiam zu gebaͤren / betrogen worden / und alsdann / gleich wie ich gethan / den heiligen Tauff annehmen / und mich vor ihren Eliam zum Ehegemahl haben will / so mag sie innerhalb 24. Stunden zu mir kommen; Jndessen bitte ich / gehet zu ihr / sagt ihr diese meine Meynung / und bittet sie von meinetwegen / daß ich sie so artlich uͤberlistet und betrogen / umb Verzeyhung / mit Vermeldung / daß mich die Liebe / so ich zu ihr getragen / nicht warten lassen / biß sie von selbsten auß ihres Vattern Hause zu mir kommen; Endlich gab Eraßmus der Josanna eben den jenigen Ring / den mir Esther zum Gedaͤchtnus geben / als ich die letzte Nacht bey ihr geschlaffen

2 Einbuͤschlung] Umhüllung 9 verhuͤlfflich] behilflich
19 f. ehender] eher 29 artlich] listig

(dann zu solchem Ende hatte ich ihm denselbigen zugestellt) mit Vermeldung / sie solte denselbigen der Esther bringen / dann bey diesem konte sie eygentlich abnehmen / daß er der Tochter wahrer Vatter sey / und so er selbst Mündlich mit ihr zu reden käme / wolte er ihr zu besserem Wahrzeichen auch das Gespräch erzehlen / so zwischen ihr und dem vermeynten Elia vorgangen / als der Messias geschmidet worden.

Josanna hätte sich schier zum Narren verwundert / als sie beydes / das Kind und den Ring sahe / und Eraßmum so reden höret / nam auch die Bottschafft zu verrichten gern auff sich / und da sie in Eliezers Hause kam / war es eben an dem / daß die Juden die gute Esther wegen Verlust ihres Kinds getröstet / und sie beredet hatten / Elias hätte es ohn allen Zweiffel zu sich in das Paradeiß verzuckt / allwo es unter den Engeln aufferzogen / und mit Himmlischer Speise ernährt würde / biß es sein Alter erreicht / und das Werck der Erlösung Jsraels und Wieder-Einsetzung in das Jüdische Land verrichten könte / das muste nun von der Esther so wol als von allem Jüdischen Volck / so Nachricht von dieser wunderbarlichen Entzuckung kriegte / festiglich geglaubt seyn / sintemal man nicht spüren konte / daß einige Thür / einigs Fenster / einiger Laden oder einigs Schloß in und am gantzen Hause geöffnet worden; als aber Josanna der Esther den Ring brachte / und ihr erzehlte / was sie gehöret und gesehen / da verschwur sie den Jüdischen Glauben / und schämte sich / daß sie sich so äffen und betrügen lassen / da sie doch zuvor die Warheit der Christlichen Religion genugsam auß den Büchern erkundigt; Sie konte vor Ungedult der künfftigen Nacht kaum erwarten / in deren sie zu Eraßmo überzugehen entschlossen / sie packte so heimlich als es seyn konte / ihren Schatz von Gold und Klenodien zusammen / damit stahl sie sich hinweg auß ihres Vattern Hause / und kam mit der Josanna nach der Abend-Demmerung in mein Losament angestochen / da sie dann Eraß-

14 verzuckt] entrückt 20 Entzuckung] Entrückung 34 angestochen] angelaufen

mus zu bewillkommen / und mit reden zu unterhalten wuste / wie ich ihn *instru*irt / und die Sach erfordert / so / daß sie ihr nimmermehr anders traͤumen lassen / als waͤre er der angemaste Elias / und ihrer Tochter rechter Vater gewesen.

CAP. XX.

Wie es weiters vor- in- und nach der Hochzeit ablieff.

JCh liesse Eraßmo zu / daß er sich gegen seiner kuͤnfftigen Frauen nicht mehr als mein Diener / sondern als einer / der seyn eygener Herr sey / anlassen solte / doch befahl ich ihm heimlich / was er thun und lassen muͤsse / nemlich ein eygen Zimmer vor die Esther und ihr Kind / darinnen sich auch Josanna behelffen muste / zu dingen / und sie darinn mit aller Nothdurfft zu versehen / und dann heimlich nach einem vertrauten Geistlichen zu sehen / der geschickt sey / beyde kuͤnfftige Christinnen / was ihnen in der Christlichen Religion zu wissen noch abgieng / vollkommenlich zu unterrichten / folgends sie beyde / in Gegenwart genugsamer Zeugen / sampt dem Kind zu tauffen / und endlich ihn mit der Esther ehelich zu *copuli*ren / befohlen und gethan war eins; Jch freute mich / daß ich auff einmal drey Juͤdin zu Christinnen gemacht / aber weil solcher Weg nicht *passir*lich / sorge ich wol / ich moͤchte einen schlechten Lohn darvon kriegen / und bedeuchte mich die Esther wol hundertmal schoͤner zu seyn / als jemahlen / weßwegen ich dann hefftig angefochten wurde / dem guten Eraßmo noch einen Dienst zu thun / aber wolte ich nicht gar ein Ertz-Schelm seyn / die angehende kuͤnfftige Christen nicht auff den Tod aͤrgern / und alles wieder verderben wolte / was ich zum guten Außgang gerichtet / so muste ichs wol bleiben lassen; Jch glaub auch / daß ich allein dieser Enthaltung halber / die mich trefflich

---

20 *copuli*ren] verbinden 21 Juͤdin] Jüdinnen 22 *passir*lich] begehbar, gangbar 31 Enthaltung] Enthaltsamkeit

*mortific*irt / wieder der Huld GOttes gewürdiget worden / und zur Bekehrung kommen.

Jndessen bekam ich nachricht / daß Eliezer seiner Tochter heimlich nachforschen liesse / und ein groß Gelt dem jenigen zu geben sich anerbotten / der ihm etwas von ihr sagen würde / weil dann nun das Gelt alles zu wegen zu bringen pflegt / was man nur will / so hielt ichs vor eben so billich als nothwendig / daß ich vor die jenige / so ich in Gefahr gebracht / sorgte / und auff Mittel gedächte / dem Eliezer das Nachforschen heimlich zu verleyden.

Es war eben damahl eine Compagnie Engelländischer *Comœdiant*en in der Statt angelangt / welche von dar wieder nach Hauß verräisen wolten / und nur auff guten Wind warteten überzusegeln / von denenselben entlehnte ich eine erschröckliche Teuffels-Larven / die hatte ein paar Ochsen-Hörner / ein paar gläserne gantz feurige Augen / so groß als Hüner-Eyer / ein paar Ohren / wie ein gestutzt Pferd / an statt der Nasen einen Adler-Schnabel / einen Schlund wie der *Cerberus* selbst / einen Box-Bart / an statt der Hände Greiffen-Klauen / und an statt der zehen gespaltene Kühfüß / man konte erschröcklich Feuer drauß speyen / wann man wolte / und sahe so forchterlich auß / daß man nur von seinem Ansehen hätte erkrancken / oder wol gar sterben mögen; Hierinn verkleidte ich mich einsmals / und kam unsichtbarlich in Eliezers Schlaffkammer / worinn ich wartete / biß er sich schlaffen gelegt / und sein Diener / der ihn außgezogen / wieder von ihm gangen war / es bran die gantze Nacht ein Wachs-Liecht in dem Zimmer / und als mich dauchte / daß Eliezer entschlummern wolte / liesse ich mich sehen / tratte vor das Bett / und sagte mit grausamer Stimm / Eliezer / wann du deiner Tochter nachzuforschen nicht unterlassen wirst / so will ich dich zu stückern zerreissen! du alter Narr / wilst du ihr ihre Ruh nicht gönnen? Siehe / sie ist in ihres Eliæ Paradeiß / den jungen Messiam zu

1 *mortific*irt] gepeinigt hat 17 gestutzt Pferd] Pferd mit gestutzter Mähne 19 Box-Bart] Ziegenbart 27 bran] brannte

schweigen / huͤte dich derowegen / daß du dich nicht mehr unterstehest / ihm seine Muͤtterliche Bruͤste zu entziehen / damit ich nicht zum zweytenmal abgefertigt werde / dir den Hals umbzudrehen! Jch haͤtte nicht bedorfft / mit hinderlassung eines gemachten Gestancks abzuscheiden / wie ich aber thaͤt / dann Eliezer schiesse auß Forcht und Schrecken sein Bett so voll / daß mir vor Gestanck haͤtte ohnmaͤchtig werden moͤgen / und ob ich mich gleich vor seinen Augen unsichtbar machte / so *vagir*te ich doch hin und wider / bald sichtbar / bald unsichtbar im Hauß herumber / als worinn ich alle Schlich und Winckel wuste / mit grausamem Gebolder und Auffsprengung der Schloß an den Thuͤren / die ich aber nicht wieder zumachte / wie ich gethan / als ich meine Tochter abholete / das trieb ich so lang / biß ich auff die Gasse / und endlich fein still wieder heim in mein Losament kam.

Esther und Josanna waren *interim* fleissig in Begreiff- und Annehmung der Christlichen Lehr-Stuͤck / die ihnen noch abgiengen / und doch zu wissen vonnoͤthen / und der Priester liesse hierzu an seiner Emsigkeit / und einem rechtschaffenen Seelen-Eyfer nichts ermanglen / so / daß er mir und Eraßmo in baͤlde *notificir*te / sie waͤren bequem und unterrichtet genug getaufft zu werden / allermassen wir zu dieser *festivit*aͤt einige unserer besten Freunde einluden / die wir so wol bey der Heiligen Tauff als *Copulation* zu Gevatter-Leuten und Zeugen haben musten; Esther und Josanna behielten ihr vorige Namen / ohne daß sich jede noch darzu Maria nennen liesse / die junge Tochter aber wurde *Eugenia* genannt / nicht weiß ich warumb selbiger Name der Esther beliebte; den andern Tag liessen sich beyde angehende junge Eheleute durch deß Priesters Hand auch paren / da muste ich nun mit Schmertzen gewahr werden / mit was vor einer Holdseligen Freundlichkeit Maria Esther ihrem Eraßmo be-

1 schweigen] stillen 6 schiesse] schiß 9 *vagir*te] streifte
11 f. Gebolder] Gepolter 17 *interim*] inzwischen 22 *notificir*te] mitteilte 25 *Copulation*] Eheschließung

gegnete / und fiel mir desto schwerer und peinlicher solches zu erdulden / weil ich mir einbildete / alle solche der Mariæ Esther dem Eraßmo bezeugende Liebreitzende Blitz / und annehmliche Freundlichkeiten thäten billicher mir als ihme gebühren / als die ich umb sie besser dann er verdienet; Ja es ist unmüglich zu glauben / wie sauer mich ankam / dieser Hochzeit zuzusehen / die ich doch selber mit so grosser Mühe und Gefahr angestellt / das aber glaube ich / wann es damit noch nicht so weit kommen gewest wäre / daß ich solches auch nimmermehr so weit hätte kommen lassen / dann ich fühlte viel schmertzlichere Pein und Liebes-Begierden gegen dieser Marien Esther / als ich niemal empfunden / ehe ich sie einigmal berührt / doch muste ich mich zwingen / mein unaußsprechlich Leyden / Qual und Aengstigung / so gut müglich / verbergen / und daß ich diesen schönen Vogel fliehen / und einem andern ins Kefig gelassen / mir selbst die Schuld geben; Diese Hochzeit wurde so heimlich gehalten / daß es nicht alle Leut im Hauß / geschweige Eliezer und die Juden gewahr wurden; Nachdem aber selbige vorbey war / zehlete ich Eraßmo in Gegenwart seiner Marien Esther / und Marien Josannæ die 10000. Ducaten baar dahin / und verhälet ihnen gar nicht / daß solche auß Eliezers Schatz zu solchem Ende gestolen worden / weil er schuldig seye / seine Tochter den habenden Reichthumben gemäß außzusteuren / so er aber nicht gethan haben würde / so fern er gewist haben solte / daß sie sich zur Christlichen Religion begeben / und weil gedachte Hochzeiterin auch ein zimliche Reichthumb von Goldstücken / Perlen und Jubelen mit sich auß ihres Vattern Hause genommen / also / daß beyde ein ansehenliches Vermögen zu Hauff brachten / zumalen ich über die 10000. noch ein paar hundert Ducaten übrig hatte / die Eliezers gewesen; So schenckte ich selbige der Marien Josannen / weil ich darvor hielte / sie hätte solche mit ihrer

1 peinlicher] schmerzlicher 3 Blitz] Blicke 13 einigmal] ein einziges Mal 22 verhälet] verhehlte 26 gewist] gewußt 27 gedachte] besagte 28 Jubelen] Juwelen 30 zu Hauff] zusammen

Treu / und daß sie die meiste Ursach gewesen / daß Maria Esther zur Christlichen Religion kommen / gar wol verdienet / doch mit dem geding / daß sie beyde Eheleute nicht verlassen / sondern bey ihnen verbleiben solte / biß selbige sie anderwaͤrts versorgten.

Damals erscholle in gantz *Europa*, daß der Koͤnig in Franckreich den Staad von Holland eygentlich bekriegen wuͤrde / derowegen fertigte ich / was ich noch vor Wahren im Vorrath hatte / eylends hinweg / und machte meine Sachen aller Orten richtig / worzu mir Eraßmus / der umb alle deren Beschaffenheit wuste / getreulich verholffen war / aber siehe / als wir hiermit kaum Feyerabend gemacht hatten / kriegte ich von Hauß auß von meinem Vetter Apothecker Schreiben / daß mein Weib den Weg aller Welt gangen; *O mirum*! wer war leydiger als ich? Nicht zwar / daß mir mein Weib gestorben / sondern weil das Schreiben wol 3. Wochen unterwegs war ligen blieben / dann waͤre mir dasselbige bey Zeiten eingeloffen / so haͤtte die Maria Esther den Eraßmum wol nimmermehr bekommen sollen; aber was halffs? Es war geschehen / er hatte das Gluͤck / und darumb hat er auch die Braut heimgefuͤhrt / aber ich / war ich zuvor wegen meiner Liebe gegen der Maria Esther / die sich nicht allein von neuem schlechthin wieder entzuͤndet / sondern verdoppelt hatte / wurmicht und schellig? siehe / so wurde ich jetzunder gleichsam gantz unsinnig / den Eraßmum / welchen ich kurtz zuvor mit dem allerschoͤnsten Weibsbild von der gantzen Welt versorgt / und zu einem reichen Gluͤckseligen Mann gemacht hatte / dem wuͤnschte ich jetzunder dem Tod in Rachen; Jch verfluchte zugleich sein Gluͤck und mein Ungluͤck / und wurde zuletzt so wuͤtend und unleydlich / daß schier kein Mensch mehr bey mir wohnen / noch mit mir zu recht kommen konte / endlich gab mir / ich

---

3 geding] Bedingung 7 eygentlich] tatsaͤchlich 8 fertigte ⟨. . .⟩ hinweg] verkaufte 11 verholffen] behilflich 15 *O mirum*] O Wunder, o Weh 18 eingeloffen] eingelaufen, eingetroffen 24 wurmicht] übellaunig 24 schellig] närrisch 31 schier] fast

weiß nicht wer / ich schaͤtze aber wol kein guter Geist / in Sinn / ich solte Eraßmum auffopffern / und mich der Marien Esther selbst widerumb theilhafftig machen / O grausame Gottlosigkeit! Jch glaube auch / ich haͤtte es ohn allen Zweiffel endlich gewagt / wann nicht Gott die seinige behuͤtet / und mirs nicht im Anfang solcher Versuchung ein abgeschmackts widerwaͤrtigs Fressen gewest waͤre / die jenige zu ehelichen / die durch meine Anstalt von einem andern beschlaffen worden / welches eine Zeitlang meine erschroͤckliche Grausamkeit hemmete / und der getreue Gott / welcher / wie gemeldt / die seinige behuͤtet / oͤffnet indessen Eraßmo die Augen / daß er meine wuͤtende *Melanchol*ey auß meinem immerhin Grißgrammenden Angesicht lesen und errathen konte / wo solches herkommen / und was ich im Sinn haben moͤchte / weil ihm unverborgen / daß mein Weib tod war / allermassen er einsmals mit seiner Maria Esther / ihrem Kind / der Josanna und allem seinem Vermoͤgen bey Nacht durchgieng / und mit einigen Leuten / die groß Gut nach Hamburg floͤhnten / darvon segelte / welches ihm ohn Zweiffel GOtt durch seinen guten Engel eingeben / von dannen ist er nach Dantzig / und von dort auff Luͤbeck kommen / wohin aber weiters / hab ich seyther nicht erfahren koͤnnen / und also wurde ich hinder ihm gelassen / vor der Thuͤr der aͤussersten Verzweifelung.

CAP. XXI.
Was der Verzweifelte ferners begonnen.

SO lang ich mit dem / was ich in den paar letztern Capiteln erzehlet / beschaͤfftigt war / kam ich nicht mehr zu meinen Kuͤnstlern / von welchen ich die Spring-Wurtzel bekommen / und andere Kuͤnste mehr gelernet hatte; Jetzund aber / als Eraßmus und sein Anhang fort / Maria Esther mir auß den Augen / meine Wahren / mit denen ich handelt /

19 floͤhnten] flüchteten, wegschafften

anderwärts hin verschafft / und mein gantzer Handel so weit richtig war / daß ich nichts sonderlichs mehr / als mit dem Müssiggang / und dem Anligen / so ich wegen gedachter Esther erdulten muste / zu schaffen hatte / siehe / da suchte ich obengemeldte Gesellschafft wiederumb / unser Thun und Lassen war nichts anderst / als allerhand Künste zu *probir*en / und unsern Spaß und Zeit-Vertreibung darinn zu suchen / benebens daß wir auch dem Fressen und Sauffen / Huren und Buben / und sonst allerhand Leichtfertigkeiten oblagen / bey welchem wilden und wüsten Leben ich nicht allein der Liebe zu der Marien Esther / sondern auch meines Häußlichen Wesens in meiner Heymeth / ja aller Erbarkeit / und allerdings meiner selbst vergasse.

Solches / und bey nahe alles Unglück verursacht der Müssiggang / zwar der Müssiggang nicht vor sich selbsten / sondern wann man ein heyllose Gesellschafft alsdann antrifft / wann beydes / Leib und Gemüth nichts zu handthieren / oder zu arbeiten hat / zuvorderist aber / so ein solcher müssiger Mensch vorhin fürwitzig / leichtfertig / jung / und bey Mitteln ist / daß er umb sein Nahrung zu sorgen / nicht sonderlich vonnöthen / und gleich wie ein dürrer Zunder das Feuer eher fängt als ein nasser Schwamm / also neigt sich auch ein so beschaffener Mensch viel ehender zur Boßheit / und seinem Untergang und Verderben / als einer der mit Mühe / Sorg und Arbeit beladen.

Jch hatte ohne das / was ich nach Hauß und anderwärtshin übermacht / noch bey 2500. Reichsthaler baar Gelt / so ich beydes mit Schachern und Stelen zusammen gebracht / und weil mich beduncken wolte / solches möchte / wie ich ein Leben führte / nicht weit hinauß langen / als fuhr ich dem Eliezer noch einmal in sein Gewölb / noch ein Parthey Ducaten zu holen / aber die gute Kautzen waren außgeflogen / weil damals jederman das seinig / was ihm lieb war / hinweg flehete / so / daß es schiene / ob wolten die Einwohner ihre

---

12 Heymeth] Heimat 31 Parthey] Teil 33 f. hinweg flehete] flüchtete, wegschaffte

sonst uͤberauß reiche Statt selbst arm machen / damit die Frantzosen desto weniger umb ihre unnoͤthige Muͤhe kriegen solten / und demnach mirs an andern Orten / wo ich mausen wolte / auch fehl schlug / so sahe ich mich gezwungen / mein gegenwaͤrtigs Leben zu *quittir*en / und unter zweyen das eine zu erwehlen / nemlich / entweder wieder nach Hauß zu kehren / daselbst mich / noch ein Parthey Ducaten zu holen / zu verheurathen / und meine Nahrung durch die Handelschafft wie zuvor zu suchen / oder einen Soldaten abzugeben / diß letztere erwehlte ich folgender Ursach halber.

Einsmals luden mich etliche / darunter der geringste gar wol vor einen Ertz-Schwartz-Kuͤnstler *passir*en konte / auff ein lustiges *Spectacul*, so sie / vermittelst ihrer Kuͤnst zurichten / und zu Vertreibung der *Melancholiæ*, deren ich noch immer ergeben war / mich sehen lassen wolten / welches so beschaffen seyn wuͤrde / daß man vergangenes / gegenwaͤrtiges und zukuͤnfftiges darbey sehen koͤnte; Jch erschiene auff die bestimbte Zeit / und nachdem allen bey Lebens-Verlust stillschweigen aufferlegt worden / nam ich neben andern meinen verordneten Sitz ein; Das Zimmer / worinn wir uns befanden / war zwar nicht von sonderlicher Groͤsse / aber so bald der *Principal*, so diß Werck angestellt / anfieng in seinem vor sich habenden Buch heimlich zu lesen / da thaͤt sichs voneinander / und schiene der allerschoͤnsten und lustigsten Landschafft gleich / die in der gantzen Welt seyn mag / die Decke uͤberzog sich mit Gewoͤlck gleich dem Himmel / und heitert sich hernach widerumb auß / daß man *Phæbum* so eygentlich auff seinem Wagen daher konte sehen fahren / als einen Muͤhlkarch in einem Dorff; Auff Erden war alles so lustig anzusehen / als immer im Mayen / da sahe man die allerlustigste Felder / gruͤne Matten und Waͤlder / anmuthige Gaͤrten voller fruchtbahrer Baͤum von allerhand Gattungen / und was das aller-anmuthigste schiene / war diß / daß man zugleich deren zeitig Obs / und an andern Orten /

5 *quittir*en] verlassen 12 *passir*en] gelten 22 *Principal*] Veranstalter 29 Muͤhlkarch] Mühlenkarren

doch darzwischen die Bäume in voller Blüt sehen konte / in dieser lustigen Gegend sahe man die Menschen in ihren Geschäften herumb wimeln / denen weder an Gesundheit noch etwas anders an ihrem Wolstand / viel oder wenig mangelt / so gar / daß auch die armste Bettler wegen deß reichen vorhandenen Uberflusses das liebe Brot zu verachten / vor keine Sünd hielten; Man sahe Leute / die dem grossen Numen allein dieneten / und ihm im Namen und von wegen aller Creaturen / umb gegenwärtige friedsame / ja gantze guldene Zeit danckten / ohnangesehen sie solchen Gnadenreichen Seegen und Uberfluß selbst nicht weiters gebrauchten / oder sich zu Nutz machten / als was blößlich die Auffenthaltung ihrer Leiber erforderte / so sie jedoch auch gesparsamlich genug thäten / diese waren aber sehr dünn gesäet / etliche auß ihnen hielten darvor / sie wären ausser dem / daß sie GOtt mit der Vernunfft und seinem Ebenbild geziert / nicht so gut als das unvernünfftige Vieh / weil sie sündigen / und Gott erzürnen könten / das sich aber an den Thieren nicht fände / hingegen sahe man ein unzehlbare Menge / die sich auß Menschen in Bestien verwandelten / also / daß es ein Ansehen hatte / ob wäre wieder ein andere *Circe* erstanden.

Es wird mir zu lang zu erzehlen / und fällt verdrüßlich zu hören / wie mancher / der nach seines Nächsten Eheweib wiehlet / sich in einen Hengst / wie manche gaile Ehebrecherin sich in eine läuffige Zatz / und alle außgelassene / auff die Unkeuschheit verpichte / sich in stinckende Böck verkehren / geschweige / daß ich erst sagen solte / wie viel durch fressen und sauffen zu Säuen / durch Neid und Haß zu Hunden / durch Geitz und Gelt-Begierd zu Wölffen / durch Grausamkeit zu Löwen / und andere durch andere Laster zu sonst allerhand Bestien worden / dann solche gemeine und bekandte Veränderungen waren hie gar nichts neues / son-

---

3 wimeln] wimmeln 7 Numen] Gott 12 blößlich] nur
13 Auffenthaltung] Aufrechterhaltung 25 wiehlet] wiehert
26 Zatz] Hündin

dern dieweil man in diesem vorgegauckelten Gesicht / wie in einem engen Begriff alles sehen konte / was in der gantzen Welt geschiehet / hatte man genug zu thun / die Augen auff andere erschröckliche Verwandlungen zu wenden / und zwar auff solche / von dergleichen auch *Ovidius* niemahlen sich träumen lassen dörffen; Zwar was darffs vieler Umbständ? man sahe Menschen / die zu leibhafftigen Teufeln wurden.

Lieber was ists anders ein Teufel seyn / als Gott hassen / die / so ihn lieben / anfeinden / seine Geschöpffe verunehren / mißbrauchen und lästern / und in Summa / das allerärgste so nur zu ersinnen / wider Gott und die seinige zu stifften? Jch rede hier nicht von der unglückseligen *Congregation* der Hexen / die Nächtlicher Weil wie die Liechtscheuende Eulen und Fledermäuß zu solchem Ende auff ihre Versammlungen fahren / dann von solchen deß leidigen Teufels elenden Sclaven ist ohne das genugsam bekand / was vor Verwandnus / Aenlichkeit und Gleichheit sie mit dem Teufel zu haben pflegen / wilstu aber mehr Leute wissen / die diesen gar nahe kommen / so will ich dich nicht zu Mördern und Strassenraubern / oder anderm dergleichen beschribenen heyllosen Gesind / sondern nur in ein Wirthshauß gewiesen haben / darinnen ein Hauffen Baurenknecht (nicht Soldaten / die da den Namen Gottlos ererbt) beysammen sitzen / und umb das ihrig sauffen und spielen / da wirstu einen solchen grausamen Hauffen der aller erschröcklichsten Gottslästerungen herauß speyen hören / daß du vernehmen wirst / entweder der Teufel selbst rede auß ihnen / wie auß den Besessenen / oder das Thier in der Offenbahrung Johannis / oder der Höllische Schlund selbst hätte seinen Rachen wider GOtt auffgethan / welche heyllose Bursch nur vor Schertz und Kinderspiel halten / wann sie wünschen / hundert tausend Teufel sollen sie holen / in die

---

1 Gesicht] Vision, Erscheinung 2 Begriff] Bezirk 13 f. *Congregation*] Versammlung 18 Verwandnus] Verwandtschaft 22 beschribenen] steckbrieflich gesuchten

Lüffte (ja in *Nobis*-Krug) hinweg führen / und zu hundert tausend Stückern zerreissen.

Aber wo komm ich hin? Jch wolte nur sagen / daß es in unserem Gesicht unter den Menschen so voller Unmenschen herumb grabelt / daß man unter ihnen schier keine rechte Menschen mehr sehen konte / wann gleich *Diogenes* mit seiner Laternen daher kommen wäre; Solchen Greuel sahe *Phœbus* von der Höhe / und schrye überlaut / so / daß seine Stimme sich schier dem Donner vergliche; Ach! sagte er / wie lang soll ich den Menschen noch zu ihrer Unweisheit leuchten / und ihre Boßheit in meinen Augen gedulden / damit sie den Schöpffer lästern / der mir zwar befohlen / meinen Schein beydes guten und bösen mitzutheilen? Jupiter / welcher solches stracks höret / und vielleicht vermeynte / es möchte jemand seinen Strahl ergriffen haben / ihm ins Handwerck zu stehen / erschiene alsobald auff einer liechten Wolcken / und fragte / was da zu thun wäre? Ach gütiger *Jove*, antwortet *Phebus*, siehestu dann nicht / wie bey nahe alle Menschen ihre richtige Wege / die sie gehen solten / verlassen / und daß ich denselben noch darzu auff den Jrrwegen / die sie in ihrer Boßheit wandlen / leuchten / und immerhin / von Osten biß ins Westen mit Anschauung allerhand unmenschlicher Greuel / mich quälen lassen muß? bedünckt dich unbillich seyn / daß ich drüber ächtze und *lamentire*? Jch sage dir / es wäre kein Wunder / wann ich wie *Phaeton* etwan auß Unkündigkeit deß Dings / dessen er sich unterfangen / gethan / vorsetzlich solche Wege führe / dardurch die Landschafften der gantzen Welt entzündet / und ihre Jnwohner sampt den greulichen Lastern ihrer Boßheit vertilgt / und von dem Erdboden außgerottet würden.

Jupiter antwortet hierauff / solche *procedur* wäre zu streng / und wider die Güte deß grossen *Numinis*, und wann er *Apollo*

1 *Nobis*-Krug] Hölle 4 Gesicht] Vision 5 grabelt] wimmelt 16 stehen] pfuschen 18 *Jove*] Jupiter 26 Unkündigkeit] Unkenntnis 32 *procedur*] Verfahren 33 *Numinis*] Gottes

sich deren auß eygenem Willen unterfangen wuͤrde / so waͤre sie auch straffbar / der Sach muͤste anderst abgeholffen / und zuvor untersucht werden / auß was Ursachen und Bewegung die unartige Menschen noch aͤrger wuͤrden / wann solche gefunden / und auß dem Weg geraumt sey / so wuͤrde alsdann wol wieder Besserung zu hoffen seyn / und das schoͤne Gebaͤu der Welt / mit welchem auch sie die Planeten selbst auffhoͤren muͤsten / noch laͤnger in seinem Flor stehen bleiben koͤnten / darauff erregte er ein sanfftes Donnern / die gesampte Goͤtter-Schaar dardurch zu versammlen / weil *Mercurius* nicht vorhanden / sondern auff Erden an unterschiedlicher grossen Herren Hoͤfen mit allerhand Staads-Geschaͤfften bekuͤmmert war; Als nun deren ansehenliche Gegenwart erschiene / trug ihnen Jupiter alles vor was noͤthig / die eygentliche Ursach zu erkundigen / umb welcher willen / oder wordurch das Menschlich Geschlecht so gar den Krebsgang gienge; Jn dem nun die Goͤtter und Goͤttinnen sich hieruͤber zu berathschlagen anfiengen / kam *Mercurius* auch eylends angestochen / welchem *Jupiter* einen scharpffen Verweiß gab / und ihm den lahmen *Vulcanum* vorwarff / der laͤnger dann eine gantze viertel Stund vor ihme sich eingestellt haͤtte; Doch weil *Mercurius* vor den schlauesten *Vocativum* unter allen Goͤttern gehalten wird / wolte er ihn nicht gleich gar in die Schind-Grub werffen / oder auff den Esel setzen / sondern damit er ihn im Laun behielte / und weil er ohne das seine *Proposition* an die Goͤtter nicht gehoͤret hatte / fragte er ihn / was doch die Ursach seyn moͤchte / daß die Menschen den jenigen Weg / welchen ihnen das grosse *Numen* zu wandeln gezeigt / so gar verliessen / und der Hoͤllen zurenneten? *Mercurius* antwortet ohn allen Vorbedacht / guͤtiger *Jove*, wer wolte anders dran schuldig seyn als das holde Gelt? dann ich weiß am besten / und erfahre es noch taͤglich / was solches vor manigfaltige Kraͤff-

8 Flor] Blüte 19 angestochen] herbeigeeilt 23 *Vocativum*] Kerl, Schlitzohr 24 Schind-Grub] Grube für Kadaver 25 im Laun] bei Laune 26 *Proposition*] Vortrag

ten hat / die Menschen auff vielerley Weis und Weg zu verfuͤhren und zu verderben.

So bald *Pluto* diß hoͤret / gab er *Mercurio* einen graͤmischen Blick / und sagte / wie kans immer muͤglich seyn / daß die beyde eygene Metallen *Phœbi*, und seiner keuschen Schwester *Dianæ* solche Greuel und Laster verursachen solten / woruͤber sich *Apollo* selbst beklaget? Du bist halt ein unnuͤtzer Plauderer / und vermeynest / weilen ich zugleich deß Gelts *Patron*, und der Hoͤllen Koͤnig sey / so lauffen die Menschen allein der Ursachen / weil sie es lieben / dem Hoͤllischen Reich / und also wider deß hoͤchsten *Numinis* Willen / dem Verderben zu; Es seynd andere Sachen / welche sie in allerhand Laster verleyten; Sag mir / du *Phantast*, ob *Midas* die Tage seines Lebens auch jemahls andaͤchtiger die Goͤtter angeruffen / als damahls / da er Gelds vollauff hatte / und der Krafft seines Wunschs / der noch biß auff diese Stund bey den weisen Menschenkindern vor thorecht gehalten wird / widerumb entledigt zu seyn gebetten?

Mercurius sagte hierauff / das Gelt bestuͤnde nicht allein in Gold und Silber / sondern auch in Kupffer / Zinn / Bley / Ganza / ja bißweilen so gar nur in Leder / und als er sich zu verantworten / und seine Meynung zu vertheidigen / ferner fortfahren wolte / legt ihm *Jupiter* stillschweigen auff / die Stimmen der samptlichen Goͤtterschaar einzusammlen / deren einhellige Erkandnus endlich herauß kam / deß Jnhalts / daß nemlich die Guͤte Jupiters selbsten an allen den jenigen Greueln und Lastern schuldig waͤren / woruͤber sich *Apollo* beklagte / er haͤtte das *Cornu Copiæ* der *Cerere* zugestellt / auß welchem sie den Menschenkindern so viel und uͤberfluͤssig *spend*irt / daß sie gantz muthwillig / gail / außgelassen / und verrucht darvon worden / man wisse / wann der Gaiß zu wol sey / so gehe sie auff das Eyß / und breche ein Bein / und demnach sich *Neptunus* eben auch gleich beklagte / daß einige / die er gleichsam auß dem Staub erhaben / und in

---

3 graͤmischen] grämlichen, ärgerlichen 28 *Cornu Copiæ*] Füllhorn 29 f. uͤberfluͤssig] überfließend, reichlich 34 erhaben] erhoben

seinem Reich groß gemacht / sich so wol wider seine Goͤttliche Macht / als seine Liebling unter den Menschen / welchen er wegen guter Nachbarschafft geneigt seye / sich auffbaͤumten / so / daß es schiene / ob wolten sie allen Gewalten der Welt Gesetze vorschreiben; Als befahl *Jupiter* dem *Marte*, er solte der *Ceres* ihr *Cornu Copiæ*, gleichsam wie ein feist Jmen-Faß ein wenig beschneiden und außpluͤndern / zu sehen / ob die Menschen durch Mangel und Noth zur Erkandnus ihrer selbst und ihrer Gebrechen / und also zu ihrer Besserung gebracht werden moͤchten / und zwar solte er solches bey denen anfangen / wo er finden wuͤrde / daß es am mehristen vonnoͤthen.

O guͤtiger *Jove*, schryen hierauff die friedliebende Goͤtter / was gibstu diesem Hirnschelligen Wuͤterich vor einen Gewalt? Was wird er abermal in der Welt vor Jammer durch seine Grausamkeit anstellen? Welchem auch die aller-unschuldigste Menschen nicht entrinnen moͤgen? Aber Jupiter liesse sich diese Einred nicht irren / sondern sagte / das grosse *Numen* wird die seinige schon zu erhalten wissen / und wann gleich uͤber den einen oder den andern etwas von dieser allgemeinen Heimsuchung verhaͤngt / und mancher Gottliebender Mensch gar deß Zeitlichen Lebens und Guts beraubt wird / so wird ihn dasselbige jedoch darvor hinwiderumb in seinem Himmlischen Reich ergoͤtzen.

CAP. XXII.

Wie es weiter gieng / und was auß diesem Gesichte zu lernen.

GLeich wie die Bienen Honig / und die Spinnen Gifft auß den Blumen saugen / also schoͤpffen auch die gute Menschen guts / und die schlimme boͤses auß den Buͤchern; Ein Buch kan so aͤrgerlich nicht seyn / es wird ein frommer Mensch

6 feist] voll, mit Honig gefüllt 7 Jmen-Faß] Bienenstock
11 f. mehristen] meisten 14 Hirnschelligen] verrückten
26 Gesichte] Vision

etwas guts drauß lernen können / und ein Buch wird so Gottselig nicht seyn / darauß ein verkehrter Mensch nichts nehmen könte / das ihm vermeyntlich zu Besteiffung seines verkehrten Sinns nicht dienlich wäre; Sehen wir solches nicht an den Ketzern / welche zu Verthädigung ihres Jrrsals auch die Göttliche Schrifft selbst mißbrauchen? Was es aber diß-falls vor eine Art mit den Büchern hat / die hat es auch mit andern Dingen / als wann man Historien vornimpt / oder *Comœdien agir*en siehet / und dergleichen / und was man von solchen Sachen sagen / und darauß lernen kan / das kan man vielmehr auß gegenwärtigem unserm vorgegauckelten *Spectacul.*

Die *Compagnionen*, welchen zu gefallen diß Gesichte zur Kurtzweil und Zeit-Vertreibung vorgestellt worden / schöpfften die meiste Verwunderung und gröste Freud darauß / also / sie sagten / wie grossen Gewalt den Teufeln verhängt war / wann sie ihre Zauberer und Hexen im Lufft herumber / und hin und wieder auff die Berg und einsame Oerter führten / dort Täntz und allerhand Spaß / und herrliche Pancket anstellten / und hernach die Erd-Gewächse verderbten / wie sie sich hie und da an denen / von welchen sie sich beleidigt zu seyn vermeynten / mit Anhenckung schwerer Kranckheiten / tödtung und Bezauberung beydes der Kinder / deß Gesinds / deß Viehes / und ihrer selbst rächeten / und ihnen das ihrig durch aller Zäuberische Mittel und Hülffe der bösen Geister ab- und sich selbst zuhexten / sie gedachten aber im wenigsten daran / was vor einen erschröcklichen Lohn ihnen entweder noch in dieser oder in jener Welt von dem allergerechtesten Richter umb solche ihre Arbeit gegeben werden solte.

Mancher hingegen / wann er diß Gesichte sehen sollen / hätte zu seiner Geistlichen Aufferbauung ohne Mühe be-

3 Besteiffung] Bestärkung 5 Verthädigung] Verteidigung
5 Jrrsals] Irrtums 9 *agir*en] aufführen 11 f. *Spectacul*] Schauspiel
13 *Compagnionen*] Gefährten 20 Pancket] Bankette, Festmähler
25 aller] alle

greiffen mögen / wie durch die Völle und Genüge deß reichen Segen Gottes / der sich in den lieben Friedens-Zeiten überflüssig verspüren / und so wol von den Menschen nach Nothdurfft geniessen / als unnützlich verschwenden läst / bey den Welt-Menschen den schädlichen Müssiggang / und mit ihm alle abscheuliche Laster und Uppigkeiten geboren werden / dargegen die Gottselige diese von andern großgeachte Wollüsten und Ergetzlichkeiten der Welt gantz kaltsinnig vorbey *passir*en / und sie kaum einigen Anschauens würdigen / geschweige / daß sie sich damit besudlen solten / wordurch jene den gerechten und unaußbleiblichen Zorn Gottes reitzen und erregen / daß ihnen zugleich Krieg / Hunger und Pest übern Hals kommen / dem gailen wollüstigen Geblüt / und gumpenten Leib-Esel der schläffferigen Seel den Kitzel zu vertreiben / die Seele selbst aber / zu Beobachtung ihres Heyls auffzumuntern / oder zugleich beydes Leib und Seel hie zeitlich und dort Ewig / wann keine Besserung folgt / zu straffen / diese aber / als auff dem Creutz- Weg der Trübsal in das Ewige Reich tringen.

Andere hätten auß unserm *Spectacul* umbständlich erlernen können / wie elend und armselig der Bauer sey / von welchem ich nicht weiß / wann er anders auch ein wenig hoffärtig ist (wie dann die jenige / so reich und witzig zu seyn sich einbilden / auch gemeiniglich zu seyn pflegen) ob ich ihn unter die Blinde oder unter die Gesehende / unter die Menschen oder Thier rechnen soll; diese Tropffen habe ich offt *lamentir*en und murren hören / wann der überflüssige Segen deß Allerhöchsten / welchen sie den sauren Schweiß ihrer Arbeit nennen / ich vermeyne die Früchte / welche sie auß dem Erdboden erziehen / nicht nach ihrem Sinn und Wunsch übersilbert wird; da begehen sie gantz unverschämt solche Läuffe / darinn ihr Wein und Korn ein mehrers gelte /

1 Völle] Fülle 9 *passir*en] gehen lassen 14 gumpenten] springenden 19 tringen] dringen 25 Gesehende] Sehenden
31 übersilbert] bezahlt 32 Läuffe] Zeitläufte, Zeiten 32 gelte] wert sei

das Viehe und Schmaltz theuer werde / und so fortan; sie gedencken aber im geringsten nicht daran / wann ein Ey drey Batzen gelten solte / daß alsdann der Bauer in selbiger *refier* keine Henne mehr hab / die ihm solche lege; Wann sie solche Naͤrrische *Midas*-Wuͤnsche thun / so erinnern sie sich nicht / daß zuvor ein Seuche unter ihr Viehe kommen muͤste / ehe das Fleisch theuer werde; wann die Fruͤchte auffschlagen sollen / daß zuvor Miß-Jahr einfallen muͤssen / die wenig in ihre Scheuer geben / und in Summa / wann eine Theurung aller Ding entstehen soll / ihre Wahren werth zu machen / daß zuvor ein Krieg sie uͤberfalle / der sie alles dessen / was sie hoch an das Gelt zu bringen verhofft / fein saͤuberlich beraube; Kompt dann *Mars*, und fangt an in ihren Kaͤsten / Scheuren / Staͤllen und Guͤtern zu laͤutern / oder vielmehr zu verwuͤsten / so verfluchen sie beydes den Krieg / und dessen Anfaͤnger / und dencken nicht mehr dran / daß sie solchem mit Worten gewuͤnscht / und mit Wercken verdienet haben; Jn solcher Vergeßlichkeit denckt er auch an keine Bekehrung / sondern verbleibt der er vor war / biß er entweder druͤber auß Mangel und Hunger stirbt / oder sich gleichwol durch GOttes Gnad kuͤmmerlich genug erhaͤlt / biß ihme die Friedens-Sonne wieder scheinet / da er alsdann sein Leben wieder anfangt wie ers zuvor verlassen.

Es ist hart geredt / wann *Garzonius* sagt / es scheine / ob waͤre der Bauer von GOtt verflucht / aber dem sey wie ihm wolle / so muͤß er / wie oben erzehltes unser Gesichte außweiset / wann ein Krieg entstehet / am allerersten und zum mehristen Haar lassen / worauß unwidersprechlich folgt / wann anders der Krieg ein Straff von Gott ist / daß sie solche auch zum allermeisten verdienet / solches will uns aber freventlich zu urtheilen nicht gebuͤhren / dann nicht nur der

---

2 wann] wenn 4 *refier*] Revier, Gegend, Landstrich
9 Scheuer] Scheune 10 werth] teuer 12 hoch an das Gelt zu bringen] teuer zu verkaufen 14 laͤutern] reinigen
30 wann anders] wenn schon

Bauer wird durch den Krieg gestrafft / sondern die Außgäng der Kriege weisen auch offtmal / wie *Æsopi* Hund sein Stück Fleisch verliehrt / in dem er nach dem Schatten schnappt / massen mancher grosser Herr / der den Krieg anfängt / seiner Ganß den Hals absticht / die ihm zuvor täglich ein gülden Ey legt.

Es hätte auch mancher auß unserm Gesicht abnehmen können / daß viele / wann sie als Bauren und Burger vom Marte den Lohn ihrer Sünd und Laster nicht empfangen / sie hernach unter diesem Kriegs-Gott als Soldaten / ihre Straffe desto grausamer einnehmen / und insonderheit die Mißrathene unartige Zucht / welche nicht den Anweisungen ihrer Eltern / sondern dem Kalbfell folget / unter welcher Bursch zwar keine außgelassener / verruchter und Gottloser zu seyn pflegen / als eben die Bauren-Buben / die vom Roß hüten an / biß sie irgends einen Graben füllen / oder sonst hinder einer Hecken / oder in einem alten Bau vor Kranckheit und Hunger verschmachten / und von den Raben oder Hunden noch halb lebendig angewendet und gefressen werden / von ihrem Christenthumb / und was ihrer Seelen Heyl anbelangt / weniger als nichts zu sagen wissen / ausserhalb die greuliche Gottslästerungen und Flüch / an welchen man zwar spüret / daß sie Christlicher Art seyen / aber solche / die ärger als Heyden / inmassen sie auch nicht einmal wissen oder verstehen / was sie fluchen und schweren / und diß seynd selbige / von denen das Sprüchwort entsprungen: Wer Bauren verderben will / müsse Bauren mit nehmen; dahingegen bey andern / so sich gleichwol auch in Krieg begeben müssen / noch ein wenig bessere Zucht und *humanit*ät sich befindet.

Also hätten andere auß unserm vorgestellten Gesicht und

11 einnehmen] empfangen 12 unartige] aus der Art geschlagene 12 Zucht] Gezücht, Sprößlinge 13 Kalbfell] Hier: Kriegstrommel 14 Bursch] Rotte 19 angewendet] angegriffen 21 ausserhalb] ausgenommen 24 inmassen] zumal 25 schweren] schwören

Spectacul auch andere Lehren / beydes gute und boͤse / je nachdem ein jeder gesinnet / begreiffen und verabfassen / und sich solche zu Nutz machen konten / mich anbelangend / *delectir*te ich mich damit / als ich sahe / wie *Mars* der *Cerere* ihr Horn pluͤnderte / und seiner Bursch einen kurtzen Schmauß darauß zukommen liesse; Es war auch Zeit bey ihnen / dann theils lang auß ihrem Saͤckel gezehret / oder sich sonst schlecht genug mit dem Schmal-Hansen beholffen hatten; So waren auch theils an etlichen Orten so unwerth worden wie Gaͤnß-Mist / so daß die Hunde schier an sie saichen moͤgen; uͤber das erforderte das feindliche Land von sich selbsten / daß es von etlichen unartigen Koͤpffen gereinigt wuͤrde / massen man nicht alles was man gern wolte / in die Jndien senden kan; Jch sahe mit hertzlichem Lust zu / wie diese den Bauren / und hernach einander selbst lauseten / daß sie im gantzen Lande *dominirt*en / und alles ihr war / was ihnen unter die Haͤnde kam / und ehe ich wahr nam / wie elendig die mehriste dieser Leute endlich zu Grund giengen / gewonne ich ein solchen Lust / mich unter ihre Zunfft schreiben zu lassen / daß ich schier nicht warten konte / biß unsere Erscheinungen oder *Vision* ein End hatte. Dann man hoͤrete das jaͤmmerliche aͤchtzen und weheklagen der Sterbenden nicht vor dem Geschrey der noch lebenden immer fort wuͤrgenden / noch vor dem Brummen deß Geschuͤtzes / deß Schalls der Trommeln / Trompeten und Heerpaucken / uͤber das bedeckte der Nebel von so vielem verschossenen Pulfer die Abscheulichkeit der Verwundten / und auff vielerley Art voneinander geschossener Menschen / sampt der Menge und Baͤch deß vergossenen Bluts / und was Hungers halber / oder sonst auff andere tausendfaltige Arten starb und verdarb / das wurde ohne das von den Uberlebenden nichts geachtet.

Da sahe ich / wie hingegen sich der grossen Herren *Cassa*

4 *delectir*te] erfreute 8 schlecht] schlicht, einfach 10 saichen] pissen 13 in die] nach 15 lauseten] quälten 16 *dominirt*en] herrschten 19 gewonne] gewann 33 *Cassa*] Kassen

leerten / die Cammer-Gefäll außblieben / und die Schätze außflogen / wie die Kauffleut erarmten und *banquerotirt*en / die Handwercks-Leut das *Miserere* sangen / und am Hunger-Tuch nagten / und die Bauren auff dem letzten Loch pfieffen / da war kein Hauß das nicht heulete / kein Geschlecht das nicht Leyd trug / kein Gasse die nicht jammerte / keine Statt die nicht wehklagte / und kein Dorff / so das Elend nicht truckte / da sahe man nirgends nichts lustigs als unter den Soldaten / und sonst niemand einige Freud haben als die Kriegs-Leut / bey den übrigen allen / was nicht mit kriegte / war lauter Seufftzen / Trauren und Weynen / solches alles verdoppelte meine Begierd noch mehrers / ein Soldat zu werden.

Unser *Spectacul* endigt sich / als wir sahen / wie die Dörffer hin und wider im Lande außgeplündert und verbrennet / die Vestungen / Schlösser und Stätte *bloquirt*, belägert / bestürmt / eingenommen / beraubt oder gebrandschatzt / und die Jnwohner gepreßt oder gar verjagt wurden / dann als es an dem war / daß man auch sehen solte auff wie mancherley Arten seltzamer / urplötzlicher und grausamer Tödt die Soldaten umbkommen / nemlich im Wasser / durchs Feuer / in der Erd und im Lufft / siehe / da verschwand alles / und befanden wir sich widerumb allein beyeinander in unserm Zimmer.

CAP. XXIII.

Wie der Feldzug angieng und ablieff.

NAchdem ich nun viel artlicher als in einem Gemähld gesehen / welcher massen der Soldaten Dapfferkeit alles weichen und unterthänig seyn müste / gieng ich nicht länger umb zu wehlen / was ich künfftig thun und handthieren wolte / vor-

2 erarmten] verarmten 3 das *Miserere* sangen] jammerten 8 truckte] drückte 11 kriegte] Krieg führte 21 Tödt] Todesarten 23 sich] uns 27 artlicher] schöner

nemlich weil ich jung / starck / gerad und gesund / und nicht allein mit einer Eysenfesten Haut / wie der Huͤrnen Seyfrid umbgeben war / sondern auch andern / so mit dergleichen versehen / die ihrige oͤffnen / mich in den aͤussersten Gefaͤhrlichkeiten unsichtbar machen / und hingegen / wann es vonnoͤthen / etliche Hauffen Reuter ins Feld stellen konte; was weiters? Jch wuste andern ihre Rohr zuzubannen / daß keiner schiessen mochte / wann ichs nicht haben wolte / und war hingegen versichert / daß mirs keiner thun konte / und uͤber diß musten alle meine Kuglen gewiß treffen / und Blut haben; Mit solchen Kuͤnsten außstaffirt / gedachte ich im Krieg keinem Helden nichts nachzugeben / sonder viel mehrers *Hectorem* und *Achillem*, ja den *Herculem* selbst zu uͤbertreffen / und also mich den alten beruͤhmten Heydnischen Halb-Goͤttern gleich zu machen; Jch liesse mir schon traͤumen / wie alle Woch die *Extra-* und *Ordinari-*Zeitungen mein Lob außbreiteten / und das Volck nahe und fern von sonst nichts anderst / als von meinen Helden-Thaten zu sagen und zu ruͤhmen wuste; Jn 14. Tagen auffs laͤngst getraute ich wegen meiner unvergleichlichen Dapfferkeit allbereit ein Capitain / in einem Monat hernach ein Obrister / und ehe gar ein viertel Jahr herumb gieng / ein grosser General zu seyn / der mit einer eintzigen Compagnie den Koͤnig in Franckreich / und alle seine dapffere Generalen demuͤthigen / den Vereinigten Niderlaͤndern dardurch den Namen der aller-unuͤberwindlichsten Voͤlckerschafft erwerben / mir selbst aber unsaͤgliche Beute und Reichthumber / und uͤber diß alles auch diese Ehr erobern und zu wegen bringen wuͤrde / daß man mir an allen Kreutz Wegen auff dem Land / und an allen Eck-Haͤusern und Volckreichen Plaͤtzen in den Staͤtten gewaltige Triumph-Boͤgen und Ehren-Saͤulen auffrichte / und meine grosse Thaten zu ewiger Gedaͤchtnus in Felsen und Marmor eingehauen / der lieben *posterit*aͤt hinderlasse.

---

16 *Extra-* und *Ordinari-*Zeitungen] Extrablätter und regelmäßig erscheinende Zeitungen 33 *posterit*aͤt] Nachwelt

Weilen dann eben damahlen die Waffen deß Aller-Christlichsten Königs / mit *assistent*z deß Königs in Engelland zu Wasser und Land die verlassene Holländer anwendeten / und in deme sie selbige unversehens übereylet / mit trefflichen *progressen* fort giengen / bedauchte mich Zeit zu seyn / dem betrangten Volck (so nannte ichs / weil ich mir gar viel einbildete) mit meiner Dapfferkeit zu Hülff zu kommen / und ihm meinen *Valor* weit besser / als ein anderer Martin Schenck zu erkennen zu geben.

Zu Pferd wolte ich mich nicht einstellen / weil ich selbiges nicht zugleich mit mir unsichtbar machen konte / zumahlen auch sonst zu Fuß besser zu *agir*en getraute / und weil ich mich auch nicht so stracks vor einen gemeinen Knecht verbunden machen wolte / die nicht jedesmahl befürdert werden / wann sie es verdienen / so gab ich mich zu einem Hauffen Freywilliger / die eben so viel vom Krieg verstunden als ich / ob sie gleich nicht so kunstreich waren / unter denselben warff ich mich hervor / wie das Böse in einer Wannen / und wünschte sonst nichts mehr / als eine scharpffe *Occasion*, und demnach es hier und dort etliche Scharmützel setzte / erzeigte ich lauter *Courage*, und bey nahe mehr als einen Löwen-Muth / ich schertzte mit den Musqueten- Kugeln / wie mit denen / so auß einem Blaß-Rohr geschossen werden / und legte hingegen mit den meinigen manchen auff die Erde / und ob wir gleich schier jedesmal gejagt wurden / so war ich doch allzeit der letzt im weichen / und brachte jederzeit etwas zum Wahrzeichen / und Zeugnus meines Hertzhafften Soldaten-Gemüts zur Beut mit mir heim / so ich vermittelst meiner Unsichtbarkeit gar leicht thun konte / ohne daß es jemand von Freund oder Feind hätte wahrnehmen können.

---

2 *assistent*z] Hilfe 3 anwendeten] angriffen 5 *progressen*] Fortschritten 5 bedauchte] bedünkte 6 betrangten] bedrängten 8 *Valor*] Heldenkraft 12 *agir*en] hier: kämpfen 13 f. verbunden machen] verpflichten lassen 17 kunstreich] reich an Zauberkünsten 20 *Occasion*] Schlacht 21 *Courage*] Mut

Jch gieng offt allein hinauß auff die Schnapphanerey zwischen der Feind *Quartier*, und wo ich wuste oder muthmaßte / daß einige von ihnen vorbey *passir*en wuͤrden / da laurete ich auff sie im verborgenen / und wann gleich 3. 4. oder gar 5. angestochen kamen / so gab ich doch Feuer drauff / fiele dann einer / wie gemeiniglich geschahe / und die andere wolten viel Mist machen ihm auffzuhelffen / oder sonst zusehen / was da zu thun waͤre / so hatte ich geschwind wieder geladen / und noch einen nidergelegt / und wann der Rest seines Wegs nicht bald fort ritte / so machte ichs dem dritten und vierdten auch nicht besser / wolten dann einige mich suchen / und dem der sie angegriffen / weisen / daß sie Soldaten waͤren / so vexierte ich sie viel aͤrger / weil sie mich nicht sehen konten / und also opfferte ich vielmahl gantz allein ihrer etliche auff.

Diß Leben triebe ich / und haͤuffte mein habendes Gelt schier taͤglich beydes mit recht- und unrechtmaͤssigen Beuten / biß es zwischen beyderseits Waffen mehr ein groͤssere *Occasion*, als ein gemeines Gefecht setzte / worinn die Frantzosen den Sieg und das Feld behielten; Jch war *mondirt* mit einer langen Flint / einer Patron-Tasch / mit 5. dutzet Patronen gespickt / und mit einem scharpffen Sauzahn / ich wolte sagen / mit einem Saͤbel an der Seiten der Haar schur / und die Radschienen so wol als Ruben voneinander spielte / zumahlen auch alle Festigkeiten auffthaͤt; also versehen bedauchte ich mich der nothfeste und dapfferste Held zu seyn / der auff beeden Seiten im Feld sich befand; Jch faͤllete auch so manchen Mann / so viel Schuͤß als ich thaͤt / ehe das rechte Treffen angieng / und weil ich mich in solchem Handel be-

---

1 Schnapphanerey] Beute-, Diebszug 3 *passir*en] kommen 7 Mist] Umstände 13 vexierte] narrte 19 gemeines] allgemeines 20 *mondirt*] ausgerüstet 21 dutzet] Dutzend 23 schur] schor, abrasierte 24 Radschienen] Eisenreifen am Rad 24 Ruben] Rüben 24 spielte] spaltete 25 Festigkeiten] zauberischen Unversehrbarkeiten 25 auffthaͤt] löste, unwirksam machte 26 nothfeste] kampferprobt

sonder gestellt (welches mir als einem Freywilligen zugelassen war) damit die Wunder / die ich begieng / von beyden Theilen desto klaͤrer gesehen werden moͤchten / siehe / so hielte ich schier gantze Salven auß / und fieng mit meinem Stahlhart gefrohrnen Leib bey nahe so viel Kuglen auff / als ich in meiner Patron-Taͤsch Patronen hatte; Ja ich wurde allerdings so vermessen / unter deß Feinds gegen uns uͤber stehende *Brigade* zu lauffen / umb meinen Saͤbel mit Frantzoͤsischem Blut zu faͤrben / weil ich aber wol wuste / daß viel Hund deß Hasen Todt / zumahlen die umbgekehrte Musqueten so unbescheiden seyn / daß sie keine Festigkeit *respect*irn / muste ichs wol bleiben lassen / und mich mit dem Wunsch behelffen / sie zertrennet zu sehen / umb nicht allein im Angriff / sondern auch im Getraͤng und in der Flucht der Feinde Koͤpff zu spalten.

Aber als es dem Feind Ernst wurde auff uns loß zu gehen / und den Angriff zu thun (weßwegen ich mich dann wieder in die Ordnung unter die Fechtende begeben) siehe / da kam ohngefaͤhr ein einzige Kugel auff meinen lincken Schenckel angestochen / die mir so wol meine Diebs-Haut (ich nenne sie billich eine Diebs-Haut / dann wer ein solche traͤgt / wie ich damals thaͤt / der stilt andern redlichen Soldaten das Leben ab / nicht allein zwar wie ein Dieb / sondern auch wie ein Meuchel-Moͤrder und Zauberer) als auch Fleisch / Bein und Adern durchtrang? Da lag der Großmaͤchtige Goliath / und empfand in der allergroͤsten Noth / die er sein Tage je uͤberstanden / daß hinder dem Berg auch Leut wohnen / und daß jeder seinen Mann findet / wann er gleich der Goͤttin *Thetis* Sohn / und mit den besten Waffen versehen waͤre / die *Vulcanus* je geschmidet.

Jch sage noch einmal / da lag der Großmaͤchtige Goliath / der frefle Eysenbeisser / der so wenig darnach gefragt / wann es Musqueten-Kuglen hagelte / als wann es linde

---

5 gefrohrnen] hier: gemachten 14 Getraͤng] Gedränge 19 ohngefähr] zufällig 20 angestochen] angeflogen 22 stilt] stiehlt 32 frefle] frevelhafte

Schnee-Flocken gerisselt hätte / ehebevor er bedachte / daß ihm auch einige seine Festigkeit so wol auffthun könten / als ers andern machen konte; Ehe er sich erinnerte / daß er auch andern ihre Rohr so wenig würde zubannen mögen / als wenig ihme andere solches thun / und seinen Schuß stellen könten.

Aber diß Ubel wars nicht allein das mich betraff / sondern es wolten auch meine Segen / das Blut zu stillen / nichts helffen / massen ich in solcher Noth / worinn kein Feldscherer so gleich vorhanden / mein Naßtüchel zerrisse / und in die Wunden stopffete; Uber das war ich in der Gefahr / von der Salve / die uns geschenckt wurde / noch mehr solcher Butz-Birn zu empfahen / und vielleicht eine / die mir gar das Leben außblasen möchte / und als die unserige weder die Menge / noch den hitzigen Anfall der Feinde nicht überstehen mochten / sondern sich trennten / (wie man von ihnen zu sagen pflegt) durchgiengen / und den Siegern mit Darbietung deß Ruckens den Platz / worauff sie unglücklich gefochten / und welchen sie zum Zeugnus ihres Unfalls mit Todten und Beschädigten überstreuet / verliessen; Siehe / da gieng allererst mein Schrecken / Forcht und Angst recht an / als ich nemlich sahe / wie die Uberwinder nicht allein den Flüchtigen nachsetzten / sondern auch die Beschädigte / auff der Wahlstatt ligende / vollends auffopfferten / und die Todte plünderten; Jn solcher äussersten Noth / da ohn Zweiffel die Reyhe auch an mich kommen wäre / nahm ich endlich meine Zuflucht zu meiner Unsichtbarkeit / so daß ich diesen Unbarmhertzigen auß den Handen verschwande / gleichwol aber diese Art zu entrinnen / beym allertheuersten bezahlte / dann nachdeme stracks darauff etliche starcke Esquadronen Reuter eben als wie dicke Wolcken über die Wahlstatt / und also auch über mich in vollem *Calop* hin*passir*ten / kriegte ich von den Pferden / die mich so wenig als die Men-

1 gerisselt] gerieselt 9 f. Feldscherer] Feldchirurg 13 Butz-Birn] Ohrfeigen 13 empfahen] empfangen 31 f. Wahlstatt] Schlachtfeld 32 hin*passir*ten] hinritten

schen sahen / so manchen ungeheuren Rippstoß / daß ich gedachte / mein Gebein muͤste in meiner eygenen Haut / wie in einem Moͤrser gestossen und zermalmt werden.

Als diß grausame Ungewitter voruͤber war / lag ich dorten gantz ohnmaͤchtig und krafftloß / gleich wie einer der Geradbrecht worden / und das zwar nicht unbillich / weilen seyt deme mir die Kriegs-Waffen in die Haͤnde gerathen / ich so manch ehrlich Mutter-Kind durch Huͤlff meiner heyllosen Kuͤnste unsanfft schlaffen gelegt; Jch konte weder Arm noch Bein regen / und bedunckte mich / es waͤren mir alle Glieder entzwey ohne die Zung / die war noch gangbar / mit deren ich alle die jenige verfluchte / und so viel an mir war / dem Teufel uͤbergab / die mich meine Kuͤnste gelernet / und dardurch in Krieg zu ziehen erkuͤhnet und veranlaßt hatten; Jch konte mir wol einbilden / wann ich so unsichtbar da ligen verbliebe / daß ich endlich doch gantz Rath- Huͤlff- und Trostloß sterben und verderben muͤste / derowegen liesse ich mich wieder sehen / mit gaͤntzlicher Entschliessung willig zu sterben; Jch warff auch das von mir weg / was mich bißher fest gemacht / damit der jenig / so mich sehen wuͤrde / und mir den Rest vollends geben wolte / seinen Willen desto leichter und unverhinderter an mir vollbringen moͤchte.

Und demnach mir bißher / ohn Zweifel durch Goͤttliche Gnad / der Kopff noch gantz und unversehrt geblieben / als hatte ich auch noch so viel Vernunfft mich zu hindersinnen / wie ich gelebt / seyt mir die Leyrerin mein Gelt gestolen / darauff folgt ein hertzliche Reu / und innigliches Seufftzen zu der Grundlosen Barmhertzigkeit deß Allerhoͤchsten / uͤber dessen langmuͤtige Guͤte / und daß ich nicht ehender mit gerechter / und mehr als wolverdienter Straffe heimgesucht worden / ich mich selbst verwunderte / sampt einem steiffen Vorsatz / wann ich dißmal darvon kommen solte /(daran ich doch zweiffelte) mich zu bessern / und mein Leben zu Gottes Ehren / und anderer Menschen Aufferbauung also anzustel-

11 ohne] ausgenommen 26 hindersinnen] besinnen

len / und bestaͤndig zu fuͤhren / daß nichts anders darauß erscheinen solte / als eine hertzliche Liebe zu GOtt und meinem Naͤchsten; Eine innigliche Reu uͤber meine begangene Suͤnden / und daß ich ihn so offt erzuͤrnet / und dann ein immerwaͤrende Dancksagung / daß seine Guͤte den verlohrnen Sohn wider bracht / und ihn endlich in sein Reich zu nehmen / die Hoffnung gegeben.

CAP. XXIV.

Wie der elende Tropff auß seinem jaͤmmerlichen Zustand erloͤst / und wieder zu recht gebracht worden.

ALs ich mitten in meinem erbaͤrmlichen Elend und Jammer mit jetzt erzehlten Gedancken umbgieng / die mir ohn allen Zweiffel mein guter Engel auß einem sonderbaren Goͤttlichen Gnadenblick eingeben / sahe ich umb mich / und wurde gewahr / daß keine / oder doch sehr wenig wuͤrgende Soldaten mehr / sondern beydes Seelen- und Leib-Aertzt auff der Walstatt / ich wolte sagen / ein Priester und etliche Feldscherer oder Barbierer vorhanden waren / davon jener die abscheidende Seelen der Sterbenden / diese aber die Wunden der beschaͤdigten Leiber zu *curir*en und zu verbinden sich bearbeiteten; Jch erhub meine Stimme sehr klaͤglich gegen ihnen / insonderheit aber gegen dem *Pater*, schreyende: Ach edler Christ! Ehrwuͤrdiger Vatter / erbarmet euch meiner / und laßt mir durch eure Huͤlffe gedeyen / daß / gleich wie euer Wol-Wuͤrden auß getreuem Seelen-Eyfer sich auffs fleissigst dahin bemuͤhen / damit die hinziehende an den seligen Ort gelangen moͤchten / daß mir auch durch eure Huͤlff und *Cooperation* durch gegenwaͤrtige Wund-Aertzte am Leib geholffen werden moͤchte; und als er sich darauff zu mir naͤherte / sagte ich zu ihm / ich bin einer auß den Hollaͤndern / ob zwar kein geborner / die zu Be-

21 bearbeiteten] bemühten 22 ihnen] sie 28 *Cooperation*] Mitwirkung

schützung ihres Vatterlands sich freywillig hieher begeben / und habe / wie der Herr *Pater* vor Augen siehet / den Lohn meines Frevels und vermessenen Thorheit empfangen / umb willen ich wieder die Sieghaffte Waffen deß Aller-Christlichsten Königs gantz unbesonnener Weise / und ohne allen Nothzwang Kriegs-Gewehr in die Hände genommen / 1000. Reichth. will ich zu dem ersten Kloster / so euer Orden zu erbauen vornehmen wird / umb die Wolthaten / so ich von eurer Wolwürden empfahe / darschiessen / so fern ich anders mit dem Leben darvon komme / und ein ander 1000. Reichsth. will ich vor meine *ranzion*, item zu *contentirung* der Wund-Aertzt erlegen / und mein Kost-Gelt über diß alles absonderlich bezahlen; Jch kriegte gnädige Ohren / und gutwillige Feldscherer / ohne Zweifel wegen so ansehenlicher *promessen*, jeder Theil wolte der erste seyn / die Geschäffte seines Beruffs an mir zu üben; demnach ich aber noch frisch redete / zumahlen die Feldscherer den *Pater* versicherten / daß es mit mir noch keine Lebens-Gefahr hätte / zumahlen ich mich in deß *Paters* Schutz ergeben / ohnangesehen es dessen *Profession* nicht war Gefangene anzunehmen / siehe / so wurde ich auff 4. Piquen gelegt / und zu deß Geistlichen *Bagage* in Sicherheit getragen / allwo die Barbierer nit allein meine Wunden verbanden / sondern auch meine blaue Mähler beydes / welches mir die Pferde getretten / und die Kugeln geschlagen / als ich noch fest gewesen / überall übersalbten und Tränck eingaben / das gerunnen Blut zu zertheilen und außzuführen / also daß ich bessere Sach überkam / und mehrere Wolthaten von dem Feind genosse / als ich mein Lebtag weder umb Gott noch die Frantzosen verdienet / worzu viel geholffen / daß ich mit ihnen *parliren* konte / mein Gelt / das ich bey mir trug / und erst

---

9 darschiessen] zuschiessen 11 *ranzion*] Lösegeld 11 item] ebenso 11 f. *contentir*ung] Zufriedenstellung 13 absonderlich] gesondert, extra 15 *promessen*] Versprechungen 21 Piquen] lange Spieße 22 *Bagage*] Sack und Pack 24 Mähler] Wundmale 28 überkam] erhielt 31 *parlir*en] (französisch) sprechen

den vorigen Tag erbeutet hatte / welches in lauter *Louisen d'Or* bestunde / theilte ich mehrentheils unter die Wund-Aertzt auß / weil der *Pater* nichts darvon anruͤhren wolte / so / daß ich unbesucht verbleibe / und die Kunst / mich unsichtbar zu machen / in meinem Gewalt behielte.

Uber ein paar Tag hernach kam mein *Pater* in Utrecht zu ligen / eben als der Schmertz meiner Wunden am groͤsten war / und ich anfieng schwartz gerunnen und gestockt Blut außzuwerffen wie Wamst-Ermel / und weil mein *Pater* deßwegen vermeynte / ich wuͤrde auffliehen / so vermahnet er mich zur Beicht / worzu ich umb so viel desto williger war / weil mich die Wund-Aertzt beredeten / ich waͤre mit einer falschen vergifften Kugel geschossen worden / die noch wol meinen gantzen Schenckel entzuͤnden / und mich also wider ihr ersteres bessers vermuthen endlich auffopffern doͤrffte; Jch war von Hertzen geneigt / wie gemeldt / nicht nur wegen Forcht deß Todes / oder auß Sorg daß ich sterben moͤchte / zu beichten / sondern vornehmlich darumb / weil ich nunmehr Handgreifflich zu mercken begunte / daß ich / seyt mir mein Gelt außgemauset worden / gleichsam mit Leib und Seel in Gewalt deß leidigen Teuffels gewesen / der meine seyther gehabte unterschiedliche Begierden (vielleicht auch im Anfang) erregt / bewegt / gestaͤrckt / und mir zu ihrer Erfuͤllung verholffen gewesen / biß er mich / wie an einer Ketten / auß einer Suͤnd in die ander / ja durch den Abgrund und tieffsten Suͤnden-Schlamm auff den *Campum Martis*, wie die Gaiß auff das Eyß geschleppt / allwo ich seiner Meynung nach den Lohn meiner Thorheit empfahen / und ihm als ein fetter Braten in seine Hoͤllische Kuch auffgeopffert werden sollen / allein sorgte ich / ich wuͤrde dem guten Herrn *Pater*, wann ich ihm alle meine Ehebrecherische Huren-Haͤngstereyen / greuliche Zaubermaͤssige Teuffels-Kuͤnste / und

---

4 unbesucht] undurchsucht, ungepluͤndert 9 wie Wamst-Ermel] so dick wie Wamsärmel 10 auffliehen] sterben, hingehen 19 begunte] begann 21 leidigen] leidbringenden 26 *Campum Martis*] Marsfeld, Schlachtfeld 29 Kuch] Küche

andere Schelmenstück und Diebsgriff erzehlen solte mit ihren Umbständen / daß ihm die Zeit zu lang werden / und alle Gedult / an welcher die gute Ehrbare Beicht-Vätter sonst gar keinen Mangel haben müsten / darüber außgehen würde.

Aber ich fande mehr Langmütigkeit / als ich mir immermehr einbilden dörffen / und verspürte bey ihm eine sonderbare Freud / die er hatte / umb willen ich von selbst die Grösse und Abscheulichkeit meiner Sünden / wie tieff ich gefallen / und auff was vor einem gefährlichen Zweig ich gesessen / beyläuffig ermaßte / ob er gleich solche Freud vor mir verbarg; Was soll ich aber lang dem Leser viel darvon herschwetzen / wie es in der Beicht hergieng? Jch hoff nimmermehr / daß er so unbescheiden seyn werde / mir zuzumuthen / daß ich ihm etwas darvon sagen soll? Uber das hab ich ja sonst dem Leser / so viel meiner begangenen Boßheiten in dieser meiner Histori von selbsten so offenhertzig daher erzehlt / daß er ihm selbst wol einbilden kan / was ich und mein Beicht-Vatter miteinander in der Beicht *tract*irt haben möchten / zumahlen man ohne das nichts auß der Beicht schwätzen soll; Aber diß wisse von dieser meiner Beicht / und glaube mirs sicherlich / daß mir / nachdem ich solche abgelegt / und die *absolution* empfangen / so leicht worden / als ob ich hätte fliegen mögen / wiewol mir zuvor so schwer gewesen / als ob mir ein grosser Mühlstein auff dem Hertzen gelegen wäre.

Was aber nach der Beicht zu meiner Aufferbaulichkeit mit mir gehandelt worden / das will ich dem großgünstigen Leser von Hertzen gern zu seiner nutzlichen nachricht erzehlen; Es bestund aber das gantze Wesen Hauptsächlich in diesem kurtzen Unterricht / daß ich / nachdem ich durch Gottes überflüssige Gnad und Erbarmung vor dem zeitlich- und

---

7 f. sonderbare] besondere 8 umb willen] da 11 beyläuffig] nach und nach 11 ermaßte] ermaß 18 ihm] sich 19 *tract*irt] verhandelt 23 *absolution*] Lossprechung 29 nachricht] Unterweisung

ewigen Tod erhalten / von dem gethanen schweren Fall wiederum auffgerichtet / und auß dem allertieffsten Schlamm und Sündenpful der allerabscheulichsten Laster / darinnen ich biß über die Ohren versuncken gewesen / widerumb gezogen / und verhoffentlich in den Stand der Gnaden Gottes gesetzt worden / daß derowegen ich solches die Tag meines Lebens mit aller-demütigster Danckbarkeit gegen Gott und meinen Schutz-Engel behertzigen / ja all Augenblick und Minuten zu Gemüth führen / und durch solche Erinnerung / sampt Anruffung deß Göttlichen Beystands / mich dahin bearbeiten / und den eyferigsten Fleiß anlegen solte / daß ich nimmermehr (wie ein geschwämt Schwein in ihren vorigen Morast zu thun pflegt) auff vorigen Weg der Greuel verfallen oder gelangen / sondern biß in mein End in dem weissen Kleid der Unschuld / so ich im H. Tauff empfangen / und jetzt wider durch die Buß in dem Blut deß Lamms gewaschen / beständig verharren / und die widerumb erhaltene Gnad Gottes nimmermehr verschertzen möge. Die Barmhertzigkeit Gottes / sagte mein Beichtvatter / seye zwar unergründlich tieff und Bodenloß / aber gleichwol würden die frefle Sünder / welche auß lauter Boßheit mit ernstlichem Vorsatz sündigten / wie ich gethan / derselbigen nicht allweg theilhafftig / was mir wiederfahren / wäre ein absonderliche Gnad von Gott gewesen.

Jn die Höll hinab zu rennen /
  Jst fürwahr ein schlechte Kunst /
Aber darauß zu entrinnen /
  Da ist alle Müh umbsunst.

Die Utrechter / welche schlechte Mägen hatten / unter dem Aller-Christlichsten König zu wohnen / gleichwol aber durch den geschwinden Lauff seiner Sieghafften Waffen übereylet und gezwungen worden / mit Leib und Gut in ihrer Statt / und deß Uberwinders Gewalt zu seyn / die waren gemeiniglich dahin bedacht / wie sie ihre Baarschafft / so viel

---

12 geschwämt] geschwemmt, gesäubert 26 schlechte] schlichte, einfache

möglich / anderwerts heimlich in Sicherheit bringen möchten / unter welchen meines *Paters* Haußwirth auch einer war / dieser / als er erfahren / daß ich einer / und zwar nicht der geringste von Heldenmässiger Dapfferkeit (wann man anderst die Toll-Kühnheit eines verwegenen Schwartz-Künstlers / der sich auff seine Künste verlassend / Blind drein gehet / eine Dapfferkeit nennen dörffte) auß den Freywilligen gewesen / der sein Leben so unverdrossen vor das Vatterland gesetzt / faßte nicht allein ein sonderbare Vertraulichkeit gegen mir / sondern auch ein wunderbarliche *affection*, Krafft deren er mir die beste Bissel zurichtete / die zu bekommen waren / er besuchte und unterhielte mich auch gar offt mit seiner freundlichen *Conversation*, und verhölete mir nicht / daß er nichts mehrers verlange / als seine Baarschafft / davon er noch etlich tausend Thaler bey sich hätte / sonst irgendswo in Sicherheit zu wissen / ein tausend zu Amsterdam / sagte er / wären ihm allbereit lieber / als zweytausend in Utrecht / als worvon er nicht eine Stund versichert wäre / daß es sein Eygenthumb sey; Solches nun war ein erwünschte Sach vor mich / dieweil ich das jenig / was ich zu Amsterdam hatte / gern bey mir gehabt / meinem *Pater* die 1000. Reichsthaler / und was ich sonst versprochen / darauß außzurichten / als ich ihm solche meine Meynung sagte / war er froh / einen Wexel mit mir zu treffen / und bote mir 10. *pro Cento* zu geben / worauff ich ihm Brieff an meine dortige Freund gab / die das Meinig in Verwahrung hielten / mit Befelch / solches alles / ohne die Klenodien / und was ungemüntzt war / meines Hauß-Wirths Gevollmächtigtem darzuzehlen / und sich über die Außgab bescheinen zu lassen / und also brachte ich mein Gelt von Amsterdam zu mir nach Utrecht / welches sich sampt dem *Lagio*, so mir mein Haußwirth gab / bey 3000. Reichsthalern belieffe.

---

9 sonderbare] besondere 11 *affection*] Zuneigung 11 Bissel] Häppchen 13 verhölete] verhehlte 24 Wexel] Wechsel, Schuldschein 28 Gevollmächtigtem] Bevollmächtigtem 29 bescheinen] bescheinigen 31 *Lagio*] (italien. agio) Aufgeld

Darvon gab ich dem *Pater* zu einem neuen Kloster zu verwenden 1000. Rsthl. item ihme vor mein *ranzion*, dann ich war ihm vom Obristen geschenckt worden / 300. Reichsth. / den Feldscherern / und denen / welche mich auff 4. Piquen getragen / gab ich zur Verehrung 200. Reichsth. mehr ihnen meine Wunden zu heylen / beydes vor ihr Muͤh und Artzeney 100. Reichsth. / deß *Patern* Diener / umb willen er mir fleissig auffgewartet / 30. Reichsth. / unserm Wirt wolte ich auch etwas vor meine Kost entrichten / aber der *Pater* wolte es nicht haben / und der Hauß-Herr wolte auch nichts annehmen / weil ich umb deß Vatterlands willen in diß Ungluͤck gerathen; Ja er versicherte mich / wann sich der ungluͤckselige *Status* Vereinigter Provintzen wieder aͤndern / und ich mich deßwegen kuͤnfftig anmelden solte / daß er dran seyn wolte / daß mir nicht allein umb meinen erlittenen Schaden eine Ergoͤtzung / sondern auch wegen meiner bezeugten Treu und erzeigter Dienste andern zum Exempel ein ansehenlicher *recompens* widerfahren solte / und dieser mein Hauß-Wirth hat auch dißfalls auß keinem laͤren Hafen geredet / dann heutigs Tags lebt kein Volck unter der Sonnen / welches die jenige / so sich umb ihren Staad verdient machen / neben den Venetianern so danckbarlich und ruhmwuͤrdig bedencket / als eben die Hollaͤnder; Sie haben vor Jahren einen Schiff-Capitain gehabt / welcher ihm einen Weg durch das Eyß-Meer zu oͤffnen / sich zwo grosse eyserne Seegen beyderseits an sein Schiff fest machen lassen / und damit weit hinein in das gefrohrne Meer geseglet / und ob er gleich der Weite deß Wegs / und dem gar zu dicken Eyß nichts abgewinnen moͤgen / so hat er doch so viel gethan / daß man sich druͤber verwundern muͤssen / als aber nachgehends die Hollaͤnder mit Portugall zu kriegen bekamen / welches mit seiner Flott

2 Rsthl.] Reichstaler 2 *ranzion*] Lösegeld 9 vor] für 13 *Status*] Zustand 18 *recompens*] Belohnung 20 auß ⟨. . .⟩ geredet] keine leeren Worte gemacht 26 Seegen] Sägen

zu Gibralter lag / und die See zu seinem Vortheil mit einer grossen eysernen Ketten gesperrt hatte / machte dieser Capitain seine Seegen an sein Schiff / seegelte damit die Kette entzwey / und war seinen *Principal*en damit eine Ursach zu einem herrlichen Sieg / und ob er gleich das Leben druͤber einbuͤste / so waren nichts desto weniger die Hollaͤnder danckbar / und liessen offentlich anschlagen und verkuͤnden / welcher diesem Capitain die kuͤrtzste und schoͤnste Grab-Schrifft machte / der soll 400. fl. zur Verehrung haben / darauff uͤbten sich viel Sinnreiche Poetische Koͤpff / worunter folgende zwo Zeilen beydes den Preiß / und die 400. fl. darvon trugen.

Der durchs Wasser / durchs Eyß und Eysen was sterben
Ligt hier begrabn; Ließ vor Gibralter das Leben.

Es laut aber weit schoͤner im Nider-Teutschen / und wird man diese Grab-Schrifft in schwartzem Marmor mit guͤldenen Buchstaben zu Amsterdam in der Haupt-Kirchen zu ewigem Gedaͤchtnus eingehauen finden.

CAP. XXV.
Was es eygentlich mit den Festigkeiten sey.

WEil ich mir einbildete / ich lebte nunmehr in einer Zeit / darinnen wegen deß grausamen Kriegs sonst nirgends sicherer zu wohnen seyn wuͤrde / als eben mitten unter den Waffen deß Aller-Christlichsten Koͤnigs / denen sich alles unterwarff / wo sie sich nur hinwendeten; Siehe / so bat ich meinen *Pater*, daß er mich bey sich gedulden wolte / biß ich mit guter Sicherheit wiederumb nach Hauß kommen koͤnte; Jch fande ihn hierzu mehr als willig / massen er deßwegen auch / daß er mich bey sich behalten doͤrffte / mit der Ge-

4 *Principal*en] Obrigkeit 9 fl.] (Florentiner) Gulden 13 was sterben] war strebend, gestrebt hatte 15 laut] lautet 15 Nider-Teutschen] Niederländischen 20 Festigkeiten] Unverwundbarkeitszauber

neralitaͤt *Consens* außwuͤrckte. Aber damit wars drumb noch nicht außgericht / sondern der *Pater* sagte mir / wann ich in seiner Gesellschafft leben wolte / so muͤste ich mich befleissigen der jenig zu seyn / welcher ich zu werden ihm in der Beicht versprochen: Nemlich ein solcher Mensch / der nicht nur seine begangene Suͤnden von Hertzen bereuete / sondern auch sich vor den kuͤnfftigen huͤte / und alles auß dem Weg raume / daß ihne GOtt weiters zu erzuͤrnen / anreitzen und verfuͤhren moͤchte; So viel ihn beduͤncke / haͤtte ich der aller-greulichsten Abgoͤtterey / mit deren ich mehr als kein Heyd behafftet / noch lang nicht voͤllig *resign*irt / welche da in den Teufelischen Kuͤnsten steckte / mit denen ich mich geschleppt; Es verwundere ihn / daß ich nicht von mir selber die Augen aufftħue / und erst auff seine Ermahnung warte / daß ich nicht selbst bedaͤchte / wer der jenig sey / den ich so offt und so sehr verschmaͤhet und beleidigt haͤtte? Nemlich GOtt meinen Schoͤpffer / meinen allerguͤtigsten Himmlischen Vatter / von welchem ich alles haͤtte was ich besaͤsse / die Seel / den Leib / das Leben / leibliche Zierde / Staͤrck / Schoͤnheit / gantze / gesunde und gerade Glieder / Verstand und Vernunfft / Nahrung und zeitlichs Gut / den / der mir unsaͤglich weit getreuer sey / und mich mehr liebe / als meine leibliche Eltern gethan moͤgen haben / der mich nicht taub / blind / lahm / stumm / unsinnig / außsaͤtzig oder sonst Mißgeburtlich / noch ein Erd-Wurm / oder unvernuͤnfftige Bestia / oder unempfindliche Ding / sondern eine vernuͤnfftige wol*formirte* Creatur zu seinem Ebenbild erschaffen / die der ewigen Seligkeit mit den Engeln faͤhig waͤre / den / der mir auch das ewig Leben verheissen / welches er seinen Außerwehlten bereitet / und mir seinen heiligen Engel zu einem Lehrmeister / Diener / Huͤter und Beschirmer zugeordnet / den / der mich auch selber behuͤtet / und erst neulich vor dem Zeitlichen Tod und der ewigen Verdammnus mehr als Augenscheinlich und Handgreifflich bewahret haͤtte / als mich der leidige Feind (in dessen Schutz

1 *Consens*] Zustimmung 27 wol*formirte*] wohlgestaltete

ich mich begeben / und den getreuen GOtt verlassen) auff die Fleisch-Banck liefern / und beydes umb das Zeitliche und Ewige Leben bringen wollen / in dem er mich so wol durch die Unsichtbarkeit als Festigkeit sicher und tollkühn gemacht. Gedencke mein Sohn / sagt der *Pater* weiters / wie manchen Menschen vermuthlich der gerechte GOTT in so beschaffener Gelegenheit sterben lassen / der ihn vielleicht nit so grob und so manchmal erzürnet / wie mag sich doch / O mein Kind / deines Hertzens Härtigkeit der heissen Thränen enthalten / wann du erkennest / wie offt und gröblich du deinen Schöpffer mit deinen Sünden beleidigt hast / umb deren wegen er dich umb seiner Gerechtigkeit willen so offt verdammen mögen / solches aber gleichwol nicht gethan / sondern biß auff diese Stund Barmhertziglich auff deine Besserung gewartet? Ja dich zur Bekehrung lockt / und auffs allerfreundlichste berufft / damit er dich selig machen / und dir sein Heyl mittheilen möge / und solches thut zwar der Allermächtigste / der deiner am wenigsten nicht bedarff / dessen Hochwürdigkeit und Majestät von unzahlbaren Millionen heiligen Engeln und Menschen mit zittern und Verwunderung gelobt / geehrt und angebetet wird / dessen großmächtige unaußsprechliche Glory / Herrlichkeit / und allerheiligste Vollkommenheit weder der Engeln noch Menschen Verstand begreiffen mag; siehe mein Sohn! mit dieser Allerheiligsten und Großmächtigsten Majestät stehestu / wie mich beduncken will / noch in Feindschafft / und hängst dem Teufel an / der doch dein allerärgster Feind ist / den du immermehr haben kanst / etc.

Mit solchen und dergleichen mehr Worten / die mir aber seyther vergessen / sprach mir der ehrliche *Pater* dapffer zu / und redet mir dermassen ins Hertz / daß ich mehr als genugsam empfande / und mir mein eygen Gewissen überflüssig genug sagte / was ich vor ein ehrbarer Gesell seye / aber dessen alles unangesehen / suchte ich (ohne Zweifel durch

2 Fleisch-Banck] Metzgerei, hier: Schlachtfeld 30 vergessen] entfallen

Eingeben und Trieb deß leidigen Sathans) andere Außfluͤchte / und bildet mir ein / daß mir von dem *Pater* unguͤtlich und zu viel geschehe / in dem ich meine Suͤnde entschuldigt / und kurtz rund kein Abgoͤtterer / viel weniger ein Feind Gottes / und ein Diener deß Teufels seyn wolte / dann ich sagte / ich haͤtte die Tage meines Lebens den boͤsen Feind / noch sonst irgend was nicht angebetet / viel weniger einen Bund mit ihm gemacht / oder Gott abgesagt / sondern die Kunst / sich unsichtbar zu machen / waͤre mir ohngefaͤhr / und ohne mein suchen und nachtrachten zugestanden / die vielleicht natuͤrlicher Weis in einem Wuͤrtzelein oder Stein steckte / daß sich unter dem Genist deß Ameysen-Hauffens befaͤnde; So waͤren auch die Kuͤnste / damit ich mich fest machte / und andern die Rohr zubannete / oder ihre Festigkeiten aufftaͤht / gar nichts boͤses / sintemal ich lauter heilige / und dannenhero sehr kraͤfftige Wort darzu brauchte / welche wieder die Christliche Kirch selbst / noch sonst ein vernuͤnfftiger Mensch nicht verwerffen oder verdammen koͤnte / doch sagte ich / wann mir jemand weisen wuͤrde / daß ich mit Ubung solcher Kuͤnste eygentlich wider GOTT handele / so waͤre ich uhrbietig / allen Bettel / was ich hiervon haͤtte / ins Feuer zu werffen / und die Tag meines Lebens nichts mehr dergleichen zu brauchen.

Hierauff antwortet der *Pater*, mein Kind / du soltest zwar keiner Beweißthumb begehren / sondern deines Beichtvattern einfaͤltigen Worten voͤlligen Glauben zustellen / der da an Gottes statt sitzt / und kein ander Geschaͤfft vor sich hat / als deiner Seelen Seligkeit zu befuͤrdern; Jch will aber mit dir selbst beweisen / daß du so wol durch die Kunst der Unsichtbarkeit / als dich fest zu machen / andern ihre Rohr zuzubannen / und dergleichen / mit den Stricken deß boͤsen Feinds befangen / und allerdings in dessen Gewalt gewesen seyest /

---

4 Abgoͤtterer] Götzenanbeter 9 f. ohngefaͤhr] zufällig, unversehens 10 f. zugestanden] zugefallen

17 wieder] weder 21 uhrbietig] erbötig 21 Bettel] Plunder, Kram

mit dir Sporen-Streichs in den Hoͤllischen Schlund zu wandern / so fern die Grundlose Guͤte GOttes sich deines elenden Stands nicht erbarmt / dich nicht bißher behuͤtet / und neulich durch den empfangenen Schuß (den du nimmermehr vor kein Ungluͤck / sondern vor die groͤste Gnad von GOtt halten sollest) wiederumb zu sich gelockt / und dir Ursach zu deiner selbst-Erkandnus gegeben haͤtte; Jch rede zwar jetzt nicht mir dir in der Beicht / doch soll es mit dir geredet seyn unter dem Sigill der Verschwigenheit / die zu der Beicht gehoͤret; du sagst / die Kunst dich unsichtbar zu machen / habest du nicht mit Fleiß gesucht / sondern sie sey dir gleichsam ohngefaͤhr zugestanden; Jch will dein Vorgeben gelten lassen / aber mein Kind / denckestu nicht daran / daß du die *Materi* so du darzu gebrauchest / von einem Schwartz-Kuͤnstler / von einem Apostel deß boͤsen Feinds / ja durch Huͤlff deß Teufels selbst empfangen? Du soltest an den Fruͤchten den Baum erkand haben / wann du gleich nicht gewist haͤttest / daß dir durch deß Sathans Geschaͤfft deine ehrbare so genannte Kunst dich unsichtbar zu machen / zukommen waͤre; Dann dencke hinder sich mein Sohn / so wirstu finden / daß dich deine Unsichtbarkeit in die allergreulichste Suͤnd und Laster / die du dein Lebtag begangen / zu fallen veranlast / und dir alle Gelegenheit darzu gegeben habe; Was hat der leidige Teufel weiters vor Muͤhe an dich zu wenden bedoͤrfft / dich zu sich in sein Reich der Verdampten zu ziehen / da er dich mit der Unsichtbarkeit schon dermassen angeseylet hatte / daß du von dir selbst gegen der Hoͤllen zurennest? Es scheinet / als wann damahls der boͤse Feind gern still gestanden waͤre / dich als ein gewiß Pfand ferners anzufechten / du aber hingegen so schlechthin verdampt zu werden / nicht zu frieden / sondern deiner armen Seelen viel grausamer gewesen seyst / als der Ertz-Seelen-Feind selbsten / dann es ware dir nicht genug / daß du dich in der

---

1 Sporen-Streichs] spornstreichs, sofort 9 Sigill] Siegel
14 *Materi*] Gegenstände 20 dencke hinder sich] besinne dich
27 angeseylet] gefesselt

Unflaͤterey der Unzucht oder Unkeuschheit / wie eine Sau im Koth umbgewaͤltzet / sondern du woltest dich auch durch deß Teufels Huͤlff mit stehlen beflecken / gleichsam als koͤnten deine bereits begangene Suͤnden dir deine Verdambnus nicht schwer genug machen / und es gilt hier gleich / ob du einen Juden oder Christen bestohlen; Jch sage nicht unbillich durch deß Teufels Huͤlff / dann Lieber / welcher Naturkuͤndiger hat jemahl erfahren oder ergruͤndet / daß ein Gewaͤchs sey / so die Krafft habe / ein Schloß mit staͤhlinen Federn durch Menschliche Hand gemacht auffzusprengen / der leidige Teufel ists / der in Gestalt einer Wurzel sich durch fuͤrwitzige verkehrte Menschen herbey *practiciren* laͤst / und den Dieben zum stehlen zu helffen / die die Schloß auffsprengt.

Siehe mein Sohn / diß war der erste sichtbare Teufel / der dir dienet / und vor seine Muͤhe nichts anders begehrte / als daß du dapffer beydes wieder das siebende Gebot / und die Weltliche Gesetz dich vergreiffen soltest / damit er dich / wo nicht an den Galgen / doch desto fetter in die Verdammnus bringen moͤchte / und dieser dein damahliger Stand waͤre gefaͤhrlich genug / und grosse Zeit bey dir zur Besserung zu schreiten gewesen / wann du gleich die Kunst der Unsichtbarkeit nicht gehabt haͤttest; Was thaͤtestu elender Mensch aber in diesem deinem armseligen Stand? Ach Jammer! du giengest hin / und verliessest allerdings den guͤtigen Behuͤter der Menschen / der dich bißher vor der ewigen wolverdienten Verdammnus bewahret / und Barmhertziglich auff deine Besserung gewartet hatte / und gabest dich ohn alle Noth in den ohnmaͤchtigen Schutz dessen / der herumb gehet wie ein bruͤllender Loͤw / und sonst nichts anders suchet / als deine Seele zu verschlingen! Es war dir nicht genug / daß du in der angenehmen Friedens-Zeit nicht auß Ubung der allererschroͤcklichsten Laster / die allerheiligste Majestaͤt Gottes beleidiget / sondern du woltest auch in gegenwaͤrtigem

---

10 staͤhlinen] stählernen 13 *practiciren*] zaubern 14 Schloß] Schlösser 19 fetter] sündenreicher 32 nicht] lies: nicht nur

Krieg / der dich im wenigsten nichts angieng / dein Suͤnden-Maß noch voͤller haͤuffen / wann du nehmlich deinen Mit-Christen / vor welche Christus gelitten / damit er sie erhielte / ihr Leben Diebischer Weis abstehlest; Es war dir nicht genug / daß du bißher den Teufel in Gestalt einer Wurtzel bey dir getragen / und mit ihm die Schloß auffgesprengt hattest / sondern damit deine Verdammnus desto groͤsser und gewisser / und Gott desto mehrers beleidigt und erzuͤrnet wuͤrde / so muste es auch / wie sehr und eygentlich du dich dem Teufel *oblig*irt hattest / ordentlicher Weis verbriefft seyn / welches durch die Zettel geschehen / die du vor die Festigkeit bey dir getragen / oder gar in Leib gefressen / massen die Zettel der Passauer Kunst (welche den Namen darvon hat / daß sie ein *Student* zu Passau erfunden) keinen andern Jnhalt hat / die viele darbey stehende Creutz-Zeichen ohnangesehen / als diesen erschroͤcklichen / den nimmermehr kein Christ wegen seiner Greulichkeit vor sein Maul / geschweige auff das Papier zum Gebrauch kommen lassen solte:

Teufel hilff mir /
Leib und Seel gib ich dir.

Und gleich wie es mit dieser schoͤnen so genannten Passauer Kunst beschaffen / also hat es auch eine Bewandnus mit andern vielerley Festigkeiten / und andern zauberischen Kuͤnsten / die in Worten bestehen / du sagst zwar / es seye nichts boͤses was du brauchest / sondern lauter heilige Wort / und Anruffung deß Goͤttlichen Namens / und seiner heiligen Engel; Jch lasse es gelten / daß es ein solches Ansehen habe / aber mein Sohn / lese das Leben / und sonderlich die Bekandnus deß Frantzoͤsischen Zauberers *Gaffredi*, eines Priesters von Marsilien / der sich sehr mit dergleichen Kuͤnsten geschleppt / auch ihrer viel selbst *invent*irt / so wirstu finden / daß die Zauberer / wann sie in solchen Sachen die Allerheiligste Dreyfaltigkeit nennen / an statt Gottes deß Vat-

10 *oblig*irt] verpflichtet 29 f. Bekandnus] Bekenntnisschrift
31 Marsilien] Marseille 32 *invent*irt] erfunden

ters den Lucifer / an statt Gottes deß Sohns den Beelzebub / an statt Gottes deß Heiligen Geistes / den Astaroth / an statt der H. Jungfrauen Maria deß Antichrists Mutter verstehen / und daß sie das H. Creutz-Zeichen so offt und vielfältig hierzu mißbrauchen / geschicht zu keinem andern Ende / als daß es bey den Einfältigen das Honig sey / damit man den Kindern den Ranfft an einem Geschirr bestreicht / auff daß man ihnen den bittern Tranck vor die Würm dardurch desto füglicher beybringen könne / dann da müste ja einer gar verzweifelt seyn / der sich gleich im Anfang wissentlich dem Teufel übergebe / wann nicht ein solcher Pfeffer zuvor über diß stinckende Aaß gemacht worden wäre.

CAP. XXVI.
Continuation voriger *Materi*, und anderer dergleichen Sachen mehr.

ES sündigt aber einer / so sich der Festigkeit bedient / vielfaltiger als er selbsten vermeynet / dann erstlich wird er abtrünnig von seinem Schöpffer und Himmlischen Vatter / der ihn doch biß dahin so getreulich bewahret / und noch fürterhin behüten / ja gar in das Himmlische Vatterland bringen will; Zum Zweyten / gibt er sich in Bündnus und Schutz (ach der elenden Wahl! wann man den laidigen Teufel höher als Gott hält) beydes Gottes / und seines eygenen allerärgsten Feinds; Drittens wird der Teufel hierdurch gleichsam angebetet / und ihm die Ehr eines Beschützers gegeben / die allein dem gütigen Gott gebührt; Vierdtens wird solche allein Gott gebührende Ehr / ohn dessen Willen Himmel und Erden kein Augenblick bestehen möchte / Gott abgestohlen / und dem Teufel gegeben / als welcher Gott vorgezogen / und als ein Erhalter (der doch in Warheit ein Verderber ist) geehret wird; Fünfftens wird dardurch die aller-erschröck-

---

5 geschicht] geschieht 6 das] der 7 Ranfft] Rand 14 *Continuation*] Fortsetzung

lichste Abgötterey begangen / so die Heyden jemals verübet / welche Sünd die allergröste / und von GOtt am mehristen gehasset wird; Sechstens sündigt ein Mensch hier wider das Gesetz der Natur / als welcher seinem Neben-Menchen thut / welches er nicht wolte / daß es ihm von andern widerfahren solte; Wann er nemlich durch deß Teufels Hülff so hart als Eysen von seinem Gegentheil / er sey auch so dapffer als er immer wolle / nicht beschädigt werden mag / sondern hingegen zum siebenden ihm / als der seine Haut bey ihrer natürlichen Art gelassen / das Leben ärger als ein Meuchelmörder abstilet; Achtens ist ein solcher Mensch / wann keine rechtschaffene Bekehrung folgt / eygentlich ewiglich verloren / wie dann die jenige / so die obengedachte Passauer Kunst brauchen / selbst sagen / daß einer deß Teufels sey / der in 24. Stunden umbkomme / nachdem er einen solchen Passauer Zettel gefressen; wie es aber mit der Passauer Kunst beschaffen / also hat es auch eine Bewandnus mit andern Festigkeiten / dann wann eine gut ist / so seynd sie alle gut / und wollen sich die jenige / so Gembsen Wurtzel brauchen / oder die / welche ich weiß nicht was / mit sich auß Mutterleib auff die Welt gebracht haben / und dannenhero fest seynd / gar nicht träumen lassen / daß sie eine natürliche / und derohalben auch eine gerechte Sach haben / dann sie wissen leyder gar nicht / mit was vor *Condition*en und Aberglauben die Gembsen-Wurtzeln zu wegen gebracht / noch mit was vor *Pacten* und Bedingungen bey den Geburten der Kinder ihre Häublein / so sie mit auff die Welt bringen / von irgends etlichen alten Weibern zu der Festigkeit *employr*et werden; Es wären noch viel Ubel beyzubringen / in denen sich der Mensch vertiefft / wann er sich fest macht / aber mein Sohn / lasse dirs genug seyn / wann du weist / daß du das Ewig Gut dardurch verliehrest / welches der allergröste Schad ist / der einem Menschen wiederfahren mag; Allein ist diß noch zu mercken /

---

12 eygentlich] gewiß 25 *Condition*en] Bedingungen
29 *employr*et] zugerichtet, bereitet

daß rechtschaffene ehrliche und dapffere Leut / beydes unter den Soldaten und Burgern nichts auff solche halten die sich fest machen / dann / sagen sie / wann es keine forchtsame feyge Tropffen wären / welche Gattung Leut sonst Hundsfütter mit Gunst genannt werden / so würden sie sich mit keiner solchen Schelmen-Haut zu überziehen begehren.

Diß sey also von der Festigkeit genug geredet / darbey mir jetzo zufällt / daß ich mir erzehlen lassen / es habe ein forchtsame Meme einen andern Kerl angesprochen / er wolte ihm doch einen Zettel vor die Festigkeit zukommen lassen / dieser bewilligts / und schreibt nichts anders / als dreymal / wehr dich Hundsf. / wickelts zusammen / und gibts jenem in seine Kleider zu vernähen / worauff er sich eingebildet / er seye fest / und ist in allen *Occasionen* dermassen Hertzhafft unter die Waffen gangen / als ob er blind / und ein gantz Hürnener Seyfried gewesen wäre / ist auch jedesmal unbeschädigt darvon kommen / welches mich an jene alte Histori gemahnt / daß ein Weib von einem Landfahrer einen Zettel vor das Augenweh empfangen / den sie an Hals gehenckt / und dardurch deß Augenwehs befreyt worden / demnach es aber ihr Beicht-Vatter erfahren / und solches als ein aberglaubische Sach nicht gestatten wollen / sondern ihr den Zettel abgefordert und eröffnet / hat er nichts anders darinn gefunden als diß: Der Teuffel grabe dir die Augen auß / und *s. h.* scheiß dir in die Löcher.

Diß waren zwar nur lächerliche Sachen / und kurtzweilige Possen / wann nur der Aberglaub nicht darbey gewest wäre; Aber mein Sohn / was vermeynestu wol / daß die jenige unbekandte und unverständliche Wort vor einen Jnhalt haben / deren du dich gebraucht / wann du Reuter ins Feld gemacht / oder besser zu sagen / so viel tausend Teufel daher gebannet hast? Solten sie wol eines andern Verstands gewe-

4 f. Hundsfütter] Hundsfotte 5 mit Gunst] Verzeihung!
8 zufällt] einfällt 9 Meme] Memme 12 Hundsf.] Hundsfott
14 *Occasionen*] Schlachten 25 *s. h.*] salvo honore, mit Verlaub
32 Verstands] Art, Inhalts

sen seyn / als daß sie dich dem leidigen Teufel *oblig*irt und verbunden / umb willen er mit einer *Legion* mehr oder weniger böser Geister so willig sich eingestellt / und dir gedienet? Nein warhafftig / der Teufel thut nichts umbsonst / es ist gefährlich mit den Juden zu handeln / wann sie miteinander anfahen zu Hebræeln / wie viel mit dem leidigen Teufel / wann man mit ihm in einer unverständlichen Sprach *contrah*irt; die doch niemahl ohne Betrug gefunden wird / wann er deutlich und verständlich genug redet / eben also wird es auch mit denen Worten beschaffen seyn / die du gebrauchet / wann du andern ihre Rohr zugebannet / oder ihnen ihre Festigkeit auffgethan hast.

Als der *Pater* solches gesagt / *pausirte* er ein wenig / und sahe mich an / als einen Elenden / mit dem man ein grosses Mitleiden und Erbärmnus trägt / welches mich dermassen ins Hertz schnitte / daß ich dort sasse wie ein geschnitzt Bild / und vor Reu und Leyd-Wesen gleichsam in mir selbst erstarb / doch erholte ich mich umb so viel / daß ich sagen konte / nun erkenne ich erst recht die Grösse und Manigfaltigkeit meiner schweren Sünden / so ich zuvor nicht verstanden; Mein Kind / antwortet darauff der *Pater*, es wäre aber deine Schuldigkeit gewesen / daß du solches wissen und verstehen hättest sollen / dann zu solchem Ende hat uns der getreue Himmlische Vatter seinen Göttlichen und Allerheiligsten Willen offenbahret / auff daß wir denselben erkennen / sich nach demselben richten / unsern eygenen verkehrten Willen brechen / und selbigen dem seinigen gleichförmig machen / und also dardurch erlangen sollen / was uns der Erlöser am H. Creutz erworben; Hierzu hat uns Gott den Verstand gegeben / daß wir seinen Willen gar wol fassen und begreiffen können / und nicht darumb / daß wir solchen auff Aberglauben oder etwas anders / das dem Göttlichen Willen entgegen laufft / mißbrauchen / sondern zu seinem ewigen

1 *oblig*irt] verpflichtet 6 anfahen] anfangen 6 Hebræeln] mit hebräischem Akzent sprechen 7 f. *contrah*irt] einen Vertrag schließt 29 H.] Heiligen

Lob / und Erhaltung unserer Seligkeit anlegen sollen; Hierzu hat uns auch der gütige Vatter die Gedächtnus gegeben / damit / wann wir einmal unserer Schuldigkeit nach den allerheiligsten Willen Gottes durch unsern Verstand erkand und gefast haben / wir solchen / und was weiters zum Lob Gottes / und Erhaltung unserer Seligkeit gehöret / in unser Gedächtnus legen / solches jederzeit fleissig betrachten / und nimmermehr vergessen sollen.

Jch antwortet / mein Herr *Pater* glaube sicherlich / daß ich nicht auß Vorsatz meine liederliche Künste ins künfftig noch ferner zu treiben / die Kunst der Unsichtbarkeit / und anders mehr nicht außgehändigt und *cassirt*, sondern auß Schamhafftigkeit / die mich niemal so kühn seyn lassen / mit dem Herrn *Pater* hiervon zu reden; Mein Sohn / antwortet der *Pater*, solche Schamhafftigkeit rühret abermahl auß List und Vormahlung deß leidigen Sathans her / als der darauff umbgehet / daß du solche Sachen so lang bey dir behalten soltest / biß du künfftig auff sein alsdaniges ferneres Anreitzen dich wiederumb damit versündigst / und vielleicht schwerlicher als zuvor / damit er dich endlich in seine Klauen kriege / du hast bereits mit Schaden deß Leibs / und grosser Gefahr der Seelen und ihres ewigen Heyls erfahren / wohin dich der Teufel durch diese heyllose Künste verleitet / hast auch Handgreifflich genug hingegen verstanden / daß dich damals allein die unergründliche Güte Gottes (unangesehen du ein anders verdienet und werth gewest wärest) beydes vor zeitlich und ewigem Verderben bewahret / ja dich wiederumb zur Buß / und also zu dem Himmlischen Vatterland von neuem beruffen / bistu nun klug / und wilst dich nicht selbst muthwillig in die Höll stürtzen / so wirstu leicht gedencken können / was du zu thun hast.

Hierauff legte ich ohne Verzug meinen Kram auß / nemlich allerhand Zettel vor die Festigkeit / und anders mit *Caracteren* und unbekandten Wörtern / auch zum theil mit Fle-

12 *cassirt*] vernichtet 16 Vormahlung] Täuschung 18 alsdaniges] als dann stattfindendes 18 ferneres] weiteres 33 f. *Caracteren*] Zeichen

dermäuß-Blut beschrieben / sonderlich die jenige / welche man mit einer Hand voll Heckerling / oder geschnitten Stroh in eine Pistol ladet / und hinder sich hinauß scheust / davon sich so viel Reuter ins Feld stellen / als deß Hexels oder geschnittenen Strohes gewesen; der *Pater* würdigt keinen einzigen zu lesen / sondern (dieweil wir eben beysammen vor einem Kamin sassen) warff sie miteinander ins Feuer / worauff sich ein solches Knallen im Feuer hören liesse / als ob über 300. Musquetierer eine Salve geben hätten / das Feuer ergrösserte sich auch einsmals so erschröcklich / und schlug dermassen zum Kamin herauß / daß wir sorgten / das Zimmer möchte angehen / und uns mit verbrennen / es wärete aber gar nicht lang / dann nachdem es uns kaum erschröckt hatte / höreten und sahen wir nichts mehr / aber gleichwol wolte der *Pater* das Genist auß dem Ameyshauffen / so unsichtbar machte / deßwegen nicht auch ins Feuer werffen / auß Sorg / es möchte uns ein ärgers widerfahren / sondern er sagte / ich solte es verpitschieren / und ihme zustellen / biß er ihm ohne Gefahr einen andern Todt anthun könte / welches ich dann gern thät.

Jndessen sahe der *Pater* mein ängstiges Gemüth / und daß ich mich gern und von Hertzen meiner verdampten Künste abgethan / derowegen fieng er an mich widerumb zu trösten / und sagte / daß er mich nun gern in seiner Gesellschafft leiden wolte / biß ich Gelegenheit hätte / wieder sicher nacher Hauß zu kommen / mich treulich vermahnend / daß ich nächstens wiederumb beichten / und vor Gott mein Hertz wie Wasser außschütten solte / nicht wie Wein / da der Geruch / nicht wie Milch / da die Farb / nicht wie Oel / da etwas Fettigkeit / auch nicht wie Honig / da noch der Geschmack im Geschirr übrig bleibe; dann GOtt wolle uns gantz haben / und wo noch im geringsten etwas übrig / daß der leidige Feind einen Zutritt haben / und seine Klauen wieder ansetzen könte / seye es gefährlich umb den Menschen bestellt.

12 angehen] anfangen zu brennen 14 kaum] gerade eben
18 verpitschieren] versiegeln

Jch versprach ihm gehorsamlich zu folgen / und mein Leben zur Besserung / gleichsam gantz in einem andern *Modell* zugiessen / mit demuͤthiger Dancksagung / daß er sich meiner so getreulich angenommen / und mich durch GOttes Gnad zu meiner selbst-Erkandtnus gebracht haͤtte; Er antwortet / was er gethan / das waͤre seine Schuldigkeit / und wann ich im guten Vorsatz beharren / und mein Leben bessern wuͤrde / also / daß ich die Seeligkeit erlangte / so zweifele er nicht / Gott wuͤrde ihn belohnen / ich solte nur deßwegen *content* seyn / und den Gehorsam und die Demuth auff Gottes Willen richten.

Hernach fieng ich an zu *lamenti*ren und zu klagen / daß in der gantzen Christen-Welt so viel dergleichen Sachen / wie ich getrieben / im Schwang giengen / da theils Wort und Werck / die man darzu brauche / greulich und erschroͤcklich / theils gantz Aberglaubisch und Naͤrrisch / theils aber gantz laͤcherlich / und jedoch alle Verdammlich waͤren / als da seyen die grausame Beschwerungen und Verbuͤndnussen mit dem Teufel selbst / die Naͤrrische und Aberglaubische *Ceremonien*, und die laͤcherliche Segensprechungen / deren jedes Stuͤck / auch das geringste / wie es wider den Goͤttlichen Willen lauffe / von Gott ab / und gegen der Hoͤllen zufuͤhre; was die alte Bettler und Bettlerinnen / item die Ziegeuner vor Kuͤnste treiben / und andere lehren / sey bekand / und die Bauren haͤtten Segen / Kuͤnste und aberglaubische *Observationes*, die sie brauchten / daß ihnen nichts gestolen / die Pferd nicht bezaubert / die Kuͤhe von den Unholden nicht außgemolcken werden koͤnten / und was dergleichen Sachen mehr seyen; da wisten theils die Wantzen oder Waͤndel in ein ander Hauß zu bannen / andere die Raupen / Erdfloͤhe / Kefern / und andere Ungeziffer zu vertreiben / andere Schlangen zu beschweren / und aber andere auch andere solcher Kuͤnste / etliche koͤnten den Maͤusen daß sie nichts zer-

---

10 *content*] zufrieden 23 item] desweiteren, ebenso 25 f. *Observationes*] Anweisungen 29 wisten] wüßten 29 theils] einige 32 beschweren] beschwören

nagen / etliche den Hunden / daß sie keine Hasen fangen können / die Mäuler zu bannen / ja es wäre schier kein Geschöpff oder *insect*, damit nicht verbottene Künste getrieben würden / massen solcher aberglaubischen Possen *Prætorius* ein gantzen Hauffen zusammen gebracht / und in seinem Glück-Hafen / auch anderswo mehr der Welt in offenem Druck vor Augen gelegt / worbey zu bejammern sey / daß solche verkehrte Leut am mehristen die heilige Zeiten / ohn Zweifel auß sonderm Anstifften deß leidigen Teufels mißbrauchten / als den H. Car-Freytag / an welchem nicht allein die Schmid ihre Krampff-Ring gantz nackend auß einer Galgen-Ketten schmideten / sondern wol noch andere abscheuliche Sachen getrieben würden / darvon unnöthig zu hören / und erschröcklich zu hören; Jtem die Walburgs-Nacht / und auff Philippi und Jacobi Tag / da die Bauren durch ihre Künste ihr Vieh vor Zauberey vors gantze Jahr bewahren wollen / aber nicht wissen / daß sie alsdann selbst Zauberey treiben; die Johannes-Nacht / in welcher theils verruchte Leut den Farnsamen vom Teufel empfangen / und andere böse Stück mehr üben / offt aber übel anlauffen / als wie die vorwitzige und gaile Weibsstücker / die in der Nacht St. Andreæ erfahren wollen / was sie vor Männer kriegen sollen; Endlich seye auch die heilige Weynacht-Zeit / in welcher uns das Heyl der Welt geboren worden / vor solchen Gottes-vergessenen Leuten nicht sicher.

CAP. XXVII.
Heim-Räis und Beschluß dieses Werckleins.

NOch 14. Tag hatte ich mich bey meinem *Pater* zu Utrecht auffgehalten / nachdem ich wieder völlig gesund und geheylet worden / als ihm von seinen Obern Befelch zukommen /

6 Glück-Hafen] Lostopf 8 mehristen] meisten 11 Schmid] Schmiede 18 theils] einige 20 übel anlauffen] üble Erfahrungen machen

daß er sich durch die Schweitz auff Rom begeben solte / das war mir nun eine erwuͤnschte Gelegenheit / mit ihm auff der Coͤllnischen Seiten deß Rheins sicher biß nacher Straßburg / und von dannen uͤber den Kniebs hinauß vollends nach Hauß zu kommen; derowegen uͤberkam ich durch unterhandlung deß *Paters* einen Paß von der Frantzoͤsischen Generalitaͤt / und machte mich mit ihm *per pedes*, seiner Regul gemaͤß / auf den Weg / unsere Gesellschafft bestund in unterschiedlichen und sehr ungleichen Personen / dann erstlich war der *Pater* und der *Frater* seines Ordens; 4. Frantzoͤs. Soldaten von unterschiedlichen *Officien* und *Qualit*aͤten / welche nacher Breysach beordert waren; Ein Pfarrherr von der Reformirten Religion / so hiebevor auß der Pfaltz / davon er gebuͤrtig / in Holland beruffen / und in gegenwaͤrtigem Krieg dermassen abgebrand oder *ruin*irt worden / daß er gezwungen war / wiederumb mit seinem Weib nach Hauß zu kehren; So dann ein Jud / so nach Franckfurt reyste / dessen Gegenwart mich offt mit peinlichen Schmertzen an meine lose Stuͤck erinnert / die ich zu Amsterdam begangen / und dann endlich ich / als ein schlechter Handelsmann / der gleichwol noch 200. Reichsthaler zur Zehrung bey sich hatte / davon ich auch dem guten ehrlichen *Pater*, und seinem Bruder / als die kein Gelt vermochten / noch anruͤhren dorfften / underwegs / wo es die Noth erfordert / die Nahrung getreulich verschaffte.

Da setzte es nun bißweilen artliche *Disputationes* wegen der Religion zwischen dem *Pater* und Pfarrer / davon jeder zween auß den Soldaten / so eines jeden Glaubens-Bekandnus zugethan / zu Beystaͤnden hatte; Jtem zwischen dem *Pa-*

---

4 Kniebs] Kniebis 7 *per pedes*] zu Fuß 10 *Frater*] Ordensbruder 10 4. Frantzoͤs.] 4 französische 11 *Officien*] Dienstränge 11 *Qualit*aͤten] Standeszugehörigkeit 12 nacher] nach 14 in] nach 18 peinlichen] Gewissensqualen 19 lose Stuͤck] Bubenstücke 20 schlechter] schlichter, einfacher 23 vermochten] besaßen 26 artliche] interessante 26 *Disputationes*] Streitgespräche

ter und Pfarrer eins / und dem Juden andern Theils auch dergleichen / und wiewol dieser Maußkopff gewaltig wol *studirt* / und wol beschlagen war / wolte er sich doch nicht recht herauß lassen / sondern sagte / die Christen solten zuvor ihre eygene Spaltungen zusammen leimen / ehe sie sich understünden / die Juden / so einig wären / zu ihrer Religion zu bekehren / dann so einer oder der ander auß ihnen gleich gern ein Christ werden wolte / so könte er nicht wissen / zu welcher auß den Christlichen Religionen er sich wenden solte / sintemal sich jede rühmet / sie sey die beste; da legen die Lutherische nicht allein täglich einander selbst in den Haaren / sondern auch stätig wider die Calvinisten oder Reformirte zu Feld / und würden niemal einig gesehen / als wann es auff die Catholische loß gieng / gleich wie auch der *Pater* und Pfarrer jetzunder vor einen Mann wider ihn stehen wolten / dahingegen die Catholische alle andere Religionen bestritten / und allein die ihrige vor die beste hielten / und ob gleich der *Pater* und Pfarrer dem Juden erwiesen / daß / gleich wie vor alters Phariseer / Saduceer und Esseer unter ihnen gewesen wären / also gebe es noch täglich unter den heutigen Juden und ihren *Cochams* zerspaltene Meynungen / welche zwar bißweilen durch Auffsätz und erfundene Mittel-Weg besagter *Cochams* beygelegt / dardurch aber der Sach mit nichten geholffen / noch ihre Religion gebessert / sondern vielmehr durch Menschen-Satzungen verbösert / und nimmermehr zu wegen gebracht würde / daß sie ihr Gesetz hielten / wie es Moyses zu halten gebotten / der Jud hingegen beharrete hartnäckig darauff / daß er zuvor die Christen einig sehen müste / ehe er sich zu ihnen zu tretten entschliessen könte / die *mutir*ung der Religion sey ein grosses Werck / daran die Seligkeit gelegen / und deßhalben nicht so leichtlich / und ohne reiffen Vorbedacht zu wagen.

Die *Disputationen*, die zwischen dem *Pater* und Pfarrer vorgangen / waren so unterschiedlich / so *variabel*, und ihrer

10 sintemal] zumal 21 *Cochams*] Weisen, Gelehrten
22 Auffsätz] Spitzfindigkeiten 30 *mutir*ung] Wechsel, Veränderung 34 *variabel*] abwechslungsreich

so viel / daß ich sie seyther alle biß auff nachfolgenden laͤcherlichen Schick vergessen; als wir durch das Trierische *marchirten* / giengen wir einem Bild-Stock vorbey / vor welchem der *Pater* nicht allein die Kapp ruckte / sondern auch die Mutter unsers Erloͤsers kriechend mit einem *Ave Maria* gruͤste; kaum in einer halben Stund hernach kamen wir zu einem Galgen / der mit einem Dieb gezieret war / und als wir denselben *passirt* hatten / sagte der Pfarrer zum *Pater*, wie kompts Herr *Pater*, daß ihr allhier nicht auch niderknyet? der Galgen und der Bild-Stock seynd ja einerley Holtzes / der *Pater* antwortet / berichtet mich zuvor einer andern Frag / so will ich euch auch der eurigen bescheiden / ich sehe daß ihr ein Weib habt / die werdet ihr ja auch / wie andere Ehemaͤnner thun / kuͤssen? Warumb das nicht / antwortet der Pfarrer / ich gib euch nicht unrecht / sagte der *Pater*, aber sagt mir / kuͤsset ihr sie nicht gemeiniglich auff den Mund? der Pfarrer antwortet / das verstehet sich / wo sonst anders hin? es ist schon recht / sagte darauff der *Pater*, aber warumb kuͤsset ihr sie nicht auch in Hindern / dann derselbe ist ja mit dem Mund eines Leders / gleich wie der Bildstock und der Galgen einerley Holtzes seynd / zwar waͤre es dem jenigen auch kein Schand / welcher nach deß Lobwuͤrdigen Kaͤisers *Caroli Quinti* Gewohnheit den Hut abzoͤge / wann er bey einem Galgen voruͤber *passir*te / und sagte mit allerhoͤchstgedachtem Kaͤiser / *Salve ô Sancta Justitia*, wir musten alle hieruͤber lachen / biß auff den Pfarrer / welcher da bestund wie Butter an der Sonnen / und vielleicht noch nicht gewust / daß einem in beschaffenen Begebenheiten pflegt geantwortet zu werden / wie er gefragt.

Von dieser Zeit an stellete sich das *disputir*en ein / und wir verfolgten unsere Raͤis miteinander den Rhein hinauff / der Pfarrer verblieb zu Bacherach bey seines Weibs Befreundten

---

2 Schick] Geschichte, Handel 4 die Kapp ruckte] grüßte 8 *passirt* hatten] vorübergegangen waren 23 *Caroli Quinti*] Karls V. 25 *Salve ô Sancta Justitia*] Sei gegrüßt, o heilige Gerechtigkeit 30 *disputir*en] Streiten

zuruck / und der Jud zu Maͤintz / wir aber kamen miteinander ohne Anstoß zu Straßburg an / allwo wir ein Tag oder 4. außruheten / und uns die *delicate* Salmen auß dem Rhein / neben dem edlen Elsasser Wein nach Nothdurfft geschmacken liessen / und diß war der erwuͤnschte Ort vor mich / auch von der uͤbrigen Gesellschafft abzuscheiden.

Der *Pater* und sein *Frater* gaben mir das Geleyd biß nach Kehl / und vermahnte mich / so lang wir auff der Metzger Au giengen / ohne auffhoͤren / ich solte auff dem angetrettenen Weg der Gottseligkeit verharren / als wir aber mitten auff die Rhein-Bruck kamen / zog er das Genist auß dem Ameyshauffen hervor / so er zu Utrecht von mir empfangen / zeigte mir dasselbe / umb zu sehen / daß mein Sigill / damit ichs verpitschirt / noch unzerbrochen / und sagte / daß er kein besser Mittel wuͤste / diese schaͤdliche Kunst / die mich so schaͤndlich verfuͤhrt haͤtte / von dem Erdboden hinweg zu vertilgen / als daß er den Bettel miteinander in Rhein werffe; ich wars wol zu frieden / er aber oͤffnet den Uberzug / wo der Fluß am staͤrcksten war / und als er den innersten Ballen in die Hand kriegte / verschwande er mir und dem *Frater* Augenblicklich auß dem Gesicht / es war eben gut / daß damal wenig Leut auff der Rhein-Bruck wandelten / und niemand umb uns war / der solches gesehen / sonst doͤrffte der ehrliche *Pater* wol vor einen Zauberer gehalten und angepackt worden seyn / die Unsichtbarkeit daurete an ihm aber nicht laͤnger / als biß er den Ballen mit einem Messer auffgeschnitten / und das Genist auff einen saubern Bruck-Pfloͤckling außgelaͤret hatte / da sahen wir ihn wiederumb / hernach schuͤrete er das Genist bey einem Staͤublein vollends in den Rhein / und sagte / nun dancke ich

---

2 Anstoß] Zwischenfall 5 geschmacken] schmecken
14 Sigill] Siegel 15 verpitschirt] versiegelt 18 Bettel] Kram
29 Bruck-Pfloͤckling] Brückenpfosten 30 schuͤrete] scheuerte, rieb weg 30 f. bey einem Staͤublein] bis auf das letzte Stäublein, völlig

GOtt von Hertzen / daß diese schaͤdliche Kunst in eurer gegenwart so Gluͤcklich abgeschafft worden / ihr haͤttet sonst vermeynen doͤrffen / ich haͤtte euch solche abgeschwaͤtzt / umb mich derselben selbst zu bedienen / aber mein Anschlag / sie zu *cassirn*, ist vorlaͤngst auff diesen bequemen Ort gericht gewesen.

Zu Kehl fruͤhstuͤckten wir / ehe wir voneinander schieden / welches meines Theils mit nassen Augen geschahe / und weil ich mich in einem Land deß Friedens befand (wiewol ich hoͤre / daß es seyther durch den Krieg sehr *ruin*irt worden) zumahlen noch etwas Gelts uͤbrig hatte / kauffte ich mir ein Pferd / womit ich in etlichen Tagen Gluͤcklich nach Hauß kam.

Und demnach ich das wunderbarliche Vogel-Nest / ein so genanntes *Tract*aͤtlein in offenem Truck zu meiner Heimkunfft gefunden und gelesen / auch auß den Umbstaͤnden gesehen / daß solches eben die jenige Kunst und *Materi* gewest / die ich gehabt / hielte ich vor billich / daß ich der Welt auch *communicir*te / was mir damit begegnet / und schriebe darauff diese meine eygene Histori / ob sich vielleicht einige / zu verhuͤtung ihres Schadens vor solchen gefaͤhrlichen Kuͤnsten huͤten wolten / ich beflisse mich aber auch darneben / daß ich durch Buß-Werck und Gottselige Ubungen mich wuͤrdig machen moͤchte / der Verdienste deß Erloͤsers theilhafftig zu werden / Vergebung der Suͤnden zu erlangen / und also mit Gottes Gnad und Beystand zu erlangen ein seliges

ENDE.

---

4 Anschlag] Plan 5 *cassirn*] wegzunehmen 19 *communicir*te] mitteilte

RATHSTŪBEL PLUTONIS

Rathstüblein Plutonis.

RATHSTUͤBEL PLUTONIS

Oder

KUNST REICH ZU WERDEN /

Durch vierzehen underschiedlicher namhafftten Personen richtige Meynungen in gewisse Reguln verabfasset / und auß *Simplicissimi* Brunnquell selbsten geschoͤpfft / auch auffrecht Simplicianisch beschrieben Von Erich Stainfels von Grufensholm / Sambt *Simplicissimi Discurs*, Wie man hingegen bald auffwannen: und mit seinem Vorrath fertig werden soll.

Getruckt in Samarien /
Jm Jahr 1672.

9 f. auffwannen] verschwenden

DESIGNATION.

Deren / so diß Wercklein außzufertigen veranlaßt.

1. *Martius Secundatus* ein raisender Landbeschawender Cavallier.
2. *Alcmæon Atheniensis* dessen Gastgeber.
3. *Cidona Corinthia* seine Haußfraw.
4. Jungfraw *Spes* ihre Tochter.
5. Der *Satyrice* Gesinnte abentheurliche *Simplicissimus.*
6. *Collybius* ein Kauff- oder Handels-Herr.
7. *Simplicissimi* alter Knan.
8. *Erich* ein Schwed der Verfasser dieses Tractaͤtels.
9. *Laborinus* ein Handwercksmann.
10. *Simplicissimi* alte Meuͤder.
11. *Coryphæa* die *Comœdian*tin.
12. Aaron ein sechtzigjaͤhriger Jud.
13. *Courage* die Landstoͤrtzerin.
14. Der abgelebte Spring ins Feld.

---

1 *Designation*] Verzeichnis 4 Cavallier] Adeliger 5 Gastgeber] Gastwirt 17 abgelebte] verlebt, gealtert

Als nunmehr die mitte deß *Julii* sambt der gewönlichsten grösten Hitz deß Jahrs: nemblich die jenige Zeit sich nähert / welche die teutsche Bauren die Haberkilbe nennen / von deren die Medici sprechen / daß alsdann der Saurbrunnen am kräfftigsten sey; da machte sich mein Kostherr *Alcmæon* sambt *Cidonæ* seiner Frawen und ihrer Tochter *Spes* fertig dieselbig Cur in *Sanct Petri* Thal zugebrauchen; *Monsigneur Secundat*, welcher mehr Gelt zuverzehren hatte als ich / beredet mich durch versprechen / daß er mich Gast halten wolte / daß ich mit ihm besagtem unserm Kostherren Gesellschafft zu leisten resolvirte; Er zwar beliebte diß / damit er sich mit vornehmen Leuthen / so an dergleichen Orthen ihre Gesundheit zu suchen pflegen / bekandt machen: Jch aber / damit ich sehen möchte / wie es daselbsten hergehet. Also reiseten wir nun miteinander zum Saurbrunnen / da *Alcmæon* und sein Weib die Cur: deren Tochter *Spes*, *Monsieur Secundat* und ich aber deß Wassers nach Lust und Durst trancken / und uns deren Ergetzlichkeiten theilhafftig machten / die man an solchen Orthen haben kan.

Einsmahls an einem lustigen Morgen / als *Alcmæon* sich auff den eingenohmenen Trunck ergieng / spatzirten wir mit; und in dem wir einen lustigen Weg an einem fliesenden Wässerlein auß dem grösten Thal in einen neben Zincken passirten / höreten wir eine Trompet *de Marin*, welche wegen ihres gewaltigen Thons einer rechten Trompet nicht ungleich lautet / und gleichsam auß allen benachbarten Bergen und Wäldern von der unverdrossenen *Echo* gantz anmuhtig beantwortet wurde; Wir verwunderten / wer sich doch an

3 Haberkilbe] Jahreszeit, in der der Hafer gelb wird 5 Saurbrunnen] Mineralquelle 5 f. Kostherr] Wirt 9 f. Gast halten] als Gast, gastfrei halten 11 resolvirte] beschloß 23 neben Zincken] Seitental 24 Trompet *de Marin*] Trumscheit, unförmiges Streichinstrument mit einer Saite

diesem Ort unter den Bauren so lustig moͤchte hoͤren lassen? Fragten auch deßwegen etliche Weiber die zu nechst an unserm Weg Haͤw doͤrreten; die berichten uns so gut sie kondten und verstunden / nemblich es waͤre der Zimpelsuͤssus / der auff seiner grossen Klotz-Geige so auffmachte; Wir kondten aber hierauß nichts vernehmen / sonderlich wer der *Musicus* seyn moͤchte / und da wir so da stunden / und uͤber die visirliche *relation* lachten / naͤherte sich *Collybius* der Handels-Herr und *Laborinus* ein Handwercks-Kerl (der jenem an statt eines Dieners auffwartete / und zugleich die Cur mit brauchte) beyde zu *Athen* wohnhafftig / zu uns; *Collybius*, nach dem er die Ursach unsers Gelaͤchters verstanden / berichtet uns darauff / daß der weitberuffene *Simplicissimus* seine Wohnung allernechst vor uns haͤtte / welcher ohne Zweiffel auch der Spielmann waͤre; Und nach dem *Mons. Secundat* von *Collybio* verstanden / daß er sich mit gemeltem *Simplicissimo* erst vor ein par Tagen bekandt gemacht / sagte er / so will ich ihn auch sehen und bekandt mit ihm werden / es koste was es wolle / derowegen giengen wir dessen Hoff zu;

Wir fanden ihn mit einem Buch in Haͤnden / und eine junge heroische Dame auff Adelich bekleidet / (die auch eben damahls auff der Trompet *de Marin* striche) unter einer lustigen Linde im Schatten sitzen / und haͤttens vor sehr unhoͤfflich gehalten / sie beyde in ihrer *conversation* zuverstoͤren / dafern *Simplicius* noch ein junger Buhler gewesen waͤre / hatten sie auch bey solcher Beschaffenheit anzusprechen Bedenckens getragen / dafern uns *Collybius* nicht versichert / daß wir keine Ungelegenheit machen: sondern an *Simplicissimo*, bey dem wir alle willkommen seyen / einen rechtschaffenen offenhertzigen Teutschen finden wuͤrden / der so Leut- und holdselig sey / daß er umb anderer willen gern seine eigene Bequemlichkeit hindan setze.

---

4 Zimpelsuͤssus] verballhornt: Simplicissimus 5 auffmachte] aufspielte 8 visirliche *relation*] seltsame Auskunft 13 weitberuffene] weitberühmte 32 Leut- und holdselig] zuvorkommend und treuherzig

So bald er uns sahe gegen ihm gehen / stund er auff / und kam uns auch entgegen; *Secundatus* legt die Complimenten ab; welche ungefährlich diß Jnhalts wären / die Begierde ihn zusehen / hätte ihn und seine *Compagnia* erkühnet / ihme zu besuchen / der Hoffnung / sie würden ihme keine Ungelegenheit machen; demnach sie ihn aber mit der Gesellschaft einer so außbündigen Schönheit beglücket angetroffen / wünschte er / daß sie ihre Hinkunfft biß auff ein andere Zeit versparet hetten / bittend ihm und seiner Gesellschaft diesen unversehenen Uberfall zuvergeben / wo er hingegen ihme wiederumb angenehme Dienste / etc. *Simplicissimus* antwortet / Es werde ihm hierdurch gantz keine Ungelegenheit zugefügt / sondern er hätte sich vielmehr der grossen Ehr zu erfrewen / die ihm wiederfuhre / wann er durch ehrlicher Leuthe so ansehenliche Besuchung gewürdiget werde; welches er mit nichts anders zubeschulden wisse / als daß er bitte / sie wolten in seinem Hauß und Hoff: auch ihme selbsten nach belieben befehlen / ob er vielleicht durch einige gefällige und gehorsame Dienstleistungen ihre Bemühung in etwas wiedergelten möchte; Jndessen hatte Collybius obengedachte Dam salutirt / welche eine ihm wolbekante *Comœdiantin*: und *Coryphæa* genandt war; Aber als er sahe / daß *Simpl*: mit *Monsieur Secundato* außgeredet / begrüßt er ihn auch / und weil er schon bessere Kundschafft mit ihme hatte / als wir andere / sagte er zu ihm / Mein Herr / gebt doch GOtt die Ehr / und bekent / ob ihm oder *Madamoiselle Coryphæa das gröste Leid wiederfahren* / daß wir ihren Lust zerstöhret? *Simpl.* antwortet / was gegenwärtige *Madamoiselle* anbelangt / hat selbige diese Stund das erste mahl mit mir geredet / in dem sie mich umb herleyhung meines Trumscheids angesprochen; so kan ich ihr auch nicht ins Hertz sehen / zuwissen wann sie sich erfrewt oder beleidiget findet: kan mir aber leicht einbilden / sie werde lieber mit einem jungen

---

4 *Compagnia*] Gesellschaft 14 ehrlicher] ehrbarer 16 zubeschulden] zu vergelten 21 salutirt] begrüßt 24 Kundschafft] Bekanntschaft

Kerl der ihr bekandt / als mit einem alten Kracher wie ich bin / umbgehen / und also durch deß Herrn herkunfft wenig betrübt worden seyn: ob aber ich durch die sambtliche Compagnie beleidiget worden seye / hat gegenwärtiger Herr allbereit von mir zuvernehmen beliebt.

Als *Monsieur Secundatus* sahe / und auß *Collybii* und *Simpl*: *discurs* abgenommen / daß man viel offenhertziger und freyer reden und thun dörffte / als er sich wol wegen deß *Simplicissimi* scheinbarlicher *gravi*tät und ehrwürdigen Ansehens eingebildet / sagte er / Herr *Simplici*, es wäre nicht recht / wann wir ihn seiner ersten Bitt nicht gewähren solten / die da war / wir solten in seinem Hauß und auch ihme selbsten befehlen / darumb will ich den Anfang machen und hiemit befohlen haben / daß wir uns sämtlich unter jene Linde rings weiß zum Brunnen ins Grüne niedersetzen sollen / umb uns im Schatten mit einem annehmlichen und lustigen Gespräch zuergetzen.

Darauff setzte sich der Cavallier *Martius Secundatus* selbsten / neben ihm unser Kostherr *Alcmæon*, an ihn sein Weib *Cidona*, an deren Seite ihre Tochter *Spes*, neben selbige machte sich *Simplicissimus*, und sagte im niedersitzen zur Jungfrawen / diß Recht hat uns der König David gestifftet / daß nemblich alte Männer sich neben der Jungfrawen Seiten erwärmen mögen; neben ihn sasse *Collybius* der Kauffherr nider / weil aber die *Comœdian*tin *Coryphæa*, die fürwahr in keinem schlechten Kleid dort stunde / sich ich weiß nicht auß was für Ursachen im Angesicht anröthete / und solches *Monsieur Secundatus* wahr nahm / setzte er sie zu sich auff seine rechte Seite / sie umb verzeyhung bittend / daß er ihren ihre gebührende Stell nicht ehender einzunehmen verfügt hätte; Jn dem ich nun auch an *Collybio* der an *Simplicissimo* sasse / meine Stell nehmen wolte / hören wir hinder *Simplicissimi* Hauß und Stallung Leuth herfür kommen / deren freundlich Gespräch bey nahe einen balgen gleich lau-

---

1 alten Kracher] hinfälligen Alten 9 *gravi*tät] Würde
26 schlechten] schlichten, einfachen 34 balgen] Zank, Streit

tende: Wir spitzten alle die Ohren / und sahen ohnlengst hernach Herrn *Simplicissimi* alten Knan in aller Erbarkeit daher tretten / welcher einen eben so alten Juden neben sich gehen hatte / so nach ihrem Brauch mit den Haͤnden umb sich fochtelte / als wann er eine wichtige *disputation* außzufuͤhren vorgehabt; Es war umb etliche orths-Thaler zuthun darumb sie beede noch stritten und vor *Simplicium* kamen / der daruͤber den Außschlag geben solte / als auß dessen Stall der Jud dem Knan ein par Mast-Ochsen abzukauffen im Werck begriffen; die Meuder folgete ihnen auff den Fuͤssen nach / und warff mithin ihre Karten darunder; *Simplicius* gab dem Kauff und Verkauff gleich mit ein par Worten ein Endschafft / und fragte den Juden im Schertz / weil sichs die Red so gab / wie weit er noch hin hette reich zuwerden? Welches *Secundatus* beobachtet / und darauff zum Juden sagte: wann er hiervon Nachricht zugeben wuͤßte / so solte er sich zu uns niedersetzen / er aber wolte nicht / sondern wendete vor / daß es ihm nicht gebuͤhre: Wilt du nicht / antwortet *Secundatus*, so werffe ich dich den Berg hinunder? Vnd alß er sich hierauff noch sperrte / stund er auff / erwischte ihn beym Leib / und setzte ihn durch seine Staͤrcke mit Gewalt zwischen sich und *Coryphæam*; befahl darauff dem Knan / daß er sich neben *Collybium*: und mir / daß ich mich neben den Knan setzen solte: Alß solches geschehen / muͤßten die alte Meuder und *Laborinus* den Ring beschliessen / da die alte Meuder neben die *Coryphæam, Laborinus* aber zwischen mich und dieselbige zusitzen kam.

Es sahe in wahrheit recht laͤcherlich auß / weil sie so unterschidliche Leuth da beysammen befunden: *Simplicius* sagte / es ermahne ihn an ein besetztes Gericht / darinn *Monsieur Secundat* den Stab fuͤhre! Wolan / antwortet derselbe / so werden die Zwoͤlffer dem Schultheissen gehorsammen und keiner ohne sein Erlaubnuß auffstehen / seinem Diener aber

---

5 *disputation*] gelehrtes Streitgespräch 6 orths-Thaler] Vierteltaler 8 als] insofern als 31 den Stab fuͤhre] den Vorsitz einnehme 32 Zwoͤlffer] Schöffen des Dorfgerichts

befahl er / daß er dem Würt sagen solte / so viel an Speiß und Tranck beyzuschaffen / daß die Sach nach geendigter *Session* und *expedirten* rathschlägen genugsam eröffnen könten / darbey er aber das beste in der Kuch nicht hinderhalten solte.

Jndessen hatten der Knan / die Meuder und der Jud wegen deß Kauffs noch alß mit einander zu kippelen und zu märzahlen: Jenes alte Par vermeinte *Simpl.* hatte dem Juden die Ochsen umb ein halben Thaler zu wolfeil hingegeben: Diser aber sagte / jau das Gelt ist jetzt tauwr! es mangelt an allen orten bey meiner Schamme / wann euch ein Metzger bey 10. fl. so viel darfür geben hette. *Monsieur Secundat* aber fieng an einen Schultheissen zu agieren / mit solcher Ernsthafftigkeit / daß ich mich deß Lachens schier nicht enthalten könte / und in dem er sich eines bottmässigen Gewalts annam / thet er an die gegenwärtige folgende *proposition*, deren wir / nach dem er mit seinem Stab an die Linde geschlagen / ein Stillschweigen damit zuverkünden / auch fleissig auffhorchten.

Jhr Herren / ihr Frauen / ihr Männer / ihr Weiber / ihr Junge Gesellen und Jungfrauen. Demnach wir hier versamlet seyn / nicht die edle unwiederbringliche Zeit vergeblich hinstreichen zulassen / sondern uns dieselbe durch annehmliche Gespräch zu unserer Ergetzung zu nutz zumachen: und aber unterdessen von *Arone* dem Hebræer unserem jetzmahligen Mitbeysitzer geklagt und lamentirt wird / daß das Gelt aller Orten werth / und derowegen überal ein grosse Armut seye / wie auch dessen nur mehr alß zuviel aller Orten her gute Kundtschafft haben; Alß ist mein Sinn und Meinung / daß wir hierüber rahtschlagen sollen und wollen / ob nicht Mittel zufinden seyen / dardurch / wo nicht dieser allgemei-

---

2 *Session*] Sitzung 3 *expedirten*] vorgetragenen 6 noch alß] noch immer etwas 6 kippelen] streiten 7 märzahlen] schachern, herumhandeln 9 tauwr] teuer, knapp 10 bey meiner Schamme] es würde mich wundern 11 fl.] Florin, Florentiner Gulden 15 *proposition*] Antrag 27 zuviel] zu viele (Nom. Plur.) 28 Alß] so

nen Klag gäntzlich abgeholffen / doch wenigst uns unter einander der Weg gezeiget werde / der mühseligen Armut zuentfliehen / und zu der angenehmen und holden Reichtumb zugelangen; Weil nun dieses ein löbliches und hochnutzliches Vorhaben / alß werden meine Herren Beysitzer / auch Frauen und Jungfrauen Beysitzerinen / sich nicht zuwider seyn lassen / anzugeloben / daß sie dißfahls nach ihrem besten Verstand das beste rahten / und mit Eröffnung ihrer Hertzen heimlichsten *Concepten* nichts verschweigen wollen / was zu diser Sach nutzlich und bequem seyn mag: Hierauff reicht er den Stab dem *Alcmæon*, der ihn anrühret / und an den anderen rund herumb / bis an den Juden / der schier nicht daran wolte / da ihm aber *Monsieur Secundatus* vom brüglen sagte / und wir ihn berichteten / daß dises gar kein Eyd / noch an Eydsstatt: sondern nur zur Kurtzweil angesehen were / griffe er auch an Stab / drauff fiel die Frag / durch was Mittel einer der Armut entfliehen und zur Reichtumb gelangen könte: Der erste / so *votiren* solte / war unser Kostherr / und damit der letztere nicht irr werde / wil ich ohne weitläuffige Umständ einer jeden Persohn Antwort und *Sententz* besonder setzen.

1. *Alcmæon.*

Man soll sich an den Spruch halten / welcher versichert / wann man vor allen dingen nach dem Reich GOttes trachte / daß alles übrige von sich selbsten häuffig zufallen werde.

2. *Cidona.*

Man sagt zwar an GOttes Seegen / ist alles gelegen / aber mich dünckt die Hand müsse mit angelegt seyn.

---

3 holden] Ansehen verleihenden 9 *Concepten*] Gedanken, Plänen 18 *votiren*] seine Stimme abgeben 19 der letztere] der letzte in der Runde 21 *Sententz*] Urteil

3. *Spes.*

Ein schoͤne Jungfraw / darvor ich mich zwar gantz nicht außgebe, samblet Reichthumb genug / wann sie sich der Tugend / Ehr und Fromkeit befleißt / dann solchen stellen reiche Maͤnner nach / sie zuversorgen.

4. *Simplicissimus.*

Wer sich ernstlich und einmahl vor allemahl resolvirt hat / reich zu werden / und in solchem Vorsatz bestaͤndig verharren will / der muß das Gewissen nicht genaw beobachten.

5. *Collybius.*

Man muß sich durch seinen Verstand und eine gute *dexteritet* vortheilhafftig in die Zeit und Laͤuffe zu schicken wissen / und keine Gelegenheit hinschleichen lassen / darbey etwas zugewinnen.

6. Knan.

Man muß fruͤhe und spaht hinden und vornen daran seyn / damit man nicht allein alles zum Nutzen richte / sondern auch verhuͤte / daß nichts verwarloßt werde / und zu grund gehe.

7. *Erich.*

Weil das Gelt / darinn mehrentheils Reichthumbe bestehen / gemeiniglich in grossen Herren Cassa zusammen zu fliessen pflegt / so ist denen so reich werden sollen / zu rathen / daß sie sich dort beliebt machen / und sich in Sorg / Fleiß / Forcht / und einer Hunds Demuht so lang alda behelffen / biß sie ihren Particul auch darvon bekommen.

8. *Laborinus.*

Demnach ich noch keinen durch grosse Arbeit hab sehen reich werden / so halt ich darvor / man muͤsse auch sonst allerhand Vortheil zu Huͤlff nemmen.

---

7 resolvirt] entschlossen 11 *dexteritet*] Gewandtheit
26 Particul] Anteil 30 Vortheil] Kniffe

9. Meuder.

Man soll einen jeden Haͤller hundert: und einen jeden halben Batzen tausendmahl umbkehren / eh man ihn außgibt / und jederzeit dahin sehen / daß die Einnam zweymal groͤsser sey alß die Außgab.

10. *Coryphæa.*

Es ist sich zum hoͤchsten zubefleissen / daß man die jenige / darvon man Nutzen hat / in Vnterthaͤnigkeit und Armut erhalte / und sie / wann sie wol kriegen / gleich bessere.

11. *Aron.*

Man soll kein Gelt außgeben / man wisse dann eigentlich / daß man wiederumb mehr darvor einnemmen werde.

12. *M. Secundatus.*

Weil die meiste Schaͤtz und Reichtumb / ja gantze Koͤnigreich und Fuͤrstenthumb im Krieg gewonnen und verloren werden / so wer es eine Thorheit / wann ein Armer der Reichtumb verlangt / solche anderstwo alß in dem Krieg suchte / sintemahl er dargegen sonst nichts alß sein Leben verlieren kan / welcher Gefahr aber der Reiche so wol alß er unterwerffen: aber weil es nicht jedermanns Thun ist / das Pulver gern zu Riechen / so lasset ferner hoͤren / was wir sonst fuͤr Regulen haben / die uns Reichtumb zugewinnen dienlich seyn.

13. *Alcmæon.*

Das Spruͤchwort dunckt mich sey nicht zuverwerffen / strecke dich nach der Decke: Jtem / du solst nicht mehr verzehren / alß dein Pflug mag ernaͤhren.

14. *Cidonia.*

Niemal soll man muͤssig gehen / sondern allzeit etwas nutzlichs / es sey auch so gering alß es immer wolle / arbeiten.

---

8 darvon] von denen 9 wann sie wol kriegen] wenn es ihnen gutgeht 9 bessere] iron.: schröpfe 20 unterwerffen] ergänze: sich

15. *Spes.*

Wer etwas mit Zwirn außnehen kan / der sol keine Seiden darzu nemmen.

16. *Simplicissimus.*

So lieb dir dein Gelt ist / so lasse dir keinen andern darein schmecken / alß den / der dich nichts kostet.

17. *Collybius.*

Die Buͤrgschafften fliehe wie die Pest / wann du gleich zween Ruckbuͤrgen hettest /

18. Knan.

Hast du unnuͤtz Vieh / so schaff es ab / so bald du kanst.

19. *Erich.*

Die Beobachtung der schuldigen Selbserhaltung laßt uns zu / ja raͤht und zwingt uns gleichsam / einen andern dem Wasser auff die Muͤhl laufft / zuvertringen und uns an seine Statt zusetzen.

20. *Laborinus.*

Obgleich Luͤgen und Betriegen nicht gelobt wird / so erfordert es doch bißweilen die *prosperitet* deß Gelts.

21. Meuder.

So lang du dich mit alten Kleidern behelffen kanst / so trag und kauff dir keine newe.

22. *Coryphæa.*

Vermoͤg Herren *Simplicissimi* Regul / stehet mir und meines gleichen zu / gleich der *Rhodope, Phrinæ, Timandræ, Damo, Lamia, Floræ* und andern mehr sich gebrauchen zulassen.

---

9 Ruckbuͤrgen] Rückversicherung 15 zuvertringen] zu verdrängen 19 *prosperitet*] glückliche Vermehrung

23. *Aron.*

Leihe keinem kein Gelt / vor welchem du den Hut abziehen muͤssest / du habest dann zu dessen Versicherung gnugsamer silberner und guldener Vnterpfand in Handen.

24. *Secundatus.*

Wilt du reich werden / so wiedersage gegen menniglich aller Barmhertzigkeit.

25. *Alcmæon.*

Gelt zusamlen schadet nicht wenig / wann man alle Tag in Kleidungen wie eine Puppe auß der Laden auffziehen will: merckts wol.

26. *Cidona.*

Wol geben! Gelt zusamlen schadet nicht wenig / wann man alle Tag dem Spielen und Raßlen obligt: Merckts wol.

27. *Spes.*

Sintemal viel kleine Baͤchlein endlich auch ein grossen Fluß machen / so wird vonnoͤhten sein / daß die kleine Außgaben eingestellt / und die geringe Einnahmen wol zusammen gehalten werden.

28. *Simplicissimus.*

Wer wolte den wol vor klug halten / welcher Gelt umb Schuh außgibt / wann er deren entbehren / und so wol alß beschuhet fortkommen kan.

29. *Collybius.*

Ein jeder der etwas schlims zuverkauffen hat / bring solche boͤse Wahr mit suͤssen und betrieglichen Worten an den Mann / und solte er gleich daruͤber Leib und Seel

---

6 menniglich] jedermann 9 Gelt zusamlen] Dem Anhäufen von Geld 13 Wol geben!] Gut gegeben! 14 Raßlen] liederliches Leben

verschweren: dann wer sich vor dem Teuffel foͤrcht / wird nicht reich.

30. Knan.

Es ist sich kein Gewissen daruͤber zumachen / wann einer gleich ein kranck mangelhafftig Stuck Vieh vor gesund verkaufft / dann das krancke hat eben so viel / und offt mehr Muͤhe / Sorg / und Futter gekostet / alß das gesunde.

31. *Erich.*

Schencke nichts hinweg / du seyest dann eigentlich versicheret / daß es dich zweymal so vil nutzen werde.

32. *Laborinus.*

Sintemal du den Durst mit Wasser loͤschen kanst / handelst du ohnweißlich / wann du Gelt umb Wein außgebest.

33. Meuder.

Wann du deine Struͤmpf und Kleider selbs flicken kanst / so dinge keinen Schneider.

34. *Coryphæa.*

Unsers gleichen verwende nichts an uͤbrige Zierd deß Leibs / es geschehe dann einem reichen Wittwer oder Jungen Gesellen zu gefallen / der es wider bezahle.

35. *Aron.*

Erhandle nicht leichtlich eine Wahr / sie seye dann entweder schandwolfeil / oder du wissest sie wieder eigentlich in baͤlde mit Gewin an Mann zu bringen.

36. *Secundatus.*

Unbenoͤhtigte und uͤberfluͤssige Diener schaffe in baͤlde von der Kost.

---

1 verschweren] dem Teufel übereignen 5 vor] für 13 ohnweißlich] unvernünftig 23 schandwolfeil] spottbillig

37. *Alcmæon.*

Wann dir beliebt / dich mit deinen guten Freunden einmal lustig zumachen / so schaue / daß es nicht in deinem Hauß geschehe / dann wer den Tisch decket hat den Schaden.

38. *Cidona.*

Huͤte dich so wenig in ein Wirts- alß in ein Siechenhauß zukommen / du werdest dann entweder durch einen guten Freund / der dich gastiert / oder durch die eusserste Noht hinein gezwungen.

39. *Spes.*

Ohnnoͤhtig ists / sich seinem Liebsten zugefallen mit theuren Hollaͤndischen Spitzen zuzieren / und viel Gelt darumb außzugeben / siehet er dich aber gleichwol gern darinn zu seiner Augenweid / so mag er dir solche selbs kramen.

40. *Simplicissimus.*

Die Hoffart und Begierd reich zuwerden / schicken sich so wenig zusammen / alß Feur und Wasser.

41. *Collybius.*

Mein Gott! worzu taugen so viel tausend fl.? die wir alle Jahr denen Welschen umb Daffete: und mit Silber und Gold durchzogene Band zur Zierd unserer Kleidungen zuschicken?

42. Knan.

Der Bast von einem Hanffstängel / den ich alle Stund ohne Costen selbst zusammen trillen kan / wird laͤnger außdauren / als 700. solcher Baͤndel / die man so theur bezahlet.

---

6 Siechenhauß] Krankenhaus 8 gastiert] freihält 14 kramen] kaufen 19 fl.] Florin, Florentiner Gulden 20 Daffete] taftene, aus schimmerndem Stoff 21 Band] Bänder 25 trillen] drehen

43. *Erich.*

Jch vermeine / also köndte man sich auch mit der teutschen Thier der Schaffe / Füchs / Wölff / Marder / Jltis / etc. Fäll vnd Bälge behelffen / vnd Gelt ersparen / als daß alle Jahr so viel tausend Reichsthaler in die Moscaw vmb Beltzwerck schicke.

44. *Laborinus.*

Wir bedörffen auch keiner so theuren Ellendhäute / wann wir sich mit vnsern Hirschen / Rehen / Bock: Gembsen: ja nur mit den Wacken und Kalbsfellen behelffen wolten: die gleichwol einem jeden Stand ein zierliche und daurhaffte Kleidung abgeben.

45. Meüder.

Wann ich vnd meine Mägd alle Jahr ein stück Zwilch / ein stück gemein gut Hänffen Tuch vnd ein stück halb Leinen spinnen / vnd weben lassen / so brauche ich keinen Häller vmb einigerley frembd Zeug außzugeben.

46. *Coryphæa.*

Wer ja Kleider von Seiden / als Sammet / Atlaß vnd dergleichen haben muß wie ich vnd meines gleichen / der bekomme solche vmb einen billichen Preiß auff der Gand oder dem Krempelmarckt.

47. *Aaron.*

Jn Essen vnd Trincken soll man sich gesparsamlich behelffen.

---

5 in die Moscaw] Moskowien, Rußland 6 schicke] ergänze: man 8 Ellendhäute] Felle vom Elch 9 sich] uns 10 Wacken] Rindsfelle 11 zierliche] angemessene 14 Zwilch] derber Leinenstoff 17 Zeug] Stoff 20 f. bekomme] erwerbe 21 Gand] gerichtliche Versteigerung

48. *Secundatus.*

Wann man nur Rettich oder Knoblauch mit Saltz zum Brodt hat / so soll man damit prangen vnd sich einbilden / es schmaͤcke nichts bessers in der Welt.

49. *Alcmæon.*

Alsdan sey es ins Wuͤrtshauß zugehn erlaubt / wann man mit den Bezechten / als halb Besinten / einen profitablen Contract / Kauff oder Verkauff zutreffen versichert ist.

50. *Cidona.*

Man soll auch sich von der geringen Kost nicht satt essen / sondern je auß einem Jmbs zween machen.

51. *Spes.*

Nicht allein soll man sich nicht uͤberfuͤllen / sondern auch nicht allweg essen wann einen hungert.

52. *Simplicissismus.*

Aber alßdann spehre man die Feyrtaͤgliche Gurgel auff / wann man schmarotzet.

53. *Collybius.*

Demnach so seyen in unserer Kuchen alle theure Schlecker-Bißlein verbotten / und erlaubt was am wenigsten kostet.

54. Knan.

Recht so! Worvor ists / daß man viel Gelt umb delicate Speysen gibt; dann man macht ja so wol alß auß einem Haberbrey im Leib doch nur Dreck darauß.

(Meuder.

Holla Knan / wie doͤrfft ihr vor so ansehenlichen Leuthen so unflaͤtig reden? Jhr denckt gewiß ihr fuͤhret Mist auß.

---

7 halb Besinten] denen, die nur halb bei Besinnung sind
16 spehre] sperre 19 Kuchen] Küche

Secundatus.)

Großmuter / wann ihr mehr redet eh die Reyhe an euch komt / so muͤßt ihr ein Taͤpgen halten / was sagt ihr *Erice*?

55. *Erich.*

Weil sich die Kleidungen ausserhalb deß menschlichen Leibs nur in Lumpen / gleich wie die Speysen im Magen in abscheuliche *excrementa* verenderen / so ists thoͤricht gethan / wann man viel umb Seiden und kostlichen Zeug außgibt.

56. *Laborinus.*

Gleichwol machen Kleider Leuth / und Lumpen machen Leuß: man kleyde sich derowegen in Zwilch und daurhafft Leder / daß nicht viel kostet.

57. Meuder.

Gleichwie ich letztlich gesagt / daß ich mir und meinem Haußgesind selbs den Zeug zu Kleidungen ins Hauß spinne / also thete ich naͤrrisch / wann ich umb frembd Moscowitisch Beltzwerck viel Gelt außgebe / so lang mir meine Laͤmmer-Fell / die ich selbst ziehe / ebenso warm geben.

58. *Coryphæa.*

Jch were der Großmuter Meinung / wann ich nicht Handwercks halber und meiner Kunden wegen ein mehrers thun muͤßte.

59. *Aron.*

Wer je dolle Kleidungen zutragen gezwungen ist / der lasse sie nicht neu machen / sondern kauffe sie von denen / so auffwannen / auff der Gandt und auff dem Grempelmarckt / ich erfucker also alle meine Kleider.

---

3 ein Taͤpgen halten] zur Strafe einen leichten Schlag mit dem Stab erhalten 8 kostlichen Zeug] kostbaren Stoff 26 auffwannen] das Ihre verschwenden 27 erfucker] erschachere

60. *Secundatus.*

Wanns mir gleich nicht anstaͤndig ist / so wirds doch einem andern kein Schad seyn / wann er etliche Flecken an einem alltaͤglichen Kleid auff einandern setzet.

61. *Alcmæon.*

Nicht ehender seyn stattliche Kleider zutragen erlaubt / alß wann man mit Leuten umbgehet / bey denen man umb seines anderwertigen Nutzens willen sein Ansehen erhalten muß / oder einen Credit erhalten will.

62. *Cidona.*

Weil man je nicht allweg in einem Kleid auffziehen kan / wie ein Lauenwarter / so erspare man an dem alltaͤglichen / was das Feyr- und Fest-taͤgliche zuviel kostet.

63. *Spes.*

Es befleisse sich ein jedes / durch eigenes Spinnen / Wuͤrcken / Nehen / Stricken / Waschen / Flicken / und Zusammenhaltung der geringsten Laͤpplin erbauliche Kleidungen zuhaben / so wird dasselbe umb Gewand so gar viel Gelt nicht außgeben doͤrffen: es sehe aber zu / daß ein solche Zeit hiermit nicht zubracht werde / in deren mehrers zugewinnen.

64. *Simplicissimus.*

Man hencke auch nicht zu viel an uͤberfluͤssigen Haußraht / wie meine Wuͤrthin zu N. gethan / welche bey Tag die Supp in einem Haffen kochte / den sie bey Nacht an stat eines Kammers-Geschirrs brauchte.

---

2 anstaͤndig] angemessen 3 Flecken] Flicken 12 Lauenwarter] Lauren-, d.h. Narrenwärter 16 Wuͤrcken] Weben
20 in deren] in der

65. *Collybius.*

Recht so: Dann was man hiervor außgibt / ist ein Todts-Capital / das sich endlich selbs verzehret in Stuͤcken / die man selten braucht / behelff man sich mit entlehnen.

66. Knan.

Man muß sich befleissen durch eigene Arbeit die Stuͤcke deß Haußrahts selbst zumachen / zubessern / und in Naͤss zu erhalten / wie ich mit meinem Schiff und Geschirr thue / damit ich nicht alle Tag dem Schmidt / Wagner und Seiler vor der Werckstat stehn muͤsse.

67. *Laborinus.*

Deß Kuchen-Geschirrs sey wenig / aber daurhafft und gut / alß gegossene Haͤffen und Pfannen / doppelte Kessel und ziennener Schuͤßlen / die einen sein Lebtag außhalten / und man jedoch bey nahe so viel alß Anfangs gekostet / wiederumb darauß loͤsen koͤnne.

68. Meuder.

Weil man sich an einem Gericht genugsam erkroͤpffen kan / so soll man auch nicht mehr kochen; und worzu braucht man alßdann zween Haͤffen / und zwo Schuͤßlen?

69. *Coryphæa.*

Ob ich mich gleich alß eine Reisende noch nicht auff dergleichen Sachen verstehe / so geb ich doch der Großmuter recht.

70. *Aron.*

Es ereignen sich offt Gelegenheiten / beydes von den Benoͤhtigten und Vnverstaͤndigen kostbaren Haußraht umb

---

7 f. in Naͤss zu erhalten] zu pflegen 8 Schiff] hier: Arbeitsgerät
13 Haͤffen] Töpfe 18 erkroͤpffen] satt essen 20 zween, zwo] maskuline u. feminine Deklination des Zahlworts
22 Reisende] hier: Fahrende, Nichtseßhafte 26 f. Benoͤhtigten] in Not Geratenen

halb Gelt zubekommen / diesen muß man nicht dahinden lassen / theils zubehalten / und theils wieder in seinem rechten Werth zuversilbern / wordurch man umbsonst zu gebuͤhrlichem Haußraht gelangen kan.

71. *Secundatus.*

Meines theils schlaffe ich lieber und besser auff frischem Stroh / alß in einem Bethe / halte es auch vor gesuͤnder; es sey derowegen ein getreue Warnung / daß man nicht so viel umb Bethwerck verschwenden soll. Wer thut den Zigeunern / Bettlern / Soldaten / Cappucinern und andern Reisenden? Aber was denckt ihr Erice? Weil ihr auff dieser Reyhe mit ewer Stimm zuruck bleiben.

72. *Erich.*

Jch verbiete etwas von eingelegter / fuͤrnirter und sonst theurer Schreiner-Arbeit machen zulassen / daß viel kostet / es ist nur ein Wohnung der Wandleuse / ein Kurtzweil der Maͤuse / sich daran abzunagen / und ein Naͤst und Speyß der Wuͤrmen; ein groß unnuͤtz Gesperr / das weder in Feuers- noch Kriegsgefahr irgens hinzubringen sondern uͤberal haarlassen / und zu Aschen werden muß. Ein klein eisernes Troͤglein mit Golt angefuͤllt / seynd gesuͤnder alß hundert schoͤne Bethladen / Kisten und Kaͤsten / die nur zum unnuͤtzen Gepraͤng im Hauß irren.

73. *Alcmæon.*

Was Herr Erich von der Schreiner-Arbeit gemeldet / wil ich auch von der Schlosser-Arbeit verstanden haben / da offt ein Dreyfuß biß in 60. oder 80. fl. zubeschlagen kostet: nur alles mit starcken Schlossen und groben Riglen wol verwahret / welches man unter dem alten Eysen auff dem Grempelmarckt umb ein geringes bekommen kan / ists beste.

9 Wer thut] Wer bettet 16 Wandleuse] Wanzen 18 Gesperr] sperriger Gegenstand 22 Kisten] Truhen 22 Kaͤsten] Schränke 28 Schlossen] Schlösser

74. *Cidona.*

Was mein Schatz und Herr Erich wegen dieser beyden Handwercker Arbeit statirt und gebotten / wil ich approbiert haben: sonderlich wann man mir abermal ein Brettspiel mit gebeitzten Birbäumen: von Ebenholtz: mit Ochsenknochen an statt Helffenbeins eingelegt / umb 20. Thaler in die Haußhaltung machen: und selbiges mit einem Beschläg von 3. Thalern vor den Schlosser / und 2. Thaler zuübergülden vor den Goldschmid außzieren lassen wolte; dabey ich auch den Trexler mit seinem auß Hebenholtz und Elephanten-Zähnen gepasseten Steinen verworffen haben wil.

75. *Spes.*

Vnd ich lasse den Trexler mit seiner Arbeit in die Haußhaltung zu nichts anders passieren / alß Kunckel und Spinnräder zumachen / und rechne alles das übrige vor unnöhtigen Vberfluß.

76. *Simplicissimus.*

Ach mein schöne Jungfer / sie lasse ihn doch nur Spindlen trehen / so hat sie das Gelt vor die Räder zum besten / alß die ohne das jetzt verbotten seynd.

78. *Collybius.*

Worfür bedarffs / so geringer particularitäten halber zu disputieren? weil sie aber gleichwol nicht zuverachten / so schliesse ich / man soll aller Handwercksleuthen Arbeit resignieren / was nicht ein besondern Gewin eynträgt.

79. Knan.

Das wird sich nicht thun lassen / der Schneider macht uns Kleider / darauß wir Lumpen machen / der Schuster Schu / die wir zerreissen / der Wäber Duch / so wir zerbrechen: tra-

---

3 statirt] statuiert, festgestellt 3 approbiert] bestätigt, bekräftigt
14 passieren] durchgehen 14 Kunckel] Spinnrocken
24 f. resignieren] verzichten

gen uns also die Arbeit dieser Handwerckern keinen Gewin eyn: Solten wir aber darumb nackend gehen? ewerer Meinung nach wer das Kuͤffer-Handwerck das beste / darinn man den Wein auffhaͤlt / an solchem zur Zeit der Theurung zugewinnen.

80. *Erich.*

Es seye ihm wie ihm woll / ich hab gelesen / daß der grosse Keyser Augustus keine andere Kleider tragen wollen / alß die ihm seine Tochter selbs verfertiget / koͤnte man also der Schneider / Waͤber / Hosenstricker / dafern wir unsere Toͤchter eins und anders lernen liessen / und wann man sich mit Holtzschuhen / wie theils Orten braͤuchlich / behelffen wolte / auch der Schuster entbehren.

81. *Laborinus.*

Also auch der Haffner / auß welcher Arbeit unsere Weiber Scherben machen / wann man hingegen beydes auß Metal und Eisen gegossener Haͤffen und Pfannen brauchte / deren Werhafftigkeit etlicher Menschen Alter außdauret.

82. Meuder.

Und muß man dann eben auch eiserne Roͤst und Bratspisse haben? Neulich sahe ich einen Bettler eine Bratwurst braten / die er umb einen hoͤltzernen Bratspiß gewicklet hatte.

83. *Coryphæa.*

Was einer nicht taͤglich brauchen muß / sondern selten bedarff / das sol man bey jemand andern entlehnen / und also nicht alles grad kauffen.

84. *Aron.*

Hast du einen Freund oder Patronen / der dich nicht mehr nuͤtzet / alß dich seine Freundschafft zu unterhalten kostet / so laß die Freundschafft erloͤschen.

---

12 theils Orten] an einigen Orten

85. *Secundatus.*

Ohne Freund koͤnnen wir schwerlich leben: deren Freundschafft aber mit Costen unterhalten seyn wil / seynd vor keine Freund / sondern eintweder vor Schmarotzer oder vor obligirte Diener zuhalten: jene sind gut abzuschaffen / diese aber wann wir ihrer Dienste entbehren moͤgen.

86. *Alcmæon.*

Man kan sich auch beliebt / und ihm die Leuth zu Freunden machen / wann man gleich nach Doctor Schuppen Lehr / nicht so offt zum Beutel / hingegen oͤffter nach dem Hut greifft; also daß es ohnnoͤhtig Freund umbs Gelt zukauffen / welche erkauffte doch ohne das in der Noht nicht Prob halten.

87. *Cidona.*

Hierunter seyen vor allen dingen auch die Gesellschafften der Sauffbruͤder gerechnet / die einandern keine andere Freundschafft zuleisten pflegen / alß einander *Hex Bones Garitates* bscheid zuthun und also einandern umbs Gelt zubringen.

88. *Spes.*

Jm Heurathen soll man nicht allein auff Schoͤnheit / Tugend / Geschicklichkeit etc. sondern vor allen Dingen auffs Gelt sehen.

89. *Simplicissimus.*

Jch aber sage / welcher Reich werden wolle / soll gar kein Weib nemmen / koͤnne er aber gleichwol keiner entbehren / so verheurate er sich mit einer Alten / und lasse / so lieb ihm die Goͤttin *Pecunia* sey / die junge allerdings ein gut Jahr haben.

---

3 vor] für 5 obligirte] bezahlte 8 ihm] sich 17 *Hex Bones Garitates*] Verballhornt für: ex bona caritate (aus guter Freundschaft) 18 bscheid zuthun] zuzutrinken 27 *Pecunia*] Geld

(*Secundatus.*

Herr *Simplice*, wann ihm beliebt / so lasse er uns die Ursachen hoͤren / die ihne veranlassen / so ein scharffen Sententz wieder das junge Frauenvolck zufaͤllen.

Simplicissimus.

Jch hab das junge Frauenzimmer zwar niemal verachtet / thue es auch noch nicht / sondern sage / daß man umb besserer Prosperitaͤt willen gar kein Weib nemmen soll / wann man aber ja deren nicht entrahten koͤnne oder wolle / daß man vor die Jugent das Alter erwehle.

Secundatus.

Warumb? Zwey koͤnnen ja mehr Hunger leyden und ersparen / auch mehr gewinnen alß Eins.

Simplicissimus.

Wann ich mit einem Weib in das Wuͤrtshauß komme / so gilt mir jeder halbe Batzen nur ein Creutzer: Nimmermehr wird ein Weib so viel gewinnen alß ein Mann; alle ihre nutzlichste Arbeiten erfordern lauter Außgaben: Spinnet sie / ich muß ihro Flachs / Weber- und Bleicher-Lohn schaffen / wil sie bachen und etwas guts kochen / ich muß ihr Mehl und etwas guts in die Kuchen lieffern: wil sie waschen / wer bezahlt Holtz / Seiff und Waͤscherlohn? und also ist es auch mit allen ihren uͤbrigen Geschaͤfften beschaffen: ich muß ihr auffs eusserst den Besen kauffen / wann sie nur ein Stub außkehren will: Jch will mich auff mein altes Liedlein beruffen haben / Schweiget mir vom Frauennemmen etc.

Secundatus.

So hette man ja gar keine Freud in der Welt: und was nuͤtzt es / viel gewinnen / wann mans nicht auch gebrauchen wil?

3 Sententz] Urteilsspruch

Simplicissimus.

Wir sagen jetzt nicht vom Verthun / sondern wie man reich werden soll: ein solcher nun muß keine andere Freud und Ergetzlichkeit suchen und geniessen / alß die jenige die er hat / wann er taͤglich ein Par Haͤller eruͤbrigt und sein Gelt vermehret.

Secundatus.

Ewerem angezognen Lied nach wurde man aber dem Frauenzimmer mehr anhencken muͤssen / alß einen ein ehelich Eheweib kostet / auß deren wir unsere beste Freund und Erben unserer Guͤtern erziehen / die uns in unserm Alter troͤsten / und uns bey der Nachwelt verewigen koͤnnen.

Simplicissimus.

Man muß der Schlepsaͤcken muͤssig gehen: Jm uͤbrigen aber sich mit der Meinung *Horatii* an statt der Kinder (dann man weiß doch nicht wie sie gerahten) troͤsten / welcher sagt:

Omnis enim res, divina humanaque pulchris.
Si vitiis parent, quas qui construxerit ille.
Clarus erit fortis, justus, sapiens, etiam Rex
Et quicquid volet.

Das ist

All Ding dem Reichthumb g'horsam seynd /
Die man im Himmel und Erden find.
Wer Gelts gnug hat / der wird geehrt /
Ist g'waltig / g'recht / weiß / Koͤnigs-werth.
Nur was er wil / wird er geschwind.

Secundatus.

Warumb wil aber der Herr ehender zu einem alten alß jungen Weib gerahten haben?

---

14 Schlepsaͤcken] Frauen 14 muͤssig gehen] entsagen

Simplicissimus.

Die Jugend ist unbesonnen / und hingegen das Alter weiß: Ein jung Ding weiß die gewonnene und bereits vorhandene Reichthumb nicht zusammen zuhalten / geschweige solche zuvermehren / sondern will hingegen prangen / und je herrlicher gehalten seyn / je mehr Guͤter sie ihrem Mann zugebracht / laßt mans nicht ihrem Sinn nach folgen / und drauff gehen? so henckt sie das Maul wie ein Leid-Hund / und macht einem weit mehr stuͤndtliches Creutz alß taͤgliche Ergetzung; darff auch wol so heimlich alß offentlich selbsten zugreiffen / und darauß schaffen / was ihre Unbesonnenheit verlanget: hingegen ist ein Alte verstaͤndige Matron gantz anders gesinnet / alß welche weiß / was die Batzen gelten / deren sie villeicht albereit nicht wenig zusammen gekratzet / und noch zu erschaben weiß / wie wir dann sehen / daß die alten Weiber weit haußhaͤltischer / zusammenhaͤbiger und gesparsammer (bey einem Haar were mir das Wort Geitziger / herauß gewischt) seynd / alß andere Leuth: zu dem wil ich auch Niemand zu einem alten Weib gezwungen haben / ihr Capital ertrage dann so viel *interesse* / daß man ein Aug zuthun / und sich bis zu ihrem seligen Hintrit mit ihr gedulden koͤnne: so rahte ich auch rund zu keiner / die mit vilen Kindern beladen sey / er were dann ihrer ehesten Himmlung versichert / oder daß er sie ohne Costen in Krieg oder in Cloͤster verschaffen koͤnne; Wil aber einer je uͤberein Kinder erziehen / die sich heut oder morgen seines hinderlassenen Guts erfrewen / der trage Patientz / bis die alte den Weg aller Welt gegangen / vertausche alßdann den alten Kessel umb einen newen / und sey gewertig / eintweder deß Juͤdischen Moysis / oder deß heidnischen Acteons Ebenbild zuwerden: Gleichwie wir aber zusammengebrachter / und den Erben hinderlassener Reichtumb wegen Sprichworts-

8 Leid-Hund] Leithund, Spürhund 11 schaffen] hier: sich verschaffen 20 *interesse*] Zinsen 24 Himmlung] seliges Ende 25 uͤberein] durchaus 27 Patientz] Geduld 30 Moysis / oder ⟨. . .⟩ Acteons Ebenbild] ein Gehörnter

weis pflegen zusagen / O selige Kinder / deren Vätter in der Höll sitzen! Also hat sich auch einer / dem ein altes reiches Weib zu rechter Zeit stirbt / einer solchen Glückseligkeit nicht wenig zuerfrewen.

Secundatus.)

Genug hiervon / wir haben auch jung Frauenzimmer bey uns / welches uns sonst ebenmessig den Fiesel schneiden möchte; *Monsieur Collybij* die Red ist an euch.

90. *Collybius.*

Gewiß ist es / wann zwey arme junge Menschen zusammen in die Ehe tretten / daß ihnen solche ihre Armut die gantze Zeit ihres wehrenden Ehestands weh thut: vornehmlich wann sie gleich anfangs mit vielen Kindern beladen werden / und keine Freunde vorhanden / die ihnen mit Hilff / Rath und That zu einer oder anderer Auffkunfft und Befürderung under die Arm greiffen; bin derowegen gäntzlich Herrn *Simplici* Meynung: doch mit dem geding und vorbehalt / daß ein Armer: doch wol qualificirter Jüngling auch eine junge reiche (wann er anders eine bekommen kan) heurathen möge / so fern er so viel Gedult bey sich weiß / ihre Herrschafft zu übertragen; Er muß auff solchen Fall gedencken / als wann er an statt solcher Gedult mit bitterer Arbeit erst ihr zugebrachtes erarnete / warzu man nicht allzeit gelegenheit hat / wann man gleich gern etwas saurlich erarbeiten wolte.

91. Knan.

Jhr Herren sagt wol viel wie man sich im Heurathen verhalten soll / aber nunmehr erst auff solche Anschläg zugedencken bin ich vor mein theil viel zu früh auffgestanden / oder hab zu spaht nachgedacht / was mir dißfahls zuthun

---

7 Fiesel] Penis, hier: Männlichkeitswahn, Übermut 15 Auffkunfft] Aufstieg 17 geding] Bedingung 21 übertragen] ertragen 23 erarnete] erwürbe

gewesen were: und ich glaub / daß meinen Herren Sohn auch der Schuh daselbst trucken moͤchte / weil er so gar nichts mehr vom Weiber nemmen wissen wil: Aber wiederumb auff unser *prosecution* zukommen / so sage ich / ihr Herren solt die Kleider nicht mehr wie bisher mit guldenen und silbernen Pusilenien verprenniren / wie ihr bisher gethan habt; worfuͤr ist solch Narrenwerck? Man gibt so ein Hauffen Gelt darvor auß / daß es ein Schand ist: wil einer ja ein bundtes Kleid haben / so lasse ers ihm kuttiniren / wie unsere nechste Nachbarn auff dem Schwartzwald / da nimt der Schneider / wann er in seines Kunden-Hauß gehet / ein Geschirrle voll schwartz Schmer / samt seinem Buͤrstgen mit / seinen Taglohn zahlt man ihm besonder / und gibt ihm von jeder Ehlen Zwilch so viel man zum Kleid braucht / einen Pfenning zu kuttiniren / das stehet ja so feyn und ehrbarlich / daß man wol einen geringen liederlichen Schlingel in einem solchen newen Kleid vor den Vogt selbst ansehen moͤchte / und kostet endlich nicht halber so viel / alß wann es uͤber und uͤber mit lauter Gold verkuttinirt were.

(*Secundatus.*

Alter Vatter das were ein trefflicher Vorschlag Gelt zusparen / und wann es muͤglich were / diese Mode bey der Welt beliebt zumachen / so wolte ich mich befleissen solches ins Werck helffen zusetzen: darumb berichtet mich doch ein wenig besser / was kuttiniren sey.

Knan.

Wann der Herr jemahls einen schoͤnen newen Sack von weissem Zwilch mit einem huͤpschen Zeichen verkuttinirt gesehen hat / so hat er auch einen verkuttinirten Mutzen gesehen / und kan ihm schon selbst imagiliren / was kuttiniren

4 *prosecution*] Vorsatz 6 Pusilenien] Kleinigkeiten, Kinkerlitzchen 6 verprenniren] verbrämen 9 kuttiniren] Tuch mit einfachen Mitteln modisch veredlen (kräuseln, einfärben, mustern) 29 Mutzen] Jacke, kurzes Oberkleid 30 imagiliren] imaginieren, vorstellen

sey / wie schön es stehe / und wie wenig es koste? Diese Arbeit ist geschwind geschehen / die der Schneider verrichtet / so bald das Kleid geschnitten / und dauret so lang alß ein Stücken am gantzen Kleid ist.

Secundatus.)

Jch will der Sach weiter nachdencken / wiewol ich schon gefunden / daß die Dames diese Gattung allbereit nachähnen / in dem sie ihre Vnterröck mit schönen Spitzen verkuttiniren / so ihnen auch theils Manns-Leuth auff ihren leinenen Wetterhosen / nachmachen / aber ihr *Monsieur* Erich was sagt ihr darzu.

92. *Erich.*

Jch halte es allerdings mit diesem guten Altvatter / und setze noch darzu / daß man hinfort alle seidene / guldene und silberne Band (mit welchen sich mancher Phantast so voll hencket alß ein alter Stall voll Spinnwepen / also daß man ihn vor einen Bendelkrämer-Krom / oder wol gar vor den *Creatorem* der Bendeln selbst ansehen möchte) gäntzlich verbannet und abgeschaffet werden sollen.

93. *Laborinus.*

Recht so! und ich finde auch / daß es eine grosse Thorheit seye / Gelt umb Spiegel außzugeben / will einer je wissen wie er sihet / so beschaue er sich ins Wasser / oder gehe zum Barbirer / dem Handwercks halber ein gemeiner Spiegel zuhaben erlaubt sey.

94. Meuder.

Jhr habt wol geredt / dann ich finde doch / daß jetziger Zeit bey weitem nicht mehr so gute Spiegel gemacht werden / alß vor viertzig und fünftzig Jahren / und also wil ich auch / daß man kein Gelt mehr umb Venedische Gläser außgeben

---

3 dauret] hält vor 7 f. nachähnen] nachahmen 17 Krom] Laden, Geschäft 18 *Creatorem*] Fabrikant

soll / alß welche einem so augenblicklich zerbrechen: Wer Wein hat / der kan ihn ja wol auß der Kanden / oder wie ich / auß einem Haͤffelein trincken / es lauffet einem ja starck genug / man kan nach Belieben kleine oder grosse Zuͤg thun / und siehet nicht gleich jeder Schnauber / ob man viel oder wenig trinckt.

95. *Coryphæa.*

Wer je Stands halber wie ich / gehalten zuseyn vermeint / ein Flor-Hauben / Spitzen / Bendel und dergleichen Galantereyen zutragen / der mag es entweder am Maul erspahren / oder wanns eins von jungen Kerln nicht gekramet bekommen kan / mit einer andern leichten Arbeit *à part* erobern.

96. *Aron.*

Jch rahte abzuschaffen den Vberfluß deß gewoͤhnlichen Gewuͤrtz-Gebrauchs / so da ist Pfeffer / Ingwer / Negelin / Saffran / Zimmet / Muscatnuß und Bluͤht: darunder ich auch verstanden haben wil allerley Schleckwerck von Cantirten und andern Zucker / grossen und kleinen Rosinen / Mandeln / Oliven / Capres und dergleichen: man kan ja die Speysen mit Saltz / Coriander / Kuͤmel / Majoran / Timion / Salbey / Meerretig / Knoblauch / Zwibeln und solchen Sachen genugsam schmackhafft machen / die uns nichts / oder wenig kosten / alß welche wir in unsern Gaͤrten erziehen koͤnnen: an statt der Capern brauche man eyngemachte Cucumern / rote Rahnen / Rettigsamen / Pfrimen-Bluͤht etc.

---

3 Haͤffelein] hier: Tonkännchen 5 Schnauber] Tadler
11 gekramet] zum Geschenk gekauft 12 *à part*] beiseite
16 Negelin] Nelken 20 Capres] Kapern 21 Timion] Thymian
25 f. Cucumern] Gurken 26 Rahnen] rote Rüben 26 Pfrimen-Bluͤht] Spartium-, Pfriemenstrauchblüten

97. *Secundatus.*

Hierzu rechne ich allerhand kostbare Rauchwerck / alß Mastix / Weyrauch / beyderley Storax / *asa dulcis* &c. Jtem die auß solchen Sachen gemachte Rauchkertzen und Täffelein / alß welchen todten Rauch die Kindbettherinnen auch nicht leyden können: hingegen mache ihm der Soldat ein Rauch von Taback oder angezündtem Pulver: der Student mit angezündtem altem Papier / und die so eigner Wohnung besitzen / auß Weckholder-Beern / deren Holtz und Stauden.

98. *Alcmaæon.*

So komme dann auch hierzu und sey verworffen allerhand Marzaban / mit Zucker überzogener Coriander / Zimmet / Enis / Mandeln / und in Summa Summarum alles was von dergleichen Schleckerey beydes dem Zuckerbecker und Apotecker under die Hand gehet.

99. *Cidona.*

Potz! Warumb sagt ihr nicht auch vom Citronat und den Pfeffer- oder Leppkuchen / auch anderm Genäsch / damit ihr Männer den Durst zuerwecken: und euch unter einandern den Wein Kübel-mässiger weis einzuschütten und unnütziglich zuverschwenden / zu nöhtigen und anzureitzen pflegt? solcher Dinge Gebrauch wil ich hinfort abgeschafft wissen.

100. *Spes.*

Der Gebrauch deß Gewürtzes sey nicht ehender erlaubt / man wolle dann einem alten Brahten oder sonst Fleisch / das schon vor acht Tagen von der Tafel wieder abgetragen worden / in ein newes klein-zerschnittenes oder gehacktes Beyessen / oder in eine Darte verendern / umb ihme / wann es ältelet / den Geruch und Geschmackt zuverbessern.

---

3 *asa dulcis*] wohlriechendes Harz 3 &c.] etcetera, usw.
9 Weckholder-] Wacholder 14 Enis] Anis 29 Darte] Torte
30 ältelet] alt, verdorben riecht

101. *Simplicissimus.*

Also erspahre man auch den Spick-Speck / welchen man nicht ehender brauchen soll / alß einen alten Brahten damit zuspicken / und beym Feur zu beträuffen; dann so muß der Gast ja glauben / er komme erst frisch vom Spieß / gleicht er keinem frischen Brahten im Geschmack / so gleicht er ihm doch im Gesicht.

102. *Collybius.*

Wil und muß man ja Wein trincken / so werde er wol gewässert / dann er ist auff solche weis nicht so hitzig / sondern viel gesünder / löschet den Durst besser / und wann er die Gäst nicht ehender sättiget / so macht er sie doch ehender vom Tisch auffstehen / daran sie sonst sitzen blieben / bis sie alle ihre vernunfft versöffen.

103. Knan.

Man kan sich auß einem kleinen Brünlein satt trincken / so wol alß auß einem grossen / und also kan man sich auch an einer Wassersuppen genugsam erkröpffen: wil man aber auch Leibs-Stärcke haben / so esse man etwan ein weichgesotten Ey / dann ich hab vom Doctor hören sagen / ein Ey gebe dem Menschen so viel Nahrung / und mache so viel gesund Geblüt alß ein Pfund Fleisch.

104. *Erich.*

Man halte Pythagorische Mahlzeiten / *Symposia Platonis, convivia Attica, cœnæ Arcadum* und *prandia Laconum*, dabey alles häußlich und gesparsam hergehet / wie bey den Celten und Thraciern: oder mache es wie die Aegyptische Priester / die sich bißweilen deß Essens drey Tag enthielten; kan mans Fasten so lang nicht erschwingen / so mache mans wie die Magi in Persia / die nichts anders als Mehl oder Brodt und Kräuter assen / oder wie die *Gymnosophistæ* in Jndia / die nur Apfel speyseten; oder man brauche deß *Anacharsis Scytiæ*

7 im Gesicht] von Ansehen 30 Magi] Weisen

pulpament, oder Pfaͤffer mit dem rohen Fleisch *Zenonis*; oder man behelffe sich mit deß *Themelaci* Bohnen / mit *Prothogenis* Wolffsschotten / mit der *Arcadier* Eichlen / mit der *Meoticorum* Hiersen / mit der Tyrinthier Holtzbirn / mit der *Amazonum* Heydexen / mit der Parther Heuschrecken / mit deß *Diogene cinuæ* Ruͤben / oder wann man ja gern was warms haͤtte / so lasse man den Pferden zur Ader / und labe sich mit dem Blut wie die Tartarn.

105. Meuder.

Mein man sagt von den Wassersuppen / alß wann sie nichts kosteten / zu denen man doch / wann man eine nur auffs schlechteste kochen und geniessen wil / 26. Stuͤck haben muß / alß 1. Ein Fewerstein. 2. ein Stahel oder Fewer-Eysen. 3. Zundel. 4. Schwefel. 5. Stroh das Fewer mit anzuzuͤnden. 6. Holtz. 7. ein Geschirr Wasser zuholen. 8. ein Haffen solches darinn zusieden. 9. ein Herdt / darauff zukochen. 10. Brodt. 11. ein Messer / damit einzuschneyden. 12. ein Schuͤssel. 13. Saltz. 14. das Saltzfaß. 15. Schmaltz. 16. ein Geschirr solches darinn auffzuhalten. 17. ein Schanck oder Kaͤnsterlein / selbiges darinn zuverwahren. 18. ein Schmaltzpfaͤnlein. 19. Leffel. 20. ein Tisch darauff zuessen. 21. ein Tischduch. 22. die Saltzbuͤchse. 23. ein Stul / darauff zusitzen. 24. ein Spuͤhlkuͤbel. 25. ein Kuchenlumpen / und potz tausend! Ich haͤtts schier vergessen / auch einen Besen / das Fewer und die Aesch damit zusammen zufegen; Was er vom Eyeressen daher lallet / wil auch zu koͤstlich seyn / meiner Meuder Großmeuder hat auff eine Zeit einer andern Frauen ein Kind gehebt / und ihr zum Goͤttel-Gelt eine stattliche Leghenne (die doch nur auß einem Ey herkommen) verehrt / welche aber gleichwol von der Gevatter Kindbettherin verschmehet / und wieder zuruck geschickt worden; was thet

5 Heydexen] Eidechsen 10 Mein man] =Knan 13 Stahel] Stahl 15 Haffen] Topf 19 auffzuhalten] aufzubewahren 19 Schanck] Schrank 19 f. Kaͤnsterlein] Wandschränkchen 28 gehebt] aus der Taufe gehoben 28 Goͤttel-Gelt] Patengeschenk

aber meiner Meuder Großmeuder? Sie hub die Eyer von der Henne fleissig zusammen / und alß die Haͤnne bruͤtig wurde / setzet sie dieselbige / was sie ihr von ihren Eyern nicht underlegte / das verkauffte sie / und hub das Gelt auff / also thet sie auch mit den außgebruͤtelten jungen Huͤnern / und loͤßte mehr darauß alß einen harten Thaler: umb dasselbig Gelt erhandelte sie ein junges Mutterkalb / das zog sie bis jung und alt beyeinder stuhnd: in solcher Zeit hatte sie das Gelt / so sie in dessen auß Eyern geloͤßt / in eine Sparbixe zusammen gelegt / und da es Zeit war das Kalb abzustossen / brachte sie Kuh / Kalb / Haͤnne und die Sparbuͤxe mit dem Gelt ihrer Jungen Goͤttel / und verwiese ihrer Gevatterin / mit dem Werck selbsten / wie unweißlich sie die Haͤnne verworffen / und was vor eine schlechte Haußhaͤlterin sie were: darumb soll man die Eyer so schlechtlich nicht verschlaudern wie mein Mann vermeint / ein Stuͤck Saltz und Brodt / mit ein Par Zwibeln / Knoblich oder Rettichen ist auch noch genug / und wann man kein Gelt auß den Kesen loͤsen kan / so sey erlaubt auch ein Stuͤckel zum Brod zuessen / aber nur bisweilen / dann man sagt der Keß seye ein Brodtfresser.

106. *Laborinus.*

Man befleisse sich kein Gelt umb Fleisch under die Metzig zuschicken / sondern wer dessen essen wil / der mag ihm selbsten so viel ins Hauß ziehen / metzgen / einsaltzen / und doͤrren.

107. *Coryphæa.*

Man soll durchauß keine Gaͤst zu sich laden umb keinerley Ursachen willen / vielweniger selbst-kommende Schmarotzer gedulden.

7 f. bis jung und alt beyeinder stuhnd] bis das Kalb selbst ein Kalb hatte 16 verschlaudern] verschwenden 23 Metzig] Schlachtbank 25 metzgen] schlachten

108. *Aron.*

Wann sich je Gäste bey dir eynfinden / so werff dich ihrentwegen in keinen Kosten / sondern tractiere sie mit deinen gewöhnlichen all-täglichen Speysen / oder auch wol schlechter: dann du möchtest ihnen sonst so gut kochen / und sie verleckern / daß sie öffter kemen / und daß du deßwegen bey ihm entschuldiget seyest / so lasse dir diesen alten Reimen an die Wand schreiben oder mahlen mit gar grossen Buchstaben.

Komt dir zu Hauß ein Freund oder Gast /
So setz ihm nur vor was du hast /
Jst er dein Freund und wol gemuht /
Er nimt mit Keß und Brodt vorgut:
Jst aber er ein Rülp geborn /
Jst Keß und Brodt an ihm verlohrn.

109. *Secundatus.*

Wann die Großmuter nicht so eine artliche Geschicht hette vorgebracht / so hette sie wahrhafftig ein Täpgen halten müssen / darumb daß sie vor *Laborino* geredt: sintemal ihre Histori aber so schicklich vorgebracht / und von jedem mit gutem *contento* angehöret und auffgenommen worden / so wil ich einem jeden auß den Beysitzern und Beysitzerinnen Amptswegen aufferlegt haben / daß er eine Histori anzehlen soll / was massen eine und andere Person in der jenigen *profession*, in deren er vermeinet / daß man am besten darinn prosperiren könte reich werden; und demnach ich dem Krieg zugestimt / so wil ich auch den Anfang mit eines Kriegers Exempel machen / und euch den tapffern / zu seiner Zeit beynahe unvergleichlichen und in gantz Europa hochberümbten Johann von Werdt vorstellen.

Alß *Secundatus* ferner in seiner Erzehlung fortfahren wolte / hörten wir einen Alarm bey deß *Simplicissimi* Vieh / so ohngefer in 20 Rindern / eben so viel Geissen / etlichen

21 *contento*] Zufriedenheit 23 anzehlen] erzählen 24 was massen] welcher Gestalt 27 zugestimt] zugeneigt

Schaaffen und einem Pferd bestuhnd / und ohngefehr einen Buͤchsenschutz vom Hoff auff der Weid gieng: dann dessen Hunde bollen / und den Hirten hoͤrten wir anstatt deß Hirten-Gesangs ein ander ungewoͤnliches Geschrey fuͤhren. Vermeinten derowegen / es were etwan ein Wolff eingefallen etwas hinzuzwacken / welches dann *Secundatum* in seinem *discurs* zerstoͤrte / und den alten Knan verursachte auffzustehen / umb zusehen was da zuthun were; Er war aber kaum eines Steinwurffs weit von uns hinweg / alß wir einen Hauffen Lumpengesindel auß dem Bosch / darinn der Hirt das Vieh weidete / kommen sahen / welches wir alsobald vor Zigiener hielten / sich auch nicht betrogen fanden: diese giengen so richtig auf *Simplicissimi* Behausung zu / alß wann sie ihnen vom Lands-Fuͤrsten selbst zum Quartier *assignirt* worden were: Derowegen schrie die gute alte Meuder / O weh meiner Huͤner und Gaͤnß! O GOtt sey meinen Endten gnaͤdig: und damit auff und darvon / alß wann sie der Todt selbst oder sonst etwas schrecklichs ins Hauß gejagt hette; da lockte sie ihrem Gefluͤgel zusammen / die uͤbrige Gesellschafft aber bis auff den Juden (der lieber den Zigienern etwas abgeschachert) wurde vom Vorwitz getrieben auch auffzustehen / umb diese erbare Bursch: und dann was es zwischen ihnen und dem alten Knan mit der Meuder beim Willkom vor einen Spaß setzen wuͤrde / zusehen; der alte Knan begegnet ihnen zum allerersten / und fragte / woher sie S. Velten uͤber die hohen Waͤlder fuͤhre? Ob sie sonst keine gaͤnge Strassen vor sich gehabt? mit dem Anhang / sie solten ihne / sein Hauß und Vieh ferner ohn*perturbirt* lassen / und keine weitere Ungelegenheit machen / oder er wolte bald Leuth haben / die ihnen den rechten Weg weisen wurden: Jndessen verriglete die Meuder das Hauß hinden und vornen / auß welchem sie auch zum Fenster hinauß ihre Karten

2 Buͤchsenschutz] Büchsenschuß 7 zerstoͤrte] störte, verstörte
10 Bosch] Wald 14 *assignirt*] bezeichnet 22 Bursch] Gesellschaft
26 S. Velten] Sankt Velten, der Teufel 27 gaͤnge] gangbare
28 ohn*perturbirt*] ungestört

mit underwarff / ihrem Knan mit dem Maul beystuhnde / und die arme Zigeuner in dieser und jenen Namen zwar nicht willkommen seyn: sonder sich alsobald weiters trollen hiesse; hingegen gaben jene die allerbesten Wort / also daß man nichts hörte / alß schöne weisse Mutter / frommer lieber Vatter / und dergleichen.

Demnach sich aber *Monsigneur Secundatus* (dem die übrige Gesellschafft wie einem Printzen nachtratte) auch herzu genähert / fragte er die Zigeuner *Compagnie*, was sie vor *Officiers* bey sich hätten? Jtem warumb sie sich so unversehenlich durch Abweg und über die hohen Waldungen daher zunähern understanden? Darauff wolte sich keiner vor ein *Officier* außgeben / sondern erzeigten samtlich mehr alß eine Hunds-Demuht / mit entschuldigung / daß sie ohnversehens auff Holtzweg gerahten / und also in dem Gebürg und grossen Wald verirret weren: aber die Meuder donnerte zum Fenster herauß / der Herr glaube es nur nicht / das Diebsgesind weiß / wann wir Baursleuth auff den einzelen Höffen an der Arbeit im Feld: und also hingegen unsere Häuser von Leuthen lär seyn / so schleichen sie dann wie die Füchs durch die Bösche herzu / und mausen uns Kisten und Kästen auß: also daß mancher ehrlicher Haußhalter / wann er aller abgemattet von seiner Arbeit nach Hauß komt / sich durch sie zum armen Mann gemacht zuseyn befindet; hörst du ehrbares Diebsgesindel / wie dir diese alte Mutter wahrsagen kan? sagte *Secundatus*; wird nur eine Feder / geschweige eine Hänn oder Ganß ewerwegen auff disem Hoff gemisset / so wil ich euch alle sammen prüglen lassen wie die Hund!

Da *Secundat* so trohete / sagte eine alte Zigeunerin / welche auf einem Maulesel daher ritte / ha mein Sohn sey nicht so böß / wir seynd nicht Stehlens halber herkommen / sondern dich und deinen Vatter auff diesem Hoff zubesuchen / denn ich schon wol in tausend Jahren nicht mehr gesehen:

---

8 nachtratte] den Vortritt ließ 9 f. *Officiers*] Anführer 22 aller] ganz 27 ewerwegen] euretwegen 27 gemisset] vermißt 33 denn] den

auß dieser Red konte *Secundat* leicht erachten / daß diß die *Courage* war / alß deren Lebenslauff er gelesen / muhtmassende nicht unrecht / daß sie ihn vor den jungen *Simplicium* hielte; sagte derowegen zu ihr / ich mercke beyläuffig / du seyest die alte *Courage*, du wirst zwar wol kommen / wie der Hagel in die Stuplen / aber gleichwol schier dich herunder / damit wir hören mögen was du guts newes anzubringen hast: hingegen aber befehl deinen Leuthen / daß sie solche *ordre* halten / damit ich nicht Ursach kriege ins Werck zusetzen / was ich euch erst angekündet; zum *Simplicissimo* aber sagte er im Schertz / Herr Vatter / wann er so bald an dieser ein Weib bekomt alß ich eine Mutter / so werden wir eine Hochzeit anzustellen haben: O nein / antwortet *Simplex*, ich weiß noch einen der mir vorgehet.

Secundat gedachte diesen Tag sich lustig zumachen / weil er sich erfrewte / diese zwo beruffene Personen beysammen zusehen / so er vor längst gewünscht / und weil er auß ihren Lebensbeschreibungen abgenommen / daß sie einandern grämisch seyn müßten / hoffete er einen desto grössern Spaß darvon zuhaben / wann er nemlich sich stellte / alß wolte er sie alles Ernsts wieder mit einandern vereinbaren: derowegen logirte er der *Courage* Gesindel mit ihren Pferden in einem umbzeuntes Stück Feld / und versprach dem Knan / ihme vor Holtz und Wäyd seinen Willen zumachen / uns samtlichen aber befahl er / daß ein jeder wiederumb seine vorige Stell under der Linden einnemmen solte / allwohin die *Courage* auch mitgehen / und in den Ring zwischen mich und *Laborinum* sitzen müßte: *Simplicissimus* aber sagte / ihr rechtschaffene ehrliche Leuth / ich sehe / daß sich die Schellen-Hur eingefunden hat / darumb wil ich hingehen / und das Understübgen von selbiger Farb auch holen / damit die

6 Stuplen] Stoppeln 8 *ordre*] Disziplin 14 der mir vorgehet] d.i. Springinsfeld 16 beruffene] berühmte 21 vereinbaren] versöhnen 24 seinen Willen zumachen] zu entschädigen 29 f. Schellen-Hur] Schellen-Dame (im deutschen Kartenspiel) 31 Understübgen] Unter, Bube (im Kartenspiel)

Karte gantz sey / stuhnd demnach auff / gieng hin / und holete den steltzenden Spring ins Feld daher / welchen er neben *Laborinum* der *Courage* an die Seite setzte / sagende: Siehe wie fein schickt sichs du freundliches holdseliges Liebes-Par! hast du einandern in der blůhenden Jugend jemahlen von Hertzen geliebet / so wirst du im reiffen Alter einandern ohn Zweiffel nicht hassen / sondern dich erfrewen dermahln eins wiederumb so nahe beysammen zuseyn.

Ein jedes auß uns bis auff den Juden und die *Courage* selbst konten auß Springinsfeldts Lebensbeschreibung (welche aber diese beyde weder gesehen noch gelesen) leicht wissen wer dieser Steltzer war / hatten derowegen eine sonderbare Anzeigung / daß wir deren Personen Gegenwart / darumb damahls meniglich wie von dem Eulenspiegel zulesen und zusagen hatte / beysammen sehen solten; *Monsigneur Secundatus* sagte selbst / er wolte kein Dutzet Ducaten vor denselbigen Tag genommen haben: Wer / sagte die *Courage* zum *Simplicissimo*, du alter Moßbart / was bedeutets / daß du so eine alte Frau mit einem solchen krummen alten Kracher foppest? *Simp.* antwortet der *Courage*, welche nicht vermeinte / daß man sie kennte / und selbst *Simplicissimum* nicht kandte / was hatte es ehermalen zubedeuten gehabt / da *Courage* sich deß Springinsfeld annam? Dergleichen Stichreden setzte es noch underschiedliche zwischen diesen zweyen / welche beydes umb der Sach Artlichkeit wegen / und daß sie beyderseits kurtz und sinnreich fielen / sehr annehmlich und lustig zuhören waren: bis endlich *Courage* so wol den Springinsfeld / alß *Simplicium* erkandte / zumahlen auch ohnschwer ermaß / daß *Secundatus* der junge *Simplicius* nicht ware / warauff sie den Schertz gern in einen Ernst verwandelt / wann sie sich ihrer Thorheit nicht geschemt hette / daß sie nemblich ihren Lebenslauff an Tag geben / und sich selbs so wol alß jene beyde dardurch geschåndet / und aller

12 f. sonderbare Anzeigung] seltene Gelegenheit 14 meniglich] jedermann 23 Stichreden] Stichelreden 25 Artlichkeit] Reiz, Seltsamkeit

Ansprach / die sie eines Heurahts-Versprechung halber an *Simpl.* zuhaben vermeinte / unbequem gemacht haͤtte.

Damit auch keine empfindtlichere Reden mehr zwischen ihnen fallen solten / gebott *Secundatus*, der / wie oben gemeldt / sich eines gebietenden Gewalts annahm / ein allgemeines Stillschweigen / kam wieder auff seinen Johann von Werdt / und sagte: Dieser war ein Bauren-Sohn in den Guͤlchischen Landen / und bey seinem Herren / nachgehnds seinem Schwehervatter / einem von Frensheim / in Diensten; da er der Pferden wartet / und sonst allerhand Bossel-Arbeit verrichtete: Einsmahls schickt ihn derselbig nach Coͤlln schoͤne Glaͤser von dar abzuholen / auff dem zuruck-Weg begegneten ihm zween Welsche / die ihn mit Gewalt berauben wolten / er batte / sich nur zugedulden / bis er seine Glaͤser abgelegt haͤtte / damit sie nicht zerbrochen wurden / alßdann moͤchten sie gleichwol mit ihm machen was sie wolten / und ihn zubesuchen / ob er gleich versichern koͤnte / daß er kein Gelt bey sich haͤtte; Da solches geschahe / wuͤschte er mit seinem starcken Steur-Stab uͤber sie hin und schlug sie in solcher Gegenwehr beyde todt; er bekam also von denen / die ihn pluͤndern wolten / ein gute Beuth / und brachte seine Glaͤser gluͤcklich nach Hauß; solche auff seiner Seite wol vollendete Abentheur verursacheten bey ihm allerhand luͤsterende und anreitzende Gedancken / und endlich diesen Schluß: Es seye nur daran gelegen / daß man das Hertz habe dergleichen Sachen *resolut* zu understehen / so were wol was zuerschnappen: wie er dann angefangen heimlich anzupacken was ihm anstuhnde / solches auch so lang triebe / bis er eines Tags zween Kauffherren Pluͤnderte / welche die folgende Nacht alß gute bekandte Freund von seinem Herren beherberget und ehrlich tractirt wurden;

1 Ansprach] Anspruch 2 unbequem gemacht] verwirkt
7 f. Guͤlchischen] Jülichschen 10 Bossel-Arbeit] Hausknechtsarbeit 17 zubesuchen] durchzusuchen, auszuplündern
19 Steur-Stab] Wanderstab 26 *resolut*] entschlossen 28 anzupacken] anzugreifen, zu überfallen 31 ehrlich tractirt] ehrenvoll bewirtet

diese erzehlten dem von Frensheim was ihnen begegnet wäre / und alß sie den Johann von Werdt sahen auffwarten / sagten sie / wann dieser nur ein Aug hätte / so wolten wir schweren / daß er der Thäter wäre; alß sie sich aber den folgenden Tag wieder auff ihre Reiß begeben / und *Iean de* Werdt von seinem Herren under die Sporen genommen und examinirt: von ihme auch alles gestanden worden / zumahlen der von Frensheim seinen Knecht auff diese Nascherey allbereit so hart verleckert zu seyn gefunden / daß er sich leicht eynbilden konte / er wurde nicht mehr darvon lassen und endlich die sach in die länge kein gut thun: Siehe / so hat er ihn lauffen lassen: darauff er erstlich ein Soldat under den Spannischen in den Niederlanden worden / und alß ihm derselbe Krieg zu langweilig war / unter die Keyserischen kommen: bey denen er in bälde zu allen Kriegsämptern bis zum Rittmeister befürdert / und durch seine wunderbare Geschwindigkeit den Feinden so erschröcklich und überall so berühmt wurde / daß viel von ihm sagten / es were auß deß tapffern Gravens von Pappenheim Asche / die vor Lützen blieben / wiederumb ein junger Phoenix hervor kommen: forthin nahm er zu an Befürderung / Glück / Gewalt und Reichthumb / bis er endlich zu einer Generals-Person / zu einem Freyherren / und zu letzt einer gräfflichen Fräulein Gemahl wurde; Warmit ich dann erwiesen haben wil / daß im Krieg mit grossen Ehren grosse Reichtumb zugewinnen seye: Herr *Hospes* nun ists an Euch.

110. *Alcmæon.*

Daß anfänglich und vor allen Dingen nach dem Reich Gottes getrachtet / das ist / der Tugend-Weg gegangen werden soll / und hernach auff solches alles übrige von sich selbsten zufalle / versichert nicht allein der ewige Mund der Wahrheit / sondern es bezeugets auch die tägliche Erfahrung: Die Histori zu meinem Beweißthumb sey diese; *Cræsus* der Lydier König schickte einsmals / da er noch von *Cyro* ohn-

26 Herr *Hospes*] Herr Wirt

überwunden / und in seinem allerbesten Wolstand war / seine Gesandten nach *Delphos*, *Apollinem* umb Raht zufragen / welche underwegs *Alcmæon* zu Athen / von dem ich jetztmahls den Namen trage / freundlich zur Herberg auffnahm / und sie nicht allein mit Essen und Trincken herrlich / sondern auch mit aller dienstfertigen Höfflichkeit ehrlich tractirte / ja sich dergestalt gegen ihnen erzeigte / daß die Gesandte zu ihrer Heimkunfft solches ihrem König beynahe nicht genug rühmen könten: derselbe ließe nachmahls dem *Alcmæonem* zu sich nach Hoff kommen / und erlaubt ihm zu Bezeugung seiner Danckbarkeit zum *recompens* so viel Gelt auß seiner Schatzkammer zunemmen alß er tragen könte: massen er darauff hin seine weite Kleider / seine Strümpff / Schuh / ja auch die Haar und den Mund dergestalt mit Gold anfüllete / das *Cræsus*, da er so wol beladen vor ihn kam / und mehr einem Wunderthier alß einem Menschen gleich sahe / seinen lachete / und ihme nicht allein den auffgenommenen Last / sondern noch mehr darzu verehrte: hat also dieser *Alcmæon*, der ein frommer auffrichtiger Mann / und deß *Megadis* Sohn gewesen / durch seine Tugenden solche Reichtumb erlanget / welche ihme schwerlich auff einem andern Weg hätten zufallen mögen.

111. *Cidona.*

Jch lobe die Tugend / und preise die Gast-freygebigkeit: weiß auch beynahe kein Handthierung die jetziger Zeit ehender bereichere / und par Gelt eintrage / alß ein rechtschaffne wolbestellte Würthschafft / die aber auch wol gelegen sey; Dannenhero siehet man / daß in den Stätten die Gastgeber wolhäbig / und in den Flecken und Dörffern die Würth under den Eynwohnern die reichsten seynd: weil aber nicht eytel königliche Gesandte einkehren / derenwillen man gehling / wie dem *Alcmæon* wiederfahren / reich wird / und kei-

2 *Delphos*] Delphi 11 *recompens*] Entschädigung 17 seinen] seiner 26 par Gelt] Bargeld 28 Gastgeber] Wirte 31 eytel] nur 31 derenwillen] um derentwillen

nem ein gebratene Daube ins Maul fliegt / so hab ich gesagt / die Händ müssen mitangelegt seyn / das ist / man muß Fleiß / Mühe / Sorg / Arbeit und eine grosse Vorsichtigkeit gebrauchen / den Armen wie den Reichen auffnehmen / und beyde nach ihrem Stand und Vermögen tractiren / und zwar mit so beschaffener Freundlichkeit / daß man von beyden Theilen keinen Schimpff noch Schaden: sondern vielmehr Nutzen darvon zugewarten habe: Wie ichs vermein / soll diese Histori erläutern; Es ist bekandt / daß noch bey Menschen-gedencken nicht überall in den mitnächtigen / sonderlich in den Cimbrischen Landen offene Herbergen / und Würthshäuser bestellt gewesen / deren Jnhaber nur die Frembde und Reisende auffzunemmen gewohnt gewesen / sondern ein jeder herbergt solche Ankömling freundlich / und tractirt sie entweder umb eine Verehrung / oder gar umbsonst / oder gab ihm umbs Gelt was er begehrte; Alß aber einem von den Letzt-abgelebten Nordischen Königen vorgebracht ward / daß diese lobliche Gewohnheit und weiland seinen Unterthanen gleichsam angeborne teutsche Tugend der Gastfreundlichkeit nicht mehr observirt wurde / wolte er die Wahrheit selbs erfahren / und verkleidet sich in Gestalt eines Betlers / kam darauff gantz allein in einen lustigen Flecken / warinn er gegen Abend unterschiedliche reiche Bauren vergeblich umb Herberg batte; endlich geriehte er vor ein Hauß / darinn der Baur selbigen Tag etliche Schwein gestochen: viel Würst gemacht / und selbige eben über dem Fewer hatte / worbey dann selbige Landsleuth ein sonderbares Gefest / laut deß Wurstologi / und etwann auch einen Spielmann zuhalten pflegen / der ihnen / bis die Würste gar seynd / und der Jmbis vorhanden / zu Tantz auffmacht / allermassen dieser Baur damahls auch thät / und mit dem König selbsten (den er vor einen auß den Prachters

3 f. Vorsichtigkeit] Umsicht 10 mitnächtigen] nordischen 11 Cimbrischen] dänischen 28 Gefest] Festlichkeit, Gelage 31 allermassen] ganz wie 32 Prachters] Pracher (niederdt.), Bettler

hielt / dann also nennen sie die Bettler) tapffer umb die Würst tantzete / gleichsam alß solte er deren auch mit Freuden theilhafftig werden: aber alß der Tantz zum besten war / und man nunmehr die Würst anatomiren solte / tantzte er mit dem König zum Hauß hinauß / und schlug ihm / nachdem er sich wieder zuruck begeben / die Thür vor der Nasen zu: dem König war der Schimpff umb so viel destomehr empfindtlicher / weilen es in dessen stichfinster worden / und mit Regen und Schnee / wie es nach Herbstzeit zuthun pfleget / gewaltig herunder warff: Er bemühete sich vor underschiedlichen Häusern Herberg zuerlangen / aber alles umsonst / wie erbärmlich er auch darum flehete / bis er endlich vor deß Schweinhirten Häußlein kam / der ihn freundlich auffnahm / jedoch mit dem Geding / daß er sich auff dem Stroh behelffen müßte / weil kein besser Läger in seiner Hütten vorhanden: Der König ließ es ihm gefallen / und weil er gantz naß / und vor Kälte halber erstarret war / zog er seine Lumpen auß solche zutröcknen / und sich selbst desto besser in der warmen Stuben zuerwärmen; Die Schweinhirtin / alß sie beydes die zarte Haut an deß Königs Händen und im Angesicht / alß auch ein reines mit Spitzen besetztes Hembd beauget / sagte heimlich zu ihrem Mann: Dat iß warhachtig unse leve Heergott / und der Mann so dieses gern glaubte / befahl seinem Weib / daß sie ihre eintzige junge Hänne abthun / und diesem Gast brahten solte / das geschahe gutwillig: Underdessen nun das Weib zurichtete / discurirte der König mit dem Schweinhirten / und beklagte gegen ihm / daß so wolhäbige Leuth deß reichen Fleckens gegen den Armen so unfreundlich weren / sintemahl sie bey so ellendem Wetter ihn nicht beherbergen wollen: Der Schweinhirt hingegen entschuldigte sich / daß er nichts darvor könte / mit dem Anhang / er were selbst ein frembder / und diß Jahr der Dorffleuthen gemeiner Diener gewesen / in dem er ihnen der Schwein gehütet / weßwegen er dann

4 anatomiren] zerlegen, essen 16 ihm] sich 33 gemeiner Diener] Gemeindediener

auch diß Haͤußgen zubewohnen haͤtte: Alß nun der Koͤnig mit gutem Appetit geessen / und wol außgeschlaffen / sich auch nunmehr wieder in die alte Lumpen angekleidet hatte / und den Morgen fruͤhe seines Wegs gieng / schenckte er zuvor der Schweinhirtin vor die Herberg und Essen eine grosse Handvoll Ducaten / und versprach / wann er wieder kommen wurde / so wolte er auch deß Manns und der Kindern gedencken: Hebe ich di nich vor gesegt / sagte das Weib nach deß Koͤnigs Abscheid zum Schweinhirten / dat diß unse Heergott waß? Aber nach etlichen Tagen kam der Koͤnig mit seiner gantzen Hoffstatt wiederumb in denselbigen Flecken / welcher ihne zu beherbergen damahls nicht groß genug war: Er selbsten kehrte wider mit seiner Person bey dem Schweinhirten eyn; straffte die / so ihme ein Nachtlaͤger abgeschlagen / nach eines jeden Vermoͤgen und Beschaffenheit umb groß Gelt; seinem Taͤntzer aber liesse er die Fuͤß bey den Knyen abnemmen / damit er forthin keines bedoͤrfftigen Armen mehr mit Tantzen spotten koͤnte / und jagte ihn sambt Weib und Kind selbsten in den Bettel / dessen hinderlassenes Hauß / samt zugehoͤrigen Guͤttern er seinem gutwilligen Wuͤrth dem Schweinhirten und seinen Erben eigenthumlich uͤbergabe.

112. *Spes.*

Daß Tugend und Frombkeit Reichthumb genug seyen / wil ich mit meiner Histori beweisen / die ich in einem Gottseligen Buch gelesen hab / und jetzt erzehlen wil; Alß die Statt Constantinopel noch von Christlichen Keysern beherrschet / und von lauter Christen bewohnet wurde / liesse ein so reicher / alß frommer Wittwer daselbsten seinem eintzigen / nach seinem Gottseligen Sinn wolerzogenen Sohn zu sich vor das Todtbeth kommen / sagende: Mein Sohn / wann du einwilligen woltest / so wolte ich ein Testament machen / darinn ich dich alß ein getrewer Vatter zuversorgen bedacht bin: der Hoffnung / gleich wie du mir alle deine Lebzeit gehorsam gewesen bist / also werdest du auch solchem meinem letzten Willen nicht wiedersprechen / ob dich gleich beduncken moͤchte / ich handelte mit der Vermaͤchtnuß meiner Verlassenschaft wider die H. Schrifft / die da außtrucklich befihlt / wer eines Vatters Erb seyn solle? oder wider die weltlichen Gesetze und Gewohnheit / oder auch wol gar wider die natuͤrliche Vatter-Lieb und Treu! Der tugentliche gehorsamme Sohn antwortet / hertzliebster Herr Vatter / ewer zeitliches Vermoͤgen ist ewer: ich / ewer unwuͤrdiger Sohn bin auch ewer: und wolle mich mein GOtt behuͤten / daß ich mich demjenigen nicht wiedersetze / was ihme wegen deß einen und andern / wegen seines Sohns und wegen seines hinderlassenen Guts zuverordnen beliebt; alß der ich mich versichert halte / daß mein hertzgeliebter und hochgeehrter Herr Vatter nichts anders thun und handlen wird / alß was er weiß / daß es Gott angenehm und gefaͤllig / mir aber an Leib und Seel nutzlich sey: Der Vatter erfrewte sich uͤber seines Sohns Antwort / und sagte / GOtt segne dich mein Sohn! Jch verordne dir zu einem Pfleger und Vormuͤnder Christum unsern Heyland / demselben befleisse dich zudienen / und ihn mit einem tugentlichen Leben zuverehren / ich hab vor dich gebetten / und werde auch noch nicht auffhoͤren ihn vor dich zubitten / daß er dich nach seinem allergnaͤdigsten Willen regieren / leiten und fuͤhren wolle / du darffst auch an seinem Schutz und Schirm / an seiner Huͤlff und Gnad / und an seiner Vorsorg und goͤtlichen Segen gar nicht zweifflen / so lang du auff dem Weg der Tugend und Gottseligkeit verharren wirst: vors erste! Zum andern were mein Will / so fern du mir darein consentirest / daß mein Verlassenschafft gleich under die Armen außgetheilt werde: zwar nicht allein darumb / dieweil die Werck der Barmhertzigkeit GOtt gefallen / und wir dardurch uͤben was an sich selbst ein Goͤttliche Eigenschafft ist / sondern damit ich desto froͤlicher von hinnen scheiden moͤge / wann ich dich nicht mit so vielen Guͤttern beladen zuseyn hinderlasse / alß welche deine Jugent villeicht ins Verderben bringen moͤch-

17 f. Pfleger und Vormuͤnder] Vormund 27 consentirest] zustimmst

ten; Der Sohn bedanckte sich mit weinenden Augen umb die getrewe vätterliche Liebe und Vorsorg: theilet alsobald seines Vatters Gütter under die Bedürfftigen / und wurde nach seines Vatters Hintritt selbst so bedürftig / daß er von den edlen Jünglingen der Statt / die ehemahlen seine beste Cammerrahten gewesen / verlassen und verachtet wurde / welches er aber mit Gedult übertruge / seinem Vormünder desto fleissiger dienete / und auff seine Hülff und Versorgung hoffete; Eben damahls hatte Myrologus umb seine einige Tochter / die schönste Lympidam gleich so viel Freyer / alß etwann die keusche Penelope in Abwesenheit ihres Manns gehabt: dann er war eines grossen Ansehens / darneben reich / auffrichtig / fromm / von jedermann geliebt / und bey dem Keyser in grossen Gnaden / also daß er die Wahl hätte / einen Tochtermann auß den edelsten Jünglingen in Constantinopel zuerkiesen; warüber er dann offt mit seiner Gemahlin / der tugentreichen Hapsa zu Raht gieng / in dem beyde das reiffe Alter ihrer Tochter considerirten / und sich auch gern durch sie bey der Posterität verewigt zu sehen wünscheten / damit ihr grosses Gut nicht an frembde Erben gelange / ob sich gleich die Tochter lieber in ein Closter begeben wolte; Einsmahls conferirten diese beyde Eheleuth hiervon auff ihrem Beth / weil sie eben dieses Anliegens wegen die gantze Nacht hindurch nicht schlaffen konten / und batten GOtt / daß er ihre Tochter mit einem fromen Ehegemahl versorgen wolte: machten auch nach gethanem Gebett diesen Schluß und theten diß Gelübt (doch mit dieser Protestation / daß sie GOtt nicht versuchen / sondern auff seine göttliche Providentz sich verlassend / ihr Versprechen halten wolten / umb dardurch sich der Freyer zubefreyen / und allem Unglück / das auß so vieler Mitbuhler Eyffersucht entstehen möchte vorzukommen) daß sie / wann sie morgen ihre tägliche Gewohnheit nach mit ihrer Tochter die Früh-/

7 übertruge] ertrug 16 zuerkiesen] zu erwählen 18 considerirten] erwogen 19 Posterität] Nachkommenschaft 28 Protestation] Vorbehalt 29 Providentz] Vorhersehung

Meß besuchten / dem jenigen Juͤngling / auß denen die ihnen an ihrem Herkommen gleich weren / und neben ihnen vor allen andern am ehisten zur Kirchen kaͤme / ihre Tochter vermaͤhlen wolten: So bald nun die liebe Sonne durch ihre Stralen den Lufft nur ein wenig am Morgen fruͤhe erleuchtet / also daß man darauß abnehmen koͤnte / daß sie sich selbsten im Aufgang am Firmament bald sehen lassen wurde / naͤherten sich Vatter / Mutter und Tochter der Kirchen / vor deren Thuͤr sie den edlen und frommen Juͤngling *Proximum* deß verstorbenen *Modesti* Sohn / der alle seine Verlassenschafft den Armen vermacht / stehen sehen / zuharren / biß der Kirchenwaͤrter solche oͤffnet / umb sein Gebett und Andacht / eh die Kirch so gar vom Volck erfuͤllet wurde / desto besser und eynbruͤnstiger zuverrichten: weder *Myrologus* noch *Hapsa* oder *Lympida* kandten ihn / sahen aber wol an der Kleydung / daß er einer vom Adel war; dann *Proximus* trug sich / obwol nicht von kostbarem Stoff / jedoch der Mode nach wie es damahls bey den edlen Juͤnglingen ihr Stand und Herkommen erfordert: seine *Physiognomia* gefiele beyden Eheleuten im ersten Anblick / darumb eroͤffneten sie ihme auch desto ehender / daß er vom Himmel ihrer Tochter zum Ehegemahl beschert were / welches Gluͤck er auch nicht außschlug / sondern sich so gleich auff der Eltern Begehren und Zumuhten mit deren Tochter verlobte; Jch mag und kan eben nicht alle Umbstaͤnd dieser Histori weitlaͤuffiger erzehlen / sondern schliesse hierauß / daß Gott die Tugend und Frombkeit nicht allein liebe / sondern auch zu meiner Zeit auff dieser Welt mit Reichthumb bekroͤne / ohne daß er solche auch ewiglich belohnet.

113. *Simplicissimus.*

Die Jungfer hat auch nicht Ursach / diese Geschicht weitlaͤuffiger zu erzehlen / dann man ihre Meinung / und was sie villeicht hoffet / genugsam auß dem / was sie gesagt / ver-

13 gar] ganz 14 eynbruͤnstiger] inbrünstiger 28 ohne daß] außer

standen: Jch habe diese schoͤne Histori erst neulich zu meiner Zeitvertreibung mit allen ihren Umbstaͤnden zu Papier gebracht / und werde sie villeicht der gantzen Welt durch den Edlen Truck gemein machen; Es ist aber so ein seltenes Exempel / das wenig Folg hat; zumahlen man siehet / daß GOtt die Seinige / die er hertzlich liebet / ehender umb ihres Besten willen mit Armuht belegt / alß mit Reichthumben uͤberschwaͤmmet: Wie dann Christus selbs auff dieser Erden uns zum Beyspiel gedienet / und so arm zuseyn beliebet / daß er nicht so viel eigens hatte / sein allerheiligstes Haubt dahin zulegen / und haben seine Juͤnger auß Hunger Kornaͤhren außgeraufft / und geessen: Hingegen sehen wir / daß die Gottlose so kein Gewissen noch Achtung auff Ehr / und Tugend haben (ausser was sie vor der Welt nohtwendig muͤssen scheinen lassen) gemeinlich gluͤcklich seynd / grosse zeitliche Reichthumb beydes zu prosperiren und zubesitzen: Wessentwegen dann von den meisten Theologis geschlossen wird / GOtt vergelte ihnen darmit ihre gute Werck / die sie etwann umb GOttes willen verrichtet / weil sie deß Himmels so hoch nicht / alß irrdische Guͤter verlangen / und also desselbigen nicht werth seyen. Jener fromme Juͤngling zu Constantinopel dienete nicht GOtt deßwegen / daß er ihm anstatt seiner vaͤtterlichen Reichtumb andere geben solte: GOtt aber ersetzte seinem Diener doppelt / was er umb seinetwillen den Armen so freygebig zukommen lassen; Meines Darvorhaltens thut der sehr thorecht / welcher GOtt darzu eintzig umb Verleyhung zeitlicher Guͤter bittet / und gleichsam alle seine Gebetter und Andacht dahin richtet: Dann GOtt gibt sie wem er wil / und dem jenigen entzeucht er sie / von denen er weiß / daß sie ihnen nicht nutzlich seyn; Jedermann weiß auß uns / daß man nicht GOtt und dem Mammon zugleich dienen kan: wil aber einer uͤbereyn und mit Gewalt reich werden / so faͤllt er in die Strick des Teufels / alß dessen Knecht er zuseyn begehrt / und alßdann verhengt GOtt /

5 das wenig Folg hat] das sich kaum verallgemeinern läßt
16 prosperiren] glücklich vermehren 32 uͤbereyn] durchaus

daß ein solcher Geitzhalß / wonicht gar einen guldenen Wagen? doch wenigst ein Rad darvon bekomme / damit aber demnach seine Begierden nicht ersättiget werden (massen ich im letzten Theil meiner Lebensbeschreibung an einem Engelländischen *Avaro* ein Exempel vorgestellt) bis er endlich darüber stirbt / und besorglich auch an der vorlängst verstorbenen Seelen verdirbt; Mein erster Satz war / welchem Ernst sey reich zuwerden / der müsse das Gewissen nicht genaw beobachten: solches sage ich noch / sprich aber mit nichten / daß es recht und billich: viel weniger daß es GOtt angenehm sey; dieweil dann nun der Kriegsgewalt sich nicht an die Gerechtigkeit binden läßt / so weit / daß man ungestrafft rauben: und sich zueignen mag / was man offentlich vom Feind und auch so *taliter qualiter* heimlich vom Freund ablangen und erschnappen kan; so wil ich solche Geitzhälse / die mit aller Gewalt (es sey gleich *per fas aut nefas*) reich zuwerden / bey sich selbst beschlossen / mit *Monsigneur Secundato* auch in den Krieg gewiesen haben: seynd sie daselbsten nicht so glücklich ihren Geltdurst mit Erorberungen deß einen und andern zulöschen? so kan ihnen doch wiederfahren / daß sie desto ehender ihrer Marter abkommen; Jch wolte sagen / daß sie ihrer unerträglichen und hitzigen Gelt-Begierde durch Eysen / oder Bley (weil doch Gold und Silber nicht kommen wil) samt ihrem gepeinigten Leben desto ehender entladen werden: Daß man aber im Krieg reich und groß werden könne / wil ich mit einem etwas ältern / alß deß *Monsigneur Secundati* Exempel erweisen / welches ich auß deß Ritters *Petri Mexiæ* verteutschten Wunderwelt genommen / lautet beyläuffig von Wort zu Wort also: Der Tugent-berühmte und tapffere Venetianische Feldherr / und Vatter deß Francisci *Sfortiæ*, (dessen Söhn und Nachkommene bis auff unsere Zeit Hertzogen zu Meyland gewesen) war auß einem Dorff gebürtig / Catignola genandt /

---

3 massen] wie 6 besorglich] wie zu befürchten ist 14 *taliter qualiter*] auf diese oder jene Weise 16 *per fas aut nefas*] rechtmäßig oder unrechtmäßig 21 abkommen] ledig werden

Attenduli eines armen Bauren Sohn / der sich deß Weingarten-Baus mit dem Karst zuhacken haͤrtiglich ernaͤhren muͤßte: Dieser junge Attendulus / den etliche auch Jaccomuzzus nennen / war von Natur ein starcker behertzter Mann / und zu den Waffen geneigt; verliesse derowegen auß hohem Geist und tapfferem Gemuͤht seines Vatters schwere Arbeit und saure Nahrung folgender Gestalt: Alß er einsmahls zu Sommers-Zeit in der groͤsten Hitz mit dem Karst gantz traurig hinauß auff das Feld gieng / vorhabens in dem Weinberge zuhacken / und etliche neu-geworbene Soldaten voruͤber gehen sahe / die ihre Degen trugen / und sich lustig erzeigten: bekahm er etwas Lusts zum Krieg / verblieb doch im Zweiffel / ob er mitziehen / oder laͤnger hacken wolte? Jn diesen Gedancken kam er zu einem Nußbaum unfern vom Weinberg / bey welchem er still stuhnde / und bey sich selbs sagte: Wolan! Jch wil an diesem Ort eine Prob nemmen / und meinen Karst auff diesen Baum werffen / bleibt er droben hangen / so wil ich mit in den Krieg ziehen / fallt er aber wider herunder / so soll mirs ein Zeichen seyn / daß ich ellender Tropff noch laͤnger hacken soll / damit warff er den Karst auff den Baum / und alß derselbige fest droben behangen verblieb / liesse er ihn auch hangen wie er wolte / gieng heim / mondirte sich so gut er koͤnte / und zog mit andern / die durch sein Dorff passirten / in den Krieg; Anfaͤnglich war er ein gemeiner Soldat / wurd darnach ein Rottmeister / folgends ein Feldweibel / worauff er nicht lenger zufuß dienen wolte / sondern einen Reuter abgab / da er jelenger jemehr bis zum Generalat befuͤrdert wurde: Und demnach er sehr starck von Leib und Gliedmassen gewesen / nandten ihn die Jtalianer *Sfortia*; Seinen Sohn Franciscum richtet er dermassen ab / daß er in allen Kriegs *exercitiis* den Vatter weit uͤbertraff: daher er dann auch deß Hertzogen Philippi von Meyland Tochtermann / und folgends desselben Lands Hertzog worden ist. Herr *Collybius* nun wirds an euch sein.

---

2 Karst] Hacke 23 mondirte sich] rüstete sich aus 25 Rottmeister] Zugführer 30 *Sfortia*] Sforza, Erzwinger 31 *exercitiis*] Übungen

114. *Collybius.*

Wann einem jeden seine Kappe gefallt / so kan man wol erachten / daß ich dem Kauffhandel nicht abstehen werde / durch welchen viel zu grossem Reichthumb kommen: worzu dann meinem ersten Satz nach ein guter Verstand / ein treffliche Dexteritet / und über diß eine Bekantschafft und vertrauliche Correspondentz mit außländischen Kauffleuten gehörig; daß aber solcher Handel vor allen andern Handthierungen / Geschäfften und Ständen am aller bequemlichsten seye / Gelt und Gut zugewinnen / und sich groß in der Welt zumachen / bezeugen nicht nur ein oder zwey / sondern unzahlbar tausend Exempel! Aber wer die Kunst nicht weiß / der mache den Kram zu: Jener Kauffmann von Genua pflegte zusagen: Wer sich vorm Teuffel förchtet / wird nimmer Reich: Nun dem sey wie ihm wolle / eines jeden Gewissen wird auch einen jeden überzeugen / wessen er sich verhalten soll: ich sage nur / daß sich der Kauffhandel am allerbesten schickt zur Kunst reich zuwerden. Zeilerus meldet in seinem neu-verkürtzten Reißbuch deß Teutschlands Anno 1662. getruckt Pag. 433. daß Johannes Fugger (von welchem das ansehenliche Geschlecht der Herrn Graffen Fugger herstammet) auß dem Dorff Graben gebürtig / gewesen sey / etc. so durch Heuraht das Burgerrecht zu Augspurg bekommen / und neben seinem Handwerck / so er etlich wenig Jahr getrieben / mit Garn gehandelt habe / wardurch er reich und groß worden: man sehe sich umb / so wird man gewahr werden / daß under allen Privat-Personen die Kauff- und Handelsleuth am allerreichsten seyen? so daß auch die Ost-Jndiansche Compagney in Holland (auß deren Mitgliedern denen Gewindhabern sich einige mit etlichen Thonen Golds nicht außkauffen liessen) sich nicht scheuet / nicht nur mit etlichen nackenden Jndianischen Königen und ihren Unterthanen Krieg zuführen / sondern auch den Monarchen in Persia / den grossen Mogul in Jndia / und den gewaltigen

13 Kram] Laden, Geschäft 20 Pag.] Pagina, Seite 30 Gewindhabern] Anteilseignern

Keyser in Zailon zugleich und zu einer Zeit mit Waffen anzuwenden? ich wil aber so weit nicht hinauß / noch rühmen / daß sie die meiste Parschafft besitzen / also daß sie auch gewaltigen Königen grosse Summen Gelts zulehnen pflegen: noch was sie weiters vermögen und thun könten / anregen: sondern allein meine einfaltige Histori erzehlen / die verhält sich also: Noch bey Menschen Gedencken / oder ja eine gar geringe Zeit zuvor wohnete ein verwittibte Krämerin in dem Chur-Cölnischen Stätlein Attendorn / die ihren Sohn in Holland schickte zu serviren und zubegreiffen / wie er ins künfftig seinen Handel nutzlich führen und prosperiren könte. Dieser insinuirte sich dergestalt bey einigen Kauffherrn / und stellte sein Sach so wol an / daß er alle Jahr seiner Mutter auß dem / was er erwarbe / viel von allerhand in seinem Heimath verkäuffliche Wahren heimschicken / und dannoch so viel in Handen behalten könte / seinen Bey- oder Nebenhandel fortzusetzen: neben andern Wahren schickte er einsmahl eine Platte von klarem Gold / so schwartz angestrichen gewesen nach Hauß seiner Mutter / unberichtet was er ihr vor ein Schatz zugesendt: dieselbe setzte sie unter einen Banck in ihren Kramladen / allwo sie stehen bliebe / bis ein Glockengiesser ins Land kam / bey welchem die Attendorner eine Glock giessen / und das Metall darzu von der Burgerschaft erbettlen zulassen beschlossen: Die so das Ertz samleten / bekahmen allerhand zerbrochene ehrene Bött oder Häfen / massen die irdine daselbst nicht gebräuchlich / und alß sie vor dieser Wittib Thür kamen / gab sie ihnen ihres Sohns Gold / weil sie es nicht kandte / und sonst kein zerbrochen Geschier hatte / der Glockengiesser / so nach Arnsperg verreisset war / und sich dort auffhielte / bis er auch einige Glocken daselbsten verfertiget / hatte einen Gesellen zu Attendorn hinderlassen /

1 f. anzuwenden] angreifen 4 zulehnen] zu leihen 10 in] nach 10 serviren] dienen 12 insinuirte] setzte sich in Gunst

20 unberichtet] ohne sie zu unterrichten 26 ehrene Bött] eherne Bütten

mit Befelch / die Form zu der daselbstigen Glocken zuverfertigen / und alle Anstalt bis auff den Guß selbst zumachen / mit dem Guß aber innzuhalten bis zu seiner Ankunfft: er thäte was er geheissen worden / alß aber der Meister nicht kam / und er auch selbst gern eine Prob thun wolte / umb zusehen was er könte / fuhr er mit dem Guß fort / und verfertigte den Attendornern ein von Gestalt und Klang so angenehme und gefällige Glocken / daß sie ihm solche bey seinem Abschied (dann er wolte von Attendorn zu seinem Herrn oder Meister nach Arnsperg gehen / ihme die Zeitung von seiner glücklichen Verrichtung zubringen) so lang nachleuten wolten / alß er sie hören könte: Uber das folgten ihm etliche nach / die ihn mit Kandten in den Händen begleiteten / und ihm mit dem Trunck zusprachen: Alß er nun in solcher Ehr und Frölichkeit bis auf die steinerne Brucke / die sich zwischen dem Fürstenbergischen Schloß Schnellenberg und Attendorn befindet / gelangte / begegnet ihm sein Meister / welcher anders nichts thät / alß daß er zu seinem Gesellen sagte: Was hast du gethan / du Bestia? ihm die Pistol an Kopf setzte / und damit eine Kugel dardurch jagte / darvon er alsobald das Leben auffgab: Zu dessen Geleitsleuten aber sagte er / der Kerl hat die Glocken gegossen wie ein anderer *s. h.* Schelm: er were urbietig solche wieder umbzugiessen / und der Statt weit ein ander Werck zumachen: Ritte darauf in die Statt / und wiederholte was er auff der Brucke gesagt hatte / alß ob er den Handel gar wol außgerichtet: aber er wurde wegen deß begangenen Mords angepackt / und endlich ernstlichen gefragt / warumb er sein Gesellen todt geschossen / mit welchem sie doch wie auch mit seiner Arbeit und Glocken wol zufrieden gewesen: endlich bekante er / welcher Gestalten er an dem Klang abgenommen / daß eine zimliche Quantität Gold bey der Glocken were / so er nicht darzu hette kommen lassen / sondern weggezwackt haben wolte / dafern seyn Gesell mit dem Guß bis zu seiner An-

13 Kandten] Kannen 19 Bestia] Unmensch, Vieh 23 *s. h.*] salvo honore, mit Verlaub 23 Schelm] Schurke

kunfft / wie er ihm dann anbefohlen / gewartet haͤtte / von wessentwegen er ihm den Rest dann auch gegeben. Hierauff wurde ihm der Kopff weggeschlagen / dem Gesellen aber auff der Brucken / wo er sein End genommen / ein eysern Creutz zu ewigem Gedechtnuß auffgerichtet / welches auch noch ohn Zweiffel dort stehen wird. Underdessen koͤnte Niemand ersinnen / woher das Gold zu der Glocken kommen seyn muͤßte / bis der Wittib Sohn mit Freuden und grossem Reichtumb beladen nach Hauß gelangte / und vergeblich betraurete / daß sein Gold Zween / einen schuldig und einen unschuldig umb das Leben gebracht: prætendiert er sein Gold gleichwol nicht wiederumb / nicht allein weil ihne GOtt anderwerts reichlich gesegnet / sondern auch / weil es einmahl zu dessen Ehren gewidmet war: Es hat aber laͤngst hernach das Wetter in den Kirchthurn geschlagen / und wie sonst alles verbrandt war bis auff das Gemaͤur / also auch alle Glocken zerschmeltzet: Nach welchem Unfahl in der Aschen Metal funden worden / welches am Gehalt den Goldguͤlden gleich gewesen / worauß derselbig Kirchthurn wieder umb etwas repariert und mit Bley gedecket worden / allermassen ich ihn also dort gesehen / und mir diese Histori von alten Leuthen also erzehlen lassen. Und dieses soll seyn die Histori / die ich auß Befelch Herrn Secundati der anwesenden Compagney zuerzehlen schuldig gewesen. Jetzt Altvatter / was sagt ihr?

115. Knan.

Jch koͤnte euch wol sagen was ich wolte / und wie mirs umbs Hertz ist / aber ich weiß schier nicht wie ich daran bin / ob ichs thun darff oder nicht? Dort sitzt der Herr *Secundrarus*, der ist ein Herr / und wil noch darzu ein Krieger werden / wie doͤrffte ich dann alß ein armer Baursmann / dem diese beyderley Leuth zu hart seyn / und immer auff der Hauben sitzen / meinem Hertzen raumen? Dort sitzt der Herr

---

11 prætendiert] beanspruchte 29 *Secundrarus*] Secundatus verballhornt: Selten geneigt 33 raumen] Raum geben

Alckmamon oder Altmammon / der ist ein Wuͤrth oder Gasthalter / was soll ich machen? Wann ich sage / wir Bauren koͤnten auch wie ihr Herrn Kauffleuth in unserm Stand reich werden / wie ihr Herr Vollybis von dem ewerigen gesagt: wurden mir und meines gleichen diese dreyerley Leuth hinfort nicht besser schrepffen alß jemahlen? Und ihr selbst Herr *Vollibis* wurdet mir kuͤnfftig besser scheren alß zuvor / wann ich euch under die Hånd kehme / und umb einige Wahren vor mich oder die Meinigen außzunehmen benoͤhtiget were: dort befindet sich der Kabarinus (ach sagt mir doch / es ist gewiß ein Riemenschneider / deren wir Baursleuth zu unserm Schiff und Geschirr so wenig alß der Schmidt und Wagner entbehren moͤgen) wann ich ihm ein Par Ahnwett-Riemen kuͤnfftig abkauffen wolte / so muͤßte ich sie ihme doppelt bezahlen / wann er nur versichert were / und er jetzt von mir hoͤrte / daß wir Bauren Gelt hetten / und solche zubezahlen vermoͤchten: da naͤchst ist diese Zeugrumerin / solte sie wissen / daß wir viel vermoͤchten / wahrhafftig sie und ihres gleichen Bettler und Landstuͤrtzer wurden mit keinem stuck Speck / weniger mit einem Stuck Brodt / einem Par Eyer oder Gåblin Ancken mehr verlieb nemmen / sondern Gelt haben wollen / und wann wirs ihnen abschlugen / sich understehen / uns solches auß der Kisten zumausen / gleich wie sie sich nicht schåmen / anstatt der Eyer / die sie von uns zugeniessen gewohnt seynd / uns Huͤner / Gånß und Endten auß den Hoͤffen abzufangen: Daneben mir sitzt ein Schreiberknecht / der wird villeicht heut oder morgen ein Schaffner abgeben / oder sonst so ein Kerl die Bauren zu-

1 Alckmamon oder Altmammon] Alcmæon verballhornt: alter Geizhals 4 Vollybis] Collybius verballhornt: Voll wirst du gehen 9 außzunehmen] entnehmen, kaufen 10 Kabarinus] Laborinus verballhornt: Stinkbock 11 Riemenschneider] Sattler 12 Schiff] Gerät, Inventar 13 f. Ahnwett-Riemen] Anschirr-Riemen 17 Zeugrumerin] Zigeunerin verballhornt: Zeug-(Wäsche-) Wegräumerin 18 vermoͤchten] besitzen 21 Gåblin Ancken] kleine Gabe Butter 28 Schaffner] Verwalter, Rentmeister

schinden / wie kan ich dann vor ihme unsere Proflession erheben und ruͤhmen / wie ihr under einandern thut / daß man darinn reich werden koͤnte? wurde er / wann er solches wißte / die Schinderey nicht verdopeln? Dort vom Aron wil ich nichts sagen / dann mit ihnen zuhandlen / stehet in eines jeden freyen Willen / und die Juden alle mit einander koͤnden mir nichts / wie ihr underschiedliche Leuth under einandern thut / abnoͤhtigen / wann ich nicht selbst mich in die Gefahr gebe / und mich ihnen freywillig underwerffe: Von den Weibern und jungen Dirnen / die sich da befinden / sage ich nichts anders / alß daß sie ihrer Maͤnner Liedgen singen / deren Tageweis auch uͤber uns arme Bauren außgehet! Mit meinem Herren Sohn / mit meiner Meuder und dem guten Spring ins Feld bin ich schon vertragen / und sage allein dises / anstatt einer Storgen / die ich auch erzehlen solte / wann ihr Herr *Secundargus* und andere ewers Gleichen / sampt den Soldaten und unserm Schuldtheissen uns Bauren mit dem Gelt heischen: Jhr Wuͤrth mit dem uͤbermaͤssigen Zechmachen: Jhr Kraͤmer / Kauff- Handels- und Handwercksleuth mit dem unbillichen Ubernemmen und allzu grossem Wucher: Jhr Schaffner mit Zins und Guͤlt-einfordern uns ungefrettet liessen / und uns auch die Landlaͤuffer nicht *molerestirten*, daß wir unsere Pfluͤg in wenig Jahren mit Silber beschlagen lassen koͤnten / es moͤchte euch gleich darnach verdriessen oder nicht.

116. *Erich.*

Nicht so zornig / nicht so zornig / lieber Altvatter / ihr muͤsset eine Oberkeit haben / die Fried und Gerechtigkeit / und einen jeden bey dem Seinigen erhalte: solcher Seits seyt ihr

---

1 Proflession] Profession, Stand 12 Tageweis] Tagelied, Morgenlied 14 vertragen] übereinkommen 15 Storgen] Lügengeschichte 16 *Secundargus*] Secundatus verballhornt: geneigter Argus 20 Ubernemmen] Aufschlagen, Verteuern 21 Wucher] Zins 21 Zins] Abgaben 21 Guͤlt] Zins, Schuldbrief 22 ungefrettet] ungeplagt 23 *molerestirten*] belästigten

Bauren ihre Gebuͤhr zureichen schuldig: die Kraͤmer und Kauffleuth geben euch ihre Wahr / und der Handwercksmann macht euch seine Arbeit umbs Gelt; den Schaffneren gebt ihr billich ihr Zins und Guͤlt / alß deren Herrn Principalen Guͤter ihr darvor geniesset / jener Sinnreiche Mahler entwarff allerhand Staͤnd auff Tuch / zum Keyser schrieb er / ich erhalt euch all: zum Pfaffen / ich bette fuͤr euch all: zum Soldaten / ich fechte fuͤr euch all: zum Weib / ich erziehe euch all: zum Schneider / ich kleide euch all: und so fortan / zum Bauren aber / ich ernaͤhre euch all: muß derowegen einer dem andern nach Goͤttlichem Willen in seinem Beruff dienen / und nicht wieder dessen Ordnung murren / wie ihr Bauren immerhin zuthun pflegt.

Knan.

Es ist aber auch wahr / ein jeder rupft an uns / und wil reich an uns werden / es ist ja deß Schindens und Schabens kein Ort und kein End!

Secundatus.

Herr Knan so alt seyt ihr nicht / ihr muͤsset ein Taͤpgen halten / weil ihr dem *Monsieur* Erich in sein Red gefallen: und ihr Herr Erich erzehlet anstatt Zanckens ewere Histori.

Erich.

Die Exempla und Historien / so zu meinem Intent taugen / und hier angezogen werden / solten seyn so bekant / daß es ihrer Erzehlung gar nichts bedarff / alß da seynd der Haußmeyer in Franckreich / die endlich gar auff den Koͤnigl. Thron gestiegen; Jch hab gesagt / dieweiln das Gelt der Laͤnder in den Cassen ihrer Princen zusammen komme / muͤsse sich der / so reich und groß werden wolle / dort zutaͤppisch machen / bis er seinen Theil darvon bekomme / und sich

17 Ort] Ecke, Wendepunkt 19 Taͤpgen] Schlag, Spielstrafe 23 Intent] Absicht 28 Princen] Fürsten 29 zutaͤppisch] Gunst erlangen

besacke / bin auch noch derselben Meinung / doch daß ein solcher wolbeschlagen / und mit so beschaffenen Qualitaͤten begabt und außgestaffiert sey / vermittelst deren er bis ins Centrum und von dannen wieder herauß langen koͤnne: Anstatt meiner Histori soll mir taugen der weltberuͤhmbte Mazarini / welcher / ehe er Cardinal worden / sich nur mit dem Cardinal Richelieu bekant gemachet / und endlich so groß / gewaltig und reich worden / daß er nicht nur das gantze Koͤnigreich Franckreich ministrirt / sondern auch sein Schifflein dergestalt ins Trocken getrieben / daß weder sein Geschlecht / noch sein Namme verdunckelt / ob er gleich ohne Leibserben abgestorben seyn soll / und weil dieser noch in unser aller frischer Gedechtnuß schwebt / so wil zu Gewinnung der Zeit mit einer andern weitlaͤuffigen Histori der anwesenden Compagney nicht weiters beschwerlich seyn.

Secundatus.

Monsieur ich vermercke / daß ihm seine anderwerts herumb fliegende Gedancken nicht goͤnnen einen Spaß mit uns zuhaben: gewißlich / wann ich einmahl verliebt werden solte / so wolte ich mich understehen zu Vertreybung der Melancholiæ in solchen Sachen eine Freud zusuchen / darinnen ich doch keine zufinden allbereit zuvor versichert were.

Erich.

Meinem Herrn beliebt seinen Diener so zuschertzen / von welchem meine Wenigkeit zuvernehmen verlangt / warmit ich mich unschuldigen doch in diesen Verdacht gebracht:

Secundatus.

Jhr habt ewere Meinung wieder ewere Gewohnheit viel zuhinlessig vorgebracht / und die jenigen Farben gar nicht gebraucht / damit ihr andere Sachen außzieren koͤnnet: uͤber

4 Centrum] hier: Zentrum der Macht 9 ministrirt] verwaltet
13 wil] ergänze: ich

das / weiset ihr einen Weg zur Reichtumb zugelangen / den ihr doch gar nicht zugehen begehret: dann ihr habt nicht nur gelesen / wie es Sejano beym Tiberio: Clito bey Alexandro magno: Plautiano beym Severo: dem Haman beym Assuero: und dem Senecæ beym Nerone ergangen / sondern wißt auch auß eigner Erfahrnuß (wie ihr dann damahls selbst in Franckreich gewesen) welcher Gestalt ein faͤtter Goldschwam außgetruckt worden.

Erich.

Thut einer recht daran / wann er beyzeiten von einem Banquet auffstehet / seiner Gesundheit zuschonen: so wird es auch nicht zuverdencken seyn / wann er beyzeiten / wann das Spiel am besten ist / abbauet / und sich / wann er noch in Gnaden ist / von Hoff retiriert; welches dann ein Verstaͤndiger wol in acht nemmen / und ihm zu Nutz machen kan.

Secundatus.

Ach daß wolte obgemelter Seneca bey seinem Herrn dem Keyser auch practicieren / aber vergeblich / ob er ihme gleich alles wieder uͤberlassen wolte was ihme verehrt worden war / welches sich auff etlich hundert tausend Cronen belieffe: aber genug hiervon: Mein schoͤne weisse Mutter was sagt ihr? Was vor einen Stand woltet ihr euch zuhaben wuͤnschen / reich darinn zuwerden.

117. *Courage.*

Mein Herr / bin ich gleich in ewer Jugend keine schoͤne weisse Mutter die euch gefaͤllt / so war ich doch in meiner Jugend keine heßliche Tochter / dergleichen ihr nicht verachten wurdet. Wann aber wuͤnschen gelten und helffen solte / so wolte ich mir keinen Stand / sondern nur die Erneuerung deß Werckzeugs wuͤnschen / zu dem jenigen Hand-

---

13 abbauet] die Spielsteine abbaut 14 retiriert] zurückzieht
22 weisse Mutter] vornehme Frau (Zigeunersprache)

werck dienstlich / darinn ich reich zuwerden getraute: aber ach! Es gehet mir wie jenem Mahler / welcher sich in eine Schlacht begab / zusehen wie dergleichen Actionen / sonders die Angesicht beydes der Sterbenden alß Zornigen kuͤnstlich abzumahlen / verlohr aber in selbigem Treffen ohnversehens beyde Haͤnde / also daß er zwar ein bessere Wissenschafft alß zuvor / hingegen aber keine Instrumenten mehr darvon brachte / seine Kunst außzuuͤben / also seyn die vndermischte Lilien und Rosen meiner weiland zarten Wangen samt den Corallen rohten Lippen verblichen / die Bruͤste verwelcket / das Goldfarbe lange Haar ist fort / hingegen ein abgestumpeltes silberweisses vorhanden / der uͤbrige gantze Coͤrpel ist wie ein dodten Geripp / mit altem Leder uͤberzogen / und einem Sackvoll Kochloͤffel zuvergleichen: in Summa / der guten *Courage* ist von ihrer gantzen *Courage* sonst nichts alß der Namme uͤbrig verblieben: wann ich aber noch beschaffen were / wie die Dame die neben ihrem Mauschele sitzet / so getraute ich mir mit meinem Handwerck / ob ichs zwar in zwantzig Jahren nicht mehr getrieben / und selbiges allerdings vergessen / solche Reichtumb zuwegen zubringen / daß ich gleich der Egyptischen Rhodope einen Pyramidem auffbauen: oder wie die Phrine die Statt Thebe rund umb mit Mauren umbgeben lassen koͤnte: dann ich wißte manchen reichen Schnautzhanen dermassen zulausen / daß ich der schoͤnen Damo nichts bevor gebe / welche sich beym Heraclide Lesbio beruͤhmet / daß sie Antigonum aller seiner Schaͤtze beraubet: noch der Lamiæ / die / wie bey Plutarcho zulesen / Demetrium dergestalt bethoͤret und eingenommen / daß er ihr alles schenckt was sie nur begehrt: ja ich wolte gleich der praͤchtigen Flora / von deren Plinius schreibt / daß sie nur Keyser / Koͤnig etc. gewuͤrdigt zu sich zulassen / auch eine Statt mit meinem Gewinn reich machen koͤnnen / und zwar wie wolte es mir mit demselbigen Handwerck fehlen koͤnnen / sintemahl wir se-

12 abgestumpeltes] gestutzt, verstümmelt 13 Coͤrpel] Körper
16 *Courage*] hier: weibliche Geschlechtsmerkmale

hen / daß alle Welt die Alten und Jungen den Huren nachlauffet und nachgeloffen / und ihnen ihre Reichthumb angehenckt: Alß Cyrus der Phocaide / Ptolomæus Philopator der Agathoclea / Demetrius der Lamia / Antigonus der Dama / Seleucus der Nisa / Philippus Macedonicus der Philinna / Dionysius Tyrannus der Nannio / Pompeius der Flora / Alexander der Thaide / Marcus Antonius der Cleopatræ: und vom Gyge der Lydier König lieset man beym Clearcho / daß er seiner verstorbenen Buhlschafft nach langem Trauren und Klagen ein Grab lassen aufrichten / welches so hoch gewesen / daß man es durch sein gantzes Land sehen können: mein alter Buhler gegenwertiger Simplicissimus erzehlet selbst im andern Theil seines Satyrischen Pilgers / im dritten Gegensatz von der Liebe ein gantzen Hauffen Huren / welche beydes König und Regenten / weise Philosophi und närrische Poeten so wol alß die alte Heroes am Narrenseil geführet / die auch zum Theil ihr Leben bey ihnen eyngebüßt / oder doch sonst grosse Sachen ihnen zugefallen verrichtet haben / und wann von Tag zu Tag alles ärger wird / wie Horatius singt / warumb solte dann dieses / ob zwar unehrlich genante / aber doch so sehr eynträgliche Handwerck nicht noch gehen? oder siehet man nicht wie diese Handwercksbursch noch bey etlichen Grossen in Ehren gehalten und mehr alß die eheliche Gemahlin selbsten caresiert werden? warmit ich dann beschliessen / und genugsam dargethan haben wil / daß diese meine alte Handthierung die allerbequemlichste sey / Gelt zusammen zurasplen und reich zuwerden.

Secundatus.

Es ist Schad / daß die *Courage* zu ihrer trefflichen Experientz nicht auch ihre Jugend noch hat / O wie manchem geilen Hurenhengst wurde sie das Seil übern Kopff werffen! und

17 Heroes] Helden 19 ihnen] d.i. den Huren 23 Handwercksbursch] iron.: Handwerkszunft 25 caresiert] geliebkost
30 Experientz] Erfahrung

ihme also den Lohn seiner viehischen Begierden abstatten: Aber ihr Spring ins Feld was habt ihr hiervon vorzubringen?

118. Spring ins Feld.

Mir gehet kein Haar besser alß der *Courage*, ihr mangelt zum Huren Jugend und Schönheit / mir aber zum Krieg Jugend und noch ein Fuß: Sie hat mit Huren ihr Lebtag viel verdienet / wohnt aber gleichwol in keinem Schloß / sondern schweiffet im Ellend herumb / geschweige daß sie hiebevor auch die Frantzosen / mit Züchten / bekommen / ich hab hingegen im Krieg viel erbeutet und gestohlen / und müßte gleichwol bettlen / wann der ehrliche *Simplicissimus* nicht wer / geschweige daß ich auch mein Bein verlohren / also daß ich bey nahe glauben muß / es seye bey dem jenigen / was man mit Huren und Kriegen erwirbet / wenig Stern und GOttes Segen: massen wir beyde mit unserm Exempel erweysen: aber gleichwol dem seye wie ihm wolle / wann ich mein Jugend / und in Candia verlohrnes Bein wieder hätte / so wolte ich Reichtumb in dem Krieg suchen / dann ich bin jetzt nicht mehr so alber und unbesonnen / wie ich war / da ich keiner Befürderung nachstellte / sondern alles vom Glück und Unglück annahme wie es kam / und im übrigen eine bessere Beobachtung meiner künftigen Wolfahrt ein gut Jahr haben liesse: Mein Patron Simplicius hat ein alte / und Herr *Secundat* eine neue Historie erzehlet: ich wil eine mitlere vorbringen / und den Wallenstein vor die Hand nemmen: alß welcher durch die Waffen auß einem Edelmann ein Hertzog zu Fridland und Mechelnburg / auß einem gemeinen Soldaten ein grosser und gewaltiger Generalissimus worden / der auch erkühnet nach einem königlichen Thron zutrachten: Dieser ist aber von Jugend auff zum Herrschen gar

4 gehet] ergänze: es 8 Ellend] Fremde 9 die Frantzosen] Syphilis 9 mit Züchten] mit Verlaub 14 Stern] Glück 15 massen] wie 17 Candia] Kreta 22 f. ein gut Jahr haben] dahingestellt sein 23 Patron] Hausherr, Schutzherr 27 Mechelnburg] Mecklenburg 29 erkühnet] ergänze: sich

zubegierig gewesen / welches er einst / da er noch bey einem Fürsten *Page* war / mercken lassen: Da er sich auf der Reitschul ermüdet / und auf seim Beth lag der Ruh zupflegen / kam ein anderer Edelknab auß seinen Camerrahten zu ihm / und alß er an ihm vermerckte / daß er diese Gedancken hatte / fragte er / was er vor Calender machte? Wallenstein antwortet / hier lig ich / und betrachte / wann ich einmahl ein Fürst werde / was ich vor schöne Pferd und wie ich sonst meine Reputation halten wolle etc. Jener hingegen sagte / wie könte ich so närrisch seyn / mich mit so unnützen und vergeblichen Sorgen zuquälen? Lasse dir nur so lähre und eitele Gedancken vergehen: Wallenstein schwieg zwar vor dißmahl still / aber alß er Generalissimus war / und eines Tags vor seiner Zelten stuhnde / da ihm viel Oberste und andere Cavallier auffwarteten unter welchen sich ernanter sein alter Camerraht auch befande / ruffte er denselben zu sich / und sagte / ist er nicht der von N. und vor diesem neben mir *Page* gewesen? jener antwortet mit einem tieffen Bückling / ja ihr Fürstl. Gnaden: nun wolan sagte Wallenstein / was seynd wir aber jetzt? Jch bin / antwortet jener / Oberst Leutenant: du bist sagt Wallenstein darauff / *s. h.* ein Hundsfutt / und kehrte sich damit hinumb / seinem Secretario befehlende / daß er ihm vonwegen alter Bekandtschafft 4000. Reichsthaler geben solte: Dieser Mensch were glückselig gewesen / wofern er nicht sein Glück / das ihm die Waffen beschert / wiederumb durch den unersettlichen Ehrgeitz verschertzt / alß welchen er sich zu viel einnemmen und überwinden lassen / warüber er dann von einem Gordon zu Eger erstochen / und von ihme neben seinen Mittgesellen auff einem Mistkarch (obgleich zuvor das Keyserl. gantze Heer vor ihn wachte / und sich die Reichsfürsten vor seinem Gewalt entsetzten / er auch den höchsten Gewalt in Kriegs- und Friedens-Handlungen hatte) durch die Statt geführt / und aller Welt zum Spott gemachet worden. Worauß zuse-

6 Calender] hier: Zukunftspläne 9 Reputation] Ansehen
15 ernanter] besagter 30 Mistkarch] Mistkarren

hen / daß im Krieg zwar wol etwas zugewinnen / aber schwerlich zuerhalten.

Secundatus.

Wann ihr noch jünger weret / so wolte ich ewere Steltze nicht ansehen / sondern euch wegen ewerer Experientz zu mir in Krieg wünschen: Aber ihr *Laborine* was bringt ihr vor?

119. *Laborinus.*

Wanns müglich seyn könte / so wolte ich geistlich zuseyn wünschen / dann dieselbe Art Leuth scheinet sich ohne sonderbare Arbeit / Mühe / Sorg und Gefahr zubereichern: Man findet bey den Cartheusern ein immerwehrende Ruh / bey den Benedictinern und Præmonstratensern schöne Ståb / damit in alle Welt zugehen: Bey den weltlichen Priestern ein vortreffliche Freyheit in allen Dingen / das Alter gehorsammet / und die Jugend dienet ihnen: die meiste Zins Gült / Zehenden und dergleichen Gefåll seynd vor sie gestifftet / sich nicht allein darauß reichlich zuunderhalten / sondern auch darauß zuerübrigen und vorzuschlagen / welches man ihnen alles in ihr Gewahrsame liefert / das Opffer legt man ihnen auff den Altar / und so mancher Christen-Mensch gebohren wird / so manchen Contribuenten bekommen sie / vom Tauff an bis in das Grab / massen sie alßdann erst nach ihrem Tod entweder bey uns Evangelischen vor die Leichpredig / oder bey den Catholischen nach dem dreyssigsten Gelt hergeben.

Secundatus.

Holla *Laborine*, ihr komt zuweit / ich mercke wol / ihr håttet gern einen guten faulen Handel / verstehet aber die Sach nicht recht: Ein Pfaff oder Prædicant zuseyn ist fürwahr kein

---

12 schöne Ståb] prächtige Hirtenstäbe, Krummstäbe 16 Gefåll] Abgaben 21 Contribuenten] Steuerpflichtigen 24 nach dem dreyssigsten] Seelenmesse nach dem 30. Tag, Sechswochenamt 29 Prædicant] Prediger, reformierter Geistlicher

Kinderspiel / und so vieler anvertrauter Schaͤfflein Seelen rechtschaffen zuweyden / und ihrer Verdamnuß halben Antwort zugeben / laͤßt sich ohne Schnauben und Bartwischen / ohne Muͤhe / Arbeit / Sorg und Gefahr so leicht wie ihr villeicht vermeinet / nicht vollbringen: Sie seynd zwar zum Theil mit allerhand zeitlicher Nohtwendigkeit genug versehen / also daß sie wol etwas ersparen koͤnden / hingegen aber auch tausendfaͤltigem Ungemach underworffen / geschweige deren Versuchungen / die ihrem Stand zuzusetzen pflegen: Jch wil hier nicht sagen noch außstreichen / was massen ihr Uberfluß / ihre gute Accomoditaͤten / ihr geruͤhriger Herrn-Handel ihnen zum Seelen-Netze diene / oder auch wol gar zum Seelen-Gifft werden koͤnne / auch nicht wie sich mancher armer Prædicant seiner hauffen Kinder halber / mit denen sie gemeinlich vor andern wol gesegnet / quaͤle: sondern euch auch hiervon das Stillschweigen aufferlegt: Und weil die ehrliche alte Meuder schon eine Histori erzehlet / diese junge Dame ersucht haben / der Gesellschafft vorzubringen / was sie wegen unserer under Handen habenden Materi zureden entschlossen.

120. *Coryphæa.*

Ob mich zwar *Simplicissimus* in seinem ersten Satz gelehret / *Courage* auch mit ihrer Meinung / und vielen Exemplen schoͤne Anleitungen geben / ich auch selbsten in meinem zweyten Satz erklaͤret / wessen ich mich zuverhalten / wann ich reich werden wolte / mich auch dessen in den nachfolgenden Saͤtzen nochmahlen genugsam vermercken lassen: So ist es mir *Monsigneur Secundate*, dannoch so wenig ernst / alß den Halß abzufallen / dann die Wahrheit zubekennen / so fielen meine Reden etwas leichtfertig / umb der Gesellschaft einen Spaß zumachen / und selbst einen darvon zuhaben: Zwar muß ich gestehn / daß sich die schoͤnste Gelegenheit

2 f. Antwort] Verantwortung 10 außstreichen] herausstreichen 11 Accomoditaͤten] bequemer Lebensunterhalt 12 Herrn-Handel] vornehmer Stand, Pfründe

bey mir anpræsentiren / diß kuͤtzellichte Handwerck zutreiben / und manchen Wolhaͤbigen in solche Strick zubringen / darauß er sich schwerlich ohne grossen Verlust und Hinderlassung seiner besten Schaͤtzen mehr wicklen wurde koͤnnen: aber ich liebe vor mein Person die edle Freyheit / und affectiere sonst nichts / alß Ehr und Lob in der jenigen Profession zuerlangen / die meine beyde noch lebende Eltern treiben / denen dann nach Nohtdurfft Gelts genug folget; meine groͤste Freud ist / wann ich mich nur so wunderbarlich in der Scena verendern / und durch mein holdseliges Lachen: meine liebliche Sirenen-Stim: hertzstellende Seuftzen: angenehme Wort: liebliche Reden: ansehenliche Præsentation meiner Person: wol proportionirte Geberden und zusammenstimmende Bewegungen / die Hertzen und Augen aller deren / so mich hoͤren und sehen / an mich ziehen / und mit Liebe gegen mir verbinden kan! ohne daß ich eines eintzigen auß allen meinen *Spectatoribus* verlangte theilhafftig zuwerden: wann ich dann sehe / daß sich einige gern auff den Kloben setzen / und fangen lassen wolten (wie sie dann solches nicht nur mit gemeinen und schlechten Liebes-Blicken oder Passionirten Reden / sondern mit reichlich zuwerffenden Schenck- und Verehrungen zuvernemmen geben pflegen) so verdoppelt sich meine Freud / und machet / daß ich mich befleisse in meiner Kunst noch perfecter zuwerden / umb zuwegen zubringen / daß sich auch noch mehr Leuth uͤber mich verwundern / und mir ihre Holdschafft schencken muͤssen / ohnangesehen sie wissen / daß sie sich an ihren fuͤnff Sinnen meiner nicht weiters zuerfreuen / alß was ich ihren Augen und Ohren goͤnne: daß aber die Profession der Histrionibus oder Comœdianten auch bereits bey den Alten in hohen Ehren und sehr eyntraͤglich gewesen / erweise ich im

---

1 anpræsentiren] anbieten 1 kuͤtzellichte] heikle, erotische
5 f. affectiere] begehre 11 hertzstellende] herzstehlende
17 *Spectatoribus*] Zuschauern 18 f. Kloben] Teil des Vogelherds
21 Passionirten] leidenschaftlich erregten 29 f. der Histrionibus] der Schauspieler

Macrobio lib. 3. Saturn. da er die Histrionicam / die etwann verachtet gewesen / von aller Schmach sich unterstehet zuerretten / mit dem Exempel *Sexti Roscii Amerini* und *Æsopi*, welche beyde Comoͤdianten gewesen / und von Cicerone so lieb und werth gehalten worden seynd / daß er sie offentlich verthaͤtiget hat: wie man dann noch auff den heutigen Tag hiervon unter seinen *Orationib.* eine findet *pro S. Roscio Amerino*, in welcher er under andern die Roͤm. Burgerschafft schilt / daß sie under seiner Recitation ein Tumult erregt: Er Cicero hat sich offt mit diesem Roscio versucht / ob er mit bequemlichern Worten einen Spruch koͤnte vorbringen / alß jener anmuͤhtige Geberden darzu brauchte: dardurch dann gemelter Comœdiant so kuͤhn worden / daß er in einer offentlichen Schrifft seine Kunst mit der Eloquentia verglichen: Er ist dem Lucio Silla so lieb und angenehm gewesen / daß er ihm nicht allein einen schoͤnen guldenen Ring geschencket / und ihm solchen zutragen erlaubt / sondern ihme noch darzu neben andern Verehrungen und Regalien auß der Statt Renten taͤglich 1000. Denarios zur Besoldung reichen lassen: so ist besagter Esopus / wie ermelter Macrobius meldet / durch diese Profession so reich worden / daß er seinem Sohn uͤber 200. Sestertia jaͤhrliches Eynkommens hinderlassen / der aber ein solcher Verschwender darbey worden / daß er auch in Essich zerlassene Perlen seinen Gaͤsten aufftragen lassen. Wormit ich dann von dem / was mich benuͤgt und bereichert / auch genug geredt haben wil.

Secundatus.

Nun Rabbi Mauschele / wie wirds bey dir? ohn Zweiffel wirst du mit deiner Profession gleich wie diese Dame mit den Jhrigen auch mehr alß wol zufrieden seyn / alß worinn du

---

1 lib.] liber, Buch 1 Saturn.] Saturnalium, der »Saturnalien« 1 Histrionicam] die Schauspielkunst 7 *Orationib.*] Orationibus, Reden 9 under seiner Recitation] während seines Vortrags 14 Eloquentia] Beredsamkeit 18 Regalien] Einkünfte aus Staatsvermögen 28 Rabbi] hier: spöttisch: Meister

mit deinem Spieß ohn maͤnigliches Einreden und Verhinderung auff allerhand Manier fechten: und ohne Beobacht- und Beaͤngstigung deines gewissenlosen Gewissens durch allerhand Vortheil / List und Betriegerey erschachern / und zu dir rappen und sacken kanst / was du nur wilt.

121. *Aron.*

Jch sehe an deß Herrn Meinung / daß weise Leuth bißweilen auch irren / sintemahl wann ich die Wahl haͤtte / und mirs mein Religion zugebe / ich wol ein grosser Stocknarr were / wann ich meinen muͤhsammen und armseligen Stand / darinn ich Tag und Nacht mit saurer bitterer Muͤhe / Gefahr / Sorg und Angst nach meinem geringen stuck Brodt lauffen und rennen muß / nicht mit einem andern und bessern zuvertauschen wuͤnschte: man legt uns zu / daß wir durch Betriegerey die Christen beseblen / verschweigt aber allerdings / daß dieselbe Kunst under ihnen auch uͤblich / und sich ein jeder / der mit uns handelt / befleisset / wie er dardurch zum Ritter an uns werden moͤge / und welcher einen Juden betreugt / bildet sich eyn / alß haͤtte er das groͤste Werck von der Welt verrichtet / lachet daruͤber offentlich und heimlich in die Faust / und kan sich dessen nicht gnug ruͤhmen: Trutz daß alßdann einer auß uns armen Tropffen aufgezogen kaͤme / ein groß Geschrey darauß zumachen / und wie mans in dergleichen Faͤhlen uns zukochen pflegt / zuschelten oder zusagen: Er hat mich beschissen (mit gunst) wie ein Schelm und wie ein Dieb / wurde ein solcher nicht noch darzu von aller Welt verschmaͤhet und außgelachet / und noch darzu von der Oberkeit gestrafft oder mit Faͤusten abgetruͤcknet werden? dahingegen wir arme Tropffen jedermans Huͤnd / ja Verraͤhter alß die aͤrgste Schelmen seyn muͤssen.

1 Spieß] Judenspieß, Geldhandel 1 maͤnigliches] jemandes 5 rappen] raffen 16 beseblen] betrügen 23 Trutz daß] Trotzdem, wenn 27 Schelm] Halunke

Secundatus.

Es bedarff hier nicht / dich und dein aufrichtig Geschlecht zuentschuldigen / weil der Ruff ewers Wolverhaltens / und wie getreulich und ohne einige Betriegerey ihr handelt / ohne daß durch die gantze Welt genugsam erschallet / also daß auch die unverstaͤndliche Kinder darvon zusagen wissen: die Frag ist vor dißmahl allein / was du dir dann vor einen andern Stand wuͤnschen woltest / der besser wer alß der jenige / dich darinn zubereichern?

Aron.

Keinen andern / Herr / alß einen solchen / wie ewer Herrlichkeit mit einem begabet ist.

Secundatus.

Du bist kein Narr / dann ich bin schon reich / haͤttest also einen grossen Vorthel: deine Antwort erinnert mich an die Antwort einsen meiner Beampteten / welcher trefflich prosperierte; alß ich derowegen ihn zuschertzen zu ihm sagte / er solte mich doch auch die Kunst lernen / wie man reich wurde? sprach er hingegen / wann er michs lernen muͤßte / so wolte er nicht 1000. R.thl. vor das jenig nemmen / was ich schon koͤnte / wann gleich das Lehrgelt nur auff 1000. fl. taxiert were.

Aron.

Auff ein solch gut Fundament were gar herrlich zubauen: deß Herrn Hoffmeister sagt ja selbst / das Gelt deß Unterthanen fliesse in den Cassen ihrer Herren zusammen / wer wolte dann in einem solchen Stand nicht reich werden / wann man dasselbig fein genau zusammen hielte? Wo man nur hinkomt / da gehen die gemeinen Klagen aller Unterthanen uͤber die Beschwerungen und unerschwingliche Aufflagen deren Gelter so vielerley Nammen / alß mancherley

---

20 R.thl.] Reichstaler 21 fl.] Florin, Gulden 25 Hoffmeister] Jungakademiker als Reisebegleiter oder Hauslehrer 31 Gelter] Steuern, Abgaben

Gattung Sorten man findet / die sie der Oberkeit geben muͤssen: wer wolte / wann man darnach hausete / nicht grosse Schaͤtz samlen koͤnnen?

Secundatus.

Ja Mauschele / du sagst wol von grossen Einnahmen / und weist aber nichts von den Außgaben / Land und Leuth / Ehr und Reputation zuerhalten / und seinen Stand und Hoffhaltung Stands-gebuͤhrlich zufuͤhren / laßt sich fuͤrwahr mit solchen geringen Unkoͤsten nicht thun / alß wann du ausserhalb deines Hauses dich mit einem Haͤring und Trunck Wasser / oder daheim / wanns wol geraͤht / mit einer Ganß mit Knoblauch gespickt / behilffest: ohn ists nicht / die Gefaͤll meines Lands ertragen jaͤhrlich eine unglaubliche Summam / also daß mancher / wann er sie eynzuziehen haͤtte / und selbige wie Mauschel vermeinet / zusammen hielte / in wenig Jahren gar wol ein reicher Crœsus werden koͤnte weil mans aber bey jetziger Welt zuthun nicht gewohnt ist / so wer ich wol ein unweiser / und meines eigenen Lebens Feind / wann ich solches zu understehen in Sinn nemme / geschweige daß ich auch von andern meines gleichen / und sonst von jedermann vor einen kargen huͤndischen Filtz und phantastischen Soͤnderling gehalten wuͤrde / der wenig Nachfolger kriegte: *Interim* habe ich doch zu meiner Nachricht so viel auß unserem Gespraͤch / und zwar auß meines Wuͤrths und seiner *Cydoniæ* Discurs erlernet / daß man gegen andern mit Versprechungen ungezehlter oder ungewogener Summa Goldts gesparsamb: und nicht freygebig seyn soll / wie *Cresus* gegen dem Alcmeone gewesen / massen sich ein Wuͤrth mit gebuͤhrlicher (wann zwar etwas uͤbermachter Bezahlung) genuͤgen lassen muß. Was ihr Jungfer Tochter Meinung anbelangt / halte ich solche dem jenigen / der darzu geneigt und GOtt in seinem Leben privatim alleinig ergeben

---

1 Sorten] Münzwährungen 7 Reputation] Ansehen 21 Filtz] Geizhals 23 Nachfolger] Anhänger 23 *Interim*] Indessen 29 uͤbermachter] überhöhter

ist / vor heilig / und zur zeit- und ewigen Reichthumb Erlangung zwar vor sehr gesund / besorge aber / es werden eben so wenig *Proximi* mehr geben alß *Lympidæ* vorhanden seynd / solche mit einander zuversorgen: bin also diß Orts deß Simplici Meinung / und lasse mir auch gefallen / was er vom Krieg / und wie darinn reich und groß zuwerden sey / vor die lange Weil her geschertzt hat: Auß *Collybii discurs* werde ich gewarnet / mich vor den Kauffherrn vorzusehen / deren man viel findet / die mit keinen Fuͤrsten ihren Stand und ihr Reichthumb vertauschten / dann sie kommen nach und nach wie weltkuͤndig / ziehen an gleich den Schrepffhoͤrnlenen / werden allgemach fett wie die Masthaͤmmel oder Gaͤnß / die man nimmer berupfft / und fahren immer fort / gleich dem Ebheu / biß der Stamm den Baum oder die Maur von ihnen uͤberwachsen und ruiniert ist / so ihnen anfaͤnglich zum Wachßthumb und zur Auffkunfft beydes Schutz / Schatten / und Duͤnge gegeben hat / wie man dann an vielen siehet / daß sie durch ihr Darleyhen und grosses Interesse erpressen / grossen Potentaten ihre Indianische Goldquellen außzuschoͤpffen: was ich von dem Knan und der Meuder gelernet / wil ich nicht sagen / sondern zu meiner Nachricht fleissig im Gedaͤchtnuß behalten: Erich mein Hoffmeister hat mich gelernet / daß ich und meines gleichen unsern Officianten nicht viel zu Gewalts eynraumen sollen / ohnangesehen es jetziger Zeit sich nicht mehr so leicht wie vor alters / auff seines Herrn Sitz steigen lasset / wiewol es noch bey unsern Lebzeiten dem Cromwel in etwas gelungen: *Courage* warnet mich vor den Schlepsaͤcken und Huren / deren ich auch getreulich folgen werde / weil solche Saͤck ihre Anhaͤnger nicht nur deß Gelts / sondern auch der Gesundheit / deß ehemahlen tapfern gehabten Gemuͤhts / deß Verstands / der Ehr und Reputation berauben: Spring ins Feld hat allerdings

11 wie weltkuͤndig] wie bekannt 11 f. ziehen an gleich den Schrepffhoͤrnlenen] ziehen das Geld an sich wie die Schröpfhörnlein (Schröpfköpfe) das Blut 14 den] hier: der 18 Interesse] Zinsforderungen

nach meinem *Humeur* geredet: Laborino hab ich allbereit auff das / was er daher gelallet / geantwortet / und der *Coryphææ* Vorbringen laß ich in ihrem Werth und Unwerth beruhen / doch gibts mir Erinnerung / daß man nicht so viel uͤberschwencklich Gelt auff die Comœdien / und ihre Zugehoͤrd verschwenden soll / alß welche nur eine kurtze Zeit (die sie gleichwol unnuͤtzlich durchbringen) belustigen: Endlich werde ich mit Rabbi Aron meinen Stand nicht vertauschen ob es gleich seine Religion zuliesse: dann ich habs ja besser alß ein Jud / und gestehe gern / daß die Jntraden meines Lands gleichsam unerschoͤpfflich seyen. Diesem allem nach / und weil man im gemeinen Sprichwort zusagen pflegt / Es lasse sich auch wol eines Koͤnigs Gut verthun / so moͤchte ich gern von jemand vernemmen / auff was Weis und Weg solches geschehen moͤchte? und wie ichs angreiffen muͤßte / wann ich in baͤlde in Armuht / auß Armuht in Schulden / und auß den Schulden in endtliches Verderben gerahten wolte / sintemahl das jenig / was ich zu meinem Stand und nohtwendiger Erhaltung dessen / was ich besitze / zugebrauchen vonnoͤhten habe / von Tag zu Tag / von Wochen zu Wochen / von Monaten zu Monaten / von Quartalen zu Quartalen / und von Jahren zu Jahren gleichsam wie auß einem wasserreichen Brunnen so uͤberfluͤssig auß meiner Unterthanen Schuldigkeit hervor quillet / daß ich jaͤhrlich / wie Mauschele sagt / wol ein namhafftes zuruck legen / und mit der Zeit ein grosses zusammen bringen koͤnte (vornemlich wann ich mich / wie etwann jemand thut /uͤber Tafel mit einem Quart Wein / einem Salaͤtlein / ein Par weich-gesotten Eyer / und wanns wol hergieng / etwan mit einem eintzigen Feldhuͤnlein oder Krametsvogel / sonst aber mit wenigen und zerlumpeten Dienern / und in Summa Summarum / in allem uͤbrigen gantz kahl behelffen wolte) geschweige daß ich bey so vielen stattlichen Einkuͤnften endlich das La Mi singen

1 *Humeur*] Temperament 10 Jntraden] Einkünfte 32 kahl] spärlich 33 das La Mi singen] Tonfolge (in italienischer Bezeichnung) am Schluß eines Trauerliedes, ein klägliches Ende nehmen

solte: und demnach der auffrichtige Simplex kein Blat vors Maul nimt / einem jeden die Wahrheit ohne Scheu zusagen / zumahlen auch keine Bestallung von mir hat / mir zufuxschwaͤntzen: so verhoffe ich / er alß ein alter Fuchs / der sein Lebtag viel gesehen / viel gehoͤrt / viel gelernet / viel gelesen und viel erfahren / werde mir den Weg am besten / und zwar seiner Gewohnheit nach / fein offenhertzig teutsch zeigen / auff welchem ich am aller sichersten zu meinem Verderben gelangen koͤnte: Warumb ich ihne dann hiemit zum freundlichsten ersucht haben wil.

Simplicissimus.

Monsigneur, Es ist mir zwar dessen Stand und Vermoͤgen nicht bekant / aber so viel ich vernemme / so befindet sich beydes nicht gering: sie seyen aber beschaffen wie sie wollen / und sie sich auch dem Keyser in Calekuthen oder in China vergleichen / so wolte ich jedoch meinen Herren bald zu seinem verlangen verhoffen / wann er mich nur zu seinem *Premier Ministre d'Estat* machte / doch muͤßte ich noch umb ein klein wenig juͤnger seyn / damit ich desto besser mitmachen koͤnte: dieweil mich aber das Alter plaget / und wie dem alten Barsillai nicht zulaͤßt / dessen was einem bey Hoff sanfft thut / zugeniessen / so soll es doch an meinem guten Raht nicht ermanglen: Generaliter ist dieses / was ich diß Orts vorzubringen hab / der Herr aͤhme den Frantzosen nach / wird er mit seinen Reichthumben nicht alßbald fallen / so wirds doch mit ihme und denselbigen sicherlich sonst niergends alß an allen Orten geschwind hincken! dann der Herr muß diß wissen / daß durch solche Frantzoͤsische Mode die Staͤnd desselbigen gewaltigen Reichs außgesogen: gezaͤmt und (wie etwann die Lydier durch die Seitenspiel) zu andern hoͤhern Dingen unduͤchtig gemachet werden: wir wollen aber auch particulariter davon reden / und erstlich an deiner

3 f. zufuxschwaͤntzen] zu schmeicheln 17 verhoffen] Hoffnung tragen 18 *Premier Ministre d'Estat*] Erster Staatsminister 23 Generaliter] Im allgemeinen 32 particulariter] im besonderen

(mein Herr verzeyhe mir / daß ich ihn wieder aller jetzigen Menschen Gewohnheit dutze / dann wer die Wahrheit von mir hoͤren wil / der muß auch den Stylum leyden / durch welchen ich die liebe Wahrheit auff gut Simplicianisch anzuzeigen gewohnt bin) Person / und zwar auff Alt-Teutsch-Rod-Welsch am Obermann / das ist / an deinem Kopff anfangen: demselben hat GOtt durch die Natur einen guten Haarboden geben / du must dich aber darumb nicht mit deinem eigenen Haar / und solte es gleich noch so schoͤn seyn / behelffen / sondern nicht umb eine sondern etliche kostbare Barruͤcken umthun / nemblich umb solche / da eine etwann 80. 100. auch wol mehr Thaler oder Ducaten gestehet / ob sie gleich auf einer Juͤdin oder gar auff einer Unholden Kopff gestanden / dieselbe alle Tag / oder wol gar stuͤndlich mit dem Poudre de Cypre bestreuen: so mustu auch zu jeder Baruͤcke einen sonderbaren Hut / auff demselben eine sonderbare Tour von theuren Banden oder Bluͤmaschen / und nicht weniger zu jedem Hut ein absonderliches Kleid / Degen / Wehrgehaͤnck etc. und zwar allweg und zu jeder Zeit alles von der neuesten Mode haben und damit solche Baruͤcken in ihrer stetigen Zierd prangen / so must du einen Cammerdiener darauff halten / der ein Balbierer sey / sich darauff verstehe und sonst nichts thuͤe / alß solche beobachte und in ihrem Esse erhalte / es sey dann / daß er dir auch alle Tag den Bart abschabe / und das Knebelgen in Gemsenhoͤrnlicher Form auffsetze / und mit einem darzu tauglichen mit Ambra und Biesem zugerichteten Schmiersel auffsteiffe: Jetzt komme ich zu den Augen / denen du alß den alleredelsten Gliedern deines Leibs ihre Begierden diß und jenes zusehen mit nichten eine Maß setzen / sondern ihre Weyd und Lust auff allerhand Maniern / wie sie nur zuersinnen / mit hoͤchstem Fleiß suchen sollest; hierzu tauget vornemb-

---

11 Barruͤcken] Perücken 12 gestehet] kostet 13 Unholden] Hexe 15 Poudre de Cypre] feiner wohlriechender Puder 17 Tour] turmartige Verzierung 17 Bluͤmaschen] Hutfedern 24 Esse] guter Zustand 27 Schmiersel] Pomade

lich / daß du schoͤnes Frauenzimmer auff der Straͤu haltest wie Heliogabalus: schoͤne Pferd samt ihren Leuthen und Bereitern / die ihrer warten / und sie tantzen lehren wie der grosse Schach in Persia hat / deren Saͤttel und Zeug mit Silber / Gold und Edelgestein gestickt und außgeziert seyen / Affen und Meerkatzen die possierlich gaucklen / und Papageyen von mancherhand Farben / die artlich schwetzen koͤnnen: auch must du deiner Augen Belustigung suchen in Anschauung lieblicher Comoͤdien / darzu du die Kleidungen und Theatra / solche so wol alß die Personen selbst auff tausentfaltige Manieren zuverendern / auffs koͤstlichst und kunstlichst beyschaffen und zurichten lassen sollest: auch mustu deine Augenweid suchen in einem schoͤnen Lustgarten / den du nach belieben von neuem anlegen / und ob gleich nicht mit nutzbarn / jedoch mit kostbarn frembden Gewaͤchßen und seltenen Raritaͤten besetzen (wie du dich dann nicht zuschaͤmen hast / sondern es gereicht dir zu sondern Ehren / so du ein Par hundert Ducaten gleich andern Blumen-Narren umb ein Gewaͤchs gibst) und mit theuren Grotten / schoͤnen Lusthaͤusern unvergleichlichen Wasser kuͤnsten außzieren lassen: und hierzu lauter frembde Meister von Rom oder Pariß (wann es gleich deine ingesessene auch koͤnnen) gebrauchen / und theur belohnen sollest / damit deiner Unterthanen Gelt fein allgemach auß dem Land schleiche / und sie nicht reicher werden alß du selbst bist: auch mustu deine Augen im Baulust delectieren / und zwar solches auff die neuest Jtalianische / Spannische oder Frantzoͤsische Mode / auß welchen Landen du dann auch / wie beym Gartenbau gemeldet worden / die Werckmeister zubeschreiben / die theureste Materialia / alß das Glaß von Muran / den Marmor auß der Jnsul Paro / das Kupffer auß Schweden zuholen: und so dir ein außgemachtes Werck nicht recht wol gefaͤllt / solches wieder niederzureissen hast / bis es nach deinem Sinn auffgefuͤhrt sey: Nicht weniger must du

1 auff der Straͤu haltest] unterhältst (eigentlich Vieh, Pferde)
22 ingesessene] Landeskinder 32 außgemachtes] fertiggestelltes

deinen Augen ein Freud machen mit allerhand schoͤnen Tapezereyen / Gemaͤhlen und Antiquitaͤten der allerkuͤnstlichsten Meistern / so jemahls in der Welt gelebt / dich auch solche Stuͤck zuerlangen kein Gelt dauren lassen / warzu du dann ein sonderbare Kunstkammer / darinn sich auch sonst ein Uberfluß von allerhand wunderbarlichen Sachen befindet / auffrichten solst; Uber das wirds auch deinen Augen eine sonderbare Freud und Ergetzung bringen / wann du alle deine Diener in einer lustigen Liberey auffziehen siehest / kanst derowegen beydes das Zeug und die Außstaffierung darzu gehoͤrig / nicht allein zu Pariß kauffen / alß wo man die neuste Mode zuhaben pflegt / sondern auch die Kleidung selbsten (ob es gleich noch so viel Schneyder in deinem Land haͤtte) alldorten verfertigen lassen / und auß diesen wenigen Exemplen abnehmen / wie du in allem uͤbrigen deinen Augenlust suchen und pflegen sollest / alß mit naͤchtlichen Feurwercken und dergleichen / hier alles ohnnoͤhtig und ohnmuͤglich zuerzehlen: der Marckt wird dich schon lernen kramen. Von den Augen komme ich zu ihrer naͤchsten Nachbarin der Nase / die liesse sich zwar gern mit wenigem genuͤgen / aber den edlen Geruch / der sein Wohnung darinn hat / ernaͤhre mit allerhand Aromaten / mit allerhand Balsam / Biesem / Ambra / Zibeth etc. mit Rosenwasser / damit jederzeit das Zimmer bespritzt / und das Lavor gefuͤllt seyn soll: mit allerhand Gummi / Asa dulcis / Storax Calamitæ und dergleichen: und in summa mit allerhand Wurtzeln / Blumen / Kraͤutern und kostbarn Saͤfften / die einen edlen Geruch haben und von sich geben / darauß lasse dir Rauchkertzen / Taͤffelein / Pulver / und so gar auch den Schnupfftaback: item Bisem-Apffel / wolriechende Saͤcklein und anders zu Hispalis oder Matrill verfertigen / und samt den wolriechenden Handschuhen alle Monat / oder

6 wunderbarlichen] merkwürdigen, erlesenen 9 Liberey] Livree, Dieneruniform 10 Zeug] Stoff 19 kramen] handeln, kaufen 24 f. Lavor] Waschbecken 31 Hispalis] Sevilla 31 Matrill] Madrid

laͤngst alle Viertel Jahr auff der Post zu dir herauß bringen / damit du alles fein frisch habest: doch kanst du jederzeit neben dem Pulvre Cyprio auch andere Sachen im Vorraht haben / alß *Oleum Gelsomini, Cedri, Benzoi, Citronum, Camphora, Amygadaltum dulcium, Spicæ, Ambracanæ, Storacis*: Jtem von Wassern die jenige / so auß Muscat-Rosen / Pomerantzen-Bluͤhet / weiß Lilien-Wurtzlen / und dergleichen distiliert worden: auch anderer Species darvon ich erst oben Meldung gethan / damit beydes deine Kleidungen und der Lufft in den Zimmern ohne Underlaß durch guten gesunden Geruch deine Hirngeister erquicken und belustigen.

Jetzt komme ich zu den Ohren / deiner Augen Bruͤder / gegen denen du ebenfahls (sie mit ihrer Gebuͤhr anmuͤhtig zuerhalten) nicht karg seyn sollest: zwoͤlff Trompeter und zween Paucker werden ihnen ausserhalb deines Hauses angenehm seyn / und auch deinen Stand nicht wenig scheinbar machen: under Tach aber lasse sie andere Musici beydes Vocalibus und Instrumentalibus erfreulich hoͤren: under denen die singen / seyen auffs wenigst ein Dutzet Eunuchi / die mit Essen / Trincken / und anderer dergleichen guter Verpflegung zaͤrtlich gehalten und tractiert werden muͤssen / damit sie ihre Engelstimm auch zart behalten: von denen aber / die auff allerhand Jnstrumenten spielen / bring die Besten in Europa zusammen / ob du sie gleich auch reichlicher alß einen gemeinen Bratensgeiger oder Sackpfeiffer besolden must: darneben schaue zu / daß sie zugleich Schalcksnarren / Possenreisser / Gauckler und Fuchsschwaͤntzer seyen / damit sie eben so wol mit ihrem Reden alß mit ihrer Music deinen Ohren zu Lust und Freud dienen / zu welchem End du dann auch ohne diese etliche kurtzweilige Raͤht bey Hoff halten sollest / ob sie gleich nicht eitel Apophtegmata /

8 Species] Arten 16 scheinbar] ansehnlich 17 f. Vocalibus und Jnstrumentalibus] mit Vokal- und Instrumentalmusik
19 Eunuchi] Kastraten 30 kurtzweilige Raͤht] gebildete Hofnarren 31 eitel] nur 31 Apophtegmata] geistreiche Aussprüche

sondern nur grobianische Zotten und Buͤffelspossen vorbringen / dann gleich wie einerley Speiß und Tranck nicht immerhin und allweg dem Mund schmeckt / also dienet auch die Abwechslung den Ohren / und erfrewet das Gehoͤr: So bald du die geringste Lust und Gelegenheit hast Gesundheiten zutrincken und trincken zulassen / so vergesse nicht / neben dem Trompeten / die Lermen blasen / auch das grob Geschuͤtz darunder donnern zulassen / darvon mir ehemahl das Hertz im Leib vor Freuden auffgehupfft / aber genug vom Gehoͤr / du wirst mich schon mercken / wie ichs vermein / und von dir selbsten noch mehr Ohrenlust ersinnen und zuwegen bringen koͤnnen: willst du aber den Augen auch neben den Ohren ein extraordinari verwunderliche Ergetzung machen / wie bey den Comœdien zugeschehen pflegt / so lasse dir Athanasii Kircheri seltzamme Erfindungen in Natura zurichten / welches dir den Beutel mehr raumen / alß Schmaltz auff die Suppe schaffen wird. Jetzt kommen wir zum Mund / darinn der Geschmack seine Wohnung hat / und von welchem man sagt / der Mensch habe nichts in dieser Welt / alß was er mit dem Maul darvon bringe: dieser ist dem Menschen eintzig geben / nicht darumb daß er / wie etliche sich traumen lassen und daher lallen / seine darinn wolverwahrte Zung desto besser in acht nemmen soll / sondern daß er den Schlund umb so viel desto reichlicher verpflegen / versorgen und außfuͤllen koͤnne: solches haben auch die Alten vor etlich tausend Jahren verstanden / und demselben tapffer zugeschopfft / wie es der weidliche Hercules gekoͤnt / beschreibet Epicharmus in seinem Busiride mit folgenden Versen:

Intus sonat guttur, sonat maxillaque
Simulque dentes: dens caninus instrepit
Exhibeant nares, & ipsam aurem movet:

das ist.

27 zugeschopfft] zugeschoben, zugestopft 27 weidliche] kräftige

Der Halß schnarcht / der Kirbel thönt auch mit /
Die Zähn knorn daher / weil sie thun ihrn Schnitt /
Die Naß schnaubt überlaut / die Ohrn ruhen auch nicht.

Aristot. schreibt in seinen Ethicis von einem Frisio / der sich einen Kranchshals gewünschet / umb der Speysen Lieblichkeit desto länger zuempfinden: Clearchus erzehlet von einem Pythilio / daß er die Fisch nicht wie andere mit den Zähnen gekeut / sondern nur von den Gräthen hab abgezogen / auff daß er den guten Geschmack nicht so bald verlöhre: von einem Cirenæo meldet Athenæus lib. 1. Dipnosoph. daß er dermassen mit guten Bißlein sich wissen zuversorgen / daß er ihm auch seinen Lattig / den er künfftigen Tag essen wolte / über Nacht ins Wasser legte / damit er desto dicker und safftiger wurde: der Poet Antiphanes sagte von einem so genanten Phönicide / gleich wie Menelaus zehen Jahr umb ein Weib gekriegt / also möchte auch Phönicides gleich so lang / und wol länger mit einem Fischer umb ein grossen Aal märckten: Hermippus sagt von Nodippo Tragico / wann alle Soldaten die Händ so tapffer brauchten / alß dieser die Zähn / so dörffte man nicht so viel Kriegsleuth zum Peloponesischen Krieg / sondern man hätte mit einem genug: sintemahl wann es mit Fressen außzurichten were / Nodippus den gantzen Pelopenesum auff einen Tag verschlingen könte: Possidonius gedenckt eines Theaginis Athletæ welcher einen gantzen Ochsen auff einmal auffgezehrt: Amaranthus Alexandrinus meldet vom Herodoto Megarensis (welcher zwo Trompeten auff einmahl blasen können) daß er auch auff einmahl 3. Leib Brodt / 20. Pf. Fleisch und 2. Viertel Wein zu sich genommen / deme ein Weib Aglaris genandt / deren Phidippus in seinen Epigram. gedencket / nicht viel nachgeben / alß welche über einmahl 12. Pf. Fleisch / 2. Leib Brodt und ein halb Viertel Wein zu Faden schlagen können: Maximinus Junior hat über einer Mahlzeit 24: Maß Wein getruncken / und 40. Pf. Fleisch auffgerieben:

1 Kirbel] Kinnlade 12 ihm] sich 18 märckten] feilschen
20 dörffte] bedürfte

Pharon / dessen auch Flavius Vobiscus mit Verwunderung gedenckt / hat an deß Keysers Aureliani Tafel ein wilde Sau / 100. Brodt / 1. Hammel / 1. Spansau zu sich genommen / und so viel Wein darzu gesoffen / alß Wasser in einen Wallfisch gehen möchte: Geta Jmperator könte 3. Tag an einandern zu Tisch sitzen / und wolte / daß man ihm die Gericht nach dem Alphabeth solte aufftragen: Clodius Albinus pflegte allein beym Confect 1000. Pfersich / 10. Köreken / 500. Feigen / 300. Ostrien und 20. Pfund Rosinen beyzulegen: Astidamon Milesius zechte bey einer Mahlzeit deß Königs Ariobartzanis alleinig auff / was vor alle Gäst war zugerichtet worden: Lucius Piso könte in Gegenwart Tiberii 3. Tag aneinandern mit Trincken außhalten / und Heliogabalus müßte alle Mahlzeit für sich allein nicht weniger alß umb 100. Sestertia Speyß haben: Apicius Romanus reisete bis in Lybiam / umb der herrlichen grossen Feigen / so allda wachsen solten / rechtschaffen zugeniessen: Crispinus gab 6000. Sestertia umb einen eintzigen Barben / und Gathin eine Egyptische Königin ließ in ihrem gantzen Königreich verbieten / daß man ausser ihrer Gegenwart gar keinen Fisch essen solte: geschweige jetzt der Mahlzeiten Gothi deß Königs in Thracia / Cleopatræ der Königin in Egypten: Ariamnis Galathi / Antiochi Epiphanis / Demetrii Phaleræi / Alexandri Magni / deß Römers Luculli / Neronis / Commodi / Vitellii / und andern mehr etc. Dieser Exemplen folge nach mit kostbarlichen Gastereyen / und vergiß beydes der alten und jetzt-lebender Geyrmäuler Schleckerbißlein nicht / sintemahl auch die alten Sicilier der Göttin Gulæ (wie Palæmon Lib. 9. *ad Timæum* schreibt) einen Tempel und Altar auffgerichtet: Vornemlich stelle alles an auff die Frantzösische neue Mode / deren Bottagien eine etwann auff 25. Pistolen zustehen komt / ohnangesehen ihre Vorfahren uns Teutsche wegen überflüssiger Zehrung etwann durchge-

8 Confect] Nachtisch 9 Körcken] Gurken 9 Ostrien] Austern 16 in] nach 28 Göttin Gulæ] Schlund, Völlerei 31 Bottagien] potages, Suppen

hechlet haben: Hierzu wisse zur Nachricht / daß Statius under dem Tischgenaͤsch die Nuß auß Ponto / die Palmen in Jdumaͤa und die Pflaumen auß Damasco lobet: Varro haͤlt die Samische Pfauen / die Phrygische Antvoͤgel / die Egyptische Datteln / die Ambracianische Boͤcklein / und die Searos auß Sicilia vor die beste: Suetonius rechnet unter deß Keysers Vitellii / Delicias der Phasanen Hirn / und die Murenen auß dem Carpatischen Meer: Athanæus zehlet in seinem Deipnosoph. under die lieblichste Speysen die Egyptische Dauben / die Gethulische Spargen / die Rhegische Zwibeln / die Ambracische wilde Saͤu: die Siracusische Krametsvoͤgel / den Boͤotischen Aal / die Attische Feigen / und die Macedonische Thunnos: so lassen sich auch nicht so leichtlich verschmaͤhen die Rhombi / auß dem Mare Adriatico: die Salmen und Karpffen auß dem Rhein: die Ostrien bey Tarenta / die Pfersig bey Cchio / die Forellen auß den Waldwassern / die Bodenseische Lampreten und Gangfisch / die Ferraresser Stoͤr / die Sicilianische / Hollaͤndische / Placentzische und Riminische Keß / die Paphlagonische Kesten / der Ostienser Melonen / die Ravenische Pimpernuͤßlein / die Numidische Huͤner / die Tarentinische Haselnuß / die Calecutische Hanen / die Spoletanische Morcheln / die Westphalische Schuͤncken / die Cremonische Mortellen / der Niederteutschen Knackwuͤrst die Genffer Capaunen die Schwartzwaͤldische Ochsen: die Romanische Gaͤnse und Lombardische Wachtlen: auch endlich die Freyburger 4. Elementa. Welche Species alle je theurer je besser sie seynd: solche befleisse dich jederzeit zur Hand zubringen / und auff der Tafel zuhaben / darbey du auch an allerhand der besten Wein keinen Mangel verspuͤren lassen sollest / under dem Elsasser erwehle den Reichenweyer / under dem Preißgauer den Affenthaler: under dem Ungerischen den Tockaier: under

---

4 Antvoͤgel] Enten   5 Searos] Scaros, Seefische   7 Delicias] Lieblingsspeisen   13 Thunnos] Thunfische   14 Rhombi] Schollen   14 Mare Adriatico] Adriatischem Meer   19 Kesten] Kastanien   21 f. Calecutische Hanen] Truthähne

dem Rinckauer den Hochheimer: under dem Reinischen den Bacharacher: under dem Franckischen den Klingenberger / aber bey Leib verachte auch nicht den edlen Necker Wein / den Oetschlaͤnder und Moßler: und wo muͤglich / so lasse dir auch deß edlen Getraͤncks auß Hispania / Candia / ja wo immer muͤglich / gar von Chiraß auß Persien bringen / dann auff solche Weis wirst du nur desto ehender fertig werden / uͤber das wird dir nicht schlecht anstehen / viel weniger uͤbel schmecken / wann du mit allerhand angemachten Kraͤuter-Weinen und Aromatices gefaßt bist: alß Wermuht-Wein / zum Kopff und Magen / Aland-Wein / Augentrost-Wein / Raͤppes- oder Beerwein / Benedicten-Wein / Betonien und Naͤgeleinblumen-Wein / wieder Hufftwehe / Borragen- und Ochsenzungen-Wein wieder das Gifft / und das Gebluͤt zureinigen / Haselwurtzen-Wein der vors Grieß taugt / Himber- und Kirschin-Wein wieder deß Sommers Hitz / Hirschenzungen-Wein zum Miltz / Jsopenwein zur Lungen / Morolff / Lavendel / und Majoran-Wein zum Haubt / Roßmarein-Wein zum Hirn / und den Nerven / Salbey-Wein zu den Zaͤhnen und vor den Krampff / Tamariscken-Wein wieder die Melancholey / Zitwan und Hippocras dich zuerwaͤrmen / und Citronen-Wein dich abzukuͤhlen: und wol dem / der jedesmahl dergleichen im Vorraht und bey der Hand hat / auß dem jenigen / nach dem ihn gelustet / von zweyen Massen einen schmalen Zug zuthun: Du must auch dieses nicht allein zugeniessen begehren wie ein neydiger Hund / der sonst niemands nichts goͤnnet / sondern andern auch mittheilen / ansehenliche Gaͤste laden / und auch deren Diener bis aufs Wiedergeben zum Sauffen noͤhtigen lassen.

So viel vor dißmahl vom Geschmack und wie du denselben accomodirn und befriedigen sollest: nun ist allein der

1 Rinckauer] Rheingauer 6 Chiraß] Schiras 9 angemachten] aufgesetzten 11 Aland-Wein] Wein aus Alantwurzeln 12 Raͤppes] Kunstwein aus Trestern 13 Borragen] Boratsch 15 Grieß] Gicht 21 Zitwan] Zittwersamen 21 Hippocras] Gewürzwein 29 Wiedergeben] Erbrechen

fünff Sinnen das Gefühl noch überig / welchen wahrhafftig rauche Cilicii / scharffe Winterkälte / grosse Sommerhitz / spitzige Dorn und dergleichen wiederwertige Ding / viel weniger strenge Arbeit und schwere Läst zutragen annehmlich / derowegen must du solches alles wie die Pest selbst fliehen / und dich hingegen nach solchen Sachen umbsehen / die dir im Fühlen Wollust bringen: Befleisse dich hierin ebenmessig der Frantzösischen Manier: deine Hembder seyen vom reinsten Cammertuch / dein Bettwerck viel gelinder alß deß Sardanapali / dein Beltzwerck sey leicht und von Moscowitischen Zoblen / der Uberzug aber von dem kostbarlichsten Frantzösischen neuesten seidenen Zeug: im Sommer hab allzeit etliche Knaben neben dir stehen / die dir mit Pfauenschwäntzen wo nicht der Mucken wehren / doch wenigst einen annehmlichen kühlen Lufft machen / und im Winter gebrauche dich der warmen / wie im Sommer der kühlen Bäder / wie etwan die alten Röm. Keyser: Was dir weiters abgehet / und mir jetzunder nicht alles einfällt / das Gefühl besser und in allem recht vernüglich zu contentieren / darumb frage dein Frauenzimmer / zum Augenlust zuhalten dir oben anbefohlen / das wird dir besser alß ich zurahten und zuhelffen wissen / doch daß du in allem die Französ. Art und Manier beobachtest.

Deine Händ betreffend / so kanstu dieselbe nicht allein alle Morgen mit den allerköstlichsten Pomaden auff Spannische oder Jtalianische Gattung im Waschen accomodiren / sondern solst sie auch auf Frantzösisch mit theuren Handschuhen / kostlichen Ringen etc. zieren / daß du nit allein wie die Prælaten nach den Zeiten deß Jahrs und der Festtägen mit den Farben umbwechßlen / sondern alle Tag mit einer andern Farb und Gattung brauchen: auch zu Zeiten hie und da dem einen und andern einen darvon verehren köntest; Wegen der Füssen bedarff es zwar keiner gewissen Regul / dann

---

2 rauche Cilicii] härene Eremitengewänder 9 Cammertuch] Tuch aus Cambray 19 contentieren] befriedigen 26 accomodiren] pflegen

du wirst ja selber so witzig seyn / daß du keine zwilchene / sondern die allerbesten seidene Struͤmpff tragen solst / so wirstu auch selbs wol wissen / Stiffel und Schuh von bestem Leder zu Pariß machen / die Schuhe mit ihren gefluͤgleten Baͤndern außstaffieren / und die Pantoffel mit Gold und Perlen sticken zulassen: wilt du aber auch guldene Schuhrincken und Sporen haben / mit Edelgesteinen besetzt / so wirds nur desto herrlicher stehen; und was wolts seyn? hatte doch Heliogabalus guldene Bruntzkachlen: diß ist auch gut Frantzoͤsisch / daß du kein Par Schuh zweymahl anzeuhest wie der Koͤnig selbsten: Jm uͤbrigen aber seye ernstlich bedacht / daß alle deine Kleidungen außwendig mit Gold gestickt oder verschammerirt / und druͤberhin viel dicker mit allerhand Banden alß Mercurius mit Fluͤglen / oder ein Jacobsbruder mit Muschelen behenckt seyen / worzu dann die kostbare Hollaͤndische Spitzen beydes an den Hembdern / Canonen / Fatzinetlein und anderm weissen Zeug nicht uͤbel passen.

Betreffend die Ubungen deines Leibs / so schaue fleissig zu / daß du dir keine Kranckheit an Halß / viel weniger dich gar zu Todt arbeitest / dann die Bauren so doch zur Arbeit geboren / sagen selbst / wer sich zu Todt frone / der sey verdamt: kanst du vor Essen / Trincken / Schlaffen und Buhlen zukommen / und etwas Zeits eruͤbrigen / so setze dich hin zum Spielen / und zwar umb keine Haselnuß wie die Kinder / sondern umb Gelt / welches ohne das durch dich mit Hacken nicht verdienet / sondern von dem jenigen hergeben wird / der die Schuh mit Wyden bindet; gewinnest du wol gut / so hast du Lob darumb / wo nicht / so ist dir gleichwol auch das Verspielen keine Schand / massen jener General / welcher Gesandschaffts weis bey dem Gegentheil gewesen / eine Posten in seine Rechnung gebracht / also lau-

1 zwilchene] linnene 6 Schuhrincken] Schuhschnallen 9 Bruntzkachlen] Nachttöpfe 10 anzeuhest] anziehst 13 verschammerirt] verbrämt 16 Canonen] kurze Leinenüberstrümpfe 17 Fatzinetlein] Taschentüchlein 23 zukommen] dazu kommen 27 Wyden] Weidenbast

tend: Jtem zu Erhaltung meines allergnaͤdigsten Herrn Reputation verspielt 20000. R.thl. Bist du etwas muͤhd in Comoͤdien / Balleten / Taͤntzen und andern dergleichen Ergetzlichkeiten beyzuwohnen / oder hast durch uͤberfluͤssiges Essen und Trincken den Magen uͤberfuͤllt / also daß die Natur eine Bewegung erfordert / solchen Uberfluß zuvertauen und gleichsam den Bauch durch etwas Außhuͤngerung zu kuͤnfftiger Fuͤllerey wiederumb anzufrischen / so stelle eine Jagt an / doch nicht daß es das Ansehen habe / alß bey einem der auß Mangel genugsamer Nahrung dem Wild nachstelle / sondern alß bey einem der in Erhaltung seiner jagtbarn Gerechtigkeit seine Lust suchet: zu welchem End du dann allerhand Hunde wie die immer Nammen haben / samt denen darzu gehoͤrigen Garnen / Jaͤgern / Weydleuthen / Hundsbuben und Hundsbuben Jungen halten / und solche damit sie nicht unlustig zum Jagen werden / allzeit wol accomodieren sollest: und was ich hier vom Jagen sage / das verstehe auch vom Beitzen / und ist nichts daran gelegen / wann dich gleich ein Hirsch oder ander Stuck Wildpret mehr gestehet oder kostet / alß wann du es zu Venedig haͤttest kauffen / und zu dir her in Teutschland bringen lassen. Spatzieren fahren zu Wasser und Land / auch so nahe alß weite Lustreisen zuthun / beydes inner- alß ausserhalb deines Lands / seynd dir gleichfahls nicht verbotten / wann du selbst aber Alters halb nicht mehr reisen magst / so schicke deinen jungen Printzen in fremde Laͤnder / so wol das Gelt darinn durchzubringen / alß boͤse Sitten und groͤssere Arten der Verschwendungen zulernen.

Anbelangend deine Leuth und Hoffbediente / so bewerbe dich in deiner Jugend und zwar gleich Anfangs in deiner Regierung umb frische junge Leuth auß allerhand Frembden und Außlaͤndern / junge Raͤht zwar / daß sie sich nit understehen dir / wegen grosser Weißheit und Erfahrung / die sie zuhaben sich einbilden / Gesetz vorzuschreiben: Frembde /

---

11 f. jagtbarn Gerechtigkeit] Jagdprivileg 14 Garnen] Netze
18 Beitzen] Falkenjagd 21 in] nach

damit sich deine Unterthanen und Vasallen nicht zu gemein mit dir machen: Die Doctores nim zu Raͤhten / wie sie also frisch und neu-gebachen auß den Schulen komen / die kanst du ziehen wie du wilt / die adeliche Empter besetze mit Außlaͤndern / und verbinde sie dir mit noch groͤssern Gnaden und Reichthumben / dann die Jnlaͤnder seynd dir ohne das unterthan und genug gesessen: Deine Leibquardi sey von Schweytzern / alß welche ihren Herrn so treu und hold seynd / daß nicht allein schier alle Potentaten sich ihrer hierzu bedienen / sondern man siehet auch die Wuͤrckung solcher ihrer Liebe in ihrem Land an den vielen Schloͤssern: zu Laqueyen lasse dir umb mehrer Seltzamkeit wegen etliche Moren durch die Hollaͤnder auß Jndia bringen / zu denen nimb etliche Polen und Wallachen an / alß welche trefflich wol lauffen koͤnnen.

Nun alle diese deine Bediente Hoffbursch (deren ein unnoͤhtige grosse Menge seyn soll) wie die immer Nammen und Empter tragen moͤgen / versorge mit genugsammem ja uͤberfluͤssigem Unterhalt / beydes in Speyß und Tranck / alß auch stattlicher Kleidungen / alß welches einen solchen Herrn wie ich dich vor einen ansehe / ein trefflich Ansehen macht / doch zeuch vor und bereichere allweg die Frembdling vor den Heimschen / damit der Ruhm deiner Hochheit und Freygebigkeit auch in der Frembde beruͤhmet werde / welches dann dein meiste Sorg seyn soll / dafern du anderst einiger Sorg ergeben seyn wilst: die uͤbrige Angelegenheiten deiner Unterthanen und Gescheften deß Lands laß deine Raͤht und Doctores verwalten / alß welche du deßwegen besoldest; Jch wolte dich zwar auch gern ein wenig in der Alchimey unterrichten / und wie du dich darinn verhalten sollest / auch andere mehr Weg an die Hand geben / auff denen du ein zimliches durchjagen koͤntest / dieweil ich aber nicht weiß / worzu du gesinnet bist / und worzu du einen Lust traͤgst / so breche ich ab / und vermahne allein / daß du dem jenigen / was ich gesagt / fleissig nachkommen sol-

7 gesessen] ansässig 7 Leibquardi] Leibgarde

lest / nicht zweiflend / du werdest durch diesen feinen Anfang je laͤnger je hoͤher steigen / und endlich den Gradum des beruͤhmbten Sardanapali erreichen; solte es aber dannoch mit deinem Verderben langsam hergehen / sintemahl dich beduncket / die Einkuͤnfften deines Lands seyen unerschoͤpfflich / so fange mit einem gewaltigen alß du bist / einen unnoͤhtigen und unrechtmessigen Krieg an / und fuͤhre ihn mit Unvorsichtigkeit / so wirst du / wilß GOtt / bald fertig werden: Kanst du aber dißfahls auch nicht zukommen / so lasse diß deine vornehmste Regul seyn / daß du deine Unterthanen nach und nach außsaugest / ihre Schaͤtz beraubest / und ausserhalb deines Lands solche verschwendest / hingegen aber ihnen keine Mittel und Weg an die Hand gebest / sondern sie vielmehr verhinderst wiederumb andere zuerwerben.

Secundatus.

Mein redlicher teutscher Simplice / du hast mich heut eines solchen hauffen guten Dings erinnert / und durch deine Unterrichtungen so viel gelernet / daß ichs mein Lebtag nicht vergessen / sondern mir dergestalt zu Nutz machen werde / daß dir meine und meiner Unterthanen Nachkoͤmling nicht genug werden dancken koͤnnen / ich moͤchte deinem offenhertzigen Discurs noch heut den gantzen Tag zuhoͤren / so sehe ich aber dort meine und deß Wuͤrths Leuth das Essen bringen / deßwegen wir dann anstatt der Ohren jetzt unsere Maͤgen speysen wollen.

BESCHLUSS DESS AUTHORS ERICI.

Hierauff laͤgerten wir uns in dem gruͤnen under der Linden auff gut altvaͤtterisch umb das Essen herumber / bis auff den Juden / welchem die Meuder auß Mitleyden ein Par Eyer spendierte / damit der arm Schelm so nicht mit uns speysen

2 Gradum] Stufe 19 gelernet] gelehrt

wolte / kein Hunger leyden dörfte / wir aber schroten tapffer zu / und liessen nichts unterwegen / was noch bequemlichkeit deß Orts zu unserer Ergetzung taugen könte: *Secundatus*, welcher ein grosser Herr war / und ohnbekanter Weis die Länder beschauet / war Zahler / und liesse es nicht allein beym besten / alß es daselbst seyn könte / hergehen / sondern verehrte auch der alten Meuder und dem Knan ein nahmhafftes zu Letze / die Ziegiener Genossen seiner auch / und hatten die Ehr / daß er ihnen selbst zu Tantz auffmachte / und Wein genug hertragen liesse: wir machten auch nicht ehender alß gegen Abend an dieser unserer Belustigung ein

ENDE.

1 schroten] schroteten, kauten 2 noch] nach, gemäß 8 Letze] Abschiedsgeschenk 9 f. zu Tanz auffmachte] Tanz eröffnete

KOMMENTAR

ZUR TEXTGRUNDLAGE UND KOMMENTARANLAGE

Grimmelshausen hat seine erzählerischen Hauptwerke selbst zu einem Zyklus von zehn Büchern geordnet. Dieser Zyklus »Simplicianischer Schriften« umfaßt den *Simplicissimus Teutsch* als Bücher I-V, die *Continuatio* als Buch VI, *Courasche* als Buch VII, *Springinsfeld* als Buch VIII, *Wunderbarliches Vogelnest*, 1. und 2. Teil, als Bücher IX und X. Wichtig für den Leser ist die Aussage des Autors, daß weder der ganze *Simplicissimus*-Roman noch eines der übrigen Bücher aus diesem Zusammenhang herausgelöst werden dürfe, wenn man die Erzählwerke »genugsam« verstehen wolle. In der Tat besteht ein inhaltlicher Zusammenhang. Er betrifft einmal die Simplicissimus-Gestalt, die dem Leser im *Springinsfeld* und im *Vogelnest I* als »sinnreicher Poet« und »gottseliger Christ« in seiner Wahlheimat, der Ortenau, wiederbegegnet, nun aber nicht mehr als Einsiedler auf die eigene Heiligung bedacht wie auf der utopischen Insel im Indischen Ozean, sondern als sozial engagierter satirischer Schriftsteller. Zum anderen führt der Zyklus in einem ständigen Wechsel der Perspektive die Wahnbefangenheit der verschiedenen Ich-Erzähler vor: die von Simplicissimus ironisch herabgesetzte Courasche erhält das Wort zu ihrer Trutzschrift; Springinsfeld relativiert ihren Triumph, aber auch, von seiner Lebenserfahrung her, die Bekehrungsintentionen des Simplicissimus; die Erzähler der Vogelnest-Romane ergänzen die Perspektivenvielfalt durch die Sichtweisen von Normallesern der Zeit auf die zeitgenössische »verkehrte Welt«, deren rettbarer Teil sie sind.

Von diesen zehn Büchern des simplicianischen Zyklus enthält der vorliegende Band (16/2) *Courasche*, *Springinsfeld*, *Wunderbarliches Vogelnest I* und *II*. Als Zugabe angefügt ist das *Rathstübel Plutonis*, in dem Grimmelshausen seine Erzählergestalten, ergänzt um Angehörige aller Stände, auf dem Schwarzwälder Gutshof des Simplicissimus zu einem herrschaftsfreien, freimütigen Diskurs über das Thema Geld zusammenführt, der unversehens zu einer simplicianischen Satire auf den Geiz der unteren Stände und auf die Verschwendung und Kriegstreiberei der Fürsten wird.

Die Editionsprinzipien entsprechen denen in Band 16/1. Grundlage des kritischen Textes sind wiederum die Erstdrucke. Alle bisher als Druckfehler oder als verderbt angesehenen Textstellen, die von den Herausgebern des 19. und 20. Jahrhunderts noch wie selbstverständlich gebessert wurden, wurden neu geprüft. Den Herausgebern des 17. Jahrhunderts wurde dabei höhere Glaubwürdigkeit eingeräumt als jenen, da sie dem Sprachgebrauch und dem Textverständnis des Autors näherstanden; fehlerhafte oder unschön erscheinende Textstellen wurden im Zweifelsfall nicht korrigiert, sondern kommentiert. Ein Variantenverzeichnis informiert über alle Eingriffe in den Text der Erstausgaben sowie über die Lesarten der Folgeausgaben. Der Kommentar enthält Einführungen zu den einzelnen Erzählwerken sowie Stellenkommentare, die dem Leser weiterführende Sacherläuterungen und Deutungshinweise zu Struktur und thematischen Schwerpunkten des Einzel- wie des Gesamtwerks geben, auf Entsprechungen, Anspielungen, Verknüpfungen innerhalb des Grimmelshausenschen Erzählwerks aufmerksam machen. Die Wirkungsgeschichte wird mit den Texterweiterungen der barocken Gesamtausgabe von 1683/84 wenigstens exemplarisch dokumentiert. Beigefügt sind auch die Illustrationen der Gesamtausgabe von 1683/84 sowie eine Münztabelle.

Am Stellenkommentar haben Siegfried Schneiders, Adolf Bittner, Natascha Weschenbach und Christian Schrader mitgearbeitet. Ihnen gilt mein Dank.

LANDSTÖRTZERIN COURASCHE

TEXTGRUNDLAGE

Grundlage ist die Ausgabe von Jan Hendrik Scholte: *Grimmelshausens Courasche. Abdruck der ältesten Originalausgabe (1670) mit den Lesarten der beiden anderen zu Lebzeiten des Verfassers erschienenen Drucke*, Halle/S.: Niemeyer 1923 (Neudrucke deutscher Literaturwerke des 16. und 17. Jahrhunderts, Nr. 246-248). Scholtes Herausgeberentscheidungen, seine Texteingriffe und Behandlung von Druckversehen wurden anhand der Exemplare des Erstdrucks der Bayerischen Staatsbibliothek München und der Bibliotheca Bodmeriana Coligny/Genf (bisher unbekannt) überprüft. Mitverglichen wurden die Herausgeberentscheidungen Wolfgang Benders in seiner Ausgabe: Grimmelshausen, *Lebensbeschreibung der Ertzbetrügerin und Landstörtzerin Courasche*, Tübingen: Niemeyer 1967. Zur Entscheidung strittiger Fälle wurden die Lesarten der übrigen im 17. Jahrhundert erschienenen Ausgaben herangezogen.

Der Erstdruck (Sigle: E¹), den der Nürnberger Verleger Wolff Eberhard Felßecker ohne Jahresangabe herausbrachte, hat den Titel:

Trutz Simplex: | Oder | Ausführliche und wunderseltzame | Lebensbeschreibung | Der Ertzbetrügerin und Landstörtzerin | Courasche / | Wie sie anfangs eine Rittmei- | sterin / hernach eine Hauptmännin / ferner | eine Leutenantin / bald eine Marcketente- | rin / Mußquetirerin / und letztlich eine | Ziegeunerin abgegeben / Meister- | lich agiret / und ausbündig | vorgestellet: | Eben so lustig / annemlich und nutz- | lich zu betrachten / als *Simplicissi- | mus* selbst. | Alles miteinander | Von der Courasche eigner Per- | son dem weit und breitbekanten

Simpli- | *cissimo* zum Verdruß und Widerwillen / dem | *Autori* in die Feder *dictirt*, der sich vor | dißmal nennet | *PHILARCHUS GROSSUS* von Trom- | menheim / auf Griffsberg / etc. | Gedruckt in Utopia / bei Felix Stratiot.

Auch dieses Werk wurde vom Frankfurter Verleger Georg Müller nach gründlicher sprachlicher Überarbeitung des Erstdrucks unrechtmäßig nachgedruckt. Dieser Nachdruck erschien vermutlich zwischen der Frankfurter Oster- und Herbstmesse 1671 (Sigle: E^{2a}) unter dem Titel:

Trutz Simplex: | Oder | Außfuͤhrliche und wunderseltzame | Lebens=Beschreibung | Der Ertzbetruͤgerin und Landstuͤrtzerin | COURAGE / | Wie sie Anfangs eine Rittmeisterin / her= | nach eine Hauptmaͤnnin / ferner eine Leutenan- | tin / bald eine Marcketenterin / Mußquetirerin / und | letztlich eine Ziegeunerin abgegeben / Meister- | lich agiret / und außbuͤndig vor- | gestellet. | Eben so lustig / annemlich und nutzlich zu | betrachten / als *Simplicissimus* selbst. | Alles mit einander | Von der Courage eignen Person dem | weit und breitbekandten *Simplicissimo* zum | Verdruß und Widerwillen / dem *Autori* | in die Feder *dictirt*, der sich vor dißmahl | nennet. | *PHILARCHUS GROSSUS* von | Trommenheim / auf Griffsberg / etc. | Gedruckt in Utopia / bey Felix Stratiot.

Beide erhaltene Exemplare dieses Druckes gingen im letzten Krieg verloren; eines von beiden, das Exemplar der Deutschen Staatsbibl. Berlin (Yn 5631), ist jüngst von S. Trappen und H.-H. Krummacher in Krakau (Jagiellonische Bibliothek) wiedergefunden worden. Da ich es nicht mehr einsehen konnte, habe ich mich, wie schon Bender, an die bei Scholte verzeichneten Varianten gehalten. Vermutlich im selben Jahr brachte Felßecker eine weitere Ausgabe heraus (Sigle E^3):

Trutz Simplex: | Oder | Ausfuͤhrliche und wunderseltzame | Lebens=Beschreibung | Der Ertzbetruͤgerin und Landstoͤrtzerin | Courasche / | Wie sie anfangs eine Rittmei- | sterin / hernach eine Hauptmaͤnnin / ferner | eine Leutenantin / bald eine Marcketente- | rin / Mußquetirerin / und letztlich eine | Ziegeunerin abgegeben / Meister- | lich agiret / und ausbuͤndig | vorgestellet: | Eben so lustig / annemlich und nutz- | lich zu betrachten / als *Simplicissi-* | *mus* selbst. Alles miteinander | Von der Courasche eigner Per- | son dem weit und breitbekanten *Simpli-* | *cissimo* zum Verdruß und Widerwillen / dem *Autori* in die Feder *dictirt*, der sich vor | dißmal nennet | *PHILARCHUS GROSSUS* von Trom= | menheim / auf Griffsberg / etc. Gedruckt in Utopia / bei Felix Stratiot.

Der Text erschien danach erst wieder in der posthumen Gesamtausgabe C^1 (1683/84). Benutzt wurden für die Varianten von E^3 und C^1 (Bd. 2, 1683) die Exemplare der Herzog August Bibliothek Wolfenbüttel.

Bd. 2 der Ausgabe C^1 hat folgenden Titel:

Deß possirlichen / weit und breit bekanten *SIMPLICISSIMI* Sinnreicher und nachdencklicher Schrifften Zweyten Theils Erstes Buch / von dem seltzamen Springinsfeld / Oder Dessen kurtzweiligen ⟨...⟩ Lebens-Beschreibungen ⟨...⟩ Nach Simplicianischer Anordnung Erstesmal verabfasset 1670. anjetzo aber wieder neu verbässert / vermehret und auffgelegt Von *PHILARCHO GROSSO*, von Trommenheim. Im Jahr 1683.

ENTSTEHUNG UND QUELLEN

Der Erstdruck ist wie die übrigen zu Lebzeiten des Autors erschienenen Ausgaben nicht datiert. Er wurde durch den Nürnberger Verleger Felßecker zur Frankfurter und Leipziger Ostermesse 1670 angekündigt und befand sich, wie Koschlig nachgewiesen hat, zum Zeitpunkt der Frankfurter Herbstmesse 1670 bereits im Buchhandel. Die Schrift, eine Sproßgeschichte zum *Simplicissimus Teutsch* (V 6-9) wie der *Seltzame Springinsfeld*, ist vermutlich parallel zum *Sim-*

plicissimus Teutsch konzipiert und über einen längeren Zeitraum hin entstanden. Das spanische picarische Romanmodell, die *Landstörtzerin Justina Dietzin* (1620), eine Übersetzung der *Picara Justina* von Andreas Perez (1605), war ihm jedenfalls schon früh vertraut, ebenso Garzoni und Harsdörffer; eine Erzählung Harsdörffers *(Keusche Hinterlist)* gab die Anregung für den Beginn des Lebenslaufs, ein Zitat aus Garzonis Hurendiskurs bildet den Schluß. Auch seine wichtigsten historischen Quellenwerke, die Kriegschroniken *Theatrum Europaeum* und Wassenbergs *Erneuwerter Teutscher Florus*, die er für *Simplicissimus Teutsch*, *Courasche* und *Springinsfeld* gleichermaßen benötigte, legen paralleles Arbeiten nahe. Für den Abschluß des Manuskripts gibt ein (vermutlich fingiertes) Widmungsgedicht zu dem ebenfalls 1670 erschienenen Legendenroman *Dietwalt und Amelinde* einen Anhaltspunkt; dort werden seine bereits fertigen, aber noch nicht gedruckten Werke aufgezählt:

Mit hőchstgierigem Verlangen wart ich was
Courage sagt /
Ob sie noch fűhrt schlimmes Leben / und nach
Frőmmigkeit nichts fragt.
Wie sich Springinsfeld anlåst / ob er seye
frőmmer worden /
Oder sich noch wie zuvor aufhalt in dem
schlimmen Orden.
Seinen trefflichen Calender mőcht ich sehen
gerne bald /
Er entzieh ihn uns nicht långer / sondern treib
an mit Gewalt
Daß er ehist werd gedruckt. ⟨. . .⟩

Da Grimmelshausens mit dem eigenen Namen unterzeichnete Widmungsvorrede zu *Dietwalt und Amelinde* auf »den 3. Mertz Anno 1669« datiert ist, wird man mit Koschlig den versifizierten Wunsch nach Beschleunigung der Drucklegung der genannten Werke auf dieses Datum beziehen müssen, d. h. die Manuskripte müssen dem Verleger bereits im Frühjahr 1669 vorgelegen haben. Der Grund für die

Verzögerung ist, Koschlig zufolge, beim Verleger Felßekker zu suchen, der zu dieser Zeit, von der Frankfurter Konkurrenz bedrängt, seiner neuen Ausgabe des *Simplicissimus Teutsch* die Priorität einräumte.

DEUTUNGSHINWEISE

Getreu der Baldanders-Regel, sich selbst »einbilden, wie es einem jeden Ding ergangen, hernach einen Discurs daraus formieren und davon glauben, was der Wahrheit ähnlich ist«, um den närrischen Vorwitz zu befriedigen, hat Grimmelshausen Nebenfiguren des *Simplicissimus Teutsch* zum Mittelpunkt zweier Lebensläufe gemacht: die Hure Libuschka, genannt Courasche, die Simplicius im Kurort Bad Griesbach kennenlernt, und den Soester Kriegskameraden des Simplicius, Springinsfeld. Am stärksten hat die Gestalt der »Ertzbetrůgerin« Courasche seine Einbildungskraft beschäftigt, auch noch im *Springinsfeld*-Roman und im *Rathstübel Plutonis.* Schon die Episode V 6-9 des *Simplicissimus Teutsch* läßt den Grund für ihre Faszinationskraft erkennen: sie opponiert gegen jede Unterordnung unter den Willen eines Mannes.

Das zeitübliche klischeehafte Frauenbild hatte Grimmelshausen bereits im *Satyrischen Pilgram* vorgeklärt und im *Simplicissimus Teutsch* aus der Perspektive des Kindes zunächst mit den Realitäten konfrontiert, dann Simplicius in die traditionelle Rolle des dominierenden Mannes hineinwachsen lassen. Der *Courasche*-Roman ist als eine Gegenschrift gegen die Fähnrichs- und Stutzermentalität im *Simplicissimus Teutsch* erdacht: »Trutz=Simplex«, der fingierte Druckort ist nicht zufällig »Utopia«. Das geistige Abenteuer des Autors bestand darin, im picarischen Rahmen eine Lebensmöglichkeit jenseits der traditionellen religiösen und moralischen Normen wahrscheinlich zu machen: die Geschichte einer Frau, die, wie Simplicius Opfer des großen Krieges, auf sich allein gestellt, sich selbst, ihre Identität als Frau nicht aufzugeben bereit ist — die Gegendarstellung zum traditionellen Frauenverständnis des Simplicius:

> Niemandem untertan, auf eigene Rechnung und Gefahr bringt sie ihre Zeit hin. Sie ist unbelehrbar, aber auch unbeugsam. Selbstmitleid ist ihr fremd. Mit allen Mitteln schlägt sie sich durch die barbarische Landschaft der Epoche, spart weder ihre Schönheit noch ihren Witz, nimmt Betrug und Hexerei zu Hilfe, wenn es sein muß, und ist durch kein Unglück zu brechen. Ihre Rivalen, ihre Feinde, ihre Liebhaber steckt sie schließlich allesamt in den Sack, sogar den Simplicius ⟨. . .⟩. Wie eine Katze fällt sie immer auf die Füße, und wie eine Katze hat sie sieben Leben. Sie ist unbußfertig bis in den Tod und läßt sich keine ihrer Taten gereuen. Ihrer Jungfernschaft weint sie keine Träne nach, alle Verluste kann sie verschmerzen, nur nicht den ihrer anarchischen Freiheit: die verteidigt sie mit Zähnen und Klauen. Ihre erotische Kraft, ihre animalische Pracht bändigt nichts. Ihr Geheimnis, ihr Triumph ist, daß sie sich nicht fangen läßt: das macht sie, all ihrer Untaten nicht geachtet, liebenswürdig, ja unwiderstehlich für immer.
> (Enzensberger.)

Grimmelshausen hat die Immoralität dieser Frau, ihre Rachgier, ihre Fixierung auf das Geld als höchsten Wert nicht gebilligt, aber er hat auch die penetrante, ja ängstliche Zuflucht zu den Topoi der traditionellen Sexualmoral in der abschließenden, Garzoni zitierenden »Zugab des Autors« ironisiert. Der aus der Perspektive eines Racheaffekts erzählte Lebenslauf zeigt zugleich auch, daß Courasche zur streitbaren, skrupellosen Amazone erst durch die Verkehrtheiten der von Männern beherrschten Welt geworden ist. Unter den vielen Ehen, die sie eingehen muß, um zu überleben und sich ihren kleinen Freiraum zu sichern, ist immerhin eine, in der sie, trotz aller Berechnung und Geldgier, Liebe erfährt. Auch die Erfahrung der Vergewaltigten: »ich fande keine Barmhertzigkeit bey diesen Viehischen Unmenschen«, stellt Grimmelshausen als Argument zu ihren Gunsten heraus.

In der »Zugab« spricht jemand, der wie der reife Simplicius »einen Eckel ab aller Weiber Beywohnung und Gemeinschafft gefaßt« hat und seiner Misogynie freien Lauf läßt. Wer dieser männliche Autor ist, auf den Courasche als Schreiber und Mittler für ihre Gegendarstellung angewiesen ist, erfährt der Leser erst im *Springinsfeld*-Roman: Durch Drohungen und Versprechungen gefügig gemacht, hat der Autor, ein stellungsloser Akademiker, so die Erzählfiktion, nur geschrieben, was Courasche ihm diktiert habe. Gegen die Faszination der alten Frau wappnet er sich, seiner Erzählung zufolge, ängstlich, indem er sich die traditionellen Topoi »Hure Babylon«, »Teufels-Gespenst«, »Hexen-Zunft« in Erinnerung ruft. Schon die Darstellung der Courasche auf dem Titelkupfer suggeriert durch allegorische Bezüge auf das Lastersystem der mittelalterlich-scholastischen Theologie moralische Abwertung. Der Text selbst bestätigt die negative Durchstilisierung des Lebenslaufs durch den Schreiber. Die Zuordnung der weiblichen Lebensalter zu den Lastern luxuria, ira, invidium und acedia, die apotreptischen Deutungen der Courasche als Frau Welt und apokalyptische Hure Babylon sind solche Absicherungen eines Ängstlichen, nicht jedoch schon Grimmelshausens Frauenbild. Noch die Beschreibung der Courasche aus der engen Perspektive des Schreibers im *Springinsfeld* ist so angelegt, daß die orthodoxen Sprachregelungen nicht verfangen; der Schreiber wie der Leser hat es mit der starken Persönlichkeit Libuschkas zu tun, einer illegitimen Tochter des Grafen von Thurn, einer »naturäl« dargestellten Respektsperson: rachgierig, gottlos zwar, aber auch bewundernswert in Welterfahrung, Klugheit, Selbständigkeit und Freiheitssinn. Das Problem des *Courasche*-Romans ist so gesehen weniger Courasche als ihr Schreiber. Zu beachten ist auch, daß der alte Simplicissimus nicht in die Beschimpfung der Courasche einstimmt. Zwar ist er erleichtert zu hören, daß Courasche nicht die Mutter des ihm einst von ihr in Bad Griesbach angehängten Bankerts ist und daß die Rache der betrogenen Betrügerin ins Leere gelaufen ist. Aber er bietet ein anderes, barmherzigeres Deutungsmuster an: die Maria-Aegyptiaca-Legende, die ihn trotz der Unbußfertigkeit der Courasche, trotz des Ausbleibens der »grundlosen Barmhertzigkeit Gottes« für sie hoffen läßt, ihm die Freundesrolle des Zosimas in der Legende zuweist.

VARIANTEN

14,12 f. *Haupmånnin]* Hauptmännin ($E^{3.2a}$)
15,4 f. *in einen]* in einem (E^{2a})
16,12 *Putanin]* Putanie (Hure) (E^{2a})
19,23 *vom]* von (E^{2a})
21,10 *nachdeme]* noch nachdeme (E^{2a}); Keller vermutet: noch deme
21,17 *hasse]* hassete (E^{2a})
21,27 *Phlegmam]* Phlegma (E^{2a})
22,1 *damal | damal]* damal (E^{3})
24,3 f. *separirte]* absonderte (E^{2a})
25,27 *Pferdten]* Pferden ($E^{3.2a}$)
27,9 *verbicht]* verpicht (E^{2a})
29,20 *den]* dem (E^{3})
29,31 *dem]* den (E^{3})
31,30 *Milchraum]* Milchraam (meiner Jungferschafft) (E^{2a})
35,17 *wurde]* ward (E^{3})
35,19 *Strategema]* Stratagema (Kriegs-List) (E^{2a})
38,18 *meinen]* meinem (E^{3})
42,23 *er erst]* ererst (E^{2a})
46,21 *bey deren]* bey denen (E^{3})
46,27 *Peuten]* Beuten ($E^{3.2a}$)
46,27 f. *paarem]* baarem (E^{2a})
48,17 *meinen]* meinem (E^{2a})
50,23 *ausgeflogen]* ausgebogen (E^{3})

53,5 *praesentirte*] praesentirte (übergab) (E^{2a})

54,13 *in Krieg*] im Krieg (E^{2a})

56,25 *von Regiment*] vom Regiment (C^{1})

59,19 *dem*] denen (E^{2a}) den (C^{1})

60,3 *ehrlichen*] ehrlichem (E^{2a})

60,11 *dem*] ($E^{1.2a.3}$)

60,27 *ihrem*] ($E^{1.2a.3}$)

61,5 *dem*] den ($E^{3.2a}C^{1}$)

61,5 *geben*] gaben ($E^{3.2a}C^{1}$)

61,20 *angesparet*] angesporet ($E^{3.2a}$)

61,24 *dem*] den ($E^{3}C^{1}$), denen (E^{2a})

61,25 *wůrde*] ward (E^{2a})

61,28 f. *welche vorgebe*] welche vorgabe (E^{3}), welcher vorgab (E^{2a}), welcher vorgabe (C^{1})

61,33 *Wirth*] Wirths ($E^{3.2a}C^{1}$)

62,3 f. *vergehen*] vergeben ($E^{3.2a}C^{1}$)

62,11 f. *diesem meinem*] diesen meinen (E^{2a})

62,19 *Pargelt*] Bargelt (E^{3}), baar Gelt (E^{2a})

63,16 *dem*] den (C^{1})

63,23 *ihn vor*] ihm von (E^{3}), ihn von (E^{2a})

64,17 *dem zweyten Tag nach /*] den zweyten Tag nach (C^{1})

65,1 *Beuden*] Beulen ($E^{3.2a}C^{1}$); vgl. auch S. 65,17.

65,13 *mit Kőllern*] ($E^{3.2a}C^{1}$), »mit« fehlt E^{1}

65,21 *wir*] mir (E^{3})

65,28 *zum Ehe gemacht*] ($E^{1.3}C^{1}$), zu der Ehe genommen (E^{2a}); Keller und Bender lesen: zum Ehegemahl

66,5 *Momms*] Manns ($E^{3.2a}C^{1}$)

66,9 *Nerden*] Verden ($E^{3}C^{1}$)

66,24 *Nerden*] Verden ($E^{3}C^{1}$)

67,31 *dem*] den ($E^{3}C^{1}$)

69,14 *Verstand*] Verstandes (E^{2a}), Verstands (C^{1})

69,23 *mit den*] mit dem (E^{3})

69,25 *hart*] hat ($E^{3}C^{1}$), hatte (E^{2a})

70,12 *seine*] seiner ($E^{3.2a}$)

70,24 *von einen*] von einem ($E^{3.2a}$)

72,5 *in ůbrigen*] im ůbrigen ($E^{3.2a}$)

72,8 *dem Sententz*] den Sententz (E^{2a})

73,6 f. *solche ehrliche und lobwuͤrdige Rath]* solchen ehrlichen und lobwuͤrdigen Rath ($E^{3}C^{1}$), solche lobwuͤrd. Thaht (E^{2a})
73,8 *unter dem]* ($E^{3.2a}C^{1}$), und dem (E^{1})
73,20 *Reumen]* Reimen (E^{3}), Reymen (E^{2a})
73,25 *aestimiren]* aestimieren (halten) (E^{2a})
73,32 *wegen eine]* wegen einer (E^{2a})
73,33 *difficulteten]* Difficulteten (Schwuͤrigkeiten) (E^{2a})
74,6 *wuͤrde]* wurde ($E^{3}C^{1}$), ward (E^{2a})
74,13 *E. Graͤfl.]* E. Graͤfl. Gn. ($E^{2a}C^{1}$)
74,13 *muste]* musten (E^{3})
74,18 *demselben]* denselben ($E^{3.2a}C^{1}$)
74,21 *und dem]* und den (E^{3}), und selbst den (E^{2a})
74,25 *mercken]* merckten ($E^{3.2a}C^{1}$)
75,2 *vor dem]* vor den ($E^{3.2a}C^{1}$)
75,17 f. *Moger]* Mogol (E^{2a}), Mogel (C^{1})
75,18 *revangirn]* revangiren (raͤchen) (E^{2a})
76,12 *verlieb]* vorlieb ($E^{3.2a}$)
76,24 f. *an dem]* an den ($E^{3.2a}C^{1}$)
77,9 *aus dem]* aus den ($E^{3.2a}C^{1}$)
77,13 *deren]* denen (E^{2a})
78,23 f. *dem Landmann]* ($E^{1.2a.3}C^{1}$)
79,8 *ihn]* ihm ($E^{3.2a}$)
79,9 *seinen]* seinem ($E^{3.2a}C^{1}$)
80,4 *wuͤrde]* ward (E^{2a}), wurde (C^{1})
80,13 *unsern]* unserm ($E^{3.2a}C^{1}$)
80,28 *ihrem Feinde]* ($E^{1}C^{1}$), ihren Feinde (E^{3}), ihren Feind (E^{2a})
81,13 *welchen]* welchem (E^{2a})
81,16 *Vener]* Veneri ($E^{3.2a}C^{1}$)
82,7 *mit einen]* mit einem ($E^{3.2a}C^{1}$)
82,24 *aus den]* aus dem ($E^{3.2a}C^{1}$)
83,7 *Herren]* Heeren ($E^{3.2a}C^{1}$)
83,16 *ehrlich]* ehrlicher ($E^{2a}C^{1}$)
83,20 *Ruthen]* Reutern ($E^{3.2a}C^{1}$)
84,4 *mit meinen]* mit meinem (E^{3})
84,22 *keinem]* keinen ($E^{3.2a}C^{1}$)

84,29 *eine*] mir (E^{2a})
84,33 *diesem*] diesen ($E^{3.2a}C^{1}$)
85,10 *dem Tod*] den Tod ($E^{3.2a}C^{1}$)
85,24 *welche*] welchen (E^{2a})
86,2 *von einen*] von einem ($E^{3.2a}C^{1}$)
86,4 f. *Gemuͤth-lauffende*] Gemuͤth lauffende ($E^{3.2a}C^{1}$)
86,13 *furs*] fuͤrs ($E^{3.2a}C^{1}$)
86,31 *Servitut*] (Servitut) Dienstbarkeit (E^{2a})
87,3 *libertet*] Libertet (Freyheit) (E^{2a})
90,10 *Schrecken*] Schecken ($E^{3.2a}$C1)
90,11 *demselben*] denselben ($E^{3.2a}C^{1}$)
90,26 *Heuraths Notal*] Heurats-Notul (E^{2a})
91,21 *ehrlich*] ehelich (E^{2a})
92,13 *humor zu schicken*] Humor schicken (E^{2a})
92,20 f. *grossen*] grossem ($E^{3.2a}C^{1}$)
93,5 *koͤnnte*] konnte ($E^{3}C^{1}$)
93,7 in den] in dem (E^{2a})
94,19 *dem*] dessen (E^{2a})
94,29 *Jm-biß*] Jmbiß ($E^{3.2a}C^{1}$)
95,12 *koͤnten*] koͤnnen (E^{2a})
95,22 *schwerrent*] schwerent (E^{3}), schwoͤrende (E^{2a})
96,7 *ohnangesehen*] unangesehen ($E^{3.2a}$)
96,25 *Seuberern*] Saͤuberern (Fegern) (E^{2a})
96,32 *ihn*] ihr ($E^{2a}C^{1}$)
97,1 *daran*] darvon ($E^{3}C^{1}$), davon (E^{2a})
97,3 f. *von dem*] von den ($E^{3}C^{1}$), von denen (E^{2a})
97,9 f. *zuvor seiner Haar oder Woll Plutt*] zuvor in seine Haar- oder Woll-buͤtte (E^{2a})
97,19 *als mit*] als sie mit (E^{2a})
97,24 *Haar und voll sonder liegen*] Haare / und zwar sovoll sonderlinge (E^{2a}); Keller liest: Haar und woll sonder liegen
97,27 *fiengen*] fienge (E^{3})
98,7 *muͤsten*] muͤste ($E^{2a}C^{1}$); Bender liest nach Scholtes Vorschlag: muͤssen
99,7 *General-Fartzern*] General-Fartzerin (E^{3})
99,12 *der mir in so*] (E^{3}), der mir so (E^{1}), der mir mit so (E^{2a}), so mir in (C^{1})

100,8 *einen]* einem ($E^{3}C^{1}$)
101,3 *an einen]* an einem (E^{2a})
101,17 *Gesaͤg]* Gesag ($E^{3}C^{1}$)
101,22 *wuͤste]* wuste ($E^{3}C^{1}$)
102,23 f. *Jn Summa]* Kurtzab (E^{2a})
103,24 *seinen]* seinem (E^{2a})
104,3 *accantage]* ($E^{1.3}C^{1}$), avantage (E^{2a}); vgl. Cont. 583,31: accisirte
104,6 *desperation]* desperation, (Unmuth und Verzweifelung) (E^{2a})
104,29 *waͤren]* waren ($E^{3.2a}C^{1}$)
105,1 *Philosophien]* philosophirn ($E^{3}C^{1}$), philosophiren (E^{2a})
106,20 *liebreichenden]* liebreizenden (E^{2a})
107,7 *an den Marckt]* an dem Marckt (E^{3}), an dem Marck (E^{2a}), am Marckt (C^{1})
107,11 *ich ihn]* ich ihm ($E^{3.2a}C^{1}$)
107,33 *obgibt]* abgibt ($E^{3}C^{1}$), abgiebet (E^{2a})
108,1 f. *zu veralienieren]* zuveralieniren (umzusetzen) (E^{2a})
108,13 *lautet]* lautete ($E^{3.2a}C^{1}$)
108,15 meinen] meinem ($E^{3.2a}C^{1}$)
108,19 *in einem]* in einen ($E^{3.2a}C^{1}$)
108,20 *nicht]* nichts ($E^{3.2a}C^{1}$)
108,27 *auf den]* auf dem ($E^{3}C^{1}$), auff dem (E^{2a})
108,31 *zu nehmen]* zu nennen ($E^{3}C^{1}$), zunennen (E^{2a})
109,4 *nun dem]* nun den ($E^{3.2a}$)
109,14 *ins Hause]* ins Hauß (E^{2a})
109,16 *Begierten]* Begierden ($E^{3.2a}$)
110,33 *einen Weibsbild]* ein Weibsbild ($E^{3}C^{1}$), einem Weibsbild (E^{2a})
111,12 *einen Kerl]* einem Kerl (E^{2a})
111,29 *die sich]* (E^{3}), die Sach (E^{1}), die sich der Sach (E^{2a})
112,2 *muͤsten]* muͤssen ($E^{3.2a}C^{1}$)
112,13 *lachen]* lagen ($E^{3.2a}C^{1}$)
112,26 *ware]* waͤre ($E^{3}C^{1}$), were (E^{2a})
113,4 *und dadurch]* um dadurch ($E^{3.2a}C^{1}$)
113,22 *obigen]* obigem (E^{2a})

113,29 *also | es]* als | es (E^{3}), als es (E^{2a})
114,4 *hinterlassen]* hinterlassende (E^{2a})
114,18 *theilen]* theilten ($E^{3}C^{1}$), theileten (E^{2a})
115,18 f. *zu spatzieren zu gehen und zu faullentzen]* zuspatziren und zufaullentzen (E^{2a})
116,7 *nit uͤbel]* (E^{3}), uͤbel (E^{1}), nicht uͤbel ($E^{2a}C^{1}$)
117,15 *von allem]* von allen ($E^{3.2a}$)
117,34-118,1 *und zusehen]* um zusehen ($E^{3.2a}C^{1}$)
118,3 *Marquedenter]* Marquedentern (E^{2a})
118,4 *Caplan Regiments-Schultheiß]* Capitain Regiments-Schultheiß (E^{3})
118,15 ahnangesehen*]* unangesehen ($E^{3.2a}C^{1}$)
120,27 *Mir]* Wir ($E^{3.2a}C^{1}$)
120,27 f. *wurden]* ($E^{3.2a}C^{1}$), murrten (E^{1})
121,27 f. *in obbemelten]* in obbemeltem ($E^{3.2a}C^{1}$)
121,31 f. *allen]* allem (E^{2a})
122,5 *Partison]* Partisan ($E^{3.2a}C^{1}$)
122,11 *dem]* den ($E^{3.2a}C^{1}$)
122,15 *eheliebend]* ehrliebend ($E^{3.2a}C^{1}$)
122,28 f. *davon sich befreyen]* davon sie befreyen (E^{3}), sie davon zubefreyen (E^{2a})
123,1 *ihn]* ihm (E^{2a})
123,6 *Dem]* Den ($E^{3.2a}C^{1}$)
123,21 *ehrlichen]* ehelichen (E^{2a})
124,13 *mit meinen]* mit meinem ($E^{3.2a}C^{1}$)
124,30 *nicht doͤrffen]* nicht doͤrffen damit (E^{2a})
125,2 *mit seinen]* mit seinem ($E^{3.2a}C^{1}$)
125,8 *dem Meister]* den Meister ($E^{3.2a}$)
126,15 *und der Glantz]* ($E^{1}C^{1}$), unter Glantz (E^{3}), unter dem Glantz (E^{2a})
126,16 *den Weg]* ($E^{3.2a}C^{1}$), und den Weg (E^{1})
126,21 *dann]* dem ($E^{3.2a}$)
126,29 *Moͤnchen]* Muͤnchen (E^{3})
127,14 *noch ihre Waͤhl]* (E^{3}), nach ihrer Waͤhl (E^{1}), noch ihre Waͤlle (E^{2a}), noch ihre Waͤll (C^{1})
127,16 *solten]* (E^{1}), Zelten ($E^{3.2a}C^{1}$)

127,23 *Gallaschischen]* Gallasischen (E^{3}), Gallassisschen ($E^{2a}C^{1}$)

128,12 *vor Bedeutungen]* Vor-Bedeutungen (E^{2a})

128,21 *Wittenberger]* Wuͤrtenberger (C^{1})

128,23 *der]* den (E^{2a})

129,14 *du aber kamest]* du kamest ($E^{3}C^{1}$)

130,26 f. *mit dem Laster]* ($E^{1.3.2a}C^{1}$); seit Keller wird die Lesart »mit dem Leser« bevorzugt (mit Hinweis auf S. 132,32).

131,7 *zwackten;]* zwagten / ($E^{3}C^{1}$)

131,15 *nemlich]* nemlich (die Heilige auß Frankreich) (E^{2a})

131,17 *Fruͤhling]* ($E^{3.2a}C^{1}$), Fruͤhlig (E^{1}); vgl. S. 830,18.

131,30 *in Saurbrunnen]* im Saurbrunnen (E^{3}), in Saurbrunn (E^{2a})

132,2 *ich ihnen]* ich ihne (E^{3}), ich ihn ($E^{2a}C^{1}$)

132,7 *sattsamen]* unersaͤttlichen (E^{2a})

132,12 *einen]* (E^{1}) seinen ($E^{3.2a}C^{1}$)

132,17 *in]* im (E^{2a})

132,21 *sondern ehe ich]* ($E^{3}C^{1}$), sondern eh ich (E^{2a}), sondern ich (E^{1})

132,24 *Troff]* Tropff ($E^{3.2a}C^{1}$)

132,33 *damit seine]* (E^{1}), damit ich seine ($E^{3.2a}C^{1}$)

133,7 f. *jeden einem]* einem jedwederen (E^{3}), einem jeden (E^{2a})

133,11 *sonderlich behalffe]* sondern behalffe ($E^{3}C^{1}$), sonderlich behalf ich (E^{2a}); Bender liest, Keller und Scholte folgend: sondern ich behalffe

133,24 *den Nahmen Simplicium]* mit Namen Simplicius (E^{3}), den Nahmen nach Simplicio (E^{2a})

133,31 *Bekleidung]* Begleitung (E^{2a})

133,32 *daß sie]* da sie ($E^{3.2a}C^{1}$)

134,5 *den Simpeln]* den guten Simpel (E^{2a})

134,19 *gleichwie er]* ($E^{3.2a}C^{1}$), gleichwie ihr (E^{1})

134,22 *nach]* noch ($E^{3.2a}C^{1}$)

135,15 f. *ich und oder]* ich und ($E^{3}C^{1}$), ich oder (E^{2a})

136,1 *auf dem]* auf den (E^{3}), auff den (E^{2a})

137,23 f. *Jn Summa]* Kurtzab (E^{2a})

139,8 f. *Jn Summa]* Kurtzab (E^{2a})

139,11 *Marquetennerin]* Marquetenderin ($E^{2a}C^{1}$)

139,32 *Herbst-Zeiten]* ($E^{1.3.2a}C^{1}$); vgl. aber S. 142,33: Herbsthausen

140,1 *wider seinem]* wider seinen ($E^{3.2a}$)

140,7 *jemand]* niemand ($E^{2a}C^{1}$)

140,9 *anderer]* andere (E^{2a})

141,31 *dem armen]* den armen (E^{2a})

144,27 *von weiten]* von weitem (E^{2a})

145,8 *wuͤrden;]* wuͤrde; (E^{2a}), wuͤrde. (C^{1})

145,31 *wurde dieser]* ward diese (E^{2a})

147,11 *in]* im (E^{2a})

150,14 *Frantzaͤsischen]* Frantzoͤsischen ($E^{3.2a}C^{1}$)

150,25 *Lupas]* Lupas (geile und unkeusche Woͤlfinnen) (E^{2a})

150,30 *gruͤndig]* grindig (E^{3})

TEXTERWEITERUNGEN

Beispiele für moralisierende Erweiterungen der Ausgabe C^{1} (Bd. 2, 1683)

Das I. Capitel.

Gruͤndlicher und nothwendiger Vorbericht / weme zu Liebe und Gefallen / und auß was dringenden Ursachen die alte Ertzbetruͤgerin / Landstoͤrtzerin und Zigeunerin Courage ihren wunders wuͤrdigen und recht seltzamen Lebens-Lauff erzehlet / und der gantzen Welt vor die Augen stellet.

Courage zieh't Ursachen an /
Waruͤm sie solches hab gethan /
Daß sie schrieb Jhren Lebens-Lauff /
Dem Simplex zu beschimpffen auff /
Daß Jhre Unschuld vor werd bracht /
Und Er dardurch zu Schanden gemacht.

JA! (werdet ihr sagen ihr Herren!) wer solte wol gemeint haben / daß sich die alte Schell einmal unterstehen würde den künfftigen Zorn Gottes zu entrinnen? Aber was wolt darvor seyn / sie muß wol! dann das Gumpen ihrer Jugend hat sich geendigt! ihr Muhtwill und Vorwitz hat sich gelegt / ihr beschwertes und geängstigtes Gewissen ist aufgewacht / und das verdrossene Alter hat sich bey ihr eingestellt / welches ihre vorige überhäuffte Thorheiten länger zu treiben sich schämet / und die begangene Stück länger im Herzen verschlossen zu tragen ein Eckel und Abscheu hat; Das alte Rabenaaß finge einmal an zu sehen und zu fühlen / daß der gewisse Tod nächstens bey ihr anklopffen werde / ihr den letzten Abdruck anzunöhtigen / vermittelst dessen sie unumbgänglich in eine andere Welt verreisen / und von allem ihrem hiesigen Thun und Lassen genaue Rechenschafft geben müste / darum beginnete sie im Angesicht der gantzen Welt ihren alten Esel von überhäuffter Last seiner Beschwerden zu entladen / ob sie vielleicht sich umb so viel erleichtern möchte / daß sie Hoffnung schöpffen könnte / noch endlich die himmlische Barmhertzigkeit zu erlangen! Ja! (ihr liebe Herren!) das werdet ihr sagen; Andere aber werden gedencken / solte sich die Courage wol einbilden därffen / ihre alte zusammen gerumpelte Haut / die sie in der Jugend mit Frantzösischer Grindsalb / folgends mit allerhand Italiän- und Spanischer Schmincke / und endlich mit Egyptischer Läussalben und vielem Gänsschmalz geschmieret / beym Feuer schwartz geräuchert / und so offt eine andere Farbe anzunehmen sich gezwungen / widerumb weiß zu machen? Solte sie wol vermeinen / sie werde die eingewurtzelte Runtzeln ihrer Lasterhafften Stirn austilgen / und sie wiederumb in den glatten Stand ihrer ersten unschuld bringen / wann sie dergestalt ihre Bubenstück und begangne Laster Berichts weiß daher erzehlet von ihrem Hertzen zu räumen? Solte wol diese alte Vettel jetzt / da sie alle beyde Füsse bereits im Grab hatte / wann sie anders würdig eines Grabs theilhafftig zu werden / die Alte / (werdet ihr sagen /) die sich ihr Lebtag in allerhand Schand und Lastern umbgeweltzt / und mit mehrern Missethaten als Jahren / mit mehrern Hurenstücken als Monaten mit mehrern Diebsgriffen als Wochen / mit mehrern Tod-Sünden als Tagen und mit mehrern gemeinen Sünden als Stunden beladen; die / deren / so alt sie auch ist / noch niemal keine Bekehrung im Sinn kommen / sich unterstehen mit Gott zu versöhnen? Vermeinete sie wol anjetzo noch zurecht zu kommen / da sie allbereit in ihrem Gewissen anfähet mehr höllische Pein und Marter auszustehen / als sie ihre Tage Wollüste genossen und empfunden? Ja! wann diese unnütze abgelebte Last der Erden neben solchen Wollüsten sich nicht auch in andern allerhand Ertzlastern herumb gewältzt / ja gar in der Bosheit allertieffsten Abgrund begeben und versenckt hätte / so möchte sie wol noch ein wenig Hoffnung zu fassen die Gnad haben können; Ja ihr Herren! Das werdet ihr sagen / das werdet ihr gedencken / und also werdet ihr euch über mich verwundern / wann euch die Zeitung von dieser ihrer Haupt- oder General Beicht zu Ohren kommt; und wann ich solches erfahre / so werde ich meines Alters vergessen / und mich entweder wieder jung / oder gar zu Stücken lachen! Warumb das Courage? warum wirstu also lachen (möchte mancher fragen) darumb / daß ihr vermeinet / ein altes Weib / die des Lebens so lange Zeit wol gewohnet / und die ihr einbildet / die Seele seye ihr gleichsam angewachsen / gedencke an das Sterben / eine solche / wie ihr wisset daß ich bin und mein Lebtag gewesen / gedencke an die Bekehrung! und die jenige so ihren gantzen Lebens-Lauff / wie mir die Pfaffen zusprechen / der Höllen zugerichtet / gedencke nun erst an den Himmel. Ich bekenne unverholen / daß ich mich auff solche Hinreis / wie mich die Pfaffen überreden wollen / nicht rüsten / nachdeme / was mich ihrem Vorgeben nach verhindert völlig zu *resignirn* entschliessen können; als worzu ich ein Stück zu wenig hingegen aber etlicher / vornemblich aber zweyer zu viel habe, das / so mir manglet / ist die Reu / und was mir manglen solte / ist der Geitz und der Neid;

wann ich aber meinen Glumpen Gold / den ich mit Gefahr Leib und Lebens / ja / wie mir gesagt wird / mit Verlust der Seeligkeit zusammen geraspelt / so sehr hasse als ich meinen Neben-Menschen neide / und meinen Neben-Menschen so hoch liebte als mein Geld / so moͤchte vielleicht die Himmlische Gabe der Reue auch folgen; ich weiß die Art der unterschiedlichen Alter eines jeden Weibsbilds / und bestaͤttige mit meinem Exempel / daß alte Hund schwerlich baͤndig zu machen; die *Cholera* hat sich mit den Jahren bey mir vermehrt / und ich kan die Gall nicht heraus nehmen / solche wie der Metzger einen Säu-Magen umbzukehren und auszubutzen; wie wolte ich dann dem Zorn widerstehen mögen? Wer will mir die überhaͤuffte *Phlegmam evacuirn* und mich also von der Traͤgheit curiren? Wer benimmt mir die Melancholische Feuchtigkeit / und mit derselben die Neigung zum Neid? Wer wird mich überreden koͤnnen / die Ducaten zu hassen / da ich doch aus langer Erfahrung weiß / daß sie aus Noͤhten erretten / und der einige Trost meines Alters seyn koͤnnen / damal / ihr Herren Geistliche! Wars Zeit / mich auff den jenigen Weeg zu weisen / den ich eurn Rath nach / jetzt erst antretten soll / als ich noch in der Blüt meiner Jugend / und in dem Stand meiner Unschuld lebte; dann ob ich gleich damals die gefaͤhrliche Zeit der kuͤtzelhafften Anfechtung angieng / so waͤre mir doch leichter gewesen dem *Sanguinischen* Antrieb / als jetzunder der uͤbrigen dreyen aͤrgsten Feuchtigkeiten gewaltsamen Anlauff zugleich zu widerstehen; darumb gehet hin zu solcher Jugend / deren Hertzen noch nicht / wie der Courage / mit andern Bildnüssen befleckt / und lehret / ermahnet / bittet / ja beschweret sie / daß sie es aus Unbesonnenheit nimmermehr so weit soll kommen lassen / als die arme Courage gethan; Aber höre Courage wann du nicht im Sinn hast dich zubekehren / warumb wilst du dann deinen Lebens-Lauff Beichtsweiß erzehlen / und aller Welt deine Laster offenbahrn? (doͤrfte wohl einer fragen moͤgen) Das thue ich dem Simplicissimo zu Trutz! weil ich mich anderer Gestalt nicht an ihm raͤchen kan; dann nachdem dieser schlimme *Vocativus* mich im Saurbrunnen seiner Meinung nach geschwaͤngert *scilicet*, und hernach durch einen spoͤtlichen Possen von sich geschafft / gehet er erst hin / und rufft meine und seine eigne Schand / vermittelst seiner schönen Lebens-Beschreibung vor aller Welt aus; aber ich will ihm jetzunder hingegen erzehlen / mit was vor einem erbarn Zobelgen er zu schaffen gehabt / damit er wisse / wessen er sich geruͤhmt; und vielleicht wuͤnschet / daß er von unserer Historie allerdings still geschwiegen haͤtte; Woraus aber die gantze erbare Welt abzunehmen / daß gemeiniglich Gaul als Gurr: Hurn und Buben eins Gelichters: und keins umb ein Haar baͤsser als das andere sey; gleich und gleich gesellt sich gern / sprach der Teuffel zum Köhler / und die Sünder werden widerumb gemeiniglich durch Suͤnden und Sünder abgestrafft.

Kitzle dich mit Lastern nicht /
Wie man manche oft ansticht /
Die man selbsten hat begangen /
Daß dichs nicht hernach gereu /
Wann es an dem Tage sey /
Was man thoͤrichts angefangen /
List / wird offt mit List belohnt /
Wann man seiner selbst nicht schont.

Das XI. Capitel.

Die neue Hauptmaͤnnin Courage ziehet wieder in den Krieg / und bekam einen Rittmeister/Quartiermeister und gemeinen Reuter durch ihre Heldenmaͤssige Tapfferkeit in einem blutigen Gefecht gefangen; Verleurt darauf ihren Mann und wird eine unglückselige Wittwe.

Courage krieget neuen Muth /
Weil ihre Sache steh't so gut /
Und ziehet wieder in das Feld /
Mit ihrem Mann aufs baͤst bestellt /

Bringt den Soldaten neue Freud /
Und macht zum Ersten wacker Beut.

JCh rüstete mich trefflich ins Feld / weil ich schon besser / als mein Hauptmann wuste / das darzu gehörete / und in dem ich mich ängstigte / daß ich wieder dahin muste / wo man die Courage kennete / erzehlte ich meinem Mann mein gantzes gefürtes Leben / biß auf die Hurenstücke / die ich hie und da begangen / und was sich mit mir und dem Rittmeister zugetragen / vom Namen Courage überredet ich ihn / daß er mir wegen meiner Tapfferkeit zugewachsen wäre wie dann sonst auch jederman von mir glaubte / mit dieser Erzehlung kam ich den jenigen vor / die mir sonst etwan bey ihm einen bösen Rauch gemacht / wann sie ihm vielleicht solches und noch mehr darzu / ja mehr als mir lieb gewesen / erzehlet hätten / und gleich wie er mir damahl schwerlich glaubte / wie ich mich in offenen Schlachten gegen dem Feind gehalten / biß es folgends andere Leut bey der Armee bezeugten / also glaubte er nachgehends auch andern Leuten nicht / wann sie ihm von meinen schlimmen Stücken aufschnitten / weil ich solche läugnete / sonst war er in allen seinen Handlungen sehr bedächtig und vernünfftig / ansehenlich von Person und einer von den behertzten / also daß ich mich selbst offt verwunderte / warum er mich genommen / da ihm doch billiger etwas ehrliches gebührt hätte.

Meine Mutter nahm ich mit mir vor eine Haußhalterin und Köchin / weil sie nicht zuruck bleiben wolt; Jch versahe / unseren Bagage Wagen / mit allem dem / was man ersinnen hätte mögen / das uns im Feld solt nöthig gewesen seyn / und machte eine solche Anstalt unter dem Gesind / daß weder mein Mann selbst drum sorgen: noch einen Hofmeister darzu bedorffte / mich selbst aber mundirte ich wieder / wie vor diesem mit Pferd / Gewehr / Sattel und Zeug / und also staffirt / kamen wir zu der Tillischen Armee / allwo ich bald erkannt / und von den mehristen Spottvögeln zusammen geschriehen wurde; Lustig ihr Brüder / wir haben ein gut *Omen* kuͤnfftige Schlacht zu gewinnen! Warum? darum / Courage ist wieder bey uns ankommen / und zwar diese Lappen redeten nicht uͤbel von der Sach / dann das Volck mit dem ich kahm / war ein *Succurs* von drey Regimentern zu Pferd / und zweyen zu Fuß / welches nicht zu verachten / sondern der *Armada Courage* genug mitgebracht / wann ich gleich nicht dabey gewesen waͤre.

Meines Behalts / den zweyten Tag nach dieser gluͤcklichen *conjunction*, gerieten die unserige dem König von Dennemarck bey Lutter in die Haar / allwo ich fürwahr nicht bey der Bagage bleiben mochte / sondern als des Feinds erste Hitze verloschen / und die unserige das Treffen wieder tapffer erneuert: mich mitten ins Gedraͤng mischte / wo es am allerdicksten war; Ich mochte keine geringe Kerl gefangen nehmen / sondern wolte meinem Mann gleich in der erste weisen / daß mein Zunahmen an mir nicht übel angelegt waͤre / noch er sich dessen zu schaͤmen haͤtte; Machte derowegen meinen edlen Hengst / der seines gleichen in Prag nicht gehabt / mit dem Saͤbel Platz / biß ich einen Rittmeister von vornehmen Daͤnischen Geschlecht beym Kopff kriegte / und aus dem Gedraͤng zu meinem Bagage = Wagen brachte / ich und mein Pferd bekamen zwar starcke Puͤff: wir liessen aber keinen Tropffen Blut auf der Wahlstatt / sondern trugen nur etliche Maͤhler und Beulen darvon / weilen ich dann sahe / daß es so gluͤcklich abgieng / machte ich mein Gewehr wieder fertig / jagte hin / und holt noch einen Quartiermeister sammt einem gemeinen Reuter / welche nicht ehe gewahr wurden / daß ich ein Weibsbild war / als biß ich sie zu obengedachten Rittmeister und meinen Leuten brachte / ich besuchte keinen von ihnen / weil jeder selbst sein Geld und Geldswerth herauß gab / was er hatte / vornemlich aber liesse ich den Rittmeister fast hoͤfflich tractiren und nicht anruͤhren / viel weniger gar außziehen / aber als ich mich mit Fleiß ein wenig beyseits machte / vertauschten meine Knecht mit den andern beyden ihre Kleider / weil sie trefflich wol mit Koͤllern mondirt waren; Jch haͤtte es zum dritten mahl gewagt / und fort geschmidet / dieweil das Eisen weich gewesen / und die Schlacht gewåhret / so mochte ich aber meinem guten Pferd nicht so viel zu muthen; Jndessen bekam mein Mann auch etwas wenigs an Beuthen von denen / die sich aufs Schloß Lutter retirirt: und ewiglich auf Gnad und Ungnad ergeben hatten / also / daß wir beyde in und nach dieser Schlacht in allem und allen auf tausend Gulden werth / vom Feind erobert / welches wir gleich nach dem Treffen zugemacht / und ohnverweilt per Wechsel nacher Prag zu meinen alldortigen 2000. Reichsthalern überschafft / weil wir dessen im Feld nicht bedörfftig / und tåglich hofften noch mehr Beuten zu machen.

Jch und mein Mann bekamen einander je långer je lieber und schåtzte sich als das eine glückseelig / weil es das andere zum Ehe gemacht hatte / und wann wir uns nicht beyde geschåmt hätten / so glaub ich / ich wåre Tag und Nacht in den Lauffgråben / auf der Wacht und in allen *occasio*nen niemahl von seiner Seiten kommen / wir vermachten einander alles unser Vermögen / also daß das letzt-lebend (wir bekåmen gleich Erben oder nicht) das Verstorbene erben: Meine Seugamme oder Mutter aber / gleichwol auch ernehren solte / so lang sie lebte / als welche uns grossen Fleiß und Treu bezeugte; Solche / Vermåchtnuß hinterlegten wir / weil wirs in Duplo außgefertigt / eine zu Prag hinter den *Senat*, und die ander in meines Manns Heimath in Hochteutschland / so damals noch in seinem besten Flor stunde / und von dem Kriegswesen das geringste nicht erlitten.

Nach diesem Lutterischem Treffen nahmen wir Steinbruck / Verden / Langenwedel Rotenburg / Ottersberg und Hoya ein / in welchen letzt-genannten Schloß Hoya mein Mann mit etlichen Commandirten Völckern ohne Bagage muste ligen verbleiben; Gleich wie mich aber sonst nirgends keine Gefahr von meinem Mann behalten konte / also wolte ich ihn auch auf diesem Schloß nicht allein lassen / auß Furcht / die Låuse möchten mir ihn fressen / weil keine Weibsbilder da waren / so die *Soldatesca* gesaͤubert haͤtten unsere Bagage aber / verblieb bey dem Regiment / welches hingieng die Winter-Quartier zu geniessen / bey welchem ich auch verbleiben / und solchen Genuß haͤtte einziehen wollen.

So bald nun solches bey angehendem Winter geschehen / und Tilly dergestalt seine Voͤlcker zertheilet / sihe da kam der Koͤnig in Dennemarck mit einer Armee / und wolte im Winter wieder gewinnen / was er im Sommer verlohren / er stellte sich Verden einzunehmen / weil ihm aber die Nuß zu hart zu beissen war / liesse er selbige Stadt liegen / und seinem Zorn am Schloß Hoya aus / welches er in 7. Tagen mit mehr als tausend Canon-Schuͤssen durchloͤchert / darunter auch einer meinen lieben Mann traff / und mich zu einer unglückseeligen Wittib zum vierten mal machte.

Schad / daß ein Hur / Was gutes hab /
Drum fordert Gott schon wider ab /
  Den Hauptmann der Courage Mann /
Wiewohl sie beyde liebten sich /
Doch war sie sein nicht wuͤrdiglich /
  Weil sie ihn so gefuͤhret an /
Der Huren-Gluͤck ist wandelbar /
Diß wird recht an Courage wahr.

Abschließende Moralisatio der Ausgabe C¹

Courage schließt den Lebens-Lauff /
  Und ihre Dieberey zu schreiben /
Sie hoͤrt von ihren Thaten auff /
  Und laͤsset es bey dem verbleiben /
Daß sie ein Hur und Diebin sey /
  Und noch mehr / weis nicht was gewesen /
Wie dann dergleichen mancherley /
  Bishero war von ihr gelesen /
Ein schoͤnes-garstigs Lob diß ist /
  Nicht daß man es ihr nach soll machen /

Vielmehro daß ein frommer Christ /
Sich hůten soll fůr solchen Sachen /
Die schåndlich und unerbar sind /
Man ůffne die Verstandes-Augen /
Und sey nicht so verstockt und blind /
Zu sehn was uns zu Nutz kan taugen /
Diß ist ein Spiegel böser Art /
Daraus man soll die Mackeln sehen /
Wie ůbel manches sich gebart /
Und meint es werd ihm wohl anstehen.
Courage gibts zwar zimlich viel /
Doch will es offt am Hertz auch liegen /
Wie man dann ja dergleichen Spiel /
Auch heut zu Tage siht am Kriegen /
Wie die Courage offt sich spannt /
Und heissen lauter tapffere Leuthe /
Zu Schelmenstůcken / Raub und Brand /
Kommts dann darzu / daß man recht streite /
Für Gott / für Lehr / und Vatter Land /
So hebt Courage an zu hincken /
Und wird mit ihrem Lob zu Schand /
Weil ihre Werck nach Lastern stincken.

STELLENKOMMENTAR

Titelkupfer] Das Titelkupfer ist allegorisch-emblematisch angelegt; die Pictura zeigt Courasche als personifizierte »avaritia«, umgeben von entsprechenden saturnischen Kreaturen (Fledermaus, Eule, Basilisk, Esel). Das Satanstier »Basilisk«, die geflügelte Schlange, deren Blick nach zeittypischem Aberglauben tötende Kräfte hat, verweist auf eine entsprechende Selbstcharakteristik der Courasche (S. 95,27-29). Geweih und Hirschkäfer verweisen auf sexuelle Gier ebenso wie die Biene; die Heuschrecke ist Sinnbild der Strafe Gottes (vgl. 2. Mose 10), der distelfressende Esel bedeutet Geiz (Alciatus, *Emblematum libellus*, S. 118 f.). Im

Hintergrund der Pictura weisen Zigeuner auf das unstete Wanderleben, ebenso der über der Courasche befindliche Kranich. Sie kommt, im Gegensatz zu Simplicissimus, nicht zur »Ruhe«. Der junge Zigeuner vor Courasche verweist auf den Topos der ungleichen, sündhaften Liebe, Courasche öffnet den Mantelsack, aus dem die Utensilien der Hoffart und Nichtigkeit (Vanitas) herausfallen. Die Erklärung des Kupfers als emblematische subscriptio (S. 12,5) deutet all dies als »der Thorheit Kram«, der im Alter unnütz geworden ist und die Geldgier nun nicht mehr verhüllen soll. Möglicherweise ist die nach links geneigte, schiefe Ebene, auf der die Zigeuner hinwandern, während Courasche noch verharrt (vgl. Spr 7, S. 193,15-22), in die allegorische Deutung einzubeziehen, ebenso wie der nach links geneigte Baum mit dem nach rechts sprießenden Zweig, die das pythagoreische Y-Zeichen der Wegewahl anzudeuten scheinen (Haberkamm).

11,1 *Trutz Simplex]* Fiktive Gegenschrift zum ST von einer durch Simplicissimus gekränkten Hure, s. Cour 1 u. 27, sowie ST V 5, 6 u. 9, Bd. I/1 d. A. Zugleich selbstbewußte Parodie der simplicianischen Bekehrungsgeschichte.

11,3 *Ausführliche und wunderseltzame]* Hinweis auf den die curiositas des Lesers befriedigenden Stil des Picaro-Romans bzw. des franz. Roman comique.

11,4 *Lebensbeschreibung]* Hinweis auf die Gattung der simplicianischen Lebensläufe, die fiktive Autobiographie.

11,5 *Ertzbetrügerin]* Vgl. Grimm, DWb 3, Sp. 1080.

11,5 *Landstörtzerin]* Landstreicherin; Anspielung auf das Gattungsmuster des Picaro-Romans, hier *Die Landstörtzerin Justina Dietzin, Picara genannt*, eine freie Bearbeitung der ital. Übers. der *Picara Justina* des Andreas Perez (1605).

11,6 *Courasche]* (Franz.) Mut; euphemistisch für das Genital, vgl. S. 30,26 f. und S. 33,1 f.

11,7-9 *Wie sie anfangs 〈...〉 abgegeben]* Hinweis auf den im Roman vorgeführten sozialen Abstieg der Courasche entsprechend den militär. Rangstufen ihrer Lebensgefährten.

11,11 *Eben so lustig / annemlich und nutzlich]* Topische Rechtfertigung der Dichtkunst seit Horaz, *Ars poetica*, v. 33.

11,11 *betrachten]* Gemeint ist wie im ST (Bd. I/1 d. A.) die Reflexion des Erfahrenen bzw. Berichteten, hier durch den Leser; vgl. auch S. 28,6.

11,15 f. *dem Autori in die Feder dictirt]* Zu den fiktiven Entstehungsumständen vgl. Spr 5, S. 183,25-184,6; S. 185,20-35.

11,17 *PHILARCHUS GROSSUS von Trommenheim auf Griffsberg]* Anagramm des Verfassers in der für ihn typischen Namensform eines Landadligen; hier: ein stellungsloser Sekretarius.

11,19 *Utopia]* Fiktiver Druckort (für Nürnberg), zugleich Hinweis auf die satirische Tradition.

11,19 *Felix Stratiot]* Pseudonym für den Nürnberger Verleger Wolfgang Eberhard Felßecker.

19,7 *JA! (werdet ihr sagen / ihr Herren!)]* Die Hure Courasche unterstellt ihre Bekanntheit bei der männlichen Leserschaft.

19,8 *alte Schell]* Altes Weib, deren Geschwätz als Schellengerassel (Narrenrede) aufgefaßt wird; vgl. 1. Kor. 13,1: »wenn ich mit Menschen und mit Engelzungen redet, vnd hätte der Liebe nicht, so wäre ich ein donend Ertz oder eine klingende Schelle« (Luther-Bibel); ähnlich: RP, S. 688,17-19; GT (Bd. II d. A.).

19,10 *Gumpen ihrer Jugend]* Vgl. Grimm, DWb 9, Sp. 1100-02.

19,11 f. *Muhtwill und Vorwitz]* Lust zur Sünde, Geilheit, Wollust (vgl. Jes. Sir. 26,13: »Ist deine Tochter nicht schamhafftig / so halt sie hart / auff daß sie nicht ihren mutwillen treibe / wann sie so frey ist«); Vorwitz (Curiositas) gilt seit Augustinus, *Confessiones* X 35, als Ursünde; vgl. Grimm, DWb 26, Sp. 1952-55.

19,12 *beschwertes und geångstigtes Gewissen]* Ironisierung des topischen Rechtfertigungsargumentes der Autobiographen seit Augustinus *(Confessiones)*.

19,13 *verdrossene Alter]* Gegensatz zum Gumpen der Jugend; nach der Humoralpathologie ist die Frau im Alter stärker von Melancholie betroffen, vgl. A. Aubry, *Auff und Niedergang Deß Weiblichen alters*, Frankfurt/M. 1650.

19,23 *ihren alten Esel]* D. h.: ihr Gewissen, sich selbst, mit Bezug zum Titelkupfer.

19,23 *Last]* Mit wechselndem Genus, vgl. Grimm, DWb 12, Sp. 243-50.

19,26 *himmlische Barmhertzigkeit]* Leitmotiv bei Grimmelshausen, vgl. z. B. ST I 4, S. 27,26; Cont 20, S. 663,37; Cont 23, S. 678,13-20. (Bd. I/1 d. A.).

19,30 *Frantzösischer Grindsalb]* Mittel gegen die durch die franz. Mode (u. a. Allonge-Perücke) begünstigten Hauterkrankungen (Schorf); vgl. ST II 9, Bd. I/1 d. A., S. 147,31 f.; SP II, »Siebender Satz / von der Mummerey«.

20,2 *Egyptischer Läussalben]* Aegyptiacus: ist im 17. Jh. die amtliche Bezeichnung für Zigeuner. »Leuß und Grindsalben« sind nach Garzoni, *Piazza*, 8. Discurs, »Von Pracktick vnd Prognosticstellern ⟨. . .⟩«, vor allem von Scharlatanen angebotene Mittel.

20,3 *schwartz]* Anspielung auf die Dialektik von »Schwarz« und »Weiß« (Z. 5) zum Auffinden der Wahrheit; vgl. SP (Titel); Courasche schlägt dieses Verfahren aus. Zur Farbsymbolik von »Schwartz«: vgl. ST I 1, S. 17,20; II 31, S. 235,13-16; III 8, S. 272,32 f. (Bd. I/1 d. A.); Cont 20, S. 665,21-24 (Bd. I/1 d. A.); *Barthkrieg*, passim; in der christl. Symbolik dem Laster, Satan zugeordnet, in der Astrologie den Saturnkindern.

20,16 *Tod-Sünden]* Im *Kleinen Catechismus* des Petrus Canisius sind die »Tod- oder Haupt-Sünden«: Hoffart, Geiz, Unkeuschheit, Haß oder Neid, Fraß und Völlerei, Zorn, Trägheit; sie führen im Unterschied zu den »läßlichen Sünden« zum Verlust der seligmachenden Gnade; ehrliche Reue und Bußsakrament bzw. Absolution befreien von der Sündenschuld.

20,19 *Bekehrung]* Die traditionelle Ansicht, daß die Lebensgeschichte nur als Bekehrungsgeschichte denk- und darstellbar ist, wird durch Couraschcs Gegenmodell in Frage gestellt.

20,34 *lachen]* Vgl. dazu den Lasterkatalog ST III 23 (Bd. I/1 d. A.), S. 340,7-17.

21,5 *Bekehrung]* Vgl. Anm. 20,19. Die »groteske« Schilderung der eigenen Verdorbenheit weist deutliche Analogien zur »Picara« auf.

21,13 *Reu]* Als Voraussetzung der Bekehrung, vgl. ST V 23 (Bd. I/1 d. A.), Cont 22 (Bd. I/1 d. A., S. 677,24).

21,14 *Geitz und der Neid]* Vgl. Anm. 20,16.

21,19 *mein Geld]* Das nach traditionellem Verständnis lasterhafte Verhältnis der Courasche zum Geld wird im folgenden (vgl. bes. Kap. 11 u. 19 ff.) als vorbildliches Haushalten im Sinne der frühneuzeitlichen »Oeconomia« auch positiv bewertet. Vgl. zum Gelderwerb auch RP, in dem Courasche als Gesprächsteilnehmerin auftritt; ferner SP I, »Fůnffter Satz vom Geld«. Im gesamten simplicianischen Zyklus geht es um das rechte Verhältnis zum Geld, das im übrigen auch Attribut der Melancholie ist.

21,20 f. *die Art der unterschiedlichen Alter eines jeden Weibsbilds]* Wollust, Zorn, Neid und Trägheit korrespondieren zeittypisch mit den vier Lebensabschnitten, die den Roman strukturieren.

21,22 *Exempel]* Wie Simplicissimus betont auch Courasche den Exempelcharakter ihres Lebensganges.

21,22 *alte Hund]* Der Vergleich paßt zur Namensgebung »Janco« (S. 25,7), vgl. Grimm, DWb 10, Sp. 2263: »Janken« lautmalerisch für das Winseln von Hunden.

21,23-22,9 *die Cholera ‹...› zuwiderstehen]* Grimmelshausen hält sich bei der Beschreibung der psychosomatischen Grundbefindlichkeiten der Courasche streng an die antike, im 17. Jh. anerkannte Lehre von den Humores bzw. Körpersäften, die vier Complexionen bzw. Temperamente unterscheidet: gelbe Galle (cholerisch), Schleim (phlegmatisch), schwarze Galle (melancholisch), Blut (sanguinisch).

21,27 *Phlegmam]* D. i. Schleim, der »ůberhåufft« zur Trägheit führt und deshalb »evacuirt«, d. h. entzogen werden muß.

21,28 f. *Melancholische Feuchtigkeit]* »Neid« ist nur ein Aspekt des Syndroms Melancholie.

22,1 *ihr Herrn Geistliche]* Grimmelshausens Schriften, auch Cour, sind tatsächlich von Geistlichen gelesen und »predigtweis« verwertet worden, so vom Kapuziner Procopius von Templin (1608-1680). Gemeint sind aber auch die geistlichen Bücherzensoren, vor denen sich der Autor zu rechtfertigen sucht.

22,9-11 *deren Hertzen noch nicht* ⟨. . .⟩ *mit andern Bildnissen befleckt]* Vgl. ST I 9, Bd. I/1 d. A., S. 40-42 (Rückgriff auf die Seelenlehre des Aristoteles).

22,18 f. *schlimme Vocativus]* Ausdruck nach Garzoni, *Piazza*, 8. Discurs: »Von Practik und Prognosticstellern ⟨. . .⟩«, S. 90.

22,24 *Zobelgen]* Vgl. Grimm, DWb 32, Sp. 5: Art. »Zobel«.

22,30 f. *gleich und gleich* ⟨. . .⟩ *Kohler]* Sprw. Vgl. auch ST V 5 (Bd. I/1 d. A., S. 465,31-33).

23,2 *Lebuschka]* Anspielung auf die amazonenhafte Fürstin Libuschka (Libussa) der böhmischen Sage.

23,3 *Krieg]* Bechtold und Könnecke haben für die in Cour eingearbeiteten Kriegsereignisse als Hauptvorlage Eberhard von Wassenbergs *Ernewerten Teutschen Florus* (Frankfurt/M. 1667) nachgewiesen.

23,3 *Janco]* Vgl. Anm. 21,22.

23,9 f. *von einem Bőhmischen Edelmann* ⟨. . .⟩ *geboren]* Die hohe Abkunft Courasches wird S. 59,27-60,2 und S. 70,11-15 durch zwei Zeugen beglaubigt: ihr Vater ist einer der Führer des böhmischen Adelsaufstandes, Heinrich Matthias Graf von Thurn-Valsassina (1567-1640), der nach der Niederlage 1620 nach Konstantinopel flüchtete.

23,10 f. *Wissen und Meinen ist aber zweyerley]* Grimmelshausens skeptizistische Vorbehalte gipfeln in dem Motto »Der Wahn betreugt«, vgl. Anm. 373,12 f.

23,15 *zắrtlich]* Vgl. Grimm, DWb 31, Sp. 302 f. Die nachfolgende Beschreibung entspricht der zeittyp. adeligen Mädchenerziehung.

23,21-24 *als der Bäyerfürst* ⟨...⟩ *dreyzehen Jahren*] Laut *Teutscher Florus*, S. 15 f., kämpften 1620 in Böhmen Herzog Maximilian I. von Bayern (1573-1651), der Anführer der Liga, und der kaiserliche General Karl Bonaventura von Longueval, Graf von Buquoy (1571-1621), gegen den neuen böhmischen König, Kf. Friedrich V. v. d. Pfalz, den »Winterkönig« (1596-1631). Die Handlung beginnt also im Herbst 1620 (8. Nov. 1620: Schlacht am Weißen Berg), Courasche ist 1607 geboren.

23,23 *fürwitzigs*] Vgl. S. 22,3-7.

23,24 f. *welches anfieng* ⟨...⟩ *möchte*] Auch der ST beginnt mit der Frage nach der Identität, vgl. ST I 1 (Bd. I/1 d. A.).

23,31-24,1 *Grillen und Dauben*] Metaphorisch: Grillen und (närrische) Einfälle, als Folge isolierten Aufwachsens wie bei Simplicissimus.

23,24 *Fürwitz*] Vgl. Anm. 212,21, Bd. I/1 d. A.

24,3-8 *Als sich nun* ⟨...⟩ *grausam umbgiengen*] Quelle: *Teutscher Florus*, S. 16/17, Datum: 22. 9. 1620.

24,15-18 *mein goldfarbes Haar*] Vgl. ST III 18 (Bd. I/1 d. A., S. 317,19) und *Barthkrieg*.

24,23 f. *am allernärrischten*] Verfallenheit an die »verkehrte Welt« als Thema der Satire wie im ST (Bd. I/1 d. A.).

24,24 *Hosen und Wambst*] Vgl. dazu ST II 25 (Bd. I/1 d. A.): Simplicissimus in Frauenkleidern.

24,28 f. *mit grosser Begierde / zu sehen*] Das Laster »curiositas« als Augenlust, vgl. S. 22,5 f.

25,1 f. *so gemein und bekandt*] Vgl. die Schilderungen ST I 4, 13, 14 (Bd. I/1 d. A.).

25,4 *gantze Histori*] »Vollständigkeit« ist eine Forderung des Roman comique, aber auch Garzoni fordert die »gantze Histori« (*Piazza*, Einleitung). Vgl. auch ST I 11, S. 44,31-45,2; ST IV 10, S. 384,25 (Bd. I/1 d. A.).

25,6 *forragirn*] Die frühneuzeitl. Heere hatten zu diesem Zweck eine eigene Truppe (Fouragier-Schützen); Grimmelshausen entlarvt durch die simple Erklärung übliche Beschönigungen.

25,8 *aller Böhmen Brauch nach]* Böhmen wurden oft mit Zigeunern gleichgesetzt, ihnen wurde Verstellung und Betrug nachgesagt.

25,9 f. *Adelicher Geberden]* Vgl. S. 26,15.

25,20 *Kuder]* Vgl. Cont 11 (Bd. I/1 d. A., S. 616,20).

26,6 f. *Glück oder Unglück]* Wie Simplicissimus in der Phase des Weltlebens sieht auch Courage Fortuna bzw. Fatum als bestimmende Instanz an. Vgl. ST III 16, S. 307,20-31; V 4, S. 458,1-3 (Bd. I/1 d. A.).

26,20 *Degen]* Attribut des (adeligen) Kriegers, vgl. ST (Bd. I/1 d. A.), Titelkupfer.

26,21 *Maultasche]* Backenstreich (als Ritterschlag).

27,13 f. *ich muß meine Histori erzehlen]* Vgl. ST I 3, S. 23,4; ST II 19, S. 181,33; ST II 25, S. 205,11 f.; ST III 1, S. 245,26 f. (Bd. I/1 d. A.). Vorbilder für derartige Reflexionen des Erzählvorganges bot Garzoni, *Piazza*.

27,14 *über]* D. h. übergeben, erobert waren; Quelle: *Teutscher Florus*, S. 17 f.

27,22 *die Schlacht auf dem weissen Berg bey Prag]* Die Schlacht (8. 11. 1620) ist im *Teutschen Florus*, S. 19-22, ausführlich dargestellt.

27,29 *Nach diesem Treffen 〈...〉 liesse]* Grimmelshausen folgt dem *Teutschen Florus*, S. 23-25.

27,29 f. *Hertzog aus Bäyern in Oesterreich]* Vgl. die Marginalie, *Teutscher Florus*, S. 23: »Der Bayer kompt in Österreich«.

27,30 *der Sächsische Churfürst]* Gemeint ist: Johann Georg I. von Sachsen (1585-1656).

27,30 *Laußnitz]* Lausitz.

27,31 *General Bucquoy]* Vgl. *Teutscher Florus*, S. 17 (Schlacht von Raconitz): »〈...〉 in derem Treffen einem Bucquoy / als er den Seinigen zu Hülff kommen wolte / ein wenig verwundet worden 〈...〉«.

27,31 *des Käisers Rebellen]* Gemeint sind nach *Teutscher Florus*, S. 22, die Österreicher.

28,6 *betrachtete]* Vgl. Anm. 11,11.

28,11 *König Alphonsus]* Alfons X. (»der Weise«) von

Leon und Kastilien (1252-82), Titularkönig des deutschen Interregnums, bedeutender Astronom, Philosoph, Musiker und Dichter (Alfonsinische Tafeln, Sammlung marianischer Gesänge).

28,26 *Preiß machen]* (Sich) zur Beute machen, (sich) hingeben, vgl. Grimm, DWb 13, Sp. 2091 f.

29,12-15 *Als wir Jylau ⟨...⟩ getrieben]* Die mährischen Städte Iglau, Trebitz, Znaim, Brünn und Olmütz wurden von Bucquoy 1621 erobert, vgl. *Teutscher Florus*, S. 27.

30,5 f. *Teuffels-Larven]* Vgl. ST III 2, Bd. I/2 d. A.

30,23 f. *Predigt]* Ironisierung der moralisch-didaktisch erbaulichen literarischen Gattung aus der Sicht der Courasche.

30,26 *Courage]* Vgl. Anm. 11,6.

30,29 f. *wie die Schwaben ihre zusammen gelegte Messer]* Grimm, DWb 12, Sp. 2129, kennt nur diesen Beleg: »in Schwaben gab es für ein einschlagemesser eine von dem weiblichen geschlechtsgliede hergenommene, nicht näher gekannte unzüchtige Bezeichnung«.

31,3-8 *sehet / Herr! ⟨...⟩ beschůtzen]* Parodierung des hohen Stils des höfischen Romans.

31,6 *Gott und das Glůck]* Stoizistische Indifferenz, typisch für den hohen Roman.

31,9 f. *fieng ich so erbårmlich an zu weinen]* Vgl. dazu auch S. 43,6-15; S. 73,19-24.

31,28 f. *du guter Simplex! ⟨...⟩ im Saurbrunnen]* Anspielung auf ST V 6, Bd. I/1 d. A., S. 467,30-468,13.

31,31 *du bist betrogen]* Im Spr wird das Motiv vom betrogenen Betrüger weiterverfolgt: Courasche ist die Betrogene, vgl. Spr 5, S. 183,3-20.

31,35 *angeseilt]* Anspielung auf den Topos vom Narrenseil, an dem Frau Venus die Liebesnarren führt; vgl. auch S. 54,16.

32,16 *des Jephtae Tochter]* Anspielung auf Richt. 11,39; sie beklagt ihre Jungfräulichkeit.

33,7 f. *Darumb O ihr lieben Mågdgen!]* Nach der Anrede der »Herren« (S. 19,7) folgt die Anrede an die Leserinnen, die Jungfrauen, weiter unten an die »Kerls« (Z. 21); die »Zugab des Autors« (S. 150 f.) spricht die »zůchtige Jůnglinge« an; Grimmelshausen schließt keinen Leserkreis aus: auch Cour wendet sich an alle. Als Leserin bezeugt ist Kurfürstin Sophie von Hannover.

33,11 *in Duckas]* Vermutlich eine Volksetymologie der (lat.) Vater-Unser-Bitte: »et ne nos inducas in tentationem« (und führe uns nicht in Versuchung).

33,16 *Schloß]* Anspielung auf den abschließbaren Keuschheitsgürtel.

33,24 f. *ein Exempel zu Paris]* Ein solches Exempel findet sich u. a. in der 42. Novelle von Matteo Bandello (1485-1561) mit Schauplatz Valencia. Grimmelshausen kennt vermutlich Harsdörffers Bearbeitung *Schauplatz jåmmerlicher Mord-Geschichte*, Hamburg 1656.

33,29 f. *ich muß von mir selbst bekennen]* Hinweis auf die Rachgier der Courasche; vgl. S. 21,26.

34,1-3 *Jndessen ⟨...⟩ Preßburg ein]* Grimmelshausen folgt Wassenberg, *Teutscher Florus*, S. 48 f.

34,3 *Preßburg]* Mai 1622.

34,5 *Bethlen Gabor]* Gabor Bethlen, Fürst von Siebenbürgen (1580-1629), führte seit 1619/20 als Verbündeter des Winterkönigs Krieg gegen den Kaiser in Ungarn.

34,6-14 *von dannen ⟨...⟩ kamen]* Grimmelshausen übernimmt diese Darstellung gerafft aus dem *Teutschen Florus*, S. 49-52.

34,7 *S. Georgi / Possing / Moder]* Szt. György, Bazin, Modor.

34,8 *Tirnau]* Tyrnan, Stadt an den kleinen Karpaten.

34,9 *Altenburg]* Stadt südlich von Preßburg, rechts der Donau.

34,9 *Jnsul]* Donauinsel Schütt.

34,10-12 *Neusoll ⟨...⟩ niedergemacht]* Neusohl, Stadt bei Kremnitz; der Tod des Bucquoy vor der belagerten Stadt (richtig: Neuhäusel an der Neutra) ist im *Teutschen Florus*, S. 49, geschildert.

34,23 f. *mich mit ihme im Bette copuliren liesse]* Ähnlich wie Simplicissimus, ST III 21, Bd. I 1 d. A., S. 329-331.

34,27 *schwanger]* Betrug: Courasche ist unfruchtbar.

35,2 *wie jenem Weib]* Eine ähnliche Episode bei Simon Dach (1605-1659), *Zeitvertreiber* (S. 270); dort tröstet ein Bauer einen anderen mit den Z. 35 f. zitierten Worten.

35,7 f. *ein schön Stück Geld]* Vgl. Anm. 167,5 (Bd. I/1 d. A.).

35,15 *Krieg]* Krieg als Quelle des Reichtums (u. a. auch für Courasche). Vgl. RP, S. 713-15.

35,18-21 *dieweil 〈...〉 aufgehoben]* Grimmelshausen »zitiert« aus dem *Teutschen Florus*: »Aber alldieweil 10 Compagnien Reiter / und zwei Regiment zu Fuß auß Mähren durch ein Strategma die Stadt entsetzet / so hat er 〈Bethlen〉 an der Eroberung verzweiffelt und die Belagerung auffgehoben« (S. 52).

35,27 *kützelte]* Hinweis auf das Laster des Stolzes (Superbia).

36,9 *grausam theur]* Courasche entwickelt rasch ökonomischen Sachverstand und weiß, durchaus positiv im Sinne der zeittypischen »Oeconomia«, »genau zu hausen« (Z. 13).

36,15 *Dauß-Es]* Von seinem Nachbarn Quirin Moscherosch wird Grimmelshausen selbst als »Dauß Eß und homo Satyricus in folio« bezeichnet; vgl. auch S. 57,30.

36,21 f. *mein schwartzer Traur-Habit]* Wie die enge Bindung an Geld und Reichtum ist auch das schwarze Trauerkleid Zeichen der Melancholie.

36,26 f. *Frauenzimmer-Arbeit]* Vgl. S. 715,16-18. Mit diesen Fertigkeiten war Courasche während ihrer adeligen Erziehung vertraut gemacht worden.

36,29 *Spiegel]* Sinnbild der Eitelkeit (vanitas). Vgl. ST II 30, Bd. I/1 d. A., S. 227,9.

36,31 *Thorheit]* Vgl. Anm. 577,9, Bd. I/1 d. A.

37,9 *inclinirt]* Zur »Natur« der Courasche vgl. S. 24,21-24, Cour 3, S. 28,28-31.

37,10 *mit weitläuffigen Umbschweiffen artlich]* Poetologische Begriffe, vgl. ST, Bd. I/1 d. A., Subscriptio zum Titelkupfer; hier im Dienst der Erotik.

37,12 *auf die neue Mode]* Vgl. auch S. 32,22.

37,18 *Turteltaublein*] Biblisches Sinnbild der Keuschheit und gottgeweihten Jungfräulichkeit, vgl. S. 40,7.

37,21 *Amadis*] Der 1508 erschienene spanische Roman *Amadis de Gaula* von G. R. de Montalvo umfaßte zunächst vier Bücher, wurde in der Folgezeit auf 24 Bücher erweitert und in fast alle Nationalsprachen übersetzt (dt. Übersetzung Frankfurt/M. 1569-98), eine glanzvolle Erneuerung des Ritterromans und zugleich Lehrbuch für die galante Courtoisie. Zu seinen zahlreichen Kritikern gehört auch Grimmelshausen, hier auf satirische Weise, in der Widmungsvorrede zu Prox direkt: »Hinweg nun! Amadis und deines gleichen Grillen 〈. . .〉«. Vgl. auch ST III 18, Bd. I/1 d. A., S. 315,21-31.

38,6 *wie die Raub-Bienen umb ein Jmmenfaß*] Emblemat. Topos mit erotischer Bedeutung, vgl. Alciatus, *Emblematum libellus*, Nr. LXXXIX; vgl. auch S. 46,15.

39,13 *Maulhenckolisch*] Wortspiel mit melancholisch und maulhängerisch, belegt seit J. Fischart, *Geschichtklitterung* (S. 405).

39,25 *in des Grafen Spital kranck lagen*] Sinn: wie der Graf an Liebesmelancholie litten; vgl. ST III 18, Bd. I/1 d. A., S. 316,5-10.

39,25 f. *so unbewoglich wie ein Felsen*] Anspielung auf das stoische Tugendideal des hohen Romans.

40,7 *Columbinen*] Vgl. Anm. 37,18.

40,18 *Muhle 〈. . .〉 maltzerte*] Die Mühlenmetaphorik in Cour meint den Geschlechtsverkehr.

41,6-8 *fest machen 〈. . .〉 zubannen*] Zeittypische Zauberpraktiken der Soldaten: den Leib kugelfest, das Gewehr unbrauchbar zu machen; vgl. Cont 13 (Bd. I/1 d. A.) u. WV II25 f.

41,7 f. *seine Buchsen zubannen konnte*] (Durch »Zauberei«) das Gewehr unbrauchbar machen.

41,26 *Mansfeldische*] Obwohl Ernst von Mansfeld (1580-1626), der Heerführer der protestantischen Union, Böhmen nach dem Verlust von Pilsen (3. 4. 1621) geräumt hatte und insofern Frieden herrschte (Z. 23 f.), mußte dennoch mit umherstreifenden Parteien gerechnet werden.

42,5 f. *geseegnet / wie dem Hund das Gras]* Sprw.: es bekam ihnen schlecht, vgl. ST III 18 (Bd. I/1 d. A., S. 315,22 f.).

43,5 f. *nach den alten Reimen]* Leicht verändert wiederholt S. 73,20-24.

43,21 *Weidhausen]* Stadt in der Oberpfalz, in der Mansfeld ein festes Lager bezogen hatte. Die Übergabe der »Weidhauser-Schanze« erfolgte am 11. 9. 1621.

44,5 *gelbe Batzen]* Urspr. geringe, in Bern geprägte Münze (Wert: 4 Kreuzer), danach Begriff für Geld im allgemeinen.

45,14 *Leutenants]* Wortspiel mit dem militärischen Rang und der Ursprungsbedeutung (franz. lieutenant): Stellvertreter.

45,30 *das Glůck oder mein Fatum]* Vgl. Anm. 26,6 f.

45,32 *Wißlach]* In der Schlacht bei Wiesloch (Baden) am 17. 4. 1622 besiegte Mansfeld die »Bayern«, vgl. *Teutscher Florus*, S. 60 f.; vgl. auch Spr, S. 224,15 f.

46,4 *schlågt sich ⟨...⟩ umb die Hosen]* Grimmelshausen formt ein bekanntes Schwankmotiv ein, das auch schon Harsdörffer in seinem Novellenzyklus *Lust- und Lehrreicher Geschichten* ausgestaltet hatte, kehrt jedoch den zeittyp. Ausgang des Geschlechterkampfes um.

46,12 *alt Geld]* D. h. Münzgeld mit vollem Gewicht; 1622 kam es infolge der Kipper- und Wipperpraktiken zu einer Geldentwertung.

46,24 *Wimpffen]* Stadt am Neckar, in deren Nähe der bayerische Heerführer Tilly den Markgrafen Georg Friedrich von Baden-Durlach am 6. 5. 1622 besiegte. Der *Teutsche Florus*, S. 61-64, schildert die Schlacht, das »Nachhauen bei Heilbrunn« (Z. 25) und die Beute: »Es seynd acht und dreissig metallene Stuck / hundert und zwantzig Fåhnlein abgenommen / und fůnfzehen hundert Wagen so voll Beute gewesen / sampt einer unaussprechlichen Summa Geldes preiß gemacht worden.« (S. 64.)

47,13 *Pfaltz]* Vermutlich die Wimpfener Kaiserpfalz.

48,9 *in stehender Ehe]* Während der Ehe; möglich auch metaphorisch auf die »Ehe als Krieg« bezogen – vgl. die »Fahnenflucht« des Mannes am Schluß der Episode.

48,15 f. *das Weib 〈...〉 worden]* Gegenüberstellung des antiken Mythos der Geburt der Athena aus dem Kopf des Zeus (als Hinweis auf die männergleiche, mit gleicher physischer Kraft und geistiger Energie begabte kämpferische Jungfrau) und der biblischen Schöpfungsgeschichte (Eva wird aus Adams Rippe erschaffen, 1. Mose 2,21-23). Courasche hält an der biblischen Rollenzuweisung der Frau als »Gehilfin« und »Männin« fest.

48,29 f. *wie ein ander Narr]* Vgl. das Duell des Simplicissimus ST III 9 (Bd. I/1 d. A., S. 278,8 f.).

49,25 *Thorheit]* Vgl. Anm. 577,9 (Bd. I/1 d. A.).

50,1 f. *von Hŏheren befohlen]* Courasche steht als Ehefrau unter der Befehlsgewalt des Militärkommandos.

50,14 *Stand]* Als verlassene Ehefrau darf Courasche keine neue Ehe eingehen, das Recht der Vormundschaft liegt beim befehlenden Obristen.

50,32 *Fouragiren]* Fourage-Soldaten, die für den »Nachschub« an Lebensmitteln sorgen mußten.

51,12 *den Braunschweiger]* Herzog Christian von Braunschweig wurde am 2. 7. 1622 von Tilly bei Höchst/Main geschlagen (vgl. *Teutscher Florus*, S. 66-68); vgl. dazu aber auch ST I 22 (Bd. I/1 d. A., S. 80,13).

51,17 *Caracolle]* (Franz.) Schneckenhaus, als militärischer Fachbegriff: Schwenkung einer Kavallerieeinheit (vgl. dazu auch die Kupferstiche [»Figurae«] bei Johann Jakob von Wallhausen, *L'Art Militaire*, Oppenheim 1615, Livre II, Fig. 21).

52,12 f. *der Teufel mŏchte mit so einer Hexen etwas zu schaffen haben]* Männliche Unterlegenheit und Rachsucht als ein Motiv für den Hexenglauben, vgl. auch S. 67-69.

52,14 f. *den ich eben so fest als mich 〈...〉 gemacht]* Vgl. Anm. 41,6-8.

52,24 f. *mein hŏchster Wunsch / daß ich nur kein Weibsbild wăre]* Courasche verlangt nach Erweiterung der Rechte der Frau in einer Männergesellschaft; vgl. auch zuvor S. 29,17 f.

52,27 *Hermaphroditen]* Zwitterwesen (in der griech.

Sage von Hermes und Aphrodite gezeugt), für Courasche ein Mittel, die soziale Gleichstellung zu erreichen. Vgl. auch ST I 19 (Bd. I/1 d. A., S. 72,27); ST II 25 (Bd. I/1 d. A., S. 204-210); EC, S. 128.

53,2 *Amazones]* Mythisches Frauenvolk in Kappadokien (Kleinasien). Männer wurden in ihrem Staat nur zur Erhaltung des Geschlechts geduldet, neugeborene Knaben getötet. Im Trojanischen Krieg kämpften die Amazonen auf seiten der Trojaner gegen die Griechen; Achill tötete ihre Königin Penthesilea, vgl. S. 72,15; für Courasche ein Exempel der Gleichberechtigung.

53,11-15 *Mannheim ⟨...⟩ Floreack]* Grimmelshausen folgt Wassenberg, *Teutscher Florus*, S. 69-71. – Mannheim: eingenommen am 23. 10. 1622; Frankenthal: seit 19. 9. 1622 vergeblich belagert.

53,13 *Corduba]* Don Gonsalo Fernandez de Cordoba (gest. 1645), seit 1621 Oberbefehlshaber der spanischen Truppen.

53,13 *von Anhalt]* Johann Jakob Graf von Anholt und Bronckhorst (1580-1630), ligistischer Heerführer.

53,14 f. *Floreack]* Fleurus in der Grafschaft Namur. Im *Teutschen Florus* heißt es in einer Marginalnote zu S. 70: »Der Mansfelder und Braunschweiger werden bey Floreack geschlagen dem 19. August ⟨1622⟩«.

53,20 f. *Strahl-Hex]* Hexe mit tötendem Blick (wie der Basilisk im Titelkupfer), auch: Blitz-, Wetterhexe.

53,28 f. *vor einen Spott gehalten wird]* D. h.: verhöhnt, verspottet wird.

54,13 f. *im Krieg viel ärger als frömmer]* Resignativ-skeptische Einsicht des Autors. Vgl. ST III 3, S. 254,24-255,6; ST V 5, S. 463,8-29 (Bd. I/1 d. A.).

54,16 *anseilen]* Vgl. Anm. 31,35.

54,22 *wie ein Nacht-Eule]* Vgl. die Eule im Titelkupfer, aber auch ST I 7, (Bd. I/1 d. A., S. 35,27-29); II 31 (Bd. I/1 d. A., S. 236,14): Indiz für den »humor melancholicus«.

55,21 *Potz-Velten]* Häufig verwendete Fluchformel bei Grimmelshausen: Velten (St. Valentin). Euphemismus für Teufel, vgl. Grimm, DWb 25, Sp. 8.

55,28 f. *Trutz einem unter ihnen allen]* Courasche »trutzt« über Simplex hinaus der ganzen Männergesellschaft.

56,14 *Tod rächen]* Simplicissimus z. B. rächt (unbeabsichtigt) den Tod Oliviers, vgl. ST IV 16, S. 408,26-35, und IV 24, S. 435,5-10 (Bd. I/1 d. A.).

56,20 *Paß]* Passierschein, der sie als ehrliche Frau und Schutzbefohlene ausweist.

57,28 f. *die Feigen]* Metaphorisch für: Scham. Vgl. ST III 22 (Bd. I/1 d. A., S. 334,30 f.); ST V 3 (Bd. I/1 d. A., S. 457,9-13).

58,5 *Schirm-Gelt]* Ohne Zahlung dieser Schutzgebühr war der Aufenthalt in der Stadt nur zum Erwerb von Verpflegung gestattet.

58,11 *Courage erfährt / wer ihre Eltern gewesen]* Weitere Parallele zu Simplicissimus, vgl. ST V 8 (Bd. I/1 d. A.).

58,24 *Natur]* Vgl. Anm. 37,9.

59,23 *gehauen oder gestochen: gebrand oder gebort]* Verschiedene Arten der Informationsübermittlung, hier metaphorisch für: verstellt oder aufrichtig.

59,29 *Graff]* Vgl. Anm. 23,9 f.

60,1 *türckischen Porten]* Die Hohe Pforte, Residenz des Sultans in Konstantinopel.

60,1 f. *sein Christliche Religion in die Türckische verändert]* Dieses Gerücht wurde nicht vom Grafen von Thurn, sondern von Ernst von Mansfeld verbreitet.

60,25 *hinfort meine Mutter]* Ähnlich verläuft auch die »Adoption« von Knan und Meuder durch Simplicissimus, ST V 10 (Bd. I/1 d. A., S. 483).

60,35 *3000. Reichsthaler]* Wert in Naturalien: ca. 1000 Schweine, also eine sehr hohe Summe.

61,14 f. *Beständigkeit]* Christliches (und stoizistisches) Tugendideal, das auch Simplicissimus nicht einhalten kann, vgl. ST V 20 (Bd. I/1 d. A., S. 529,4-16).

61,28 *Wehrgehenck]* Vgl. Titelkupfer zum ST (Bd. I/1 d. A.).

61,31 *daß er sich stellte]* Grimmelshausen veranschaulicht die Verhaltensprinzipien der zeitgenössischen Gesellschaft: Simulatio und Dissimulatio.

62,26 *bis wir Erben haͤtten]* Falsche Voraussetzung, da Courasche unfruchtbar ist.

63,3 *Dennemaͤrck. Krieg]* Grimmelshausen macht einen Sprung in der Romanchronologie: von 1622 zu 1626. 1625 trat der dänische König Christian IV. (1577-1648) als Oberster des niedersächsischen Kreises an die Spitze der Protestanten. Mit dem »Daͤnemarckischen Krieg« beginnt »das ander Buch« des *Teutschen Florus* (S. 88-131).

63,17 *einen boͤsen Rauch gemacht]* Sprw. im Sinne von »angeschwärzt«, »verleumdet« (gegenbildlich zum »lieblichen Geruch« in Cont 19 (Bd. I/1 d. A., S. 658,2).

64,6 *bey den Haͤussern gleichen]* Zwei Burgen südöstlich von Göttingen; vgl. Wassenberg, *Teutscher Florus*, S. 110: »Tilly 〈...〉 gienge alsbals seinem Succurs entgegen / selbigen Abends waren beyde Armaten bey den Haͤussern Gleichen so nahend an einander canepirt 〈...〉 daß der General einen Keyserischen Succurs von 3 Regimentern zu Pferdt und 2 zu Fuß 〈...〉 erwartet.«

64,19 *Lutter]* Schlacht von Lutter am Barenberge, südöstlich von Goslar, am 27. 8. 1626, in der Tilly den König von Dänemark besiegte (vgl. Wassenberg, *Teutscher Florus*, S. 107-109).

65,26 *Jch und mein Mann 〈...〉 je laͤnger je lieber]* Einziger Hinweis auf die Liebesfähigkeit der Courasche.

65,31 *vermachten]* Der Heiratsvertrag (S. 62,18-30) wird modifiziert.

66,4 *zu Prag hinter dem Senat]* Dort befanden sich verschiedene Notariate und Advokatenkanzleien.

66,8-12 *Nach diesem 〈...〉 verbleiben]* Grimmelshausen folgt der Schilderung im *Teutschen Florus*, S. 115; die genannten Orte liegen im Gebiet von Weser und Aller. Hoya kapitulierte am 12. 12. 1626. Vgl. auch Spr 12, S. 225,12 f.

66,15 *Laͤuse]* Die Laus ist eine Saturnkreatur; vgl. auch ST II 28 (Bd. I/1 d. A.).

66,20-27 *So bald nun 〈...〉 durchloͤchert]* Quelle: Wassenberg, *Teutscher Florus*, S. 114-116.

67,4-6 *Als nun 〈...〉 herauszogen]* Quelle: Wassenberg,

Teutscher Florus, S. 116: »⟨. . .⟩ Als aber endlich das Schloß von wegen großer Hitze einfallen wollte / so hat die Besatzung dasselbige / nicht durch eußerliche Macht dazu gezwungen / sondern auß Furcht vor dem Einfallen dem Feinde überliefert.«

67,7 f. *Major]* Vgl. S. 51,17.

68,1 *Zauberey]* Grimmelshausen kritisiert erneut den Hexenaberglauben als männliches Ressentiment gegenüber der überlegenen Frau.

68,7 *Thorheit]* Vgl. Anm. 577,9 (Bd. I/1 d. A.).

68,9-13 *den andern Tag ⟨. . .⟩ gejagt zu werden]* Grimmelshausen paraphrasiert die Darstellung des *Teutschen Florus*, S. 116.

68,14 *da der Bauer den Tisch deckte]* Sprw. für: gewaltsame Einquartierung und Verpflegung des Wehrstandes (Soldaten) beim Nährstand (Bauern).

68,24 *Simplicissime]* Lat. Anredeform.

68,26 f. *alles mit Gedult gelitten / und gedacht / ich håtte es hiebevor verschuldet]* Hinweis auf das zeittyp., durch die Kirche sanktionierte moralische Prinzip von Tugendlohn und Sündenstrafe. Vgl. Tit. 2,12.

68,29 f. *Gott um Hůlff und Rach anzuruffen]* Vgl. 2. Thess. 1,5-10; Röm. 12,19; Hebr. 10,30 f.

68,30 f. *keine Barmhertzigkeit]* Vgl. dagegen S. 70,1.

69,8 f. *den Jungen preiß geben]* Ähnlich wie Simplicissimus, ST II 26 (Bd. I/1 d. A., S. 210).

69,11 f. *meines Leibs theilhafftig]* Im Rechtsverständnis der Zeit sind sie damit zu »Schwägern des Teuffels« geworden und selbst straffällig.

70,1 *Mitleiden]* Anders als Simplicissimus (ST I 4, Bd. I/1 d. A., S. 27) deutet Courasche diese Erfahrung nicht im Sinne der Theodizee.

70,30 f. *mit Darsetzung Guts und Bluts]* Vertragsformel für Schadenersatz.

71,28 *mit was vor hertzbrechenden Worten]* Hinweis auf die Affektrhetorik der höfischen Komplimentierkunst, wie sie die Courasche bei ihrer *Amadis*-Lektüre (S. 37,21) gelernt hat.

72,15 *wie ein andere ritterliche Penthasilea]* Vgl. Anm. 53,2.

72,32 *stellte ich mich]* Erneuter Hinweis auf die Verstellungskunst (simulatio/dissimulatio).

73,20 *Reumen]* Wiederholung von S. 43,7-10.

74,1 f. *Tauber und Täubin]* Vgl. Cour 5, S. 37,18.

74,9 *gůldene Promessen]* Vgl. S. 31,24-27.

74,14-17 *das alte Sprichwort ⟨...⟩ Hofgesind]* Quelle: Garzoni, *Piazza*, 101. Discurs, »Von Schulmeistern vnd Schůlern ⟨...⟩«, S. 565. Variante in E2a: »Ein Schneider auf ein schônen Roß: Die Hur' auff einem prächtigen Schloß: / Die Lauß in weichen Eyter-Grind / Sind ůber stoltzes Hoff-Gesind.«

74,21 *dem König]* Gemeint ist Christian IV., König von Dänemark.

76,5 *Wißmar]* Stadt in Mecklenburg.

76,10 *die Betrůgerin betrogen]* Vgl. Anm. 31,31.

76,19 f. *meine Einbildungen ⟨...⟩ war dahin]* Vanitas-Erfahrung wie bei Simplicissimus, vgl. ST IV 7 (Bd. I/1 d. A., S. 374,15-375,10).

76,26 *mit dem Schmalhansen zu conferirn]* Sprw.: Überlebensmöglichkeiten bedenken.

77,10-14 *um diese Zeit ⟨...⟩ musten]* Vgl. *Teutscher Florus*, S. 120 f.; in der Romanchronologie Sommer und Herbst 1627.

77,11 *Graf Schlick]* Heinrich IV. Graf von Schlick zu Bassano und Weißkirchen (1580-1650), kaiserl. Feldmarschall.

78,20 *Stormaren]* Südholsteinische Region; der Angabe über den Frieden und Wohlstand (vgl. *Teutscher Florus*, S. 121 f.) entspricht ST V 1 (Bd. I/1 d. A., S. 447,13 f. und Spr 20, S. 262,18-21.

78,23 *Herren]* Veranschaulichung des Prinzips, daß das Land den Krieg ernährt.

79,21 *entledigte]* Ironische Anspielung auf die zeitgenössische Therapie des Aderlassens.

79,27 *Feldscherer]* Barbier, der im Troß des Heeres auch chirurgische Aufgaben als Wundarzt zu erfüllen hat.

80,6 *mit Ruthen ausgehauen]* Das Stäupen mit der Rute war Leibes- und Ehrenstrafe bis hin zu völligem Ehrverlust. Courasche wäre folglich »vogelfrei«, d. h. ohne Schutzanspruch gewesen.

81,10 *Balgen]* Erneuter Kampf der Geschlechter, passend zu den bisherigen Amazonen-Anspielungen.

81,16 f. *Mars der Vener viel lieber als dem Vulcano beygestanden]* Ironisierung des antiken Mythos von Venus, die ihren Gatten Vulcanus mit dem Kriegsgott Mars betrog.

81,29 *Geschick]* Übersetzung von lat. fatum.

82,3 *Nohthelffer]* Ironische Anspielung auf die von Christen in Situationen der Not angerufenen (14) Heiligen.

82,15 *mit dem Colalto, Altrinniger und Gallas in Jtalia zu gehen]* Grimmelshausen folgt dem *Teutschen Florus*, S. 171; Rambaldo XIII., Graf von Collalto (1579-1630), ist General des im Mai 1629 nach Italien entsandten Heeres; ebenso Johann Graf von Aldringen (1588-1634) und Matthias Graf von Gallas (1584-1647).

82,25 f. *im Frieden Haußhaͤblich und geruhlich ernaͤhren]* Grimmelshausen spielt vermutlich auf den kurzen Frieden zu Lübeck (29. 5. 1629) an. Vgl. ST V 7 (Bd. I/1 d. A., S. 473,30-474,1).

83,6-9 *Aber ⟨. . .⟩brechen muste]* Quelle: Wassenberg, *Teutscher Florus*, S. 171. Das Kaiserliche Heer brach im Sept. 1629 aus Graubünden nach Italien auf (*Theatrum Europaeum* II, S. 86-87), vgl. unten S. 84,15-17.

84,14 f. *aͤrger ⟨. . .⟩ als ein Jud von 50. oder 60. Jahren]* Grimmelshausen hintertreibt das traditionelle Vorurteil gegenüber dem jüdischen Geldhandel: die Christen sind »aͤrger«. »Aaron, ein sechtzigjähriger Jud« (RP) wird durchaus positiv dargestellt.

84,15-17 *Eben ⟨. . .⟩ gelangt]* Formulierung nach Wassenberg, *Teutscher Florus*, S. 171.

84,21 *bleich und trostlos]* Symptome der Liebesmelancholie, wie »Stockstill« (S. 85,1).

85,4 *vier Landen]* Gemeint ist das Gebiet um Bergedorf, südöstlich von Hamburg.

85,11 f. *Ein wunderbarlicher und seltzamer Zustand]* Gemeint ist der Zustand der Liebesmelancholie, zugleich aber, wie die Begriffe besagen, ein poetischer Zustand.

86,6 f. *muntern Geist und Sinnreichen Verstand]* Hinweise auf die Fähigkeiten der Poeten (vgl. Cont 24, Bd. I/1 d. A., S. 683,2).

87,1 f. *Narren am Strick]* Erneute Anspielung auf die »Venus-Narren«.

87,9 *ein ehrlicher Christen-Mensch]* Vgl. dazu auch die »Zugab des Autors« (S. 150 f.).

87,11 *Exempel]* Courasche als das Negativ-Exempel im Gegensatz zum Exempel des Simplicissimus.

87,15 *das jenige Stůcklein]* Vgl. S. 132,10-23.

87,19 *folgende Puncten]* Courasche unterläuft mit ihrem Heiratsvertrag die traditionell geforderte Unterordnung der Frau, kehrt beispielhaft das Verhältnis der Geschlechter um. Vgl. die Begründung S. 92,15-21.

87,28 *drittens]* Die unfruchtbare Courasche hat so die Rechtsgültigkeit ihrer Ehe, d. h. zugleich die Oberherrschaft des Mannes, ausgeschlossen.

87,31 *Meisterschafft]* Die »Meisterschaft der Frau« bzw. der »unterjochte Ehemann« sind beliebte Themen der satirischen Literatur, jedoch, anders als bei Grimmelshausen, zu Lasten der Frau.

88,20 *sonderbahren Namen]* Vgl. Anm. 90,9 u. Spr 13, S. 231,18-23.

88,29 *Judenspieß]* Metaphorisch für den Geldhandel (»Wucher«) als die »Waffe« der Juden, denen Waffentragen verboten war.

89,10 *mit hörenden Ohren nit hörete]* Ironische Anspielung auf die sog. »Weckformel« des NT: »Wer Ohren hat zu hören, der höre!« (Matth. 11,15).

89,24 f. *des Rhodiser Colossi Schenckel]* Die Bronze-Statue des Stadtgottes Helios, eines der »Weltwunder« (um 310 v. Chr.), spreizte ihre gewaltigen Schenkel über der Hafeneinfahrt von Rhodos.

90,9 *Spring-ins-felt]* Vgl. Punkt 7 des Heiratsvertrages.

Bekannt ist die Figur schon aus dem ST: Springinsfeld ist während der Soester Zeit Kriegsgefährte des Jägers von Soest, Simplicissimus, vgl. ST II 31 (Bd. I/1 d. A., S. 236,8-20).

90,21 *ein Lied]* Auf derartige Lieder, wohl nur fiktive Gassenhauer, verweisen Grimmelshausens Erzählerfiguren verschiedentlich, vgl. Cont 6 (Bd. I/1 d. A., S. 591,15 f.); WV II 12.

90,27 f. *in deiner Lebensbeschreibung]* Vgl. ST II 31, ST III 2 u. 5 (Bd. I/1 d. A.); Spr 16, S. 244,22-26.

90,30 f. *Philippsburg]* Im ST Deckname für Offenburg, das die Schauenburger befehligten, vgl. ST IV 9-12 (Bd. I/1 d. A.); (Simplicissimus hat Springinsfeld längst aus den Augen verloren).

91,20 f. *daß ich mich 〈...〉 ehrlich copuliren]* Vgl. Anm. 87,28 u. S. 92,15-21.

93,17 *Cronen]* Goldmünzen, nach der Frankfurter Taxordnung von 1623 war die welsche (italienische) Krone zwei Gulden wert.

93,19 *ich beflisse mich]* Vgl. Anm. 21,19.

94,6 *Knan]* Vgl. ST I 1, Bd. I/1 d. A. (Simplicius ist zu dieser Zeit gut 5 Jahre alt).

94,7 *anderer Leute Narr]* Vgl. ST II 6 f., Bd. I/1 d. A. (Simplicissimus als Hofnarr in Hanau).

94,8 f. *im Saurbrunnen]* Vgl. S. 132,10-23.

94,9-11 *Nach 〈...〉 Stådtlein]* Mantua wurde im November 1629 belagert; vgl. Wassenberg, *Teutscher Florus*, S. 174, ferner *Theatrum Europaeum* II, S. 162-163.

94,30 *Leibsdůnste]* Ähnlich ST I 31 (Bd. I/1 d. A., S. 108 f.) u. Spr 12, S. 225,19-23.

95,24 *Pfeffer-Kőrner: und Ameyssen-Eyer-Köch]* Vgl. EC, S. 233: »Håttestu aber auch gern etwas zum Confect / so sehe daß du einem 5. Ameysen Eyer und so viel Pfefferkőrner in Leib bringest (3. Ameysen Eyer thun auch) so wirstu bald ein treffliche Music hőren wol von 300. oder mehr Stimmen; ich kandte einen Trommelschlager der kondte durch diß Mittel auff einer Banck liegend / den Zapffenstreich ein gantze Stund hőren lassen.«

95,27-29 *mit den plitzenden Strahlen 〈...〉 tôden wollen]* Vgl. das Sinnbild des Basilisken auf dem Titelkupfer.

96,4 f. *bedachte mich auf eine schleunige Rach]* Courasche läßt ihren Affekten, ihrer Natur, freien Lauf; vgl. S. 21,20-32.

96,24 f. *in den untersichgehenden Caminen]* In den nach unten führenden Kloakengängen.

96,25 *M. Aßmussen]* Meister Asmus, euphemistische Berufsbezeichnung.

97,5 f. *von dem gůldenen Widerfell]* Ironische Anspielung auf den antiken Mythos vom goldenen Vlies der Argonauten.

97,18 *Schermesser]* Vgl. Cont 11 (Bd. I/1 d. A.).

97,28 *Mantua und Casal]* Mantua und Casale, oberitalienische Festungen am Po.

97,29 f. *beståndig als eine Hex leugnete]* Ein derzeit aktueller Vergleich, der die falschen Voraussetzungen bzw. Vorurteile der abergläubischen Anklagen ironisiert.

99,7 *General-Fartzern]* General-Furzerin, analog zu Springinsfeld, vgl. Spr 12, S. 225,19.

99,10 *Gottlossigkeit]* Courasche wird vom Erzähler als Exempel der Gottlosigkeit vorgeführt, vgl. aber die differenzierenden Wertungen Spr 4, S. 175-180, und 7, S. 193,16-22.

99,16 *Mammons]* Nach Sir. 27,2 ist Mammon das unrecht Erworbene, in Cont II-VIII (Bd. I/1 d. A.) Personifikation eines höllischen Lasters, gemäß Matth. 6,24: »Ihr könnt nicht Gott dienen und dem Mammon.«

99,20 *wann ich nur reich werden môchte]* Dazu äußert sich Courasche abschließend noch einmal in RP, S. 715,26-28.

100,3 f. *wie zu einem Juden 〈...〉 straffen]* Hinweis auf die analoge Hehlerei jüdischer Händler, ein schiefer Vergleich wegen deren rechtlosem Status.

100,13 *Merr]* Wortspiel: Mähre und franz. mère »Mutter«.

100,18 *Hůnerfånger]* Gemeint ist der Mundraub der Landstörzer und Zigeuner; vgl. das Huhn am Gewehrlauf des Zigeuners im Titelkupfer zu Cour.

100,19 f. *Böhmischen Unwesen]* Gemeint ist der Böhmische Aufstand 1618.

100,20 f. *so etwas in einem ⟨...⟩ Gläßlein]* Vgl. Anm. 469,34 (Bd. I/1 d. A.).

100,21 f. *Spinnen ⟨...⟩ Scorpion]* Traditionelle Sinnbilder teuflischer Mächte; der Skorpion bedeutet nach Sir. 39,30 und nach Offb. 9,3-5 Strafe Gottes.

100,27 f. *Gleichnus ⟨...⟩ vorzustellen]* Im Sinne der emblematischen Betrachtung lernt Courasche das Objekt als Sinnbild der Unbeständigkeit deuten. Vgl. Cont 9 (Bd. I/1 d. A.).

101,1 *Feltmaß]* D. h. Inhalt seiner Feldflasche.

101,20 *Venere]* (Richtig: Veneris); Venus, die antike Liebesgöttin (vgl. S. 81,16 f.).

102,5 f. *mein Fürwitz zu wissen]* Vgl. Anm. 212,21 (Bd. I/1 d. A.).

102,12 *umständlich]* Nach allen Umständen; Hinweis auf die Poetik der »vollkommenen« Erzählung.

102,26 *Fortunatus]* Anspielung auf den gleichnamigen Roman vom weisen und vom törichten Gebrauch eines Glücksgeschenkes, von Grimmelshausen im WV I als literarisches Muster verwendet.

102,31 *Galgenmännels]* Vgl. dazu den simplicianischen Traktat GM (Bd. II d. A.), in dem Grimmelshausen diesen Aberglauben ausführlich darstellt und kommentiert.

103,18 *Sabud Salomonis]* Sabud, Sohn des Priesters Nathan, Freund des Königs Salomon, vgl. 1. Kön. 4,5; Grimmelshausen behandelt ihn im Schlußteil des RS: »Angehängter Discurs vom Favoriten Sabud«.

103,20 f. *Stirpitus flammiliarum]* Verballhornung für lat. spiritus familiaris, d. h. Hausgeist; als Flaschenteufel evtl. auch Wortspiel aus lat. stirps (Wurzelgewächs) und flamma (Flamme, Feuer, vgl. Z. 25): Abkömmling des Höllenfeuers. – Vgl. auch ST V 6 (Bd. I/1 d. A., S. 469,34) und GM 6 (Bd. II d. A.) (mit Diskussion zeitgenössischer Literatur zum Thema). Durch die präzisen Angaben zu den Flaschenteufelpraktiken ist diese Episode eine wichtige Quelle dieses Volksglaubens geworden. Vgl. auch S. 124 f.

103,35-104,1 *gemeine Gottlosigkeit der Welt*] Hinweis auf den durch Courasche repräsentierten Zeitgeist, dem Grimmelshausen entgegenwirkt.

104,3 *geniessen*] Vgl. ST V 6 (Bd. I/1 d. A., S. 470,11-13); Cont 6 (Bd. I/1 d. A., S. 591,15 f.).

104,19 *Andacht*] Ironisierung des Begriffs: Götzendienst.

104,20 *Göttin*] Vgl. Anm. 101,20.

104,33-105,2 *lernete ⟨. . .⟩ dergleichen*] Courasche verfügt über die gleichen Fähigkeiten zur Selbsterkenntnis wie Simplicissimus, nur fehlt zur Bekehrung die Erleuchtung »von einem grösseren lumen« (S. 104,31).

105,14-18 *Höre Simplice ⟨. . .⟩ hatte*] Courasche charakterisiert den Zustand des Simplicissimus (im Buch V des ST, Bd. I/1 d. A.) richtig, berücksichtigt aber nicht die *Continuatio.*

105,30 *fromme*] Wohl in der älteren Bedeutung: folgsam, gutwillig.

106,9 f. *Cyprianische Jungfrau*] Nach Garzoni, *Piazza*, 73. Discurs »Von Huren / und denen / so jnen anhangen«, S. 457, sind »die Jungfrawen in Cypro ⟨. . .⟩ den Reisenden zu willen«, um ihr Heiratsgut zu verdienen und »daß sie der Veneri die Primitias ihrer Jungfrawschafft auffopfern«.

106,11 *Jesebell*] Vgl. 2. Kön. 9,30 und (in heilsgeschichtlicher Deutung) Offb. 2,20-22. Jesebel, hurenhafte Gattin des Königs Ahab, versuchte Jehu, den neuen König, zu verführen. Auch bei Garzoni, *Piazza*, 63. Discurs, S. 462, genannt.

106,13 *Kirche*] Das Motiv findet sich, positiv gewendet, auch in Dietw (Bd. II d. A.).

106,25 *Andacht*] Vgl. Anm. 104,19.

106,28-31 *Gottesfurcht ⟨. . .⟩ eingepflantzt*] Disposition für den Folgeroman Spr.

107,2 *Smaragds*] Der Wunsch der Courage ist mehrfach begründet: astrologisch ist der Smaragd dem Planeten Venus zugeordnet; nach medizinischer Lehre ist er von kühler Natur und vertreibt die Melancholie; in christlich-mittelalterlicher Allegorese bedeutet er Jungfräulichkeit und, wegen seiner grünen Farbe, Hoffnung, nach Offb. 4,3 deutet der smaragdgrüne Regenbogen auf die Gnade Gottes. Vgl. auch ST III 13 (Bd. I/1 d. A., S. 294,14 f.).

108,5 *Carthaunen*] Kartaune, schweres Geschütz, üblicherweise mit 25-Pfund-Kugeln geladen.

108,12 f. *seltzam und verwunderlich*] D. h. anreizend zur Neugierde (curiositas); auch poetologische Begriffe.

109,3 *resolvirt*] Terminus technicus aus der Alchemisten-Sprache.

109,23 f. *eisserne Tröge und Kästen voll Gelt gefunden*] Dieses Sagenmotiv findet sich schon im ST III 12 (Bd. I/1 d. A., S. 293,29 f.).

109,28-31 *zwey geweyhte Wachsliechter* ⟨...⟩ *wolte*] Grimmelshausen ironisiert den zeittypischen Aberglauben durch eine technische Vorrichtung aus Messingdraht.

110,15 *verblühet*] Ausgeblüht, d. h. nach Sprachgebrauch der Schatzsucher: die Zeit der Schatzhebung ist gekommen.

110,17 *dieweil die Sonne noch im Jgel gehet*] Ironisierung der Sternengläubigkeit durch die Verwendung eines »närrischen« Sternbildes; vgl. Grimm, DWb 10, Sp. 2045.

112,10 f. *zween Jtaliäner bestohlen*] Weiteres Exempel des Neids; Vorlage bislang unbekannt.

112,27 f. *zu wuchern*] Eigentlich: Zinsen nehmen; schröpfen, sich schadlos halten.

114,3 *Anfechtung*] Ironisierung des Teufelsglaubens.

114,10 f. *an meinen Widerwärtigen revangiren*] Erneuter Hinweis auf die Rachsucht der Courasche; vgl. S. 21,26.

114,13 f. *mit Ketten an das Firmament gehäfftet*] Anspielung auf den Wallenstein zugeschriebenen Ausspruch vor Stralsund (1628), er wolle die Stadt erobern und wäre sie mit Ketten an den Himmel gebunden.

115,3 *Mantua* ⟨...⟩ *eingenommen*] Am 18. 7. 1630.

115,6 *Mühl*] Vgl. Anm. 40,18.

115,16 *das Junckern Handwerck*] Springinsfeld verfällt ebenso wie Simplicissimus (vgl. ST I 1, Bd. I/1 d. A., S. 17,27 u. ö.) dem Laster des Müßiggangs.

117,1 f. *um die Oberherrschafft]* Grimmelshausen psychologisiert im folgenden das traditionelle satirische Thema des Ehekrieges, erweist die private Lösung des Heiratsvertrags als Irrtum.

118,6 *Hurenwåibel]* Aufseher über die beim Heerestroß befindlichen Huren (Unteroffiziersgrad).

118,9 f. *mein angehender Milchweisser Busem / war überall mit Blut besprengt]* Ironisierung petrarkistischer Frauendarstellung.

119,1 *leiblichen Ayd]* Schwurform unter der Berührung einer Heiligenstatue oder mit zu Gott emporgestreckten Fingern.

119,13 *mit Ruthen aushauen lassen]* Vgl. Anm. 80,6.

119,14 *dieser Richter]* Gen. Plur.: von diesen Richtern, ergänze: wünsche ich mir.

120,2 *alle Tråume falsch]* Courasche vertritt eine zeituntypische, rationalistisch-aufgeklärte Einschätzung der Träume.

120,18 *Kriegs-Possen]* Dieser Begriff taucht auch im *Teutschen Florus*, Marginalnote zu S. 181, auf.

120,19 *Fried]* Nach vergeblichem Regenburger Friedensvertrag (30. 10. 1630) wurde am 29. 7. 1631 der Friede zwischen Savoyen (»Sophoia«) und Carlo Gonzaga, Herzog von Nevers, Rethel und Mantua (1580-1637) geschlossen. – Vgl. *Teutscher Florus*, S. 184-185, den Grimmelshausen auch im folgenden benutzt.

120,28 *rothe Ruhr]* Vgl. *Teutscher Florus*, S. 184 (ohne Hinweis auf einen mehrwöchigen Aufenthalt des Regiments an der Donau).

121,23 *complexion]* Zentralbegriff der Säfte-(Humores)-Lehre, vgl. dazu Anm. 21,23-22,9.

122,24 *sieben Sinnen]* Vgl. Anm. 666,25 f. (Bd. I/1 d. A.).

122,27 *mit gifftigen Schlangen umgeben]* Courasche wird hier im Sinnbild der Frau Welt gedeutet.

122,29 *in ein Feuer oder Wasser zu tragen]* Todesstrafe für die Zauberin bzw. Hexe zur Rettung ihrer Seele.

124,19 *zu Soest]* Vgl. ST II 30 ff. (Bd. I/1 d. A.).

124,35 *Thorheit]* Vgl. Anm. 577,9 (Bd. I/1 d. A.).

124,35-125,1 *Thorheit im Sauerbrunnen belohnet]* Vgl. ST V 9 (Bd. I/1 d. A., S. 481,15-482,2).

125,16 *General Rendevous]* Vermutlich die Musterung der kaiserlichen Truppen 1634. Der *Teutsche Florus* erwähnt die Belagerung der Stadt Regensburg durch Erzherzog Ferdinand (den späteren Kaiser Ferdinand III.); das *Theatrum Europaeum* III, S. 282 f., vermerkt, daß diese Heerschau (»Generalmusterung«) vor der Belagerung Regensburgs (Ende Mai 1634) 781 Kompanien zu Fuß und zu Roß, ca. 60 000 Mann, ergab. Vgl. Spr. 15, S. 240.

125,24 *Bachofen]* Vgl. Anm. 103,20 f.

125,32 f. *als einer Zauberin / der Proceß gemacht werden dörffte]* Auch Simplicissimus muß einen solchen Prozeß befürchten; vgl. ST II 27 (Bd. I/1 d. A., S. 215,1-4).

126,26 *Prag]* Prag wurde am 4. 5. 1632 von Wallenstein erobert (vgl. Wassenberg, *Teutscher Florus*, S. 269).

126,29 *Mönchen]* Vgl. Wassenberg, *Teutscher Florus*, S. 271: »Der Schwed zeucht zu Mönchen ⟨München⟩ ein, den 14. Maij ⟨1632⟩.«

126,30 *grosse Forcht]* Die Schweden lagerten in der Nähe Passaus im drei Meilen entfernten Vilshofen.

127,6 *Arnheim]* Johann Georg von Arnim-Boitzenburg (1581-1641), kursächsischer Heerführer.

127,7 *Lignitz]* Die Schlacht war am 13. 5. 1634, vgl. Wassenberg, *Teutscher Florus*, S. 312 f. Die Abweichung von der Chronologie durch Anspielungen auf den Siegeszug der Schweden 1632 erklärt sich aus dem Rückblick.

127,8 f. *der Allerdurchleuchtigst dritte Ferdinand]* König Ferdinand III., dt. Kaiser; seit 1625 ungarischer, seit 1627 böhmischer König; vgl. Wassenberg, *Teutscher Florus*, S. 313.

127,9 *seiner Stadt]* Prag war seit Kaiser Karl IV. Residenz- und Hauptstadt des Dt. Reiches; Arnim (»Arnheim«) stand mit seinen Truppen vom 24. bis zum 29. 7. 1634 am Weißen Berge, trat jedoch aus Furcht vor dem Entsatz, den Ferdinand III. von Regensburg aus schickte, den Rückzug an.

127,9 *Regenspurg]* Die Stadt wurde vom 15. 5. bis zum 17. 7. 1634 belagert.

127,10 *Gallas]* Vgl. Anm. 82,15.

127,13-19 *Damahl sahe ich ⟨. . .⟩ möchte]* Vgl. Garzoni, *Piazza*, 81. Discurs, »Vom Kriegswesen insgemein«, S. 489.

127,20 *glatt]* Grimmelshausen gebraucht auch: »glatthärig« (vgl. ST V 6, Bd. I/1 d. A., S. 468,3).

127,28-32 *als wir Ordre kriegten ⟨. . .⟩ belagert hatte]* Vgl. *Teutscher Florus*, S. 315-321.

127,32 *Nördlingen]* N. wurde seit dem 18. 8. 1634 belagert, nachdem am 16. 8. Donauwörth eingenommen worden war. Am 3. 9. 1634 verstärkte der Kardinal-Infant Ferdinand (1609-1641) die kaiserliche Armee. Als Bernhard Herzog von Sachsen-Weimar (1604-1639) und der schwedische Feldherr Gustav Horn (1592-1657) mit Entsatzheeren nahten, kam es am 6. 9. 1634 zur Schlacht mit Sieg der kaiserlichen Heere, der die schwedische Herrschaft über das katholische Deutschland beendete. Vgl. auch Spr 15, S. 240-243.

128,14 *Melancholia]* Vgl. Anm. 21,28 f.

128,16 *Nach dem Treffen]* Zu ergänzen: bei Nördlingen.

128,27 *Reichs-Stadt]* Vermutlich ist Offenburg in Baden gemeint, vgl. auch ST V 20 (Bd. I/1 d. A., S. 527,15-21).

129,7 *der Friede ⟨. . .⟩ beschlossen]* Der 1635 in Prag geschlossene Friede war durch Eingreifen Frankreichs nur von kurzer Dauer.

129,13 *zu Hanau]* Vgl. ST II 7 (Bd. I/1 d. A.).

129,23 *Freunde]* Hier für: Verwandte.

130,3 *zutäppisch]* Vgl. Grimm, DWb 32, Sp. 858.

130,10 *trutz jederman]* Vgl. Anm. 11,1.

130,20 *Mars]* Gott des Krieges.

130,25 *gezwaget]* Vgl. Grimm, DWb 32, Sp. 929-939.

131,5-7 *als ⟨. . .⟩ zwackten]* Vgl. Wassenberg, *Teutscher Florus*, S. 510, Marginalnote III: »Chur-Beyerische und Weimarische fallen einander widerumb in die Haare / im Febr. 1643«.

131,15 f. *mit wohlgeneigter Gunst]* Mit Verlaub, vgl. S. 90,8.

131,17 *mit Rubinen zu zieren]* Selbstironie der Courasche mit Mitteln der höfischen Liebesdichtung. Vgl. auch ST III 18 (Bd. I/1 d. A., S. 294,17 f.).

131,31 f. *gleich ⟨...⟩ Kohler]* Vgl. Anm. 22,30 f.

131,32-132,1 *Ich trug mich gantz adelich]* Vgl. ST V 6 (Bd. I/1 d. A., S. 467,30-468,1).

132,8 *wie etwann die Circe den irrenden Ulissem]* Eine der häufigen Anspielungen Grimmelshausens auf den homerischen Mythos (vgl. *Odyssee* X, 135 ff.); vgl. Anm. 687,33 f. (Bd. I/1 d. A.).

132,11 *Funds]* Von Simplicissimus verschwiegen.

132,15 *Secret]* Vgl. S. 96,23-34 und S. 97,21.

132,16 *Balbierer]* Barbier in der Funktion als Wundarzt und Chirurg.

132,25 f. *im 5.3. Buch am 6.4. Capitel leichtfertig]* Vgl. ST V 6 (Bd. I/1 d. A., S. 468,6): Simplicissimus spricht von »Leichtfertigkeit«.

132,26 *mehr mobilis als nobilis]* Lat. Wortspiel: mobilis »unbeständig« – nobilis »von (adeligem) Stand«.

132,33 *damit seine eigene Wort gebrauche]* Courasche zitiert frei aus ST V 6 (Bd. I/1 d. A., S. 468,3-6). Vgl. dazu Spr 5, S. 182,8-10.

133,2 *Holtz-Cur]* Zeittypische Behandlungsmethode der Syphilis, bei der allein Abkochungen von verschiedenen Holzarten getrunken werden durften.

133,12 *Anstrich und Schmincke]* Vgl. Anm. zum Titelkupfer.

133,14 *Narren soll man mit Kolben lausen]* Sprw., u. a. bei Fischart. Vgl. auch Spr 12, S. 228,18.

133,19 *meine Magd]* Vgl. dazu auch Spr 5, S. 182,27 f.

133,23 *Meyer-Hof]* Gutshof. – Courasche lebt im Stile der frühneuzeitlichen Kapitaleigner, wie auch Simplicissimus (ST V 8, Bd. I/1 d. A., S. 474,13-20; ST V 10, Bd. I/1 d. A., S. 483, und RP, S. 658).

134,23 *Garten]* Als Gegenstück zum Garten der erbaulichen Naturbetrachtung in Cont 22 (Bd. I/1 d. A., S. 676 f.) ist der Garten der Courasche ein Garten der Lüste.

134,26 *Mechaberis oder Susannen Mann]* Anspielung auf Dan 13,1-64. Die Erzählung von der keuschen Susanna und den beiden geilen Alten ist 1532 von Sixt Birck (1500-1554) und 1536 von Paul Rebhun (ca. 1505-1546) dramatisiert worden. »Mechaberis« (lat. moechari »ehebrechen«) bedeutet wie »Susannen Mann« Ehebrecher. Als Quelle kommt nach Borcherdt (1921) eine ital.-franz. Novelle in Betracht: Autome de La Sale, *Cent nouvelles Nouvelles* (1480), Nr. 46.

135,4 *verdeckte Gång]* Ebenso wie oben »Garten« als poetologischer Hinweis zu lesen.

135,5-9 *vor den Augen GOttes ⟨...⟩ beruffen wollen]* Perspektive des Schreibers Philarchus. Vgl. Anm. 410,26.

135,26 *Erdbiden von GOtt gesendet]* Erneute Ironisierung des Wunder- und Gespensterglaubens, der aber auch als Wahn heilsame Wirkung hat.

137,17 f. *auf eine Urphet die Stadt quittiren]* Rechtsformel: die Stadt unter der eidlichen Verpflichtung (Urfehde) des Verzichts auf Rache bzw. Rechtsansprüche für immer verlassen.

138,8 *Poß]* Der Schwank vom menschenfressenden Kalb ist ein beliebtes Motiv der europäischen Facetien- bzw. Schwankliteratur. Als Quelle kommt H. Sachsens *Warumb die pauern lanczknecht nit gern herbergen* (SW II, Nr. 239) in Betracht.

138,10 *DAmahls]* Winter 1643/44.

138,14 *Kintzger Thal]* Kinziger Tal – Entsprechungen für die hier mitgeteilten Truppenbewegungen lassen sich bei Wassenberg, *Teutscher Florus*, nicht finden; erst mit der Schlacht von Herbsthausen (S. 139,31 f.) stimmen Roman und *Teutscher Florus* wieder überein.

138,21 *alte Weiber]* Anspielung auf den Topos von der ungleichen Liebe zwischen alter Frau und jungem Mann (vgl. Titelkupfer).

138,27 *Schiltach]* Stadt an der Kinzig, südöstlich von Offenburg.

139,23 f. *Maul-Esel]* Vgl. Titelkupfer.

139,31 *der von Mercy]* Franz Freiherr von Mercy (1597-

1645), bayerischer General. Unter seinen Soldaten befindet sich Springinsfeld, vgl. Spr 17-20.

139,32 *Herbst-Zeiten]* Wortspiel: Herbsthausen, ein Dorf bei Mergentheim an der Tauber; dort schlug Mercy am 5. 5. 1645 die französischen, von Turenne geführten Heeresteile.

140,10 *damals]* Nach Aussagen der Kriegschronisten (z. B. *Theatrum Europaeum* V, S. 972) war erst der Winter 1645/46 von so extremer Kälte, wie sie der nachfolgende Schwank erfordert.

142,2 *Knebelspieß]* Alte Jagd- und Bauernwaffe (Spieß mit einem Querholz hinter dem Eisen); bei Sachs steht: »Schweinspieß«.

142,6 *Gemein]* Gemeinde, d. h. hier: die waffenfähigen Männer.

142,34 *Schertz]* Landsknechtmäßig für: Kampf, Gefecht: vgl. Grimm, DWb 14, Sp. 2596.

143,9 *Treffen]* Gemeint ist die Schlacht bei Herbsthausen, vgl. Wassenberg, *Teutscher Florus*, S. 616 f.

143,13 *Touraine]* Henri de la Tour d'Auvergne, Vicomte de Turenne (1611-1676), franz. Feldherr. Die Flucht Turennes mit dem Ziel Kassel erwähnt auch der *Teutsche Florus* (S. 624).

143,18 *Königsmarckischen]* Johann Christoph von Königsmarck (1600-1663), schwedischer Generalleutnant, trennte sich im Juli 1645 von Turenne und zog mit seinen Truppen nach Meißen. Am 26. 7. stand er bei Koburg.

143,19 *Wartburg]* Bei Eisenach in Thüringen.

143,31-144,1 *Aegypten]* Anspielung auf die zeittyp. Ansicht, daß Ägypten das Ursprungsland der Zigeuner sei.

144,2 *vielfältige Veränderung]* Ähnliche, wiewohl gründlichere Reflexionen stellt auch Simplicissimus an, vgl. ST V 23 u. Vorspruch zu Cont, S. 557 (Bd. I/1 d. A.).

144,4 *Humor]* Vgl. Anm. 21,23-22,9.

144,6-9 *wahrsagen 〈...〉 perfect]* Das negative Urteil über die Zigeuner, in Spr 4-6 noch verstärkt, wird in RP differenziert.

144,31 f. *Calendermacherey]* Grimmelshausen hat selbst als Verfasser eines »Ewig-wehrenden Calenders« die Praktiken der Kalenderschriftsteller ironisiert.

145,5 *Goliath]* Anspielung auf 1. Sam. 17: der kleine beherzte David tötet den Kriegshelden Goliath. Vgl. Titelkupfer zu RS.

145,17-23 *murmelte unterschiedliche närrische Wörter ⟨...⟩ Characteres]* Ironisierung (d. h. Aufklärung) des zeittypischen Aberglaubens, ähnlich wie in Spr 12 und WV II 3.

146,15 *artlichen Erfindung ⟨...⟩ künstlichen Betrugs]* Begriffe der Ingenium-Poetik.

146,18 *Courasche kommt ⟨...⟩ in ein Dorff]* Das Motiv des folgenden Schwanks bringt Boaystuau, *Le Theatre du Monde*, S. 131 f. Grimmelshausen verwendet es noch einmal in RP, S. 688,17-694,26.

146,19 f. *reitzet ⟨...⟩ zu schiessen]* Vgl. Titelkupfer.

146,25 *Strauß]* Vgl. Grimm, DWb 19, Sp. 1005-1014.

146,26-29 *von den Königsmarckischen ⟨...⟩ kamen]* Truppenbewegungen im September/Oktober 1645; Quelle: Wassenberg, *Teutscher Florus*, S. 643. Die Zigeuner-Rotte der Courasche folgt offenbar dem Troß der schwedischen Armee.

146,27 f. *Torstensohn]* Linnerdt Torstensohn (1603-1651), schwedischer Heerführer, vgl. ST V 20 (Bd. I/1 d. A., S. 528,27).

146,30 *Friedenschluß]* 1648.

147,4 *noch ein weiß Blat Papier übrig]* Beliebter Schlußtopos in der satirischen Erzählliteratur.

147,11 *Lothringischen Gebiet]* Auch Simplicissimus betätigt sich in dieser Region als »Leutbetrüger« (ST IV 9, Bd. I/1 d. A., S. 380,17).

148,1 *Diebs-Sprach]* Rotwelsch, vgl. ST IV 13 (Bd. I/1 d. A., S. 396,29-397,2).

149,3 *Wägen]* Reise- und Frachtwagen der Kirchweih-Besucher.

149,5 *Rebellion]* Hier: vorgetäuschte Meuterei unter den vermeintlichen Soldaten.

150,1-6 *als daß* ⟨. . .⟩ *verzehren*] Die Vorurteile gegen Zigeuner, die sich in zahlreichen zeitgenössischen Schriften finden (vgl. die aufschlußreichen Belege bei Grimm, DWb 31, Sp. 1257-1263), werden in RP in die Perspektive der Meuder gerückt und bestätigen sich hier nicht. Vgl. aber auch ST IV 13 (Bd. I/1 d. A., S. 399,8-400,13).

150,17-151,5 *Zugab des Autors*] Der Autor Philarchus Grossus wertet die ihm unter Zwang diktierte Geschichte aus seiner traditionellen moralisch-didaktischen Sicht: Grimmelshausen verwendet dazu ein nahezu wörtliches Zitat aus Garzoni, *Piazza*, 73. Discurs, »Von Huren ⟨. . .⟩«, S. 463 f., mit Umstellung der Argumente, jedoch ohne die Forderung Garzonis, die Huren aus der christlichen Gesellschaft auszuschließen.

150,20 *Chimeris*] (Griech.) Chimaira, feuerspeiendes Monstrum aus Hesiods Theogonie, Mischwesen aus Löwe, Ziege und Schlange. Vgl. Titelkupfer zum ST (Bd. I/1 d. A.).

150,21 *Medusen*] (Griech.) Medusa, weibliches Fabelwesen, mit Flügeln, Schlangenhaut, furchterregendem Gebiß und versteinerndem Blick.

150,22 *Sirenen*] Nach Homer Jungfrauen mit Vogelleibern, deren wunderbarer Gesang die Seefahrer ins Verderben lockte.

150,23 *Belidibus*] Die Danaiden, die 50 Töchter des Danaos, Sohn des Belos, mußten zur Strafe für Gattenmord in der Unterwelt unaufhörlich Wasser in ein bodenloses Faß schöpfen.

150,25 *Lupas*] Bei Garzoni heißt es weiter: »des Romuli und Remi«.

150,28 *boͤß Gewissen*] Das böse Gewissen verhindert den gottgefälligen Zustand der Ruhe.

151,7 *Wahrhafftige Ursach*] Die scheinbar deplaziert angefügte Inhaltsangabe (»Argumentum«) aus der Perspektive der Courasche relativiert die moralische Wertung des »Autors«.

DER SELTZAME SPRINGINSFELD

TEXTGRUNDLAGE

Grundlage bildet die Ausgabe von Jan Hendrik Scholte: *Grimmelshausens Springinsfeld. Abdruck der ältesten Originalausgabe (1670) mit den Lesarten der anderen zu Lebzeiten des Verfassers erschienenen Ausgabe*, Halle/S.: Niemeyer 1928 (Neudrucke Deutscher Literaturwerke des 16. und 17. Jahrhunderts, Nr. 249-252). Scholtes Herausgeberentscheidungen, seine Texteingriffe und Behandlung von Druckversehen wurden anhand der Exemplare des Erstdrucks (Sigle: E1) der Bayerischen Staatsbibliothek München, der Herzog August Bibliothek Wolfenbüttel und der Bibliotheca Bodmeriana Coligny/Genf (bisher unbekannt) überprüft. Mitverglichen wurden die Herausgeberentscheidungen Franz Günter Sievekes (Grimmelshausen, *Der seltzame Springinsfeld*, Tübingen: Niemeyer 1969). Zur Entscheidung strittiger Fälle wurden die Lesarten der zweiten zu Lebzeiten des Autors erschienenen Ausgabe (Sigle: E2) anhand des Exemplars der Bayerischen Staatsbibliothek München und unter Berücksichtigung der bei Sieveke aufgeführten Abweichungen des Druckbogens B im Exemplar der Landesbibliothek Coburg (S. 170,8-183,11 d.A.) sowie die Lesarten der posthumen Gesamtausgabe von 1683/84 (Bd. 2, 1683; Sigle: C1) anhand der obenaufgeführten Exemplare verglichen. Der Erstdruck hat den Titel:

> Der seltzame | Springinsfeld /| Das ist | Kurtzweilige / lusterweckende und | recht laͤcherliche Lebens-Be- | schreibung. | Eines weiland frischen / wolver- | suchten und tapffern Soldaten / |Nunmehro aber ausgemergelten / | abgelebten doch dabey recht | verschlagnen | Landstoͤrtzers und Bettlers /| Samt | seiner wunderlichen

Gauckeltasche. | Aus Anordnung des weit und | breit bekanten *Simplicissimi* | Verfasset und zu Papier gebracht | Von | *Philarcho Grosso* von | Tromerheim. | Gedruckt in *Paphlagonia* bey | Felix Stratiot. | Anno 1670.

Die auf der Titelseite bereits angekündigte *Gauckeltasche* fehlt; sie erschien separat zusammen mit dem *Beernhäuter.* Die Ausgabe E2 mit gleichem Erscheinungsjahr bringt einen in Orthographie und Zeichensetzung leicht überarbeiteten Text. Sie hat den Titel:

Der seltzame | Springinsfeld / | Das ist | Kurtzweilige / lusterweckende | und recht lächerliche Lebens-Be- | schreibung. | Eines weiland frischen / wolver- | suchten und tapffern Soldaten / | Nunmehro aber ausgemergelten / | abgelebten doch dabey recht | verschlagnen | Landstörtzers und | Bettlers | Aus Anortnung des weit und | breit bekanden *Simplicissimi* | Verfasset und zu Papier gebracht | Von | *Philarcho Grosso* von | Trommenheim. | Gedruckt in *Paphlagonia* bey | Felix Stratiot. 1670.

Hinter dem fingierten Druckort und Verlegernamen verbirgt sich in beiden Fällen Grimmelshausens Nürnberger Verleger Wolff Eberhard Felßecker.

ENTSTEHUNG UND QUELLEN

Für die Entstehungszeit und auch den Abschluß des Manuskripts gilt das oben zur *Courasche* Ausgeführte. Als Sproßgeschichte zum *Simplicissimus Teutsch* (II 31-III 13) hat der *Springinsfeld*-Roman die Hauptquellen, die dritte Continuatio des *Theatrum Europaeum* und Wassenbergs *Ernewerten Teutschen Florus*, mit diesem und der *Courasche* gemein. Auch die übrigen Quellen: Fischarts *Ritter von Stauffenberg*, die Historia von Melusina in einem der zahlreichen Drucke des 16. Jahrhunderts oder in der Fassung Hans Sachsens, Heinrich Kornmanns *Mons Veneris* (1614), Garzoni, Boaystuau und Moscheroschs *Philander*, sind älteren Datums.

Die textinterne Angabe, daß Courasche ihren Lebenslauf bald drucken lassen werde, während der fiktive Schreiber Philarchus Grossus von Trommenheim den Auftrag zur Abfassung des *Springinsfeld* erst noch erhält, daß ferner der Verfasser des oben zitierten Widmungsgedichts die Formulierung »Wie sich Springinsfeld anläst« gebraucht, muß nicht bedeuten, daß der *Springinsfeld*-Roman erst zwischen März 1669 (Fertigstellung der *Courasche*) und Herbst 1670 (Erscheinen der *Courasche*) entstanden ist, wie Koschlig folgerte. Sicher ist nur, daß Felßecker den Roman noch nach den Herbstmessen 1670 herausbrachte, ohne daß er ihn zuvor noch hätte ankündigen lassen können. Das Versäumen der Messetermine erklärt sich aus dem Umstand, daß Felßecker 1670 zuvor schon außer der *Courasche* auch den Legendenroman *Dietwalt und Amelinde*, die zweite Ausgabe des *Keuschen Joseph* mit der *Musai*-Fortsetzung sowie, gegen die Ankündigung auf der Titelseite des *Springinsfeld*, die *Gauckeltasche* als Anhang zum *Beernhåuter* herausgebracht hatte. Daß Felßecker den *Springinsfeld* bei diesem enormen Arbeitspensum und Kapitaleinsatz zurückstellte, kann auch daran gelegen haben, daß er wie noch zahlreiche Herausgeber und Forscher des 20. Jahrhunderts den Rang dieses Werkes vergleichsweise niedrig einschätzte.

DEUTUNGSHINWEISE

Das »hốchstgierige Verlangen« des Publikums, das Grimmelshausen gerne gesehen hätte, blieb im Falle des *Springinsfeld* aus; erst in den letzten Jahren ist der Kunstcharakter dieser Schrift erkannt und gewürdigt worden. Was auf den ersten flüchtigen Blick hin als eine Exzerptsammlung aus den Kriegschroniken erscheinen kann, erwies sich als eine sorgsam strukturierte Rahmenerzählung, die über unaufdringliche Bildzeichen die scheinbar unverbundenen Teile aufeinander bezieht und zugleich das Erzählganze im Bild der Winterkälte und der warmen Wirtsstube als einen Diskurs über die Voraussetzungen und den Sinn des Erzählens entfaltet. Dies geschieht auf dem Niveau des von seiner Insel heimgekehrten frommen, sich seiner öffentlichen Verantwortung bewußten Schriftstellers Simplicissimus, der seine Aufgabe darin sieht, seine Mitmenschen, die aus Kälte, Verkümmerung, Sprachlosigkeit in seinen Bereich menschlicher Wärme kommen, zu verantwortlichem Diskurs miteinander, zur Einübung in den rechten Gebrauch simplicianisch-satirischer Kunst und zum befreienden, Selbsterkenntnis und Umkehr bewirkenden Erzählen des eigenen Lebens anzuleiten.

Die Kälte, die Vereinsamung, das vergebliche Warten, die der Schreiber bei Hofe erfährt, entspricht bis ins sprachliche Detail (»recta auff mich zu«) ebensolchen Erfahrungen Springinsfelds im Kriege. Ob im Frieden oder im Krieg, »draußen« gilt das Gesetz des Homo homini lupus, während »drinnen«, im utopischen Bereich des alten Simplicissimus, die bestialische Natur durch Kunst veredelt, die Erstarrung gelöst, Gesprächsfähigkeit und Vertrauen wiederhergestellt, Menschenfreundlichkeit und diskrete Religiosität als beglückende Werte erfahren und eingeübt werden. Das Kompositionsprinzip der Rahmenerzählung, in versteckter Form schon im *Courasche*-Roman als Entgegensetzung von Selbst- und Fremdbeurteilung der Courasche angewandt, wird damit, dem inhaltlichen Gewicht entsprechend, in artistisch-manieristischer Weise überdehnt. Der Lebenslauf des Springinsfeld hat für sich genommen noch keinen Sinn. Springinsfelds Erzählung im Dunkel der nächtlichen Schlafkammer ist von Simplicissimus im Bestreben, den heruntergekommenen »Bruder« der Soester Zeit »gantz anders« umzugießen, sorgsam vorbereitet; dieser Versuch mißlingt. Springinsfeld läßt sich zwar zuvor in die allegorische Betrachtung des menschlichen Lebens einführen, ist aber keineswegs bereit und imstande, sein Mißtrauen, seine skeptische Betrachtungsweise als die Frucht seines 70jährigen Lebens im Kriege aufzugeben. Er versucht im Gegenteil durch die Erzählung seines Lebens zu zeigen, daß auch und gerade die skeptische Lebenseinstellung Identität des Ich ermöglicht. Die Welt, die er kennengelernt hat, ist eine Welt der Kälte, ohne Gott, ohne Liebe, ohne Vertrauen, beherrscht vom Auf und Ab der Fortuna, beunruhigt vom »Wahn des gemeinen unbesonnenen Pöfels«, vom Wahn der Glaubenskriege, des Aberglaubens, der Standesunterschiede, zu ertragen nur für den, der sich nach Maßgabe seines Geldes einen Freiraum erkaufen kann. So bleibt Simplicissimus am Ende nur die uneigennützige Einladung an den so übel zugerichteten Alten auf seinen Bauernhof, die Hoffnung auf die wärmende Wirkung des täglichen Umgangs. Doch kann der Erzähler nicht mit Sicherheit berichten, ob Simplicissimus mit seinen Absichten Erfolg gehabt hat. Auch im *Rathstübel Plutonis* ist Springinsfeld noch der alte, in Widersprüche verstrickte Skeptiker. Der *Springinsfeld*-Roman ist also nur vordergründig eine mit vielen historischen Daten angereicherte Soldatengeschichte aus dem Dreißigjährigen Krieg. Größeres Gewicht hat die Frage nach den Möglichkeiten und den Grenzen eines sich für jedermann öffnenden kurzweiligen Erzählens.

Die Beobachtung, daß die erzählend eingeführten Gestalten alle auf Grimmelshausens eigene Person in den verschiedenen Lebensphasen verweisen, daß die augenzwinkernd heranzitierte »Conjunctio Saturni, Martis et Mercurii« im ironischen Bild das eigene Leben umschreibt (Wiedemann), eröffnet dem aufmerksamen Leser eine weitere Ebene dieses Textes: die erzählte Reflexion über das Erzählen als das besondere Signum dieses Autors. Es ist das Ich des Autors, das die Einheit des scheinbar so uneinheitlichen Erzählwerks verbürgt. Im Rahmen des simplicianischen Gesamtwerks stellt der *Springinsfeld*-Roman einen Höhepunkt der bisherigen Reflexion über das Erzählen dar und schafft zugleich, durch Ableitung weiterer Sproßgeschichten – *Wunderbarliches Vogelnest*, *Gauckeltasche*, *Rathstübel Plutonis* – einen neuen Anfang.

VARIANTEN

157,17 *empfangen]* (C^1), Fehlt in $E^{1.2}$

159,8 *Handwerch]* Handwerck (E^2)

161,23 *widerumben anders]* widerumb ein anders (E^2C^1)

162,2 *Fachtung]* ($E^{1.2}C^1$)

163,11 *mit einer]* mit meiner (E^2C^1)

164,18 *Dupplication]* ($E^{1.2}$), Supplication (C^1)

164,30 *thun]* ($E^{1.2}C^1$), muͤssen (C^3); Sieveke liest: thuͤr

165,28-166,1 *im Pfenning wet]* ($E^{1.2}C^1$), im Pfenning wert (C^3); Sieveke liest nach Kellers Vorschlag: im Pfenningwert

166,28 *ererst]* er erst (E^2), erst (C^1)

166,32 *falber]* (C^1), halber ($E^{1.2}$)

167,3 *falbe]* Salbe (E^2)

167,14 *ererst]* erst (E^2), allererst (C^1)

170,22 *Gebraͤngs]* Gepraͤngs ($E^{2a}C^1$)

171,3 *Springinsfeld]* (C^1), Springsinsfeld ($E^{1.2}$)

171,6 *vor einem]* vor einen ($E^{2a}C^1$)

171,14 *mein Kaͤrst]* meinen Kaͤrst ($E^{2.2a}$), meine Kaͤrst (C^1)

172,9 *letzt]* ($E^{1.2.2a}C^1$), Sieveke liest: letz

172,14 *es]* Er (E^{2a}), Es (C^1)

174,32 *vernusbicklen]* verausbicklen ($E^{2.2a}C^1$)

175,16 *in einem]* in einen ($E^{2.2a}$)

175,24 *Zigeiner]* Zigeuner ($E^{2a}C^1$)

175,26 *Histori]* Historia ($E^{2.2a}C^1$)

175,30 *stumpffen]* Stumpffen (C^1)

176,1 f. *Eylnspiegels]* Evlnspiegels ($E^{2.2a}$), Eulnspiegels (C^1)

176,17 *nit]* nicht ($E^{2a}C^1$); Sieveke folgt Kellers Vorschlag: mit

177,15 *dume]* dumme (E^2)

178,14 *negstverstrichnem]* negst verstrichenen ($E^{2.2a}$)

178,32 *Pichsen]* Puͤchsen ($E^{2.2a}$)

178,32 *Roͤhrern]* Roͤhren ($E^{2.2a}$)

180,20 f. *bedunckt]* beduͤnckt (E^{2a})

182,15 *Buberey]* Buͤberey (E^{2a})

185,33 *welchen]* (E^2C^1), wel- (E^1)

187,7 *mir]* nur (C^1)

187,20 *Zahm keinen]* Zahmen kein (E^2C^1)

188,9 f. *Diebsstuck]* Diebsstuͤck (E^2)

190,23 *nur]* ($E^{1.2}C^1$); Sieveke liest: mir

190,25 *mich wolte]* (C^1), wolte ($E^{1.2}$)

190,28 *Schmirsel]* Schmirsalb (E^2)

191,1 *wir etwas]* wir uns etwas (E^2)

192,1 *Schinder]* (E^2), Schnider (E^1)

192,6 *mir Gelegenheit geben]* nur Gelegenheit geben (C^1); Scholte und Sieveke lesen: mit Gelegenheit gehen

192,7 f. *Heurath-Guet]* Heurath-Gute (E^2C^1)

192,22 *ubernacht]* uͤber Nacht (E^2C^1);

192,22 *und]* ($E^{1.2}C^1$), Sieveke liest: umb

192,25 *allein?]* ($E^{1.2}C^1$); Keller liest: allein, Scholte und Sieveke: allein/

193,6 *zuer]* zu der (E^2C^1)

193,27 *Sim:]* Simpli: (E^2)

195,3 *forchterlich]* foͤrchterlich (E^2)

195,16 *warinnen]* worinnen (E^2C^1)

196,5 *waruͤber]* woruͤber (E^2C^1)

196,13 *Pfoͤnder]* Pfaͤnder (E^2C^1)

197,11 *Unziffer]* Ungeziffer (E^2C^1)

197,19 *ihm]* ihn (E^2)

199,22 *brauchen]* brauche (C^1)

201,20 *kondte]* koͤndte (E^2)

202,15 *im]* in (E^2)

202,31 *20]* 20. (E^2)

203,13 f. *antwort]* antwortet (E^2)

203,16 *dieses wann der dich betrogen]* diesem wann ich dich betrogen (C^1); Sieveke folgt Kellers Vorschlag: dieses Wahns der dich betrogen

204,18 *wuͤrden]* werden (E^2)

205,19 *Voͤrthel]* Vortheil (E^2)

205,26 *Tisch-]* Tisch (E^2)

206,16 *koͤnden*] koͤnde (E^2)
207,16 *seyen*] seyn (E^2), seynd (C^1)
207,26 *seiner*] seine (C^1)
208,21 *Kleidel*] Kleide (E^2C^1)
209,5 *allsammen*] allzusammen (E^2C^1)
209,28 *meiner Mutter*] meiner rechten Mutter (E^2C^1)
210,19 *nur/*] nur (C^1)
210,20 f. *zancksichtig*] zancksuͤchtig/ (C^1)
211,8 *plegt*] pflegt (E^2)
211,9 *verkindigen*] verkuͤndigen (E^2)
211,21 *last*] laͤst (E^2)
211,27 *Kracher*] Karcher (E^2), Karger (C^1)
213,11 *sturtzet*] stuͤrtzet (E^2C^1)
213,16 *im dalmatia*] in dalmatia (E^2), in Dalmatia, (C^1)
213,20 *eingeborner*] ein geborner (E^2C^1)
214,5 *1000*] 1000. (C^1)
214,8 *in Dalmatia*] in Dalmatia, (C^1)
215,3 *Jnstrumenten*] (C^1), Jntrumenten ($E^{1.2}$)
217,16 *unterhabende*] (C^1), unterhalbende ($E^{1.2}$)
219,3 *Lumpes*] Lumpus (E^2)
219,17 f. *Lumpes*] Lumpus (E^2)
220,3 *solchem*] solchen (E^2)
220,15 *100.*] 100 (E^2)
222,6 *waruͤber*] woruͤber (E^2)
222,28 *haͤt*] haͤtte (E^2C^1)
223,15 *sagen.*] ($E^{1.2}C^1$); Scholte tilgt den Punkt, Sieveke liest: sagen:
223,16 *lesteren*] letzteren (E^2C^1)
223,17 *eysern*] eysern/ (E^2)
224,17 *Buͤrschlin*] Buͤrschlein (E^2)
224,20 *koͤnden*] koͤnnen (E^2)
226,33 *bytobrengen*] (C^1), bytrobrengen ($E^{1.2}$)
227,1 *muste*] musten (C^1)
227,5 *mich*] mir (E^2C^1)
227,11 *seitemahl*] sintemal (E^2C^1)
227,15 *Erb*] Elb (C^1)
228,23 *baar*] paar (E^2C^1)

228,32 *Stahl]* Stall (E^2C^1)
229,24 *Gluͤcks-Faͤhl]* Gluͤcks-Faͤll (C^1)
231,3 *vor ihn]* vor ihm (E^2)
231,10 *des disputirens]* (E^2C^1), dis disputirens (E^1); Sieveke liest: disputirens.
233,15 *bsitzt]* besitzt (E^2C^1)
233,24 *Brigaden]* (E^2C^1), Beigaden (E^1)
235,28 *mit]* nicht (C^1); schon Keller liest: nit
236,16 *ererst]* allererst (E^2C^1)
236,22 *um willen]* um weilen (E^2C^1)
237,11 *erkanten]* erkanten / (E^2)
237,30 *Ungluͤck leyden und Noth]* Ungluͤck / Leyden / und Noth (E^2C^1)
238,21 *sihe kein Ungluͤck allein]* sihe / kein Ungluͤck allein / (E^2C^1)
238,27 *von ihnen]* (E^2C^1), vor ihnen (E^1)
240,24 f. *und belaͤgerten]* unter belaͤgerten ($E^{1.2}$)
241,13 *wuͤrden]* wurden (C^1)
241,15 *wird ich]* ward ich (C^1)
242,13 *muͤst]* Mist (E^2C^1)
242,21 *konte]* koͤnte (E^2C^1)
243,10 *empfanden]* empfingen (E^2C^1)
243,21 *seytemal]* sintemal (E^2C^1)
243,22 *Hunger]* Hunger / (E^2C^1)
244,9 f. *vereckte]* verreckte (E^2C^1)
244,13 *Golde]* golte (E^2C^1)
244,16 *mit meiner]* mit meinem (E^2C^1)
245,3 *Loesfeld]* Coesfeld (C^1)
245,31 *Jean]* Joan (E^2C^1)
246,18 *balingen]* Balingen (E^2C^1)
246,22 *werde]* werden (E^2C^1)
247,14 *mir]* (E^2C^1), wir (E^1)
247,15 *unverschamt]* unverschaͤmt (E^2C^1)
248,21 f. *welche nicht nur]* (C^1), welche mit mir ($E^{1.2}$)
251,1 *kalte Kuch]* kalte Kuͤche (E^2C^1)
251,8 *reisen]* weisen (E^2C^1)
254,15 *dem]* ($E^{1.2.}C^1$); Sieveke liest: den

254,17 *wurde]* wuͤrde (E^2C^1)

255,16 *schmeissens]* Schmeissen (E^2C^1)

256,15 *beschehen]* geschehen (E^2C^1)

256,21 *Mercij]* Mercii (E^2), Mercy (C^1)

256,22 *zohe]* zoge (E^2C^1)

256,26 *Mercii]* Mercy (E^2C^1)

256,29 *Tourraine]* Tourrenne (E^2C^1)

257,14 *Kirchhain]* Kirchheim (E^2C^1)

257,16 *Tourrine]* Tourenne (E^2C^1)

257,23 *zohe]* zoge (E^2C^1)

257,26 *Hesische]* Hessische (E^2C^1)

257,30 *Winpfen]* Wimpfen (E^2C^1)

258,8 *Mercij]* Mercii (E^2), Mercy (C^1)

258,16 f. *schwaͤbischen Haall]* Schwaͤbischen Hall (E^2), Schwaͤbischen-Hall (C^1)

258,17 *gelden]* gelten (E^2C^1)

258,19 *vermercken]* vermerckten (E^2C^1)

258,26 *Mercij]* Mercii (E^2), Mercy (C^1)

258,29 *Carthaunen]* Carthaunen / (E^2C^1)

259,14 f. *demselben]* denselben (E^2C^1)

259,25 *Schwedische]* Schweden (E^2C^1)

261,5 *aufgerichten]* aufgerichteten (E^2), aufgerichtetem (C^1)

261,13 *Dientlen]* Diernen (E^2), Dirnen (C^1)

261,20 *Mercii]* Mercy (E^2C^1)

262,10 *muͤßten]* mußten (E^2C^1)

262,26 *daseilbst]* daselbst (E^2C^1)

263,7 *hatte auch]* hatte er auch (E^2C^1); Sieveke liest: hatten auch

263,9 *ohnerfarne]* unerfahrne (E^2C^1)

263,25 *den neurn]* dem neuen (E^2C^1)

264,29 *beyder]* beyden (E^2C^1)

264,30 *beydenseits]* beyderseits (E^2C^1)

265,19 *Tags]* ($E^{1.2}$), Tage (C^1)

266,9 *ordenlich]* ordentlich (E^2C^1)

266,30 *koͤnde]* koͤnten (E^2C^1)

267,8 *auffgewannet]* darauf gewohnet (E^2C^1)

267,10 *koͤnnen]* konten (E^2C^1)

267,15 *schitteten]* schuͤtteten (E^2C^1)

267,20 f. *jedwederen]* jedwedem (E^2C^1)

268,18 *namb]* nahm (E^2C^1)

269,9 *solchen]* solches (E^2C^1)

269,26 *verbicht]* verpicht (E^2C^1)

269,32 *schmirbte]* schmierete (E^2C^1)

270,4 *muͤste]* muste (E^2C^1)

270,20 *boͤste]* beste (E^2), baͤste (C^1)

270,24 *gehrn]* gerne (E^2C^1)

272,19 *muͤste]* muste (E^2C^1)

273,29 *wurde]* wuͤrde (E^2C^1)

274,5 *verhartet]* verharret (E^2), verharrete (C^1)

274,10 *Ens]* Ems (E^2)

274,29 *zohen]* zogen (E^2C^1)

276,22 *er]* (E^2C^1), ich (E^1)

276,24 *konte]* koͤnte (E^2C^1)

277,28 f. *Gauckelbossen]* Gauckelpossen (E^2)

277,29 *solten]* solte (E^2C^1)

278,16 *konde]* konte (E^2C^1)

279,30 *wurde;]* wurde / (E^2)

279,31 *wurden]* wuͤrden (E^2C^1)

281,24 *schaͤrpfer]* schaͤrffer (E^2C^1)

281,25 *Gnad]* Gnaͤd. (E^2C^1)

282,24 *Betrieger]* Betruͤger (E^2)

283,22 *doller]* toͤller (E^2), toller (C^1)

284,2 *wir wurden]* mir wurden (E^2C^1)

284,6 *Staff]* Stoff (C^1)

284,10 *ohnedle]* ohne die (E^2C^1)

284,25 *koͤnten]* koͤnnen (E^2C^1)

284,31 *Minnen]* Minen (E^2C^1)

285,7 *warvon]* worvon (E^2C^1)

285,21 *koͤndten]* konten (E^2C^1)

285,30 *koͤndte]* konte (E^2C^1)

286,11 *freyen]* erfreuen (E^2C^1)

286,15 *vornemblichsten]* vornemsten (E^2C^1)

287,23 f. *hatten]* haͤtten (E^2C^1)

287,27 *und der]* (E^2C^1), under der (E^1)
287,30 *beschehen]* geschehen (E^2C^1)
287,31 *warbey]* worbey (E^2C^1)
289,1 *zu einer]* (E^2C^1), zu meiner (E^1)
289,2 *dorfft]* doͤrfft (E^2), daͤrfft (C^1)
289,5 *naͤchere]* naͤhere (E^2C^1)
289,8 *seintemal]* sintemal (E^2C^1)
290,20 *Beschluß/]* Beschluß (C^1)
291,14 *enttrinnen]* entrinnen (E^2C^1)
292,2 f. *haupt Kissen]* Haupt-Kuͤssen (E^2C^1)
292,14 *von dem Springinsfelds seltzsamen]* von des Springinsfeld seltzamen (E^2C^1)
292,17 *bey meinen]* bey meinem (E^2C^1)
292,19 *lestte]* letze (E^2), letzt (C^1)
293,18 *spendire]* spendirte (E^2C^1)
294,25 *nich]* nicht (E^2C^1)
294,25 *schenckte]* schmirte (E^2C^1)
295,2 *bewoͤgt]* bewegt (E^2C^1)

TEXTERWEITERUNGEN

Beispiele für die moralisierenden Erweiterungen der Ausgabe C^1 (Bd. 2, 1683)

Das I. Capitel.
Was vor eine schwär vertaͤuliche Veranlassung den Autor zu Verfassung dieses Werckleins befördert.

Deß Springinsfelds Leben / wird ihme sehr sauer /
Wuͤnschet / daß er wäre worden ein Bauer.

ALs ich einsmals umb Weyhnacht-Meß-Zeit in eines vornehmen Herrn Hof mit hoͤchstverdrieslicher *Patienz* umb eine *Resolution* zuerlangen auffwartete / auff eine *Supplication*, darinnen ich gar beweglich umb einen Schreiber-Dienst gebetten / und in derselben meinen hohen Fleiß mit den allerandaͤchtigsten Worten selbst gerühmt: Auch die

Beståndigkeit meiner unvergleichlichen Treu genugsam versichert hatte; gleichwohl aber der gewünschte Bescheid dermaleins nicht kommen wolte; sihe / da wurde ich noch viel ungedultiger! vornehmlich als ich sahe / daß die schmutzige Kuchen- und stinckende Stall-Ratzen in ihrer *Æstimation passirt*: Jch aber wie ein ungesaltzener Stockfisch / den man auch keiner fernerer Versuchung wůrdigt / verachtet wurde; Jch hatte damals allerley Gedancken und Grillenhaftige Einfåll / und wie ich in erstgedachter Burschen hőnischen Angesichtern lesen konte / bedunckte mich / sie wurden sich endlich unterfangen / mir den Hut zutråhen / und den Kuntzen mit mir zuspielen / wann ich entweder nicht bald ein angenehme *Resolution* kriegte / oder ohne dieselbige von mir selbst darvon gienge; bald sprach ich mir wiederumb ein anders zu / und versicherte mich selbst eines weit båssern Außgangs: Gedult / Gedult / sagte ich zu mir / gut Weil wil Ding haben (dann ich brachte alles das hinderst zum vőrdersten vor / weil ich ganz verwirret ware) erlangstu diesen Dienst / so kanstu diesen Schindhunden diese Fachtung schőn eintråncken: Ich wurde aber nicht allein von diesen und tåglich innerlichen Anfechtungen / sondern auch von der damahligen grimmigen Kålte von aussen hero / dergestalt geplagt / daß ein jeder der mich gesehen / und die Kålt nicht selbst empfunden / tausend Ayd geschworen håtte / ich wåre mit einem 3. oder 4. tågigen Fieber behafft / das Gesind lieff hin und wieder / ohne daß sie meiner viel geachtet / oder mich besprechen; Als ich mich aber am allerbåsten mit guter Hoffnung speysete und auffenthielte / da wurde ich eines holdseeligen Cammer-Kåtzgens gewar / deren schenckte ich gleich mein Hertz; dann als sie *recta* gegen mich gieng / konte ich mir nichts anders einbilden / als dieses wåre ein ohnzweiffelbares *Omen*, daß ich ihr *Serviteur* werden wůrde; Das Hertz hupffte mir gleichsam vor Freuden wie ein Kålber-Schwånzlein oder Wåttelein / weil mich der Wahn einer solchen kůnfftigen Glückseeligkeit versicherte! da sie aber zu mir kam / und ihr

Kirschenrothes Måulgen oder Gǒschgen auffthåt / sagte sie: guter Freund was habt ihr hier zuthun? Seyd ihr vielleicht ein armer Schůler / der etwan ein Allmosen begehrt? da gedachte ich gleich / diese Wort schlagen alle deine Hoffnung zu boden; dann weil wir Schreiber und Leuths-Tribulirer ebenso hoffårtige Geister als etwas rechtschaffenes zum Theil ja: (was sage ich hoffårtige? ich will sagen / gleich so grosmütige Sinne) haben und besitzen / als etwan die Schneider selbsten / die sich bey grossen Herren zutåppisch machen / mann sie erstlich ihre Cammerdiener: und endlich zu ihren Herrn (man dencke doch nur wie verwirrt ich damals in mir selbst gewesen / weil ich noch jetzt alles so irrig und verwirrt vorbringe) ich hatte sagen wollen / zu Herrn werden (dann grosse Herren werden ja weder Schreiber noch Schneider über sich zu Herrn setzen) als bedunckte mich die Jungfer solte sich nach meiner Einbildung *accomodirt*: und gesagt haben: Was beliebt meinem hochgeehrten Herrn? oder was verlangt derselbe hier vor Geschåffte zuverrichten? Nun was bedarffs vieler Wort? Jch wurde ganz bestůrtzt und kondte die Jungfer doch keiner Unbescheidenheit beschuldigen / weil sie ihre Frag mit einer wohlståndigen Red vorgebracht / auch kondte ich kaum so viel Wort in meinem *Capitolio* (so der alten Rǒmer Růst- und Waffen-Cammer gewesen) auß allem Vorrath / den ich darinnen hatte / zusammen bringen / diesem ersten Streich / der mir empfindlicher als eine dichte Maulschelle vorkam / der Gebůhr nach zubegegnen; doch lallete ich endlich mit meiner / auß Forcht / Hoffnung und Kålte verursachter zitterender oder bebender Stimme so viel daher / daß ich derjenige *Monsieur* wåre / der auff *Recommendation* ehrlicher Leute ihres Herrn Schreiber zuwerden verhoffte; Ach mein gar lieber Gott! antwortet das Rabenas / ist er derselbig? Ach er schlage solche Gedancken aus dem Sinn / dann ein solcher / der den Dienst haben will / welchen er verlangt / muß meinem gr. Herrn entweder umb 1000. Thaler gesessen seyn / oder umb solche Summa einen Bůrgen stellen; Mir ist allbereit vor dreyen Tagen ein halber Reichsthaler gegeben worden / ihme solchen zuzustellen / wann er sich anmeldet / und unser los Gesind hat mir nicht einmal gesagt / daß ihr da seyet / ich wolte euch sonst so lang in dieser Kälte nicht haben stehen lassen; Man kan leicht gedencken / was ich damal vor eine Naase hatte! Ich gedachte halt / da schlag Venus zu / so darff Vulcanus eines Knechts weniger; Jch hatte gar nicht den Willen / angeregten halben Thaler zunehmen / massen ich mich auch darumb wehrete / weil ich mir einbildete / solche Abfertigung wäre meiner schreiberischen Reputation schimpflich und zuwider; doch gedachte ich / wer weis wo dir dieser Herr noch eine Gnad erweisen kan; schob ihn derowegen in Sack / und faste eine Hoffnung / mit der Zeit durch die liebe Gedult den gebettenen Dienst noch zuerlangen / welchen ich mit sambt des Herrn Gnad verschertzen würde / wann ich so trutzig und halsstärrig dis geringe Geld ausschlug.

Solcher gestalt nahm ich meine Abfertigung / und die Jungfer selbst gab mir das Geleit / biß under das Thor / weil sie dasselbe / als gegen die Mittag-Malzeit / gleich zubeschliessen willens; da machten wir nun nach als mithin wegen des halben Thalers unsere *Complimenten*, unter welchen der Jungfer diese Wort entfuhren! Er nehm ihn nur kecklich hin und versichere sich / daß mein gn. Herr und Frau auch das geringste so ihnen zu Dienst geschiehet nit unbelont lassen / und solte ihnen nur einer auff die Heimlichkeit mit einem Liecht vorgehen / das verdrosse mich so grausam übel / und jagte mich so in Harnisch / daß ich der Jungfer mehr unbescheiden als vernünftig antwortet? So saget euren gn. Herrn (sprach ich /) wann er mir einen ieden *S.H.* Arschwisch / darzu er meine *Supplication* unweißlich brauchen möchte / ehe er sie gelesen / so theuer bezahlen wolle; so werde es ihm ehender an Geld / als mir an Papier / Federn und Dinten manglen. Darauff trolte ich mich eine lange Gasse hinauff / vor Zorn mehr Unsinnig als ohnwillig; ich wuste es denen so mich in *literis* abgeführet hatten / so wenig danck / daß mich auch reuete / daß ich meinen *Præceptoribus* mit dem hindern nicht ins Angesicht geloffen / wann sie mir etwan zu Zeit einen *Product* geben; Ach sagte ich / warumb haben dich doch deine Eltern nicht ein Handwerck: oder Trôschen / strohschneiden und dergleichen so etwas lernen lassen / so hâttest du ja jetzunder auch bey jedem Bauren Arbeit / und dârfftest nicht vor grossen Herren thun stehen / ihnen zuschmaicheln? köntest doch nur jetz das allverâchtlichste Handwerck das seyn mag / so fândestu gleichwol Meister die dich des Handwercks halber auffnehmen / und dir das Geschenck hielten / wann sie dir gleich keine Arbeit geben etc. Jn diesem deinem Standt nimbt sich aber kein Mensch deiner an / und bist der allerverachteste Bernhâuter der seyn mag! In diesem meinem Unwillen *passirte* ich einen weiten Weg / gleich wie mir aber der Zorn nach und nach verging / also empfande ich die damahlige grausame Kâlte je länger je mehr / deren ich bißhero so hoch noch nicht geachtet hatte; Ja sie quâlte mich dergestalt / daß ich nach einer warmen Stube seufftzete / und demnach eben ein Wirthshaus gegen mir stunde / gienge ich mehr der Wârme halber hinein als den Durst zu löschen /

Offt lâsst man sich was gutes reuen /
Wan nicht gleich will das Glůck her schneyen /
Erkennet nicht das Nutz-Gedeyen.

Das II. Capitel.
Conjunctio Saturni, Martis et Mercurii.

Springinsfeld freundlichen wilkomm empfânget /
Sich zu dem Ofen verwunderlich drenget.

DAselbst wurde ich viel hôflicher empfangen / als von obengedachter höflichen Jungfrauen; dan der Hausknecht kam gleich und fragte: was beliebt dem Herrn? Jch gedachte zwar (selbigen) gantzen Tag der Schreiberdienst / jetzt aber des Stuben Ofens? sagte aber doch zu ihm: ein gute halb Mas Wein / die er mir auch gleich langte / dann es war kein Badstub / darinn man die Hitz bezahlte / sonder ein Ort der Zehrung / darinn man die benöthigte Wärme umsonst hatte / oder wenigst in die Zech rechnete.

Jch setzte mich mit meiner halben Mas Wein sehr nahe zum Ofen / umb mich rechtschaffen auszubächeln / alwo sich an eben demselbigen Tische ein Mann befande / der im Pfenning wet zehrete / und Treschermässiger weis mit beyden Backen so gewaltig zuhiebe / daß ich mich darüber verwunderte; er hatte allbereit eine Supp im Magen / und vor zwey Kraut und Fleisch allerdings auffgerieben da ich hin kam; und fragte noch darzu nach einem guten Stuck Gebratens / welches verursachte / daß ich ihn bässer betrachtete; da sahe ich / daß er nicht nur zum Fressen: sondern auch an der Gestalt viel ein anderer Mensch war / als ich mein Lebtag jemals einen gesehen; dann von *Proportion* des Leibs war er so groß / als wäre er in Chili / oder Chica geboren worden / sein Bart war eben so lang und breit als des Wirths Schiffer-Tafel / dahin er der Gäste auffgetragene Zehrung an notirte / die Haupthaar aber kamen mir vor / wie die jenige / die ich mir etwan hiebevor eingebildet / daß Nabuchodonosor dergleichen in seiner Verstossung getragen habe / er hatte einen schwartzen Kittel an von Wüllenem Tuch / der gieng ihm biß an die Kniekehlen / auff eine gantz frembde / und bey nahe auf die alte Antiquitätische Manier: mit grünen wüllen Tuch an den Näthen underlegt / gefüttert und außgemacht; Neben ihm lag sein langer Pilgerstab / oben mit zweyen Knöpffen und unten mit einem langen eisernen Stachel versehen / so dick und kräftig / daß man einen gar leicht in einem Streiche die letzte Oehlung damit hätte reichen mögen.

Jch vergaffte mich schier zum Narren über diesem seltzamen Auffzug / und indeme ich ihn je länger je mehr betrachtete / wurde ich gewahr / daß sein ungeheurer Bart gantz widersinns: das ist / wider die Europæischen

Baͤrt geart und gefaͤrbt war; dann die Haar so erst bey einem halben Jahr gewachsen / sahen gantz falb / was aber aͤlter war / brandschwartz; da doch hingegen bey andern Baͤrten von solcher Farb die Haar zunaͤgst an der Haut gantz schwartz: und die uͤbrige je aͤlter je falber oder wetterfaͤrbiger zu scheinen pflegen; ich gedachte der Ursach nach / und konte keine andere ersinnen / als daß die schwartze Haar in einem hitzigen Lande / die falbe aber in einem viel kaͤltern muͤsten gewachsen seyn / und solches war auch die Warheit; dann nachdem dieser auf sein Gebratens warten: und also mit dem Essen ein wenig *pausiren* muste / liesse ers uͤber das Trincken gehen / da er dann nicht weniger thun konte / als mir eines zuzubringen / wann er anders haben wolte / daß ihm jemand den Trunck gesegnen solte / weil ohne mich noch kein anderer Gast vorhanden; und demnach mir das Maul / welches die grausame Kaͤlte gantz starrhart zugefroͤrt hatte / auch nunmehr wieder ein wenig begunte auffzutauen / sihe / da kamen wir gar miteinander in ein Gespraͤch / worinn ich ihn zum allerersten fragte / ob er nicht erst vor ungefaͤhr einem halben Jahr aus India kommen waͤre? doch / damit er keine Ursach haben moͤchte zu antworten / was gehets dich an? brachte ichs meines bedunckens gar hoͤflich vor / dann ich sagte: Mein hochgeehrter Herr beliebe meiner vorwitzigen Jugend zuvergeben / wann sie sich erkuͤhnet zufragen / ob derselbe nicht allererst vor einem halben Jahr auß India kommen? Er verwundert sich / sahe mich an und antwortet: wann ihr sonst keine Nachricht und Kundschafft von meiner Person habt / als daß ihr mich jetzt das erste mal sehet / so messe ich euer Jugend keinen Vorwitz / sonder einen rechtschaffenen Verstand / und ein solches *Judicium* zu / welche beyde eine Begierde in euch erwecken / das jenige eigentlich zu wissen / was euer Verstand von mir gefast / und das *Judicium* beschlossen habe / derowegen sagt mir zuvor / worauß ihr abgenommen / daß ich vor einem halben Jahr noch in India gewesen / so will ich euch hernach zuvernehmen geben /

daß ihr von mir und meiner Reise recht geurtheilet; Als ich ihm nun sagte: daß mir die Haar seines Barts solches zuverstehen geben / antwortet er / ich hätte recht / und damit an Tag gelegt / daß noch mehr als nur dieses hinder mir stecke.

Hierauff mahnet er mich bescheid zuthun / dieweil er aber seinen Wein *mixtirt*, scheuete ich mich zutrincken; dann er hatte auß seinem Sack eine zinnerne Büchse gezogen / in deren ein *Electuarium* war / das allerdings dem Theriac gleich sahe; auß derselben nahm er eine Messerspitze voll derselbigen Materi und mischets under ein gemeines Trinckgläßlein neuen Wein (dann er tranck kein alten / sondern nur neuen Zweenbatzen Wein) davon er so dick und gelb wurde / daß er schier einer widerwärtigen Purgation oder doch wenigstens einem alten Baumöhl sich vergliche; Wann er nun trincken wolte / so gosse er jederzeit ein eintzigen Tropffen hiervon in das Glas / davon der milchfarbe neue Wein sich alsobalden veränderte / alle noch in sich habende unverjorne *feces* zu Boden fallen liesse / und wie ein alter abgelegner Wein von Farb dem Gold gleich schiene; er sahe wohl / daß ich keinen sonderlichen Lust zu seinem Geträнck trug / sagte derowegen / ich solte kecklich trincken / es würde mir nichts schaden / und als ich mich überreden liesse den Wein zuversuchen / befande ich ihn so lieblich / kräfftig und gut / daß ich ihn vor Malvasirer- oder Spannischen-Wein getruncken hätte / wann ich nicht gesehen / daß es ein neuer Elsasser gewesen; darauff erzehlte er mir / daß er diese Kunst bey den Armeniern gelernet / und erwiese im Werck / daß ein alter abgelegener sonst an sich selbst sehr köstlicher Wein / wie ich damahl vor mir stehen hatte / von diesem *Elixier*, (wie ers nennet/) bey weitem nicht so gut wurde / als ein gemeiner neuer, dessen gab er ursach / daß der neue seine Kräffte noch völliger beyeinander: und wie in etlichen Jahren dem alten geschehen / noch nichts davon verlohren hätte.

Wie wir nun so von dem Wein und dieser Kunst miteinander *discurir*ten / da trat ein alter Krontzer mit einem Steltzfus zur Stuben hinein / den die eingenommene Kälte auch gleich wie mich zum Stuben-Ofen triebe; Er hatte sich kaum ein wenig gewårmet / als er eine kleine *Discant* Geyge hervorzog / dieselbe stimmte / vor unsern Tisch trate / und eines daher striche / worzu er mit dem Maul so artlich humset und quickelirt / daß einer der ihn nur gehört und nicht gesehen / hått glauben můssen / es wåre dreyerley Seiten-Spiel untereinander gewesen; Er war zimlich schlecht auff den Winter gekleidet / und hatte auch allem Ansehen nach keinen guten Sommer gehabt / dann seine magere Gestalt bezeugte / daß er sich mit dem Schmalhansen betragen: Und seine außgefallene Haar / daß er noch darzu eine schwere Kranckheit überstehen müssen / der Schwartzrock so bey mir sasse / sagte zu ihm / Landsmann wo hastu dein anders Bein gelassen? Herr / antwortet dieser / in Candia; darauff sagte einer / das ist schlimm! O nein / nicht so gar schlimm / antwortete der Steltzer / dann jetzt freurt mich nur an einen Fuß / und ich bedarff auch nur einen Schuch und einen Strumpff! hőre: sagte der im schwartzen Rock ferner / bist du nicht der Springinsfeld? vorzeiten / antwortet dieser / war ichs / aber jetz bin ich der Steltzvorshauß / nach dem gemeinen Sprichwort: junge Soldaten alte Bettler! aber wie kennet mich der Herr? an deiner artlichen Music / (antwortete jener /) als welche ich bereits vor mehr als dreissig Jahren zu Soest gehőret habe; hastu nicht damals einen Cammerathen gehabt / under denen daselbst gelegenen Dragonern / der sich Simplicius genennet? da nun Springinsfeld solches bejahete / sagte der Schwartzrock / und eben derselbe Simplicius bin ich / hierüber sagte Springinsfeld vor Verwunderung / daß dich der Hagel erschlag! Wie? sprach Simplicius zu ihm / schåmestu dich nicht / daß du albereit so ein alter Krůppel / und dannoch noch so rohe / Gottlos und ungeheissen bist / deinen alten Cammerathen mit einem solchen Wunsch zu bewillkommen? Potz hundert tausend Sack voll Endten du hasts gewis baͤsser gemacht (sagte Springinsfeld) oder bistu seither vielleicht zu einem Heiligen gemacht worden? Simplicius antwortet / wann ich gleich kein Heiliger bin / so hab ich mich doch gleichwohl beflissen / mit Auffsamlung der Jahr die boͤse Sitten der unbesonnenen Jugend abzulegen / und bin der Meinung / solches wurde deinem Alter auch anstaͤndiger seyn als fluchen und Gotteslaͤstern: Mein Bruder / (antwortet Springinsfeld gar ehrerbietig/) vergebe mir vor dißmal und sey mit mir zufrieden / ich begehre mit dir um nichts (es seyen dann etwan ein paar Kandel Wein) zu *disputi*ren; Und indem er sich unter diesen Worten gantz ungeheisen zu uns an Tisch gesetzt hatte / zog er einen alten Lumpen hervor / knüpffte denselbigen auff ferners sagende / und damit du nicht etwan vermeinen moͤchtest / der bettelhaffte Springinsfeld wolte bey dir schmarotzen / so sehe / hier hab ich auch noch ein paar Batzen / die zu deinen Diensten stehn / und damit schuͤttete er eine Handvoll Ducaten auff den Tisch / welche ich etwas mehr als 200. zu seyn schaͤtzte / und befahl dem Haußknecht ihme auch eine Maß Wein herzubringen / welches aber Simplicius nicht zugeben wolte / sondern brachte ihm eins / und sagte: was es deß Gepraͤngs mit dem Gelde viel bedaͤrffte / er solt es nur wieder einstecken / weil er dergleichen wol mehr haͤtte gesehen.

*Wer gute Freunde nicht baͤsser zuempfangen gelernet / als mit Fluchen / mag nur solchen Seegen sicher außlassen / dieses ist denen Soldaten / so es gemeiniglich gewohnet / zu keinem Exempel der Nachfolge / sondern vielmehr zum Spiegel einer Abscheu von dem Simplicissimo hieher gesetzet / damit sie sehen sollen / wie schoͤn es laute / und wie leichtfertig es herauß komme / wann man also solche gottlose Empfangswort / statt eines Seegens auß leichtfertiger Gewohnheit brauchet / weil ja mancher so grober Narr / seinen Balcken nicht an sich selbst siehet / so kan er sich allhier an so grossen Splittern desto baͤsser priefen und spiegeln lernen / und von solchen üblen Gewonheiten nachlassen / damit nicht die Nachfolge des Springinsfeld / ihme einen Zusprung in die Hölle zu dem Teuffel dermalen / mit allzuspäter Reu Beförderung gebe.

Springinsfeld seltzam den Simplex erwischet /
Fluchet abscheulich vor Freuden erfrischet
Dieses heist garstig und sündlich getischet.

Abschließende Moralisatio der Ausgabe C^1

Lern hier von diesem Springinsfeld /
  Der zwar ein schlechtes Lob geführt /
Doch noch ein gutes End erhält.
  Denck / wie viel mehr es dir gebührt?
Doch was du thust spars nicht so lang /
  Kehr um / und werd beyzeiten fromm.
Daß nicht zuletzt dein Untergang /
  Wie an die böse Leyrin komm /
Der Springinsfeld triffts noch am End /
  Wie mancher wolt / wann er mehr könnt?

STELLENKOMMENTAR

154 *Titelkupfer]* Als Vorlage könnte ein anonym erschienenes Flugblatt, das einen heruntergekommenen Soldaten darstellt, gedient haben (Coburg, Kunstsammlungen der Veste Coburg, abgedruckt im Ausstellungskatalog »Simplicius Simplicissimus«, Münster 1976, S. 56 f.).

Der Banddegen verweist auf den Soldatenstand, Diskantgeige und Flickenkleidung deuten auf das Vaganten- bzw. Bettlertum des Springinsfeld hin. Der Hund, der das Bein an Springinsfelds Stelzfuß hebt, versinnbildlicht die Verachtung des heruntergekommenen Soldaten und Landstörzers in der Gesellschaft. Die planetensymbolische Deutung sieht darin eine persiflierende Darstellung des Kriegsgottes Mars. Vgl. Spr 2.

155,2 *Springinsfeld]* Zur Entstehung des Namens vgl. Cour 15 u. 16. Zudem konnte ein Zeitgenosse Grimmelshausens namens Jacob Springinsfeld in dessen unmittelbarer Nachbarschaft (Oppenau) nachgewiesen werden (vgl. Könnecke I, S. 150).

155,4 *Kurtzweilige]* Auffällig ist die Betonung der Kurzweil, während gerade diese Schrift auf (geistlichen) Nutzen angelegt ist.

155,11 *Gauckeltasche]* Die *Gauckeltasche* erschien zusammen mit dem *Beernhåuter* separat 1670. Es handelt sich auch nicht um die Gauckeltasche des Springinsfeld, sondern um die des Simplicissimus.

155,16 f. *Philarcho Grosso von Tromerheim]* Als Anagramm für Christophoro von Grimmelshausen (vgl. Titelseite Cour) angelegt.

155,18 *Paphlagonia]* Pseudonym für Nürnberg, vermutlich entnommen aus Garzoni, *Piazza*, 37. Discurs, »Von den Cosmographis 〈...〉«, S. 256.

155,19 *Felix Stratiot]* Anagramm für Grimmelshausens Verleger Felßecker, wie Titelseite Cour.

156,1-14 *VOr Zeiten 〈...〉 abgeben]* Das Gedicht aus zwölf paargereimten Alexandrinern kann als Subscriptio zum Titelkupfer gelten, das dadurch emblematisch angelegt ist. Unregelmäßigkeiten im Vers (Zeile 6 und 12) sind als Ausdrucksmittel eingesetzt.

156,5 *Glůck]* Hier personifiziert als Glückgöttin Fortuna. Glück und auch Fatum bestimmen den Lebenslauf des Springinsfeld, zu einer christlich-moralischen Lebensdeutung im Sinne des Simplicissimus dringt er nicht vor. Beachte die häufigen Hinweise im Text auf Glück und Fatum.

156,7 *Glůckes Ball]* Hinweis auf zeitgenössische (emblematische) Darstellungen der Fortuna auf der Kugel (»Fortunae Instabilitas«). Auch Simplicius bezieht dieses Bild auf sich (Cont 15, Bd. I/1 d. A., S. 637,30).

156,13 *Soldaten jung alte Bettler]* Vgl. Spr 2, S. 169,21 f., ST III 19 (Bd. I/1 d. A., S. 320,26 f.).

161,7 *Schreiber-Dienst]* Grimmelshausen schildert die für die zweite Hälfte des 17. Jahrhunderts typische Situation des stellungslosen Absolventen einer Gelehrtenschule, der auch durch seine A-la-mode-Sprache charakterisiert wird. Zu denken ist an seine eigene Suche nach einer Anstellung nach seiner Entlassung aus schauenburgischen Diensten (1660-1662) (u. a. bei Dr. Küffer in Straßburg) oder an seine Bewerbung um das Renchener Schultheißenamt (9. 2. 1667).

161,24-26 *Gedult / Gedult ⟨...⟩ zu vördersten vor]* Vgl. Moscherosch, *Philander* II 6 (Soldaten-Leben), S. 342: »Degult, Degult es wird einmahl wesser berden. Also, was wir sprachen, das war auß Forcht unnd Angst hinderst zum vordersten vorgebracht.«

161,26-162,1 *verwirret]* Hinweis auf den melancholischen Typus des Schreibers und seine Gefährdung. Vgl. auch die Gestalt des »überstudirten« Jupiter (ST III 3-7, Bd. I/1 d. A.) sowie die Darstellung des Gelehrten in der GT (Bd. II d. A.).

162,3 f. *täglich innerlichen Anfechtungen]* Hinweis auf den melancholischen Typus.

162,6 *Kälte]* Zum Motiv der Kälte bei Grimmelshausen vgl. ST IV 14-24 (Bd. I/1 d. A.), Cour 26, VW: Höhle derer, die »ohne Nachkundigung der Göttlichen Dinge gleichsam wie das tumme unvernünftige Vieh« gelebt haben, und die Wolfepisode Spr 16 und 17. Im Spr wird der Bereich der Kälte dem der Wärme gegenübergestellt, sowohl in der Rahmenerzählung als auch in der eigentlichen Lebensgeschichte (Wiedemann). Kälte charakterisiert die Vereinzelung des Menschen in der Welt des Hofes (Schreiber) und des Krieges (Springinsfeld), Wärme den Bereich des Simplicissimus und seiner geselligen simplicianischen Familie (Wirtsstube, Schlafkammer). Das Motiv der Kälte bei Hof hat Grimmelshausen möglicherweise aus Albertinus *Lucifers Königreich und Seelengejaidt*, entlehnt (S. 341):

> ⟨...⟩ dann an den Herrenhöfen ists gemeinklich Kalt und allzeit Winter, dann die Sonn der Gerechtigkeit ist

> weit von ihnen, und wirdt durch die Wolcke des Neyds uberzogen und verdunckelt, derowegen Zittern die Hofleut auß lauter Kälte, Forcht und Trawrigkeit, seytemal sie nicht wissen, ob sie in der Fürsten Gnad unnd Ungnad seyen 〈...〉.

Die Hofkritik des Albertinus wird an zentraler Stelle (Spr 14, S. 238,3-8) fast wörtlich wiederholt.

162,15 *Serviteur]* Anspielung auf den höfischen Liebhaber, zugleich Ironisierung der Welt des hohen Romans (Wahn). Vgl. auch Cour 15, S. 87,33.

162,22 *hoffårtige Geister]* Zur Hoffart der Schreiber und zu ihrem Drang nach Hofe vgl. Sorel, *Francion*, S. 576, aber auch ST I 27 (Bd. I/1 d. A.) und RP, S. 662,20-26 und S. 710,26-713,24.

162,32 *Einbildung]* Hier als Zerrbild der ingeniösen Befähigung des Melancholikers.

163,8 *Vorrath]* Ironisierung der Copia rerum et verborum des rhetorisch Gebildeten, die in der konkreten Redesituation versagt.

163,19 f. *einen Bůrgen stellen]* Grimmelshausen mußte bei seiner Bewerbung um das Renchener Schultheißenamt beim Fürst-Bischof von Straßburg seinen Schwiegervater für sich bürgen lassen, da er die geforderte Kaution aus eigenen Mitteln nicht aufbringen konnte. Vgl. Könnecke II, S. 182-203.

163,26 *Venus]* Göttin der Liebe, verheiratet mit dem grobschlächtigen Schmiedegott Vulcanus. Vgl. SP I, 10 »Satz von Weibern«.

164,7 *Mittag Jmbs]* Privileg der Hofbediensteten.

164,16 *vernůnftig]* Der Schreiber wird dem von Vernunft und Verstellung diktierten höfischen Zeremoniell und Komplimentierwesen nicht gerecht.

164,23 *in literis abgefůhrt]* Grimmelshausen schildert die mißliche soziale Situation des Gelehrten, für den in der alten Ständeordnung kein fester Platz ist.

165,13 *Wirtshaus]* Hier: Ort der Wärme, der Geselligkeit und der freien Meinungsäußerung ohne Verstellung (vgl. Spr 7).

165,16 *Conjunctio Saturni, Martis & Mercurii]* Astrologische Metapher, von Grimmelshausen ironisch bezogen auf Simplicissimus (Saturn), Springinsfeld (Mars) und den Schreiber (Merkur). Laut EC hat diese astrologische Konjunktion negative Bedeutung (Saturnus / Mars und Mercurius bringen Ungewitter, EC IV, S. 83), im Spr dagegen positive. Die Metapher hindert Grimmelshausen nicht daran, seiner Simplicissimus-Gestalt merkurialische Merkmale, Springinsfeld (Stelzfuß) und dem Schreiber saturnische Merkmale zuzuschreiben.

165,21 *Stuben Ofen]* Der Stubenofen steht für den Bereich der Wärme, wieder aufgenommen in Spr 3, fehlt im Wirtshaus des Springinsfeld (Spr 21).

166,9 *Proportion des Leibs]* Vgl. ST V 17 (Bd. I/1 d. A., S. 518,35) und Cont 26 (Bd. I/1 d. A., S. 691,11).

166,10 *Chili oder Chica]* Alter Name für Patagonien, mögliche Quellen: Schultherius, *Geographisches Hand-Büchlein*, Tübingen 1660, S. 483-484, Laurembergs *Acerra philologica*, 1666, oder auch Dieterich de Bry, *Das Vierte Buch Von der neuwen Welt*, S. 57-58 (Dallet, Neue Welt).

166,14 *Nabuchodonosor]* Name des babylonischen Königs Nebukadnezar. Siehe Dan. 4,26-34, vgl. auch EC II, S. 30-31. Grimmelshausen nimmt das typologische Deutungsmuster der Simplicissimus-Gestalt im ST wieder auf. Vgl. ST II 10 (Bd. I/1 d. A., S. 150,23 f.).

166,18 *alte Antiquitätische Manier]* Vgl. Cont 15 (Bd. I/1 d. A., S. 640,15 f.).

166,35 *langer Pilgerstab]* Vgl. Cont 10 (Bd. I/1 d. A., S. 608,6 f.).

166,26 *Bart]* Dem Bartthema hat Grimmelshausen noch eine eigene Schrift gewidmet: *Bart-Krieg* (1672). Vgl. auch Bd. I/1 d. A.: ST I 6 (Einsiedel) und Cont 10, S. 609,24; Cont 15, S. 640,15; Cont 18, S. 652,9; Cont 26, S. 691,14.

167,20 *Jndia]* Grimmelshausen knüpft damit an Cont 27 (Bd. I/1 d. A.). an. Dort hatte sich Simplicissimus in fälschlicher Berufung auf den Propheten Jonas noch geweigert, nach Europa zurückzukehren.

167,24 *Vorwitz]* Für Grimmelshausen typische positive Bewertung der Curiositas. Vgl. z. B. ST V 12-16, Bd. I/1 d. A. (Mummelsee-Episode).

168,2 *Wein mixtiert]* Mögliche Quelle ist »Pseudomoscherosch«, *Les Visions de Don Queveto Philandri von Sittewald Complementum*, S. 54. Streller sieht in der Umwandlung des Weines eine Analogie zum christlichen Abendmahl.

168,22 *Armeniern]* Armenien im Grenzgebiet zwischen Persien und der Türkei war nach Adam Olearius, *Vermehrte Newe Beschreibung der Muscowitischen vnd Persischen Reise*, 1656, V 18, S. 601, ein dem Handel offenstehendes Land. Olearius verweist auch auf den köstlichen Wein der Armenier, IV 42, S. 525.

168,31 *Krontzer]* Vgl. Titelkupfer des Spr.

169,5 f. *humset und quickelirt]* Zu diesem Motiv vgl. ST II 31 (Bd. I/1 d. A., S. 236,13-20); ST III 7 (Bd. I/1 d. A., S. 268,7-10) sowie Spr 7 und 12.

169,11 f. *ausgefallen Haar]* Vgl. Spr 25, S. 286,5 f.

169,15 *Candia]* Das venezianische Candia (Kreta) ging durch Übergabevertrag vom 27. 9. 1669 in türkische Hoheit über. Die Hilfstruppen der Venezianer, darunter auch Söldner des Fürstbischofs von Straßburg, kehrten nach Hause zurück.

169,21 f. *junge Soldaten, alte Bettler]* Vgl. Anm. 156,13.

169,24 *vor mehr als dreissig Jahren zu Soest]* Vgl. ST II 28-III 14 (Bd. I/1 d. A.). In der Chronologie des Romans gehörte Simplicissimus als »Jäger von Soest« seit den letzten Monaten 1636 bis zum Herbst 1637 der kaiserlichen Garnison der westfälischen Stadt Soest an. Die Wirtshausszene im Spr ist demnach unter Berücksichtigung des Verlustes von Candia auf den Winter 1669 zu datieren. Demnach ist Simplicissimus im Sommer 1669 aus »Jndia« zurückgekehrt.

169,26 *Tragonern]* Leichte Reiter, die ein Feuergewehr haben und auch zu Fuß kämpfen müssen.

169,29 f. *daß dich der Hagel erschlag]* Zum Fluchen vgl. ST I 25 (Bd. I/1 d. A.), Moscherosch, *Philander* II 6 (Soldatenleben), S. 309 ff.

170,1 *Potz hunderttausend Sack voll Endten]* Vgl. Moscherosch, *Philander* II 6 (Soldatenleben), S. 310,3.

170,3 *Heiligen]* Vgl. Cont 26 und 27 (Bd. I/1 d. A.): Dort wird Simplicissimus vom holländischen Kapitän mit dem heiligen Onuphrius verglichen. Die Bezeichnung »Heiliger« ist als Deutungshinweis für die Simplicissimus-Gestalt im Spr und RP ernst zu nehmen. Die Konsequenz, mit der Grimmelshausen in ST, Cont, Spr und RP den Werdegang eines modernen Heiligen herausarbeitet, steht im Gegensatz zu der pikaresken Simplicissimus-Gestalt der unechten drei Continuationen aus dem *Europäischen Wundergeschichten-Kalender* seines Verlegers, die der ST-Ausgabe E^5 (1671) zusammen mit der »Arzt-Zugab« angehängt wurden.

170,15 *bettelhafte Springinsfeld]* Der Typus des vermögenden Bettlers wird bereits im SP I, »Anderer Satz von den vier Zeiten der Welt«, geschildert. Vgl. auch Garzoni, *Piazza*, 71. Discurs, »Von Bettlern«, S. 450, oder Sebastian Brant, *Das Narrenschiff*, Kap. 63.

170,30-171,1 *aus Anstalt der Courage]* Vgl. Cour 1 sowie Spr 4-6.

171,11 *ůber-rheinischer Baur]* D. h.: ein Bauer aus der Ortenau. Schauplatz des Spr ist offenbar Straßburg. Vgl. Spr 4; 6; 27, S. 294,16-18.

171,12 f. *Schaffner]* Spöttelnder Rückblick Grimmelshausens, der sich selbst als unerfahrener Schaffner in schauenburgischen Diensten (ab 1649) mit den bäuerlichen Angelegenheiten vertraut machen mußte.

171,26 *Schreibtaffel]* Die Schreibtafel entspricht dem heutigen Notizbuch.

172,5 f. *mit den Worten gar gesparsam umgieng]* Vgl. EC 3, S. 104: »⟨...⟩ darauß abzunehmen / daß er Simplicissimus von zimblicher Conversation: unnd ein ganz Apophtegmatischer Mensch gewesen seyn muß.«

172,14-31 *es ist unnǒthig ⟨...⟩ all zufrey gangen]* Poetologischer Kommentar zur Funktion des satirischen Erzählens. Vgl. Cont 1 (Bd. I/1 d. A.), Vorrede zum WV II sowie das Widmungsgedicht am Schluß von Dietw (Bd. II d. A.). Entsprechungen für diese Topoi bei Sorel, *Francion* VIII, S. 516-518.

172,15 f. *übermässige Gelächter]* Zur Thorheit des Lachens vgl. ST III 23 sowie Cont 1 (Bd. I/1 d. A.).

172,32-173,5 *das lachen ⟨...⟩ gestorben]* Quelle: Petrus Mexia, *Sylva variarum lectionum* (1668), S. 157-160. Vgl. auch Sorel, *Francion* VIII, S. 514:

»Es mag anjetzo einer Heraclitus seyn wer da wil / ich vor mich wils lieber mit dem Democritus halte / und wil / daß die wichtigsten Sachen von der Welt mir vor einen Possen dienen sollen / weil das lachen allein des Menschen Eigenschafft / unter allen Thieren ist / so halte ich nicht davor / daß es ihm ohne Ursachen gegeben / und dz es ihme verboten seye / daß er nicht lachen / oder andre lachen machen solle.«

173,1 *Democritus]* Demokritus von Abdera (ca. 460 v. Chr.-370 v. Chr.), Schöpfer der Atomlehre, sogenannter »lachender Philosoph« der Antike.

173,2 *Heraclitus]* Heraclitus von Ephesos (544 v. Chr.-483 v. Chr.), ionischer Naturphilosoph, bekannt als »weinender Philosoph«.

173,5 *Seneca]* Römischer Philosoph und Dichter (ca. 4 v. Chr.-65 v. Chr.), der stoizistischen Ethik verpflichtet.

173,5 *in libro de tranquillitate vitae]* Grimmelshausen übernimmt die falsche Angabe seiner Vorlage (vgl. Anm. 172,32-173,5). Die Stelle im hier gemeinten *liber de tranquillitate animi* (Von der Gemütsruhe) 15,2 lautet: »Democritum potius imitemur quam Heraclitum«.

173,9 *Lachen]* Vgl. Röm. 12,15.

173,11 f. *alles hat seine Zeit]* Vgl. Pred. 3,1.

173,15 *Zoroastris]* Zarathustra, persischer Religionsstifter (ca. 630 v. Chr.-ca. 553 v. Chr.). Quelle: Plinius, *Historia naturalis* VII 15. Vgl. *Musai* (Bd. II d. A.).

173,16 *Nerone]* Nero, römischer Kaiser (54-68 n. Chr.).

173,20 f. *seelig. seynd ⟨...⟩ getröstet werden]* Vgl. Matth. 5,4.

173,27 *du seyest ein Pfaff worden]* Vgl. Anm. 170,3.

173,27 *gEsell]* Wortspiel aus Gesell und Esel. Vgl. ST I 24 (Bd. I/1 d. A., S. 90,14).

174,5 f. *beydes lustig zuhören: und etwas nutzlichs daraus zulernen]* Poetologischer Topos, insbesondere satirischer Schriften, bei Grimmelshausen meist schon auf der Titelseite zu finden.

174,8 f. *solche Sprach und Wort gebrauchen soll]* Forderung allgemeiner Verständlichkeit. Vgl. SP II, »Erster Satz von der Poeterey«, und TM.

174,10 *in der eyl seinen richtigen Bescheid]* Eigenschaft König Salomons, vgl. RS, »Angehängter Discurs vom Favoriten Sabud«.

174,16 *lächerliche Histori]* Vgl. dazu die Geschichte von Simplicissimus und dem »Fuchs« (ST I 33, Bd. I/1 d. A.).

174,16 *Gouverneur]* Sir Philip Ramsay (1589-1638), schwedischer Heerführer schottischer Herkunft (vgl. ST I 19-II 14, Bd. I/1 d. A.).

174,18 *Weymarische]* Die Weimarischen kämpften an der Seite der Schweden gegen die Kaiserlichen.

174,21 *Battalia mit Sauffen]* Vgl. ST II 31-32 (Bd. I/1 d. A.).

174,29 *Tyberius]* Tiberius, römischer Kaiser (14-37 n. Chr.). Von dieser Foltermethode des Tiberius berichtet Petrus Mexia, *Sylva variarum lectionum*, S. 106.

175,7 *Teutsche Michel]* Symbolfigur des Deutschen, der Sprachverderbnis, Fremdwortgebrauch und Verfall der alten Sitten anprangert. Vgl. Grimmelshausens TM (1673).

175,26 *dise Histori]* Grimmelshausen hat in den EC (S. 104-207) 88 weitere Geschichten aus dem stofflichen Umkreis seines Simplicissimus eingerückt.

175,30 *stumpffen Schweitzer Cronick]* Wortspiel mit dem Namen des Schweizer Historikers Johann Stumpf (1500-1578). Er verfaßte eine rund 1600 Folioseiten umfassende Chronik der Schweiz: *Gemeiner loblicher Eydgenossenschaft Stetten / Land und Völckeren Chronik wirdiger thaaten beschreybung*, Zürich 1548. Grimmelshausen hat das Werk für den

SP II, »Zweyter Satz vom Geschuͤtz«, ST V 1 (Bd. I/1 d. A.), Dietw (Bd. II d. A.) und EC (z. B. S. 95) benutzt.

176,1 f. *an statt des Eylnspiegels die Zeit dardurch zuverderben]* *Ein kurtzweilig lesen von Dyl Ulenspiegel geboren uß dem land zu Brunßwick*, erstmals in Straßburg 1515 erschienen und ständig fortgedruckt (z. B. Ausgabe von 1618). Wie die meisten Autoren des 17. Jh.s bewertet auch Grimmelshausen die älteren Volksbücher wegen des fehlenden geistlichen Nutzens negativ. Vgl. dazu auch Sorel, *Francion* VIII, S. 514: »⟨...⟩: und uͤber das kan ich mich hefftig erzuͤrnen / wenn ich sehe / daß an statt der ernsthafftige Sachen / so nur von den Gelahrten allein / die lustige Possen meistentheils von unverstaͤndigen Leuten gelesen werden / daß auch kein Laden- oder Kraͤmer-Junge so geringe / der nicht darnach lauffe.«

176,11 f. *sich nach der jenigen Willen ⟨...⟩ schicken muͤste]* Vgl. Sorel, *Francion*, S. 516.

176,15 f. *welche Mundart andere Teutsche vor grob ⟨...⟩ zuhalten pflegen]* Vgl. TM XI: »Wo das beste Teutsch zufinden«.

176,18 *Wolff]* Martialisches Merkmal im Sinne der Planetenallegorese. Vgl. EC, S. 115-121, sowie Spr 16 u. 17.

176,18 f. *potz gruͤtz ⟨...⟩ garint ruͤra]* »Potz Kreuz, du Gelbschnabel, hätte ich dich draußen, ich wollte dir den grindigen Kopf rühren (schlagen)!«

176,26 *Spannischen Mantel]* Folterinstrument. Schwerer Zuber mit einem Loch im Boden, durch das der Delinquent beim Tragen des Zubers den Kopf stecken mußte.

176,26 f. *Jn dieser freyen Statt ⟨...⟩ was er will]* Grimmelshausen idealisiert die tatsächlichen Zensurverhältnisse in der freien Reichsstadt Straßburg.

177,3 *humor]* Begriff der Humoralpathologie, vgl. Cour 1, Anm. 21,23-22,9.

177,18 f. *hat er in seinem Schreiben meine Laster geruͤttelt]* Üblicher Vorredentopos satirischer Schriften. Vgl. Sorel, *Francion*, S. 516-517 u. 524.

177,32 *Jtalia]* General Gallas brach im Mai 1629 mit

einem Teil des kaiserlichen Heeres nach Italien auf. Dort lebten im Winter 1629/30 Courasche und Springinsfeld zusammen (vgl. Cour 14-22).

177,33-178,1 *schlag sie der Donner]* Sprw. Redensart, vgl. Agricola, Nr. 520.

178,2 *Bestia]* Vgl. dazu SP I, »Zehender Satz von den Weibern«.

178,23 *Krumenschiltach]* Ort an der Schiltach im Schwarzwald.

178,25 *Zigeiner]* Vgl. dazu das negative Urteil über die Zigeuner durch Johann Christoph Wagenseil, *Der Meister-singer Holdseligen Kunst Anfang / Fortůbung / Nutzbarkeiten / und Lehr-Såtzen* (Altdorf 1697), S. 435. Vgl. Cour 27 u. 28.

179,15 *ich verfluchte das zusehen der Jenigen]* Dieser Kritik an der Nachlässigkeit der Jagd- bzw. Grundherrn liegen vermutlich Erfahrungen des Verwalters und Schultheißen zugrunde. 1667 durchstreifte eine Zigeunergesellschaft das Renchener Gebiet (vgl. Bechtold, Quellengeschichte). Vgl. auch RP, S. 689 f.

179,22 f. *pråchtige Zigeinerin auf einem Maulesel]* Vgl. Titelkupfer der Cour. Mögliche Vorlage des Aufzuges der Courasche: *Justina Dietzin*, 1. Teil II, S. 188.

179,31 *Gold]* Die Attribute Gold, Diamanten (S. 180,6), Zahl-Perlen (S. 180,7) und Scharlach (S. 180,9) verweisen auf die allegorische Bedeutung der Gestalt: die große Hure Babylon, Offb. 17,4.

180,14 *Auracher Leinwath]* Die Stadt Urach in Württemberg war bekannt für ihre Textilindustrie.

180,24 *Einbildung]* Der Schreiber praktiziert das Verfahren des »Baldanders« (Cont 9, Bd. I/1 d. A.), wodurch die positive Charakteristik der Courasche (Z. 16 f. »wie ein Heidelbeer in einer Milch« und Z. 22 f. »ůberaus wol angestanden«) zugleich als »nårrischer Fůrwitz« relativiert wird.

181,5 *Dame von Babylon]* Vgl. Offb. 17 und den bekannten Kupferstich aus Albrecht Dürers *Apocalypsis cum figuris.*

181,10 *Schweitzerlande]* Aus dem Schweizerland stammt Trommenheim.

181,13 *armer Schuler]* Student.

181,20 *daß mich Gott behůten solte]* Zeitübliche religiöse Absicherung gegen Teufels- und Hexeneinfluß, vgl. Spr 26, S. 289,10-17.

182,12 *gròsten Schabernack angethan]* Vgl. Cour 24.

182,28 *Saurbrunnen]* Vgl. ST V 4 (Bd. I/1 d. A.).

183,16 *hierbey hat man ein Exempel]* Das Motiv des betrogenen Betrügers durchzieht das gesamte Werk Grimmelshausens, darüber hinaus fast alle niederen Romane. Vgl. *Justina Dietzin*, S. 431 ff., Sorel, *Francion*, S. 735.

183,28 *Simplicissimo zu Trutz]* Vgl. Cour 1, S. 22,17.

184,15 f. *Trutz-Simplex]* Vgl. Titelseite der Cour.

184,28 *Schutter-(Thal)]* Tal der Schutter bei Lahr.

184,28 *Kuntzger-(Tal)]* Tal der Kinzig.

184,28 *Peters-(Tal)]* Nebental des Renchtales mit dem Badeort St. Peterstal. Vgl. RP, S. 655,7.

184,29 *Noppenauer-(Tal)]* Unteres Renchtal bei Oppenau.

184,29 *Cappler-(Tal)]* Tal südlich der Hornisgrinde.

184,29 *Saßwalder-(Tal)]* Tal nordwestlich der Hornisgrinde.

184,29 *Bieler-Thal]* Talgegend um die Orte Bühl und Bühlerstal.

184,30 *Murg]* Fluß, mündet unterhalb Rastatts in den Rhein.

185,2 *wer selten reit]* Sprw.: Wer selten reitet, dem tut der Arsch bald weh.

185,14 *Horb]* Ort in Württemberg.

185,17 *Gernsbach]* Stadt an der Murg, südöstlich von Rastatt.

185,28 f. *viel darinn erfahren und gelernet håtte]* Vgl. Titelseite des ST (Bd. I/1 d. A.), aber auch SP, »Dritte Vorrede«.

185,30 *Anacharse]* Anarchasis, ein Skythe aus königlichem Geschlecht, einer der sieben Weisen. Von seiner Rachsucht ist nichts bekannt. Vgl. RP, S. 692,25.

185,31 f. *Tractåtel]* Mit der Gattungsbezeichnung »Tractåtel« bzw. Traktat betont Grimmelshausen den geistlichen

Nutzen seiner Romanschriftstellerei, auch des *Trutz Simplex*.

185,34 f. *bald trucken lassen wird]* Cour erschien im Herbst 1670, Spr Ende 1670.

186,9 *Knecht]* Anspielung auf den Vertrag zwischen Courasche und Springinsfeld (vgl. Cour 15).

186,22 *Fausthämmer]* Diese Bezeichnung für Schergen verweist auf Straßburg als Ort des Geschehens.

188,26 *in ihrer Freyheit leben]* Vgl. ST IV 13, S. 396,26-400,13, sowie ST IV 15 u. 16 (Bd. I/1 d. A.): das Zigeunerleben ist neben dem Leben des Springinsfeld, der Merodebrüder, dem Räuberleben und dem Freiheitsstreben der Coryphaea (RP, S. 719,22-721,26) eine weitere Möglichkeit eines freien Lebens außerhalb der geltenden Rechtsordnung.

188,26 f. *auf den alten Kayser ⟨...⟩ hinein stehlen]* Sprw.: verantwortungslos in den Tag hineinleben. Gemeint ist wohl die Ära des Staufenkaisers Friedrich II.

190,9 *Frau Gräfin]* Courasche ist die uneheliche Tochter des Grafen Matthias von Thurn und einer Kammerjungfrau (vgl. Cour 10).

190,18 f. *Müllerflöhe]* Vgl. ST II 28, S. 219,11 u. 29, S. 220,23-31 (Bd. I/1 d. A.).

190,22 *Salbe]* Vgl. die »Egyptische Läussalben« (Cour 1).

190,27 f. *Apuleio]* Gemeint ist das Hauptwerk des Apuleius, *Metamorphosen*. Grimmelshausen kannte wahrscheinlich auch die Verserzählung des Hans Sachs, *Lucius wird zu ein esel verwandelt*. Vgl. EC, S. 138-140, »Corporal Esel«.

191,4 f. *sahe ⟨...⟩ so schwartz aus wie der Teuffel selber]* Vgl. Bd. I/1 d. A. ST II 16, II 31 (Speckdiebstahl), III 8 (Mohr in der Kiste), Beernhäuter, WV I (Hellebardierer flieht in eine Mistlache); vgl. Anm. 20,3: Schwarz als Teufelsfarbe und Zeichen der Sünde, ebenso Cour 27, S. 143,28.

191,17 *zulachen]* Zum Lachen vgl. die Ausführungen des Simplicissimus (Spr 3): Lachen als Teufelsattribut (vgl. Anm. 20,34).

191,22 *geschneids]* Vgl. TM 10.

192,4 f. *AEgyptischen Nation Obersten Secretarium durch gantz Teutschland]* Ironisierung der Titelsucht des gelehrten Standes. Vgl. auch Spr 1; aegyptisch: Aegyptiacus galt im 17. Jh. als amtliche Bezeichnung für einen Zigeuner.

192,16 f. *Quartier auff etlichen Bauern-Hőffen]* Vgl. RP, S. 689,12-15.

192,25 *gantz allein?]* Das Fragezeichen, das sich in allen Drucken findet, scheint auf den geistlichen Nebensinn dieser Stelle zu verweisen: vgl. WV I, S. 427,22-28: »Halt inn armer Mensch / du bist nicht allein! der Teuffel reitzet dich / er sihet dir zu und lacht / wird dich aber doch deswegen am Jűngsten Gericht anklagen; die Engel sehen dir zu mit Betrűbnűß / sie tragen Mitleiden mit dir / weil sie diese Sűnd nicht entschuldigen kőnnen; Gott sihet dir zu / den du auffs hőchste beleidigst und erzőrnest / welcher dich auch hierum straffen wird.«

193,16 f. *wűnsche doch der armen Trőpffin nicht bőses mehr]* Zur Frömmigkeit des Simplicissimus gehört die Erfahrung (Cont 23, Bd. I/1 d. A., S. 678,13-20), daß die Bekehrung ganz von der »Güte Gottes« abhängt und jederzeit überraschend eintreten kann, daß sich daher eine Verurteilung des Sünders verbietet.

193,28 *mit einen tieffen seufftzen]* Vgl. ST I 8 (Bd. I/1 d. A., S. 39,24 f.): Seufzen als Ausdruck des Mitleidens.

194,9 f. *Simpl: ewigem Calender]* Gemeint ist *Des Abentheurlichen Simplicissimi Ewig-währender Calender*, der im Manuskript bereits fertig war, als Grimmelshausen den Spr schrieb, aber wegen des komplizierten Mehrspaltendrucks erst im Herbst 1671 erschien. Aus dieser Verzögerung erklärt sich, daß die Meuder in der Rahmenerzählung berichtet, Simplicissimus sei noch nicht zurückgekehrt. Portraits der simplicianischen Familie gibt das Titelkupfer des EC.

194,24 f. *still stehend mache]* Ironisierung und Zurückführung einer Zauberpraktik auf natürliche Ursachen.

194,29 *ein Maul von 3. 4. 5. 6. ja 7. Ecken]* Anspielung auf den Symbolwert der Zahl 7 (Vollkommenheit) und die Befähigung auch dieses Menschen zur Vollkommenheit, der sowohl den lieblichen »Waldgesang der Nachtigallen« (Allegorie der Gottesliebe) als auch das »forchterlich Geheul der Wőlffe« (Allegorie der Sünde und Gottsferne) nachahmen kann.

195,1 *Thierer Geschrey]* Zur Tierstimmenimitation des Springinsfeld vgl. Anm. 169,5 f.

195,2 *Nachtigallen]* Vgl. ST I 5 (Bd. I/1 d. A., S. 30,24); I 7 (Bd. I/1 d. A., S. 34,29-36,7); V 7 (Bd. I/1 d. A., S. 471,34-472,2); WV I S. 436,20.

195,3 *Wőlffe]* Vgl. ST II 31 (Bd. I/1 d. A., S. 236,19 f.), Spr 16 u. 17, S. 247,7-251,4, ferner ST I 2, I 3, I 6, I 7, Cont 3, S. 572,7 (Bd. I/1 d. A.), WV I S. 443,23 Wolfsallegorese).

195,10 *Umstand]* Vgl. Garzoni, *Piazza*, 104. Discurs, »Von denen / so allerhandt Schawspiel anstellen ⟨. . .⟩«, S. 576.: »Sintemal das gemeine Volck denselbigen Hauffenweise zulaufft / sperren Maul und Nasen auff / hőret ihnen einen ganzen Tag zu / vergist aller anderen sorgen / ⟨. . .⟩.«

195,11 f. *ich bin kein Schreyer ⟨. . .⟩ sonder ein Kůnstler!]* Simplicissimus grenzt sich von seiner betrügerischen Theriakskrämerei (ST IV 9) ab. Sein Künstlertum beruht auf Naturkenntnis (»alles natůrlicher weis«) und Verwandlung, »Verbesserung«, geistlich-allegorischer Durchdringung der Natur (Gaede 1983).

195,14 *Zauberey]* Vgl. Garzoni, *Piazza*, 41. Discurs, »Von Zauberen / Beschwerern / Hexenmeistern vnd Hexen«, S. 328 f.

195,16 *Buche]* Gemeint ist *Simplicissimi wunderliche Gauckel-Tasche*, vgl. Anm. 155,11. Das Verfahren wird auch in der Einleitung zur GT erläutert; es ist ein satirisches.

195,20 f. *eitel weisse Blåtter]* Weiß als Farbe der Unschuld. Der Satiriker stellt im folgenden diesen Zustand wieder her.

198,9 *vor keinen Artzt sonder vor einem Kůnstler]* Diese Stelle läßt sich als Stellungnahme Grimmelshausens gegen die ihm zugeschriebenen drei Continuationen und *»Artzt-Zugab«* im *Europäischen Wundergeschichten-Kalender* lesen.

198,11 *Wein-Artzt]* Vgl. Spr 2, S. 168,1-29.

199,23 *Sibylla]* Die Sibylle von Cuma bot dem römischen König Tarquinius Superbus neun Bücher mit Prophezeiungen und forderte einen hohen Preis. Tarquinius lehnte ab. Daraufhin verbrannte die Sibylle ihre Bücher bis auf drei, die nun Tarquinius zum alten Preis kaufen mußte. Vgl. EC, S. 19-21. Mögliche Quellen: Garzoni, *Piazza*, 40. Discurs, »Von den Wahrsagern ins gemein ⟨...⟩«, S. 311, oder auch Kornmann, *Mons Veneris*, S. 207-209.

200,3 f. *hundert und dreyssig Reichsthaler]* Die Bedeutung dieser Angabe wird erst verständlich, wenn man sie mit den Einnahmen des Simplicissimus vergleicht. Simplicissimus verdient in weniger als einer halben Stunde 80 Reichsthaler (1 RT = 22,5 Batzen), fast zwei Drittel dessen, was der Knan für die Aufzucht von 4 Mastochsen erlöst.

200,24 *böse Gedancken]* Die Verdächtigungen als »Hexenmeister« bzw. Zauberer war um 1670 für den Angeschuldigten immer noch gefährlich.

200,29 *natürliche Kunststück und Wissenschaften]* Abermaliger Versuch, abergläubische Vorurteile aufzuklären. Vgl. auch ST II 18, V 12 (Bd. I/1 d. A.), EC VI, S. 145 f.

202,10 *Pfrüend]* Spitalplatz, zeitübliche Form der Altersvorsorge, ebenso wie ein Klostereintritt als Laienbruder.

202,11 *Thorhüter]* Vgl. WV I, S. 389 f.: »Wie ich nun durch den Flecken vor das Closter kam / fande ich das kleine Thürlein offen / welches ein alter Kerl mit einem Stelzfuß beobachtete / damit ungemeltet nichts Frembdes ins Closter käme.«

202,14 f. *wie ein Sau im Morast]* Vgl. das allegorisch zu verstehende Bad in der Kloake im WV I, S. 438,29.

202,30-32 *dann sihe! der Tag hat sich ⟨...⟩ genaiget]* Anspielung auf Luk. 24,29.

203,6 *Gleich wie nun ⟨...⟩ nichts so eytel]* Vgl. WV II 22.

203,8-10 *durch sein Buch ⟨...⟩ den Springinsfeld zubekehren]* Grimmelshausen macht die in Cont 1 (Bd. I/1 d. A.) und WV II (Vorrede) dargelegten poetologischen Grundsätze zum Gegenstand der Darstellung: Thema des Spr ist der Versuch des Simplicissimus, Springinsfeld zu bekehren, vgl. Spr 27, S. 294,34-295,6.

203,16 *wann]* Die übliche Lesart »Wahn der dich betrogen« ist naheliegend, aber nicht zwingend. Auch die Lesart »Wann«, die sich in allen Drucken des 17. Jh.s findet, ergibt einen Sinn: mhd. Wann »Werk, Arbeit«.

203,25-204,23 *wann du erstlich ⟨...⟩ gebracht werden]* Simplicissimus läßt auf die moral-satirische Auslegung der »Gauckeltasche« die geistliche Allegorese folgen, die er für sich selbst auf der »Kreutz-Insul« geübt hatte (Cont 23).

204,10 *heilige Schrifft]* Anspielung auf 1. Kor. 6,9-10. Vgl. auch Gal. 5,19-21, Eph. 5,5.

205,4 f. *wie du dein Gelt gewonnen und erobert hast]* Vgl. ST V 1 (Bd. I/1 d. A., S. 447,27).

205,11 f. *es steckt etwas darhinder das ich nicht verstehe]* Hinweis auf die dem Ungläubigen (»ma foy«) verborgene Wirkabsicht des Künstlers Simplicissimus.

205,23 f. *Simplicianische Gauckeltasch]* Demnach ist im Rahmen der simplicianischen Erzählfiktion die GT ebenso wie Cour und Spr ein Werk des Philarchus Grossus von Trommenheim, der sich hier (vgl. Titelseite) »Illiteratus Ignorantius, zugenannt Idiota« nennt.

206,10 *junge Simplicius]* Vgl. Vorrede und Titelkupfer des EC sowie WV I, S. 392,28.

206,12 *studirte]* Hinweis auf Straßburg mit seiner Universität.

206,13-18 *Risemåssiger langer Kerl ⟨...⟩ so meisterlich betrogen]* Vgl. Spr 5, S. 183,11-20 und Spr 27, S. 294,21-25.

207,5-23 *Also glatt und unbeschrieben ⟨...⟩ Lehrgeld abgefordert haben]* Springinsfeld stellt eine weitere, vereinfachte moralsatirische Variante der Allegorisierung der GT vor, die die Person des Satirikers nicht einbezieht.

207,25-208,22 *bey welchem ich in acht nam ⟨...⟩ zu sehen pflegt]* »Lieb« und »Treu« bzw. »aufrichtige Vertreulichkeit« der simplicianischen Familie verweisen auf das altständische Ideal und Gegenbild zur modernen Hofkultur (Conduite und Honnêteté), aber auch auf das Gemeinschaftsleben der ungarischen Wiedertäufer, die ebenfalls keinen Standesunterschied kennen (vgl. ST V 19, Bd. I/1 d. A., S. 524,18-527,10); vgl. auch RS, S. 33, und RP.

209,22 *Mercurius]* Götterbote, Gott der Beredsamkeit und des Handels, Beschützer der Landstraßen, Kaufleute und Diebe. Im Sinne der Planetenallegorie (Spr 2) ist Merkur von unbeständiger Natur: vgl. EC, S. 133 (»diser unbeståndige Wetterhan«).

209,23 f. *von sibenzehen Graden]* Ironisierung der Ahnenprobe, vgl. ST I 1 (Bd. I/1 d. A.). Die Zahl 17 findet sich in fast allen simplicianischen Schriften. Vgl. Spr 12, S. 224,17 f., WV II, S. 458,16.

210,25 f. *wann du jede Hecken fůrchten willst / so wirstu dein Lebtag in keinen Wald kommen]* Sprw.

210,29 *wann verbrente Kinder das Feur fôrchten]* Sprw., vgl. StM, vgl. Hans Sachs, *Schwank. Der edelman mit dem narren und der warheit*, SW 9, S. 523,17.

211,22 f. *welches ich zwar nit erfahren habe]* Vgl. Spr 21, S. 265,18 f.

211,29 f. *dem heyligen ⟨...⟩ Ehestand]* Vgl. 1. Mose 1,27-28.

211,31 f. *und gleich wie eine ⟨...⟩ Zierd des Manns ist]* Anspielung auf Sprüche 31,10-31, Sir. 26; vgl. SP I, »Zehender Satz von Weibern«, und Boaystuau, *Le Theatre du Monde*, S. 223.

212,2 *du kanst bey deinen Biren wol mercken wann andere zeitigen]* Vgl. ST III 17 (Bd. I/1 d. A., S. 311,9 f.).

212,16 f. *nit schämen / den meinigen hier im finstern zuerzehlen]* Die Erzählsituation ist von Simplicissimus sorgsam vorbereitet mit dem Ziel, Springinsfeld über das Erzählen des Lebenslaufs zu Selbsterkenntnis und Bekehrung hinzuführen. Die Erzählung beginnt im Finstern und endet, freilich ohne direkten Erfolg, bei Tagesanbruch (vgl. Spr 27, S. 294,8 f.). Vgl. auch Cont 19, Bd. I/1 d. A., S. 657,18-658,17.

212,22 *Meine Mutter]* Das Motiv der gemischt-ständischen Abkunft begegnet außer im Spr bei Courasche, Musai und Amelinde. Simplicissimus und Proximus sind zwar von legitimer adliger Abkunft, werden aber von Pflegeeltern niederen Standes erzogen. Dies scheint auch autobiographisch begründet.

213,11 *sturtzet]* Vgl. dazu Garzoni, *Piazza*, 104. Discurs, »Von denen / so allerhandt Schawspiel anstellen 〈...〉«, S. 580.

213,23 *principia seiner Kunst]* Zum folgenden vgl. Garzoni, ebd. S. 578 f.

214,21 *Ragusa]* Heute: Dubrovnik.

215,3 *Gauckel-Taschen]* Hier: Requisit für Zauberkunststücke.

215,20 *Sicilianische]* Tyrrhenisches Meer.

215,25 *Natur]* Hinweis auf das sanguinische Temperament Springinsfelds.

216,9 f. *Spanische Niderlande]* Flandern und Brabant, das nach dem Abfall der Niederlande von Spanien (1581) im Jahre 1584 wieder von den Spaniern zurückerobert wurde und im Vorfeld des Dreißigjährigen Krieges Aufmarschgebiet für die spanischen Truppen war. Diese wurden u. a. über das spanische Mailand und die genannten, von der spanischen Großmacht kontrollierten Gebiete herangeführt.

216,11 *Ambrosio Spinola]* Ambrosio Marchese Spinola (1569-1630), Oberbefehlshaber der spanischen Truppen in den Niederlanden, kämpfte in den Niederlanden gegen Moritz von Oranien, der alle von den Spaniern gehaltenen Plätze in den Vereinigten Niederlanden bis 1598 zurückerobern konnte und seit 1600 in den katholischen spanischen Teil der Niederlande übergriff.

216,11 *Königs Feinde]* Gemeint ist König Philipp III. von Spanien (1598-1621). Die Feinde sind die unter der Führung des Kurfürsten von der Pfalz 1608 zur »Union« zusammengeschlossenen protestantischen Reichsstände, dazu Frankreich und England.

216,18 *Teutschen Krieg]* Gemeint ist der Dreißigjährige Krieg.

216,25 *hexen lernen]* Grimmelshausen bringt das Kriegshandwerk mit dem schweren Straftatbestand der Zauberei und Teufelsbündnerei in Zusammenhang, was seiner durchgängigen Kritik am Krieg entspricht. Vgl. auch ST II 18 (Bd. I/1 d. A., S. 181,19-29).

217,5 *Fatum]* Vgl. Anm. 156,1-14.

217,9 f. *So gewonnen / so zerronnen]* Sprw., vgl. KJ (Bd. II d. A.), ferner Hans Sachs, *Schwank*, *Der bettler schlug seinen mantel*, SW 17, S. 341,33.

217,10 f. *was mit Trommeln ⟨...⟩ fort]* Vgl. ST III 18 (Bd. I/1 d. A., S. 317,32 f.).

217,15 *Tylli]* Johann Tserclaes Reichsgraf von Tilly (1559-1632), Oberbefehlshaber des Heeres der katholischen Liga, Generalissimus der kaiserlichen Truppen nach der Absetzung Wallensteins 1630.

217,15 *Magdenburg]* Die Eroberung und Zerstörung Magdeburgs am 20. 5. 1631 ist bereits von der damaligen Publizistik als Entjungferung bezeichnet und beklagt worden (vgl. Harms, S. 58). Vgl. ST II 19-25. Als Quelle für die folgende Anekdote kommt vermutlich ein Flugblatt von der Art des von Könnecke (I, S. 30) angeführten in Betracht: *Letzte Belagerung und jämmerlicher Eroberung und Zerstörung der alten Stadt Magdeburg des 1631 Jahres.*

218,1 f. *Schwedische Königsmarck die kleine Seit der Stadt Prag überrumpelt]* Graf Hans Christoph von Königsmarck, in wechselnden (von 1629 an in schwedischen) Diensten, eroberte am 8. 8. 1648 die Kleinseite von Prag. Vgl. EC, S. 144, sowie TM 11; vgl. auch Spr 19, S. 257,27 u. 260,4, Cour 28, S. 146,26.

218,14 f. *in der Altstatt ⟨...⟩ zuerhalten]* Es gelang den Schweden nicht, die Prager Altstadt jenseits der Moldau zu erobern. Kleinseite und Hradschin wurden dagegen restlos ausgeplündert, die reichen Kunstsammlungen des Hradschin aus der Ära Kaiser Rudolphs II. nach Schweden geschafft.

218,19 *bey der Chur-Bayr: Armada unter dem Holtzischen Regiment]* Georg Friedrich Freiherr von Holtz († 1666), bayerischer Heerführer. Grimmelshausen als Angehöriger (Regimentsschreiber) des Regiments Elter kannte das Holtzische Regiment aus dem gemeinsamen Winterquartier im Amt Burglengsfeld 1648/49.

218,21 f. *Obristen Lumpus]* Als Quelle für die Lumpus-Erzählung werden seit Bechtold und Könnecke autobiographische Erinnerungen Grimmelshausens vermutet.

218,24 *kurtz vorm Fridenschlus trug er eine Bique]* Gemeint ist der Westfälische Friede (24. 10. 1648). Der Musketier Lumpus ist demnach zum Pikenträger degradiert worden. Vgl. dazu Spr 13, S. 233,6-30, und ST II 23, Bd. I/1 d. A., S. 198,26-29.

218,29 *Herbsthausen]* Ort bei Bad Mergentheim an der Tauber. Hier siegte der bayrische Feldherr Mercy über die französischen Truppen unter Turenne am 5. 5. 1645. Vgl. Cour 26, S. 142,33.

219,4 f. *Stadt und Vestung der Bayern]* Ingolstadt, von Gustav Adolf 1632 vergebens belagert.

219,6 *Gustavus Adolphus]* Gustav II. Adolf (1594-1632), schwedischer König seit 1611.

219,13 f. *Hauptstatt desselbigen Landes]* München.

219,27-30 *demnach ihm aber ⟨. . .⟩ Wasserflůsse]* Vgl. Spr 18, S. 255,11-14.

219,28 *Atlante]* Atlas, ein Titan; in der griechischen Mythologie Träger des Himmelsgewölbes, vgl. Titelkupfer WV I.

220,7 *Humeurs]* Humoralpathologischer Begriff, vgl. Cour 1, S. 21,23-22,9.

222,29 f. *wie einem grossen Herrn zu Mut wåre]* Vgl. RP, »Simplicissimis Discurs, Wie man hingegen bald aufwannen: und mit seinem Vorrath fertig werden soll«, ferner Cont 5-10 (Bd. I/1 d. A.).

223,16-23 *dann wann ich ⟨. . .⟩ krigen konnte]* Zur Kritik am rücksichtslosen Einsatz der Soldaten vgl. Spr 18, S. 254,24-27, und Spr 25, S. 285,13-15, sowie StM.

223,30-224,3 *ich kam mit ⟨...⟩ Gewalt brachte]* 1620. Quelle: Wassenberg, *Teutscher Florus*, S. 31.

224,4-8 *zu Worms ⟨...⟩ aufheben müssen]* Quelle: Wassenberg, *Teutscher Florus*, S. 60.

224,5 f. *Franckenthalische Belägerung]* Das reformierte Frankenthal wurde von den Spaniern vom 19. 9. 1621 bis zum 13. 10. 1621 belagert, vgl. Cour 8, S. 53,11 f.

224,6 *Mannsfelders]* Peter Ernst II. Graf von Mansfeld (1580-1626), protestantischer Heerführer. Vgl. ST I 22, IV 13 und V 8 (Bd. I/1 d. A.) und Cour 6 und 8.

224,13-16 *gegen der Tyllischen Armee ⟨...⟩ marchirte]* Quelle: Wassenberg, *Teutscher Florus*, S. 60.

224,15 *Wiseloch]* Wiesloch, Stadt im Kraichgau; am 27. 4. 1622 erlitt die bayerische Armee unter Tilly gegen den Grafen von Mansfeld eine Niederlage, vgl. Cour 6.

224,17 f. *17 Jahren]* Diese symbolische Angabe stimmt nicht mit den übrigen (Spr 8, S. 201,33-84,1 und Spr 21, S. 264,22) Angaben überein.

224,23-25 *wir bekamen damal ⟨...⟩ austheileten]* Quellen: Wassenberg, *Teutscher Florus*, S. 63-65, oder auch *Theatrum Europaeum* I, S. 626-627.

224,24 f. *Wimpfen]* Stadt am Neckar. Tilly siegte am 6. 5. 1622 über den Markgrafen von Baden-Durlach.

225,2 f. *und damit erlangte ⟨...⟩ ein zimlich ansehen]* Über die Beute berichten Wassenberg, *Teutscher Florus*, S. 64, sowie ausführlicher Theatrum Europaeum I, S. 627.

225,6-9 *Under diesem Regiment ⟨...⟩ Holstein]* Quelle: Wassenberg, *Teutscher Florus*, S. 66-68 (Höchst), S. 73-75 (Stadtlohn) und S. 88-131 (Dänischer Krieg). Zu Höchst vgl. auch *Theatrum Europaeum* I, S. 632.

225,6 f. *Braunschweiger bey dem Main]* Gemeint ist Herzog Christian von Braunschweig-Wolfenbüttel (1599-1626), der Tilly in der Schlacht bei Höchst am 22. 6. 1622 unterlag, vgl. Cour 8. Zum Zeitpunkt dieser Schlacht wird Simplicius geboren; vgl. ST V 8 (Bd. I/1 d. A, S. 477 f.).

225,7 *Stattlo]* Stadtlohn in Westfalen; weitere Niederlage des Herzogs Christian von Braunschweig-Wolfenbüttel gegen Tilly am 6. 8. 1623.

225,8 *Dennemårckischen Krieg]* 1625-1629 griff König Christian IV. von Dänemark (1577-1648) in den Krieg der protestantischen Mächte gegen Kaiser und Liga ein. Vgl. Cour 10, S. 63,3.

225,10-14 *und nachdem ich ⟨...⟩ einnehmen zu helffen]* Quellen: zu Lutter vgl. Wassenberg, *Teutscher Florus*, S. 107 ff., oder auch *Theatrum Europaeum* I, S. 932. Zum folgenden vgl. Wassenberg, *Teutscher Florus*, S. 115. Vgl. auch *Theatrum Europaeum*, S. 932.

225,11 *Lutter]* Lutter am Barenberge. Bedeutender Sieg der kaiserlich-ligistischen Truppen unter Tilly am 27. 8. 1626, vgl. Cour 11.

225,12 f. *Steinbruck]* Ort bei Hildesheim, eingenommen kurz nach dem 19. 9. 1626, vgl. Cour 11.

225,13 *Verden]* Verden an der Aller. Vgl. Cour 11, S. 65,9.

225,13 *Langwedel]* Ort an der Wümme nordwestlich von Bremen.

225,13 *Rothenburg]* Rotenburg an der Wümme.

225,13 *Ottersberg]* Ort zwischen Bremen und Rotenburg.

225,19 *General Farzer]* Vgl. Cour 17 und ST I 31 (Bd. I/1 d. A.). Das Motiv der folgenden Geschichte geht auf Augustinus, *De civitate Dei* XIV 24, S. 204, zurück.

225,23 *hůrnen Seyfrid]* Grimmelshausen kannte den Stoff des Nibelungenliedes vermutlich durch Hans Sachs: *Tragedia, mit 17 personen: Der hörnen Sewfriedt, ein son könig Sigmunds in Niderlandt, und hat 7 actus.*

225,30 *Teufelsbanner]* Zum Motiv vgl. ST V 6, S. 468,22; ST II 22, S. 196,10 (Bd. I/1 d. A.), und WV II 2 u. 3.

226,30 *schlaue Vocativus]* Vgl. den »schlimmen Vocativus« (Cour 1, S. 22,18 f.).

226,31-34 *min Heer ⟨...⟩ Rixtaler geuent]* Niederdeutscher Dialekt: »Mein Herr, ich traue Euch nichts Böses zu, aber ich habe mir sagen lassen, daß gewisse Soldaten bestimmte Künste anwenden könnten, dergleichen Sachen wiederzubringen; wenn Ihr das auch könntet, würde ich Euch zwei Reichstaler geben.«

227,13 f. *Cimbrier gantzen Chersonesum*] Um 1628 beherrschte der kaiserliche Generalissimus Wallenstein Jütland, Schleswig und Holstein, so daß er vom Kaiser zum General des ozeanischen und baltischen Meeres ernannt wurde.

227,18 *Botthast*] Grimmelshausens Kenntnis westfälischer Spezialitäten stützt u. a. die Vermutung eines längeren Aufenthaltes in Westfalen, vgl. ST II 29-III 22 (Bd. I/1 d. A.).

227,24 *zween Ring*] Vgl. WV II Titelkupfer und Kap. 3 sowie den Hexentanz (ST II 17, Bd. I/1 d. A.). Wiederum spricht Grimmelshausen ironisch-kritisch über Zauberpraktiken.

228,4 *Böhmen*] Zum üblen Ruf der Böhmen vgl. Cour, S. 25,8.

228,18 *Narren den Kolben laussen*] Vgl. Agricola, Nr. 35; vgl. auch Anm. 133,14.

228,19 *Hürnen Seufried*] Hier Wortspiel im Zusammenhang mit dem Schweinediebstahl.

229,18 f. *Reuter im Feld ⟨. . .⟩ Esquatronen unsichbar machen*] Diesen und anderen Soldatenaberglauben behandelt Grimmelshausen ausführlich im WV II 25 und 26.

229,24 *Glücks-Fähl*] Vgl. die Anm. zum Titelkupfer und Anm. 156,1-14.

229,29 *Baurenschinder*] Zum Gegensatz zwischen Bauern und Soldaten vgl. auch ST I 14 und 15 (Bd. I/1 d. A.).

230,11 *vier Schweitzer Meilen*] Vier Schweizer Meilen entsprechen ca. 20 km. Dies ist die Entfernung von Straßburg bis Gaisbach.

230,21 *einen grossen schollen*] Vgl. *Schwäbisches Wörterbuch*, Bd. 5, Sp. 1098.

230,22 f. *euer Simplicius hats kein Haar besser gemacht*] Gegen die traditionelle Deutung von Glück und Unglück als Strafe bzw. Lohn Gottes wendet sich Grimmelshausen auch in anderen Zusammenhängen. Vgl. ST V 5 (Bd. I/1 d. A., S. 463 f.) und RP, S. 703,4-704,6.

230,34-231,3 *so bald ein Soldat ⟨. . .⟩ zur Höllen fährt*] Bezogen auf Studenten bringt Peter de Memel, *Lustige Gesellschaft* (1656), S. 205, LV 60, diese Verse.

231,5 *etliche Bauren]* Zu den Greueltaten der Bauern vgl. ST I 14 (Bd. I/1 d. A.).

231,11 *Gaul als Gurr]* Grimm, DWb 9, Sp. 1161-65, Sebastian Franck, Nr. 640, vgl. auch Cour 1, S. 22,28, und Cour, »Wahrhafftige Ursach 〈...〉«, S. 151,21 f.

231,11 *vier Hosen eins Tuchs]* Vgl. Grimm, DWb 10, Sp. 1839, Sebastian Franck, Nr. 641; vgl. Cour 24, S. 131,28.

231,15 *Edel Fridenschlus]* Westfälischer Friede 1648.

231,28 *Geschichten / so sich zwischen mir und ihr verloffen]* Vgl. Cour 14-22.

232,14 f. *sie ohne Urtheil und Recht in ein Wasser geworffen hätte]* Vgl. Cour 22, S. 122,29.

232,20 *Teufel im Glas]* Gemeint ist der Spiritus familiaris. Vgl. Cour 12. Vgl. dazu auch Grimmelshausens GM. Mögliche Quellen: Aegidius Albertinus, *Lucifers Königreich*, S. 83, oder Garzoni, *Piazza*, 41. Discurs, »Von Zauberen / Beschwerern / Hexenmeistern vnd Hexen«, S. 332.

232,23-28 *Nachdem ich nun 〈...〉 vergingen]* Quelle: Wassenberg, *Teutscher Florus*, S. 230-232. Vgl. auch *Theatrum Europaeum* II, S. 385, 401, 402. Das kaiserliche Heer floh vor dem zahlenmäßig unterlegenen schwedischen Gegner.

232,24 *General-Wachtmeister von Altringen]* Johann Graf von Aldringen (1588-1634), kaiserlicher Feldherr bürgerlicher Herkunft.

232,27 *conjugirt]* Laut *Theatrum Europaeum* II, S. 444, fand die Konjunktion der Armeen Tillys, Fuggers und Aldringens am 3. 10. 1631 statt.

232,28-233,3 *Ich selbst wurde 〈...〉 einnemmen helffen]* Quelle: Wassenberg, *Teutscher Florus*, S. 246-248. Vgl. auch *Theatrum Europaeum* II, S. 459-460, 474, 475. Die Einnahme Würzburgs durch die Schweden wird vom *Teutschen Florus* sowie dem *Theatrum Europaeum* II (S. 455-456) auf den 8. 10. 1631 datiert. Demzufolge muß Springinsfeld in dem Zeitraum vom 3. 10. 1631 (Konjunktion des kaiserlichen Heeres) bis zum 8. 10. 1631 gefangen genommen worden sein.

233,3-6 *da wurde ich ⟨...⟩ zuhelffen]* Quelle: Wassenberg, *Teutscher Florus*, S. 252.

233,4 *Churfürsten von Cölln]* Ferdinand von Bayern, Erzbischof und Kurfürst von Köln (1612-1650).

233,5 *Pappenheimer]* Gottfried Heinrich Graf von Pappenheim (1594-1632), kaiserlicher Reitergeneral, fiel am 16. 11. 1632 in der Schlacht bei Lützen.

233,9 *jenem Schwaben]* Möglicherweise der Schwabe Arnold Winkelried, der der Sage nach die Schlacht bei Sempach 1386 zugunsten der Schweizer gegen Herzog Leopold III. von Österreich entschied, indem er mehrere Lanzen der Gegner an sich riß und so eine Bresche schlug.

233,31 *Wir lagen ⟨...⟩ Hameln]* Quelle: Wassenberg, *Teutscher Florus*, S. 252.

234,18-21 *und langten eben ⟨...⟩ zu schlagen]* Quelle: Wassenberg, *Teutscher Florus*, S. 254-255, oder auch *Theatrum Europaeum* II, S. 533.

234,20 *Bannier]* Johann Banier (1596-1641), schwedischer Feldherr, vgl. ST II 25 (Bd. I/1 d. A., S. 210,4).

234,20 *Magdenburg]* Entsatz Magdeburgs am 4. 1. 1632.

234,22-29 *Gleichwie nun ⟨...⟩ zersprengt hatten]* Quelle: Wassenberg, *Teutscher Florus*, S. 256; vgl. auch *Theatrum Europaeum* II, S. 534.

234,27 *Steinhauffens]* Vgl. die Beschreibung Candias in Spr 25, S. 283,15.

235,8-13 *BEy diesem Corpo ⟨...⟩ um Geld schätzte]* Quelle: Wassenberg, *Teutscher Florus*, S. 260.

235,14-19 *als wir aber ⟨...⟩ mehr Raubs]* Quelle: Wassenberg, *Teutscher Florus*, S. 260; zum Herzog von Lüneburg vgl. *Theatrum Europaeum* II, S. 538; Einnahme Paderborns, Herfords, Lemgos und Bielefelds im Februar/März 1632.

235,17 *Hertzog Georg von Lüneburg]* (1583-1641), auf schwedischer Seite, erlitt eine Niederlage gegen Pappenheim im März 1632.

235,19 *Stade]* Stadt an der Unterelbe, von den Schweden unter Tott belagert, von Pappenheim im März 1632 entsetzt. Quelle: Wassenberg, *Teutscher Florus*, S. 260. Vgl. auch *Theatrum Europaeum* II, S. 539.

235,19 *Schwedischen General Todt]* Ake Henriksson Tott af Sjunby (1598-1640), schwedischer Heerführer.

235,27 *Officier]* Vgl. dazu Spr 17, S. 252,5, und ST III 10 (Bd. I/1 d. A., S. 281,23).

235,28-236,1 *Nirgenthin ⟨...⟩ schlagen kondten]* Quelle: Wassenberg, *Teutscher Florus*, S. 277, 279; vgl. auch *Theatrum Europaeum* II, S. 644. Mißlungener Entsatz Maastrichts am 17. 8. 1632.

236,1 *den Hessen]* Gemeint ist der Landgraf von Hessen.

236,1 f. *den Hessen ⟨...⟩ wie wir wolten]* Quelle: Wassenberg, *Teutscher Florus*, S. 276-277; vgl. auch *Theatrum Europaeum* II, S. 661.

236,2 *Bavadis]* Wolf Heinrich von Baudissin (1597-1646), General und später Feldmarschall in schwedischen Diensten.

236,3-5 *den Lůneburger ⟨...⟩ geben můßte]* Quellen: Wassenberg, *Teutscher Florus*, S. 285, aber auch *Theatrum Europaeum* II, S. 661.

236,3 *Wolffenbůtel]* Von Pappenheim und Gronsfeld am 24. 9. 1632 entsetzt.

236,6 *Hildesheim]* Quelle: Wassenberg, *Teutscher Florus*, S. 285; vgl. auch *Theatrum Europaeum* II, S. 661. Eroberung am 10. 10. 1632.

236,6 *eylete ⟨...⟩ Hochzeit]* Wörtliche Entsprechung bei Wassenberg, *Teutscher Florus*, S. 288, vgl. auch *Theatrum Europaeum* II, S. 663.

236,7 *Wallensteiner]* Albrecht Eusebius Wenzel von Wallenstein, Herzog von Friedland und Mecklenburg (1583-1632), kaiserlicher Feldherr, vgl. RP, S. 716,25.

236,8 *Lůtzen]* Schlacht der kaiserlich-ligistischen Truppen Wallensteins und Pappenheims gegen die Schweden unter Gustav II. Adolf am 16. 11. 1632; zum Tod Gustav II. Adolfs und Pappenheims vgl. EC, S. 212.

236,8-30 *in welcher aber ⟨...⟩ von einander sonderte]* Quelle: Wassenberg, *Teutscher Florus*, S. 290-91; vgl. auch *Theatrum Europaeum* II, S. 667.

236,11 *Mirren und Rauten]* Hier: Sinnbild der Grablegung und der Demut.

236,31-33 *Wir giengen ⟨. . .⟩ zu jagen]* Quelle: Wassenberg, *Teutscher Florus*, S. 291.

237,18 f. *In diesem Stand ⟨. . .⟩ einnehmen]* Quelle: Wassenberg, *Teutscher Florus*, S. 297, vgl. auch *Theatrum Europaeum* III, S. 1-3. Einnahme Memmingens und Kemptens im Januar 1633.

237,19 f. *den schwedischen Forbus strigeln helffen]* Sir Arvid Forbus (1598-1665), gebürtiger Schotte, in schwedischen Diensten; Quelle: Wassenberg, *Teutscher Florus*, S. 297.

237,20-23 *in allen diesen ⟨. . .⟩ Schlesien gangen]* Quelle: Wassenberg, *Teutscher Florus*, S. 301-302, aber auch *Theatrum Europaeum* III, S. 109: »sie ⟨die Kaiserlichen⟩ haben aber neben den Beuthen auch die Pest erbeutet.«

237,26 *wann ich die erbaͤrmliche Zufaͤll betrachte]* Grimmelshausen macht Springinsfeld zum Sprachrohr seiner Kriegskritik. Vgl. dagegen RP, S. 716,4-718,2.

238,4-8 *Thorheit ⟨. . .⟩ wollen nicht]* Vgl. dazu Aegidius Albertinus, *Lucifers Königreich*, S. 341.

238,17-20 *und als wir ⟨. . .⟩ genosse]* Quelle: Wassenberg, *Teutscher Florus*, S. 303, und *Theatrum Europaeum* III, S. 156.

238,28 *grausamen Winters-Kaͤlte]* Zur Kälte als dem Bereich Springinsfelds vgl. Anm. 162,6.

239,22 *Noͤrdlingen]* Sieg der verbündeten kaiserlich-spanischen Truppen unter Erzherzog Ferdinand und dem Kardinalinfanten Ferdinand über die Schweden und Herzog Bernhard von Weimar und General Horn am 6. 9. 1634. Entscheidungsschlacht, die für kurze Zeit den schwedischen Einfluß eindämmte und zum Friedensschluß von Prag 1635 führte, dafür aber die Franzosen auf den Plan rief. Eine Folge der Schlacht war die Zerstörung Gelnhausens und die Flucht Grimmelshausens nach Hanau, im ST die Plünderung des Spessarter Bauernhofes des Knan. Vgl. Cour 23, S. 127,29 f.

239,23-28 *ZU unserer Hinkunfft ⟨. . .⟩ Boͤhmen machen wollen]* Quelle: Wassenberg, *Teutscher Florus*, S. 304-306. Vgl. auch *Theatrum Europaeum* III, S. 178-179.

239,25 *Eger]* Stadt in Böhmen; Ermordung Wallensteins am 25. 2. 1634. Vgl. EC, S. 40.

239,28-240,3 *hierdurch wurde ⟨. . .⟩ probiren muste]* Quelle: Wassenberg, *Teutscher Florus*, S. 308, 310. Vgl. auch *Theatrum Europaeum* III, S. 181.

240,3-5 *und eben deswegen ⟨. . .⟩ schwoͤren]* Quelle: Wassenberg, *Teutscher Florus*, S. 306.

240,5-10 *aber diser Verzug ⟨. . .⟩ ergriffen]* Quelle: Wassenberg, *Teutscher Florus*, S. 310-311.

240,9 *unuͤberwuͤndlichste dritte Ferdinand]* König Ferdinand III. (1608-1657), seit 1625 ungarischer und seit 1627 böhmischer König, 1636 deutscher König, 1637 römischer Kaiser.

240,10-12 *diser mustert uns ⟨. . .⟩ Regenspurg]* Quelle: Wassenberg, *Teutscher Florus*, S. 311-312; vgl. auch *Theatrum Europaeum* III, S. 235, 237.

240,12-14 *welche Statt ⟨. . .⟩ einnehmen helffen]* Vgl. Cour 22, S. 125,17.

240,14-21 *von dannen ich ⟨. . .⟩ todt geschossen wurde]* Quelle: Wassenberg, *Teutscher Florus*, S. 313, vgl. auch *Theatrum Europaeum* III, S. 256.

240,15 f. *Joan de Werdt]* Reichsgraf Freiherr Johann von Werdt (ca. 1600-1652), kaiserlicher General bäuerlicher Herkunft. Vgl. EC, S. 182; ST I 17 (Bd. I/1 d. A., S. 66,18); ST III 7 (Bd. I/1 d. A., S. 270,34); RP, S. 688,30.

240,16 *Gustav Horn]* Graf Gustav von Horn (1592-1657), schwedischer General.

240,17 *Landshut]* Am 22. 7. 1634 Eroberung durch die schwedische Armee unter Herzog Bernhard von Weimar und General Horn; Tod Aldringens.

240,22 *Regenspurg]* Belagerung seit dem 5. 5., Übergabe am 17. 7. 1634, Quelle: Wassenberg, *Teutscher Florus*, S. 315.

240,22 *Donawert]* Eroberung am 16. 8. 1634. Quelle: Wassenberg, *Teutscher Florus*, S. 313, vgl. auch *Theatrum Europaeum* III, S. 270.

240,23 *Hispan. Ferdinandus Cardinal Infant]* Spanischer Thronfolger (1609-1641). Quelle: Wassenberg, *Teutscher*

Florus, S. 315, vgl. auch *Theatrum Europaeum* III, S. 259, vgl. ferner Cour 23, S. 127,30 f.

240,24 f. *zogen wir ⟨...⟩ Nördlingen]* Quelle: Wassenberg, *Teutscher Florus*, S. 315-316.

240,24 *Rhies]* Gegend um Nördlingen.

240,30 f. *als die Schweden ⟨...⟩ zuentsetzen]* Quelle: Wassenberg, *Teutscher Florus*, S. 316.

240,32 *blutigen Treffen]* Quellen: Wassenberg, *Teutscher Florus*, S. 316-320, und *Theatrum Europaeum* III, S. 270-274: »⟨...⟩ und also ein gar scharpffes und blutiges Treffen dieses Orths vergangen« (S. 274).

241,4 *umb den Barchet jagen]* Sprw. Redewendung, hier: Wettlauf um einen Preis (Kleiderstoff).

241,6-9 *sihe so mischte ⟨...⟩ bedeckt war]* Quelle: Wassenberg, *Teutscher Florus*, S. 317.

241,9-13 *gleich hierauff ⟨...⟩ gejagt würden]* Quelle: Wassenberg, *Teutscher Florus*, S. 318; vgl. auch *Theatrum Europaeum* III, S. 274.

241,12 *Lothringer]* Karl IV., Herzog von Lothringen (1604-1675), Verbündeter und Feldherr des Kaisers.

241,12 *Croaten]* Vgl. ST II 14 (Bd. I/1 d. A., S. 168,19).

242,2-6 *und dis ist ⟨...⟩ nemmen kan]* Vgl. SP II, »Zehender Satz vom Geschütz«; ST III 12 (Bd. I/1 d. A., S. 127,13-19) und Cour 23. Quellen: Ariost, *Rasender Roland*, 11. Gesang, Str. 25; *Les Visions de Don Queveto Philandri von Sittewaldt Complementum*, S. 51, Sorel, *Francion*, S. 410; *Fronsperger Kriegßbuch* (1565); Cervantes, *Don Quixote*; Boaystuau, *Le Theatre du Monde*, S. 157-158.

242,20 *Hercules]* In der griechischen Mythologie Halbgott, Sohn des Jupiter und der Alkmene, Inbild von Heldenmut und Kraft, Leitbild frühneuzeitlicher Herrscherpanegyrik.

243,8-14 *Gleich wie nun ⟨...⟩ vermöchte]* Quelle: Wassenberg, *Teutscher Florus*, S. 321 ff. Vgl. auch EC, S. 188.

243,16 *Hauptstraffen]* Pest, Teuerung und Krieg galten als Hauptstrafen Gottes für die Sünden der Menschen. Vgl. SP II, »Zehender Satz vom Krieg«, S. 159; ST III 3, ST V 5

(Bd. I/1 d. A.), StM. Grimmelshausen zieht die traditionelle Begründung der Hauptstrafen in Zweifel.

243,17-24 *den Antheil ⟨...⟩ tragen muste]* Quellen: Wassenberg, *Teutscher Florus*, S. 399-400, aber auch *Theatrum Europaeum* III, S. 535.

243,24-27 *in welcher unruhigen Zeit ⟨...⟩ einnemmen halffe]* Quelle: Wassenberg, *Teutscher Florus*, S. 398-399, vgl. auch *Theatrum Europaeum* III, S. 356. Einnahme Speyers am 2. 2. 1635, Übergabe von Mainz Ende Dezember 1635.

243,25 *Kayser]* Kaiser Ferdinand II. (1578-1637).

243,27 *Weymarischer Hertzog Bernhardus]* Bernhard, Herzog von Sachsen-Weimar (1604-1639), Feldherr in schwedischen und französischen Diensten. Die folgenden Angaben finden sich der Chronologie gemäß nicht im Jahr 1636 des *Teutschen Florus*, sondern sind teilweise dem Jahr 1637 entnommen.

244,10 f. *meine Spannische Real]* Vgl. Münztabelle. Springinsfeld verrechnet Gold- und Silbermünzen zu einem sehr ungünstigen Kurs: Hinweis auf die Verschwendung der Kriegsbeute.

244,19 *Westphalen]* September/Oktober 1636.

244,20 *Grafen von Götz]* Graf Johann von Götz (1599-1645), bayerischer Feldmarschall. Vgl. ST IV 12 (Bd. I/1 d. A., S. 392,13).

244,20 f. *Dortmund / Baderborn / Ham / Une / Cammen / Werl / Soest und andere]* Nach Könnecke stammen die folgenden Angaben aus Grimmelshausens eigener Erfahrung. Vgl. aber auch *Theatrum Europaeum* III, S. 611 (Paderborn, 26. 8. 1636), S. 626 (Soest), S. 629 (Dortmund, 25. 9. 1636), S. 639 (Werl) und S. 643 (Hamm).

244,21 *Soest]* Vgl. ST II 29-III 14 (Bd. I/1 d. A.).

244,28 *gefangen]* Zur Gefangennahme des Simplicissimus durch die Schweden vgl. ST III 14 (Bd. I/1 d. A., S. 299 f.).

244,29 f. *Obriste S. Andreas]* Daniel Rollin von St. André (1602-1661), schwedisch-hessischer Heerführer. Vgl. ST III 15 (Bd. I/1 d. A.).

244,31 *Soest]* Einnahme Mitte Januar 1638, allerdings nicht durch St. André, sondern durch Oberst Renssen; vgl. *Theatrum Europaeum* III, S. 831.

245,5 f. *bis beydes ⟨...⟩ Cölln giengen]* Quelle: Wassenberg, *Teutscher Florus*, S. 464 und *Theatrum Europaeum* IV, S. 843. Der Einfall geschah im November 1641.

245,6-11 *allwo es ⟨...⟩ hinweg schlugen]* Quelle: Wassenberg, *Teutscher Florus*, S. 465-467. Vgl. auch *Theatrum Europaeum* IV, S. 843. Eroberung der Kemper Landwehr am 17. 1. 1642.

245,9 *Lamboy]* Wilhelm Graf von Lampoy (1600-1656), Oberst im kaiserlichen Heer, seit 1645 Feldmarschall.

245,11 *Neus / Kempen]* Quelle: Wassenberg, *Teutscher Flous*, S. 467-469, vgl. auch *Theatrum Europaeum* IV, S. 844-845. Eroberung von Neuß am 27. 1. 1642, Kapitulation Kempens am 7. 2. 1642.

245,13 *gute Beuten]* Quelle: Wassenberg, *Teutscher Florus*, S. 466 u. 469.

245,16-19 *demnach wir aber ⟨...⟩ soviel Gelds zusammen]* Quelle: Wassenberg, *Teutscher Florus*, S. 471 f., S. 487. Vgl. auch *Theatrum Europaeum* IV, S. 847.

245,23 *Lechnich]* Quelle: Wassenberg, *Teutscher Florus*, S. 487-489, vgl. auch *Theatrum Europaeum* IV, S. 849. Vergebliche Belagerung vom 18. 4. bis zum 27. 5. 1642.

245,24-30 *und uns nicht ⟨...⟩ gefunden]* Quelle: Wassenberg, *Teutscher Florus*, S. 491-504. Vgl. auch *Theatrum Europaeum* IV, S. 854.

245,25 *Zons]* Stadt am Rhein bei Düsseldorf.

245,26 *Guebrian]* Jean Baptiste de Budes, Graf von Guebriant, Marschall von Frankreich (1602-1643).

245,28 *Francken]* Einmarsch um den 22. 12. 1642.

246,1 *Schorndorf]* Stadt an der Rems bei Stuttgart.

246,2-4 *aber wer kein Glück hat ⟨...⟩ Rucken zu ligen kommt]* Vgl. Moscherosch, *Philander* II 1.

246,4-9 *dann ich wurde ⟨...⟩ gedienet]* Quelle: Wassenberg, *Teutscher Florus*, S. 511.

246,5 *Obrist-Leutenamt von Kuͤrnried]* Wilhelm Balthasar Kürnreuter, bayerischer Oberst. Springinsfelds Gefangennahme ist um den 11. bzw. 12. 2. 1643 zu datieren.

246,7 *Hechingen]* Stadt in Württemberg.

246,11 f. *Balingen]* Stadt an der Eyach in Württemberg. Dort in der Nähe lagerten im Juni 1643 bayerische und lothringische Truppen.

246,18-22 *Demnach unser ⟨...⟩ succurirt werden könte]* Quellen: Wassenberg, *Teutscher Florus*, S. 544, *Theatrum Europaeum* V, S. 135.

246,12 *Reinholden von Rose]* Reinhold von Rosen (1600-1667), weimarischer General und Reiterführer, früher schwedischer Offizier.

246,22-250,23 *weil ich dann ⟨...⟩ Schindgruben ähnlich sahe]* Quelle: *Theatrum Europaeum* III, S. 695-696. Grimmelshausen entnimmt dem *Theatrum Europaeum* III diese auf das Jahr 1637 datierte Historie und bettet sie in den Kontext des Berichtes über das Jahr 1643 ein.

247,8 f. *avanziren, welcher recta ⟨...⟩ auff mich zugieng]* Diese Formulierung schon Spr 1, S. 162,12 f., ähnlich Spr 4, S. 178,24 f.

247,14 *Stuben Ofens]* Vgl. Spr 2, S. 165,21.

248,10 f. *im Anfang des Novembri ⟨...⟩ zimlich kalt Wetter]* Laut *Theatrum Europaeum* V, S. 135, um den 18. 11. 1643 (nach *Teutschem Florus* 8. 11. 1643, altes Datum). Zur Kälte als dem Bereich des Springinsfeld vgl. Anm. 162,6.

248,14 *erschreckliche Music]* Vgl. ST I 6 (Bd. I/1 d. A., S. 33,17 f.) und VW.

248,20 *trostlose Verdammte in der Hoͤllen]* Vgl. die Höllendarstellung in der VW: Höhle derer, die »ohne Nachkundigung der goͤttlichen Dinge gleichsam wie das tumme unvernuͤnftige Vieh« gelebt haben.

248,28 f. *ich hoͤrete weder Haanen kraͤen noch die Uhr schlagen]* Über den Literalsinn hinaus hat die Stelle auch einen geistlich-allegorischen Sinn: der betrachtende Springinsfeld vernimmt nicht die traditionellen Zeichen der Buße und Bekehrung.

249,27 *Sporckischen Regiment]* Johann Reichsgraf von Sporck (1595-1679), bayerischer und kaiserlicher Reitergeneral, später Generalleutnant.

250,17 f. *Wexelbrieffs der nach Vlm lautet]* Grimmelshausen nutzt eigene Erfahrungen im württembergischen Winterquartier 1638/1639. Vgl. auch EC III, S. 108-114.

250,24-251,23 *Gedachter Obriste ⟨...⟩ Beůten gemacht]* Quelle: *Theatrum Europaeum* V, S. 135. An der entsprechenden Stelle im *Teutschen Florus*, S. 544-545, fehlen wichtige Einzelheiten.

250,24 f. *Rothweil]* Rottweil, Stadt am oberen Neckar.

251,13 *Geislingen]* Dorf bei Balingen, Württemberg.

252,15 *Kerl von aestimation]* Gemeint ist der Aufstieg zum Offizier. Vgl. Spr 14, S. 235,26 f.

252,16 *Rothweil]* Übergabe Rottweils am 19. 11. 1643. Quellen: Wassenberg, *Teutscher Florus*, S. 545-546, *Theatrum Europaeum* V, S. 135.

252,18 *Tuttlinger Kirchmes]* Sieg der kaiserlichen und bayerischen Armeen unter Herzog Karl von Lothringen und Johann de Werth über französische und schwedische Truppen unter Graf Rantzau am 24. 11. 1643. Quellen: Wassenberg, *Teutscher Florus*, S. 546, *Theatrum Europaeum* V, S. 136.

252,21-25 *dann nachdem solche ⟨...⟩ harquebusirt]* Quellen: Wassenberg, *Teutscher Florus*, S. 547, *Theatrum Europaeum* V, S. 140.

252,21 f. *General von Mercy]* Franz Freiherr von Mercy (1597-1645), bayerischer Feldmarschall, Mitglied der Fruchtbringenden Gesellschaft.

252,23 *auszíehenden Pagage]* Gemeint ist die bewegliche Habe der nach dem Übergabevertrag abziehenden Garnison.

252,30-253,5 *Gleich hierauff ⟨...⟩ Friedens-Zeiten]* Autobiographische Bezüge: württembergisches Winterquartier 1638/1639 sowie Grimmelshausens Schultheißenzeit seit 1667.

253,8 *Herbsthausen]* Sieg bayerischer Truppen unter

Mercy und Johann von Werth über die französische Armee Turennes am 5. 5. 1645. Vgl. Cour 26, S. 142,33.

253,9 *folgenden Sommer]* Sommer 1644.

253,11 *Hollåndische Manier]* Gemeint ist die Oranische Heeresreform vom ausgehenden 16. Jh. mit straffer Disziplin nach altrömischem Vorbild.

253,14 *Uberlingen]* Mercy erhält die Stadt durch Übergabe am 20. 5. 1644. Vgl. EC, S. 98. Quellen: Wassenberg, *Teutscher Florus*, S. 576, und *Theatrum Europaeum* V, S. 310.

253,16 *Freyburg im Preißgau]* Einnahme Freiburgs durch Übergabe am 28. 7. 1644.

253,19-254,14 *Wir hatten aber 〈...〉 verwundet worden]* Schlacht am 4. 8. 1644. Grimmelshausen lehnt sich sehr eng an den *Teutschen Florus*, S. 582-583, sowie *Theatrum Europaeum* V, S. 342-343, an.

253,21 *Duc de Anguin]* Ludwig II. von Bourbon, Herzog von Enghien, Prinz von Condé (1621-1686), französischer Feldherr.

253,21 *Tourainne]* Henri de la Tour d'Auvergne, Vicomte de Turenne (1611-1676), französischer Heerführer (vgl. Cour 27, S. 143,13).

254,15-18 *Wir Tragoner 〈...〉 eingetrenckt seyn worden]* Quellen: Wassenberg, *Teutscher Florus*, S. 583-584, *Theatrum Europaeum* V, S. 343.

254,25 f. *so viler Soldaten Blut unnůtzlich verschwendet]* Grimmelshausen übt hier wie auch anderswo harte Kritik an der menschenverachtenden neuen französischen Manier der Kriegführung. Vgl. auch Spr 12, ST IV 26 (Bd. I/1 d. A.) und StM.

254,28 *Wůrtenbergischen Lande]* Quellen: Wassenberg, *Teutscher Florus*, S. 593-594, *Theatrum Europaeum* V, S. 425.

254,32 *Mannheim]* Eroberung durch die bayerische Armee am 7. 10. 1644. Quelle: Wassenberg, *Teutscher Florus*, S. 593-594, *Theatrum Europaeum* V, S. 454.

255,3 *hőchst]* Übergabe an die bayerische Armee am 8. 11. 1644. Quelle: Wassenberg, *Teutscher Florus*, S. 594-595, *Theatrum Europaeum* V, S. 469.

255,4 *Bensheim]* Hessische Stadt an der Bergstraße, Eroberung am 25. 11. 1644. Quellen: Wassenberg, *Teutscher Florus*, S. 595, *Theatrum Europaeum* V, S. 469.

255,6 f. *etwas rigoroser als Chur-Bayrisch]* D. h. abweichend von der Disziplin der »Alt=Fraͤnckische⟨n⟩ oder Hollaͤndische⟨n⟩ Manier«.

255,7 *Weinheim]* Stadt bei Heidelberg. Quellen: Wassenberg, *Teutscher Florus*, S. 595, vgl. auch *Theatrum Europaeum*, S. 469.

255,11-14 *an dem von Holtz ⟨. . .⟩ wohl wuste]* Vgl. Anm. 218,19.

255,26 *Churfuͤrst aus Bayern]* Maximilian I., Herzog, von 1623 an Kurfürst von Bayern (1573-1651), vgl. Cour 2, S. 23,21, und Cour 6, S. 43,22; EC, S. 134.

255,29 f. *mit seiner klugen und vorsichtigen Feder]* Grimmelshausen stützt sich für dieses Lob des bayerischen Kurfürsten und seiner Armada auf seine Tätigkeit als kurbayerischer Regimentssekretär in den Jahren 1645-1648, in denen er auch mit der Korrespondenz des Kurfürsten betraut war.

256,7-9 *nach geendigtem ⟨. . .⟩ zu den Kays: giengen]* Quelle: Wassenberg, *Teutscher Florus*, S. 606.

256,9 *Janckau]* Ort in Böhmen. Niederlage des kaiserlich-bayerischen Heeres unter Götz, Hatzfeld und Johann von Werth gegen die Schweden unter Torstenson am 6. 3. 1645. Vgl. ST V 4 (Bd. I/1 d. A., S. 460,5-8). Quellen: Wassenberg, *Teutscher Florus*, S. 607-608, *Theatrum Europaeum* V, S. 534-543.

256,15-19 *ich befande mich ⟨. . .⟩ eingebuͤst]* Tod des Obersten Nußbaum am 4. 4. 1645. Quelle: Wassenberg, *Teutscher Florus*, S. 612-613. Nach Könnecke, S. 62 f., stützt sich Grimmelshausen auf persönliche Erfahrung.

256,19-29 *und damals kam ⟨. . .⟩ das Feld raumen]* Quellen: Wassenberg, *Teutscher Florus*, S. 615-617, *Theatrum Europaeum* V, S. 553, 572.

256,29 f. *und viel vornehme Officier und Generals=Persohnen hinderlassen muͤssen]* Quelle: *Theatrum Europaeum* V, S. 572.

257,3 *Fluchen]* Vgl. Anm. 169,29 f.

257,4 *mein harte Haut]* Soldatenaberglauben des Kugelfestmachens, vgl. auch Cont 13 (Bd. I/1 d. A., S. 623,25, und WV II 25).

257,9 f. *Bayrische Armistitium]* Der in Ulm geschlossene Waffenstillstand vom 8. 3. 1647 zwischen den Bayern und dem Kurfürsten von Köln einerseits und den Franzosen, Schweden und Hessen andererseits. Der Vertrag wurde am 14. 9. 1647 vom bayerischen Kurfürsten gekündigt.

257,11-19 *DJe Frůchte dieser 〈...〉 beschädigten mehr]* Quelle: Wassenberg, *Teutscher Florus*, S. 618, vgl. auch *Theatrum Europaeum* V, S. 573 und 586. Konjunktion Turennes mit den Hessen am 26. 5. 1645.

257,14 *Amoeneburg]* Stadt an der Ohm in Hessen. Entsatz Amöneburgs am 25. 5. 1645.

257,14 *Kirchhain]* Stadt bei Marburg. Vergeblicher Entsatzversuch Ende April 1645.

257,19 *Tauber Grund]* Gegend bei Bad Mergentheim.

257,20-23 *als sich unsere 〈...〉 Hailbrunn zohe]* Quellen: Wassenberg, *Teutscher Florus*, S. 618, *Theatrum Europaeum* V, S. 603-604.

257,22 *Graff von Geleen]* Gottfried Freiherr von Geleen und Wachtendonck, Graf von Huyn (1590-1657), zuerst bayerischer, dann kaiserlicher Feldmarschall.

257,23-25 *und selbige 〈...〉 ligen bleiben]* Quelle: Wassenberg, *Teutscher Florus*, S. 636.

257,24 *Obristen Fugger]* Franz Graf von Fugger-Kirchberg-Weißenhorn (1612-1664), bayerischer Obristwachtmeister.

257,24 *Obristen Caspar]* Bayerischer Obrist.

257,24 f. *meinem Obristen]* Gemeint ist der bayerische Obrist Georg Creutz.

257,26-258,3 *In dessen giengen 〈...〉 nidergemacht haben]* Quellen: Wassenberg, *Teutscher Florus*, S. 624-625.

257,30 *Winpfen]* Eroberung Wimpfens am 8. 7. 1645.

258,3-6 *daselbst seynd 〈...〉 bemächtigt]* Quellen: Wassenberg, *Teutscher Florus*, S. 629, *Theatrum Europaeum* V, S. 624. Eroberung Rothenburgs am 18. 7. 1645.

258,6-9 *endlich brachten sie ⟨...⟩ eingebůst]* Quellen: Wassenberg, *Teutscher Florus*, S. 629-634, *Theatrum Europaeum* V, S. 628-629.

258,7 *Allerheim]* Sieg der verbündeten Franzosen und Hessen unter Enghien und Turenne über die bayerische Armee unter Mercy am 3. 8. 1645.

258,9 *Nördlingen]* Übergabe der Stadt am 8. 8. 1645. Quelle: Wassenberg, *Teutscher Florus*, S. 635-636, vgl. auch *Theatrum Europaeum* V, S. 632.

258,10 f. *den Obristwachtmaister von meinem Regiment]* Möglicherweise der dem Creutzischen Regiment angehörende Obristwachtmeister Wilhelm Gottfried von Heses (vgl. *Theatrum Europaeum* V, S. 628).

258,12 *Dinckelspiel]* Dinkelsbühl; Quelle: Wassenberg, *Teutscher Florus*, S. 635-636, vgl. auch *Theatrum Europaeum* V, S. 630.

258,16-18 *von dar giengen ⟨...⟩ zuverschantzen]* Quelle: Wassenberg, *Teutscher Florus*, S. 636.

258,19-28 *so bald sie ⟨...⟩ erobert hatten]* Quelle: Wassenberg, *Teutscher Florus*, S. 640.

258,20 *Ertz-Hertzog Leopold Wilhelm]* Zweiter Sohn von Karl Ferdinand II., Erzherzog von Österreich (1614-1662), Oberbefehlshaber der kaiserlichen Heere seit 1639.

258,21 f. *wie Quecksilber]* Vgl. Spr 5, S. 184,21. Grimmelshausen vergleicht also die Franzosen mit den Zigeunern und kritisiert im folgenden die französische Kriegsführung.

258,29-32 *wir bekamen ⟨...⟩ verstårcken musten]* Einnahme Wimpfens durch die bayerische Armee am 26. 11. 1645. Quelle: Wassenberg, *Teutscher Florus*, S. 641.

258,32-259,3 *folgents giengen ⟨...⟩ in Bőhmen]* Quelle: Wassenberg, *Teutscher Florus*, S. 644.

259,6-11 *Ehe das Jahr ⟨...⟩ Hånde kommen]* Quelle: Wassenberg, *Teutscher Florus*, S. 647, 649.

259,12-25 *Den folgenden ⟨...⟩ in die Wetterau]* Quellen: Wassenberg, *Teutscher Florus*, S. 664-667, *Theatrum Europaeum* V, S. 884.

259,12 *Den folgenden Sommer]* Sommer 1646.

259,18 *Om]* Ohm, hessischer Nebenfluß der Lahn.

259,19 *Soldaten-Exercitium]* Die kaiserlich-bayerischen Armeen trafen am 8. 7. 1646 auf die schwedischen Truppen.

259,25-32 *uns folgten 〈...〉 Nachsehen]* Quelle: Wassenberg, *Teutscher Florus*, S. 668, vgl. auch *Theatrum Europaeum* V, S. 909-910.

259,26 *mit dem Tourenne conjungirt]* Konjunktion Turennes mit den schwedischen und hessischen Truppen am 28. 7. 1646 (vgl. *Theatrum Europaeum* V, S. 909).

259,27 *Nidda]* Oberhessischer Fluß. Hier standen sich die feindlichen Truppen am 13. 8. 1646 sehr nahe gegenüber.

260,1-7 *Unser Obrister 〈...〉 einzubekommen]* Quelle: Wassenberg, *Teutscher Florus*, S. 698.

260,1 *Unser Obrister]* Gemeint ist Obrist Creutz.

260,1 f. *jungen Kolbischen]* Hans Jacob Kolb von Reindorff, genannt Jung-Kolb, Befehlshaber eines bayerischen Regiments.

260,4 *Schwabenhausen]* Stadt zwischen Ingolstadt und Augsburg. Das Scharmützel fand am 23. 9. 1646 statt.

260,7-9 *gleich darauf 〈...〉 zu uns]* Quelle: Wassenberg, *Teutscher Florus*, S. 699, vgl. auch *Theatrum Europaeum* V, S. 928.

260,8 *Obriste Rouyer]* Franz Freiherr von Royer, bayerischer Oberst (gest. 1670).

260,18-25 *Jn dieser Statt 〈...〉 müssig lag]* Quelle: Wassenberg, *Teutscher Florus*, S. 717, vgl. auch *Theatrum Europaeum* V, S. 1017, 1018, 1036.

260,18 *Jn dieser Statt]* Gemeint ist Augsburg.

260,20 *halben Friden]* Vgl. Anm. 255,27.

260,24 *Deckendorff]* Deggendorf, Stadt in Niederbayern.

260,26 f. *etliche unserer Generals-Persohnen und Obriste]* Gemeint sind u. a. der bayerische General Johann von Werth, Generalwachtmeister Sporck und Oberst Creutz. Vgl. *Theatrum Europaeum* V, S. 1080, VI, S. 56.

260,29 *ihres eigenen Feldherrn]* Gemeint ist Kurfürst Maximilian I. von Bayern.

261,6 f. *S. Nicolao bey Passau]* Gemeint ist das Augustiner-Chorherrenstift St. Nikolaus bei Passau. Grimmelshausen kann den Anschlag am Galgen dort als Sekretär des Elterschen Regiments gesehen haben, da Passau auf dessen Weg von Wassenburg nach Vilshofen lag.

261,7 *andern]* Johann von Werth wurde begnadigt.

261,10 *solcher Lerme]* Gemeint ist die Unruhe der Offiziere über den Waffenstillstand.

261,18 *DEr alte Stern]* Planetenmetapher: Mars.

261,21 *Holtz-Apffel / sonst Melander]* Peter Alexander Melander, Reichsgraf von Holzappel, kaiserlich-bayerischer Heerführer seit 1641, vorher in hessischen Diensten, gefallen am 17. 5. 1648 bei Zusmarshausen. Vgl. *Theatrum Europaeum* VI, S. 308.

261,25 *als uns der Feind über den Lech und über die Yser jagte]* Folge der Niederlage bei Zusmarshausen. Die Reichsarmeen mußten die Lechlinie am 27. 5. 1648 preisgeben. Vgl. *Theatrum Europaeum* VI, S. 309.

261,27 *als wir nemlich wie eine Maur stunden]* Nach der Schlacht von Zusmarshausen verwehrte das Eltersche Regiment, zu dem Grimmelshausen gehörte, den nachrückenden schwedischen Truppen trotz heftiger Beschießung den Übergang über die Wertach. Diese und die folgenden Angaben Springinsfelds beruhen auf Grimmelshausens eigenen Erfahrungen aus seinem bayerischen Feldzug 1648/1649. (Könnecke I, S. 78).

262,6 f. *Damals stund unser Sach liederlich]* Vgl. *Theatrum Europaeum* VI, S. 487.

262,7 *der von Gronsfeld]* Jodocus Maximilian Graf von Gronsfeld (1598-1662), seit 1646 kurbayerischer Feldmarschall.

262,17 *Wasserburg]* Oberbayerische Stadt am Inn, belagert vom 5. bis zum 8. 7. 1648. Grimmelshausen nahm als Sekretär des Elterschen Regiments an den Kämpfen teil. Vgl. *Theatrum Europaeum* VI, S. 498.

262,24 *Mülldorf]* Mühldorf, Stadt am Inn. Grimmelshausen folgt nicht dem im *Theatrum Europaeum* VI, S. 498, angegebenen Kriegsverlauf, sondern offenbar eigenen Erinnerungen.

262,26 *einer von Hunoltstein]* Hans Wilhelm Vogt Freiherr von Hunoltstein, kaiserlicher und kurbayerischer Generalfeldzeugmeister.

262,28 *Pfarrkirchen]* Niederbayerische Stadt an der Rott.

262,32 *General-Armistitium]* Gemeint ist der Westfälische Frieden (24. 10. 1648), nach dem die Truppen in Winterquartiere verlegt und im Sommer 1649 entlassen wurden.

263,2 *Hilperstain / Heydeck]* Hilpoltstein und Heydeck, Städte in Mittelfranken.

263,4 *ein Corporal der wolte Obrister seyn]* Gemeint ist die Meuterei im Regiment Bärthel im April 1649. Vgl. dazu *Theatrum Europaeum* VI, S. 678: »Auffstand bey dem Bartholischen Dragoner-Regiment«. Darüber hinaus kann sich Grimmelshausen auch auf eigene Anschauungen stützen.

263,22 *Lapier]* Jean Louis de La Pierre, bayerischer Generalwachtmeister und Obrist eines Kürassierregiments.

263,22 f. *Obriste Elter]* Johann Burkhard Freiherr von Elter, bayerischer Obrist, Grimmelshausens Regimentskommandeur.

265,1 f. *Land ⟨...⟩ darinn man allerhand Religionen passiren läst]* Gemeint ist die Kurpfalz.

265,2-5 *solches ⟨...⟩ gefiele]* Vgl. ST III 20 (Bd. I/1 d. A., S. 322 f.).

265,12 *erste Einnehmung der Vestung Franckenthal]* 1621. Vgl. Anm. 224,5 f.

265,17 *verschriben]* Vgl. Cour 15, S. 87 f.

265,25-32 *ein wolgelegen steinern Wirthshaus ⟨...⟩ konte]* Auch Grimmelshausen mußte für den Ausbau des schauenburgischen Gaisbacher Schaffnerhauses erhebliche Aufwendungen erbringen (vgl. Könnecke I, S. 92, u. II, S.

144-147). Dort war er 1656-1658 Gastwirt, später (1665-1667) im eigenen Haus auf der Gaisbacher Spitalbühne als Wirt »Zum Silbernen Stern«.

265,32-266,1 *Juden-Spies so wol fuͤhren]* Vgl. Cour 15, S. 84,13 f., dagegen aber RP, S. 722.

266,3 *Friden-Geld]* Friedenssatisfaktionsgeld in Höhe von 5 Millionen Talern, das der schwedischen Regierung zur Abdankung ihrer Truppen gezahlt werden mußte und durch Sondersteuer erhoben wurde. Vgl. *Theatrum Europaeum* VI, S. 437.

266,11 *schachert ich auch mit Pferden]* In seiner Gaisbacher Wirtszeit handelte auch Grimmelshausen mit Pferden.

267,2 *Wisen abpracticirt]* Auch Grimmelshausen hat in seiner Gaisbacher Zeit Grundstücke aufgekauft.

267,14 f. *aus Wasser Wein machen]* Ironische Anspielung auf das Weinwunder Jesu bei der Hochzeit zu Kana, Joh. 2,1-11.

268,19 *Graffen von Serin]* Nikolaus III. Graf von Zrinyi (Serini) (1616-1664), kaiserlicher Heerführer im Feldzug von 1663/1664 gegen die Türken.

268,27 f. *etliche Freywillige Frantzosen]* Der französische König Ludwig XIV. entsandte als Mitglied des Rheinbundes 1664 ein Hilfscorps von 6000 Mann gegen die Österreich bedrohenden Türken, um sich als »Allerchristlichster König« zu beweisen.

269,11 f. *aller letzte haupt Action]* Sieg des Grafen Raimund Montecuccoli (1609-1680) über die Türken am 1. 8. 1664 bei St. Gotthard-Magersdorf an der Raab mit Unterstützung des Reiches und der Rheinbundstaaten.

269,26 *weil jeder verbicht war]* Vgl. Spr 15, S. 241,14-17.

270,13 *unversehenen Fridenschlus]* Frieden zu Vasvar (Eisenberg) am 10. 8. 1664; Österreich mußte für einen zwanzigjährigen Waffenstillstand Zugeständnisse an die Türken machen.

270,22 *faules Leben und suͤsses Brod]* Vgl. Garzoni, *Piazza*, 71. Discurs, »Von Bettlern«, S. 448.

270,25 *Christenheit vormaur]* Gemeint ist Ungarn.

270,33 *Leyer]* Zupfinstrument mit kastenförmigem Schallkörper, zwei Jocharmen und einem an ihnen befestigten Joch, von dem aus die Seiten zum Schallkörper gespannt sind.

271,6 *discant-Geige]* Vgl. Titelkupfer.

271,23 f. *austrůcklichen Geding und Vorbehalt]* Vgl. den Vertrag des Springinsfeld mit der Courasche, S. 87 f.

272,7 *Meisterbettler]* Vgl. ST I 1 (»deß Zuckerbastels Zunfft zu Prag«). Zunftartig organisiertes Bettlertum gab es in den größeren Reichsstädten, z. B. in Köln seit 1454.

272,20 f. *Morgengab]* Morgengabe als Gegenleistung für die Jungfräulichkeit der Braut.

272,24 *eitelen Wahn]* Hinweis auf Grimmelshausens Motto »Der Wahn betreugt«, aufklärerisch als Argument gegen den traditionellen männlichen Anspruch auf Jungfräulichkeit der Braut gewendet. Vgl. ST V 8 (Bd I1 d. A.).

273,16 *Knecht]* Vgl. Spr 6, S. 186,9, und Cour 15, S. 86,31-87,3.

274,9 *vnder- ⟨. . .⟩ Oesterreich]* Gemeint ist Niederösterreich.

274,10 *Ens]* Österreichischer Nebenfluß der Donau, Grenze zwischen Nieder- und Oberösterreich.

274,16 f. *zwaintzig Meister vor einen]* Die mitleiderregenden kranken Kinder sind unter Bettlern sehr gefragt.

274,21 *Schein elender Bettler]* Vgl. Garzoni, *Piazza*, 71. Discurs, »Von Bettlern«, S. 448-450, vgl. auch SP II »Satz von Bettlern«, WV I, S. 317,24-319,27.

275,4 *Riemen-Spiel]* Der Spieler mußte durch einen schneckenartig aufgerollten Riemen stechen, um ein Ziel zu treffen. Vgl. Grimm, DWb 14, Sp. 928.

275,18 *ein kleines Vogel-Nest]* Grimmelshausen bezieht sich auf den Volksglauben, daß der Blendstein in einem Zeisignest (auch Rabennest) unsichtbar machen könne. Vgl. HdA 8, Sp. 1459, und HdA 7, Sp. 457 f.

276,10 *etwan verlohren wůrde]* An diesen Umstand knüpft Grimmelshausen die Möglichkeit der Fortsetzung des simplicianischen Zyklus: WV I. Vgl. auch S. 292,23-29.

276,18-23 *von einem Kerl gesagt* ⟨...⟩ *Schatz gesamblet]* Kern der Sage vom Vogelnest, den Grimmelshausen in WV I und II ausgestaltet.

277,10 f. *gehey dich nur hin und brühe deine Mutter]* Diese obszöne Beschimpfung findet sich bereits im ST III 23 (Bd. I/1 d. A., S. 336,10).

277,21 f. *Hauptstatt desselbigen Landes]* Gemeint ist München. Unter dem Kurfürsten Ferdinand Maria und seiner Gemahlin Henriette Adelheid von Savoyen entwickelte sich in München eine französisch-italienische Hofkultur, von der Springinsfeld nun profitiert.

278,10 f. *wie dem Hund das Gras]* Sprw. Redensart, vgl. Agricola, Nr. 171, vgl. auch ST III 18 (Bd. I/1 d. A.), Cour 6, EC III, S. 48.

278,13 *das schöne Bild auff der Säulen]* Die Mariensäule auf dem Marienplatz in München, 1638 von Kurfürst Maximilian I. zum Dank für den Sieg über die Schweden 1635 errichtet und seither Ort von öffentlichen Andachten.

278,13 *allda betrachtete]* Zweiter vergeblicher Versuch einer frommen Betrachtung, vgl. Spr 16, S. 248,18-26.

278,26 f. *Reguln vorschreiben]* Vgl. Cour 15, S. 87 f.

279,5 *Thaler deren 30. waren]* Anspielung auf die dreißig Silberlinge des Judas (Matth. 26,14-16). Springinsfeld läßt sich durch die dreißig Taler von seiner frommen Betrachtung abwenden.

280,1 f. *Sol* ⟨...⟩ *Luna]* Alchemistische Zeichen für Gold und Silber, in (älterer) astrologischer Sicht Bild für den langsameren bzw. schnelleren Umlauf von Gold- und Silbergeld.

280,31 *Wahn des gemeinen unbesonnenen Pöfels]* Grimmelshausen relativiert die Äußerungen von Sozialkritik durch den gemeinen Mann.

281,14 *und ihre milde Hand aufthun solte]* Vgl. Ps. 145,16.

282,20 *die Warheit]* Gemeint ist die böswillige Verdächtigung der Äbtissin.

282,24 f. *befand sich der Betrieger selbst betrogen]* Vgl. Anm. 183,16.

282,26 f. *um die Candischen Gruben ⟨. . .⟩ gegraben hatte]* Sprw. Redensart, vgl. Ps. 7,16.

283,15 *armseeligen Steinhauffen]* Vgl. Spr 8, S. 234,27. Ähnlich *Theatrum Europaeum* X, »Fernere Fortsetz- und Beschreibung«, S. 135.

283,28 *die so Thaler hatten / beschůtzen]* Grimmelshausen führt den vermeintlichen Glaubenskrieg auf die Sicherung von Besitzständen und den Schutz der Besitzenden durch die Armen zurück.

284,9 f. *der Schweden erkantliche Manier]* Hinweis auf das Prinzip der sozialen Gleichheit innerhalb der schwedischen Armee als Grund für deren Erfolge.

284,17 *Kůnste der Maulwůrffe]* Anspielung auf die Technik des Minenlegens.

285,13-15 *wiewohl die Venetianer ⟨. . .⟩ ausgebraucht haben]* Kritik an der Kriegsführung der Venetianer. Vgl. aber die durchaus positive Darstellung Venedigs als Muster einer christlichen Republik am Schluß von Prox.

285,21 f. *da wurde es unversehens Fride]* Vertrag über die Übergabe Candias an die Türken vom 17. 9. 1669. Vgl. Spr 2, S. 169,15.

285,33 *Ost Jndia]* Vgl. WV II 19; Cont 24 (Bd. I/1 d. A.); RP, S. 705,27-706,6.

286,2 f. *mancher Signor und manche andåchtige Matron]* Vgl. Prox 9.

286,7 f. *so schwartz aussahen wie die allerschwårtzeste Zigeiner]* Vgl. Anm. 191,4 f.

286,25 f. *die jenige Statt]* Gemeint ist München.

287,31 f. *warbey es wo nit Fůrstlich iedoch Gråflich hergieng]* Kritik am Reputationsunwesen.

288,1 f. *hingegen ein schlecht Weiber-Kleid voller Låuse]* Wie schon im Disput mit der Äbtissin hat Grimmelshausen der Leyrerin die Rolle der Satirikerin zugewiesen.

288,9 *Vogel-Nester]* Ironisches Spiel mit der Doppelbedeutung des Wortes.

288,22 *dise Dame]* Bei der Darstellung der äußeren Erscheinung und des Verhaltens der »Dame« folgt Grimmelshausen Fischarts *Der Ritter von Stauffenberg* (1588).

289,6 f. *es ist ja ein Mensch des andern Werth]* Sprw., vgl. Hans Sachs *Hagwartus mit Signe*, SW XIII, S. 242,26. Grimmelshausen legt ironischerweise den Gleichheitsanspruch und die damit verbundene Adelskritik, die als Motiv sein ganzes Werk durchzieht, der Verführerin in den Mund.

289,15 f. *als er sie aber Gott nennen hörete]* Vgl. Spr 5, S. 181,19-21, ST II 17 und 18 (Bd. I/1 d. A.). Grimmelshausen ironisiert die traditionelle magische Verwendung des Gottesnamens, die nicht gegen die Verführung des Menschen durch einen Menschen schützt.

289,21 *Allendorf]* Gemeinde in Hessen.

289,22 f. *Minolanda der Melusinen Schwester Tochter]* Grimmelshausen kannte die auf Paracelsus, *Liber de Nymphis*, zurückgehenden Sagen der Melusine und des Ritters von Stauffenberg wahrscheinlich durch Kornmann, *Mons Veneris* 28, S. 169-172; 30, S. 179-183. In diesem Werk befinden sich auch »vilmehr dergleichen Mährlin«. Weitere in Betracht kommende Quellen: Thüring von Ringoltingen, *Historie von Melusine*; Hans Sachs, *Die Melusina*, SW XII, S. 526-564; Fischart, *Der Ritter von Stauffenberg* (1588).

289,33-290,2 *werdet ihr mich ehelichen ⟨...⟩ Welt abscheiden]* Vgl. dazu Paracelsus, *Liber de Nymphis*, und die darauf fußenden Ausführungen Kornmanns, *Mons Veneris*, S. 108 f.

290,12 *glaubt alles was ihm gesagt worden]* Kritik an der falschen Rezeptionshaltung im Sinne der Erzählpoetik Grimmelshausens.

290,28 *ausserhalb der Beicht]* Umgehung des Beichtgeheimnisses im Interesse des Fortgangs der Erzählung.

291,10 f. *dritten Abend zwölf behertzte Männer]* Drei und Zwölf sind heilige Zahlen.

292,16 f. *wunderbarliche Vogel-Nestlein]* Titel des 1672 erschienenen simplicianischen Erzählwerks.

292,24 *einer von den Hellebardirern]* Gemeint ist der Held von WV I.

293,8 f. *darneben wie grob der unwissenden Wahn betrüge]* Vgl. Spr 24, S. 278,13. Springinsfeld kommt im Unterschied zu Simplicissimus und dem Hellebardierer nicht über die Ebene skeptizistischer Betrachtung hinaus.

293,9 f. *etliche wunderbare Historien]* Grimmelshausen führt exemplarisch die phantastische Nymphengeschichte auf eine natürliche Kriminalgeschichte zurück.

293,18 f. *es spendire mir mancher etwas]* Vgl. Spr 2, S. 167,7.

293,23 *wann ichs bedörfftig ein glatte Leyerin]* Vgl. Garzoni, *Piazza*, 71. Discurs, »Von Bettlern«, S. 450.

294,5 *fiengest an zu gedencken]* Vgl. Spr 16, S. 248,16-32. Simplicissimus verweist auf die religiöse Ebene des Betrachtens.

294,8 f. *unvermerckt zu tagen]* Vgl. Anm. 212,16 f.: die Erzählung des eigenen Lebens führt aus der Finsternis zum Licht.

294,12 *innerlich zu beschauen]* Terminus der religiösen (mystischen) Sprache.

294,16 f. *daß der Rhein die Brück hinweg genommen]* Auf die Winterkälte folgt Tauwetter.

294,31 f. *wie ich mir aber seithero sagen lassen]* Auch der Erzähler wird vom Wahn betrogen, wie Grimmelshausen im RP zeigt: im darauf folgenden Sommer ist Springinsfeld noch unter den Lebenden und hat sich auch noch nicht bekehrt.

WUNDERBARLICHES VOGELNEST I

TEXTGRUNDLAGE

Zugrunde gelegt wurde die Ausgabe von Jan Hendrik Scholte: *Grimmelshausens Wunderbarliches Vogelnest Erster Teil. Abdruck der ältesten Originalausgabe (1672) mit den Lesarten der anderen zu Lebzeiten des Verfassers erschienenen Ausgaben*, Halle/Saale: Niemeyer 1931 (Neudrucke deutscher Literaturwerke des 16. und 17. Jahrhunderts, Nr. 288-291). Scholtes Herausgeberentscheidungen, seine Texteingriffe und Behandlung von Druckversehen wurden anhand des Exemplars des Erstdrucks der Yale University Library New Haven, Conn. (Mikrofilm) überprüft. Mitverglichen wurden die Herausgeberentscheidungen Rolf Tarots in seiner Ausgabe: Grimmelshausen, *Das Wunderbarliche Vogelnest*, Tübingen: Niemeyer 1970. Tarots Verzeichnis der Druckvarianten innerhalb der beiden bekannten Exemplare des Erstdrucks, für die er die Siglen $E^{1\alpha}$ (für das Exemplar der Yale Univ. Library) und $E^{1\beta}$ (für das von Scholte benutzte, seither verschollene Exemplar) einführte, wurde dankbar berücksichtigt. Zur Entscheidung strittiger Fälle wurden die schon bei Scholte und Tarot sorgfältig verzeichneten Lesarten der übrigen, zu Lebzeiten erschienenen Ausgaben (Siglen: E^{2a}, E^{3}, E^{4a}), aber auch wieder die posthumen Gesamtausgaben (Siglen: C^{1}, C^{3}) herangezogen.

Der Erstdruck (Sigle $E^{1\alpha}$ und $E^{1\beta}$) hat den in beiden Exemplaren gleichlautenden Titel:

Das wunderbarliche | Vogel-Nest /| Der Springinsfeldischen | Leyrerin /| Voller | Abentheurlichen / doch Lehrreichen | Geschichten / auff *Simplician*ische Art | sehr nutzlich und kurtzweilig zu lesen | außgefertigt | Durch | Michael Rechulin von | Sehmsdorff. | Monpelgart /|

Gedruckt bey Johann Fillion / | Jm zu Endlauffenden 1672. | Jahr.

Der fiktive Erscheinungsort Monpelgart und das Verlegerpseudonym Johann Fillion entsprechen genauestens den Angaben des *Simplicissimus Teutsch* (E^1); Grimmelshausens Nürnberger Verleger Wolff Eberhard Felßecker dürfte denn auch diese simplicianische Schrift veröffentlicht haben, offenbar verspätet nach der Frankfurter und Leipziger Herbstmesse, doch wiederum eine rege Nachfrage auslösend; schon einige Monate später sah sich der Verleger gezwungen, auf einen unrechtmäßigen Nachdruck mit einer weiteren Ausgabe zu reagieren. Dieser unrechtmäßige Nachdruck (Sigle: E^{2a}), der mit einem zweiseitigen (nachgestochenen) Titelkupfer prächtiger ausgestattet ist als E^1, folgt im Titel dem Wortlaut seiner Vorlage, läßt jedoch die Verlagsangaben weg:

Das wunderbarliche | Vogel-Nest / | Der Springinsfeldischen | Leyrerin / | Voller | Abentheurlichen / doch Lehr= | reichen Geschichten / auf *Simplician*ische Art sehr nutzlich und | kurtzweilig zu lesen ausge- | fertigt | Durch | Michael Rechulin von | Sehmsdorff. | Gedruckt in zu Endlauffenden | 1672. Jahr. |

Für den zweiten Druck (Sigle: E^3) hat Felßecker den noch vorhandenen Satz des Erstdrucks mit kleineren Korrekturen weiterbenutzt. Die Titelseite blieb bis auf die beiden Zeilen der Angaben zu Verlagsort und Erscheinungsjahr stehen, die, offenbar um erneute Aufmerksamkeit zu erregen, ausgetauscht wurden:

Das wunderbarliche | Vogel-Nest / | Der Springinsfeldischen | Leyrerin / | Voller | Abentheurlichen / doch Lehrreichen | Geschichten / auff *Simplician*ische Art | sehr nutzlich und kurtzweilig zu lesen | außgefertigt | Durch | Michael Rechulin von | Sehmsdorff. | Amsterdam / | Gedruckt bey Johann Fillion / | Jm Jahr 1673.

Ob die zweite unrechtmäßige Ausgabe (Sigle: E^{4a}) noch im selben Jahr oder erst 1674 erschienen ist, läßt sich nicht feststellen, da keiner der vier Drucke in einem Meßkatalog verzeichnet ist. E^{4a} folgt E^{2a} mit unveränderter Angabe zum Erscheinungsjahr; das wiederum zweiseitige Titelkupfer ist dem von E^{2a} nachgestochen, die Titelseite ist textidentisch mit der von E^{2a}:

> Das wunderbarliche | Vogel-Nest / | Der Springinsfeldischen | Leyrerin / | Voller | Abentheurlichen / doch Lehr= | reichen Geschichten / auf *Simplician*ische Art sehr nutzlich und | kurtzweilig zu lesen ausge- | fertigt | Durch | Michael Rechulin von | Sehmsdorff. | Gedruckt in zu Endlauffenden | 1672. Jahr.

Alle vier Ausgaben bringen den Text durchlaufend ohne Kapiteleinteilung; erst die posthume Gesamtausgabe (Bd. 2, 1683; Sigle: C^1) gliedert den Text in 20 Kapitel und eine »Schlußerinnerung«, jeweils mit gereimten, über dem Text stehenden Inhaltsangaben nach dem Muster von E^5 des *Simplicissimus Teutsch*.

ENTSTEHUNG UND QUELLEN

Der Erste Teil des *Wunderbarlichen Vogelnests* bezieht sich eingangs auf die Schlußkapitel des *Seltzamen Springinsfeld*, der 1670 erstmals gedruckt wurde. Im Text erwähnt werden die Illustrationen der Ausgabe E^5 des *Simplicissimus Teutsch*, die im Herbst 1671 erschien, und Philipp von Zesens Roman *Assenat*, der erstmals 1670 in Amsterdam erschien, den Grimmelshausen aber vermutlich in der Nürnberger Ausgabe von 1672 für seine Rezension benutzt hat. Somit kann man folgern, daß das *Wunderbarliche Vogelnest I* zwar schon im Zusammenhang mit dem *Seltzamen Springinsfeld* konzipiert, aber erst im Herbst 1672 fertiggestellt wurde, was die verspätete Drucklegung erklären könnte.

Auch im *Wunderbarlichen Vogelnest I* hat Grimmelshausen auf seine bewährten Nachschlagewerke, Garzonis *Piazza Universale* und Boaystuaus *Theatre du Monde* zurückgegriffen. Für die einzelnen, oft schwankhaften Episoden kommen als Quellen die vielgestaltigen Erzählsammlungen des

16. und 17. Jahrhunderts von Johann Paulis *Schimpf und Ernst* bis hin zu Matthias Abeles *Seltsamen Gerichtshändeln* in Betracht, wie einzelne Nachweise im Stellenkommentar zeigen. Als bekannt vorausgesetzt werden auch der *Fortunatus*-Roman, Johann Balthasar Schupps *Freund in der Noth*, Schriften von Johann Coler, der *Amadis*, Kornmanns *Mons Veneris*, Thomas von Kempens *Nachfolge Christi* und vieles andere aus den Lesestoffen des gemeinen Mannes. Auch stellt der Erzähler allenthalben seine Belesenheit in der Bibel unter Beweis. Um so auffälliger heben sich zwei längere Episoden gelehrten Inhalts aus dem Erzählkontext heraus: eine theologische Auseinandersetzung mit der Präadamitentheorie des Isaac de la Peyrère und eine literaturkritische Abrechnung mit Philipp von Zesen, der in den Anmerkungen zu seinem Roman *Assenat* Kritik an Grimmelshausens Erstling *Keuscher Joseph* geübt hatte. Das Kunststück besteht darin, diese auch für das 17. Jahrhundert (und schon gar für einen ungebildeten einfachen Soldaten) komplizierten gelehrten Streitpunkte so zu erzählen und auf eine unterhaltsame Pointe hin zuzuspitzen, daß sie auch dem gemeinen Mann verständlich erscheinen und sich zugleich in den satirischen Gesamtzusammenhang (als Gelehrtensatire) einfügen. Im ersten Fall rettet der »ungelehrte Idiot« den weltfremden »Lateinern« das Leben, im zweiten Fall versucht der simplicianische Autor einen biederen Gastwirt, der ihn freilich am Ende nur auslacht, von der Wichtigkeit seines gelehrten Streits zu überzeugen.

DEUTUNGSHINWEISE

Wie schon die Art der Einarbeitung der Quellen zeigt, handelt es sich auch im Ersten Teil des *Wunderbarlichen Vogelnests* um ein Experiment satirischen Erzählens in der Ich-Form. Ins Zentrum rückt dabei der Perspektivismus menschlicher Urteile, auch der des Satirikers, und die Frage nach einem Ausweg aus dem Dilemma relativer Wahrheit, die das Handeln lähmt. Das unterscheidet diese Erzählerfigur sowohl von der Vorbesitzerin des Vogelnests, der Leyrerin und ihrem spielerisch-ästhetizistischen Gebrauch des Vogelnests, als auch vom Nachbesitzer, dem Kaufmann, der das Vogelnest für seine egoistischen, materiellen Ziele zu nutzen sucht.

Der gutmütige Wachsoldat, dem das unsichtbar machende Vogelnest zufällt, wird durch seine Unsichtbarkeit unversehens seinem normalen Leben im Kreis der Kameraden entrückt und mit der Betrüglichkeit der Urteile anderer über sein Verschwinden konfrontiert: eine Erkenntnis, die sich ihm wie dem Leser im Durchgang durch alle Bereiche der zeitgenössischen Ständegesellschaft in Dorf und Stadt – vorstellbar ist die oberrheinische Heimat Grimmelshausens zu Friedenszeiten – immer neu bestätigt. Angetrieben durch seine kreatürlichen Bedürfnisse nach kräftigem Essen, gutem Trunk und sicherem Schlafplatz, immer stärker aber auch durch seine »vorwitzige Begierde«, anderer Leute Heimlichkeiten auszuspähen, registriert er die Verkehrtheit der Welt und versucht zugleich nach Kräften, der göttlichen Gerechtigkeit strafend und ausgleichend nachzuhelfen. In der Episodenstruktur entspricht das Erzählwerk der traditionellen Narrensatire von Sebastian Brants *Narrenschiff* bis hin zu Christian Weises Suche nach den drei größten Erznarren. Die Ich-Form der picarischen Erzählkonstruktion ermöglicht dem Autor jedoch eine Dynamisierung und Funktionalisierung der Episoden auf den Status des Beobachters, des Satirikers, hin. Er lernt, »wie wenig unserm eygnen Beduncken zutrauen und zu glauben sey«, und verliert darüber seine anfängliche naive Selbstsicherheit. Indem er Sein und Schein der verkehrten Welt zu unterscheiden, ihre Masken skeptisch-satirisch zu durchschauen lernt, kann er immer weniger von sich selbst abstrahieren, erkennt er die beobachteten Verkehrtheiten schrittweise als analog zur eigenen Verkehrtheit, wird ihm die Unaufrichtigkeit seiner Selbstrechtfertigung und seines Parasitenlebens bewußt.

Die Satire wendet sich damit gegen den ironisch-skeptischen Satiriker selbst. Dieser wird sich mehr und mehr zum Problem, gerät in immer ängstlichere Selbstreflexionen. In dieser Krise, »zerstörten Gemüths« und voller »Gewissens-Angst«, in der ihm die satirische Betrachtung der Welt durch das Vogelnest gleichgültig wird, richtet sich seine Aufmerksamkeit, ohne daß er es darauf angelegt hätte, auf eine allegorische Betrachtung der ihn umgebenden Natur und seiner selbst. Ebenso plötzlich wie ihn das Vogelnest in den Perspektivismus der Wahrheit stürzte, hat er gleichsam den Augpunkt gefunden, von dem aus die polyperspektivische Welt als Schöpfungsordnung und zugleich die wahre Bestimmung der Geschöpfe innerhalb dieser Ordnung sichtbar werden: die Welt aus der Perspektive Gottes. Demütige Selbsterkenntnis, ein wacher Sinn für die allegorische (moralische und eschatologische) Bedeutung der Dinge, eine neue Gewißheit über die eigene Bestimmung zu einer auf Nächstenliebe gegründeten christlichen Vita activa – das sind die dankbar ergriffenen Konsequenzen. So wird in dem letzten Teil des Erzählwerks die simplicianische Norm satirischen Erzählens selbst zum Gegenstand der Darstellung, ein Maßstab, der bereits in der Subscriptio zum Titelkupfer vom simplicianischen Autor vorgegeben war.

Innerhalb des simplicianischen Zyklus ist auch das *Wunderbarliche Vogelnest I* als Bekehrungsgeschichte angelegt. »Bekehrung« ist für den Hellebardierer allerdings kein allzu großer Bruch, mehr eine neue Aktualisierung der ihm vertrauten christlichen Sicht des Weltlebens. Problemlos kann er »Anschläge«, wie er seinen überraschenden Geldfund anlegen soll, die Fürsorge für das von ihm geschändete Mädchen und seine Dankbarkeit über die erfahrene »Grundlose Barmhertzigkeit Gottes« miteinander verbinden. Gemessen am Modell des Simplicissimus, hat er es durch sein schlichteres Gemüt und seine Zufriedenheit mit seinem geringen Stand offenbar leichter, simplicianische Frömmigkeit zu leben; auch er bedarf dazu nicht des Beistandes eines Geistlichen, nur der Übung im allegorischen Verstehen.

VARIANTEN

301,31 *ein /]* ($E^{1.2a.3.4a}C^1$)
302,18 *ungewoͤhnliche]* ($E^{1ß.2a.4a}$), und ungewoͤhnliche (C^1), un̄ gewoͤhnliche ($E^{1α.3}$)
304,4 *Stubthuͤr]* Sthubthuͤr ($E^{1ß}$), Stubenthuͤr (C^1)
312,31 *ihr sichs]* ($E^{1.2a.3.4a}$), ihres sich (C^1)
312,34 *Scheufftzen]* ($E^{1.2a.3.4a}$), Seufftzen (C^1)
313,16 *noch]* ($E^{1.3}$), nach noch ($E^{2a.4a}$), nach / noch (C^1)
314,4 f. *Discurse setzen wuͤrde / es waren aber nur Complimenten / Auffschneidereyen und]* ($E^{1α.2a.3.4a}$ C^1), Discurse es waren aber nur Complimenten / Auffsetzen wuͤrde / schneidereyen und ($E^{1ß}$)
317,29 *angebundene]* ungebundene (C^1)
318,14 *veralten]* ($E^{1.2a.3.4a}$ C^1)
319,10 *d'Rosse]* ($E^{1.2a.3.4a}$), der Rosse (C^1)
319,11 f. *eroberste]* ($E^{1.2a.3.4a}$), erobertest (C^1)
324,31 *aldann]* ($E^{1.2a.3.4a}$ C^1); Scholte und Tarot lesen: alsdann
328,2 *diese]* ($E^{1.2a.3.4a}$), dieser (C^1)
330,11 *gehen]* $E^{1.2a.3.4a}$ $C^{1.3}$); Tarot liest: gern
335,6 *hard]* hart ($E^{1α.3.4a}$)
340,11 *noch kraͤchtzen]* ($E^{1.3}$), noch zu kraͤchtzen ($E^{2a.4a}$ C^1)
341,9 *Silbernem]* ($E^{1ß.2a.4a}$), Silbernen ($E^{1α.3}$), silbernen (C^1)
348,30 *mein]* (C^1), mir ($E^{1.2a.3.4a}$)
349,5 *Adamatis]* ($E^{1.2a.3.4a}$), Adamitis (C^1)
349,21 *discipuln]* discipulo (C^1)
349,22 *Loucippo]* ($E^{1.2a.3.4a}$), fehlt C^1; Tarot liest: *Leucippo*
351,8 *erfreueten]* ($E^{1ß.3.4a}$ C^1), erfreuete ($E^{1α.2a}$)
351,28 f. *wie wissen mir]* ($E^{1.2a.3.4a}$), wir wissen nicht mehr / als (C^1); Tarot liest: wir wissen nur

352,33 *Er uns verbinden]* (E$^{1.3}$), er uns verbinden (E$^{2a.4a}$ C^{1}), Tarot liest: er uns verkuͤnden
354,17 *ihnen]* (E$^{1.2a.3.4a}$ C$^{1.3}$); Tarot liest: ihme
355,5 *nun]* (E$^{1.3}$), nur (E$^{2a.4a.}$ C^{1})
356,26 *liesse]* (E$^{1.3}$), liessen (E$^{2a.4a}$ C^{1})
357,13 f. *Kornmans lufft]* Kornmanslufft (E$^{1.3}$), Kornmauslufft (E$^{2a.4a}$), Kornmanns / lufft (C^{1})
362,1 *Talci]* (E^{1ß} C^{1}), Talei (E$^{1\alpha.2a.3.4a}$)
363,6 *gern]* (E$^{1.2a.3.4a}$ C$^{1.3}$), Tarot liest: gehn
363,25 *daß]* (E$^{1.2a.3.4a}$), daß es (C^{1}), Tarot liest: daß er
367,9 *ein anderer]* (E$^{1ß.2a.4a}$ C^{1}), einanderer (E$^{1\alpha.3}$)
367,21 *von deren]* (E$^{1.2a.3.4a}$ C$^{1.3}$), Tarot liest: vnderen
369,16 *darvor]* (E$^{1.2a.3.4a}$), darvon (C^{1})
369,23 *dancken]* (E$^{1.2a.3}$), danckten (E^{4a} C^{1})
370,23 *mit]* (C^{1}), mir (E^{1})
371,21 *erfuͤttern]* (E$^{1.2a.3.4a}$), zu erfuͤttern (C^{1})
371,27 *konten]* (E$^{1.3}$), konte (C^{1})
372,1 *beduncken]* (E$^{1.2a.3.4a}$), bedunckte (C^{1})
372,23 *geaͤnstigt]* (E^{1}), geaͤngstigt (C^{1})
373,1 *Haußgefaͤß]* (E$^{1.2a.3.4a}$ C$^{1.3}$), Tarot liest: Haußgesaͤß
374,1 *antwortet er]* (E$^{1.2a.3.4a}$), antwortete dieser (C$^{1.3}$)
375,5 *was vor]* (E$^{1.2a.3.4a}$), was er vor (C^{1})
379,19 *weiß ich;]* weiß ich / (C^{1})
386,32 *eingedaucht]* (E$^{1.2a.3.4a}$) den Schuh eingetaucht (C$^{1.3}$) Tarot liest: eingedauscht
387,16 *Brust]* Brust / (C^{1})
392,1 *der]* (E$^{1.3}$), er (E$^{2a.4a}$ C^{1})
392,7 *der]* (E$^{1.2a.3.4a}$), den (C^{1})
398,17 *Knoͤpffe]* Knaͤpffe (E$^{1\alpha}$)
398,20 *Schuͤrgen]* Suͤrgen (E$^{1\alpha}$)
399,11 *ward]* war (C^{1})
400,15 *vermindlicher]* vermeintlicher (C^{1})
403,24 *dem]* (E$^{1.2a.3.4a}$ C$^{1.3}$), Tarot liest: den
404,5 *Jmaus]* (E$^{1.2a.3.4a}$ C$^{1.3}$), Tarot liest: Tmaus
404,13 *Nemme]* (E$^{1.2a.3.4a}$), *Nemme*, einstimme (C$^{1.3}$), Tarot liest: nenne
404,33 *der Grund]* (E$^{1.3}$), den Grund (E$^{2a.4a}$ C^{1})

406,11 *dann]* den (C^1)
411,4 *Wort/]* Scholte und Tarot lesen: Wort
412,6 *sich der]* Tarot liest: sich von der
422,4 *zu seinem unseren]* ($E^{1.2a.3.4a}$), zusammen unfern ($C^{1.3}$), Tarot liest: zu seinem unstern.
424,33 *mezzo notte]* ($E^{1.2a.3.4a}$), mezzo notre ($C^{1.3}$), Scholte und Tarot korrigieren: mezza notte
425,31 *nach]* ($E^{1.2a.3}$), noch ($E^{4a}C^1$)
429,16 *seinen]* ($E^{2a.4a}$ C^1), seiner ($E^{1.3}$)
431,25 *Pferd]* ($E^{1.2a.3.4a}$ C^1 C^3), Tarot liest: Pferch
434,9 *dieser geringen]* ($E^{1.2a.3}$), dieser geringer (E^{4a}), diese geringe (C^1)
434,26 *eintrinnen]* ($E^{1.2a.3}$), entrinnen (E^{4a} C^1)
438,21 *gieng]* ($E^{1.2a.3.4a}$), giengen (C^1)
440,20 *auch in]* (C^1), auch ($E^{1.2a.3.4a}$)
442,10 *Ader]* ($E^{1.2a.3.4a}$ C^1 C^3), Tarot liest: aber
442,14 *unterstehen]* unterstehe (C^1)
442,14 *welches ihm]* (C^1), welches ich ihm ($E^{1.2a.3.4a}$)
442,15 f. *reichet ⟨...⟩ ersprießlich]* gereichen und beförderlich / zu seiner Seelen Seligkeit aber / ersprießlich (C^1)
444,28 *ihnen]* ($E^{1.2a.3.4a}$), ihme (C^1)
447,1 *wåre aber]* ($E^{1.2a.3.4a}$), wåre es aber (C^1)
Numeurs] $E^{1.2a.3}$), Numers (E^{4a}), Humors (C^1)
447,13 *fromme Aber]* ($E^{1.2a.3}$), fromme aber (E^{4a}), Fromme aber (C^1), Tarot liest: fromme Abel

TEXTERWEITERUNGEN

Ein Beispiel für die moralisierende Erweiterung der Ausgabe C^1 (Bd. 2, 1683)

Das I. Capitel.

Deß Vogel-Nestes Macht / wer es an sich gebracht?
Wie hoch ers hab geacht? mit sondern Fleiß betracht.

DEr seltzame Springinsfeld erzehlet in seiner Lebens-Beschreibung / welcher Gestalt seine Leyrerin diß Vogel-Nest / davon ich jetzt zu reden mir vorgenommen / von einem Baum erhoben / dardurch unsichtbar worden / allerley possirliche Haͤndel angestellt / und endlich umb Leib und Leben kommen; Jtem / daß bey ihrer Aufopfferung der jenig / so sich nach einem Naastuͤchlein gebuckt / das sie in ihrem Sterben auß der Hand fallen lassen / mit Leib und Seel / Haut und Haaren / Kleidern und allem hinweg kommen / daß seither niemand erfahren / wohin er geflogen oder gestorben sey.

Dieser verschwundene Kerl nun / werther Leser / bin ich / und in dem Naastuͤchlein stack das gemeldte Vogel-Nest / welches ich im Fallen auffieng oder empfieng / in Hoffnung / etwas von Geld oder dergleichen darinn zu erschnappen; haͤtte ichs aber nicht im Lufft erwischt / sondern gar auf die Erden kommen lassen / so waͤre es mir nimmermehr zu theil worden / sintemalen ich alsdann weder das Schnuptuͤchlein noch das Nest selbst nicht sehen koͤnnen / da ichs aber hatte / und nunmehr aus meiner Cammerathen der anderen Hellebardierer / (welche mit mir außgeschickt worden / das Gespenst oder die Zauberische Jungfrau / oder verfluchte Moͤrfein / zu fangen) Thun und Reden merckte / daß mich niemand sahe / haͤtte ich diß geringe und kleine Zwissel- (etliche sagen Zeisel Nestlein) nicht mehr mit dem Koͤnig in Engeland um alle seine Koͤnigreich und Provintzien / ja so gar auch mit Franckreich um das Koͤnigliche Louvre / oder um die herrliche Engelburg zu Rom vertauscht / dann ich machte allbereit viel hoͤhere Gedancken als Gyges über seinem Ring / da er sich an des Koͤnigs in Lydien Hof begab.

Jch sorgte weder um Essen noch Trincken mehr / noch wie ich mich ins künfftig kleiden / oder wo ich sicher ruhen und schlaffen wolte; sondern bildet mir hingegen ein / so einen grossen Hauffen großmaͤchtiger Gluͤckseeligkeiten / die ich durch Krafft und Wuͤrckung dieses

Nestleins zu erobern gedacht / daß ich mich selbst über meine Fortun verwundert und vor meiner Macht entsetzte; Ohnangesehen ich den jåmmerlichen Ausgang und das elende Lebens-Ende der Weibs-Person vor meinen Augen sahe / die solches Nest vor mir gehabt und gebracht hatte / wie ich dasselbe zugebrauchen im Sinn nahm.

Jch führte wenig zu gemüth / daß der jenige / welcher das alte Fabelbuch vom Fortunato seinem Seckel und Wůnschhůtlein geschrieben / nichts anders sagen / thun und damit vormahlen wollen: als der ganzen Welt zu weisen / daß dergleichen verwunderliche Stůck / dardurch unsere vorwitzige Begierden an Statt vőlliger Befriedigung umb etwas aufgehalten: und die Gemüter mit eiteln Trâumen angefůllt / mit nichten aber genugsam contentirt worden / endlich sonst nichts / als alles Unglůck auff dem Rucken mit sich bringen; und ist nichts daran gelegen / solche seltene und ungewőhnliche extraordinari Glůcks-Stůcke / (wie man sie nennen mőchte) hâtten gleich ihrem Ursprung und ihre Wůrckungen aus dem überreichen: aber gleichwol annoch vielen verborgenen Schâtzen und Geheimnussen der Natur / oder seyen vom Schaden-froh / dem Verderber und Ertzfeind deß Menschlichen Geschlechts selbst an die Hand gegeben worden; Wie man dann aus der Erfahrung weiß / daß viele an statt Fortunatischen Glůckseckels sich der Galgen-Mânnlein / Diebsdaumen / und dergleichen / und an statt des Wůnschhüteleins der Bőck / oder vielmehr des Teufels selbst gebrauchen / der einen und anderen / ihrem Wunsch nach / von einem Ort zum andern trâgt; solches alles aber setze ich anjetzo beyseit / damit ich allein von meinem Vogel-Nest desto unverwirrter reden / und erzâhlen mőge / wie mir dessen Besitz zugenommen / und auch zugekommen seye gleichwie ich auch bey desselbigen Empfang nicht nachgedacht / ob mirs zum Nutzen oder Schaden gereichen mőchte.

Als ich mich nun versichert befande / daß mich niemand sahe / verblieb ich bey denen / mit welchen ich hinkommen war / das jenige zu verrichten / was wir damals ins Werck gesetzt; gieng auch mit ins Wirthshauß / worinn ihnen der Abgeordnete von dem Herrn / dessen Liebsten die Kleidungen und Kleinodien zuståndig gewesen / welche das ertödte Weib angehabt / ein Frůhstück zurichten und geben lassen; da hörete ich ihre Verwundrungen wegen meiner Verschwindung / und ihre unterschiedliche Reden und Meinungen / wohin ich doch kommen seyn möchte? Woraus ich lernete / daß die Verwunderung aus der Unwissenheit entstehe / und daß man (dem gemeinen Sprůchwort nach /) aus der Muck einen Elephanten macht / ehe man weiß / daß der Berg nur eine Maus gebåren werde / wie der Poet sagt:

Parturiunt montes, nascetur ridiculus Mus.

Oder:

Es kracht der Berg / und kommt ein Zwerg.

Jch hatte so wol als meine Camerathen einen Appetit zum Essen und Trincken / derowegen erwischte ich unvermerckt einen Löffel / und halff die Suppe verschlingen / und als wir damit fertig waren / ertappt ich auch ein Stuck Fleisch / welches ihnen aus den Augen und aus der Schůssel verschwand / und nachdem ich meinen Particul herunter geschnitten wieder in der Schůssel erschiene / worüber sich alle entsetzten / und in der Wahl stunden / ob sie mehr essen wolten oder nicht? Jch aber ermaß daraus / daß ich behutsamer seyn můste / wann ich irgends wo meine Gegenwart gantz unvermerckt haben wolte; Jndessen durstet mich / und auff daß meinen ohne das allbereit bestůrtzten Camerathen nicht auch die Kande oder das Glas / daraus ich trincken wůrde / verschwunde / dahero sie noch schelliger werden / oder vielleicht resolviren möchten / mit ihren Helleparten im Zimmer herumb zu fechten / umb mich auch / wie Eingangs gedachtes Weibsbild / hinzurichten. So thåt ich aus des Wirths grosser Schenckgelte einen trefflichen Zug / welches sich gar artlich vor mich schickte / packte aus dem darbey stehenden Korb etliche Weisbrod an / damit ich meine Hosen-

Saͤck auff eine Vorsorge spickte / und mich also den Abschied zu nehmen fertig machte / die Stubenthuͤr aber selbst auffzumachen / trug ich Bedencken / liesse derowegen einen starckens Leibs-Dunst / oder blinden Schuͤtzen / den ich zu allem Glück im Vorrath hatte / fein sachte fortschleichen / und nach ihren Nasen hinspatziren davon ich die Lufft dermassen verfaͤlschte / daß meine Camerathen selbst die Thuͤr Angel-weit auffsperrten / und alle Hund / denen sie die Schuld gaben / hinausjagten / mit welchen ich fort passiret / meine baͤssere Fortun in der Welt zu suchen.

Wanns geb viel solche Vogel-Neste /
Hilff Gott! was man fuͤr lose Gaͤste /
Wuͤrd sehen nicht nach solchen streben /
Die sich viel Dinge unterstuͤnden /
Damit hernach die Leuth mehr kuͤnten /
Kaum bey dem ihren Sicher Leben.
Man hat ja jetzt genug zu schaffen /
Die sichtbarliche Suͤnd zu straffen /
Wie erst / wann man unsichtbar waͤre?
Hieraus ist unschwer zu ergruͤnden /
Weil Gott dergleichen nicht laͤßt finden /
Daß er solchs Leben nicht begehre.
Indem man nur mißbrauchen wuͤrde /
Ein solche rare Kunst und Zierde /
So die Natur uns hat verborgen /
Obs der gehabt / will ich nicht streiten /
Es schaͤmt man sich nur anzudeuten /
Der Menschen eitle Luͤster=Sorgen /
Ein Christ / der ein solchs Nest bekaͤme /
Waͤr gut / daß ers in Obacht nehme /
Buͤrg sich in Jesu Seiten Wunden /
Diß hieß der Welt unsichtbar worden /
Und wuͤrden leider nicht auff Erden /
So viel gottlose Nester funden /
Voll Laster-Greul / und Winckel-Suͤnden /
Die Gottes Zoren nur entzuͤnden /

Und letztlich das Verderben drauen /
Demnach / so hat hiermit zur Lehre /
Wer gerne auch unsichtbar wåre /
Hierinn sich fleissig vorzuschauen /
Bet fleissig / und sey fromm auff Erden /
Wilstu der einst unsichtbar werden /
Der Tod kan dirs zu wegen bringen /
Im Himmel ist das Sicher Neste /
Nur das / sonst keines ist das Båste /
Nach diesem streb vor allen Dingen.

Die weitere Kapiteleinteilung mit den überschriebenen Merkversen der Ausgabe C[1]

Das II. Capitel
Die Vogel-Nest-Beut /
Ein Pferd hinweg reut /
Und narret die Leuth.

ES ware um den Nachmittag / als ich einst durch einen Wald gieng ⟨. . .⟩

Das III. Capitel
Trug und list beym Freyen /
Auch zu Betteleyen /
Brauch die Welt ohn Scheuen.

MIthin nåhert sich die Zeit des Nacht-Essens ⟨. . .⟩

Das IV. Capitel
Das Vogel-Nest bringt hier an Tag /
Wie man die Geistlichen offt plag /.
Und ihnen manches bőß nach sag.

WIe diese Bettel-Pursch nun ihre Stuckgen untereinander so erzehlten ⟨. . .⟩

Das V. Capitel

Das Vogel-Nest / weist hier gar klug /
Der Eltern Geitz / den Bauern Trug /
Wie Gretl / ihrem Goͤrg zuschlug.

ICh kam denselben Abend ⟨. . .⟩

Das VI. Capitel

Das Vogel-Nest stellt vor Gesicht /
Dem Haußstand / wie es vor gericht /
Offmals ergeht / man glaubt es nicht /

DIeser Kaͤßhandel mit der Bäuerin ⟨. . .⟩

Das VII. Capitel

Durchs Vogel-Nest gezeiget wird:
Der Ertzbetrogene Diebes-Wirth /
Und der gottlosen Seelen-Hirt.

DEn andern Morgen fruͤhstuͤckte ich ⟨. . .⟩

Das VIII. Capitel

Das Vogel-Nest / weist eine Zunfft /
So offt mißbrauchet der Vernunfft /
Sampt Reiß ungluͤckter Widerkunfft.

MIt diesen zweyen Studenten reiste ich ⟨. . .⟩

Das IX. Capitel

Die Gump- und geile Lust-Begier /
Der Venus-Narren Thoren-Thier /
Stellt hier das Vogel-Neste für /

DEmnach liesse ich diese Disputir-Katzen ⟨. . .⟩

Das X. Capitel

Die Augen-Lust der eitlen Welt /
Was sie fuͤr schoͤn und Lieblich haͤlt /
Durchs Vogel-Nest wird fuͤrgestellt.

DEß andern Morgen muste ich den Ars desto ⟨. . .⟩

Das XI. Capitel

Das verhaͤrte Herrschaft Quelen /
Und der Exequirer Stehlen /
Will das Vogel-Nest erzehlen /

BEy Untergang der Sonnen erweckte mich ein Geschrey ⟨...⟩

Das XII. Capitel

Wie man nur auff Dieberey /
Meistentheils geflissen sey /
Bringet das Vogel-Nest bey.

IN solchen Gedancken ging ich wol zwo Stund / ⟨...⟩

Das XIII. Capitel

Wie sich durch Diebe / die Diebe bekehren /
Suchen zu Buße sich ehrlich zunaͤhren /
Kan hier das Vogel-Nest folgend belehren.

ICh schlug mich auff die rechte Hand ⟨...⟩

Das XIV. Capitel

Wie es offt in Cloͤstern gehe /
Und um ihre Stuͤcklein stehe /
Aus dem Vogel-Nest man sehe.

ICh verlangte sehr nach einer Stadt ⟨...⟩

Das XV. Capitel

Was der Diebe Lohn und Rest /
Was das Eifern hinterlaͤst /
Zeiget hier das Vogel-Nest.
Samt noch andern Schertz-Confect /
Das in dem Capitel steckt.

WOl zwo Stund gieng ich / daß mir nichts ⟨...⟩

Das XVI. Capitel

Mancher schoͤner Tugend-Fleiß /
Und was Christlich Erbar heißt /
Hier im Vogel-Nest sich find /

Der ist kluͤglich / der es faͤst /
Der ein Narr / ders unterlåst /
Und begeht so grosse Suͤnd.

DEn andern Tag nahm ich meinen Weg ⟨. . .⟩

Das XVII. Capitel

Wie vor Gericht und Recht es gehe /
Und offt so uͤbel damit stehe /
Hier aus dem Vogel-Nest besehe.
Auch wie man Suͤnd fuͤr Suͤnd nicht schaͤtzet:
Mit Diebs-Partiten sich ergetzet /
Ist auch hierinn mit beygesetzet.

VOn dar gieng ich besser in die Stadt hinein ⟨. . .⟩

Das XVIII. Capitel

Was Prahl- und Auffschneidereyen /
Vor ein garstigs Laster seyen
Zeigt das Vogel-Nest hier an /
Auch wie man durch Sauff- und Fressen /
Werde seiner selbst vergessen /
In verirrter Suͤnden-Bahn /
Beyder Laster Ungebuͤhr /
Stellt das Vogel-Nest hier fuͤr.

DEn folgenden Morgen / lieffe ich wol drey Meyl ⟨. . .⟩

Das XIX. Capitel

Was die Suͤnden-Buͤberey /
Und derselben Schein und Reu /
Uns in dem Gewissen sey /
Bringt das Vogel-Nest hier bey.

NOch vor Aufgang der Sonnen ⟨. . .⟩

Das XX. Capitel

Gottes Allmacht zuverehren /
Auch die Andacht zu vermehren /
Und daraus uns zu bekehren /
Will das Vogel-Nest hier lehren.

JN Beachtung nun dieser meiner Untüchtigkeit bißherigen Jrrsahl und grossen Unwissenheit ⟨...⟩

Schluß-Erinnerung dieses Ersten Theils
Also nun hochgeehrter / großgůnstiger lieber Leser / ist dieses diejenige Histori die beschlossen ihn der Author von seinem Vogel-Nest hat erzehlen wollen ⟨...⟩

Abschließende Moralisatio der Ausgabe C[1]

Wohl dem / der alles wohlbetracht /
Und giebet auf das gute Acht /
  Daß er das bǒse Unterlaß /
Der handelt klug / und auff das bǎst /
Und dis ist in dem Vogel-Nest /
  Allhier die Meinung und Verfaß /
Ein Spiegel ists / darinn man sah /
Was noch geschieh't / und was geschah /
  Ob gleich auch viel erdichtet scheint /
So mercket doch ein kluger wohl /
Wie mans verstehn und brauchen soll /
  Und wie der Author es gemeint.

STELLENKOMMENTAR

298 *Titelkupfer]* Das emblematisch angelegte Titelkupfer zeigt oben links auf eingerolltem, in die Pictura eingesetztem Schriftband den Buchtitel als Lemma, im Vordergrund der Pictura auf einer weiten, wüsten Ebene einen Satyr (Allegorie des Satirikers), der durch das Medium des magischen Vogelnests die im Hintergrund auf krummen Wegen zum Horizont fortschreitende Erdkugel (Allegorie des Weltlaufs) beobachtet. Ihm versucht es ein kindlich-naiver Putto (Allegorie der höheren poetischen Gattungen) gleichzutun, was aber durch einen Wall von Masken vor

ihm nicht gelingen kann. Der Satyr seinerseits verbirgt gegenüber dem Leser sein Hinterteil hinter einer schönen Maske: möglicherweise ein Hinweis für den Leser, nicht die »ganze Sprache« im Sinne Sorels, also keine obszöne Darstellung, zu erwarten, möglicherweise aber auch eine Aufforderung, sich nicht durch die Masken des satirischen Ich-Erzählers täuschen zu lassen. Die erläuternde Subscriptio, auf einer Kartusche unter die Pictura gesetzt, verweist auf die scheinbare Vergeblichkeit der Satire.

299,3 f. *Springinsfeldischen Leyrerin]* Vgl. Spr 22-27, S. 268-295.

299,6 *Abentheurlichen / doch Lehrreichen]* Die Hervorhebung von Befriedigung der Curiositas und Belehrung entspricht den poetologischen Intentionen im übrigen simplicianischen Zyklus. Vgl. Cont 1 (Bd. I/1 d. A., S. 563,4-564,27).

299,7 *Simplicianische Art]* Hinweis auf die satirische Schreibart des Dichters.

299,11 f. *Michael Rechulin von Sehmsdorff]* Anagramm für Christoffel von Grimmelshausen.

299,13 *Monpelgart]* Fiktiver Druckort (Nürnberg); vgl. die Titelseiten von ST und Cont (Bd. I/1 d. A.).

299,14 *Johann Fillion]* Pseudonym für den Nürnberger Verleger Johann Jonathan Felßecker, vgl. Titelseiten von ST und Cont (Bd. I/1 d. A.).

301,1 f. *seltzame Springinsfeld 〈...〉 Lebens-Beschreibung]* Gemeint ist das achte Buch des simplicianischen Zyklus. Vgl. dort besonders Kap. 22-27.

301,12 *verschwundene Kerl]* Vgl. Spr, S. 292,22-293,1.

301,22 *verfluchte Mörfein]* Vgl. Spr, S. 290,29.

301,27 f. *Gyges 〈...〉 Königs in Lydiæ]* Sagenhafter Hirte, der einen unsichtbar machenden Ring fand und sich so die Gunst des lydischen Königs Candaules, des letzten lydischen Herrschers aus dem Geschlecht der Herakliden, erwarb. Er betrog diesen mit dessen Gattin, brachte ihn später um und wurde sein Nachfolger (686-656 v. Chr.). Vgl. auch Bd. I/1 d. A., Anm. 22,24, RP, S. 715,8, sowie WV II, S. 516,17 f.

301,29-31 *ich sorgte ⟨...⟩ schlaffen wolte]* Parodierung der Bibelstelle Matth. 6,25: Vertrauen auf Magie statt auf Gott.

301,31 *bildet mir ⟨...⟩ ein]* Hinweis auch auf das in der Baldanders-Episode (Cont 9, Bd. I/1 d. A., S. 604,37-605,7) veranschaulichte poetologische Prinzip (»Magst dir selbst einbilden ⟨...⟩ so hastu was dein nårrischer Vorwitz begehret«).

302,3 *Fortun]* Vgl. Cour, S. 26,6 f.

302,10 *Fabelbuch vom Fortunato ⟨...⟩ mit sich bringen]* Gemeint ist *Fortunatus*, der erste deutsche Prosaroman (1509). Vgl. ST I 27 (Bd. I/1 d. A., S. 99,11). Eine ähnliche Intention vertritt der Verfasser des *Fortunatus* (Schluß).

302,22 *Geheimnussen der Natur]* Die naturkundliche Erklärung nach Paracelsus wird hier der traditionellen theologischen gegenübergestellt. Vgl. auch ST V 12-18 (Bd. I/1 d. A., S. 489,16-517,7).

302,26 f. *Galgen-Månnlin]* Wurzel mit menschenähnlicher Gestalt, der magische Kräfte zugeschrieben wurden. Ihre Gewinnung und Pflege beschreibt Grimmelshausen in der gleichnamigen Schrift (Bd. II d. A.), die u. a. auf *Flavij Josephi / des Hochberůhmten Jůdischen Geschichtschreibers / Historien vnd Bůcher: Von alten Jůdischen Geschichten / zwentzig ⟨...⟩ von newem verteutscht ⟨...⟩ ⟨Straßburg⟩ M. D. LXXV.* beruht. Vgl. auch WV I, Anm. 405,30.

302,27 *Diebs-Daumen]* Die Vorstellung, der Daumen eines hingerichteten Diebes bringe Glück, war weit verbreitet (vgl. HDA 2, Sp. 176). Vgl. den aus eigener Erfahrung geschilderten Prozeß gegen Conrad Wiesel (GM, Bd. II d. A.). Vgl. auch Bd. I/1 d. A., S. 706 f., ferner Praetorius, *Glůcks-Topf* (1669), S. 152 ff.

302,28 *Bőck]* Vgl. die Hexenfahrten in ST II 17 (Bd. I/1 d. A.).

302,31 f. *desto unverwirrter reden]* Im Unterschied zu Spr weist WV I eine einfachere, scheinbar naive Erzählstruktur auf.

303,5 *dem Herrn]* Vgl. Spr 26, S. 287,27 f.

303,11 f. *Verwunderungen auß der Unwissenheit]* Hinweis auf eines der zentralen Themen der *Vogelnest*-Romane wie der übrigen simplicianischen Schriften. Vgl. WV I, S. 373,13: »Der Wahn betreugt.«

303,12 *auß der Muck einen Elephanten macht]* Sprw. Redensart, vgl. Grimm, DWb 12, Sp. 2608.

303,13 *der Berg nur eine Maus gebåren]* Sprichwort, schon bei Horaz, *Ars Poetica*, v. 139. Vgl. auch WV II, S. 565,7 f.

304,6 *starcken Leibs-Dunst]* Teufelsattribut, vgl. auch Cont 20 (Bd. I/1 d. A., S. 666,19-21).

304,19 *Paruque]* Hinweis auf die Scheinhaftigkeit des à la mode aufgeputzten verarmten Landadligen.

304,27 *gelbe Batzen]* S. Münztabelle.

305,6 *Kopffstůck]* Spanische und englische Münze mit geprägtem Kopfbild, im Reich im 17. Jh. eingeführt. Wert: 17-24 Kreuzer. Vgl. Bd. I/1 d. A., Anm. 609,35. S. Münztabelle.

305,20 *probiren]* Hinweis auf die Curiositas des Vogelnestträgers.

305,29 *mit Halß und Bein brechen segnen]* Gemeint ist der Wunsch, es mögen Hals und Bein brechen.

305,33 *Huth / Mantel und Degen]* Standesgemäße Attribute des Adligen.

306,11 *visierlich aufgezogen]* Vgl. die Erscheinung des Gottes Jupiter, ST III 3 (Bd. I/1 d. A., S. 252,30-253,1).

306,16 *Baßlesmanes]* (Span.-franz.) »Küß die Hand«, Kompliment; vgl. *Rheinisches Wörterbuch* I, S. 489 f.

307,2-4 *Schlůssel ⟨...⟩ Seiten trug]* Vorrecht der Hausfrau bzw. (in reicheren Häusern) der Beschließerin.

306,4 f. *ich bildete mir ein]* Auch der Vogelnestträger als Satiriker ist vor Wahn nicht sicher.

306,15 f. *mißgůnstige Glůck]* Vgl. Bd. I/1 d. A., Anm. 269,27.

306,19 f. *unserm Herkommen und Stand gemåß]* Der alte Adel kann mit den herkömmlichen Einkünften die erhöhten Repräsentationspflichten nicht bestreiten. Vgl. auch Callenbach, *Almanach. Welt-Sitten-Staat-Marter-Calender*, und Gryphius, *Horribilicribrifax Teutsch* (1663), S. 50,15-24:

Du weissest / unsere Mittel sind in dem Kriege zerronnen: Wir stecken in Schulden / und so es entdeckt wird / verlieren wir unser uͤbriges Credit. Die Kleider / Perlen und Geschmeide / in welchen du herein gehest / gehoͤren meiner Schwester / welche sie eher wird abzufordern wissen / als uns vielleicht lieb seyn moͤchte. Du weissest / daß wir über zwey gantze Hembde nicht in unserm Vermoͤgen haben. Wer dich von oben besiehet / solte wol meinen / wir haͤtten den gantzen Spitze Kram von Bruͤssel erb-eigen. Wer aber etwas genauer auff uns acht giebet / wird wol erkennen / daß nicht alles Gold / was gleisset.

306,30 *Reichsthaler*] Vgl. Münztabelle.

306,30 f. *fein Kleid auf die neue Mode*] Das modische Kleid wird mit 12 Reichstalern unverhältnismäßig teuer veranschlagt: auch ein Grund für die Verarmung dieser Landadligen.

308,1 *Mitleyden*] Wie Simplicissimus ist auch der Hellebardierer (im Unterschied zu Courasche, Springinsfeld und dem Kaufmann) zum Mitleid fähig. Vgl. Bd. I/1 d. A., Anm. 23,25 u. 265,14.

308,2 f. *Ducaten in specie*] Wirkliche oder ausgeprägte Münzstücke, vgl. Grimm, DWb 16, Sp. 2203 f. Vgl. auch Bd. I/1 d. A., Anm. 692,15.

308,6 *Stall-Ratz*] Vgl. Spr 1, S. 161,13 f.

308,10 *Meyer*] Pächter des zum Schloß gehörenden Bauernhofs.

308,22 *Drffgkt*] Zu lesen: Dürftigkeit. Diese Technik verwendet bereits Moscherosch, *Philander* II 6 (»Soldaten-Leben«), S. 257.

309,6 *bemaͤnteln*] Es folgt eine Satire auf die alamodische Kunst der Verstellung (Simulatio / Dissimulatio).

309,13 *Frau Baß*] Der Bezug auf Verwandtschaftsverhältnisse ist typisch für den Adel.

309,22 *Hut und Baruͤque* 〈...〉 *hangen*] Mögliche ironische Anspielung auf die Geschichte Absaloms (2. Sam. 18,9), der sich bei einem solchen Unfall an den eigenen Haaren erhängt.

310,13 f. *sie sind 〈...〉 Menschen]* Zum hier nur simulierten idealen Verhältnis von Herr und Knecht vgl. Garzoni, *Piazza*, 91. Diskurs, S. 522: »dann sie sindt zwar Knechte / aber auch Menschen«.

311,3 *Recept Num. 17]* Zur häufig bei Grimmelshausen genannten Zahl 17 vgl. Bd. I/1 d. A., Anm. 128,9 f.

311,25,18-312,10 *Tapffere ansehenliche Dame 〈...〉 erzeigen möchte]* Höfische Komplimentierrede im Stil des hohen Romans.

312,7 f. *Von nun an biß in alle Ewigkeit]* Anspielung auf die Benediktionsformel des liturgischen Gebets; Gipfel der Vergötterung der angeblich Geliebten.

312,34-313,6 *Ach GOTT 〈...〉 gebraucht hätte]* Klage über die Nötigung zur Verschwendung als Folge standesgemäßer Repräsentation.

313,4 *Cleopatra ihr unschätzbarliche Perl]* Kleopatra (69-30 v. Chr.), ägyptische Königin seit 51 v. Chr. mit ihrem Brudergemahl Ptolomaios XIII. Sie soll eine kostbare Perle in Wein aufgelöst und getrunken haben. Vgl. RP, Anm. 715,7 f.

313,21 f. *Jochem]* Bezeichnung für Wein und Branntwein. Vgl. auch Grimm, DWb 10, Sp. 2331: »anlehnend an den Eigennamen, mit Umdeutung aus dem Hebräischen, steht Jochem für Wein«.

314,10 *schlug 〈...〉 zu Faden]* Sprw. Redensart. Vgl. Grimm, DWb 3, Sp. 1233 f.

314,17 *Candia]* Anspielung auf die Eroberung Kretas durch die Türken 1669 und die Zerstörung der Festungsanlagen; Kreta war bis dahin in venezianischem Besitz.

314,22 *Rausch auff alt Teutsche Manier]* Vgl. Tacitus, *Germania*, Kap. 23.

315,1 *Flecken häßlich neben das Loch]* Sprw. Redensart, vgl. Grimm, DWb 3, Sp. 1741.

315,1 *ins Bett zu scheißen]* Vgl. WV II, S. 506,27-30.

315,26 f. *Schleppsack]* Bezeichnung für eine liederliche Frau, vgl. Grimm, DWb 15, Sp. 649 f.

315,31 *ich aber lachte]* Teufelsattribut: der satirische Beobachter erscheint hier als alter diabolus. Vgl. auch Sorel, *Francion* VIII, S. 513 f., ferner Spr, S. 170,30-173,26, und WV I, S. 362,10 f.

317,4 f. *macht mir ⟨. . .⟩ kein Gewissen]* Erster Hinweis auf den sich anbahnenden moralischen Konflikt parallel zur Anlage des ST.

317,14 *daß dich der Ritt schitt]* Sprw.: daß dich das Fieber schüttele; vgl. Agricola, Nr. 478.

317,18 *Damoisecken]* Verballhornung von franz. demoiselle mit Anspielung auf Dame und Schleppsack.

317,19 f. *wanderte zum Tempel hinaus]* Vgl. Joh. 8,59.

317,24-320,33 *als eine Gesellschafft Bettler ⟨. . .⟩ Supp zuschantzte]* Quelle: Garzoni, *Piazza*, 71. Diskurs, »Von Bettlern«, S. 448-450. Grimmelshausen hat diese Quelle bereits für seinen SP (II 9) ausgeschrieben.

317,30 *grosse innerliche Freyheit ihrer Gemůther]* Charakteristikum auch des Zigeunerlebens, des Soldatenlebens (Spr 27) sowie des Räuberlebens Oliviers und der Merodebrüder (ST IV 13, Bd. I/1 d. A.). Vgl. auch das Freiheitsstreben der Coryphaea (RP, Nr. 120).

317,33 *Karges]* Sprechender Name: Geizhals.

318,6 *Batzen]* Vgl. Anm. 304,27.

318,16-23 *wie sie aus Meel ⟨. . .⟩ mahlen konte]* Nahezu wörtliche Entsprechung bei Garzoni, *Piazza*, 71. Diskurs, »Von Bettlern«, S. 449: ⟨. . .⟩ darauff wissen sie hernach jren Grind mit Hirn / Blut vnnd Måhl so artig zu machen / daß jhn auch der beste Mahler nicht eigendtlicher mahlen kŏndte.«

318,30 *Bildstŏck]* Auf säulenartigem Unterbau aufgestelltes Bildwerk (meist Relief) in Stein oder Holz mit einem Motiv aus dem Leben Jesu, Mariens oder eines Heiligen. Vgl. EC III, S. 132.

319,4 f. *Leute geben ihren Glaubensgenossen noch so gern]* Anspielung auf Gal. 6,10.

319,13 *die sonst freye Gemůther]* Vgl. Anm. 317,30 f.

319,21 *Will dir irgend ein karger Hund ⟨. . .⟩ Thůr]* Vielleicht Anspielung auf Luk. 10,8-11.

319,22 f. *Krieg / Theurung / oder Sterbensläuffe]* Die drei Hauptstrafen Gottes, vgl. Spr, Anm. 243,16 sowie ST V 5 (Bd. I/1 d. A., S. 463,7-17).

319,24-26 *die so ihr Hertz ⟨. . .⟩ Gütern geschenckt]* Anspielung auf Ps. 62,11.

319,34 *Freyheit und Müssiggang]* Schon in Cont 1 (Bd. I/1 d. A., S. 565,12-15) wird Freiheit mit Müßiggang gleichgesetzt.

320,5 f. *damalige junge Frau ⟨. . .⟩ ausgefischt hätte]* Ein ähnliches Mißgeschick erleidet Springinsfeld mit seiner Leyrerin, Spr 23 f.

320,12 f. *wie michs verdrosse ⟨. . .⟩ ducken muste]* Vgl. Cour 21 f.

320,17 f. *unschätzbarliche Freyheit unsers Herren-Lebens]* Vgl. Anm. 317,30.

320,30 *Gulden]* Vgl. Münztabelle.

321,1 *Cappuciner]* Kapuzinerorden (gegründet 1528), ein franziskanischer Reformorden, der von Almosen lebt. Vgl. SP, S. 146; RP, Nr. 71. Grimmelshausen stellt die Vertreter der Reformorden positiv dar. Vgl. auch WV II, S. 624 ff.

321,4 *Agnus Dei]* Kleine Amulette: der Text schließt sich an Joh. 1,29 an.

321,11 *Horas beteten]* Vgl. dagegen S. 391,30 f.

321,18 f. *wann ich einmal ein Reichsfürst würde]* Der Reformplan des Vogelnestträgers entspricht tendenziell den Reichsreformplänen Jupiters, ST III 3-7 (Bd. I/1 d. A., S. 252,26-266,31), wie jener wird er ironisch dargestellt.

321,20 f. *den Türken zu bekriegen]* Vgl. ST III 4 (Bd. I/1 d. A., S. 258,33-259,1) sowie Spr 24 u. 25.

321,21 *Zuchthäuser und Werckstätte]* Die ersten Zuchthäuser wurden in Amsterdam und London zur Nutzung der Arbeitskraft von Straffälligen und Bettlern eingerichtet. Sie galten als fortschrittliche Sozialeinrichtung. Vgl. auch die Ausführungen im *Teutschen Friedens-Raht*, S. 96. Vgl. ferner ST IV 20 (Bd. I/1 d. A., S. 420,12 f.).

322,18 *Linde]* Vgl. RP, S. 658,14-17.

322,25 *einfältig]* Die Frau des reformierten Dorfpfarrers handelt gemäß der Forderung der Bergpredigt Matth. 5,7 und 7,12; sie setzt sich dadurch aber dem Verdacht sexueller Begierde aus und verstößt auch gegen die strikte konfessionelle Abgrenzung zwischen Calvinisten und Katholiken.

322,31 f. *der Teufel ⟨...⟩ Weib nachstellen]* Der Aberglaube, Frauen agierten als Helferinnen des Teufels, war weit verbreitet. Vgl. ST V 7 (Bd. I/1 d. A., S. 471-474), Cont 20 (Bd. I/1 d. A., S. 661-666), Cour (Beschluß) und KJ (Bd. II d. A.).

323,22 *Lobwasser]* Ambrosius Lobwasser (1515-1585), Professor der Rechte in Königsberg. Er übertrug die von Beza und Marot in Liedform gebrachten Psalmen ins Deutsche: *Psalter vnd Psalmen Davids / Nach Frantzösischer Melodey in Teutsche Reymen artig gebracht* (1573). Das Buch war im protestantischen Deutschland weit verbreitet. Hier wird der Name zu einem ironischen Wortspiel mit Wein (Wässern des Weines) verwendet. Vgl. *Teutscher Friedens-Raht*, S. 105.

323,26 *am Creutz machen]* Das Kreuzzeichen vor der Mahlzeit ist frommer Brauch der alten Kirche, seit der Reformation verpönt.

323,28 *Ave Maria gratia plena]* Mit dem sogenannten »englischen Gruß« (Luk. 1,30) beginnt das in der alten Kirche gebräuchlichste Mariengebet. Im Unterschied zu Luther lehnten die Reformierten jede Art der Marien- und Heiligenverehrung strikt ab.

323,31 f. *die Pfarrer ihre Pfarrkinder nicht eiferiger unterrichtet]* Vgl. S. 343 ff. und S. 431,24-33.

324,1 *Schimpff und Ernst]* Titel einer Schwanksammlung (1522) des Franziskaners Johannes Pauli (um 1455-1530). Hier Schwank Nr. 296: »Eine Beichte, das sie ins Bet brunzet«.

324,8 *Lachen]* Vgl. Spr 3. Dem Gelächter wird hier die Gemütsruhe positiv entgegengesetzt.

324,15 *widersagst du dem Teufel]* Anspielung auf das Taufgelübde, das der Pate stellvertretend für den Täufling ablegt.

324,27 *Beicht]* Die Beichte, eines der sieben Sakramente der alten Kirche, wurde von Lutheranern und Kalvinisten als solches nicht mehr anerkannt.

324,34 *umb die Oesterliche Zeit in die Kirche kommen]* Der österliche Kirchgang mit Beichte und Abendmahl war für Katholiken eine von der Obrigkeit kontrollierte, strenge Pflicht.

325,4-7 *es hätte ein Kerl* ⟨...⟩ *gecreutzigt hätte]* Verballhornung der Lesung der Passion Christi.

325,16 *Doctor Schuppen Freund in der Noth]* Johann Balthasar Schupp (1610-1661), 1635-1646 Professor für Geschichte und Beredsamkeit und Prediger in Marburg, 1649 Hauptpastor in Hamburg. Seine Schrift *Der Freund in der Noth* erschien erstmals 1657: »⟨...⟩ gieng der Pastor zu ihm ⟨Edelmann⟩, und wolt ihn auch aus dem Catechismo examiniren. Er wolt ihn aber gleichwol nicht tractiren, wie einen gemeinen Bauer-Jungen, und aus dem Catechismo fragen, bist du ein Christ? sondern er wolt ihn höflich tractiren, und sagte: Juncker, was seyd ihr? Der Edelmann antwortete: Herr Georg, ich bin ein Narr. Ey, sagt der Pastor, was ist das. Ich frage, was glaubt ihr? Der Edelmann antwortete: ich glaub, daß ihr eben so wol ein Narr seyd, als ich.« (S. 29.) Vgl. auch RP, Anm. 653,3.

325,19 *examiniret]* Die Überprüfung der Rechtgläubigkeit gehörte im konfessionellen Zeitalter zu den Pflichten eines Pfarrers, insbesondere bei obrigkeitlich verordnetem Konfessionswechsel des Landes; das Motiv soll die religiöse Unbildung auf kalvinistischer Seite veranschaulichen.

325,25 *Kreutzer]* Siehe Münztabelle.

325,26 *Beichtpfennig]* Freiwillige Gabe des Beichtenden an den Bußpriester, bis zum 12. Jh. pfarrliches Recht.

325,26 f. *Geld anzunehmen sich wegerte]* Vgl. Bd. I/1 d. A., Anm. 566,13; 609,28 f.; 634,15-635,19. Einen ähnlichen Schwank erzählt Lazarus Sandrub, *Delitiae historicae et poeticae* (1618), Nr. 4.

325,31 *Flegelius]* Ironisch gemeinte Latinisierung in humanistischer Tradition (Dunkelmännerbriefe); hier wie die Schupp-Anspielung Hinweis auf die Bildung der katholischen Gäste.

325,34 *Leichpredigt]* Die Leichenpredigt ist fester Bestandteil der protestantischen Begräbnisfeierlichkeit.

326,6 *Thaler]* Im Vergleich zum Kreuzer das 90fache. Vgl. Münztabelle.

326,8 f. *rothen Bart ⟨...⟩ Judas]* Gemäß der mittelalterlichen Judaslegende hatte Judas, der Verräter Christi, einen roten Bart: Indiz seiner Teufelszugehörigkeit. Mit diesem Vorurteil gegen Rotbärte setzt Grimmelshausen sich in seiner Schrift *Bart-Krieg* auseinander.

326,18 *Charwochen]* Die Woche vor Ostern mit Gedächtnis des Leidens und Sterbens Christi.

326,20 *Absolution]* Lossprechung von Sünden durch den Priester. Vgl. Joh. 20,23. Bestandteil des Bußsakraments.

326,25 f. *daß die Sůnden specialiter]* Gemeint ist die Praxis der sogenannten Ohrenbeichte.

327,21 f. *keine Leibs-Erben]* Hinweis auf die Ehelosigkeit der katholischen Geistlichen im Unterschied zu den übrigen christlichen Konfessionen.

327,25 *Kirchen Ordnung]* Das im Augsburger Religionsfrieden (1555) verbriefte »ius reformandi« ist das Recht des Landesfürsten, auf seinem Territorium über Religionsangelegenheiten souverän zu entscheiden.

327,32 *kein Predicant ⟨...⟩ Predikrug]* Wortspiel mit Weinkanne und Wasserkrug zur Ironisierung der materiellen Interessen auch der kalvinistischen Geistlichen.

328,20 *die Zähn aufeinanderbissen]* Vielleicht Anspielung auf die Erbitterung der Mitglieder der Synagoge der Libertiner gegen Stephanus, vgl. Apg. 7,54.

328,28 *bald gar catholisch werden]* Auch ein Hinweis auf die zahlreichen Konversionen zur katholischen Kirche in der zweiten Hälfte des 17. Jhs.

328,30 *Phantast]* So auch ST III 3-8 (Bd. I/1 d. A., S. 379,9 f.) über Jupiter und SP, Vorred: über den Autor.

329,2 f. *Demuth der allerglorwůrdigsten Jungfrauen]* Vgl. Luk. 1,29 u. 38.

329,5 f. *massen auch dergleichen Låsterungen ⟨. . .⟩ hingehen lassen]* Auch im Islam werden Jesus und seine Mutter respektiert.

329,14 *Mitleiden]* Vgl. Anm. 308,1.

329,15 f. *der in alle Ewigkeit ⟨. . .⟩ Mutter]* Vgl. Luk. 1,42-56.

329,23 *Michel]* Anspielung auf den Erzengel Michael, der in seiner Stärke Lucifer in den Abgrund stößt und als »Teutscher Michel« Schutzpatron der Deutschen ist.

329,25-28 *von diesem wunderbarlichen Fall]* Das »Marienwunder« wird wie andere Darstellungen übernatürlicher Vorgänge von Grimmelshausen auf natürliche Ursachen zurückgeführt: ein Beispiel für betrüglichen Wahn. Vgl. S. 372,21-373,10.

329,29 f. *Gott auch durch Sůnder die Wahrheit zu reden]* Vgl. ST V 2 (Bd. I/1 d. A., S. 451,9-31).

329,30-32 *allergewaltigste und trotzigste Feinde ⟨. . .⟩ abzustraffen pflegt]* Vielleicht Anspielung auf 2. Mose 10,12-19; vgl. auch Boaystuau, *Le Theatre du Monde*, S. 300: »Es ist noch mehr zuverwundern / unnd wodurch der menschliche Hochmuth und ůbermůthiger hochtrabender Stoltz des allen Elend unterworffenen Menschen billich solte brechen / daß auch die Erde schlechte und verachtete Thierlein hervor bringet / welche durch des Allerhőchsten Verhångniß den armen Menschen nachstellen / ihn verfolgen / ja gåntzlich von Haus und Hoff jagen.«

330,3 *Praeceptorem]* Ironisierung der zeitüblichen Prügelstrafen in der Schule.

330,19-21 *den grősten Hauffen Mist ⟨. . .⟩ Reichesten hielte]* Vgl. ST III 8 (Bd. I/1 d. A., S. 272,19-22).

330,24 *karger Filz]* Vgl. Bd. I/1 d. A., Anm. 350,14 und SP I 5.

330,3 *Marckschatz]* Vgl. EC, III. Materie, S. 94 f.

331,17 f. *den Kopff ⟨. . .⟩ untersteuerte]* Traditionelle Geste des Nachdenkens, hier auf einen Geizhals bezogen.

331,26 *Gulden]* Vgl. Münztabelle.

331,27 *Morgen-Supp]* Frühstück im Hause der Brautleute vor der Trauung, vgl. Grimm, DWb 12, Sp. 2583 f.

332,1 f. *es ist ohne das jetzt so eine herbe Zeit 〈...〉 nichts gilt]* Vgl. Spr, S. 200,3 f. und RP, Anm. 662,9.

332,4 *Schaffnern]* Vgl. Anm. 171,12 f.

332,16 *das Kalb ins Aug schlagen]* Sprw. Redensart, vgl. Grimm, DWb 11, Sp. 52.

332,19 *Mütterlichen Voraußß]* Mütterlicher Erbanteil.

332,25 f. *Haar scheissen wie ein Wolff]* Sprw. Redensart, vgl. Grimm, DWb 10, Sp. 22.

333,24 f. *schwur darauf deß Henckers Großmutter ein Bein ab]* Sprw. Redensart, Henker steht euphemistisch für Teufel, vgl. Grimm DWb 10, Sp. 991.

334,4 f. *zween Vormünder]* Wahrscheinlich die Paten.

334,27 *die Flöhe]* Vgl. ST II 28 (Bd. I/1 d. A., S. 218,15-220,13), ST III 4 (Bd. I/1 d. A., S. 264,28-266,31) und Spr 6, S. 190,17-191,2.

334,30-32 *lustiges Wältlein 〈...〉 schlaffen]* Topos der Idyllendichtung (locus amoenus; vgl. auch ST V 7 (Bd. I/1 d. A., S. 471,14-472,26), WV I, S. 433,25-28 und 436,20-437,26), der im folgenden drastisch desillusioniert wird.

335,14 f. *Brenn Nesseln / die man den Krebsen zu geben pflegt]* Vgl. Grimm, DWb 2, Sp. 371.

335,19 *blitzet und gumpet]* Wie Courasche: Cour 12, S. 69 f.

335,26-28 *kotzen 〈...〉 zierte]* Vgl. WV II, S. 506,25-507,12.

335,32-35 *großgünstige Ehr- und Zuchtliebende Leser 〈...〉 können]* Der Leserbezug nach Art des roman comique bringt dessen Argument für ungeschönte Darstellung; vgl. Sorel, *Francion*, S. 648-660.

336,13 *Kreutzer]* Siehe Münztabelle.

336,20 *Gelt]* Der Erzähler hat ein ähnlich distanziertes Verhältnis zum Geld wie Simplicius in Cont 15 (Bd. I/1 d. A., S. 635,1-17). Vgl. auch S. 367,3-10; S. 369,13-19; S. 446,22-26.

336,29 *Rentmeister]* Rechnungsbeamter, der für die Einziehung regelmäßiger Abgaben in einer Gemeinde zuständig ist.

336,32-337,1 *Sohn ⟨...⟩ cedirt]* Die Art der Stellenvergabe aufgrund der Abkunft ohne Rücksicht auf Befähigung ist ein Übel im Ancien régime und wird in der zeitgenössischen Staatslehre kritisiert. Vgl. z. B. *Teutscher Friedens-Raht*, S. 42 f.: Qualifikation durch Tugend, nicht Herkunft soll entscheiden.

337,18 *prædestinirt]* Ironische Anspielung auf die insbesondere von kalvinistischer Seite vertretene Lehre von der göttlichen Vorherbestimmung.

337,31,11-339,2 *Jch schliche hinauß ⟨...⟩ erscheinen]* In seiner sprachkritischen Schrift *Teutscher Michel*, Kap. IX (»Von denen so sich unwissend eigne Sprichwörter angewehnen / und was sich deßwegen offt für lächerliche Schick zugetragen«) erzählt Grimmelshausen mit Verweis auf WV I u. a. diese Geschichte noch einmal als Beispiel einer verbreiteten Sprachmarotte.

339,25-28 *wann ein alter Mann ⟨...⟩ heyrathen solte]* Demnach ist der junge Rentmeister Sohn aus erster Ehe des alten Rentmeisters, der in zweiter Ehe mit dem »jungen Weibsbild« verheiratet ist. Diese verliert infolge der Stellenpolitik ihres Mannes ihre bisherigen Privilegien als Frau eines Rentmeisters und kehrt ins Elternhaus zurück.

340,6 *1000. Reichsthaler]* Widerspruch zu S. 339,17, wo von 1000 Gulden, d. h. 600 Reichstalern die Rede ist.

340,20 f. *gleichsam Gräflich ⟨...⟩ tractiren]* Theologen und Mediziner haben als Akademiker gewisse adlige Privilegien.

342,13-17 *besondern Appetit ⟨...⟩ besser schmeckte]* Das rechte Verhältnis von Wein und Wasser ist in der frühneuzeitlichen diätetischen Medizin Gegenstand gelehrter Kontroversen.

342,19 *nichts Erzehlungs-würdigs]* Vgl. Anm. 432,24 f.

343,4-10 *du weist kein Maß zu halten ⟨...⟩ gehen soll]* Das Verpanschen des Weins ist ein Laster der Wirte. Vgl. Garzoni, *Piazza*, 98. Diskurs, »Von Wirthen und Garköchen«, S. 548, und Spr 21. Dort ist es die Wirtin, die den Wein verpanscht.

344,3 f. *liebe Susanna*] Vgl. Dan. 13. Der Name ist eine Anspielung auf das alttestamentliche Exempel der keuschen Susanna, die dem Verführungsversuch der beiden Gemeindeältesten widersteht, von diesen falsch beschuldigt und durch den Propheten Daniel gerettet wird. Hier setzt sich der frivole Pfarrer selbst in die Rolle der Ältesten, während dem Vogelnestträger die Rolle des Daniel zufällt.

344,5-8 *Patriarchen* 〈. . .〉 *keiner verdambt*] Vgl. z. B. Abraham und seine Magd Hagar (1. Mose 16,1-3).

344,20 f. *wie ich neulich* 〈. . .〉 *verspendirt*] Vgl. S. 329,17-20.

344,23 f. *umb mich an den Gesalbten deß HERRN nicht zu vergreiffen*] Vgl. 1. Sam. 24,7 u. 26,9,11, ferner 1. Chron. 16,22 u. Ps. 105,15.

344,30 f. *in England zu fahren vermeynte*] Vgl. ST V 8 (Bd. I/1 d. A., S. 474,23 f.).

345,2 f. *ihn in seiner eigenen Mistlache herumb sudelte*] Vgl. S. 438,28-31 und 2 Petr. 2,22.

345,20 *gottlose Geistliche*] Zur Kritik an Geistlichen vgl. auch Garzoni, *Piazza*, 3. Diskurs, »Von den Geistlichen ins gemein«, S. 51.

345,23 *Pfaffenhuren* 〈. . .〉 *Leib-Rossen werden*] Vgl. Albertinus, *Lucifers Königreich und Seelengejaidt* (»Von dem Nothzwang und Blutschand, wie auch von Schendung der Geistlichen Personen«), S. 272 f.

345,25 f. *solche* 〈. . .〉 *geile Creaturen*] Dieses traditionelle Vorurteil über die moralischen Schwächen der Frau diskutiert Grimmelshausen ausführlich in SP I, »Zehender Satz von Weibern«. Vgl. auch Cour (Beschluß) und ST V 9 (Bd. I/1 d. A., S. 482,24-34).

345,27 f. *in einem so grossen Ansehen seyn* 〈. . .〉 *wissen wollen*] Vgl. Garzoni, *Piazza*, 3. Discurs, »Von Geistlichen«, S. 60-61.

345,32 *Speculation*] Vgl. Bd. I/1 d. A., Anm. 30,12; S.

206,27; S. 410,25-29; S. 430,19; S. 471,19; S. 487,21; S. 587,16; S. 605,32; S. 663,25.

346,7 *ungeheyet]* Den Ausdruck »ungeheyet« erläutert Grimmelshausen im TM (Caput 10) auch in seiner obszönen Nebenbedeutung.

347,10 *noch mehr unsichtbare Gäste]* Eine Gespenstergeschichte in ähnlich strafender Funktion findet sich in Cont 15 (Bd. I/1 d. A., S. 638,29-642,18).

347,12-15 *Omeisen 〈...〉 Contramarsch zu verrichten]* Zu den Ameisen vgl. S. 442,16. Einen ähnlich ironischen Vergleich aus dem Militärwesen wendet Grimmelshausen in ST II 28 (Bd. I/1 d. A., S. 218,7-220,13) an.

348,9 f. *Balbierer 〈...〉 zur Ader gelassen]* Der Barbierer war nicht nur für Haarpflege, sondern auch für heilpraktische Betreuung, etwa für Aderlassen, zuständig.

348,13 *Hippocras]* Stark gewürzter Wein.

348,13 *Malvasier]* Gehaltvoller Südwein, der der Sage nach von den »Inseln der Seligen« (Kanarische Inseln) stammt. Vgl. Bd. I/1 d. A., Anm. 260,10.

349,2 f. *stund in der Wahl 〈...〉 abgeben wolte]* In der frühen Neuzeit folgte dem »studium generale« der »artes liberales« die Spezialisierung auf Theologie, Jurisprudenz oder Medizin.

349,4 f. *bey nächster Disputation]* Die nächste Prüfung.

349,5 *Tractat Isaaci Peyrerii de Præadamitis]* Isaac de La Peyrère (1594-1676), Theologe aus Bordeaux, vertrat in seinen Schriften *Praeadamitae. Sive exercitatio 〈...〉 quibus indicuntur primi homines ante adamum conditi* (1655) und *Systema theologicum. Ex prae-adami-tarum hypothesi. Pars prima. Anno salutis* (1655) die These, daß es schon vor dem biblischen Adam Menschen gegeben habe, und löste damit heftige, ablehnende Reaktionen von orthodoxer Seite aus. De la Peyrère wurde eingekerkert und distanzierte sich vom Calvinismus, nicht jedoch von seiner Praeadamitenthese.

349,12 *Lügen der Egyptier und anderer Heyden]* De la Peyrères These hat zur Folge, daß das Alte Testament lediglich als das historische Buch nur eines Volkes (der Hebräer) zu betrachten wäre, ohne Anspruch auf allgemeine Gültigkeit für die Universalgeschichte, und daß die historischen Quellen anderer (heidnischer) Völker den gleichen Rang und somit entgegen der biblischen Chronologie Menschen vor Adam auf der Welt existiert hätten.

349,14 *Adam der erste]* Vgl. 1. Mose 1,26-31 u. 2,7-24.

349,17 *Sůndflut]* Vgl. 1. Mose 7,17-8,22.

349,19 f. *den alten heydnischen Philosophis]* Quelle: Garzoni, *Piazza*, 26. Diskurs, »Von Philosophis«, S. 170 f. Grimmelshausen wertet hier die Abschnitte »Vnterschiedliche Meinung von den principiis naturalibus«, »Vnterschiedliche Meinungen von der Welt« und »Vnterschiedliche Meinungen von der Seelen« aus.

349,20 *Epicuro]* Epikur (342/1-271/0 v. Chr.), Begründer der epikureischen Philosophen-Schule. Vgl. Bd. I/1 d. A., Anm. 246,21, S. 470,12 u. S. 591,19.

349,20 *Democrito]* Der griechische Philosoph Demokrit aus Abdera (460-410 v. Chr.) galt seit Horaz (*Briefe* 2,12) als der lachende Philosoph; vgl. auch Spr 3, S. 173,1, und ST III 24 (Bd. I/1 d. A., S. 340,9).

349,20 f. *Anaximandro]* Anaximandros von Milet, griechischer Naturphilosoph, (610/9-547/46 v. Chr.), Schüler des Thales von Milet.

349,21 *Thaletis Discipuln]* Thales von Milet (1. Hälfte 6. Jh. v. Chr.). Er erklärte das Wasser zur Ursubstanz der Welt.

349,21 *Metrodoro]* Metrodoros von Chios (4. Jh. v. Chr.), Schüler des Demokrit, wahrscheinlich Skeptiker.

349,21 *Anaximene]* Anaximenes (gest. 528/25 v. Chr.), wahrscheinlich Schüler des Anaximandros. Er hielt Luft für den Urstoff.

349,21 *Aristoclo]* Möglicherweise Aristokles von Messana, ein Peripatetiker.

349,21 f. *Archelao]* Archelaos (4. Jh. v. Chr.), Schüler des Anaxagoras. Seine Kosmogonie beruhte auf der Vermischung von Warm als bewegendem, aktivem Prinzip und Kalt als starrem, passivem Prinzip.

349,22 *Xenophane]* Xenophanes aus Kolophon (580-nach 478 v. Chr.), Dichter, Theologe und Philosoph.

349,22 *Loucippo]* Leukippos von Milet (geb. 480/70 v. Chr.), Begründer der Atomistik und Lehrer des Demokrit.

349,22 *Diogene Appolloniate]* Diogenes von Apollonia (5. Jh. v. Chr.), Vertreter der ionischen Naturphilosophie.

349,22 *Anaxarcho]* Anaxarchos von Abdera (1. Hälfte 4. Jh. v. Chr.), Sophist in der Nachfolge Demokrits, allerdings mit skeptischen Tendenzen. Vgl. Bd. I/1 d. A., Anm. 264,15.

349,30 f. *Job in seinem 38. Capitel ⟨...⟩ Kinder GOttes]* Vgl. Hiob 38,4-7. Der Wortlaut folgt der katholischen Übersetzung Dietenbergers.

350,5 f. *im ersten Buch Mosis am 6. Capitel]* Vgl. 1. Mose 6,1-4. Ursprünglich galten die »Gottessöhne« als überirdische Wesen, die mit menschlichen Frauen die Riesen der Vorzeit zeugten. Die orthodoxe Auslegung deutet sie als Engel, die aus ihrer Ordnung gefallen sind, oder als Nachkommen Seths.

350,11-14 *welcher ungleiche Vermischung ⟨...⟩ vertilgte]* Vgl. 1. Mose 19,24. Zur negativen Bewertung der Sodomiten vgl. auch KJ (Bd. II d. A.).

350,17-23 *und denen Jsraeliten ⟨...⟩ dergleichen mehr ist]* Vgl. 5. Mose 22,9-11.

350,25 f. *Job ⟨...⟩ Engel]* Vgl. Hiob 1,6; 2,1; 38,7. Der Nichttheologe bringt die orthodoxe Auffassung zu den umstrittenen Bibelstellen vor.

350,27 *Kinder GOttes]* Vgl. 1. Mose 6,2.

350,29 *Seth]* Vgl. 1. Mose 4,25 (Geburt).

350,32 *Cain]* Vgl. 1. Mose 4,1-16.

350,35-351,6 *Der Theologus ⟨...⟩ im Job gedacht wird]* Die Argumentation des Theologen verweist auf die im biblischen Text verknüpften unterschiedlichen Weltentstehungsmythen. Die Präadamitenthese ist der unorthodoxe Versuch, diese Widersprüche aufzulösen.

351,2 *Lucifer mit seinen Gesellen nicht gefallen]* Dies entspricht der orthodoxen Lehre von den Engeln; vgl. Augustinus, *De civitate Dei*, Buch 9-14: Vgl. auch Offb. 12,7-12.

351,3 *Evam ⟨. . .⟩ betrogen]* Vgl. 1. Mose 3,1-6.

351,4 f. *dann alles was GOtt erschaffen war gut]* Vgl. 1. Mose 1,1-31.

351,7 *GOTT zum Job]* Vgl. Hiob 38,7.

351,10 *der zehenden Theil]* Traditionelle Spekulation von den zehn Chören der Engel, von denen einer (unter Lucifer) abfällt.

351,11 f. *der Drach den Dritten Theil]* Diese Spekulation über den Engelsturz stützt sich auf Offb. 12,3 f.

351,28 *Lapperey]* Ironisches Wortspiel mit dem Namen la Peyrère, vgl. Anm. 349,5 f.

351,30 f. *gefallenen Engelstell darauß zu ersetzen]* Vgl. Augustinus, *De civitate Dei*, 22. Buch, Kap. 1.

351,31 f. *der Welt Seligmacher]* Jesus Christus.

352,10 f. *nicht alles in der H. Schrifft aufzeichnen lassen]* Die in den biblischen Kanon aufgenommenen Schriften enthalten nur indirekte, marginale Aussagen zum Bereich der Angelologie.

352,19 f. *wunderbare Geschöpf Gottes ⟨. . .⟩ Wercken loben]* Vgl. ST V 12 (Bd. I/1 d. A., S. 492,12-17).

352,20 f. *der weise Syrach ⟨. . .⟩ gesehen]* Vgl. Sir. 43,28-32. Grimmelshausen folgt hier der katholischen Bibelübersetzung Dietenbergers.

353,9 *Thomas de Kempis]* Thomas Hemerken von Kempen (1380-1471), bedeutendster Vertreter der Devotio-moderna-Bewegung, Verfasser des am weitesten verbreiteten christlichen Erbauungsbuches *De imitatione Christi* (1415). Vgl. auch S. 402,6 f.

353,11-13 *Glaub ⟨. . .⟩ vertragen könne]* Sprw., vgl. Grimm, DWb 7, Sp. 7795.

353,18 f. *Theophrastus ⟨. . .⟩ Salamandris]* Philippus Theophrastus Bombastus von Hohenheim, genannt Paracelsus (1493-1541), Arzt, Chemiker und Naturphilosoph der Frühen Neuzeit. Er verfaßte u. a. die Schrift *Liber de Nymphis, Sylphis, Pygmaeis et Salamandris et de ceteris spiriti-*

bus, die sich mit der Existenz von Elementargeistern beschäftigt. Vgl. Bd. I/1 d. A., Anm. 484,17; S. 514,3 f.; S. 644,21-23.

353,17-25 *und dörffen nicht ⟨...⟩ Menschen zu betrügen]* Der Rückverweis auf Paracelsus und Kornmann, die Autoritäten für Grimmelshausens Mummelsee-Episode in ST V 12-17 (Bd. I/1 d. A., S. 489,16-517,23), enthält zugleich eine Selbstkritik.

353,19-24 *Heinrich Kornmann in Monte Veneris ⟨...⟩ Feuerleut]* Heinrich Kornmann, Jurist aus Kirchhain bei Marburg (ca. 1580-1640). Seine 1614 erschienene Schrift *De Monte Veneris* gibt in Kap. IX Auszüge aus Paracelsus' *Liber de Nymphis* wieder: »Die in Wasser sind Nymphen / die in der Luft sind Sylphen / die in der Erden sind Pygmæi, die in dem Feuer Salamandræ.« Vgl. Spr, Anm. 289,33-290,2.

353,26 f. *Fußpfad ⟨...⟩ von dem Fahrweg abscheidete]* Auf allegorischer Sinnebene Anspielung auf das pythagoreische Y, das Zeichen der Wegewahl (Haberkamm), dessen Bedeutung Grimmelshausen u. a. durch Hans Sachs (*Der buchstab Pitagorä Y, bayderley Straß, der tugend und untugend*, GW 3, S. 92-94) und Albertinus (*Hiren schleifer*, S. 486; *Lucifers Königreich*, S. 23 f.) kannte. Vgl. auch S. 435,31-436,4 und S. 444,6-17.

354,9 f. *darinn der Friede grünet]* Vgl. ST V 1 (Bd. I/1 d. A., S. 447,14).

354,12 f. *Degen an Statt des Steckens]* Privileg des Universitätsangehörigen, während der gemeine Mann sich mit dem Stecken begnügen muß.

354,33 *Waldfischer]* Vgl. die Darstellung der Raubüberfälle in ST IV 14 (Bd. I/1 d. A., S. 401,26-403,8) und Spr 14, S. 238,21-239,19.

355,10 *Mitleiden und Erbärmbde]* Vgl. Anm. 308,1.

355,12-16 *Ach ⟨...⟩ sterben solten]* Grimmelshausen bestätigt die Kritik des Juristen an der theologischen Spekulation. Vgl. S. 352,11 f.

355,28 *war eins]* Vgl. ähnlich ST II 17 (Bd. I/1 d. A., S. 177,15 f.).

356,28 *was ging es sie an]* Grimmelshausen kritisiert das fehlentwickelte Rechtsempfinden der Gelehrten. Ähnlich ST II 17 (Bd. I/1 d. A., S. 177,15 f.).

357,6 f. *weil sie ⟨. . .⟩ nicht wusten]* Erneuter Hinweis auf die Wahnbefangenheit gerade der Gelehrten.

357,9 *manes]* Manen, Seelen der Verstorbenen im altrömischen Ahnenkult.

357,9 *lemures]* Lemuren, Gespenster aus Gerippe und Sehnen.

357,9 *coelites]* Himmelsbewohner.

357,9 *inferi]* Bewohner der Unterwelt.

357,14 f. *Luciani Monmenschen]* Lukianos aus Samosata in Kommagene, griech. Sophist und Satiriker (ca. 120-nach 180). Vgl. dessen *Verae Historiae* I, Kap. 22 ff.

357,18 *ungelehrter Idiot]* So bezeichnet sich auch der fiktive Verfasser von Grimmelshausens *Beernhäuter* (1670), einer Parodie auf das gelehrte Dissertationswesen.

358,3 *in Kleidung herfür gethan]* Anspielung auf die behördlichen Kleidervorschriften für jeden Stand.

358,6 f. *Sitten so artlich ⟨. . .⟩ gewust]* Poetologischer Hinweis: Der Erzähler grenzt seine indirekte satirische Schreibart von der Methode des direkten Angriffs ab.

359,13 f. *Aun ⟨. . .⟩ Tuiffels]* »Und jetzt bist du des Teufels.«

359,21 *lachte]* Vgl. Anm. 324,8.

359,31 *zum Lust als zum Nutz]* Allgemeine Funktionsbestimmung von Poesie und Kunst, auch der Gartenkunst.

360,6 f. *in einem schönen blauen Stück]* Hinweis auf die aufwendige Dienerkleidung.

360,24 *Garten Paradeises ⟨. . .⟩ Saal]* Schilderung von Garten und Saal verweisen auf die biblischen Vorbilder, vgl. 1. Mose 2,4-24, Matth. 22,1-14, Luk. 14,15-24, Joh. 2,1-11 und Offb. 21,10-22,5.

361,9 f. *Bratspiesse von selbst herumb giengen]* Wohl weniger auf das Schlaraffenlandmärchen als auf eine technische Vorrichtung zu beziehen.

361,19 *Windelstege]* Vgl. die Illustration in der ersten posthumen Gesamtausgabe.

361,28 *Taffilet]* Muley Archy Tafilet erhob sich 1666 zum Herrscher über einen Teil Marokkos.

361,34 *eine halbe Apotheck]* Zu den »teuflischen« Verschönerungskünsten einer Frau vgl. auch Cour, S. 19,27-20,5.

362,1 *Tormæ solis]* Torna solis (franz. tournesol), Läppchen zum Rotfärben.

362,1 *oleum talci]* Vgl. z. B. ST IV 3 (Bd. I/1 d. A., S. 359,5).

362,5 *Affenspiel vor dem Spiegel]* Das Motiv der Frau im Zimmer eines reichen Hauses vor dem Spiegel, den ein Teufel hält, findet sich als Darstellung der Superbia im Gemälde »Die sieben Todsünden« von Hieronymus Bosch (1450-1516), ferner vor Naturkulisse auf einem Holzschnitt zum gleichen Thema in Sebastian Brants *Narrenschiff* (1494). Bei Grimmelshausen übernimmt der Erzähler (Vogelnestträger) die Rolle des Teufels, der als solcher nur von der Dame wahrgenommen wird (Gaede 1990).

362,8 *Hanns Supp seinen Hut]* Übersetzung des französischen Jean Potage, Hans Wurst, der bei den Zwischenspielen der Wanderbühnen u. a. durch Verformung seines Hutes das Publikum zum Lachen bringt.

363,5 *schöne Blumen und rare Gewächs]* Vgl. WV II 2. Beide Erzähler werden als unfähig gezeigt, den emblematisch-religiösen Sinn der schönen Blumen zu erfassen.

363,30 f. *Psyche]* In Apuleius' (2. Jh. n. Chr.) *Amor und Psyche*, einem Teil seines Romans *Metamorphoses* (IV 28-VI 24), läßt der unsichtbare Amor Psyche durch Zephir in einen herrlichen Palast entführen.

364,13 *von meinem Gewissen ängstigen]* Beginn der zur Selbsterkenntnis führenden Verstörung des Erzählers unter dem Einfluß des Vogelnestes.

364,31 *der reiche Mann beym Luca am 16.]* Vgl. Luk. 16,19-31. Sozialkritischer Bezug auf das Gleichnis vom reichen Mann, der nach dem Tod in der Unterwelt gepeinigt wird, hier zur Beschwichtigung des eigenen schlechten Gewissens.

365,5-29 *Folgends 〈. . .〉 Tafel asse]* Vgl. das verschwenderische Gelage beim Hanauer Gubernator (ST I 29-34, Bd. I/1 d. A., S. 102,20-116,5).

366,1 *Olla Batriden]* Spanische Suppen mit Fleisch und Gemüse. Vgl. ST I 30 (Bd. I/1 d. A., S. 105,4) und Cont 6 (Bd. I/1 d. A., S. 588,30).

366,6 *Spanischen Brod]* In Süddeutschland verbreitetes Buttergebäck.

366,12 *Hippocras]* Vgl. Anm. 348,13.

366,13 *Jochem]* Vgl. Anm. 313,21 f.

366,21-27 *der Geschmack 〈. . .〉 Riechen]* Nach den Sinnen ordnet im RP (S. 728,7-741,15) der alte Simplicissimus seinen Diskurs über die Praktiken der Verschwendung am Fürstenhof.

367,1 *Viol de Gampa]* Viola da gamba, Streichinstrument, dessen Corpus auf die Beine des Spielers gestützt wird.

367,4 *Gulden-Thaler]* Reichsguldiner, eine Silbermünze, die durch die Reichsordnung von 1559 als Äquivalent zum Goldgulden geschaffen wurde. Demnach entspräche 1 Reichsguldiner 60 Kreuzern, d. h. 15 Batzen. Siehe Münztabelle.

367,4 *von einem Schlag]* Von einer Prägung, vgl. Grimm, DWb 15, Sp. 327 f.

367,9 *Geld aufflesen]* Wie Simplicissimus (vgl. Cont 15, Bd. I/1 d. A., S. 635,1-28) hat auch der Hellebardierer ein distanziertes Verhältnis zu Geld.

367,7 *Batzen]* Siehe Münztabelle.

367,7 f. *Herrengelder]* Vgl. S. 332,4 f.

367,13 *Hetel]* Ein vor allem im oberdeutschen Raum verbreitetes Wort für Ziege, vgl. Grimm, DWb 10, Sp. 1270.

367,22 *Mitleiden]* Vgl. Anm. 308,1.

367,24 *Heller]* Siehe Münztabelle.

367,27 *unerträglichen Pressung]* Vgl. die Klage des Knan im RP, Nr. 115, S. 708-711, aber auch die Ständeallegorie, ST I 15 (Bd. I/1 d. A., S. 59,16-60,7).

367,34 *Tenor]* Die hohe Männerstimme im Gesang.

369,3 *Altum]* Alt, die tiefere der beiden Frauen- und Knabenstimmen.

369,3 *Discant]* Oberste Stimme eines mehrstimmigen Satzes.

369,4 *Harmoniam der jåmmerlichsten Music]* Vgl. ST I 3 (Bd. I/1 d. A., S. 26,5 f.).

369,5 f. *Erbårmde und einem Christlichen Mitleyden]* Vgl. Anm. 308,1.

369,12 *Lazaro]* Nach dem Gleichnis Jesu darf der Bettler Lazarus nach seinem Tod in Vater Abrahams Schoß sitzen, während der reiche Prasser zur Hölle verdammt ist; vgl. Luk. 16,19-31.

369,15 *Thaler]* Siehe Münztabelle.

369,28 *gelbe Růben]* Nahrung der Armen. Vgl. ST I 23 (Bd. I/1 d. A., S. 83,25-84,1).

369,35 *Hexengierer]* Wortspiel aus Exequierer (Exekutor, Büttel) und habgierigem Hexenrichter. Zugleich Anspielung auf die Praktiken von Hexenrichtern beim Eintreiben von Abgaben zu ihren Gunsten.

369,27 *Als thåt ich meine milde Hand ferner auff]* Anspielung auf Ps. 104,28; der Erzähler begibt sich in die Rolle Gottes (alter deus).

371,10 *Spånen]* Der harzgetränkte Kienspan war im Vergleich zur Kerze die preiswertere Lichtquelle.

371,18 f. *grob kůdernes 〈...〉 Sack-Daffent]* Vgl. Cont 11-12 (Bd. I/1 d. A., S. 616,20 u. S. 618,20-22).

371,32-372,5 *die Bettlade 〈...〉 gesticket]* Vgl. die Haushaltung des Knan in ST I 1 (Bd. I/1 d. A., S. 18,2-19,31).

372,5 f. *es war ůberall 〈...〉 die Armut zu sehen]* Vgl. RP, Nr. 90: »Gewiß ist es / wann zwey arme junge Menschen zusammen in die Ehe tretten / daß ihnen solche ihre Armut die gantze Zeit ihres wehrenden Ehestands weh thut: vornehmlich wann sie gleich anfangs mit vielen Kindern beladen werden / und keine Freunde vorhanden / die ihnen mit Hilff / Rath und That zu einer oder anderen Auffkunfft und Befůrderung under die Arm greiffen 〈...〉.«

372,10 f. *betrachtete]* Das Betrachten des Erfahrenen ist für die simplicianischen Gestalten der (nicht immer beschrittene) Weg zur Selbsterkenntnis.

372,11-13 *wie unterschiedlich ⟨...⟩ nicht ersinnen]* Grimmelshausen vermeidet hier wie sonst (vgl. z. B. ST I 15, Bd. I/1 d. A., S. 59,6-68,14) Schuldzuweisungen bei der Darstellung sozialer Unterschiede: innerhalb der Ständeordnung hat jeder Stand die Möglichkeit zur Bewährung im Sinne der christlichen Tugend- und Lasterlehre.

372,25 *vor einen H.Engel gehalten]* Vgl. RP, S. 739,12-31.

372,29 f. *deß innerlichen Gemůths passionirten Affecten]* Lies: der passionirten Affecten des innerlichen Gemüths. Gemeint ist die traditionelle Lehre von den Affekten bzw. »Hertzneigungen«, in der *Ethica* des Justus Georg Schottelius (1669) Grundlage der Tugendlehre.

373,12 f. *Kupfferstůck ⟨...⟩ betreugt]* In allen Kupferstücken (Illustrationen) der Ausgabe E[5] (1671) von ST und Cont findet sich tatsächlich das Motto »Der Wahn betreugt«: Man kann dies als Beweis für die Echtheit der Kupferstiche in dieser von Verlagsseite überarbeiteten Ausgabe ansehen.

373,14 f. *einmals seinen Sohn beym Leben erhalten]* Vgl. S. 399,6-401,3 und S. 407,20-409,8.

373,24-374,23 *Kuh am Strick ⟨...⟩ hauen]* Mögliche Quelle: Pauli, *Schimpf und Ernst* (1522), Nr. 710: »Von einem, dem ein Kü gestolen ward«. Vgl. aber auch die ähnlich angelegte Szene vom Rückkauf eines gestohlenen Teppichs in Jacob Bidermanns Schauspiel *Cenodoxus* (II 7).

374,16 *Gulden]* Siehe Münztabelle.

374,22 *Reichsthaler]* 6 Reichstaler entsprechen 9 Gulden.

375,5 *was vor sein Theil]* Vgl. Variantenverzeichnis.

375,18 f. *desto reputirlicher]* Der Verkäufer will in der Öffentlichkeit nicht als Dienstbote erscheinen.

375,32 *Kreutzer]* Vgl. Münztabelle.

376,1 f. *Niemand ⟨...⟩ Durst]* D. h. niemand zog mich zur Rechenschaft als der Durst.

376,12 *unterschiedlichen Standleuten]* Leute unterschiedlichen Standes.

376,31-377,1 *ausser dessen sonst kein Kurtzweil]* Die Selbstisolierung durch das Vogelnest, die kurzzeitig durch das Laster der Curiositas durchbrochen wird, führt im folgenden zu Melancholie und Verstörung.

377,9 *den Compaß zu verrucken]* Sprw., vgl. Grimm, DWb 11, Sp. 1684 f.

377,11 *Diebs-Zunfft]* Vgl. Bd. I/1 d. A., Anm. 17,18 f. (»Zuckerbastels Zunfft zu Prag«).

377,27 *Schild]* Die Häuser der frühneuzeitlichen Stadt waren durch Hauszeichen bzw. Schilder mit Hinweis auf das jeweilige Gewerbe kenntlich gemacht. Hausnummern kannte man im Alten Reich noch nicht.

378,5 *Peter Simon]* Liebliche Weinsorte, benannt nach einem niederländischen Kaufmann.

378,22-25 *ein schöne junges Weib 〈...〉 Geschmeiß]* Das Motiv der Frau vor dem Spiegel wird hier variiert. Vgl. dazu auch den Aufzug der Courasche in Spr 4, S. 179,4-180,24, in Anspielung auf Offb. 17,4. Schon der Knan spricht statt von Geschmeide von Geschmeiß (ST V 8, Bd. I/1 d. A., S. 479,21 f.).

379,32 f. *Meißnern]* Tuchkaufleute aus Meißen.

380,6-9 *so da war 〈...〉 Hånngen]* Ironische Aufzählung einer Diätmahlzeit.

380,12 *Strieger Mertzen-Bier]* Bier aus Striegau in Schlesien.

380,16 *Ptisina]* Getränk aus gekochter Gerste mit Zusätzen von Zimt, Zitronenschalen und Rosinen.

381,17 *hoffirte]* Nach HdA 2, Sp. 234, gibt es den Diebsglauben, daß ein Kothaufen, solange er dampft, Menschen des bestohlenen Hauses in Schlaf zaubert.

382,16 *auffs Rath bringen]* Die grausame Todesstrafe des Räderns wurde seit dem 17. Jh. nicht mehr direkt, sondern durch Erwürgen oder Enthaupten vollstreckt, der Leichnam wurde (meist nach der Hinrichtung) auf ein Rad geflochten, das zur Abschreckung öffentlich aufgerichtet wurde.

383,16 f. *ein Mensch ohne Bereuung seiner Sůnden sterben]* Anspielung auf das Sterbesakrament der Letzten Ölung in Anlehnung an Jak. 5,14-16. Im frühneuzeitlichen Strafprozeß waren Schuldgeständnis und Sündenreue Voraussetzung für die Verurteilung.

384,1 f. *blaue zauberische Schlaffflamme]* Gemeint ist die im deutschen Aberglauben bekannte sogenannte Diebskerze, die aus dem Eingeweide ungeborener Kinder oder dem Fett schwangerer Frauen verfertigt wurde und die Opfer in tiefen Schlaf versenkte (HdA 2, Sp. 234). Vgl. auch ST II 17 (Bd. I/1 d. A., S. 176,25-177,1).

384,16 *Scharf-Richter]* Der Scharfrichter oder Henker, außerhalb der Ständeordnung stehend und in zauberischen Praktiken erfahren, hat die vom Gericht verhängte Strafe vorzunehmen, in diesem Fall nur noch das schimpfliche Verscharren des Leichnams.

384,33 *Kŏpffe mit Nachsinnungen ⟨...⟩ zerbrechen]* Die Episode ist also ein weiteres Exempel der Wahnbefangenheit.

385,12 f. *Hamburger Zwibachens]* Grimmelshausen bezieht sich offenbar auf die Hamburger Gewohnheit, Zwieback in Branntwein einzutauchen.

385,16 f. *einem reichen Juden desselbigen Kŏnigreichs]* Bis zu den Pogromen von 1649 lebten die Juden in Polen sicher im Besitz aller Bürgerrechte. Der Vogelnestträger reproduziert die üblichen Vorurteile gegen die Juden; Verbrechen an Juden belasten zu diesem Zeitpunkt der Erzählung sein Gewissen noch nicht.

385,17 *Ducaten]* Siehe Münztabelle.

385,30 f. *Dorff Schuhflicker ⟨...⟩ leicht kŏnnen]* Im Mißtrauen gegenüber den Dorfschustern folgt Grimmelshausen Garzoni, *Piazza*, 130. Diskurs, »Von Schustern vnd Schuflickern«, S. 652 f.

386,12-15 *Colerum ⟨...⟩ in seiner Oeconomia]* Johann Coler (ca. 1570-1639), Magister in Rostock, Prediger in der Mark. Sein Hausbuch *Oeconomia ruralis et domestica* (1609) war im 17. Jh. in zahlreichen Auflagen weit verbreitet und galt als Fachbuch für alle hauswirtschaftlichen Fragen. Grimmelshausen bezieht sich hier auf Kap. 12 der *Oeconomia* (»Von Schäfern«).

386,16-19 *Himmel ⟨. . .⟩ bescheinen konte*] Topische Naturbeschreibung wie in Epos und hohem Roman.

386,32 *eingedaucht*] Vgl. Variantenverzeichnis: alle Ausgaben haben »eingedaucht« (eingetaucht); gemeint ist der Schuh.

387,5-8 *schrie der Wirth ⟨. . .⟩ auffgetragen*] Aufzählung der Laster der Wirte wie auch schon in Spr 21. Zu den betrügerischen Praktiken der Wirte vgl. auch Garzoni, *Piazza*, 98. Diskurs, »Von Wirten vnd Gahrköchen«, S. 547-549.

387,15 f. *schlug an die Brust*] Die dargestellte Erwekkung von Reue entspricht der kirchlichen Bußpraxis nach dem Vorbild von Luk. 18,13 und 23,48.

387,27 *Mitleyden*] Vgl. Anm. 308,1.

387,24 f. *grundlose Barmhertzigkeit GOttes*] Leitmotiv bei Grimmelshausen. Vgl. ST II 20 (Bd. I/1 d. A., S. 190,14).

388,5 *beständig verblieben*] Beständig zu verbleiben ist die grundlegende moralische Anforderung im simplicianischen Zyklus, die in der Praxis nie erreicht wird. Vgl. die dritte Lehre des Einsiedels, ST I 12 und ST V 24 (Bd. I/1 d. A., S. 49,10-33 bzw. S. 551,31 f.) und Cont (Bd. I/1 d. A., S. 557,1-8).

388,8 *Dünbier*] Dünnbier oder Kovent, Klosterbier, gewonnen durch Anreicherung des Trebers mit Wasser.

388,12 *schwere Gedancken*] Beginn der Melancholie.

388,16 *Gesellschafft frommer oder böser Leute*] Anspielung auf die zweite Lehre des Einsiedels ST I 12 (Bd. I/1 d. A., S. 49,4 f.).

388,17 f. *bey meinen Bieren ⟨. . .⟩ zeitigen*] Ironisch abgewandeltes Sprichwort.

388,27 f. *das siebende Gebot*] Vgl. 2. Mose 20,15: »Du sollst nicht stehlen«.

389,1 *Läuse*] Häufiger werden die hochfahrenden Helden Grimmelshausens durch Läuse bzw. Flöhe an ihre

Kreatürlichkeit gemahnt. Vgl. Bd. I/1 d. A., Anm. 218,8-220,18 und S. 264,28-266,31.

389,3 f. *ohn einiger Mensch ⟨. . .⟩ Trostleistung]* Hinweis auf die Vereinsamung des zu Allwissenheit Befähigten, auch des satirischen Poeten.

389,6-9 *GOtt ⟨. . .⟩ erschaffen]* Schon Simplicissimus kommt zu dieser (paracelsischen) Erkenntnis (ST V 12, Bd. I/1 d. A., S. 492,15-17): »⟨. . .⟩ wie seynd die Wunderwerck deß Schöpffers auch so gar im Bauch der Erden / und in der Tieffe deß Wassers so groß!«

389,15-17 *Tortur ⟨. . .⟩ bekennen würde]* Die Strafprozeßordnung des alten Reiches (Carolina) erlaubte die Folterung des Angeklagten, wenn seine Schuld durch Indizien nach menschlichem Ermessen so gut wie sicher war und zur völligen Gewißheit nur noch das Geständnis fehlte. Bei sog. Sonderverbrechen wie Zauberei oder Majestätsbeleidigung erhielten die Richter jedoch freie Hand: In den Hexenprozessen genügte meist schon eine Denunziation zur Anwendung der Folter gegen Unschuldige. Diesen Mißstand nahm Friedrich Spee (*Cautio Criminalis*, 1631) zum Anlaß, die Abschaffung der Folter zu fordern. – Von der Folter bedroht sind auch Simplicissimus (ST II 26, Bd. I/1 d. A., S. 210-213) und Courasche (Cour 12 und 25).

389,18-20 *auff einen Scheiterhauffen ⟨. . .⟩ schickte]* Grimmelshausen bezieht sich auf die zu dieser Zeit übliche Hinrichtungsart von Zauberern und Hexen, die sich mit Berufung auf 2. Mose 22,17 biblisch legitimierte.

389,29-31 *ansehenlichen Closter ⟨. . .⟩ Stadt ansahe]* Vorbild könnte das in der Ortenau gelegene Benediktinerkloster Ettenheimmünster sein.

389,33 *alter Kerl mit einem Steltzfuß]* Simplicissimus empfiehlt dem Kriegsinvaliden Springinsfeld, seinen Lebensabend als Türhüter eines Klosters zu beschließen. Vgl. Spr 8, S. 202,10 f.

390,3-5 *eine Ordens Person ⟨. . .⟩ auffgenommen worden war]* Grimmelshausen beachtet die Unterscheidung der Klosterinsassen in Geistliche (patres) und manuell arbeitende Laienbrüder (fratres).

390,11 f. *Schneider 〈...〉 auff der Wacht]* Offenbar eine Anspielung auf das Märchen vom tapferen Schneider in der Version des Martinus Montanus (*Wegkürtzer*, Straßburg 1557), auf das sich Grimmelshausen schon in ST II 28 (Bd. I/1 d. A., S. 220,12 f.) bezieht.

390,14 *S. Crispinus]* Sankt Crispinus, der Legende nach römischer Märtyrer unter Kaiser Diocletian (287), Schutzpatron der Schuster, Sattler und Gerber. Nach einer Legende hat er Leder gestohlen, um für Arme Schuhe zu fertigen. Vgl. LTuK 3, Sp. 96.

390,31 *umb der Gänse willen]* D. h. für nichts und wieder nichts.

391,34 *17 Wochen]* Vgl. Anm. 311,3.

391,8 *Königs Arturi Hofhaltung]* Die bretonische Sagengestalt bildet den Mittelpunkt der mittelalterlichen Artus-Epik *(Erec, Iwein, Lancelot, Parzival)*, die wiederum zahlreichen Rittergeschichten des 15. und 16. Jhs. zugrunde liegt. Als mögliche Quelle Grimmelshausens kommt Hans Sachsens *König Artus* (1530) und *Tristant und Isalden* (1553) in Betracht. Vgl. auch ST IV 24 (Bd. I/1 d. A., S. 434,30-435,1) und Cont 6 bzw. 8 (Bd. I/1 d. A., S. 588,28 bzw. S. 600,7).

391,24 *gleichsam fürstlich zugerichtet]* Die Beschreibung der Klosterökonomie wird mehr und mehr zur Satire auf die Differenz von Armutsideal (»ora et labora«) und tatsächlichem Wohlleben der Mönche.

391,30 f. *Patres ihre Horas beteten]* Vgl. Anm. 321,11.

392,3 *Schalmey]* Neben der »Sackpfeife« ist die Schalmey ein weiteres Holzblasinstrument der Hirten (Flöte mit doppeltem Rohrblatt).

392,15 f. *Widder 〈...〉 genommen]* Sprw., vgl. Grimm, DWb 29, S. 467,7.

392,28 *junge Simplex]* Nach ST V 5 (Bd. I/1 d. A., S. 465,1-467,7) hat Simplicissimus von seiner Magd einen außerehelichen (»natürlichen«) Sohn, den er legitimiert und als seinen Erben einsetzt. Ihm widmet er den EC, dessen Titelkupfer ein Porträtmedaillon des inzwischen herangewachsenen »jungen Simplicissimus« in Alamodekleidung aufweist. Die Geschichte der simplicianischen Familie hatte Grimmelshausen bereits in Spr 9 fortgeführt, wo der junge Simplicissimus als Student in der Stadt jenseits des Rheins (Straßburg) geschildert wird.

393,2 *ein Kǒnig seinen Favoriten*] Grimmelshausen spielt auf einen zentralen Punkt der absolutistischen Staatslehre an: das Verhältnis des Regenten zu seinem engsten Berater und Günstling, das er aus Garzoni, *Piazza*, 62. Discurs, »Von Hoffleuthen 〈...〉«, S. 412-414, sowie aus Boaystuau, *Le Theatre du Monde* II 10, S. 165, kannte und in RS, im Discurs vom Favoriten Sabud, dargestellt hatte. Die Situation des jungen Simplex entspricht der des Joseph bei Potiphar. Vgl. KJ (Bd. II d. A.).

393,8 *Battum*] Der Rinderhirte Battus hatte gelobt, den Rinderdiebstahl des Merkur nicht zu verraten, tat dies dann aber doch und wurde in einen Stein verwandelt (Ovid, *Metamorphosen* II, v. 688-707).

393,13-19 *schǒne qualitǎten 〈...〉 bringen dǒrffte*] Indirekte Charakteristik des Satirikers Simplicissimus bzw. Grimmelshausen aus der Sicht der Kritisierten bzw. der Leser. Vgl. auch RP, S. 727,7 f.: »fein offenhertzig teutsch«, und Dietw: »Pflegt die Wahrheit jederman anzudeuten«.

393,14 *Phantast*] Schon in der Vorrede zu SP Bezeichnung für den ingeniösen Dichter, in ST III 3 (Bd. I/1 d. A., S. 253,29) Bezeichnung für einen, der »sich ůberstudirt / und in der Poeterey gewaltig verstiegen« hat. Dem Phantasten wird die satirisch vermittelte Wahrheit zugeordnet, seinen bösen Kritikern die Verstellung.

393,27 *Haupt-Schlůssel*] Vgl. Spr 24, S. 282,13.

394,19 f. *daselbst vertauschte ich mein schwartz Hembd umb zwey weisse*] Möglicherweise allegorisch-anagogische Anspielung auf Offb. 3,5: »Wer überwindet, der soll mit weißen Kleidern angetan werden, und ich werde seinen Namen nicht austilgen aus dem Buch des Lebens, und ich will seinen Namen bekennen vor meinem Vater und vor seinen Engeln.« (Vgl. Heßelmann, S. 342.)

394,31 *Mertzenbier]* Im März gebrautes Lagerbier.

395,3 *und dieses]* Gemeint ist das Nachtlager.

395,10 f. *letzte Meß 〈. . .〉 verzogen]* Den Übelstand, daß die Meßfeier für Adlige hinausgeschoben wird, macht auch Callenbach, *Almanach. Welt-Sitten-Staat-Marter-Calender* (1714) I 3, zum Gegenstand einer Satire: »Man will sogar die Kirchen=Ordnung / die Rubricken / den Gottes=Dienst ändern / und nach Gemächlichkeit des Politischen Lebens einrichten. 〈. . .〉 Ich stehe manchmal über ein Stund am Altar / mach Scenas mutas, bis es denen gelegen ist / der Meß beyzuwohnen 〈. . .〉.«

395,20 *den jungen Simplicium mit auffwarten]* Gegenbild zum alten Simplicissimus, der als Knabe in Hanau ebenfalls aufwarten mußte: ST I 30-33 (Bd. I/1 d. A., S. 104,15-113,11).

395,30 f. *in den geistlichen Stand schickte]* Hinweis auf die katholische Konfession des Simplicissimus und seines Autors.

395,32-396,2 *wie weit seine Wissenschafften 〈. . .〉 übertreffen thäten]* Ähnlich charakterisiert Grimmelshausen seinen Joseph, KJ (Bd. II d. A.).

396,7-30 *Jch merckte 〈. . .〉 Bestürtzung]* Vgl. die Reaktion des Simplicius auf die Intrigen des Olivier und des Profosen gegen den jungen Herzbruder (ST II 23, Bd. I/1 d. A., S. 199-21-23).

396,18 *Louis]* Louis d'or, französische Goldmünze seit 1641; vgl. Münztabelle.

396,23 *Glock ist gegossen]* Sprw., vgl. Grimm, DWb 8, Sp. 156.

396,27 *Blutgeld]* Anspielung auf Matth. 27,6; damit tritt der junge Simplicissimus in die Nachfolge Christi.

397,8 f. *hingegen sahe ich]* Zur Kritik an Geistlichen vgl. Anm. 345,20.

397,10-12 *die Einfalt 〈. . .〉 die schlaue]* Dieser Gegensatz begegnet schon in ST II 17 (Bd. I/1 d. A., S. 176,15 f.). – Grimmelshausens Frömmigkeitsideal ist das simplicianische: das naive Vertrauen auf die Liebe des »grundgütigen« Gottes analog zu den Simplices der Urkirche.

397,16 *Closter ⟨...⟩ seligen Ort]* Auch Simplicissimus erwägt und verwirft einen Klostereintritt (ST V 20, Bd. I/1 d. A., S. 526,34-527,5).

398,13 f. *Stadt / darin ein Universität]* Vermutlich Straßburg; vgl. Spr 9.

398,21 *Urian]* Bezeichnung für den Teufel und den mit dem Teufel im Bunde Stehenden.

398,28 *Fürstenfarb]* Gemeint ist die Farbe Purpur.

398,33 *Handwercks bey ihren Ayden]* Zünftige Handwerker waren auf die Einhaltung ihrer Zunftordnung und der Polizeiordnung ihrer Stadt vereidigt.

399,1 *Meißner]* Vgl. Anm. 379,32 f.

399,2-5 *ist der Dieb ⟨...⟩ gestohlen worden]* Es galt als besondere Schande, wenn ein Gehenkter über einen längeren Zeitraum am Galgen hängen blieb (HdA 3, 1444). Der Kleidung eines Diebes (vgl. HdA 3, 1454-57) wie auch der Galgenkette wurden glückbringende Zauberkräfte zugeschrieben. So wurden z. B. am Karfreitag von nackten Schmieden Krampfringe aus Galgenketten geschmiedet (HdA 3, 265).

399,7 *Wirthshauß ⟨...⟩ hieng]* Garzoni, *Piazza*, 98. Diskurs (»Von Wirthen vnd Gahrköchen«), S. 549, macht auf die allegorisch-moralische Bedeutung der Wirtshausschilder, insbesondere der abgebildeten Tiere, aufmerksam. (Marginalnote: »Schilt der Wirthshäuser«).

399,21 f. *das Gut genau zusammen halten]* Anspielung auf ein Laster des Müllerstandes, den Mehldiebstahl, den auch Garzoni anprangert: *Piazza*, 65. Discurs (»Von Müllern«), S. 426-428.

399,25 *Mühlartzt]* Hier Spottname für Müller, eigentlich derjenige, der eine Mühle repariert, so bei Garzoni, *Piazza*, 65. Discurs, S. 427.

400,15 f. *wegen vermindlicher ⟨...⟩ Zeugnuß]* Weiteres Exempel für Wahnbefangenheit und Wirkung der »passionirten Affecten«, hier der Eifersucht. Vgl. S. 372,25-31 und S. 373,11-20.

401,9-11 *alter Moßbart ⟨...⟩ ermahnete]* Charakteristik des Simplicissimus als redlicher alter Teutscher.

401,17 *Schrepfeysen]* Sprechender Name: eigentlich Instrument für Blutentnahme.

401,18 f. *mit doppelter Kreyden geschrieben]* Sprw., vgl. Grimm, DWb 11, Sp. 2140; gemeint ist die betrügerische Rechnung.

401,27 *ewigwehrenden Gottesdienst tretten]* Gemeint ist der Eintritt ins Ordensleben.

401,31 *nativitäten-Buch]* Astrologische Lehrbücher zur Berechnung der schicksalsbestimmenden Planetenkonstellationen zum Zeitpunkt der Geburt eines Menschen. Simplicissimus hat diese Fertigkeit (»Wissenschaft«) bei Garzoni, *Piazza*, 39. und 40. Discurs, kennengelernt und sich anhand von Johannes ab Indagines Buch *Natürliche Sternenkunst* (Straßburg 1644) systematisch angeeignet. Grimmelshausens EC, 5. Materi, bietet in Form eines Lehrgespräches mit Indagine eine prognostische Lehrschrift bzw. ein Nativitäten-Buch. Vgl. auch ST II 24 (Bd. I/1 d. A., S. 201,18-20).

402,6 *Thomas de Kempis]* Vgl. Anm. 353,9 und WV II, Anm. S. 454,6 f.

402,6-12 *Thomas de Kempis ⟨...⟩ Zeit zu passiren]* Lesen ist in der Frühen Neuzeit gleichbedeutend mit dem Lesen von Andachtsbüchern. Daß der Wirt, ein gemeiner Mann, statt dessen fromme Romane liest, ist ein Hinweis auf die Veränderung der Lesegewohnheiten zur Zeit Grimmelshausens. Vgl. auch Cont 1 (Bd. I/1 d. A., S. 564,3-5).

402,8 *Assenat]* Philipp von Zesen (1619-1689), 1653 geadelt, gründete 1643 in Hamburg die »Teutschgesinnte Genossenschaft«, seit 1648 Mitglied der »Fruchtbringenden Gesellschaft«, seit 1668 kaiserlicher Pfalzgraf mit dem Recht der Dichterkrönung, erster freier Schriftsteller, bearbeitete u. a. den biblischen Joseph-Stoff in der Form des hohen Romans: *Assenat* (1670). Mit Zesen hat sich Grimmelshausen auch in seinem TM auseinandergesetzt.

402,9 *keusche Joseph] Exempel Der vnveränderlichen Vorsehung Gottes ⟨...⟩ vom Keuschen Joseph in Egypten ⟨...⟩ erstlich Teutsch zusammen getragen durch den Samuel Greifnson vom Hirschfeld* (1667) ist Grimmelshausens erster Roman, auf den der Autor auch schon in ST III 19 (Bd. I/1 d. A., S. 319,14-320,19) aufmerksam macht.

402,14-407,19 *Der Joseph ⟨...⟩ Parůcke]* Grimmelshausen unterbricht die Vogelnesterzählung für einen literaturkritischen Diskurs, eine frühe Form der Literaturkritik in Gesprächsform, wie sie auch in den *Monatsgesprăchen* (1663-68) von Johann Rist und später von Christian Thomasius geübt wurde.

402,18 *Greifnsohn]* Kurzform des Anagramms für Christoffel von Grimmelshausen.

402,31 *Annotationibus]* In den gelehrten Anmerkungen zu seinem Roman *Assenat* (1670) setzt sich Philipp von Zesen u. a. kritisch mit Grimmelshausens (»Greifensohns«) Joseph-Roman auseinander, dem er mangelnde Quellentreue vorwirft.

403,7 f.8 *vorgauckelt]* Im Unterschied zum Vogelnestträger haben die Gaukeleien des Simplicissimus natürliche Ursachen.

403,21 *Zoilum]* Zoilus, griechischer Redner und Sophist aus Amphipolis (4. Jh. v. Chr.-ca. 330), der durch seine Kritik an Platon und Homer zum Inbegriff des Kritikasters wurde. Grimmelshausen kennt ihn aus Garzoni, *Piazza*, Vorrede: »Oratio, oder Rede deß Zoili, im Namen deß gantzen Convents der Verlåumbder«. Vgl. auch die Vorreden zu SP und Prox, ferner ST III 5 (Bd. I/1 d. A., Anm. 260,15 f. u. 263,21) sowie KJ (Bd. II d. A.).

403,22 *Homer]* Der sagenhafte altgriechische Verfasser der Epen *Ilias* und *Odyssee* (8. Jh. v. Chr.). Grimmelshausen kannte vermutlich die Übersetzung von Simon Schaidenraisser, *Odyssea, Das seind die aller zierlichsten vnd lustigsten vier vnd zwaintzig bůcher des eltisten kunstreichesten Vatters aller Poeten Homeri* (1537).

403,22-29 *Die Geschicht der Asaneth ⟨...⟩ Rabi]* Grimmelshausen hat recht: Der erbauliche, jüdische Roman *Joseph und Asenat* entstand erst um 100 n. Chr., vermutlich in Alexandria.

403,27 *wie deß Horatii Krăhe]* Quintus Horatius Flaccus

(65-8 v. Chr.), römischer Dichter, kritisiert einen buchgelehrten Dichter mit Hinweis auf die Fabel von der Krähe, die sich mit fremden Federn schmückt und kahl dasteht, als diese von ihr zurückgefordert werden (Episteln I, 3,15-20). Vgl. auch RP, Anm. S. 715,20.

404,4-13 *Aber daß dieser Autor* 〈...〉 *Nemme*] Grimmelshausen bezieht sich auf Zesens »Kurtzbuͤndige Anmaͤrkungen« zu seinem Assenat-Roman, S. 394 f., von dem er einige Wendungen wörtlich übernimmt:

> »Samuel Greiffensohn giebt ihm zwar keinen andern nahmen / als den algemeinen Farao. Aber seinen sohn nennet er am 138 bl. in der Geschicht vom Josef / woher weis ich nicht / Tmaus: und schreibet / daß dieser Tmaus / nach seines vaters ableiben / eben solte zum koͤnige gekroͤhnet werden / als er den Josef aus dem gefaͤngnuͤsse hohlen laßen seine treume zu deuten: welches wider alle Geschichtschreiber / die ich hiervon gelesen / auch wider der Assenat geschicht / und die Verfassung des letzten willens Josefs selbsten streitet. Andere gedenken auch eines Koͤniges / der zu Josefs zeiten in Egypten geherschet / den sie Konchares heissen. Dieser sol der 25. Egiptische koͤnig / und eben derselbe sein / nach dessen kroͤhnung im fuͤnften jahre / und nach Mizraim im 700 / das oben erwaͤhnte große Sotische jahr sei eingesetzt und begonnen worden; wie Lange am 222 bl. des I b. von den jahren nach der Heilgebuhrt / aus dem Eusebius / anziehet. Weil aber die meisten / auch der Assenat Geschicht selbsten denselben Farao oder Koͤnig / der damahls herschete / als Josef verkauft ward / Nefrem / oder Nefrem Tomestor nennen; so haben wir lieber dem meisten hauffen folgen / und den nahmen Nefrem in unserer geschicht vor allen andern behalten wollen.«

404,7-9 *wider die Geschichtschreiber* 〈...〉 *streite*] Zesen argumentiert, daß die Pharaonennamen Jmaus, Tmaus, Komhares, Alrian weder bei den oben genannten Geschichtsschreibern, noch in der Assenat-Überlieferung, noch in den Erzählquellen zu finden seien. Der Erzähler

Grimmelshausen wendet sich gegen das zeitübliche autoritätsgläubige Verfahren historischer Darstellungen. Er leitet sein Recht zum freien Umgang mit den Quellen aus deren fiktionalem Charakter ab.

404,9 *Verfassung deß Josephs letzten willens]* »Das Testament des Joseph« ist der 11. Teil der Erzählsammlung *Testament der zwölf Patriarchen* aus dem 2. Jh. v. Chr.

404,13 *Nephrem ⟨...⟩ Tomestor Nemme]* Der Text ist an dieser Stelle offenbar verderbt, vgl. Variantenverzeichnis. Grimmelshausen hat vermutlich Zesens Wendung »Nefrem / oder Nefrem Tomestor nennen« seinem Text eingeformt.

404,14-34 *Was ⟨...⟩ oder nicht]* Grimmelshausen unterscheidet bei der Bewertung historischer Zeugnisse wie die moderne Quellenkritik nach Intention und Funktion der Gattungen: »Ertzvätter«, d. h. das »Testament der zwölf Patriarchen«, ist wie die Evangelien zunächst eine erbauliche und keine historische Schrift.

405,4 *Cabalam]* Kabbala, hebräische Überlieferung, mystisch-gnostische Geheimlehre der Juden, entstand zwischen 1150 und 1250 in der Provence (Buch Bahir), erweitert in Spanien (Buch Zohar), seit dem 16. Jh. Ausgangspunkt einer religiösen Bewegung im Judentum (vgl. LTuK 5, Sp. 1233-36). Das starke Interesse der Gelehrten im 17. Jh. an der Kabbala bezeugt Christian Knorrs von Rosenroth reich kommentierte Ausgabe *Kabbala denudata* (1677). Grimmelshausen imformierte sich bei Garzoni, *Piazza*, 29. Diskurs (»Von den Cabalisten«), S. 195-212.

405,5 *Esdræ]* Esra, jüdischer Gesetzeslehrer, der seit 458 v. Chr. den Wiederaufbau Jerusalems und des Tempels nach der Heimkehr aus der babylonischen Gefangenschaft leitete und das biblische Geschichtsbuch Esra verfaßte; zugeschrieben werden ihm das Buch Nehemia und zwei außerkanonische jüdische Bücher.

405,8 f. *nach Garzoni Zeugnuß]* Vgl. Garzoni, *Piazza*, 29. Diskurs, (»Von den Cabalisten«), S. 197 f.:

»vnnd sey [die Cabala] begriffen in den siebentzig letzten Bůchern / von welchen man in dem vierdten Buch Esra lieset / daß ihm Gott selbst einen sonderlichen Befelch gibt / dieselbige zu verwahren ⟨. . .⟩. Der Bapst Sixtus IV. hat Anordnung gethan / daß gemelde Bücher in die Lateinische Sprach vbersetzet / vnnd in offendtlichen Truck publicirt worden.«

405,9 *Sixti IV.]* Papst Sixtus IV. (9. 8. 1471-12. 8. 1484), Renaissanceherrscher und Förderer von Kunst und Wissenschaft in Rom.

405,11 *Potiphar]* Der biblischen Joseph-Legende nach ist Potiphar Hofbeamter des Pharao. Vgl. 1. Mose 39,1.

405,13 *undüchtig]* Gleichgeschlechtlicher Umgang führt nach traditioneller pastoralmedizinischer Auffassung zur Zeugungsunfähigkeit.

405,15 *am vierhundert und achten Blat]* Dort bemerkt Zesen:

»Jn mehrgemelter Geschicht der Assenat seynd / unter andern / auch folgende Worte zu lesen. Potifar war nicht aus des Königs Kammerdienern: dan diese schneidet man sehr jung. Aber die Ebreer melden / daß er den Josef / der so überaus schön war / gesehen / und ihn darüm gekauft / damit er seiner misbrauchte. Doch der HErr bewahrete den Josef / weil er einem Geschnittenen gantz gleich war. Als nun die Egipter sahen / daß Potifar unfruchtbar zu sein schien; so machten sie ihn / nach ihrer gewohnheit / zum Bischoffe zu Heliopel. Und also ist er viel ehrlicher und ansehnlicher im Priesterthume gewesen / als er zuvor im weltlichen Fürstenstande war. ⟨. . .⟩ Hingegen wil Augustinus / daß des Josefs Schwiegervater ein ander Potifar gewesen / als derselbe / der ihn gekauft. Und dieser Meinung pflichten bei Lipomanus / Oleaster / Pererius / als auch mehrgemelter S. Greiffensohn / und Vossius.«

405,19 f. *bey diesem Autor am ⟨. . .⟩ Blat]* Zesen folgt hier seiner Quelle »Das Testament des Joseph«, die er ausführlich zitiert und fortfährt: »Darüm wundere ich mich / daß Samuel Greiffensohn diese gantze begräbnüs / in Josefs Lebensbeschreibung / so gar anders anführet: und / ich weis nicht woher / den Potifar zu einem Witwer macht; der die Sefira / die er Selicha nennet / und vor der Assenat schwester tochter ausgiebet / erst nach der zeit / als Josef schon lange in seinen diensten gewesen / geehliget. Wer lust hat / der kan das 62/63/66/68 69/ und 80 blat bei gemeltem Greiffensohn auffschlagen.«

405,21 *gefasten Wahn]* Der zentrale Begriff des WV wird hier nicht ohne Selbstironie in der Bedeutung von Hypothese auf die Textkritik angewendet.

405,30 *Josephus]* Flavius Josephus (37/38-100], jüdischer Geschichtsschreiber, Verfasser der von Grimmelshausen als Quelle für KJ benutzten *Flavij Josephi / des Hochberůhmten Jůdischen Geschichtschreibers / Historien vnd Bůcher: Von alten Jůdischen Geschichten / zwentzig ⟨...⟩ von newem verteutscht ⟨...⟩ ⟨Straßburg⟩ M.D.LXXV.*.

405,33 *deß erleuchten Augustini]* Aurelius Augustinus (354-430), Bischof von Hippo Regius in Afrika, bedeutendster lateinischer Kirchenvater, der die frühneuzeitliche Theologie aller Konfessionen maßgeblich bestimmte. Grimmelshausen kannte vermutlich die deutsche Übersetzung von Augustinus' *De Civitate Dei: Des Heiligen Augustinus ⟨...⟩ von der Stadt Gottes* (Regensburg 1666).

405,35 *Vossio]* Gerardus Joannes Vossius (Gerrit Jansz Vos), niederländischer reformierter Theologe und berühmter Philologe (1577-1649), Professor der Beredsamkeit, Chronologie und der griechischen Sprache in Leiden.

406,2 f. *das Hermlin zum Sinnbild]* Philipp von Zesen gibt Joseph auf dem Titelkupfer seiner *Assenat* einen Hermelin, Sinnbild der Keuschheit, bei.

406,18 *Selicha]* Vgl. KJ (Bd. II d. A.).

406,27 *keines Drucks]* Grimmelshausen führt die zahlreichen Varianten der Joseph-Legende auf mündliche Überlieferung zurück, ein Umstand, der die auf schriftliche oder gedruckte Quellen fixierten Buchgelehrten der Zeit wie z. B. Zesen überforderte.

407,1 *Olearii Persische Räißbeschreibung]* Adam Olearius (1599-1671) bereiste mit der Gesandtschaft Herzog Friedrichs III. von Schleswig-Holstein-Gottorf Rußland und Persien. 1656 erschien seine *Vermehrte Newe Beschreibung Der Muscowitischen vnd Persischen Reyse*, die Grimmelshausen bereits in KJ als Quelle benutzt hat. Der Name Selicha könnte dem *Persianischen Rosenthal* (1660) des Olearius, das später der Reisebeschreibung beigegeben wurde, entnommen sein.

407,6 f. *Der Wirth ⟨. . .⟩ mit offenem Maul*] Grimmelshausen stellt selbstironisch dar, daß die gelehrte textkritische Polemik den gemeinen Mann als Leser überfordert.

407,14 f. *ich bin deß Josephs Autor ⟨. . .⟩ Paruͤcke*] Grimmelshausen kritisiert die bis heute übliche Praxis der Ausbeutung und Kritik der Vorarbeiten anderer.

407,21 *zum schwartzen Roß*] Vielleicht Anspielung auf den apokalyptischen Reiter in Offb. 6,5.

408,4-17 *Ein Muͤller ⟨. . .⟩ werden kann*] Mit dem Bericht bringt Grimmelshausen seine »vollkommene« Erzählung in die einfache Form des Schwankes der zeitüblichen Erzählsammlungen (z. B. Matthias Abele oder Petrus de Memel). Die gerichtliche Klärung des Falles erinnert an Matthias Abeles *Metamorphosis telae judicariae* (1655/1658). Vgl. auch Cont 5 (Bd. I/1 d. A., S. 584,9-19).

408,27 f. *bey theil Verstaͤndigen ⟨. . .⟩ gehalten*] Erneuter Hinweis auf die Wahnbefangenheit.

408,10 *von eines Graͤfflichen Hoffhaltung ⟨. . .⟩ recommendirt*] Dem jungen Simplicissimus ergeht es nicht anders als dem Schreiber in Spr 1.

408,28 *Diß ⟨. . .⟩ Simpliciis*] Die hier geschilderte Situation entspricht der von Simplicius, jungem und altem Herzbruder (ST II 23, Bd. I/1 d. A., S. 199,6-23).

410,5 f. *lang zu Hof lang zu Hoͤll*] Sprw., Agricola, Nr. 262; vgl. auch ST V 24 (Bd. I/1 d. A., S. 545,14-22).

410,6 f. *nicht zum Moͤnchen prædestinirt*] Der augustinische Begriff Prädestination steht im Zentrum der frühneuzeitlichen Theologie (als göttliche Vorhersehung), aber auch der Astrologie (als unausweichliches Schicksal). Grimmelshausen verwendet ihn hier negativ im Sinne der Ausschließung einer Zukunftsmöglichkeit.

410,8 f. *Gefångnus 〈. . .〉 das Hof und Closterleben vergleicht]* Garzoni, *Piazza*, 62. Discurs, »Von Hoffleuthen«, S. 416, verweist auf die Erfahrung der Höflinge: »daß sie zu Hoff / als in einem Gefångnuß / sich ihrer Freyheit můssen begeben«.

410,26 *GOtt siehets]* Die Erinnerung an die Gegenwart Gottes in der Versuchung zur Unkeuschheit gründet sich in der zeitgenössischen Predigtliteratur. Grimmelshausens Version gleicht dem Exempel vom hl. Paphnutius und dem unzüchtigen Weib aus den *Vitae Patrum*.

411,5 f. *als wann sie ein Prediger außgesprochen]* Anstoß zur Umkehr ist beim Herrn Omnis die Erfahrung, nicht die bekannten Exempel des Moralpredigers, nicht der »theologische Stylus« (vgl. Cont 1, Bd. I/1 d. A., S. 564,3).

411,28 f. *Ich gedachte an jenen frommen Mönchen]* Gemeint ist die Legende vom Heiligen Effrem aus den *Vitae Patrum*, ein beliebtes Predigtexempel gegen die Unzucht.

411,35 *ein schwaches Weibsbilde]* Nicht immer ist bei Grimmelshausen die Frau die moralisch schwächere. Vgl. S. 378,16-379,24.

411,28 *Seneca]* Lucius Annaeus Seneca der Jüngere (4 v. Chr.-65 n. Chr.), Philosoph und Dichter, Vorbild für den Neostoizismus des 17. Jh.s. Gemeint ist Senecas Tragödie *Hercules furens* (II, v. 385).

412,25 *Sequitur 〈. . .〉 DEVS]* Übersetzung: Unversehens verfolgt der unüberwindliche Gott die Übeltäter. – Grimmelshausen zitiert ungenau, vermutlich (mitsamt Versübertragung) aus zweiter Hand. Bei Seneca steht »superbos« (die Stolzen) statt »nocentes«.

412,30 *am Tage wandeln]* Anspielung auf den Brief des Apostels Paulus an die Gemeinde von Rom (Röm. 13,13): »Lasset uns ehrbar wandeln als am Tage, nicht in Fressen und Saufen, nicht in Kammern und Unzucht, nicht in Hader und Neid.« Vgl. Augustinus, *Confessiones*, S. 417.

413,1 f. *wer bőses thut 〈. . .〉 Liecht]* Anspielung auf Joh. 3,20.

413,3 f. *jener edle Rőmer]* Marcus Livius Drusus, römischer Konsul (112 v. Chr.), bekannt durch seine Sittenstrenge.

413,16-31 *die continuirliche Gegenwart GOttes ⟨. . .⟩ wille]* Der Hellebardierer orientiert sich mit dieser Anleitung zu einem frommen Leben an dem weit verbreiteten Andachtsbuch *Philothea* (1609) von Franz von Sales (deutsche Übersetzung von Caspar Eisengrein, München 1616, Münster 1618, 1654, Wien 1658, Sulzbach 1668, Dillingen 1669, meist unter dem Titel *Das Geistliche Je länger je lieber*). Vgl. *Philothea* 112 (»Kurze Anleitung zur Betrachtung, und erstlich von der Gegenwart Gottes als dem ersten Punkt der Vorbereitung«):

> »Das erste (Mittel) besteht darin, daß du lebhaft und aufmerksam den Gedanken an Gottes Allgegenwart erfassest, d. h. daß Gott überall und allenthalben sei, und daß es auf dieser Welt keinen Gegenstand und keinen Ort gebe, wo Gott nicht wahrhaft und wirklich zugegen ist. ⟨. . .⟩ Das zweite Mittel, dich in die Gegenwart Gottes zu versetzen, besteht darin, daß du bedenkest, daß Gott nicht nur an dem Orte, wo du verweilst, sondern ganz vorzüglich in deinem Herzen und in der Tiefe deines Geistes sei ⟨. . .⟩.«
>
> (*Philothea*, übers. v. Michael Stützel, Schaffhausen 1846, S. 69 f.)

Bekannt war auch der Traktat des Jesuiten Franciscus Arias, *Vergiß Gott nicht / Das ist: ⟨. . .⟩ wie ein frommer Christ / Gott allzeit mög gegenwertig anschauen*, Köln 1619.

Aber auch an Augustinus' »Bekenntnisse« (X 2,2), die 1672 in zwei deutschen Übersetzungen erscheinen (Köln, Wien), ist zu denken: »Dir freilich Herr, vor dessen Auge offenliegt der Abgrund des menschlichen Bewußtseins, was in mir wäre Dir verborgen, auch wenn ich nicht bekennen wollte. So täte ich wohl mein Auge weg von dir, aber Du nicht das Deine von mir.« (Übers. v. J. Bernhart, München 1953, S. 487.)

413,34 *reichen Juden in Polen]* Vgl. Anm. 385,16 f. Grimmelshausen führt seinen Erzähler zu zeituntypischem Unrechtsbewußtsein.

413,35-414,1 *siebende Gebot]* Vgl. 2. Mose 20,15: »Du sollst nicht stehlen.«

414,6 f. *bedagter Schuster ⟨...⟩ junges Weib]* Schwankmotiv von den ungleichen Eheleuten. Grimmelshausen scheint sich auf einen weit verbreiteten Schwank von einem naiven betagten Schuster zu beziehen, der zum Hahnrei gemacht wird (z. B. Petrus de Memel, *Lustige Garten-Gesellschaft*, 1656, Nr. 117).

415,5 f. *Mantel ⟨...⟩ war eins]* Vgl. Anm. 355,28.

416,9 f. *zur Ader lassen ⟨...⟩ raumen]* Nach der Lehre der alten Medizin treibt der Affekt der Wollust das Blut zum Herzen und kann durch Aderlaß gedämpft werden.

416,27-418,27 *vornehme Regiments-Person ⟨...⟩ hinziehen]* Satire auf die Bestechlichkeit der Richter und Amtsträger, für die es in der Schwankliteratur viele Exempla gibt: z. B. *Burger-Lust* (1663), Nr. 120 (Leinwand für die Frau des zu schmierenden Richters). Den Maßstab der Kritik fand Grimmelshausen u. a. bei Albertinus, *Lucifers Königreich* (1616) II (»Von der Richter Eygennützigkeiten«).

416,31 *euer Ehrnveste]* Anrede des Ratsherrn, hier des Bürgermeisters, laut Grimm, DWb 3, Sp. 59 f., »Anrede edler Männer«.

416,31-417,10 *ich wolte ⟨...⟩ einstellen werde]* Zeittypische Komplimentiersprache im Umgang mit Höhergestellten.

417,34 *Kammer-Tuch]* Feine Leinwand, ursprünglich Tuch aus Cambrai (Kammerich).

418,10 f. *wasche mir nur den Pelz ⟨...⟩ nicht naß]* Sprw., vgl. Grimm, DWb 13, Sp. 1534.

418,29-419,2 *meine unsichtbare Gegenwart ⟨...⟩ unschuldig seyn mögte]* Grimmelshausen markiert die Grenzen der Satire: der Satiriker kann bestenfalls die Verkehrtheit der Welt aufdecken, aber nicht selbst bessern; eine ähnliche Erfahrung muß schon der Narr Jupiter machen: ST III 3 (Bd. I/1 d. A., S. 254,29-255,6) und ST V 5 (Bd. I/1 d. A., S. 463,4-464,23).

419,2-5 *Abrahams Spruch ⟨...⟩ hören]* Vgl. Luk. 16,29.

419,29 *ein ångstig Gewissen]* Vgl. Anm. 364,13, dagegen Anm. 317,4 f.

420,6-9 *die Rechte ‹...› Selbst-Mörder werdest]* Anspielung auf die drei Rechtsquellen des göttlichen Rechts (ius divinum), des natürlichen Rechts (ius naturae) und des positiven Rechts (ius positivum), aus denen Grimmelshausen auch in seiner Schrift *Ratio Status*, 1. Discurs, die Pflicht zur Selbsterhaltung ableitet.

420,13 *meine Nahrung ‹...› zu gewinnen]* Grimmelshausen veranschaulicht wie schon in SP II 9 (Gegensatz) das zeittypische Argument gegen das Bettelunwesen.

420,22 *Zuchthauß]* Vgl. Anm. 321,21.

420,29 *Scheps oder Strieger-Bier]* Starkbier aus Schlesien (Breslau).

420,32 *lude ich ihn auff einen Wagen]* Anspielung auf die satirische Darstellung des Dickleibigen, z. B. Luthers, der seinen Bauch auf einem Karren vor sich herfährt.

421,3 *Kratzschmars]* Das slawische Wort »Kratschmar« für Gastwirt und Gastwirtschaft verweist wie »Scheps oder Strieger-Bier« nach Schlesien. Vgl. Grimm, DWb 11, Sp. 2174 f.

421,14 *der eine Hännslein]* »Hånnslein« bezeichnet hier einen närrischen Menschen; vgl. Grimm, DWb 10, Sp. 463.

421,18 f. *unter dem Würtenbergischen Außschuß im Schwedischen Krieg]* Gemeint ist das Aufgebot württembergischer Truppen zur Unterstützung der Schweden seit 1633 im Dreißigjährigen Krieg.

421,21 *Vaer ‹...› tefretten hear]* »Vater, gib mir was zu fressen.« Die angeberische Verwendung des Niederländischen durch oberdeutsche Sprecher findet sich bereits im mittelhochdeutschen Epos *Meier Helmbrecht*, bei Grimmelshausen in StM und ST II 13 (Bd. I/1 d. A., S. 162,12-14).

421,22 f. *aun Vatter ‹...› Braudt]* Schwäbischer Dialekt: »Und Vater, gib mir auch ein Brot.«

421,23-27 *halbe Batzen ‹...›Weispfennigen]* Halbbatzen: Zweikreuzerstück (= 8 Pfennige), in der 2. Hälfte des 16.

Jh.s am Oberrhein geprägt; Weißpfennig (denarius albus): Groschenart, vom 14. bis zum 16. Jh. die Hauptsilbermünze am Niederrhein (= 24 Pfennige = 2 Schillinge).

422,1-424,10 *Vornehmlich ⟨...⟩ erledigt habe]* Gemeint ist die Verletzung des Wahrscheinlichkeitsgebots beim Erzählen. Die Quelle für die Lügenmärchen in Form einer Kettenerzählung ist bislang unbekannt. Ähnliche Geschichten finden sich in Jacob Bidermanns *Utopia* (1640), dt. *Bacchusia oder Fastnacht-Land*, übers. v. Andreas Hoerl von Wättersdorf (1672).

422,3-5 *Lottringer ⟨...⟩ geführt]* Gemeint ist der Krieg zwischen Herzog Karl IV. von Lothringen (1643-1690) und Karl Ludwig I., Kurfürst von der Pfalz (1648-1680), 1668/69.

422,4 *zu seinem unseren]* Die von Scholte vorgeschlagene Lesart »zu seinem unstern« (mit Bezug auf S. 438,14, ST II 6 und ST III 31), als Lehnübersetzung zu franz. désastre seit Fischart gebräuchlich, ist nicht zwingend. Zu denken ist auch an das im Schwäbischen anzutreffende, hier substantivierte Adjektiv un-ser, widerwärtig (zu sêr »wund«); vgl. Fischer, *Schwäbisches Wörterbuch*, Bd. 6, Sp. 220.

424,12-28 *ob dieser Erzählung ⟨...⟩ heimlich zu lachen]* Grimmelshausen besteht in dieser erzähltheoretischen Reflexion auf der Wahrscheinlichkeit der Erzählung »wunderbarlicher« Begebnisse.

424,26 *Phantast]* Schon in ST III 3 (Bd. I/1 d. A., S. 253) grenzt sich der Ich-Erzähler vom Phantasten ab, dem der Realitätssinn verlorengegangen ist.

424,29-33 *Ariostus in einer Satyra ⟨...⟩ Sole]* Ludovico Ariosto (1474-1533), einer der bedeutendsten italienischen Renaissancedichter. Grimmelshausen zitiert nahezu wörtlich aus Garzoni, *Piazza*, 62. Diskurs »Von Hoffleuthen / beydes Manns vnnd Weibspersonen«, S. 415.

426,24-427,5 *Wer gern ⟨...⟩ darzu halffe]* Beispiel einer an die Einbildungskraft des Lesers appellierenden »wahrscheinlichen« Geschichte.

427,13-16 *lustigs Wäldlein ⟨...⟩ getrieben wurde]* Das traditionelle Motiv des locus amoenus der Idyllendichtung wird im Sinne des roman comique zum Weidewald, einer typischen Erscheinung der Viehwirtschaft in der Frühen Neuzeit.

427,17 *erschrӧckliche gen Himmel schreyende Sünde]* Gemeint ist die Sodomie, hier die Unzucht mit einem Tier.

427,22-28 *Halt inn 〈. . .〉 straffen wird]* Vgl. Subscriptio zum Titelkupfer (»Schrey Irrender steh still«).

428,11 f. *Gotteslästerlichen Verzweifflung]* Sünde wider den Heiligen Geist, die laut Matth. 12,31-32 nicht vergebbar ist.

428,21-429,4 *fiel nider 〈. . .〉 etc.]* Der Hirte praktiziert mustergültig die affektiven Gebetsgesten der zeitgenössischen Bußanleitungen; vgl. auch ST II 13 (Bd. I/1 d. A., S. 162,28-163,4) und Cont 20 (Bd. I/1 d. A., S. 663,30-664,6).

428,24 *Ach GOtt sey mir armen Sünder gnädig]* So betet der reuige Zöllner im Gleichnis Jesu vom Pharisäer und Zöllner; vgl. Luk. 18,13.

428,25 *grundlosen Barmhertzigkeit]* Vgl. Anm. 387,24 f.

428,31 *ich verlohrnes Kind 〈. . .〉 Vatters Hause]* Anspielung auf das Gleichnis vom verlorenen Sohn; vgl. Luk. 15,11-32.

429,6 f. *hertzlichen Mitleyden]* Mitleid ist nach WV I, S. 427,25-27, die Haltung der Engel, im übrigen die zentrale simplicianische Tugend.

429,7 f. *Mein Kind zeige dich dem Priester]* Anspielung auf die Anweisung Jesu nach der Heilung der Aussätzigen, Matth. 8,4; Mark. 1,44 u. Luk. 5,14.

429,15 *Stimm]* Vgl. Jes. 40,3 und Matth. 3,3: »Es ist eine Stimme eines Predigers in der Wüsten.«

429,18 *der Priester Wort und Rath]* Der Erzähler weist den sicheren kirchlichen Weg der Buße und Beichte, den er selbst nicht geht, wie auch schon Simplicissimus, vgl. Cont 1 (Bd. I/1 d. A., S. 565,13 f.: »weil ich keinem Geistlichen underworffen / der meiner gepflegt und wargenommen hätte«).

429,34 *deine eigene Bekehrung]* Vgl. S. 440,26-443,22.

430,7 f. *auß Gottes Gnaden ⟨. . .⟩ unterscheiden]* Zur Erkenntnis von Gut und Böse vgl. 1. Mose 2,9, 3,5 u. 3,22, ferner 2. Sam. 14,17, 1. Kön. 3,9 u. Hebr. 5,14.

430,15 *Kråntzlein der Bůssenden]* Möglicherweise Anspielung auf 1. Kor. 9,25.

430,20 *volle Sau]* So beschimpft schon die Meuder den Knan; vgl. ST I 8 (Bd. I/1 d. A., S. 37,19).

430,22-24 *wie ein geiler Bock ⟨. . .⟩ beliebet]* In der griech. Mythologie ist der Satyrus eine triebhafte (»geile«) Waldgottheit mit Hörnern, Bocksfüssen und zottigem Fell, die die Nymphen, mädchenhafte Naturwesen, verfolgt. In der christlichen Ikonographie hat der Teufel die Gestalt des antiken Satyrs. Unabhängig davon ist der Vogelnestträger »Satyr« im Sinne des Satirikers (vgl. Titelkupfer).

430,28 *durch Vorstellung anderer Leute]* Gemeint sind der Bauernkerl und die Bauerndirn in S. 410,10-31.

430,31 *du vermummtes Ungeheur]* Zur Mummerei vgl. auch Garzoni, *Piazza*, 83. Diskurs (»Von Mummen und Vermummungen«) sowie Grimmelshausens auf Garzoni aufbauende Schrift SP II, »Siebendter Satz von der Mummerey«.

431,23 *ich in meinem Hertzen ⟨. . .⟩ heimlich schmelete]* Kritik am geistlichen Stand im Sinne des Gleichnisses Christi vom guten Hirten; vgl. Mark. 6,34, Joh. 10,1-15 und Luk. 15,3-4. Vgl. auch Jer. 23,1: »Weh euch Hirten / die jr die Herd meiner Weide vmbringet und zerstreuet, spricht der HERR.«

432,4-6 *unter eines Priesters Hånden ⟨. . .⟩ Anfechtungen]* Durch seine Wortwahl (katholische Bezeichnung »Priester«, »Anfechtung« als zentraler Begriff der lutherischen Rechtfertigungslehre) spricht Grimmelshausen Leser aller Konfessionen an.

432,18 *ihr Hirt]* Gemeint ist der Seelenhirt.

432,24 f. *nichts Erzehlungswůrdigs]* Vgl. S. 342,19. Gemeint sind hier äußere Handlungen, die die Selbstreflexion verhindern könnten.

432,28 *auß eigner Erfahrung]* Die Ich-Perspektive ermöglicht, die folgende fromme Betrachtung über die traditionelle Bußpraxis als Summe eigener Erfahrung darzustellen und zu beglaubigen.

433,6 f. *die Gelegenheit macht den Dieb]* Sprw., vgl. Grimm, DWb 5, Sp. 2948.

433,7-9 *Quecksilber ⟨...⟩ Feur]* Vgl. die Ausführungen in EC, S. 10 (3. Materie): »Wann ungefehr Quecksilber darzu ⟨zum Gold⟩ kombt und jhm die Farbe nimbt / so leg es vff Kohlen / vnd lasse den Mercurium widerumb darvon rauchen.«

433,17 f. *thumme Unwissenheit]* Erkenntnis der eigenen Unwissenheit als Anfang der Weisheit, hier der Bekehrung. Vgl. auch ST I 4 und ST I 6 (Bd. I/1 d. A., S. 27,23-28 und S. 32,21).

433,27 f. *einem kleinen Waldvögelein]* Emblematisches Naturbild der sorgsamen Selbsterhaltung.

434,8 *selbst Erhaltung]* Zentraler Begriff in Grimmelshausens moralischen und politischen Anschauungen. Vgl. Grimmelshausens *Ratio Status* (1670), Erster Discurs, S. 9:

> »Dann gleich wie ein jedweder einzeler Mensch schuldig ist / sein eigen Leib und Leben zu erhalten / so lang es ihm immer müglich ist / wessentwegen dann auch jeder hergiebt und darstreckt was er vermag; Eben also seynd auch jede Vorsteher und Regenten verbunden / nichts zu unterlassen / was zur Erhaltung ihrer Person / ihres Staats und deren die solchen Staat machen / gedeyen mag. Die Ubung solcher selbst Erhaltung / sampt dem Fleiß und der Mühe so hierzu angewandt wird / als welche gleichsam das leben und die Seele eines Reichs oder einer Republique ist / wird von unserer heutigen Alamode-Welt Ratio Status genannt ⟨...⟩.«

434,10-12 *keine ewige Cron ⟨...⟩ zu besorgen hat]* Ähnlich vorwurfsvoll argumentiert der Mummelseeprinz in ST V 13 (Bd. I/1 d. A., S. 496,16-497,8).

434,13 f. *von allen Creaturen ⟨...⟩ zu lernen]* Der Hellebardierer überwindet seine bisherige Fixierung auf den (äußerlichen) sensus literalis bzw. historicus zugunsten der

Fähigkeit emblematisch-allegorischer Naturbetrachtung (sensus allegoricus).

435,2-9 *Hoffart ⟨. . .⟩ Trågheit]* Lasterkatalog in Anlehnung an die traditionelle Lehre von den sieben Hauptsünden Hoffart (superbia), Geiz (avaritia), Fressen und Saufen (gula), Wollust (voluptas), Neid (invidia), Zorn (ira), Trägheit (acedia), in dieser Reihenfolge dargestellt in Albertinus' *Lucifers Königreich und Seelengejaidt*; vgl. auch die Lasterkataloge in ST III 23 (Bd. I/1 d. A., S. 38,13-340,29) und Cont 3 (Bd. I/1 d. A., S. 570,20-571,17).

435,19-436,19 *Dann als ich betrachtet ⟨. . .⟩ zu ziehen]* Betrachtungen dieser Art über die Macht des Teufels stehen in der Tradition der paulinisch-augustinischen Theologie und finden sich auch in den Schriften des Ägidius Albertinus *(Lucifers Königreich und Seelengejaidt)*.

436,11 f. *unauffhörlich herumb gehet ⟨. . .⟩ verschlingen möge]* 1. Petr. 5,8: »Seid nüchtern und wachet. Denn ewer Widersacher der Teuffel gehet vmb her, wie ein brůllender Lewe, vnd suchet welcher er verschlinde.«

436,14-16 *wer du bist ⟨. . .⟩ werden mußt]* Vgl. Albertinus, *Lucifers Königreich*, S. 29: »⟨. . .⟩ gedenck O Mensch, vnd erinnere dich, was und wer du seyest, vnnd was du werden werdest ⟨. . .⟩.«

436,20 *Nachtigal]* Die Nachtigall ist in der traditionellen Andachtsliteratur Exempel für die den Schöpfer unermüdlich lobende Kreatur. Bei Grimmelshausen ist der Gesang (nicht immer realisierte) Aufforderung zur frommen Betrachtung und Selbsterkenntnis. Vgl. ST I 5, ST I 7, ST V 7 (Bd. I/1 d. A., S. 30,24; S. 34,29-36,14; S. 471,34-472,2). – Hier unterbricht die Nachtigall die Reflexionen im Sinne der traditonellen Zornestheologie zugunsten einer Liebestheologie, wie sie Friedrich Spee in den Liedern der *Trutznachtigall* (1649) und in seinem *Güldenen Tugendbuch* (1649) vertritt. Es liegt nahe, die Nachtigall allegorisch auf den geistlichen Dichter (Spee) zu beziehen (vgl. Henkel/Schöne, *Emblemata*, Sp. 870), doch ist auch (nach Gessner) die melancholievertreibende Kraft des Nachtigallengesangs zu beachten.

436,28-437,26 *was fragst du ⟨. . .⟩ abwaschen]* Zur Darstellung des Gewissenskonflikts greift Grimmelshausen auf das traditionelle Muster des Leib-Seele-Streites zurück; ähnlich verfährt Laurentius von Schnüffis in *Philotheus* (1665), S. 29-34.

436,29 *wer]* Sinn: Wer ist schon diese Nachtigall?

436,32 *Pfeiffe ⟨. . .⟩ fallen lassen]* Sprw. Redensart, vgl. Grimm, DWb 13, Sp. 1643.

436,34-437,1 *daß ein betrůbter Geist ⟨. . .⟩ ein Opffer GOttes ist]* Vgl. Ps. 51,19: »Die Opfer, die Gott gefallen, sind ein geängstigter Geist; ein geängstigt und zerschlagen Herz wirst du, Gott, nicht verachten.«

437,12 f. *reinige dein Hertz durch die Beichte]* Es bleibt beim Vorsatz; erst der Kaufmann in WV II findet einen Beichtvater.

437,16 *daß deine zerschlagene Gebein frőhlich wieder werden]* Vgl. Ps. 51,10: »Laß mich hőren Freud und Wonne, daß die Gebeine frőhlicher werden, die du zerschlagen hast.«

437,17-19 *ein reines Hertz schaffen ⟨. . .⟩ bestăttigen]* Vgl. Ps. 51,12-14: »Ein reines Herz erschaffe mir, Gott, und einen festen Geist erwecke mir neu ⟨. . .⟩.«

437,24-26 *durch die Kraft ⟨. . .⟩ abwaschen]* Anspielung auf Ps. 51,4, 1. Petr. 1,19 und Offb. 5,12 und 7,14.

437,27 f. *meinem zerstőrten Gemůth]* Aus damaliger medizinischer Sicht handelt es sich hier um den Höhepunkt der Melancholie des Hellebardierers.

437,32 f. *mich den Priestern zu zeigen]* Vgl. Luk. 17,14: »Gehet hin und zeiget euch den Priestern. Und es geschah, da sie hingingen, wurden sie rein«; vgl. auch Anm. 429,7 f.

438,2-28 *sein Pferd ⟨. . .⟩ todt schiessen muste]* Grimmelshausen entwickelt die Episode vom durchgehenden Pferd, die den Seelenzustand des Hellebardierers spiegelt, aus zwei bekannten Emblemen: das angebundene Pferd als Bild für die durch die Vernunft gebändigten Affekte (so bei Joachim Camerarius, *Vier Hundert Wahl=Sprůche Vnd Sinnen=Bilder*, 1671, II, Nr. XXXI) und das von einem Bienenschwarm verfolgte rasende Pferd als Bild für die vergebliche Flucht des bösen Gewissens (so bei Georgette de Montenay, *Stamm Buch / Darinnen Christlicher Tugenden Beyspiel / Einhundert außerlesener Emblemata*, Frankfurt/M. 1619, S. 128). Vgl. auch Henkel/Schöne, *Emblemata*, Sp. 498 und 496 f. sowie die Titelillustration zu WV I in der Gesamtausgabe (1683/84) im Anhang dieses Bandes.

438,10-15 *daß sie umb ⟨. . .⟩ Recontre]* Eine ähnliche militärische Bildlichkeit verwendet Grimmelshausen in ST II 28 (Bd. I/1 d. A., S. 218,21-220,13).

438,14 *Unstern]* Diese Lehnübersetzung Fischarts aus dem franz. »désastre« begegnet auch in ST II 6 (Bd. I/1 d. A., S. 138,6) und ST II 31 (Bd. I/1 d. A., S. 234,13).

438,19-22 *vermeinte ⟨. . .⟩ gehengt hatte]* Von einem ähnlichen Wahn werden auch die übrigen Vogelnestträger betrogen, vgl. Spr 26 und WV II 23, S. 621,16-30.

438,29 *stinckente Cloac]* Neben dem Literalsinn ist der allegorische (tropologisch-anagogische) Sinn zu beachten; vgl. 2. Petr. 20-22: »Denn so sie entflohen sind dem Unflat der Welt durch die Erkenntnis des Herrn und Heilandes Jesu Christi, werden aber wiederum in denselben verflochten und überwunden, ist mit ihnen das Letzte ärger geworden denn das Erste. ⟨. . .⟩ Es ist ihnen widerfahren das wahre Sprichwort: ⟨. . .⟩ Die Sau wälzt sich nach der Schwemme wieder im Kot.«

Schon S. 429,32 war vom »Sůnden=Schlamm« die Rede.

438,30 f. *allbereit die hòllische Marter]* Höllenstrafe schon zu Lebzeiten, das Diesseits als Hölle ist ein für Grimmelshausen typischer Erzähltopos (Stadler).

439,4 f. *wie leichtlich dich die allenthalben Gòttliche Gegenwart ⟨. . .⟩ finden]* Vgl. Hebr. 4,13: »Kein Kreatur ist vor ihm unsichtbar; es ist alles bloß und entdeckt vor seinen Augen.« Vgl. auch Jer. 16,17 und Ps. 33,13-19.

439,15 *zweyten Bad]* Auf der allegorischen Sinnebene ist das »Bad der Wiedergeburt und der Erneuerung des Heiligen Geistes« (Tit. 3,5), gemeint.

439,28 *Springinsfeldischen Leyrerin]* Vgl. Spr 26.

439,29 *Melichina oder Meerfein]* Vgl. Spr 26, S. 289,22 und S. 290,29.

440,14-16 *was massen GOtt ⟨...⟩ zůchtigen könne]* Vgl. Boaystuau, *Le theatre du monde* III 10, S. 300: »Es ist noch mehr zu verwundern / unnd wodurch der menschliche Hochmuth und übermüthiger hochtrabender Stoltz des allen Elend unterworffenen Menschen billich solte brechen / daß auch die erde verachte Thierlein hervor bringet / welche durch des Allerhöchsten Verhängniß den armen Menschen nachstellen ⟨...⟩.«

440,17 *Haupt- oder Landstraffen]* Gemeint sind Krieg, Teuerung und Pest. Vgl. Spr 16, ferner ST III 3 (Bd. I/1 d. A., S. 254,33-255,4) sowie Boaystuau, *Le theatre du monde* III 10, S. 301 f.: »Dessen Gericht sind so gestreng und erschrecklich ⟨...⟩ dann es muß der blutige Krieg / schreckliche Hunger und abscheuliche Pest bald mit gedoppelter Straff ⟨...⟩ ja auch die kleinst und verächtlichsten Thierlein sich zu des Menschen Verderb= unnd Untergang außrüsten / unnd die Straff göttlicher allergewaltiger Gerechtigkeit an ihnen mit allem ernst außzuüben / sich fertig und geschickt halten.«

440,19 f. *heilsame Artzney ⟨...⟩ verborgen]* Mit diesem Argument rechtfertigt Grimmelshausen in Cont 1 (Bd. I/1 d. A., S. 563,19-22) die analoge Tätigkeit des Poeten als eines alter deus.

440,21-25 *die Ursach meiner so geschwinden Cur ⟨...⟩ hinweg nimmt]* Dieses Hausmittel empfiehlt Grimmelshausen auch im EC, S. 112 (2. Materia): »Nota vor dem Stich der Immen ist nichts bessers / als solchen alsobald mit seinem eignen Urin gewaschen / vertreibt Schmertzen und Geschwulst.«

440,33 f. *vorige Possessorin ⟨...⟩ verbrannt worden]* Vgl. Spr 26, S. 292,9.

440,35-441,1 *Seianische Pferd]* Nach dem lat. Sprw. »Ille homo habet equum Seianum« (Er hat ein sejanisches Pferd). Seius wurde 44 v. Chr. ermordet; alle Nachbesitzer seines Prachtpferdes wurden ebenfalls umgebracht.

441,7-9 *rar 〈...〉 haben wůrde]* Auf die Kunstkammern und Raritätenkabinette der frühen Neuzeit bezieht sich Grimmelshausen auch in ST I 25 (Bd. I/1 d. A., S. 91,11: »ich æstimire die Raritåt!«), ST III 4 (Bd. I/1 d. A., S. 259,13-19) und Cont 24 (Bd. I/1 d. A., S. 679,9-16).

441,20 *sibenzehnhundert Fetzen]* Offenbar Verstärkung der Heilszahl 17 (Erfüllung des »Gesetzes« in der »Gnade«).

441,21 *deinet halben]* Gemeint ist das Vogelnest.

441,25-32 *du solst hinfort 〈...〉 Taglicht bringen]* Grimmelshausen resümiert die in Spr 24 und 26 und WV I dargestellten Möglichkeiten des Vogelnestes.

441,33-442,3 *dann GOtt 〈...〉 belohnen wird]* Dem Laster des »Fůrwitz« (Curiositas) wird das Vertrauen auf die göttliche Vorsehung gegenübergestellt, wie schon S. 418,32-419,15.

442,9 *bőse Gesellschafften fliehen]* Vgl. die Regeln des Einsiedels in ST I 1 (Bd. I/1 d. A., S. 49,4 f. und 49,25 f.).

442,9 f. *possirlich scheinende Ader]* Diese Lesart, die sich in allen Drucken findet (vgl. Variantenverzeichnis), verweist auf das sanguinische Temperament.

442,11 *ůberflůssigen Trunck]* Vgl. die Ausführungen Grimmelshausens in SP I, Siebender Satz »Vom Wein«, und die ihnen zugrundeliegende Quelle Garzoni, *Piazza*, 107. Discurs, »Von Zechbrůdern und Vollzapfen«, S. 589-597.

442,12-14 *von allen Creaturen 〈...〉 zu lernen]* Aufforderung zur allegorischen (emblematischen) Naturbetrachtung.

442,14-16 *welches ich 〈...〉 mőgte]* S. Variantenverzeichnis.

442,17-31 *ein grosser Ameyssen-Hauffe 〈...〉 zu seyn]* In allegorisch-moralischer Deutung ist die Arbeitsamkeit der Ameisen ein Appell gegen das Laster des Müßiggangs, so schon in Sprüche 6,6-8, ausführlich auch bei Boaystuau, *Le theatre du monde* I 6, S. 51-57, und bei Mexia, *Sylva* III, S. 148. Ein Emblem bei Daniel Cramer, *Octoginta Emblemata moralia nova* (1630), S. 256 f., zeigt einen bequem liegenden eselsköpfigen Menschen in Betrachtung wimmelnder Ameisen, als Subscriptio dienen Sprüche 6,6 und die Verse »Zur Ameisen du fauler Tropff / Lauff / und gut Sitten lerne: Und laßt die Faulheit auß dem Kopff / Arbeiten solt du gerne.« (Heßelmann, S. 350.)

442,29 f. *arbeiten 〈...〉 mögte]* Einen ähnlichen Vorsatz faßt der bekehrte Melcher in StM, S. 46,2-5: »〈...〉 ich wolte eher arbeiten das mir die Schwarte kracht / das mir die Händ so hart als Horn würden vnd das Blut zu den Näglen herauß gieng 〈...〉«

Boaystuau, *Le theatre du monde*, S. 53-56, erinnert daran, »daß die Natur niemalen zu würcken und zu arbeiten müßig sey« und daß in der Urkirche »ein jeder vermittelst seiner Handarbeit blut- und sauren Schweis leben / sich damit ernehren 〈...〉 solte.«

442,33-443,2 *den Last 〈...〉 tragen helffen]* Vgl. Gal., 6,2: »Einer trage des andern Last.«

443,3 *beständig verharren]* Vgl. die dritte Regel des Einsiedels in ST I 12 (Bd. I/1 d. A., S. 49,11 f.).

443,4-6 *grossen Tag 〈...〉 sollen]* Das Jüngste Gericht.

443,11 *Beständigkeit æstimiren lernte]* Möglicherweise ein ironischer Rückverweis auf St I 25 (Bd. I/1 d. A., S. 91,11: »Jch æstimire die Rarität«): Beständigkeit als Rarität. Ironisch ist auch die folgende Anrede an die Beständigkeit.

443,18 *Schicksel]* Perspektivenwechsel von der göttlichen Vorsehung zum Fatum als Ausdruck der Unbeständigkeit.

443,21 *das Gestirn selbst]* Gemeint ist der Planet Mond. Vgl. EC, S. 143 (5. Materie): »Ein Kind geborn in des Mons Stunden wird unstätt in seinem Wandel 〈...〉.«. Auch Baldanders (Cont 9, Bd. I/1 d. A., S. 605,24-26), die Allegorie der Unbeständigkeit, führt den Mond im Wappen.

443,23 *eine Schar Wölffe]* Es handelt sich um allegorische Wölfe, die den Kaufmann aus WV II zum Ameisenhaufen leiten (vgl. WV II 3, S. 476,32-477,7). Vgl. den Lasterkatalog in WV II, S. 606,23-607,8, hier besonders die Verwandlung von Menschen »durch Geitz und Geldbegierde zu Woͤlffen«. Eine ähnliche Einkreisung durch Wölfe findet man in Spr 16 u. 17. Vgl. auch ST I 3 (Bd. I/1 d. A., S. 23,4-23).

443,31-444,1 *auff eine Stuͤmmelbuche ⟨. . .⟩ zu entgeben]* Der Baum mit abgebrochenem Hauptstamm und aufstrebendem Seitenast (wie die Eiche am linken Bildrand des Titelkupfers zu Cour) formiert das pythagoreische Y, das Zeichen der Wegewahl zwischen Laster und Tugend. Der zu allegorischer Betrachtung fähige Hellebardierer erkennt die höllische Gefahr der breiten Straße und wählt den schmalen, steilen Weg in die Höhe.

444,11 *Basilißcken]* Vgl. Cour, Anm. zum Titelkupfer.

444,18-22 *was vor ⟨. . .⟩ Umbzirckung]* Der Wolf ist in der planetensymbolischen Deutung der Zeit dem Kriegsgott Mars zugeordnet (EC V, S. 117), hier allegorischer Hinweis auf den Krieg der Laster gegen den Menschen. Vgl. auch Cont 4 (Bd. I/1 d. A., S. 572,7): Wolf als Reittier des Geizes.

444,22 *natuͤrlicher Weiß]* Hinweis auf die Unterscheidung von sensus literalis und sensus allegoricus; letzterer führt hier zum Ziel.

444,23-445,11 *Gleich darauff ⟨. . .⟩ machen koͤnne]* Die Episode entspricht WV II 2, wird dort aus der Perspektive des Kaufmanns erzählt.

444,26 f. *vagirenden Landstoͤrtzer]* Vgl. Titelkupfer Spr.

445,8 f. *Schaͤtze ⟨. . .⟩ die im verborgen ligen]* Vgl. auch die Schatz-Episode in ST III 12 (Bd. I/1 d. A., S. 289,19-293,35), Cont 15-16 (Bd. I/1 d. A., S. 640,12-645,22), Cont 23 (Bd. I/1 d. A., S. 675,4-29) sowie Cour 19 (S. 103,7-107,26).

446,6 f. *daß alle Wölffe auch verschwunden]* Die Wölfe stehen somit für das Laster des Geizes des reichen Kaufmanns.

446,8 *Wuͤnschel-Ruthe]* Die Wünschelrute wurde und wird nicht nur zur Wassersuche benutzt, sondern ist im Volksglauben ein notwendiges Requisit bei der Schatzsuche. Vgl. HdA 9, S. 827.

446,13 *Wuͤrst voller Gold]* Vgl. ST IV 24 (Bd. I/1 d. A., S. 433,22-32).

446,14 f. *der Springinsfeldischen Leyrerin ⟨...⟩ Ducaten]* Vgl. Spr 24, S. 278,33-279,3.

446,14 f. *doppelte Ducaten]* S. Münztabelle.

446,19 *holen Baum]* Vgl. ST I (Bd. I/1 d. A., S. 32,8; 32,28; 33,23), ferner VW S. 4,10-17.

446,19 f. *Reichsthaler]* Siehe Münztabelle.

446,23-25 *freundliche Mågdgen ⟨...⟩ geschåndet]* Vgl. S. 426,8-427,12 und S. 430,20-431,9.

446,27 *hochgeehrter ⟨...⟩ Leser]* Leseranrede im Stile des roman comique, zugleich Wiederaufnahme der Leseranrede am Erzähleingang (S. 301,12).

446,31-447,2 *sehr nutzlich ⟨...⟩ Lehren]* Schon die Titelseite verspricht »Lehrreiche Geschichten«. Grimmelshausen unterscheidet hier zwischen »offener« Lehre (moralischer Auslegung der Handlung durch den Ich-Erzähler) und »verborgener« allegorischer Lehre nach Art der überzuckerten Pille (vgl. Cont 1, Bd. I/1 d. A., S. 563,1-566,33).

447,6 f. *Amadis]* Mit dieser Kritik folgt Grimmelshausen der zeittypischen Ablehnung des span.-franz. Ritterromans *Amadis* (dt. 1569-95 in 24 Bänden) und der älteren Erzählliteratur, die den Unterhaltungsaspekt verabsolutiert. Vgl. Cour 5, S. 37,21, und das Widmungsgedicht zu Prox: »Hinweg nun! Amadis / und deines gleichen Grillen / ⟨...⟩«.

447,10-14 *Ist etwann ⟨...⟩ Schalck war]* Gängiges Argument zur Verteidigung der satirischen Schreibart.

447,13 *Aber]* Erwägenswert ist die Lesart Abel, die allerdings in keinem Druck des 17. Jh.s belegt ist: als Anspielung auf die biblische Erzählung von Abel und Kain. Vgl. 1. Mose 4,1-16.

447,15 *daß er dich nicht fallen lasse]* Vgl. 1. Kor. 10,17: »Darum, wer sich läßt dünken, er stehe, mag wohl zusehen, daß er nicht falle«, und Luk. 22,40: »Betet, auf daß ihr nicht in Anfechtung fallet.«

ILLUSTRATIONEN DER AUSGABE C[1]
(1683/84)

Abb. 1: Titelillustration zur »Ertzbetrügerin und Landstörtzerin Courage«

Abb. 2: Ill. zu Cour Kap. 7

Abb. 3: Ill. zu Cour Kap. 19

Abb. 4: Titelillustration zum »Seltzamen Springinsfeld«

Abb. 5: Ill. zu Spr Kap. 16 u. 17

Abb. 6: Ill. zu Spr Kap. 25

Abb. 7: Titelillustration zum »Wunderbarlichen Vogelnest« (I)

Abb. 8: Ill. zu WV I Kap. 10

Abb. 9: Titelillustration zum »Wunderbarlichen Vogelnest« (II)

Abb. 10: Ill. zu WV II Kap. 14

Abb. 11: Titelillustration zum »Rathstübel Plutonis«

WUNDERBARLICHES VOGELNEST II

TEXTGRUNDLAGEN

Zugrunde gelegt wurde die Ausgabe von Rolf Tarot: Grimmelshausen, *Das wunderbarliche Vogelnest*, Tübingen: Niemeyer 1970, S. 142-314. Tarots Herausgeberentscheidungen, seine Texteingriffe und Behandlung von Druckversehen wurden anhand der Exemplare des ersten und einzigen Drucks (Sigle: E[1]) der Yale University Library New Haven Conn. (Mikrofilm) und der Badischen Landesbibliothek Karlsruhe überprüft. Zur Entscheidung strittiger Fälle wurden die Lesarten der posthumen Gesamtausgabe (Bd. 2, 1683; Sigle: C[1]) herangezogen. Im Unterschied zu allen anderen Schriften Grimmelshausens hat der Erstdruck keine Titelseite, sondern nur ein zweiseitiges Titelkupfer mit folgendem gestochenen Titel:

> Deß Wunderbarlichen | Vogelnests Zweiter | theil | An tag geben von | A c e e e f f g h h i i l l m m n n o o r r | s s s t u u.

Das alphabetische Anagramm ergibt den Autornamen Christoffel von Grimmelshausen. Aufschluß über Verleger und Erscheinungsjahr geben die Anzeigen des Buches im Frankfurter Ostermeßkatalog von 1675 (»Simplicissimi Vogel-Nestes Ander Theil / Franckfurt bey Georg Andreas Dolhopffen. 12.«) und im Leipziger Ostermeßkatalog desselben Jahres. Gemeint ist der Straßburger Verleger Georg Andreas Dolhopff, der in Frankfurt eine Niederlassung betrieb und bereits 1672 Grimmelshausens Legendenroman *Proximus und Lympida* (unter Nennung des unverstellten Autornamens) herausgebracht hatte. Offenbar hat Grimmelshausen wegen der Kriegsereignisse am Oberrhein 1674/75 das Manuskript dieser simplicianischen Schrift nur mehr seinem Straßburger Verleger übergeben können, der wegen des aktuellen politischen Inhalts des Buchs auf strengste Anonymität bedacht war und auf eine Titelseite verzichtete.

ENTSTEHUNG UND QUELLEN

Schon in der Leseranrede am Schluß des *Wunderbarlichen Vogelnests I* hatte der Autor eine Fortsetzung versprochen: »Werde ich nun aber sehen daß dieses beliebt wird / so soll diß der Erste Theil deß Vogel=Nests seyn / und der Ander auß dem Omeis=Hauffen in Kůrtze hernach folgen 〈. . .〉.« Demnach muß bereits 1672 die Konzeption des zweiten Teils festgestanden haben. Bei der Klärung der Entstehungsumstände gibt die Chronologie des Romangeschehens erste Anhaltspunkte. Die erzählte Zeit umfaßt einen Zeitraum von einem Jahr, von August 1671 bis August 1672; verwiesen wird auf die Leipziger Herbstmesse 1671, auf die Ankunft des Erzählers in Amsterdam nach Besuch der Leipziger Herbstmesse, sechs Wochen nach der Abreise aus der Württembergischen Heimatstadt, wo er sich Ende August noch befand. Geschildert werden die politischen Spannungen zwischen Frankreich und den Niederlanden, die im Frühsommer 1672 zum französischen Überfall auf die Niederlande führten, der siegreiche Übergang der französischen Armee über die Ijssel südlich von Utrecht im Juli 1672, die Heimreise des Erzählers im August 1672 von Utrecht über Köln, Bonn, Mainz und Straßburg mit Rheinübergang über die Brücke bei Kehl, die zu diesem Zeitpunkt noch unversehrt war (sie wurde erst Ende 1672 durch die französischen Truppen zerstört). Auch der abschließende Hinweis des Erzählers, daß er sich auf dem Weg von Kehl zum Kniebis »in einem Land deß Friedens« befunden habe, verweist auf das Jahr 1672, das letzte Friedensjahr der Ortenau. Aus der eingeschobenen Bemerkung: »(wiewol ich hŏre / daß es seyther durch den Krieg sehr *ruin*irt worden)«, folgt jedoch, daß auch die im Januar 1673 beginnenden kriegerischen Entwicklungen in der Ortenau als bekannt vorausgesetzt werden; das Manuskript kann also frühestens Mitte 1673 abgeschlossen worden sein, als die Unzuträglichkeiten der Einquartierung kaiserlicher Truppen den Renchener Schultheißen zu Beschwerden beim Landesherrn nötigten. Allerdings erreichte die Ruinierung des Landes erst Ende 1674 ihren vorläufigen Höhepunkt, als die Ortenau vollends zum Aufmarschgebiet der kaiserlichen Armee und ihrer lothringischen, brandenburgischen und kurpfälzischen Verbündeten wurde. Daraus könnte man freilich auch den Schluß ziehen, daß Grimmelshausen den Klammersatz erst vor der Drucklegung Ende 1674 in das fertige Manuskript eingefügt haben mag, zumal vielfältige militärische Pressionen seit 1674 dem Renchener Schultheißen kaum Zeit zu schriftstellerischer Arbeit gelassen haben dürften; im April 1674 beklagten sich die ständig wegen Steuersäumigkeit und Widersetzlichkeit gemaßregelten Schultheißen des Amtes Oberkirch, »in was großer gefahr Sie wegen der Hin unnd Her schwebenden Partheyen steckhen« (Könnecke II, S. 195). Für eine Entstehungszeit, die das Jahr 1673 einschließt, sprechen aber auch thematische Berührungen mit der im Herbst 1672 publizierten Flugschrift *Stoltzer Melcher* (gegen den französisch-niederländischen Krieg) und mit dem im Herbst 1673 erschienenen *Galgen-Männlin* (gegen Aberglauben), ferner mit einer vom Schultheißen Grimmelshausen für das vorgesetzte Amt Oberkirch aufzuklärenden und abzustrafenden Affäre um einen doppelten Ehebruch in Renchen (April bis Juni 1673). Entscheidender für die Datierung ist aber eine von Grimmelshausen benutzte Neuerscheinung vom Herbst 1673: der Band X des *Theatrum Europaeum* mit dem Bericht über den falschen Messias Sabatai Zwi und die Reaktionen der Amsterdamer Judengemeinde.

Über die für das *Wunderbarliche Vogelnest II* benutzten Quellen besteht noch wenig Klarheit. Neben Garzoni *(Piazza Universale* und *Narrenspital)* und Boaystuau sowie dem neuesten Band des *Theatrum Europaeum*, seinen üblichen Nachschlagewerken, hat Grimmelshausen einem breiten Spektrum von Erzählsammlungen, angefangen von Boccaccios *Decamerone* bis zu Abeles *Seltsamen Gerichtshändeln*, Anregungen und Motive für seine Erzählepisoden entnommen. Für die Teufelsbeschwörung boten die *Historia von D. Johann Fausten*, aber auch Hans Sachsens Fastnachtsspiel *Der farend schuler mit dem teuffel-pannen* geeignete Darstellungsmodelle; für sonstige Aberglaubenspraktiken bezieht sich der Autor gelegentlich auf Schriften von Johann Praetorius, doch wird man einem alten Soldaten wie Grimmelshausen bei der Beschreibung des Festmachens und dergleichen nicht unbedingt literarische Vorlagen unterstellen müssen. Bezeichnender für seine Arbeitsweise erscheint mir, daß ihm für die Darstellung der spiritistischen Séance offenbar zwei Modelle vorschwebten: Hans Sachsens Verserzählung *Ein artlich gesprech der götter, die zwitracht des römischen reiches betreffend* und Athanasius Kirchers Beschreibung von Projektionsmöglichkeiten mit der Laterna Magica in seiner *Ars magna lucis et umbrae* (1646), die 1671 in der Übersetzung von Kaspar Schott erschienen war. Die traditionelle Erzählform der Vision (»Gesicht«) gewinnt dadurch an Glaubwürdigkeit und wird zugleich auf natürliche Ursachen zurückgeführt. Ein ähnlicher Fall von Quellenverarbeitung liegt bei der Erzählung vom falschen Messias vor. Auch hier ist Altüberliefertes (Caesarius von Heisterbach bzw. Hans Folz) mit Neuerschienenem (*Theatrum Europaeum* X) kombiniert. Wie schon im *Wunderbarlichen Vogelnest I* fallen die zahlreichen biblischen Anspielungen und Zitate ins Auge; zusammen mit den Bezügen auf Schriften von Albertinus und die geistliche Emblematik tragen sie zum erbaulichen Charakter des Romans bei.

DEUTUNGSHINWEISE

In keinem Erzählwerk des simplicianischen Zyklus führt Grimmelshausen den Leser so nahe an die damalige Gegenwart heran wie im *Wunderbarlichen Vogelnest II.* Mitten im Krieg erschienen, ist dieser Roman 1675 von politischer Aktualität; er ist wie alle simplicianischen Schriften gegen den Krieg gerichtet und überbietet diese an kritischem Einblick in die Entstehung eines Krieges sowie in dessen landläufige Rechtfertigung. Geschildert wird die sogartige Wirkung des sich 1671/72 anbahnenden französisch-niederländischen Krieges auf einen Kaufmann, der von Berufs wegen Kriegsgegner sein, zumindest aber dem Krieg ausweichen müßte, der aber, disponiert durch Gier nach Geld, Sex und Ruhm, scheinbar gerechtfertigt durch die Ideologie der Unabwendbarkeit eines angeblich von Gott zur Abstrafung der Menschen verhängten Krieges, sich freiwillig in den Krieg begibt: »Das beste Mittel vor die Kriegs-Låuffe wird gesucht und gefunden / das schlimste aber wird erwöhlet« (Cap. XII). Stationen dieses Prozesses sind das politische Räsonieren mit anderen Betroffenen, das zwar die Gründe für den drohenden Kriegsausbruch benennt, zugleich aber durch Rückzug auf das theologische Strafargument die Entschlußkraft und die Suche nach einem Ausweg lähmt; die nicht durchschaute allmähliche Einstimmung auf den Krieg durch entsprechende Gassenhauer; die Veränderungen im Wirtschaftsleben durch Waren- und Kapitalflucht ins Ausland; nach Ausbruch der Kampfhandlungen die heroische Berichterstattung, die den Wunsch nach Waffenruhm wecken soll und weckt; die ruhmsüchtige, siegesgewisse, auf abergläubische Praktiken vertrauende Meldung zum Kriegsdienst, die von der Verzweiflung über ein verpfuschtes Leben ablenken soll; das Elend der Schlacht und die Demaskierung des martialischen Pathos als Selbstbetrug.

Eingeschoben in die Darstellung des Vorkriegs- und

Kriegsgeschehens ist die Geschichte der schönen Amsterdamer Jüdin Esther, die mit ihrem Vater Opfer eines großangelegten Betrugs eines Lüstlings, eben unseres Kaufmanns, wird (Cap. XIII-XX). Grimmelshausen greift mit dieser Geschichte von der Messiashoffnung der Juden, die von einem Christen zur Schwängerung eines Judenmädchens ausgenutzt wird, einen spätmittelalterlichen Schwank auf, aktualisiert ihn jedoch, indem er ihn auf die Bewegung des falschen Messias Sabatai Zwi von 1666 und dessen fanatisierte Amsterdamer Gefolgschaft bezieht und im Sinne einer »vollkommenen Histori« das Leben und den Messiasglauben der Judenfamilie nach allen Umständen wahrscheinlich macht. Auch hierbei geht es ihm um ein Thema, das er schon in den vorausliegenden simplicianischen Schriften dargestellt hatte, freilich nie in der hier vorliegenden Ausführlichkeit und kritischen Eindringlichkeit: die antijüdischen Vorurteile der Christen, die schon dadurch unglaubwürdig erscheinen, daß sie von einem äußerst unsympathischen, frivolen Scheinchristen zur Rechtfertigung der eigenen verbrecherischen Taten vorgetragen werden, und ähnlicher Relativierung verfallen auch die antijüdischen Tiraden des getauften Juden Erasmus.

Um Aufklärung des Lesers geht es auch bei einem dritten thematischen Komplex, Erscheinungsformen des Aberglaubens: Teufelsbündnerei und Praktiken der schwarzen Magie. Auch dieses Thema lief bereits in allen vorhergehenden simplicianischen Schriften am Rande mit, jetzt wird die Kritik an allen diesen Formen der Selbstüberhebung und des Selbstbetrugs massiver, direkter.

Alle diese thematischen Schwerpunkte sind integriert in eine Bekehrungsgeschichte, die in ihrer extremen Lebenswende die des Hellebardierers noch überbietet und dennoch glaubwürdig bleibt. Zwar erfährt auch der Schurke, in der Todesnot des Schlachtfeldes sein Leben durchlaufend, unvermittelt »ein hertzliche Reu / und innigliches Seufftzen zu der Grundlosen Barmhertzigkeit deß Allerhöchsten«, und er wird von einem Geistlichen auch zur

Einsicht in die Vergeblichkeit magischer Praktiken gebracht, aber er wird damit noch nicht zu einer vorbildlichen Gestalt im Sinne simplicianischer Christlichkeit. Rechenhaftigkeit und Egoismus, Gehässigkeit gegenüber den Juden und ihrer Religion, Herabwürdigung der Frau zum Objekt der Lust und der Rachgier – in all dem ist dieser wohlhabende, auf den äußeren Anschein christlicher Lebensführung bedachte Bürger die häßlichste Gestalt Grimmelshausen. Auch bei der Erzählung des Lebenslaufs als Generalbeichte bleibt er in den Urteilen und Vorurteilen seines Standes gefangen; seine religiösen Äußerungen – meist in Formeln der älteren Erbauungsliteratur – wirken penetrant und aufgesetzt, ja bigott, wenn er etwa seine Erzählung ausgerechnet mit einer Verteidigung der Geistlichen gegenüber dem Vorwurf der Zauberei beginnt.

Der Perspektivismus des simplicianischen Erzählens, eine Konsequenz aus der Ich-Form, erreicht somit im *Wunderbarlichen Vogelnest II* seine äußerste, gewagteste Ausformung. Der Kaufmann erzählt seine Geschichte in vollem Ernst, er ist nicht imstande, seine Borniertheiten zu reflektieren, seine Handlungen und Meinungen etwa ironisch zu relativieren; wenn er sich in Ironie versucht, ist er zynisch. Ironisch sind jedoch die Kapitelüberschriften des »simplicianischen Autors«, der dem Leser schon in den einleitenden Texten (»Privilegia« und »Vorrede«) voller Ironie, aber auch fest umrissen, wenn es um Prinzipielles geht, gegenübertritt. Ernst ist es ihm vor allem mit der theologischen Voraussetzung der simplicianischen Erzählwerke, der augustinischen Gnadenlehre (ob in lutherischer oder jansenistischer Vermittlung, bleibt zu klären), derzufolge der Mensch verloren ist, »wann der liebe Gott auß sonderbarer Barmhertzigkeit nicht hilfft«. Die durch das Vogelnest magisch erweiterten Möglichkeiten, die Curiositas und andere lasterhafte Begierden nach Belieben zu befriedigen, führen am Ende in »wůtende Melancholey« und »åusserste Verzweiffelung«, bevor ihn eine »absonderliche Gnad von Gott« aus heilloser Selbstverstrickung befreit. Gegenstand der Satire ist nicht wie im ersten Teil des *Wunderbarlichen Vogelnests* die verkehrte, wahnbefangene Welt in ihrer Ständeordnung, sondern von Anfang an das verkehrte, wahnbefangene Verhalten des Kaufmanns. Das magische Vogelnest wird zum Instrument der Selbstentlarvung seines Besitzers, der dies erst spät und auch dann nur teilweise erkennt.

VARIANTEN

455,16 f. *Neben Menschen]* Neben=Menschen (C^1)

464,16 *wie]* die (C^1)

467,15 *lustig-]* (C^1), luftig (E^1)

471,20 *nie]* (E^1C^1), Tarot liest: nur

471,35 *dann]* den (C^1)

472,31 *Spanier-]* (E^1C^1), Tarot liest: Spatzier-

474,21 *außsahe]* (E^1C^1), Tarot liest: außsahen

475,25 *welches mit]* welches weder mit (C^1)

477,3 f. *WoͤlffGestalt]* Woͤlff Gestalt (C^1)

477,12 *mir]* nur (C^1)

478,19 *HErr]* Herr (C^1)

480,10 *Staads-]* Staats- (C^1)

480,29 *gruͤssen]* gruͤsten (C^1)

483,28 *mir]* E^1($C^{1.3}$), Tarot liest: nur

486,25 *solte /]* (C^1), solte) (E^1)

487,16 *diese]* (C^1), dieser (E^1), Grammatisch korrekt wäre: dieses

487,28 *mir]* (C^1), nicht (E^1)

494,19 *mich / gleich]* (E^1C^1), Tarot liest: mich gleich /

498,15 *nie]* mir (C^1)

498,34 *waͤrs]* waͤre (C^1)

505,22 *vor]* (C^1), von (E^1)

509,25 *Carede]* Carete (C^1)

515,2 *auß]* (E^1C^1), aus (C^3), Tarot liest: das

522,32 *gethan]* (E^1C^1), Tarot liest: zuthun

524,8 *dastigen]* dasigen (C^1)

530,12 *vor]* (E^{1}C$^{1.3}$), Tarot liest: von
540,18 *Pygmalione]* (C^1), Pygmatione (E^1)
542,4 *rechthefftige]* recht haͤfftige (C^1)
544,25 *Fleisses]* (E^{1}C^1), Tarot liest: Fleisse
556,10 *Ahija]* Ahiza (C^1)
557,20 *wer]* (E^{1}C^1), Tarot liest: was
575,3 *denen]* (E^{1}C$^{1.3}$), Tarot liest: deren
587,26 f. *gelehrt und geliebt]* geliebt (C^1), Tarot liest: geehrt und geliebt
593,10 *gern]* (C^1), gehen (E^1)
594,10 *die Geburt]* (E^{1}C$^{1.3}$), Tarot liest: dir gebuͤhrt
598,29 *verderben wolte]* zu verderben (C^1)
602,1 *Maria]* (C^1), Mariæ E^1
607,27 f. *vernehmen]* (E^{1}C^1), Tarot liest: vermeynen
610,27 *waͤren]* (E^1), waͤre (C^1)
613,5 *den schaͤdlichen]* der schaͤdliche (C^1)
613,31 *begehen]* (E^{1}C$^{1.3}$), Tarot liest: begehren
616,3 *konten]* koͤnnen (C^1)
618,2 *Haut]* (C^1), Hand (E^1)
621,25 *durchtrang?]* (E^{1}C$^{1.3}$), Tarot liest: durchtrang.
622,32 *Calop]* (C^1), *Colap* (E^1)
630,6 *Reichsth.]* Reichsth. / C^1
631,13 *sterben]* (E^{1}C$^{1.3}$), Tarot liest: streben
636,32 *nicht auß Ubung]* auß solcher boͤsen Ubung (C^1), Tarot liest: mit Außuͤbung
638,7 *Geschirr]* (C^1), Geschwaͤr (E^1)
639,3 f. *hier wider]* (C^1), hier nicht wider (E^1)
645,13 f. *unnoͤthig zu hoͤren / und erschroͤcklich zu hoͤren]* unnoͤthig erschroͤcklich zuhoͤren (C^1)
647,9 f. *sich wenden solte]* (C^1), sich solte E^1
647,19 *Esseer]* (C^1), Esteer (E^1)

TEXTERWEITERUNGEN DER AUSGABE C[1]

Erklaͤrung deß Kupffers / und kurtzer Inhalt dieses gantzen Tractaͤtleins.

Die Hilffe so du glaubst / vom Teuffel her zuzuringen /
Scheint zwar / sie kommt dir wohl / ist aber so bewand /
Daß sie jemehr und mehr / dich fast mit Suͤnden-Band /
Fein schnell / gewiß und fett / dich in die Hoͤll zubringen /
Druͤm mercke diese Lehr / besser / vor allen Dingen;
Trau der Sirene nicht / sie ist mit List bedeckt /
Und unter Ihrem Balg / ist Angst und Not versteckt /
Beglaubst du ihr zu viel / so bistu in der Schlinge.

Merkverse unter den Kapitelüberschriften

I. Reu und Schand / boͤser Stand.
II. Des Teuffels Lieberey / und Hof-Farb weist sich hier
Das Bild des Zauberers / man huͤte sich darfuͤr.
III. Auf des Teuffels wegen geh't /
Der Hier den Schatz so gerne haͤtt
IV. Das Vogel-Nest dem hier / fuͤrstellt /
Was Jhme zimlich wohlgefaͤllt.
V. Weiber List / die falsche waar /
Weist hierinn / sich Sonnen klar.
VI. Der Mann mit klugen Weibs-Vergelt /
Wird hier kurtzweilig fuͤrgestellt.
VII. Der Huren-Weiber / Danck und Lohn /
Traͤgt hier die Kauffmanns-Frau darvon /
Als wohlverdienten Spott und Hohn.
VIII. Listig und loͤblich / doch dannoch erlogen /
Wird der genaͤschigen Geilheit vorbogen.
IX. Hier wird zum Tranckgeld der erhascht /
Der nur auß Lieb ein bißgen nascht /

Drumb laß man lieber bleiben /
Sich also anzukleiben.
X. Gleich und gleich kommt hier zusammen /
Der Apffel faͤllt nicht weit vom Stammen.
XI. Unnuͤtzen Dingen nachzugriebeln /
Macht nur den Kopff voll Narren wibeln.
XII. Aus Lieb vernarrt der Hertz und Sinn /
Und wirffts auf eine Juͤdin hin.
XIII. Des Juden-Glaubens Pralerey /
Besteh theils / hier gebracht mit bey.
XIV. Von gleichen Luͤgen Fabel werck /
Auch ferner die Capitel merck.
XVI. Alles sich jetzo auff Erden verkehret /
Weil hierin Jud einen Christen belehret /
Und von ihm mancherley Schelmenstuͤck hoͤret.
XVII. Mancherley Laster hier werden erzehlt /
Die man nur Geld zu erhaschen offt wehlt /
Dardurch wird Gewissen und Seele gequaͤlt /
Daß man deß weges zum Himmel verfehlt.
XVIII. Noch ferners eine Kunst-Manier
Die mehr vom Teuffel / als Gott herruͤhr /
Denckt und meldt diß Capitel hier /
Daß man sich solle sehen fuͤr.
XIX. Nicht ein jede falsche Reu /
Beglaub man / daß von Hertzen sey /
Wann nicht die Folg-Prob ist darbey.
XX. Mit klug belehrter Listigkeit /
Eraßmus zu der Hochzeit schreit /
Bethoͤrt deß Eliezers Freud.
XXI. Was die boß Gesellschafft stifft /
Wann man deren Kundschafft trifft /
Wird nachdencklich hier gemeldt /
Und zur Nachricht fuͤrgestellt.
XXII. Stosse sich zeitlich nach diese Geschicht /
Wer noch dergleichen in Suͤnden verpicht /
Folge nachfolgender Lehr und Bericht /
Thue guts / liebe die Boßheit ja nicht.

XXIV. Busse ist noͤthig / den frevelen Suͤndern /
Wann sie nicht wollen die Seele verhindern /
Wie man sich leiblich und geistlich curier /
Stellet hier folgend Capitel uns fuͤr.

XXV. Festigkeit die Teuffel Kunst /
Die verschertzet Gottes Gunst /
Denen / so die selbe lieben /
Ist hier was sie sey? beschrieben /
Und gar deutlich fuͤrgestellt /
Als ein Scheu der jungen Welt.

Abschließende Moralisatio

So endet sich das Vogel-Nest /
Wer sich aus solchen warnen laͤßt /
Und haͤngt nicht boͤsen Dingen nach /
Eindenck daß es nicht gutes schafft /
Und folg die ewig Hoͤllen Straff /
Der schleußt wohl seine Lebens=Tag /
Er fasse diesen Lehr-Bericht /
Leb fromm / lieb Gott / und Suͤnde nicht.
Dis ist der baͤst Belehrungs-Rest /
So fließt aus diesem Vogel-Nest /
Das man das Boͤß zu thun aufhoͤr /
Und folge guter Sitten-Lehr.

STELLENKOMMENTAR

450/451 *Titelkupfer]* Der auf Mitte gestellte Titel enthält statt des Verfassernamens ein weiteres Anagramm (A c e e e f f g h h i i l l m m n n o o r r s s s t u u = Christoffel von Grimmelshausen). Die Darstellung illustriert die in Kap. 2 und 3 geschilderten Vorgänge: Vor einer Waldkulisse stehen im doppelten magischen Kreis der Kaufmann in zeitgenössischer Alamode-Tracht, vor ihm der »fahrende Schüler«

bzw. Landstörtzer mit Zauberstab im Gestus der Beschwörung. Außerhalb des magischen Kreises kauert das beschworene »abentheuerliche Monstrum« mit Jungfrauenkopf und Drachenleib, vorne lieblich, hinten feuerspeiend: eine Allegorie des Reichtums, die Geldgier und sexuelle Gier des Kaufmanns weckt und zu befriedigen verspricht. Die Bedeutung der magischen Charaktere im Doppelkreis konnte bisher nur teilweise geklärt werden: Das geschweifte Kreuz und der einer Wolfsangel ähnelnde Pfeil erinnern an Bestandteile im Wappen Grimmelshausens. Im übrigen ist an Abwandlungen der Notae illiteratae der *Kabbala* zu denken; vgl. Garzoni, *Piazza*, 29. Discurs, »Von den Cabalisten«, S. 209-211. Als Quelle für das bildliche Arrangement hat Koschlig Illustrationen zum *Faust*-Buch, in der englischen Version von Christopher Marlowe (1631), vermutet, doch ist auch Hans Sachsens Fastnachtsspiel *Ein faßnachtspil mit vier personen. Der farend schuler mit dem teuffel-pannen* (1551) in Betracht zu ziehen (Werke IX, S. 72-84). Vgl. aber auch Spr 12, S. 227,23-26: »zu solchem Ende machte ich mit meinem blossen Degen en mits oper deelen zwen Ring ineinander / und zwischen dieselbige etliche Pentalpes und ander nårrisch gribes grabes wies mir einfiele 〈. . .〉.«

452,3 *Tractåtleins]* Hinweis auf die lehrhafte Prosagattung des religiösen Traktats. Hatte Grimmelshausen bisher seine Schriften als »Histori« oder »Erzehlung« bezeichnet, so ordnet er hier wie in der gesamten Vorrede rückwirkend sein ganzes simplicianisches Erzählwerk der Gattung Traktat zu, um so dessen geistlich-religiösen Sinn hervorzuheben.

452,4-7 *Die Hůlffe 〈. . .〉 Hŏll zu bringen]* Das Epigramm in Alexandrinern und ungewöhnlicher umarmender Reimstellung ist zugleich die Subscriptio der emblematisch angelegten Titelseite: in der Tradition der *Historia von D. Johann Fausten* (1587) warnt es vor den Folgen der Teufelsbündnerei.

453,1-456,5 *Privilegia und Freyheiten 〈. . .〉 Secretar.]* Grimmelshausen parodiert die Gattung des vom Kaiser oder Landesherren an den Drucker bzw. Verleger verliehenen, meist auf fünf Jahre befristeten Druckprivilegs, das unter Strafandrohung vor unberechtigtem Nachdruck schützen sollte. Bei einer anonym erschienenen, an den Zensurinstanzen vorbeigeschmuggelten Schrift wie der vorliegenden war ein solches Privileg ausgeschlossen.

453,1 *Freyheiten]* Übersetzung von Privilegia; gemeint ist das ältere (ständische) Verständnis einer additiven Anhäufbarkeit von Freiheitsrechten.

453,6 *Lucianus]* Vgl. WV I, Anm. 357,14 f.

453,6-8 *worinnen die Weiber 〈...〉 brůten]* Irrtum: Nach Lucian gab es kein weibliches Geschlecht auf dem Mond, die Seleniten pflanzten sich durch die Männer fort; vgl. Lucian, *Verae histor.* I.

453,10-13 *Gelehrt oder Ungelehrt 〈...〉 Bůbgen oder Mågdgen]* Umschreibung der intendierten Leser, typisch für die an jedermann (alle Stände) gerichtete Literatur der frühen Neuzeit im Unterschied zur Gelehrtenliteratur; vgl. die Titelseiten von ST (Bd. I/1 d. A.) EC und RS, aber auch die Titelseite der *Historia von D. Johann Fausten.*

453,12 *Nårrisch oder Gescheid]* Vgl. ST I 7 (Bd. I/1 d. A., S. 36,25-27).

453,21 *nach eigenem freyem Willen]* Als Folge der massenhaften Verbreitung insbesondere der Andachtsliteratur entwickelte sich im 17. Jahrhundert eine neuartige Freiheit des Lesens, die sich der institutionalisierten Kontrolle entziehen konnte; vgl. WV II, Kap. 22, S. 611,27 ff.

453,25-26 *die Zeit zu passiren / oder die Lehren darauß zu erfischen]* Hinweis auf die beiden Aufgaben von Literatur nach Horaz; vgl. auch Cont 1, Bd. I/1 d. A.

454,2 *siebenzehen mal]* Vgl. WV I, Anm. 391,4.

454,3 f. *wie Alexander Magnus seinen Homerum]* Vgl. Garzoni, *Piazza*, 60. Diskurs, »Von denen / so *Memoriam artificialem* profitiren / vnd andere lehren wollen«, S. 408-410.

454,5 *Lobwasser]* Vgl. WV I, Anm. 323,22.

454,6 *Habermann]* Johannes (Avenarius) Habermann

(1516-1590), lutherischer Theologe, Pfarrer an verschiedenen Orten Sachsens, Professor der Theologie in Jena und Wittenberg, Stifts-Superintendent in Naumburg-Zeitz, gehört zu den erfolgreichsten Erbauungsschriftstellern der lutherischen Kirche. Sein Gebetbuch *Christliche Gebethe für allerley Not vnd Stunde der gantzen Christenheit außgetheilet auf alle Tage in der Woche zu sprechen* (1567) wurde bis ins 20. Jahrhundert fortgedruckt und in mehrere Sprachen übersetzt.

454,6 f. *Thomam de Kempis]* Vgl. WV I, Anm. 353,9.

454,7-12 *so darff ein jeder ⟨...⟩ besser machen kan]* Im Unterschied zu seinen ersten Schriften (KJ, SP) toleriert Grimmelshausen hier jegliche Kritik an seiner Art zu schreiben.

454,17 *wie ein liebes Gebetbůchlein]* Grimmelshausen bezieht sich hier auf die Praxis der Verwendung von falsch eingebundener Unterhaltungsliteratur im Gottesdienst.

454,28 *Phantasten]* Vgl. ST II 5, III 3, IV 13 (Bd. I/1 d. A., S. 132,20, S. 253,29 und S. 397 f.); vgl. auch WV I, Anm. 393,14.

455,3-30 *Uber diß ⟨...⟩ entschlossen]* Grimmelshausen ironisiert das in den Druckprivilegien übliche Verbot des Nachdrucks mitsamt der angedrohten Strafe.

455,24 *Privilegien in Original]* Im Schadensfall mußte der Privilegieninhaber vor Gericht seine Originalurkunde vorlegen; auch dieser Umstand wird hier ironisiert.

455,27 *unartige und verwerffliche Geburten]* Gemeint sind widerrechtlich nachgedruckte Bücher; vgl. VW, S. 63,4-29.

455,30-456,5 *so geben ⟨...⟩ Secretar]* Ironisierung der Schlußformel einer Urkunde mit den Angaben von Ort, Zeit, Urkundgeber und Ausfertiger.

456,5 *Nemonius Secretar]* Nach Dehnhard handelt es sich um ein Kryptogramm: nomen sui rate secret(um) »rate seinen geheimen Namen«.

457,1 *Vorrede]* Grimmelshausen bringt hier erstmals – im Unterschied zu den vorangegangenen Simplicianischen Schriften und auch zum Gattungsmodell des roman comique – eine Vorrede.

457,2 *Simplicianischer Autor]* Gemeint ist Grimmelshausen.

457,13 f. *vorwitzige und verbottene Künste]* Gemeint ist die schwarze Magie; vgl. Garzoni, *Piazza*, 41. Diskurs, »Von Zaubern / Beschwerern / Hexenmeistern / vnd Hexen«, S. 328-339.

457,16 *so genannten weisen Männern und Weibern]* Das Adjektiv »weise« meint hier: kundig und erfahren im Wahrsagen, zauberischen Wissen und Tun, Traumdeuten usw.; vgl. Grimm, DWb 29, Sp. 1019.

457,23-27 *der weise Mann ⟨...⟩ sündigen]* Vgl. Jes. Sir. 7,40.

457,27 f. *mehr-besagter unser Autor]* Gemeint ist der simplicianische Autor.

458,12-459,14 *Dieser Autor ⟨...⟩ im Rachen zu stecken]* Grimmelshausen wiederholt im wesentlichen die Rechtfertigung seiner satirischen Schreibart, die er bereits in Cont 1 (Bd. I/1 d. A.) und in der Vorrede zum EC erläutert hatte.

458,16 *17. Lesern]* Vgl. Anm. 454,2.

458,31 *Saturnisten und Maulhenckolische Köpffe]* Gemeint sind eigentlich die im Zeichen des Saturn Geborenen, die Melancholiker. Hier sind es die unverbesserlichen Kritiker.

459,1 *Salbaderey]* Christian Weise hat in seinem Roman *Die drei ärgsten Erznarren von der ganzen Welt* (1672) den ihm namentlich unbekannten simplicianischen Autor als »ledernen Salbader« bezeichnet; vgl. auch Grimmelshausens TM, S. 17,13-21: »Wie aber die Sitten und Gebärden eines solchen Phantasten beschaffen / hat meine nahe Baaß Catharin (die mir zwar keine Verwandtschafft gestehet / sondern mich zum Salbader logiert / wiewol sie die drey ärgste Ertz-Narrn in der Welt auff einen Wurff: gleichwie ich den *Simplicissimus* geborn) in ihrem Kindbeth am 20. Capitel mit lebendigen Farben geistreich genug abgemahlet / allwo sich der großgünstige Leser Berichts erholen mag.«

459,6 f. *der liebe Gott auß sonderbarer Barmhertzigkeit]* Typisch für Grimmelshausens Auffassung von der Rechtfertigung des Sünders; vgl. S. 465,6.

459,10 *in jetzigen elenden / vielleicht letzten Zeiten]* Vgl. ST I 1 und ST I 12 (Bd. I/1 d. A., S. 17,4 f. und S. 48,25-29).

459,13 f. *dem Höllischen Schlund begune im Rachen zu stekken]* Vgl. Spr 7, S. 193,19.

459,19 f. *alles ⟨...⟩ aneinanderhångt]* Grimmelshausen betont hier die Einheit der zehn Bücher umfassenden »Lebensbeschreibung des Abentheuerlichen Simplicissimi«. Damit entspricht deren Beschränkung auf die ersten fünf bzw. sechs Bücher nicht den Intentionen des Autors.

463,2 *Wůrckung deß Gelts]* Vgl. Boaystuau, *Le theatre du monde* II 8, S. 153 ff. (über die geldbegierigen »Kauff- und Handelsleute«); vgl. auch SP I, 5. Satz vom Geld.

463,4-28 *DEm Grindigen ⟨...⟩ nicht selbst erfahren]* Grind, Schnepfendreck und Schröpfkopf dienen als Exempel für den Unterschied von Wahn und schmerzhafter Erfahrung.

463,24 *Jch]* Gemeint ist der Erzähler, d. i. der Kaufmann.

463,25 *wer hangt der langt]* Sprw.: wer hängt, der streckt die Hand nach Hilfe aus; vgl. Grimm, DWb 10, Sp. 447; vgl. auch ST III 10 (Bd. I/1 d. A., S. 280,28).

464,16 *deren sich wie irrende Schåflein]* Ergänze das Subjekt: deren *sie* sich wie irrende Schäflein. Vgl. Jes. 53,6.

464,23 *Jdioten]* Vgl. die Vorrede zu SP, S. 6,11 (der Autor als »Ignorant und Idioth«) und die Titelseite des *Beernhåuter.* (Autorpseudonym: »Von Illiterato Ignorantio, zugenannt Idiota«.)

464,29 *Schoß Abrahæ]* Vgl. Luk. 16,19.

465,3-7 *daß aber der liebreiche GOtt ⟨...⟩ dancken]* Vorausdeutung auf die Bekehrung des Erzählers in Kap. 24.

465,6 *Grundlose Barmhertzigkeit]* Vgl. Anm. 459,6.

465,8-24 *Aber lieber bedenk doch ⟨...⟩ erlaubt zu spielen]* Der Erzähler wendet sich gegen die Verdächtigung Geistlicher durch Schwarzkünstler, sich selbst der schwarzen Kunst zu bedienen; vgl. Garzoni, *Piazza*, 3. Diskurs, »Von den Geistlichen«, S. 46: »Die Superstition oder Aberglauben ist der Religioni gåntzlich zuwider ⟨...⟩. Deßgleichen auch alle Befragungen vnnd Bůndnussen mit den bősen Geistern.«

465,23 f. *wo der Abbt ⟨. . .⟩ erlaubt zu spielen]* Sprw.; vgl. Grimm, DWb 1, Sp. 136 f.

465,25-466,12 *Und zwar ⟨. . .⟩ im HErrn sterben]* Sinn: Während sich abergläubische Menschen in der Not an untaugliche Mittel klammern, vertrauen Geistliche auf Gott.

465,26 f. *alle die jenige Menschen ⟨. . .⟩ Ersauffens gerathen]* Vgl. ST IV 10 (Bd. I/1 d. A., S. 385,5-387,11).

466,5 *hundert-Thaler Pferd]* Vgl. ST V 6 (Bd. I/1 d. A., S. 470,10 f.).

466,12 *wie sie im HErrn gelebt / also auch im HErrn sterben]* Vgl. Röm. 8,11-13.

466,13 *Also sind sie viel Gewissenhafftiger]* Das Verhalten frommer Geistlicher gegenüber dem Aberglauben ist die satirische Norm, an der die folgende Lebensgeschichte gemessen wird.

466,14-17 *da mir die Springinsfeldische Leyrerin ⟨. . .⟩ außgefischt]* Vgl. Spr 24 (S. 278,33-280,2) und WV I, S. 446,13-15; die Leyrerin hatte »vil Gold und Silber von Gelt und Kleinodien«, darunter 1000 Reichstaler und 1000 doppelte Dukaten erbeutet.

466,18-22 *O ihr verfluchte Reichthumb ⟨. . .⟩ zu trucken]* Vgl. Cont 4 (Bd. I/1 d. A., S. 578,10-581,11) und SP I 5 (»Vom Geld«), S. 45-52.

466,25 f. *fortwandern]* Vgl. Subscriptio zum Titelkupfer WV I: »⟨. . .⟩ daß wir so blind hinwandern.«

466,28 f. *wie der reich Mann / Luc. 16]* Vgl. Luk. 16,19-23.

467,1 *ihr]* Gemeint sind die Reichtümer.

467,17 *den ich zwar jetzt / da mir die Augen geőffnet seyn]* Hinweis auf die Erzählperspektive: der Kaufmann erzählt aus dem Rückblick des Bekehrten, dessen Selbsterkenntnis freilich eingeschränkt bleibt.

467,18 *mit gesunder Vernunfft]* Auch Friedrich Spee (*Cautio Criminalis*, 1631) erhebt die gesunde Vernunft zum Maßstab für die Wahnbefangenheit in Aberglauben und Vorurteilen.

467,22 *die Leyrerin]* Vgl. Anm. 466,14-17.

468,3-27 *Jch hatte nirgends keine Ruhe mehr ⟨...⟩ pflegen]* Symptome des Geizes, vgl. Cont 4 (Bd. I/1 d. A., S. 579,15-581,11).

468,6 *gleich als einer / der in eine Jungfer verliebt ist]* Erster Hinweis auf den Zusammenhang von Geldgier und sexueller Gier.

468,11 f. *mit dem Saul nach Endor]* 1. Sam. 28,7 ff.: König Saul sucht bei der Hexe von Endor Rat.

468,12 *mit dem Ochosias nach Ekron]* 2. Kön. 1: der kranke König Ochosias bzw. Achasja läßt beim Baals-Heiligtum von Ekron nach dem Ausgang seiner Krankheit fragen und wird dafür von Gott mit dem Tode bestraft.

468,12-14 *keinen Teuffelsbanner ⟨...⟩ unbefragt]* Einen solchen Schwarzkünstler beschreibt Grimmelshausen in ST V 6 (Bd. I/1 d. A., S. 468,14-26).

468,24 f. *von Humeur melancholisch]* In ähnlicher Formulierung ST V 12 (Bd. I/1 d. A., S. 493,28). In astrologischer Sicht ist der Kaufmann als Merkurskind für »allerhand Melancholische Kranckheiten« disponiert (vgl. EC, S. 135, 5. Materie).

469,1 f. *meine Thorheit muste auffs hǒchste kommen]* Anspielung auf 1. Kor. 3,18-20.

469,4 *das Gelt mehr als Gott geliebt]* Vgl. Matth. 6,24.

469,6 *Abbildung deß Zauberers]* Die Beschreibung des Zauberers (im zweiten Teil des Kapitels, S. 472,3-12) entspricht dem Titelkupfer. Die Illustration in der Ausgabe C^1 stellt nicht den Zauberer, sondern den Kaufmann in seinem Garten dar.

469,16-18 *auff Chinesische Gattung ⟨...⟩ zu knůpffen]* Adam Olearius berichtet in seiner *Morgenländischen Reisebeschreibung* (Schleswig 1648, S. 126/127) von einem chinesischen Kaiser, der sich, nachdem die Stadt Kanton von den Tartaren erobert und seine Lage aussichtslos geworden war, im kaiserlichen Baumgarten mit seinem Hosenband an einem Pflaumenbaum erhängte.

469,20 f. *auß meiner eygenen Vernunfft / vermittelst Gǒttlicher*

Gnaden ⟨. . .⟩ betrachtet] Die allegorisch-emblematische Naturbetrachtung erfordert nach dem Verständnis der Zeit Zusammengehen von Vernunft und göttlicher Gnade.

469,22-28 *Kǒnigs-Cronen ⟨. . .⟩ prangen]* Grimmelshausen greift auf die Pictura der Blumenzwiebel der geistlichen Emblematik zurück, dort Sinnbild der Hoffnung, der Auferstehung und des ewigen Lebens (Jöns). Die Datumsangabe (S. 469,9) entspricht dem Umstand, daß von den Blumen nur noch die Zwiebeln übrig sind.

469,28-470,25 *du Narr ⟨. . .⟩ mǒgen]* Der Abschnitt entspricht der emblematischen Subscriptio. Der Kaufmann verfehlt allerdings mit seiner auf neuen Reichtum gerichteten weltlichen Deutung (vgl. auch S. 471,20-22) den allegorisch-anagogischen Sinn der Pictura, im Unterschied zum Hellebardierer (WV I, S. 433,25-437,26) und zu Musai (Bd. II d. A.).

470,7 *Cyclops]* Der einäugige Zyklop wurde durch Odysseus geblendet.

470,7 *Argo]* Argus, der Hundertäugige, alles Sehende, wurde von Hera zum Wächter der in eine Kuh verwandelten Io bestimmt.

470,10 f. *wider das außtrǔckliche Gebot Gottes]* Vgl. 3. Mose 19,31 und Gal. 5,20.

470,21 f. *vor ein einzige Blumen-Zwiebel ⟨. . .⟩ verspendirt]* Die enorm hohen Ausgaben für seltene Blumenzwiebeln werden in Satire und Emblematik der Zeit als Narrheit kritisiert (Heßelmann, S. 370 f.).

471,8 *Aber! aber! wie eytel und nichtig]* Anspielung auf ein Kirchenlied von Michael Frank (1609-1667): »Ach, wie flüchtig, ach, wie nichtig ist der Menschen Leben ⟨. . .⟩.«

471,9 *unsere Unbestǎndigkeit]* Die Erfahrung der Unbeständigkeit müssen alle simplicianischen Gestalten machen, sie wird als die Grundbefindlichkeit des Menschen nach dem Sündenfall dargestellt; vgl. Vorspruch zu Cont (Bd. I/1 d. A., S. 557,1-8).

471,15 *die Axt ⟨. . .⟩ außzureuten]* Vgl. Mt 3,10.

471,18 *Lieber]* Leseranrede; der Erzähler denkt an einen männlichen Leser.

471,22-28 *der Unbeståndigkeit Lob ⟨...⟩ Gőttliche Krafft und Tugend]* Schon in Cont 9 wird die Unbeständigkeit positiv gewertet, hier verweist Grimmelshausen auf die hinter dem unbeständigen Glücksfall wirkende göttliche Vorsehung.

471,29-31 *auß armen Verachten ⟨...⟩ stůrtzet]* Anspielung auf das Magnificat, den Lobgesang Mariens; vgl. Luk. 1,51-53.

471,35 *Stein deß Anstosses]* Spiegelbildliche Verwendung des biblischen Bildes Röm. 9,32 f.; hier ist nicht Christus, sondern ein Abgesandter des Teufels gemeint.

472,3 *buckelts Månnel]* Die Begegnung (»Angang«) mit einem Buckligen galt im Volksglauben seit alters her als unheilvoll, das »bucklicht Männlein« als teuflische Erscheinung.

472,18 *den Beckenknecht spendirt]* Vgl. Spr, Kap. 26, S. 290,15-22.

472,20 *verlorne Můntzsorten]* S. Anm. 466,14-17.

472,31 *Spanier-Wegs]* Gemeint ist vermutlich die spanische Meile, die 6783 Meter umfaßt. Vgl. dazu auch Grimm, DWb 12, Sp. 1907.

473,3 *die bestimbte Zeit vorhanden]* Hinweis auf die abergläubische (astrologische) Vorstellung, daß verborgene Schätze nur zu einem bestimmten Zeitpunkt gehoben werden können; vgl. HdA 7, Sp. 1003, vgl. auch Cour 19, S. 110,15 f., und EC, S. 105 (5. Materie): »In Saturni Stunden ist gut ⟨...⟩ sich understehen alte verlorne Ding widerzubringen ⟨...⟩.«

472,12-14 *welches mich vil fertiger machte ⟨...⟩ seyn mag]* Erneuter Hinweis auf die Verbindung von Geldgier und sexueller Gier.

472,14-16 *doch erbate ich ⟨...⟩ gehen liesse]* Anspielung auf die Berufung der Jünger Christi (Luk. 9,59-62) in der zeitüblichen spiegelbildlichen Verkehrung durch den Teufel, vgl. auch Cont 2 f.

472,16 *meinem lieben Weib]* Vorbereitung der Desillusionierung des Kaufmanns über den Zustand seiner Ehe (4. und 5. Kap.).

474,3 f. *fahrenden Schůler / wie er sich nannte]* Zauberkundiger, Schwarzkünstler, der sich v. a. auf Geister- und Teufelsbeschwörung, Wunderkuren, Schatzhebung, Prophezeien und das Wiederbeschaffen gestohlenen oder verlorenen Gutes versteht; vgl. HdA 2, Sp. 1123 f. Vgl. auch Hans Sachs, *Ein faßnacht-spil mit vier personen. Der farend schuler mit dem teuffel-pannen*, SW 9, S. 78 f.:

»Der farend schuler spricht:
Es ist uns auffgesetzt allsand, / Das wir stetigs im land umbwandern / Von einer hohen schul zu der andern, / Das wir lernen die schwartzen kunst / Und dergleichen ander künste sunst. / Wo man eim etwas hat gestoln, / Das können wir eim wider holn. / Wen augenwe und zanwe krencken, / Dem könn wir ein segn an halß hencken. / Vors gschoß wundsegen wir auch haben. / Wir kön warsagn und schätz graben, / Auch zu nacht auff dem bock außfarn.
Der pawr spricht:
Hab ich doch wol gehört vor jarn, / Ir schuler könt den teuffel pannen.
Der farendt schuler spricht:
Ich wolt in wol beschwern und pannen, / Das er uns alles das müst sagen, / Was wir in nur möchten gefragen 〈...〉.
So machet der Schuler mit dem Schwerd einen Kreiß und stellet sich darein.«

474,10-14 *machte er mit seinem Stab 〈...〉 verstehen konte]* Ähnlich verfährt Springinsfeld bei seiner fingierten Teufelsbeschwörung, Spr 12 (S. 227,23-228,12).

474,26 f. *mit einem Diadema 〈...〉 bekrönet]* Mögliche Anspielung auf Offb. 13,1 (das gekrönte Tier) und Offb. 17,3 (die große Hure Babylon), wie schon bei der Darstellung der Çourasche, Spr 4, S. 179,30-32.

475,1 *Vulcanus]* Gott des Feuers und der Schmiede.

475,1 *Sterops und Brontes]* Zyklopen, die dem Jupiter bzw. Zeus die Donnerkeile und den Göttern die Waffen schmiedeten.

475,6 f. *dises abentheuerlichen Monstrums]* Schon im Titelkupfer zu ST (Bd. I/1 d. A., Anm. 10) hat Grimmelshausen ein solches, aus verschiedenen Lebewesen zusammengestücktes Monstrum vorgestellt, das hier die Dialektik des Reichtums verkörpert, während jenes für den neuartigen satirischen Roman steht. Vgl. auch SP (Vorrede, S. 7,10), der als »erschröckliches Monstrum« glossiert wird.

475,22-476,1 *möchte das Glück diß Spil karten ⟨...⟩ bereichern]* Sinn des allegorischen Spiels: der Reichtum ist vom Glück (Fortuna) abhängig.

475,23 f. *an deß verlohrnen Schatzes statt ein solch edel Kleinod]* Gemeint ist das unsichtbar machende Vogelnest.

476,1 *einen andern zu bereichern]* Gemeint ist der Hellebardierer, der den Schatz findet. Vgl. WV I, S. 446,10-17.

476,5-8 *von einer nackenden Jungfrauen ⟨...⟩ angefesselt]* Traditionelle emblematische Darstellung der Fortuna als Göttin »Gelegenheit«, vgl. Henkel/Schöne, *Emblemata*, Sp. 1799; vgl. auch Spr, Anm. 156,7.

476,10 f. *einen andern Ring ⟨...⟩ andern Geist]* Die zweite Beschwörung weist das Vogelnest als teufliches Instrument aus.

476,16 *in einem Ameyshauffen]* Vgl. WV I, S. 442,17-20.

476,22 *durch seines Commando Untergehörige]* D. h. die Wölfe, zugleich Hinweis auf die fortschreitende Verstrickung des Kaufmanns in die schwarze Magie.

476,25-28 *Zuletzt eröffnete ⟨...⟩ bestohlen]* Auch ironisch zu verstehen: der »Geist« kennt die vorausgehenden simplicianischen Schriften, hier Spr 24.

476,32 *grosser hauffen Wölffe]* Allegorie des Geizes; vgl. WV I, S. 443,23.

476,33 *halb Monweis]* Der »Planet« Mond, Wappen des Baldanders (Cont 9, Bd. I/1 d. A., S. 605,25 f.), verweist auf die Unbeständigkeit des angekündigten Glücks.

476,34-477,1 *wie die Türken ihre Schlacht-Ordnungen]* D. h. sichelförmig; Anspielung auf die *Seelengejaidt*-Allegorie des Albertinus.

477,19-21 *wie eine grosse Menge Thaler ⟨...⟩ verworffen worden]* Nämlich »bey zweyhundert«; vgl. Spr 24, S. 279,24 f.

477,25-478,6 *Sagte derowegen ⟨...⟩ annehmen will]* Nahezu wörtliche Wiederholung von WV I, S. 445,5-11. Im Unterschied zum Hellebardierer schließt der Kaufmann einen förmlichen Vertrag mit dem höllischen Mittelsmann, um in den Besitz der magischen Kunst zu gelangen.

478,29-479,1 *ob mir der fahrend Schůler ⟨...⟩ durch ein ander Mittel unsichtbar gemacht]* Der Kaufmann schließt aus dem unbeteiligten Verhalten des fahrenden Schülers auf seine tatsächliche Unsichtbarkeit.

479,24 *zwo]* Alte weibliche Flexionsform des Zahlworts »zwei«.

479,28 f. *meine Unsichtbarkeit zu Nutz machen wolte!]* Anders als der Hellebardierer sinnt der Kaufmann von Anfang an ohne Skrupel auf seinen persönlichen Nutzen und wird dadurch zum Hauptgegenstand der Satire.

480,12-14 *was vom Frieden oder Krieg geschlossen ⟨...⟩ anlassen wůrden]* Informationen über Krieg und Frieden waren für die Fernkaufleute überaus wichtig und beeinflußten die Preiskalkulation.

480,20-24 *wie zween Mahler ⟨...⟩ geheissen]* Giovanni Boccaccio (1313-1375), italienischer Dichter und Humanist, Verfasser der Novellensammlung *Decamerone* (1348/53), erster Druck 1470, dt. Übersetzung von Heinrich Schlüsselfelder, Nürnberg 1472. Vgl. *Das Dekameron*, 3. Geschichte des 8. Tages. Auch das Motiv der Rache an der Ehefrau konnte Grimmelshausen hier finden.

482,1 *Heller]* Siehe Münztab.

482,18-30 *den Flöhen nachfahren ⟨...⟩ zu machen]* Grimmelshausen verwendet wie schon in der Jupiter-Episode (ST III 6, Bd. I/1 d. A., S. 264,28-266,31) Motive aus Fischarts Satire *Flöh Hatz Weiber Tratz* (1577), 1. Teil (»Erneuerte Floh klag«).

482,25 f. *Wůrst macht feist]* Sprw., Sinn: Wurst macht dick, alles hat seinen Grund.

482,26 f. *wer ein Ding nicht weiß / dem machts auch nicht heiß]* Sprw.; vgl. Grimm, DWb 10, Sp. 906.

482,27 *fienge mich mehr an zu kotzern]* Vgl. WV I, S. 335,25 f.

483,19 *Amor! du grimmiger Tyrann]* Amor, römischer Gott der Liebe.

483,17-21 *dieser betrůbten Seelen ⟨...⟩ erquickest]* Der Kaufmann wähnt sich in der Position Gottes; vgl. Ps. 119,25-32 und Jes. 57,15.

483,24 f. *einen Strick in die Hand nehme]* Vgl. WV I, S. 421,27 f.

484,10 *und Lieber]* Vgl. Anm. 471,18.

484,15 f. *biß auffs schwårtzen]* Sprichwörtliche Redensart aus dem Schusterhandwerk: letzter Arbeitsgang beim Herstellen von Schuhen. Vgl. Grimm, DWb 15, Sp. 2329.

484,18 *alle vier und zwantzig Stund]* Gemeint ist täglich.

484,30 f. *diese wachtbare Martha]* Martha führt mit übergroßer Sorge den Haushalt des Jesusfreundes Lazarus. Vgl. Luk. 10,38-42.

485,13-15 *wie die Geister ⟨...⟩ dicke Båuche kriegen]* Im Unterschied zu den ernsthaften Spukgeschichten in St III 12 (Bd. I/1 d. A., S. 289,19-293,35) und Cont 15 (Bd. I/1 d. A., S. 639,4-642,18) wird hier der Gespensterglaube als betrüglicher Wahn ironisiert (wie schon in WV I, S. 341,20-24).

485,18 *mit seinem Degen ⟨...⟩ armirt]* Der Kaufmannsgehilfe hat an sich kein Recht, Waffen zu tragen; er imitiert hier und im folgenden (S. 486,5-7) einen verliebten Helden aus höfischen Romanen.

485,28 *sonst nichts von mir zu Lohn]* Hinweis auf den Geiz des Kaufmanns.

486,19 f. *vor Sant Velten hinweg jagte]* Velten steht für das alte »Valant«, d. h. Teufel. Vgl. Grimm, DWb 25, Sp. 8.

486,27 f. *diß kalte Eysen ⟨...⟩ stosse]* Vgl. ST II 25 (Bd. I/1 d. A., S. 207,20-22).

486,3 f. *wie Saul ⟨...⟩ Schwerd fiele]* Der im Kampf gegen die Philister verwundete Saul tötet sich selbst mit seinem Schwert. Vgl. 1. Sam. 31,5.

486,9 f. *den verliebten Narren in seiner Anfechtung verlassende]* Vgl. dagegen WV I, S. 429,25-29: der Hellebardierer harrt bei dem selbstmordgefährdeten Hirten aus.

487,13-515,15 *Der Unsichtbare ⟨...⟩ begnådigt]* Als

Quelle für die folgende Geschichte eines betrogenen und betrügenden Ehemanns hat Borchert die anonyme französische Liebesgeschichtensammlung *Les faveurs et les Disgrâces de l'amour, ou les Amans heureux, trompés et malheureux* II 1 namhaft gemacht. Grimmelshausen überbietet die Vorlage durch die Unsichtbarkeit des Ehemanns.

488,25 *melancholey]* Siehe o. S. 468,14-27; vgl. auch ST II 20 (Bd. I/1 d. A., S. 190,17 f.), ST III 13 (Bd. I/1 d. A., S. 294,13 f.), Cont 6 (Bd. I/1 d. A., S. 591,12); Anm. 468,24 f.

488,27 f. *seines Leibs allergetreueste Rippe]* Anspielung auf 1. Mose 2,21-24.

488,33-489,6 *neben einem guten Marzapan ‹...› Begierde erwecken]* Ähnliches versucht Selicha mit Joseph, KJ (Bd. II d. A.)

489,28 f. *was für eine Freud ‹...› Herget habe]* Gegenbild zu Maria Magdalena unter dem Kreuz Christi.

490,10 *lasse dirs ein Fabel seyn]* »Nimm es nicht ernst!«

490,33 *Holländischen Weibern]* In SP I 10, »Von Weibern«, S. 78,21 f., führt Grimmelshausen das Beispiel der Anna Maria von Schurmann aus Utrecht an.

491,5 f. *das boßhafftige Thier]* Der Kaufmann ist hier und im folgenden ganz der zeittypischen Misogynie verhaftet. Vgl. SP II, 3. Satz, »Von der Liebe« (Gegensatz), S. 108,25-31.

491,6 *ihr Spiel so artlich ankartet]* Vgl. S. 474,17-19.

492,8-11 *ein paar feister Genffer Cappaunen ‹...› braten lassen]* Auch dieses Motiv findet sich in KJ (Bd. II d. A.).

492,13-493,8 *Hochgeehrter ‹...› N. N.]* Dieser und die Briefe der folgenden Kapitel gehören zur Gattung der »Buhlenbrieflein«, für die vor allem die zeitgenössischen Liebesromane die Muster boten, so z. B. Sidneys Roman *Arcadia*, aus dem Simplicissimus solcher Art »Wohlredenheit« lernt. Vgl. ST III 18 (Bd. I/1 d. A., S. 315-318).

493,21 *den Pfeffer schon versaltzen]* Sprw. im Sinne von: »einen Strich durch die Rechnung machen«; vgl. Grimm, DWb 13, Sp. 1364 f.

494,2 *Wurst wieder Wurst ⟨. . .⟩ Trinckgelt]* Sprw. Redensart; vgl. Grimm, DWb 30, Sp. 2301.

494,13 f. *sah ich die Beschliesserin nackend]* Hinweis auf die von Augustinus in den *Confessiones* (10. Buch, S. 566-573) als gefährliche Versuchung beschriebene »Augenlust«. Vgl. auch *Historia von D. Johann Fausten*, Kap. 49, 57 und 59.

494,25 f. *Wer war aber anders schuldig ⟨. . .⟩ Weib]* Die Schuldzuweisung des Erzählers läuft der Erzählperspektive eines Bekehrten eigentlich zuwider. Vgl. Anm. 467,17.

495,5 *die Zierrathen auff den Laden zu setzen]* Gemeint ist das verzierte Firmenschild.

495,22 *das war nun eine gemåhete Wiese vor ihn]* Sprw. Redensart im Sinne von: erwünschte Gelegenheit, »gefundenes Fressen«; vgl. Grimm, DWb 29, Sp. 1584.

495,23 *ein solcher Compan]* Auf die Betrügereien der Apotheker verweist schon Garzoni, *Piazza*, 89. Discurs (»Von Apoteckern und Materialisten«), S. 514.

495,31 *Pley-Zucker]* Saccharum Saturni, süßlich schmekkendes Metallsalz (vgl. Grimm, DWb 2, Sp. 103).

496,9 *erwarten]* Ältere synkopierte Form des Präteritums (3. Plur.).

496,16 *Vocativus]* Vgl. Cour 1, S. 22,19.

497,19-21 *jenes den Tod ⟨. . .⟩ die Außsteupung verdient håtte]* Ehebruch wurde im 17. Jahrhundert meist nicht mehr mit dem Tod, sondern durch Ohrabschneiden, Aussteupung, Pranger und/oder Landesverweis geahndet, ebenso Kuppelei, das Delikt der Beschließerin. Aussteupung (Staupenschlag) war eine besonders harte Form der Prügelstrafe auf nacktem Oberkörper, die, je nach Delikt abgestuft, durch den Scharfrichter mit einer Rute vollzogen wurde. Vgl. Richard van Dülmen, *Theater des Schreckens* (1985), S. 70 f. und S. 187-193.

498,8 *prædestiniert]* Wie in WV I, S. 410,6 f., gebraucht Grimmelshausen den theologischen Begriff der Prädestination abwertend.

498,16 f. *was der gerechte Richter ⟨. . .⟩ sagen werde]* Anspielung auf die Sequenz »Dies irae, dies illa«, 6. und 7.

Strophe, des Thomas von Celano (1190-1260) aus der Meßliturgie für Verstorbene:

»Judex ergo cum sedebit,
Quid quid latet, apparebit:
Nil inultum remanebit.
Quid sum miser tunc dicturus?
Quem patronum rogaturus,
Cum vix justus sit securus?«

498,19 *da schaue du zu]* So antworten die Hohen Priester, als Judas, der Verräter Christi, schuldbewußt die 30 Silberlinge zurückbringt (vgl. Matth. 27,3-5). So antwortet Mephistopheles dem verzweifelten Faust (*Historia von D. Fausten*, Kap. 15, S. 35).

498,29 f. *meinem Weib / dem elenden Werckzeug]* Vgl. SP I 10, S. 82,3 f.: die Frau als das Werkzeug des Teufels zur Verderbnis des Menschengeschlechts.

498,32 *Blumen-Zwiebeln]* Vgl. Anm. 469,22-28.

498,33 *Einsprechungen meines guten Engels]* Gemeint ist der Schutzengel (vgl. Luk. 18,10), der hier wie etwa in Bidermanns *Cenodoxus* gegenüber den Einsprechungen des Teufels den kürzeren zieht.

500,14 f. *Wie man ⟨...⟩ Abscheuen macht]* Vgl. Cour 17: Courasche, das »Wildpret«, rächt sich an einer italienischen Hure.

500,26 *Krebsgang]* Der rückwärts gerichtete Gang des Krebses (der die Erdkugel trägt) bedeutet in der Emblematik (Rollenhagen, *Nucleus Emblematum*, S. 334 f.; Henkel/Schöne, *Emblemata*, Sp. 727) den verkehrten Lauf der Welt.

501,28 *Gewißheit meiner Kunst]* Grimmelshausen ironisiert den Wahn der Ärzte; er folgt hierin Garzoni, *Piazza* (17. Discurs, »Von den Medicis, oder Aertzten«), S. 120-125.

502,25 f. *ein Rubin]* Nach der traditionellen Lehre von den Kräften der Edelsteine macht der Rubin den Menschen »fröhlich und glückselig«. Vgl. ST III 15 (Bd. I/1 d. A., S. 294,17 f. und Anm. 294,13 f.).

502,26 *6. Reichsthaler*] Siehe Münztabelle.

503,2 f. *Jungfrau-Knechtisch*] Grimmelshausen ironisiert die französische Bartlosigkeit à la mode (vgl. das Porträtmedaillon des jungen Simplicissimus in der Ausgabe E^5, Bd. I/1 d. A., Abb. 1). Er nimmt damit einen biblisch begründeten (3. Mose 19,27) Topos der Alamode-Satire auf, derzufolge der Bart Zeichen männlicher Würde ist: »Am Bart so von den Haaren rauch / Man einen Mann erkennet« (Laurentius von Schnüffis).

503,8 *Purgier-Tranͤcklein*] Vgl. Cour 17, S. 94,27-95,10.

503,18-504,18 *Wol-Edler 〈...〉 Silbern Einhorn*] Grimmelshausen ironisiert, wie schon in Spr 1, die fremdwortreiche Komplimentiersprache der Zeit.

503,19-23 *In Betrachtung 〈...〉 Schuldigkeit gehalten*] Daß die Apotheker den Ärzten zu Diensten sein sollen, entnimmt der Briefschreiber Garzoni, *Piazza*, 89. Discurs, »Von Apoteckern und Materialisten«, S. 513.

504,18 *Silbern Einhorn*] Das Einhorn symbolisiert sowohl Reinheit und Keuschheit als auch Gottvertrauen, sein (schwarzes) Horn kann Übel lindern, gilt daneben aber auch als Waffe des Zorns. Vgl. Henkel/Schöne, *Emblemata*, Sp. 421 f.

504,21 f. *je doller 〈...〉 besser Bier*] Sprw.

504,25 *prædestiniert*] Vgl. Anm. 498,8.

505,10 *Zibeth*] Moschusähnliche, fettige Drüsenabsonderung der Zibetkatze, wurde in Apotheken als eine Art Parfum geführt.

505,28 *meine Excellentz*] Ironisch: der Erzähler als der vermeintliche Doktor.

506,5 *Satyrion*] Ein aus der Wurzel des Knabenkrauts hergestellter Liebestrank. Vgl. ST IV 4 (Bd. I/1 d. A., S. 362,12-15) und ST IV 6 (Bd. I/1 d. A., S. 371,29).

506,29 f. *daß ihr weder 〈...〉 unbesudelt bliebe*] Ähnliche Besudelungen, die stets auch allegorisch-emblematisch den Sündenzustand bezeichnen, findet man in Cour 17, S. 96,23-34, und WV I, S. 438,28-30.

507,2-12 *sie waͤre 〈...〉 brummen hoͤren*] Der Hausherr

züchtigt wie üblich seine Frau. In ähnlicher Weise kühlt der vermeintlich unsichtbare Calandrino sein Mütchen an seiner Frau: Boccaccio, *Dekameron*, 3. Geschichte des 8. Tages. Vgl. auch das Ehestreit-Flugblatt in *Simplicius Simplicissimus. Grimmelshausen und seine Zeit*, S. 108 (Abb. 119), dagegen das emanzipierte Verhalten der Courasche, Cour 7, S. 47,18-49,21 (abgebildet in der Ausgabe C[1]).

508,2 f. *kein frembder Stier in Stall steigt]* Sprw., das auf den durch das Erbrecht bedingten Zweck der Ehe, Zeugung von Kindern, verweist. Vgl. Grimm, DWb 18, Sp. 2848.

508,3 *der Guckuck Eyer ins Nest legt]* Sprw.; vgl. Grimm, DWb 11, Sp. 2525.

508,11 *mit Bekreutzigung]* Das Schlagen des Kreuzzeichens verweist auf das in der Erzählung vorausgesetzte katholische Milieu; hier als Geste der Verstellung mißbraucht.

508,15 *das verlogen Raben-Aas]* Auch die Courasche und die Leyrerin werden von den jeweils männlichen Erzählern als »Raben-Aas« bezeichnet. Vgl. Cour 1, S. 19,17, und Spr 24, S. 279,10.

509,32 f. *zerstörten Gemüts]* Ein »zerstörtes Gemüth« hat schon der erste Vogelnestbesitzer in WV I, S. 138,24, schließlich auch der Kaufmann selbst: WV II 20, S. 273,8-274,4.

511,9 *sie sahe auß wie eine Höllische furi]* Ähnlich stellt Grimmelshausen die Selicha in ihrer verschmähten Liebe dar: KJ (Bd. II d. A.).

511,13 *wie Hans Wurst seinen Hut]* Zu den Späßen des Hans Wurst auf der frühneuzeitlichen Wanderbühne gehört auch das Drehen und komische Verformen des Hutes.

511,18 *wie ein geschnitzelt Bild]* D. h. starr wie schon der Hirte in WV I, S. 427,31.

512,5 f. *wie deß Goldschmids Jung]* Derbe Redensart im Sinne von: Rutsch mir doch den Buckel runter (vgl. Grimm, DWb 8, Sp. 838); vgl. auch ST II 7 (Bd. I/1 d. A., S. 139,22 f.), ST III 19 (Bd. I/1 d. A., S. 320,34).

512,29 *scharpffe Gall]* Im Sinne der Humoralpathologie der Zeit durchläuft die Frau vier Altersstufen: die »Blůt« der Jugend als den sanguinischen Frühling; die Jugend als den cholerischen Sommer; die Reifezeit als den melancholischen Herbst und das Alter als den phlegmatischen Winter (Feldges, S. 44-46). Die Kaufmannsfrau wäre demnach im Alter des Zorns.

512,31-33 *ihr gantz Angesicht ⟨...⟩ einlogirt håtten]* Vgl. den Wutausbruch der Selicha in KJ, Bd. II d. A.: »Sie hatte schon ihre krause Haarlocken ausgezerret; auch ihr schônes Angesicht jåmmerlich zerkratzt / und sahe aus wie ein hôlisch Furi / wiewol sie kurtz zuvor der Venus selbst håtte gleichen môgen! Sie tobte wie ein wůttiger Hund / und fluchte allen Gôttern erschrecklich ⟨...⟩«.

513,29 *wie dem Pfaffen am Ostertag]* Sprw. Redensart, gemeint ist die Osterfreude.

514,12 f. *ein melancholischer Zustand]* Der Ehemann täuscht den Arzt über das wahre Temperament seiner Frau. Vgl. Garzoni, *Narrenspital*, 3. Gespräch (»Trawr vnd vnmutiger Narren«):

> »Alle verrůhmt und fůrnehme Årtzte / so wol die Alten als die Newen / die halten darfůr / es solle die Melancholi oder Trawrigkeit / fůr ein species vnnd Gattung / deß Aberwitziges (ohne Fieber) nominirt vnd genennet werden / welche von anderst nicht entsprůngt: dann von vberfluß deß trawrigen humors, welcher sedem mentis, habe occupirt vnd eingenommen: dann es allen Melancholischen und Trawrigen gemein ist / daß sie ein bôß vnd vbel gemutetes Hirn haben / entweders durch Essentz, oder durch Consens vnd Beyfall ⟨...⟩ daß die Melancholischen / allein vnd einig / die imagination, vnd nicht cognition, verletzt haben: so mangelt es auch an der Gedåchtnuß nicht / daß sie dieselbige (belangendt sehende ding) betrůge / in welche der Irrthumb und Fåhler / der imagination vnd einbildung / vnd nicht der andern beeder potenzen fallet.«

515,4 *gar mitleidenlich]* Im Gegensatz zum Kaufmann,

der nur Mitleid heuchelt (S. 509,19), erfüllt der Doktor die simplicianische Tugendnorm des christlichen Mitleids. Vgl. WV I, Anm. 308,1, sowie ST, Bd. I/1 d. A., Anm. 23,25 und 265,14.

515,17 f. *der Unschuldig trägt das Bad auß]* Sprw. Redensart im Sinne von: ein Unschuldiger büßt für das, was ein anderer getan hat; vgl. Grimm, DWb 1, Sp. 1070.

515,21 *daß ich diesen Act so wol gespielet]* Vgl. Anm. 511,13.

515,30 f. *unergründlichen Barmhertzigkeit Gottes]* Vgl. Anm. 459,6 f.

515,31-516,1. *kein Theil an dessen Reich]* Anspielung auf 1. Kor. 6,9-10 bzw. Eph. 5,5: »Denn das sollt ihr wissen, daß kein Hurer oder Unreiner oder Geiziger, welcher ist ein Götzendiener, Erbe hat in dem Reich Christi und Gottes.«

516,12 *siebenzehen Sinnen]* Erneuter Hinweis auf die ominöse Zahl 17 (vgl. Anm. 454,2); hier könnte die Zahl der Affekte gemeint sein (Schottelius zählt in seiner *Ethica*, 1669, elf Affekte).

516,17 *deß Gyge Ring]* Vgl. WV I, Anm. 301,27 f., und ST I 1 (Bd. I/1 d. A., S. 22,24 f.).

517,4 f. *es würde sich ⟨. . .⟩ öffnen]* Gemeint sind Schwangerschaft und Niederkunft der Beschließerin.

517,7 f. *damit weder ich ⟨. . .⟩ zu schanden würden]* Die Folgen einer unehelichen Geburt, öffentliche Bestrafung und Ehrverlust, behandelt Grimmelshausen schon in ST V 9 (Bd. I/1 d. A., S. 481,30 ff.).

517,14 *in das Garn lauffen lassen]* Sprw. Redensart im Sinne von: in die Falle des Jägers gehen; vgl. Grimm, DWb 4, Sp. 1367.

517,17 *daß ihm der Raumen allbereit abgehoben wäre]* Vgl. ST V 8 (Bd. I/1 d. A., S. 474,23-29) und Cour 3, S. 31,30.

517,22 f. *Geruch eines Adlers]* Gemeint sind die scharfen Sinnesorgane des Adlers.

519,16 f. *niemand anders als Trau-wol ⟨. . .⟩ reiten]* Weitverbreitetes Sprw., das vor allzu großem Zutrauen warnt; vgl. Agricola, *Sybenhundert und fünfftzig Teutscher Sprichwörter*

(Nr. 14: »Traw wol reittet das pferdt weg«) und Grimm, DWb 21, Sp. 1332. Vgl. auch Kap. 18, S. 586,28 f.

519,23-520,21 *und fanden nach Eröffnung der Thür ⟨...⟩ jagen]* Die Episode entspricht der der Eheschließung des Simplicissimus in ST, nur daß dort der Pfarrer sogleich geholt wird; vgl. ST III 21 (Bd. I/1 d. A., S. 324,21-335,15).

519,26 *einen doppelten Adler præsentiren]* Sprw. Redensart: Gemeint sind uneinige Eheleute, die sich im Bett den Rücken zukehren.

520,32 *Laudes gelesen]* Ursprgl. Teil des kirchlichen Stundengebets (am Morgen). Hier ironische Bezeichnung für Strafpredigten.

521,2 *Leipziger Michaeli Meß]* Leipziger Herbstmesse um den 29. September (St. Michael).

521,7 f. *in 8. Tagen ⟨...⟩ geworffen werden konnten]* Sprw. Redensart (vgl. Grimm, DWb 11, Sp. 177). Durch den Feiertag zwischen zwei Sonntagen konnte das Aufgebot dreimal von der Kanzel verkündet werden.

521,13 f. *ins Creutz geholffen]* Ironisch. Gemeint ist das Ehekreuz.

522,14-16 *das probirte ich ⟨...⟩ versichert gemacht]* Vgl. das erste Experiment S. 479,9-16.

522,26 f. *meine Unsichtbarkeit ⟨...⟩ Sattel-Taschen]* Ironisches Wortspiel.

523,1-528,7 *Eben damahl ⟨...⟩ Folg zu leisten]* Spiegelung der Verführung der Beschließerin durch den Kaufmann aus weiblicher Sicht.

523,5 *Herrn von der Feder]* Hochgestellter Angehöriger der städtischen Verwaltung, Beamter.

524,10 f. *mit seltenem Mitleiden]* Vgl. Anm. 515,4.

524,16 *leichtfertigen Pamphilum]* Sprechender Name: Allerweltsfreund.

524,26 *genugsam-Teutsch-außgetruckten Worten]* »Teutsch« bezeichnet hier die deutliche, aufrichtig-direkte Rede im Gegensatz zur umschreibenden dissimulierenden Komplimentiersprache.

525,23 f. *Stroh und Feuer]* Sprw. Redensart, die auf die

entzündende Wirkung der Liebe hinweist. Vgl. Grimm, DWb 19, Sp. 1646.

525,26-526,12 *der eben so dapffere* ⟨...⟩ *Mumen vorzöge]* Ein ähnliches Schicksal widerfährt der Courasche mit dem dänisch-jütländischen Adligen. Vgl. Cour 13, S. 74,18-76,28.

526,17 *Jhr seyd nicht die erste]* Sogenannter Hurentrost, noch in Goethes *Faust* I (Szene ›Trüber Tag. Feld‹).

526,30 *mir hinder die Brieff kam]* Sprw. Redensart. Vgl. Grimm, DWb 2, Sp. 380.

527,11 *eine dünnere Nase]* Vgl. Anm. 517,22 f.

528,7-14 *die vielfältige Betrügereyen* ⟨...⟩ *seyn würden]* Die »Betrügereien« des »Weiber-Volcks« werden als solche auch schon im SP, 10. Satz, »Von Weibern« (Gegensatz), S. 83,2-5, relativiert.

528,14 f. *ich setzte mir vor* ⟨...⟩ *zu entschlagen]* Einen ähnlichen Entschluß faßt Simplicius in ST V 10 (Bd. I/1 d. A., S. 483,14-17).

528,20 *das siebenzehende Jahr]* Vgl. Anm. 454,2. Das siebzehnte Lebensjahr ist offenbar auch für Grimmelshausen selbst bedeutsam gewesen; vgl. EC, S. 106 (3. Materie): »Als ich in meinem siebenzehenden jährigen Alter noch ein Mußquetierer- oder Tragoner war ⟨...⟩.«

528,23 f. *Jn dieser kleinen Welt* ⟨...⟩ *sehen kan]* Eine Reise nach Amsterdam schildert bereits Philipp von Zesens Roman *Adriatische Rosemund* (1645). Vgl. auch *Teutscher Friedens-Raht*, S. 88: »Zu Amsterdam / so heutiges tags die vortrefflichste Statt in Europa ist / da gelangen offt so viel Schiff in einem tag an / als tag in einem gantzen jahr sein.«

528,24 *biß auff ein Ding]* Hinweis auf die allegorische Sinnebene: Amsterdam als die gottferne Stadt Babylon.

529,2 f. *kompt krieg / oder bleibt der Fried]* Grimmelshausen spielt hier auf die unsichere politische Lage kurz vor dem kriegerischen Überfall des französischen Königs Ludwig XIV. auf die Vereinigten Niederlande (1672) an. Vgl. hierzu auch Anm. 619,1-5.

529,5 *was neus?]* Grimmelshausen charakterisiert die

Großstadt Amsterdam mit ihren fortschrittlichen Kommunikationsmöglichkeiten; zugleich spielt er auf den allegorisch-moralischen Sinn an: aktuelle Formen der Ursünde Curiositas.

529,6 f. *Herren Staaden der Vereinigten Niderlanden]* Repräsentanten der Vereinigten Niederländischen Provinzen.

529,18 *Aller-Christlichste Kônig]* Rex Christianissimus, Titel des französischen Königs, hier Ludwigs XIV.

529,25-28 *als ein Hoch-Teutscher ⟨. . .⟩ zuwachsen môchte]* Anspielung auf die unsichere Lage am Oberrhein vor Ausbruch der kriegerischen Auseinandersetzungen 1673/74, die auch Grimmelshausen betrafen.

530,4-531,6 *Fûrwitz ⟨. . .⟩ schreiben mögen]* Warnung vor der Curiositas und Zukunftsspekulationen aus traditionell christlicher Sicht.

530,7 *Jeremiam]* Jeremias, biblischer Prophet, der seit 627 v. Chr. die sittliche und religiöse Verderbtheit seines Volkes anprangerte und den Untergang des Staates Juda prophezeite (Jerusalem wurde 597 durch König Nebukadnezar von Babylon zerstört).

530,10 *Sibylla]* Vgl. Spr 7, Anm. 199,23.

530,12 *Chaldær]* Nach Garzoni, *Piazza*, 39. Discurs (»Von den Astronomis und Astrologis«), S. 289, sind die Chaldaer »die ersten gewesen / so mit der Atrologia sind vmbgangen / vnnd nach deß Himmelsgestalt Nativitâten auffgerichtet ⟨. . .⟩.«

530,13 *siebendutzet Calender]* Vgl. Garzoni, *Piazza*, 6. Discurs (»Von Calenderschreibern / vnnd was darzu gehô-ret«), S. 79-86, und Grimmelshausen, EC, 4. Materia (»Simplicissimi Discurs mit Zonagrio ⟨=Garzoni⟩ / die Calender-Macherey und was deme anhângig / betreffent«).

530,20 *fahrende Schûler]* Vgl. Anm. 474,3 f.

530,25 *Apollo]* Apollo, Sohn des Zeus und der Titanin Leto, in der griechischen und römischen Mythologie Gott des Lichtes, der prophetischen Weissagungen, der Künste, der Medizin, des Bogenschießens und der Hirten.

530,27 f. *Was bemûht ihr ⟨. . .⟩ mein Kunst]* Grimmelshausen zitiert aus Garzoni, *Piazza*, 40. Discurs (»Von Warsagern ins gemein . . .«), S. 322.

530,29 f. *Spital der vorwitzigen Phantasten]* Grimmelshausen spielt auf Garzonis *Spital unheylsamer Narren und Närinnen* (dt. 1618) an.

530,33 *Lapide]* Stein der Weisen, lapis philosophorum oder philosophicum, auch »ultima materia«, bezeichnet das sagenhafte Endprodukt des Versuchs der Alchimisten, aus der sog. »materia prima« eine Substanz herzustellen, mit deren Hilfe man u. a. unedle Metalle in Edelmetalle (z. B. Blei zu Gold) umwandeln kann. Vgl. ST III 5 (Bd. I/1 d. A., S. 261,6).

531,3 *Zeitungen]* Die Zeitungen als das neue Medium des 17. Jahrhunderts spiegeln das fortgeschrittene Informationsbedürfnis insbesondere der Fernhandelskaufleute wider. Vgl. auch S. 531,31-532,1.

531,6 *Roll der Haupt-Narren]* Anspielung auf Christian Weises Roman *Die drei ärgsten Erznarren von der ganzen Welt* (1672), den Grimmelshausen (trotz Weises Kritik am ST in der Vorrede) schätzte. Vgl. TM 3.

532,2 *Krebsgang]* Vgl. Anm. 500,26.

532,5 *Triple Alliantz]* Der gegen Frankreich gerichtete Dreibund zwischen den Niederlanden, England und Schweden.

532,8 *König in Schweden]* Gemeint ist Karl XI. (1660-1697), der 1672 vorzeitig für mündig erklärt wurde und die Regierungsgeschäfte zunächst mit Hilfe des Reichsrates führte.

532,9 f. *Ministri selbiger Kron]* Gemeint sind die Minister des schwedischen Reichsrates zur Zeit Karls XI.

532,16-18 *mächtigen Kron Hispanien ⟨. . .⟩ Flor gestanden]* Anspielung auf den niederländischen Freiheitskrieg gegen den habsburgischen Landesherrn König Philipp II. von Spanien, der 1568 begann und erst 1648 mit dem Haager Frieden erfolgreich endete.

532,19 *Bettler]* Geusen; Spottname, den die Spanier den Niederländern gegeben hatten.

532,29-32 *einem mächtigen Monarchen ⟨...⟩ Herr gewesen]* Gemeint ist der »allerchristlichste«, katholische französische König Ludwig XIV. Im Rahmen seiner aggressiven Reunionspolitik erhob dieser auch Herrschaftsansprüche auf die Niederlande, da diese in mittelalterlicher Zeit (vor 925) zum Einflußbereich des westfränkischen Königs gehört hatten.

532,32 f. *Engelländern der aller-variablest ⟨...⟩ von der Welt]* Das hier angeführte Bild von der englischen Nation entspricht nur in Ansätzen dem sonst üblichen England-Image. Vgl. *Politischer Welt-Spiegel*, S. 329:

> »Es ist diese Nation gemeiniglich bey wohl disponirtem und zu den Exercitiis fähigem Leibe; gestalt sie auch fast zu allen Künsten und Verrichtungen geschickt ist. Sonst aber sind die Engelländer sehr leckerhafftig, und lieben die Debauchen, ingleichen den Kleider-Pracht. Wenn sie zum Kriege gewehnt worden, geben sie gute Soldaten ab; an der Beständigkeit im Felde hat es manchmahl fehlen wollen, sonderlich, wenn es bei langwieriger Arbeit nicht viel zu essen giebet. Es ist diese Nation etwas unruhig, und wider ihren König leicht aufzubringen.«

533,1 *Wolstand]* Anspielung auf den aus florierendem Handel und Gewerbe erwachsenen Wohlstand der Niederlande.

533,7 f. *nicht allein in Europa ⟨...⟩ der Welt]* Hinweis auf die Stellung der Niederlande als aufstrebende Kolonialmacht.

533,11 *Religions-Verwandte]* Gemeint ist das nicht-katholische (anglikanische) England.

533,13-15 *daß wir gleich ihnen ⟨...⟩ prosperiren]* Anspielung auf Rivalitäten zwischen den Niederlanden und England, die vor allem daraus erwuchsen, daß England die Beförderung aller Waren von und nach England nur mit englischen Schiffen erlaubte und damit den holländischen Zwischenhandel unterlief, was zum ersten holländisch-englischen Seekrieg 1652-54 geführt hatte.

533,24 f. *die Behauptung ⟨...⟩ alle Krieg]* Sinn: Kriege

entstehen aus vermeintlichen Besitzansprüchen. Ein Argument, das aus Grimmelshausens Leitsatz »Der Wahn betreugt« folgt.

533,34 *Reuter-Dienst]* Anspielung auf die Unterstützung, die die Niederländer unter Admiral de Ruiter den Dänen 1658 gegen die Schweden leisteten.

334,31 f. *doppelte hochmögende Staadische Macht hätten]* Sinn: doppelt so stark wären.

533,33 f. *seynd die Könige keine Kinder ⟨...⟩ Wiegen ligen]* Infolge der Unmündigkeit der Thronfolger führte in Schweden nach dem Tod König Gustav II. Adolf 1632 ein Reichsrat die Regierungsgeschäfte bis zur Großjährigkeit Königin Christinas.

533,35-534,1 *auch da sie nur von Weibs-Bildern regirt worden]* Anspielung auf Königin Christina, die nach ihrem Regierungsantritt 1644 im Dreißigjährigen Krieg durch ihren Kanzler Oxenstierna erfolgreich agierte.

534,10 f. *wie vor Zeiten den Hispaniern ⟨...⟩ widerfahren]* Anspielung auf die Raubüberfälle auf die spanische Silberflotte, die Nachschub aus den amerikanischen Kolonien Spaniens (Westindien) nach Spanien brachte.

534,12 *einer von den Großmüthigsten]* Grimmelshausen ironisiert hier die stoizistische Herrschertugend der Ataraxia: Ludwig XIV. strebt rücksichtslos nach der europäischen Vorherrschaft.

534,16-18 *weil die Vereinigte Niderlande ⟨...⟩ enthalfftert]* Im Jahre 1607 ist Spanien gezwungen, mit den Niederlanden einen zwölfjährigen Waffenstillstand abzuschließen. 1648 erhalten die Niederlande die volle Souveränität.

535,2 f. *dem Hauß Oesterreich widersetzet]* Die westeuropäischen Mächte bekämpfen zugleich mit Spanien das ebenfalls habsburgisch regierte Deutsche Reich.

535,5 f. *Holland und die übrige Vereinigte Provintzen]* Neben Holland umfassen die Vereinigten Niederlande die Provinzen Geldern, Seeland, Utrecht, Friesland, Ober-Yssel und Groningen.

535,22 f. *gewöhnlichen Frantzösischen Practiquen]* Vgl. StM, S. 44,17-45,31, und Spr 18, S. 253,20-254,14.

536,15 *Euer Hochmögenheit]* Titel der Generalstaaten der Vereinigten Niederlande.

536,21 *Schwägerlich zu theilen]* Ludwig XIV. war mit der Infantin Maria Theresia von Spanien verheiratet.

537,5-21 *zu dem sehe ich ⟨. . .⟩ geben werdet]* Grimmelshausen läßt die derzeit gängige theologische Deutung des Krieges referieren: Der Krieg wird als Strafe Gottes für die Sünden und Laster in Friedenszeiten verstanden. Vgl. auch ST III 3 (Bd. I/1 d. A., S. 256,26-255,6) und ST V 5 (Bd. I/1 d. A., S. 463,6-464,23).

537,23 f. *Das beste Mittel ⟨. . .⟩ wird erwöhlet]* Sprw. Redensart.

537,30 *Practicanten]* Wahrsager, Kalendermacher, Verfasser einer »Praktik«, d. h. Prognostik, meist für das kommende Jahr. Vgl. Garzoni, *Piazza*, 8. Discurs (»Von Practick vnd Prognosticstellern / Wetterzeigern und was denselbigen anhengig«), S. 90-98.

537,31-538,3 *daß sich umb diese zeit ⟨. . .⟩ versetzen würde]* Ironisierung der Prognostik und ihres anachronistischen Rückschlusses aus Vergangenem (hier: die kriegerische Auseinandersetzung zwischen dem deutschen Kaiser Karl V. und König Franz I. von Frankreich, die in der Schlacht bei Pavia 1525 zugunsten Karls V. entschieden wurde) auf Zukünftiges.

538,12 *reichen Portugiesischen Juden]* Auch der Hellebardierer in WV I (S. 385,15-18) beabsichtigt, sich an (polnischen) Juden zu bereichern. Vgl. auch Anm. 544,13 f.

538,20 f. *höret ich ⟨. . .⟩ Liedlein singen]* Grimmelshausen spielt mehrfach auf scheinbar bekannte Lieder (Gassenhauer, Zeitungslieder) an, wobei unsicher ist, ob es sich um tatsächliche zeitgenössische Lieder oder Fiktionen handelt. Vgl. z. B. ST I 1 (Bd. I/1 d. A., S. 34,29-36,7), Cour 16, S. 90,20-25. Das hier gesungene Lied dient der Einstimmung der Bevölkerung auf den bevorstehenden Krieg.

538,26-34 *Der Simplex und der Spring ins Feld ⟨. . .⟩ Krieg abgeben]* Ironische Anspielung auf die beiden 1648 abgedankten Soldaten Simplicissimus und Springinsfeld.

539,3 *Krieg / Pest und Hunger]* Erneute Anspielung auf die drei Hauptstrafen Gottes für die sündige Welt. Vgl. auch ST III 3 (Bd. I/1 d. A., Anm. 254,26-255,6).

539,4-6 *ob gleich die Reimen 〈. . .〉 Vernunfftmåßig]* Obgleich Grimmelshausen erkennt, daß Hans Sachsens Knittelverse nicht mehr den Anforderungen an den Poeten seiner Zeit entsprechen, verteidigt er dennoch das »poetische Ingenium« dieses im 17. Jahrhundert verachteten Poeten (vgl. auch SP, S. 90,5-10). Er rechtfertigt mit dem Hinweis auf den »vernunfftmåssigen« Inhalt zugleich seine eigenen Versuche in der Verskunst.

539,16 *Schlůssel darzu beym Kopff zu kriegen]* Vgl. WV I, S. 393,27 ff.

539,18 f. *ein Wehr-Gehenck 〈. . .〉 sticken]* Erneuter Hinweis auf die Kriegsvorbereitungen.

539,19-541,10 *unvergleichlichen Schônheit 〈. . .〉 Augen lassen konnte]* Darstellung einer schönen Frau in der Technik des Petrarcismus. Zu dieser Beschreibung gibt es in ST I 1 (Bd. I/1 d. A., S. 146,8-148,33) ein antipetrarkistisches, satirisches Gegenstück.

540,18 *Pygmalione]* Pygmalion, König von Zypern, der sich in eine für ihn angefertigte Elfenbeinstatue verliebt; diese wird von der Göttin Venus zum Leben erweckt und seine Gemahlin. Vgl. Ovid, *Metamorphosen* X, v. 243-297.

540,28 *Signatur einer Jůdischen Physiognomie]* Meist auf die Form der Nase bezogen; vgl. hierzu den Artikel »Juden« in Zedlers *Universallexikon*, Bd. 14/1 (1735), Sp. 1500: »Ja, GOTT hat sie auch in der Natur gezeichnet: Gewiß, ein Juda hat etwas an sich, daran man ihn bald erkennen, und von andern Menschen unterscheiden kann. Sie sind einem ein Eckel und Grauen, und Stanck und Unflat machet sie abscheulich, wie ihnen gedrohet worden. Deut. 28,37.46.«

541,6 *Vorwitz meiner Augen]* Vgl. Anm. 494,13 f.

542,2-543,7 *Also erfuhr ich erst spat 〈. . .〉 entlauffen]* Grimmelshausen folgt (bei den drei Gedichten wörtlich) Garzoni, *Piazza*, 96. Discurs, »Von Leimstånglern vnnd Buhlern / oder Hurenhengsten«, S. 542 f.; vgl. auch SP II, 3. Satz von der Liebe (Nachklang), S. 109.

542,5 *Virgilij]* Vergil, römischer Dichter (70-19 v. Chr.).

542,20 *mit jenem Jtaliäner]* Garzoni nennt als Autor dieser Verse Vicentius Quirinus, den italienischen Humanisten.

542,30 f. *welchen Wunsch Alphenus Perusinus]* Vgl. Garzoni, *Piazza*, S. 543: »So stimmet vns auch Alphenus Perusinus ziemlich zu in seiner Klage / da er den eussersten Wundsch solcher erböſten Buhler vnnd Leimstängler beschreibet / wie sie nichts bessers können wündschen / als daß Himmel vnnd Erde ineinander fallen / auff daß sie jhres Jammers ein ende sehen ⟨. . .⟩.«

543,1 *Cantalicius]* Johann Baptist Cantalicius genannt Valentino, gest. 1514, italienischer Humanist, Bischof von Penne und Kardinal, schrieb Epigramme und Distichen.

543,10 f. *durch deß Teuffels Hülff ⟨. . .⟩ zu gelangen]* Vgl. Kap. 3.

543,25-31 *daß die Juden ⟨. . .⟩ als Hund æstimiren]* Gängige antijudaistische Auffassung der Zeit, noch bei Zedler, *Universallexikon* Bd. 14/1, Sp. 1499, nachzulesen.

544,13 f. *dieweil die Juden ⟨. . .⟩ wohnen]* Amsterdam wurde für die aus Spanien und Portugal vertriebenen sephardischen Juden seit 1597 zum Zufluchtsort und »neuen Jerusalem« mit Bürgerrecht und Gleichheit vor dem Gesetz (ausgenommen waren nur die Staatsämter).

544,29 f. *zu Amsterdam nichts neues]* Anspielung auf die Konversionen der in Spanien und Portugal zwangsgetauften jüdischen »Marranen« vom Christen- zum Judentum.

545,12 f. *der Jüdin Bildnus ⟨. . .⟩ anzubeten]* Anspielung auf das 1. Gebot des Dekalogs, 2. Mose 20,5.

546,6 *Haudila]* Schlußgebet am Sabbath.

546,10-12 *Der Prophet Elias ⟨. . .⟩ Moschiach]* Vgl. Kap. 13.

546,12 *Moschiach]* Messias, hebräische Bezeichnung des von Gott durch seine Propheten verheißenen Retters des auserwählten Volkes.

546,17 *Elias]* Biblischer Prophet im Nordreich Israels

zur Zeit der Könige Achab und Achazja (875-853 v. Chr.). Im Anschluß an 2. Kön. 2,11 (Himmelfahrt) und Mal. 3,23 f. (Verheißung seiner Wiederkunft vor dem eschatologischen Gerichtstag als Vorläufer des Messias) wurde er bei den Juden der nach-exilischen Zeit zum Gegenstand zahlreicher Legenden: Elias als Schützer der Ehe und Familie, der Armen und Bedrängten, als himmlischer Schreiber, als Seelengeleiter und Fürsprecher Israels bei Gott, als Eiferer für das korrekte Beschneidungsritual (bei dem stets ein Stuhl für ihn bereitgehalten wurde), als erwarteter Gast beim Pessachmahl.

546,21 *Eraßmus*] Der jüdische Konvertit ist, da er zur See fahren soll (vgl. S. 573,5-7), offenbar nach dem Heiligen Erasmus (2. Juni), dem Patron der Seeleute, benannt.

546,28 *Ost-Jndianischen Compagnie*] Vgl. RP, S. 705,26-706,6; Spr 25, S. 285,33. Die Ostindische Kompanie, eine Handelsgesellschaft holländischer Kaufleute für den Handel mit dem Fernen Osten, wurde nach erfolgreichen Erkundungsfahrten 1602 mit Unterstützung des ersten Ratspensionärs der Generalstaaten, Oldenbarneveldt, gegründet: »Der Fond, welchen die Compagnons (›Gewindhaber‹) zu erst legten, war sechs und sechzig Tonnen Goldes, welchen sie binnen sechs Jahren nach Abzug der Unkosten, und Austheilung an die Partizipanten, auf drey hundert Tonnen Goldes vermehret; und es an Macht zur See, und Reichthum des Capital, durch Erober- und Befestigung gewaltiger Staͤdte, Paͤsse und Fortrassen, ja Einnehmung gantzer Reiche, dahin mit der Zeit gebracht haben, daß sie mehr vor eine Republique, als Kauffmannschaft aestimiert, und vor capable gehalten worden, gantz Indien zu conquestieren.« (*Politischer Weltspiegel*, S. 819.) Als Grund für den Erfolg der Handelsgesellschaft nennt der Verfasser »die Dissimulation ihrer Religion (will sagen die Verleugnung)« gegenüber den fernöstlichen Potentaten.

547,3-7 *Weil nun dieser ⟨. . .⟩ Heimlichkeiten*] Grimmelshausens Erasmus-Gestalt entspricht, insofern er als eifernder Konvertit über jüdische Religion und jüdisches

Brauchtum informiert, den jüdischen Konvertiten Johannes Pfefferkorn (1469-1524) und Christian Gerson von Recklinghausen (1569-1627), dessen Schrift *Der Jůden Thalmud* (Goslar 1607) Grimmelshausen offenbar benutzt hat. Vgl. auch S. 566,23-27.

547,15 f. *diesem Aberglaubischen* ⟨. . .⟩ *Volck*] Grimmelshausen nimmt einen traditionellen Topos christlicher Judenverachtung auf, bezieht sich aber zugleich auf die Leichtgläubigkeit u. a. der Amsterdamer Judengemeinde gegenüber dem falschen Messias Sabbatai Zwi. Sabbatai Zwi (1626-1676), ein Kabbalist, der erstmals 1648 in Smyrna in Erscheinung trat, hatte sich 1665 als der lang ersehnte Messias und König der Juden ausgegeben und damit in vielen west- und osteuropäischen jüdischen Gemeinden nahezu massenhysterische Reaktionen ausgelöst. Als er 1666 in Konstantinopel verhaftet und vor die Wahl gestellt wurde, entweder als Märtyrer den Foltertod zu sterben oder zum Islam überzutreten, entschied er sich für den Übertritt. Das Ende des messianischen Traums war zugleich der Anfang der sog. sabbataistischen Bewegung, eines sektenartigen Zusammenschlusses der Anhänger Sabbatai Zwis, die, in Opposition zum Rabbinertum, eine kabbalistische Rechtfertigung und Beschönigung der messianischen Hoffnung des Sabbatai Zwi zu verbreiten suchten.

547,27 *besser als lang Heu zu laden war*] Sprw. Redensart im Sinne von: umgänglich sein. Vgl. Grimm, DWb 10, Sp. 1276.

547,30 *das Hebraisch Alef baiß*] Das hebräische Alphabet.

548,5-8 *Jch will* ⟨. . .⟩ *diene*] Erzählerkommentar; vgl. auch S. 554,12-20.

548,10 f. *ohne fundament* ⟨. . .⟩ *her-ererbter Sag*] Gemeint sind außerbiblische Quellen wie der Talmud und die Kabbala.

548,13 *Gen. 24.*] Im biblischen Text (1. Mose 24) wird der Knecht Abrahams nicht namentlich genannt.

548,15 f. *Sodoma und Gomorra*] Vgl. 1. Mose 19.

548,23 *Rauber Cacus]* Sohn des Vulkanus, ein feuerspeiendes Monster, das in einer Höhle des Palatin am Tiber lebte und sich hauptsächlich von Menschenfleisch ernährte, wurde von Herakles erschlagen, als es diesem acht Tiere aus der Herde raubte. Hier ist jedoch der Räuber Prokrustes gemeint, der seine Opfer auf einem Streckbett reckte oder verstümmelte und von Theseus erschlagen wurde. Die Legende vom Streckbett der Sodomiten stammt aus dem Talmud (Buch Sanhedrin).

549,27 *zu Loths Zeiten mit Blindheit geschlagen]* Vgl. 1. Mose 19,1-26, hier v. 11; vgl. auch Luk. 17,28 f.

550,2 *als Jsrael in Egypten gewesen]* Vgl. 1. Mose 46-2. Mose 14.

550,4 f. *zu Achabs Zeiten* 〈...〉 *verzuckt worden]* Achab, König von Israel (874-853 v. Chr.); vgl. 2. Kön. 2,11.

550,21 *als die Catholische die Mutter Gottes]* Vgl. WV I, S. 329,25-32.

550,24 *ein låre Stell lassen]* Jüdischer Brauch am Abend (d. i. Seder) des Pessach-Festes.

550,27-32 *Von dem Moschiach* 〈...〉 *bringen wůrde]* Hinweis auf aktuelle Ereignisse um 1665/66. Vgl. auch Anm. 547,15 f.

550,32 f. *damit mischten sie* 〈...〉 *verheißen]* Ähnlich schon die Prophetien Jupiters, ST III 4-5 (Bd. I/1 d. A., S. 255-263).

551,7 f. *wie ihn der Prophet Ezechiel gesehen]* Ezechiel (bei Luther: Hesekiel), biblischer Prophet während der Zeit des babylonischen Exils; die Anspielung bezieht sich auf Ez. 40-42.

551,15 f. *das Alter Adams oder Mathusalems]* Adam wurde 930 Jahre, Methusalem 969 Jahre alt. Vgl. 1. Mose 5,5 und 1. Mose 5,27.

551,24 f. *12. Ståmme]* Im Alten Testament gelten die zwölf Stämme Israels als Nachkommen der zwölf Söhne Jakobs: Ruben, Simeon, Levi, Juda, Issachar, Sebulon, Joseph, Benjamin, Dan, Naphtali, Gad und Aser. Vgl. 1. Mose 35,22-63.

551,33 f. *den Ochsen Behemoth]* Biblisches Flußungeheuer nach Art eines Nilpferdes, vgl. Hiob 40,15-24.

552,7 *Bar Juchne]* Vogelungeheuer aus talmudischer Überlieferung, vgl. Gerson, *Der Jůden Thalmud*, S. 97.

552,12 *Leviathan]* Vielköpfiges Meeresungeheuer nach Art eines Krokodils, vgl. Hiob 40,25-41,26.

552,17-20 *die Juden* ⟨...⟩ *Tråumen glaubten]* Der Kommentar des Erzählers verweist auf Grimmelshausens Skepsis gegenüber tradiertem Wissen. Vgl. auch WV I, S. 373,11-20.

552,17-554,7 *Da ich mich nun sehr verwunderte* ⟨...⟩ *erfůllt werden]* Der folgende Abschnitt bringt die Widerlegung jüdischer Messiashoffnung aus traditioneller christlich-theologischer Sicht.

552,34 *unter dem zweyten Fluch / so Deuter. am 28.Cap.]* Deuteronomium, d. i. 5. Mose 28,15-69: Verfluchung aller, die die Gebote des 2. Bundesschlusses Gottes mit seinem Volk mißachten, von der christlichen Theologie, u. a. auch noch von Luther, als Verfluchung aller Juden umgedeutet, mit der Begründung, daß die einzelnen Verfluchungen durch die historischen Fakten wahr geworden seien.

553,4-23 *Esaias am End des 60. Cap.* ⟨...⟩ *Völck werden]* Vgl. Jes. 60,18-22.

553,30 f. *Apostel Petrus* ⟨...⟩ *bekehrt]* Vgl. Apg. 2,37-41.

553,32 *Oeni Adonai Bocitto Ochysche]* Vgl. Jes. 60,22: hebr. »A'ni Adonai b'ittoh achischenoh«, d. h. »Ich der Herr will solches zu seiner Zeit ausrichten«.

554,1 *gleichsam auff der Post]* Ironische Anspielung auf den Postreisedienst des Reichspostmeisters von Thurn und Taxis.

554,3 f. *ihren gůldenen Affen]* Gemeint ist der Bibelvers 3. Mose 26,44: »Auch wenn sie schon in der Feinde Land sind, habe ich sie gleichwohl nicht verworfen und ekelt mich ihrer nicht also, daß es mit ihnen aus sein sollte und mein Bund mit ihnen sollte nicht mehr gelten; denn ich bin der Herr, ihr Gott.«

554,8 *Lugenden]* Von Luther benutztes Wortspiel: Legenden als Lügen. Vgl. Grimm, DWb 12, Sp. 1279. In Luthers Schrift *Von den Juden und ihren Lügen* (1543) finden sich auch die vorstehenden antijüdischen Tiraden.

554,23 f. *Ertz-Engel Michael]* Der Erzengel Michael gilt im Judentum als der Schutzpatron Israels, der zur Rechten Gottes stehend die Gebete entgegennimmt und zum Endgericht blasen wird. Vgl. auch 1. Thess. 4,16.

555,5 *Messias Ben Joseph]* Figur der jüdischen Messias-Vorstellung, ein Vorläufer des Messias ben David, der die zerstreuten Kinder Israels sammelt und in dem von Feinden gereinigten Jerusalem den alten Tempeldienst wieder einführt. Im letzten entscheidenden Kampf wird ben Joseph erschlagen und unbeerdigt auf der Straße liegengelassen. Andere Versionen dieser Messias-Geschichte lassen ben Joseph zum Himmel entrückt werden und dort bei den seligen Patriarchen weilen, bis der Messias ben David erscheint und den endgültigen Sieg bringt.

555,25-28 *haben sich ehemahlen ⟨...⟩ gestůrtzet]* Der Pseudomessias Moses aus Kreta (erste Hälfte des 5. Jahrhunderts) hatte den kretischen Juden die Rückführung ins Heilige Land versprochen; als er plötzlich verschwand, stürzten sich viele Juden in einer Art Massenhysterie ins Meer und ertranken.

556,2 *Engel Uriel]* (Hebr.) »Gott ist Licht«; nach jüdischer Überlieferung ist Uriel einer der vier Erzengel und überbringt Offenbarungen.

556,9 *Schreiber Salomonis ⟨...⟩ Ahija]* Vgl. 1. Kön. 4,3.

556,11 *Jungfern-Pergament]* Feines Pergament, aus junger Bockshaut gefertigt.

556,23 *Leviten-Rock]* Liturgisches Obergewand mit kurzem Arm (Dalmatica) der Hilfspriester beim feierlichen Gottesdienst der römischen Kirche.

556,28 *liesse ich mir zwey Blaß-Rohr aneinander schefften]* Grimmelshausen übernimmt das Blasrohr-Motiv aus dem Schwank von der Verführung eines Judenmädchens durch einen Christen, der zu seinem Ziel kommt, indem er sich als der ersehnte Messias ausgibt. Dieser Schwank ist erstmals bei Caesarius von Heisterbach (*Dialogus Miraculorum*, Bd. 2, S. 94-95) überliefert. Grimmelshausen kannte vermutlich die Fassung von Hans Folz (*Der falsche Messias*) oder Heinrich Bebel (*Facetien*, 1508/14); der dürftige Erzählkern ist bei Grimmelshausen um zahlreiche weitere Motive angereichert und in die Romanhandlung eingepaßt.

556,29-557,1 *beschriebene Zettelein]* Der Betrüger nutzt eine Angabe in der Prophetie Mal. 3,16.

557,1 f. *die Juden-Schul]* Die Amsterdamer Judenschule ist in Zesens *Beschreibung der Stadt Amsterdam* (1664), S. 191, erwähnt.

557,4-26 *Mit was vor Andacht 〈...〉 Erlösung schickten]* Grimmelshausen bezieht sich auf die Darstellung der Messias-Euphorie der westeuropäischen jüdischen Gemeinden von 1665/66 im *Theatrum Europaeum* X (1672), S. 437-442.

557,30-33 *vornehmste Stell 〈...〉 trincke]* Jüdischer Brauch, vgl. auch Anm. 546,17 und Anm. 550,24.

558,2 f. *Elias würde 〈...〉 erscheinen]* Vgl. Mal. 3,23 f.; Mark. 9,11 f.

558,18 *Canari-Wein]* Auch Malvasier, Wein von den kanarischen Inseln.

558,22 f. *bey den Beschneidungen 〈...〉 einstellete]* Vgl. S. 569,24-570,4 und Anm. 546,17.

559,3-6 *Liquidambar 〈...〉 Früchten]* Vgl. die Aufzählung von Duftstoffen in RP, S. 730,22-731,11.

559,31-560,10 *ich bin der Engel Uriel 〈...〉 fleust]* Der Betrüger bedient sich hier und im folgenden bibelsprachlicher Wendungen.

560,6 *Wurtzel Jesse]* Gemeint ist das Geschlecht Isais, des Vaters Davids; vgl. Jes. 11,10.

560,14 f. *meine Sara 〈...〉 undüchtig worden]* Abraham erhält von Gott die Verheißung, daß seine hochbetagte Frau Sarah schwanger werden würde. Vgl. 1. Mose 17,17.

560,31 f. *das geschrieben stehet 〈...〉 erscheinen]* Vgl. Sir. 48,10, Mal. 3,23 und Mark. 9,11 f.

561,5 *Phönix]* Vgl. ST Titelkupfer (Bd. I/1 d. A., S. 10,3).

561,7 *das Neunhundert und Dreyssigste Jahr]* So alt wurde Adam; vgl. 1. Mose 5,5.

561,18-25 *es werde sich hier ⟨. . .⟩ Tartern]* Grimmelshausen gibt einen Abriß der weltpolitischen Lage um 1672.

561,25-29 *in Summa ⟨. . .⟩ helffen würden]* Die Schilderung der politischen Situation wird mit der Endzeitprophetie nach Matth. 24,6 f. verknüpft.

562,14 *der arme Schelm]* Diesen zugleich mitleidigen und herablassenden Ausdruck verwendet Grimmelshausen auch in der Historia der Judenverfolgung von 1349. Vgl. EC, S. 93 (6. Materie).

562,19 *einen garstigen Höllischen Gestanck]* Vgl. Cont 20 (Bd. I/1 d. A., S. 666,19 f.).

562,25 *Zetteln]* Vgl. Mal. 3,16.

562,32 *Schlauraffen-Land]* Schon in ST III 5 (Bd. I/1 d. A., S. 260,6-11) wird das von Jupiter verheißene Paradies so ironisiert.

563,1 f. *wie eine Kuhe ins Maußloch]* Sprw. Redensart in Analogiebildung zum biblischen Kamel, das nicht durch das Nadelöhr paßt. Vgl. Matth. 19,24.

563,6 *Herr Urian]* Vom obskuren Heiligen Urianus (Patron von St. Evreux) abgeleitete spöttische Bezeichnung für eine wenig achtenswerte Person, verhüllend auch für den Teufel (Grimm, DWb 24, Sp. 2441 f.); vgl. auch WV I, S. 398,21 f.

563,11-24 *Hier bedencke nun ⟨. . .⟩ treiben mögen]* Erneute Rückwendung zum Ausgangspunkt der Erzählung (Kap. 1-3).

563,24-31 *Es scheinet zwar ⟨. . .⟩ siehet]* Grimmelshausen kritisiert die leichtfertige Übernahme antijüdischer Vorurteile, dies betrifft auch seine antijüdischen Quellen.

563,32 f. *der sich ⟨. . .⟩ verstellet]* Vgl. 2. Kor. 11,14.

564,1 f. *heiligen Propheten Eliam]* Elias, der mutige Prophet des Alten Bundes, ist auch den Christen heilig.

564,4 f. *auff den gerechten ⟨. . .⟩ gelogen]* Anspielung auf das 2. Gebot; vgl. 2. Mose 20,7: »Du sollst den Namen des Herrn, deines Gottes, nicht mißbrauchen ⟨...⟩.«

564,6-10 *die armselige ⟨...⟩ Våtterlich anerbeut]* Erneut wird das Mitleid als simplicianische Verhaltensnorm herausgestellt.

564,15 f. *Extraordinari Gö̊ttlicher Gnadenstral]* Für Grimmelshausen ist die göttliche Gnade die Voraussetzung jeder Bekehrung. Vgl. auch S. 565,27 f. und S. 577,27 sowie Cont 23 (Bd. I/1 d. A., S. 674,30 f.).

564,20 f. *Wehe aber ⟨...⟩ Aergernuß kompt]* Vgl. Matth. 18,7.

564,29 f. *auff die lincke Hand]* Vgl. Matth. 25,33 und Matth. 41.

564,31 f. *O wie offt irren wir elende Menschen]* Vgl. Subscriptio zum Titelkupfer von WV I.

564,33-565,4 *solche vor geringe Gebrechen ⟨...⟩ versincken]* Kritik am christlichen Judenhaß als Selbstbetrug.

565,7 f. *von den grossen Bergen ⟨...⟩ Mauß geboren]* Anspielung auf Horaz, *De arte poetica*, v. 139: »parturient montes, nascetur ridiculus mus« (»Gebirge wollen gebären, und nur ein Mäuslein wird zur Welt gebracht«).

565,20 f. *daß diß elende Volck betrogen seyn wolte]* Übertragung des antiken Sprichworts »Mundus vult decipi« auf das jüdische Volk.

565,22 f. *Johanne Cap.5]* Vgl. Joh. 5,43.

565,29-566,3 *Wer solte immermehr ⟨...⟩ erzeugen werde]* Anwendung des simplicianischen Grundsatzes »Der Wahn betreugt« auf die Leichtgläubigkeit der Rabbiner im Zusammenhang mit der Erscheinung des Sabbatai Zwi.

566,6 f. *19. falscher Messias und Verfů̊hrer]* Bis zum Erscheinen des Sabbatai Zwi werden folgende Pseudomessias verzeichnet: Theudas (um 44 n. Chr.), der Ägyptische Prophet (Jerusalem), Menachem (um 66 n. Chr.), Bar Kochba (Jerusalem, 132 n. Chr.), Moses aus Kreta (Kreta, 1. Hälfte des 5. Jahrhunderts), Abu Isa Isfahani (Persien, 685-705), Jugdan (Persien, um 705), David Alroy (Aserbeidschan, um 1160), Abraham Abulafia (Sizilien, um 1280), Ascher

Lemmlein (Istrien, um 1502), David Reubenis (Türkei/Italien, um 1530), Salomo Molchos (Rom, um 1530), Isaak Lurja (Palästina, um 1570) und Chaim Vital Calabrese (um 1550). Vgl. *Jüdisches Lexikon*, Bd. 3, Sp. 131-134.

566,14 *Kaiser Ælio Hadriano]* Publius Aelius Hadrianus (76-138 n. Chr.), römischer Kaiser, der an die Stelle des von Titus zerstörten Jerusalem eine römische Stadt (Aelia Capitolina) errichten wollte. Der Aufstand der über die Entweihung der heiligen Stadt empörten Juden wurde 135 n. Chr. blutig niedergeschlagen.

566,15 *Barchochetæ]* Gemeint ist Bar Kochba (d. h. »Sternensohn«, messianischer Beiname des Simon bar Koseba), der Führer des jüdischen Aufstandes (132-135 n. Chr.) gegen Kaiser Hadrianus.

566,17 f. *Rabba Bereschits Rabba]* »Bereschit« (d. h. im Anfang) ist das erste Wort des 1. Buchs Mose. Nach diesem Wort benannte sich ein mittelalterlicher jüdischer Kommentator.

566,19 *Statt Bethera]* Bethar (Better), eine Festung westlich von Jerusalem, der letzte Zufluchtsort Bar Kochbas und seiner Anhänger, wurde nach einjähriger Belagerung im Jahre 135 n. Chr. vom römischen Feldherrn Julius Severus erobert und zerstört.

566,20 f. *Rabba Juda Echa Rabthi]* Jüdischer Kommentar zu den Klageliedern Jeremiae, der ebenfalls nach den Anfangsworten benannt wurde.

566,23 f. *Christian Gerson von Recklinghusen]* Christian Gerson (1569-1627), geborener Jude, der zum Luthertum konvertierte und lutherischer Pfarrer wurde. Vgl. auch Anm. 547,3-7.

567,5 f. *ein rauhes Haarigs Kleid ⟨...⟩ zugerichtet]* Vgl. 2. Kön. 1,8: »Sie sprachen zu ihm: Er hatte eine rauhe Haut an und einen ledernen Gürtel um seine Lenden. Er aber sprach: Es ist Elia.«

567,23 *Zahl Perlen]* Vgl. Spr, S. 179,31; zugleich Anspielung auf Offb. 17,4.

567,25-568,5 *der Tisch ⟨...⟩ haben sollen]* Die Darstellung des Gemachs entspricht der Darstellung des Gemachs der Selicha in KJ (Bd. II d. A.).

568,3 *Tůrckisch Kaiser]* Philipp von Zesen hatte in seinem *Ibrahim*-Roman (1645) Muster orientalischer Prachtentfaltung beschrieben.

568,8 *einem Låuffer-Botten ⟨...⟩ entzwey geschworen]* Sprw. Wendung, die die Stärke des Schwörens und des Schwures bezeichnet (hier bezogen auf den Herold als Zeugen). Vgl. Grimm, DWb 15, Sp. 2737.

568,18-21 *Kønig der Welt ⟨...⟩ Fůrsten dieser Welt]* Grimmelshausen verweist auf das unterschiedliche Weltverständnis von Juden und Christen. Vgl. Joh. 18,33-37; 14,30.

569,4-6 *ihrem kůnfftigen Sohn zu Jerusalem ⟨...⟩ seyn]* Anspielung auf die Ehrung, die König Salomon seiner Mutter Bathseba zuteil werden läßt. Vgl. 1. Kön. 2,19.

569,7-13 *Es beichtet einsmals ⟨...⟩ machen]* Eine ähnliche Beichte schildert Heinrich Bebel, *Facetien* III 96.

569,18-21 *Jch hatte halt ⟨...⟩ schleppte]* Vgl. die Selbstanklagen des Hellebardierers in WV I, S. 424,22-425,10.

570,4 *køstlichen Ring]* Vgl. S. 502,23 f. und S. 515,14.

570,13 *ein Herodianisch Stůcklein]* Anspielung auf den von Herodes angeordneten Kindermord zur Beseitigung des gerade in Bethlehem geborenen Messias; vgl. Matth. 2,16-18.

571,21 *allererst im dreyzehenden Jahr]* Die Juden berufen sich auf das biblische Vorbild Ismaels, Abrahams Sohn, der mit 13 Jahren beschnitten wurde. Vgl. 1. Mose 17,25.

571,31-33 *ihren festen Glauben ⟨...⟩ gethan håtte]* Positive Bewertung der jüdischen Glaubensfestigkeit mit Bezug auf 1. Mose 18,18 f.

572,2 f. *Anfechtungen]* Zentraler Begriff der lutherischen Sünden- und Rechtfertigungslehre.

573,16 *Propheten Nathan]* Gemeint ist Nathan Benjamin Levi Ghazati Aschkenasi (1644-1680), ein lurianischer Kabbalist und Visionär, Anhänger und Propagandist des selbsternannten Messias Sabbatai Zwi, Mitbegründer und selbsternannter Prophet der späteren sabbataistischen Bewegung.

573,17 *1666.]* Vgl. Anm. 547,15 f.

574,18 f. *mit einem hönischen Gelächter]* Das Lachen wird im Simplicianischen Zyklus nur bedingt positiv bewertet. Vgl. Spr 3, S. 171,30-173,26.

576,10 *theuer erkaufft]* Vgl. 1. Kor. 6,20.

576,24-31 *wann sie Hunde ⟨...⟩ zu begehen]* Als Beichtschwank dargestellt, begegnet dieses Argument bei Lazarus Sandrub, *Delitiae historicae et poeticae* (1618), Nr. VIII.

577,14-19 *rechtschaffener Christ ⟨...⟩ krönen möge]* Anspielung auf den paulinischen Vergleich des christlichen Lebensweges mit einem Wettkampf. Vgl. 1. Kor. 9,24-27 und 1. Tim. 6,12.

577,21-23 *gleich wie einer ⟨...⟩ Staffelweis darzu gelangt]* Vgl. Cont 5 (Bd. I/1 d. A., S. 584,24-27).

577,27 *ein absonderlicher Gnaden-Glantz]* Vgl. Anm. 564,15 f.

578,2-4 *Wer dieses Capitels ⟨...⟩ erzehle]* Ironische Leseranrede im Stil des roman comique. Vgl. auch ST II 13 (Bd. I/1 d. A., S. 161,21 f.); zugleich Verschleierung der Wiederaufnahme eines Motivs aus Kapitel 9.

578,8 f. *ich gedachte ⟨...⟩ auffzubürden]* Vgl. Kap. 9: Verheiratung der geschwängerten Beschließerin mit dem Diener Fritz.

578,16 f. *welches das holde Golt nicht überwäget]* Vgl. ST III 13 (Bd. I/1 d. A., S. 294,4-31).

579,9 *unersättlichen Geitzhälse]* Rückblickende Selbstcharakterisierung des Kaufmanns als ein dem Laster des Geizes Verfallener.

579,11 *Höllische Flammen]* In der Höllenschilderung Grimmelshausens in VW (S. 4,18-5,24) wird den verdammten Christen im Unterschied zu den verdammten Juden und Mohammedanern die tiefste Hölle zugewiesen.

579,11 *17.Stadien]* Zur Zahl »17« vgl. Anm. 454,2; Stadium: griechisches Längenmaß, ca. 184 m.

579,16 f. *meinen wilden Zweig ⟨...⟩ Jüdischen Stamm]*

Rückverweis auf das Bild der Stümmelbuche (WV I, S. 444,14 f.) und das in ihr enthaltene Y-Symbol, hier das Verhältnis von Altem und Neuem Bund andeutend.

580,1-9 *unter solchen 〈...〉 vorstellen könnenl* Die mephistophelische Gestalt scheint, wie schon das Titelkupfer, auf die *Historia von D. Johann Fausten* zu verweisen.

580,14 *Güte Gottes]* Vgl. Anm. 459,6 f.

580,15-581,4 *Daß erste Stückel 〈...〉 darvon gemacht]* Vgl. das Verzeichnis solcher Praktiken in Cont 13 (Bd. I/1 d. A., S. 623).

581,4 f. *mein Vorwitz]* In der Betonung der Curiositas folgt Grimmelshausen der *Historia von D. Johann Fausten.*

581,9 f. *derjenigen Kunst 〈...〉 die Schwartze nennet]* Vgl. EC, 5. Discurs, S. 145 f.

581,17-19 *auff Jungfer-Pergament 〈...〉 Zettel]* Anspielung auf die sog. Passauer Kunst (vgl. Anm. 637,13-28), vgl. auch Spr 18, S. 257,4 f.

581,25 *Pulfer auff der Zindpfan]* Vgl. ST III 9 (Bd. I/1 d. A., S. 278,15-19).

582,13 *ein geschrieben Buch]* Gemeint ist ein handgeschriebenes Zauberbuch.

582,18 f. *fest machen 〈...〉 solte]* Dazu ausführlicher Kap. 25 f., S. 631,20-641,12.

582,29 *Wurtzel]* Gemeint ist die Springwurzel, eine geheimnisvolle Zauberwurzel, die von Schatzsuchern benutzt wird, um sich verschlossene oder versteckte Schätze zugänglich zu machen; hier und im folgenden: Diebswerkzeug.

583,11 *Fortunati Glück-Säckel]* Vgl. WV I, Anm. 302,10, und ST I 27 (Bd. I/1 d. A., S. 99,11).

583,17 *die Haar gen Berg stehen]* Vgl. ST I 1 (Bd. I/1 d. A., S. 52,32).

584,8 *nach Jüdischem Brauch]* Gemeint ist die Ausstattung der Töchter mit der größtmöglichen Mitgift.

584,8 *milde Hand auffthun]* Vgl. Ps. 145,16.

584,14 *gerechte Sach]* Ironisch für Diebstahl.

584,16 f. *das gülden Flüß]* Das goldene Vließ, d. h. Fell, Ziel der Argonautenfahrt in der griechischen Mythologie.

584,27 *Kautzen]* Münzen, zugleich Anspielung auf den reichen Kauz, d. h. den Geizhals.

584,29 f. *ich mich 〈...〉 erstaunet]* Anspielung auf den immensen Reichtum der niederländischen Kaufleute; vgl. *Politischer Weltspiegel*, S. 780-782:

»Also kan nun hieraus leicht erfolgen, was für grosses Reichthum bey denen Privat-Personen in Holland seyn müsse, und dahero wohl zu glauben, daß mancher Kauffmann in Holland weit mehr Geldes in seinem Contoir, als mancher Fürst in seiner Rent- und Schatzkammer habe; ja, daß solcher Gestalt ein einzelner Mensch in seinem Vermögen mehr besitze, als wohl im Gegentheil tausend und mehr Menschen oder Unterthanen eines Herrn. Welches eine von denen grösten Staats-Kranckheiten und unbillichsten Dinge in der menschlichen Gesellschafft ist, daß einer allein einen so grossen Uberfluß habe, und hingegen tausend und mehr Menschen dabey und verarmen und Mangel leyden müssen. Diß ist eine von denen größten Absurditäten und Thorheiten der Welt, auch eine Ursache vieler schädlicher Consequenzen und Laster. Denn lieber, worinnen ist das gegründet, und woher stehet es zu behaupten, daß ein Particulier-Handelsmann in Holland oder anderwerts 3. bis 400 000. Rthl. reich seyn müsse? da es doch vielmehr genug ist, wenn er seinem Stande nach eine wohl eingerichtete Handlung, und vor sich samt denen Seinigen ein vollkömmliches Vermögen hat. Aus diesen bishero angeführten Ursachen und andern Umständen ist zu schlüssen, warum die Republique Holland Europæ mehr schädlich als nützlich zu achten sey; zumahl, weil Frankreich, durch der Holländer grosses Reichthum und vorteilhaffte Landes-Situation angereizt, nicht ruhen kan, solche Republique durch die Waffen unter seine Bothmäßigkeit zu bringen, und sich an derselben zu rächen, dannenhero noch viel Krieg und Unruhe in Europa zu besorgen.«

585,6 *Sester]* Oberdeutsches Hohlmaß für Getreide.

585,26 f. *Summa Ducaten ⟨. . .⟩ anderthalbe Centner am Gewicht]* Dies sind, gemäß der Angabe S. 601,31: »die 1000. und noch ein paar hundert Ducaten«.

586,1 *zur Christlichen Religion verstanden]* Gemeint ist die Konversion vom Judentum zum Christentum.

586,19 f. *sie ihn ⟨. . .⟩ grůste]* Gemeint ist der christliche Gruß (z. B. »Gott zum Gruß!«) im Unterschied zum jüdischen bzw. hebräischen Gruß (»Shalom!«).

586,25 f. *wer nicht trauet ⟨. . .⟩ trauen]* Sprw. Redensart; vgl. Grimm, DWb 21, Sp. 1332.

586,28 f. *wol traun reite das Pferd hinweg]* Vgl. Anm. 519,16 f.

587,6 *Ost-Jndien]* Vgl. Anm. 546,28; vgl. auch *Politischer Weltspiegel*, S. 817:

»Der Ost-Indianische Handel ist der glůckseligste vor den Staat, und hat nicht nur fast von allen Specereyen und Indianischen Waaren das Monopolium in Holland gezogen, sondern auch zuwege gebracht, daß die Nation von Basora an dem Einfluß des Tigris in den Persischen Meer-Busen bis ans åußerste Japan die so reiche und weite Kůste mit ihren Handlungen begreiffet, und durch glůckliche Waffen so fürtreffliche und måchtige Conquesten nach einander gemacht, auch die Inwohner und Kőnige derselben Reiche und Insulen zu solchen Tractaten gezwungen, welche der Compagnie ůberaus vortråglich sind, und andere Nationen, als die Engellånder, Spanier, Portugiesen und Frantzosen von solchem Trafic ganz ausgeschlossen haben.«

587,16 f. *in ihrem Wahn betrogen]* Vgl. WV I, S. 373,11-13.

588,7 f. *im dreyzehenden Jahr seines Alters]* Vgl. Anm. 571,21.

588,20 f. *meine Verhångnus]* Zentraler Begriff der für das Barock-Jahrhundert typischen neustoizistischen Weltbetrachtung.

589,4-6 *nun ists allbereit kein Wunder mehr ⟨. . .⟩ verfůhren lassen]* Vgl. Anm. 566,6 f.

589,9 f. *daß die Weibsbilder ⟨...⟩ doͤrffen]* Der Zutritt zur Synagoge ist nur den Männern erlaubt.

589,16 *an Gottes statt guͤldene Kaͤlber]* Vgl. 2. Mose 20,23 und 2. Mose 32.

589,21-24 *daß diese Frucht ⟨...⟩ zu hoffen]* Der Geschlechtswechsel wurde von den Kirchenvätern wie von humanistischen Gelehrten bis ins 17. Jahrhundert als Verwandlung vom Weiblichen ins Männliche immer wieder thematisiert bzw. als Teufelskunst verstanden. Der Volksglaube, der von einer Verwandlung des Männlichen ins Weibliche ausging, sah in dieser eine Strafe für begangene Untaten oder das Wirken überirdischer Mächte. Vgl. HdA 3, Sp. 752-755.

590,9 *Kuh und Kalb ⟨...⟩ verstellt]* Vgl. S. 578,27 f.

590,17 *den Raum abgehoben]* Vgl. Anm. 517,17.

590,17-20 *Durch meine Unzucht ⟨...⟩ gestaͤrckt hatte]* Die Verhinderung der Judenbekehrung gilt dem Erzähler als seine größte Schuld; vgl. auch S. 598,27-599,2.

591,8 *Mercurius]* Hier in seiner Eigenschaft als Bote der olympischen Götter genannt; vgl. Spr 9, S. 209,21-23.

591,26 *durch sein vieles Gelt]* Vgl. Anm. 463,2 und S. 609,31 f.

591,30 *Batavia in Ost-Jndien]* Batavia, heute Djakarta, Hauptstadt der ostindischen Kolonien der Vereinigten Niederlande. Vgl. auch *Politischer Weltspiegel*, S. 815: »Auf der Insul Java ⟨haben sie⟩ das Haupt-Comptoir, Stadt und Festung Batavia, allwo das Gouvernement des gantzen Indianischen Staats residieret.«

592,6-8 *gleichsam wie eine Goͤttin ⟨...⟩ aufferzogen werde]* Im Unterschied zum Judenmädchen bei Folz *(Der falsche Messias)* wird Grimmelshausens Esther auch nach der Geburt ihrer Tochter »wie eine Goͤttin« und das Kind wie der erwartete Messias behandelt.

592,20 f. *schlecht Gebluͤt]* Hier im Sinne der Humoralpathologie galliges Blut, Streit.

592,33-593,1 *ein geschickter Kopff ⟨...⟩ Erfindungen]* Auch als Hinweis auf Grimmelshausens Quellenbehandlung im Unterschied zu Folz und Bebel zu verstehen.

594,20 f. *wann du 〈...〉 mehr gebauet*] Der Kaufmann scheut sich nicht, ein frommes christliches Argument für seine Zwecke zu mißbrauchen.

594,27 f. *Der ist weis 〈...〉 kehrt*] Sprw.; vgl. Grimm, DWb 2, Sp. 1153.

594,34 *10 000 Ducaten*] Vgl. Anm. 585,26 f. und S. 601,31.

596,22-24 *daß sie 〈...〉 betrogen worden*] Vgl. Anm. 587,16 f.

596,33 *Ring*] Vgl. Anm. 570,4. Das Wiedererkennungssymbol des Liebesromans wird hier zu einem Betrug verwendet.

597,8 *schier zum Narren verwundert*] Auch ein poetologischer Hinweis: der Rezipient soll staunen über die ingeniöse Invention des Autors.

598,22 f. *aber weil solcher Weg 〈...〉 sorge ich wol*] Da die Bekehrung der Jüdinnen auf Betrug beruht, sorgt sich der Kaufmann noch im Rückblick um sein Seelenheil.

598,30-599,2 *Jch glaub auch 〈...〉 zur Bekehrung kommen*] Die rückblickende Berufung des Kaufmanns auf seine Werkgerechtigkeit verträgt sich nicht mit Grimmelshausens simplicianischer Gnadenlehre; seine Bekehrung wird mithin relativiert.

599,11 f. *Compagnie Engelländischer Comödianten*] Die sog. »Englischen Komödianten«, kleine Wandertruppen englischer Schauspieler, traten seit 1592 an Fürstenhöfen und in den Städten Kontinentaleuropas auf. Die Bezeichnung »Englische Komödianten« blieb auch noch erhalten, als sich um die Jahrhundertmitte deutsche Wanderbühnen bildeten: 10-18 männliche, vereinzelt auch weibliche Schauspieler (darunter als publikumswirksamste Figur der Clown), mit einem Repertoire aus vereinfachten Fassungen von Marlowe, Kyd, Ben Jonson, nach 1650 auch von französischen Dramatikern und eigenen Stücken.

599,15 *erschröckliche Teuffels-Larven*] Vgl. ST II 5 (Bd. I/1

d. A., S. 133,19-135,16) und ST III 2 (Bd. I/1 d. A., S. 247,6); zugleich auch eine Charakteristik des Kaufmanns.

599,19 *Cerberus]* Dreiköpfiger Höllenhund; vgl. Ovid, *Metamorphosen* IV, v. 450.

600,3 f. *mit hinderlassung eines gemachten Gestancks]* Vgl. Anm. 562,19.

600,6 f. *schiesse ⟨...⟩ Bett so voll]* Vgl. Anm. 506,29 f.

600,27 f. *noch darzu Maria nennen]* Hinweis auf Grimmelshausens Missionierungskonzept: Erweiterung des alten Glaubens, nicht dessen Auslöschung.

600,28 *Eugenia]* Die Wohlgeborene; vielleicht handelt es sich um eine Anspielung auf die christliche Legende der heiligen Eugenia, die als Mann verkleidet in ein Männerkloster eintrat, dort als Mönch, später als Abt lebte, schließlich unter der Anklage der versuchten Verführung einer Dame hohen Standes gefangengenommen wurde und in Rom als Märtyrerin starb.

602,6-8 *daß der Koͤnig in Franckreich ⟨...⟩ bekriegen wuͤrde]* Vgl. Anm. 529,2 f.

603,12 *wuͤtende Melancholey]* Vgl. Anm. 488,25 und Anm. 514,12.

603,18 f. *Leuten / die groß Gut nach Hamburg floͤhnten]* Die Kapitalflucht ist ein weiteres Indiz für den bevorstehenden Krieg.

604,8 f. *Fressen und Sauffen / Huren und Buben]* Anspielung auf Röm. 13,13.

604,13 *meiner selbst vergasse]* Verkehrung der ersten Regel des Einsiedels, sich selbst zu erkennen; vgl. ST I 1 (Bd. I/1 d. A., S. 48,32-49,3).

604,14 f. *Muͤssiggang]* Vgl. ST III 7 (Bd. I/1 d. A., S. 315,17 f.) und Cont 1 (Bd. I/1 d. A., S. 565,12 f.).

604,16 *heyllose Gesellschafft]* Vgl. die zweite Regel des Einsiedels, »boͤse Gesellschaft ⟨zu⟩ meiden«, ST I 1 (Bd. I/1 d. A., S. 49,25 f.).

604,17-25 *wann beydes ⟨...⟩ Arbeit beladen]* Eine ähnlich positive Bewertung der Arbeit findet sich auch am Schluß von WV I, S. 442,29 f., und in RP, S. 663,29 f.

604,32 *Kautzen*] Vgl. Anm. 584,27.

604,33 f. *weil damals* ⟨. . .⟩ *flehete*] Vgl. Anm. 603,18 f.

605,7 f. *ein Parthey Ducaten* ⟨. . .⟩ *verheurathen*] Die Auffassung von der Ehe als Zweckbündnis zur Vermehrung des Familienvermögens entspricht der Auffassung der damaligen Zeit.

605,11-611,24 *Einsmals luden* ⟨. . .⟩ *ergötzen*] Anregung zu der Phantasmagorie vom Rat der Olympischen Götter bot Hans Sachsens Traumerzählung *Ein artlich gesprech der Götter, die Zwitracht des Römischen Reyche betreffend* (1544), *Sämtliche Werke*, Bd. 4, S. 176 ff., aber auch ein entsprechender Holzschnitt bei Simon Schaidenreisser, »Odyssea« (1537), Bl. 1, Garzoni, *Piazza*, Vorrede, sowie die phantasmagorischen Bilder, die dem Junker Sausewind vorgeführt werden: Johann Rist, *Das friedewünschende Teutschland* (1647).

605,16 f. *vergangenes / gegenwärtiges und zukünfftiges*] Die Zauberer versprechen dem Kaufmann, gleichsam zu sein »wie Gott« (1. Mose 3,5). Vgl. auch Offb. 1,19: Johannes sieht in seinen Visionen Vergangenes, Gegenwärtiges und Zukünftiges.

605,22-24 *in seinem vor sich habenden Buch* ⟨. . .⟩ *voneinander*] Den Vorgang der Belebung eines Bildes beim Betrachten hat Grimmelshausen bereits in ST I 10 (Bd. I/1 d. A., S. 43 f.) dargestellt. Doch ist hier eher an Laterna-magica-Projektionen zu denken; die Laterna magica war 1660/65 von dem Physiker Christian Huygens (1629-1695) und von Thomas Walgenstein (1622-1701) in den Niederlanden (Leiden) entscheidend weiterentwickelt und von dem Universalgelehrten Athanasius Kircher ausführlich beschrieben worden: *Ars magna lucis et umbrae*, Rom 1646, 2., verbesserte Auflage Amsterdam 1671, deutsche Fassung von Kaspar Schott: *Magia optica*, Bamberg 1671. Wie Kircher schreibt, waren die Wirkungen der Projektionen so stark, daß sonst »scharfsinnige Weltweise« an »Schwarzkünstlerei« glaubten (Schott, S. 404).

605,28 *Phæbum*] Phöbus, der Sonnengott.

606,7 *grossen Numen*] Gemeint ist Gott, dessen Namen

die von Gott Abgefallenen nicht nennen können; vgl. ST III 3 und 5 (Bd. I/1 d. A., S. 253,3 bzw. S. 262,19) und Cont 2 (Bd. I/1 d. A., S. 570,11 f.).

606,10 *guldene Zeit]* Das erste paradiesische Weltalter nach Ovids Unterscheidung der Weltalter in den *Metamorphosen*, v. 89-112.

606,22 *Circe]* Zauberin, die die Gefährten des Odysseus in Schweine verwandelte. Vgl. Cont 25 (Bd. I/1 d. A., Anm. 684, 12 f. und Anm. 687,33 f.).

606,25-32 *Hengst ⟨...⟩ Bestien worden]* Es handelt sich um einen Lasterkatalog in traditioneller Allegorese (vgl. Albertinus, *Seelengejaidt*). Ähnliche Lasterkataloge gibt es auch in ST I 24, ST III 23 und Cont 2-4 (s. Bd. I/1 d. A.).

607,1 *in diesem vorgegauckelten Gesicht]* Vgl. Anm. 605,22-24.

607,5 *Ovidius]* Ovid (römischer Dichter, 43 v. Chr.-18 n. Chr.); gemeint ist die Ovidsche Darstellung der antiken Mythen unter dem Gesichtspunkt der Verwandlung *(Metamorphosen)*.

607,9-13 *ein Teufel ⟨...⟩ stifften]* Dies hat Grimmelshausen (ironisch) in der Vision vom Höllischen Reichstag dargestellt; vgl. Cont 2-4 (Bd. I/1 d. A.).

607,13-17 *Congregation der Hexen ⟨...⟩ bekand]* Vgl. die Hexen-Episode in ST II 18 (Bd. I/1 d. A., S. 175,11-179,7). Auffällig ist die Abstufung und damit Relativierung der Schuld der Hexen im Vergleich zu Mördern und lästerlichen Bauernburschen.

607,21 *Mördern und Strassenraubern]* Vgl. die Olivier-Episode in ST IV 14-24 (Bd. I/1 d. A.).

607,22-608,2 *in ein Wirthshauß ⟨...⟩ zerreissen]* Vgl. ST I 26 (Bd. I/1 d. A., S. 96,20-38). Grimmelshausen prangert das alltägliche Böse am stärksten an.

607,29 f. *Thier in der Offenbahrung Johannis]* Vgl. Offb. 13.

608,6 *Diogenes]* Einer antiken Anekdote zufolge ging der griechische Philosoph Diogenes am hellen Tag mit einer Laterne über den Marktplatz von Athen und suchte »einen Menschen«.

608,13 *meinen Schein ⟨...⟩ mitzutheilen]* Die Sonne scheint über Gut und Böse; vgl. Matth. 5,45.

608,13 f. *Jupiter]* Ähnlich wie in der Jupiter-Episode in ST III 3-6 (Bd. I/1 d. A., S. 252-266) erörtert Grimmelshausen hier das Theodizee-Problem und die Lehre von den Hauptstrafen Gottes.

608,13-16 *Jupiter ⟨...⟩ zu stehen]* Gemeint sind die Donnerkeile Jupiters.

608,26 f. *wie Phaeton ⟨...⟩ gethan]* Phaeton, der Sohn des Sonnengottes und der Clymene, erhält die Erlaubnis, den Sonnenwagen einen Tag lang zu lenken, entfacht durch Unachtsamkeit einen Weltbrand und wird von Jupiter daraufhin mit einem Blitz erschlagen. Vgl. Ovid, *Metamorphosen* II, v. 1-328.

609,7 *die Planeten]* Grimmelshausen verweist auf die engere astrologische Bedeutung der olympischen Götter.

609,17 *Krebsgang]* Vgl. Anm. 500,26.

609,20 *Vulcanum]* Vgl. Anm. 475,1.

609,24 f. *auff den Esel setzen]* Der hölzerne Esel auf dem Kasernenhof dient als Pranger für strafwürdige Soldaten. Vgl. ST III 20 (Bd. I/1 d. A., S. 187,18).

609,31 f. *wer wolte ⟨...⟩ das holde Gelt]* Vgl. Anm. 463,2 und S. 591,26.

610,3 *Pluto]* Gemeint ist Plutus, Gott des Reichtums. Vgl. auch Cont 4 (Bd. I/1 d. A., S. 578,17 f. bzw. Anm. 578,17 f.).

610,6 f. *eygene Metallen Phœbi ⟨...⟩ Dianæ]* Gemeint sind Gold (Sonne) und Silber (Mond).

610,7-18 *Du bist halt ⟨...⟩ gebetten?]* Vgl. dazu den Disput zwischen Geiz und Verschwendung in Cont 4 (Bd. I/1 d. A., S. 573,4-581,11).

610,13 *Midas]* König der Phryger, der von Bacchus mit der Eigenschaft begabt wird, daß alles, was er berührt, zu Gold wird; vgl. Ovid, *Metamorphosen* XI, v. 90-145.

610,21 *Ganza]* Legierung aus Blei und Kupfer, hier die daraus gefertigten Münzen.

610,28 *Cornu Copiæ der Cerere]* Füllhorn der Ceres, der Göttin des Ackerbaus und der Fruchtbarkeit.

610,31 f. *wann der Gaiß zu wol 〈. . .〉 ein Bein]* Sprw. in Anlehnung an das Sprw.: »Wenn es dem Esel zu wohl wird, geht er aufs Eis«; vgl. Grimm, DWb 3, Sp. 361.

610,335-611,5 *Neptunus 〈. . .〉 Gesetze vorschreiben]* Neptun, Gott des Meeres; Neptun beklagt sich über seine Schützlinge, die zu mächtig gewordene niederländische Handelsnation.

611,5 *Marte]* Mars, der Kriegsgott.

611,8-10 *ob die Menschen 〈. . .〉 möchten]* Jupiter geht von der Gültigkeit der Lehre von den göttlichen Hauptstrafen aus, mit der der Narr Jupiter in ST III 3 und 5 (Bd. I/1 d. A., S. 252-255 bzw. S. 260-263) bereits gescheitert ist.

611,18-24 *das grosse Numen 〈. . .〉 ergötzen]* Theodizee-Argument für gläubige Christen. Vgl. Ps. 37,17; 1. Kor. 1,8; 2. Tim. 4,18, Röm. 8,18.

611,27-612,12 *Gleich wie die Bienen 〈. . .〉 vorgegauckelten Spectacul]* Über die engere Handlung hinaus entwirft Grimmelshausen hier eine kleine Anleitung zum allegorischen Verstehen, die, anders als die zeitgenössische Kritik und Bücherzensur, nicht das Buch (und den Autor), sondern den Leser für die Folgen der Lektüre haftbar macht. Diese These wird im folgenden an fünf ausgewählten Beispielen demonstriert.

611,27 f. *Gleich wie die Bienen 〈. . .〉 saugen]* Das Emblem der Rose, aus der die Bienen Honig und die Spinnen Gift saugen, steht seit dem Kirchenvater Basilius als Sinnbild für die rettende und tötende Kraft der Bibel: die Heilige Schrift wird den Guten zum Schild, den Bösen zum Dolch. Vgl. Henkel/Schöne, *Emblemata*, Sp. 302. Daneben dient das Emblem seit Sebastian Brant zur Rechtfertigung der Poesie. Grimmelshausen scheint sich an Harsdörffer, »Vorrede« zu Stubenberg, *Eromena* (1650), der beide Aspekte verbindet, anzulehnen.

611,29-612,4 *Ein Buch 〈. . .〉 dienlich wäre]* Vermutlich eine Anlehnung an die Vorrede zum Roman *Leben und Wandel Lazaril von Tormes* (1614), S. 7: »Und dahin zielet Plinius, da er sagt, es sei kein Buch so schlimm und böse, das nicht zum wenigsten etwas Gutes in sich habe.«

612,13-17 *Die Compagnionen ⟨...⟩ verhångt war]* Erstes Beispiel: traditionelle Verstehensperspektive der Anhänger der Schwarzen Magie, die in der allegorischen Darstellung des Kriegsausbruchs das machtvolle Wirken des Teufels bestätigt sehen.

612,31-613,19 *Mancher hingegen ⟨...⟩ Reich tringen]* Zweites Beispiel: traditionelle Verstehensperspektive des christlichen Moralisten, der den Kriegsausbruch als Strafe Gottes deutet.

613,13 *Krieg / Hunger und Pest]* Vgl. Anm. 539,2.

613,20-615,6 *Andere håtten ⟨...⟩ ein gůlden Ey legt]* Drittes Beispiel: sozialkritische Perspektive, die die üblen Folgen des Kriegsausbruchs für den Bauernstand in den Blick nimmt, dieses Argument zugleich aber kritisch überprüft und relativiert.

613,24-26 *ob ich ihn ⟨...⟩ rechnen soll]* Vgl. dazu ST I 4 (Bd. I/1 d. A., S. 27,23-25): »Ich war nur mit der Gestalt ein Mensch / und mit dem Nahmen ein Christenkind / im ůbrigen aber eine Bestia!«

613,26-614,13 *diese Tropffen ⟨...⟩ beraube]* Grimmelshausen erläutert aus der Perspektive des Kaufmanns das für die klagenden Bauern undurchschaubare Grundgesetz der Marktwirtschaft.

614,3 *drey Batzen]* Vier-Kreuzer-Stück, Silbermünze, die seit dem Ende des 14. Jahrhunderts geprägt wurde. 1 Batzen = 4 Kreuzer = 16 Pfennige.

614,5 *Nårrische Midas-Wůnsche]* Vgl. Anm. 610,13.

614,25-615,1 *wann Garzonius sagt ⟨...⟩ gestrafft]* Vgl. Garzoni, *Piazza*, 56. Discurs »Von Ackerleuthen / Bawern von Bienen / Weingårtnern vnd Kålterern«, S. 398. Grimmelshausen relativiert im folgenden die aus der Hauptstrafenlehre abgeleitete Behauptung.

615,2 *Æsopi Hund]* Anspielung auf Äsops Fabel von dem Hund, der das erbeutete Stück Fleisch verliert, als er nach seinem Schatten im Wasser schnappt.

615,7-30 *Es håtte auch mancher ⟨...⟩ befindet]* Viertes Beispiel: Die Kriegsallegorie gibt Anlaß, über die soziale

Herkunft der Soldaten und deren Untergang im Krieg als spezielle Strafe für Unmoral in Friedenszeiten nachzudenken.

615,11-20 *die Mißrathene unartige Zucht* ⟨...⟩ *gefressen werden]* Mit dieser Zusammenfassung verweist Grimmelshausen auf seine 1672 erschienene Flugschrift *Stoltzer Melcher* (s. Bd. II d. A.).

615,22 *greuliche Gottslåsterungen und Flůch]* Ähnlich schon S. 607,22-27. Vgl. hierzu auch ST I 26 (Bd. I/1 d. A., S. 96,20-97,14).

615,27 *Wer Bauren* ⟨...⟩ *mit nehmen]* Laut Grimm, DWb 1, Sp. 1177, als Sprw. nur bei Grimmelshausen nachzuweisen.

615,31-617,13 *Also håtten andere* ⟨...⟩ *Soldat zu werden]* Fünftes Beispiel: Der Kaufmann versteht die allegorische Darstellung des Krieges als Aufforderung, Soldat zu werden. Grimmelshausen folgt hierin dem Vorbild von Johann Rist, der in seinem Drama *Das Friedewůnschende Teutschland* (1647) seinen Junker Sausewind mit ähnlichen allegorischen Bildern zum Kriegsdienst verführen läßt.

616,4 f. *Mars der Cerere ihr Horn plůnderte]* Der Kriegsgott Mars plündert das Horn des Überflusses der Erd- und Erntegöttin Ceres.

616,10 f. *daß die Hunde schier an sie saichen mǒgen]* Das Elend der Soldaten im Frieden hat Grimmelshausen im Titelkupfer zu Spr und in Spr 22 f. und 27 dargestellt.

616,11-14 *ůber das* ⟨...⟩ *in die Jndien senden]* Anspielung auf die Praktiken der europäischen Kolonialmächte, ihre Strafgefangenen in ferngelegene Kolonien (z. B. Ost- und Westindien) zu deportieren. Vgl. auch die entsprechenden Drohungen Jupiters in ST III 4 (Bd. I/1 d. A., S. 258,27-33).

616,21-32 *Dann wan man hǒrete* ⟨...⟩ *nichts geachtet]* Zur Darstellung der Kriegsgreuel vgl. SP II 10, S. 157,3-159,7, und Boaystuau, *Theatre du monde*, S. 144-150.

616,33-617,8 *Da sahe ich* ⟨...⟩ *das Elend nicht truckte]* Die sozialen Folgen des Krieges hat Grimmelshausen, Boaystuau und Erasmus folgend, in SP II 10 dargestellt:

»Wo Krieg vorhanden / werden erstlich alle gute Gesetz und Ordnung abgethan; die Staͤdte eingenommen / gepluͤndert und zerstoͤret; der Landmann beraubet / ermordt und verjagt; da ist iederman in Forcht / Zittern / Zagen und Klagen; alle guete und nutzbare Kuͤnste und Handwercke liegen still / die Alten werden gedrungen Hungers zu sterben / und die Junge mit in Krieg zu lauffen; die Jungfrauen werden genothzuͤchtiget / und ehrliche Matronen geschaͤndet; alle gute Gesetz schweigen; die Billigkeit hat ein Ende; die menschliche Hold- oder Freundseligkeit ist erloschen; die Religion befleckt / die Gottesfurcht vergessen / der Credit verlohren / und in Summa / da ist kein Haus das nit heule / und kein Geschlecht das nicht weheklage; Die Geistliche werden verhoͤnet / die geheiligte Orter geschaͤndet / die alte Leute gefangen / ihre Kinder offt vor ihren Augen gemetzget / geschaͤndet und weggefuͤhret / und die Jugend begiebt sich uff allerhand Schand und Laster / da findet man viel armseliger Wittwen / und noch mehr elender Waͤisen / wann sie anders auch der Krieg uͤbrig laͤst / deren taͤglich Brodt nur Thraͤnen / Jammer und Seufftzen ist.«

617,19-23 *dann als es ⟨...⟩ verschwand alles*] Im Unterschied zu Rist, der Junker Sausewind mit den Schreckensbildern konfrontiert und ihn umstimmt, beläßt es Grimmelshausen bei der einseitigen Vorführung allegorischer Bilder, die den Kaufmann zum Kriegsdienst animieren.

618,2 f. *Huͤrnen Seyfrid*] Wie der Soldat Springinsfeld, vgl. Spr 12, S. 225,23.

618,6-11 *etliche Hauffen Reuter ⟨...⟩ Blut haben*] Bekannte Zauberpraktiken der Soldaten. Vgl. SP II, S. 100. Nach HdA 1, Sp. 876 f., wurde in Kriegsläufen häufig das Bannen praktiziert, sei es, um den Feind aus der nächsten Umgebung zu bannen oder um der eigenen Waffe Treffsicherheit anzuzaubern bzw. die des Gegners unschädlich zu machen.

618,12 *keinem Helden nichts nachzugeben*] Hier wie überall in seinen Schriften ironisiert Grimmelshausen Kriegsheldentum und Heroismus. Vgl. vor allem SP II 10, S. 155 f., und Spr 15, S. 242,2-23.

618,13 *Hectorem]* Hektor, Sohn des Priamos und der Hekabe, Gatte der Andromache; Troer, der sich in den Kämpfen um Troja wiederholt auszeichnet, schließlich im Zweikampf mit Achilles fällt.

618,13 *Achillem]* Achill, Sohn des Peleus und der Thetis, Halbgott; größter Held der Griechen im Kampf um Troja, der vor den Toren Troias schließlich von einem Pfeil des Paris, den Apollon lenkt, an der einzigen verwundbaren Stelle, der Ferse, getroffen und tödlich verwundet wird.

618,13 *Herculem]* Herkules oder Herakles, Sohn des Zeus und der Alkmene, Halbgott, der vom delphischen Orakel beauftragt wird, zwölf Jahre im Dienste des Eurystheus in Mykene zu leben und zu arbeiten (die ›zwölf Arbeiten‹).

619,1-5 *die Waffen ⟨...⟩ fort giengen]* Nach Ausbruch des Krieges 1672 (vgl. Anm. 529,2 f.) versuchte die Regierung der Niederlande die rasch vorrückenden Franzosen mit einem Friedensangebot (vgl. Anm. 628,29-33) aufzuhalten. Nachdem der französische König Ludwig XIV. dieses Angebot abgelehnt und statt dessen weitere Gebietsansprüche geltend gemacht hatte, öffneten die Niederländer die Schleusen und Dämme, fluteten das flache Land und stoppten so den Vormarsch der französischen Truppen; zugleich gewährleistete die Ernennung Wilhelms von Oranien zum Statthalter der Niederlande das Eingreifen der europäischen Mächte. Unter dem Druck der öffentlichen Meinung formierte sich 1673 eine antifranzösische Allianz, in der sich der Kaiser, das Reich (ohne Hannover und Bayern) und der König von Spanien zusammenschlossen und Frankreich den Krieg erklärten. Der französischen Armee, die durch Schweden, Polen, Türken und Engländer unterstützt wurde, gelang es zunächst noch, ihre Übermacht an allen Fronten und auf dem Meer zu halten: weitere niederländische Städte wurden eingenommen, die Franche Comté zum zweiten Mal besetzt, die kaiserliche Armee aus dem Elsaß verdrängt. Nachdem Kurfürst Friedrich Wilhelm von Brandenburg 1675 in der Schlacht bei Fehrbellin die mit Frankreich verbündeten Schweden besiegt hatte, errang keine Seite mehr entscheidende Erfolge. Die 1677 aufgenommenen Friedensverhandlungen mündeten 1678 im Frieden von Nymwegen. Grimmelshausen starb 1676 noch während des Krieges.

619,6 *betrangten Volck*] Anspielung auf 2. Mos. 3,7 f.

619,8 f. *Martin Schenck*] Edelmann aus dem niederländischen Geldern, General, der durch seine Tapferkeit und Kriegslisten berühmt wurde. Schenck ertrank am 14. 8. 1589 beim Angriff auf Nimwegen.

619,13-15 *vor einen gemeinen Knecht* ⟨. . .⟩ *verdienen*] Vgl. ST I 17 (Bd. I/1 d. A., S. 65,24-67,19).

619,16 *Hauffen Freywilliger*] Vgl. Spr 13, S. 235,2 ff.

619,18 f. *wie das Bőse in einer Wannen*] Gemeint ist die Spreu, die sich durch Schütteln auf der Getreidewanne absetzt. Vgl. ST II 30 (Bd. I/1 d. A., S. 227,25) und Cont 4 (Bd. I/1 d. A., S. 573,13).

620,18-20 *ein grőssere Occasion* ⟨. . .⟩ *Feld behielten*] Gemeint ist das Gefecht beim Übergang der Franzosen über die Yssel im Juli 1672.

620,23 *Sắbel* ⟨. . .⟩ *der Haar schnur*] Wie der von Olivier in ST IV 24 (Bd. I/1 d. A., S. 434,29).

621,9 f. *viel Hund deß Hasen Todt*] Sprw., vgl. Grimm, DWb 10, Sp. 528.

621,10 f. *umbgekehrte Musqueten* ⟨. . .⟩ *keine Festigkeit respectirn*] Bei Schlägen mit dem Gewehrkolben versagen die Zauberpraktiken. Vgl. ST I 14 (Bd. I/1 d. A., S. 57,18-27) und ST IV 24 (Bd. I/1 d. A., S. 435,3-14).

621,25 *Großmắchtige Goliath*] Der riesenhafte, hochgerüstete Anführer der Philister unterliegt dem nur mit einer Schleuder bewaffneten Hirtenjungen David. Vgl. 1. Sam. 17.

621,27 *hinder dem Berg auch Leut wohnen*] Sprw. Vgl. ST II 7 (Bd. I/1 d. A., Anm. 142,9).

621,28 f. *der Gőttin Thetis Sohn*] Gemeint ist Achill, der

trotz seiner Wunderwaffen im Kampf um Troia zu Tode kommt. Vgl. Anm. 618,13.

622,14-623,3 *als die unserige ⟨. . .⟩ zermalmt werden]* Eine ähnliche Erfahrung auf dem Schlachtfeld macht Springinsfeld. Vgl. Spr 22, S. 269,12-21.

623,12 f. *alle die jenige verfluchte ⟨. . .⟩ Kuͤnste gelernet]* Im Unterschied zu Rists *Das Friedewuͤnschende Teutschland*, der seinen Junker Sausewind durch bloße Vorführung von Schreckensbildern von seiner Kriegslust abbringt, inszeniert Grimmelshausen die Folgen der Kriegslust der jungen, unerfahrenen »Schnauzhahnen« (vgl. SP II 10) für diese selbst.

623,17 *Trostloß sterben]* Der Trost in der Sterbestunde hat für den Menschen der Frühen Neuzeit zentrale Bedeutung und zur Ausbildung einer Ars moriendi, d. h. der Befähigung, selig zu sterben, geführt.

623,19 f. *Jch warff ⟨. . .⟩ was mich bißher fest gemacht]* Gemeint sind Amulette bzw. Zettel (Passauer Kunst), die angeblich Unverwundbarkeit garantieren.

623,24-624,7 *Und demnach ⟨. . .⟩ Hoffnung gegeben]* Grimmelshausen beschreibt den momentanen Vorgang der Bekehrung als einer grundlosen Begnadigung.

623,24 f. *durch Goͤttliche Gnad]* Vgl. Anm. 564,15 f.

623,26-624,3 *so viel Vernunfft ⟨. . .⟩ meinem Naͤchsten]* Der Kaufmann macht die traditionellen Stadien des Bekehrungsprozesses durch: Selbstreflexion, Reue, Seufzen (contritio), Annahme der Strafe, Vorsatz zur Besserung.

623,27 *seyt mir die Leyrerin mein Gelt gestolen]* Vgl. Anm. 466,14-17.

623,29 *Grundlosen Barmhertzigkeit deß Allerhoͤchsten]* Vgl. Anm. 459,6 f.

623,32-34 *steiffen Vorsatz ⟨. . .⟩ mich zu bessern]* Auch Simplicissimus tut in höchster Not ein solches Gelübde (vgl. ST IV 10, Bd. I/1 d. A., S. 386,10-23), seine Bekehrung vollzieht sich jedoch ohne Gelübde (vgl. Cont 19, Bd. I/1 d. A., S. 657,7-32).

624,5 f. *verlohrnen Sohn]* Anspielung auf das Gleichnis vom verlorenen Sohn, Luk. 15,11-32.

624,13 *mein guter Engel]* Hinweis auf die katholische Vorstellung, daß der Mensch sich zwischen den Einsprechungen seines (persönlichen) Schutzengels und des Teufels entscheiden muß.

624,13 f. *sonderbaren Göttlichen Gnadenblick]* Vgl. Anm. 564,15 f.

624,31-625,1 *zu Beschützung ihres Vatterlands]* In Grimmelshausens Anti-Kriegsschrift *Stoltzer Melcher* (Bd. II d. A.) ist dies die einzige Rechtfertigung für den Kriegsdienst.

625,7-9 *1000. Reichsth. will ich ⟨. . .⟩ darschiessen]* Der Kaufmann bietet Geld gegen Barmherzigkeit; er bleibt somit auch nach seinem neu gewonnenen Vertrauen auf die »grundlose Barmherzigkeit Gottes« Kaufmann.

626,1 f. *Louisen d'Or]* Louis d'or, von 1640 bis 1789 französische Hauptgoldmünze im Wert von ca. 10 Livres. Die Vorderseite zeigte Kopf oder Brustbild des französischen Königs.

626,3 *weil der Pater nichts darvon anrühren wolte]* Vorbild für die Gestalt des Paters könnten die franziskanischen Rekollekten-Patres sein, die in der französischen Armee als Geistliche eingesetzt wurden und sich durch Armutsliebe, Bußstrenge und Missionseifer auszeichneten. Die Ablehnung des Geldes zeichnet auch den Einsiedel und Pilger Simplicissimus (Cont, Bd. I/1 d. A.) aus.

626,6 *Utrecht]* Vgl. Anm. 628,29-33.

626,20 *seyt mir mein Gelt außgemauset]* Vgl. Anm. 466,14-17.

626,20-29 *mit Leib und Seel ⟨. . .⟩ auffgeopffert werden]* Der Kaufmann deutet seinen Lebenslauf im traditionellen geistlichen Schema von Sünde und Begnadigung.

626,26 *Campum Martis]* Schlachtfeld.

626,26 f. *wie die Geiß auff das Eyß geschleppt]* Vgl. Anm. 610,31 f.

627,12-26 *Was soll ich aber ⟨. . .⟩ gelegen wäre]* Durch die widerholte Leseranrede wird die katholische Beichtpraxis als Handlungsmotiv herausgestellt (im Unterschied zu Simplicissimus, Cont 1, Bd. I/1 d. A., S. 566,30-33) und zugleich die Generalbeichte als Erzählmodell der Histori kenntlich gemacht.

627,31 f. *Gottes uͤberflüuͤssige Gnad und Erbarmung]* Vgl. Anm. 564,15 f.

628,2-5 *aus dem allertieffsten Schlamm ⟨. . .⟩ wiederumb gezogen]* Ähnlich äußert sich Simplicissimus gegenüber Springinsfeld über Courasche. Vgl. Spr 7, S. 193,15-22.

628,8 f. *all Augenblick ⟨. . .⟩ fuͤhren]* Solche Techniken des immerwährenden Gotteslobs finden sich bei Friedrich Spee, *Guͤldenes Tugendbuch* III, Kap. 19-25.

628,15-17 *weissen Kleid ⟨. . .⟩ in dem Blut deß Lamms gewaschen]* Vgl. Offb. 7,14: »Das sind die, die aus der großen Drangsal kommen, und sie haben ihre Gewänder gewaschen und weiß gemacht in dem Blut des Lamms.«

628,18-24 *Die Barmhertzigkeit Gottes ⟨. . .⟩ gewesen]* Theologische Beurteilung des vorliegenden Falles des Kaufmanns.

628,29-33 *Die Utrechter ⟨. . .⟩ Gewalt zu seyn]* Kurz nach Ausbruch des französisch-niederländischen Krieges 1672 erzwangen die Franzosen den Übergang über den Rhein bei Toulhuis und besetzten die Stadt Utrecht.

630,24-631,18 *Sie haben vor Jahren ⟨. . .⟩ eingehauen finden]* Gemeint ist Jacob van Heemskerk, der 1595 und 1596 versuchte, durch das nördliche Eismeer nach »Ostindien« zu kommen. 1607 befehligte er die holländische Flotte, die bei Gibraltar einen Sieg über die Portugiesen errang. Heemskerk fiel in dieser Seeschlacht. Seine Grabschrift befindet sich in der Alten Kirche von Amsterdam.

631,23-25 *unter den Waffen ⟨. . .⟩ hinwendeten]* Vgl. Anm. 619,1-5.

632,2-9 *der Pater sagte mir ⟨. . .⟩ verfuͤhren moͤchte]* Die folgende geistliche Ermahnung des reuigen Sünders entspricht der Belehrung des Picaro durch den Eremiten im zweiten Teil der Übertragung des spanischen Romans *Gusman von Alfarche oder Picaro genannt* (1615) durch Aegidius Albertinus.

632,22 *weit getreuer]* Vgl. 1. Kor. 10,13: »Gott ist getreu.«

632,25 f. *unvernůnfftige Bestia]* Vgl. ST I 4 (Bd. I/1 d. A., S. 27,25).

632,26-29 *eine vernůnfftige wolformirte Creatur ⟨. . .⟩ fåhig wåre]* Vgl. die Lehre von der Hierarchie der Kreaturen, die der Sylphenprinz vorträgt; ST V 13 (Bd. I/1 d. A., S. 496,11-500,3).

633,17-28 *solches thut zwar der Allermåchtigste ⟨. . .⟩ haben kanst]* Das Bild von Gott als dem absolutistischen Weltmonarchen entspricht dem von der zeitgenössischen Theologie vertretenen.

634,8-13 *sondern die Kunst ⟨. . .⟩ befånde]* Der Kaufmann beschönigt den Sachverhalt: im Unterschied zum Hellebardierer entscheidet er sich ausdrücklich für das Vogelnest.

635,7 *selbst-Erkandnus]* Vgl. Anm. 604,13.

635,16 f. *an den Frůchten den Baum erkand]* Vgl. Matth. 7,20.

636,1 f. *wie eine Sau im Koth umbgewältzet]* Vgl. 2. Petr. 2,22.

636,5 f. *es gilt hier gleich ⟨. . .⟩ bestohlen]* Grimmelshausen wendet sich erneut gegen ein zeittypisches Vorurteil gegenüber den Juden; vgl. WV I, S. 385,15-18.

636,17 *das siebende Gebot]* Vgl. 2. Mose 20,15: »Du sollst nicht stehlen.«

636,29-31 *der herumb gehet ⟨. . .⟩ verschlingen]* Vgl. 1. Petr. 5,8.

636,32 f. *Friedens-Zeit mit ⟨. . .⟩ aller-erschröcklichsten Laster]* Vgl. Cont 2 (Bd. I/1 d. A., S. 569,29-31).

636,34-637,4 *in gegenwårtigem Krieg ⟨. . .⟩ abstehlest]* Vgl. SP II 10 bzw. Anm. 616,33-617,8.

637,13-28 *Passauer Kunst ⟨. . .⟩ heiligen Engel]* Gemeint ist das Festmachen, d. h. das Sich-Hieb-und-Stichfest-Machen, das auf einen Passauer Scharfrichter zurückgeführt wird, der den Soldaten Rudolfs II. Zettel verkaufte, die, verschluckt, angeblich unverwundbar machen sollten. Hier als Teufelspakt bewertet. Vgl. auch Aegidius Albertinus, *Lucifers Königreich und Seelengejaidt*, S. 87: »Die achten (welche wider das erste Gebott handlen) seind, welche aberglaubische Zeteln vnnd verdechtige Buechstaben bey sich tragen, vnnd einen glauben dran haben, als weren sie gut für schiessen, hawen vnd stechen ⟨. . .⟩.« Albertinus gibt eine Reihe von Beispielen.

637,29 f. *das Leben ⟨. . .⟩ Gaffredi]* Louis Gaufredy, Priester in Marseille, wurde der Zauberei und Teufelsbündnerei verdächtigt und 1617 als Ketzer und Zauberer verbrannt. Seine unter der Folter erpreßten Geständnisse sind die Grundlage einer Lebensbeschreibung. Vgl. HdA 3, Sp. 317 f.

637,34-638,3 *an Statt Gottes deß Vaters ⟨. . .⟩ verstehen]* Hinweis auf den Satanskult der schwarzen Magie, der sich kirchlich-liturgischer Formen und Symbole bedient.

638,2 *Astaroth]* Hebräische Bezeichnung für Astarte, phönizisch-kanaaneische Göttin, vgl. 1. Sam. 7,3. Im Volksglauben höllischer Geist, Teufel.

638,11 f. *ein solcher Pfeffer ⟨. . .⟩ gemacht worden wäre]* Vgl. ST I 23 (Bd. I/1 d. A., S. 113,9 f.).

638,16-640,6 *Es sündigt aber einer ⟨. . .⟩ zu überziehen begehren]* Die im folgenden genannten Gründe gegen den Aberglauben der Festigkeit werden aus dem Gesetz Gottes (ius divinum), aus dem Gesetz der Natur (ius naturale) und, entsprechend dem ius positivum, aus den Normen der Gesellschaft abgeleitet. Die Einteilung nach den Rechtsquellen benutzt Grimmelshausen auch in RS, »Erster Discurs vom zweyköpffigen Ratio Status«, S. 7-11, nach dem Vorbild u. a. von Hornius' *Orbis politicus.* Vgl. im übrigen Aegidius Albertinus, *Lucifers Königreich und Seelengejaidt*, S. 84: »OBwohl im ersten Gebott Gottes außtrucklich gemeldt wirdt, daß man keine frembde Götter haben, keine Abgötterey, keine Warsagereyen noch aberglaubische Händel treiben soll, vnangesehen auch die heilig Schrift vns warnet, daß der Teufel sich in einen Engel des Liechts verendere: Item, daß wir nit einem jeden Geist glauben, sondern jne zuuor probirn sollen, ob er von Gott seye, nit desto weniger ist der Menschen Fürwitz dermassen groß, daß sie wider dises Gebott in vil weg handlen, sich schwerklich versündigen vnnd deß Teufels raub werden.«

639,20 *Gembsen Wurtzel]* Lat. doronicum grandiflorum; gelbblühende Alpenpflanze, die im Aussehen der Arnika ähnelt und u. a. als Mittel, sich festzumachen, gilt. Vgl. HdA 3, Sp. 633 f.

639,27 *Haͤublein]* Hier: Reste der Gebärmutter auf dem Kopf Neugeborener, auch Wehmutter-, Sieges- oder Glückshäublein genannt. Vgl. HdA 3, Sp. 1549.

640,8-17 *es habe eine forchtsame Meme ⟨. . .⟩ darvon kommen]* Vgl. den Betrug des Simplicissimus an einem Schaffhausener Bürger in Cont 13 (Bd. I/1 d. A., S. 626,6-628,22).

640,18-25 *jene alte Histori ⟨. . .⟩ in die Loͤcher]* Quelle: Pseudomoscherosch, *Complementum* (1648), S. 653-655.

641,4-6 *es ist gefaͤhrlich ⟨. . .⟩ zu Hebræeln]* Vgl. dazu RP, S. 722,8-31,

641,15 *Mitleiden und Erbaͤrmnus]* Vgl. Anm. 459,6 f.

641,16 f. *geschnitzt Bild]* Vgl. Anm. 511,18.

642,25 *unergruͤndliche Guͤte]* Vgl. Anm. 580,14 und Anm. 459,6 f.

642,33-643,5 *allerhand Zettel ⟨. . .⟩ Strohes gewesen]* Als Quelle nennt Grimmelshausen Johannes Praetorius, vgl. Anm. 645,4. Soldatenmachen aus gehäckseltem Stroh war eine gängige Praktik; vgl. HdA 9, Sp. 489 f.

643,7-13 *warff sie miteinander ins Feuer ⟨. . .⟩ gar nicht lang]* Zaubergegenstände und Zauberer werden von alters her verbrannt; vgl. Ovid, *Fasti* IV 785: »Omnia purgat edax ignis.« Hier wehrt sich die Zauberkraft gegen die reinigende Kraft des Feuers. Vgl. HdA 8, Sp. 1550.

644,1-3 *mein Leben ⟨. . .⟩ Modell zugiessen]* Vgl. Spr 27, S. 295,1.

644,12-22 *Hernach fieng ich an ⟨. . .⟩ der Hoͤllen zufuͤhre]* Auch Simplicissimus erfährt schmerzhaft den Unterschied zwischen christlichem Ideal und der Lebenswirklichkeit; vgl. ST I 24-27 (Bd. I/1 d. A.).

644,23 f. *was die alte Bettler ⟨. . .⟩ Kuͤnste treiben]* Vgl. dazu auch Spr 22-25.

644,23 *die Ziegeuner]* Die Praktiken der Zigeuner werden in Cour 27 f. und Spr 4-6 geschildert.

645,4 *Praetorius]* Johannes Praetorius (1620-1680), Leipziger Magister, der sich in seinen Schriften mit aktuellem politischen Geschehen, Astrologie und Formen des Aberglaubens befaßt. Hier geht es um seine Schrift *Der Abentheuerliche Glücks-Topf / welcher in Hundert und achtzehen* 〈...〉 *Abergläubischen Zetteln bestehet* (1669).

645,11 *Krampff-Ring]* Fingerringe, die aus dem eisernen Handgriff der Särge, aus alten Sargnägeln, Galgenketten, gefundenen Hufeisen o. ä. hergestellt wurden und gegen Krämpfe bzw. epileptische Anfälle schützen sollten. Vgl. HdA 5, Sp. 1545 f.

645,14 *Walburgs-Nacht]* Walpurgisnacht, die Nacht zum 1. Mai, in der sich die zauberischen Geister regen und die Hexen zum Blocksberg oder einem der vielen Hexentanzplätze reiten. Vgl. Johannes Praetorius, *Blockes-Berges Verrichtung* (1668). Der 1. Mai ist der Festtag der Heiligen Walpurga (710 - 25. 2. 779), der Stifterin und Äbtissin des Benediktinerinnenklosters Heidenheim im Hochstift Eichstätt in Franken. Vgl. HdA 9, Sp. 84-86.

645,15 *Philippi und Jacobi Tag]* Gemeint ist der 1. Mai, Festtag der Apostel Philippus und Jacobus d. Jüngere.

645,18 *Johannes-Nacht]* Gemeint ist die Nacht vom 24. zum 25. 6.

645,19 *Farnsamen]* Farnsamen, der in der Johannisnacht gesammelt wird, soll u. a. unsichtbar, hieb- und stichfest machen, zum Aufspüren von versteckten Schätzen dienen, unedles Metall in edles Metall verwandeln und zu Glück und Reichtum verhelfen. Vgl. HdA 2, Sp. 1216-1222.

645,21 *Nacht St. Andreæ]* Gemeint ist die Nacht zum 30. 11., dem Fest des Heiligen Andreas, des erstberufenen Apostels Jesu. Nach HdA 1, Sp. 398 ff., gehen in der Andreas-Nacht allerlei Spuk und Zauber um, Schätze können gehoben werden, die in dieser Nacht geträumten Träume gehen in Erfüllung.

645,23 *die heilige Weynacht-Zeit]* Weihnachten galt im

Volksglauben als die Hauptgeisterzeit und günstigste Zeit für Zauberhandlungen und Teufelsbund. Vgl. HdA 9, Sp. 927-948.

646,4 *Kniebs]* Alte Paßstraße, die von Straßburg durch das Renchtal über den Kniebis nach Freudenstadt und weiter ins Württembergische führt.

646,7 f. *per pedes, seiner Regul gemåß]* Angehörige der Bettelorden (Franziskaner, Dominikaner und Kapuziner) reisten, ihrer Ordensregel gemäß, zu Fuß.

646,12 *Breysach]* Breisach, Stadt am Oberrhein, zum habsburgischen Vorder-Österreich gehörig. Nach mehreren Belagerungen fiel die Stadt 1648 an Frankreich, 1679 im Frieden von Nimwegen wieder an Österreich.

646,12 f. *Ein Pfarrherr* ⟨...⟩ *auß der Pfaltz]* Kurfürst Friedrich III. (1559-76) führte seit 1563 das reformierte (kalvinistische) Bekenntnis ein, sein Nachfolger, Ludwig VI., kehrte zum Luthertum zurück, die folgenden Kurfürsten schrieben das reformierte Bekenntnis vor.

646,17 *ein Jud / so nach Franckfurt reyste]* Frankfurt bot den Juden im Ghetto, das nach eigenmächtiger Zerstörung durch Frankfurter Handwerker 1614 auf kaiserlichen Befehl wiederhergestellt werden mußte, als einzige deutsche Reichsstadt (neben Worms) Wohnrecht.

646,26-647,1 *Da setzte es nun* ⟨...⟩ *andern Theils]* Ein ähnlich geartetes Religionsgespräch führen in WV I kalvinistische Bauern und katholische Reisende (vgl. WV I, S. 323,18-329,13). Grimmelshausen erweitert den Disput hier um die jüdische Position.

647,19 *Phariseer / Saduceer und Esseer]* Pharisäer (»Abgesonderter«): Mitglied einer jüdischen Glaubensrichtung, die nach den strengen Reinheitsgesetzen des Alten Testamentes lebte; Sadduzäer: jüdische Sekte, die nicht an ein Leben nach dem Tode glaubte; Essener (»die Frommen«): jüdische Sekte zur Zeit Jesu, mönchsartige Gemeinschaft, vermutlich in Qumran, die nach strengen Vorschriften und einem fest eingeteilten Tagesablauf lebte.

647,25-27 *durch Menschen-Satzungen verbösert* ⟨...⟩ *gebot-*

ten] Gemeint sind die unterschiedlichen Auslegungen der mosaischen Gesetzgebung, die im Talmud und anderen Lehrschriften gesammelt wurden. Vgl. Anm. 566,20 f.

647,30-32 *die mutirung* ⟨. . .⟩ *zu wagen*] Ähnlich argumentiert Simplicissimus gegenüber dem reformierter Pfarrer von Lippstadt, ST III 20 (Bd. I/1 d. A., S. 322,17-324,3).

648,1 f. *daß ich sie seyther* ⟨. . .⟩ *vergessen*] Ironisierung der Religionsgespräche.

648,2 *das Trierische*] Gemeint ist die (katholische) Gegend um Koblenz.

648,2-29 *als wir* ⟨. . .⟩ *gefragt*] Quelle: Unter Umständen Lazarus Sandrubs 1618 erschienene *Historische und Poetische Kurtzweil* (Schwank Nr. 113), der als Quelle den Franziskanerprediger Johann Nas (1534-90) angibt. Wahrscheinlicher aber Matthias Abeles *Seltzame Gerichts-Haͤndel*, Casus XXX, S. 146: »Ein Calvinist Fragte einen Catholischen / warum er das Creutz Christi verehre / und hingegen das Creutz / der mitgehangenen Schechern verachte: da doch gleiches Holtz gewest? Gegenfrag. Warum er Calvinist lieber den Mund / als den Hindern kuͤsse: da doch die Werckstatt von gleichem Leder. | Alle Narren koͤnnen fragen; doch nicht alle Gescheide gleich Augenblicklichen darauff antworten.«

648,3 *Bild-Stock*] Andachtsbild am Weg.

648,22 f. *Kaisers Caroli Quinti*] Kaiser Karl V., regierte das Römische Reich 1519-1556.

648,27 *wie Butter an der Sonnen*] Sprw. Redensart im Sinne von »wie ein begossener Pudel«; vgl. Grimm, DWb 2, Sp. 583.

648,32 *Bacherach*] Stadt am Mittelrhein, südlich von Koblenz.

649,3 *Salmen*] Lachsfische; der Rheinsalm galt bis zur Rheinverschmutzung als Delikatesse.

649,9 *Kehl*] Stadt und Rheinübergang auf der Straße von Straßburg über Renchen nach Freudenstadt.

649,9 f. *Metzger Au*] Gebiet bei Straßburg.

650,9-11 *wiewol ich hoͤre* ⟨. . .⟩ *ruinirt worden*] Die friedliche Ortenau, Grimmelshausens Heimat, wurde 1675 zum Aufmarschgebiet kaiserlicher und französischer Armeen (Schlacht von Sasbach).

650,14-16 *Und demnach ich ⟨...⟩ das wunderbarlich Vogel-Nest gelesen]* Die Heimkehr des Kaufmanns fällt somit wie das Erscheinen des ersten Drucks von WV I in das Jahr 1672.

650,19 f. *schriebe darauff diese meine eygene Histori]* Eine ähnliche Schreibmotivation hat Simplicissimus in Cont 23 (Bd. I/1 d. A., S. 677,24-678,20).

RATHSTÜBEL PLUTONIS

TEXTGRUNDLAGE

Grundlage ist die Ausgabe von Jan Hendrik Scholte: *Grimmelshausens Simpliciana in Auswahl. Weitere Continuationen des abentheurlichen Simplicissimi*, *Rathstübel Plutonis*, *Bart-Krieg*, *Teutscher Michel*, Halle/S. 1943 (Neudrucke deutscher Literaturwerke des 16. und 17. Jahrhunderts, Nr. 315-321), S. 48-127. Scholtes Herausgeberentscheidungen, seine Texteingriffe und Behandlung von Druckversehen wurden anhand des Erstdrucks (Exemplar der Bayerischen Staatsbibliothek München, das entgegen der Angabe Benders benutzbar ist; Signatur: Rar. 4265) überprüft. Mitverglichen wurden die Herausgeberentscheidungen Wolfgang Benders (Grimmelshausen, *Rathstübel Plutonis*, Tübingen: Niemeyer 1975). Zur Entscheidung strittiger Fälle wurden die Lesarten der posthumen Gesamtausgabe (Sigle: C^1) anhand des Exemplars der HAB Wolfenbüttel verglichen. Der Erstdruck (Sigle: E^1), die einzige zu Lebzeiten des Autors erschienene Ausgabe, hat den Titel:

> Rathstübel *Plutonis* | Oder | Kunst Reich | zu werden / | Durch vierzehen underschiedli- | cher namhafften Personen richtige | Meynungen in gewisse Reguln ver- | abfasset / und auß *Simplicissimi* Brunn- | quell selbsten geschöpfft / auch auffrecht | Simplicianisch beschrieben | Von | Erich Stainfels von | Grufensholm / | Sambt | *Simplicissimi Discurs*, Wie | man hingegen bald auffwannen: | und mit seinem Vorrath fer- | tig werden soll. | Getruckt in Samarien / | Im Jahr 1672.

Die posthume Gesamtausgabe C^1 (Bd. 3, 1684) bietet einen in 16 Kapiteln eingeteilten, mit Kapitelüberschriften versehenen und so den übrigen simplicianischen Schriften angeglichenen Text.

Bd. 3 der Ausgabe C[1] hat folgenden Titel:

Deß | Aus dem Grabe der Vergessenheit | wieder erstandenen | *SIMPLICISSIMI,* | Mit kostbaren / zu dieser Zeit hochwer- | then und dero Liebhaber fest an sich ziehen- | den Waaren an- und ausgefüllter | Staats-Kram / | statt deß auf seinen jüngsthin her- | vorgegebenen | Lebens-Wandel / | nunmehr ordentlich folgenden | Dritten und letzten Theils. | Ein ůberaus curiŏses / theils ernstliches / | theils anmuthiges / und vermittelst wohlaus- | gesonnener Begebenheiten / Lust-erweckendes Werck / | worinnen / gleich als in einer hohen Schul / | Die Tugenden belobet / die Laster geta- | delt / ein wohl zu leben guter Vorsatz befestiget / | und mit sonst allerhand erdencklichen Sitten-Lehren | an Hand gegangen wird; | Auff gethanes Versprechen / und instǎndiges | Begehren / zusamt beygefůgten netten / kůnstlichen Kupf- | fer-Tafeln / und vorausgesetzten eines jeglichen Buchs | und dessen Capitel Jnhalt zeigenden Poeti- | schen Versen / ausgefertiget. | ⟨. . .⟩ | Nůrnberg / | Druckts und verlegts Johann Jonathan Felßecker / | Jm Jahr 1684.

ENTSTEHUNG UND QUELLEN

Im *Rathstübel Plutonis* werden *Simplicissimus Teutsch*, *Courasche* und *Springinsfeld* als bereits erschienene und gelesene Werke vorausgesetzt. So kommt als Entstehungszeit das Jahr 1671 in Frage; das Thema Geld war bereits im *Satyrischen Pilgram* vorgeklärt, Erscheinungsformen von Verschwendung und Geiz wurden schon in der Geschichte von Julus und Avarus in der *Continuatio* erörtert, Garzoni-, Boaystuau-, Albertinus-, und Hans Sachs-Exzerpte erleichterten die Niederschrift. Der Hinweis auf den im Manuskript abgeschlossenen eigenen Legendenroman *Proximus und Lmypida*, der demnächst erscheinen werde (er erschien ebenfalls 1672, ebenso wie die *Verkehrte Welt*, der erste Teil des *Wunderbarlichen Vogelnests* und der *Stoltze Melcher*), zeigt aber auch, daß Grimmelshausen auch in dieser Arbeitsphase an mehreren Werken zugleich gearbeitet haben muß. Noch mehr drängt sich die Entstehungszeit zusammen, wenn man Felßeckers Ankündigung dieser Schrift (unter dem Titel *Simplicissimi Kunst reich zu werden*) in einem seiner Kalender auf das Jahr 1672, also bereits zum Herbst 1671, berücksichtigt. Um so erstaunlicher, in welcher Fülle neuere Literatur eingearbeitet ist: Georg Philipp Harsdörffers *Frauenzimmer Gesprächspiele* (Bd. 1, 1644), Johann Rists *Monatsgespräche* (Bd. 1, 1668), Schriften von Johann Balthasar Schupp (1657), Petrus Mexia (1668), Martin Zeiller (1662), Erasmus Francisci (1668), Georg Hornius (1669), die unter dem Pseudonym Marcus Knackwurst erschienene *Wurstologia* (1662).

Die Drucklegung im Jahr 1672 gibt nach wie vor Rätsel auf. Unklar ist, wie der fingierte Druckort »Samarien« aufzulösen ist, an dem Erich Stainfels von Grufensholm, d. h. Grimmelshausen, seine Schrift veröffentlichen konnte, welchen Verleger er mit dem barmherzigen Mann aus Samarien verglich: Wolff Eberhard Felßecker aus Nürnberg, der das Büchlein unter etwas anderem Titel bereits angekündigt hatte, allerdings in keinem Meßkatalog, oder Georg Andreas Dollhopf aus Straßburg, der zum Herbst 1672 *Proximus und Lympida* herausbrachte. Der von Koschlig angenommene »Bruch« des Autors mit Felßecker wegen dessen Eigenmächtigkeiten ist inzwischen mit gewichtigen Gründen bestritten worden, und es spricht im Grunde auch nichts dagegen, daß Grimmelshausen in einer besonders produktiven Phase neben Felßecker, der sich mit den vielen fertigen Manuskripten schwertat, im nahe gelegenen Straßburg – diesmal mit Erfolg – einen weiteren Verleger gewinnen konnte; ob schon für das *Rathstübel Plutonis* mit seinem Straßburger Personal, muß offen bleiben.

DEUTUNGSHINWEISE

Führt Grimmelshausen die »simplicianische Familie« im *Springinsfeld*-Roman zur Winterszeit zu befreiendem Gespräch in der idyllischen warmen Straßburger Gaststube zusammen, so arrangiert er im *Rathstübel Plutonis* ein Gegenstück dazu, das die erste Gesprächsrunde noch überbietet: er führt zur Sommerzeit eine in Bad Peterstal kurende Gesellschaft, Leser seiner Werke, zum nahe gelegenen Bauernhof des Simplicissimus. Dieser Bauernhof ist den Lesern schon aus dem *Simplicissimus Teutsch* und aus der Erwähnung am Schluß des *Springinsfeld*-Romans als Aufenthaltsort Springinsfelds bekannt. Dort war das von Springinsfeld so entschieden vertretene Argument von der befreienden Kraft des Geldes ungeklärt geblieben. Der Gesprächskreis, der sich in arkadischer Behaglichkeit und Freiheit am rauschenden Bächlein unter der Linde beim Bauernhof zur geselligen Unterhaltung niederläßt, widmet sich nun ganz diesem Thema. Grimmelshausen wählt dazu das Harsdörfersche Modell des Gesprächspiels unter Gebildeten, aber er verändert es gründlich. Durch Einbeziehung von Vertretern aller Stände (mit Ausnahme der Geistlichkeit, die der fromme Simplicissimus bestens vertritt) und auch der außerhalb der Ständeordnung stehenden Schauspieler, Bettler, Juden und Zigeuner stellt er es gleichsam vom Kopf auf die Füße. Gespielt wird eine Rats- und Gerichtssitzung, in der alle Geschworene sind und der inkognito anwesende Fürst nur »wie der Kǒnig oder Weissel in einem Jmmenstock / ihre Geschǎffte« dirigiert; verhandelt wird eine Lebensfrage. Wie im *Springinsfeld*-Roman ist auch hier der Rahmen nicht Beiwerk. Die reale Rangordnung vom Fürsten herab bis zum Juden und die vom Spiel geforderte Gleichheit aller Gesprächspartner werden in ihrer Widersprüchlichkeit mit allen Anfangshemmungen und auch mehr oder weniger unterdrückten Aggressionen, Temperamentsausbrüchen und geheimen Wünschen (besonders deutlich in der letzten Erzählrunde) in den Gesprächsbeiträgen mit dargestellt. Die Macht der Vorurteile offenlegend und zugleich brechend, versteht es Grimmelshausen, den Juden und die Zigeunerrotte in diese Gesellschaft zu integrieren, den gebeutelten argwöhnischen Bauersleuten für ihre Kritik Gehör zu verschaffen, die Niederen als ernstzunehmende Gesprächspartner darzustellen und den Großen ihre Grenzen zu zeigen, ohne daß in seinem Spiel die feine Linie des freundlichen Miteinanders und der Toleranz gefährdet würde.

Rasch wird deutlich, daß eigentlich nur der alte Simplicissimus ein geklärtes Verhältnis zum Geld hat. Mit der biblisch-christlichen These von der Unvereinbarkeit von Geld bzw. Gelderwerb und Gewissen gibt er, ohne daß dies gleich begriffen würde, den strengsten Maßstab vor und ironisiert – ein »alter Fuchs« und »Daußes« wie sein Erfinder – kaum merklich die Sparvorschläge der Runde, ja provoziert sie zu immer größeren Verstiegenheiten, zu Bekenntnissen des Geizes. Er stellt die bigotte Bemäntelung bürgerlicher Geldverehrung bloß und sorgt dafür, daß dem Leser die Unmoral der unbekümmerten Rechtfertigung des Krieges durch den Fürsten bewußt wird. Der Fürst, als Repräsentant des für die Teuerung im Lande verantwortlichen Standes, wird, je weiter das Gespräch fortschreitet, zur eigentlichen Zielscheibe der satirischen Kritik. Während die ironisch-satirische Bloßlegung des Geizes alle Gesprächsteilnehmer betraf, muß sich der Fürst in der abmildernden Form des Spiels eine harsche, sarkastische Kritik an den Praktiken absolutistischer Hofhaltung und Machtpolitik – öffentliche Verschwendung und Ruinierung des Landes in den Augen der niederen Stände – gefallen lassen. So wird am Ende aus der kurzweilig begonnenen Kurgast-Unterhaltung ein ernster, offenherziger simplicianischer Diskurs. Dies kann jedoch die Idylle nicht stören, da der Fürst auf den Ratgeber Simplicissimus zu hören verspricht. Wie schon im *Springinsfeld*-Roman eint auch hier ein gemeinsames festliches Abendmahl die bunte, alle Stände und Schichten umfassende simplicianische Gesellschaft: Vorgeschmack des Paradieses als Zielpunkt der dichterischen Einbildungskraft. Nur sie vermag die sommerliche oberrheinische Landschaft, die schon bald zum Schauplatz des nächsten Krieges wurde, zu ihrem Utopia, Ort einer den Mammon entthronenden befriedeten Gesellschaft, umzuschaffen.

VARIANTEN

656,13 *weitberuffene]* Scholte liest: weltberuffene

656,27 *hatten sie]* (E^{1}C^1); Scholte und Bender lesen: haͤtten

658,32 *hoͤren]* (E^{1}C^1); Scholte liest: hoͤreten, Bender: hoͤrten

658,34 *einen]* Scholte liest: einem

659,24 *muͤßten]* mußten (C^1)

659,28 *sie]* Scholte und Bender lesen: sich

660,1 *Wuͤrt]* Wuͤrth (C^1), Wiirt (E^1)

660,2 *daß die Sach]* (E^{1}C^1); Bender liest: daß sie die Sach

660,27 *wie auch]* (E^{1}C^1); Scholte und Bender lesen: wir auch

663,20 *unterwerffen]* (E^1); Scholte liest: unterworffen

664,9 *hettest/]* (E^1); Scholte liest: hettest.

666,9 *seyest dann eigentlich]* »dann« nur als Kustode E^1

668,4 *als daß alle]* (E^{1}C^1); Bender liest: als daß man alle

671,26 *Kammers-Geschirrs]* (E^{1}C^1); Scholte liest: Kammer-Geschirrs

672,3 *verzehret]* (E^1); Scholte liest: verzehret;

672,7 *Naͤss]* Naͤsse (C^1)

673,12 *bleiben]* bleibet (C^1); Scholte und Bender lesen: blieben

678,22 *g'horsam]* g horsam (E^1)

690,24 *befindet; hoͤrst]* Scholte liest: befindet. Hoͤrst

690,33 *denn]* den (C^1)

692,20 *Courage,]* (C¹) Courage, / (E¹)
695,17 *seinen]* seiner (C¹)
696,22 *Betlers]* Bettlers (C¹)
699,24 *gȫtlichen]* gȫttlichen (C¹)
702,29 *dem jenigen]* denjenigen (C¹)
703,28 f. *Wunderwelt]* Wunder-Welt (C¹); Scholte liest: Wunderwalt.
704,3 *mů̈ßte:]* muste: (C¹), mů̈ßte.: (E¹)
705,3 *ich dem Kauffhandel]* »dem« nur als Kustode (E¹)
710,7 *mir]* (C¹) wir (E¹)
719,12 *Seelen-Netze]* Seelen-Nutz (C¹)
719,32 *Gelegenheit]* Gelegenheiten (C¹)
720,11 *hertzstellende]* Scholte liest mit Hinweis auf die Quelle (Garzoni, S. 573): hertzstehlende
721,29 *mit den]* mit der (C¹)
725,2 *es werden]* (E¹C¹); Scholte und Bender lesen: es werde
727,17 *verhoffen]* verhelffen (C¹)
728,23 *thůe]* (E¹), thue (C¹)
730,26 *Storax]* Storax / (C¹)
735,2 f. *die Palmen in Jdumäa]* (C¹), die Palmen die Jdum a (E¹)
738,27 *Wyden]* Weyden (C¹)
737,19 *vernůglich]* vergnůglich (C¹)
741,6 *gewaltigen]* (E¹), Gewaltigern (C¹)
742,2 *noch]* nach (C¹)
742,8 *Ziegiener]* Zigeuner (C¹)

TEXTERWEITERUNGEN

Inhaltsübersicht der Ausgabe C¹ (Bd. 3, 1684)

Plutonis Rahtstůbel /

I. Capitel.
WO diß Gesprǎch sey hergenommen /
Wird dieses dir zu statten kommen.
II. Man kan der Armut wol entfliehen /
Und reich zu werden sich bemůhen.
III. Wer vom Johann de Werth will wissen /
Sey diß zu lesen wohl beflissen.
IV. Wie nach der Tugend sich zu neigen /
Wird diß Exempel klǎrlich zeigen.
V. Recht Gastfrey seyn / und deß gewohnet /
Wird mit der Zeit gar hoch belohnet.
VI. Ein Testament verstǎndlich machen /
Ist eine von Gewissens-Sachen.
VII. Durch tapffre Faust / und Helden-Thaten /
Kans manchem offtmals wohl gerathen.
VIII. Bey klug-gesinnten Handels-Leuten /
Find sich Genuß mit reichen Beuten.
IX. Was hǎltst du von dem Bauer-Leben /
Und denen die sich ihm ergeben?
X. Der Richelieu und Mazarin /
Ligt Franckreich dir noch stets im Sinn.
XI. Komm / Freund / wann du suchst dein Geschwister /
Hier ist der Huren Lob-Register.
XII. Du steigst zwar / Wallenstein / vor allen /
Doch mustest du auch schǎndlich fallen.
XIII. Der Geistlich Stand ist nicht zu schelten;
Jch mǒcht auch wol was drinnen gelten.
XIV. Auf die Comǒdianten-Possen /
Sind viel verpicht / auch viel verdrossen.

XV. Der hochverdammte Juden-Wucher /
Findt seinen rechtverdienten Flucher.
XVI. Auch die so anfangs viel erworben /
Sind gleichwol endlich gar verdorben.

Kapitelüberschriften der Ausgabe C^1 *(Bd. 3, 1684)*

Das I. Capitel
Eingang und Veranlassung zu diesem Gespraͤch.

Das II. Capitel
Ein Gespraͤch / wie man der Armuth entfliehen / und reich werden koͤnne / und von den Mitteln hierzu zugelangen.

Das III. Capitel
Geschichts-Erzehlung vom Johann *de* Werdt.

Das IV. Capitel
Geschicht-Erzehlung von *Croeso*, dem Koͤnig in Lyden / und *Alcmaeon* von Athen.

Das V. Capitel
Geschichts-Erzehlung von einem Nordischen Koͤnig / wie es ihme ergangen.

Das VI. Capitel
Geschichts-Erzehlung von einem frommen Vatter zu Constantinopel / und seinem Testament.

Das VII. Capitel
Geschichts-Erzehlung von dem Venetianischen Feldherrn *Sfortio*.

Das VIII. Capitel
Geschichts-Erzehlung von einer verwittibten Kraͤmerin Sohn zu Attendorn (und durch was Mittel derselbe zu grossem Reichthumb gelangt).

Das IX. Capitel
Klag ůber das armselige Bauer-Leben.

Das X. Capitel
Geschichts-Erzehlung vom Cardinal Mazarini.

Das XI. Capitel
Ein gantzes Register berůhmter alter Huren in vorigen Zeiten.

Das XII. Capitel
Geschichts-Erzehlung vom Hertzog von Wallenstein.

Das XIII. Capitel
Vom geistlichen Stand.

Das XIV. Capitel
Von der Histrionica / und den Comődianten.

Das XV. Capitel
Von den Juden und ihrem Wucher.

Das XVI. Capitel
Simplicissimus erzehlet / durch das Mittel ein grosser Herr ins Verderben gerathen kőnne.

Beschluß deß Authors Erici

STELLENKOMMENTAR

652 *Titelkupfer]* Das Titelkupfer zeigt die simplicianische Familie (der alte Simplicissimus [Nr. 5], Knan [Nr. 7], Meuder [Nr. 10] und die Gäste des Simplicissimus [Nr. 1, 2, 3, 4, 6, 8, 11, 12] sowie die später hinzugekommene Courasche [Nr. 13] und Springinsfeld [Nr. 14], alle in standesgemäßer Tracht), in kreisförmiger Sitzordnung unter einer

Linde bei der Beratung analog zur Gemeinderatsversammlung mit dem Schultheißen als Stabhalter und den »Zwölffern« (S. 659,32).

Grimmelshausen führt Vertreter aller Stände und Schichten in dieser Runde zusammen. Die sozialen Unterschiede sind durch den erhöhten Sitz (Rasenbank) für den stabführenden Kavalier, die reiche Bürgerfamilie, den durch den aufgenähten (gelben) Ring gekennzeichneten Juden (Hinweis auf den Aufstieg der jüdischen Hoffaktoren) und die Komödiantin (Funktionsstelle der Mätresse), also für die Stützen des neuen absolutistischen Fürstenstaates nach 1650, nicht völlig eingeebnet. Der in der Runde fehlende geistliche Stand wird durch den alten Simplicissimus vertreten, dem ein bibelförmiges Buch als Attribut beigegeben ist und der im Text als einziger christlich-biblische Prinzipien vertritt. Eine solche Gesprächsrunde ist in der Ständegesellschaft des 17. Jhs. utopisch. Die Linde verweist über den dörflichen Ort der Gerichtsbarkeit hinaus auch auf den utopischen locus amoenus. Das Schriftband verweist auf den Gegenstand der Beratung (Pluto bzw. Plutus in traditioneller Verwechslung der mythologischen Gestalten ist der Gott des Geldes).

653,3 *Kunst Reich zu werden]* Auch Titel einer Schrift von Johann Balthasar Schupp (1610-1661), *Von der Kunst Reich zu werden*, Augsburg 1656. Vgl. WV I, Anm. 325,16.

653,4 f. *Durch vierzehen ⟨...⟩ richtige Meynungen]* Grimmelshausen überbietet ironisch das von Harsdörffer populär gemachte Gattungsmuster des Gesprächspiels mit sechs Personen. Die Meinungen sind allenfalls subjektiv, bezogen auf die jeweilige Person, richtig, nicht jedoch im Hinblick auf die von Simplicissimus gesetzte satirische Norm. Vgl. dazu auch Schupp, *Kunst Reich zu werden*, S. 25,11 f.: »Mundum universum regi aut falli opinionibus, die Welt werde von Meynungen regiret und betrogen.«

653,6 *auß Simplicissimi Brunnquell selbsten geschöpfft]* Beteuerung der Authentizität der Schrift, zugleich Hinweis auf den Ort der Zusammenkunft, vgl. S. 658,15.

653,6 f. *auffrecht simplicianisch]* Hinweis auf die alte ständische Tugend der teutschen Aufrichtigkeit in Abgrenzung von der höfischen Welt der Verstellung.

653,8 *Erich Stainfels von Grufensholm]* Anagramm für Christoffel von Grimmelshausen, der hier die Maske eines gebildeten Schweden ohne feste Stellung annimmt.

653,11 *Samarien]* Landschaft in Palästina, seit der assyrischen Eroberung des jüdischen Nordreiches Wohngebiet der »Ketzer« (vgl. 2. Kön. 17,24 ff.), die nur die fünf Bücher Mose als heilige Schriften anerkannten, den Berg Zion als heiligen Berg ablehnten und auch Jesus abwiesen (vgl. Luk. 9,51-56), der jedoch der Frau aus Samaria den geistlich-allegorischen Sinn des Brunnens und des lebendigen Wassers erschloß (vgl. Joh. 4,4-42). Als Pseudonym verweist »Samarien« auf einen lutherischen Druckort, entweder auf Wolff Eberhard Felßecker in Nürnberg (so Bender) oder Georg Andreas Dollhopff in Straßburg (so Koschlig).

654,3 *Martius Secundatus]* Dieser wie die folgenden Namen sind sprechende Namen: vom Glück begünstigter Kriegsheld; zum Motiv des inkognito reisenden Fürsten vgl. ST III 3 (Bd. I/1 d. A., S. 253,4 f.), RP, S. 696,21.

654,5 *Alcmaeon Atheniensis]* Alkmaeon aus Athen, Deckname nach Humanistenart, vermutlich für einen Straßburger Bürger, vgl. RP, S. 695,3 f.: »Alkmaeon zu Athen / von dem ich jetztmahls den Namen trage«.

654,6 *Cidona Corinthia]* Cidona aus Korinth, vgl. Garzoni, *Piazza*, S. 547.

654,9 *Collybius]* Abgeleitet von lat. collybus = Aufgeld beim Geld-, Wechsel- und Devisengeschäft. Garzoni, *Piazza*, 64. Discurs, »Von Kauffleuthen ⟨...⟩ vnd Krämern.«, S. 423, berichtet, daß Griechen und Römer den Geldgewinn durch Wucher als »collibus« bezeichneten.

654,11 *Erich]* Anagramm zu »Reich«.

654,12 *Laborinus]* Arbeitsmann, gemeiner Mann.

654,14 *Coryphaea]* »Die Berühmtheit«.

654,16 *Courage]* Vgl. Cour 3, S. 30,26 f.

654,17 *Spring ins Feld]* Vgl. Cour 16, S. 90,9.

655,4 f. *daß alsdann der Saurbrunnen am kråfftigsten sey]* Vgl. EC II, S. 132: »VI. Nonas Julij«.

655,7 *Cur in Sanct Petri Thal]* Vgl. EC II, S. 94: »Als ich 〈...〉 die Saurbrunnen Chur brauchte / und nunmehr wie mir mein Doctor vorgeschrieben hatte / mit den Gläsern uffstige und darauff wie sein Geck hin und wider lauffen muste 〈...〉.«

Auch Schupp wählt die sommerliche Sauerbrunnenkur an einem locus amoenus als Schauplatz für seinen Discurs *Von der Kunst Reich zu werden.*

655,21 f. *spatzirten wir mit]* Vgl. ST V 8, Bd. I/1 d. A., S. 398,11 (dazu Illustration in E^5, Abb. 16).

655,24 *Trompet de Marin]* Im 17. Jh. auch »Marien-Trompete« oder »Trompetengeige« genannt; Streichinstrument von etwa zwei Meter Länge, bestehend aus drei Brettern mit einem am Fußende offenen Corpus, bringt einen schnarrenden, trompetenhaften Ton hervor. Das urtümliche Signalinstrument lockt hier neugierige Besucher an (Hinweis auf die Schreibart Grimmelshausens).

655,27 *unverdrossenen Echo]* Nymphe, die wegen ihrer Geschwätzigkeit von Juno in einen Stein verwandelt wurde und nur noch mit ihrer Stimme die letzten Silben des ihr Gesagten wiederholen konnte. Echo gehört zur Topik der arkadischen Landschaft, des idealischen Dichterlandes, das hier wie in der *Schäfferey von der Nimfen Hercinie* (1630) des Martin Opitz in einer realen deutschen Landschaft lokalisiert ist.

656,4 *Zimpelsůssus]* Verballhornung des Namens Simplicissimus (vielleicht: süsser Zymbelklang) durch die einfachen Bauersfrauen, die die simplicianischen Schriften im Unterschied zu den gebildeten Besuchern nur vom Hörensagen kennen, aber deren Ton (»Stylus«) als angenehm bewerten.

656,11 *zu Athen wohnhafftig]* Gemeint ist wohl Straßburg.

656,18 *dessen Hoff]* Vgl. ST V 10 (Bd. I/1 d. A.), Spr 27, S. 295,4.

656,21-24 *Wir fanden ihn 〈. . .〉 im Schatten sitzen]* Vgl. Titelkupfer (Nr. 5). Beachte die Topik des Bildes: Der Dichter sitzt einsam, nur in Gesellschaft seiner Muse (Polyhymnia, Muse der Pantomime) an einem arkadisch-idyllischen Ort. Vgl. dazu Garzoni, *Piazza*, 56. Discurs, »Von Ackerleuthen / Bauren 〈. . .〉 vnd Kålterern.«, S. 394 f.:

Es war da alles voller Freuwd /
Die Rede / der Ort / voll Lieblichkeit:
Vnd wohnten d'Musae ohne Schew
Auff Dörffrn und Flecken mancherley.

656,26 *Simplicius noch ein junger Buhler]* Vgl. ST III 18 und V 7 (Bd. I/1 d. A.).

656,30 *bey dem wir alle willkommen seyen]* Vgl. Spr 9 (S. 206 f.) und 27; zugleich Anspielung auf die Wirkintention der simplicianischen Dichtung.

656,31 *rechtschaffenen offenhertzigen Teutschen]* Wie im Spr zeigt Grimmelshausen hier den nach Europa heimgekehrten, geläuterten Simplicissimus, der das religiös begründete alte ständische Ethos vertritt.

657,11 *etc.]* Ironisierung der höfischen Komplimentierkunst.

657,12 f. *keine Ungelegenheit zugefügt]* Im Gegensatz zum Erzähler bei Schupp, *Kunst Reich zu werden*, S. 22,6-8: »Ich hatte ein Mißfallen, daß bisweilen diejenigen kamen, welche mich turbirten, und die ich mit ernstlichem Gesichte anhören muste.«

657,21 f. *eine ihm wohlbekante Comoediantin]* Komödiantinnen gab es erst seit 1652 bei den »Hochteutschen Komödianten« (Rebecca Schwarz, Ursula Hofmann) die u. a. auch in Straßburg und längere Zeit am Fürstenhof von Baden-Durlach gastierten.

657,30 *herleyhung meines Trumscheids]* Vgl. Anm 655,24.

658,7 f. *viel offenhertziger und freyer reden 〈. . .〉 dörffte]* Vgl. S. 656,31 und Cont 25 (Bd. I/1 d. A., S. 688,5), Spr 4.

658,18 *Darauff setzte sich 〈. . .〉 Secundatus]* Vgl. Titelkupfer, das aber die hier beschriebene Sitzordnung spiegelverkehrt wiedergibt.

658,22-24 *diß Recht* ⟨...⟩ *erwärmen mögen*] Anspielung auf die Verbindung des alten David mit der jungen Abisag von Sunem (1. Kön. 1,1-4).

658,25-27 *Coryphaea* ⟨...⟩ *im Angesicht anröthete*] Coryphaea sieht sich in ihrer Rolle als heroische Dame übergangen, vgl. S. 720 f.

658,30 *ihre gebührende Stell*] Im übertragenen Sinne, bezogen auf die neuen Funktionsstellen bei Hofe, erhält Coryphaea den Platz der Mätresse.

659,9 *Mast-Ochsen abzukauffen*] Vgl. Anm. 200,3 f.

659,21 *mit Gewalt*] Der Fürst verändert gewaltsam die alte Ständeordnung. Der Jude, der gänzlich außerhalb der Ständeordnung steht, rückt (als Hoffaktor) wie die Mätresse in unmittelbare Nähe des Throns, während der Gelehrte immer noch den für ihn wenig schmeichelhaften Platz zwischen Kaufherrn und Handwerkern einnehmen muß.

659,28 *Es sahe in wahrheit recht lächerlich auß*] Hinweis auf die Diskrepanz zur herrschenden Ständeordnung und den Ausnahmecharakter dieser Gesellschaft, die zusammenzubringen im ST V 19 (Bd. I/1 d. A., S. 527,7-9) für unmöglich gehalten wird. Vgl. auch Spr 9, S. 207 f., u. S. 683,8.

659,32 *dem Schultheissen gehorsammen*] Grimmelshausen stützt sich hier auf eigene Erfahrungen als Schultheiß und Vorsitzender des Dorfgerichtes in Renchen.

660,9 *jau das Gelt ist jetzt tauwr*] Vgl. auch S. 660,25-28. Grimmelshausen bezieht sich auf die Agrarkrise der Zwischenkriegszeit 1648-72 (vgl. auch Spr 9, sowie KJ u. Musai in Bd. II d. A.), nimmt aber zugleich auch einen Topos aus dem Reformschrifttum des 16. Jhs. wieder auf, z. B.: Eberlin von Günzburg, *Mich wundert, daß kein Geld im Land ist.*

660,11 *bey 10 fl.*] Sinn: ein Metzger hätte nicht nur einen halben Taler (ca. 3/4 fl.), sondern 10 fl. weniger gegeben (gemäß Anm. 200,3 f.). Siehe Münztabelle.

660,23 *zu unserer Ergetzung zu nutz zumachen*] Hinweis auf die traditionelle Doppelaufgabe des satirischen Erzählens, der übrigens auf der Titelseite fehlt.

661,7-10 *anzugeloben ⟨. . .⟩ bequem seyn mag]* Secundatus hält sich an die übliche Vereidigungsformel der Schöffen.

661,14 f. *daß dieses gar kein Eyd / noch an Eydsstatt]* Dem als unglaubwürdig geltenden Juden wurde traditionell eine sehr umfangreiche Eidesformel abverlangt, die vor allem auf einer Erwähnung der biblischen Strafen und Flüche, die ein Meineid nach sich zieht, beruht. Das Zeremoniell des Eides – der Richter hielt dem Schwörenden einen Stab hin, den dieser mit der Hand berühren mußte – entspricht altem deutschen Recht (»den eid staben«).

661,15 *nur zur Kurtzweil]* Hinweis auf die Gattung des Gesprächspiels: nur in der poetischen Fiktion sind die Gegensätze der realen Gesellschaft zu überbrücken.

661,19 *der letztere]* Die Konjektur (»Leser«) späterer Herausgeber ist nicht zwingend. Gemeint ist Secundatus.

661,21 *Sententz]* Hinweis auf die Gattung des apophthegmatischen Sprechens, der knappen, möglichst scharfsinnigen Äußerung »richtiger Meynungen«, die hier zugleich der meist ironischen Charakterisierung der einzelnen Standesvertreter dienen.

661,23 *an den Spruch halten]* Vgl. Matth. 6,33.

661,28 *an GOttes Seegen / ist alles gelegen]* Sprw.

662,7-9 *Wer sich ernstlich ⟨. . .⟩ beobachten]* Vgl. Boaystuau, *Le Theatre du Monde*, II 8, S. 138: »Wann man reich und glückselig fahren wolte / so muste man ein Jahr oder etliche Gott und sein Wort bey seit setzen / und sein Gewissen an Nagel hängen.« Vgl. auch Matth. 6,24, Luk. 16,13 sowie Agricola, Nr. 304. Simplicissimus setzt den rigorosen christlichen Maßstab (satirische Norm) für alle übrigen Äußerungen.

662,11-14 *Man muß ⟨. . .⟩ etwas zugewinnen]* Vgl. S. 705,5.

662,21-26 *Weil das Gelt ⟨. . .⟩ darvon bekommen]* Selbstcharakteristik des stellungslosen Akademikers, der den Hofdienst (Verwaltungslaufbahn) anstrebt und dazu die Kunst der Verstellung (Simulatio-Dissimulatio) beherrschen muß. Vgl. Spr 1; Garzoni, *Piazza*, 62. Discurs, »Von

Hoffleuthen ⟨...⟩«, S. 415, und Boaystuau, *Le Theatre du Monde* II 10, S. 161 ff.

663,2 *Hãller]* Scheidemünze, s. Münztabelle.

663,2 f. *halben Batzen]* Zweikreutzerstück, auch Albus genannt, eine im Oberrheinischen geläufige Münze: 45 halbe Batzen ca. 1 Reichstaler, 30 halbe Batzen ca. 1 Gulden (fl.).

663,7-9 *Es ist sich ⟨...⟩ gleich bessere]* Coryphaea vertritt gemäß ihrer Rolle der »heroische⟨n⟩ Dame auff Adelich bekleidet« (S. 656,22) den Standpunkt des Adels.

663,15 f. *im Krieg gewonnen und verloren]* Grimmelshausen hat die für den Fürstenstand zeittypische Auffassung in nahezu allen seinen Schriften kritisiert: weder Fürst (SP II, »Zehender Satz vom Krieg«, ST III 3-6, Bd. I/1 d. A., KJ u. Prox, Bd. II d. A.) noch Bürger (WV II), noch Arme (Spr u. Cour, sowie StM, Bd. II d. A.) profitieren vom Krieg.

663,26 *strecke dich nach der Decke]* Sprw., vgl. Franck (1541) I 316 u. 466.

663,26 f. *du solst ⟨...⟩ mag ernãhren]* Sprw., vgl. Hans Sachs SW 14, S. 287,1-6.

664,2 f. *Wer etwas ⟨...⟩ Seiden darzu nemmen]* Sprw., vgl. Agricola, Nr. 681.

664,5 f. *So lieb dir ⟨...⟩ nichts kostet]* Simplicissimus umschreibt das Laster des Geizes. Er leitet unbemerkt die Offenlegung der unmoralischen Begleiterscheinungen des Gelderwerbs ein. Vgl. auch S. 665,21-23.

664,8 *Bůrgschafften fliehe wie die Pest]* Vgl. die biblische Warnung vor Bürgschaften: Sprüche 6,1-5.

664,13 *Beoachtung der schuldigen Selbserhaltung]* Vgl. RS, S. 9,12-13; SP II, »Fůnffter Satz / vom Stand grosser Herren«. Vgl. auch: Hornius, *Orbis Politicus* (1668), Eingang. Erich argumentiert ähnlich wie der Straßenräuber und ehemalige Schreiber Olivier, der Herzbruder verdrängt (ST II 22, Bd. I/1 d. A.) und sich auf Machiavelli beruft (ST IV 15, Bd. I/1 d. A., S. 406,27), vgl. auch Boaystuau, *Le Theatre du Monde* II 10, S. 161.

664,18 f. *Obgleich Lůgen ⟨...⟩ prosperitet deß Gelts]* Vgl. S. 662,7-9.

664,25 f. *gleich der Rhodope ⟨...⟩ Florae]* Coryphaea bezieht sich auf S. 662,7-9 und vergleicht sich mit den bekannten antiken Hetären bzw. Mätressen. Vgl. auch S. 713,26-715,28. Quelle: Garzoni, *Piazza*, 73. Discurs, »Von Huren ⟨...⟩«, S. 463; Rhodopis. Vgl. Anm. 651,28, Bd. I/1 d. A. Die Hetäre Phrine bot der Stadt Theben an, die von Alexander zerstörten Mauern neu errichten zu lassen. Die korinthische Hetäre Timandrae, Mutter der Lais, richtete ihrem Geliebten Alkibiades ein königliches Begräbnis aus. Damo (ca. 300 v. Chr.), eine athenische Hetäre, war die Geliebte des Antigonus, dem sie angeblich alle seine Schätze geraubt hat. Lamia, eine athenische Hetäre (ca. 300 v. Chr.) war die Mätresse des Königs Demetrius. Flora, die Geliebte des Pompeius (106-48 v. Chr.), soll nur hohe Standespersonen für ihr Gewerbe zugelassen und ihr Vermögen der Stadt Rom vererbt haben.

665,2-4 *Leihe keinem ⟨...⟩ Vnterpfand in Handen]* Hinweis auf die rechtlose Situation des jüdischen Geldverleihers und Händlers, auch Hoffaktors, vgl. auch S. 722,8-31.

665,6 f. *Wilt du ⟨...⟩ Barmhertzigkeit]* Secundatus argumentiert unchristlich, vgl. Matth. 18,23-35; Luk. 6,36.

665,14 *Spielen und Raßlen]* Topos der Hofkritik. Vgl. Antonio de Guevara, *Contemptus vita aulicae, durch Aegidicum Albertinum verteutscht*, München 1604, S. 83: »⟨...⟩ sie fressen / prassen / fůllen / spielen und rasseln Tag und Nacht ⟨...⟩«, und Boaystuau II 10, S. 168.

665,25-666,1 *Ein jeder der ⟨...⟩ verschweren]* Vgl. S. 705,14 f. Quelle: Garzoni, *Piazza*, 64. Discurs, »Von Kauffleuthen ⟨...⟩«, S. 422; vgl. auch Boaystuau, *Le Theatre du Monde*, S. 141.

666,26 f. *Unbenöthigte ⟨...⟩ von der Kost]* Widerspruch zu S. 724,5-23, wo Secundatus die Notwendigkeit des Aufwandes betont.

667,16 f. *Die Hoffart und Begierd ⟨...⟩ Feur und Wasser]* Vgl. Cont 3-4 (Bd. I/1 d. A.), Streitgespräch zwischen Geiz und Verschwendung.

668,2-6 *Jch vermeine ⟨...⟩ schicke]* Quelle: Garzoni, *Pi-*

azza, 126. Discurs, »Von Kůrsenern vnd Fellwerckbereitern«, S. 643 f.

668,14 *ein stůck]* In der Weberei die normale Länge eines fertigen Gewebes, z. B. 60 m bei Baumwollwaren.

669,2-4 *Wann man ⟨. . .⟩ in der Welt]* Zynische Empfehlung einer Untertanentugend durch den Fürsten.

669,6-8 *Alsdan sey ⟨. . .⟩ versichert ist]* Vgl. die Praktik der venetianischen Werber, Spr 24, S. 282,22-28.

670,10 f. *Gleichwol ⟨. . .⟩ Leuß]* Sprw. vgl. Franck II, (1541), Nr. 20a.

670,14-18 *Gleichwie ⟨. . .⟩ warm geben]* Ähnlich RP, S. 668,1-6.

670,24-27 *Wer je ⟨. . .⟩ Kleider]* Vgl. Garzoni, *Piazza*, 64. Discurs, »Von Kauffleuthen ⟨. . .⟩«, S. 423 f.

670,27 *erfucker]* Wortbildung in Anlehnung an den Namen des Handelshauses Fugger in Augsburg (Grimm, DWb 4, Sp. 362 und 395 f.). Vgl. auch S. 705,20-26.

672,26-673,4 *Es ereignen sich ⟨. . .⟩ gelangen kan]* Quelle: Garzoni, *Piazza*, 64. Discurs, »Von Kauffleuthen ⟨. . .⟩«, S. 423 f:

> »daß man die vergantung deß Haußraths vnd der Wahren deren / so verstorben vnd verdorben / oder sonst in verfallung jrer Gůter gerahten / pflegt auff gemeinen Marckt bey den Wechselbåncken zu halten.«

673,6 f. *Meines theils ⟨. . .⟩ gesůnder]* Vgl. St II 15 (Bd. I/1 d. A., S. 170,21 f.).

673,20 f. *Ein klein eisernes Trőglein mit Golt angefůllt]* Hinweis auf den Geiz des Schreibers, vgl. ST III 12 (Bd. I/1 d. A., S. 293,4).

673,27 *Dreyfuß biß in 60. oder 80. fl. zubeschlagen]* Vgl. dagegen S. 660,10 f.

673,28 *mit starcken Schlossen und groben Riglen]* Hinweis auf den Geiz.

674,18 *Spindlen]* Herkömmliches Attribut der Hausfrau.

674,19 f. *die ohne das jetzt verbotten seynd]* Die Arbeit am Spinnrad endete am Fest der heiligen Gertrud (17. März); Simplicissimus ironisiert Geiz und Naivität der Spes.

674,22-25 *Worfür bedarffs ⟨...⟩ Gewinn eynträgt]* Vielleicht Anspielung auf die von Kaufleuten mit Hilfe von Verlag und Manufaktur genutzten besonders gewinnträchtigen Handwerke.

675,4 f. *zur Zeit der Theurung zugewinnen]* Vgl. dazu KJ (Bd. II d. A.).

675,7-9 *Es seye ihm ⟨...⟩ selbs verfertiget]* Quelle: Garzoni, *Piazza*, 102. Discurs, »Von Wollen ⟨...⟩«, S. 569.

675,8 *Keyser Augustus]* Römischer Kaiser (63 v. Chr.-14 n. Chr.).

675,25-27 *Was einer ⟨...⟩ grad kauffen]* Vgl. S. 672,2-4.

676,2-6 *Ohne Freund ⟨...⟩ entbehren mögen]* Vgl. S. 666,26 f.

676,9 *Doctor Schuppen]* Johann Balthasar Schupp (1610-1661). Gemeint ist seine Schrift *Freund in der Noth*, 1657.

676,20-22 *Jm Heurathen ⟨...⟩ Gelt sehen]* Vgl. dagegen S. 662,2-5.

676,26 *so verheurate er sich mit einer Alten]* Vgl. Spr 21. Der Reiz der folgenden Kontroverse besteht darin, daß Simplicissimus wider Erwarten ironisch lobt, was seit je Gegenstand der Ehesatire ist. Vgl. Moser-Rath, *Lustige Gesellschaft*, S. 96 f. Vgl. Moscherosch, *Philander* I 3, »Venus-Narren«.

677,15-26 *Wann ich mit ⟨...⟩ Frauennemmen]* Ähnlich argumentiert Springinsfeld (Spr 9, S. 210 f.), vgl. dagegen Sprüche 31,10-31.

677,25 *mein altes Liedlein]* Grimmelshausen spielt wiederholt auf solche populären Lieder (Gassenhauer) an; ob es sich um Fiktionen oder um tatsächliche Zeitungslieder handelt, ist ungeklärt. Vgl. z. B. Cour 16, S. 90,20-24, WV II 12, S. 538 f.

677,28 *gar keine Freud in der Welt]* Simplicissimus bringt Secundatus zur Einsicht in die Folgen des Geizes.

678,3 f. *kein andere Freud und Ergetzlichkeit]* Freuden des Geizhalses in der Satiretradition.

678,17-26] Omnis ⟨...⟩ geschwind] Grimmelshausen übernimmt das Horazzitat (*Satiren* II 3,94 ff.) aus Garzoni, *Piazza*, 64. Discurs, »Von Kauffleuthen ⟨...⟩«, S. 424.

678,18 *Si vitiis]* Richtig (so auch bei Garzoni): Diuitiis.

678,18 f. *ille. Clarus erit]* Richtig (so auch bei Garzoni): ille Clarus erit.

678,22 *g'horsam seynd]* Bei Garzoni: ghorsam sind (ebenso: gwaltig, grecht).

678,26 *Nur]* Bei Garzoni: Ja.

679,17 f. *gesparsammer ⟨...⟩ Geitziger]* Simplicissimus entlarvt satirisch die Sprachbeschönigung, die dem ganzen Gespräch zugrunde liegt.

679,24 f. *ohne Costen in Krieg oder in Clöster verschaffen]* Diese beiden Möglichkeiten versucht Simplicissimus auch mit seinem Sohn, WV I, S. 401, S. 409 f.

679,29-31 *eintweder deß Jüdischen Moysis / oder deß heidnischen Acteons Ebenbild zuwerden]* Ironisch für: Hörner aufgesetzt zu bekommen, d. h.: betrogen zu werden. Moses: jüdischer Prophet, der das Volk Israel aus Ägypten führte und ihm am Berg Sinai die zehn Gebote überbrachte (vgl. 2. Mose 34,29-30). Acteon: Jäger der griechischen Mythologie, der, als er die Göttin Artemis heimlich im Bad beschaute, von dieser in einen Hirsch verwandelt und von seinen Hunden zerrissen wurde.

680,1 f. *O selige Kinder / deren Vätter in der Höll sitzen]* Gemeint sind Kinder als Erben von mit unrechten Mitteln erworbenem Gut.

680,7 *Fiesel schneiden]* Vgl. Grimm, DWb 3, Sp. 1690.

680,10 *zwey arme junge Menschen]* Vgl. dazu die Korbflechterepisode im WV I, S. 368-372.

680,18 *ein Armer: doch wol qualificirter Jüngling]* Diesen Fall stellt Grimmelshausen in Prox (Bd. II d. A.) dar; vgl. dazu auch S. 698,23-701,29.

681,3 *nichts mehr vom Weiber nemmen wissen wil]* Simplicissimus war zweimal verheiratet und hat dies nachher bereut (vgl. ST III 22 u. V 8, Bd. I/1 d. A.).

681,17 *Vogt]* Herrschaftlich bestellter Verwaltungsbeamter und Richter.

681,30 *imagiliren]* Der ungelehrte Bauer verballhornt wie auch sonst Fremdwörter. Vgl. S. 708,26-710,25.

682,17 *Bendelkråmer-Krom]* Die Herstellung von Schmuckbändern bzw. Galanteriewaren war im 17. Jh. ein florierendes Gewerbe (Leiden). Vgl. van Dülmen, S. 54 f.

682,22 *Spiegel]* Vgl. dazu die Episode von der reichen Jungfer im WV I, S. 361,32.

684,2 f. *Mastix]* Harziges Gummi bzw. Harz, quillt im Sommer aus den Zweigen des Mastixbaumes, besitzt heilende Wirkung.

684,3 *Storax]* Harziger Stoff, als Arznei genutzt.

684,29-685,11 *oder in eine Darte verendern ⟨. . .⟩ löschet den Durst besser]* Vgl. Garzoni, *Piazza*, 98. Discurs, »Von Wirthen und Gahrköchen, S. 548.

685,13 f. *daran sie sonst ⟨. . .⟩ vernunfft versöffen]* Vgl. ST I 32; V 9, S. 482,24-33; Cont 22, S. 673,12-19 (Bd.I/1 d. A.).

685,24-686,8 *Pythagorische Mahlzeiten ⟨. . .⟩ wie die Tartarn]* Grimmelshausen übernimmt die Aufzählung von Garzoni, *Piazza*, 93. Discurs, »Von Köchen ⟨. . .⟩«, S. 531.

685,24 *Pythagorische Mahlzeiten]* Pythagoras (gest. um 480 v. Chr.) empfahl Mäßigung.

685,24 *Symposia Platonis]* Platon (427-374 v. Chr.). In seinem *Symposion* wird während eines Gastmahls mehr philosophiert als gegessen.

685,24 f. *convivia Attica]* Auch bei attischen Essen wurde hauptsächlich philosophiert.

685,25 *coenae Arcadum]* Die Arkader waren Hirten, die sich nur mit einfachen Speisen nährten.

685,25 *prandia Laconum]* Gemeint ist die schwarze Suppe der sparsamen Spartaner.

685,26 f. *Celten und Thraciern]* Völker am Rande des römischen Weltreiches, ebenso wie die Parther (S. 686,5).

685,31 *Gymnosophistae in Jndia]* Die indischen Weisen, die nackt umhergehen und in Askese leben. Vgl. Garzoni, *Piazza*, 37. Discurs, »Von den Cosmographis, Geographis ⟨. . .⟩ das ist / Welt vnd Land ⟨. . .⟩ Beschreibern«, S. 256.

685,32 *Anacharsis Scytiae]* Anarchasis, ein weiser Skythe (6. Jh. v. Chr.), galt als Vorbild an Mäßigkeit.

686,1 *Zenonis]* Zenon (ca. 335-262 v. Chr.), stoischer Philosoph.

686,2 *Themelaci]* So schon bei Garzoni, Name nicht nachzuweisen.

686,2 f. *Prothogenis]* Berühmter Maler der Antike.

686,3 *Arcadier]* Siehe Anm. 685,25.

686,3 f. *Meoticorum]* Anwohner des Asowschen Meeres.

686,4 *Tyrinthier]* Einwohner von Tiryns im Peleponnes.

686,4 f. *Amazonum]* Vgl. Anm. 53,2.

686,6 *Diogene cinuae]* Gemeint ist der kynische Philosoph Diogenes (gest. 323 v. Chr.). Vgl. Anm. 635,22 (Bd. I/1 d. A.).

686,8 *Tartarn]* Gemeint ist das zentralasiatische Volk der Tartaren.

686,10-25 *Mein man sagt ⟨. . .⟩ zufegen]* Eine ähnliche Aufzählung bringt Garzoni, *Piazza*, 93. Discurs, »Von Koͤchen ⟨. . .⟩«, S. 531.

686,25-687,16 *Was er vom Eyer-essen ⟨. . .⟩ wie mein Mann vermeint]* Eine ähnliche Geschichte (um einen Honigtopf) erzählt Schupp, *Der Freund in der Not* (S. 34). Vgl. auch Jean de La Fontaine, *Sämtliche Fabeln* VII 9: *Das Milchweib und der Milchtopf*.

687,28-30 *Man soll ⟨. . .⟩ gedulden]* Vgl. dazu S. 667,2-4.

688,30 *Johann von Werdt]* Reichsgraf Freiherr von Werdt (ca. 1600-1652), kaiserlicher General bäuerlicher Herkunft. Vgl. EC, S. 182; ST I 17, S. 66,18, sowie ST III 7, S. 270,34 (Bd. I/1 d. A.); Spr 15, S. 240,15 f.

689,3 f. *anstatt des Hirten-Gesangs]* Vgl. ST I 3 (Bd. I/1 d. A., S. 25,17 f.); Topos der Störung der Hirtenidylle schon bei Virgil (Ekloge 1).

689,10 f. *Bosch / darinn der Hirt das Vieh weidete]* Übliche Form der Weidewirtschaft in der frühen Neuzeit.

690,5 *schoͤne weisse Mutter]* Anrede der Zigeuner für die Hausfrau. Vgl. Cour 28, S. 149,28-31.

690,14 *Hunds-Demuth]* Schon Erich (S. 662,25) hatte eine simulierte »Hunds-Demuht« im Umgang mit dem Fürsten empfohlen.

690,17-24 *der Herr glaube es nur nicht ⟨. . .⟩ befindet]* Vgl.

Boaystuau, *Le Theatre du Monde*, S. 131 f.; Cour 28, S. 147-149.

690,29 f. *alte Zigeunerin / welche auf einem Maulesel daher ritte]* Vgl. Titelkupfer Cour u. Spr 4, S. 179,22 f.

691,1 *die Courage ⟨...⟩ deren Lebenslauf er gelesen]* Die Leser der simplicianischen Schriften sind tatsächlich vorwiegend in der Oberschicht zu finden (Gebauer).

691,11 *Herr Vatter]* Secundatus spielt die Rolle des jungen Simplicissimus.

692,2 *den steltzenden Spring ins Feld]* Vgl. Spr 27, S. 294,32 f.

692,3 f. *Sihe wie fein schickt sichs]* Anspielung auf Ps. 133,1.

692,14 *Eulenspiegel]* Siehe Anm. 176,2 f.

692,26 *kurtz und sinnreich]* Merkmale des apophthegmatischen Stils. Siehe Anm. 682,34 f. (Bd. I/1 d. A.).

693,1 *Heuraths-Versprechung]* In Cour 23 ist von einem Heiratsversprechen nicht die Rede.

693,6 f. *Johann von Werdt]* Siehe Anm. 688,30.

693,7 f. *in den Gůlchischen Landen]* Im Dorf Bütgen im Herzogtum Jülich.

693,9 *einem von Frensheim]* Adelsname, vielleicht aus Freinsheim (Burg und Dorf bei Neustadt a. d. Weinstraße) hergeleitet.

693,26 *dergleichen Sachen resolut zu understehen]* Beschönigende Umschreibung des Straßenraubs.

694,12 f. *ein Soldat unter den Spannischen in den Niederlanden worden]* Wie Springinsfeld, vgl. Spr 10, S. 216,7-20.

694,14 f. *unter die Keyserischen kommen]* Idealisierende Darstellung: Secundatus übergeht den Treuebruch gegenüber seinem Kriegsherrn Kurfürst Maximilian I. von Bayern.

694,19 *Gravens von Pappenheim]* Gottfried Heinrich Graf von Pappenheim (1594-1632), kaiserlicher Reitergeneral, fiel am 16. 11. 1632 in der Schlacht bei Lützen, vgl. Spr 14, S. 236,13.

694,20 *Phoenix]* Siehe die Anm. zum Titelkupfer des ST (Bd. I/1 d. A.).

694,25 f. *im Krieg ⟨. . .⟩ zugewinnen seye]* Vgl. S. 663,14-18.

694,28 f. *nach dem Reich Gottes getrachtet]* Anspielung auf Matth. 6,33. Siehe Anm. 661,23.

694,31 f. *der ewige Mund der Wahrheit]* Hier: die Bibel (Matth. 6,33).

694,33 *Croesus]* Kroisos, letzter König Lydiens (ca. 560-546 v. Chr.), wurde 546 vom Perserkönig Kyros II. besiegt.

694,34 *Cyro]* Kyros II., der Große, persischer König (559-529 v. Chr.).

695,2 *Delphos]* Orakel zu Delphi, Griechenland. Unter dem Einfluß von aus einer Erdspalte aufsteigenden Dämpfen wahrsagte eine Priesterin, die Pythia, im Heiligtum des Apollo.

695,2 *Apollinem]* Apollo, Sohn des Jupiter und der Latona.

695,16 *Wunderthier]* Chimäre; hier: groteskes Zerrbild der Geldgier.

695,24 *Jch lobe die Tugend]* Zum Lob der Wirte kann Grimmelshausen sich neben eigenen Erfahrungen auf Garzoni, *Piazza*, 98. Discurs, »Von Wirthen und Gahrkoͤchen«, S. 546 f., berufen.

695,27 *auch wol gelegen]* Vgl. auch Spr 21, S. 265,25.

696,2 *die Händ müssen mitangelegt seyn]* Vgl. S. 661,29.

696,9-698,22 *diese Histori ⟨. . .⟩ eigenthumlich übergabe]* Quelle für den Mittelteil der Historie (Z. 24-1037,4): *Wurstologia et Durstologia Nova et Aucta*, Schweinfurt 1662, eines pseudonymen »Marcus Knackwurst«; zum Rahmen vgl. das von Garzoni, *Piazza* (S. 547), kurz vorgestellte Exempel von Philemon und Baucis.

696,19 f. *teutsche Tugend der Gastfreundlichkeit]* Die Gastfreundschaft gehört seit der Wiederentdeckung der *Germania* des Tacitus durch die Humanisten des 15. Jh.s zu den Topoi des deutschen Nationalcharakters. Vgl. Tacitus, *Germania* 22 und 23.

697,22 f. *Dat iß warhachtig unse leve Heergott]* Niederdeutscher Dialekt: »Das ist wahrhaftig unser lieber Herrgott« (ebenso S. 698,8-10).

698,16 f. *Fůß bey den Knyen abnemmen]* Die Strafe der Verstümmelung des Körperteils, der das Verbrechen »begangen« hat, war durchaus üblich (van Dülmen 1985, S. 239).

698,24 *Tugend und Frombkeit Reichthumb genug seyen]* Vgl. S. 662,3 f.

698,25 f. *in einem Gottseligen Buch]* Gemeint ist: Valentin Leucht, *Viridarium regium illustrum miraculorum et historiarum. Daß ist Königlicher Lustgart*, Köln 1614, IV 81.

699,2-5 *H. Schrifft ⟨...⟩ Vatter-Lieb und Treu]* Anspielung auf die drei traditionellen Rechtsquellen: ius divinum, ius positivum, ius naturale: vgl. RS 1 sowie Garzoni, *Piazza*, 1. Discurs, »Von den Herrschafften / Regenten vnd Tyrannen«, S. 23 f.

699,2 *H. Schrifft]* Vgl. 1. Mose 15,4, Gal. 4,7.

699,32 *desto frölicher von hinnen scheiden]* Vgl. die Geschichte vom reichen Jüngling (Matth. 19,16-39) und deren Gegenstück, das oben (S. 680,f.) zitierte Sprw.

700,11 *Penelope]* Gemahlin des Odysseus (Homer, *Odyssee* XVIII-XXIII), vgl. auch Simon Schaidenreisser, *Odyssea*, Augsburg 1537, XVII-XXIII.

701,4-7 *So bald nun ⟨...⟩ sehen lassen wurde]* Topisches Naturbild aus dem hohen Roman, hier vom Autor ironisch verwendet.

702,1-4 *Jch habe diese schöne Histori ⟨...⟩ gemein machen]* Gemeint ist der Legendenroman *Des durchleuchtigen Proximi und seiner ohnvergleichlichen Lympidae Liebs=Geschicht=Erzehlung*, den Grimmelshausen im Herbst 1672, kurz nach dem RP, unter seinem richtigen Namen publizierte.

702,6-8 *Gott die Seinige ⟨...⟩ überschwåmmet]* Bibelanspielung: vgl. Hebr. 12,6.

702,10 *sein allerheiligstes Haubt]* Vgl. Matth. 8,20.

702,11 f. *haben seine Jünger auß Hunger Korn-åhren außgeraufft]* Vgl. Mark. 2,33.

702,23-25 *GOtt aber ⟨...⟩ zukommen lassen]* Vgl. Sprüche 19,17.

702,31 f. *nicht GOtt und dem Mammon zugleich]* Vgl. Mark. 6,24.

703,4 *im letzten Theil meiner Lebensbeschreibung]* Vgl. Cont 5-8 (Bd. I/1 d. A.).

703,7 *Mein erster Satz]* Vgl. S. 662,7-9.

703,11 f. *Kriegsgewalt ⟨...⟩ binden låßt]* Vgl. dazu SP II,10: Simplicissimus richtet sich damit gegen das von Secundatus vorgetragene Argument.

703,16 *per fas aut nefas]* Diese Formel findet sich öfter bei Garzoni.

703,25 f. *Daß man aber im Krieg reich und groß werden kônne]* Die folgende Historia, ein Gegenstück zu der von Johann von Werdt (sozialer Aufstieg im Kriegsdienst), wird von Grimmelshausen durch die zuvor (S. 692,1 f.) eingeführte Figur des Springinsfeld in ihrer Beweiskraft eingeschränkt.

703,28 f. *Ritters Petri Mexiae verteutschten Wunderwelt]* Gemeint ist Petrus Mexias (gest. 1552), Historiograph Kaiser Karls V., *Sylva Variarum Lectionum, Das ist: Historischer Geschicht-Natur-und Wunder-Wald*, Nürnberg: Wolf Eberhard Felßeckern 1668, II, S. 175.

703,31 *Francisci Sfortiae]* Francesco I. Sforza (1401-1466), Herzog von Mailand.

704,1 *Attenduli]* Muzio d'Attandola (1369-1424), Begründer des Hauses Sforza, als Bauernsohn in Cotignola geboren, neapolitanischer Feldherr.

704,2 *Karst]* Traditionelles Attribut des Bauern; vgl. Spr 3, vgl. auch die Reformschrift: *Karsthans* (1521).

704,32 f. *Hertzogen Philippi von Meyland Tochtermann]* Gemeint ist Bianca Maria Visconti, die 1441 Francesco I. ehelichte.

705,5 *meinem ersten Satz nach]* Vgl. S. 662,11-14; die genannten Eigenschaften fordert auch Garzoni.

705,6 f. *Bekanntschafft ⟨...⟩ mit außlåndischen Kauffleuten]* Den Typus des Fernhandelskaufmann hat Grimmelshausen im WV II dargestellt.

705,12-15 *wer die Kunst nicht weiß ⟨...⟩ wird nimmer*

Reich] Quelle: Garzoni, *Piazza*, 64. Discurs, »Von Kauffleuthen ⟨. . .⟩ vnd Kraͤmern«, S. 422: »Wer sich für dem Teuffel foͤrchtet / wirdt nimmer reich. ⟨. . .⟩ Wer die Kunst nicht weiß / der mach den Kram zu.«

705,17 f. *daß sich der Kauffhandel ⟨. . .⟩ reich zuwerden]* Grimmelshausen widerlegt diese Behauptung im WV II.

705,18 *Zeilerus]* Martin Zeiller (1589-1661), *Itinerarii Germaniae Novantiquae Compendium. Das ist: Teutschlands neuverkürtztes Räisebuch* (1662).

705,21 *Fugger]* Johannes Fugger, gebürtig zu Graben (gest. 1409), Webermeister in Augsburg, Begründer des Handelshauses Fugger.

705,29 *Ost-Jndianische Compagney in Holland]* Gegründet 1602 zum Erwerb und zur Ausbeutung überseeischer Kolonien. Die Kolonialkriege der europäischen Mächte hat Grimmelshausen in der VW angeprangert. Vgl. Hornius, *Orbis Politicus*, S. 162, der auch die »Bewinthebber« erwähnt. Vgl. Anm. 546,28.

706,6 *einfaltige Histori]* Quelle dieser Glockengußsage bisher nicht bekannt.

706,9 *Attendorn]* Stadt im Sauerland.

706,10 *in Holland schickte]* Auch der Kaufmann des WV II begibt sich nach Holland (Amsterdam).

706,26 f. *die irdine daselbst nicht gebraͤuchlich]* Vgl. das Argument des Laborinus, S. 672,12-16.

706,30 *Arnsperg]* Arnsberg, Stadt in Westfalen.

707,16 *Fuͤrstenbergischen Schloß Schnellenberg]* An der Bigge bei Attendorn.

708,29-710,16 *Herr Secundrarus ⟨. . .⟩ Secundargus]* Grimmelshausen nutzt die Verballhornungen des Knans, Zeichen seiner Unbildung, zu satirischer Ständekritik.

709,27-710,4 *ein Schaffner ⟨. . .⟩ verdopeln]* Ironische Selbstdarstellung des ehemaligen Schaffners Grimmelshausen, der seine Stelle aufgeben mußte, weil er beim Eintreiben der Schulden offenbar zu nachsichtig war. Vgl. auch Spr 3, S. 171.

710,16 *Secundargus]* Secundatus verballhornt: geneigter

Argus. Argus: Gestalt der griechisch-römischen Mythologie, die am ganzen Körper mit Augen bedeckt war, von denen immer einige wachten; Wächter im Dienste der Juno, von Merkur überlistet und getötet.

711,6 *allerhand Stånd auff Tuch]* Quelle: Peter Lauremberg, *Acerra philologica, Das ist: Dreyhundert außerlesene / nützliche / lustige / vnd denkwürdige Historien und Discvrsen*, Ausgabe Frankfurt 1656.

711,12 *nicht wieder dessen Ordnung murren]* Anspielung auf die zahlreichen Bauernaufstände und Protestaktionen des 16. und 17. Jahrhunderts. Grimmelshausen ergriff als Schultheiß 1676 selbst Partei für den gemeinen Mann gegenüber dem Landesherrn, dem Straßburger Fürstbischof Franz Egon von Fürstenberg (1626-1682).

711,16 f. *deß Schindens und Schabens ⟨...⟩ kein End]* Diese Formulierung findet sich mit Hinweis auf Micha 3,2 schon bei Thomas Müntzer, *Hochverursachte Schutzrede* (1525). Vgl. Gebauer, S. 60 f.

711,27 *Jch hab gesagt]* Vgl. S. 662, 21-26.

712,4 *und von dannen wieder herauß]* Nach Boaystuaus Darstellung der Hofleute (*Le Theatre du Monde* II 10, S. 160-170) ist dies so gut wie unmöglich.

712,5 f. *Mazarini]* Jules Mazarin (eigentlich: Giulio Mazarini; 1602-1661), Günstling und Nachfolger des Kardinals Richelieu, führte die Regentschaft über Frankreich bis zur Volljährigkeit des Königs Ludwig XIV. (1638-1715).

712,18 f. *seine anderwerts herumb fliegende Gedancken]* Hinweis auf die melancholische Komplexion des aufstrebenden Schreibers und Gelehrten. Vgl. Anm. 161,26-162,1.

712,23 *doch keine zufinden]* Hinweis auf den Ausnahmecharakter des Mazarin-Exempels.

712,30 f. *die jenigen Farben ⟨...⟩ außzieren könnet]* Art der stilistischen Ausgestaltung (Elocutio) als Indiz für seelische Verfassung.

713,2-8 *dann ihr habt nicht nur gelesen ⟨...⟩ außgetruckt worden]* Alle Genannten waren Günstlinge, die von ihren

Herrschern hingerichtet wurden. Vgl. Garzoni, *Piazza*, 62. Discurs, »Von Hoffleuthen 〈...〉«, S. 414, und Boaystuau, *Le Theatre du Monde* II 10, S. 165.

713,3 *Sejano]* Lucius Aelius Seianus (ca. 20 v. Chr.-31 n. Chr.), Prätorianerpräfekt.

713,3 *Tiberio]* Tiberius, römischer Kaiser (14-37 n. Chr.).

713,3 *Clito]* Vermutlich Clitarchus, Gelehrter aus der Umgebung Alexanders des Großen.

713,3 f. *Alexandro magno]* Alexander der Große (336-323 v. Chr.).

713,4 *Plautiano]* C. Fulvius Plautianus, Gardepräfekt unter Septemius Severus, ermordet 205 n. Chr.

713,4 *Severo]* Lucius Septimius Severus (146-211 n. Chr.), römischer Kaiser seit 193 n. Chr.

713,4 *Haman]* Assyrer, von König Ahasver über alle Fürsten gestellt und später erhängt, vgl. Esth. 3-7.

713,4 *Assuero]* Ahasver (eigentlich Xerxes), persischer König, vgl. Esth. 1,1.

713,5 *Senecae]* Lucius Annaeus Seneca, römischer Philosoph und Dichter (ca. 4 v. Chr.-65 n. Chr.), der stoischen Ethik verpflichtet.

713,5 *Nerone]* Nero, römischer Kaiser (54-68 n. Chr.).

713,7 f. *faͤtter Goldschwamm)]* Vgl. Boaystuau, *Le Theatre du Monde*, S. 161: »andere fuͤllen sich mit Hab und Gut wie ein getraͤnckter Schwamme / allein man pflegt ihnen gemeiniglich / wann sie in Vngnad gerathen das mit List und Betrug überwonnene Geld und Gut wieder außzutrucken.«

713,14 *von Hof retiriert]* Den Rückzug vom Hof empfiehlt Guevara, *Contemptus Vitae Avlicae*.

713,21 *Cronen]* Vgl. Münztabelle.

713,22 *Mein schoͤne weisse Mutter]* Ironisch gemeint, vgl. oben Anm. 690,5.

714,9 *die vndermischte Lilien und Rosen]* Satire auf das Schönheitsideal der hohen (petrarkistischen) Liebesdichtung, ähnlich ST II 9 (Bd. I/1d. A.).

714,18 *Mauschele]* Schimpfwort für Handelsjuden, abgeleitet von Mausche, der jüdischen Aussprache von Moses bzw. Moischiach.

714,20-33 *solche Reichtumb ⟨...⟩ machen kὄnnen]* Quelle: Garzoni, *Piazza*, 73. Discurs, »Von Huren ⟨...⟩«, S. 463.

714,21 f. *Egyptischen Rhodope]* Vgl. Anm. 664,25 f.

714,22 *Phrine]* Vgl. Anm. 664,25 f.

714,25 *Damo]* Vgl. Anm. 664,25 f.

714,26 *Heraclide Lesbio]* Heraklit von Lesbos, Verfasser einer mazedonischen Geschichte.

714,26 f. *Antigonum]* Monophtalmos Antigonos (381-301 v. Chr.), makedonischer Feldherr, seit 333 Satrap von Phrygien.

714,27 *Lamiae]* Vgl. Anm. 664,25 f.

714,28 *Plutarcho]* Plutarch, griechischer Philosoph und Historiker (50-um 125 n. Chr.).

714,28 *Demetrium]* Poliorketes Megas Demetrius, Sohn des Antigonos, 293-287 König von Makedonien.

714,30 *Flora]* Vgl. Anm. 664,25 f.

714,31 *Plinius]* Vermutlich Gaius Plinius Secundus (23-79 n. Chr.), röm. Historiker und Verfasser der *Naturalis historia.*

715,3-8 *Alß Cyrus ⟨...⟩ der Cleopatrae]* Quelle: Garzoni, *Piazza*, S. 459.

715,3 *Cyrus]* Kyros der Jüngere (423-401 v. Chr.), Satrap von Lydien, Großphrygien und Kappadokien, seit 408 Vizekönig von Kleinasien.

715,3 *Phocaide]* Gemeint ist die aus Phokaia (Handelsstadt an der Westküste Kleinasiens) stammende Hetäre Milto.

715,3 *Ptolomaeus Philopator]* Ptolomaios IV. Philopator (nach 240-204 v. Chr.), ägyptischer König seit 221.

715,4 *Agathoclea]* Agathokleia, Tänzerin aus Samos.

715,5 *Seleucus]* Vermutlich Seleucos I. Nikator (um 358-281), Diadoche.

715,5 *Philippus Macedonicus]* Philippos II., König der Makedonen (um 382-336 v. Chr.).

715,5 f. *Philinna]* Tänzerin aus Larisa, Gattin Philipps II. von Makedonien.

715,6 *Dionysius Tyrannus]* Dionysios I. von Syrakus (430-367 v. Chr.).

715,6 *Nannio]* Nannion, Hetäre des 4. Jh.s v. Chr.

715,6 *Pompeius]* Cn. Pompeius Magnus (106-48 v. Chr.), römischer Heerführer.

715,7 *Alexander]* Alexander der Große (356-323 v. Chr.).

715,7 *Thaide]* Thais, athenische Hetäre, nahm am Feldzug Alexanders teil. Vgl. Kornmann, *Mons Veneris*, S. 264 f.

715,7 *Marcus Antonius]* Marcus Antonius (82-30 v. Chr.), treuer Anhänger Caesars, nach dessen Tod Gegner des Octavian und von diesem besiegt.

715,7 f. *Cleopatrae]* Kleopatra (69-30), ägyptische Königin seit 51 v. Chr. mit ihrem Brudergemahl Ptolemaios XIII. Vgl. Kornmann, *Mons Veneris*, S. 256 f.

715,8-12 *vom Gyge* ⟨. . .⟩ *sehen können]* Quelle: Garzoni, *Piazza*, S. 459.

715,8 *Gyge der Lydier]* Gyges, lydischer König, ca. 680/650 v. Chr.

715,9 *Clearcho]* Möglicherweise Clearchus, Schriftsteller, gebürtig zu Solis, Schüler des Aristoteles.

715,13 f. *im andern Theil seines Satyrischen Pilgers]* SP II 3: Von der Liebe. Grimmelshausen bringt hier einen Auszug aus Garzonis Hurendiscurs.

715,20 *wie Horatius singt]* Vgl. Horaz, *Oden* III 6,46 ff.

715,23 *diese Handwercksbursch]* Gemeint ist das Prostituiertengewerbe.

715,23 f. *bey etlichen Grossen]* Anspielung auf die höfische Institution der Mätresse bzw. »Ehe zur linken Hand«.

715,32 *das Seil übern Kopff werffen]* Vgl. Cour 24, S. 132,3 f.

716,15 *mit unserm Exempel]* Die Exempel, auch das folgende Wallensteins, bleiben sowohl für Springinsfeld und Courasche wie für Secundatus folgenlos.

716,17 *in Candia verlohrnes Bein]* Vgl. Spr 25, S. 285.

716,25 *Wallenstein]* Albrecht Eusebius Wenzel von Wallenstein, Herzog von Friedland und Mecklenburg (1583-1632), kaiserlicher Feldherr, vgl. Spr 14, S. 236,7.

717,28 f. *Gordon zu Eger]* Johann Gordon, kaiserlicher Oberst unter Wallenstein, beteiligt an der Ermordung Wallensteins am 25. 2. 1634 in Eger. Vgl. Spr 15, S. 239,24-240,8, u. EC, S. 40.

717,31 f. *die Reichsfürsten vor seinem Gewalt entsetzten]* Die Reichsfürsten setzten 1630 auf dem Reichstag zu Regensburg Wallensteins Absetzung durch.

718,1 f. *im Krieg 〈...〉 schwerlich zuerhalten]* Vgl. Spr 11, S. 217,5-11.

718,8 f. *geistlich zuseyn wůnschen]* Laborinus betont, analog zur Kritik des gemeinen Mannes am geistlichen Stand in den Reformschriften des 16. Jh.s, die materiellen Vorzüge des geistlichen Standes. Eine scharfe Kritik der Geistlichkeit fand Grimmelshausen bei Boaystuau, *Le Theatre du Monde* II 12, S. 187-206. Diese spart er jedoch aus, hier wie ebenso in SP I 9, »Von Priestern«.

718,11 *Cartheusern]* Einsiedlerorden, gegründet von Bruno von Köln (925-965), benannt nach dem 1084 entstandenen Stammkloster Chartreuse. Die zumeist gelehrten Mönche lebten in einzelnen Kartausen (Einzelhäuschen mit Gärtchen).

718,12 *Benedictinern]* Erster abendländischer Mönchsorden, 529 von Benedikt von Nursia (um 480-547) gegründet. Die einzelnen Klöster waren durch meist von Herrschern gestifteten Landbesitz wirtschaftlich autark.

718,12 *Praemonstratensern]* Auch Norbertiner genannt, Orden regulierter Chorherren, begründet durch Norbert von Xanten (Erzbischof von Magdeburg seit 1126). Die Klöster sind häufig als Rodungsklöster auf Stiftungsland entstanden.

719,16 f. *das Stillschweigen aufferlegt]* Vgl. dazu Anm. zum Titelkupfer.

719,22 *in seinem ersten Satz]* Vgl. S. 662,7-9.

719,24 f. *in meinem zweyten Satz]* Vgl. S. 664,24-26.

719,28 *so wenig ernst]* Coryphaea hat die Rolle der Mätresse gespielt.

720,9-16 *so wunderbarlich* 〈...〉 *verbinden kan]* Quelle: Garzoni, *Piazza*, 103. Discurs, »Von Comicis, vnd Tragoedis 〈...〉«, S. 573.

720,11 *Sirenen-Stim]* Sirenen: vogelartige Frauen, deren lieblicher Gesang den Tod vorbeifahrender Schiffer verursachte, von Odysseus (Homer, *Odyssee*, 12. Gesang) überlistet.

720,24 *in meiner Kunst noch perfecter]* Vgl. Garzoni, *Piazza*, 103. Discurs, »Von Comicis, vnd Tragoedis 〈...〉«, S. 573.

720,31-721,25 *im Macrobio* 〈...〉 *aufftragen lassen]* Grimmelshausen folgt hier fast wörtlich Garzoni, *Piazza*, S. 572.

721,1 *Macrobio]* Ambrosius Theodosius Macrobius (Anfang 5. Jh.), lateinischer Schriftsteller. Seine *Saturnalia* umfassen 7 Bücher.

721,3 *Sexti Roscii]* Amerinus Sextius Roscius (gefallen 43 v. Chr.), 80 v. Chr. wegen Vatermord und Unterschlagung konfiszierter Güter angeklagt, von Cicero verteidigt. Grimmelshausen verwechselt möglicherweise diesen Roscius mit Q. Rosius Gallus, einem freigeborenen Komödianten, der ebenfalls von Cicero verteidigt wurde.

721,3 *Æsopi]* Gemeint ist der tragische Schauspieler Aesopus (1. Jh. v. Chr.).

721,4 *Cicerone]* M. Tullius Cicero (106-43 v. Chr.), Philosoph, Redner und republikanischer Politiker (Konsul) in Rom.

721,7 *unter seinen Orationib.]* Gemeint ist die Rede Ciceros: »causa publica pro S. Roscio« (81 v. Chr.).

721,15 *Lucio Silla]* Lucius Cornelius Sulla (138-78 v. Chr.), römischer Heerführer und Politiker.

721,19 *Denarios]* Denar, römische Silbermünze (1 Denar = 4 Sesterzen).

721,22 *Sestertia]* Sesterz, römische Silbermünze, auch »nummus« genannt. (1 Sesterze = 1/4 Denar).

722,1 *mit deinem Spieß]* Der Judenspieß (Geldgeschäft)

ist bei Grimmelshausen nicht so sehr Merkmal der Juden als vielmehr der christlichen Geizhälse.

722,3 f. *deines gewissenlosen Gewissens]* Secundatus wiederholt das traditionelle Vorurteil gegenüber den Juden.

722,8-31 *Jch sehe dan deß Herrn Meinung ⟨. . .⟩ seyn müssen]* Wie dem Bauern gibt Grimmelshausen auch dem Juden Gelegenheit, die rechtlosen Lebensverhältnisse in Form einer Anklage darzulegen. Das ist einmalig in der deutschen Literatur des 17. Jh.s.

723,2-9 *Es bedarff hier nicht ⟨. . .⟩ zubereichern?]* Grimmelshausen stellt die Unbelehrbarkeit des Secundatus heraus.

723,21 *nur auff 1000 fl.]* Der Wert des Lehrgeldes beträgt also nur zwei Drittel der 1000 Taler, vgl. Münztabelle.

723,25 *deß Herrn Hoffmeister sagt ja selbst]* Vgl. S. 662,19-26.

724,7 *Reputation]* Secundatus beruft sich auf die frühneuzeitliche Repräsentation von Fürstenherrschaft.

724,25 *Cydoniae]* Secundatus verwechselt Cidona mit der antiken Stadt Cydonia, in der die Knechte die Herren waren. Vgl. Garzoni, *Piazza*, 91. Discurs, »Von Dienern«, S. 522.

725,4 *solche miteinander zu versorgen]* Vgl. S. 662,2-5.

725,7 *vor die lange Weil her geschertzt]* Vgl. S. 703,30-704,34. Die Sforza-Erzählung ist also nicht ernstzunehmen.

725,14 f. *Ebheu ⟨. . .⟩ überwachsen]* Traditionelle emblematische Darstellung, vgl. Henkel/Schöne, *Emblemata* (1967), Sp. 276: »Efeu tötet einen Baum, den es umrankt«.

725,27 *Cromwel]* Oliver Cromwell, vgl. Anm. 602,16 (Bd. I/1 d. A.).

726,33 *das La Mi singen]* Vgl. Garzoni, *Piazza*, 43. Discurs, »Von Musicis«, S. 348: »einen kalten vnd vnlustigen Jalemi Gesang ⟨. . .⟩ davon die Teutschen / so zwar haben hören leuten / wissen aber nicht in welchem Dorff / sagen / er gehe auff ein La, mi auß«.

727,4-7 *ein alter Fuchs ⟨. . .⟩ offenhertzig teutsch]* Selbstcharakteristik des Satirikers Grimmelshausen. Ähnlich schon in den Vorreden des SP.

727,15 *Calekuthen]* Kalkutta, Hinterindien.

727,21 *Barsillai]* Der achtzigjährige Barsillai weigerte sich, mit König David nach Jerusalem zu ziehen (2. Sam. 19,32-40). Auch Guevara (Albertinus), *Contemptus Vitae Avlicae*, führt Barsillai als Exempel an.

727,23-31 *Generaliter ⟨...⟩ gemachet werden]* Schon Moscherosch, *Philander* II 1 (A la Mode Kehrauß), S. 146, übt Kritik an der Nachahmung der Franzosen. Grimmelshausen verweist darüber hinaus auf die planmäßige Ruinierung der französischen Stände durch die A-la-Mode-Kultur des Hofes in Paris und Versailles.

727,30 *die Lydier durch die Seitenspiel]* Anspielung auf die politische Zähmung der Lydier durch Kyros, vgl. Herodot, *Historien* I.

728,2-5 *wer die Wahrheit ⟨...⟩ anzuzeigen gewohnt bin]* Vgl. Cont 1 (S. 563 f., Bd. I/1 d. A.).

728,5 f. *Alt-Teutsch-Rod-Welsch]* Eine Wörterliste des Rotwelschen gibt bereits Moscherosch, *Philander* II 6 (Soldaten-Leben), S. 286-294. Vgl. auch Niclas Ulenhart, *Historia von Isaac Winckelfelder und Jobst von der Schneid*, Augsburg 1617, S. 250 f.

728,16 *sonderbaren Hut]* Vgl. dazu Moscherosch, *Philander* II 1 (A la Mode Kehrauß), S. 142.

728,25 *Bart abschabe]* Vgl. dazu Moscherosch, *Philander* II, S. 144 f.

728,27 *Ambra und Biesem]* Vgl. Anm. 730,23.

729,2 *Heliogabalus]* Gemeint ist Marcus Aurelius Antoninus (204-222), römischer Kaiser seit 218. Garzoni, *Piazza*, 63. Discurs, »Von Huren«, S. 459, berichtet weitläufig über den »unersåttlichen Hurenhengst« Heliogabalus, ebenso Kornmann, *Mons Veneris*, S. 249 f.

729,31 *Muran]* Murano, Glasbläserinsel bei Venedig. Vgl. ST I 1 (Bd. I/1 d. A., S. 19,1.).

729,31 *Marmor aus der Jnsul Paro]* Paros, Kykladeninsel, berühmt durch ihren Marmor.

729,31 f. *Kupffer auß Schweden]* Schweden hatte im 17. Jahrhundert in der Metallerzeugung eine führende Rolle inne.

730,5 *sonderbare Kunstkammer]* Vgl. ST I 24 (Bd. I/1 d. A., S. 90,29).

730,19-731,11 *Von den Augen* ⟨...⟩ *belustigen]* Grimmelshausen übernimmt einzelne Wendungen aus Garzoni, *Piazza*, 78. Discurs, »Von Parfumiren oder Råuchern«, S. 476-479, und 89. Discurs, »Von Apoteckern«, S. 512-515.

730,23 *Biesem / Ambra / Zibeth]* Vgl. Cont 24 (Bd. I/1 d. A., S. 572,24 f.).

730,26 *Calamitae]* Kalmusparfüm.

731,4 *Oleum Gelsomini]* Vermutlich ein Balsam.

731,5 *Amygadaltum dulcium]* Ergänze: Oleum, Süßmandelöl.

731,5 *Spicae]* Ergänze: Oleum destillatum; Spicanardöl; vgl. Zedler, Bd. 38, S. 1578.

731,5 *Ambracanae]* Ergänze: Oleum, Grauamberöl.

731,17 f. *Musici* ⟨...⟩ *Jnstrumentalibus]* Bei Garzoni, *Piazza*, 42. Discurs, S. 339 heißt es: »Von Musicis, beydes vocalibus, die singen / vnd Instrumentalibus, so auff allerhandt Jnstrumenten spielen / vnd sonderlich von Pfeiffern«.

731,25 *gemeinen Bratensgeiger oder Sackpfeiffer]* Stehgeiger und Dudelsackbläser, die zu festlichen Schmäusen gemietet wurden.

732,1 *grobianische Zotten]* Seit Ende des 15. Jh.s scherzhaft mit lateinischer Endung gebildete Ableitung aus »grob«, vgl. auch die Satire *Grobianus* von Dedekind.

732,15 *Athanasii Kircheri]* Athanasius Kircher (1601-1680), jesuitischer Universalgelehrter am päpstlichen Hof in Rom. Vgl. seine Schrift *Musurgia universalis* (1650).

732,27-733,3 *wie es der weidliche Hercules* ⟨...⟩ *ruhen auch nicht]* Grimmelshausen zitiert Garzoni, *Piazza*, 107. Discurs, »Von Zechbrüdern und Vollzapffen«, S. 593.

732,28 *Epicharmus in seinem Busiride]* Epicharmos (um 550-460 v. Chr.), griech. Komödiendichter.

733,3 *die Ohrn ruhen auch nicht]* Der Garzoni-Übersetzer hat als Reimwort: »nit«.

733,4-9 *Aristot.* ⟨...⟩ *verlöhre]* Garzoni, *Piazza*, 107. Discurs, S. 591.

733,4 *Aristot.]* Aristoteles (384-322 v. Chr.), griech. Philosoph.

733,4 *Frisio]* Vermutlich der in der *Ethik* des Aristoteles genannte Philoxenos Eryxidos.

733,9-18 *von einem Cirenæo ⟨...⟩ Aal mårckten]* Garzoni, *Piazza*, 107. Discurs, S. 592.

733,10 *Athenaeus]* Das *Symposion* des Athenäus (um 200 n. Chr.), *Deipnosophistae*, ist eine wichtige Quelle für Garzoni.

733,14 *Antiphanes]* Griech. Komödiendichter, ca. 408/405-333/330 v. Chr.

733,15 *Menelaus]* Menelaos, bei Homer König von Sparta, Gemahl der Helena.

733,18 *Hermippus]* Griech. Komödiendichter (5. Jh. v. Chr.).

733,18-24 *Hermippus ⟨...⟩ verschlingen könte]* Garzoni, *Piazza*, 107. Discurs, S. 593.

733,20 f. *Peloponesischen Krieg]* Krieg zwischen Sparta und Athen um die Vormacht in Griechenland (431-404 v. Chr.).

733,24 *Possidonius]* Philosophisch-politischer Schriftsteller (um 135-50 v. Chr.).

733,24-33 *Possidonius ⟨...⟩ schlagen kőnnen]* Garzoni, *Piazza*, 107. Discurs, S. 594.

733,25 f. *Amaranthus Alexandrinus]* Spätantiker Autor.

733,30 *Phidippus]* Bei Garzoni richtig: Possidippus.

733,33-734,25 *Maximinus Junior ⟨...⟩ und andern mehr etc.]* Grimmelshausen bringt gekürzte und umgestellte Passagen aus Garzoni, *Piazza*, 93. Discurs, »Von Kőchen«, S. 531.

733,33 *Maximinus Junior]* Vermutlich Kaiser Gajus Julius Verus Maximinus (173-238 n. Chr.).

734,1 *Flavius Vobiscus]* Flavius Vopiscus, römischer Geschichtsschreiber des 4. Jh.s v. Chr.

734,2 *Aureliani]* Lucius Domitius Aurelianus (214-275 n. Chr.), römischer Kaiser seit 270.

734,5 *Geta Jmperator]* Römischer Kaiser (gest. 212 n. Chr.), Bruder des Caracalla (186-217).

734,7 f. *Clodius Albinus]* Clodius Septimius Albinus, römischer Usurpator (gefallen 197 n. Chr.).

734,10 *Astidamon Milesius]* Astidamon aus Milet, das für alle Ausschweifungen berüchtigt war, vgl. Zedler, Bd. 21, S. 185 f.

734,11 *Ariobartzanis]* König von Pontus (gest. 64 v. Chr.), Nachfolger des Mithridates.

734,12 *Lucius Piso]* Vermutlich Gnaeus Calpurnius Piso, Günstling des Caesar und des Crassus.

734,15 *Apicius Romanus]* Gourmet zur Zeit des Augustus.

734,17 f. *Crispinus]* Römischer Emporkömmling unter Kaiser Domitian.

734,23 *Ariamnis Galathi]* Möglicherweise ein reicher Galater im 3. Jh. v. Chr.

734,23 *Antiochi Epiphanis]* Vermutlich König Antiochus IV. Epiphanes (regierte 175-164 v. Chr.).

734,23 f. *Demetrii Phaleraei]* Demetrios von Phaleron (um 350-283) herrschte 317-307 v. Chr. in Athen.

734,24 *Luculli]* Lucullus, römischer Feinschmecker.

734,25 *Commodi]* Commodus (161-192 n. Chr.), römischer Kaiser seit 180.

734,25 *Vitellii]* Vitellius (12-69 n. Chr.), römischer Kaiser seit 69.

734,28-30 *sintemahl ⟨...⟩ auffgerichtet]* Garzoni, *Piazza*, 107. Discurs, »Von Zechbrůdern und Vollzapffen«, S. 594.

734,29 *Palaemon]* Q. Remnius Palaemon (um 50 n. Chr.), römischer Grammatiklehrer.

734,31 f. *Pistolen]* Bezeichnung des doppelten spanischen Escudo, mit dem Bild des Monarchen und dem Landesschild bzw. anderen Emblemen.

735,1-27 *daß Statius ⟨...⟩ besser sie seynd]* Grimmelshausen folgt mit einigen Umstellungen, Kürzungen und Ergänzungen (einheimischen Leckerbissen) wörtlich Garzoni, *Piazza*, 93. Discurs, »Von Kŏchen«, S. 530.

735,1 *Statius]* Publius Papinius Statius (40-96 n. Chr.), römischer Dichter.

735,2 *Ponto]* Pontus, das pontische Kappadokien an der Nordküste Kleinasiens, vgl. Garzoni, *Piazza*, 37. Discurs, »Von den Cosmographis, Geographis«, S. 252.

735,3 *Jdumäa]* Südlicher Landesteil Palästinas, zwischen Gaza und dem Toten Meer.

735,3 *Varro]* Marcus Terentius Varro (116-27 v. Chr.), römischer Schriftsteller.

735,4 *Samische]* Samos, ionische Insel vor der kleinasiatischen Westküste.

735,4 *Phrygische]* Phrygien, Gebiet des westanatolischen Zentralplateaus.

735,5 *Ambracianische]* Ambracia, nordwestliches Griechenland.

735,6 *Suetonius]* Sueton (um 70-um 140 n. Chr.), römischer Geschichtsschreiber.

735,8 *Carpatisches Meer]* Vermutlich ist das Kaspische Meer gemeint.

735,10 *Gethulische]* Die Gethen, nördlichster Stamm der Thraker im östlichen Balkan.

735,10 *Rhegische]* Aus Reggio in Kalabrien.

735,16 *Cchio]* Chios, Insel vor der kleinasiatischen Westküste.

735,18 *Placentzische]* Aus Piacenca.

735,19 *Paphlagonische]* Aus Paphlagonien: kleinasiatisches Gebiet am Schwarzen Meer, vgl. Garzoni, *Piazza*, 37. Discurs, »Von den Cosmographis, Geographis«, S. 256.

735,20 *Pimpernůßlein]* Pistazien, kleine viereckige Pfeffernüsse.

735,20 *Numidische]* Numidien, Gebiet in Nordafrika. Vgl. Garzoni, *Piazza*, 37. Discurs, »Von den Cosmographis, Geographis«, S. 252.

737,10 *Sardanapali]* Sardanapal, der Assyrerkönig Assurbanipal (669-626 v. Chr.), bekannt für sein ausschweifendes Leben. Vgl. Kornmann, *Mons Veneris*, S. 251 f.

737,28 f. *wie die Praelaten]* Prälaten, Vorsteher eines Klosters bzw. einer geistlichen Herrschaft. Anspielung auf die mit den Festzeiten des Kirchenjahres wechselnden liturgischen Farben.

738,14 *Mercurius mit Flůglen]* Bote der olympischen Götter, an Helm und Füßen geflügelt, Gott der Kaufleute.

738,14 f. *Jacobsbruder mit Muschelen behenckt]* Pilger, die zur Grabeskirche des Apostels Jacobus in Santiago de Compostella zogen und an einer aufgenähten Muschel zu erkennen waren. Vgl. Cont 10, S. 608,7 und 19, S. 656,3. (Bd. I/1 d. A.).

738,20 f. *Bauren so doch zur Arbeit geboren]* Vgl. S. 711,10-13.

738,26 *mit Hacken]* Anspielung auf das Sprw.: »Da Adam hackt und Eva span / wer war damahl ein Edelman?« (SP I 4: »Satz von den Bauren«), vgl. auch Agricola, Nr. 264, und ST I 3 (Bd. I/1 d. A., S. 14,33-36).

738,27 *Schuh mit Wyden bindet]* Vgl. dazu S. 667,24-26.

740,4 *adeliche Empter]* Hofämter, die zu besetzen ein Privileg des einheimischen Adels war.

740,8 *Schweytzern]* Zum Söldnertum der Schweizer vgl. Zedler, Bd. 36, Sp. 370, aber auch STM (Bd. II d. A.).

740,13 *Moren]* Vgl. ST III 8 (Bd. I/1 d. A., S. 272 f.): Simplicissimus begegnet dort einem niederländisch sprechenden Mohren.

740,17 f. *Nammen und Empter]* Anspielung auf die jährlich erscheinenden Hofkalender, die Namen und Ämter des gesamten Hofstaates in hierarchischer Ordnung enthielten.

741,7 *Krieg]* Vgl. die Kriegskritik in SP II 10 und in VW.

741,11 *deine Unterthanen nach und nach außsaugest]* Diese Art der Steuerpolitik prangert Grimmelshausen im *Musai* (Bd. II d. A.) an.

741,29 *auff gut altvätterisch]* Anspielung auf Tacitus, *Germania* 22.

741,30 *die Meuder auß Mitleyden]* Die Meuder achtet die jüdische Speisevorschrift.

742,4 f. *ohnbekannter Weis die Lånder beschauet]* Vgl. die Historia der Cidona, S. 695-98.

MÜNZTABELLE

Angster: Schweizer Münze, Wert: 2 Pfennige.

Batzen: Vier-Kreuzer-Stück, Silbermünze, seit dem Ende des 14. Jh.s geprägt. 1 Batzen = 4 Kreuzer = 16 Pfennige.

Blaumüser: Volkstümliche Bezeichnung der seit 1527 in Nijmegen geprägten Halbstüber, seit 1600 im Westen des Reiches verbreitet.

Denar: Die im Jahre 269 v. Chr. eingeführte römische Hauptsilbermünze.

Doppelter Dukat: Goldmünze mit dem doppelten Wert eines Dukaten. S. Dukat.

Dublone: Goldmünze, Bezeichnung für doppelte spanische Pistolen. S. Pistolen.

Dukat: Goldmünze, seit 1559 Hauptgoldmünze des Reiches, allgemeine Verbreitung jedoch erst im 17. Jh., als Zahlungsmittel von den Pistolen verdrängt.

Düttchen: Name der polnischen, aber auch anderer Dreigröscher. Im 17. Jh. auch Bezeichnung der $^{1}/_{16}$ Talerstücke der nordalbingischen Länder nach der Kipperzeit. Wert 3 Schilling.

Fettmönch: Fettmännchen, seit 1583 am Niederrhein geprägte Halbstüberstücke (8 Heller).

Groschen: Scheidemünze, entspricht seit etwa 1570 $^{1}/_{24}$ Taler.

Gulden: Goldmünze, im Reich zuerst als Nachahmung der Florenen (daher die Bezeichnung »fl«) geprägt, später als Goldgulden bezeichnet. Wert: 1 (rheinischer) Gulden = $^{2}/_{3}$ Taler = 60 Kreuzer.

Guldentaler, Reichsguldiner: eine Silbermünze, die durch die Reichsordnung von 1559 als Äquivalent zum Goldgulden geschaffen wurde.

Halbbatzen: 2-Kreuzer-Stück, auch Albus genannt, in der 2.

Hälfte des 16. Jh.s am Oberrhein geprägt. 1 Halbbatzen = 2 Kreuzer = 8 Pfennige.

Heller: Kupfermünze, seit dem 16. Jh. Scheidemünze. 1 Heller = 1/2 Pfennig = 1/8 Kreuzer.

Jacobiner: Wertvolle englische Goldmünze aus reinem Gold, der sogenannte »Laurel« Jacobs I. (1566-1625).

Kopfstück: Goldmünze, deutsche Bezeichnung der italienischen Testoni und französischen Testons, die in vielen europäischen Staaten nachgeahmt wurden.

Kreuzer: Geringhaltige Billonmünze (Legierung von Silber und Kupfer), die ein Doppel- oder Radkreuz trägt, im Reich erst seit dem 16. Jh. verbreitet.

Luzer: Blutzger, kleine Silbermünze von Bistum und Stadt Chur sowie der Herrschaft Haldenstein.

Ortstaler: Silbermünze im Wert eines Vierteltalers.

Pistole: Goldmünze, doppelter spanischer Escudo, von Philipp II. (1556-1598) eingeführt; seit 1641 schlug Frankreich nach ihrem Muster seine Louisdor.

Pfennig: Seit dem 15. Jh. Scheidemünze. 1 Pfennig = 2 Heller = 1/4 Kreuzer.

Pölchen: Nachprägung des polnischen Halbgroschen Sigismunds I. von Böhmen und Ungarn, seit 1517 in Schweidnitz, 1526 Umprägung in Sechs- und Dreigröscher.

Real: Zunächst spanische Silber-, Kupfer- und Rechnungsmünze, im 17. Jh. nur noch Rechnungseinheit für den Wert der großen Gold- und Silbermünzen.

Schilling: Im oberdeutschen Raum galt 1 Gulden = 28 Schilling (um 1580).

Sesterz: Römische Silbermünze, auch »Nummus« genannt. 1 Sesterz = 1/4 (röm.) Denar.

Sols: Der französische Sol (Sou) galt 12 Pfennige.

Sterling: Englische Münze seit 1180, entspricht dem englischen Großpfennig.

Stüffen: Stüver, niederländische Münze. Der Stüver galt 8 Pfennige.

Taler: Seit 1484 als Äquivalent des Goldguldens geprägte Silbermünze. Der sogenannte Reichstaler = 1,5 Gulden = 90 Kreuzer.

Weispfennig: Albus, im 14.-16. Jh. am Niederrhein die Hauptsilbermünze, später durch Taler und Stüber verdrängt.

SIGLENVERZEICHNIS

Cont	Continuatio
Cour	Landstörtzerin Courasche
Dietw	Dietwald und Amelinde
EC	Ewigwährender Calender
GM	Galgen-Männlin
GT	Gauckeltasche
KJ	Keuscher Joseph
Prox	Proximus und Lympida
RP	Rathstübel Plutonis
SP	Satyrischer Pilgram
Spr	Seltzamer Springinsfeld
ST	Simplicissimus Teutsch
StM	Stoltzer Melcher
VW	Verkehrte Welt
WV I	Wunderbarliches Vogelnest, 1. Teil
WV II	Wunderbarliches Vogelnest, 2. Teil
Grimm, DWb	Deutsches Wörterbuch von Jacob und Wilhelm Grimm
HdA	Handwörterbuch des deutschen Aberglaubens

LITERATURVERZEICHNIS

KOMMENTIERTE GRIMMELSHAUSEN-AUSGABEN

Hans Jacob Christoffels von Grimmelshausen Simplicianische Schriften, hg. und mit Erläuterungen versehen von Heinrich Kurz, Bd. 1 u. 2, Leipzig 1863.

Grimmelshausens Werke, hg. v. Felix Bobertag, 3 Teile, Berlin und Stuttgart 1882-83.

Grimmelshausens Werke in vier Teilen in drei Bänden, hg., mit Einleitung und Anmerkungen versehen von Hans Heinrich Borcherdt, Berlin 1922.

Der Abentheuerliche Simplicissimus Teutsch, hg. v. Alfred Kelletat, München ^{3}1977.

Simplicianische Schriften, hg. v. Alfred Kelletat, München 1976.

Grimmelshausen, Werke in vier Bänden, ausgewählt und eingeleitet v. Siegfried Streller, Berlin und Weimar ^{4}1977.

Hans Jacob Christoffel von Grimmelshausen, *Werke II/1*, hg. v. Dieter Breuer, Frankfurt/Main (Deutscher Klassiker Verlag) 1989.

QUELLEN

Johannes Agricola, Sybernhundert vnd fuͤnfftttzig Teuͤtscher Sprichwoͤrter / verneuͤvert und gebessert. Zu Hagenaw / im jar M.D.XXXIIII, repr. Nachdr. d. Ausg. Hagenau 1534, hg. v. Mathilde Hahn, Hildesheim und New York 1970.

Aegidius Albertinus, Lucifers Königreich und Seelengejaidt, hg. v. Rochus Freiherrn von Liliencron, Berlin und Stuttgart o. J.

Andreas Alciatus, Emblematum libellus, uigilanter recongnitus, & ia recèns per Wolphangum Hungerum Bauarum, rhythmis Germanicis uersus. PARISIIS. Apud Christianum Wechelum, sub scuto Basiliensi, in uico Iacobeo: & sub Pegaso, in uico Bellouacensi. Anno M.D.XLII, Nachdr. Darmstadt 1980.

Amadis de Gaula. Erstes Buch, nach der ältesten deutschen Bearbeitung, hg. v. Adelbert von Keller, Stuttgart 1857, unveränd. fotomech. Nachdr. Stuttgart 1963.

Aurelius Augustinus, Vom Gottesstaat (De civitate Dei), Aus dem Lateinischen übertragen v. Wilhelm Timme, eingeleitet v. Carl Andresen, Bde. 1-2, München 1978.

Ders., Confessiones. Bekenntnisse. Lateinisch und Deutsch, eingeleitet, übersetzt und erläutert v. Joseph Bernhart, 4. Aufl., München 1980.

Giovanni Boccaccio, Decameron, dt. Übersetzung v. Heinrich Steinhöwel, hg. v. Adelbert von Keller, Stuttgart 1860 (Bibliothek des Literarischen Vereins in Stuttgart LI), fotomech. Nachdr. Amsterdam 1968.

Pierre Boaystuau, LE THEATRE DU MONDE Oder Schawplatz der Welt ⟨...⟩ Anfangs in Lateinischer / hernachmals in Frantzoisischer Sprach durch P. BOAYSTUAU ⟨...⟩ verfasset / Anitzo aber In unsere Teutsche Muttersprach ⟨...⟩ außgefertiget ⟨...⟩ von Johann Moritz Friederichen, Leipzig / Gedruckt bey Johann Bauern / im Jahr 1659.

Sebastian Brant, Das Narrenschiff, nach der Erstausg. Basel 1494, mit den Zusätzen der Ausg. v. 1495 und 1499, hg. v. Manfred Lemmer, Tübingen 1962.

Franz Callenbach, Almanach. Welt-Sitten-Staat-Marter-Calender: Gerichtet auff alle Schalt-Jahr. Allen so wohl freywilligen als gezwungenen Zeit- und Modi-Martyrern Zur Nachricht / Warnung / und glimpfflicher Bestraffung. Abgetheilet in drey Marter-Listen Hohen / mittelmaͤssigen / und gemeinen Stands. Gedruckt unter dem Schnapp-Galgen / auff der Folter- und Marter-Preß; allernechst der alten abgefuͤhrten Pferds-Wayd gegen dem alten Jagdhunds-Spital. Wird verkaufft bey dem so genanten lahmen Mann in der Gerbers-Gassen im Stockhaus (1714).

Petrus Canisius, Catechismvs biblicvs minor: Das ist: Schrifftmaͤßige bewehrung der wahren christ-catholischen 〈...〉 lehr. Gedruckt zú mayntz / Bey Christoph Kuchlern / 〈...〉 1670.

Johann Coler: CALENDARIVM OECONOMICVM & perpetuum. VOr die Haußwirt / Ackerleut / Apotecker vnd andere gemeine Handwercksleut / Kauffleut / Wanderßleut / Weinherrn / Gertner vnd alle die jenige so mit Wirtschafft vmbgehen. 〈...〉 Gedruckt zu Wittenberg bey Christoff Axin / Cum Gratia & Priuilegio / Anno 1591, repr. Nachdr. der Erstausgabe Wittenberg, Weinheim: Acta Humaniora 1988.

Ders., Oeconomia ruralis et domestica. Darin das gantze Ampt aller trewer Hauß-Vaͤtter, Hauß-Muͤtter, bestaͤndiges und allgemeines Hauß-Buch, vom Haußhalten, Wein-Acker-Gaͤrten-Blumen und Feld-Baw begriffen 〈...〉 Mainz 1645-1651.

Johann Fischart, Geschichtklitterung (Gargantua), Text der Ausgabe letzter Hand von 1590, mit einem Glossar hg. v. Ute Nyssen, Nachwort v. Hugo Sommerhalder, Düsseldorf 1963.

Ders., Flöh Hatz, Weiber Tratz, nach der Ausgabe v. 1656, hg. v. Alois Haas, Stuttgart 1967.

Ders., Vom Ritter Peter von Stauffenberg, in: Johann Fischarts Werke. Eine Auswahl, hg. v. Adolf Hauffen, T. 1-3., Stuttgart 1895 (Deutsche National-Literatur, Bd. 18/1).

Fortunatus, Studienausgabe nach der Editio Princeps v. 1509, hg. v. Hans-Gert Roloff, Stuttgart 1981.

Sebastian Franck, Erste namenlose Sprichwörtersammlung vom Jahre 1532, in getreuem Abdruck mit Erläuterungen u. cultur- u. literaturgeschichtlichen Beilagen, hg. v. Friedrich Latendorf, Poesneck 1876, repr. Nachdr. Hildesheim und New York 1970.

Thomaso Garzoni, Spital Unheylsamer Narren / vnnd Naͤrrinnen ⟨...⟩ Teutsch gemacht. Durch Georgium Fridericum Messerschmid ⟨...⟩ Gedruckt zu Straßburg / bey Johann Carolo / Im Jahr / 1618.

Ders., PIAZZA VNIVERSALE, das ist: Allgemeiner Schawplatz / oder Marckt / vnd Zusam̃enkuenfft aller Professionen / Kuensten / ⟨...⟩ Erstlich durch Thomam Garzonum auß ⟨...⟩ Italienisch zusammen getragen / ⟨...⟩ Nunmehro ⟨...⟩ in unsere Muttersprach vbersetzt / ⟨...⟩ Gedruckt zu Franckfurt am Mayn / bey Nicolao Hoffman / in Verlegung LVCAE IENNIS. M.DC.XIX.

Christian Gerson, Der Juden THALMUD Fuͤrnembster innhalt / vnd Widerlegung / In zwey Buͤcher verfasset. ⟨...⟩ Durch CHRISTIANUM GERSON von Recklinghausen / gebornen Juden / vnd getaufftem widergebornen Christen. Gedruckt zu Goßlar bey Johan Vogt. Anno 1607.

Johann Jakob Christoffel von Grimmelshausen, Gesammelte Werke in Einzelausgaben, unter Mitarbeit von Wolfgang Bender und Franz Günther Sieveke hg. v. Rolf Tarot, 13 Bde., Tübingen 1967-76.

Ders., Des Abentheuerlichen Simplicissimi Ewig-währender Calender ⟨...⟩ In Nürnberg 1671. Verlegt und zu finden bei Wolf Eberhard Felßecker, Faks.-Dr. der Erstausg. Nürnberg 1671, hg. v. Klaus Haberkamm, Konstanz 1967.

Ders., Lebensbeschreibung der Erzbetrügerin und Landstörzerin Courasche, hg. v. Klaus Haberkamm und Günther Weydt, Stuttgart 1971.

Ders., Der seltsame Springinsfeld, hg. v. Klaus Haberkamm und Günther Weydt, Stuttgart 1976.

Andreas Gryphius, Horribilicribrifax Teutsch. Abdruck der Erstausgabe aus dem Jahr 1663, in: Andreas Gryphius. Gesamtausgabe der deutschsprachigen Werke, hg. v. Marian Szyrocki und Hugh Powell, Bd 7: Lustspiele I, hg. v. Hugh Powell, Tübingen 1969, S. 41-119.

Antonio de Guevara, CONTEMPTVS VITAE AVLICAE & Laus Ruris ⟨. . .⟩ durch Herrn Antonium de Gueuarra ⟨. . .⟩ beschriben ⟨. . .⟩ durch AEGIDIVM ALBERTINVM ⟨. . .⟩ verteutscht München / durch Niclas Hainrich vnd Adam Berg / ⟨. . .⟩ 1604.

Johann Eberlin von Günzburg, Mich wundert, daß kein Geld im Land ist, In: Johann Eberlin von Günzburg, Sämtl. Schriften, Bd. 3, S. 147-185 (Neudrucke dt. Litteraturwerke des XVI. und XVII. Jahrhunderts. Flugschriften aus der Reformationszeit XVIII, hg. v. Ludwig Enders, Halle 1902).

Georg Philipp Harsdörffer, Der Grosse Schau-Platz jåmmerlicher Mordgeschichte ⟨. . .⟩, Hamburg 1656, repr. Nachdr. Hildesheim und New York 1975.

Ders., Frauenzimmer Gesprächspiele, hg. v. Irmgard Böttcher, 1.-8. Teil, Tübingen 1968-69.

Caesarius von Heisterbach, Caesarii ⟨Heisterbacensis monachi ordinis Cisterciensis⟩ Dialogus miraculorum. Textum. ⟨. . .⟩ Recognovit Josephus Strange, Vol. 1.2., Coloniae, Bonnae 1851.

Arthur Henkel / Albrecht Schöne, Emblemata. Handbuch zur Sinnbildkunst des XVI. und XVII. Jahrhunderts, hg. v. Arthur Henkel und Albrecht Schöne, Sonderausgabe, Stuttgart 1978.

Horaz, Sämtliche Werke. Lateinisch – deutsch, hg. v. Hans Färber, München und Darmstadt 1967.

Christoph Andreae Hörl von Wätterstorff, BACCHVSIA Oder Faßnacht-Land Allwo Es Drey Teutschen jungen

Herzen auff ihrer Raiß sehr uͤbel ergangen / darbey allerhand kurzweilige Geschichten eingemischt werden. ⟨. . .⟩ Getruckt zu Muͤnchen / durch Lucam Straub. 1677.

Georg Hornius, ORBIS POLITICUS Oder Beschreibung Aller Kaͤiserthum / Koͤnigreiche / Fuͤrstenthuͤmer und Republiken / so heute zu Tag in der Welt bekant, Budiszin ⟨. . .⟩ 1669.

Illustrierte Flugblätter des Barock, Eine Ausw., hg. v. Wolfgang Harms, John Roger Paas u. a., Tübingen 1983 (Deutsche Neudrucke, Reihe Barock, Bd. 30).

Flavius Josephus, Flavii Josephii / des Hochberuhmten Judischen Geschichtschreibers / Historien vnd Bücher: Von alten Jüdischen Geschichten ⟨. . .⟩ ⟨Getruckt zu Straßburg / durch Theodosium Richel⟩ M.D.LXXV.

Heinrich Kornmann, MONS VENERIS, Fraw Veneris berg ⟨. . .⟩ Durch Henricum Kornmannum ex Kirchajna Chattorum. Gedruckt zu Franckfurt am Main / durch Mathias Beckers seligen Wittib / in Verlegung Jacob Fischers / im Jahr 1614.

Jean de Lafontaine, Die Fabeln, übertr. v. Rolf Mayr, Düsseldorf und Köln 1964.

Isaac de Lapeyrère, PRAEADAMITAE. SIVE EXERCITATIO super Versibus duodecimo, decimotertio & decimoquarto, capitis quinti Epistolae D. Pauli ad Romanos. QVIBVS INDICVNTVR Primi Homines ante Adamum conditi. ANNO SALUTIS, M.DC.LV.

Ders., SYSTEMA THEOLOGICUM, EX PRAE-ADAMI-tarum HYPOTHESI. PARS PRIMA. ANNO SALVTIS, MDC.LV.

Peter Lauremberg, ACERRA PHILOLOGICA, Das ist: Vierhundert außerlesene / Nuͤtzliche / lustige / vnd denckwuͤrdige HISTORIEN VND DISCVRSEN ⟨. . .⟩ gedruckt zu Leyden / Bey Frantz Hegern. 1646.

Valentin Leucht, Viridarium regium miraculorum, oder deß koͤniglichen Lustgartens der Miraculn ⟨. . .⟩ auß heiliger Schrifft vnnd den Annalibus cardinalis Baronii ⟨. . .⟩ beschrieben durch Valentinum Leuchthium. Coloniae, In Verlegung Gymnici, 1614.

Lobwasser, Ambrosius: Psalter vnd Psalmen Davids / Nach Frantzoesischer Melodey in Teutsche Reymen artig gebracht: Auch eines jedes Psalmen jnhaltt / vnd kurtz Gebetlein darauff: Durch Ambrosium Lobwasser / D. Sampt D. Martin Luthers / vnd anderer Gottseligen / Geistlichen Kirchengesaengen. Deßgleichen: Die Sonntags Evangelia Reymen vnd Gesangsweiß componirt Von IOAN. POSTHIO Med. Doct. Alles mit vier Stimmen / doch jeder absonderlich. TENOR. Gedruckt zur Newstadt an der Harb / durch Heinrich Starck / Jn verlegung Johan Carl Vnckels / Buchhaendlers zu Franckfurt am Mayn. ANNO M.DC.XIX.

Francius López de Ubeda, Die Landstoͤrtzerin IVSTINA DIETZIN PICARA genandt ⟨...⟩ Durch Herrn Licentiat FRANCISCVM di VBEDA von TOLEDO in Spanischer Spraach beschrieben / vnnd in zwey Buͤcher abgetheilt. Nachmals von BARETZO BARETZI in Jtalianisch transferirt / vnd nun zum letzten auch in vnser hochteutsch Spraach versetzt. [2 Teile] Franckfurt am Mayn / Gedruckt bey Johann Friederichen Weissen / M.DC.XXVI-M.DC.XXVII., Nachdr. Hildesheim und New York 1975.

Jacob Masen, AVRUM SAPIENTUM, Das ist: Kunst leichtlich / und ohne Suͤnde Reich zuwerden, Köln: Friessem 1666.

Johann Peter de Memel, Lustige Gesellschaft: COMES FACUNDUS in via vehiculo: ⟨...⟩ Getruckt zu Zippelzerbst im Drömbling. Im Jahr 1656.

Petrus Mexia, SYLVA VARIARUM LECTIONUM, Das ist: Historischer Geschicht- Natur- und Wunderwald / Allerhand merckwuͤrdiger Erzehlungen / sonderbarer und seltzamer Begebenheiten ⟨...⟩ ins Teutsche uͤbersetzet Durch J.A.M. ⟨...⟩ NÜRNBERG / gedruckt bey Wolf Eberhard Felßeckern im Jahr M.DC.LXIIX.

Moscherosch, Johann Michael: Visiones de Don Quevedo. Wunderliche und Wahrhafftige Gesichte Philanders von Sittewalt, Straßburg 1642, Nachdr. Hildesheim und New York 1974.

Adam Olearius, Vermehrte Newe Beschreibung der Muscowitischen vnd Persischen Reyse So Durch gelegenheit einer Holsteinischen Gesandschafft an den Russischen Zaar vnd Koͤnig in Persien geschehen ⟨...⟩ Welche zum andern mahl heraus gibt Adam Olearius Ascanius / der Fuͤrstlichen Regierenden Herrschaft zu Schleßwig Holstein Bibliothecarius vnd HoffMathematicus. Mit Roͤm: Kaͤyserl. Mayest. Privilegio nicht nachzudrucken. Schleßwig / Gedruckt ⟨...⟩ durch Johan Holwein / Im Jahr MDCLVI, repr. Nachdr., hg. v. Dieter Lohmeier, Tübingen 1971.

Theophrastus Paracelsus ⟨d. i. Aureolus Philippus Theophrastus Bombast von Hohenheim⟩, Werke, bes. v. Will-Erich Peukert, Bde. 1-5, Nachdr. d. 2. unveränd. Aufl., Basel und Stuttgart 1982.

Johannes Pauli: Schimpf und Ernst, hg. v. Hermann Österley, fotomech. Nachdr. d. Ausg. Stuttgart 1866 (Bibliothek des Litterarischen Vereins in Stuttgart, Bd. 85), Amsterdam 1967.

C. Plinius Secundus, Caij Plinij Secundi ⟨...⟩ Natuͤrlicher History fuͤnff Buͤcher ⟨...⟩ Newlich durch Heinrich von Eppendorf verteutscht ⟨...⟩ Zu Strassburg, bey Hans Schotten zum Theyergarten, ⟨...⟩ 1543.

Politischer Welt-Spiegel / Oder Neu vermehrter Politischer Nach-Tisch / Darinnen Alle Reiche und Staaten der gantzen Welt curieux und gruͤndlich in Fragen und Antwort vorgestellet werden ⟨...⟩, Dreßden und Leipzig / Bey Gottfried Leschen / Anno 1716.

Johannes Praetorius, Der Abentheuerliche Gluͤcks- / Topff / Welcher in hundert und acht zehen beschriebenen Abergläubischen Zetteln bestehet / womit die wahnwitzige Welt sich bereichern / und ihre Wolfart erkuͤndigen oder bevestigen wil ⟨...⟩ Gedruckt im Jahr / 1669.

⟨Pseudo-Moscherosch:⟩ Les Visions de Don Queveto Philandri von Sittewaldt Complementum ⟨...⟩ Franckfurt / bey Johann Gottfried Schoͤnwetters. Im Jahr 1648.

Johannes Rist, Sämtliche Werke, unter Mitwirkung v. Helga Mannack hg. v. Eberhard Mannack, Bde. 1-7, Berlin 1982.

Knorr von Rosenroth, Christian Freiherr: Kabbala Denudata. Nachdr. der Ausg. Sulzbach 1677, 2 Bde., Hildesheim und New York 1974 (Volkskundliche Quellen. Neudrucke europäischer Texte und Untersuchungen: II, Aberglaube, hg. v. Will Erich Peuckert und Kurt Ranke).

Hans Sachs, Werke, hg. v. Adelbert von Keller ⟨ab Bd. 13 mit⟩ E. Goetze, repr. Nachdr. der Ausg. Stuttgart 1870-1908, Bde. 1-26, Hildesheim 1964.

Simon Schaidenreisser, Odyssea, Das seind die aller zierlichsten vnd lustigsten vier vnd zwaintzig buͤcher des eltisten kunstreichesten Vatters aller Poeten Homeri zu Teuͤtsch tranßferiert ⟨. . .⟩ durch Simon Schaidenreisser, Faksimiledr. d. Ausg. Augsburg 1537, Münster 1986.

Claus von Schauenburg Teutscher Friedens-Raht. Oder Deutliche Vorstellung / wie im Teuschland bey erwunschten Friedens-Zeiten eine wohlersprießliche Regierung ⟨. . .⟩ anzuordnen und einzufuͤhren. Erstlich ⟨. . .⟩ von Weyland ⟨. . .⟩ Herrn Clausen / von- und zu Schauenburg ⟨. . .⟩ Nunmehro ⟨. . .⟩ durch Herrn Philipp Hannibalen von- und zu Schauenburg ⟨. . .⟩ Straßburg ⟨. . .⟩ bey Johann Wilhelm Tidemann ⟨. . .⟩ 1670.

Caspar Schott, MAGIA OPTICA, Das ist / Geheime doch naturmaͤssige Gesicht- und Augen-Lehr / In zehen unterschiedliche Buͤcher abgetheilet / ⟨. . .⟩ Hiebevor durch den Vortrefflichen / Wol-Ehrwuͤrdigen / und weltberuͤhmten Herrn Caspar Schotten / der Societat Jesu / in lateinischer Sprache beschriben / Anjetzo ⟨. . .⟩ ins Hochdeutsche uͤbersetzt und vermehret Von M.F.H.M. Mit dreyen Registern versehen. Bamberg / In Verlegung Johann Arnold Cholins. M.DC.LXXI.

Ders., JOCO-SERIORUM NATURAE ET ARTIS, SIVE MAGIAE NATVRALIS Centuriae tres: Das ist / Drey-Hundert Nuͤtz- und lustige Saͤtze Allerhand merckwuͤrdiger Stuͤcke von Schimpff und Ernst / Genommen auß der Kunst und Natur / oder natuͤrlichen MAGIA. Benebens einem Zusatz oder Anhang von Wunderdeutenden CREUTZEN / Auß

R.P. ATHANASI KIRCHERI SOC. JESU. DIATRIBE. Franckfurt am Mayn / In Verlegung Johann Arnold Cholin. M D LXXII.

Schupp, Johann Balthasar, Der Freund in der Not, Abdr. d. ersten Ausg. (1657), Halle 1878 (Neudrucke deutscher Litteraturwerke des XVI. und XVII. Jahrhunderts, No. 9).

Ders., Von der Kunst Reich zu werden. Bey diesen geldmangelnden Zeiten nutzlich zu lesen und zu gebrauchen, in: Hanns Michael Moscherosch, Gemischte Philanders von Sittenwald, hg. v. Felix Bobertag, Stuttgart 1983 (DNL 32), repr. Nachdruck Darmstadt 1964, S. XXI-XXIX.

Charles Sorel, Wahrhafftige vnd lustige Histori / Von dem Leben des Francion. Auffgesetzt Durch Niclas von Mulinet Herrn zu Pare ⟨. . .⟩ Nunmehr den lustigen Gemuethern zu mehrer Ergetzung außm Frantzoesischen ins Teutsch versetzet M DC LXII.

Friedrich Spee, Güldenes Tugend-Buch ⟨. . .⟩, hg. v. Theo G. M. van Oorschot (Sämtliche Schriften. Historisch-kritische Ausg. in 3 Bdn., Bd. 2), München 1968.

Ders., Cautio criminalis ⟨. . .⟩, Nachdr. der Ausg. Rinteln 1631, Rinteln 1971.

Ders., Trutz-Nachtigall, hg. v. Theo G. M. van Oorschot (Sämtliche Schriften ⟨. . .⟩, Bd. 1), Bern 1985.

Tacitus, Germania. Lateinisch – deutsch, hg. v. Manfred Fuhrmann, Stuttgart 1983.

Theatrum Europaeum Oder / Außführliche und Wahrhafftige Beschreibung aller und jeder denckwürdiger Geschichten / so sich hin und wieder in der Welt / fürnemblich aber in Europa, und Teutschlanden / so wol im Religion- als Prophan-Wesen / vom Jahr Christi 1617. bis auff das Jahr 1629 exclus. ⟨. . .⟩ sich zugetragen haben / ec. Beschrieben durch M. Johannem Philippum Abelinum Argentoratensem ⟨. . .⟩ jetzo zum drittenmahl / nach beschehener Revision und Verbesserung / an Tag gegeben und verlegt / Durch Weyland Matthaei Merians

Seel. Erben in Franckfurt. ⟨...⟩ Gedruckt zu Franckfurt am Mayn / ⟨...⟩ Im Jahr nach Christi Geburt MDCLXII.

Theatrum Europaeum, Historische Continuation Oder Wahrhaffte Beschreibung aller denckwürdigen Geschichten, ⟨...⟩ vom Jahr Christi 1629. bis in Das Jahr 1633. ⟨...⟩ verlegt durch Mattheum Merian inn Franckfurtt 1637.

Theatrum Europaeum, THEATRI EVROPAEI Continuatio III Das ist: Historischer Chronicken Dritter Theil ⟨...⟩ von Anno 1633. biß 1638. ⟨...⟩ zusammen getragen / vnd beschrieben Durch HENRICVM ORAEVM Affenhaimiatem, Historiophilum. ⟨...⟩ verlegt durch MATTHAEVM MERIAN. Buchhändlern vnd Kupfferstechern zu Franckfurt am Mayn. Franckfurt / Getruckt in Wolffgang Hoffmanns Buchtruckerey / Im jahr M.DC.XXXIX.

Theatrum Europaeum, THEATRI EVROPAEI Vierdter Theil: ⟨...⟩ Anno 1638. bis Anno 1643. ⟨...⟩ Beschrieben durch IOANNEM PHILIPPVM ABELINVM. Zweyter Truck ⟨...⟩ Getruckt zu Franckfurt am Mayn / in verlegung Matthaei Meriani Buchhändlers daselbsten. Anno M.DC.XXXXVIII.

Theatrum Europaeum, THEATRI EVROPAEI Fünffter Theil ⟨...⟩ von Jahr 1643. biß ins 1647. ⟨...⟩ verlegt Durch Weyland Carl Gustavs Merians Seel. Erben. Franckfurt am Mayn / Gedruckt bey Johann Philipp Andreae. Im Jahr MDCCVII.

Theatrum Europaeum. THEATRI EVROPAEI Sechster vnd letzter Theil ⟨...⟩ biß auf das Jahr 1649. dasselbst gepflogen / auch geschlossen / endlich aber durch Göttliche Verleyung in des H. Reichs statt Nürnberg Anno 1650. vollzogenen General Friedens Tractaten / vom Jahr Christi 1647. biß 1651. allerseits begeben vnd zugetragen ⟨...⟩ zusammen getragen vnd beschrieben / Durch Johannem Georgium Schlederum, Ratispona. Bavarum. ⟨...⟩ Franckfurt am Mayn / Auff Kosten Weyl. Mathaei Merians Seel. Erben / Druckts Daniel Fieret. Anno MDCLXIII.

IRENICO-POLEMOGRAPHIAE CONTINUATIO III. Das ist: Der Historisch-fortgefuͤhrten Friedens- und Kriegs-Beschreibung Vierdter / Oder deß THEATRI EVROPAEI Zehender Theil / Von den denckwuͤrdigsten Geschichten / so sich hie und da in Europa ⟨...⟩ von dem 1665sten Jahr / biß in Anno 1671. denck- und schreibwuͤrdig vorgangen. ⟨...⟩ von Wolffgang Jacob Geiger / der rechten Beflissenen. ⟨...⟩ Franckfurt am Mayn / In Verlag Mattaei Merian / Caspar Merian / vnd Thomae Matthiae Goͤtzens sel. Erben. Gedruckt in der Wust- und Goͤrlinischen Druckerey. Im Jahr Christi MDCLXXVII.

Thomas von Kempen, Das Buch von der Nachfolge Christi, Aus dem Lat. des Thomas von Kempen, bearb. v. Walter Kröber, Stuttgart 1967.

Thüring von Ringoltingen, Melusine, in der Fassung des Buchs der Liebe (1587) hg. v. Hans-Gert Roloff, Stuttgart 1969.

Niclas Ulenhart, Historia von Isaac Winckelfelder vnd Jobst von der Schneid 1617, nach Cervantes' »Rinconete y Cortadillo«, repr. Nachdr., kommentiert u. mit einem Nachwort v. Gerhart Hoffmeister, München 1983.

Johann Christoph Wagenseil, Der Meistersinger Holdseligen Kunst Anfang / Fortuͤbung / Nutzbarkeiten / und Lehr-Sätzen. Altdorf 1697 (Faksimile).

Johann Jakob Wallhausen, L'Art Militaire, Oppenheim 1615.

Eberhard Wassenberg, Der Ernewerder Teutsche Florvs Wassenberg, Mit Animadversionen Addition: vnd Correctionen deren in vorigen Ein geruckten ungleichen Hystorien: verbessert: der Warheit restituirt / vnd biß Anno 1647. Continuirt. Franckfurt. Bey Anthoni Hummen.

Ders., Frantzoͤsische Gold-Grube / Denen Roͤmischen Reiches-Staͤnden eroͤffnet / wird verschlossen Von EVERHARDO WASSENBERGIO. Anno Domini M.DC.LXXII.

Johann Heinrich Zedler, Grosses vollstaͤndiges UNIVERSAL-LEXICON Aller Wissenschafften und Künste ⟨...⟩ 64

Bde. u. 4 Suppl.-Bde., Halle, Leipzig 1732-64, Nachdr. Graz 1961-64.
Philipp von Zesen, Assenat, repr. Nachdr. d. Ausg. 1670, hg. v. Volker Meid, Tübingen 1967.

SEKUNDÄRLITERATUR

Herbert A. Arnold, Moralisch-didaktische Elemente und ihre Darstellung in Grimmelshausens Roman »Courasche«. Beitrag zu einer möglichen Interpretation, in: ZfdPh 88 (1969), S. 521-560.

Ders., Die Rollen der Courasche: Bemerkungen zur wirtschaftlichen und sozialen Stellung der Frau im siebzehnten Jahrhundert, in: Die Frau von der Reformation zur Romantik. Die Situation der Frau vor dem Hintergrund der Literatur- und Sozialgeschichte, hg. v. Barbara Bekker-Cantarino, Bonn 1980 (Modern German Studies 7), S. 86-111.

Fritz Aronstein, Eine jüdische Novelle von Grimmelshausen, in: Zeitschrift für die Geschichte der Juden in Deutschland 5 (1935), S. 237-241.

Italo Michele Battafarano, Präadamiten und Nicht-Adamische: Isaac de Lapeyrère / Paracelsus / Grimmelshausen, in: Annali 26 (1983), Nr. 1, S. 11-41.

Ders., Grimmelshausen zwischen Pierandrea Mattioli und Isaac de Lapeyrère: Wunderpflanzen und Präadamiten in »Galgenmännlin« und »Vogelnest«, in: Literatur und Volk im 17. Jahrhundert. Probleme populärer Kultur in Deutschland, hg. v. Wolfgang Brückner, Peter Blickle und Dieter Breuer, Teil 1, Wiesbaden 1985 (Wolfenbütteler Arbeiten zur Barockforschung 13), S. 293-300.

Arthur Bechtold, Zur Quellengeschichte des Simplicissimus, in: Euphorion 19 (1912), S. 19-66; S. 491-546.

Ders., Zur Quellengeschichte der Simplicianischen Schriften, in: Zeitschrift der Gesellschaft für Beförderung der Geschichts-, Altertums- und Volkskunde von Freiburg, dem Breisgau und den angrenzenden Landschaften 26 (1913), S. 277-303.

Ders., Zu Grimmelshausens »Seltsamen Springinsfeld«:

Die Meuterei des Dragonerregiments Barttel (1649), in: Alemannia 44 (1917), S. 2-30.

Jörg Jochen Berns, Die »Zusammenfügung« der Simplicianischen Schriften. Bemerkungen zum Zyklus-Problem, in: Simpliciana 10 (1988), S. 301-329.

Ders., Libuschka und Courasche, 1. Teil: Dokumentation. Bemerkungen zu Grimmelshausens Frauenbild, in: Simpliciana 11 (1989), S. 215-261.

Ders., Buch der Bücher oder Simplicianischer Zyklus. Leserprovokation als Erzählmotivation im Gutenbergzeitalter, in: Simpliciana 12 (1990), S. 101-123.

Joachim J. Boeckh, Grimmelshausens Rathstübel Plutonis, in: Acta Litteraria Academiae Scientiarum Hungaricae, Budapest 2 (1959), S. 347-367.

Dieter Breuer, Der »Philotheus« des Laurentius von Schnüffis. Zum Typus des geistlichen Romans im 17. Jahrhundert, Meisenheim am Glan 1969 (Deutsche Studien 10).

Ders., Grimmelshausens politische Argumentation. Sein Verhältnis zur absolutistischen Staatsauffassung, in: Daphnis 5 (1976), S. 303-332.

Ders., Grimmelshausens simplicianische Frömmigkeit: Zum Augustinismus des 17. Jahrhunderts, in: Frömmigkeit in der frühen Neuzeit. Studien zur religiösen Literatur des 17. Jahrhunderts in Deutschland, hg. v. Dieter Breuer, Amsterdam 1984 (Chloë), S. 213-252.

Ders., Krieg und Frieden in Grimmelshausens »Simplicissimus Teutsch«, in: DU 37 (1985), H. 5, S. 79-97.

Ders., Grimmelshausen und Fischart. Ein Vergleich, in: Simpliciana 12 (1990), S. 159-179.

Ders., »Ein erschrecklichs Monstrum«: Editorische Probleme mit dem barocken »Klassiker« Grimmelshausen, in: Études Germaniques 46 (1991), H. 1, S. 121-137.

Renate Brie, Die sozialen Ideen Grimmelshausens besonders über die Bauern, die armen Leute und die Soldaten, Berlin 1938 (Germanistische Studien 205).

Hansjoerg Büchler, Studien zu Grimmelshausens Landstörtzerin Courasche (Vorlagen, Struktur und Sprache, Moral), Bern, Frankfurt/M. 1971 (Europäische Hochschulschriften, Reihe 1: Deutsche Literatur und Germanisitik, Bd. 51).

Walter Busch, Geld und Recht in der »Courasche«. Satirische Kritik und utopische Perspektive, in: Annali 26 (1983), Nr. 1, S. 55-92.

Yves Carbonnel, La Courasche de Grimmelshausen et la societé de cour, in: Cahiers 4 (1980), S. 79-98.

Joseph B. Dallett, Mensch und Tierreich im »Simplicissimus«: Neue Perspektiven zu den Quellen, in: Daphnis 5 (1976), S. 217-265.

Ders., Grimmelshausen und die Neue Welt, in: Argenis 1 (1977), S. 141-227.

Ders., Grimmelshausen und Stumpf. Ein Vorbericht, in: CGP 10 (1982), S. 1-34.

Richard van Dülmen, Entstehung des frühneuzeitlichen Europa 1550-1648, Frankfurt/M. 1982.

Ders., Theater des Schreckens. Gerichtspraxis und Strafrituale in der frühen Neuzeit, München 1985.

Alois Eder, Widersprüche im Konzept bürgerlicher Öffentlichkeit. Demonstriert am Beispiel von Grimmelshausens »Rathstübel Plutonis oder die Kunst reich zu werden«, in: Beiträge zur historischen Sozialkunde 4 (1974), Nr. 4 (Okt.-Dez.), S. 76-82.

Hans Ehrenzeller, Studien zur Romanvorrede von Grimmelshausen bis Jean Paul, Bern 1955 (Basler Studien zur deutschen Sprache und Literatur 16).

Mathias Feldges, Grimmelshausens »Landstörtzerin Courasche«. Eine Interpretation nach der Methode des vierfachen Schriftsinns, Bern 1969 (Basler Studien zur deutschen Sprache und Literatur 38).

Hans-Rüdiger Fluck, Quirin Moscherosch – ein Nachbar Grimmelshausens, in: Daphnis 5 (1976), S. 549-566.

Käte Fuchs, Die Religiosität des Johann Jakob Christoffel von Grimmelshausen, Leipzig 1935 (Palaestra 202).

Friedrich Gaede, Grimmelshausen und die Tradition des Skeptizismus, in: Daphnis 5 (1976), S. 465-482.

Ders., Poetik und Logik. Zu den Grundlagen der literarischen Entwicklung im 17. und 18. Jahrhundert, Bern, München 1978.

Ders., Grimmelshausen, Brecht, Grass. Zur Tradition des literarischen Realismus in Deutschland, in: Simpliciana 1 (1979), S. 54-66.

Ders., Homo homini lupus et ludius est. Zu Grimmelshausens »Der seltzame Springinsfeld«, in: DVLG 57 (1983), S. 240-258.

Ders., Von Teufel, Frau und Spiegel, in: Momentum Dramaticum. Festschrift für E. Catholy, U. o. Waterloo Press 1990, S. 161-168.

Hans Dieter Gebauer, Grimmelshausens Bauerndarstellung. Literarische Sozialkritik und ihr Publikum, Marburg 1977 (Marburger Beiträge zur Germanistik 53).

Guillaume van Gemert, Die Werke des Aegidius Albertinus (1560-1620). Ein Beitrag zur Erforschung des deutschsprachigen Schrifttums der katholischen Reformbewegung in Bayern um 1600 und seiner Quellen. Amsterdam 1979 (Geistliche Literatur der Barockzeit, Sonderb. 1).

Hans Geulen, Erzählkunst der frühen Neuzeit. Zur Geschichte epischer Darbietungsweisen und Formen im Roman der Renaissance und des Barock, Tübingen 1975.

Herbert Grabes, Speculum, mirror und looking glass. Kontinuität und Originalität der Spiegelmetapher in den Buchtiteln des Mittelalters und der englischen Literatur des 13. bis 17. Jahrhunderts, Tübingen 1973 (Buchreihe der Anglia 16).

Jacob Grimm und Wilhelm Grimm, Deutsches Wörterbuch, 32 Bde., Leipzig 1854-1961.

Martin Günther, Zur Quellengeschichte des »Simplicissimus«, in: GRM 10 (1922), S. 360-367.

Klaus Haberkamm, »Sensus astrologicus«. Zum Verhältnis von Literatur und Astrologie in Renaissance und Barock, Bonn 1972 (Abhandlungen zur Kunst-, Musik- und Literaturwissenschaft 124).

Ders., »Fußpfad« oder »Fahrweg«? Zur Allegorese der Wegewahl bei Grimmelshausen, in: Rezeption und Produktion zwischen 1570 und 1730. Festschrift für Günther Weydt zum 65. Geburtstag, hg. v. Wolfdietrich Rasch, Hans Geulen und Klaus Haberkamm, Bern, München 1971, S. 285-318.

Ders., »Sensus astrologicus« auch in Grimmelshausens »Courasche«? Vorläufiges zu einer offenen Frage des simplicianischen Zyklus, in: Daphnis 5 (1976), S. 343-368.

Ders., Nachwort. »Coniunctio Saturni, Martis & Mercurii«, in: Hans Jakob Christoph von Grimmelshausen: Der seltzame Springinsfeld, hg. v. Klaus Haberkamm, Stuttgart 1976 (Universal-Bibliothek 9814), S. 185-212.

Ders., Ein simplicianisches Planetenkindschaftsbild. Zur astrologischen Konzeption der Wolfsepisode im »Seltzamen Springinsfeld«, in: Grimmelshausen – Dichter und Schultheiß. Festschrift der Stadt Renchen zur dreihundertjährigen Wiederkehr des Todestages von Johann Jakob Christoph von Grimmelshausen am 17. August 1976, Renchen 1976, S. 33-42.

Ders., Verkehrte allegorische Welt. Das Y-Signum auf dem Titelkupfer von Grimmelshausens »Courasche«, in: »Die in dem alten Haus der Sprache wohnen«. Beiträge zum Sprachdenken in der Literaturgeschichte. Helmut Arntzen zum 60. Geburtstag, zusammen mit Thomas Althaus und Burkhard Spinnen hg. v. Eckehard Czucka, Münster 1991, S. 81-95.

Wilhelm Joseph Hachgenei, Der Zusammenhang der »Simplicianischen Schriften« des Hans Jacob Christoffel von Grimmelshausen. Die Lebensbeschreibungen des Simplicius Simplicissimus, der Courage, des Springinsfeld und die Geschichte des wunderbarlichen Vogelnests eins und zwei, Diss. Heidelberg 1957 (masch.).

Handwörterbuch des deutschen Aberglaubens, hg. unter bes. Mitwirkung v. E. Hoffmann-Krayer v. Hanns Bächtold-Stäubli, Bde. 1-10, Berlin und Leipzig 1927-42.

Wolfgang Harms, Homo viator in bivio. Studien zur Bildlichkeit des Weges, München 1970 (Medium aevum. Philologische Studien 21).

Willi Heining, Die Bildung Grimmelshausens, Diss. Bonn 1962.

Urs Herzog, Der deutsche Roman des 17. Jahrhunderts. Eine Einführung, Stuttgart, Berlin, Köln, Mainz 1976 (Sprache und Literatur 98).

Peter Heßelmann, Marcus Knackwurst und Grimmelshausen. Zu einer bisher nicht ermittelten Quelle des simplicianischen Erzählers, in: Daphnis 14 (1985), S. 579-599.

John W. Jacobson, The Culpable Male: Grimmelshausen on Women, in: GQ 39 (1966), S. 149-161.

Ders., A Defense of Grimmelshausen's Courasche, in: GQ 41 (1968), S. 42-54.

Dietrich Jöns, Emblematisches bei Grimmelshausen, in: Euphorion 62 (1968), S. 385-391.

Jüdisches Lexikon. Ein enzyklopädisches Handbuch des jüdischen Wissens in vier Bänden, Königstein/Ts. 1982.

Robert Jütte, Vagantentum und Bettlerwesen bei Hans Jacob Christoffel von Grimmelshausen, in: Daphnis 9 (1980), S. 109-131.

Evamarie Kappes, Novellistische Struktur bei Harsdoerffer und Grimmelshausen unter besonderer Berücksichtigung des Grossen Schauplatzes Lust- und Lehrreicher Geschichte und des Wunderbarlichen Vogelnestes I und II, Diss. Bonn 1954 (masch.).

Gustav Könnecke, Quellen und Forschungen zur Lebensgeschichte Grimmelshausens, hg. im Auftrag der Gesellschaft der Bibliophilen v. H. J. Scholte, 2 Bde., Weimar 1926-28.

Ilse-Lore Konopatzki, Grimmelshausens Legendenvorlagen, Berlin 1965 (Philologische Studien und Quellen 28).

Manfred Koschlig, Grimmelshausen und seine Verleger. Untersuchungen über die Chronologie seiner Schriften und den Echtheitscharakter der frühen Ausgaben, Diss. Berlin 1939 (Palaestra 218).

Ders., Das Ingenium Grimmelshausen und das »Kollektiv«. Studien zur Entstehungs- und Wirkungsgeschichte des Werkes, München 1977.

Ders., Faust und »Das wunderbarliche Vogel-Nest«. Zur »Abbildung deß Zauberers« bei Grimmelshausen, in: JDSG 23 (1979), S. 154-187.

Jean-Daniel Krebs, Georg Philipp Harsdörffer (1607-1658). Poétique et poésie, 2 Bde., Bern, Frankfurt/M., New York 1983 (Europäische Hochschulschriften, Reihe 1: Deutsche Sprache und Literatur, Bd. 642).

Joël Lefebvre, Didaktik und Spiel in Grimmelshausens »Courage«, in: Simpliciana 2 (1980), S. 31-36.

Gerhard Lemke, Die Astrologie in den Werken Grimmelshausens und seiner Interpreten. Zur Diskussion über den Sternenglauben in der barocken Dichtung, in: Argenis 1 (1977), S. 63-105.

Lexikon für Theologie und Kirche, hg. v. Josef Höfer, Karl Rahner, 2., völlig neu bearb. Aufl., Bde. 1-10 u. Reg., Freiburg/Br. 1957-67.

Elmar Locher, »Ein Weiser hat Augen vnnd ein haupt vnd die Augen im Kopff / aber ein Narr hat den discurs deß Kopffs im anschawen der Augen / ⟨...⟩« Zur Curiositas-Problematik bei Aegidius Albertinus, in: Simpliciana 11 (1989), S. 71-99.

Eberhard Mannack, Hans Jacob Christoffel von Grimmelshausen, in: Deutsche Dichter des 17. Jahrhunderts. Ihr Leben und Werk, unter Mitarbeit zahlreicher Fachgelehrter hg. v. Harald Steinhagen und Benno von Wiese, Berlin 1984, S. 517-552.

Étienne Mazingue, A propos de Courage et Springinsfeld, et specialement de leur divorce, in: Barocker Lust-Spiegel. Studien zur Literatur des Barock. Festschrift für Blake Lee Spahr, hg. v. Martin Bircher, Jörg-Ulrich Fechner und Gerd Hillen, Amsterdam 1984 (Chloë), S. 311-317.

Volker Meid, Grimmelshausen – Epoche, Werk, Wirkung, München 1984 (Arbeitsbücher für den literaturgeschichtlichen Unterricht) (Beck'sche Elementarbücher).

Christel Meier, Gemma Spiritalis. Methode und Gebrauch der Edelsteinallegorese vom frühen Christentum bis ins

18. Jahrhundert, Teil 1, München 1977 (Münstersche Mittelalter-Schriften 34/1).

Heinz Meyer, Die Zahlenallegorese im Mittelalter. Methode und Gebrauch, München 1975 (Münstersche Mittelalter-Schriften 25).

Elfriede Moser-Rath, »Lustige Gesellschaft«. Schwank und Witz des 17. und 18. Jahrhunderts in kultur- und sozialgeschichtlichem Kontext, Stuttgart 1984.

Natura Loquax. Naturkunde und allegorische Naturdeutung vom Mittelalter bis zur frühen Neuzeit, hg. v. Wolfgang Harms und Heimo Reinitzer, Frankfurt/M., Bern, Cirencester 1981 (Mikrokosmos 7).

Wolfgang Neuber, Fremde Welt im europäischen Horizont. Zur Topik der deutschen Amerika-Berichte der Frühen Neuzeit, Berlin 1991 (Philologische Studien und Quellen 121).

Sibylle Penkert, Dreihundert Jahre danach: Unbekannte Grimmelshausen-Handschriften. Das Schreiben des Renchener Schultheißen von 1673 an Bischof Franz Egon von Fürstenberg und andere Quellen des Straßburger Archivs, in: JDSG 17 (1973), S. 3-20.

Jürgen H. Petersen, Formen der Ich-Erzählung in Grimmelshausens Simplicianischen Schriften, in: ZfdPh 93 (1974), S. 481-507.

Eva Philippoff, »Sensus Astrologicus« in Grimmelshausens »Courasche«. Ein Beitrag zur astrologischen Aufschlüsselung von Grimmelshausens Werk, in: Daphnis 7 (1978), S. 531-547.

Rheinisches Wörterbuch, bearb. und hg. v. Josef Müller, Bde. 1-9, Bonn 1928-71.

Hans Gerd Rötzer, Picaro – Landstörtzer – Simplicius. Studien zum niederen Roman in Spanien und Deutschland, Darmstadt 1972 (Impulse der Forschung 4).

Richard E. Schade, The »Courasche«-Frontispiece: Gypsy, Mule, and »Acedia«, in: Simpliciana 3 (1981), S. 73-93.

Walter Ernst Schäfer, Laster und Lastersysteme bei Grimmelshausen, in: GRM N. F. 12 (1962), S. 233-243.

Ders., »Hinweg nun Amadis und deinesgleichen Grillen!«. Die Polemik gegen den Roman im 17. Jahrhundert, in: GRM N. F. 15 (1965), S. 366-384.

Ders., Tugendlohn und Sündenstrafe in Roman und Simpliciade, in: ZfdPh 85 (1966), S. 481-500.

Siegfried Schneiders, »Edel Ingenium« und Melancholie: Zur Schreibmotivation Grimmelshausens, in: Simpliciana 10 (1988), S. 61-79.

Rainer Schönhaar, Picaro und Eremit. Ursprung und Abwandlungen einer Grundfigur des europäischen Romans vom 17. ins 18. Jahrhundert, in: Dialog. Literatur und Literaturwissenschaft im Zeichen deutsch-französischer Begegnungen. Festgabe für Josef Kunz, hg. v. Rainer Schönhaar, Berlin 1973, S. 43-94.

Jan Hendrik Scholte, Grimmelshausen und die Melusinensage, in: Die Ortenau 10 (1923), S. 25.

Ders., Grimmelshausens Beziehungen zur Straßburger Tannengesellschaft, in: Euphorion 37 (1936), S. 324-339.

Schwäbisches Wörterbuch, auf Grund der von Adelbert von Keller begonnenen Sammlung und mit Unterstützung des württembergischen Staates hg. v. Hermann Fischer, Bde. 1-16, Tübingen 1904-36.

Karl-Ludwig Selig, Pedro Mexía's »Silva de varia lecíon« and Horapollo, in: MLN 72 (1957), S. 351-356.

Simplicius Simplicissimus. Grimmelshausen und seine Zeit. Westfälisches Landesmuseum für Kunst und Kulturgeschichte Münster in Zusammenarbeit mit dem Germanistischen Institut der Westfälischen Wilhelms-Universität, Münster 1976 (Ausstellungskatalog).

Timothy Sodmann, Mundarten in Grimmelshausens Werken, in: LB 62 (1973), S. 339-352.

Andreas Solbach, Macht und Sexualität der Hexenfigur in Grimmelshausens »Courasche«, in: Simpliciana 8 (1986), S. 71-87.

Hans Speier, A Woman Named Courage, in: The Arts in Society, hg. v. Robert N. Wilson, Englewood Cliffs New Jersey 1964, S. 193-252.

Ders., Court and Tavern in the german Baroque Novel, in: Hans Speier, Force and Folly. Essays on Foreign Affairs and the History of Ideas, Cambridge / Mass. 1969, S. 221-233.

Ulrich Stadler, Parodistisches in der »Justina Dietzin Picara«. Über die Entstehungsbedingungen und zur Wirkungsgeschichte von Ubedas Schelmenroman in Deutschland, in: Arcadia 7 (1972), S. 158-170.

Ders., Das Diesseits als Hölle: Sünde und Strafe in Grimmelshausens »Simplicianischen Schriften«, in: Europäische Tradition und deutscher Literaturbarock. Internationale Beiträge zum Problem von Überlieferung und Umgestaltung, hg. v. Gerhart Hoffmeister, Bern, München 1973, S. 351-369.

Ders., Satire und Romanform. Zur immanenten Poetik des Hans Jacob Christoffel von Grimmelshausen, in: Daphnis 9 (1980), S. 89-107.

Martin Stern, Geld und Geist bei Grimmelshausen, in: Daphnis 5 (1976), S. 415-464.

Siegfried Streller, Grimmelshausens Simplicianische Schriften. Allegorie, Zahl und Wirklichkeitsdarstellung, Berlin 1957 (Neue Beiträge zur Literaturwissenschaft 7).

Ders., Grimmelshausens »Keuscher Joseph« und Zesens »Assenat«, in: Simpliciana 10 (1988), S. 421-431.

Ders., Rollensprechen bei Grimmelshausens Erzählen, in: Simpliciana 12 (1990), S. 89-101.

Clara Stucki, Grimmelshausens und Zesens Josephsromane. Ein Vergleich zweier Barockdichter, Zürich, Leipzig 1933 (Wege zur Dichtung. Zürcher Schriften zur Literaturwissenschaft 9).

Rolf Tarot, Grimmelshausen als Satiriker, in: Argenis 2 (1978), S. 116-142.

Ders., Formen erbaulicher Literatur bei Grimmelshausen, in: Daphnis 8 (1979), S. 95-121.

Ders., Grimmelshausen und die Erbauungsliteratur am Ende der Frühen Neuzeit, in: Simpliciana 3 (1981), S. 95-100.

Gerhart Teuscher, »Fromme tugenthaffte Frauen« oder »arglistiges Weiber-Volck«? Das Frauenbild Grimmelshausens im Simplicianischen Zyklus, in: Jahrbuch für Internationale Germanistik 16 (1984), H.1., S. 94-115.

Jean-Marie Valentin, »Wann du nicht im Sinn hast, dich zu bekehren, warumb willst du dann deinen Lebenslauf beichtweis erzählen und aller Welt deine Laster offenbarn?« Zu den theologischen und ästhetischen Implikationen des Anfangskapitels von Grimmelshausens »Landstörtzerin Courasche«, in: Simpliciana 10 (1988), S. 89-105.

Ders., Grimmelshausen zwischen Albertinus und Sorel. Wege und Formen des Schelmenromans in Frankreich und Deutschland im 17. Jahrhundert, in: Simpliciana 12 (1990), S. 135-159.

Ders., Du rire au plus haut savoir. Sur les écrits poétologiques de Sorel et Grimmelshausen, in: Études Germaniques, 46 (1991), H. 1, S. 95-121.

Theodor Verweyen, Apophthegma und Scherzrede. Die Geschichte einer einfachen Gattungsform und ihrer Entfaltung im 17. Jahrhundert, Bad Homburg v. d. H., Berlin, Zürich 1970 (Linguistica et litteraria 5).

Hans Wagner, Simplicissimo zu Trutz! Zur Struktur von Grimmelshausens »Courasche«, in: GQ 43 (1970), S. 177-187.

Ders., Perspektiven und Perspektivismus in Grimmelshausens »Wunderbarlichem Vogelnest«, in: GQ 49 (1976), S. 1-12.

Werner Welzig, Ordo und Verkehrte Welt bei Grimmelshausen, in: ZfdPh 78 (1959), S. 424-430; 79 (1960), S. 133-141.

Günther Weydt, Zur Entstehung barocker Erzählkunst. Harsdörffer und Grimmelshausen, in: WW, Sonderheft 1 (1952), S. 61-72.

Ders., Nachahmung und Schöpfung im Barock. Studien um Grimmelshausen, Bern, München 1968.

Ders., Hans Jacob Christoffel von Grimmelshausen, Stuttgart 1971, 2., ergänzte und erweiterte Auflage Stuttgart 1979 (Sammlung Metzler 99).

Ernst-Peter Wieckenberg, Zur Geschichte der Kapitelüberschrift im deutschen Roman vom 15. Jahrhundert bis zum Ausgang des Barock, Göttingen 1969 (Palaestra 253).

Conrad Wiedemann, Die Herberge des alten Simplicissimus. Zur Deutung des »Seltzamen Springinsfeld« von Grimmelshausen, in: GRM N. F. 33 (1983), S. 394-409.

Ruprecht Wimmer, »Utilis curiositas«: Grimmelshausens Erzählen und Populartheologie seiner Epoche, in: Simpliciana 12 (1990), S. 63-89.

Rosmarie Zeller, Spiel und Konversation im Barock. Untersuchungen zu Harsdörffers »Gesprächspielen«, Berlin, New York 1974 (Quellen und Forschungen zur Sprach- und Kulturgeschichte der germanischen Völker N. F. 58).

INHALTSVERZEICHNIS

HANS JACOB CHRISTOFFEL
VON GRIMMELSHAUSEN
WERKE

Band I/1
Der abenteuerliche Simplicissimus Teutsch
Continuatio

Band I/2
Courasche | Springinsfeld
Das Wunderbarliche Vogel-Nest. Erster und Zweiter Teil
Rathstübel Plutonis

Band II
Satirische Schriften, historische
und Legendenromane

»Der Deutsche Klassiker Verlag:
ein gigantisches Vorhaben, ein Jahrhundertwerk«
Marcel Reich-Ranicki

DEUTSCHER KLASSIKER VERLAG
IM TASCHENBUCH

In dieser Reihe erschienen:

TB 1
Johann Wolfgang Goethe, Faust. Zwei Teilbände
Herausgegeben von Albrecht Schöne
2048 Seiten
Band 1: Texte · Band 2: Kommentare

»Goethes ›Faust‹ in Albrecht Schönes sensationeller Edition. Es ist fast unglaublich, was allein die Textsicherung erbrachte.« *(Frankfurter Allgemeine Zeitung)*

»Die ›Faust‹-Edition des Deutschen Klassiker Verlages: eine Überraschung, eine stille Sensation.« *(Die Zeit)*

»›Faust‹ für das 21. Jahrhundert.« *(Arbitrium)*

»So viele Einsichten, Lektürehinweise und Denkanstöße wie auf den 1000 Seiten dieses Kommentars kriegt man kaum je in der Literatur.« *(Süddeutsche Zeitung)*

»Wenn man von einer Edition sagen kann, sie sei ein Lebenswerk – so von dieser: gewiß.« *(Neue Zürcher Zeitung)*

TB 2
Hans Jacob Christoffel von Grimmelshausen
Simplicissimus Teutsch
Herausgegeben von Dieter Breuer
1136 Seiten

»Diese Ausgabe bietet nun die Gelegenheit, Grimmelshausen zu lesen, wie er geschrieben hat. Der Kommentar umfaßt an die 400 Seiten: eine kleine Enzyklopädie der Barockzeit.« *(Radio Bremen)*

TB 3
Friedrich Schiller
Wallenstein
Herausgegeben von Frithjof Stock
1280 Seiten

»Schillers Opus magnum in einer opulenten Ausgabe, ausgiebig kommentiert, mit allen Varianten, Paralipomena, wesentlichen Zeugnissen … Materialreich, in Zukunft wohl unentbehrlich.« *(Frankfurter Allgemeine Zeitung)*

TB 4
Friedrich Hölderlin
Sämtliche Gedichte
Herausgegeben von Jochen Schmidt
1152 Seiten

»Höchst bemerkenswert, wie Schmidt Hölderlin in seiner Zeit verortet, ohne ihm dadurch irgend etwas von seiner Einzigartigkeit zu nehmen.« *(The German Quarterly)*

TB 5
Heinrich von Kleist
Sämtliche Erzählungen, Anekdoten, Gedichte und Schriften
Herausgegeben von Klaus Müller-Salget
1328 Seiten

»Was hier entfaltet wird, ist gegenwärtig nur wenigen Spezialisten bekannt. Das mit Abstand Beste, was man im Rahmen der existierenden Kleist-Ausgaben finden kann.« *(Süddeutsche Zeitung)*

TB 6
Deutsche Lyrik des frühen und hohen Mittelalters
Edition und Kommentare von Ingrid Kasten
Übersetzung von Margherita Kuhn
1136 Seiten

»Mit ihrer genauen synoptischen Übersetzung eine außerordentlich gut benutzbare Edition, die sich auch nicht fürchtet, eigene Wege zu gehen. Eine ausgewogene Einführung in die Probleme der Überlieferung, der Sprache und der Interpretation für jedes Lied.« *(Journal of English and Germanic Philology)*

TB 7
Wolfram von Eschenbach
Parzival
Zwei Teilbände
Herausgegeben von Eberhard Nellmann
Übertragen von Dieter Kühn
1840 Seiten

»Besonders hervorzuheben sind Kühns souveräner Umgang mit dem Wolframschen Französisch und seine Rücksicht auf den Verstakt. Nellmanns Kommentar bewährt sich im germanistischen Alltagsgeschäft als außerordentlich kundiger und stets zuverlässiger Führer durch die Erzählwelten des *Parzival*.« *(Germanistik)*

TB 8
Karl Philipp Moritz
Dichtungen und Schriften zur Erfahrungsseelenkunde
Herausgegeben von Heide Hollmer
und Albert Meier
1365 Seiten

»Die Texte sind sorgfältig ediert, und alles Erklärungsbedürftige ist kenntnisreich kommentiert. Die Ausgabe dürfte bei allen in ihr enthaltenen Texten, was die Genauigkeit der Textdarbietungen und die erschließende Leistung der Anmerkungen betrifft, kaum zu übertreffen sein.« *(Frankfurter Allgemeine Zeitung)*

TB 9
Bettine von Arnim
Clemens Brentano's Frühlingskranz /
Die Günderode
Herausgegeben von Walter Schmitz
1205 Seiten

»Dieser erste Band ist mit großer Sachkenntnis und Sorgfalt ediert worden. Gleiche Sachkenntnis und Sorgfalt haben auch dem Kommentar gegolten, der mehr als ein Drittel des 1.200 Seiten dicken ersten Bandes ausmacht, und der Leser wird jede nur denkbare und wünschenswerte Auskunft darin finden.« *(Frankfurter Allgemeine Zeitung)*

TB 10
Gottfried Keller
Die Leute von Seldwyla
Herausgegeben von Thomas Böning
870 Seiten

»Die zuverlässigste, dem Originaltext am nächsten stehende Ausgabe der Seldwyler-Erzählungen.« *(Germanistik)*

TB 11
Johann Wolfgang Goethe
Die Leiden des jungen Werthers / Die Wahlverwandtschaften
Herausgegeben von Waltraud Wiethölter unter Mitarbeit von Christoph Brecht
1245 Seiten

»Dieser Kommentar ist dicht, bestechend und rücksichtslos formuliert.« *(Süddeutsche Zeitung)*

TB 12
Joseph von Eichendorff
Sämtliche Gedichte
Herausgegeben von Hartwig Schultz
1292 Seiten

»So intensiv wurde Eichendorffs Lyrik im einzelnen wie in ihrer Gesamtheit bisher in keiner Ausgabe kommentiert. Eine herausragende Leistung der Eichendorff-Forschung.« *(Deutsche Literaturzeitung)*

TB 13
Georg Büchner
Sämtliche Werke, Briefe und Dokumente
Zwei Bände
Herausgegeben von Henri Poschmann unter Mitarbeit von Rosemarie Poschmann
2301 Seiten

»Poschmanns Edition wird sicher für absehbare Zeit alle früheren Büchner-Ausgaben ersetzen.« *(Frankfurter Allgemeine Zeitung)*

TB 14
E. T. A. Hoffmann
Fantasiestücke in Callot's Manier
Herausgegeben von Hartmut Steinecke
unter Mitarbeit von Gerhard Allroggen und Wulf Segebrecht
939 Seiten

»Mit dieser Edition liegt diejenige Werkausgabe vor, die alle älteren Ausgaben weit überholt und obsolet erscheinen läßt.« *(E. T. A. Hoffmann-Jahrbuch)*

TB 15
Johann Wolfgang Goethe
Dichtung und Wahrheit
Herausgegeben von Klaus-Detlef Müller
1403 Seiten

»Ein äußerster Maßstab an Verantwortung und Zuverlässigkeit dem Text gegenüber.« *(Rias Berlin)*

TB 16
Grimms Märchen
Herausgegeben von Heinz Rölleke
1302 Seiten

»Diese Ausgabe ist ein Korpus der Grimmschen Märchenausgaben, wie eza*s das bisher nicht gegeben hat und wie man es für eine eingehende, aufhellende Beschäftigung mit diesen Volkserzählungen nur wünschen kann.« *(Wirkendes Wort)*

TB 17
E. T. A. Hoffmann
Die Elixiere des Teufels / Werke 1814-1816
Herausgegeben von Hartmut Steinecke und Gerhard Allroggen
757 Seiten

»Der beste heute verfügbare Text. Der Anhang mit einer vielseitigen Einführung, einem intelligenten, präzisen Kommentar, ist nicht zuletzt darum so überzeugend, weil er vollkommen sachlich, ganz funktional ist, ein Muster für die Bibliothek deutscher Klassiker.« *(Germanistik)*

TB 18

Joseph von Eichendorff

Ahnung und Gegenwart

Sämtliche Erzählungen I

Herausgegeben von Wolfgang Frühwald und Brigitte Schillbach

840 Seiten

»Deutlich wird in dieser Werkausgabe: Eichendorff ist nicht der schlichte, auf einsamen Bergen naturlauschende Poet. Hier vor Augen steht ein vielfältig verflochtener Mensch, den neu auszuloten sich verlohnt.« *(Südkurier)*

TB 19

Joseph von Eichendorff

Dichter und ihre Gesellen

Sämtliche Erzählungen II

Herausgegeben von Hartwig Schultz

904 Seiten

»Eine ausgezeichnete Edition, die dem interessierten Leser ebenso dient wie der wissenschaftlichen Beschäftigung mit Eichendorff.« *(Germanistik)*

TB 20

Hartmann von Aue

Erec

Herausgegeben von Manfred Günter Scholz

Übersetzt von Susanne Held

1069 Seiten

»Diese Ausgabe ragt hervor als ein wahrhafter Meilenstein in der *Erec*-Forschung; sie wird ein unverzichtbares Instrument sein für das künftige Studium von Hartmanns Werk.« *(Medium Aevum)*

TB 21
Hans Jacob Christoffel von Grimmelshausen
Courasche / Springinsfeld / Wunderbarliches Vogelnest I-II / Rathstübel Plutonis
Herausgegeben von Dieter Breuer
1094 Seiten

»Mit seinem schon durch seinen Umfang beeindruckenden Kommentar stellt dieser Band alle bisherigen Ausgaben in den Schatten. Dem, der offenen Auges durch die Welt geht, zeigt sich unser rastloses, von Kriegen, Gewaltherrschaften und Untergangsvisionen bestimmtes Jahrhundert als heillos verkehrt und der chaotisch erfahrenen Welt der Grimmelshausenschen Figuren in manchem verwandt.« *(Frankfurter Allgemeine Zeitung)*

TB 22
Gotthold Ephraim Lessing
Laokoon / Briefe, antiquarischen Inhalts
Herausgegeben von Wilfried Barner
1216 Seiten

»Nur mit einem solchen Kommentar ist die Möglichkeit gegeben, das faszinierend Charakteristische des Werkes zu erfassen, auch seine frappierende Modernität und seine herausragende Bedeutung auf dem Wege zur klassischen Autonomie-Ästhetik.« *(Neue Zürcher Zeitung)*

TB 23
Gottfried Keller
Der grüne Heinrich. Erste Fassung
Herausgegeben von Thomas Böning und Gerhard Kaiser
1395 Seiten

»Die zur Zeit mit Abstand beste Ausgabe des Textes.« *(Süddeutsche Zeitung)*

Die Reihe wird fortgesetzt.